THE LIVESHIP TRADERS
魔法活船

三部曲Ⅱ 疯狂之船（上）

【美】罗宾·霍布 著
ROBIN HOBB

麦全 译

上海社会科学院出版社
SHANGHAI ACADEMY OF SOCIAL SCIENCES PRESS

目录 Contents

上 册

Spring 春

Prologue: A Recollection of Wings	幕　　起	飞翼之集	003
Chapter One: The Mad Ship	第 一 章	疯船	011
Chapter Two: The Pirate's Leg	第 二 章	海盗的腿	019
Chapter Three: The Crowned Rooster	第 三 章	戴冠公鸡	041
Chapter Four: Bonds	第 四 章	心有所系	051
Chapter Five: The Liveship Ophelia	第 五 章	活船欧菲丽雅号	079
Chapter Six: Satrap Cosgo	第 六 章	克司戈大君	099
Chapter Seven: A Bingtown Trader's Daughter	第 七 章	缤城商人之女	111
Chapter Eight: Immersions	第 八 章	合而为一	137
Chapter Nine: Bingtown	第 九 章	缤城	163
Chapter Ten: Homecoming	第 十 章	返家	183
Chapter Eleven: Judgment	第十一章	审判	207
Chapter Twelve: Portrait of Vivacia	第十二章	薇瓦琪号的画像	229

Summer 夏

Chapter Thirteen: Interlude	第十三章	插曲	259
Chapter Fourteen: Serilla's Choice	第十四章	瑟莉拉的抉择	267
Chapter Fifteen: Tidings	第十五章	音讯	277
Chapter Sixteen: Taking Charge	第十六章	主导	309
Chapter Seventeen: Marooned	第十七章	流放	339
Chapter Eighteen: Wishes Fulfilled	第十八章	愿望成真	365
Chapter Nineteen: Aftermath	第十九章	余波荡漾	391

缤城
商人湾地图

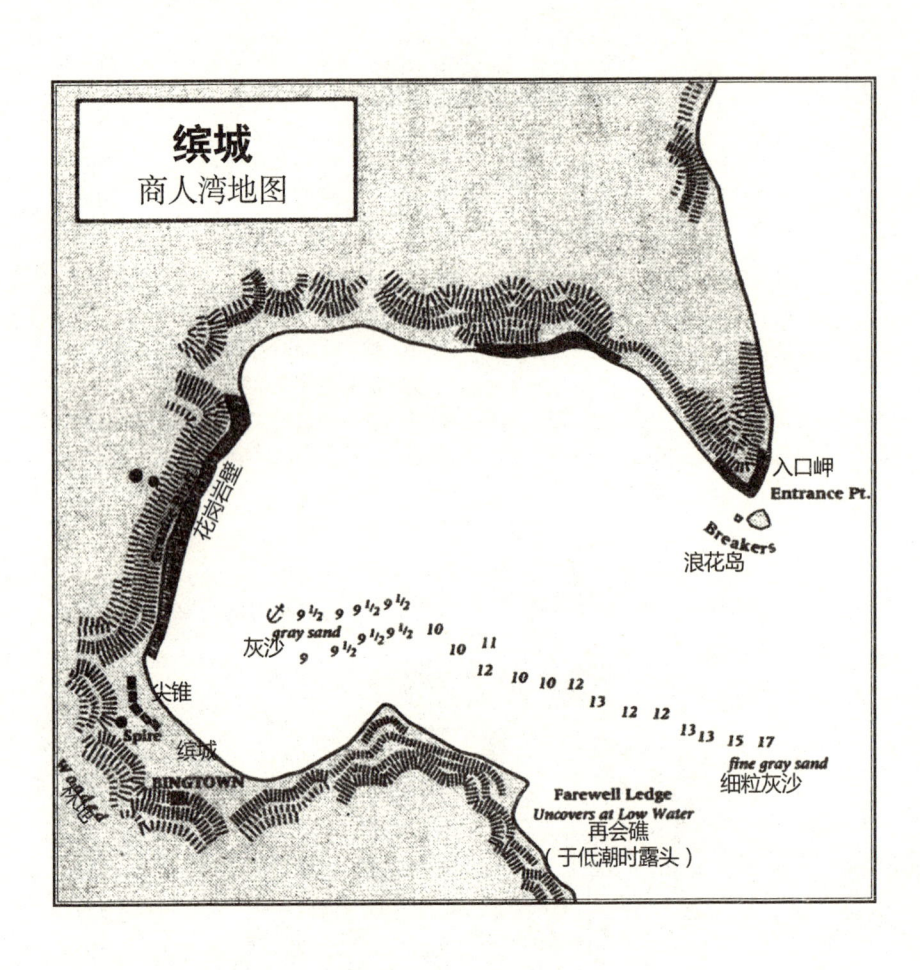

花岗岩壁

入口岬
Entrance Pt.

Breakers
浪花岛

亡 9½ 9 9½ 9½
gray sand
灰沙 9 9½ 9½ 9½ 10
10 11
12 10 10 12
13 12 12
13 13 15 17
fine gray sand
细粒灰沙

尖锥
Spire
缤城
BINGTOWN
wooded

Farewell Ledge
Uncovers at Low Water
再会礁
（于低潮时露头）

天谴海岸
缤城至哲玛利亚城

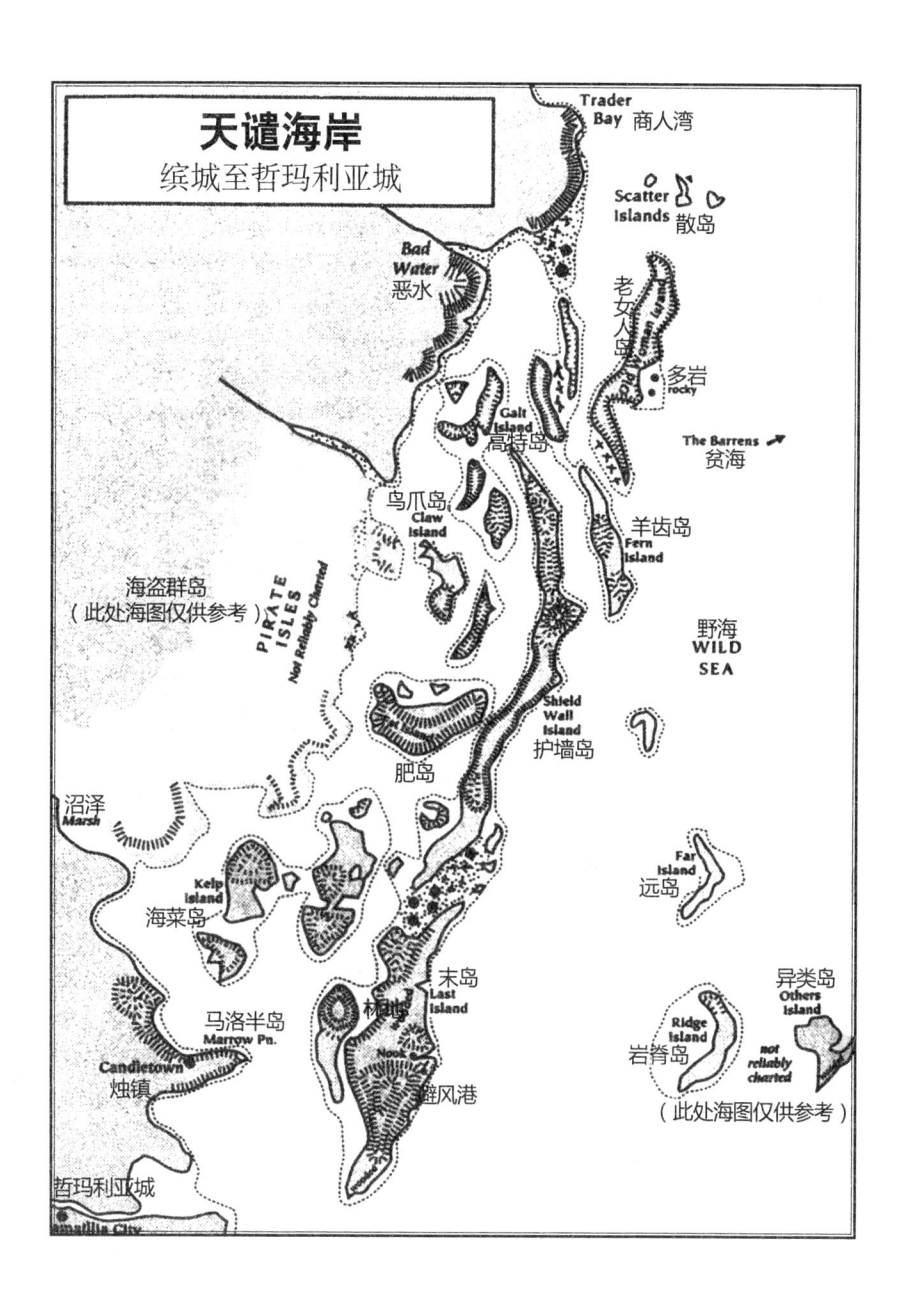

- Trader Bay 商人湾
- Scatter Islands 散岛
- Bad Water 恶水
- 老女人岛
- rocky 多岩
- Galt Island 高特岛
- The Barrens 贫海
- Claw Island 鸟爪岛
- Fern Island 羊齿岛
- 海盗群岛（此处海图仅供参考）
- PIRATE ISLES Not Reliably Charted
- Shield Wall Island 护墙岛
- 肥岛
- WILD SEA 野海
- Marsh 沼泽
- Far Island 远岛
- Kelp Island 海菜岛
- Last Island 末岛
- Marrow Pn. 马洛半岛
- Nook 避风港
- Candletown 烛镇
- Ridge Island 岩脊岛
- Others Island 异类岛
- not reliably charted
- （此处海图仅供参考）
- Amatilla City 哲玛利亚城

春
Spring

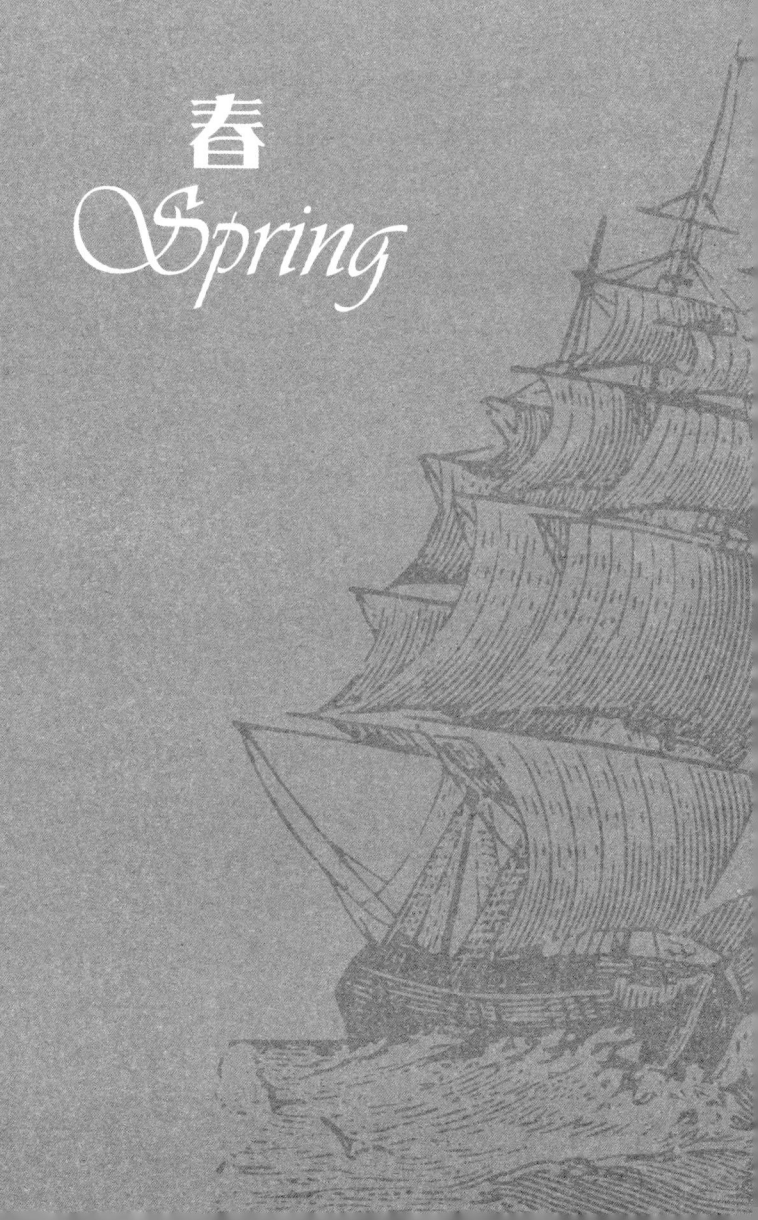

幕 起

飞翼之集

　　海蛇身下的海藻丛轻柔地随着潮流的变化而摇曳。这里的水很暖，跟他们北行之前待在南方栖息地时的一样温暖。虽说墨金已经宣布他们不要再追随那个银色的"供应者"了，但咸水中仍闻得到那强烈且诱人的气味。供应者离他们不远，他们仍追随着他，只不过是变成远远地跟着罢了。丝莉芙想跟墨金说他这样做未免矛盾，但考虑之后还是决定不说了。她焦虑地望着他们的首领墨金。墨金因为之前与白海蛇短暂交手而受了伤，痊愈得很慢，那些伤口破坏了他身上的斑纹。墨金全身皆有金黄色，这样的纹路表示他身为先知，只是受伤之后，他的假眼就变得黯淡且呆滞。

　　别说墨金的假眼，丝莉芙觉得自己也是一样。

　　他们为了找寻"存古忆"而大老远地追到这里来。刚上路的时候，墨金信心十足，但如今看来，他好像跟丝莉芙与瑟苏瑞亚一样困惑。开始迁徙的时候，他们本是很大的蛇团，现在却只剩下他们三个。其他海蛇逐渐失去信心，不肯再跟着墨金了。丝莉芙最后看到他们时，他们正追随着一个庞大的黑色供应者，不假思索地大啖供应者丢给他们的那些毫不抗拒的鲜肉。那已经是很多个潮汐涨落之前的事情了。

　　"有的时候，"墨金在他们休息时平静地对丝莉芙说道，"我连自己处在什么时空里都不知道了。感觉上，我们好像曾经来过这里、做过这些事情，说不定还讲过这些话。有时我深信事实真是如此，并且认为眼前所见不过是个记忆或幻梦。然后我就想，以前我们碰上的事情将会再度重演，既然如此，也许我们应该要做点什么才对——啊，也许事情已经重演了也说不定。"墨金的声调既无力道也无信心。

丝莉芙与墨金并列着，他们随着潮水轻柔地摇曳，最多为了维持所在的位置而拍拍鳍。他们身下的瑟苏瑞亚突然摇动触须，释放出淡淡的毒液，以唤起他们的注意。"你们看！有食物！"他朗声说道。

一大群闪闪发亮的银鱼有如天赐的礼物朝他们游来。鱼群后方尾随着一群三红、一绿、两蓝的海蛇，边游边取食鱼群边缘的鱼。那样阵仗的蛇团并不算大，不过他们个个都显得健康活泼。他们肌肉结实、鳞片闪亮，跟墨金带领的这个委靡不振的蛇团恰成对比。

"走吧。"墨金吩咐道，领着他们与另外那个蛇团一同取食。丝莉芙宽心地叹了一声，他们终于能饱餐一顿了，而且说不定那群海蛇一旦知道墨金乃是先知，还会加入他们的蛇团呢。

他们猎取的目标并不是单独的一条鱼，而是一群闪闪发光、炫目晃眼的银鱼。鱼群能一致行动，或分或合，灵巧得犹如个体，倘若是笨拙的猎食者，就只能铩羽而归了。不过墨金蛇团的海蛇都是高手，他们一起优雅地朝鱼群游去。另外那个蛇团嘶喊着对他们发出警告，但是丝莉芙倒看不出那有什么危险，她一摆尾便冲入了鱼群之中，再大嘴一张，至少拢了三条鱼进来。她把喉咙张得更大，以便把鱼吞下去。

两条红海蛇突然转向开始攻击墨金，仿佛墨金不是海蛇，而是鲨鱼之类的大敌，蓝海蛇也张开大口朝丝莉芙追上来。丝莉芙迅速地缩身躲避，转向逃开。此时她又发现，另外那条红海蛇正要把瑟苏瑞亚包卷起来。红海蛇的触须大张，喷出毒液，同时愤恨地大吼，奇怪的是，那海蛇的叫喊一点也没有语意句法，只有愤怒而已。

丝莉芙恐惧且困惑地尖叫着逃开了，但是墨金并没有跟上来，他摇动着浓密的触须，释放出一团云雾般的毒液，几乎震昏了那两条红海蛇。那两条红海蛇退开了,他们张口摇头,又掀动鳃盖,以便能扇走毒液。

"你们是怎么回事?"墨金对那个古怪的蛇团质问道,他扭动身体旋转,触须飘开,看来颇为可怕。他又尽力让身上的假眼微弱地闪动了一下:"你们为什么像没有灵魂的野兽一般,为了夺取食物而攻击我们?我们海蛇不是那样的!就算鱼群不大,也是谁抓得到鱼就谁吃,而不是谁先看到鱼群就谁吃。难道你们已经忘记自己是谁,忘记自己是什么身份了吗?莫非你们的心智通通都丧失了?"

一时间,那个蛇团悬着不动,只偶尔轻摆尾巴以固定位置,鱼群则趁着没人注意之际溜走了。那蛇团突然一起攻击墨金,仿佛他这一番义正辞严的话激怒了他们。那六条海蛇张口露齿、触须直竖并且释放毒液,一股脑儿地朝墨金攻上来。丝莉芙眼看着他们把墨金卷起来一路拖到软泥里,心里很是仓惶。

"帮我!"瑟苏瑞亚高声叫道,"他们会闷死他啊!"

丝莉芙原来被吓得动弹不得,直到瑟苏瑞亚这一叫才惊醒过来。他们一起冲向前,或是用头撞,或是用尾巴扫,设法把遭他们俘虏的墨金救出来。那些海蛇竟用牙齿去撕咬墨金,好像把他当成了猎物。墨金挣扎之时,血液与毒液混在一起,形成一股令人窒息的烟雾。虽然软泥升起遮蔽了视线,但丝莉芙仍可见到墨金的假眼在浓浊的水里闪烁。丝莉芙尖声惊叫,那个蛇团竟然如此没有蛇性,粗暴地攻击同类。她开始以牙齿撕咬对方,而瑟苏瑞亚则以长长的蛇身去抽打他们。

有一次,瑟苏瑞亚幸运一击,正巧卷到墨金那遍体鳞伤的身子,并顺势把他从那个恶斗的蛇团中抽了出来。瑟苏瑞亚卷着墨金就跑,而丝莉芙也乐得就此休战,跟了上去。幸亏那个蛇团并没有追上来,他们在疯狂暴乱之中转而把矛头指向自己蛇团的成员了。他们嘶喊着,同时彼此撕咬扫击,可是那叫声粗暴狂野,毫无理性,丝莉芙一点也不想回头看。

过了很久之后,墨金在丝莉芙分泌出疗伤的黏液涂敷到他伤口上时对她说道:"他们已经忘了,他们已经完全忘却他们从前是什么身份。时间拖得太久了,丝莉芙,所以他们已经遗忘了所有的记忆与目的。"丝莉芙把一片撕裂的皮肤贴回原位，墨金痛得瑟缩了一下。她敷上黏液，裹住那伤口。墨金继续说道："以后我们就会变成他们那样。"

"嘘。"丝莉芙柔声劝道，"别说了，休息吧。"她以长长的蛇身卷住墨金，并用自己的尾巴钩住大石头，免得他们两个被潮水推送走。瑟苏瑞亚的身体跟他们缠卷在一起，不过他已经睡着了——谁知道呢？也许他并没睡着，只是跟丝莉芙一样，因为丧气，所以不想开口。丝莉芙希望自己是多心了，毕竟她的勇气所剩无几，顶多只够给自己打气，瑟苏瑞亚可得自己振奋起来。

如今她最担心的是墨金。自从遇到那个银色的供应者之后，他就变了。一般而言，在"虚境"与"丰境"之间游行的供应者只不过是让蛇团容易取食的来源罢了，但是那个银色的供应者却与众不同：她的气味激起了他们三个的记忆。他们追随上去，因为他们笃定确知这种气味的来源不是别的，必是"存古忆"。谁知那个银色供应者不仅并非存古忆，竟连海蛇都不是。当时他们存着希望对她呼唤，可是她却不回答，至于那条向她恳求再三的白海蛇，她则是丢了些食物给他。墨金看了非常失望，他转头就走，并声明他们不要再追随她了。然而从那之后，水里总是闻得到她的气味。丝莉芙知道，就算他们看不到那个银色供应者的身影，但他们只要再游一段路就找得到她。墨金仍在追随她，而他们也仍追随着墨金。

墨金咕哝着呻吟一声，换了个姿势："现在我们还勉强比野兽高一等，但日后恐怕就很难说了。"

"你这话是什么意思？"瑟苏瑞亚唐突地追问道，同时极力扭动，以便直视墨金的眼睛。瑟苏瑞亚的伤口也很多，不过都不太严重，他身上最严重的伤是上下颚开合处后方，从毒囊旁边擦过去的伤口。要是那伤口再深一点，他恐怕就会被自己的毒液给毒死了。他们的蛇团仍保持完整，实在是幸运。

"你们回想一下自己的记忆啊。"墨金以空洞的声音命令道，"不是几日或是几个潮汐之前，而是回想无数季节与岁月之前，千百年之前。我们曾来过此地，瑟苏瑞亚，当年所有的蛇团都迁徙到这个水域，在此地汇集，不止一次，而是许许多多次。我们曾经回到此地来向那些记得往事的海蛇求教，毕竟只有少数海蛇知道我们族类的所有历史。我们的承诺再清楚不过，只要我们汇聚在一起，就会重新领受我族的历史，并被先驱者引领至安全的所在，然后迎来重生。然而我们却不知失望了多少次。我们一再地在此汇聚、等待，但每一次，最后都不得不放弃希望，忘却我们来时的目的，重回温暖的南方水域。每一次，稍有记忆的海蛇都说：'也许是我们搞错了，也许时机不对，也许这不是重生之年，或者不是重生的季节。'但其实那些时机是正确的，我们并没有搞错，只是原本应该在此地与我们相会的先驱者没有来。先驱者们已经错过了一次又一次的时机，说不定这次又会再度失信。"

之后墨金便沉默不语。丝莉芙继续卷着他，免得他们俩被潮水冲走。这样实在很累，这里不但潮水很强，而且没有软泥，只有粗糙的海草、滚落的石头和方正的石块。说真的，他们应该找个好地方休息才是，然而除非墨金稍有起色，否则丝莉芙根本不想远行。再说，就算他们要走，又该往哪里走呢？他们在这个盐味古怪的海流里来来去去，使得她信心全失。在她看来，如今就连墨金也不知道该领着他们往何处去了。若是由她自己决定，那她要往哪里去呢？她突然觉得这个问题太过沉重，根本就不愿去想。

她清了清眼膜，低头望着自己的身体，墨金、瑟苏瑞亚与她的身体绞缠在一起，而她那猩红的鳞片显得光彩鲜明，不过那也许只是墨金的黯淡皮色衬托下所产生的效果。墨金那一身金黄色的假眼都已褪成棕黄色，尤其在伤口化脓之后，他的斑纹更加破碎。墨金需要进食、壮大，然后脱一层皮，那样他一定能振作起精神来。这样一来，他们三个都会振作起精神。丝莉芙大着胆子把她的想法说出来："我们必须进食才行，毕竟我们都又饿又瘦，我的毒囊都快空了。也许我们应该往南去，南边不但水暖，食物也多。"

墨金挣开丝莉芙的身体，正视着她的眼睛，他那古铜色的大眼睛因为关切而旋转。"你为了照顾我而花了太多力气，丝莉芙。"墨金责备道。他摇摇头，触须竖直起来，丝莉芙感觉得到他因为这个小动作就累得要命。墨金又摇摇头，散出一股虚弱清淡的毒雾。在毒雾的刺激下，丝莉芙不但惊醒了，感知也敏锐了起来。瑟苏瑞亚靠了上来，以他长得出奇的身躯将墨金和丝莉芙包起来，他的鳃盖一掀一掀，努力吸取墨金的毒液。

"事情会好转的。"瑟苏瑞亚对丝莉芙劝道，"你只是又饿又累而已，大家都是一样的。"

"累得近乎丧命，"墨金疲倦地应和道，"饿得近乎发狂。躯体的需要凌驾在心灵的运作之上啊。但是你们听我说，你们不但要把我的话听进去，而且要深深地刻在心里，片刻不忘。别的忘了就算了，但是这一点千万要记着：我们不能南返了。如果我们离开这片水域，那一切就结束了。只要我们还能思考，就一定得留在这里并寻找'存古忆'。我的体会极为深刻，如果我们这次再不重生，那就永远重生不了了。如果这样的话，那么我们与我们的族类就会永远灭绝，日后海里、天上和地上都不知我等的存在。"墨金缓缓道出这句奇怪的话语，然而一时之间，丝莉芙几乎忆起了这话的真意。他们不只是活跃在丰境和虚境之中，大地、天空与海洋乃他们活跃的三大领域，在以往，这三界皆以他们为尊……好像是这样的。

墨金再度摇了摇头。这一次，丝莉芙和瑟苏瑞亚都大张鳃盖吸取毒液，好把他的记忆据为己有。丝莉芙低头看着散落在海底，显然是经过雕凿的石块，又看看"征服者之门"的石材上已长出的层层藤壶和海草，那几乎掩去了石门的原貌，唯有从几个偶尔露头的地方还能看到爬着银纹的黑色石材。当年大地震荡，震倒了"征服者之门"，然后大海又将之吞没。曾经，不知道是几世之前，她曾经降落在那拱门之上，刚降落时还拍着翅膀，之后把她的巨翼收在身旁。当时的她，因为早上刚下过雨而高兴得对配偶高鸣，接着一条闪闪发光的蓝龙也高鸣着应和她。曾经，古灵人曾在地上铺着鲜花，并聚集在旁，欢迎她的到来。曾经，在蓝天下的大城里……

接着，意象毫无道理地消褪了。随后，那些意象就像是梦境一般，在醒来之后便消逝得无影无踪。

"要坚强。"墨金对他们两个规劝道，"如果命运注定了我们活不下去，那么至少也要让我们奋战到底。宁可因为命运不济而消逝，也不要因为我们自己心志不坚而亡命。为了我族的荣光，且让我们忠于昔日的风貌吧。"话毕，墨金触须竖起，颈项间喷出毒液。此时的他，看起来又像是许久之前吸引丝莉芙忠诚追随的那个先知领袖了，她心里顿时对墨金十分敬爱。

世界突然黯淡下来，丝莉芙一抬头，看到一个庞大的黑影从他们头上游过去。"不，墨金，"她柔声叫道，"命运既不会要我们死亡，也不会要我们遗忘。你瞧！"

黑色的供应者懒懒地游过去，并在经过他们头顶之时掷下食物给他们享用。那鲜肉慢慢地下沉，随着水流朝他们飘来。供应者丢下来的鲜肉都是死掉的两腿兽，其中有一个还系着铁链。这样的肉食不会挣扎，所以他们只要张口即可，无须费力便可饱腹。

"来吧。"她对墨金催促道。此时瑟苏瑞亚已经挣脱，急切地朝鲜肉游去了。丝莉芙温柔地抬起墨金，卷着他，一同向供应者慷慨赠与的食物游去。

第一章

疯 船

拂过他脸上的微风既冷冽又刺骨,不过却别有一番滋味,暗示着春天就快到来了。空气中带有海菜味,一定是因为现在退潮,所以浅滩上的海带丛暴露了出来。由于近来下大雨,船壳下的沙子既粗又湿。琥珀生了个小小的火堆,烟味熏得他鼻子发痒,人形木雕转开盲脸,伸手揉揉鼻子。

"今天晚上天气挺好的,你说是不是?"琥珀聊了起来,"天空清朗,虽还有几朵云,但并未遮住月亮和星星。之前我捡了些贻贝包在海带里,等到火烧得旺了,我就拨开木炭,把贻贝摆到木炭里头去煨。"

派拉冈一个字也不应。

"等到贻贝煨好了,你要不要尝一尝?我知道你不会饿,也用不着吃,但是你说不定会觉得吃东西挺有趣的。"

派拉冈打了个呵欠,伸个懒腰,又手抱胸。若是要比耐性,那他可比她强上太多,毕竟他在沙滩上一晾就是三十年,早已磨练出了真正的耐性,最后率先不敌的一定是琥珀。派拉冈揣测道,今晚她会不会因为气愤或是伤心而离开?

"你老是不肯讲话,这样对你或是对我到底有什么好处?"琥珀理性地问道。派拉冈听得出她的耐性开始消散了,不过他连耸肩回应都懒得去做。

"派拉冈,你真是笨得无可救药。你为什么不肯跟我讲话?难道你看不出,如今能救得了你的只有我一人?"

救什么救？有什么好救的？派拉冈是可以这样反问她的，不过既然他们在冷战，所以就连这句话都省了。

他听到琥珀起身走到船首站定的声音。他轻轻松松地转开头，说什么就是不愿面对她的脸。

"好，你要装作不闻不见的样子，那你就去装吧。你要回答也好，不发一语也罢，我也不在乎了，不过我说的话你可得听进去。你现在的处境很危险，真的很危险。我知道你反对我从大运家族手里把你买下来，不过我还是跟他们开了价，只是被他们拒绝了。"

派拉冈特准自己不屑地轻哼一声。他们当然会拒绝啰，他可是大运家族的活船哪，不管他再怎么丢人现眼，他们也不会把他卖掉的。虽说他们用铁链把他锁在这里，丢在沙滩上晾了三十年，但他们绝不会卖掉他，更不会卖给琥珀或是什么新商！大运家族是不会卖掉他的，这点派拉冈笃定得很。

琥珀固执地继续说道："我找人安排，好不容易才跟艾米斯·大运见上一面。我跟她开价的时候，她装出很惊讶的模样，并且坚持说你是不卖的，不管谁出什么价码都不卖。她的说辞跟你一模一样：缤城商人世家绝不会卖掉家族活船。"

这下子派拉冈忍不住了，他脸上慢慢漾开灿烂的笑容。是啊，大运家族的人心里仍念着他，自己怎么可以怀疑他们的心意呢？说起来，他还要感激这个琥珀荒诞无理地跑去跟他们出价，如今艾米斯·大运都在陌生人面前坦承他是家里的一分子了，说不定她还会心疼地跑来探望自己。艾米斯来看他之后，接下来或许更有种种安排，也许他可以再度出航，并由友善的同伴掌舵呢。派拉冈的想象力无限伸展。

不过琥珀的话无情地将他拖回现实之中。"我跟她说，外头有人谣传你是待价而沽的，她还装出很苦恼的样子，并说这简直是在侮辱大运家族的名声。然后她说——"琥珀的声音突然低了下来，但不知是因为恐惧，还是因为气愤所致，"她已经雇了人手准备把你拖走，远离缤城。她说这样对大家都好，毕竟，眼不见为净。"琥珀说到这里停了下来。

派拉冈感觉到自己的巫木胸腔里突然难过得紧缩起来。

"于是我问她，她雇了谁来把你拖走。"

派拉冈赶快举起手塞住自己的耳朵。他才不要听呢，这个琥珀一定是在教唆他，好教他心生恐惧。大运家族要把他搬到别的地方，那又如何？这事很单纯啊，能够换个地方也不错。说不定这次他们搬船的时候会把派拉冈号扶正起来，毕竟长年以来这么歪歪斜斜地靠在沙滩上，他已经很腻烦了。

"她叫我不用多管闲事。"琥珀拉高了声音说道，"然后我问她，他们是不是缤城商人。她气呼呼地瞪着我，也不回答。所以我接着再问她说，明思利到底要把你拖到什么地方去解体？"

派拉冈情急之余赶紧大声地哼起歌来。琥珀还在讲，不过他听不见，也不想听她讲了什么话。他把耳朵塞得更牢，朗声唱道："一分钱买甜饼，一分钱买咸梅，一分钱赌赛马呀，马儿溜溜跑……"

"然后她就把我赶了出来！"琥珀吼道，"我站在大运家门外叫嚷说我要把这件事情提到缤城商会去请商会公断，她还放狗出来咬我呢。我差点就被那群狗儿追上了！"

"摇啊摇，摇啊摇，摇到外婆桥。"派拉冈在慌张忙乱之中唱起儿歌来。这个琥珀大错特错，她一定是胡说八道。他家的人必定是要把他拖到什么安全的所在摆着，如此而已。至于是谁来把他拖走，其实都无所谓。他入水之后，一定好好地配合他们航行。他要让他们知道，原来他是这么容易驾驭的好船。没错，那可是他证明自己至诚之心的大好机会。他要让他们知道，那些人教唆他干了那么些坏事，他自己也是很懊悔的。

琥珀不再说了。派拉冈越唱越慢，歌声渐歇，最后只余轻吟。四周除了他自己的声音之外，一片寂静，顶多只闻海浪拍岸、清风拂过沙滩的声音，以及琥珀生起的火堆的劈啪烧火声。派拉冈心里突然生出一个问题，然后便大声问了出来，直到话说出口之后，他才想到自己还在跟琥珀冷战。

"我到了新地方之后，你还会来看我吗？"

"派拉冈，你不能自欺欺人。他们之所以把你拖走，为的是要分解船体，以便取巫木来用啊。"

那人形木雕换了个策略:"我不管,反正死了也好。"

琥珀的声音变得很丧气:"我不确定到时候你会不会死。我看他们大概会把你砍下来,跟船分开。如果你并未因此而死去,那么他们大概会把你送到哲玛利亚城去,当作珍奇异物卖掉,不然就献给大君为礼,借此换取特许状或是特权。至于那里的人会如何待你,我就不知道了。"

"那会痛吗?"派拉冈问道。

"我不知道。巫木的性质如何,我所知有限。当年他们……剜去你的双眼之时,你会痛吗?"

派拉冈转开头,不让她看到自己的破碎脸孔。他举起手,以指尖轻轻拂过剜去双眼后所留下的木刺。"会啊。"他皱着眉头应道,但紧接着他便说道,"我不记得了。好多事情我都记不得了,这你是知道的,因为我的航海日志不见了呀。"

"有的时候,忘却一切反而省事。"

"你认为我在说谎,对不对?你认为我心里记得,只是嘴上不肯讲而已,对不对?"派拉冈故意挑她的语病,希望能借此大吵一架。

"派拉冈,昨日已逝,所以事情过了就过了,无法改变,我们现在谈的是明天的事情。"

"他们明天就来?"

"我不知道!我说的'明天'只是个比喻。"琥珀说完突然凑上前,伸手贴在派拉冈的船壳上。因为晚上天冷,所以她手上戴着手套,不过那触感仍是存在的,派拉冈可以从船壳的那两个温暖处感觉出她的手形。"光是想到他们要把你劈开,我就受不了。就算你不会痛,就算你不会因此而死,我还是受不了。想到就受不了。"

"这是无可奈何的事情。"派拉冈指出。当他把这个念头说出来之后,觉得自己突然一下子成熟了,"你我都无能为力啊。"

"这话的宿命感也太强了。"琥珀气愤地指责道,"对策当然多得很。

而且我发誓，就算无法让他们打消主意，我也一定挺身站在这里，跟他们对抗到底。"

"你打不赢的。"派拉冈坚持道，"明知道你打不赢，还硬要对抗到底，这实在太傻了。"

"傻就傻吧。"琥珀应道，"希望事情不要发展到那个地步。再说，我也不会愣愣地束手就擒，说什么我们都要比他们先行一步。派拉冈，我们需要外援，必须有个人替我们出面，把这件事情拿到缤城商会上去公断才行。"

"你去不行吗？"

"你明知道我是去不成的。缤城商会的会议一定要有旧商世家的身份才能出席，遑论发言。我们需要找个有资格出席商会的人去帮我们说情，请商会禁止大运家族把你卖给那些人。"

"那要找谁？"

琥珀的声音低了下来："我原来还期望你认识一两个能替你陈情的人呢。"

派拉冈沉默了一会儿，接着粗声大笑："没人会帮我陈情的，琥珀，你这是白费工夫。你想想看，我自己的出路连我自己家族的人都不在乎了，还有谁会关心？我知道家里的人是怎么说我的，他们说我是杀人魔。问题是，我真的是杀人魔，不是吗？船上的人都死光了。我把船一翻，肚腹朝天，把船员通通淹死，而且做了不止一次。琥珀，大运家族下这个决定也有他们的道理，他们的确应该把我卖给别人去砍成碎片。"比任何风浪都更寒冷、更深邃的失望浪潮打上了派拉冈的心头。"我死了也好，"他宣布道，"死了一了百了。"

"你这是违心之论。"琥珀柔声说道，不过派拉冈从她的口气听得出，她知道他真的是一心求死。

"我想请你帮我个忙。"他突然说道。

"帮什么忙？"

"你杀了我，别让他们下手。"

派拉冈听到琥珀轻轻地倒抽了一口气："我……不，我下不了手。"

"你要是知道他们马上要来把我拖走、砍成碎片，你就下得了手了。我告诉你,唯有放火烧船,我才会必死无疑。你不能光在一处起火,而是要到处点火,免得他们有机会扑灭火势,那我就死不成了。你只要每天收集一些干柴,堆放在我的船舱里……"

"这种事情,你连谈都别想跟我谈。"琥珀有气无力地说道。她在心神慌乱之余补了一句:"该把贻贝埋进去煨了。"派拉冈听到她扒开炭火的声音,又听到潮湿的海带与烧热的炭火相触的嘶嘶声。派拉冈考虑要提醒琥珀,她这就是在把活生生的贻贝烧死嘛。不过继而一想,他若是说了,琥珀也只会更加难过而已,并不会因此而帮助他求死,所以他静待琥珀走回来之后才开口。琥珀坐在沙滩上,背靠着派拉冈倾斜的船壳。她的头发很细,所以一拂过船板,就勾在巫木上了。

"你这样毫无道理可言。"派拉冈轻轻松松地说道,"你明知道你会输,也立誓要挺身而出,对抗到底,可是这点举手之劳、让我得以善终的善行,你却不肯帮。"

"放火烧死你算不上是善行。"

"是哦,照你这样说起来,被人劈为碎片,一定比被人放火烧死来得愉快。"派拉冈讥讽道。

"你一下子幼稚地乱发脾气,一下子又搬出一针见血的道理。"琥珀纳闷地说道,"你到底是小孩还是大人哪?"

"也许我既是小孩,也是大人吧。你别改变话题,来吧,你答应我。"

"不。"琥珀恳求道。

派拉冈轻松地轻叹了一口气,她会帮这个忙,派拉冈从她的口气里听出了她的心意。假使事情无可挽救,那么她会放火烧船。派拉冈打了个冷颤,他是赢得一死没错,然而他一得胜,就一切成空了。"还得多准备几桶油。"他补充道,"他们动作快,所以你可能没多少时间张罗,但只要火上添油,火势就能烧得又快又猛了。"

之后是一片沉默。良久之后,琥珀才应声,声音都变了:"他们一定会设法偷偷地把你拖走,你看他们会怎么做?"

"大概会跟人家把我拖到这里来的情况差不多吧。他们一定会选在涨潮的时候来,而且想必就选在每月大潮那天趁夜前来。他们来的时候,一定是滚木、驴队、人手和小舟通通备全。虽说这工程不小,但是熟练的人做起来是很快的。"

琥珀思索道:"那我得把我的东西搬来这里住下了。我必须在你船上过夜,这样才能保护你。噢,派拉冈,"琥珀突然叫道,"难道你都没认识一两个能帮你跟缤城商会陈情的人吗?"

"只有你了。"

"我尽量,不过恐怕商会不会允许我出席。商会只听他们自己人的意见,而我毕竟是个外人啊。"

"你有一次跟我说,你在缤城这里颇受人敬重。"

"他们敬重的是我的手艺和我做生意的本事,但我并非出身于旧商世家,所以我若是开始介入旧商世家的事务,他们就不会给我好脸色看了。如果这样的话,说不定我的客户会突然全数流失,甚至引起大乱。如今旧商世家和新商世家的人彼此划清界线,外头谣传缤城商会已经派出代表团,带着祖先留下来的特许状正去觐见大君,同时特使船会要求现在的大君必须遵照伊司克列大君所许下的承诺。更有传言指出,特使团会要求克司戈大君必须将新商通通召回,并把他之前拨给新商的特许地一并取消,此外特使团还会要求克司戈大君恪守昔日颁发的特许令,此外除非获得缤城商人认可,否则不能再将缤城附近的土地颁赠出去。"

"这个谣言可真是详尽哪。"派拉冈有感而发地说道。

"我耳朵尖,而且别人聊天闲谈、说长道短的时候,我绝不放过。我几次死里逃生,靠的都是这习惯。"

话毕,又是一片沉寂。

"要是知道艾希雅什么时候回来就好了。"琥珀愁闷地说道,"要是她回来,就可以请她代我们去陈情了。"

派拉冈心里为了要不要提起贝笙·特雷的名字而起了一场论战。贝笙跟他素有交情，所以一定肯帮自己陈情，再说他又是出身于旧商世家的人。可是派拉冈一思及此，便想到贝笙的父亲已经跟儿子断绝关系了，在大运家族眼里，派拉冈丢尽了家族的颜面，然而贝笙在特雷家族的眼里又何尝不是如此？就算他有办法出席缤城商会，并在会议里发言，那也无济于事，因为众人把贝笙和派拉冈视为一丘之貉，所以贝笙若是代自己说项，那只会越描越黑。派拉冈伸手掩住胸口，暂时遮去那个残酷的七角星形烙印。他沉思的同时抚摸着烙印的伤痕，叹了一口气，又深吸了一口气。

"贻贝熟了，我闻得出来。"

"你要不要尝尝看？"

"好啊。"派拉冈答道。他应该把握机会才是，毕竟再过不久，他就再也没机会尝试新鲜的事物了。

第二章

海盗的腿

"以前在修院的时候,白伦道常说,若要去除恐惧、立定心志,就要先把自己行动之后可能会产生的最坏后果考虑清楚。"过了一会,温德洛又说,"白伦道还说,如果一个人把最坏的后果考虑清楚,并想好自己将如何面对那个处境,就能够在该行动的时候果决行事。"

薇瓦琪回头望着温德洛。他几乎一整个早上都倚在船首斜帆上,眺望着海峡的汹涌波涛。大风扯散了他绑在颈后的辫子,他身上那件棕色的衣物破破烂烂,不像是教士袍,反倒像是乞丐装。这人形木雕感觉得到他,不过她决定学他那样心情郁郁、沉默寡言。其实话不必说出口,他们就知道彼此的心意了。就连此时那孩子讲这些话,也只不过是想理清自己的心思,而不是想向她求教,这点她心里有数,不过她还是鼓励他继续讲下去:"而我们最怕的后果是什么?"

温德洛沉重地叹了一口气。"那海盗发着高烧,时好时坏,每次高烧过后就变得更为虚弱。高烧的根源,不用说,就是因为他的断腿受到感染。被任何动物咬伤都可能严重感染,海蛇的毒性又特别强,断腿感染的地方应该要切掉,越快越好。他太虚弱,经不起这样的手术,可是看样子他又不可能强壮起来。我告诉自己必须迅速行动才是,同时我也知道,我这么一动手术,他势必难以熬过去,而他若是死了,我父亲与我也得跟着死。这是我当初跟他讲好的条件。"他停顿了一下,"我是活不成了,可是这还不算是最坏的后果。最坏的后果是你不得不继续独活，并成为这些海盗的奴隶。"

温德洛也不看她，而是继续望着起伏的波涛："所以，你可知道我为什么会来找你了。未来该怎么走，其实不能看我，而要看你的意愿。我跟柯尼提谈条件的时候，并没有把前后因果想清楚。我用自己和父亲的命去跟柯尼提一赌，却在无意中把你的命也赌下去了，然而你的命非我所有。据我看来，我若不幸言中了，那么你的损失会比我大得多。"

薇瓦琪点点头，不过她有自己的想法。"他倒不是我想象中寻常海盗的模样，我是说柯尼提船长。"她若有所思地继续说道，"你刚才说我会变成奴隶，但是据我看来，柯尼提并不把我当作是奴隶。"

"他也跟我心里所想的海盗不一样。虽然他的确既迷人又聪明，但终归是个海盗，这点我们不能忘记。再说，还有一件事情我们也不能忘，那就是万一我失败了，那么到时候要驾驭你的也不是柯尼提了。或许他会死，那么你会落到谁的手里，就很难说了。也许你会落到索科，也就是柯尼提的大副手里；也许你会落入依妲，也就是柯尼提的女人手里；此外那个莎阿达也虎视眈眈，屡次想把你据为他自己以及被解救的奴隶们所有。"温德洛甩了甩头，"我是输定了。若是手术成功，我就得眼睁睁地看着柯尼提把你从我手中夺走，而他早就用好听话奉承你、迷住你，他手下的船员也已经在你的甲板上干活了。如今你这船上的事情我几乎已经无权置喙。不管柯尼提是生是死，往后我都无法再保护你。"

薇瓦琪耸起一边肩膀，以有点冷的语气问道："你讲得仿佛以前就能保护我似的。"

"我以前也保护不了你。"那少年歉然地说道，"不过至少以前我还多少知道事情发展的脉络。但是近来的情势起伏太大了，船上死了那么多人，变化又多，我既无暇为他们悲悼，也无暇静思反省，连自己是谁都快不认识了。"

此语一出，一人一船都沉默地各想心事。

温德洛觉得自己像是在时光中飘浮。他真正的人生应该是在那个平静的修院，在那个气候温暖、遍野果园和农地的山谷之中度过，但是那个人生已经远去了。如果他能越过横阻于其间的时间和距离，如果他醒来之时就躺在他那个清凉小房间的窄床上，那么他敢说自己一定能够重拾线索，再度回到往日的生活步调。他没变，温德洛内心坚持，没怎么变。他是少了根指头没错，但他已能坦然面对此事。而他脸上虽有奴隶刺青，但那不过是皮相而已。他从未为奴，他之所以有这个刺青，是因为他跳船逃跑，而他父亲以残忍的手段来报复。他还是温德洛，在少数几个平静的日子里，他仍能感受到自己内心是个行善布施的教士。

但是现在他可没有那种感觉。近来他人生所起的剧烈变化大到他情绪激动起伏，再也寻不回平静。薇瓦琪也跟他一样心思纷乱，因为她近来的体验也是残酷难言。这活船这么年轻，凯尔·海文就逼迫她运奴，这么一来，她就难免被舱里的奴隶们那种悲哀绝望的情绪困得走不出来。温德洛固然是她家族的血亲，却无法安慰她，他与薇瓦琪之间的确是有天然的联系，但他是被强押着上船的，所以再好的关系也会走样。他刻意跟薇瓦琪疏远，使她心里更为困顿。但即使如此，他与她仍不得不同行至今，就像是被铐在一起的奴隶一般，无法分开。

在一个狂风骤雨、残暴血腥的夜晚，船上的奴隶群起暴动，因此解救了薇瓦琪，让她不必再忍受凯尔为船长，也不必继续当奴隶。原来的船员全数遇害，只有他和他父亲幸免。黎明再起之时，这艘人员不足的船已经落在海盗手里了，柯尼提船长和他的手下不费吹灰之力就把薇瓦琪号纳为己有。接着，他和柯尼提谈条件，他会设法挽救那海盗的性命，但是柯尼提必须留他们父子两人活命。野心勃勃的莎阿达却另有打算。莎阿达是沦为奴隶的教士，也是奴隶暴动的首领，他不但想要处决温德洛的父亲凯尔，还声称这艘船是奴隶们应有的奖赏，并要求柯尼提把薇瓦琪号转交给他。然而不管是柯尼提还是莎阿达占上风，他与薇瓦琪都前途未卜。不过，现在船已经比较偏好柯尼提了。

前头的玛丽耶塔号剪过一波波白浪，利落地前行，薇瓦琪号则急切地跟上去。温德洛只知道两船要前往一个海盗要塞，此外就一无所知了。西边的地平线与笼罩着迷雾的天谴海岸融为一体。这一带的溪流湍急，把夹杂着淤沙的暖水注入海峡之中，所以这里几乎长年笼罩着雾气，沙滩和浅滩的形状随时都在变化。这里的冬季常有突如其来的强烈风暴，就连气候温和的夏季也不时气候大变。没有人为海盗群岛画海图，画这里的海图能有什么用？这里的海岸线几乎天天都在变。老航海人的智慧是选择航行时离岸边远一点，并且快速通过这一带水域。不过玛丽耶塔号信心满满地航行，薇瓦琪号则紧跟在后。海盗们显然非常熟悉这些水道和岛屿。

温德洛转头望着薇瓦琪号的船桅。布里格随时一声令下，攀在索具高处的海盗船员就轻快灵活地动起来。温德洛不得不承认，就他所见，以前薇瓦琪号的船员的确没有这样的本事。他们也许是海盗，但同时也是卓越的水手，他们听从命令，同心协力，而且颇有默契，仿佛他们与这艘已经苏醒的活船是一体的。

不过甲板上的景物并不是样样都那么赏心悦目。暴动之后，大多数的奴隶都保住了性命，如今他们虽解去了锁链，但还没有完全恢复成人的模样。他们的手脚上仍有镣铐的痕迹，脸上也有刺青；他们的衣服破破烂烂，从衣服的破洞中可见到他们肌肤苍白、瘦骨嶙峋。以薇瓦琪号的船型而言，他们的人数实在太多了，虽说现在他们有些待在底下的船舱里，有些待在开阔的甲板上，但他们却显得像是被人押着赶路的牲畜般拥挤不堪。他们三五成群，呆滞地站在忙碌的甲板上，唯有在船员挥手叫他们让开的时候才动一下。有些比较强健的，有气无力地拿着抹布和水桶清洗薇瓦琪号的甲板和船舱，许多人面露不满的脸色。温德洛不安地想，不知他们会不会因为心生不满而有什么行动？

温德洛纳闷自己对他们到底是怎么想的。在暴动之前，他天天到底舱去照顾他们，当时他内心颇为悲怜他们不幸沦落至此，不过当时他能给他们的慰藉的确有限。现在回想起来，将拿一桶咸水和一块破抹布让他们擦擦脸说成是慈悲的施舍，好像太过虚假。当时他是想要尽教士之责，能多照顾几个是几个，不过他们的人数实在太多了。但如今每次看到他们时，他心里却生不出同情，只会想起他们杀害他的同僚时他的同僚们惨叫溅血的场景。现在他已经说不出他对那些之前为奴的人是什么感情，那心情乃是恐惧与愤怒、轻蔑与怜悯的集合，每当这样的感情涌上心头，他的灵魂就会感到羞愧，毕竟莎神的教士是不该有这种情绪的。不过他还有另外一条出路：他选择干脆一片空白，什么感觉都没有。

要是认真评断起来的话，有些船员如此惨死也许要算是活该，但是跟温德洛很要好的阿和、拉小提琴的芬铎、爱开玩笑的康弗利，以及其他好人，又该怎么说呢？他们的下场不应如此凄惨。他们签约上船的时候，薇瓦琪号还不是运奴船，只不过凯尔决定把薇瓦琪号改装来运奴的时候他们仍留在船上罢了。因为暴动而重获自由的奴隶教士莎阿达深信所有船员都是死有余辜、罪有应得，他的论调是，他们既在运奴船上工作，那么就是所有正直人士之敌。在这方面，温德洛的看法跟莎阿达大不相同。他紧紧拥抱着一个令他感到宽慰的想法：莎神并未要求他去评断别人的是非功过。温德洛告诉自己，评断世人的事情，莎神都留着自己亲力而为，因为只有造物者才具有评定人们是非功过的大智慧。

船上的奴隶可没他想得这么深。有的人望着温德洛时仿佛还记得他就是在黑暗中对他们轻声细语并递来凉爽湿布的那个人；有的人则认为温德洛很虚伪，因为他是船长之子，却不想办法解救他们，最后还是奴隶们靠自己的力量颠倒情势，所以他们认为温德洛根本就是假慈悲。总而言之，大家都避着他。温德洛也不怪他们，毕竟他自己也在避着他们，他几乎成天都待在最靠近薇瓦琪的前甲板上。海盗船员唯有因操控所需、非来不可的时候，才会到前甲板来，要不然，他们也避得远远的。他们跟奴隶们一样迷信，一看到那个活生生、会讲话的人形木雕就害怕。就算薇瓦琪因为他们躲着她而不高兴，她也没有显露出来。对温德洛而言，他倒乐得还能在船上找个空地独处。他再度把头倚靠在薇瓦琪号的船栏上，并努力找个不会使他感到痛苦的思绪。

此时家乡差不多已经入春了。修院的果园里一定花开遍野，芬芳迷人。温德洛想着，不知道白伦道这时在研究什么科目，不知道导师会不会想念他这个学生？接着他怅然地想着，如果他此时身在修院的话会做什么研究。他低头望着自己的双手，以前，这双手或者抄抄手稿，或者创作镶嵌玻璃画。以前这是一双男孩子的手，灵巧，但仍很柔软。如今这双手上爬满厚茧，而且还少了一根指头，现在这是水手的粗手了。少了那根手指之后，他今生都别想戴上教士的戒指了。

此地的春景与家乡大不相同。船帆在冷冽的风中飘扬，一群群迁徙移居的候鸟嘎嘎叫着从他们头上飞过去，海峡两边的岛屿变得更为翠绿，住在岸边的水鸟则为了抢夺筑巢地而频起争执。

有什么人在拉他。

"你父亲在叫你。"薇瓦琪轻轻对他说道。

是啊，他也透过薇瓦琪感觉到父亲在叫他了。经过那一场暴风雨之后，船与他之间的关系更为深切，彼此心意与意志相通。他不像以前那么讨厌跟薇瓦琪分不开的感觉了，同时也感觉到，她并不像往日那样珍惜彼此之间的联系了。也许就在这一上一下之间，他们彼此的情感终于对等了。在那场暴风雨之后，薇瓦琪对待他不多不少，就是很客气。温德洛心想道，这大概就像是心有旁骛的父母对待哭闹不休的孩子的态度吧。

"有时候我觉得，比起开航的时候而言，现在我们彼此的角色已经掉换过来了。"薇瓦琪朗声地把她的感想讲了出来。

温德洛点点头。事实确是如此，他既无心，也无力反驳。然后他挺起胸膛，伸手梳过头发，紧咬牙关，他才不要让父亲看到他心里有多么彷徨。

他扬起头，从三五成群地聚在甲板上的奴隶与卖力干活的船员之间穿过去，没有人与他的目光相遇，也没有人挡住他的去路。你真是笨啊，温德洛对自己骂道，你怎么会以为他们都在观察你的动向呢？他们已经赢了啊。既然赢了，何必在意幸存的船员有什么举动？他能毫发无伤地熬过暴风雨就很不错了。

暴动的痕迹处处可见，甲板上仍有血迹。巫木一染上鲜血，那就怎么磨都磨不掉了。虽然布里格不断派人洗刷甲板与船舱各处，但是薇瓦琪号闻起来仍像是运奴船一样臭。暴风雨吹破了不少风帆，此时许多风帆上都可看到那些海盗匆促补帆的痕迹。奴隶在追捕船上干部的时候，硬是把艉楼各舱房的房门都踹破了，所以原本光亮的木作此时显得狰狞。薇瓦琪号已经不复当年离开缤城港时那种光鲜洁净的样子了。温德洛看到自己家族的活船落得这样的下场，突然愧疚万分，仿佛他看到自己的姐姐在酒馆里卖淫似的。他突然对薇瓦琪号眷恋不已，并开始想，如果时光倒流，他是出于自愿，而且年纪小小的时候就上船，又在他外祖父手下学本事的话，不知道会是什么光景？

他把这些思绪都抛到脑后，走到一扇被人打坏的舱门前。门前站着两个之前曾是奴隶的人，不过温德洛视若无睹，直接在甘特利的舱门上敲了敲——至少那个大副在世的时候，这里是作为他的舱房之用的。如今这个被人抢劫一空的房间已经变成他父亲的个人牢房了。温德洛也不等房里的人应声，就直接走进去。

他父亲坐在空荡荡的舱床边缘，眼睛一高一低地瞪着温德洛。他一边眼睛充满血丝，脸上肿胀瘀青。从凯尔·海文的姿势看来，他的心情大概既痛苦又失望，但是他开口打招呼的时候，语气里却只有尖酸挖苦的意味："难得你还记得我。我还以为你忙着奉承新主人，根本分不开身。"

温德洛忍住不叹气，反而答道："我之前来看过你，但那时你在睡觉。我没吵你，因为我再怎么照料你的伤势，也不如你好好休息来得容易痊愈。你的肋骨感觉怎么样？"

"像火在烧，头抽痛得厉害，而且又饿又渴。"凯尔朝舱房一努嘴，"那两个人连让我出去透透气都不肯。"

"之前我带了些食物和水来给你，你……"

"对，我看到了。就那么一口水、两块干面包。"听他父亲的口气，仿佛他故意隐忍着不把脾气发出来。

"那是我好不容易帮你讨来的，毕竟船上既短缺食物，也短缺饮水。暴风雨过后，食物大多都被海水泡坏了……"

"什么海水泡坏，恐怕是被奴隶吃下肚了吧。"凯尔不屑地摇摇头，然后就痛得皱眉，"食物必须配给，才能一路无缺，那些人连这个道理都不懂。他们在暴风雨来袭时杀了所有具备驾船本事的人，又吃下或糟蹋掉船上的食物。那些人弱智得跟小鸡一样，怎能主宰自己的人生呢？这种人，你还让他们通通得到自由，这样你也高兴？你自以为解救了他们，其实根本是叫他们去送死。"

"不是我给了他们自由,是他们自己挣得了自由,父亲。"温德洛顽固地应道。

"可是你都没阻止。"

"是啊,你把铐着锁链的奴隶带上船来的时候,我也没有阻止。"温德洛吸了一口气,想再继续讲下去,之后又决定住口,反正无论他讲得如何振振有词,他父亲都不会接受他的理由。不过凯尔这番话还是重新勾起了他良心的创伤,他没阻止奴隶暴动,而船员因奴隶暴动而死,那么船员之死是不是应该归咎于他呢?果真如此,那么在暴动之前死去的奴隶又该由谁负起责任?这些思绪太令人痛苦了,让人想不下去。

温德洛换了个口气问道:"你要我打点你的伤势,还是要我去帮你弄点食物?"

"你找到药箱了没有?"

温德洛摇了摇头:"药箱还是没找到。大家都说没看见,自从暴风雨过后就不见了。"

"哼,既然没药箱,你要怎么帮我治伤?"他父亲刻薄地说道,"不过有点食物也好。"

温德洛忍着不被自己的父亲激怒。"我尽力就是了。"他轻声说道。

"你当然要尽力。"他父亲恶狠狠地说道,接着突然压低了声音,"还有,那个海盗,你打算怎么办?"

"我不知道。"温德洛坦白地回答,他直视着父亲的双眼,"我很害怕,我知道我得努力治好他,但他若是活了下来,你我就得继续当他的囚犯,而他若是死了,那么你我就得跟他一起死,薇瓦琪则得自己独活。这两边到底哪一边比较糟,实在很难说。"

他父亲听了,朝地上吐了一口口水。他父亲很少如此粗鲁,所以他这一举动的效果犹如打人一拳一般地惊人。凯尔的眼神冷得像冰。"你这家伙真叫人瞧不起。"凯尔怒目瞪着温德洛说道,"你母亲一定是跟海蛇同睡,才会生出你这种东西。别人说你是我儿子,呸,你也配当我儿子?你看看自己,海盗抢走了家族活船，然而你母亲、姐姐和你弟弟的生计全靠这艘船，你若是不把船抢回来，他们就活不下去了！但是你根本就不考虑如何做正经事，只顾着考虑那海盗死了会怎样、腿伤好了会怎样；你根本就不去想想要如何替你我弄些武器来，也不想想要如何劝告船去背叛那海盗——之前船背叛了我，现在她只要重来一次就行了！以前你一天到晚照料那些被锁链铐住的奴隶，那些工夫都白花了！你有没有想到要去找从前受过你好处的人来帮忙呢？没有。你只顾着遮遮掩掩地躲起来，还帮着那个可恶的海盗保住这艘船，你都忘了这艘船是我们的了。"

温德洛摇了摇头，心里觉得既惊讶又悲哀："父亲，你这话毫无道理。你期望我怎么做？难不成你期望我只凭自己一个人，就把这船从柯尼提他那群海盗手里夺回来，并且制服所有奴隶、重新将他们赶入底舱，再把船开到恰斯国去？"

"哼！你跟船就能联手推翻我和我的船员！你既能教唆船来跟我作对，那你为何不能教唆船去跟他作对？你之前的错都已经错了，但这一次你总得替自己家族的利益着想了吧？"他父亲站了起来，又抢起拳头，好像要殴打温德洛似的，之后他突然抱紧胸口，痛苦地喘气，脸上先是气得涨红，接着又痛得发白，人开始摇晃，像是就要瘫倒。温德洛走上前想要扶住他。

"别碰我！"凯尔恶狠狠地怒吼道，同时踽跚地走到床边，小心地坐了下来，怒视着自己的儿子。

温德洛纳闷他父亲到底在想什么，为什么用这种眼光看他。据他猜测，那个身材高大、淡色眼珠和头发的男子一定对他失望至极。温德洛每一处都像母亲，身材矮小单薄，黑发黑眼，所以一辈子都别奢望有他父亲那种体型和体力。他今年十四岁了，可是看起来仍像个少年，没有男人样。不过他父亲之所以大失所望，还不只是因为他体能不如自己，更是因为他的精神也远比不上自己。

温德洛轻轻地说道："我从未教唆船去跟你作对，父亲。船之所以跟你作对，乃是你自己造成，因为你待她不好。这一次，我是再也无法完全挽回她的心了，顶多只能保住你我的性命。"

凯尔·海文改而顽固地瞪着墙壁。"去给我弄点吃的来。"他吼出了这么个命令，仿佛全船上下仍必须听从他的号令。

"我尽量。"温德洛冷冷地说道，转身离开房间。

温德洛把破门拖上来关上之际，有一个地图脸凑上来跟他说话。那人身材魁梧，脸上有许多刺青，显然他曾在许多奴隶主之间易手。他对温德洛问道："你干嘛受他鸟气？"

"什么？"温德洛惊讶地问道。

"他不把你当人看。"

"他是我父亲。"温德洛这才知道他们在偷听他们父子之间的对话，但他尽量不让自己露出懊恼的样子。他们到底听到多少？

"那个人，猪狗不如。"另外那个站岗的守卫冷冷地评价道，接着转头以挑衅的眼神瞪着温德洛，"所以他生的儿子也好不到哪里去。"

"闭嘴！"第一个守卫怒道，"这小子人还不坏。我们在底舱的时候，谁对我们好，你大概已经忘了，但我可没忘。"那人的目光又转回温德洛身上，朝已经关上的舱门一努嘴："小子，你只要说个字，我就叫他爬给你看。"

"不，"温德洛清清楚楚地说道，"我不要那样，我不要任何人爬给我看。"他想一想，还是觉得要跟那个人讲明白一点比较好："我求你，别伤害我父亲。"

那个地图脸耸耸肩："随便你。我这是经验之谈哪，小子。要对付他只有一个办法，不是他爬给你看，就是你爬给他看，他那种人只懂这个道理。"

"也许吧。"温德洛不情愿地应和道，他本要走开，但又停了下来，问道，"我还不知道你的名字呢。"

"维利亚。你叫温德洛，对不对？"

"对，我叫温德洛。很高兴认识你，维利亚。"接着他以期待的目光望着另外那个守卫。

那人皱起眉头，显得不大自在，最后他终于说道："迪康。"

"迪康。"温德洛重复道，并把这个名字记在心里。他刻意与迪康四目相对，又跟他点了个头，这才转身走开。他感觉得出维利亚觉得这很好笑，同时也颇为赞许。温德洛想道,如今他也只能借着这么个小小的方式为自己挺身而出了,但尽管如此,做这么点小动作之后他还是觉得好多了。他走到开阔的甲板上,因为刺眼的春阳而眨了眨眼睛,并发现莎阿达挡住了他的去路。那个高大的教士由于之前身为奴隶,被羁押在底舱时日甚久,所以如今仍显得枯槁,手腕脚踝上都还有镣铐造成的红印和疤痕。

"我一直在找你。"莎阿达朗声说道。两个地图脸仿佛被主人拴住的斗牛犬似的,一左一右地护卫着他。

"是吗?"温德洛故意反问。他挺起胸膛,直视着那男子的眼睛,质问道:"那两个守在我父亲门外的人,是不是你派的?"

那个游方教士恼了起来:"就是我派的。那个人一定要看紧,以待日后公审公决。"接着那个年纪比温德洛大、身材也比他高的教士低头对他问道:"怎么,你不服吗?"

"我?"温德洛装出思索的模样,"你何必在意我服不服?换作我是你,我只会担心我这么大剌剌地下令指派,柯尼提船长会怎么想,才不管温德洛·维司奇服不服呢。"

"柯尼提快死了。"莎阿达大胆地说道,"现在这船上是布里格管事,而布里格倒乐得我管住奴隶,他若要派事情给奴隶做,都是通过我来宣布的。而且我派人去海文船长舱房前站岗的时候,他可是一点也没反对。"

"奴隶?现在他们应该都是自由人了吧。"温德洛笑着说道,同时装作没注意到那两个地图脸正在倾听莎阿达与他的对话。其他曾为奴隶、此时在甲板上消磨时光的人也在竖起耳朵听,有些还凑近上来看戏。

"你明知道我是什么意思!"莎阿达气恼地叫道。

"通常人是心里想什么,嘴上就讲什么……"温德洛像是有感而发地说道,并故意停顿了一下,才若无其事地继续说道,"你刚才说你要找我?"

"没错,你今天见过柯尼提了没?"

"你问这做什么?"温德洛和颜悦色地反问道。

"因为我必须知道他到底有什么打算。"那个教士受过发声的训练,此时他更朗声而谈，让声音传得很远。他这么一讲，不少地图脸都转头看他要说什么。"哲玛利亚城里传颂的故事，都说柯尼提船长掳获运奴船之后，就把船员尽数杀掉，再将船交给船上载运的奴隶，好让他们成为海盗，并把这个反奴的义举发扬光大。我们虽弄到这艘船，但我们就是信了传颂的事迹，才高高兴兴地迎接柯尼提来开船的。我们打算把这艘船留为己用，我们要重新开始，所以总要有点本钱才行。如今听柯尼提船长的口气，好像他自己想要占住这艘船，不还我们了。然而从我们听过的事迹看来，他又不像是那种会把这船夺走的人，毕竟我们身无长物，唯有这艘船还有点价值。所以，我们想明白且公平地问问他，在他看来，这船到底是谁的？"

温德洛针锋相对地望着莎阿达："如果你要问柯尼提船长这种问题，那我建议你当面问他，毕竟他的意见只有他自己才知道。如果你问我的话，不会听到我的意见，而会听到真相。"他故意用比莎阿达还轻的声音来讲话，这一来，想听他们在讲什么话的人就不得不靠近一点。此时他们身边已经围了一圈人，其中还有几个海盗船员，他们的脸色看来颇为凶恶。

莎阿达冷笑："想必你所谓的真相，就是这船乃是属于你所有吧。"

温德洛摇头，笑着说道："这艘船不属于任何人所有。薇瓦琪跟大家一样，她是自由的生物，有权决定她自己的生命。你既是受过脚镣手铐之苦的人，就该格外尊重她。不然，难道你要把当年别人加诸你的痛苦，强加在别的生物身上吗？"

表面上看来，温德洛这话是讲给莎阿达听的。他并未四下环顾，看看大家对这番话有什么反应，而是默默地伫立着，仿佛在等待对方回答。过了一会儿，莎阿达冒出轻蔑的笑声。"他是随便胡诌的。"他对人群说道，"那个人形木雕不知道是因为什么巫术而能开口讲话，这是很好玩没错，反正缤城那里本来就有很多骗人的把戏。但是船终归是船，船可不是人，而是东西。况且我们本来就有权将这艘船据为己有！"

喃喃应和莎阿达的奴隶屈指可数，他的声音方歇，就有一个海盗走上前不客气地问道："你在教唆人造反是不是？"那个发色斑白的老水手质问道，

"我告诉你，假如你敢教唆人造反，那我立刻就让你葬身海窟。"那人露出毫无善意的笑容，并让人清楚地看到他牙齿间的缝隙。那人左手边个子高大的海盗呼呼地以喉音笑了起来，又转动肩膀——这动作表面上看来像是要舒展筋骨，其实是在若有似无地教那两个地图脸知道他的厉害。那两个脸上有刺青的男子见状，人挺直站起，眼睛眯了起来。

莎阿达似乎很震惊，看这光景就知道，之前他并没想到事情会闹成这样。他挺起胸膛，义愤填膺地说道："你们何必担心这么多？"

那个壮硕的海盗伸出一指，往那高个子教士胸膛上一戳，他的指头停在那里："柯尼提是我们的船长，只要柯尼提船长吩咐下来，大家就照做，对吧？"那教士听了并不回答，海盗则咧嘴而笑，抵在莎阿达胸膛上的食指略一施压，莎阿达就退了一步。海盗接着转身走开，同时丢下一句话："你最好别乱说柯尼提的不是。你要是哪里看不惯，那你就去找船长，当面讲给他听。柯尼提船长很严格，但也很公平。此后你别在他背后说东说西，要是你胆敢在船上惹事，最后倒霉的一定是你。"

接着那两个海盗也不回头看一眼，就走回去干他们的活儿了，于是众人的目光又转回莎阿达身上。莎阿达十分生气，眼里闪过一抹凶光，他并不加以遮掩，但是他开口的时候，语气却显得薄弱且幼稚："你们放心好了，我一定会去找柯尼提谈一谈！"

温德洛垂眼看着甲板。回想起来，他父亲的话也有几分道理，也许他可以想个办法，把家族活船从奴隶和海盗手里夺回来。凡事有了纷争，必会有人得利。他迈步走开的时候，心跳竟然加快起来，使他不禁纳闷，他这个想法到底是从何而生的？

薇瓦琪心事重重。她的眼睛眺望着玛丽耶塔号船尾的水域，但是她心里想的是别的事情。掌舵的人稳重可靠，攀爬在她的索具上的人也个个都是有本事的水手。这批船员不懈地清理她甲板和船舱里的脏污、整修木作，又擦亮金属。这是她几个月以来，第一次不会对船长的能力感到不安，所以她大可信任这些驾船的人，并且完全把心思摆在她所挂念的事情上头。

她既是活船，又已经苏醒，就能透过船上的巫木骨架感应到船上的一切动静。船上的事情大多庸俗平常，不值得多加注意，所以她并不会把修补缆索、厨房里切洋葱之类的事情放在心上。她所注意的乃是能够改变她生命轨道的大事，而柯尼提就有能耐改变她生命的轨道。此时那个谜一样的人物正躺在船长室的房间里翻来覆去。薇瓦琪看不到他，但是她感受得到他，然而那是怎么个感受法，人类是无从描述的。柯尼提又开始发烧了，那个女人很是焦躁，她正在弄一盆凉水和一条湿布。薇瓦琪想要多探索一点细节，但是她和他们没有联系。她跟他们还不够熟。

　　不过对薇瓦琪而言，要探索柯尼提远比探索依妲容易得多。柯尼提一发烧，梦境就漫不经心地溢出来，渗入薇瓦琪的脑海里，就像流在她甲板上的鲜血渗入她的船板中一般。薇瓦琪像是吸收鲜血一样吸收了柯尼提的梦境，却说不出他的梦境是什么道理。梦境里有个饱受折磨的小男孩，这个男孩一心向着父亲，父亲也疼爱他，可是他却不知道如何才能保护父亲；在另一方面，又有个男人处处保护这男孩不受人欺侮，可是那个男人心里对这孩子一点疼爱都没有，所以这男孩陷入了两难，向这里也不是、向那里也不是。有个梦境一而再、再而三地重复：有条海蛇从柯尼提的梦境深处跃起，一口咬断了他的腿。海蛇咬下之处冷得像冰，又热得如火。柯尼提从灵魂深处衷心地向薇瓦琪探索，想要与她分享残缺模糊的儿时记忆。

　　"喂，喂？你是什么东西？或者我该问，你是谁？"

　　那是柯尼提的声音，那个细小如呢喃的声音从她心里传来。薇瓦琪甩了甩头，让头发随风飞扬。可是那个海盗没跟她讲话呀，薇瓦琪和艾希雅、温德洛固然有默契，感受得到他们传来的思绪，但即使是在他们默契最为深切的时候，他们传入她心里的思绪也不会这么清晰。"这绝不是柯尼提。"薇瓦琪喃喃自语，这一点，她是很笃定的，可是那分明就是柯尼提的声音。躺在船长室里的海盗深吸了一口气，然后呼出来，同时喃喃地拒绝、否认。他突然呻吟了起来。

　　"没错，不是柯尼提。"那个声音应和道，言外似乎觉得薇瓦琪很有趣，"可是话说回来，你自以为对自己的身份很确定，但其实你根本就不是薇瓦琪·维司奇。你到底是谁？"

那个心灵竟不断探索她的反应，顿时令她不知如何是好。不过她可比他强大得多，所以她抽身离去之后，那个心灵就追不上来了。但是她既已抽身离去，同时也就切断了她与柯尼提之间那种若有似无的关系。一时间，薇瓦琪心里涌出了沮丧与愤怒的情绪，下一波大浪袭来之时，她也不稍避一避，而是握紧拳头、正对浪头冲过去。掌舵的人诅咒了一句，修正了船舵的方向。薇瓦琪舔去海波溅在她唇上的咸水沫，甩开脸上的黑发。那个声音到底是谁，到底是什么东西？她按捺内心泉涌般的思绪，开始分析自己心里是害怕的情绪多，还是好奇的情绪多。她感应得出，那个跟她讲话的心灵像是与她系出同源。她可以轻而易举地挡掉对方咄咄进逼的窥探，一想到竟有人试图侵入她心里，她就觉得讨厌。

薇瓦琪下了决心，这种事情她绝不容忍。她要揭去那个侵犯者的面纱，与他正面相对，管他是谁都一样。于是薇瓦琪一面提高警觉，一面小心翼翼地朝正在睡梦中辗转反侧的柯尼提探索。她一下子就找到他了，他仍在高烧的恶梦中挣扎。他缩身藏在碗橱里，躲着梦里那个一边找他一边甜蜜且虚假地呼唤他名字的梦中人物。那女人拿了两块清凉的湿布，一块盖在他额头上，一块盖在他肿胀的断腿上。薇瓦琪感觉到，湿布一盖上去，柯尼提的痛楚就缓解了不少。船再度探索，这次她比之前更为大胆，可是船长室里除了柯尼提和那女人之外就没有别人了。

"你在哪里？"薇瓦琪突然气愤地质问道。她这么一叫，那梦中人物也同样地问道："你在哪里？"柯尼提突然抽搐，叫出声来。依妲弯下身来，柔声劝慰。

但是薇瓦琪的问题却照样悬在空中，无人回答。

柯尼提的意识开始醒转，人也大口喘气，片刻之后，他才想起自己身在何处。接着他那因为高烧而皲裂的嘴唇一弯，露出一抹若有似无的笑容。这是他的活船啊，现在他身在自己的活船上，躺在船长所用的宽敞房间里。他大汗不止的身体上盖着上好的亚麻被，房里的黄铜擦得亮闪闪的，木作也一尘不染，一切显得既舒适又高雅。他听得到薇瓦琪号切过海浪时的水声，他几乎感觉得到船的感知围绕、保护着他。她就像是他的第二层皮，保护着他不受外界的侵扰。柯尼提满足地叹了一口气，随即就被干燥喉咙里的浓痰呛到了。

"侬姐！"柯尼提沙哑地对那婊子叫道，"水。"

"已经来了。"她柔声答道。

原来水真的已经来了。这真是令人意外，但事实确是如此，她手里拿着一杯水，人就站在他床边。她伸手到他颈背扶他起来喝水之时，柯尼提只觉得她的手凉凉的。喝了水之后，她敏捷地把他的枕头理好，才让他的头再度靠在枕上。接着，她用凉凉的湿布擦去他脸上的薄汗，又揩一揩他的手。柯尼提颇为受用，所以他在感激之余一语不发、一动也不动地躺着，任她摆布。他在这片刻之间感受了到清净与宁静。

只是好景不常，肿胀的断腿开始抽痛起来。柯尼提想要置之不理，可是他每多吸一口气，痛楚就变得更为剧烈。他的婊子坐在他床边，正在缝什么东西。他无精打采地望向她，却发现此时的她看起来比以前老了许多。她眉间和唇边的皱纹变深，黑色短发下的脸孔也更为削瘦，她的黑眼显得更大了。

"你气色好差。"柯尼提责备道。

她立刻放下针线活，并坐直起来，仿佛柯尼提不是在骂她，而是在称赞她。"你这样子我看了好难过。你人不舒服的时候……我吃不下，也睡不着……"

这个女人未免太自私了，当初是她把他的腿喂给海蛇吃的，如今她又讲得这么无奈而委屈，难道自己还该可怜她不成？柯尼提随即抛开这个念头："温德洛那小子在哪里？"

她立刻站了起来："你要见他？"

废话。"那是当然，我这腿没有起色啊，他应该要来帮我治腿的。"

她弯身看着他，并以讨好的脸色对他笑笑。柯尼提真想推开她，只是没那个力气。"据我看来，他是想等到我们开到牛溪镇再说。他想把东西搜集齐全才……动手。"那婊子说到这里，突然转开头，可是柯尼提已经看到她眼里闪烁的泪水了，此时她的肩膀拱起，再也不复之前挺直骄傲的姿态。看样子，她是认定他活不下去了。柯尼提一思及此，心里变得又怕又气。可恶，她咒他死是不是啊？

"去把那小子给我找来！"柯尼提粗鲁地下令道，不过他的目的主要是把她赶开，"你叫他好好记住，若是我死了，他们父子俩也要跟着送命。你叫他给我牢牢记住。"

"我立刻派人去找他来。"她颤声说道，同时抬腿就要往门口走去。

"不，你自己去，现在就去把他找来。快去。"

她转过身，轻轻在柯尼提脸上点了一下，使得他一下子烦躁起来。"既然你要我去，那我就去找他。"她劝慰般地答道。

柯尼提并未望着她离去的背影，而是倾听着她的靴子踏过甲板的声音。她的脚步很匆促。她走出去之后，轻轻地带上门，将门关紧，柯尼提还听到她气恼地提高音调对某个人说道："不行，走开，现在不许用那种事情去烦他。"接着她语带威胁地丢下一句："你若敢碰到那扇门，我就立刻取了你的性命。"而那人也唯令是从，因为后来并没有人敲门。

柯尼提半闭着眼，在痛楚的浪潮间浮沉。由于高烧之故，事物的形体看来更尖锐、颜色也更刺眼，这房间虽舒适，感觉却像是要整个垮下来压在他身上似的。他拉开被单，深吸一口气，看看能不能吸到清凉一点的空气。

"所以说，柯尼提，待会那个'淘气的男孩'来的时候，你要怎么跟他说呢？"

那海盗用力闭上眼睛，并试图以意志力驱走那个声音。

"你真是好笑。难不成你以为只要闭上眼睛，我就看不见你啦？"那护符无情地讽刺道。

"闭嘴，你走开。我真后悔当初找人订做了你这个护符。"

"哎哟，你讲这话多伤感情呀！我们一起度过了大风大浪，如今你却把我讲得如此不堪！"

柯尼提睁开了眼睛。他举起手腕，凝视着手腕上的腕带。腕带上系着一个小小的巫木护符，这护符所刻的就是柯尼提的脸，而此时那张巫木脸正友善地咧嘴笑望着他。这人脸的巫木护符以皮带绑在手腕上，固定在他的脉搏跳动处。由于高烧的关系，那巫木脸孔显得格外地大。柯尼提又闭上了眼睛。

"难道你真的深信那小子能把你治好？唉，其实你也不信，毕竟你没笨到那个地步。不过，你现在是病急乱投医，所以才会坚持要那孩子试试看。呵，你知道你哪里最令人感到惊奇吗？那就是你竟然是因为怕死到了极点，才敢面对截肢的手术。你想想，如今你那个肿胀的皮肉轻轻一碰就疼痛不堪，连盖被子都痛，那你怎么会肯让那小子动刀呢？那亮晃晃的利刃一戳下去，鲜血就冒出来，没过了刀子……"

"护符，"柯尼提的眼睛睁开了一小缝，"你何必这样折磨我呢？"

那护符噘起嘴，思索般地说道："因为我折磨得了你啊。当今世上众人都奈何不了你，但我就是能把你折磨得有苦难言，任你是伟大的柯尼提船长、大解放者、日后的海盗群岛之王，那又如何？"那小脸窃笑起来，轻蔑地说道，"另外再奉送你一个称号：'勇敢地献腿于海蛇的食饵'。好，你告诉我，你到底想对那个少年教士怎样？你是不是喜欢上他啦？看到那小子，使你连做梦都梦到你当年的往事。你会不会把别人加诸你身上的事情加诸在他身上呢？"

"才不会呢，我从来没有……"

"什么，从来没有？"那巫木护符残酷无情地窃笑道，"你该不会是以为你骗得过我吧？我们都紧密相连成这样了，你的一切，我没有不知道的。"

"我找人刻你这个护符，为的是要你帮助我，可不是要你来折磨我！你怎么反倒跟我作对起来了？"

"因为我痛恨你的为人，"那护符暴虐地说道，"我才不愿跟你化为一体，助你行恶呢。"

柯尼提吃力地吸了一口气。"那你到底要我怎样？"柯尼提既像是屈从，又像是在恳请对方大发慈悲似的问道。

"你可终于想到要问我了。嘿，我要你怎样呢？"那护符慢慢地重复道，像在品尝这个问题，"也许我就是要让你受苦，也许我以折磨你为乐，也许……"

门外响起了依妲轻声赤脚走路的声响和靴子踏过地板的声音。

"你要好好地对依妲。"那护符匆促地说道,"如果你能做到的话,那么我——"

舱房一开,那护符就不说话了,它再度变得静止且沉默,看起来不过是病人腕带上系着的木珠而已。温德洛先走进来,后面跟着那婊子。"柯尼提,我带他来了。"依妲关上身后的门,对柯尼提说道。

"很好,你出去吧。"柯尼提说。那个可恶的护符若是以为它可以逼迫自己做这做那,那它就错了。

依妲露出讶异的表情:"柯尼提……这样好吗?"

"这样当然不好,可就是因为我以愚鲁蠢笨为乐,才净爱做这种事情。"柯尼提低声把这几句狠话丢给依妲,同时观察手腕上的木脸,看看它有什么反应。木脸依然动也不动,但是它那一对小眼睛闪了一下,大概是在筹划要如何报复吧。但是他才不在乎呢,他既然仍有一口气在,就不会对那么一小块木屑低头。

"你出去,"柯尼提再度说道,"独留这孩子下来就好。"

依妲背脊挺得直直地走出去,顺手把门关紧。她关门的手劲大了点,但还称不上是摔门。她一出去,柯尼提就硬撑着在床上坐起来。"你过来。"他对温德洛盼咐道。那少年走上前来时,柯尼提拉着被单一角将之掀开,于是那条腐烂败坏的断腿便赫然映入眼帘。"看,就这样。"他以不屑的口气说道,"你要怎么帮我治?"

那少年一见便脸色刷白。柯尼提看得出他是铁了心才敢走到床边,凑上来仔细检查他的腿。温德洛闻到那个味道,鼻子都皱了起来,接着他抬起头直视着柯尼提,简单且老实地说道:"我不知道。情况很糟糕。"温德洛再看了那溃烂的断腿一眼,又转过头直视着柯尼提:"反正,这腿若是不切除,你一定会死。既然如此,那么我们就算试试看又能有什么损失?"

那海盗勉强地咧嘴而笑:"我吗?我是没什么损失,但是你就不同了,毕竟你若是治不好,那么你可得连带赔上自己和你父亲的性命。"

温德洛郁郁地笑了一声。"我早就知道你若死了,我这条命也就没了,所以这跟我动不动刀无关。"他稍微朝舱房门口一努嘴,"你若是活不下去,她是一定会找我赔命的。"

"你很怕那个女人,对不对?"柯尼提故意笑得更开,"你是该怕没错。好,那你想怎么做?"柯尼提故意讲得很轻松,以展现出他有多么勇敢。

那少年再度打量断腿。他皱起眉头,仿佛在深思,专注的表情使他显得更为年轻。

柯尼提朝溃烂的断腿瞄了一眼,接着就不愿多看,宁可只看温德洛的脸了。那孩子的双手伸向他的腿,使他光是想到那感觉就不由自主地瑟缩了一下。"放心,我不会碰到你的。"温德洛保证道,他的声音轻得宛如呢喃,"但是我得知道哪里的血肉还是好的,哪里的血肉已经不行了。"温德洛双手拱起、聚拢,仿佛做成罩子要捕捉什么东西似的。然后他从伤口处开始感应,再慢慢朝柯尼提的大腿方向移过去。温德洛的眼睛闭得只剩小缝,头也歪到一边,像是在专注地听什么声音。柯尼提望着他的手势,这孩子到底在感应什么?热度吗?还是比热度更微妙的东西,好比说毒素的浓度?那少年的手因为做了粗工而变得十分粗糙,但仍不失艺匠之手的那种倦懒优雅。

"你只有九指啊。"柯尼提说道,"怎么会少一根指头?"

"意外事故。"温德洛心不在焉地回答,盼咐道,"嘘。"

柯尼提皱起眉头,但仍照温德洛所言没有再问下去。他开始感觉到少年拱起的双手在他断腿上方隔空移动着,那鬼魅般的压力唤起了疼痛的韵律。柯尼提咬紧牙关,勉力抵抗痛感,并设法再度把痛感从心里赶出去。

温德洛的手移到柯尼提的大腿中间时停顿了一下,之后就悬浮不动。他眉间的皱纹变得更深,呼吸又深又长,眼睛也全闭了起来,看起来像是站着站着就睡着了。柯尼提仔细观察温德洛的脸,他的黑睫毛既长又卷,脸颊和下巴已经失去了孩童的丰润感,但却连嫩须都没长;他的鼻子旁边有个绿色的刺青,表示他曾是大君之奴;绿刺青旁边有个较大的刺青,但是图样很粗劣,柯尼提看了一会儿才看出那是薇瓦琪号人形木雕的模样。柯尼提的第一个反应是恼怒,这少年长得这么俊秀，怎么会有人故意把他弄得这么丑？接着他又发现，冷酷无情的刺青与他的稚嫩童真恰成反比。依妲不也是这样？柯尼提第一次看到依妲的时候，她看上去就是个不受人世拘束的小女孩，可是她却在娼馆中卖淫……

"柯尼提船长？大人？"

柯尼提睁开眼睛，温德洛是什么时候靠上来的，还离他这么近，怎么他都不知道？

温德洛正在自顾自地轻轻点头，一待那海盗朝他望过去，那少年便说道："就是这里，这里的血肉是好的，从这里切下去应该就行了。"

可是那少年比划的地方在他的大腿高处，如果这样切下去，那他这条腿不就所剩无几了吗？柯尼提吸了一口气，应道："你说这里的血肉是好的？既然如此，不是应该把此处全留着，把这处以下的地方切除就好了吗？"

"不，我们应该在好的血肉上下刀切掉一小块，因为健康的组织痊愈得比中毒恶化的地方快。"讲到这里，温德洛停顿了一下，把落在脸上的发丝拨到脑后。"其实，这条腿上上下下都多少带有毒素，但据我看来，从这里下刀是最好的了。"那少年面露思索状，"首先，要用水蛭在伤口附近吸血，把浊血烂脓吸掉一些。修院的医生有些主张划开小口放血，有些主张用水蛭吸血。当然了，放血与吸血各有好处，只是应用的情况不同，不过我个人认为，伤口感染的浓浊血液用水蛭吸掉是最好的。"

柯尼提竭力保持镇静的表情。那少年的脸色很是专注，柯尼提看到他，不禁想起索科打算要使什么诡计的模样。

"然后我们在这里绑一条宽版的止血带，免得一动刀的时候，血液喷涌而出。止血带要绑得紧，却又不能伤及血肉。我在止血带下方动刀切下去，但是要留一片皮以盖住伤口。我需要的工具是利刃以及锯骨用的细齿锯子各一把，刀刃要够长够利，切下去不沾不带，而且无须锯肉。"那少年比划出刀刃的长度，"至于缝线，有的人会用细丝的鱼肠线，但是在修院，大家都说用需要动手术的那人自己的头发是最好的，因为这样身体才不会排斥。而你的头发既细又长，虽卷，却不至于太卷，还可以拉得直，做缝线是绰绰有余的。"

柯尼提不禁想，这少年讲这么多，到底是为了要让他宽心，还是因为根本就忘了现在正在谈的乃是他的骨头血肉？"那怎么止痛？"柯尼提假装热切地问道。

"勇气是最好的止痛药。"那少年直视着柯尼提的眼睛说道，"这种手术不可能求速，但是我会尽量小心。你可以在手术之前喝些白兰地或朗姆酒。其实我认为，瓦济果的果皮精油是最好的，麻痹伤口的效果一流，只是这玩意不但昂贵，还很罕有。当然了，这种果皮精油只能对好肉好血产生效用，所以就算有果皮精油，也得等到动完手术才能生效。"温德洛若有所思地摇了摇头，"也许你应该考虑要找哪几个船员来按住你，要找个子高大强壮而且意志坚定的人，就算你下令叫他放手或语出威胁，他也不会放手。"

厌倦退缩的心情像一股波浪般席卷柯尼提全身，他实在不愿多考虑自己在动手术的时候必须面对何等的羞辱，虽然丢丑的场面势必难免，但是他却不愿接受这个事实。那种手术是何等痛苦无助啊！何必非动手术不可，一定有别的路可走吧！柯尼提明知道，就算全程忍耐过去，自己仍有可能一死。既然如此，他要如何选人，这情何以堪！想想看那些被选出来的船员会觉得他有多笨！

"……要拉开一点，然后添个一两针，把它缝紧。"温德洛讲到这里的时候停顿了一下，等待柯尼提应和。"我要让你知道，我从来没有亲自操刀过。"他突然坦承道，"但我看过两次手术，一次是切除受感染的腿，一次是切除被牛踩烂到无可救药的脚踝和脚，两次我都在场帮忙递工具、提水……"温德洛越讲越低声，最后终至无声。他舔舔嘴唇，望着柯尼提，眼睛越睁越大。

"怎么？"柯尼提质问道。

"你的性命掌握在我手里。"温德洛把扰人的念头大声说出来。

"你的性命也掌握在我手里呢。"那海盗指出，"而且是连同你父亲的性命在内。"

"我不是那个意思。"温德洛像是在做梦般地说道，"不用说，你一定很习惯握有生杀大权，但我从来就没有这样的权欲。"

Chapter Three
The Crowned Rooster

第三章
戴冠公鸡

  贾妮·库普鲁斯匆匆而行,她的脚步声在洞穴般的长廊里回响。她沿着黑暗长廊越来越深入古灵人这迷宫般的宫殿,修长的指头顺便拂过镶嵌在墙上的长条型"济德铃"饰灯,饰灯在这触碰之下发出微弱的光彩。石板地上偶有黑黝黝的水洼,被水洼所阻,贾妮不得不两次绕路而行,每次绕路的时候,她都默默记下自己所在的位置。地下迷宫会积水,这是每逢春天多雨的时候都会出现的问题,再这样下去,恐怕用不了多久,地下迷宫之上所压的富含水分的厚重土层以及不断往下探索的林木树根,就会在土层与树林跟地下宫殿之间的长期抗战之中取得优势了。水滴轻轻滴落的声音恰与贾妮急促的脚步声形成强烈的对比。

  昨天晚上有地震,虽说以雨野原的标准而言并不算大,但是比起平时大地轻微的晃荡,昨晚的地震的确较为剧烈,为时也较久。贾妮努力遏止自己继续朝那方面想下去,并继续匆促地在黑暗中前行。古城的大部分都已经在更大的天灾之中毁坏倒塌,唯独这一块区域屹立不倒。既然如此,想必这一带还能再撑久一点吧。最后她终于走上一条圆拱的甬道,甬道尽头是一扇巨大的铁门。贾妮伸手轻轻拂过铁门,于是门上顿时跃出活灵活现的"戴冠公鸡"浮雕。这个浮雕虽然熟悉,但是贾妮每次见到时仍不禁心头一震,所以她能体会当年她的祖先一见到这个浮雕,就立刻决定要以此作为家徽的心情。铁门上的公鸡举起一脚,蓄势待发,双翅半展,状甚慑人。公鸡伸长了脖子,颈羽怒张,眼里则嵌着宝石,在黑暗中闪闪发光,总而言之,戴冠公鸡看起来既优雅又傲慢。贾妮伸出一手,牢牢地按在公鸡的胸前,推开铁门走进了无边的黑暗之中。

戴冠公鸡大厅既高大又宽敞。贾妮不是靠着视力,而是凭着记忆走下入口处的浅阶。她没入了黑暗的大厅之后,眉头逐渐地皱了起来。她大老远走到这里来找雷恩,谁知他却不在,看来她是白费工夫了。贾妮在入口浅阶的最低处停顿了一下,盲目地四面张望,就在此时,她突然听到儿子的声音从黑暗中传来,把她吓了一大跳。

"你有没有想象过,这个大厅新造好之时是什么光景?母亲,你想想看,在遥远的过去,在这样的春日中,阳光想必会透过透明圆顶照进来,映出壁饰上的生动色彩。当年他们在这里做什么呢?从他们乱七八糟地堆放桌椅,又在地上挖了一个又一个的深坑来放置巫木来看,平时巫木应该不是放在这里的。据我推测,他们是匆促地把众多巫木移置于此,以免那场摧毁了古城的灾难连带葬送了这些巫木。既然如此,那么在那之前,这个盖了透明圆顶又有精致壁雕的宽敞大厅是做什么用途的呢?从此处有许多庞大的土盆来看,古时这里应该种了不少花草。然而,到底这里只是个有顶盖的花园,为的是让人们即使在恶劣的天气里也可以舒服地散步呢,或者说这里是——?"

"雷恩,够了。"雷恩的母亲不耐烦地制止道。她在墙壁上摸索,最后终于摸到长条的济德铃饰灯。她牢牢地按下去,于是好几片花样繁复的饰板微微地放出亮光,贾妮看了不禁皱起眉头。在她的少女时期,济德铃的饰板不但比较亮,而且花上的每一片花瓣都绽放出光芒,如今它的光芒却一天比一天黯淡,仿佛这个房间正在逐渐死亡——贾妮把这个丧气的念头压了下去。她语带恼怒地质问道:"这里黑漆漆的,你在这里做什么?你怎么没去西走廊监督工人?他们在西走廊第七房的墙壁上发现了一个秘密的出入口,这正是你的直觉最能派上用场的时机,你应该去那里勘探,指导他们如何打开通道。"

"你指的是要我去毁灭那个地方吧。"雷恩纠正道。

"噢,雷恩。"贾妮疲惫地斥责小儿子。这样的对话模式一再出现,她已经觉得很烦了。有时候她不免会想，这个儿子虽然最有天赋、最能勘破古灵建筑构造的秘密，可是他却最不愿意运用自己的禀赋。"不然你说说看要怎么样啊！任由那些地方掩埋在土里，无人闻问，终至遗忘？还是要放弃雨野原，撤回缤城，跟我们的亲族住在一起？即使撤回缤城，那也只能暂居，不能久住。"

她听到儿子轻轻的脚步声绕着戴冠公鸡大厅仅剩的最后一根巨大巫木而行，雷恩绕过巫木的末端转出来时，那姿态像是在梦游。贾妮望着儿子走路的姿态，以及一边走一边伸手拂过那巨大树干的样子，心不禁直直地往下沉。由于大厅湿冷，寒气沁人，所以雷恩穿着斗篷、戴着兜帽。"不。"他轻轻地说道，"我跟你一样热爱雨野原，一点都不想搬往他处。不过据我看来，我们雨野原商人也不该再躲躲藏藏地匿居于此。除此之外，我们也不该为了维护自己的安全而继续劫掠、毁坏古灵人的大城。我们不应该大肆破坏，而应当重现往日风情，并庆祝在此找到了宝物。我们应当把埋住古城的泥土尽皆挖开，让古城再度受到日月的照耀。我们不应该再把哲玛利亚国的大君奉为君主，我们应当拒绝纳税，也不再遵守大君设下的种种限制，我们应当要能够自由自在地四处买卖才对。"雷恩越讲越小声，因为他母亲愠怒地瞪着他，不过他并没有因此而住口："让我们以天生的风貌无愧地出现在众人面前，而且是出于自主选择，而非出于羞耻地说出我们居于何处、做何营生。就我来看，我们雨野原商人应该要这样才对。"

贾妮·库普鲁斯叹了一口气。"你还很年轻哪，雷恩。"她简短地评论道。

"如果你的意思是我其实很笨，那你就直说好了。"雷恩应道，不过他的话中倒没什么恶意。

"我并不是说你笨。"贾妮温和地答道，"我说的是你很年轻，而我的意思就是你很年轻。天谴海岸的重负并未沉重地压在你我肩上，但是许多雨野原商人是确确实实承受了天谴海岸的重负的。就某些角度而言，这使我们雨野原商人更加为难，而非比较轻松。我们罩着面纱前往缤城，四处看看，然后就说：'其实我跟住在这里的人也差不了多少，我看时间一久，他们就会接受我，到时候我就可以自由地在缤城人之间活动了。'可是你在说这种话的时候是不是忘记了,琴丝和蒂娜蒙若是不戴面纱就面见外人,那么无知的人会以什么眼光看待她们?"

雷恩一听到母亲提起姐妹们的名字,便垂下了眼睛。雨野原的孩子身体变形乃是常态,但是为什么有的孩子变化颇大,而有的人——比如雷恩——却没什么影响,这就没人说得上来了。在雨野原本地,处于亲族之间,身体变形还不至于造成人际关系的负担,毕竟,既然邻居们的脸庞跟自己一样结了硬皮或是垂着肉瘤,那么你何需一看到这样的场面,就像见到鬼似的脸色发白?不过,雷恩一想到继妹琴丝不戴面纱就出现在缤城街头的场景,心里便大喊不妙。贾妮从儿子的表情中读出了他的心思,就好像他把自己的心情写在卷轴上,之后交给母亲看一样清楚。雷恩的眉头皱起,因为他看出了这一切有多么不公平。

他痛苦地答道:"我们雨野原商人是很富有的。我虽年轻也不智,但我总还知道我们可以用钱来买通,让外人接受我们。要不是大君脚踩在我们的脖子上,以手勒住我们的钱袋,那么我们应该是世界上最富有的人了。母亲,你记住我的话,大君的税率甚高,又对我们重重限制,如果我们能够甩掉他,那我们就用不着摧毁古城,因为古城本身就可以使我们富有起来。我们无须再掠夺宝藏卖到外地,只要重现古城往昔的风情,让它重见天日就可以了,人们会高高兴兴地搭乘我们的船上溯雨野河来参观古城。外人来到此地必会对我们看得着迷,因为人们对于拥有财富的人总是亲睐有加。现在,我们觉得有些地方窒碍难解,但到时候我们必有闲情余暇解开秘密。就是因为我们不得自由,所以我们才无法将古城的所有奇观通通挖掘出来啊。若我们没了束缚,那么必可使阳光重新照耀在这间大厅里,而困在这里面的龙后——"

"雷恩。"他的母亲低声说道,"你缩手,不要再摸巫木的树干了。"

"这才不是树干。"雷恩柔声说道,"这不是树干,你我都心里有数。"

"而且你我也都知道,你现在讲的话并不是完全出于自己的心思,雷恩,我们将这称为什么都无所谓。重点是你我都知道,你为了研究壁饰和柱饰而在这里待得太久,又受到这东西的熏陶,于是这东西便侵入了你的心思,把你收为奴仆走狗了。"

"不!"雷恩激烈地否认道,"事实与你所说的差远了,母亲。没错,我的确是为了研究古灵人留下的印记而一天到晚都待在戴冠公鸡大厅里。不过,之前大厅里有不少巫木,而前人在剖开巫木取材之后,把巫木内的东西丢在一旁,而我也趁此把那些东西研究了一番。"雷恩说着摇了摇头,他古铜色的眼珠在黑暗中闪闪发光。"在我小的时候,你告诉我巫木其实是棺材,但是这话不对。与其说巫木是棺材,还不如说是摇篮比较贴切。现在我对巫木知道得比以前多得多,所以我很想把戴冠公鸡大厅里仅存的这根巫木唤醒,并释放出来,但这并不表示我已经受到龙后的掌控,而只意味着我已经开始看出,我们到底应该要怎么做才对了。"

"应该怎么做才对?应该要忠于自己的族类才对!"雷恩的母亲愤怒地驳斥道,"雷恩,我明白地告诉你吧,你跟这巫木树干相伴得太久,那狡猾东西逐渐渗入你的心思,如今你已经分辨不出你所讲的哪些是你自己的心思,哪些是巫木的记忆。你这个愿望就算是正当的,但是其中也夹杂着不少小孩子的好奇心。就说你今天的举止好了,你明明知道今天我们需要你到西走廊去勘探,结果你却在哪里啊?"

"我在这里。我在这里,跟最需要我的龙后在一起,因为除了我之外,没有人会帮龙后讲话!"

"它大概已经死了。"雷恩的母亲直率地说道,"雷恩,你不但想岔了,还把大人讲给小孩子听的床边故事信以为真。你想想看,在我们发现这个地方之前,这根大树干已经在这里躺了多久?这么长的时间,任凭树干里有什么活物也早就灭亡,而如今仅存的只是那东西渴望阳光与空气的回响罢了。你很清楚巫木有什么特性,巫木剖开来、去除了内含物之后,便可自由纳入记忆与思绪,无论是谁,天天与巫木接触,其记忆与思绪便进入其中。但是这并不表示巫木是活的,你把手贴在巫木上之时,听到的只不过是往昔的生物留在巫木之中的记忆罢了。"

"如果你这么肯定,那么何不把你的理论拿来试行一下?我们就让这根'树干'照到阳光、受到清风吹拂。如果到那时候,龙后没有从巫木之中孵化出来，我就承认是我想错了。如果真是我想错了，那我就不再反对，任由你们把这巫木剖开取材，造一艘属于库普鲁斯家所有的大船，我都不会再多说什么。"

贾妮·库普鲁斯长叹一声，柔声劝道："雷恩啊，你赞成也好，反对也好，其实都无所谓。你是我们家的幼子，不是长子，所以日后这一根巫木树干要如何处置，恐怕你无权置喙。"不过贾妮一看到儿子垂头不语，又担心这话会刺伤他。雷恩这孩子个性特别顽强，不过也格外敏感，这点大概是得自于他的父亲吧。贾妮有点警惕地想，应该要说得让他心服口服才是。于是她接着说道："若果真如你所言，那么不但需要许多人工，工期还很漫长。这样一来，我们就得停下目前的工程，那么家里的财源就断了。那根巫木毕竟太大，古时候的人把巫木搬到这里的路径早就坍塌阻断，而那根巫木树干又太长，很难循着蜿蜒的长廊搬到外头去。那么，若要让巫木见光，唯一的办法就是派工人去清理戴冠公鸡大厅上头的林地，不断挖掘，最后打破透明圆顶，再设立三角台座，用滑车把巫木吊出去。那工程太浩大了。"

"但是如果我的立论为真，那么工程再怎么浩大也值得。"

"是吗？那我们推想看看吧。如果你的立论为真，我们把这根巫木暴露在阳光与清风之下后，巫木中果然孵出了什么东西来，那又如何呢？你能保证那个生物会对我们有好感吗？说不定那生物根本就不理会我们！以你看过的古灵书卷和古灵碑匾之多，现今世界上大概无人能出其右。而你自己说过，虽然古时候，龙定居于古灵人的大城里，但是龙这种生物既傲慢又好斗，而且一意孤行。既然如此，你还想要把龙释放出来，让龙与我们共处吗？更可怕的是，我们在不知情时把别的巫木剖开、取其材为用，那么这条龙会不会因为我们危害龙族而憎恶，甚至痛恨我们呢？这根树干大得惊人啊，雷恩，你光是为了满足自己的好奇心，就想要把龙释放出来，但是这条龙若是与你自己的族类为敌，那实在是可观的劲敌呀！"

"好奇心？"雷恩气急败坏地叫道，"才不只是好奇心呢，母亲。这龙后因于此，令我心生怜悯。没错，我就是怜悯，同时我还感到很愧疚，因为多年来，我们不假思索地残害了许多龙族。我之所以倡议要释放龙后，除了好奇之外，也出自于懊悔与赎罪的心理啊。"

贾妮捏起拳头："雷恩，我不要再跟你谈下去了。如果你想再跟我谈巫木的事情，那你得到我的小起居室去谈，而不是在这个潮湿的洞穴里，因为那个……东西影响了你的思绪。就这样，不用再争辩了。"

雷恩慢慢地站直起来，叉手抱胸。贾妮看不清他的脸色，不过就算看不到，她也知道此时儿子必定闭着嘴咬紧牙关。这孩子就是顽冥不化——他何必这么顽固呢？

接着贾妮向儿子示好："儿子啊，我在想，等你去勘探了西走廊的工程之后，我们可以坐下来商量，筹划一下你去缤城拜访的细节。虽说我已经跟维司奇家族保证，你不会借送礼来收买麦尔妲的心，但你若是赠送礼物给她的母亲和外祖母仍属合宜，所以我们一定要挑选些礼物，并预先准备你出门的衣装。我们还没商量你要作何打扮呢。你平常穿得很严肃，不过若想赢得女伴的芳心，就必须像孔雀一般展现出绚烂彩羽才行。当然了，你还是得戴面纱，至于要用厚重还是细薄的面纱，就交给你自己去决定了。"

贾妮这一招果然奏效，雷恩的姿态软化下来，贾妮感觉得到儿子露出了笑容："我要戴密不透风的面纱，不过我之所以要选用这样的面纱与你所想的理由不同。据我看来，麦尔妲是那种深以秘密与计谋为乐的女人，而就是因为她性情如此，所以一开始才会对我感兴趣。"

贾妮开始慢慢地朝戴冠公鸡大厅的入口走去，雷恩果然如她所料地跟了上来。"麦尔妲的母亲与外祖母都认定她只是个小孩子，不过你却把她视为女人。"

"她绝对是女人。"雷恩斩钉截铁地说道，让人一点也反驳不了，同时他还对自己笃定的看法引以为傲。贾妮对于儿子的变化感到又惊又喜。雷恩对于求爱的事情从来就提不起劲，虽说多年来，他身边一直不乏争相博取他注意的女人，毕竟在雨野原诸世族之中，只要是出于库普鲁斯家族的，不管是儿子还是女儿，都是上好的嫁娶对象。家里人曾经帮雷恩找好对象，并着手安排结婚事宜，但也只有那么一次。那次雷恩一口回绝，使双方家族尴尬得不得了。

缤城商人世家之中也有几次提议要与库普鲁斯家联姻，但是雷恩根本瞧不起对方——不，若说他"瞧不起对方"，未免说得太重，毕竟他从头到尾都没有把对方放在眼里。然而，这个麦尔妲·维司奇说不定可以拯救她儿子，免得她儿子终日沉迷于古物之中。想到这里，贾妮走出戴冠公鸡大厅，并回头对儿子一笑。

"老实说吧，对这个又是女人又是小孩子的麦尔妲，我还挺好奇的。她家里的人谈起她，跟你形容的真是天南地北……我真想早点见到她。"

"我也很想早点见到她。我还打算邀请麦尔妲和她的家人到我们这里来做客，母亲。当然，前提是你觉得可以的话。"

"你明知道我一定不会反对。我们雨野原商人一向对维司奇家族颇有好感，虽说他们早就不到这里来做生意了。再说，等到这宗亲事定下来之后，维司奇家族必会与我们密切往来。他们家拥有活船，上溯雨野河不成问题……况且等到举办婚礼之后，那活船就完全属于他们所有，所有债务都一笔勾销，将来你跟麦尔妲的前程必定很兴旺。"

"兴旺吗？"雷恩应道，听他的口气似乎觉得这个形容很好笑，"母亲，我向你保证，将来麦尔妲与我的前程，绝不止兴旺而已。"

这时母子俩已经来到走廊的分岔处，贾妮停下脚步。"你去西走廊，打开那个新门。"贾妮的语气并非一个问句。

"好。"雷恩漫不经心地应道。

"那就好，等到西走廊的事情办好了，就到我的小客厅来，我会准备一些合适的礼物让你挑选。要不要我再找几个裁缝来量身，并请他们把最新颖的布料带来？"

"嗯，当然。"雷恩皱起眉头，思绪像是已经飘到远方，"母亲，你向维司奇家的人保证我不会以豪奢的礼物来讨麦尔妲的欢心，不过寻常男子致赠给意中人的小东西，我还是可以送的吧？像是鲜花、水果和甜点之类？"

"据我看来，送这些东西，她们应该没什么好反对的。"

"那就好。"雷恩自顾自地点头，"那么，能不能请你帮我准备一些礼篮，好让我去缤城的时候，每天都可以献礼？"他露出了微笑，"这些礼篮里头要衬着质料柔软、颜色鲜艳的丝巾，礼篮边缘要以缎带装饰，而且每个礼篮里头都要摆上一两瓶上好佳酿……这应该还不至于太过分吧。"

他母亲忍不住笑着叮咛道："你可能要谨慎些，别操之过急啊，儿子。要是你超出了罗妮卡·维司奇划下的界线，那她可会毫不客气地说出来。你若是一股脑地跟她杠上，恐怕不太好吧。"

雷恩已经走开几步了，不过他听到母亲的话，转过头，古铜色的眼睛一闪。"母亲，我不会一股脑地跟罗妮卡杠上，不过我也不会一股脑地附和她。"雷恩一边讲一边继续往前走，"我必是要娶麦尔妲为妻的，所以她们越早习惯我的作风，大家就越方便。"

贾妮望着儿子的背影，叉手抱胸。怪不得他托大，毕竟他没见过罗妮卡·维司奇呀。贾妮一想到她这个顽固的儿子说不定会发现那个缤城商人乃是个旗鼓相当的对手，眼里便不禁闪过莞尔的笑意。

雷恩停下脚步回头问道："你有没有派出信鸽，把我跟麦尔妲交往的事情告诉史督勃？"

贾妮点点头。雷恩特别问起这一点令她感到很欣慰，因为有的时候，雷恩跟继父相处得不是很好。"史督勃祝你一切顺利。小琴丝说，他们要等到冬天才会回到崔浩城来，叫你务必等到冬天再成婚。另外曼都说，你欠他一瓶杜嘉白兰地，看来像是你们两个很久以前打了赌，说你的兄弟们都会比你早结婚什么的。"

雷恩已经又迈步走开了。"这个赌，我乐得赌输。"他回头说道。

贾妮笑望着儿子的背影。

第四章

心有所系

布里格的手靠在舵轮的辐轴上，看起来轻松胜任。能够感知到船的上下四方，仿佛船就是自己身体延伸部分的人，脸上往往有种看起来很遥远的神情，那海盗正是如此。温德洛并未骤然凑上前，而是先停下脚步打量对方。布里格很年轻，不超过二十五岁，栗色的头发裹在绣着渡鸦标志的黄巾里。他的眼珠是灰色的，深黑色的渡鸦刺青盖在久远以前的奴隶刺青上，将之遮盖得几乎看不见。布里格虽年轻，却颇为果断，所以就连年纪比他大的人一听到他下了命令也忙不迭地动起来。柯尼提挑选布里格在他卧病之时担任代理船长，确有识人之明。

温德洛先深吸一口气，才以尊重对方又不失自己尊严的态度朝那个年纪比他大的男子走过去。他得让布里格承认他已是成人，不是小孩子了。他静静地站着，等待那男子转过头与他四目相对。布里格只是看着他，一句话也没说。温德洛轻声但清楚地说道："我有几个问题要问你。"

"是吗？"布里格挑衅地说道，他的眼睛流转，朝船桅顶的瞭望人瞄了一眼。

"没错。"温德洛稳重地答道，"你们船长的断腿没什么起色。我们还要开多久才会抵达牛溪镇？"

"一天半。"布里格答道，他又考虑了一下，补充道，"也许要两天。"

他的神情从头到尾都没什么变化。

温德洛自顾自地点头:"等上一两天应该不是成问题。我想在牛溪镇补充一些药剂和器具,等到诸事齐备之后再开刀。不过在这一两天之间,若是能多几样用品,也可让你的船长维持得强壮一点。问题是,奴隶暴动时将船上的东西搜刮一空,药箱也在混乱中失踪了。现在若是能找到药箱的话,用处可大得很。"

"药箱失踪,没人肯认账?"

温德洛轻轻地耸了耸肩。"我问过了,可是大家都不理会。那些重获自由的奴隶大多不愿跟我多谈,我想那是因为莎阿达怂恿他们跟我作对的关系。"讲到这里,温德洛不禁犹豫起来,这番话听着有点自艾自怜的味道,可是他在布里格面前发牢骚是无法赢得对方尊重的,所以他审慎地继续说道:"当然,这有可能是因为他们不知道自己拿到的就是药箱。此外也有可能在风雨与暴动之际,药箱被什么人抢到手又丢开,然后就落到海里了。"温德洛吸了一口气,把话锋转到正题上,"只不过,现在若是有药箱的话,你的船长就不至于痛得这么厉害了。"

布里格朝温德洛瞄了一眼。说真的,他看来一副不把药箱当一回事的样子,但他突然吼道:"凯吉!"

温德洛咬紧牙关要自己镇定,他心里想道,布里格一定是要找人来拖走他。不过叫做凯吉的那个人走上前来之后,布里格却下令道:"药箱失踪了,你去把全船上下的人都搜一搜。要是药箱仍在船上,那我是要定了。至少要打听到最后摸到药箱的人是谁,快去。"

"是。"凯吉应道,连忙走开。

温德洛还是没有离开。布里格叹息般地用鼻子呼出一大口气:"还有什么别的?"

"我父亲——"

"船!"瞭望者突然尖叫道,片刻之后,他朗声叫着,"一艘恰斯战船,但挂的是大君巡逻队的旗子。他们桨帆并用,正在迅速接近中。之前他们一定躲在海湾里。"

"可恶！"布里格骂道，"那个婊子养的，还真的把恰斯战船给引进来了。甲板清空！"布里格突然大吼道，"甲板上只留该班船员，闲杂人等通通下去，别给我挡路！多张点帆！"

布里格还在下令，温德洛就一溜烟地朝船首跑去了。他灵活地左闪右闪，躲开人潮，甲板上一下子变得像是被人撼动的蚁窝一般慌乱。前头的玛丽耶塔号转向一边，而薇瓦琪号则转向另一边。温德洛爬上前甲板，攀住船栏，他听到后面传来微弱的叫声，听起来是那恰斯战船要跟他们对话，但是布里格连理都懒得理。

"我实在不懂！"薇瓦琪对温德洛叫道，"恰斯战船怎么会挂大君的旗帜呢？"

"我在哲玛利亚城的时候听人谣传，克司戈大君雇了恰斯战船船队在内海路上下巡逻。按理说，巡逻船应该是要肃清海盗的，他们怎么说也不该追我们啊。我去瞧瞧！"温德洛攀上索具，以便爬到高处把情势看得更清楚。那艘恰斯船不是造来运货而是造来打仗的，那船不但张起船帆，两侧还各有一排奴隶在摇桨，修长的甲板上则挤满了准备打斗的战士。在春日阳光的照耀下，只见头盔与长剑闪闪发亮。大君的旗帜是象征田野的蓝色底布，绣上白塔如林的哲玛利亚城，这样的旗帜与血红色的船帆配在一起，显得格格不入。

"大君把恰斯战船引入我们的水域？"薇瓦琪难以置信地说道，"他疯了吗？恰斯人是翻脸不认人的，找那种人来巡逻内海路，等于找小偷来看守库房。"薇瓦琪害怕地回头一望："他们在追我们吗？"

"对。"温德洛简短地以一字作答，他心跳得很厉害。他该期望事态如何发展？他该期望他们利落地逃脱，还是期望那恰斯巡逻船逮住他们？船上的海盗除非经过一场血战，否则是不会把薇瓦琪号交出去的。若果真如此，船上又不知道要染上多少鲜血。然而，如果恰斯人得胜，他们会把薇瓦琪号交还给合法的持有者吗？大概会吧，不过据他看来，恰斯人倒比较可能把薇瓦琪号带回哲玛利亚城，以待大君发落。果真走到那个地步，那么此时瑟缩地躲在底舱的人又将再度变成奴隶,这一点他们心里清楚得很,所以他们一定不惜一战。奴隶的人数比那恰斯船上能够搭载的战士多得多,可是奴隶既没有武装,也没有受过打斗训练。温德洛心里想道,这下子恐怕会血流成河。

好,那他到底该敦促薇瓦琪快逃,还是劝她放慢?他甚至连心中的疑虑都还来不及说出来,局面就迅速成型了。

恰斯战船既小又呈流线型,不但吃得到风,又有船桨助力,一下子就追了上来。温德洛这才看清那战船船首的木雕是头狰狞的好战公羊。恰斯船的甲板上放出一阵箭雨,温德洛为了警告薇瓦琪而惊叫一声,因为那阵朝薇瓦琪号飞来的箭头之中,有些是烧着火球的。第一波箭雨还不及薇瓦琪号就落下,掉在海里,但是那些恰斯人的意向已经很明显了。

在这个时候,玛丽耶塔号突然做出个大动作,显出他们不但胆大包天,同时航海技术一流,玛丽耶塔号突然船身一斜,转了个大弯,绕到薇瓦琪号后面,挡在薇瓦琪号和恰斯船之间。温德洛仿佛看到海盗索科站在甲板上,催促手下更加卖力。玛丽耶塔号突然升起渡鸦旗,一点不客气地挑衅那些恰斯人。一时间,温德洛静止不动。这个柯尼提船长竟能使手下人如此忠心,他到底是什么人物?索科的用意很明白,他就是要以自己的船为诱饵引开恰斯人,免得他们去追他的老大。

温德洛攀得高,所以他看到玛丽耶塔号的甲板上架设了投石器,船身因为射出一波石弹而突然晃了一下。有些石弹落在水里,溅起巨大的水波,但是有不少石弹结结实实地落在那战船的甲板上。操桨的人吓坏了,原本韵律有致的划桨动作一下子变得混乱起来,连船桨都打在一起。巡逻船与薇瓦琪号之间的距离迅速地拉开。玛丽耶塔号不像是要停下来跟对方对战的样子,而是打算打了就跑,所以此时船上已经张起更多风帆准备逃之夭夭。战船恢复了划桨的节奏之后,急速地朝玛丽耶塔号追上去。温德洛拉长脖子想看个清楚,但是掌舵的人已经把薇瓦琪号开到小岛的下风处,挡住了视线。温德洛这才了解到,索科之所以要耍这个花招,为的是要引开敌人,好让薇瓦琪号趁机脱逃到隐蔽处。

温德洛顺着索具爬下来,轻轻地落在甲板上。"唔,挺有趣的。"他苦涩地对薇瓦琪说道,但是她显得心不在焉。

"柯尼提。"薇瓦琪应道。

"柯尼提怎样?"温德洛问。

"小子!"那女人的尖锐声音从温德洛身后传来。他一转头,发现依妲正怒视着他。"船长要见你,快去。"那女人不容置辩地命令道,不过她的眼睛不是在看他,而是与薇瓦琪四目相对,那人形木雕的脸孔一下子变得冷淡起来。

"温德洛,你不要动。"薇瓦琪轻声对他吩咐道。

接着薇瓦琪提高了声音,对那女海盗说话。"他名叫温德洛·维司奇。"薇瓦琪以显贵者对低下者说话的那种轻蔑语气对依妲说道,"从此以后,你不得叫他'小子'。"她的目光转向温德洛,慈祥地对他笑笑,并彬彬有礼地说道:"温德洛,我听到柯尼提船长在叫你,可否请你去看他一下?"

"我马上去。"温德洛转身就走。他丢下薇瓦琪与依妲往艉楼走去之时,心里不禁纳闷薇瓦琪到底意在展现什么?他可不会笨到错以为薇瓦琪此举是为了保护他,不让他受到依妲的欺侮。差远了,那是两名女性为了夺取大权而彼此叫阵较量的场面。薇瓦琪以她特有的方式,强调温德洛乃是她的地盘,并要求依妲不得进犯。同时,她又乐得让那个女人知道,她就是能够感知到船长室里的动静。从依妲脸上的表情看来,她可没有因此而跟薇瓦琪同乐。

温德洛回头望了一眼。依妲一动也没动,他没听到交谈声,不过这也可能是因为她们低声讲话,所以别人听不见。那女海盗的独特相貌至今仍使他倍感惊异,依妲个子高,手脚细瘦,动不动就穿丝衬衫、绸背心和长裤,仿佛那些东西不过是简便的棉衣衫。她的黑发油光水滑,而且剪得很短,甚至不及肩。她全身上下无一处具有女人特有的丰润或柔美,她的黑眼中迸射出危险与野性。就温德洛看来,她就像猎猫一样残暴无情。总而言之,那个女人一点温柔的特性都没有。可是说也奇怪,她这些特征样样都没女人味,可是这一切的组合竟让她显得格外有女人味。这女人之位高权重,乃是温德洛前所未见的。他不禁纳闷,这场两个女人之间的意志之战,薇瓦琪是否能占得上风?

柯尼提的确在叫他,不过他不是大声叫,而是急切地喘息着叫唤。温德洛也不敲门就直接走进船长室,那个高大削瘦的海盗仰躺在床上,但是他的神态却一点也不轻松。他双手紧抓着床单,用力得指关节都发白了,宛如正在生孩子的女人;他的头往后仰,抵在凌乱的枕头上,赤裸无毛的胸膛顶了起来;他嘴巴大开,痉挛般地吸气;他的胸口吃力地鼓涨、收缩,黑发汗湿,敞开的衬衫也汗湿了,刺鼻的汗水味充斥着整个房间。

温德洛走到床边时,柯尼提再度喘息着叫道:"温德洛?"

"我在这里。"温德洛想也不想,就把柯尼提的一手捧起来。柯尼提立刻紧抓住他的手,手劲大到温德洛强忍着才没有叫出声来。他不但没有惨叫,反而也紧抓住柯尼提的手,并且刻意从拇指和其他四指之间捏下去,另一手则扣住柯尼提的手腕。温德洛本想以指压住柯尼提的脉搏处,但是那海盗的腕带却横阻于脉搏之上,所以他干脆上移到柯尼提的前臂上。他一边紧压住柯尼提手上应可减轻疼痛的那个穴道,一边以缓慢且令人镇定的节奏在柯尼提的前臂上一抓一放。温德洛大着胆子在柯尼提床边坐下来,以便正视那海盗痛苦不堪的眼神。"看着我,"他对柯尼提说道,"跟我一起呼吸。来,像我这样。"他缓缓地、稳定地吸了一口气,含住气,之后才轻轻地舒出去,柯尼提则软弱无力地学着他的样子。柯尼提的呼吸还是太浅、太急,不过温德洛仍点头鼓励他:"这就对了,这就对了。你要控制住自己的身体。疼痛不过是你身体所使用的工具而已,你是可以驾驭疼痛的。"

温德洛定定地与那海盗四目相对。他在呼气的同时也呼出了坚强的信心,让柯尼提得以吸收进去。温德洛潜心关注,把注意力集中于心脏与肺脏中的某一点上,接着他让自己眼神的焦点发散出去,将柯尼提的眼神吸引进来,好让他分享自己内在的宁静。他想象着自己的眼神将柯尼提的痛楚吸了出来,并弃置在柯尼提与他之间的空气里。

这个简单的练习使温德洛的心重回修院的时光。他从修院的记忆中汲取沉静的力量,以助柯尼提去除痛苦。然而,温德洛非但没有肯定自己,反而还觉得自己像个江湖术士。他这是在做什么?他是看过经验老到的莎巴陀以这个手法为病人止痛没错,但是他这样模仿算什么?难道说,他想以此让柯尼提相信他不是个穿棕袍的见习生，而是个教士医生？然而温德洛连这种纾解疼痛的初阶训练都没有学过，更不会知道替人卸除遭受感染的病腿有什么窍门和忌讳。他努力劝告自己，他这样做不过是要尽量帮助柯尼提罢了。不过再想下去，他就开始质疑自己这个心思未免太不老实。也许他这样做，只是为了救自己一命。

柯尼提抓住温德洛的那只手逐渐放松了，他脖子上的紧张感松弛了些，所以他的头再度沉入潮湿的枕头里。他的呼吸也放慢了，那是人在濒临精疲力竭之时吃力的呼吸频率。温德洛继续握住他的手，莎巴陀曾提过有种方法可以把自己的力量借给患者使用，但是温德洛没学到那么深，毕竟修院的人是想把他栽培成莎神的艺术家，而不是想把他栽培成医生。不过他还是把柯尼提汗湿的手夹在自己的掌心之间，敞开心胸对莎神祈祷，恳请万物之父能尽快给予援助。温德洛祈祷莎神以其慈悲来补足他学养经验的不足。

"我撑不下去了。"

这话若是出于别人之口，听来必定像是在哀怜或乞求，但是柯尼提把这句话讲得像是个单纯的事实。疼痛正在消退，但这也可能是因为他已经精疲力竭，再也无力对抗。他闭上了眼睛，一时间，温德洛觉得自己好像被孤立起来。柯尼提低声但清楚地说道："今天就把那条腿拿掉，越快越好。快去。"

温德洛摇摇头，大声地反驳道："这办不到，药剂器具都缺，布里格说，我们再一两天就到牛溪镇了，所以我们应该要等才是。"

柯尼提一下子眼睛大睁。"但是我知道自己不能再等了。"他直率地说道。

"如果只是痛得厉害，那么也许喝点朗姆酒……"温德洛开口，但是柯尼提的话盖过了他。

"我是痛得很厉害没错，但是现在受苦最深的不是我，而是我的船和我的统驭力。他们派了个小弟来把巡逻船的事情告诉我，我也只不过是试着要站起来……然后就跌倒了。就当着那小子的面垮在地上。其实，早在瞭望者看到他们的船帆之时，我就应该要上甲板去指挥了。我们应该回过头去割断那船上所有恰斯猪的喉咙才对。但我们不敢追打，反而逃之夭夭。我把船交给布里格去掌管，所以我们就只顾着逃跑了，最后还落得让索科来帮我打这场应该由我自己来打的仗。更糟的是，这件事情全船上下的人都知道了。船上的每一个奴隶都是有舌头的，无论我在哪里把他们放下来，他们每个人都会宣传柯尼提船长一遇上大君的巡逻船就跑了。别的也就罢了，但是这种事情我可忍不下去。"接着他以若有所思的口气，有感而发地说道："我倒可以把他们通通淹死。"

温德洛默默地听着柯尼提讲话。他眼前的这个人，既不是用满口好听话跟他的爱船勾搭示爱的儒雅海盗，也不是凡事无不在自己掌握之下的大船长，他露出因为疼痛与精疲力竭而拆卸了面具之后的真面目。柯尼提觉得自己到处都是缺点，这点温德洛体会得出来，若是有人看到了他的真面目，那么他是绝对容不得那个人活命的，只是此时他好像还没察觉到他已经把自己的真面目暴露不少了。温德洛只觉得此时自己就像是被毒蛇盯上的老鼠一般，不过自己若是能一动不动地撑下去，说不定还有机会不被毒蛇发现。包在温德洛掌心之间的那只手开始松软下来，柯尼提的头靠在枕上转动了一下，眼睛也开始垂下。

就在温德洛开始大胆希望自己说不定逃得掉之际，舱门突然打开了。依姐走进来，她一眼就把房里的情况尽收眼底。"你干了什么好事？"她一边对温德洛质问道，一边走向床边，"为什么他一动也不动？"

温德洛举起一指靠在唇上，叫她别讲话。依姐怒目而视，但还是点点头，接着她一扭头，朝舱房里最偏远的角落一努。温德洛虽遵从，但是动作很慢，激得依姐眉头都皱了起来。温德洛仍旧慢条斯理、轻柔有加地把那海盗的手放在被子上，才慢慢地从床边退开，免得因为动作过快而吵醒柯尼提。

不过这一切努力都是枉然。温德洛一离开床边，柯尼提便说道："你今天就要把我这条腿切掉。"

依姐恐惧地喘气。温德洛慢慢转过身望着那个男人，柯尼提并未睁开眼睛，但是他举起一根修长的指头，毫无误差地指着温德洛："你去把你需要的工具筹备一下，尽快把这件事情办好。东西少了就少了，你凑合着办，不管怎么动刀，反正这事要尽快了结。"

"是。"温德洛应和道。他改变方向，不朝舱房的角落，改而朝舱门而去，但依姐迅速地走上来挡住他的去路。温德洛与她四目相对，他只觉得那一对黑眼像鹰眼一样无情。他挺起胸膛，准备应付一场冲突，但是她的脸色非但没有变得冷峻，反而好像稍感宽慰。"有什么需要帮忙的，都告诉我。"她简单地说了这么一句。

她这么一说，温德洛倒震惊得说不出话来，所以他只是一点头便溜过她身边，走出门去。他踏上从船舱通往甲板的舱梯，走了几步，然后停了下来，靠在墙上，任由全身不由自主地剧烈颤动。之前他在跟柯尼提谈条件的时候那样虚张声势，现在可要自食恶果了。当时他讲的那些勇敢大方的话，如今马上就要化成血腥且攸关人命的大事。他的确曾经说，他会把刀子刺进柯尼提的血肉之中，切断他的血肉、锯断他的骨头，以便卸掉他那条腿。那是何等庞杂的工程！温德洛摇了摇头，不想被那个情势吓倒。"没别的路，只能往前走了。"他对自己劝道，随即匆匆地走去找布里格。他一边走一边祈祷药箱已经找到了。

芬尼船长放下陶杯，舔了一下嘴唇，咧嘴对贝笙笑笑："你真是有一套，这你自己知道吧？"

"大概吧。"贝笙不情愿地应和芬尼的称赞。

那个走私贩子听了哈哈大笑："可是你却不想继续专精下去，对不对？"

贝笙耸耸肩。芬尼船长也学着他耸肩，连声大笑起来。芬尼个子健壮，满脸大胡子，他的眼睛跟貂鼠一样明亮，鼻头红红的布满血丝。芬尼把陶杯推着玩，不过桌上老早就都是陶杯杯底印出来的水印了。接着，他想必是认为这一下午喝够了啤酒，所以把陶杯推到一旁，改而去摸索怀里的辛丁罐。他扭开掐丝玻璃瓶盖，抖一抖深色的木罐，倒出几根辛丁条，大刺刺地掰了一长条，然后把辛丁罐递给贝笙。

贝笙默默地摇了摇头，以指轻叩下唇处。他下唇处含了一小条辛丁，至今仍效力十足，散发出令人舒畅的风味。这根辛丁色黑、味浓，焦油又多，使得贝笙连骨子里都感受到一股幸福感。不过他并没完全被辛丁冲昏头，还知道对方若是殷勤地贿赂奉承，那一定是有所求。他昏沉地想道，不知道自己的意志力够不够在必要的时候拒绝芬尼？

"你真的不要来点新鲜的?"

"不用,但还是谢了。"

"所以说,你不想在这一行专精下去。"芬尼接口道,仿佛中间那段插曲根本没发生过。他沉重地往椅背一靠,又张嘴吸了一大口空气,好让辛丁的效力迅速发散。接着芬尼船长呼了一口气。

一时间,一室沉静,只听得打在春夕号船壳上的波浪声。春夕号的船员都被派上岸,到一条芬尼所指定的小溪去取水。贝笙身为大副,他知道自己应该去监督船员取水的事情才对,但是船长却邀请他去船长室坐一坐。贝笙本担心芬尼找他来是不是嫌他哪里做得不好,但是芬尼不但没数落他,反而大白天的就开始跟他喝酒嚼辛丁,而他竟在自己当班的时候丢下工作去做荒唐事。你好可耻啊,贝笙·特雷。他对自己骂道,不禁苦笑。维司奇船长会怎么说你?他再度举起陶杯饮酒。

"你想回缤城去,对不对?"芬尼歪着头,伸出一根粗厚的指头指着贝笙说道,"要是能爱去哪里就去哪里,你一定会选缤城。你在那里是个人才,总想接着从前的基础做下去。你嘴上说不想不想,可是你的心意一看就知道了。你呀,绝不是出身低微的杂牌水手。"

"我现在人就在这里,还管他什么出身?什么出身都一样!"贝笙说毕,哈哈一笑,嘴里的辛丁泡软展开了。他学着芬尼的模样咧嘴而笑,按理说,芬尼揣测出他是缤城人,他应该觉得担心才是,但他觉得自己反正可以应付过去。

"所以我才夸你呀。你看你!知道了吧?你人很聪明。有些人就是无法接受自己当下的景况,总是在缅怀过去的好时光,要不就是在梦想未来要如何如何。可是像我们这种人——"说到这里,芬尼响亮地在桌上拍了一下,"像我们这样的人,机会一来了,嘿,我们绝不放过。"

"唔,你要给我什么好机会是不是?"贝笙狡猾地应道。

"嗯,应该说是你给我机会、我给你机会。瞧瞧我们两个,瞧瞧我们在干什么。我一年到头开着春夕号上上下下,在那些小不拉叽的村落里出入。我一手买货、一手卖货,绝不会问太多问题。我船上带的都是上好的货色,所以买卖才做得成，我经手的货色都是一流的，这点我句句实言。"

"的确。"贝笙想也不想就应道。虽说他知道船上这些货物的来源颇有问题，但现在不是戳穿芬尼船长的时候。芬尼驾着春夕号在海盗群岛之间穿梭，买来海盗窝里最好的赃物，卖给烛镇的一个中间商，这些赃物这么过了手之后，就可以当作是合法的商品转卖到别的港口去了，不过那其中的细节贝笙既不清楚也不在乎。他在春夕号上当大副，凭这个工作，再加上偶尔装作保镖，他就换到了一间舱房，吃住都有了着落，另外还拿得到几个钱，又吃得到上好的辛丁。身为一个男人，有这些就够了，夫复何求？

"真正一流。"芬尼强调道，"都是他妈的好货色，而且风险都由我们承担。'我们'承担，你，跟我。然而我们带着这些东西回烛镇之后，我们换到了什么呀？"

"钱？"

"什么钱？简直跟施舍差不多。我们送进一条肥猪，而他们只把骨头丢给我们啃。不过呢，贝笙，若是你我联手，那么我们就大有可为了。"

"你是怎么算的？"贝笙问道，他开始紧张了。芬尼有分红，他当然希望春夕号的生意做得越大越好。但是贝笙没股份，况且他实在不想跟掠劫的事情扯上关系。他年轻时干过那一行，那种营生他已经受够了，所以他绝不走回头路，像现在这样搞销赃的买卖对他而言已经是极限。现在的他也许已经不是薇瓦琪号上那个受人尊重的大副了——坦白说，现在的他，甚至不及之前在屠宰船满载号当二副时那么勤恳认真——但是他可没有沦落到去当海盗的地步。

"我不是说了吗，你就是有那个样子。你是缤城商人世家出身的，对不对？你大概是缤城商人家的小儿子什么的，你在缤城绝对有门路，只看你肯不肯用罢了。我们呢，就带一船好货上去，然后你去接头，到那时候，我们就用最上选的、第一流的商品去换些缤城商人卖的有魔法的玩意，什么会唱歌的风铃啦、香水宝石啦，诸如此类的。"

"不。"这个字说出口之后，贝笙才想到他这样严拒太过突然，所以他马上柔声接口道，"你这个点子是不错，难得你想得出来，只是这点子有个漏洞，那就是我没有门路。"接着他竟然落落大方地把真相赏赐给芬尼——大概是因为吃多了辛丁吧："你说得没错，我确是缤城商人世家出身的，但是我很早以前就搞坏了跟家里的关系，所以现在家里的人已经不跟我往来。就算我到父亲门前去乞求，也别想讨到一杯水喝，更别说帮你拉关系、做成买卖了。我父亲是这样，就算我身上着火，他也懒得撒一泡尿帮我灭火。"

芬尼听了捧腹大笑，而贝笙则露出狡黠的笑容。贝笙心里想道，其实这些事情他连提都不该提，更不该讲得如此轻浮。不过他接着又想，轻浮地把心事讲出来，总比借着喝醉酒噤啕大哭来得好。他望着芬尼，芬尼端正了神色，接着再度大笑起来，端起酒杯啜了一口啤酒。贝笙纳闷，芬尼这个比他大得多的男人是不是仍有老父在世？说不定他也有妻儿呢。贝笙对芬尼几乎是一无所知，这样最好。如果此时他的脑袋还有点作用的话，那他就应该立即站起身来，说得去看看船员们有没有偷懒便离去，免得自己不小心透露更多私事。然而他不但没走，反而把嘴里的辛丁渣吐在桌下的水桶里，伸手去拿桌上那个辛丁罐。芬尼咧嘴而笑，望着贝笙又掰了一段辛丁来嚼。

"不见得要找你的父亲啊。像你这样的人总有死党和好朋友吧，呢？要不你总认识一两个干这一行的，你总听过人家谣传说谁在做这种生意嘛。不管在什么地方，总有人不介意悄悄地多赚一两个钱。我们呢，就把最上好的货色扣下来——不用多，但一定要是最好的——不要卖给我们平常销货的那个买家，然后一年到缤城去个一两趟。到那时候，我们爱怎么开价就怎么开价，不用给别人知道，只有你知、我知。"

贝笙自顾自地点头。哦，原来这个人打算背着生意伙伴去赚点外快。反正他们彼此都是贼，还谈什么信用呢？芬尼这样说，等于是答应要分他一份，只要他肯帮忙接头就行了。这是低级的勾当，芬尼怎么会把他看作那种人？

不过就算他能够装作自己不是那种人，他又能继续装多久呢？况且，他又何必装作自己不是那种人？

"我想一想。"他对芬尼说道。

"多想想。"芬尼咧嘴而笑。

午后近傍晚,温德洛站在前甲板上弯身打量着柯尼提。"轻轻抽掉他身下的床单。"他对把柯尼提抬来的那几个男人吩咐道,"我要他躺在前甲板的船板上,他与巫木之间越没有阻隔越好。"

依妲站在不远处,她叉手抱胸,脸上不带一点感情。她对薇瓦琪连看也不看一眼。温德洛尽量不去瞪着那女海盗直看,他心里想道,不知道有没有人注意到她双手握拳,而且咬着牙关?之前依妲为了柯尼提应该在哪里动手术而跟温德洛吵得不可开交。在她看来,这手术既血淋淋又痛苦不堪,所以应该私底下在有墙壁的地方进行才是。但是温德洛带她到前甲板来,把他自己的血手印指给依妲看,又跟她信誓旦旦地说,当初他切除手指的时候,是薇瓦琪帮他止痛的,柯尼提的手术,亦可请她帮忙。依妲最后终于让温德洛如愿,不过别说温德洛不知道船能帮多少忙,就连薇瓦琪自己也不知道。只是至今药箱依然下落不明,所以就算只有点小小功效,也好过什么都没有。

此时船泊在一处海图上没有标出的不知名的小港湾里。之前温德洛曾经去找过布里格再度打听药箱的下落,以及他们多久可抵达牛溪镇,只是这两个答案都让人失望。药箱还是没找到,而且少了玛丽耶塔号的引导,布里格就不知该如何开回牛溪镇去了。温德洛听了很气馁,但还不至于震惊。

布里格暂时接掌薇瓦琪号,可说是高升。几天之前,他不过是个寻常的水手而已,所以他尚不知道如何判断方位,也不会看海图。布里格的打算是找个安全的地方系泊起来,静待玛丽耶塔号找到他们,或者是柯尼提好起来,替他们指引方向再说。温德洛难以置信地问道,他们是不是已经完全迷路了,惹得布里格顿时大怒,称就算一个人知道自己身在何处,也不见得就知道通往某一地点的安全航道怎么走。那年轻海盗的言外之意是叫温德洛守紧口风,犯不着让那些曾为奴隶的人知道现在的处境。他们若是知道了实情,那么莎阿达就大有可趁之机了。

即便在此时,那个游方教士也站在人群边缘看热闹。他从头到尾都在旁观,而温德洛也不想找他帮忙。游方教士通常担任裁判兼调人的角色,而非学者或医生。不过，虽然温德洛一直都很尊重法理秩序的课程，甚至也很尊重这方面的智慧，但一个人竟有权裁决另外一个人的是非曲直，这种事情，他想起来总觉得不大妥当，更何况此刻莎阿达正挑剔地审视着他，他心里就更不舒服了。每次温德洛察觉到莎阿达在凝视着自己，都觉得那个男人对他极为不屑。那个年纪较大的教士站着，叉手抱胸，正在低声对护卫着他的那两个地图脸讲话。温德洛把莎阿达的事情抛在脑后，既然莎阿达不肯帮忙，那么他也不想因此人而苦恼。温德洛站了起来，朝船首走去，薇瓦琪焦虑地转过头来看着他。

温德洛还没开口，薇瓦琪就答道："我会尽全力，但是你别忘了，我们跟他之间没有血缘关系，因为他不是我们的亲族。再说，他待在船上的时间也不长，所以我跟他也不够熟。"薇瓦琪垂下眼睛，"我可能帮不了多少忙。"

温德洛弯身到栏杆外，伸出手去贴住薇瓦琪的手掌，劝道："那你就把力量借给我吧，这就很好了。"

他们两个的手掌相碰。这一碰，肯定并强化了他们彼此之间的特殊关系。温德洛的确感觉到薇瓦琪的力量源源地灌注在自己身上，而他一体会到这一点，薇瓦琪脸上便微微一笑。那个表情不能说是高兴，也不能说那是如今彼此之间一切都已抚平的征兆，而应该说，那是如今彼此都下定决心的表现。不管有什么事情危及薇瓦琪与温德洛之间的关系，也不管他们彼此对对方有多少疑虑，反正这件事情，他们两个要携手并进。温德洛抬起头迎着海风，并祈祷莎神能够指引他。接着他转过身，准备开工。他深吸了一口气，感觉到薇瓦琪与他同在。

柯尼提软弱无力地躺在甲板上。即使隔得这么远，温德洛仍能闻到白兰地的味道。之前依妲坐在柯尼提身边，耐心地哄劝他喝了一杯又一杯。柯尼提早就不想喝了，但她仍不住劝酒。那海盗的酒量好得很，所以此时他虽醉，却还不到不省人事的程度。除此之外，选定帮手以便把柯尼提按倒的也是依妲。不过颇令温德洛意外的是，依妲挑的人中竟有三个之前曾任奴隶，其中一个甚至还是地图脸。此时他们站在目瞪口呆的围观群众之间，脸色显得不太自在，但颇为坚决。围观的人太多了，这就是温德洛第一个要解决的问题。他镇定但清楚地说道：

"只有被找来帮忙的人可以留下来,其他人通通走开,好让我有地方办事。"他并未张望众人是否随即遵行,毕竟他若是看到众人把他的命令当耳边风,那只会使自己更受羞辱。不过他敢说,众人若是不把他的话当一回事,那么依妲一定会介入。话毕,他就在柯尼提身边跪了下来。柯尼提躺在甲板上实在不如躺在平台上好动刀,但温德洛的想法是,有薇瓦琪的助力最重要。

温德洛望着他四处搜找来的那几样实不足取的工具。病人身边铺了一块干净的帆布,而工具就罗列于帆布上。那几样工具都只能凑合使用而已,而且来源五花八门。那几把刀子是厨房的刀,才刚磨利过,那两把锯子则是从木匠的工具箱里找来的。此外有几根缝船帆用的针,那针既大又粗糙,另外又有几根依妲用的缝衣针。绷带是依妲准备的,麻的、丝的都有,都已经整齐地撕成一条一条。他竟然只能凑到这些不入流的工具,实在太荒谬了。其实船上的水手几乎每个人都自己备了针线和工具,如今所有的船员都已丧命,而船员的私人物品则通通失踪。温德洛敢说,一定是奴隶们占领全船之后拿走了那些东西。可是东西既落在奴隶手里,却没有一个奴隶肯为了帮助柯尼提开刀而捐出一两样来,可见因为柯尼提霸占了这艘船,所以奴隶们对他恨之入骨。温德洛可以理解他们的情绪,但这无助于目前的困境。他低头看着这些粗糙的工具,心想此举是必败无疑的了。用这些工具开刀,其实比用斧头砍断腿好不到哪里去。

温德洛抬起头看着依妲。"我一定得有更好的工具才行。"他平静地强调道,"只有这些东西,我实在不敢动手。"

温德洛还没抬起头看依妲之前,她就一直在沉思,看来她的眼神和思绪都已飘到远处。"要是有玛丽耶塔号上的工具就好了。"她愁闷地答道。在那个没有防备的一刹那,她看起来几乎显得年幼青涩。她伸出手,以指梳开柯尼提的卷发。她在望着那个醉醺醺的男子时,顿时生出无限温柔,令人动容。

"我倒希望,要是拿能到薇瓦琪号的药箱就好了。"温德洛以同样严肃的语气答道,"出事之前,药箱一直放在大副的舱房里。药箱里有好多有用的东西,工具和药剂都很齐全。如果有药箱的话,要动这手术就容易多了,只是没人知道药箱到哪里去了。"

依妲顿时脸色一沉。"没人知道？"她冷冷地问道，"一定多少有人知道药箱的下落，只是问的时候必须掌握窍门。"

她突然站起来，在横过甲板时抽出佩挂在腰际的短刀，温德洛一下子就看出她的目标是谁。莎阿达和他那两个护卫虽然退到一旁，却没有离开前甲板。那游方教士察觉到依妲走近，猛然转身面对她，但是已经太迟了。莎阿达本来目光轻蔑，但是依妲若无其事地用刀刃在他胸口划了长长的一道口子之后，便把他吓得眼睛转个不停。他大叫一声，后退一步，然后低头打量。他衬衫前襟的破衣片垂荡下来，那多毛的胸口先是出现一条细绳，细线随后转为红色，并因为鲜血渗出而变得越来越粗。莎阿达那两个魁梧的守卫低头望着依妲手中握着的那把随时可以再度出手的刀子。布里格和另外一个海盗已经赶过去护卫在依妲左右了。一时之间，没人说话，也没人动作，温德洛看得出莎阿达正在衡量他有什么选择。那道口子很浅，只是伤了皮而已，虽然很痛，但不会致命。其实依妲是可以当场就给莎阿达开肠破肚的，既然如此，那么她到底是做何打算？

最后，莎阿达决定表现得义愤填膺。"你怎么这样？"他以夸张的语气说道，伸开双臂，露出他胸前的刀伤，又半转过身，以便同时对依妲和仍聚集在甲板上的奴隶们致词，"你为什么拿刀伤我？我只不过是上前来帮忙，我做了什么？"

"我要船上的药箱，"依妲答道，"现在就要。"

"药箱又不在我手里！"莎阿达气愤地叫道。

那女人动刀伤人比恶猫用利爪伤人还快，她的刀再度轻轻地在莎阿达胸口划了一道口子，与第一道伤口交叉。莎阿达咬紧牙关，不过并未叫痛，也没有后退，但温德洛看得出他颇为痛苦，好不容易才忍住。

"那你去找出来啊。"依妲建议道，"你常常夸口说你如何组织暴动、推翻船长。你一天到晚跟奴隶混在一起，又教他们相信你就是他们应该追随的真正领袖，然而你若真的是，那就应该会知道当初把大副舱房打劫一空的是哪些人，就是他们拿走了药箱。药箱我要定了，而且我现在就要。"

一时之间，双方对峙。莎阿达和他的人之间是不是互相使个了眼色或是比了个手势,这点温德洛不太确定。莎阿达开口了,不过在温德洛听来,总觉得他的话怪怪的,像是在演戏。"这种事情你直接问我就行了嘛,我一向虚心,因为我是莎神的教士。我个人淡泊名利,一心只为人类的大善而想……那药箱长什么样?"莎阿达以疑问的眼神望着温德洛,嘴巴则扭出了个笑容。

温德洛逼自己维持平淡的表情。"木头箱子。这么宽,这么长,这么高。"他在空中比划,"箱子是上锁的,表面烧了薇瓦琪的图像,里头有药品、医疗工具、针和绷带等。不管是谁,只要一打开就知道那是药箱。"

莎阿达转过身,对那些聚集在船腰的人问道:"我的人哪,你们可听见了?你们有没有人知道这个箱子的下落?如果有的话,就请把药箱带上前。当然,这为的不是我,而是为了我们的大恩人,柯尼提船长。我们大家且让柯尼提船长瞧瞧,人家若是对我们好,我们会如何报答。"

说得太假了,温德洛心想道,依妲一定会一刀让他死。可是她不但没动手,脸上还露出了颇有耐心的古怪表情。此时躺在甲板上,就在温德洛膝盖边的柯尼提轻声发话道:"她知道她可以等。她喜欢在私底下、好整以暇地慢慢下刀。"

温德洛一下子望向那海盗,可是他看起来已经差不多昏迷了。柯尼提的长睫毛盖在脸上,脸颊松弛无力,嘴边扭出一抹笑容。温德洛伸出两指轻探他的喉咙,他的脉搏仍然强且稳,不过皮肤热热的,显然是又发烧了。"柯尼提船长?"温德洛轻轻问道。

"是不是这个?"有个女人的声音叫道。之前曾为奴隶的人让出路,而那女子则大步走上前。温德洛站了起来,她手里捧着的正是船上的药箱。药箱的盖子已经被刮花了,但他仍认得出药箱所用的旧木料就是那样子。温德洛并未走上前,而是让那女人把药箱交给依妲。就让依妲和莎阿达去斗吧,他对莎阿达已经很厌恶了。

那女人打开药箱放在依妲脚下。药箱里翻得乱七八糟,依妲也不弯身去查看,只是垂眼一望。她的眼神离开药箱,再度盯着莎阿达的脸,轻蔑地哼了一声。"我个人是很不喜欢尔虞我诈的。"她以非常轻柔的声音说道,"但是我有个原则,那就是我一出手,就要赢。"依妲与莎阿达互相凝视,谁也不肯让步先转开目光。

依妲颧骨上的皮肤绷紧，脸上露出狰狞的笑容，"把你的暴民带走，别留在这甲板上碍眼。你们躲到底舱去，并把舱盖盖起来。这事进行的时候我既不想看到你的人，也不想听到你的声音，连你的味道我都不想闻到。如果你真的够聪明，那么你从今以后绝对不会引起我对你的注意。这样你懂了吗？"

温德洛注视着莎阿达的反应。莎阿达接着犯了个非常严重的错误，他挺身站直起来，只是他挺直站着也仍比依妲稍矮一点。他开口时，口气冷冷的，仿佛觉得依妲的话很好笑似的："你的意思是说，这里不是布里格当家，我们都要听你的？"

这两个人若真你来我往地打杀起来的话，一定精彩可期，只是这场面打从一开始就一面倒。布里格听了不禁仰头大笑，而依妲则是亮晃晃的刀子一闪，又在莎阿达的胸口划了一道口子。这一次，莎阿达不但惨叫出声，同时蹒跚地后退了一步。这一次，依妲划的刀口较深。那个游方教士抱紧血迹斑斑的胸口，依妲则阴沉地笑道："我的意思是说，大家都了解到，你就是要听我的。"

其中一个地图脸走上前来，表情非常激愤。依妲的刀子在那人身上一进一出，那人就抱着肚子倒地了。由于血液再度泼洒在巫木甲板上，薇瓦琪痛苦地捂嘴叫了一声，而旁观的昔日奴隶也呀呀噢噢地叫了起来。温德洛透过船，感觉到人群由于再次目睹暴力而生出了震撼与恐惧，但他就是无法转开头，而是着迷般地一直看下去。莎阿达躲在另外那个保镖的身后，但是那个魁梧的男子也一样缩身躲开带刀的依妲。在这之后，在场的人没有一个跳上去维护那个教士，反而微妙地退开，离莎阿达远一点。

"通通下去！"依妲此语一出，仿佛是铁锤打在铁砧上一样清脆果断。她扬起带血的短刀在空中划了个弧形，全船的每一张脸均目瞪口呆，无论有刺青或没刺青的脸孔都对她畏惧三分。"谁要是胆敢危及柯尼提船长的福祉，我绝不饶他。你们若是不想被我的刀子教训，就别弄出什么会碍着柯尼提船长的傻事。"接着她以比较柔和的口气说道，"顺我者昌，逆我者亡。现在，大家通通下去。"

这一次，挤在甲板上看热闹的人群像是拔起塞子的水槽，一下子流得精光。

片刻之间，前甲板上只剩下几个海盗水手，以及依妲挑来按住柯尼提的那几个奴隶。依妲选的那几个人以敬畏与恐惧交加的眼神望着她，据温德洛猜测，那几个人现在大概已经把莎阿达丢开，对依妲心服口服了。至于她此举会不会更刺激莎阿达更与她作对，则有待观察。

接着依妲朝温德洛走来，与他四目相交。她刚才给了莎阿达一个下马威，那也有杀鸡儆猴之意。也就是说，要是柯尼提死在他的手里，那么她的报复必然既慢且狠。依妲捧着药箱走上前来时，温德洛深吸了一口气。他接过药箱，放在甲板上，迅速地检查药箱里的东西。有些东西已经不翼而飞了，但是大部分的东西都还在。他找到一罐浸泡在白兰地酒里的瓦济果果皮精油，不禁宽慰地大叹了一口气。不过这罐子很小，温德洛苦闷地想，当初他截断手指的时候，他父亲还舍不得拿这罐精油替他止痛呢。但是接着另外一个念头打断了这个思绪，要是当初他用掉这罐精油，那么如今他要拿什么来帮柯尼提止痛？命运真是难测啊。温德洛耸耸肩，不再去想那些，开始井然有序地把他要用的工具摆出来。他推开之前从厨房要来的那几把刀子，换上药箱里拿出来的锋利手术刀，再选了一把弓状的带柄骨锯，又用柯尼提的头发穿了三根针。他把针线放下来之后，柯尼提的黑发便松松地卷了起来。此外温德洛又拿出一条皮制的、末端有两个环的止血带。

就这样了。温德洛朝这一排工具多看了片刻，抬起头看了依妲一眼。"必须要先祷告。静静地沉思一下，能让大家更镇静稳定地面对接下来的过程。"

"那就快祷告。"依妲厉声应道，她的嘴唇抿成一线，颧骨上的皮肤也僵硬地绷紧。

"按住他。"温德洛答道。他发现自己讲话的声音也尖锐刺耳，所以不禁纳闷，此时自己的脸色是不是也像依妲那样苍白。他一想到依妲竟然对他如此轻蔑，心里便气得冒出了火苗，他试着把这火苗烧大，化为决心。

依妲在柯尼提的头旁跪下来，但并未碰到他。两名男子按住柯尼提的好腿，压在甲板上，又有两名男子一左一右地按住柯尼提的手臂。布里格要按住柯尼提的头，但是他不敢抓紧，所以柯尼提头一扭就挣脱了。柯尼提扬起头瞪着温德洛，眼睛睁得大大。"要开始了吗？"他问道，口气听起来既挑衅又生气，"要开始了吗？"

"对，要开始了。"温德洛答道，"你要勇敢。"接着他对布里格说道："你要把他的头抓牢，将手掌按在他的额头上，用你的体重压住他。他越少抽动越好。"

柯尼提自己仰躺回去，将头贴在甲板上，又闭上了眼睛。温德洛提起被单，察看柯尼提的断腿。虽然才过了几个钟头，但伤势却已大幅恶化。伤口浮肿，把皮肤绷得紧紧的，血肉仿佛蒙上了一层灰青的影子。

温德洛心想，就趁着自己的勇气还没散失之前赶快动手吧。他心里知道自己的性命完全系于这场手术成功与否，但是他尽量不去多想。他小心翼翼地把止血带绑在断腿上，不去想柯尼提有多么痛苦，反而集中心思揣想如何进行手术才能做得又快又利落，至于柯尼提的痛苦则不在计算之列。

上次温德洛看到的截肢手术是在一个温暖又温馨的房间里进行的，房里燃着蜡烛和熏香，而莎巴陀准备手术的时候，众人都一起祷告诵念。然而这次，不但只有他一人祈祷，而且还是默祷。温德洛随着呼吸起伏的韵律祝念道："莎神啊，请大发慈悲，并助我一臂之力。"他吸一口气，念道"慈悲"，再呼出一口气，同时念道"坚强"。祷念多次之后，他奔腾不止的心跳慢慢镇静了下来，他的心境突然变得澄明，视觉也更加敏锐。片刻之后，他才体会到薇瓦琪与他在一起，比以前更为亲近。他透过薇瓦琪隐约察觉到柯尼提的存在，温德洛好奇地探索他们之间若有似无的联系。感觉上，薇瓦琪像是在跟远在天边的柯尼提讲话，她劝柯尼提要坚强勇敢，并保证她绝不须臾离之。一时间，温德洛生出一股醋意，心思顿时就涣散了。

船赶紧对温德洛催促道："慈悲，坚强。"于是温德洛也应着船的话，默默地在心中说道："慈悲，坚强。"他把止血带的皮条穿过那两个铁环，紧紧地系在柯尼提的大腿上。

柯尼提痛苦地大叫起来，尽管好几个大男人压住他的肢体，他还是拱着背，从甲板上跃起来，仿佛被鱼叉叉住的鱼。脓血从断腿的结痂处奔涌而出，喷溅在甲板上,空气中顿时溢出腐臭味。依姐大叫一声,翻身扑在柯尼提的胸膛上,努力按住他。柯尼提终于气竭而止,一时间,四下宁静得可怕。

"你他妈的,快动手呀!"依姐对温德洛嘶吼道,"赶快让这事情结束啊!"

柯尼提的痛楚有如冰冷的波浪般袭来,其势之大,不但整个埋没了温德洛,还使他震惊瘫痪得不能自已。他跪下来时,人既僵硬又失神。柯尼提的亲身体会透过与船之间的薄弱联系传到了他心里。顿时,他忘了自己是谁,只能麻木地望着那婊子,并纳闷那婊子为什么待他如此残忍。

柯尼提吃力地吸了一口气,惨叫出来,而温德洛也仿佛突然倒入滚水的冷玻璃一般应声而碎。在那一刹那间,他谁也不是,什么也不是,然后他突然化为薇瓦琪,又再度化为温德洛。接着他软倒下来,双掌平贴在甲板上,从船板之中吸取自己原有的身份。他是维司奇家的人,不,说得更确切一点,他是温德洛·维司奇,也就是原本应该成为教士的那个少年……

柯尼提战栗片刻,突然失去知觉,动也不动。温德洛在静止的片刻之间找回了自己,并紧紧地掌握住。诵念声仍持续不止,不知从何处传来:慈悲,坚强。慈悲,坚强。诵念的是薇瓦琪,她以此韵律诱导温德洛镇定地呼吸。温德洛定下心来。依姐一边哭,一边骂粗话,她伏身在柯尼提胸膛上,既在制住他,同时又拥抱着他。温德洛不管她,只是紧绷地吩咐了一声:"按住他。"接着他随便拿了一把刀。他突然知道自己该怎么做了,他一定要快,速度最重要,毕竟截肢的痛楚可能会致死。如果够好运的话,说不定他可以在柯尼提恢复知觉之前完工。

他把亮闪闪的刀刃贴在肿胀的皮肉上,一刀切下。他从没想到动手术的感觉如此可怕,他在修院的时候曾经帮忙宰割鸡鸭,那不是什么乐事,但总得有人去做。不过当时温德洛宰割的是挂了一天之后早已变冷变硬、动也不动的冷肉,而柯尼提的血肉可是活生生的。那肿胀发烫的组织在刀刃划过之后又随即贴了回来,血液涌出,遮蔽了他的视线。温德洛未持刀的那一手抓住柯尼提的残腿,只觉得那血肉热热的、软绵绵的,所以他的指头一下子就陷进去了。温德洛想要割得快一点,可是刀子切过的肉还会动,会痛得缩回去。血液源源不断地涌出，刀柄一下子就变得又黏又滑。柯尼提腿下的甲板上形成了个小血泊，流过来浸湿了温德洛的袍子。温德洛在刀锋过处看到白色的、亮闪闪的韧带，仿佛过了很久很久。刀子才碰到骨头就切不过去了。

温德洛丢开刀子，双手在前襟上一抹，叫道："锯子！"

有个人把锯子递到他面前，他一把抓过锯子。把锯子插入伤口之中时他只觉得很恶心，但是他将这念头抛在脑后。温德洛把锯子一拉，锯过了骨头，同时发出恐怖的磨骨声。

柯尼提大喊一声醒了过来，像狗一样喘着气叫喊起来。他用头捶打甲板，尽管有几个大男人按着，他的身躯还是扭动起来。温德洛鼓起勇气准备接受柯尼提痛楚的袭击，幸而薇瓦琪挡下了那海盗的痛楚。温德洛既没时间揣想薇瓦琪为了独自承受那些苦楚而花费了多大的力气，也没时间感激她，只顾着迅速地一味用力锯下去。血液喷溅在甲板上，也喷溅在他的手上和胸膛上，有些甚至还喷到他唇上。温德洛还来不及停手，骨头就突然断裂，锯子突然锯到了血肉。他赶快抽手，将锯子丢在一旁，摸索着拿一把新的手术刀。他似乎在朦胧间听到柯尼提吼道："哎，哎，哎！"那声音之惨痛难以用言语形容，接着就传来有人突然呕吐的声音。

温德洛一闻到呕吐物的腐酸味，就立刻吩咐道："别让他呛到了！"不过呕吐的不是柯尼提，而是按住他的其中一个男子，但现在可没时间处理这个。"你他妈的，把他按住呀！"温德洛听到自己对那男子咒骂道。他持刀切过血肉，但是在快要切断整条腿之前就停住，接着把刀刃换了个角度，切下一片皮肤，以便稍后封住伤口。他将腿切断，把截下来的断腿推到一旁。

温德洛低头一看，只觉得自己做的工程十分恶心。这可不像节庆时从烤好的大块肉上切一片下来那样平整利落，这是活生生的血肉啊。肌肉束被他截断之后，就各自凹凸不平地萎缩起来，骨头亮闪闪地瞪着温德洛，仿佛在指责他，而且到处都是血。温德洛笃定地想，他一定是把这男人给杀死了。

你别那样想，薇瓦琪警告道。她以宛若恳求的口气在他心中说道，你别逼他以为自己已经死了。以后不说，至少就目前而言我们仍联系在一起，我们所想的,他一定会信以为真,所以我们怎么想,他就怎么想。

温德洛以染血的指头摸索到那一小罐瓦济果果皮精油。他早听过瓦济果果皮的神效,但是以截肢的痛楚之大,只怕这么一丁点精油不济事。温德洛打开瓶塞,小心地只倒出一点,因为他想存着一些,以便明日止痛之用。瓦济果的果皮条塞住了瓶口,温德洛摇了摇瓶子,将那淡绿色的液体泼洒出来。精油落在柯尼提的血肉上之际,痛楚顿时消止了。温德洛之所以确知,是因为他可以透过薇瓦琪体会到柯尼提的感受。温德洛把塞子塞回去的时候,那染血的瓶子里只剩下半瓶不到。他咬着牙,伸手去摸方才截肢之处,并以淡绿色的精油抹匀。痛感突然消失了,有如退潮的水波一般。如今痛楚退了,温德洛才领悟到薇瓦琪费了多大的心神才把那痛楚挡在外面,让他不受干扰;而他也察觉到,痛楚消退之后,薇瓦琪也顿时轻松不少。

温德洛努力回想,上次他看莎巴陀帮人截肢的时候是怎么做的。据温德洛所记,那时莎巴陀曾把流血不止的血脉绑紧、打结,所以现在他也照样学着做。可是他突然觉得很累,同时也很困惑。莎巴陀乃是专事医疗的教士,可惜自己不记得他缝合了多少条血脉。如今温德洛一心只想赶快逃离自己造成的这个血污乱象,他巴不得赶快逃开,蜷缩起来,否认眼前的这一切。不过他还是逼着自己继续进行下去。他拉起那片残肤,遮住了腿上被截断的伤口。线不够用了,他不得不请依妲再从那海盗头上扯几根头发下来,并帮忙穿好针线。此时柯尼提一动也不动地躺着,用嘴呼吸。按住柯尼提的人想要松手,但是温德洛立刻喝止道:

"照样按紧他。要是他在缝合的时候乱动,说不定会扯断缝线。"

那片皮肤的大小形状并不适切,但温德洛也只能尽量缝合,必要的时候就把皮肤拉开一些。他用软麻布裹住伤口,再用丝布条绑起来。温德洛一边包扎,血液就一边渗出来,不但把他的指头染得黏腻,也把绷带染红了。温德洛不断地缠布上去,最后到底缠了多少层,连他自己也数不清。终于包扎完毕之后,他双手再度在前襟上一抹,朝止血带伸过去。然而他才一松开止血带,原本洁净的绷带就立刻染红了。温德洛在恐惧失望之余真想大叫出来,一个人身体里怎么会有那么多血？那人已经流了那么多血，他身体里的血怎么还够他运作？温德洛再度包扎伤口的时候，心又再度狂跳起来。他以手托着断腿，麻木地说道："我做完了。现在可以把他抬回去了。"

趴在柯尼提胸膛上的依妲抬起头，她是脸色十分苍白，看到弃置在一旁的断腿，顿时激动得嘴唇扭曲起来，过了好一会才总算抚平表情。她泪水盈眶，并以沙哑的声音对那些男人吩咐道："把担架抬过来。"

这一趟路崎岖难行，首先要把担架送下一道短梯，以便从前甲板回到主甲板来。横越过主甲板之后，又得穿过干部寝室区的狭窄通道，才能回到船长室。每次担架撞在墙上、震得柯尼提疼痛之时，依妲就狠狠地瞪人。他们把柯尼提从担架移到床上时，柯尼提一时之间睁开眼睛，语无伦次地叫道："求求你别这样，我保证以后一定乖乖的。我以后一定乖乖听话，不敢再胡来了。"依妲冷峻地怒视每一个人，神色之严厉，使得每个大男人都不禁低下了头。温德洛心里想道，她这么一瞪，管保日后绝不会有人多嘴地问船长这些话是什么意思。他们把柯尼提安顿在床上之后，柯尼提又闭上眼睛，像之前一样动也不动，那些男人则随即退了出去。

温德洛多逗留了一下。当他伸手去摸柯尼提的手腕，又摸摸他的喉咙时，依妲气得怒目瞪他。柯尼提的脉搏轻浮，而且过快。温德洛倾身向前，想把自己的信心呼出去传递给他。温德洛把黏腻的双手放在柯尼提脸上，指尖轻触着他的左右太阳穴，并朗声对莎神祈祷，请莎神让这个人坚定坚强，早日康复。依妲干脆视而不见，自顾自地叠好干净衣服，利落地塞在柯尼提裹着绷带的断腿下。

温德洛祝诵完毕之后，依妲麻木地问道："接下来呢？"

"接下来，就只能等待，并为他祈祷了。"那少年答道，"我们人力只能至此。"

依妲轻蔑地哼了一声，朝门口一指。温德洛二话不说就走了。

甲板上看来恐怖怪状。血液渗入船板，使得这情状更为沉重。午后的斜阳灿烂耀眼，所以薇瓦琪半闭着眼。她感觉得到柯尼提躺在船长室里急促地呼吸,也知道血液正从伤口慢慢地渗透出来。药物是止住了痛楚没错,但是薇瓦琪感觉得出痛楚并未消解,只是暂时远去而已,而随着每一次心跳,痛楚就借机前进一小步。虽然现在她感觉不出柯尼提有多大的苦楚,但是她感觉得出那苦楚庞大无边、蓄势待发,她一想到就害怕。

温德洛来到薇瓦琪的前甲板上善后。他把一块零碎的绷带浸在水桶里,拧干。他擦拭干净每一把刀,放在一旁,又小心地清理缝针与锯子。接着他把所有的器材收到药箱里,把药箱里的东西收拾整齐。他已经洗净双手与前臂,也擦掉了脸上的血迹,但是他袍子的前襟仍沾着血,导致布料硬邦邦的。他擦净瓦济果精油的瓶子,打量着瓶中所剩的精油。"剩下不多。"他低声对薇瓦琪说道,"不过也不要紧。依我看来,柯尼提活不长了,所以这精油还不见得用得到呢。你瞧瞧,他流了这么多血。"他把瓦济果精油放回药箱中,俯瞰着那一截残腿。那残腿中间是膝盖,两端则都是以刀截掉的。温德洛双手捧起那残腿时,只觉得那东西轻得很古怪。他把那东西捧到船边,嘴里大声地对薇瓦琪说道:"这样做好像有点怪。"不过他还是把那残腿丢到海里去。

一条白海蛇突然从海里跃起,在残腿尚未落水之前便一口咬住。温德洛吓得叫了一声,并踉跄地倒退几步。然而那海蛇来得突然,去得也突然,霎时间便连着那断腿消失得无影无踪。

温德洛冲回船栏边,他紧攀着船栏,眺望着绿水的深处是否有海蛇的残踪。"它怎么会知道?"温德洛哑着嗓子问道。"它一定是早就在等,所以才能在断腿落海之前就将之咬走。可是它怎能预知断腿会落海?"薇瓦琪还来不及回答,温德洛就又继续说道:"我本以为海蛇都被驱走了。刚才那海蛇到底是怎么回事?它为什么要跟着我们?"

"那海蛇听得到你我的心思。"薇瓦琪的声音很低,这话是只讲给温德洛一个人听的,她觉得很羞愧。人们已经开始从舱盖里爬出来,回到甲板上来活动了,可是没有一个人胆敢漫游到前甲板附近。海蛇虽来了又去,可是其势迅速且悄然无声,所以应该没有人看到刚才那一幕。"我不知道它是怎么会知道你我的心思的,据我看来,它对我们的心思也不是全懂,不过它懂的也够多了。至于它为什么要跟着我们,哪,为的就是要求人喂它点吃的,就像你刚才那样。它所求的就是食物,如此而已。"

"也许我应该现在就投身喂海蛇,省得日后麻烦依妲。"温德洛假装满不在乎地开玩笑,可是薇瓦琪听得出他其实十分绝望。

"你所讲的是它的思绪,而不是你自己的思绪。那海蛇对你探索,向你求食,它深信这是我们欠它的,我们应该喂它才是。它甚至还恬不知耻地建议你用自己的躯体去喂饱它呢,但你别听它的就是了。"

"你怎么会知道它在想什么,以及它想要什么?"温德洛丢下了手边的工作,倾身到船栏外跟人形木雕讲话。薇瓦琪转过头望着温德洛。他看起来很疲倦,顿时显得经受了不少岁月的风霜。薇瓦琪心里犹疑起来,因为她不知道该跟他说多少。最后她想通了,这事藏也没有用,他终究是非得知道不可的。

"它跟我是一家人啊。"薇瓦琪简单地丢下了这么一句。她看到温德洛那一脸惊骇的神情,于是耸了耸裸肩,"我的感觉就是这样。对于它,我有种彼此系出同源的感觉。它跟我之间的牵系感,虽不像此时你我之间这么强烈,但是我们彼此的确可以互通心意,这是不容否认的。"

"这不合理。"

薇瓦琪再度耸了耸肩,突然换了个话题:"你不能再老想着柯尼提必死无疑了。"

"怎么,我连想着他必死无疑也不行?难不成你要跟我说,柯尼提也是一家人,所以他也能察觉到我的心思?"

温德洛的口气酸溜溜的,莫非他是嫉妒?薇瓦琪抑制着,不让自己因此而高兴起来,但仍忍不住多撩拨他一下:"你的心思?不,他才察觉不到你的心思呢,他察觉到的是我的心思。他探索我的心,而我也探索他的心,所以我们感知得到彼此的存在。当然这种关系很淡薄,我才认识他不久,所以还谈不上稳固。但是他的血渗入我的船板后,倒确定了我们之间的关系——这个道理我解释不了,反正血就是记忆。而你的思绪既能传到我的心里,所以也会影响到柯尼提。我已经尽量挡着,不让你的恐惧侵入他心中了,要做到这个程度是挺费劲的。"

"你跟他连在一起了?"温德洛慢慢地问道。

薇瓦琪听出他对此颇不以为然,她愤慨地答道:"之前你求我帮他,你求我把我的力量借给他用。难道你以为,我用不着跟他相连在一起就可以做得到?"

"我当时没想这么多。"温德洛勉强地答道,"那你现在感觉得到他吗?"

薇瓦琪想了一下,她察觉自己露出了温柔的笑容。"是啊,我感觉得到他,而且比以前还要清楚。"薇瓦琪脸上的笑容褪去了,"也许这是因为他越来越虚弱了吧。因为虚弱,如今他不但与我附合在一起,而且越来越没力气脱身自立。"接着她迅速把注意力转回温德洛身上,"你深信他必死无疑,而这就像是诅咒一般侵蚀他的心志。你得想个办法扭转心思,转而只想着他一定会活下去,他的身体只听从他心灵的指挥。你把力量借给他用一用吧。"

"我尽量就是了。"温德洛不情愿地说道,"可是我若说他会活,就是在自欺欺人啊!我根本就不相信他活得下去。"

"温德洛。"薇瓦琪斥责道。

"好吧。"温德洛双手扶着船栏,抬起头眺望着地平线。春日已经化为傍晚了,蓝色的天空暗了下来,逐渐与颜色更深的蓝海融合为一,再过不久,就看不出海天的分际线了。温德洛慢慢转为内省,他的视线从极远处回到自身,眼睛也自然而然地闭合起来。他的呼吸深且匀,非常平静。薇瓦琪在好奇之余,虽不想打岔,却很想知道他的心思与体会,所以忍不住循着他与她之间相连的线索去探查。

但是她并未如愿,因为温德洛一下子就察觉到她了。不过他并未因为她的侵入而起了怨恨之心,反而自发地与她相连在一起。薇瓦琪来到温德洛心中,并且察觉得到他泉涌的思绪。"所有的生命都有莎神的动机,所有的生命都掌握在莎神手中。"这话说得简洁明了,薇瓦琪一下子就领悟到,温德洛之所以这样想,是因为他深信此语毫无虚妄。他不是把心思放在柯尼提身体的状况上,而是强调,只要柯尼提还有一口气在,那么他体内的生命就有莎神的动机,既有莎神的动机，就得以分沾莎神的永恒。他这话等于是在向薇瓦琪保证，生命没有终点，生命不会告终。薇瓦琪想了一下，发现自己也变得跟温德洛一样对这个道理深信不疑。你无须因为生命终结之后一片黑暗而感到恐惧，也无须为生命突然告终而畏惧。你若说那是改变，是形变，那是有的，然而改变与形变，是每一口呼吸之间都在发生的事情。生命的精髓就在于变化，所以人无须畏惧变化。

薇瓦琪敞开心胸接纳柯尼提，并将这个心得与他分享。生命不断进展，失去一条腿并不是就此告终，只是需要调整，只要心脏仍跳跃不止，那么一切希望就仍然俱在。他用不着恐惧，他可以放松下来。一切都会好转，现在他应该休息，休息就是了。她感觉得到柯尼提的感激之情不断扩大，心里也温馨起来。他脸上紧张的肌肉和他的后背都放松下来，深深地吸了一口气，慢慢地把气呼出去。

但是此后他就再也没有吸气了。

第五章
活船欧菲丽雅号

艾希雅下班了，之后的时间就任由她自己支配。忙了一天，现在她只觉得累，不过她倒乐得如此。下午当班的时候天气近乎暖和，春日难得如此宜人，所以她倍觉珍惜。欧菲丽雅一整天都很健谈，由于她归心似箭，所以这趟北返的航程让船上的水手做来特别轻松。欧菲丽雅号是一艘下水已久的宽肚船，如今由于一路上的买卖很成功，整艘船已载满了货。傍晚的风不够轻快，只能算是柔和，不过欧菲丽雅号的风帆连再小的风丝都不放过，轻而易举地便划过海浪。艾希雅倚在船首的风帆上，眺望着夕阳开始从左舷落下。只要再过几天就到家了。

"心情很复杂？"欧菲丽雅笑问道，那裸着肩膀、身形丰满的船首木雕转过头，精明且体贴地对艾希雅问道。

"一点也没错。"艾希雅坦承道，"什么事都逃不过你的眼睛。我的人生到底有何道理，我自己越想越迷糊了。"她在困扰之余开始扳着指头数着："如今我在从事贸易的活船上担任大副，就水手而言，这样的职位可说是顶尖了，况且坦尼拉船长还答应返回缤城后要给我船票。有了船票，就可以证明我的确是个能干的水手，而我拿到船票之后就可以大方地回家，要求凯尔遵守诺言，归还我的船。但奇怪的是，我心里却很愧疚，因为你们把这一切变得太容易了。我以前在满载号上当打杂小弟的时候，干的活儿可比现在苦上三倍，所以总觉得好像有点不对劲。"

"如果你想吃苦,那我也可以让你忙一点啊。"欧菲丽雅自告奋勇地说道,"我可以让船身倾斜或者让海水渗进来……"

"你才不会那样做呢。"艾希雅笃定地应道,"你航行得这么顺利流畅,自己骄傲都来不及了,怎么会捣蛋呢?再说,我并不希望这里的工作变得更困难。不过,我在满载号上待了几个月,我也不后悔。别的不说,那几个月的磨练起码证明我手脚灵活,爬绳梯也难不倒我,在那种笨重的船上干活,使我的本事精进不少,也借此开了眼界,见识到其他船上是什么状况。总而言之,我并不觉得在满载号干活是浪费时间。我心痛的是,那段时间我既待在满载号上,就无法陪着薇瓦琪号了,而错过的时光就是错过了,永远也无法弥补。"艾希雅越说,声音越是低沉。

"噢,亲爱的,我听了好难过。"欧菲丽雅的声音里透出孤寂,然而过了一会儿,她便挖苦道,"不过,错过的时光固然可惜,但你若浪费更多时光去懊悔你所错过的时光,那只会变得更糟,并不会好转。艾希雅,这样闷闷不乐根本不像你了。你要往前看,不要往后看,尽管修正轨道,继续往前走。昨日毕竟已经逝去,再也无法重来。"

"我知道。"艾希雅愁苦地笑了两声,"我也知道现在走的这条路是对的,只是我觉得有点奇怪,因为这条路走来既轻松又快活。你瞧,船这么美,船上的人手干劲十足,船长又是个大好人……"

"况且还有个英俊的大副。"欧菲丽雅抢着插话道。

"他的确英俊,"艾希雅衷心应道,"而且我很感谢他。他为了让我替补他的大副职位而称病躲在房里,虽然他嘴上说他乐得有这个大好机会看看书、轻松度日,但我敢说他装病这么久一定无聊透顶。我要谢他的地方可多了。"

"这就怪了,我看你对他没那么感激嘛。"欧菲丽雅的语气中首次透出了寒意。

"欧菲丽雅,"艾希雅呻吟道,"你又来了。我对葛雷没有那种感觉啊,你总不希望我用装的吧?"

"我只是想不通你对他怎么会没有那种感觉,你真的不是在自欺欺人吗?瞧瞧我家的葛雷,他长得帅,迷人、逗趣、心肠好,又是彬彬绅士。更不用说他出身于缤城商人世家,日后会继承可观的财产——再让我补上一句,他日后要继承的这笔可观财产之中,还包括一艘非凡的活船。他的条件这么好,你还有什么好挑剔的?"

"他的好处还不止于此。不过我几天前不是跟你说了吗,葛雷·坦尼拉这个人——以及他非凡的活船——都是出众的,我挑不出毛病。"

"这么说来,问题一定是出在你身上啰。"欧菲丽雅毫不留情地追问道,"为什么你没被他吸引呢?"

一时间,艾希雅咬住舌头,缄口不语,之后她以说理的语气说道:"欧菲丽雅,我的确被他吸引住了啊,可以这么说啦。不过,如今我面临的问题这么大,所以实在无法松懈……我实在腾不出时间来想那些事情。等我们回到缤城之后我会面临什么状况,这你是知道的,如果我的母亲仍愿意接纳我,我还得想办法跟她重修旧好。此外,还有另一艘'非凡的活船'盘据了我的心思,我必须说服母亲,请她支持我把薇瓦琪号从凯尔手里要回来。凯尔指着莎神发誓,只要我能证明自己是个合格的水手,他就把船交给我,这话我母亲是亲耳听见的。就算他只是随口说说,我也照样会要求他遵守诺言。然而若非经过一场丑恶的斗争,他是不会把薇瓦琪号让给我的,这点我心里有数。我的心思都放在这上面,无暇他顾。"

"你不觉得,在这样的斗争之中,葛雷乃是个有力的援助?"

"如果我鼓励葛雷与我进一步交往只是为了利用他的力量,好把我的船夺回来,那我不就是奸诈小人了吗?"

欧菲丽雅以低沉的嗓音大笑起来:"啊,照你这样说来,葛雷已经有所表示啦,我还担心我们家那小子动作太慢咧。既然如此,你快说给我听听。"她对艾希雅挤眉弄眼。

"欧菲丽雅!"艾希雅本想正色警告她,但是一会儿之后,她自己也忍不住跟她一起大笑起来,"船上的大小事情你无不了若指掌,难道现在又要装作不知道吗?"

"嗯,"欧菲丽雅沉思道,"我对于舱房和船舱里的事情略知一二,但还算不上是样样都清楚。"欧菲丽雅顿了一下,打探道:"昨天有段时间,葛雷的舱房里什么声响都没有,他有没有趁机亲你?"

艾希雅叹了一口气:"没有,当然没有啦。毕竟葛雷这个人,教养好到没话说。"

"我就说嘛。"欧菲丽雅摇了摇头,接着她坦诚告白,像是忘了艾希雅就是她敦促葛雷去追求的对象。"那小子就是欠缺点火花。温文儒雅是不错,但是男人嘛,偶尔总要带劲一点,不然怎么赢得情人的芳心呢?"她歪头瞅着艾希雅,"好比说,贝笙·特雷就是现成的例子。"

艾希雅呻吟了一声。自从欧菲丽雅在一周之前费尽心机地把贝笙的名字从她嘴里套出来之后,她便永无宁日。打从那时起,欧菲丽雅不是逼问葛雷哪里不好、艾希雅怎么还没爱上他,就是穷追猛打地追问她和贝笙的短暂私情有什么火辣辣的情节。可是艾希雅实在不愿想起那个人,在这方面,她的心情是很矛盾的。她越是坚定地要把贝笙忘掉,他的身影就越是在她心头盘桓不去。她总是回想起两人分手时的情景,并揣想当时应该说什么诙谐幽默的话,才不会闹得那么僵。当时贝笙责怪她没有依言赴约,可她是因为明白那样幽会并不明智,所以才裹足不前的。那人竟以为自己一下子就迷上了他,这未免太自以为是了。那种人根本不值得她多想,更不值得她为他反复思索。但尽管艾希雅在醒着的时候对贝笙不屑一顾,他的身影却夜夜闯进她的梦里。在她的梦里,贝笙那温柔力道的触感,像是令人向往的安全避风港。不过,接着艾希雅便咬紧牙关提醒自己,那毕竟是梦。她在醒着的时候,心里明知贝笙绝不是什么安全的避风港,而是一团愚蠢且冲动的漩涡,而她若是一个不小心就会被他卷进去,从此堕入毁灭之中,再也不得翻身。

艾希雅沉默得太久,欧菲丽雅从头到尾都在以心照不宣的眼神凝视着她。艾希雅猛然站挺,挤出笑容:"我看我得趁现在去找葛雷,免得时光一晃而过,马上就又要值班了。我有几个问题要问问他。"

"嗯。"欧菲丽雅这可满意了,"亲爱的,你慢慢地问吧,坦尼拉家的男人总是三思而后行,不过等他们开始行动之后……"欧菲丽雅扬起眉头斜睨着艾希雅,暗示道:"你可能连那个特雷小子叫什么名字都不记得了。"

"相信我,我已经尽最大的努力去忘记他的名字了。"

欧菲丽雅这才放艾希雅走,而艾希雅也趁此快步离开。坐在船首跟欧菲丽雅聊上一整晚是很有趣的,那巫木的人形木雕具备了坦尼拉家族好几代人的智慧,不过坦尼拉家的女人对她的影响最深,也最早。她总以女性观点来看待世事,不过她的女性特质不像现今缤城的女人那样脆弱且无助,而像第一代缤城商人那样独立果决。欧菲丽雅替艾希雅出的主意往往使她大吃一惊,不过正如欧菲丽雅所说的,往往与她多年来深藏在心底的想法暗合。艾希雅的女性朋友并不多,原本她以为自己的困扰与众不同,听了欧菲丽雅聊起的种种轶事之后,她才知道处境跟她类似的女人可多了。然而,欧菲丽雅厚着脸皮探问艾希雅的私密事却让她既开心又害怕。欧菲丽雅似乎认为艾希雅的独立自主乃是理所当然,她鼓励艾希雅随心所欲,但同时也认定艾希雅必须为自己所做的决定负责。有这样的朋友真是教人晕头转向。

艾希雅走到葛雷的舱房门外犹豫地停了下来。她伸手顺顺头发,又拉平衣服。如今不用像在满载号上那样装作少年郎的模样,真是轻松不少。欧菲丽雅号上的水手都知道她是艾希雅·维司奇,所以她必须维持家族的体面。有了这一层考虑,她固然很务实地穿着结实棉料所做的衣裳,但是她的裤子却宽得近乎裤裙。她把头发绑在颈后以免碍事,但并不结成发辫,而扎在裤子里的女用衬衫甚至还稍有绣花的装饰。

想到要跟葛雷见面,艾希雅的心情便好了起来。跟葛雷闲坐聊天总是很愉快,最庆幸的是,两人相熟之后,关系并未因此而紧绷。葛雷觉得她很迷人,他不但没有因为她本事高强而被吓跑,反而还因此心生敬佩。对艾希雅而言,这不但是全新的体验,也使她受宠若惊,要是她能确定这就是她对葛雷的感觉就好了。尽管她跟贝笙有过一段情,加上多年来,她都住在船上,跟一船男人日夜相处在一起,但是她在感情方面还很生嫩,所以如今她到底是对葛雷本人颇有好感,还是只因他对自己赞赏有加而喜欢跟他作伴,她也说不上来。当然了,葛雷与她就算是谈情说爱也不会有什么伤害,不过就是两个陌生人之间稍微打情骂俏一下,难道会生出什么事端吗?

她吸了一口气,敲敲门。

"进来。"葛雷闷声应道。

艾希雅进门之后,只见葛雷坐在舱床上,脸上裹着绷带,房里有一股强烈的丁香味。葛雷一看到她,蓝眼里便漾出笑意。艾希雅一关上门,葛雷就如释重负地扯开包住下巴的绷带。由于绷带裹住头,所以葛雷的头发乱蓬蓬的,像个小男孩似的。艾希雅咧嘴笑道:"哈,牙痛还厉害吗?"

"要说疼得厉害嘛,那倒不至于,但疼得很方便就是了。"葛雷伸了个懒腰,活动一下宽广的肩膀,以夸张的动作往后倒在舱床上,"多年来日日繁忙,差点就忘了清闲是什么滋味了。"他把腿收到床上,两脚脚踝重叠。

"你没有闲得发荒?"

"才没有呢。做水手的若能偷懒不做事,那可真是好福气,况且打发时间的法子可多了。"葛雷在床缘摸索,拿出了一团绳结。他把绳结团放在大腿上,展开之后便是张精致的垫子。这垫子虽是用结实的麻线编成,但是花样精巧,不输上等蕾丝。葛雷那因为工作而处处伤痕的指头竟能做出细腻的活儿,真令人难以置信。

艾希雅摸了摸垫子的边缘。"真美。"她以指头拂过结为垫子的精巧绳结,喃喃地说道,"我父亲只要拿个空酒瓶和几股麻线,就可以顺着玻璃瓶的表面编出像这种令人叹为观止的花样。我父亲编的花样,有的像花,有的像雪片……以前他总说他一定会教我编花样,可是我们老是腾不出空闲。"艾希雅原本深信她早就能够驾驭丧父之痛,但此刻却有一股深沉的悲恸感袭上心头。她猛然转开头,不看葛雷,改而望着墙壁。

葛雷沉默了一会儿,自告奋勇地提议道:"如果你想学的话,我可以教你。"

"多谢,但是不用了,因为那感觉不同。"她竟然讲得如此拒人于千里之外,连她自己都很意外。她眼里突然盈满了泪水,因而觉得很窘迫,不以为然地摇了摇头。她不想让葛雷看到她掉泪，免得让人觉得她楚楚可怜。葛雷和他父亲待她已经很好了。再说，她不但不想让他们父子俩把她看作是脆弱且需要人照顾的小女人，反而希望他们当她是懂得善用时机的强者。艾希雅深吸了一口气，挺直背脊。"我现在已经好了。"她回答了葛雷没问出口的问题，"有时候，我好想念父亲。虽然他已经过世，以后再也不会回来了，但是我心里仍有抗拒，无法接受这个事实。"

"艾希雅……我知道这样问可能有点残酷，但是我一直都想不通，为什么他会那样呢？"

"你是说，为什么我在船上工作多年，可是他却没把船传给我，反而传给我姐姐？"她回头一看，只见葛雷迅速地点了点头。她耸耸肩："原因为何，父亲从未对我说起，倒是提到我姐姐和她那几个儿女需要供养，这大概勉强可以算作是理由吧。心情好的时候，我告诉自己，父亲这番话意味着他知道我供养自己绝不成问题，所以他并不担心我；心情差的时候，我就不禁想道，父亲是不是认为我为人自私，是不是他认为我有了薇瓦琪号之后，就再也不会过问姐姐一家人过得好不好。"说到这里，她又耸了耸肩。

她从葛雷刮胡子用的小镜子里看到了自己的脸庞。一时间，她以为从镜子里看到了父亲。她跟父亲一样，都有着乌黑的眼睛、粗硬的黑发，但是她并没有遗传到父亲的身材。艾希雅身材娇小，跟母亲一样，不过她还是比较像父亲，不管是她下巴的轮廓，还是苦思时眉头皱在一起的样子，都跟父亲神似。"我母亲跟我说，是她劝父亲把船传给我姐姐，不要传给我的。照我母亲的想法，维司奇家族不能分家，也就是说，活船和庄园必须由同一人继承，这样两边的进项互相补贴，欠债才还得清。"

艾希雅揉揉额头："照我看来，这也有几分道理。由于我父亲决定再也不上溯雨野原做生意，所以我们家的收入就少了。我们从南国带回来的货色固然珍奇，但是再怎么样也比不上雨野原那些有魔法的商品。我们的庄园物产丰富，但却竞争不过由恰斯奴隶栽种出来的谷物和水果，因此我们家族活船的欠债至今仍相当可观。再者，活船的债务乃是以我们在陆地上的庄园作为抵押的，如果我们还不出活船的债务，那么不但会失去活船，也会失去庄园。"

"还不止呢，连你自己也随时都可能会赔进去。"葛雷平静地指出这个事实。他出身于拥有活船的缤城商人世家，所以活船合约的标准条款是怎么写的，他清楚得很。活船很稀有，而且造价高昂，不但要经过好几代才会苏醒，就连活船的债务，也要好几代人才能还清。活船的船体和人形木雕是巫木做的，但是巫木的来源掌握在雨野原商人的手里。唯有巫木做成的船才能安然通行雨野河，并经手那些近乎神奇的雨野原商品。总而言之，活船的价值贵重到许多家族不惜拿整个家族的财富作为抵押。"毕竟'人还金还，欠债奉还'哪。"葛雷平静地说道，"要是维司奇家族付不出活船的欠款，那么雨野原商人就可以带走维司奇家的女儿或儿子。"

艾希雅缓缓点头。真奇怪，自从她成年、被视为女人以来，父母便把合约的条款告诉了她，但是长久以来，艾希雅从没想到这个条款会应用在她身上。她父亲是个出色的商人，总能变出足够的钱来偿还当期的债务。如今掌管活船的是她姐夫凯尔了，谁知道事情会沦落到什么地步？她姐夫本来就不喜欢她，而且两人最后一次相聚一堂、吵得不可开交之时，凯尔还说她的职责就是赶快嫁个好人家，免得变成家里甩也甩不掉的负担。也许凯尔话中有话，而他话里隐含的意思就是，如果她自愿嫁给雨野原商人，那么维司奇家族的债务就不会那么吃紧了。

从小时候开始，大人就教导艾希雅，她有责任维护家族的名声，家族的名声比什么都重要。缤城商人首重承诺，而且欠债必还。再者，无论缤城商人之间有什么争议，如果碰到外来的威胁，那么众商人必定团结起来一致对外。亲族之间的凝聚以及维护家族声誉的责任，不但缤城商人有，当年选择留在雨野原的那些雨野原商人也有。缤城与雨野原之间距离遥远，双方祖先们的情谊早已成过往，但是雨野原商人仍是缤城商人的亲族。两方商人之间的往来受到众人的肯定，而她对于家族又有责任在身，不能不顾。想到这里，她开始心寒了。倘若凯尔还不出维司奇家族该还的欠款，那么她就有责任献身嫁到雨野原去。雨野原人什么都有，却子息甚薄。如果凯尔真的还不出欠款，她就得嫁给雨野原人为妻，为他生下子女。这是她的祖先在很早以前许下的承诺，要是她不肯遵从，那就是大逆不道了。不过，她若是因为凯尔故意不肯偿债或无力偿债而被迫嫁到雨野原去，那还真令人受不了。

"艾希雅？你还好吧？"

葛雷这么一叫打断了艾希雅的思绪，也把她拉回现实之中，她这才了解到自己正在目不转睛地瞪着舱板直看。她甩了甩头，转头面对葛雷："其实我来是为了要问问你的意见。船上有个水手常常犯点小错，但我说不上他到底是不是在故意找碴。"

葛雷脸上浮出了忧虑的神色："你说的是哪一个？"

"费夫。"艾希雅露出无奈状，摇了摇头，"我下命令的时候，他有时候肯听，三两下就做好了，但是片刻之后，我再下命令时，他却愣愣地望着我，呆呆地站着傻笑。我真不知道他是在嘲笑我，还是……"

"啊！"葛雷咧嘴而笑，"费夫的耳朵聋了。右耳还好，但是左耳听不见。还有，人家若是当面问他，他总是矢口否认。他之所以左耳耳聋，是因为两年前他从船桅上摔了下来。他跌得很重，昏迷了一两天，大家都以为他活不成了，但最后他仍苏醒过来。如今费夫的手脚比以前慢了，除非必要，我也不让他爬高了，因为现在他的平衡感没以前好。你说的话费夫不见得句句都听得清楚，尤其如果你是站在他左边，碰巧风又刮得大，那他就什么也听不见了。他倒不是故意要找碴……所以他才会傻笑啊。他就是左耳不行，除此之外，他人挺好的，况且在船上也很久了，若因为这一点就不让他上船，好像说不过去。"

"哦，"艾希雅点头，"要是早点有人告诉我就好了。"她有点恼怒地说道。

"这种事情，爸和我早就连想都不去想了。船上就是这样，没人故意要刁难你。"

"不，我不是那个意思。"艾希雅赶快应道，"大家都为了让我轻松而特别给我方便，这我是感觉得出来的。能够再度回到活船上工作，我高兴都来不及呢，更何况我还意识到，原来我真能把这个工作做好。之前由于我父亲并未把船传给我，加上我跟凯尔大吵了一架，而且贝笙的疑虑又深，这些都使我担心自己无力胜任这个工作。"

"贝笙的疑虑?"葛雷以平静的口气引导艾希雅往这方面深谈下去。

她干嘛扯出贝笙来?她是哪里不对劲了?"我父亲掌管薇瓦琪号的时候,贝笙·特雷在他手下担任大副。我签了约,上了满载号之后,发现他也在船上工作。贝笙发现我上船当起打杂小弟之后……唉,早在我们还在缤城的时候,贝笙就铁口直断,说他认为我是做不来的。"

沉默的时间越拉越长,最后葛雷应道:"这样啊,那他怎么做?去向船长告发吗?"

"不,没那回事……不过他一直紧盯着我就是了,说是'监督'也不为过。我应付船上的事情都手忙脚乱地,他还紧盯着监督我,非要我够上水准不可,说起来实在很羞辱人。"

"他无权羞辱你。"葛雷以低沉的声音评论道,眼里冒出愤怒的火花,"你父亲在别人都不肯接纳他的时候拉了他一把,他欠你家的人情可大了。你已经尽心尽力在做,他还嘲弄你?这太过分了,他至少也应该好好保护你才对。"

"不,没那回事,你多虑了。"艾希雅倒为贝笙辩护起来,"他并没有嘲弄我,大半的时间,他都当作没有我这个人。"此语一出,葛雷的脸色更气愤了,所以艾希雅连忙澄清道:"我比较喜欢这样。我才不要别人给我特殊待遇呢,我要靠自己的力量来达成目的。最后我也的确靠自己的力量,把打杂小弟的工作做得有声有色。我之所以懊恼,只是因为当时我奋斗得那么辛苦的模样全被他看在眼里……老实说,我真不知道我们谈这个干嘛。"

葛雷耸耸肩:"这话题是你提起来的。特雷家族的人都跟贝笙断绝关系了,你父亲怎么还把他收到船上去做事?这一点,长久以来大家都议论纷纷。贝笙年轻时,连续几年不知道闯了多少祸,所以后来他父亲把他赶出家门的时候,大家并不意外。"

"他闯的是什么祸?"艾希雅听出自己在问这个问题时口气颇为急切,因此刻意以较为平静的语调又说道,"贝笙被他父亲赶出家门的时候,我年纪还小,对于缤城的闲话没什么兴趣。几年之后,我父亲雇用他,让他上船工作,但是父亲从不谈起往事。我父亲说,要评论一个人的高低,要看他的现在,而不是过去的作为。"

葛雷点点头:"贝笙的丑闻并未传得人尽皆知,我之所以知道,主要是因为他跟我是同学。一开始只是些小事,恶作剧、胡搞瞎闹之类的。年纪渐长之后,同学里就只有贝笙总是趁着老师一转身就溜出课堂,起初只是为了逃课或者到市场去买食物。到了后来,我们全班就属他对辛丁、女孩和赌骰子之类的事情知道得最多。直到现在我父亲仍说,特雷的大儿子之所以变坏,其实是特雷自己的错。贝笙手上的零用钱总是多得花不完,空闲的时间又多,而且没人管,没人管住他不让他越界。贝笙渐渐染上恶习,像是欠下赌债还不出来,或是下午在公共场合喝得酩酊大醉,之后他父亲便把他拖回家,威胁儿子不得再犯。"

葛雷不以为然地摇头,继续说道:"然而贝笙的父亲虽然说尽狠话,却从未付诸实行,过了一两天之后,他又钱多没人管了,然后便故态复萌。贝笙的父亲总是威胁要拒付他的账,或是揍他一顿,或是要他工作抵债,不过都只是说说就算了,从未真正实行。我听人说,每次贝笙的父亲要处罚儿子,他母亲就痛哭失声,要不便昏倒在地,所以贝笙不知做尽多少蠢事,却从来没因此而受到什么教训。直到有一天,贝笙回家时突然发现家门紧闭。事情就这么突然,所有的人,包括贝笙在内,都认为那只是虚张声势而已。大家都认为,这场风暴过一两天就会过去了。但是事情没那么单纯,几天之后,贝笙的父亲公开宣布,他已经完成手续,日后将由次子继承家产,他将就此跟贝笙断绝父子关系。这件事情发展至此,唯一的惊人之处就是贝笙的父亲终于与他划清界线,并且恪守这条界线。

"一时间,贝笙在城里到处混,随便找地方借宿,但是不久之后,他磨光了人们对他的善意,钱也用完了。贝笙有个恶名,就是他常常带坏年轻人。"说到这里,葛雷心照不宣地咧嘴而笑,"当时无论我还是我弟弟都被禁止跟贝笙有所往来。不久之后,大家都离他远远的。之后他就失踪了,谁也不知道他的下落。"葛雷扮了个鬼脸,"倒也不是说有谁在意他的下落。贝笙欠下许多赌债,那时候,人们已经看出他并不想还债,之后贝笙就不见了。大家都觉得,缤城少了他这个人之后变得有规矩多了。"葛雷望向他处,不再凝视着艾希雅,"贝笙离开之后,有人谣传有个'三船'少女怀了他的孩子,那孩子后来胎死腹中。就我看来,那孩子死了反而是莎神慈悲啊,只是那少女从此以后就毁了。"

艾希雅只觉得天旋地转。她很不愿意听葛雷这么大肆批评贝笙,她很想告诉他,贝笙并不是那样的人。但是听葛雷讲起来,他显然是因为身为圈内人才会知道这些秘密。原来贝笙是个缺乏管教又恃宠而骄的长子,他家族之人会这样待他是有原因的,不能算是冤枉了他。几年后,她的父亲接纳了贝笙,贝笙在她父亲的监督之下变成了正直高尚的男人。要是没有艾福隆,贝笙早就不知沦落到什么地步了。艾希雅不得不承认事实的确如此。喝酒、吃辛丁的恶习,贝笙都有不是吗?况且,她恶狠狠地想,他四处玷污女人的习性也一直没变。

之前艾希雅愚蠢地将往事大加渲染,但此时她开始无情地剖析真相。她一直把贝笙想成是因为深深迷恋着她而跟她上床,但现在却不禁自责,那其实是因为她自己行为不检,才会碰上这种乱七八糟的对象。她再想到他们分手的情景,于是更加深了这个想法:贝笙一发现她稍微用了大脑思考,不肯让他占有她的身体之后,便弃她远去。想到这里,艾希雅顿时羞愧得无地自容。她怎么那么笨呀?要是贝笙回到缤城,把他们两人之间的事情散布出去,那她就毁了,就像那个被他遗弃的三船少女一样。

葛雷倒没察觉到艾希雅如此尴尬不安。他打开床尾的海运箱,伏身在箱子里翻找。"我饿死了。打从我假装牙痛以来,厨子给我的食物就只有汤和泡着汤吃的面包。你要不要来点水果干?我这里有哲玛利亚出产的干杏桃和干枣哟。"

"我没胃口,谢谢你。"

一听到这话,葛雷也不翻找了,反而转头对着艾希雅咧嘴笑道:"自从你上船来,这还是我第一次听到你以缤城商人之女的斯文口吻讲话。说真的,我实在不知道应该松一口气,还是因此而感到失望。"

葛雷到底是在奉承她还是在羞辱她,艾希雅无法确知。"我听不太懂。"

"噢，怎么说呢？"葛雷从箱里拿了包果干出来，坐回床上。他拍了拍身旁的位置，于是艾希雅便在他身旁坐了下来。"对啦，就是这个。"葛雷得意地说道，"现在我们两人不但是私下独处、没有长辈监视，又是门窗紧闭，同时你还大无畏地与我并坐在床上。再说，刚才我将贝笙把女人搞大肚子的事情告诉你的时候，你既没有吓得一脸苍白，也没有怒斥我不该跟你谈这些事情，反而露出沉思的模样。"

葛雷在倍觉诙谐之余不禁摇了摇头，继续说道："你在船上也不多花工夫弄头发，只是扎个简单利落的发型，我还见过你手脏了随便在衬衫上揩一揩的情况，此外你在装作打杂小弟的时候，从头到尾都赤着脚、穿长裤。不过我仍记得你打扮得很有女人味、一身紫罗兰香地与我相拥共舞的情景，你的舞姿优雅得犹如……唔，犹如你在爬船桅。你是怎么做到的，艾希雅？"葛雷往后靠在舱板上，可是他看着艾希雅的亲昵眼神却仿佛他与她凑得更近，而不是变远。葛雷继续问道："你怎能轻轻松松地在这两个世界自由来去呢？你到底是哪一边的人？"

"我为什么要只属于其中一个世界？"艾希雅反问道，"你自己就既是能干的水手，同时又是缤城商人之子。既然如此，为什么我不能同时具备这两方面的才能？"

葛雷仰头大笑："就是这个，寻常的缤城商人之女不会拿这个来当理由——至少我们这一代的女人不会这样。这年头，正经的女孩子只会因为我称赞她舞跳得好而傻笑，不会以她有一身水手的本事而自豪。你使我想起欧菲丽雅讲的那些故事，据她所说，以前有一段时间，各行各业都男女掺杂，而且好多女人还更胜男人一筹。"

"任何对缤城历史略知一二的人都知道，我们的祖先刚来到天谴海岸的时候，任谁都必须运用自己的本事来谋生计。这段历史，你跟我一样清楚。"艾希雅有点恼了，葛雷是不是在说她不正经？

"这我知道，"葛雷平静地坦承道，"但是如今缤城已经有许多女人不承认这段历史了。"

"这主要是因为风气变了。况且女人若是想要练就一身本事,家里的父兄还会引以为耻呢。"

"的确如此,不过我遇到你之后,开始发现他们错了。他们不但错认了史实,也错认了人生的真相。艾希雅,近来我父母亲开始催我找个对象。我父母亲是年纪大了之后才有我的,他们总希望早点抱孙子,免得来不及。"

艾希雅惊讶得说不出话来。葛雷突然提起此事未免太奇怪了,他该不会要把话题引到那个方向去吧?

"我回到缤城的时候,母亲常常邀请商人世家的母女到我家来喝茶聚会,弄得没完没了。城里有什么社交场合和舞会,我也都乖乖地去参加,所以我跟许多女人跳过舞。"葛雷亲切地对着艾希雅笑笑,继续说道,"有些人还对我颇感兴趣呢。不过,每次兴冲冲地开始交往,最后总是以失望收场。每次我有了交往的对象,我父亲就问我:'她有没有能在你出海时把一家大小打点好的本领?'然后我心里便出现自己出海之后独留她在家的光景。可是那些女人不管有多么娇美、睿智、迷人,但总嫌不够坚强。"

"也许你应该多深入交往,多了解她们一点。"艾希雅大胆提议道。

葛雷遗憾地摇了摇头。"不是那个缘故。我直接问了其中两个女人,我提醒她们,总有一天我会成为活船欧菲丽雅号的船长,她们会不会吃醋?我老实地告诉她们,这船并不是普通的船,而是一艘要求甚多、有时占有欲极强的活船。我也告诉她们,我出门一趟要好几个月才回来,所以儿女出生的时候我可能不在家;屋顶漏水或是田里的作物该收成的时候,她们也得一手包办。"葛雷夸张地耸肩,"她们都异口同声地说,结婚之后,我总能善加安排,以便在家里待得久一点吧?而当我一说那是不可能时,她们就拒绝跟我继续交往了。其中最锲而不舍的要属珍芙,她甚至到欧菲丽雅号上来参观,并提议婚后可以随我一起出海航行,前提是我能把船长室扩建为现在的三倍大,这也顶多只能维持到她怀孕之前。等有了孩子之后,不但她要待在家里,还要求我待在家里的时间必得超过我出海的时间。"

"你有没有跟出身于活船世家的女孩交往过?像这样的女孩总能体会到

这艘船对你而言意义非凡吧？"

"我是曾经跟一个出身于活船世家的女孩跳过舞。"葛雷平静地说道。

此语一出，两人都沉默不语。葛雷是不是期待她应个什么话？但就算是吧，她也不知要说什么才好。接着他非常缓慢地移动，仿佛唯恐自己吓到她似的。他以一指碰触艾希雅撑在床上的手。虽只是轻轻一触，却激起了触电般的感觉，虽说与此同时，她心里却失望得说不出话来。她喜欢葛雷，也觉得他颇为迷人，不过现在实在不是时候。这算是她自找的吗？这该如何应付才好？葛雷会吻她吗？如果他要吻她，她会顺水推舟地让他一吻吗？

大概会吧。

但是葛雷没有再凑近。他的声音变得低沉且轻柔，蓝眼睛既温和又充满信任。"我看得出你是个坚强的女人，你既有能耐与我一起出海航行，也有能力在我外出时把家园田产打点妥当，况且你不会吃欧菲丽雅的醋。"葛雷停顿一下，露出忧愁的笑容，"如果说有谁吃醋的话，反倒是我，因为欧菲丽雅竟然那么快就喜欢上你了。艾希雅，你就是我择偶的最佳人选，除了你之外，不作第二人想。"

虽说艾希雅早猜想到葛雷会说这类话，但是听到之后，她还是很震惊。"可是……"她才讲了这么两个字，葛雷就竖起一指，让她不要再说下去。

"你听我说，这是我彻底想过之后才说的，况且我看得出，这对你而言好处也很大。近年来，维司奇家族的财势每况愈下，这也不是什么秘密了。薇瓦琪号的债务尚未还清，若是你家拿不出钱，就要拿你去抵债了。不过大家都知道，女人家若是已婚或已经许配人，那么雨野原的人就不会强求了，所以只要你愿意考虑与我成婚，雨野原的人就不会把脑筋动到你头上。"他仔细地观察艾希雅的表情，"我们坦尼拉家族颇为富裕，我送给你母亲的聘礼绝对很可观，足够让她颐养天年，毕竟你根本不相信凯尔会好好照顾你母亲，这你早就说过。"

艾希雅觉得难以启齿，但仍勉强说道："我不知道该说什么才好，我把你当作好朋友。是，我们的确稍有谈情说爱，但是在这之前，我实在没想到你对我的感情竟然强烈到会开口求婚。"

葛雷轻轻耸了耸肩。"艾希雅，我一向谨言慎行，我实在想不出人为什么要被感情冲昏了头。据我看来，在我们交往的初期应该计划重于激情才好。此时我们应该真诚相谈，看看能不能成就共同的野心与目的。"葛雷继续仔细观察艾希雅的表情，接着，他仿佛是要主动承认这番话是违心之论，又再度轻轻以指尖碰触艾希雅的手，"你可别以为我没有被你迷住。你一定早就知道我倾心于你了，不过我不是那种心里还没想清楚，就随便表情达意的人。"

他好正经。艾希雅努力挤出一抹笑容："我刚才还担心你会强吻我呢。"

葛雷以微笑相应，同时摇了摇头。"我既不是冲动的少年，也不是粗野的水手。如果小姐没有应允我亲她，我是绝不会轻举妄动的。再说，如果无法得到这个对象，那么我何必自寻烦恼呢。"他转开头避开艾希雅那一脸惊讶的表情，"希望我这样讲不会冒犯到你，虽然你过惯了粗鄙的海上生活，但骨子里仍是名门仕女。"

此时，艾希雅心里闪过一个念头，但这个念头她是怎么也不能告诉葛雷的。此刻她突然笃定地领略到，那种连接吻都要先问问她可不可以的男人，是别期望她会点头的。她心里恶作剧般地模拟道："可否允我上船？"然后便强绷着脸皮，免得自己失声笑出来。接着她不禁想道，莫非是贝笙已经把她给毁了？倒不是说他毁了她在社交场合的名誉，而是她在经历过那水手理所当然地宣达情欲之后，只觉得葛雷这种节制且斯文的求爱方式简直近乎傻气。她跟葛雷挺谈得来的，真的很融洽。不过看到他那种谨慎协商的态度，她说什么也心动不了。情况越变越尴尬了。幸亏此时好像连莎神也知道她无从脱身似的，命运突然介入了。

"全员集合！"突然有人以气愤与恐惧交加的语调高声吼道。艾希雅毫不犹豫地冲出门，而葛雷也不待用绷带裹住下巴以假装牙痛，跟着冲了出去。毕竟全员集合就是所有人都要到齐。

欧菲丽雅号的水手群聚在船首的栏杆边朝下望。艾希雅凑过去看到眼前的情景后简直不敢置信。有一艘挂着大君旗帜的恰斯战船要挡住欧菲丽雅的去路。其实这商船与那战船一大一小，对比大到几乎令人失笑。不过战船上满布着全副武装的士兵，一看就知道不是好惹的。战船虽小，却比较轻便，且比宽肚船灵活得多，况且桨帆并用的战船往往也比单用船帆的船快上许多。由于傍晚没什么风，所以欧菲丽雅无法撇开战船，反而是那战船已经从上风处赶上欧菲丽雅号，并且借着轻风慢慢地靠近。现在他们无路可走，不得不正面跟那战船对上。活船的人形木雕在震惊之余顽固地叉手抱胸，一动也不动地俯瞰着恰斯船船首的马型木雕。艾希雅抬起头扫视海平线。看来这艘恰斯战船是单独行动的。坦尼拉船长低头对那战船吼道："你挡住我们的去路，是什么意思？"

站在战船船首的大胡子男子叫道："你抛一条绳索下来。大君有令，要我们登船检查！"那人的金发很长，拢在背后扎成马尾，皮背心的前襟饰着以人发绑住的手指骨，那一定是他在打斗中赢得的战利品。他凶狠地咧嘴而笑时，只见缺了好几颗牙齿。

"凭什么？"艾希雅反问道，不过坦尼拉船长连这种问题都懒得问。

"不行，你别奢望。你无权管制，快给我让开。"商船船长稳稳站定，以平静且有力的声音对那战船说道。

"我们是奉大君之令登船，所以你快把缆绳丢过来，乖乖让我们上去。"那恰斯人仰头对欧菲丽雅号上的人笑道，不过他露出的牙齿太多，说不上可亲，反而显得狰狞了，"别逼得我们强行登船。"

"有胆你就给我试试看。"坦尼拉船长阴狠地应道。

战船的船长从大副手里接过几份卷成圆筒的文件，举起手挥动它，教坦尼拉好好看着。那卷文件绑着红缎带，上面系着一枚沉重的金属印鉴。"我们当然有权管制，这就是授权书。我们会把授权书带上船给你看。如果你真是老实的生意人，那你就用不着害怕。大君为了扫清内海路的海盗，已经跟恰斯国结盟，并授权我们拦截任何可疑的船只，以便搜索船上有无赃物或与海盗勾结的证据。"那船长话还没讲完，身边便有几个人提着系了长索的铁钩爪走上来。

"我是老实做生意的缤城商人，你无权挡住我的去路，也别想登船搜查。还不快让开！"

坦尼拉船长还在应话之际，他们就开始舞动铁钩爪作势要抛出去。坦尼拉船长才刚说完，便有三个铁钩爪朝欧菲丽雅号飞来。欧菲丽雅号偏向另一侧，避过了第一个铁钩爪。第二个铁钩爪落在甲板上，但是尚未勾住木料就被船员们抓起来丢了回去。第三个铁钩爪则是被欧菲丽雅本人接住的。她在那铁钩爪呼啸着飞过面前时猛然一抓将之拦住。她气愤地大叫一声，抓住系着铁钩爪的绳索大力一拉。这一拉把抛掷的人抽了出来，那人在惊吓之余不停地乱踢乱叫。接着欧菲丽雅不屑地抛开铁钩爪，于是绳索与水手都落入水里。她叉手放在算是女人的臀部之处，愤怒地警告道："别再乱来！你们快让开，要不然我一定要你们好看！"

战船上的人在讶异与恐惧之余纷纷叫喊起来。那些恰斯水手中大概不乏听过缤城活船事迹之人，但是真正见过活船的人少之又少，更不可能见识过活船发威的模样。活船很少造访恰斯港口，其贸易路线仅及恰斯国以南。恰斯战船上的人抛出一条绳索，以救起落水的恰斯水手。

在欧菲丽雅号这边，只听到坦尼拉船长吼道："欧菲丽雅，让我来处理就好！"而同时那战船的船长则气愤地叫人准备火攻。

欧菲丽雅对坦尼拉船长讲的话充耳不闻。对方一提到"火攻"二字，她就抡起拳头，而当她看到战船上的人把一锅锅热得冒烟的沥青抬到甲板上时，更不禁失声惊叫了起来。那些人竟然三两下就摆出火攻的阵仗，可见得那战船的船长打从一开始就是有备而来。"莎神保佑，千万不可啊！"艾希雅惊叫道，她看到那些烧烫的沥青锅已经蓄势待发了。那些人将一簇簇的箭头朝下插在口小肚宽的热锅中，用来点火的布条引信上浸透了沥青，垂在锅外。他们会在射箭的前一刻点燃引信，好让箭在飞翔之际烧得火热。一旦箭射中了欧菲丽雅号，就会火花四散，燃起一片烈焰。箭雨来袭时，欧菲丽雅是无法尽数避开的，然而活船最怕的就是失火。艾希雅担心的还不是船桅或甲板着火，而是怕欧菲丽雅本身被火势波及。毕竟有史以来，唯一不幸丧命的活船就是死于大火。

欧菲丽雅号是宽肚商船，不是设计来战斗的。海盗无从威胁活船，活船绝对快过任何其他的帆船，这是大家都知道的。据艾希雅猜测，之前大概从来没有人横挡过欧菲丽雅的去路，更没有人曾要求登船。欧菲丽雅号并未携带武器，船上的水手也没有经验，不知该如何破解对方的威胁。坦尼拉船长吼着下令叫人驶开欧菲丽雅号，众人立刻跳起来应令。"光避开是不够的。"艾希雅压低了声音对葛雷说道，"他们还是会用火攻。"

"把船舱里的油桶搬出来，我们也用火攻回敬他们！"葛雷气愤地命令道。

"同时抽水上来，以便灭火！"艾希雅叫道，"葛雷，有没有鱼叉、船桨什么的？要让欧菲丽雅手里有点东西对付他们啊！你看，她是不会善罢甘休的。"

就在欧菲丽雅号上的水手慌乱地整备之际，欧菲丽雅却再度出手。虽然操舵的人使尽全力，但是欧菲丽雅却一意孤行，所以大船竟然没有驶离，反而朝战船靠了过去。恰斯人点燃了烧烫的沥青锅并且开始拉弓之际，欧菲丽雅伸出双臂，像是气愤至极的小女生似的，狂乱地拍打战船，同时怒骂道："你们这些恰斯猪！这是我们的地盘，你们别想把我们挡下来！你们这些婊子养的，只会胡说八道！谁是海盗？你们才是海盗！你们只会买卖奴隶，除了害人还会做什么？"她的手臂像风车一般舞动，并在乱挥之际碰到了战船。她的大手打中了木马，也就是战船的船首木雕。欧菲丽雅用力地按下木马，这个动作猛烈到两边的船都剧烈摇晃起来，两边船上的水手都因为突然跌倒而连声惊叫。战船较小，摇晃得尤其厉害。欧菲丽雅突然放开木马，于是战船顿时浮起，整艘船像是摇摇马似的晃了起来。恰斯人射出箭雨，而战船上的沥青锅也因为船的剧烈晃动而飞了出去。有一个沥青锅翻倒在战船甲板上烧了起来，另有两个冒出黑烟和热气的沥青锅飞过了欧菲丽雅号，落在了另一边的海里。

但是有一个打中了欧菲丽雅号船首右舷的船壳，欧菲丽雅毫不迟疑地朝那燃着火的黏腻黑物打下去，但是她抽手回来的时候，手掌上的沥青又再度剧烈燃烧起来。她看到自己的指头突然烧起来，不禁连声尖叫。

"快灭火！"艾希雅对欧菲丽雅叫道，而船员们则泼水灌注，让水顺着船壳流下去，以便灭去右舷的火势。但是欧菲丽雅已经恐慌至极，所以艾希雅的话她根本就听不进去。欧菲丽雅凭着意志力抵抗船舵的走向，猛然朝那战船扑上去，用燃烧着的手抓住了那条小船。她用力地把战船摇来晃去，简直将其当作玩具一样轻蔑地把战船丢了出去——而她手上那些燃烧的沥青则大半都黏在战船上了。她放开战船之后，双手大力一拍，咬牙切齿地捏起拳头熄灭掌心的火焰。接着，她像是遭到恶人冒犯的小姐，立即提起裙子旋风般地走出房间似的，突然呼应了舵轮与风帆的指向。她转开头，不再望着那艘凌乱的战船，而是把小船与自己之间的距离拉开，驶经战船的时候，她还特别扬起头。

　　战船上火焰四起，冒出浓密的黑烟，困在火船上的水手哀号不断。有一两个水手还叫嚣着要对欧菲丽雅不利，声音顺着风向传了过来。但是大火熊熊、嘈杂吵闹，所以他们的威胁听起来只像是不知所云的叫喊。欧菲丽雅号继续向前驶去。

Chapter Six
Satrap Cosgo

第六章

克司戈大君

"无聊至极,还头痛,你想办法逗我开心,免得我被头痛折磨啊。"这声音从她身后的卧榻传来。

瑟莉拉也不停笔,边写边说道:"神武圣君,我的职责不在于逗您开心,您将我召唤来此,为的是要听取我对缤城情势的建议。"她指着一桌展开待阅的卷轴和书本,"而如您所见,我正准备就此向您简报。"

"唉,我头痛得这么厉害,你还如何期望我专心听取你的意见呢?我头痛得连眼睛都看不清了。"

瑟莉拉放下她正在浏览的文件,转过头,望着那个懒散地趴在卧榻上的年轻人。卧榻上尽是丝质抱枕,所以大君像是陷在抱枕堆里似的。瑟莉拉看得很烦躁,但是她尽量以平和的语气说道:"我无法保证我的意见会让您开心。不过,如果您肯到桌边来坐坐,我可以择要向您禀报缤城商人之所以提请诉愿的相关背景。"

大君咕哝了一声:"瑟莉拉,你老是以让我头痛得更厉害为乐。既然你这么没有同情心,那你出去好了,我再找斐丽来陪我就是,不然就找那个刚从翡翠群岛来的心灵侍臣,她叫什么名字?好像是以香料为名……豆蔻。你去把豆蔻找来陪我。"

"神武圣君克司戈,我乐于从命。"这次她也懒得遮掩怫然不悦的口气了,说话同时就推开典籍,挪开椅子。

克司戈翻身仰躺,朝她伸出一手:"不,我改变心意了。我知道我必须听听你对于缤城的睿智评断。所有的顾问都跟我说,缤城的情势极为危急,但是我头痛成这样,如何思考?求求你,你就过来帮我揉揉头吧,瑟莉拉,揉一下就好。"

瑟莉拉站了起来,断然地换上了喜悦的表情。她提醒自己,缤城的问题非得解决不可,而且她说不定还能将解决缤城问题的手段引导到对自己有利的方向。"神武圣君克司戈,我无意惹您动怒。您头痛是吗?让我帮您按摩一下,再谈缤城的事情。如您所言,缤城的情势极为危急,而就我个人所见,目前大君在缤城的地位可能有动摇之虞。"她走到卧榻旁,把许多抱枕推到地上,这才在卧榻的末端坐了下来。她一坐下,克司戈立刻爬过来,将头枕在她的大腿上,闭上眼睛,像小羊求乳一般用脸颊摩着她的大腿。瑟莉拉咬紧牙关,隐忍着不发作出来。

"我头好痛,又胀气、腹泻不止,一定是哪个巫师在我身上下了蛊,咒我病痛缠身。要不然,我怎么会难受成这样子?"克司戈呻吟道,伸出一只手贴在她的大腿上。

瑟莉拉把手放在克司戈的颈根上,开始用指尖按摩穴位。她从触感能感觉得出来,大君并不是在装痛。"也许呼吸点清新的空气,您就会好起来。若要缓解肠胃的问题,外出活动一下是最有效的。在这个时节,神庙南边的园地最是美丽,如果我们到那里的百里香花园散散步、闻闻花草香,也许这些不适就不药而愈了。"

"那不如派人去摘些新鲜的花草回来还容易一点。这时节阳光这么毒辣,刺得我眼睛好难过。我都痛成这样了,你怎么忍心建议我亲自到那里去散步?"克司戈像是不经意地掀起她的长袍下摆,抚摸底下的柔腻肌肤,"况且我上次去神庙的时候,还因为铺石不整而跌倒,结果像个奴隶似的跪倒在地,连手也弄脏了,而你明知道我最讨厌肮脏了。"克司戈愠愠地说道。

她把双手放在他的颈根和肩膀上,使劲地按揉了几下,使他痛得瑟缩。"神

"武圣君，您之所以跌跤，"瑟莉拉提醒他，"是因为您当时吸了迷药，整个人昏昏沉沉，而您手上沾到的脏污，其实是您自己呕吐出来的秽物。"

他突然扭头瞪着她看。"照你这么说来，这都是我自己的错？"他讥讽地问道，"你这样说就不对了，问题在于地上铺设的石板本来就该铺得平整，让人安全好走。我的肠胃本来就弱，在重重地跌了那一跤之后，五脏六腑都震出毛病来了，怪不得我现在就算吃了东西也留不住。不只是我这么觉得，宫廷里那三个御医也都持这样的看法。不过我敢说，我这位博学多闻的侍臣大概是自认为她的见识还在神武圣君克司戈以及三位御医之上吧。"

她突然站了起来，也不管大君的头因此轻轻地摔在床褥上。她攫住克司戈那只不断探索的手，轻蔑地将之朝他自己的鼠蹊方向丢过去。"我要走了。我乃是您的心灵侍臣，于礼不合、煽腥色情之事，我无须忍受。"

克司戈坐了起来，把手放在膝盖上："你忘了自己的身份了！我乃是神武圣君克司戈，我没下令，谁都不能说走就走。你给我回来，等我说你可以下去了，你才可以走。"

瑟莉拉挺直身子，她至少比这个体弱苍白、耽溺逸乐的年轻人高上一个头。她的绿眼睛上下打量着他。"克司戈，我并没忘了自己的身份，但您倒忘了。有些恰斯人不要脸地自称是贵族，这种人只要随便哀叹一声，他那群淫妇般的姬妾就会争先恐后地抚慰讨好、争夺主子的欢心。但您并不是那种所谓的恰斯贵族，您乃是哲玛利亚的大君。而我身为心灵侍臣，并不是浓妆艳抹的肉欲工具。的确，您说我可以下去了，我才可以走。但如果我认为您荒诞可耻，我照样可以走。"瑟莉拉朝门口走去，同时回头说道，"等到您有心想知道缤城会为您惹上多大的麻烦时，再派人来找我吧，这才是我的专长所在。至于您胯下的问题，请另寻高明。"

"瑟莉拉！"克司戈狂乱地叫道，"现在我这么难过，你怎能丢下我！你明知道我是因为头痛而失言，怎么可以因此而怪我呢？"

瑟莉拉已走到门口，此时她停下脚步，转头皱眉望着克司戈："这当然要怪您自己。令尊年迈之后患有关节炎，所以倍受病痛折磨，但即使如此，他也一向对我待之以礼,从未逾矩,而不请自来的狎昵举动,令尊更是不屑为之。"

"你嘴里总是'令尊'这个、'令尊'那个,"克司戈抱怨道,"三句话不离此。你老是拿我跟父亲比较,说什么我不如他。哼,我光是想到那个皱巴巴的老头摸你的样子就快吐了。你父母是怎么想的?怎么会把如花似玉的少女送给老头子呢?真是恶心死了。"

瑟莉拉朝克司戈走了几步,气得两手捏成拳头。"您竟说出这种话来,您自己才令人作呕!我父母亲才不是把我'送给'令尊,我是自愿到哲玛利亚城来的,而我之所以只身前来此地,为的是在学业上精进。当年我在北国图书馆里答复老师所问的问题,令尊碰巧听到,大为惊叹,所以才邀请我成为心灵侍臣,在北国事宜上为他提出意见。我考虑得很仔细,整整三天才点头同意,接受了他所赠的指环,并立誓要永远随侍大君,给他最好的思想精华。我成为心灵侍臣,跟令尊的床榻一点关系都没有。令尊是个很好的人,由于他的安排,我得以饱读北国的文籍,而当我提出建言的时候,他总是听得很专心,即使他与我想法相左,也不会因此而推脱都是病痛之故。"瑟莉拉低声说道,"虽然他过世已久,但我至今仍感到悲痛。"

瑟莉拉打开门走了出去。站在门外的那两个卫兵装得面无表情,好像根本就没听到房里的争执。瑟莉拉大步从那两个卫兵之间走了出去,但是她还没走上十步,就听到房门砰地一声打开,又听到大君叫道:"瑟莉拉!回来!"

她不予理会,继续往前走。

"请你回来!"大君尖声叫道。

瑟莉拉继续往前走,凉鞋轻轻打在大理石地上。

"神武圣君克司戈恳请侍臣瑟莉拉回来,就缤城事宜提出建言。"这句话在她身后的走廊上回响,她停下脚步,转回头,脸上的表情显得彬彬有礼。她是立过誓的,如果他恳请她在自己的专业领域提出建言,她就无从拒绝了。在瑟莉拉看来,她虽立誓要侍奉大君,但是这仅止于为大君提供建言,此外无他。

"荣幸之至,神武圣君。"她沿路走回去。克司戈的头从房里探出来,平时苍白的脸颊此时红通通的,黑发散乱地盖在布满血丝的眼睛上。事情闹成这样，那两个卫兵还是面不改色，这点瑟莉拉也不得不佩服。她再度走进房间，一进门，克司戈就一把将房门关上，瑟莉拉非但没有吓得瑟缩，反而穿过房间，拉开沉重的帘幕。午后的阳光照进来，房里一下子变得很明亮。帘幕拉开之后，房内光线已足够，于是瑟莉拉走到桌边坐了下来，倾身吹熄方才阅览文件时用的灯光。她刻意把手肘伸得很开，免得克司戈挤上来。克司戈在她身边坐下，靠得非常近，只差没碰到她而已，他的黑眼里尽是责怪。

瑟莉拉指着罗列在桌上的文件。"这是原始的'缤城特许状'抄本，这是缤城商人申诉事项的清单，这一叠是您新发出去封赐缤城一带土地的特许状抄本。"她转头看看克司戈，"首先考虑缤城商人提出的第一点，据我看来，我们绝对是违反了最早的缤城特许令，所有新颁发的土地特许令都违反了那份古老的合约。最早的缤城特许令中明白写道，除非您先与缤城商人商量，否则是无权将缤城一带的土地颁赠予人的。"

克司戈怒目瞪她，但是什么话也没说。瑟莉拉的手指拂过展开的卷轴，继续说道："同时缤城商人也抗议，税目越来越多，而且旧的税目越收越贵。在这方面，我想我们在理字上站得住脚，只是税率必须稍微往下调整。"她的手指拂过缤城商人申诉事项的清单，"此外他们还抗议新商引进奴工，并用奴工来使唤做事、耕种。最后一项则是他们既不想资助恰斯巡逻船，也不想让恰斯巡逻船驻在缤城港里。就这两项而言，我认为只要双方各让一步，就可以谈出个结果来。"

"让什么步？"克司戈轻蔑地说道，"我可是大君啊，我何必让步？"

她以手支着下巴，以沉思的眼神眺望着花园。"您之所以需要让步，是因为您违反了祖先的承诺。缤城人颇有乡野之气，又很保守，对于古老的传统仍旧抱着不放。凡是白纸黑字的合约，他们总是谨遵恪守。一个人许下的承诺不会因为他死去而作罢，因为对他的继承人而言，继续信守承诺乃是自己应尽的责任。缤城人待人如此，也期望别人如此相待。缤城代表团抵达哲玛利亚城的时候气焰高涨，这是因为海路甚长，他们在路上互相倾诉打气之后更添怨怒，也更深信自己的立场无懈可击，况且肯花这工夫前来哲玛利亚城申诉的都是原本就因为我们近来的举动而气愤不已之人。总而言之，他们绝对是要来跟我们作对的。但尽管如此，如果当时您肯腾点时间亲自接见他们，他们也会缓和一些。"话毕，瑟莉拉转头望着大君。

克司戈的脸色既严厉又愠怒："那周我人不舒服啊，所以顶多只能接见恰斯国的贸易代表团，然后就得休息了。而且你别忘了，当时我还出席了为教士授信的仪式。"

"那周您是因为遍尝恰斯人带来的各种新迷药才会那么昏沉。您两次承诺说要接见缤城代表团，但是两次您都让他们枯等了好几个小时，然后派人通知您因为身体不适，所以无法出席，当时我的处境尴尬极了。缤城代表团离开时，因为受到冷落而义愤填膺，比来时更为深信他们自己才是对的。"其实连瑟莉拉都为他们抱不平，但是这句话她并没有说出来，毕竟她的职责并不在于说出自己的感受想法，而在于把事实禀告给大君知道——至少她目前的职责在于此。不过，如果她的计划奏效，不久之后，她就会担负起别的职责了。

"那些人也不过就是贱民和罪犯的后代，凭什么态度强硬？"克司戈轻蔑地说道，"还是亚德芬公爵说得有理，我早该依照他的建议，指派他担任缤城总督，解散那些愚蠢无比又爱吵爱闹的议会。什么旧商、新商的……谁记得那么多？摆个恰斯总督上去，管保此后那些暴民都乖乖守规矩了。"

听到这里，瑟莉拉再也忍不住了，她目瞪口呆地望着他，克司戈则不以为意地摸摸鼻子。

"你这话不是认真的吧。"最后瑟莉拉终于开口道，她甚至还刻意装出觉得好笑的口吻，仿佛克司戈这个没品位的玩笑话很逗趣似的。找个恰斯贵族去治理缤城？这算什么？

"有何不可？恰斯国是我国的忠诚盟邦。缤城人造谣生事，把恰斯人说得一无是处，但那根本就是无的放矢。缤城离恰斯国近，离哲玛利亚城远，所以派个恰斯总督去管制缤城人较能生效，况且只要我照样收得到税，那么让恰斯人去管又有何——"

"如果真的这么做，就会逼得所有缤城人起来造反。缤城已有人开始谈论叛变的计划了，他们宁可跟哲玛利亚国一刀两断，自己管理缤城，也不容恰斯人来统治他们。"

"跟哲玛利亚国一刀两断？他们若是没有哲玛利亚国撑腰，那就什么都没有了！缤城不过是个偏远的贸易站、远在边疆的小村落，要是不跟哲玛利亚城来往做生意，必会一落千丈，所以他们才不敢跟哲玛利亚国一刀两断。"

"您恐怕还没摸清楚缤城人的性情。您长久以来把缤城丢着不管，任由他们为自己打算。如今，缤城人开始质疑，当初所谓缴税是为了要防卫缤城、加强建设，但是五年来这两方面都没有进展，既然如此，他们为什么要缴税？"

"哦，我懂了。你的意思是说，我父亲过世之后，缤城就不比从前了。这么说来，那些暴民忿忿不平，都得怪我不好啰？"

"不，不尽然。"她以淡淡的语气说道，"令尊过世之前，心智就开始衰退了，已不及他年轻时那么精明仔细。不只是您，令尊在他任内就已开始忽略缤城，而您只不过是继续放任不管而已。"

"所以就更应该在缤城摆个总督，懂了吧？从你的逻辑推论起来，我的主意的确挺不错的。"克司戈往椅背一靠，得意洋洋地替自己扇风。

瑟莉拉一语不发，直到她能够控制自己的情绪，不至于尖声吼叫时才开口说道："神武圣君，那不是您自己的主意，而是亚德芬公爵趁着您飘飘然地沉迷在他赠献的迷药之际，悄悄地种在您心里的主意。就法律而言，您不但不能指派总督管理缤城，更遑论指派恰斯人为总督，缤城建城的特许令之中并没有提到要以总督治城。"

"那就废掉那个愚不可及的特许令呀！"克司戈对瑟莉拉吼道，"我欠他们什么？当年逃到天谴海岸去的尽是被流放、犯了重罪，或是起了反叛之心的年轻贵族，他们多年来没人管束，在缤城爱怎么过日子就怎么过日子，享尽了哲玛利亚公民得享的福利，却不肯扛起负担……"

"缤城人把利润的五成上缴给您了哪，神武圣君。除了缤城人之外，其他各级的哲玛利亚公民都不用缴那么高的税率。缤城人说——而且他们所说的确有理——他们缴了那么多税，但是缤城港的设施还是不尽如意，内海路的海盗也比以前更为猖獗……"

"话虽如此，但我要扫清海盗，他们还坚决不从，他们不肯让我的巡逻船停泊在他们的港口里，那要我如何保护他们呢？"

瑟莉拉迅速翻找，抽出一份文件："这里就是了。他们的建议是，他们照样缴税，但是这笔税款不要用来资助恰斯佣兵船，而是交给他们自己运用，由他们自己聘请巡逻船。他们的论点是，他们对内海路的潮流和水道比较熟悉，所以自行巡逻那一带水域收效较大。还有，从他们提供的数据看来，由他们自己去做，费用也相对便宜。"

"但是他们真的应付得来吗？"克司戈质问道。

瑟莉拉叹了一口气。"这件事若是办成了，于缤城人自己乃是大有好处。"她将那一叠厚厚的文件理整齐，"在我看来，他们这个提议您是可以批准的，因为这方案不但言之有理，您还可以借此获得缤城的民心支持。"

"噢，是喔。"克司戈轻蔑地随便翻看了一下文件，"我瞧瞧之后再签署好了，但是他们得……"

"神武圣君，现在已经太迟了。"瑟莉拉不耐烦地指出，"缤城代表团早在好几个星期之前就出发返回缤城了。"

"既然如此，我们还担心这个做什么？"克司戈质问道，他站了起来，"走吧，陪我到浴池去泡泡水，我看我只要泡泡水，头就不会那么痛了。"

瑟莉拉一动也不动。"您早就承诺过会考虑缤城商人的申诉，并且一一作答，早日把您的决定送到缤城去。"瑟莉拉衡量了一下自己的机会之后，决定放手一搏，"我可以帮您把决定写下来，然后搭船到缤城去，毕竟我越早把您的决定文书送抵缤城，就能越早化解缤城的危机。"她又把已经很整齐的文件再整理了一次，"我已经拟好一份文稿，让您授权我代表您去调解缤城的纷争。我可以明天就搭船出发，这一来，您就用不着为了考虑缤城的情势而烦扰了。"瑟莉拉忍着不让自己的表情与音调显得太过期待。

克司戈倾身打量桌上那份由瑟莉拉亲笔工整写就的文稿。瑟莉拉的心跳越来越快，她很想把笔墨推到他面前，但最后还是忍住了。果真如此，那就太明显了。

"这上面说,我同意由你全权代理我去调解缤城的纷争。"克司戈气愤地说道,"我才不给人这么大的权力呢!"

瑟莉拉的心沉了下去。看来这事无法轻松过关,但她还是不肯放弃。"过去您从未给人这么大的权力,这是真的。不过,您刚刚说到要指派一个恰斯人作为总督呢。这样的话,那个总督的权力不知要比这个大上多少,毕竟这不过是一时的权宜措施罢了。"瑟莉拉深吸了一口气,尽量以关心的语调说道,"以前的您比现在强健得多,我知道这些协调的事情很伤神,也知道我不该任由您的健康恶化,以免损及大哲玛利亚国的利益。幸而缤城正是我自己的专长所在,所以我乐于在这方面为圣君效劳。这乃是我的职责。"

"你的职责?是吗?恐怕你把这看作是自己的机会吧!"

瑟莉拉早就知道,这个克司戈看来没什么,其实狡猾得很。她装出困惑的样子。"神武圣君,我一直都认为,我这一生最大的机会就是能够为哲玛利亚国效劳。如您所见,我在这底下留了很多空间,方便您多添一些限制。"她耸了耸肩,"我的想法很单纯,我认为,要解决缤城问题最快也最容易的办法莫过于此。"

"你要去缤城?单独前去?心灵侍臣是不能离开宫里的,这种事情史无前例。"

她梦想的自由泡汤了,不过她不让自己的表情透露出一丝情绪。"如我方才所说,若要轻松、迅速地解决缤城的问题,又不至于让您太过劳累,这是最好的办法。我对于缤城地区的沿革与情势了如指掌。依我看,您可以把您的意愿告诉我,由我代您去传达给缤城商人。您若派您的心灵侍臣前往缤城,这样的光荣可使缤城人感受到您的真诚与关照。再者,缤城是我多年来的研究重心,而此行正可让我有机会亲眼得见缤城的风貌。"缤城,遍地魔法、机会无限的边疆大城,不但繁荣昌盛,更是天谴海岸上唯一幸存的安居地,瑟莉拉早就渴望自己有机会成行了。雨野原商人以及雨野原上那许多久负盛名的大城,她则一字不提。既然克司戈连想都没想到雨野原上藏着财宝,那么她就不必多提，免得燃起他的贪念。瑟莉拉定下心继续说道："令尊过世之前曾经允诺我，有朝一日必让我亲自造访缤城，所以这也是让您言而有信的机会。"这话一说出口，她就发现自己说错话了。

"他说要让你去缤城？荒谬无稽！他何必许下那样的承诺？"他突然起了疑心，眼睛也眯了起来，"莫非你们两人交换了条件？你是不是跟我父亲睡过了？"

一年前，克司戈首次大胆地把这个问题说出口时，瑟莉拉惊骇得连话都说不出来。从那时开始，他就常常问这个问题，频繁到如今瑟莉拉已经习惯成自然地一听到这问题就沉默不语。现在她唯一能够制得住克司戈的真正力量就在于此：他不知道答案。克司戈知道她不肯与他狎昵，但是他却不知道他无法上手的女人是不是曾经入过他父亲的床帏，这令他寝食难安。

瑟莉拉想起她第一次遇见克司戈的情景。当时他才十五岁，而她是十九岁。瑟莉拉年纪轻轻就成为心灵侍臣，这已是十分特殊，而年迈的大君竟然还会招纳心灵侍臣，更让人意外。克司戈一听说瑟莉拉是他父亲的新顾问，就先瞧瞧她，再瞧瞧他父亲，目光又转回她身上，他的眼神明白地道出了心里的想法。当时瑟莉拉羞红了脸，大君则是因为恼怒儿子那肆无忌惮的眼神而打了他一巴掌，克司戈据此认定他父亲与新顾问之间果然颇不单纯。

克司戈在父亲过世之后屏退了他父亲所有的心灵侍臣，此外，他一反传统，既不为出宫去的心灵侍臣安排房舍，也不提供年金月俸，也不考虑大部分的心灵侍臣都是无从自给的年长女性。克司戈独独留下了瑟莉拉。若是能走，她早就走了，但她既戴着大君的指环，就必须留在大君身边。如今克司戈继任为君，由于誓言所系，所以只要他希望自己留下来，她就必须为他提供建言。不过打从一开始，克司戈就讲明了，他所求于她的并不止于建言而已。克司戈也招纳了新的心灵侍臣，他选的都是在肉体方面比在学术方面更为精进的女人，那些女人无一拒绝克司戈的要求。

在传统上，心灵侍臣并非侍妾。心灵侍臣是献身于哲玛利亚国的女人，论理而言，应该要个个都像瑟莉拉这样直言无隐，在道德操守上绝不让步。心灵侍臣就是大君的良知，所以应该要时时敦促大君，而不是忙着哄劝安慰。有时候，瑟莉拉不禁纳闷，如今还记得这层道理的心灵侍臣是不是只剩下她一人了？

此外瑟莉拉还有个疑心，那就是一旦她让克司戈予取予求，那么就永远制不住他了。对克司戈而言，她是他父亲所有，但是自己却得不到的东西，所以他会想办法要把她弄到手。克司戈为了取悦她，不但会假装听她讲话，还会偶尔依着她的建言而行。这是如今瑟莉拉唯一的力量，而她的期望就是要运用这点残存的力量让自己得到自由。

所以此时她冷淡且不发一语地望着克司戈，等着他开口。

"噢，好吧！"克司戈突然轻蔑地叫道，"如果对你而言，访问缤城真的有那么重要，那我就带你去走一趟好了。"

瑟莉拉一听到这话，心里既高兴又失望。"这么说来，您要让我去缤城了？"她上气不接下气地问道。

克司戈眉间轻轻皱起，又展颜对她一笑。他唇上留着薄髭，笑起来的时候，那薄髭便像猫须一样狡猾地扭动："不，我刚才不是那样说的。我刚才是说我会带你去，所以我去缤城的时候，你可以伴我一起去。"

"但您是大君哪！"瑟莉拉结结巴巴地说道，"这两代以来，在位的大君从不离开哲玛利亚城一步！"

"你刚才不是说了吗，这会让缤城人相信我对他们的诚意。再者，我前往恰斯国时，中途恰可在缤城停留一下。他们已经多次邀我访问恰斯国，而我也答应要去了。等我们解决了缤城的暴民之后，你就陪我到恰斯国去游历游历。"克司戈的笑容越来越开，"你在恰斯国一定会学到不少东西。我敢说，你学成之后，我们彼此都可获益不少。"

第七章
缤城商人之女

"不要动。"

"好痛啊。"麦尔妲抱怨道，举起一手去摸那一绺被母亲拉起来盘成卷的头发，不过母亲一把将她的手推开。

"女人家的事情，十之八九都会痛。"凯芙瑞雅实事求是地对女儿说道，"你既然想要变成女人，那就早点习惯吧。"凯芙瑞雅拉住那一绺乌黑亮丽的秀发，灵巧地将几根散落的发丝拢回来。

"请你别光拿荒唐的念头往她脑袋里头塞。"罗妮卡烦躁地说道，"事情都已经到了这个地步，若她还因为自己身为女性就自诩为舍身取义的烈士，那我们可吃不消。"麦尔妲的外祖母本来在将缎带分门别类地整理出来，此时却放下手里的那一把缎带，心烦意乱地在屋里走来走去。"这实在不好。"她突然说道。

"什么不好？帮麦尔妲梳妆打扮、让她与第一个追求者见面，这样子不好？"凯芙瑞雅困惑地问道，语气中透露出母亲对女儿的疼爱。

麦尔妲听了皱起眉头。一开始，她母亲说什么都不肯把她当作成年女子看待，才两三个星期之前，母亲还宣称她年纪太小，不足以与登门求爱的成年男子周旋。难道说，现在母亲已经改变心意了吗？麦尔妲想借着镜子看看母亲是何表情，但是凯芙瑞雅正低头打理女儿的头发，所以什么也看不见。

房间里明亮又通风，一个个小玻璃瓶里插着风信子，飘来淡淡的花香。阳光从高高的窗户里照进来，好个美好的初春午后。这本应该是个希望万千的日子，但是这两个无精打采的年长女子却把这一天弄得暮气沉沉。麦尔妲就要跟第一个登门求爱的男子见面了，但她们却一点也没有兴奋愉快的感觉。虽然祖父去年春天就已过世，但是整个房子却仍阴沉沉的，那哀伤孤寂的气氛怎么也赶不掉。

麦尔妲身前的桌子上摆着瓶瓶罐罐的彩妆、乳霜和香水，这些都不是新的，而是从她母亲房里搬来的残余用品。麦尔妲一想到母亲和外祖母认定她只配得上这种货色，就觉得愤恨难消。不说别的，这些化妆品大半都像高汤那样，以浆果、鲜花、乳霜和骨髓等熬煮而成，并不是从店铺里买来的。在这方面，麦尔妲的母亲和外祖母的作风实在是太老派了。她们过日子像穷人家一样能省则省，这样怎么能期望缤城的社交圈尊重她们呢？

此时母亲和外祖母在麦尔妲头顶上讲话，好像她是完全听不懂她们讲话内容的婴儿。

"不，麦尔妲的事情我早就作罢了。"她外祖母的口气与其说是要任由事态发展，不如说是满腔的烦躁无处发泄，"我指的是，凯尔跟薇瓦琪号一直音讯全无，这样实在很不好，我担心的就是这一点。"

凯芙瑞雅谈起丈夫与家族活船的时候语气格外平淡："春天的风势变化多端。我敢说，凯尔一定过不了几天就会回来……如果他打算在缤城停靠一下的话。但他说不定会过门不入，直接开往恰斯国，以便趁着船货的状况良好之际尽快出售。"

"你的意思是说，趁着奴隶还没死、尚可换钱之前尽快出售吧。"罗妮卡不留情面地评论道。外祖母一直反对父亲把家族活船当作运奴船来用，她声称自己打从根本上反对奴隶买卖。然而说是这样说，她却在家里养了个奴隶。她声称，用活船来运送奴隶对活船很不好，因为奴隶的情绪阴郁至极，活船是无法应付的。薇瓦琪号才苏醒不久就踏上了这一趟航程，大家都说，船上人手的情绪有什么高低起伏，活船都可以敏锐地感受到，而像薇瓦琪号这种年轻的活船又比上了年纪的活船更为敏感。麦尔妲倒觉得这种论调颇为可疑,在她看来,什么活船很敏感的事情根本就是无中生有,而且这艘活船根本没有带来什么好处,只给家族招来债务与困境。

就拿今天的情况来说吧,麦尔妲跟母亲恳求了好几个月,希望母亲让她做成年女子的打扮,并开始跟年轻男子交往,不要老是把她当作小女孩看待,最后家里人终于让她称心如意了。然而母亲和外祖母为什么会点头?不是因为她们终于看出她的要求十分合理,才不呢,她们之所以让步,是因为那个什么愚蠢的合约规定,若是外祖母还不出家族活船的债务,就得在家里的孩子之中挑一个送给雨野原的人。

麦尔妲一想到这有多么不公平,就气得哽咽起来。她年轻貌美,又刚出席社交,结果第一个登门求爱的人是谁?是瑟云·特雷这样年轻英俊的缤城商人,还是像克莱恩·崔铎这样的忧郁诗人呢?可惜两者皆不是,因为麦尔妲·维司奇没那种好运。唉,她的第一个追求者竟是个满脸肉瘤、又老又丑的雨野原商人,也就是那种丑到不行,所以待在缤城时非得蒙上面纱才敢见人的人。而她母亲和外祖母有没有帮她考虑这一点呢?她们有没有想过,这男人耍了这么多手段来追求她,她情何以堪哪?噢,她们才不管这么多呢,她们光是担心家族活船和她那个宝贝哥哥温德洛如今是什么情况,再挂虑艾希雅阿姨流落何方,就已经烦恼不已了。她根本就微不足道。就说现在吧,她们虽然在帮她打理头发,但心思仍没放在她身上。今天说不定就是她一生中最重要的日子了,可是她们两个竟然因为贩奴的事情而吵个不停!

"……已经尽力了,"麦尔妲的母亲以平淡低沉的声音说道,"你至少也承认这一点吧。我承认凯尔这个人有时候说翻脸就翻脸,他好几次惹我伤心难过,不过他既没存着坏心眼,也不会自私自利。就我看来,他的行径虽然可议,但他自认为是为了大家好。"

母亲竟然会为父亲讲几句好话,麦尔妲倒有点惊讶。他们夫妻俩在父亲出海前一晚大吵了一架,过后母亲便鲜少提起父亲的事。也许,尽管她母亲邋遢寒酸,又走不出家庭,但是她对丈夫仍旧很在意。麦尔妲一向为父亲抱不平,这么英俊又勇敢的船长怎么娶了个胆小如鼠且对于社交与时尚皆不感兴趣的女人为妻？真是太委屈了。认真说来，应该要那种衣着光鲜入时，能够主持家中的社交聚会，又能为女儿招来登对追求者的女人，才配得上她父亲。况且，她也应该要有那样的母亲才对。想到这里，麦尔妲突然警觉起来。

"你今天打算穿哪一套衣服？"她对母亲问道。

"就是现在穿的这一套。"她母亲简短地答道，又突然补了一句，"不要再扯这个了。雷恩之所以来我们家拜访，可不是为了要看我，而是为了你。"她以近乎不情愿的口气低声补充道："瞧，你的头发多亮啊。我敢说雷恩一定会目不转睛地看着你，顾不得其他。"

虽然母亲很少称赞她，但是她并没有因此而高兴得忘了原来的目的。她母亲身上那一袭式样简单的毛料袍子至少已经穿了三年，幸亏打理得宜才不致破旧，只是显得严肃枯燥。"那你至少也把头发重新盘整一下，再把珠宝首饰戴起来吧？"麦尔妲恳求着，她在情急之余说道，"你们凡是带我去参加商人的大小事务，总是叮咛我要打扮妥当、举止合宜。今天是我的大场合，难道你跟外祖母就不肯将心比心，稍作一番打扮吗？"

麦尔妲干脆放下镜子，转身面对母亲与外祖母，她们两人看来颇感意外。她继续说道："雷恩·库普鲁斯虽非长子，但是库普鲁斯家族乃是财力、势力最庞大的雨野原商人世家之一，这是你们亲口告诉我的。既然如此，就算你们私底下都希望雷恩看不上我并就此打消念头，我们也依然该像是要接待贵宾那样地隆重打扮一番才对，不是吗？"她低声补了一句："不说别的，我们至少也要有这么一点尊严吧。"

"噢，麦尔妲。"她母亲叹道。

"我看这孩子说得没错。"麦尔妲的外祖母突然说道。那个子娇小的黑发妇人虽被沉重的丧服压得喘不过气来，却仍挺直了胸膛，"麦尔妲所说的确很有道理，我们两个都太短视了。今天的重点不在于我们欢不欢迎雷恩追求麦尔妲，而在于我们已经应允让他来追求了。况且，如今薇瓦琪号的债务转到了库普鲁斯家族手里，所以握有薇瓦琪号合约的不是费司筑家族，而是库普鲁斯家族。既然如此,我们不但应该要拿出我们对待费司筑家族的礼节来对待他们,我们对待他们的态度也应该与我们对待费司筑家族的态度无二。"

说到这里,正在房里踱步的罗妮卡突然转过身,扳着指头,细数家中的准备状况:"我们已经做好一桌精致的食物,各个房间的装饰也都换成了春季的用品。伺候上菜的事情就交给瑞喜,这个她可以胜任。要是如今嬷嬷还在就好了,但是人家提给嬷嬷的条件实在太好,好到我不敢恳请她再留一阵。你看我们是不是应该派瑞喜去找达弗德·重生,跟他商借一批仆人来帮忙?"

"是可以啊。"麦尔妲的母亲迟疑地应道。

"噢,拜托,这怎么行!"麦尔妲插嘴道,"达弗德的仆人糟透了,既莽撞又不懂礼节。与其找他家的仆人来帮忙,还不如一切从简。据我看来,我们应该呈现出我们家真正的风貌,不该找一群没规矩的人手来充排场。你们想想看,要是有两户人家,一家是尽自己财力所限,用最好的一面来待客,另一家则是借了一群提不起劲来的仆人撑场面,两者之中哪个会显得比较高尚呢?"

母亲与外祖母听了大感意外,这让麦尔妲颇为自得。接着母亲自豪地笑着说道:"这孩子想得透彻。麦尔妲,你这话直指核心。你能说得出这番道理,我很欣慰。"

她外祖母虽然也赞成她的论调,但是态度颇为保留,她只是噘嘴望着麦尔妲,稍微点了一下头。麦尔妲望着镜中人影,左转右转地看母亲帮她梳的发型好不好看,这样可以了。接着麦尔妲借着镜子窥看外祖母的反应,这才发现外祖母仍在研究她的表情。麦尔妲认为,这是因为罗妮卡·维司奇打死不肯承认别人很聪明。她对事情的理解跟外祖母一样透彻——不,其实是比外祖母还要透彻——所以她外祖母嫉妒得不得了。不过她母亲倒十分自豪。原来,她可以以智慧来赢得母亲的心。在此之前,她倒没想到还有这个方法。这时麦尔妲突然心生一念。

"谢谢你,母亲,你把我的头发梳得好漂亮啊。现在换我来帮你梳头发了。来,你坐下。"麦尔妲优雅地起身,把一脸震惊的母亲拉到镜子前坐下。她一一解下母亲黑发上的发夹,让头发散落在肩膀上。"你梳那种发型活像是邋遢寒酸的老女人。"麦尔妲故意直率地说道。其实她外祖母的发型跟她母亲的一模一样，但这就无须点明了。

麦尔妲弯下身，将脸贴在母亲的脸颊边。"让我来帮你梳理一番，插几朵花作装饰，以便把你的珍珠发夹衬得更出色。你知道现在已经是春天了，而春天正是庆祝繁花盛开的季节。"麦尔妲拿起银柄发刷梳过母亲的黑发，她歪着头，笑望着母亲的镜中映影，"就算我们无法在父亲归来之前做几件新袍子、新礼服，但至少我们可以在旧衣裳上绣几个新花样，这样也就有新气息了，我敢说父亲看了一定很高兴。再说，我也该学学你拿手的'花苞绣'了。等到雷恩走后，也许你能空出时间教教我。"

罗妮卡心里对于这个突然变得甜蜜柔顺的外孙女是带着几分疑问的。其实她也觉得自己这么悲观，真是把人给看扁了。但话虽这样说，她却不敢丢开自己的戒心。接着她不免责怪时局不好，害她不得不把家族名誉和财务状况都寄托在这个任性又轻浮的少女身上。这个任性的少女除了轻浮之外，还非常贪婪且热衷权力。倘若麦尔妲愚蠢也就罢了，竟然还因为性格机巧而更雪上加霜。罗妮卡想到这里，整个心都凉了。这孩子要是肯把自己的聪明智慧摆到正经用途上，好好地为家族和自己的前途着想，那么她必是能够让维司奇家族引以为豪的人物，然而就现今的情况而言，麦尔妲只不过是个随时都可能会还不出来的债务罢了。

麦尔妲忙着将她母亲的头发盘成卷，所以罗妮卡也就离开房间了。她一边走一边刻薄地想，说不定，要是幸运之神眷顾，雷恩·库普鲁斯真的会把麦尔妲娶走，这样就能摆脱掉这个诡计多端、四处惹祸的小麻烦，家里一定会清静不少。但接着罗妮卡想到麦尔妲若真的成了贾妮·库普鲁斯的媳妇，不知会是什么光景，就不禁打了个哆嗦。不行，不管走到哪里，麦尔妲都是维司奇家的问题，上上之策就是把她留在家里，直到把她教到行止合宜再放她出去——只不过有时候罗妮卡不免想，若要收伏这个少女，恐怕除了用皮鞭来管教之外别无他法。

罗妮卡退回自己的房间，至少相对而言，她自己的房间比较平静一些。春天来临之时，她照例清理房间，换上春天的布置，但是房间里并未因此而焕然一新。久病的气味与记忆依然滞留不去，所以窗外洒进来的阳光看起来很假，就连床上的干净床单也显得死白冰冷，而非清新宜人。罗妮卡走到梳妆台前坐下，端详自己的镜中倒影。麦尔妲说得没错，她的确已经变成邋遢寒酸的老女人了。她从不认为自己算是美女，但是艾福隆在世的时候，她总是维持一定门面，从不马虎。艾福隆过世之后，她就把这些事情通通丢开不管，根本连自己身为女人的身份也不顾了。如今她脸上的皱纹变深，脖子上的皮肤也垂了下来，搁在梳妆台上的那两三样化妆品蒙了灰，而她打开珠宝盒的时候，只觉得盒里的首饰既熟悉又陌生。她有多久没花工夫打扮了？她不打点自己的容貌有多久了？

她深吸了一口气。"艾福隆啊。"罗妮卡大声地叫出先夫之名。她道出这几个字，既是恳求，也是道歉兼道别。之后她伸手抽出头上的发夹，摇摇头，让头发散到肩上。看到头发变得如此稀疏，她不禁叹了一口气。她举起双手，拍拍脸上松垮干皱的皮肤，又拉拉嘴唇周围，看看能不能抚平细纹，但最后还是无奈地摇头，低头吹去化妆瓶罐上的灰尘，再打开一罐来用。

罗妮卡刚化好妆、正在喷香水的时候，瑞喜迟疑地在她的房门上敲了敲。"进来。"罗妮卡轻松地应道。从前这座大宅子仆从如云，但是嬷嬷走后，家里就仅剩瑞喜这唯一的仆人了。那女奴一进来，罗妮卡立刻就看出她是来通报什么的，因为只有达弗德·重生来访才会勾起瑞喜那种戒备提防、恨之入骨的眼神。直到如今，瑞喜仍然认为，她儿子之所以死在达弗德的运奴船上，都是因为他这个祸首，不管谁提到达弗德的什么事情，都会激起瑞喜的怨怼之情——而且唯有在这样的时刻，这个平常暮气沉沉的年轻女子才会一下子活了过来。所以，虽然罗妮卡嘴里惊叹道："拜托，不会吧。"但是她心里明白，达弗德一定已经坐在小起居室里了。

"对不起，夫人。"瑞喜以近乎漠然的语调说道，"重生商人来访。他坚持一定要与你见面。"

"没关系，"罗妮卡长长地叹了一口气，她站了起来，"我着装完毕就去见他，不过你也用不着费工夫去告诉他了。既然他不在登门造访之前派个听差来通报一声，那就只得耐心等到我打点好为止。现在嘛，麻烦你帮我着装吧。"

罗妮卡本想以这开玩笑的语气逗逗瑞喜，不过瑞喜听了之后，嘴巴仍抿得紧紧的。去年，达弗德在艾福隆病重的时候把瑞喜寄放在维司奇家，表面上看来是要让维司奇家多个人手帮忙，但是罗妮卡私底下认为，达弗德此举可能是为了摆脱瑞喜，因为瑞喜看着他的眼神带着杀机。认真说来，根据哲玛利亚国的法律，瑞喜仍算是达弗德的奴隶，不过缤城的法律并不承认有所谓奴隶的这种身份，所以在缤城这里，瑞喜被客客气气地称为"立约偿债的仆人"。近来在缤城这里，这种"立约偿债的仆人"数不胜数。无论如何，罗妮卡对待瑞喜就跟她对待寻常聘雇的仆人态度一样。

罗妮卡好整以暇地选衣服，最后终于选定一件淡绿色的亚麻礼服。长久以来，她穿的几乎都是宽松的家居袍子，如今这身装束，虽在腰际系上腰带，而且套头的女用衬衫也在领口处系紧，但她却仍觉得自己仿佛赤裸裸地没穿衣服。罗妮卡停下来望着镜中的倒影。唔，她看起来称不上可爱，年纪也不轻了，不过此时的她在花精心打扮后显得典雅高贵，俨然又是缤城世族大家的女家长模样了。罗妮卡从珠宝盒里挑了一串无懈可击的珍珠项链系在颈上，又戴上珍珠耳环。这就可以了，现在看看那个轻佻的女孩还敢不敢讥讽她是寒酸邋遢的老女人。

罗妮卡转过身，发现瑞喜正睁大了眼睛望着她，这女仆惊讶意外的目光倒让她颇为受用。"现在我可以接见达弗德了，能不能麻烦你到厨房弄点咖啡和糕点来？糕点挑简单的就好，别拿太精巧的，我可不想诱使他在此久留。"

"是，夫人。"瑞喜稍微做出屈膝为礼的样子，随后便默默地出去了。

罗妮卡沿着走廊朝小起居室而去的时候，裙子的下摆窸窣作响，耳环则冷冷地贴在她的耳垂上。说来也奇怪，不过是换了一件衣裳、稍作一点打扮，竟然就让人觉得浑然不同。罗妮卡的内心深处仍因艾福隆之逝而哀伤，也仍因为他过世后的种种境遇感到悲愤。这一整个冬天以来，她光是应付接连而来的打击就忙不过来了。她将家族的重任托于女婿，没想到凯尔令人寒心。凯尔在贪念的驱使之下逼走了艾希雅，更由于他一心要掌控家中大计，所以把凯芙瑞雅压得动弹不得。接下来，罗妮卡又发现凯尔的女儿麦尔妲一心要赶快长大，并与父亲唱和，这令她心里更加忐忑难安。几个月前，凯芙瑞雅许下诺言，说要接掌管教女儿的事宜，让麦尔妲改头换面。想到这里，罗妮卡轻轻啐了一声，因为到目前为止，麦尔妲唯一的变化就是每天都变得更为虚伪奸巧。

走到小起居室门前时，罗妮卡停顿了一下，把这些杂思抛在脑后。她凭借顽强的意志力抚平了皱起的额头，并换上一副笑脸。她挺起胸膛，推开房门，像风一样迅速走入房里，嘴里说着："早安，达弗德。你来得这样匆促，真是让人意外啊。"

达弗德背朝门口，罗妮卡进门时，他拿着一本从书架上取下来的书站在窗前浏览。达弗德的背影又大又圆，裹在黑色的外套里，看在罗妮卡眼中，简直觉得他像是巨大的甲虫。达弗德合上书册，转身对罗妮卡说道："不，这不能算是意外，应该算是粗鲁了。即使是我这种经常失态的社交白痴，也知道应该先问你有没有时间接见我再来。但是我早就知道你一定会推辞，可是我又一定得……罗妮卡！你这样真漂亮！"

达弗德上下打量她，而且看得非常仔细，弄得她都不禁脸红了。达弗德潮红的圆脸上又重新露出笑容。

"我已经看惯你穿那种沉闷单调的衣服，所以差点连你以前是什么模样都忘了。你这衣裳我记得。这衣裳很旧了，对不对？你在凯芙瑞雅跟凯尔结婚前后所举办的宴会上穿过对不对？你穿这身衣裳啊，看起来一下子年轻了十岁。我敢说，对于你现在还挤得进这身礼服，你一定骄傲得很。"

罗妮卡摇头望着这个世交老友。"达弗德啊，在这世界上，能够在三两下之间就把连篇好话扭转成坏话的，除了你之外恐怕找不出第二个人来了。"不过达弗德只是茫然困惑地瞪着她。他完全想不出他这话可能在哪里得罪了人，他这个人就是这样。罗妮卡走到一张卧榻旁坐了下来，对他招呼道："过来跟我一起坐吧，我已经请瑞喜端盘糕点和咖啡过来了，不过我话说在前，我今天可没空陪你多谈,因为我们下午要接待雷恩·库普鲁斯。这是雷恩第一次拜访麦尔妲,我们还有好多事情要准备。"

"我知道,"达弗德轻松地应道,"如今缤城的街头巷尾都在讲这件事情呢。一个女孩子尚未正式引介给社交界,就让她开始跟男人正式交往,这实在有点奇特,是不?当然啦,我敢说,麦尔妲大概认为她已经准备好了。你瞧去年冬天她在舞会上闹得那么过分……唔,怪不得你想赶快把她嫁出去。那个女孩子呀,她越早找个男人安顿下来,我们缤城就越早安宁。"讲到这里,达弗德停顿了一下,清了清喉咙,首次露出局促不安的模样,"老实说,罗妮卡,我就是为此而来的,而我恐怕得请你帮个大忙哪。"

"你要请我帮个大忙,而且这个忙还与雷恩来访有关?"罗妮卡这下子不但纳闷,同时也忐忑起来。

"对,其实很容易。请你邀请我到场,罗妮卡。"

罗妮卡强忍着,免得在达弗德讲完话之后目瞪口呆地望着他。瑞喜端着咖啡与糕点走了进来,这才把她从这个尴尬的场面中拯救出来。瑞喜才刚放下托盘,罗妮卡就叫她下去了。既然瑞喜痛恨达弗德,那就不必硬要她替达弗德倒咖啡,况且倒咖啡这种小事,正好让她有时间思考一下。当罗妮卡还在考虑要用什么措辞来婉拒,达弗德就打断了她的思绪。

"我知道这样安排有违常理,不过我已经想到一套说法可以解释得过去。"

听到这里,罗妮卡心想,她还是干脆把话讲明白。"达弗德,既然有违常理,我就不该邀你。就算能找到一套说辞解释过去,我也不肯这样做。库普鲁斯家族有钱有势,这年头,我已经哪一个人都冒犯不起了,更何况是出身于库普鲁斯家族的男人。你尚未向我解释为什么你一心要待在我们家,跟我们一起接待雷恩。一般的规矩是,年轻男子首度登门造访的时候,只有女孩家的人在场,这为的是免得男方紧张,你知道吧。"

"我知道,我知道。但是你看,艾福隆过世了,麦尔妲的父亲又出海了,所以我在想,你可以跟他们介绍说,我之所以在场,是因为我是那种有点保护意味的……老朋友……因为你们家没有男人嘛……"

达弗德看到罗妮卡的脸色，再也说不下去了。罗妮卡开口道："达弗德，我从来就不是那种躲在男人羽翼下的女人，这你是很明白的。当年艾福隆出海去，女儿的年纪又小，但即使如此，就算碰上生意往来的争执或是房地产交易的纠纷，我也从来不会请艾福隆的朋友代我出面。我总是以自己的本领处理事情，全缤城的人都知道我这种个性。我就是这个作风。如今我是孤家寡人了，难道就会突然遇事就惊厥颤抖、躲在你身后不敢出面吗？不会吧。雷恩·库普鲁斯之所以登门造访，是因为他有结婚的打算，所以想与意中人相见。既然如此，那么我们应该要让他见到我们真正的面貌才对。"

罗妮卡这么连番攻击之后才稍微停顿一下，喘口气，此时达弗德便匆忙地开口道："这为的是我，我的意思是说，这对我有好处。我跟你老实说吧，我知道你这样做对自己没什么好处，而且说不定还会因为我在场而造成尴尬。莎神在上，如今缤城有好多人家已经不跟我来往了，我自己也知道，我在社交场合上常常把别人弄得很困窘，其实这要怪我自己笨拙。不过，这些社交往来的事情我原本就弄不来，朵丽儿就很在行，以前这些都是她打点的。朵丽儿过世之后，许多缤城人家仍待我很好，我猜他们是看在朵丽儿的面上，不跟我多计较。但是时间一久，继续把我当作朋友看待的人就越来越少。我猜，这大概是因为我常常在无意中冒犯到别人吧。现在，在缤城商人之中，我还胆敢称之为'朋友'的人，大概就只剩下你一人了。"

达弗德停顿一下，沉重地叹了一口气。"我这么孤立无援，除了找你之外，也无处求援了。我知道我应该要多结交盟友，而如果我可以跟雨野原商人攀上交情，那我就能翻身了。在缤城这里，好多人都对我的政治立场不以为然；他们说我对新商世家卑躬屈膝，又说我沾染奴隶买卖，根本就是厚颜无耻，还说我跟新商世家打交道就等于背叛了缤城商人。但你知道，我这样做为的不过是要求个苟延残喘而已。不然我还求什么呢！你瞧瞧我，我孤孤单单，若不依靠自己的脑筋，还能依靠谁呢？我无妻无子，既没有伴侣的安慰，也没有儿女来继承家产，我这么穷心尽力，为的也不过是挣点钱财，以便安享余年罢了。而等我人走了之后，一切也就结束了。"达弗德说得很激动，但是说到这里，他停顿了一下,遗憾地低声说道,"我的家系,传到我之后就断了。"

他又在老调重弹,所以罗妮卡听到一半就闭上了眼睛,直到达弗德又叹了一口气,她才再度睁眼。"达弗德,"罗妮卡以警告的声调说道,"你真不要脸,竟然跟我玩这种把戏。要我可怜你?休想!连我自己这样的处境,我都不肯自怜自艾,我怎么会去可怜你?人生的苦恼都是自找的,你的问题出在哪里,你自己清楚得很,因为你刚才已经把根本的原因一一讲出来了。所以,如果你想要重新赢得缤城商人的尊重,那你就不要再跟新商穷搅和,也不要'沾染'买卖人口的事情了。你若是痛改前非,那么朋友们自然会陆续回笼。朋友们的态度不会在一夕间突然改变,那是因为你以前在无意中得罪了很多人,不过大家迟早会接纳你的,毕竟你是个旧商。只要你心里记着自己的身份,大家终究会想起你也是我们的一分子。"

"照你这样说来,那么我岂不是得饿着肚子等待大家接纳我了?"达弗德气冲冲地驳斥道,他切了一大口蛋糕送入口中,仿佛要以此来消除饿死的疑云。

"你不会饿着的。"罗妮卡冷冷地说道,"况且你刚才也说了,你就自己一个人,不需要抚养妻小。以你的财力,就算你此后什么生意都不做了,也不愁用度不够,我甚至还敢大胆地说,如果你缩减仆人,那么你只要靠小菜园、一群鸡、几只牛羊,饮食的供应就都有了。你可以过简朴的生活,就像凯芙瑞雅跟我这样。至于你说你孤零零的,这个嘛,就我记忆所及,你有个侄孙女,你若想要有个继承人,就去找她呀。这一来,你跟你侄孙女儿那一支的亲戚就可以更熟悉了。"

"噢,她恨死我了。"达弗德说得很激动,把蛋糕屑都吹落在大腿上了,"当年她丈夫在追求她的时候,我碰巧讲了句什么话,此后她便对我视若瘟疫,避之唯恐不及。我跟她之间的关系是怎么都弥补不了了。"达弗德啜了一口咖啡,"再说,别人说也就算了,你怎能指责我沾染奴隶买卖呢?凯尔现在不就拿薇瓦琪号来运奴吗?"他看到罗妮卡变了脸色,赶快换个话题:"罗妮卡,我求求你,我不会逗留,你只需要在雷恩抵达的时候把我介绍给他认识,说我是维司奇家的世交,这样就行了,别的我不奢求。我只求你把我介绍给他认识,剩下的我就能自己来了。"

达弗德讨好地望着罗妮卡。他的香水头油抹得太多,流了下来,所以连额头上都泛着油光,让人看了就讨厌。他跟维司奇家有多年交情,可是他做的是奴隶买卖的生意。达弗德与朵丽儿的婚期跟艾福隆与她的婚期很近,只差了一周,所以当年他们都在彼此的婚礼上跳过舞。达弗德若是碰上雷恩,必会讲出很不得体的话,可是他之所以找上自己,是因为除此之外,他没有别的路可以走。

他这个人哪,走到哪里都会卷起漫天的灾祸。

凯芙瑞雅走进来的时候,罗妮卡仍呆呆地望着达弗德。"达弗德!"凯芙瑞雅叫道,她虽笑着,但笑得很勉强,同时因为恐惧而睁大了眼睛,"真是意外呀!我不知道你来了。"

达弗德连忙起身,差点就打翻了咖啡杯。他朝凯芙瑞雅冲过去,拉起她的手,容光焕发地叫道:"哎,我也知道这样不妥当,但是我实在忍不住了。凯尔不在家,不过我想,你们家总是要有个男人,这样才好评断这个想要追求麦尔姐的男人够不够资格嘛!"

"是哦。"凯芙瑞雅的声音小得几不可闻。她转过头,瞪了母亲一眼。

罗妮卡挺直背脊面对事实的真相,她平静地说道:"我已经跟达弗德说这样做有违常理了。今天实在不适合,不过日后若是这两个年轻人都有意交往下去,那么我们会举办茶宴,并邀请世交好友一同欢聚。到那时候,再介绍达弗德跟雷恩他们家的人认识就不会那么突兀了。"

"好吧,"达弗德沉重地说道,"既然你对于我这个交情最深厚的老朋友也顶多只肯做到这样,那我也就只好等到获邀之后再来了。"

"现在谈这个已经太迟了。"凯芙瑞雅有气无力地说道,"我就是因为这缘故才来找母亲的。雷恩他们家的人已经到了。"

罗妮卡立刻站了起来:"他们家的人都已经到了?"

"他们在晨室里。我也没想到他们这么早就到了,我本以为雷恩要近晚才到,但是他们的航程格外顺利,所以早到了。而且贾妮·库普鲁斯和雷恩的大哥，叫做……班迪尔的都来了。外头有一列仆人，提着礼篮礼物和……噢，母亲，我需要你帮忙，如今我们家里人手这么少，这种场面要怎么应付——"

"很简单。"达弗德打断了凯芙瑞雅的话，他的态度一下子从摇尾乞怜变成了发号施令，"你们家还有个打点花园和马房的小男孩，叫他来找我。我立刻就写张字条，让那男孩送到我家去，不出片刻，我家的仆人就会到这里来帮忙了。你们放心，我一定吩咐他们行事谨慎，我会特别指示他们要表现得像是你们家的仆人，而且平常就在这里工作……"

"可是无论什么事情，一旦扯上了仆人，流言就传遍缤城，到了那个时候，我们必会变成缤城的笑柄。这是不行的，达弗德。"这回换成罗妮卡叹了一口气，"就照你的提议来做吧。我们是非得跟你借用仆人不可了。不过，既然是借用，我就老实坦承说这是借来的仆人。再说，你肯出借仆人是你的好意，我们也不该因为要维持自己的面子就将之抹杀掉。"罗妮卡讲到这里才想到，说不定她女儿另有看法，所以她转头望着凯芙瑞雅，直截了当地问道："你可同意吗？"

凯芙瑞雅无助地点点头："我看是非得这样不可了。至于麦尔妲，我看她是一点也不在意的。"后面这句话听来像是在自言自语。

"那就别拿这些事情去烦她了。"达弗德应道，此时他喜形于色，而罗妮卡听到他接下来所讲的话，气得简直想拿根大棒子去敲他的头。"我敢说，麦尔妲光是注意追求者都来不及了，哪会管我这个世交在做什么？好，罗妮卡，纸笔在哪里？我赶快写张纸条，然后你就派你们家的小厮上路吧。"

虽然罗妮卡内心有憾，但是不出片刻，事情就轻松妥当地打点好了。凯芙瑞雅回晨室照应宾客，并传达她母亲马上就会出现。纸条旋即送出，不过达弗德坚持要在最后一刻照照镜子。罗妮卡也不知道自己到底是可怜他，还是为了自己的面子着想，但是她终究说动了他把额头与头发上的油光抹去，并把头发重新梳成比较体面的发型。不过裤管膝盖处的松垮就无法挽救了，据达弗德说，他所有的裤子都是这样的。至于外套嘛，达弗德说，这外套是新的，而且样式很时髦。罗妮卡很想告诉他，时髦跟得体是两回事，不过还是咬紧舌头，什么也没说。最后她攀着达弗德的手臂，忐忑不安地走进晨室。

罗妮卡以前就听人说起，雨野原的男人在正式交往时所摆出来的排场比缤城这里的惯例阔绰得多。不过凯芙瑞雅答应让雷恩追求她女儿之前，库普鲁斯家就已经承诺，雷恩绝对不会以昂贵的礼物来掳获少女的心。罗妮卡因此一直认为，雷恩大概就是送一捧花给麦尔妲，另外可能再送几盒甜点吧。在她想来，这个雷恩应该是个害羞的年轻男子，并且由家教老师或是舅舅叔伯相陪前来。

然而晨室已经彻底改头换面。先前罗妮卡和凯芙瑞雅从花园里摘来的花枝摆设全都消失得无影无踪，取而代之的是一篮篮、一盆盆、一瓶瓶远自雨野原而来的奇花异草，把整个晨室塞得水泄不通，一室的花香浓得犹如烟雾。长桌上整齐地摆满了细致的点心、果馔、醇酒和各式甜点糕饼等，一应俱全。地上立着一架用青铜和樱桃木做成的假树，树上挂着个黄铜鸟笼，鸟笼里有几只色彩亮丽、正在婉转高歌的鸣禽，树下有只花斑猎猫，才一丁点大，不过还是小猫而已，却已经虎视眈眈地在鸟笼下潜行，准备伺机而动了。一群或戴面纱或不戴面纱的仆人轻轻地在屋里走来走去，继续勤快地改装晨室。罗妮卡进来时，有个戴着面纱，显示其乃是雨野原商人的年轻男子正就着放在大腿上的小型竖琴，轻轻地弹奏一曲哀怨的音乐。

贾妮宛如乘着乐声般走上前迎接罗妮卡。她戴着以珍珠装饰的白色面纱，宽松的兜帽上系着深浅不一的蓝色丝穗，遮去了她的头发。她身穿饰着缎带的华丽衬衫，配上宽松的灯笼裤，脚踝处也绑着许多缎带，裤子上绣满了时髦的花样，几乎盖过了白色亚麻布的底布。罗妮卡从没见过女人家做这种打扮，不过她一看就知道，缤城的仕女必会对这种款式趋之若鹜。贾妮在已经改头换面的晨室迎接她时，几乎使她产生一种错觉，自己似乎突然被什么魔力送到了雨野原，而她自己才是贾妮的客人。贾妮笑得很温馨，只有从她迅速侧瞄的那一眼，才看得出她对于达弗德在场感到纳闷。"你来了真好。"贾妮对罗妮卡伸出双手，把她的双手包起来，其态度之亲切令罗妮卡有点不安。接着贾妮倾身凑近，坦诚地说道："你有凯芙瑞雅这样的女儿，想必一定很骄傲！刚才她来迎接我们的时候，无论是言辞或姿态都既亲切又大方。还有麦尔妲！哎哟，我现在可知道为什么我儿子一下子就深深迷上她了。她的确年轻,正如你说的一样,不过她已经像是开始绽放的花朵了,任哪一个年轻男人看到她那一对眼睛必定逃不掉,怪不得雷恩会花这么大工夫来挑选要送给她的礼物。我承认这房里一下子摆上这么多花草,看起来是有些铺张,但是年轻人嘛,不免有些冲动,想必你一定能谅解。"

罗妮卡还在考虑要如何措辞,达弗德就抢着说道:"当然啦,尤其是现在礼物都送到了,不谅解还能怎么办呢!"他踏上前,伸出一手,叠在贾妮与罗妮卡的手上,"欢迎你来到维司奇大宅。我是达弗德·重生,我跟维司奇家是多年的老交情了,我们竭诚欢迎你来访,更深深以雷恩与麦尔妲正式交往为荣。瞧他们两个,多么登对呀!"

达弗德这番话实在与罗妮卡要表达的意思相去太远,所以罗妮卡一听,差点失去控制。贾妮望望达弗德,又看看罗妮卡,才温和但坚定地把她的手从达弗德的手中抽出来。"你是重生商人,我记得很清楚。"贾妮的口气冷冷的,显然在她的记忆中,她对他并无好印象,不过达弗德却没听出她的言外之意。

"你还记得我,真是令我深感骄傲与荣幸啊。"达弗德快活地说道,笑咪咪地望着贾妮·库普鲁斯,他显然深信一切都进展得很顺利。

罗妮卡知道她得说点什么话才行,不过就她而言,实在想不出什么冠冕堂皇的话好说,所以她干脆讲点平庸的赞词:"这些花真美,只有雨野原才栽培得出这么妍丽馥郁的花啊。"

贾妮换了个姿势,虽只是将身子微微一偏,但足以让她正面面对着罗妮卡,肩膀则朝着达弗德,把他隔挡在外。接着她说道:"幸亏你喜欢,我本来还担心你会因为我让雷恩带了这么多的花草来而责怪我呢。我们早就讲好,雷恩送的礼物必须要简朴一点,这我是知道的。"

事实上,罗妮卡的确认为贾妮越界了,有违她之前许下的诺言。正当罗妮卡还在思索如何迂回地让贾妮知道以后雷恩不得再度犯规,达弗德就大胆地代替她开口了:"简朴?年轻男人就是满腔热情,哪有什么简朴的余地?倘若我再度青春年少,追求的又是像麦尔妲这样的女孩,那我也会想要用礼物来掳获她的心啊。"

这次罗妮卡终于能利落地接口了："不过我敢说，像雷恩这样的年轻男子，一定希望对方看重的是他这个人，而不是他送的礼物。在第一次见面的时候这样铺张还情有可原，不过我敢说，接下来雷恩跟麦尔妲交往的时候一定会比较节制。"罗妮卡这番话是对着达弗德，而不是对着贾妮讲的，这是因为她虽不想冒犯贾妮，却仍要坚定地表达自己的立场。

"胡说！"达弗德不肯退让，"你瞧瞧他们两个，你看麦尔妲那模样，哪像是她希望雷恩节制一点？"

麦尔妲简直是坐在花堆里了。她坐在扶手椅上，大腿上放着一捧极大的花束，身边放着一盆盆、一瓶瓶的奇花异草。她身穿素净高雅的白色连身衣裙，唯有在肩膀上以及盘起来的头发上各戴了一朵红花，而这红花衬得她的肤色更加温暖、秀发更加乌黑亮丽。那个年轻人殷勤地站在她身边，麦尔妲轻轻地跟他说话时，眼神是垂下来的，不过偶尔她会偷偷地朝那年轻男子瞄一眼，嘴角还漾出微微的笑意。

雷恩·库普鲁斯穿着一身蓝，附近的椅子上丢着一件天蓝色的斗篷。他身穿雨野原的传统服饰，也就是宽松的长裤与长袖衬衫，这样的装束可以有效地遮去身体的畸形，不让人轻易看出来。他的腰很细，自豪地以宽版丝带系作腰带，这腰带的色泽比他的衣裤更深。他手上戴着上好的黑色皮手套，手套的背面镶着令人叹为观止的火焰宝石，不经意地展示豪富的家世。他的兜帽没什么装饰，用的是跟腰带一样的丝料。他脸上遮着黑纱，所以外人根本看不见他的五官。不过虽然他的面容不得见，但是从他倾着头的模样，还是可以看出他非常注意麦尔妲。

"麦尔妲还很年轻，"罗妮卡说得很快，抢在别人评论之前先说出来，"没什么人生经验，不知道什么时候该缓一缓，所以她母亲与我必得适时提醒。这两个年轻人不应该太冲动躁进，这是为了他们两个年轻人好，而且这是贾妮与我早就有的共识。"

"唉，有什么好缓的？"达弗德快活地反驳道，"这个结果一定是好的嘛。

麦尔姐总有一天要嫁人，既然如此，那还何必阻挡这对年轻恋人的好事呢？你想想看，他们两人结婚后，贾妮就有了孙儿孙女，而你也有了曾外孙曾外孙女，这宗买卖若是成了，你们双方都有利可图。"

罗妮卡看到达弗德这么煞费苦心地把话题拖到他自己想谈的方向去，心里觉得很难过。她跟他认识这么多年了，对这个人的了解可谓不浅，而她眼前所见的正是他的真正面目。达弗德是维司奇家族的老朋友，他是真心关切麦尔姐以及她将来的前途。不过除此之外，他大半的心思都放在买卖往来与生财获利上头。不管这样是好是坏，反正如今他看重的就是这些东西。如果能运用交情来做一宗好生意，那么他绝对不会迟疑，不过他倒很少为了交情而任由生意的获利蒙受风险。

这些思绪在罗妮卡的心里一闪而过。她把达弗德这个人看得很清楚，早就知道他是什么样的人了，但他倒从没估算过，在外人眼中，她跟达弗德交朋友有何意义。虽说许多缤城商人早就不再跟他往来，但是她却从来没有因为彼此政治立场不同而冷落他。认真评断的话，达弗德这个人倒不是心眼坏，只是他很少反省自己的行为罢了，凡是有利可图的，他就凑上去，于是他不但沾染奴隶买卖的生意，连新商家种种令人不齿的行径，他也同流合污，如今他还想在麦尔姐这个不请自来的正式交往中分一杯羹。他倒不是蓄意使坏，只是从来就没想过个中的是非对错。

但是这并不表示他就不会妨害别人。就以此刻而言，他若是不经意地冒犯了库普鲁斯家族，就会给维司奇家族带来天大的麻烦，如今活船薇瓦琪号的合约可是握在库普鲁斯家族手上的。之前罗妮卡勉强答应让雷恩与麦尔姐正式交往，是因为她认定雷恩一定不久就会看出麦尔姐的确年纪太小，不宜婚嫁。而雷恩若是开始正式交往，又因为错估对方的年纪而停止交往，倒可让罗妮卡在社交上多少占点便宜。到时社交界会把维司奇家族视为受害的那一方，这一来，库普鲁斯家族在与维司奇家族生意往来的时候就不得不客气一些。然而，如果库普鲁斯家族停止男女双方的交往是因为维司奇家族与达弗德往来，而达弗德的政治立场令人嫌恶，那么其他商人世家对于维司奇家族的态度可能就会大不相同了。罗妮卡早就受到了要她与达弗德·重生绝交的社会压力，要是众人以生意条件为要胁，逼她付诸实行的话，那么维司奇家族可要陷入财务困境了。

最明智的办法就是甩掉达弗德·重生，但是彼此的情谊容不得她这样做。再说，身为维司奇人的荣耀也容不得她这样做。如果维司奇家族任由社会风评主宰，只做众人认为正确的事，那么此后就无从控制自己的命运了——虽说事到如今，他们对于自己的命运也已经控制不了多少了。

三人都沉默不语，场面颇为尴尬。罗妮卡的心情是好奇与恐惧交加，接下来达弗德会说出什么可怕的事情？他的社交手腕拙劣至极，问题是他自己根本就没感觉。此时他露出灿烂的笑容，开口道："说到这个贸易联盟呀——"

幸亏救兵及时来到。凯芙瑞雅朝他们走来，不用说，她一定是察觉到达弗德站得离贾妮太近，又赖着不走。不过她看来面容祥和，只有从额头上那一层薄汗才能看出她心里有多么惶惶不安。凯芙瑞雅轻轻地碰了碰达弗德的手臂，并悄悄地问他可否到厨房帮她一个忙，只要一下子就好。她选了几瓶陈年好酒，但是仆人就是打不开瓶塞，能不能烦请他去指点一下。

凯芙瑞雅拿酒的事情来引开达弗德，真是再高明也不过了。品酒、伺酒之类的事情是达弗德最大的嗜好，因此他匆匆忙忙地跟着凯芙瑞雅走开。他一边走，一边渊博地讲述要如何打开瓶塞，才不会使酒液晃动得太厉害。罗妮卡这才宽心地叹了一口气。

"我其实很纳闷，这样的人，别说是聊天，你怎么还容许他出现在这里？"贾妮轻声评论道。如今达弗德走了，她便与罗妮卡并肩而站。她只讲给罗妮卡一个人听，再加上一屋子的音乐与谈话声，所以旁人无从得知，"有一次，我听人说他是'商人叛徒'。达弗德自己否认，但大家都知道他常常帮新商那些最见不得人的勾当穿针引线，外头甚至还有人说，新商竟荒谬地动派拉冈号的脑筋，为了买下那艘活船而频频出高价，这也是达弗德促成的。"

"这的确很荒谬，"罗妮卡低声应和道，"不过大运家族怎么会任由外人出价而不予制止，这也太伤风败俗了。"她讲出这个想法时，用力地挤出一抹笑容。为了确保贾妮不会听错她话里的意思，她又补了一句旧商的格言："毕竟，一个铜板是敲不响的。"

"的确，"贾妮冷淡地应道，"不过达弗德拿新商提出的价钱去诱惑大运家族，未免太残忍了，他明知道如今大运家族的处境有多么艰难。"

"这年头，缤城的商人世家大都颇为拮据，维司奇家族也不例外，所以我们与别人结为联盟。虽说在外人眼里，可能会觉得如此结盟颇为怪异。比方说，今天达弗德上门来找我，提议要让我们借用他的仆人，因为他知道我们家的仆人已经缩减到不能再少了。"

好了，如今这事已经摊开，如果雷恩之所以打算与麦尔妲正式交往是因为他们错以为维司奇家族仍然富饶宽裕，那么他们知道此事后就会打退堂鼓了。

不过罗妮卡却在贾妮·库普鲁斯回答的时候，领悟到她低估了对方深切的好意。"我也知道维司奇家族在财务上施展不开。然而雷恩要追求的这个女孩必定深明量入为出的道理，这我是很欣慰的。懂节俭、守纪律毕竟是良好的美德，不管家产多少都一样。而我们带了这班仆人来，并不是为了要让你们受窘，而是为了要协助内外，好让我们来访之时，大家都方便无拘束。"贾妮的口气很真诚。

罗妮卡回答了贾妮的不言之问："达弗德这个朋友真是让人难堪，我是可以把他给甩开，但是我从来就看不出背弃朋友这种事情有什么美德可言。有的人会甩开讨人厌的子女或亲人，但是这种人从来就得不到我的敬意。我总觉得，身为家人的职责就是要不断纠正对方，无论纠正的过程多么痛苦，也要继续做下去。既然如此，我们在对待世交老友的时候也不该有什么差别，尤其是我们几乎已经成为达弗德的家人了。他的妻儿都在血瘟流行时过世，这你大概是知道的。"

贾妮的回答却大出罗妮卡的意料之外。她问道："这么说来，你并没有因为艾希雅行为不检而将她逐出家门啰？"

贾妮这一问令罗妮卡惊骇得不知如何回答。缤城市井上就是这样传言的吗？而且这个谣言还远远地传到了雨野原？这时候突然有个仆人捧着一托盘的细致点心走了上来，正好替她解了围。这不就是昨晚她跟凯芙瑞雅烤出来的糕点吗？罗妮卡才刚拿起一个来吃，便有另外一个仆人走上来，送上一只有精雕花纹的高级玻璃杯，杯里盛的是某种雨野原佳酿。罗妮卡端起酒杯并啜了一口，诚心地赞道："这酒真是好。"

"这点心也一样出色。"贾妮的目光扫视周围，最后停留在雷恩和麦尔姐身上。不管麦尔姐说了什么话，反正她把雷恩逗得哈哈大笑，而贾妮微微倾着头，大概也看得笑了。

罗妮卡本想丢开艾希雅的话题，但想想还是决定挺身面对。谣言既然传进了耳里，就应该辟谣。只有莎神才知道这个谣言流传多久了，但是这样的谣言，八成是去年夏天起就已在缤城流传开来了。

"我并没有叫艾希雅离开家里，老实说，我是希望她留下来的。去年她父亲过世后，活船薇瓦琪号没有传给她，令她非常难过。她一直以为她会继承活船。再加上凯尔掌控薇瓦琪号之后自有他的一套做法，但是艾希雅看不过去。家里头大吵一架，之后她就离家出走了。"罗妮卡勉强自己坚定地望着贾妮的面纱，继续说道，"我不知道她现在在哪里，也不知道她现在在做什么，但是如果她此刻就走进门，那么我一定会双臂大开地欢迎她回来。"

贾妮像是在望着罗妮卡，她对罗妮卡说道："我这样问你可能很怪吧，不过我的作风就是这样，有话直说。我这样问并不是要让你难堪，我一向有个看法，那就是实话实说不容易引起误会。"

"这我也有同感。"罗妮卡应道。贾妮转头望着雷恩和麦尔姐，罗妮卡也随着她的目光望过去。麦尔姐低下头，眼睛望向他处，脸颊羞红，眼神却显得愉悦欢畅。雷恩偏着头，可见他也跟麦尔姐一样开心，而且还伸长了脖子，想看看麦尔姐别过去的脸上是什么表情。

"大家迟早都是一家人，而家人之间是藏不住什么秘密的。"贾妮补了一句。

这真是太好了，比麦尔姐之前想象的更好。原来过好日子就是这般光景，她的灵魂一直渴求着这些，已经渴求了一辈子，如今她的灵魂终于能够浸润在这丰美畅快的感觉之中。繁花的香气包围着她，仆人轮番把她想象得到的各种细致珍馐、上好饮品送上来,而雷恩本人更是殷勤得不能再殷勤。她心满意足,对于这样的场面,再也挑不出什么瑕疵——不过,若是能邀几个朋友到场,让她们嫉妒自己的际遇的话,那就更好了。她放任自己想象那会是什么场景:黛萝、小咪、卡蕾莎和波莉雅会坐在那里,而仆人——送上珍馐饮品之时,麦尔妲会先挑几样自己喜欢的留下来,然后叫人把其余的送过去给朋友们享用。过后麦尔妲会过去找她们,并为自己没空多陪她们而道歉。麦尔妲会跟她们说,哎呀,这个雷恩老是把她的时间都占得满满的,害她连一点空也抽不出来!不过嘛,她们一定知道,男人都是这样的!接着麦尔妲会用那种"你知我知"的眼神笑望着她们,再细数雷恩如何称赞她,以及他讲话多么风趣——

"能不能问问,是什么事情让你脸上露出这样的笑容?"雷恩温柔地问道。他虽尊重地站得稍远,却又不失殷勤。之前麦尔妲虽请他坐下,他却仍坚持站着。麦尔妲一抬起头,便看到雷恩那蒙着面纱的脸,于是那一场炫耀的白日梦顿时蒸发得无影无踪。谁知道面纱下到底藏着什么面容呢?想到这里,麦尔妲的肚子里便一阵扭绞。不过她非但没有让不安的心情写在脸上,反而以带着喜悦的声调说道:"嗯,我刚才在想,若是能邀请几个朋友来与我们分享这一切,那该有多好呀。"她朝整室的灿烂繁华一指。

"我所想的却正好与此相反。"雷恩的语气很快活,他的措辞文雅,声音则浑厚有男人味,他的面纱随着呼吸而微微地起伏。

"相反?"麦尔妲纳闷地问道,同时扬起了一边的眉头。

雷恩仍站在原地,但是他压低了声音,因而倍显亲密:"我刚才在想,我若是深得你信任,能够在更私密的场合与你相见,那该多好啊。"

麦尔妲只能从他的语气与姿势来推敲他的情绪,她既看不出雷恩在说这话时有没有扬起眉头,也看不出他是否羞赧地一笑。之前麦尔妲跟男人说过话,甚至还趁着她母亲和外祖母不在场的时候跟男人调情,但是在这之前,从没有哪个男人对她如此坦白。雷恩这番话既令人陶醉,又让人害怕。而她虽然尽量自持,情绪仍不免流露在脸上。既然不知道对方是个美男子,还是恐怖的丑八怪,那还怎么笑着跟他调情呀!这个念头使麦尔妲的口气变得比较冷淡:"不过,我们当然得先决定要不要开始正式交往。这次初见的目的就是要看看我们彼此适不适合,不是吗?"

雷恩轻轻地哼了一声,显露出他觉得很好笑:"麦尔妲小姐,那个消遣活动就留给你的母亲们去玩吧,那是母亲们的局。你看她们,虽然才刚见面,但就像摔角对手般彼此绕圈子,等待对方露出破绽,以便一举摔倒对方。你看出来了吗?她们会敲定我们的结婚条件,而且我敢说对我们双方的家族均大有益处。"

雷恩轻轻地一侧头,朝贾妮·库普鲁斯与罗妮卡·维司奇的方向一点。她们脸上的表情显得颇为开心,不过姿势有点警戒,可见她们可能正你一言、我一语地一较高下。

"那是我外祖母,不是我母亲。"麦尔妲指出,"况且我真的不了解,为什么你会把这场聚会说成是游戏?这应该是很严肃的场合吧,至少对我而言是如此。莫非你不把这当一回事?"

"凡是有你在的场合,我绝不会不当一回事。这一点,我可以向你保证。"雷恩停顿了一下,最后还是把话了讲出来,"自从你打开梦盒、你我走入你的想象世界那一刻起,我就知道自己无论如何都会开始与你正式交往。你家里的人以你还是孩子、算不上是女人为托辞,要把我拒于门外,这个说法只使我觉得好笑。我说的游戏指的就是这个,所有的家庭在子女结婚时都会进行一番角力,他们会设下种种障碍,但等到他们权衡礼物和生意利益大过损失之后,障碍就自动消失了……不过,那种利益交关的事情就留给别人去谈吧,不劳你我多事。那样的讨论谈的是钱包,不是真心,根本无法表达我对你的急切渴望。"雷恩也不多想,讲得又急又快:"麦尔妲,我想你想得心都痛了。我恨不得早日拥有你,恨不得早日把我的满腔心事通通说给你听,所以任凭你家人有什么要求,我母亲是越早让步越好。你就跟你母亲这么说吧,你告诉她,她要提什么条件都可以,我必会让她一一如愿,只要我能早日拥你入怀就行了。"

麦尔妲缩了一下,吓得吸了一口气。她这惊吓倒不是装的,不过雷恩却误解了她惊吓的原因。他恭敬地退开一步,并严肃地垂下了头。"恳请你原谅我。"他的声音变得沙哑，"我这张嘴就是话说得太快，还没考虑就说出口了。我像野兽般非要追上你不可，想必你一定认为我很残忍吧。但我向你发誓，事实绝非如此。那天晚上，我在商人大会堂外见到你之后才察觉到，原来我除了灵魂之外还有满腔热情。在见到你之前，我不过是个聪明的工具，尽我之力为家族拓展财富。以前我的兄弟姐妹说起热恋与情意之时，我根本就不懂他们说的是什么意思。"他又停顿片刻，苦笑了两声，"也许你对雨野原的人一无所知，不过我们有个特色，我现在就说给你听吧。我们雨野原的人，通常很早就找到了自己的心上人，而且认识不久就结婚，所以就雨野原的习俗而言，我一直都是个怪人。有的人说，我是因为年纪轻轻就为工作而惑乱了心智，所以我永远也不可能体会人类的情爱是什么滋味。"雷恩不屑地哼了一声。

他摇了摇头，继续说道："有些人偷偷地说，我一定是阉人无法体验男人的热情为何。不过我才不在意他们的话，我自己知道我有热情，只是一直在沉睡，而我也看不出有什么将之唤醒的必要。从前我穷究符文，一一解读，破解各种前所未见的机制，我以为光是这些就足以盘踞我的心思。当初我母亲坚持一定要我陪她来缤城开会，使我气得要命。气得要命哪！但是那一股气恼的感觉，在我大着胆子跟你说话的那一刻就消逝得无影无踪。济德铃饰灯因为受到你的纤手轻触而发出了光芒，同样地，我的热情也因为听到了你的声音而苏醒。我在狂野莽撞之余，把梦盒留在门前送给你。当时我心想，你一定是不会打开梦盒的。我心想，像你这样的女孩，一定会把我的梦丢到门外，使我连把梦进呈给你的机会都没有。但是你并没有那样做，你开启了我的灵魂，与我分享如此迷人的景象……你在梦中走过了我的古城，而由于你的出现，使我的古城重现勃勃生机！在那之前，我一直深信那冰冷沉寂的古城就是我热情之所系。所以那一梦对我而言有多大的意义，现在你大概猜得出来了吧。"

雷恩这一番掏肝挖肺的话，麦尔妲只是随便听听，因为她全部的心思都在想他之前说过的话。不管她要什么条件，雷恩都一定会叫他的家人让步。任她开什么条件都可以！麦尔妲的内心像是受到惊吓的鱼儿一般四处冲撞。她不能要得太多，免得别人认为她贪得无厌，要是逼得太急，说不定雷恩会重新考虑他对自己这番热情值不值得。不过她也不能要得太少，以免别人把她当作呆子，或是被母亲和外祖母认为她没什么身价，那可就不好了。这其中的分寸如何控制，必得深思熟虑地衡量才行。麦尔妲立刻在千头万绪之中抓住了一条她认为最明智的原则。噢，要是她父亲在家，一定会指点她如何利用雷恩的热情来榨出对她有利的最大利益。于是麦尔妲马上就想到她该怎么做了，她要尽量拖延婚事的谈判，直到她父亲回来时为止。

"你都不说话，"雷恩有感而发地以自制的声调说道，"我一定是冒犯到你了。"

她立刻攫取这个优势。雷恩一定认为他的立场不甚确定，但还不至于毫无希望。她装出惊怯的笑容。"我还不习惯……我的意思是说，从没有人跟我讲得这么……"她故意越讲越轻、越讲越犹豫，最后几不可闻。接着她吸了一口气，像是要定一定神，"我的心跳得好……有时候，我若是受到惊吓，就会变得很……你想，你能不能帮我端一杯葡萄酒来呢？"她举起双手拍拍脸颊，看来像是试图让自己恢复正常。不过，他们两人都一起做过那个大胆的梦了，那么她还能让雷恩深信，她是那种心思脆弱到连听到男人坦言自陈都会受到惊吓的女孩子吗？

结果证明，她的确办得到。雷恩一听便急忙转身离开。从他肩膀紧缩的样子看来，他是在刻意压抑内心的恐慌。他从杯架上抓了一只玻璃杯，匆匆倒酒，急得差点让酒液溢出杯外。雷恩把酒送到麦尔妲身前时，麦尔妲稍微缩了下身子，仿佛不敢把他手里的酒杯接过来。雷恩失望地叹了一声，而麦尔妲则逼迫自己在唇边挤出一抹怯生生的笑容。她坐挺了一点，像是鼓足了勇气才把酒杯接过来，送到唇边优雅地啜了一口。这真是少见的佳酿。她放下酒杯，轻轻地叹了一口气："这样子好多了，真是多谢你了。"

"我害你变得这么不舒服，你怎么还谢我呢？"

麦尔妲睁大了眼睛，抬起头来望着他。"噢，我敢说，错一定在我。"她虚伪地说道，"像我这样，只是听到言语就吓得发抖，想必你一定觉得我很傻气吧。之前我母亲就曾警告我，就成年女子而言，我该学的还多得很，现在想来，母亲所指的大概就是这类事情吧。"她做了个小手势，指着一室的陈设，"你大概看得出来，我们一向过着平静的生活。我想，我一定是从小就倍受呵护，只是一直不自觉而已。我们必须量入为出，过简单的生活，这我是很明白的。不过，我也因此而少了很多体验。"她微微一耸肩，坦承道："我对年轻男人的作风知道得实在太少了。"她交握双手放在大腿上，眼神也垂了下来，一副懦弱的样子，补充道："恐怕我一定要恳请你有耐心一些，因为我还需要学习。"她又偷瞄了他一眼，"我希望你别把我看得又呆又蠢，也别因为你必须多教我而感到厌烦。希望你别因为我单纯得无可救药，所以就放弃我了。唉，要是我之前有别的追求者，并且已经学到一点男人与女人相处的道理就好了。"麦尔妲暂时屏住呼吸，希望能借此让脸颊潮红，显出十分羞赧的模样。接着她小声地说道："我得承认，我自己做的梦，也就是打开梦盒那一晚做的梦，连我自己都不太了解呢。"她也不抬头看，便娇怜可爱地恳求道，"那些事情是什么意思，你能教教我吗？"

她用不着看到他的表情，甚至也用不着抬头看他的姿势变化，因为雷恩回话的那一刻，她就知道自己已经获得全面胜利了。只听他轻声说道："我最喜欢的，莫过于亲自教你这些事情。"

第八章

合而为一

"他没呼吸了！"薇瓦琪惊叫道。

"不！"温德洛尖叫着，他的声音越拉越长，破碎为男童的高音。

他转身离开船栏，匆忙地从前甲板翻到主甲板上，跑步横越主甲板，然后冲进舱梯。那海盗之所以一直撑到如今，是因为他怕死，而温德洛和薇瓦琪劝他不用怕死之后，他就干脆放手了。温德洛疾奔到船长室门前，不稍停步也不敲门就进去了。依妲看到他疯狂地冲进来，又惊又气地瞪着他。她本来在叠绷带，一看到温德洛往柯尼提床边冲，她便站起来想要截住他，绷带因此全掉在地上。

"别把他吵醒了！"依妲警告道，"他好不容易才睡着的。"

"他哪里是睡着了，他是想死啊！"温德洛一边驳斥，一边从她身边绕过去。到了柯尼提床边之后，他拉起那海盗的手，又呼唤他的名字，但是柯尼提没有反应。他几乎像是打耳光一般重拍了一下柯尼提的脸颊。他轻捏那男子的双颊，然后又捏得重一点，但是柯尼提全无反应。他就是没呼吸。

他已经死了。

柯尼提在黑暗中飘啊飘的，像是从树上轻飘到森林地上的落叶一般，此时的他只觉得温暖又自在。一条痛楚的细银丝系在他身上，把他跟生命系在一起，所以他在飘落时有点迟滞。不过这银丝迟早会化为乌有，然后他就可以挣脱出来，不受肉体的羁绊了。感觉上，肉体这东西一点都不值得注意。其实什么事情都不值得注意了。他放开了肉体之后就觉得自己的意识不断扩张，直到现在他才领悟到，一个人若是被局限在肉体之中，那么连思绪也是无法展开的。在以前，各色各样的忧烦和念头在他心头缠搅，就像水手把杂七杂八的东西乱塞在帆布袋里那样凌乱。而如今，它们大可尽量展开，一点也不必跟别的混淆，每一个都重要得无与伦比。

他突然觉得自己被那么一拉。对方很坚持，让他无从抗拒地就被对方拉了进去。柯尼提不情愿地任由对方动作，只不过对方包围住他之后却不知道该拿他怎么办。柯尼提困惑地与对方混杂在一起，感觉像是跌进了一锅翻腾滚动的海鲜杂烩浓汤里，各式食材接二连三地冒上汤面，但是片刻之后就又沉溺不见了。此时，他是个女人，一边梳着长长的头发，一边若有所思地眺望海面；再一会儿，他变成了艾福隆·维司奇，他指着莎神立誓，无论前头有没有风暴，他都要准时把船货安稳地送达目的港；又一会儿，他变成一艘船，船头划过冰冷的海水，船下游过一群亮闪闪的小鱼，繁星在他头上闪耀。除此之外，有个比这几个角色更深邃、崇高且宽广，却又薄得像是一层防虫漆的感知，这个雌性的感知伸展出她的双翼，翱翔过夏日的天空。那感知对他的吸引力比其他角色更强，所以当它逐渐退却时，他试着要跟上去。

不行，有个声音温柔但坚决地对他说道，不行，连我都不去那里，所以你也不能去。不知是什么力量把他拖回来，又将他聚拢在一起。他觉得自己像是躺在母亲臂弯里的孩童，既受宠又安全。她是爱他的，他安稳地躺在她的臂弯里。她就是薇瓦琪号，也就是他所赢得的那艘既可爱又聪明的船。那记忆宛如微风拂过余烬，使余烬重新燃起一般地唤醒了他自己的存在。他越燃烧越旺盛，最后几乎忆起了之前的身份，然而他并不喜欢自己之前的身份。他转过头，埋在她的怀里，与她交融，合为一体。好可爱、好可爱的船啊，你的龙骨破水而过，你的风帆在风中飘荡。我就是你，你就是我。当我变成你之后，我也变得美好且睿智。他感觉得出她因为这一番奉承而觉得有趣，然而他说这些话并不是在阿谀。他对她说道，唯有在你之中，我才能变得完美。他想要把自己分解、化身于她之中,但是她把他完好地聚拢在一起。

她又再度开口了,不过这次不是跟他,而是跟另外一个人讲话:"我找到他了。哪,就在我手上。你必须把他接过去,并将他安置回去。但是要怎么做,我就不知道了。"

回答的是个男童的声音,那声音犹疑不定,薄弱得像炊烟,从很遥远的地方传来,由于恐惧,所以他话讲得很含糊。我不知道你这话是什么意思。什么叫做他在你手上?我怎么把他接过去?把他安置回去?如何安置?安置在哪里?那童稚且情急的恳求声勾起了他心里的回忆,呼应着那少年的声音,其情急恳求之情如出一辙。求求你,我做不到。那个我真的不会做,也不想做。求求你,大人,求求你。那是深藏心底的秘密声音,那是他绝对不能承认的声音,那种话绝对不能被别人听到。他飞身扑上去,裹住那个声音,不让它透出一点声响。他把那声音吸收进来,然后封住它。然而这个矛盾分歧,也就是他之所以为他的关键,却因此而复苏了。他们竟然逼使他再度成为自己,对此他气得发抖。

对,就是那样。她突然对另外那个人说道。就是那样,你去把他之所以为他的一个个碎片找出来,拼凑回去。她以更为轻柔的声音说道,你们两个在某些地方还颇为契合,你就从那些地方开始吧。

你说他跟我契合是什么意思?他跟我哪里契合了?

我的意思是说,在某些方面你们两个还挺像的。其实你们两人共通处颇多,只是你之前都没想过而已。你别怕他,你把他接过去,复原成原来的样子吧。

然而他一听之下更加紧攀住了船。他才不让自己跟船分开呢。他在狂乱之余,力求将自己的意识编织在船的意识之中,就像用两股线搓成一条绳索。不过船虽没有严峻地排斥他,却也没有欢迎他进入。他力求与船化为一体,但却感觉到自己被聚拢在一起,形成一个既属于船又与船不同的形体。

在这里,你把他接过去,把他摆回去。

他跟船之间的关系复杂得难以形容。他爱船,船也爱他,可是他跟船都极力抗拒,不想成为对方。如果以地理来形容他与船之间的关系,那么这片大地上，可说是零星地烧着一把一把的野火；他说不出自己的领域终点何在，也说不出对方的起始处，可是双方却都声称自己具有至高无上的灵魂，只是那么伟大的灵魂并不是单一生物所能具备的。有个古代生物张开双翼，既庇护着他们，同时也使他们相形见绌，但是他和船却浑然无知。他们两个不过是逗趣的渺小生物，在无际的爱之间盲目摸索，却不敢承认自己的所作所为。其实他们若想赢也很简单，只要能割舍就可以了，但他们却无从认识到这个道理。他一想到自己若是能跟船在一起会有多么美善，就气得心痛，那是他这辈子所追求的爱呀，他一辈子都在追求像那样既能赦免他的罪业，又能使他臻于美善的爱。可是尽管他最渴求的就是那样的爱，他跟船却都心生恐惧，所以只顾走避。

回来吧，求你回来吧。是那个少年的声音，少年苦苦哀求道，柯尼提，请你选择生，不要选择死。

那名字像是有魔力似的。那名字拴住了他，并指出他到底为谁。那少年似乎也察觉到这一点。柯尼提，少年再度劝诱般地一再叫着那个名字。柯尼提，求求你。柯尼提，活下去吧。那少年每多说一个字，他就变得更有形体。浮动的记忆纷纷依着这个名字而凝固，并在他人生的旧伤口上结成痂，将他固锁在里面。

求求你，他恳求道，然后开始摸索那个用旧日伤痛来折磨他的少年叫什么名字。温德洛，求你放我走吧，温德洛。他的用意是用那少年拴住自己的方式来用对方的名字来拴住他。然而他不但没能勒令温德洛服从他的意志，反而使得自己更清楚地察觉到那少年的存在，逃也逃不开。

柯尼提，那少年急切地呼唤道，柯尼提，帮帮我吧。你快回去，回到你自己身上去，重生吧。

接下来的演变很奇怪，由于温德洛急切地把他的自我意识迎进去，而他也感知到那少年的存在，两人竟混在一起了，于是庞杂的记忆蜂拥而起，从原主人的心里挣脱出去。有个少年，由于隔天就要离开家人、前往异地的修院，所以默默痛哭；有个少年，被人硬架着亲眼目睹自己的父亲被人打到昏迷不醒，所以哭得不能自抑，然而架着他的人却乐得哈哈大笑；有个少年不断挣扎，同时因为臀部被人刺上七角星星的刺青而痛得大叫；有个少年在静坐时看到云间有龙形生物，又看到波涛间有海蛇的形影；有个少年挣扎扭动，但是对方却勒住少年的脖子，强迫他就范；有个少年看书看得出神，动也不动地坐了很久；有个少年因为要抗拒别人在他脸上刺青而窒息喘气；有个少年因为要练习写出一手好字而一坐好几个钟头；有个少年，为了要把受到感染的指头截断，所以把手按在甲板上，强忍住不让自己叫出声；有个少年，因为找人用火炙烧以去除臀部的刺青，在痛得大汗淋漓之间仍高兴地咧嘴而笑。

船说得没错，他们两人的契合之处的确很多。他们大同小异，这点不容否认。一时之间，两人重叠在一起，与对方化为一体，然后又各自分开了。

柯尼提再次认清自己的历历往事，温德洛则因为体会到柯尼提早年经历之严苛而震惊得畏缩起来。片刻之后，来自那少年的悲怜像波潮般打来，将柯尼提浸在其中。他开始探索柯尼提，同时在不知情的情况下把柯尼提故意切断抛开的部分黏了回去。这些部分也是你，所以你应该把这些留下来才是，温德洛始终坚持着，你不能因为往事不堪回首就要将之丢开，你应该承认过往并继续活下去。

这孩子在胡说八道什么？那个哭闹不休、软弱无力的家伙，怎么称得上是小时候的海盗柯尼提呢？他以一贯的态度将那段往事严挡在外。他在气愤与轻蔑之余开始抵制温德洛，并把两人之间因为移情而生的短暂连系给切断。然而在他们分开前的那一瞬间，柯尼提感觉到那少年因为他突然反目而感到伤心。柯尼提因此而懊悔起来，这是多年来他第一次生出这样的心情。不过他还来不及多思考这一情绪，就听到远处传来女人叫他名字的声音。

"柯尼提，噢，我的柯尼提，求求你，求求你别走，柯尼提！"

在这局促的肉体之中处处都是避无可避的痛楚。他胸口有什么东西重压着，同时一腿的末端传来很不对劲的感觉。他深吸了一口气，这口气之中混杂着烈酒与苦胆汁的味道。他有如独自拉起船锚一般吃力，好不容易睁开眼睛，见光的一刹那，只觉得光线强烈得使他脑海一片空白。

那婊子抓着他的左手不住地哭泣，她那一脸的泪痕、痛哭失声的声音……

无不道出困苦悲伤的情感，真让人看不下去。他想要甩开那婊子的手，但他实在是太虚弱了，最后不得不哑着声音说道："依妲，求你停一停。"

"噢，柯尼提！"依妲高兴地叫道，"你没死！噢，我的爱。"

"水。"他只说了这么一个字，而他之所以讨水喝，不但是因为渴，同时也是因为他巴不得甩开她。她闻言立刻站起来，冲到房间另一边的小桌拿水。他干渴的喉咙吞咽了一下，有气无力地推了推压在他胸口的重物。那东西有头发，他摸起来只觉得那头发粗粗的，接着又摸到汗湿的脸。柯尼提好不容易稍微抬头看看胸口，原来那重物是温德洛。温德洛坐在床边的椅子上，但身子前倾，压在他身上。那少年双眼紧闭，面无血色，脸上两行泪痕。原来温德洛为他流泪了啊，柯尼提心里突然涌出了一股无以名状的情感。他原来就气闷，如今那少年的头压在他胸口，他就更难顺畅呼吸了。他想推开温德洛，但是他的手摸到的温暖头发与皮肤却激起他内心生出一股奇异的渴望。那虽是温德洛的身体，柯尼提却觉得像是自己借机在那躯体里新生。从前他保护不了自己，但如今他有能力保护这个少年；从前他人单力薄，即使他的人生几乎被外力毁害殆尽，他也无力阻挡，但现在可不同了。

毕竟船不是说过吗，他们两人其实差不了多少，所以保护这个少年就等于拯救他自己。

这样大的权力真是有趣啊。这样大的权力正好让他得以满足自从年少以来就耿耿于怀的巨大渴望。可是他还来不及多想，那少年的眼睛就睁开了。少年的乌黑的眼里全无防备，他直视着柯尼提的表情，像是饱受了苦难的折磨，但刹那之后，又化为讶异的神情。那少年伸出手，轻触柯尼提的脸颊。"你活着啊。"温德洛以敬畏的口气喃喃说道，他说话的模样像是发烧病人在梦呓，但是眼神却很高兴。"刚才你人都散开了，整个人破成碎片，一片一片的，就像镶嵌玻璃画那样。我以前都不知道人的成分竟然那么复杂。幸亏你还是还原回来了。"他的眼皮慢慢垂下来，闭上眼，又叹了一口气，"谢谢你，谢谢你，我还不想死呢。"

那少年眨了眨眼，突然变得比较像自己了。他抬起头，不再靠在柯尼提的胸膛上，无力地四下张望了一下。"我一定是昏过去了，"温德洛轻声喃喃自语，"我刚才几乎失了魂……之前即使在做玻璃镶嵌画的时候恍惚出神也没这么严重过，但是白伦迪曾经警告我要小心……说起来，我还能找得到路回来，真是幸运。"温德洛原本只坐在椅子的边缘，此时突然往后一躺，靠在椅背上晕乎乎地说道："说起来，我们两个都很幸运。"

"我的腿不对劲。"柯尼提对温德洛说道。那少年抬起头之后，柯尼提胸口的压力顿时不见了，现在他比较容易呼吸，也比较容易讲话了。此刻他才能专心注意截肢后那种古怪的身体感。

"我在伤口洒了瓦济果果皮精油暂时止痛，所以你的腿会麻木，没有知觉。你应该趁现在还睡得着的时候睡一下，毕竟痛感迟早会回来，而我们手边的精油又少，撑不了多久就没了。"

"你挡到我的路了。"依妲不耐烦地说道。

温德洛惭愧地惊跳起来。依妲站在他身边，手里拿着一杯水。说起来，那少年并不是真的挡了她的路，她只需要绕到床的另一边，就可以把水递给柯尼提。不过温德洛马上就听出了依妲话里的真意。"对不起。"他连忙说道，站了起来。他跟跄地朝门口走了两步，然后就像没骨头似的松软地垮了下来，瘫躺在地上，昏迷不醒。

依妲厌烦地吹了一口气。"我等一下找个人来把他抬走。"柯尼提看到地上躺了个昏迷不醒的人，心里觉得很讨厌，但是依妲一将那个满得几乎溢出来的水杯送到他眼前的时候，他的心情就变了。

依妲修长的指头撑在他的后颈，将他扶起来，柯尼提只觉得她的手凉凉的，很舒服。一时间，他突然感到口渴难耐。这是船上的水，既不冷也不新鲜，尝起来还有储水桶的味道，不过这水就是甘霖。柯尼提一饮而尽，沙哑地说道："还要，"依妲接过杯子，并保证："马上来。"

柯尼提望着她转身朝边桌走过去的背影，注意到她经过那个躺在地上一动也不动的少年。在片刻之前，他好像想到一件什么要紧的事情要吩咐依妲去做。那件事很重要，只是现在他怎么也想不起来，不但想不起来，人还开始飘浮,从床上升了起来。这种感觉既让人不安,又让人畅快。水端回来了,柯尼提一饮而尽。"我飞起来了。"他有感而发地对那女人说道,"之前,痛楚大到把我整个人钉在床上,如今痛楚没了,我就飞起来了。"

她亲切地对他笑笑:"你还在头晕呢,而且说不定还有点醉。"

柯尼提点点头,嘴边忍不住漾开一抹傻傻的笑容。他突然觉得十分感激,长久以来,痛楚与他须臾不离,但现在痛楚消失不见了,多好啊。他心里充塞着感激之情。

这都是那孩子的功劳。

他望着软瘫在地上的温德洛。"他真是个好孩子,"柯尼提温柔亲切地说道,"船跟我都很关心他。"他已经很想睡了,但仍勉强自己将眼光望向那女人的脸,她正在用手摸他的脸。柯尼提慢慢地伸出手,好不容易抓住了她。"往后你会代我好好照顾他,对不对?"他的目光在她脸上游走,看看她的唇,又看看她的眼。他感觉自己连想要一次看尽她的脸都很困难,重新调整目光的焦距实在很累,"这件事情,我托付给你没问题,对不对?"

"你真要这样?"她无奈地问道。

"我就这么一个愿望。"柯尼提激动地说道,"你可要待他好。"

"既然你希望如此,那么我一定待他好。"依妲勉强地答道。

"那就好,那就好。"他轻轻地捏了她的指头,"我早知道只要我开口,你就一定会答应。现在我可以好好睡了。"说完,他便闭上了眼睛。

温德洛睁开眼睛的时候发现头下多了个枕头,身上也盖了条被子。他躺在船长室的地上,努力回想自己的处境。方才他做了个破碎的梦,梦里有扇镶嵌玻璃窗,窗后躲着一个胆战心惊的小男孩,之后玻璃窗就破了。温德洛不知怎么的,将镶嵌玻璃窗黏补成了原状,令那小男孩十分感激。不,在梦中,那个小男孩就是自己……不对,他是把那个男子的碎片一片片黏补回来,而薇瓦琪与白伦道则待在一道水幕之后指点他该怎么做。梦里还有一条海蛇、一条飞龙,又有一个令人痛不欲生的七角星星。然后他醒了过来,发现依妲很气他,然后……

多想无用，因为怎么想都想不通。这漫长的一日破裂成千百碎片，多到他怎么也说不出个确切来。就他所知，有些碎片是他做梦梦到的，有些却真实得无从否认。他真的在下午的时候截断了一个成年男子的腿？他的记忆里是有这么一段，但这未免太荒唐。他闭上眼睛探索薇瓦琪，果然察觉到她的存在——毕竟每次他探索她的时候都感觉得到她就在那里。他与船之间有种无以名状的亲密关系。不过他虽感觉得到她就在那里，却发现她心不在焉。与其说那是因为薇瓦琪对他冷淡，不如说是因为她对别的事情着了迷。也许是因为薇瓦琪跟他一样晕头转向吧。唔，既是如此，再躺下去也不会好起来。

他转头望着躺在床上的柯尼提。那海盗盖着被子的胸口随着呼吸均匀地起伏，他的脸色如同死灰，不过还活着。梦中他为人截肢的事情原来是真的。

温德洛头晕目眩，但还是深吸了一口气，两手撑地，把上身从地板上撑起来。他有过因为专心过度而恍惚出神的经验，但是从没有像这次这样整个人虚脱了似的。直到现在，他还是不知道自己在恍惚出神间完成了什么事情——说不定根本什么也没做成。在修院时，他经过不断地学习，能够在那种状态下完成艺术创作。当时，他仿佛与作品融为一体，就算是庞杂繁复的工作也能一气呵成。感觉上，他好像是把那个心得应用在医疗上了，不过到底是怎么回事，他自己也说不上来。他甚至不记得是怎么引导自己进入那样的工作状态的。

温德洛站起来之后，小心翼翼地走到床边。像他现在这样走路摇摇晃晃、头脑晕眩，只觉得眼前的事物不是颜色太过亮丽，就是线条过于鲜明，莫非就是喝醉的感觉吗？不会吧，毕竟这种感觉并不舒服，他才不信有人会为了追求这种感觉而酗酒。走到柯尼提床边之后，他停了下来。说真的，他实在很怕帮柯尼提检查腿上的绷带，但他知道这是该做的，毕竟柯尼提可能仍在流血，不过果真如此，他也不知道该怎么处理。这想必就是绝望的心情吧，温德洛想道。他小心地伸手要去拉被子。

"请你别吵他。"

依妲的口气温柔得令他无法辨识。温德洛转身面对她，她坐在房间角落的椅子里。温德洛以前倒没注意到她眼下有黑圈。她的大腿上摆着深蓝色的布料,手上的针线则忙个不停。她抬起头望着他,顺便把线咬断,再把布料换个位置,开始缝另外一处。

"我得看看他是不是还在流血。"温德洛听来只觉得自己的讲话声口齿不清、忽近忽远。

"现在看起来并没有流血,不过如果你为了检查伤口而拆掉绷带,那倒可能会引起伤口再度流血,所以还是别看了吧。"

"他有没有醒来过?"温德洛的心思开始变得澄明了一点。

"只醒了一会儿,就在你把他……带回来之后。他醒来之后喝了很多水,然后就又睡着了,一直睡到现在。"

温德洛揉了揉眼睛:"那是睡多久了?"

"睡一整夜了。"她平静地答道,"马上就要天亮了。"

依妲的态度很和善,这点让温德洛怎么也想不通。倒不是说她亲切地望着他或者对他笑眯眯的,而是她的语调里少了点锐气,不再像以前那样,总是在话中夹着嫉妒或不信任的意味。看起来,她已经不再对他怀恨在心了,这令温德洛感到很欣慰,不过他却不怎么知道自己应该如何跟这个态度好转的依妲相处。"唉,"温德洛呆呆地答道,"那我回去睡一会儿好了。"

"你就躺在这里睡吧。"依妲建议道,"这里既干净又暖和,况且若是柯尼提需要什么,你也可就近处理。"

"谢了。"温德洛笨拙地说道。他倒不见得想要睡在船长室的地上,说起来,在这船上,他随便在哪里就地一躺,那里就算是他的床了。躺在这里,睡觉的时候还有陌生人盯着他看,总觉得怪怪的。接下来的变化更加古怪,依妲提起她手上的针线活,眼睛看了看他,又朝手上的针线活打量打量。原来她缝的是一条长裤,而看这情况,她显然是在估算那条裤子他穿着合不合身。温德洛心想他应该讲话才是,可是又不知道该说什么好。依妲一句话也没说就把裤子叠起来放回大腿上,然后又穿了线,开始一针一针地缝起来。

温德洛像是被主人叫回狗窝边的狗一般地走回地上的被子,他坐了下来,但是却不想躺着,反而把被子披在肩上裹住自己。他抬头望着依妲,良久,依妲也抬起头来望着他。温德洛没想到自己会把话说出口,但是他嘴里突然迸出了一句话:"你怎么会出海做海盗呢?"

她吸了口气,若有所思地说起话,话里没有一点懊悔:"我之前是在分赃镇的妓院里接客的婊子,而柯尼提对我有所偏好。有一天,有几个人埋伏在妓院里,妄想要取他的性命,不过我帮着他把他们料理掉了。事后他把我从妓院带出来,上了船。一开始,我既不知道他为什么要带我上船,也不知道他期望我做什么。不过时间久了之后,道理就清楚了。柯尼提就是要送我一个机会,我若是愿意,大可有个发展,不用只当个区区的婊子。"

温德洛目瞪口呆地望着她,她这番话吓到了他。重点不在于她承认自己曾经为了柯尼提杀了几个人,她看来确有这能耐,所以温德洛并不意外。她自称为"婊子"。"婊子"是男人讲的话啊,这是男人用来羞辱女人的话,可是看来依妲并不以此二字为忤。依妲这个人用词犹如使剑一般犀利,把温德洛对她的一切观念都砍光了。她就是靠着自己的性别来营生,而她并不认为这有什么好羞耻的,这倒令温德洛对她生出了兴趣。仅是她这一番话,就使得她显得格外权势惊人。"你在当婊子之前是做什么的?"温德洛问道,不过由于他用不惯这个字眼,所以讲得倒像在强调"婊子"二字似的。他并无意以此损人,莫非是薇瓦琪指使他这么做的?

她皱着眉头望着温德洛,仿佛认为这话是在骂她,虽是如此,她仍冷冷地直视着他。"我是婊子生的女儿。"接着她挑衅般地反问道,"那你以奴隶身份上船之前,又是做什么的?"

"我以前是莎神的教士——至少,我以前一直在修院修业。"

她扬起一边眉头:"真的?我宁可当婊子。"

她这么几个字就无可挽回地结束了这场对话。温德洛真不知道自己该应什么才好。他并不觉得她这话冒犯到自己,不如说,她指出与他之间有一道鸿沟,而那鸿沟之大,使得两人根本无法沟通,所以根本不可能冒犯到对方。依妲又开始低着头做针线活,脸上面无表情。温德洛突然察觉到自己损失了个大好机会，片刻之前，她差点就敞开了心门，如今两人之间又生出了坚实的阻碍。不过温德洛自问，就算他因为自己内心竟感到十分失望而觉得讶异，又有什么好在意的？他内心狡诈的那一面则说道，这当然值得在意啦，因为她是可以影响到柯尼提的后门，有朝一日，他说不定需要她的好感。温德洛推开这个念头，他定定地想道，应该这么说，因为她也是莎神的子民，所以我应该对她和善，而这与她对柯尼提有什么影响无关——也不是因为她跟我见过的所有女人都大不相同，所以我才无可救药地对她着了迷。

温德洛闭上眼睛，把那一番机巧的考量都抛到脑后，诚恳地开口说道："拜托你，我们能不能重来？我只是想跟你交朋友而已。"

依姐惊讶地抬起头来望着他，脸上露出一抹不带一丝幽默的笑容："你想跟我交朋友，好让我去帮你去跟柯尼提说情，救你一命？"

"才不是呢！"温德洛反驳道。

"不是就好。因为在那方面，我是影响不了柯尼提的。"她声音一低，继续说道，"不管柯尼提与我之间算什么情份，反正我是不会利用这个去影响他的。"

温德洛察觉到他有了个机会。"我绝无奢望。我只是……只是很想找人聊聊天，只要聊聊就好。近来我的人生事故不断，我的朋友都死了，我父亲压根瞧不起我。以前我帮过不少奴隶，可是他们却翻脸不认人，而据我看来，莎阿达还想置我于死地……"温德洛越讲越小声，他这才恍悟到这番话讲得自怜自艾。他吸了一口气，接下来所说的话却更像是在发牢骚，"现在我比以前更孤独，而且根本不知道往后自己会有什么变化。"

"往后的变化，又有谁知道？"依姐冷酷无情地问道。

"我以前就知道啊。"温德洛低声说道，他的思绪转为内省，"以前我在修院的时候，只觉得眼前的人生路是亮闪闪的坦途。那个时候，我知道自己往后会继续进修，也知道往后会在艺术创作上有出色的表现；那个时候，我真心钟爱我的人生，而且一点也不希望前途有任何改变。可是后来他们召我回家，接着我外祖父过世，我父亲逼我随着这艘船出海。打从那时候开始，我的人生就由不得自己了,每次我试图掌控人生,就会被甩到更奇怪的方向去。"

依妲又咬断了线头:"听起来很正常啊。"

温德洛沉痛地说道:"我不知道。也许别人会觉得这很正常吧,但我只知道我既不习惯,也不想要这些。我一直想找个办法回从前修业的修院,以便恢复我原本的人生,让我的人生回归应有的面貌,但是——"

"你回不去的。"依妲直截了当地说道,她的口气既不和善,也称不上凶狠,"你那个阶段的人生已经过去,既然过去,就应该摆在一边,因为那已经结束。不管你的修业完成也好,尚未完成也罢,反正那个阶段跟你已经无缘了。世上的人本来就无从决定自己的人生'应该要'如何如何。"她抬起眼,望着温德洛的目光锐利得像带着刺,"你也该长大了。想想你现在是什么处境,然后由此出发,全力以赴。如果你接受自己的人生,那么说不定还能熬得过去。但如果你踌躇不前,一味坚持这不是你的人生,也不是你应有的处境,那么人生就会从你的指缝间溜走。人若是笨到这个地步,虽不会因此而送命,但与其那样赖活,还不如因为这个人生为你或是为别人带来的美善而死,这样死也甘愿。"

温德洛听了,惊讶得说不出话来。她这番话虽然无情,却是字字珠玑。由于长久以来的学习习惯,他听了这话之后,立刻就调息静思,仿佛听讲了一场莎神之道。他探索依妲所讲的概念,并随她的逻辑一路推演下去。

是啊,这些想法极其珍贵,且的确与莎神的教诲无二。接受,重新开始,虚怀若谷。而之前他就是对自己的人生有了"前见",白伦道早就说过,他最大的缺点就是"前见"太多,其实只要他肯接纳现状,眼前也有机会可以行善。之前他想尽办法非要回修院去不可,那又何必?莎神无处不在,又不是只待在修院里。刚才他是怎么跟依妲说的?每次他试图掌控自己的人生,就会被甩到更奇怪的方向去。难怪如此,因为莎神对他已有了旨意,而他却老是跟莎神的旨意作对。

他的心境顿时澄明。温德洛心里想,身为奴隶的人解去了手铐脚镣之后必定就是这种感觉吧!依妲这一番话使他得到了解脱。他是可以把那些他自以为是的人生目的放掉,往后他要扬起头看看周遭的环境,瞧瞧莎神在指点他什么明路。

"别再那样子瞪我了。"依妲这话既是命令,同时也有点不自在的味道。温德洛立刻垂下眼睛。

"我没……我的意思是说,我是无心的,我并不是故意瞪你。只是你的话让我想起好多事情……依妲,你在哪里学来这么多道理?"

"什么道理?"依妲以不折不扣的怀疑口气问道。

"好比说接受人生、全力以赴的道理啊……"说出口之后,温德洛只觉得这些观念可说是再简单不过了。这几个字真实不虚,一到了他心里便犹如震耳欲聋的钟声一般,使他顿时惊醒过来。没错,师长以前不就教过吗,其实只要在恰当的时机点出真相,人就会顿悟。

"在妓院里学的。"

就连这么出人意表的答案都使他多了一番心得领会。"这么说来,莎神的智慧与光芒确是无处不在。"

依妲一笑,连眼里都漾出笑意:"是啊,不知有多少男人在完事的时候大叫莎神的名字。由此看来,莎神的光芒的确是照进了妓院里啊。"

温德洛移开了目光,依妲所描述的景象生动得令他不大自在。"那样营生想必很苦吧。"

"你真这么想?"她笑了出来,笑声冷冷的,"你这么说我倒很惊讶。不过话说回来,你还是小孩子嘛。男人们常常跟我们说,他们羡慕得很,自己要是躺着赚钱就能填饱肚子就好了。他们总是认定我们一天从早'爽'到晚,所以赚钱赚得很容易。"

温德洛想了一会儿:"我倒觉得那样赚钱很辛苦,因为你跟对方没有真感情,却还得跟他那么亲密,还不能抗拒。"

一时间,依妲的眼神变得非常沉郁。"时间一久,再有什么感情也都磨光了。"她以几乎可称为童稚的语调说道,"磨光了也好,这样子做起来轻松。若能不动感情,那么也就跟做别的下流工作差不多了——除非你碰到对女人拳打脚踢的客人。不过话说回来,做哪一行不会受伤呢?务农的会被牛角顶伤,种果树的工人不免从树上摔下来，打渔的说不定会少了指头或是淹死……"

她越说越小声，目光又重新挪回针线活上。温德洛保持沉默。过了一会儿，她的嘴角漾开了一抹淡淡的笑容："但是柯尼提唤醒了我的情绪。我以前之所以恨他，就是因为这一点。我久久不动情，但是柯尼提竟让我重新体会到'恨'的感觉。我早就知道这很危险，接客的婊子不能动情，若是动了情，不管是什么情绪都很危险。而我一想到他竟然重新唤醒了我的情绪，就对他恨之入骨。"

温德洛心里纳闷，怎么会这样呢？不过他并未问出口，因为他不用问，依妲就讲下去了。

"有一天，他到妓院来，左看右看的。"一忆起往事，她的声音也变得遥远起来，"他的打扮非常讲究，而且非常干净。他身穿象牙钮扣的绿绸外套，袖口露出层叠的蕾丝……之前他从未到过贝朵的馆子，但是我一看就知道他是谁。那是很早以前了，即使在那时候，在分赃镇那里就几乎上上下下的人都认得柯尼提了。男人们光顾贝朵的妓院，总是一群人一起来，或是带一两个朋友，或是带着全船的水手同行。但是柯尼提却是只身前来，来时既没有喝得醉醺醺的，也不大声吵嚷。他来的时候神智清醒，而且为的就是要找女人。他把众人仔细地瞧了一遍，打量得真是仔细，最后挑了我。他跟贝朵说：'她可以。'然后订了他要的房间和餐点，接着就当着大家的面把钱付清了。他旁若无人地朝我走过来，倾身靠上来。当时我心里想，他一定是要亲我了，毕竟有的男人会这样。可是他没亲我，只是嗅了嗅我身边的空气，然后就吩咐我去洗个澡。哎，我听了真是羞愧。你一定以为我们这些人都已经是婊子了，必定一点羞耻心都没有，其实才不是那样呢。不过，我还是照样洗了个澡才上楼去。我听凭他吩咐，但是态度很冷淡，因为我心里气得要命。我本以为他会甩我一巴掌，叫我出去，或是跟贝朵数落我。可是说也奇怪，我那样好像反而合他的意。"

依妲讲到这里，停了下来。一室寂静。温德洛知道自己并不想听下去，却又巴不得她多讲一点，其实他就是想要偷窥别人的隐私，就这么简单。他就是很好奇，想知道男人与女人之间发生了什么情节。男女之事的生理机制，温德洛心里有数，这些知识，师长从不隐瞒。但是即使他了解男女之事的生理机制,可男女之事是如何发生、变化的,他还是懵懵懂懂。温德洛望着依姐脚边的地板默默地等待,不敢抬头望她的脸。

"之后每次都一样。他来了之后必定挑我,吩咐我去洗澡,接着开始寻欢。他的一贯态度是冷淡得不带一丝情绪。别的男人上妓院时总会装模作样一下,假装向小姐们献殷勤、逗小姐开心,或是讲讲故事,看哪个小姐听得最专心,仿佛他把我们放在眼里似的,要不就是要我们争取他们的青睐。有的人还会跟婊子跳舞,或是送小礼物,比如糖果、香水什么的,给他们最中意的小姐。但是柯尼提才不搞那一套,即使后来他进门就直接指名找我,一切仍只是买卖而已。"

她把那条裤子抖一抖,翻出正面,然后又一针针地缝起来。她吸了一口气,像是要接口说下去,但接着她轻轻地摇头,继续缝纫。温德洛想不出自己该说什么才好,依姐的故事使他听得入迷,但他却突然觉得自己累得要命。他真希望自己能够再度入睡,不过他也知道,就算现在他瘫在地板上也不可能睡着。外头的夜色渐渐淡去,马上就要天亮了。他顿时觉得得意,昨天他截断了柯尼提的腿,而那海盗至今仍活得好好的,他真的做到了,他救了那海盗一命。

接着他立刻深切自责。就算那海盗至今仍活着,那也只是因为他的意志碰巧与莎神的意志一致罢了,再多说什么其他都是狂傲自大。他再度朝病人望了一眼,柯尼提的胸口仍在起伏,其实他还没抬头看,心里就已经知道结果了,因为薇瓦琪知道柯尼提仍在呼吸,而薇瓦琪知道的,温德洛也就心里有数。至于薇瓦琪与柯尼提之间是如何能心意相通,以及两者之间的关系紧密到什么程度,温德洛不愿多想。他自己跟船相连在一起就已经够糟了,他才不想跟那个海盗扯上关系。

依姐倒抽了一口气,温德洛把注意力转回她身上。依姐并未抬头看他,她的眼睛仍盯着针线活。不过,她脸上散发出自豪的气息。那情景,一望就知道她一定是前后考虑过了,才要把接下来的话讲给他听。他沉默地聆听。

"后来我之所以不再恨他,是因为我渐渐地领悟到柯尼提对我其实是以诚相待。他喜欢我,而且不怕让大家知道,他每次都当着众人的面选我,既不引诱我假意对他笑,也不跟我打情骂俏。他就是要我,而我则待价而沽,所以他就花钱把我的时间买下来。他让我知道,既然我是婊子,所以他与我之间就是买卖关系,而买卖关系最好的莫过于诚实。"

她脸上漾开一抹异样的笑容。"有时候贝朵会把别的女人塞给他。贝朵手下的女人可多了,有些时髦得很,比我漂亮得多,有的女人稀奇古怪的招式特别多,足以迷住男人。贝朵想要借此讨柯尼提的欢心。平常贝朵为了留住客人,总是不断地给他们介绍各式各样的女人,并诱导他们……培养出新的喜好。我心里知道,柯尼提每次来必定选我,这样子贝朵看了是不高兴的,或许她会因此觉得自己无足轻重吧。有一次,她当着一室客人小姐的面,对柯尼提问道:'你何必选依姐?她那么普通,瘦巴巴的,又没姿色。我这里连专门周旋于达官贵人之间的恰斯交际花都有呢,要不然,如果你喜欢清纯的,我也有乡下来的清纯处女。就算是我这里最贵的小姐你也买得起呀,既然钱不是问题,你为什么总是选我这里最便宜的婊子呢?'"依姐的眼里染了笑意,"我想,贝朵大概是要当众给柯尼提难堪吧,不过他才不在乎众人怎么想呢。他不但不在乎,反而还对贝朵应道:'我从不把价钱跟价值混为一谈,这本来就是两回事。依姐,你去洗澡,我要上楼去了。'过后,别的小姐都把我叫做'柯尼提的婊子',她们是故意要用这个名号来嘲笑我,不过我从不觉得这名号有什么不好。"

这个柯尼提显然是很深邃的人啊,并不像表面上看来的那么肤浅。大多数水手在挑妓女的时候只顾挑面貌好或是身材好的,此外什么都不管,但这个柯尼提想的可多了。不过话说回来,说不定那个女人只是在自欺欺人而已。温德洛抬起头,朝依姐的脸瞥了一眼,然后立刻望向他处。他心里突然有点不大自在,他竟然微微地感到一丝妒意。这念头是从何而起的?莫非是船在跟依姐吃醋吗?温德洛突然觉得自己必须去跟船谈一谈。

他站起来,膝盖在颤抖,后背僵硬,同时肩膀酸痛。他已经不知多久没睡在真正的床上,而且睡到自然醒了。他迟早得打点自己身体的需要,要不然,他的身体必会逼迫他非得吃饱睡饱不可。温德洛对自己劝道,再忍一下就好了,一等到他觉得处境安全之后,就会这么做。"天亮了,"他笨拙地说道,"我该去看看船和我父亲了,顺便也睡个觉。能不能麻烦你,在柯尼提醒来的时候派人通知我?"

"如果他需要你的话。"依妲冷冷地应道。也许她之所以说了这番话,用意就是要让温德洛知道,跟柯尼提最近的,除了她不做第二人想。难不成她把他看作是潜在的威胁吗?温德洛心想,别急于下定论,毕竟他对那女人所知有限。依妲把针线活提到嘴边,咬断了线头,站起身抖平刚完工的裤子。"给你的。"她突然说道,然后就把裤子朝他塞过来。温德洛想要迈步朝她走去,接过她的礼物,但是依妲却已经把裤子丢出来,逼得他不得不跟跄地接住裤子,其中一只裤脚还轻轻打在他脸上。

"谢谢你。"温德洛迟疑地说道。

依妲既不回答,也不看他,反而打开衣柜翻找起来。她拿出一件衬衫。"哪,这件是他的旧衣服,给你穿吧。"她的指头拂过衣料,"这个质料非常好。那个人哪,他可讲究得很。"

"是啊,想必如此。"温德洛答道,"所以他才挑你,不是吗?"这是他生平第一次试着向女人献殷勤,不过这话讲得好像不大对。这句话悬在他们两人之间,倍加尴尬。依妲瞪着他,仿佛在寻思这话到底是不是故意要侮辱人。温德洛脸上顿时羞红了起来,他到底是哪里不对劲,怎么说出这种话来呢?然后她把衬衫丢过来。衬衫像是白鸟般地飞过空中,落在他手里。这衬衫料子厚实,强韧且柔软,此等上好的衬衫应该不会随便送人吧?温德洛不禁纳闷道,这衬衫是不是藏着什么连依妲自己都还没意会到的心思?温德洛把衣裤挂在手臂上。"多谢了。"他再度致谢,至少他不能没礼貌。

依妲直视着他:"我敢说,柯尼提一定希望你有这套衣裤可穿。"然而,温德洛才开始感到窝心,依妲便浇熄了他的感激之情。她接口说道:"往后你是要照顾他的,而他一向讲究身边的人都得干干净净。你今天该找个时间洗个澡,连头发也要洗一洗。"

"我才不……"温德洛突然住口。他的确很脏,而这么一反省,使他开始闻到身上的臭味。他是在给柯尼提截肢之后洗了手没错,但是他已经好几天没有全身洗澡了。"是。"温德洛谦逊地应和道,带着衣裤离开了船长室。

甲板上乱七八糟,拥挤不堪,不过现在这已经是常态。如今温德洛不会每看到被拉坏的门把就多瞧一眼,对于地上和墙上的血迹也可以视而不见了。他一从舱梯上来就先侧身避到一旁,好让路给一对男女过去。他们两人都是地图脸,据温德洛的记忆所及,那个男的有点头脑简单,名字叫做戴吉。依姐选了几个地图脸来压住柯尼提,其中一个就是戴吉。戴吉总是与年纪较小、人也比较灵活的赛娜出双入对。他们两人只顾着彼此旁若无人地讲话,根本就没注意他们与他擦身而过。像这样的男女私情也开始滋生了。在温德洛看来,这种事情不足为奇,毕竟大难过后,人们开始生出希望的象征。如今男男女女开始配对了,温德洛好奇地望着他们,心里纳闷道,他们如何能找到私下相处的机会呢?他慢慢地想道,是不是奴隶当久了,就对隐私不再挂意?温德洛突然察觉到自己在盯着别人直看,于是他烦躁地望向别处,并训斥自己应该注意正事:跟薇瓦琪聊聊天、探视父亲、进食、洗澡、睡觉、探视柯尼提。他的人生突然有了形状,有了一定的安排与目的。温德洛继续往前走。

薇瓦琪号下锚泊在一处小海湾里。他们真的只在这里藏身了一晚而已吗?在阳光的照耀下,迷雾渐渐散去,再不久,阳光的热力就会照得四处温暖。那人形木雕眺望着宽广的海峡,好像在看什么。也许她真的在看什么。

"我真怕玛丽耶塔号找不到我们。"薇瓦琪的回答应和了温德洛内心的想法,"他们怎么会知道要上哪里才找得到我们?"

"在我看来,柯尼提和索科应该已经共事很久了,这样的人做事自然有他们的默契,船员也会感染他们的默契。再说,柯尼提仍活得好好的,所以说不定再过不久,他就好到能起身引领我们驶向牛溪镇了。"温德洛劝慰道。

"也许吧。"薇瓦琪不情愿地应道,"可是我们停在这里没上路,我就是不安心。我承认柯尼提熬过了一夜,不过他离强健、痊愈还远得很。昨天,他停下来不再挣扎求生,之后就死去了。而今天,他也不过是挣扎着攀附住生命而已。他的梦境好乱,我想到就心烦。要是有真正的医生来照顾他,我就不会这么担心了。"

薇瓦琪讲这话真是伤人。有点伤人。他心知自己不是训练有素的医生，但她至少也可以讲两句好话，称赞他到目前为止都做得很好。温德洛朝昨日动手术的地方看了一眼，昨天柯尼提流出来的血漫开到全身底下，形成了有他身形的血印子。暗黑的血迹画出了柯尼提断腿与臀部的形状，离温德洛自己的血掌印不远。他的血掌印一直存在，从不褪去，这么看来，莫非柯尼提的血印也会一直留在这里吗？温德洛不自在地以赤脚磨磨柯尼提的血印。

那感觉就像以手指拨动弦乐，只不过，拨弦之后不是响起声音，而是触动了柯尼提的人生，并使他的人生突然高声地与温德洛的人生合唱起来，那关系紧密到使温德洛不支地倒退几步，重重地坐在甲板上。过了一会儿，他开始思索方才是怎么一回事。那既不是柯尼提的记忆，也不是柯尼提的思绪或梦想，而是能时时刻刻都强烈地感应到那海盗的感觉。最近似的比喻就是一抹香味突然令人生动地忆起过去的景象，只是刚才那感觉比香味刺激起来的记忆强上百倍。刚才他不但察觉得到柯尼提，还差点因此而把他自己的存在从自身驱逐了出去。

"现在你总知道我是什么感受了吧。"船平静地说道。过了一会儿，她又接口道，"不过我之前并没想到你会受到那么大的影响。"

"刚才那是怎么回事？"

"血的力量。血是有记忆的，血所记得的不是一天、一夜的事情，而是一个人的身份。"

温德洛沉默地思索薇瓦琪这一番话的所有含义。他伸手去摸柯尼提留在甲板上的血印，然后立刻把手抽了回来。这么一试之后，任他再怎么好奇也不肯再去体验一次了。刚才那个感觉太过震撼，震得他的灵魂晕眩无主，差点就把他自己给震跑了。

"是啊，你还有自己的血液呢，"船呼应着温德洛的思绪，"而你的体会就已经那么强烈。你至少还有自己的身体、自己的记忆与自己的身份。你可以把柯尼提的身份摆到一边，并说：'他是他，我是我。'但是身体、记忆与身份等，我一概皆无，我不过是渗入了你们维司奇家族记忆的木头罢了，你们所谓的'薇瓦琪',不过是我自己从你们家人的记忆中拼凑出来的身份罢了。所以柯尼提的血液渗入我之后,我是无力抵抗他的身份的,这就好像奴隶暴动的那一夜,人们一个接着一个地渗入我之时,我也同样无力抗拒。

"那一夜,血液飞溅在甲板上……你想想那个情景。我被浸泡在别人的身份里,而且不是浸泡了一次,也不是两次,而是几十次。他们倒在我的甲板上死去,他们的血液渗入我之后,我就变成了他们身份的储存库。不管是奴隶也好、船员也罢,他们的身份都留在我这里,他们过去的一切通通加诸于我。有时候啊,温德洛,那真是沉重得不得了。我走在他们的血形成的血路上,他们生前的一切栩栩如生、历历在目。那些鬼魂缠着我,我怎么也摆脱不掉,而唯一比他们更大的力量就是你对我的影响力,因为你不但有血液渗入我的船板,心灵还与我相连。"

"我不知道该怎么说才好。"温德洛无力地答道。

"难道你以为我要等你开口才知道吗?"薇瓦琪讥讽道。

人船久久沉默不语,温德洛只觉得船上的每一块船板都在冷淡他。他悄悄地抱着新衣服爬开了,但是他知道,不管他走到哪里,他都摆脱不了薇瓦琪。生命既是如此,那就坦然接受吧,依妲不是才刚跟他说了这个道理吗?当时他只觉得这个观念真是高明之至。温德洛开始观想自己坦然接受,认定薇瓦琪与自己的命运永远相系,不禁摇了摇头。

"莎神哪,如果您的意愿确是如此,那我真不知道要如何才能和悦地忍耐下去。"温德洛低声说道。然而令人难受的是,他感觉到薇瓦琪也呼应了这个念头。

直到几个小时后,太阳升得很高之时,玛丽耶塔号才找到他们。玛丽耶塔号的右舷有一道很长的烧灼痕,不过水手已经开始着手修理了。此外,船首斜桅上还挂了一串人头,显见玛丽耶塔号不但曾经缠斗,还打了胜仗。船上瞭望员大喊大叫的声音引得温德洛上甲板一瞧。此时,他目瞪口呆地望着友船慢慢开近。在奴隶暴动、起而掌控薇瓦琪号的那一晚,温德洛就见识过尸横遍地的场面了，但是挂在玛丽耶塔号船首的那一串战利品显示出那是一场有计划的大屠杀。人怎么会那么残忍，温德洛难以想象。

跟温德洛一起站在船栏边的男男女女看到那一串战利品，高兴地大叫起来。对他们而言，大君是害他们沦为奴隶的人，恰斯国是世上最贪婪的奴隶市场，而那一串人头代表着大君与恰斯国同时吃了大亏。玛丽耶塔号驶近之后，温德洛看到那船上还有一些他们曾与战船打斗的痕迹：几个海盗身上裹着随手撕就的绷带，不过即使有伤，他们还是咧嘴大笑，对薇瓦琪号上的同僚挥手。

有人拉了拉温德洛的袖子。"女人叫你去服侍船长。"戴吉倔强地对他说道。他抬起头，仔细地打量对方，把那男子的名字和脸孔记在心里。温德洛仔细打量，看看这人除了几番为奴、脸上刺青交错之外，又是个怎么样的人呢？戴吉的眼睛是蓝灰色，头发很短，长不及耳，虽然年纪大了，但是褴褛的破衫之下仍露出结实的肌肉。他围着一条丝腰带，显现依妲早就把他收编为自己人了。戴吉口称的"女人"指的就是依妲，仿佛全船上下只依妲一人是女性。不过温德洛想了一想，倒觉得戴吉的讲法也没有错。"我马上就去。"他对戴吉应道。

玛丽耶塔号正在下锚，再过不久就会把小艇放下水，好让索科前来跟柯尼提报告了。温德洛想不出柯尼提为什么要召自己前去，但说不定等一下索科跟柯尼提报告的时候，自己可以留下来听。早上温德洛去探视父亲的时候，凯尔就一直坚持他必须尽量多收集海盗的消息。他一想起当时的情景就觉得痛苦，于是努力地把那记忆抛在脑后。

由于被关在舱房里哪儿都不能去，再加上身体的伤痛，原来就是暴君的凯尔如今更加暴戾，而且还把他当作是唯一仅存的臣民。不过老实说，温德洛心里一点也没有向着父亲的感觉，顶多只是有点残存的责任感罢了。他父亲再三强调，他必须打探情报，伺机夺回薇瓦琪号的控制权，温德洛听了差点就大笑出来。不过他没笑出声，任由那人夸夸其谈，然后自顾自地打理他的伤口，并哄劝他吃下唯一的口粮，也就是硬面包和水。与其嘲笑反驳，还不如干脆听而不闻比较轻松一点，所以温德洛边听边点头，不过从头到尾都没说什么话。他若是讲起如今薇瓦琪号上的真实状况，只会惹得凯尔更为恼怒，因此干脆让他继续做白日梦,让他以为他们说不定能用什么办法把船夺回来。在温德洛看来,这是应付凯尔最容易的方法。不过再过几天,他们抵达牛溪镇之后,他们父子俩可就得面对现实了。但是到那时候,温德洛可不会与父亲舌战以逼使他承认现实,现实的状况自然会逼凯尔就范。

温德洛敲了敲门,听到依妲轻声回应之后才开门进去。柯尼提躺在舱床上,已经醒了,他转头望着温德洛,劈头第一句话就是:"她不让我坐起来。"

"你的确不该坐起来,现在还不行,"温德洛答道,"应该静躺着休息。你现在觉得怎么样?"他伸手去摸那海盗的额头。

柯尼提转头不让温德洛摸他的额头。"悲惨至极。噢,你不用问我现在有什么感觉了,我还活着嘛,既然还活着,那我有什么感觉又有什么要紧?索科就要来了,他才刚打了一场胜仗,可是我却躺在这里,不但腿被锯掉了一大截,而且还臭得跟死尸似的。我才不要让索科看到我这样子,你们至少也要扶我坐起来。"

"你现在不能坐。"温德洛警告道,"你的出血才刚止住,应该好好躺着,免得再度激起伤口出血。要是你硬要坐起来,那么身体各器官贮存的血量又会起变化,这样一来,血液四处窜动,那么你的伤口恐怕不免再度大出血。这是我在修院学到的道理。"

"而这是我在甲板上学到的道理:海盗船长若是无法带领属下出战,那么迟早会被人丢下海喂鱼。所以索科来的时候,我一定要坐起来。"

"就算你会因此而丧命?"温德洛平静地问道。

"怎么,你不服吗?"柯尼提凶狠地质问道。

"不,我不是不服。只是想问问,就你的常识判断,这一点说不说得通?你若是一定要坐起来,那必会因为失血而死在这张床上。然而就我看来,索科这个人对你极为忠心,既然如此,你何必为了做样子给他看而坚持非得坐起来不可?我看你是低估你的手下了,他们是不会因为你需要休息而造反的。"

"你这个狗崽子。"柯尼提轻蔑地说道。他转过头,不看温德洛,宁可对着墙壁说道,"属下忠不忠心、船要怎么带,你懂什么?反正我告诉你,我这样不能见人。"温德洛突然听出柯尼提的口气有点急躁。

"你又开始痛起来了是不是？为什么不告诉我？只要用点瓦济果精油就可以再止上一阵子。要是没有痛楚的纠缠，你的思路会比较清晰一点。况且如果不痛的话，你也可以休息得好一些。"

"你是想要给我下药，好把我牢牢控制住。"柯尼提咆哮道，"你只是想要教我乖乖听话罢了。"他颤抖地举起一手，按住眉头，继续说道，"我的头痛得要命，这怎么可能是因为腿伤引起的？你别硬扯了，说不定是因为你给我下毒，所以我才头痛。"那海盗虽疲惫，却仍挤出狡黠寻趣的神情来看他一眼。看那样子就知道，柯尼提显然以为他讲的话一定大出自己的意料之外。

柯尼提的话的确让温德洛震惊得一时说不出话来，毕竟，对方疑神疑鬼到这个程度，该要如何应付？温德洛听到自己以冷冷的口气说道："往后我不会再自作主张地用药了。以后若是你痛得不得了，想要缓解一下，再召我来施用瓦济果精油吧。除非你找我来，否则我是不会再来烦你的了。"温德洛离开时回头说道，"如果你硬要坐起来会见索科，那么你的伤口必会大出血，到时候不光是你丢了性命，连我的性命也保不住。不过你既然这么顽固，那么我也说不动你了。"

"别吵了。"依姐对他们两人说道，"其实有个简单的解决办法，保证皆大欢喜。你要不要听听看？"

柯尼提转过头以无神的眼睛瞪着依姐，催促道："什么办法？"

"你别接见索科，命令他直接开往牛溪镇，而我们自可跟着他前去，用不着让他知道你现在有多么虚弱。等我们抵达牛溪镇的时候，你一定比现在健朗得多。"

柯尼提的眼里闪出一抹狡猾的光芒。"牛溪镇太近了。"他说道，"叫他带我们回分赃镇去好了，这样我也能多点时间休养。"他顿了一下，"可是索科一定会怀疑，我应该至少也会想要听听他的报告。如果不找他来，那他是一定会起疑的。"

依姐叉手抱胸。"你就说你跟我在一起，忙得没空。"她面露微笑，"就派那小子去通知布里格，叫布里格传话给索科，这样索科就会信了。"

"这可能行得通。"柯尼提慢慢地应道，他缓缓一挥手，朝温德洛一指，"你去吧，现在就去。你去跟布里格说，我现在跟依妲在一起，不希望外人打扰。再跟他说，我命令他直接开往分赃镇。"柯尼提半闭着眼，但那到底是因为狡诈还是疲倦之故，温德洛就无法确定了。"你要暗示布里格，我说不定会以前往分赃镇的这一段航程来判断他驾船的本事如何。你要让布里格觉得，这一趟航程是为了考验他的技术，而不是因为我无法亲身驾船。"他的眼皮垂得更低了，"然后你等上一等，等到我们上路之后再来跟我报告。你的本事如何，就看这件工作办得好不好了。你若是能说动布里格和索科，那么我说不定会让你帮我的腿止痛。"此时柯尼提的眼睛已经全部闭上，但接着他以更低的声音补了一句："说不定还会让你活命。"

第九章

缤　城

躺在派拉冈船舱深处的琥珀在睡梦中翻来覆去,就像水手肚子里消化不良的干粮一样不安定。琥珀在做什么梦,派拉冈不得而知,不过这个梦使她卷着被子不住挣扎。有时候,派拉冈很想探索她的思绪,打听她为何苦恼,但是大多数夜晚他倒没想那么多,只是很庆幸自己不像琥珀那样倍受煎熬。

琥珀已经搬来船上住了。晚上她就睡在船舱里,以便保护他,免得坏人趁夜把他拖去拆掉。至于他的要求,琥珀也应允了,不过她自有她的作风。她搬来的木料和燃油塞满了好几个船舱,那可不是海边捡来的浮木或者便宜的灯油,而是木匠这一行用的硬木和抛光用的油。至于她为何把木料和油桶堆在派拉冈号的船舱里,她自有一套说辞,那就是这样她晚上做手艺比较方便。不过,干木料和抛光油凑在一起便能在片刻之间让他浴于火海之中,这点他和琥珀都心里有数。琥珀不会让他活生生地被人劫走。

有时候,派拉冈觉得琥珀很可怜。如今船长室的大房间歪歪斜斜,住起来一定很别扭,不过琥珀连一声抱怨也没有,只把贝笙丢弃在船长室的杂物清了出去。派拉冈还注意到,琥珀一边沉思,一边收拾,之后才谨慎地把贝笙的东西堆到底舱去。如今,她把船长室占为己有,晚上就睡在贝笙的吊床上。天气好的时候,她在沙滩上烧点热食;天气不好,她就吃冷食。每天天一亮,她便提着空水桶,耐心地走回店里去;傍晚回来时,桶里则堆满了从市场买来的食物。然后她进了船舱，忙来忙去，哼着无厘头的小曲。要是天气清朗，她就生个火堆，一边跟他聊天，一边准备简单的晚餐。就派拉冈而言，每天都有人相陪真的很愉快，但是在另一方面，他却又因此而焦躁苦恼。他已经越来越习惯生命的孤寂，即使在聊天聊得最尽兴之际，他也会想到这样的相聚毕竟是短暂的。人类做的事情都是短暂的。废话，人类这种生物有生也有死，也难怪他会有此一叹啊！就算琥珀终生守着他度日，也总有一天要过世的。一思及此，这念头就牢牢地钳着派拉冈，再也甩不开了。一想到他与琥珀相聚的时光总有一天会走到尽头，就使他感受到等待的煎熬，而他最痛恨等待了。与其有她相陪，使他深恐有一天琥珀会离开自己，倒不如就此一刀两断，让她远走算了。派拉冈往往一想到这里，就气得爱理不理，讲话也带刺。

但今晚不同，今晚他们玩得很愉快。刚才琥珀坚持要教派拉冈一首傻气的小调，两人一起唱，先用二部合唱，再双人轮唱，派拉冈这才发现自己爱唱歌。除了唱歌之外，琥珀还教给他好多东西。她并没有教他如何用绳索编吊床，编吊床的本事，派拉冈是跟贝笙学的，再说，就他看来，琥珀大概也不懂这些水手的手艺。不过琥珀倒给了他一些容易雕琢的木头，又给了他一把特别大的雕刻刀，好让他尝试一下木匠这一行的滋味。有时候，琥珀会跟他玩一种令人有点心神不宁的游戏。她用一根轻便的长棍子轻轻地拍他一下，而他必须挥开棍子。若他能在棍子碰到自己之前就把棍子格开，琥珀就会特别起劲地称赞他。现在派拉冈玩这个游戏已经很有心得了，只要他专心，就可以从气流的轻微变化中感觉到棍子即将挥来。关于这个游戏，他跟琥珀也有一套说辞，那就是这只不过是闹着玩而已。不过派拉冈心里明白，这其实是在训练他的格斗技巧，为的是对方若直接攻上来，他还能抵挡。不过这样能挡多久？想到这里，派拉冈阴森森地对暗夜一笑，只要挡到琥珀能在船舱里烧火就行了。

不知道琥珀是不是因此而做恶梦？也许她梦到她在派拉冈号上燃起烈焰却来不及逃出去；也许她梦到她被困在船舱里活活烧死，并且因为血肉烧焦模糊而痛苦尖叫。不对，此时琥珀更像是在呜咽恳求，跟平时她在梦里尖叫一声醒来的叫喊声不同。琥珀做恶梦的时候，有时要挣扎很久才能醒来，惊醒之后，恐惧得一身盗汗的琥珀会走到甲板上，匆促地吸几口清凉的空气。有时候，她坐在倾斜的甲板上、背靠着舱房时，派拉冈感觉得到她那纤瘦的身体在颤抖。

想到这里，派拉冈扯着嗓子叫道："琥珀？琥珀，你醒醒！你在做梦啊。"

派拉冈感觉到琥珀翻来覆去，也听到她口齿不清的回应，听起来她像是在从很远很远的地方叫他。

"琥珀！"派拉冈再度叫道。

琥珀剧烈地抽动，动作之激烈，与其说那是睡在吊床上的女人，不如说是被鱼网逮到的鱼。然后她突然静止了，一动也不动。约莫三次呼吸之后，派拉冈感觉到她的赤脚踏上了地板，朝她挂衣服的那一排挂勾走去。过了一会儿，琥珀走过倾斜的甲板，以灵敏如飞鸟的一跃落在船边的沙滩上。再过了一会儿，她倾身靠在派拉冈的船壳上，以粗嘎的声音说道："我想，我应该谢谢你叫醒我。"

"难不成你希望继续做恶梦吗？"派拉冈百思不解，"据我所知，做恶梦是很难受的，虽是梦，却像是真实经历一般难受。"

"的确难受，难受至极。但是有时候，梦境若是一再重复，那就意味着我本来就该在梦中体验，并遵照梦中指示而行。而在过了一阵子之后，我会开始领略到梦境的真谛——但并不是每次都这么顺利。"

"你梦到了什么？"派拉冈虽不想问，但还是问了。

琥珀哼哈怪笑起来："做来做去都是同一个梦。有蛇，有龙，又有个九指的奴隶少年。除此之外，我还听到你的声音，既像是警告，又像是威胁；可那既是你，也不是你；你……你变成了别人。此外还有个东西……但是我说不上来。梦境就像是风中的蜘蛛网，越是去抓，蜘蛛网就破得越大。"

"有蛇又有龙吗？"派拉冈勉强把这几个可怕的字眼复述出来，然后试着怀疑地大笑几声，"我以前就把蛇这种东西仔细想过了，在我看来，蛇嘛，一点也不足为道。至于龙，世上根本就没有龙。所以呢，琥珀，我看你是乱梦一通。你就别理会了，干脆跟我讲个好听的故事，这样也好让你的心情清爽起来。"

"我看还是不要的好。"琥珀的语调虚弱残破，派拉冈这才知道，原来那梦境对她的冲击这么大。她说道:"如果我今晚讲故事,一定会讲龙的故事。我亲眼见过龙群飞过青天,而且那不过是前些年的事,其所在位于我们以北,并不是很远。我这么跟你说吧,派拉冈,你若是系泊在六大公国的港口里,又大刺刺地告诉当地人说世上根本就没有龙,那么他们一定会笑你愚不可及。"琥珀重新把头靠回派拉冈的船壳上,继续说道:"不过,那边的人在笑你之前首先得想通一个道理,那就是世上真有'活船'这样的东西。我在亲眼见到活船、听到活船讲话之前,一直以为所谓的'活船'不过是缤城商人为了博取名声而编出来的奇想罢了。"

"你真的觉得我们活船那么古怪吗?"派拉冈质问道。

派拉冈感觉到她转头仰望着自己:"我说亲爱的,你最古怪之处就是你根本就不知道自己有多么神奇。"

"真的吗?"派拉冈想要引诱琥珀多称赞他两句。

"你就跟我看过的龙群一样精妙非凡。"

派拉冈感觉得出,琥珀把他与龙群相比是为了让他开心。不过他听了不但不开心,反而很不自在。她是不是想引诱自己把秘密讲出来?她别想如愿。

琥珀继续沉思着说,似乎没有察觉派拉冈的不悦:"我想,人人心里都有专为精妙神奇的事物而设的一方天地,这一方天地静静地在人的心灵深处等待被填满,而人则终其一生,不断采撷各种宝物,然后存于此地。存于此地的宝物什么都有,有的是闪闪发亮的小宝石,好比盛开在倾颓断树下的野花、小孩子弯弯的眉毛和圆圆的脸颊等,不过有时候却一下子满山满谷的宝物自动送到你面前,就好比有个不知情的旁观者,碰巧看到了某个贪婪海盗的珍藏。目睹飞龙的情景就属于这一类,那些带翼的飞龙啊,各种色彩、各种形体都有。有些龙跟我自小听到的故事里所描述的分毫不差,不过有些龙形却异想天开,甚至古怪得吓人。不过它们都是龙,有些长了尾巴,有些有四条腿,有些是两条腿,红的、绿的、金的、褐色的都有。龙群之中有不少带翼的雄鹿,有一只獠牙露在口外的硕大野猪,又有一条带翼的大蛇,甚至还有一只大得不得了的斑纹猫,猫背上带着斑纹翼……"琥珀在敬畏之余声音渐小。

"这么说来,那根本就不是真龙。"派拉冈恶意地反驳道。

"我跟你说,我可是亲眼看到的。"琥珀坚持己见。

"你是亲眼看到的没错,但是你看到的是怪东西,而那一群怪东西里头,有的还模仿龙形。但尽管如此,它们仍算不上是真龙。这就好比你看到了一群马,绿、蓝、紫的都有,有些是六条腿,有些长得像猫,然而这样的东西根本就不是马。同样的道理,你看的那些东西根本就不是龙。"

"这个嘛……可是……"

派拉冈听到琥珀支支吾吾地接不上话,心里乐得很。这个琥珀呀,平时可是能言善辩的,所以他才不帮她圆场呢。

"有些是龙没错。"最后琥珀辩白道,"它们的形体、色泽跟我从古经卷和织锦画里看到的龙一模一样。"

"可是你看到的那一群会飞的怪东西之中,有的长得像龙,有的长得像猫。你倒不如说,其实你看到的是飞猫,只是有的飞猫长得像龙形罢了。"

琥珀沉默了很久。等到她再度开口时,派拉冈一听就知道她早就在想这个问题了,而她那一串推理的过程使她再度追究起他过去的经历。"为什么你非得争辩到世上没有龙才高兴?"琥珀装出彬彬有礼的语气问道,"看到那些生物飞过天空使我非常感动,但你为何非得让我的好心情破灭才肯满足?"

"才没有呢。我只是觉得,这个遣词用字应该要准确一点才是。至于你心里是不是很感动,我才不在乎呢。我只是认为,你不该把那些怪东西称为龙。"

"为什么我不能把它们称为龙?如果世上根本就没有龙,那么我把那种生物称为龙又何妨?我高兴把它们称为龙,有什么不可以?"

"因为,"派拉冈说道,他突然觉得这事是有理也说不清了,"因为,假设世上其实有龙,那么我们若把龙跟那种怪东西混为一谈,就是把它们给贬低了。"

琥珀听了,一下子坐直起来。派拉冈感觉到她不再贴着他的船壳,他甚至还感觉到,琥珀刺探似的凝视着他那张被斧头砍得残破不成形的脸庞。"这其中必有故事,"琥珀指责道,"而你明知道,却不肯讲出来。你对龙的事情略知一二，也多少知道我的梦是什么意义，对不对？"

"你在胡扯些什么啊？"派拉冈严词反问道。他本想以可靠的语气说话，声音却变得尖锐沙哑，而且还在最要不得的地方破了嗓音，"我从来就没见过龙。"

"就连在梦里也没见过吗？"琥珀以阴柔狡诈得有如迷雾一般的语气问道。

"你别碰我。"派拉冈突然警告道。

"我刚才并没有打算要碰你。"琥珀答道，不过派拉冈才不信她。如果她以肌肤碰触他的木身并刻意探索，那她就会知道他在骗她。然而自己那样待她实在说不过去。

"你有没有梦见过真龙？"琥珀又问道。她问得很直接，语气则很悠闲。但是派拉冈才不上她的当呢。

"没有。"派拉冈明快地答道。

"你确定吗？我记得你曾说你有几次梦到龙，有一次……"

派拉冈以夸张的动作耸了耸肩，应道："这个嘛，就算我说过，我也不记得了。也许我曾经梦过，但是我又不放在心上。难道所有的梦都重要到非记在心上不可吗？不会的。老实说，我倒觉得梦根本没什么重要的，不值得注意。"

"但我的梦可不同。"琥珀丧气地说道，"我知道我的梦很重要，不能小觑，只是我想不出那梦境是什么意义。就是因为这个缘故，我才这么苦恼啊。噢，派拉冈，恐怕我已经走错一步路了。我只希望走错一步，不至于太严重才好。"

派拉冈对着暗夜微笑道："哟，做木珠的就算走错一步路，又能严重到什么程度？我敢说你是在自寻烦恼。什么龙啊海蛇的，这些想象的生物跟你我有什么关系呢？"

"海蛇！"琥珀突然叫道，"对！"她沉默了很久，等到她开口说话时，派拉冈几乎能感觉到她笑容中的暖意。"原来是海蛇啊。"她轻声自言自语，然后对他说道，"谢谢你，派拉冈，谢谢你的点拨。"

"现在不是你当班呀。"欧菲丽雅轻声道。

"这我也知道,但是我睡不着嘛。"艾希雅眺望着船外的大海。波浪和缓地起伏,温柔的春风吹得她的轻便外套紧贴在身上。

"这点我可清楚得很。"欧菲丽雅不甘示弱地说道,"你在床上躺了两个小时,却一直翻来覆去。你是怎么啦?是因为想到明天就要在缤城靠岸而兴奋得睡不着吗?"

"是啊。但与其说是兴奋,不如说是担心得睡不着。明天就要跟我姐姐及母亲见面了,如果薇瓦琪号也在缤城的话,说不定还会碰上凯尔,所以我一想起来就怕。噢,欧菲丽雅,我甚至连跟自己的船见面都怕啊。薇瓦琪若是问我,为什么我要任她离去,以及我怎么狠得下心放她走,那我怎么答得上来呢?"

"你明知道你什么话都不用说的。你只需要把手放在薇瓦琪的船板上,她就会像我一样明了这一切是什么缘故了。"

艾希雅宠爱地以手拂过欧菲丽雅号的船栏:"你我能够如此相知相惜,对我而言实在难能可贵。待在你的船上,我觉得很安全,根本不想离开,然而这正是一想到明天要系泊在缤城港就怕的又一原因。"

艾希雅身后传来轻微的脚步声,她转头去看,原来是葛雷。他赤着脚,轻柔地踩过洒着月光的甲板。他只套着长裤,上身打着赤膊,头发乱蓬蓬的,一副孩子气的模样。看这情景,就知道他才刚醒不久,不过他横过甲板那种摇摇摆摆的步履中仍有一种雄狮般的优雅。艾希雅脸上逐渐漾开笑容,欧菲丽雅低声道出了她的心思:"男人都不知道他们自己美在哪里。"

葛雷走了上来,咧嘴笑道:"我刚才去你的舱房找你。我敲敲门,但没人应,所以就直接到这里来找人了。"

"哦?"欧菲丽雅淘气地插嘴道,"怎么,你养成了习惯,总在三更半夜去艾希雅的房里找她?而且还打赤膊?"

"哪儿的话,这是因为父亲把我叫醒,叫我去找艾希雅。"葛雷轻松地应道,"父亲说,他要跟我们两人私下密谈。"

"你们'密谈'不找我?"欧菲丽雅质问道,她已经生气了。

"我想父亲应该把你也算进来了,因为他要我叫醒艾希雅,叫她到船首来商量事情。我还以为这个'密谈'是你提议的呢。"

"不，这是我的主意。"坦尼拉船长悄悄地踏进了他们的小圈子里，他那根短柄烟斗里燃着烧红的烟丝，飘出芬芳的烟味，"就算你们要笑我是没事自己吓自己的老头子也无所谓，明天我们就要进入缤城港，应该要有点预防措施才好，而这些措施与艾希雅有关。"坦尼拉船长的严肃语调平息了他们的喧闹。

"你有什么主意？"艾希雅问道。

"自从我们遇上恰斯战船之后，我就一直在思索这件事情会有什么余波，毕竟那艘船挂的是大君的旗帜。近几年来，缤城的变化很大，我不知道那艘恰斯战船的船长在缤城跟谁结盟，也不知道他在缤城有什么影响力，或者他会不会针对我们的反应提出申诉。"坦尼拉船长不屑地嗤了一声，"说不定那艘船一旦能航行就会立刻逃往缤城，所以啦，说不定缤城港正对我们严阵以待呢。当然，这得看那艘恰斯战船的船长有多大的影响力……以及如今大君对于恰斯国有多么卑躬屈膝……"

坦尼拉船长说完之后，大家都沉默不语。艾希雅一看葛雷的表情就知道葛雷跟她一样，都没想那么远。倒不是艾希雅将之视为微不足道的小事，不！欧菲丽雅那一双修长且优雅的手被火烧坏了，虽然那人形木雕屡屡向艾希雅保证，其实她一点都不痛，起码跟人手被火烧的痛不一样，但是艾希雅每次一瞥见欧菲丽雅那焦黑的手，心里还是痛如刀割。艾希雅一直希望能够早日回到缤城，在她看来，其他的旧商世家应该会跟她一样，对于恰斯战船的攻击感到激愤且深受冒犯。艾希雅从来都没有想过，说不定缤城会有人认为那恰斯战船和船员受了委屈。

坦尼拉船长给大家充分的时间反复思考，才继续说道："我刚才说过，也许是我在自己吓自己。我问自己，这事最糟会到什么程度？唔，他们可以趁我们系泊在关税码头的时候把我的船扣留起来，说不定还会把大副跟我关进牢里。这么一来，谁能去我家里通报我们父子俩出事了？谁能以证人身份出席缤城商会，并要求商会伸出援手？我这船上有许多好手，航海的本事都没话说，但是……"坦尼拉船长说到这里摇了摇头，接口道，"但是他们口才不好，况且他们也不是缤城商人。"

艾希雅立刻就领略到船长的意思："你希望我去通报？"

"如果你愿意的话。"

"当然，我义不容辞。其实你就算没问我，我也会这样做。"

"我知道你有这份心意，只是我要求你的恐怕不止于此。"坦尼拉船长平静地说道，"我越是细想最近缤城可能起了什么变化，就越觉得我们抵港的时候，他们不会让我们好过。所以据我看来，若要求个安全稳当，你最好恢复男孩子的装束，这样比较容易溜下船——如果有那个必要的话。"

"你真的认为情势会发展到那个地步吗？"葛雷难以置信地问道。

"儿子啊，我们的底舱里长年摆着一根备用的船桅，这是什么缘故？这并不是因为很可能会派上用场，而是以备不时之需。而我之所以有这些打算，也是为了预防万一。"

"我倒觉得这像是在推她一个人去涉险。"葛雷突然表示反对。

葛雷的父亲直盯着他："要是情势真走到那个地步，那么这个安排还算是帮助艾希雅脱离险境，免得她也跟我们一起落入陷阱里。毕竟坦尼拉与维司奇都是缤城商人世家，对他们而言，若是能够一举拿下两家人当人质，绝对比只拿下一家人更有利。"

"他们？你说的'他们'是谁？"欧菲丽雅突然质问道，"还有，在缤城，就数缤城商人最大了，既然如此，缤城商人何必要怕别人？缤城是我们的地方，伊司克列大君早在多年前就把缤城封给我们了。"

"可是克司戈大君虽继承了'正义大氅'却照样毁约。"坦尼拉突然闭上嘴，仿佛在把刻薄的话吞回去，然后他以比较温和的语气继续说道，"近来外人渐渐得势。大君刚派了税吏来的时候，我们根本不当一回事，就连税吏要求建造关税码头，且所有船只都必须先系泊在关税码头纳税之后才能进港，我们看这还合理，也就不多争辩了。后来税吏说，他们有权登船亲自检查船货，而不是船长口头宣称船货的多寡就可以，我们也一笑置之地顺着他们去。缤城是我们的地方，税吏这样疑心重重，实在无礼，不过粗鲁的孩子也难免冒犯他人，而税吏与此相去无多。我们也没料到这一波所谓的'新商'会成气候,可是这些新商与大君的税吏连成一气,声势越来越大。而哲玛利亚国的大君竟会把不安好心的恰斯人当作朋友,甚至还让恰斯战船以律令和维持治安为借口侵入我们的水域,更是出人意料。"坦尼拉船长不禁摇头,"今晚我满脑子想的就是这个,所以才宁可多虑,也要把应变的手段都安排好。"

"是不是要——"艾希雅才开口就被欧菲丽雅给打断了:"你刚才说,他们可能会把我扣留起来。这我才不依呢,只要有我在,恰斯猪就别想登船,也别想——"

"不,你就让他们登船。"坦尼拉船长以严肃的语气冷冷地打断了另有所图的欧菲丽雅,"同样地,他们若想把葛雷与我关起来,我们也二话不说就进牢房去。亲爱的,这些我已经想过了,而且我想得很深远。缤城应该要觉醒了。长久以来,我们一直在沉睡,而别人一点一滴地取走我们的本钱,我们也不管。前几天,挂着大君旗帜、号称是巡逻船的恰斯海盗攻击我们;再过不到一天,装作信守律令、实则为贼子兼绑匪的税吏可能会把我们扣留起来。然而,他们要扣货留人,我们就让他们这么做,不过我们这样做,并不是因为承认他们有权如此,也不是因为我们无从反抗,而是因为我们要让其他的缤城人看看这些新来的人累积了多少势力。我们必须趁现在就认识到缤城的危险何在,现在斩草除根还不算太迟。所以我求求你,如果他们想要把你扣押起来,甚至还指派武装的卫兵登船,你都应该让他们予取予求。他们就算扣留我们,也扣留不久,因为他们很快就会激起缤城人的愤慨。就让欧菲丽雅号成为缤城商人由守反攻的转折点吧。"

欧菲丽雅沉默了许久,最后才退让道:"好吧,那我就让他们予取予求好了,不过这可是看在你的面子上,我才不闹的。"

"这样才好。"坦尼拉船长和气地赞道,"你别怕,葛雷和我会防着,不让你受到一丝伤害。"

欧菲丽雅转转肩膀:"我才要防着不让你们受到伤害呢。"

坦尼拉船长有气无力地笑道:"唔,那我可真是轻松省力不少啊。"接着他的目光扫过葛雷，又扫过艾希雅，之后眺望着他们头上的夜空。"我突然觉得好疲倦。"船长说道，他看着艾希雅，"你可愿意帮我代班？你看起来很清醒。"

"乐意之至，大人。何况你还给我好多思索的题材。"

"谢谢，那就交给你了，艾希雅。葛雷，晚安。"

"晚安，大人。"他儿子应道。

船长才刚走得远一点，欧菲丽雅就有感而发地说道："瞧他设想得多么周到啊！他竟然还变了个法子，让你们两个在月光下独处呢。"

"可惜你没这份体贴。"葛雷顽皮地答道。

"少男少女独处没有长辈看着怎么行？你可耻不可耻呀，竟然连这种事都敢提。"

葛雷没有回答，只是走到右舷，倚在船栏上。欧菲丽雅使个眼色，又点了个头，敦促艾希雅过去跟他站在一起。艾希雅无奈地叹了一口气，但还是顺了欧菲丽雅的意思。

"你这几天都避着不跟我讲话。"葛雷轻轻地对夜色中的大海说道。

"船上的事情忙呀。你父亲答应要给我船票，我可不希望接过船票的时候心里觉得受之有愧。"

"这你多虑了，在这船上绝不会有人质疑你本事不够。不过，我倒觉得你不是真的忙，而是因为前几天聊过后感到不自在。"

艾希雅倒没否认，反而应道："你这人讲话可真是直接，我就喜欢你这一点。"

"问得干脆，才能得到干脆的答案。男人嘛，总是想要知道自己是什么斤两。"

"你这样说很合理。不过女人嘛，总是需要多点时间思考。"艾希雅努力以轻快但不至于轻率的语调说道。

葛雷没有直视她，但话里步步进逼："可是大多数的女人都很少考虑她们会不会爱上对方。"葛雷的口气是不是有点伤心？

"据我看来，之前你倒不是在问我会不会爱上你。"艾希雅诚心诚意地答道，"而是在跟我谈我们若是结了婚会如何。但如果你现在是要问我，我对你会不会日久生情，那么我倒可以大大方方地告诉你：'会。'毕竟你体贴周到、彬彬有礼，心肠又好。"说到这里，艾希雅朝欧菲丽雅的方向瞄了一眼，那人形木雕故意装作在专心地凝视大海的模样，一动也不动。艾希雅继续说道："更不用说你英俊挺拔，而且很可能会继承一艘美丽非凡的活船。"

不出艾希雅所料，此语一出，葛雷和欧菲丽雅果然都笑了出来，于是原本僵持不下的局面便化解开来。葛雷轻松地伸出手盖在艾希雅的手上，艾希雅并没把手抽走，只是低声继续说道："婚姻并不是你我相爱就可以的，尤其是两个缤城商人世家之间的联姻。毕竟你我的婚姻意味着双方家族的联盟，不单纯只是你我结婚这么简单。由于这一层缘故，我想了好多事情。如果我嫁给你，然后跟你一起出海，那么我自己的船怎么办？葛雷，我过去这一年来的所作所为都是为了要把薇瓦琪号讨回来。然而，我若是嫁给你，是不是就意味着我必须放弃薇瓦琪号呢？"艾希雅转头面对葛雷，他也以阴郁的眼神望着她。艾希雅说道："日后我是要在薇瓦琪号上掌舵的，而你娶了我之后，可愿意放弃欧菲丽雅号，陪我住在薇瓦琪号上？"

从葛雷脸上的震惊表情看来，他显然从没考虑过这个问题。

"况且这只是我的第一个顾虑而已。除此之外，我还得扪心自问，我若是嫁给你，除了带着一身家族的债务去拖累你之外，还能给你什么好处？我名下什么财产也没有，葛雷，我父亲是把航海的好本事传给了我，但他可没留财产给我。我敢说，家里为了体面，总会多少帮我筹措一点嫁妆，但是那比寻常缤城商人嫁女儿的水准绝对差远了。"艾希雅摇摇头继续说道，"以我嫁妆的寒酸，你还不如娶'三船'女子算了。三船移民为了跟缤城商人联姻，绝对会让女儿风风光光地嫁出去。"

葛雷抽回手，以近乎寒心的语气问道："难道你以为我向你求婚，图的是你的嫁妆，图的是打听维司奇家族能拿出什么陪嫁的财产吗？"

"不，不过这点我总得考虑。不说别的，这至少关系到我的颜面。你自己不是说过吗，'计划应该要重于激情才好'。所以，我特地从每一个角度来考虑这宗婚事。葛雷，你客观地想想，如果我嫁给你，那么不但得放弃我的爱船，还得眼看着爱船落在我所鄙夷的人手里；而你若要娶我，也得放弃大好机会，因为你若是与其他家族联姻，那么坦尼拉家族所得绝不止于此。如果你考虑这些层面的话，这宗婚事就不被看好了。"

葛雷慢慢地吸了一口气。"好吧，你说得也没错——"

欧菲丽雅也顾不得作态，就大声地指点葛雷："你这个笨蛋，直接吻她就是了！"

艾希雅爆出大笑，但接着葛雷的嘴便压了上来，打断了她的笑声。这一吻来得太突然，她的身体对这一吻的反应大为震撼。她全身扫过一股热流，然后举起一手，搭在葛雷的肩头上。她多少期待他会拥她入怀，并继续这一吻。不过她还来不及思索到底要让葛雷亲昵到什么程度，他便终止亲吻，并且后退了一小步。他就这样停了，毕竟这是葛雷，不是贝笙啊。艾希雅提醒自己，葛雷会依从头脑的主导，不会听凭情欲而行动。这么一比较起来，她不禁感到失望，但又不肯诚实面对这种心情。从两人的嘴分开的那一刹那开始，她就硬是说服自己，就算葛雷没有终止这一吻，她也会把他推开。葛雷·坦尼拉这个人必须正经对待，他可不是在远方港口的不知名的调戏对象，她在他面前所展露的风范会影响她往后在缤城的声誉，所以还是谨慎一点比较好。

她吸了一口气。"唔！"她这一叹，为的是要表达惊讶，但并无冒犯之意。

"对不起。"葛雷喃喃地说道，然后就转头望向他处，不过他脸上那个咧嘴而笑的模样看来并没有懊悔，"我打从八岁起就被欧菲丽雅驱使得团团转。"

"是啊，刚才她那一句听来的确不容你有拒绝的余地。"艾希雅和蔼可亲地说道，转头眺望大海。她的手抓着船栏，过了一会儿，葛雷伸手过来盖在她的手上。

"要克服的困难还很多。"葛雷明智且审慎地说道，"然而不管要达成什么目标，都得克服许多困难。艾希雅，我不求别的，只求你考虑我们的婚事，毕竟我又不能要求你现在就答复。你还没跟家里人商量，我也还没跟父母亲提起,我们甚至连明天系泊在缤城港的时候会碰上什么事情都不知道。我只是希望你能考虑考虑。"

"一定会。"艾希雅答道。拂过他们的夜风轻柔,而葛雷盖在她手上那长满粗茧的手则传来暖意。

她不知道坦尼拉船长是怎么跟一众的船员说的,但是隔天早上,她一身少年打扮出现在甲板上的时候,谁也没露出讶异的表情。欧菲丽雅号驶进缤城港时,由于风小,所以水手们格外卖力,就算哪个船员认出了艾希雅就是在烛镇上船的艾奇亚,也没人笨到当众揭穿。大家不但不戳破,反而理所当然地接受了与他们一起卖力干活的艾希雅,顶多只是没什么恶意地取笑几句。欧菲丽雅跟船员们配合得天衣无缝,这艘经验老到的船深明航海的技巧,所以不时喊几个指令,指导掌舵的人如何调整航向。这可不是在操纵一套由船板与风帆所组装起来的机械驶入船位,而是在引导一个明理有感知的生物回到她的家乡。

欧菲丽雅号放下了几条小艇,以便准确停入关税码头的船位。艾希雅也坐上了小艇摇桨。坦尼拉船长认为,艾希雅应该离欧菲丽雅号远一点比较好,这一来才能在必要的时候迅速溜走。往来的船只虽注意到欧菲丽雅号,但并没什么异状,经过这一番准备之后,艾希雅发现缤城港的来往交通竟如此平凡,还真有点令人失望。她留恋地望着这个繁忙的商港,心里则突然兴起一股比想家还要更强烈的情绪。其实以前她跟着父亲出海时,有的航程比这次更久也更远,不过此时她看着缤城景象时,却觉得仿佛相隔多年不见。

生意蓬勃的缤城前方紧邻波光粼粼的蓝色海湾,背后则是春日绿意盎然的起伏山丘。船还没泊好,艾希雅就闻到炊烟与牛羊的味道,并听见市场小贩沿街叫卖的声音贴着水面传来。缤城的街道上人车繁忙,而缤城港的水上也忙得不得了,许多小船不断在岸边与停泊的大船之间往来,小渔船穿梭于高桅的商船之间,好把新鲜的渔获送到市场去卖。这是一首景象、声响与味道的交响曲,"缤城"就是这首交响曲的主旋律。

然而这和谐的曲调却被突如其来的杂音打破了:一艘大船缓缓驶离,这才让人看到原来关税码头上系着一艘恰斯战船。那恰斯战船是单桅船,大君的旗帜无力地悬垂在船桅尖端。艾希雅只消看一眼,就知道这艘船不是在海上阻挡他们去路的船。这船的船首木雕是龇牙咧嘴的狮头,船身也没有被火烧灼的痕迹。尽管如此,艾希雅的眉头却皱得更紧了。缤城的水域里到底有几艘恰斯战船?恰斯战船根本就不得开入缤城港的,不是吗?

艾希雅把这个念头藏在心里,手上仍不断摇桨,把大船拉进船位里,好像她真的只是个打杂小弟而已。接着坦尼拉船长大吼一声,唤她来扛船长的行李,并随同船长前去时,她也毫不犹豫地接下了这个不寻常的命令。她猜得出船长是要她去见证他与关税大臣的会面过程。艾希雅扛起那个小小的帆布袋,怯怯地跟着船长走开,身为大副的葛雷则留守在船上。

坦尼拉大步走进了关税厅。关税厅里有个书记,一见到他们便打了个招呼,接着唐突地要求他们交出船货清单。艾希雅垂着眼睛,就连坦尼拉船长抡拳往柜台上一拍,要求与关税大臣见面,她也没有抬头直视。

那个书记先是惊叫了一声,后来才正色以镇静的声音说道:"这里的事情由我全权处理,大人。麻烦把船货清单交给我。"

坦尼拉一听,便以轻蔑至极的姿态把那一卷文件往柜台上一丢:"这就是我的船货清单,小子,你爱瞧就去瞧吧,多少船货、该缴多少税额,你赶紧替我算算,但是你现在就给我找个能谈大事的人来,我要申诉。"

柜台内有个门戛然而开,走出一名身着长袍的男子,从他剃头且戴着头饰来看,他应该就是关税大臣无疑了。这人很胖,他的袍子袖口、胸前和下摆都绣了花。他双手交握举在身前,质问道:"你怎么对我的助手大呼小叫的?"

"恰斯战船怎么会泊在缤城的码头上?前几天有一艘类似的战船把我的船拦下来,还号称是奉大君之令,这是怎么回事?从什么时候开始,哲玛利亚的大敌竟然可以安然地停泊在缤城港里?"坦尼拉船长每问一句,就停顿一下,并且抡拳在柜台上一拍。

关税大臣不为所动,照样镇静地答道:"那几艘恰斯战船的确是大君所指派,他们奉大君之令前来维护内海路的秩序,所以当然可以停泊于此。同时,那几艘战船也正式受本关税码头管辖,并有派令为证。恰斯战船的唯一目的就是要消灭海盗,他们会攻击海盗船以及非法的海盗窝,除此之外,也会对付给海盗撑腰的走私贩子。若能逼得这些恶棍无处销赃,那么不久后,他们就只得改行了。"说到这里,关税大臣停顿了一下,重新整平袖口的摺子,然后才以厌烦的口气继续说道:"的确有少数几个缤城居民抗议过恰斯船出没的事情,但是关税码头乃是大君的财产,所以除了大君本人之外,谁都不能禁止恰斯船系泊于此。况且大君已经声明他准许。"关税大臣不屑地哧了一声,"而区区一个商船船长怎能推翻大君的号令呢?"

"就算这个码头由大君所管辖,但是环绕关税码头的这一片水域乃是缤城港,在特许令之中,早就明言缤城港属于缤城商人所有了。我们缤城商人根据风俗与法律,一向不准恰斯战船进入我们的水域。"

那关税大君根本懒得拿正眼瞧坦尼拉,他不耐烦地应道:"风俗会变,法律也会变。坦尼拉船长,如今的缤城已经不是荒僻的乡下小地方了。缤城是个贸易中心,而且仍然在不断快速发展,大君肯整肃内海路的秩序、扫清海盗,这对缤城而言是大大有利的事情。再说,缤城应该跟恰斯国正常往来才对,哲玛利亚国压根不把恰斯国视为敌国,既然如此,缤城何必紧张兮兮的呢?"

"那是因为哲玛利亚国不跟恰斯国接壤,所以没有边界冲突的问题。哲玛利亚国的农庄和村落可不会被恰斯人掠劫、放火烧掉啊。缤城之所以对恰斯国严阵以待自有原因,这可不是疑心病,那些恰斯战船无权进入我们缤城港。我倒很纳闷,缤城商会怎么还没有正式抗议。"

"你若要讨论缤城的内部事务,请另找时间,到别处去谈。"关税大臣突然说道,"我的职务仅限于为大君课征应有的关税。科伦,你算好税额了没?当初是因为你舅舅保证说你算得又快又好,我才录用你的。你在拖拉什么?"

艾希雅几乎有点可怜起那个书记来了,不过那人显然很习惯被上司拿来当出气筒,因为他听到这话只是奉承地笑了笑,并把手里的众多收账签条抠得啪啪响。"七加二。"那书记嘴里喃喃地念出声来,好方便围观的人核算,"码头费加安全费……还有巡逻费,等于……再加上'非哲玛利亚织料税'。"那人在纸上草草地写下一个数字,不过艾希雅还没来得及猜出那是什么数字,关税大臣就一把将那张纸抽走了。他用长指甲划过那个数字,眼里几乎冒出火焰,同时怒吼道:"算错了!"

"我想也是!"坦尼拉激烈地应和道,他至少比关税大臣高上一个头,"这比我上次付的税额还多上两倍,而且这个什么'非哲玛利亚织料税'的税率……"

"税率涨了,"关税大臣打断了坦尼拉的话,"况且,如今连非产自于哲玛利亚的金属品也要课征特别税。我敢说你那几箱锡货就属于这一类。你马上重算,这次要一次就给我算对!"那关税大臣一边对那书记怒道,一边啪一声把那张条子打在柜台上。那书记低着头,唯唯诺诺地点头称是。

"林斯汀港当然是哲玛利亚国的地方!"汤米·坦尼拉义愤填膺地反驳道。

"林斯汀港跟缤城一样,都承认哲玛利亚国的统治,但是在哲玛利亚国本土之外,所以算不上是哲玛利亚国的地方,因此这一条特别税你照样要付。"

"我不付!"坦尼拉叫道。

艾希雅心里暗叫不好。她早料到坦尼拉船长会就应付的税额跟关税厅的人讨价还价一番。毕竟讨价还价乃是缤城的社会脉络,在缤城,谁都不会在对方第一次开价的时候就全额照付。坦尼拉应该要"疏通"一下,好比说,请关税大臣到附近的好餐馆吃一顿非凡的大餐或是从欧菲丽雅号的货物中挑一份上好的礼物送他才对。艾希雅从来就没听说哪个缤城商人会直截了当地拒绝缴税。

关税大臣眯眼打量着坦尼拉,之后不以为然地耸了耸肩。"随你的意思吧,大人,反正你爱怎么做,对我而言都是一样的。不过除非你缴清应有的关税,否则你的船就得一直泊在关税码头,货物也不能下船。"接着他拉高音调叫道,"卫兵,进来一下!这里可能要你们帮忙!"

那两个彪型大汉从门外走进来的时候,坦尼拉连看都没看他们一眼,从头到尾,他都只注意关税大臣一人。此时他反唇相讥:"那些税费有何'应有'可言?"坦尼拉突然戳着书记仍在计算的那张纸,问道,"这个'巡逻费'跟那个'安全费'是干什么的?"

关税大臣不耐烦地长叹一声:"大君雇了人来保护你们,所以相关费用当然要用这个钱来付,不然要怎么打发?"

艾希雅本以为坦尼拉怒气大发是为了要当作跟对方讨价还价的筹码，但此时他的脸气得涨红，艾希雅敢说他一定是真的气炸了。坦尼拉听了关税大臣的话立刻就反问道："你说的是那些恰斯人渣，对不对？但愿莎神把我的耳朵封起来，免得这些痴笨的话污染了我的耳朵！恰斯海盗在缤城港下锚，还要我出钱去养？做梦！"

那两个卫兵突然凑得很近，一左一右，随时就能把坦尼拉挟持起来。身为打杂小弟身份的艾希雅只能努力做出强悍状，等着配合船长行动。如果坦尼拉挥出一拳，那么她这个打杂小弟也得奋不顾身地凑上去打架才行。老实说，任何一个值几个铜板身价的打杂小弟都会这么做，只是艾希雅一想到这个前景就觉得很可怕。她只有那次因为人蛇而往来了几拳的经验，此外并没有真正打过架。此时她咬紧牙关，并选定了比较年轻的那个卫兵作为目标。

但是事情并没有发展到那个地步，坦尼拉突然压低了声音怒吼道："我要提请缤城商会公议。"

"那您就请便吧。"关税大臣满意地应道。艾希雅觉得那人真是笨，聪明人绝对不会取笑汤米·坦尼拉。艾希雅多少期望船长狠狠给那关税大臣一拳，但是船长没揍他，只是淡淡地一笑。

"那我就自便了。"坦尼拉船长应道。他稍微做了个手势，要艾希雅跟过去，接着就转身离开关税厅了。一路上，船长都不发一语，直到回船上后才吩咐艾希雅："把大副找来，快去，叫他到我房间来。"艾希雅立刻应令而去。

三人聚集在船长室之后，坦尼拉船长亲自为每个人倒了一杯朗姆酒。他也顾不得正式礼仪便一饮而尽，而艾希雅也干脆地将酒灌入肚中。刚才她在关税厅中亲眼见到的那一幕比寒夜中的甲板更为冷沁。"太糟了。"坦尼拉也不招呼，劈头就对儿子说了这么三个字，"比我料想得还糟。港里泊着好几艘恰斯船，而且缤城商会到现在都还没正式抗议。更糟的是，为了供养那几条恰斯船，他们还要对我们的货物额外征收税费，那个大君真是可恶透顶！"

"你没缴税？"葛雷难以置信地问道。

"当然没缴！"坦尼拉船长没好气地应道，"这种事情毫无道理可言，总得有人起头跟他们对抗才是。我们打头阵是比较艰难，但是我敢打赌，我们做了之后，别人一定有样学样。关税大臣说，他要把我们拘留在此。没关系，我们的船泊在这里，关税码头的船位就少了这么一大块，要是再多几条船学我们这样把码头通通占满，那关税大臣就别想检查船货或是收税了。葛雷，你悄悄地去跟欧菲丽雅说一声。莎神保佑，我打算放手让她去闹，她使起性子来谁都拿她没办法，就让那些码头工人和路过的人去碰碰欧菲丽雅的钉子吧。"

艾希雅听了不由咧嘴而笑。这个小房间里蓄势待发，像是风雨欲来。然而的确是如此啊，艾希雅提醒自己，她父亲早在多年前就看出来了。眼见像坦尼拉这样的老船长宣布要让这场风雨的第一个闪电打在自己身上，艾希雅只觉得自己非常渺小。"现在我该做什么？"她问道。

"回家。你回家去，把你看到的、听到的都告诉你母亲。我看薇瓦琪号并不在港里，不过如果薇瓦琪号在港里，我要请你先把你跟姐夫的争执摆在一边，并向你姐夫解释为什么我们必须团结起来反抗大君。我自己再过一会儿也要回家去，到时候，船就交给你看着了，葛雷。一看到有什么不对劲的征兆，就派卡尔科到家里传话。艾希雅？"

艾希雅仔细斟酌坦尼拉船长的话，慢慢地点了点头。她最不愿跟凯尔和解，坦尼拉船长偏偏以此相求。但是仔细想一想，他这话并没有错，现在缤城商人必须团结在一起，不能起内讧。

坦尼拉父子露出笑容，显然他们都看得出艾希雅颇识大体。"小妮子，之前我还担心你罩不住呢。"坦尼拉船长亲切地笑道。

葛雷也咧嘴而笑："我倒知道她一定罩得住。"

第十章
返家

维司奇大宅跟其他缤城商人的宅子一样，座落于环绕着缤城、覆盖着林木的清爽山丘上，从港口到这里只要坐短短一程马车就到了，在天气好的时候，散步上来也是挺舒服的。大路边临着广阔的庭院，庭院之后才是缤城商人的优雅宅邸。艾希雅走过了许多花篱与沿路植树的车道，欧斯威家的石墙上爬着蜿蜒的长春藤，他们大门边的花圃里开了一丛黄水仙。在这个明媚的春日中，虫鸣鸟叫不断，新长出叶子的大树洒下斑驳的树影，空气中弥漫着早开的花朵芬芳。

但是艾希雅只觉得脚步沉重，这段路好像怎么也走不完。

她感觉自己不是在回家，而是在一步步走向死亡。

她仍是一身船上打杂小弟的装束。刚才大家都认为，她在离开码头的时候还是以这种服饰作为掩饰最为明智，但现在她不禁想着，母亲和姐姐看到自己的时候会有什么反应。凯尔不在家，她虽然因为薇瓦琪不在港口里而感到失望，但由于凯尔不在，所以她的失望几乎都被宽心抵消掉了，至少她不必担心凯尔会讲什么风凉话。自从她跟姐夫大吵一架而气得离家出走，到现在还不到一年，不过她在这段期间学了不少东西，所以感觉上几乎像是隔了十年一般。她一心要家里的人肯定她的确大有长进，但此时内心却忐忑不安，深恐家人一看到她这身衣服和油腻的发辫就认定她根本就蔑视社会规章，并以这种幼稚的手段来掩饰。她母亲总是说她刚愎自用，而多年来，她姐姐凯芙瑞雅一直都深信她很可能会因为光顾着自己放荡逸乐而赔上家族的名声。既然如此，她若是穿着这一身衣裳去见她们，那还怎么能让她们深信她已经性格成熟，且值得托付掌控家族活船的重任？她们会如何回应？是气得火冒三丈，还是冷冷地不把她当一回事？

她暴怒地摇头甩开这些思绪，走上通往维司奇大宅的漫长车道。她注意到庭院大门边的杜鹃花丛竟没有修剪，导致去年的冗枝上结了许多花苞，不禁气恼起来。杜鹃花丛若是好好剪枝，可以开花开上一整年呢。艾希雅开始有点担心了，家里的园丁阿柯一向是最讲究这个杜鹃花丛的，该不会是阿柯出了什么事吧？

自从走进家里的车道开始，她就看到种种荒废的迹象。作为隔界之用的绿色树丛滋长蔓生，都长到花床外了；玫瑰花丛已经伸出翠绿的叶芽，但是过冬时冻坏的黑色枝桠却没有剪除；应该要攀在棚架上的紫藤落在地上，并且英勇地就地蔓延开来；秋天的落叶经过冬风一吹，在各处堆积成堆，而被暴风雨打落的枝桠也仍散落在地上。

庭院既是这光景，那么宅子若是荒凉不住人也不足为奇。但奇怪的是，宅子的窗户大开、迎接春风，里面还透出竖琴和笛音。宅子的大门前停了几辆马车，可见家里必是有什么聚会。屋里突然传出一阵大笑，伴随着音乐传入艾希雅耳中，可见这聚会必是欢畅适意。艾希雅改而朝后门走去，心里越来越纳闷。自从她父亲卧病之后，家里就不再宴客了，如今家里举办这场宴会，是不是表示母亲已经不再为父亲服丧了呢？这不像是母亲的作风。再说，母亲连园子都任其荒废了，怎么还会砸钱宴客？艾希雅实在想不通。这真是太诡异了。她心里开始生出不祥的感觉。

厨房门开着，里面传出令人垂涎的新鲜烤面包味，烤肉的烟气也漫入春日的阳光之中。艾希雅一想到岸上的食物，像是发酵过的面包、鲜肉和蔬菜等等，肠胃就翻搅了起来。她心里突然生出了个笃定的念头，那就是不管她们怎么对待她，她都乐得回到家里来。她踏进厨房，四下张望。

她不认识正在揉面团的那个女人，也不认识那个正在翻转柴薪以保持炉火烧旺的少年。这倒没什么好惊讶的，因为维司奇大宅的仆人总是来来去去。商人世家的人常常会把别人家的一流厨子、奶妈和管家"偷走"，也就是以更高的薪水或是更大的居处来诱使仆人跳槽。

一个女仆端着空托盘走入厨房。她砰地一声把托盘放下，挡住艾希雅的去路。"你要干嘛？"那侍女的口气非常冷淡。

这一次，艾希雅的心思总算快过她的口舌了。她随便地鞠了个躬："我有事要对罗妮卡·维司奇商人禀报，因为活船欧菲丽雅号的坦尼拉船长要我带话给她。这事很重要，坦尼拉船长要我跟她私下一谈。"这就对了，这一来，她就有机会跟她母亲独处了。家里既然有客人，那么她可不希望被客人看到她这一身打杂小弟的装束。

那女仆显得有点苦恼。"她正在陪客人，而且是贵客。再说这是送别宴，要是把她叫开，那可不合理。"她咬着唇思索，"你要传的话能不能稍微等一下？这样吧，你趁等待的时候吃点东西如何？"那侍女笑着提出这个小小的贿赂。

艾希雅不住地点头。闻到这些新鲜食物的味道，她口水都流出来了，既然如此，那何不在这里吃一顿，吃饱了再去面对母亲和姐姐呢？"我看这个口信稍等一下无妨。我能不能先洗个手？"艾希雅朝厨房的水泵点了个头。

"院子里有水泵。"厨子尖声说道，艾希雅这才想到，以她此时的假身份只配在外面洗手。她咧嘴而笑，跑到外面去洗手。等到她回厨房时，已经有一盘子食物在等她了。盘里的肉只是大肉块末端烤焦的部分，并不是首选部位，面包也只是新鲜面包末端比较硬的那一块。盘里另有厚厚一片黄乳酪、一坨新打好的奶油搭配面包，还有一匙樱桃果酱。这餐盘有缺角，餐巾也有污渍。由于在一般观念中，船上的打杂小弟应该是不懂得使用刀叉等上流礼仪的，所以艾希雅端着盘子，往厨房角落的高脚椅一坐，就以手取食吃了起来。

一开始，她吃得狼吞虎咽，什么也不想，就顾着盘里的食物。这块焦焦脆脆的烤肉比她吃过的任何首选部位的肉都更丰美多汁，吃完之后齿颊留香；新打好的奶油放在仍温热的面包上不久就化了。然后她又用手把樱桃果酱抓起来吃。

  填了点肚子之后,她才开始察觉到周遭这个忙乱厨房的动静。艾希雅以全新的眼光看着这个她曾经很熟悉的地方。在小孩子眼中,只觉得这个厨房大得不得了,每样东西都有趣得很,不过大人从来就不准她自由自在地在厨房探索,再说她跟父亲出海去时年纪还小,对厨房仍存有几分好奇,所以在她心中,厨房一直是有诸多规矩的禁地。直到现在,她才看清这个厨房的真正面貌:厨子主掌大权,仆人们忙进忙出的大房间。每个仆人进来时都会禀报一下宴会的最新进展,他们聊起来百无禁忌,有时候还对他们所伺候的人物语带轻蔑。

  "我还得再送一盘香肠卷过去,'花衬衫商人'好像期望我们把这些香肠卷全送上去给他一个人吃哪。"

  "那也比欧尔培家的那个小妞强呀。你瞧瞧我收回来的这个餐盘,我们一整个早上都在准备这些食物,结果呢?她只是稍微啃了一口就不吃了。我猜,她大概是希望男人会注意到她胃口小、特别好养,然后就把她娶回家。"

  "女王的'次选'表现如何?"厨子好奇地问道。

  有个男仆一边模仿狂饮状一边说道:"噢,他不是借酒浇愁就是狠狠瞪着情敌,要不就看小女王看得出神,而且每隔一阵就重新来过。当然啦,表面上看起来还是客客气气的。那个人呀,真该上台去演戏才对。"

  "不,不,女王才应该上台去演戏咧。你瞧她一下子对着雷恩的面纱傻笑,但是等到她跟雷恩共舞的时候,却望向雷恩身后的那个特雷家的小子,对他眨眼传情。"那女仆讲到这里,不屑地啐了一声,"女王耍得他们两个人都随她的调子起舞,不过我敢打赌,其实这两个人她哪个都不关心,她只是想要看看她能摆弄他们跳出什么舞步而已。"

  一时之间,艾希雅听得津津有味,然后她的脸颊和耳根开始红了起来,因为她突然想到,从以前到现在,仆人聊起维司奇家的人时必定就是这个调调。艾希雅低下头,眼睛只看着盘子,心里慢慢地把这些闲言闲语拼凑起来。之后她觉得,以维司奇家族目前的财富而言,眼前的景象真有着说不出的怪异。

  此时她母亲正在款待从雨野原而来的客人,光是这一点就很不寻常,因为她父亲打从多年前开始就不跟雨野原的人有生意上的往来了。除此之外,有个雨野原男人正在与缤城商人家的女儿正式交往,仆人们对于那个缤城商人家的女儿颇不以为然。"就算他把面纱换成镜子,女王也会照样会对着他笑。"有个仆人窃笑道,另一个仆人则凑兴打趣道:"在他们的新婚之夜,女人发现男人揭去面纱后,只见满脸肉瘤,但男人却发现女人在那张漂亮的脸蛋下竟是一副蛇蝎的心肠——所以你们说说看,到时候究竟谁会比较惊讶?"艾希雅皱着眉头揣想,他们说的这个女主角到底是谁?这女子必定与维司奇家族往来密切,所以她母亲才会将她奉为上宾,并举办这么一场盛宴。大概是凯芙瑞雅的哪个朋友有个适龄的女儿吧。

艾希雅只是轻捧着盘子,并未紧抓,此时一名厨房女仆走上来,拿走艾希雅的盘子,改而给她一个碗,里面有两个糖丸子。"喏,这丸子不如给你吃了吧。我们做得太多了,那里还有三大盘,可是客人都开始要走了。既然如此,何必让你这样的年轻人在这里挨饿呢?"那女仆和气地对艾希雅笑笑,艾希雅则将目光移开,希望能借此表现出害羞少年的模样。

"我能尽快跟罗妮卡·维司奇谈话吗?"艾希雅问道。

"噢,快了,我敢说一定快了。"

这甜滋滋、黏糊糊的点心吃来不免沾得满手都是,不过确实好吃。艾希雅吃了丸子之后,把碗还给那个女仆,并以双手黏腻为由,走到院子里的水泵旁去洗手。厨房与宅子的大门之间有一个葡萄棚架挡住了视线,不过此时葡萄藤上的叶子仍稀疏细小,所以艾希雅能从蜿蜒的藤蔓间看到一辆辆马车离去的景象。瑟云·特雷和他妹妹上车离去,这两个人艾希雅是认得的,接着苏耶夫家的人也走了。有几个商人世家陆续离去,不过艾希雅认不出他们,只认得对方家族的纹章,而这一点使她认识到自己脱离缤城的社交圈已经很久了。马车越来越少,而达弗德·重生是最后走的人之一。达弗德走后不久,一队白马拉着一辆雨野原马车来了,马车窗上用的是厚重的窗帘,车门上的纹章很少见,艾希雅并没什么印象,那纹章看来像是一只戴着帽子的鸡。那辆马车后面还拖着个无顶的板车,接着便有一长列的仆人开始从宅子里把皮箱木箱等搬到板车上摆好。哦，这么看来，那些雨野原商人还是住在维司奇大宅里的，这就更神秘了，艾希雅想道。她虽伸长了脖子，却顶多也只能稍微看到正要离去的那个雨野原家族。雨野原的人在白天时必戴面纱，这一群也不例外。艾希雅实在想不出他们是谁，以及他们为什么会住在家里。她越想越不对劲，会不会是凯尔打算重建家里与雨野原的贸易关系？果真如此，那么她母亲和姐姐赞成他这样做吗？

凯尔是不是开着薇瓦琪号上溯雨野河去了？

想到这里，艾希雅不禁气得握拳。有个厨房女仆过来拉拉她的袖子，她立刻转身面对来人，把那个可怜的女孩吓了一大跳。"对不起。"艾希雅立刻道歉。

那女仆以奇怪的脸色望着艾希雅："维司奇太太要接见你。"

艾希雅强捺下脾气，任由那女仆领着她走过熟悉的长廊，朝晨室而去。四处都显出贵客临门、愉快聚会的喜庆气氛，每一个壁龛里都摆着花瓶、插着鲜花，空气中飘着香气。去年她离家出走的时候，这屋子里因为守丧而显得沉重，且因为家人的争执而纷扰不断，但现在这屋子似乎早已忘却当时的艰难，也忘却她这个人了。这一年来，她吃了这么多苦头，然而她姐姐和母亲却沉迷于社交欢宴之中，这样好像不太公平。她们走向晨室的这一路上，艾希雅内心的困惑逐渐转为愤怒，不断扩大，几乎到了溃堤的边缘。

那女仆在晨室的门上敲了两下，听到罗妮卡咕哝地应声之后，那女仆退到一旁，小声地对艾希雅说道："进去。"

艾希雅点头为礼，走了进去。进了晨室，她顺手紧紧关上房门。她母亲坐在铺着棉垫的卧榻上，榻边有一张矮桌，矮桌上举手可及之处放了一杯葡萄酒。母亲穿的是式样简单的奶油色礼服，头发盘起，搽了香水，喉间挂着一条银链。她抬起头迎向艾希雅的目光时，艾希雅只觉得母亲的眼神疲倦无神。艾希雅强迫自己直视着母亲越睁越大的眼睛，轻轻地说道："我回来了。"

"艾希雅。"她母亲喘着气，先是举起一手盖在心口，然后以两手捂嘴。她的脸一下子没了血色，脸上的皱纹因此显得格外明显，犹如刻上去一般。她颤声问道："你可知道，这些日子以来，我每天晚上都在想象你是什么死状吗？我心里担心害怕，不知道你是依循礼仪地埋到了土里，还是曝尸荒野，任由飞鸟走兽啄食腐肉？"

艾希雅没想到母亲会这么怒气腾腾，所以听了反而觉得不知所措。"可是我有找人给你传话啊。"她听到自己像是做坏事被人逮个正着的孩子似的厚颜撒谎。

艾希雅的母亲原本软瘫着，此时终于汇足了力气站起来。她伸出食指直指着艾希雅，以苦怨的口气骂道："才没有呢！你一定是从来就没想到要给家里捎个信，直到见到我才随便胡诌一番。"她母亲突然停下来，驻足不前，接着摇了摇头。"你啊，简直就是你父亲的翻版，你父亲说起谎来也是你这种口气。噢，艾希雅，噢，我的小丫头啊。"她母亲突然抱住她，仿佛十年没见了。艾希雅呆呆地站着，任由母亲紧紧地将她箍起来，心里只觉得大惑不解。过了一会儿，她感觉到母亲颤抖着啜泣，不禁吓了一大跳。她母亲将她圈得更紧，靠在她肩膀上，抽抽噎噎地痛哭起来。

"对不起。"艾希雅有些不安，劝说道，"没事了，我这不是回来了吗？"过了一会儿，她又问道："家里是不是出事了？"

她母亲并没有回答，但是过了一会儿，她深深地吸了一口气，接着后退一步跟女儿分开。她像小孩子一样用袖子擦眼睛，这一来，把她睫毛和眼睛周围精心化上去的妆都弄糊了，袖子也染污了。不过她母亲只是软弱无力地走回卧榻边坐下来，根本就没注意到这些。她拿起酒杯喝了好几口，才把酒杯放下来，努力挤出一抹笑容，只不过那弄糊了的彩妆使她看上去犹如鬼魅。"家里出的事情可多了，"她轻轻地说道，"而且漏子越捅越大。幸亏还有一件事情让我窝心，那就是你终于回来了，而且还活得好好的。"前一刻她母亲还气得咬牙切齿，但此时她已经宽慰地放下心头的重担。

艾希雅勉强自己穿过晨室，走到卧榻的末端坐下，然后又勉强自己以镇定且理性的口气说道："都说给我听吧。"近一年以来，她一直都期待着要在回家之后把自己的故事告诉母亲，并且逼着家里的人一定要听听她的看法。如今她回到家了,却发现莎神的教谕的确是不争的事实——也就是,由于做女儿的职责使然,她必须先听听母亲有什么话要说。

一时间,罗妮卡只是怔怔地望着女儿,然后她开始把心事倾泄出来。她杂乱无章地道出一宗又一宗的大灾难:薇瓦琪号误了归期,按理说薇瓦琪号早就该回来了。说不定凯尔过门不入,直接开往恰斯国去贩奴,但是他若有这个打算,至少也会托别的船捎个消息回家,对吧?毕竟他知道家里的财务状况多么差,所以他若是晚归,理应要托人带信给凯芙瑞雅,好让她能够向众债主交代才是啊。麦尔妲不断闯祸,她的事情该从何说起,罗妮卡都说不清了,反正结果就是如今有个雨野原商人开始与她正式交往。而且由于现在薇瓦琪号的债权握于那个雨野原商人世家手里,所以无论就礼数而言,还是就现实局势而言,维司奇家族都必须善待这个年轻男子,让他好好地与麦尔妲交往。虽说莎神在上,麦尔妲实在还不能算是女人,而且也还没到能跟男子正式交往的年纪。

更糟的是,达弗德·重生还混进来搅局。这一个星期以来,达弗德为了从这一对青年男女的交往之中榨出点好处来,坚定地闹出了一个又一个乱子。达弗德这个人在社交上的确毫无技巧可言,但这并不表示他心里全没计算。这几天以来,罗妮卡为了支开达弗德,免得雷恩家的人被他惹恼,可谓使出了浑身解数。凯芙瑞雅一直坚持说她要掌管家族事务,然而,虽说这本来就是凯芙瑞雅的权利,但她对家族事务却不够用心。凯芙瑞雅的心思全放在花瓶里的花该怎么插、衣服的皱摺有没有拂平之类的细微末节上,根本就不管谷子再过一周就得播种,但现在田地才犁好一半之类的家计大事。今年直到春天还下霜,把苹果树开的花冻坏了一半,家宅东翼的第二间卧室屋顶也漏水了,现在没钱修缮,不过要是不早点修补,说不定整个屋顶都会垮下来,而且……

"母亲!"艾希雅先是柔声说道,之后叫道,"母亲!等一等!我听得晕头转向!"

"我也是,而且我已经晕头转向一年了。"她母亲疲倦地说道。

"我听不太懂。"艾希雅尽量以平和的语气说话,虽说事实上她很想用吼的,"你是说,凯尔拿薇瓦琪号来运奴?而因为我们还不起欠债,麦尔妲现在等于是被卖给雨野原商人了？这种事情凯芙瑞雅应该是看不过去的，遑论是你？好，就算薇瓦琪号还没回来好了，但家里的财务状况怎么会坏到这种地步？以前岸上的庄园不是都能自给自足吗？"

她母亲伸出双手轻轻摆动，要艾希雅稍安勿躁。"你镇定些。我想，你听到这些大概很意外吧。长久以来，我眼见家里的状况一年不如一年，但是你现在回来，正好看到家里陷于谷底。"她母亲伸手按住太阳穴，过了一会儿才茫然地转头望着艾希雅，"我们要怎样才能让你这一身衣服换成适当的打扮，而且不至于引起仆人议论纷纷呢？"她母亲喃喃自语，接着深吸了一口气，"光是跟你讲这些，我就觉得好倦，这就像是在讲述你心爱的人慢慢死去的过程。我也不要讲得太深入，就择要跟你说了吧。由于恰斯国以奴隶来耕种农田和果园，如今连缤城这里也跟上这种风气，农产的价格不断下滑。我们的农田都是雇工来耕种的，我们雇用的这些男男女女年复一年地为我们犁田、播种、收获。问题是，如今放任农地荒废或是放牧养羊都比种田有赚头，但果真如此的话，这些农工的生计要怎么办呢？所以我们也就尽量维持下去了。不，应该说是凯芙瑞雅还肯听我的话，所以她就继续维持这个场面了。船归凯尔管，这你是知道的。说起来，是我之前做错了。你别这样看我，被你这样子看着，我真受不了。但是莎神饶恕，我说艾希雅啊，我恐怕凯尔这做法是对的。要是薇瓦琪号做得成运奴的生意，那么我们大家就有救了。如今看来，要发财，唯一的办法就是靠奴隶，船要用来运奴，农田要用奴隶去耕种……"

艾希雅难以置信地望着母亲："我真不敢相信你会说出这种话。"

"我知道这样不对，艾希雅，这我心里明白得很，可是我们除此之外还有别的路可走吗？难道要任由麦尔妲不知轻重地跟那人往来、结婚以挽救家族的财务困境吗？还是要因为还不出债，让雨野原的人没收薇瓦琪号，此后整个家族便穷困潦倒下去？还是说，我们应该干脆离开缤城，躲到没人知道的地方住下来，免得债主找上门来……"

"你真的认真考虑过这些做法？"艾希雅低声问道。

"对。"她母亲疲倦地答道，"艾希雅，如果我们自己不积极作为，那么别人就会决定我们的命运。到那时候,债主们会把我们所拥有的一切瓜分精光。而我们会回顾过去,并说,唉,想当初若是让麦尔妲嫁给雷恩,至少我们不会穷困潦倒,至少船归我们所有啊。"

"'船归我们所有'?船怎么会归我们所有?"

"我刚才不是说了吗?如今薇瓦琪号的合约掌握在库普鲁斯家族手里啊。他们已经暗示了,只要婚事能成,就把船的债务一笔勾销,以此作为聘礼。"

"哪有这种事情?"艾希雅断然反驳道,"哪有人会送这么大的聘礼?就算是雨野原商人也不会这样。"

罗妮卡深吸一口气,换了个话题:"我们得悄悄地把你送回你房间去,让你换上正经的打扮。只是你现在这么瘦,恐怕以前的衣服都太大了。"

"我现在还不能马上恢复成艾希雅·维司奇。我是来给你送口信的,活船欧菲丽雅号的坦尼拉船长托我跟你传话。"

"真的吗?我还以为你是以此为托辞来跟我相见的。"

"当然是真的,我一直在欧菲丽雅号上工作呢,不过等我们有时间,我再细细跟你说,现在我先把坦尼拉船长的口信告诉你,然后我再跑一趟,把你的答复告诉他。母亲,欧菲丽雅号被关税码头扣下来了,税吏要课税的名目和税率实在离谱,坦尼拉船长不肯付,尤其是用来资助港里的恰斯猪的税,他更不肯付。"

"港里的恰斯猪?"她母亲听得迷糊了。

"你一定知道我的意思。大君已经授权让恰斯国的战船来巡逻内海路,我们回缤城来时就碰上一艘恰斯战船,那艘船不但想要挡下我们,还想要登船搜刮。那些恰斯人本身就是海盗,还想肃清内海路的海盗?老实说,他们的行径比海盗更糟糕!我真是不懂,我们怎会允许恰斯战船开进缤城港,还乖乖地付出高得不像话的税来供养恰斯战船!"

"噢,恰斯战船啊。最近那些船是惹了不少事,不过在坦尼拉船长之前,好像没人拒绝缴税。不管税公不公平,商人都照付了。毕竟若是不肯缴税,下场就是没得做买卖,就像坦尼拉这样。"

"母亲,这样真的说不过去!这是我们自己的地方,为什么要任由大君和他的走狗胡作非为?大君自己都不守承诺了,为什么我们还继续让他吸血,抽干我们老实赚来的利润?"

"艾希雅……这些事情我无法顾及了。我觉得你说得有理,不过我又能怎么办呢?我必须照料自己的家啊。至于缤城,那就只得请它自己多保重了。"

"母亲,我们不能只顾自己!葛雷跟我谈了很多,我们都认为,如果有必要,我们缤城必得团结起来对付新商、大君和整个哲玛利亚国。我们让得越多,他们就取得越多。我们家里的困境,追究起来,根源就在于新商引进许多奴隶。然而我们的旧法是禁止蓄奴的,我们必得逼新商遵守我们的旧法才行。我们要告诉他们,我们不会承认他们拿到的新特许令。我们要告诉大君,他必得遵照原始的特许令行事,不然我们就不再缴税——不,这样还不够,我们要更进一步才行。我们要告诉大君,货物要抽五成的税,而且只准销往哲玛利亚城之类的规定,以后恕难照办。我们已经忍得够久了,现在我们必得团结对外,要求大君改弦易辙。"

"有的商人讲起话来就是你这种论调。"她母亲慢慢地说道,"而我给他们的答案跟我现在给你的答案一样,那就是一切以我自己的家庭为先。再说,我又能怎么样呢?"

"你只要说,你跟抗税的人是站同一边的就行了。我只求这么多。"

"那你得去跟你姐姐说才行。如今有权投票的是她,不是我。你父亲过世后,她就继承了你父亲的投票权,如今维司奇家族的商人代表是她,而商会的那一票要怎么投,得看她的意思。"

艾希雅在沉思良久之后才体会到母亲这一番话的深意。她问道:"那你看她会怎么说?"

"我不知道。凯芙瑞雅不常去商会开会,她说她太忙。又说,凡是她没空多研究的事情,她就不投票了。"

"投票很重要,你有没有劝她一定要去投票?"

"不差她那一票。"罗妮卡以近乎顽固的口气说道。

艾希雅听出母亲这话里有一丝愧疚感，所以她继续进逼："这样吧，你至少让我回去跟坦尼拉商人有个交代。我会跟他说，你会跟凯芙瑞雅一谈，并劝她不但要出席商会的下一次会议，而且会把票投给他这一边。坦尼拉的打算是，他要在会议上要求缤城商会正式通过他的提案。"

"这我还做得到。艾希雅，你用不着亲自去送口信，如果坦尼拉商人公开跟关税大臣作对，那么码头上说不定会引发什么……活动。让我去叫瑞喜找个跑腿的来帮你送口信吧，你不需要亲自搅和进去。"

"母亲，我就是想这么做。况且我要让他们知道，我是站在他们这一边的，绝无变卦，所以我得走了。"

"你怎能现在就走！艾希雅，你才刚回家来呀，至少也可以待一会儿，吃点东西，洗个澡，换上合适的衣服吧。"她母亲吓呆了。

"那可不行，我穿这一身衣服在码头上往来比较安全。关税码头的卫兵若是看到船上的打杂小弟，眼睛根本连眨都不眨。让我去码头走一趟，还有……我还得去见另外一个人，不过事毕之后我就回来。我向你保证，我在明天天亮之前就会安全地回到这屋子里来，并且换上与商人之女的身份相称的服饰。"

"你要整夜待在外面？一个人在外面跑？"

"难道你宁可我跟别人在一起吗？"艾希雅淘气地问道，她咧嘴一笑，消解话里的敌意，"母亲，这一年来，我都是'整夜待在外面'呀，结果还不是好好的？至少没什么大伤就是了……不过我向你保证，等我回来的时候，一定把所有的事情都讲给你听。"

"看来我是挡不住你了。"罗妮卡无奈地说道，"唔，但你可千万别让人认出你，免得败坏了你父亲的好名声！如今家里的财务已经够糟糕了。你这一趟出门，一定要处处谨慎。还有，你请坦尼拉船长也要行事谨慎才好。你刚才说你在他的船上工作？"

"对，一点也没错。我回来之后，会把那些事情通通讲给你听。我若是越早出门，就越早回来。"艾希雅朝门口走去，随即突然停下脚步，"能不能请你告诉姐姐我回来了？此外我想跟她谈谈至关紧要的事情？"

"好。你的意思是不是说，你虽不想跟凯芙瑞雅和凯尔和解或道歉，但是双方可以就此平息战火？"

艾希雅紧紧闭上眼睛，再睁开，平静地说道："母亲，我打算把我的船要回来。我会向你证明，如今我不但已经做好准备，也最有权拥有薇瓦琪号，而且由我来掌船，对我们整个家族最好。不过现在我还不想跟你或凯芙瑞雅说这么多，也请你别跟她提起。你就跟她说，我想要跟她谈谈至关紧要的事情，这样就好了。"

"至关紧要的事情。"她母亲摇了摇头，额头上和嘴边的皱纹似乎变得更深了。她又举杯啜饮，不过那模样毫无宽心或愉悦可言。"艾希雅，你一切小心，早点回来。说真的，你回家来，对我们家而言到底是福是祸，我实在不知道。我只知道，我看到你还活得好好的，心里欣慰极了。"

艾希雅点点头，悄悄地溜出晨室。她并没有循着来时的路出去，而是大大方方地走前门。前门的台阶上有个男仆正在清扫落花，艾希雅路过时对那人点了个头。台阶旁茂密的风信子花丛散发出浓郁的香味。她匆匆地朝缤城闹市区而去时，心里几乎希望自己只是船上的打杂小弟艾奇亚，而非缤城商人之女艾希雅。这是个明媚的春日，也是她离开基地港近乎一年之后返乡的第一天，可是就连这些单纯的美事也无法让她高兴起来。

她沿着蜿蜒的山路而行，并注意到除了维司奇大宅之外，这一路上还有许多宏伟的大宅开始露出荒废失修的迹象，像是树木没有修剪、冬日风雨的残迹没有收拾等。这些人家想必是手头很紧吧。她行经热闹的缤城闹市区街头时，只觉得路上的人看起来都很陌生。这倒不是因为路上的行人她大多都不认识，这十年来，她待在海上或外地的时间很长，所以早就不期望认得出朋友和邻居的脸孔了。市街上有许多人讲话时带着哲玛利亚口音，装束则是恰斯国的风格。男的都很年轻，二三十岁左右的年纪，腰间佩带宽刃剑，刀鞘精雕细琢、镶金嵌银，钱袋直接挂在腰带上，以便向众人炫耀他们的财富。而那些陌生的女子穿着质料奢华的曳地长裙，长裙还开叉，露出裙下的薄纱衬裙，脸上则画着浓艳的彩妆，不但没有衬托出她们的五官，反而遮去了她们的真面目。这些男人讲起话来特别响亮,像是要尽量吸引旁人的注意,那口气傲慢自大、目中无人。他们的女伴像是紧张的小母马似的,肢体动作特别多,讲话的时候不是用力甩头,就是夸张地比手势。她们搽了浓郁的香水,戴着大大的金圈耳环,那一身如孔雀般争奇斗艳的打扮使缤城的高级妓女像灰扑扑的鸽子一般相形失色。

　　除此之外,市街上还有另一个层次的陌生人群,他们的脸颊上刺了奴隶刺青,从那种胆怯的举止看来,他们显然并不想让别人注意到他们的存在。以前缤城可没有这么多无足轻重的仆人。他们或者搬箱提柜,或者牵着马。有一个小男孩跟在两个年纪比他大不了多少的小女孩后面走,手里握着大阳伞替那两个女孩遮阳,虽说春日的阳光其实很温和。接着年纪较小的那个女孩回过头打了那个男孩一巴掌,骂他拿不稳阳伞。艾希雅看了真想走上前,也给那小女孩一巴掌。那个小男孩年纪太小,这些伺候的事情还做不来,再说石板路那么冷,他却还赤着脚走路。

　　"看了真令人痛心,是不是?不过那两个小女孩自幼就受到环境的熏陶,所以变得根本就没有心肝。"

　　这声音很低,而且就站在艾希雅耳边说话,把她吓了一跳。艾希雅一转身,发现琥珀就在她身后一步之遥的地方。两人目光相接,琥珀扬起一边眉毛示意,然后以高傲的声调吩咐道:"水手小子,如果你肯帮我搬木头的话,我就给你一个铜板。"

　　"乐于从命。"艾希雅点个头,行了个水手式的鞠躬礼,把琥珀怀里抱着的那一大块红色木头接过来,立刻就感觉到这木头比她想象的重得多。艾希雅把木头换了个位置以便捧得舒服一点时,发现她朋友那对黄玉般的眼珠露出了开心且狡黠的眼神。艾希雅毕恭毕敬地跟在离琥珀身后两步之处,随着她穿过缤城市集,走上雨野街。

　　雨野街也变了。以前雨野街这里,即使是晚上,聘请守卫看店的店家也少之又少,而白天时有守卫看店的也不过其中一两个店铺而已。现在几乎每个店铺前都站着一个剽悍的大汉,腰间系着短剑或是长刀,店铺的大门不再像以前那样开着等待客户上门,货色也不再摆设在店外的架子或桌子上。如今,人们只能透过横着铁条的窗口才能看到从雨野原进口到缤城的那些精致且近乎魔幻的商品了。艾希雅很想念以前走过雨野街就能闻到香水味、听到风铃声，连舌尖都尝得出风中稀有香料味的光景。现在雨野街的店铺虽仍跟往日一样忙碌，但是无论是店家或是买家都戒慎警备，防人如防贼，感觉上不太舒服。琥珀的店门上了锁，但就算这样，她的店门口也站了个守卫。那守卫是个穿着皮背心的年轻女人，她趁着等待店东回来时，旁若无人地拿着两根短棍、一截木头，玩起"抛棒轮转"的戏法。她一头长长的金发在脑后绑成马尾。她看到艾希雅的时候，露出洁白的牙齿对她一笑。艾希雅从那金发女人身边钻过去，心里很不自在，在她看来，那女人打量她的目光简直跟虎豹滴溜溜地望着眼前肥鼠的光景没两样。

"洁珂，你在外面等着，我还不急着马上就开店呢。"琥珀简洁地吩咐道。

"如君所愿。"洁珂答道。她讲话的时候带着一丝古怪的外国口音，意味深长地朝艾希雅打量了一眼，谨慎地退到店外，并随手关上门。

"你是在哪里找到她这种人的？"艾希雅难以置信地问道。

"她是老朋友了。等到她发现你是女人的时候势必要大大失望，洁珂一定会看出你是女人，什么事情都逃不过她的眼睛哪。不过你倒不必担心她会泄漏你的秘密，洁珂这个人口风紧得很。她什么都看在眼里，但是一句话也不多说，正是完美的仆人。"

"这倒奇了。我以前还以为，像你这样的人是什么仆人都不会用的。"

"我个人是宁可不用没错，但是我却非找个人来看店不可。我搬到别处去住了，晚上不睡在店里，可是缤城的盗贼越来越多，所以晚上我得请个人帮我看店，碰巧洁珂又没地方住，所以这个安排于她于我都很方便。"琥珀接过艾希雅捧着的木头放在一旁，然后突然抓住艾希雅的双肩，在一臂之距打量着她，吓了艾希雅一跳。"你看起来的确挺俊美的，怪不得洁珂紧盯着你看。"琥珀温馨地拥住她，放开她之后又说道，"看到你安然地回到缤城，我真是高兴。我心里常常想着你，不知道你过得如何。到后头来吧，我来泡茶，然后我们可以坐下来慢慢谈。"

琥珀一边讲，一边领着艾希雅往店里走。内室仍如她记忆中的一样，东西又多又杂。里头有几张工作台，上面散落着工具和未完工的木珠；衣服或挂在挂勾上，或整齐地叠好，收在木箱里；内室的一个角落有张床，另一角有个凌乱的睡垫，壁炉里生着小小的火。

"能喝喝茶倒好，只是我现在没空——至少我现在还没空，我还得去码头传话呢。不过等我传了话之后，就到这里来找你。其实，你还没碰到我之前，我就是这样打算了。"

"那就好，有件非常重要的事情非得赶快与你一谈不可。"琥珀答道。然而她的语气实在太严肃，严肃到艾希雅讶异地瞪着她看。琥珀发现艾希雅在看她，便补充道："这不是我在一时三刻之间可以说得清的。"

艾希雅十分好奇，但是由于任务在身，只得把好奇心按捺下来。"我也有事要与你私下一谈。这件事很敏感，说起来，我无权插手，但是她——"艾希雅犹豫了一下，"也许我现在告诉你也好，虽说我还没跟坦尼拉船长提起。"艾希雅又顿了一下，一股脑地说道，"这阵子，我都待在活船欧菲丽雅号上。欧菲丽雅受了伤，我希望你能帮帮她。我们返航的时候碰上了一艘恰斯战船拦住我们的去路，欧菲丽雅为了把他们赶走，两手都被火烧到了。欧菲丽雅嘴上说她不痛，可是她不是两手合拢，就是把手藏在视线之外。我不知道那个伤有多严重，也不知道被火烧灼的损伤能不能修补，但是……"

"被战船拦住去路？还受到战船的攻击？"琥珀非常吃惊，"在内海路？"她匆匆地呼了一口气，虽看着艾希雅，眼神却迷茫地望着远方，仿佛在凝视着另外一个时空。琥珀开口的时候，语调非常怪异："大运将至啊！时间拖着脚步走，每一天都像是过不完似的，我们因而以为我们所恐惧的大运必定会一拖再拖，不会马上来临。接着，我们早就预料到的黑暗时日突然降临，于是原本残存的片刻时机乍然而逝，再也来不及扭转恶运。我要到多大年纪才学得会呀？没时间了，时间根本就不够。那一天也许永远也不会来，但是今日的种种，无可阻挡地牵动了未来的变化，所以现在就是我们能够化解危难的唯一时机。"

艾希雅突然觉得自己的冤屈已经被洗刷干净了，这就是她原先冀望自己的母亲会有的反应。说来也怪，一下子就体会到她说的消息有什么深远影响的竟不是缤城商人，而是个外地人。此时琥珀已经完全忘记她刚才提议要泡茶，反而一下子打开角落的大木箱，开始疯狂地翻找箱里的衣物。"你等我一下，我马上就能跟你一起出门。不过，这个空档我们也别浪费。你就从离开缤城的那一天开始讲起吧，把你一切所见所闻都告诉我，就连那些你认为无关紧要的小细节也不要放过。"她转身朝一张小桌子走去，那桌上有个盖子打开的木盒。琥珀迅速地检查了一下盒里的瓶瓶罐罐和毛刷，然后把木盒收在臂弯里。

艾希雅笑了出来："琥珀，那一讲要讲上好几个小时——不，说不定要讲上好几天呢。"

"所以才要现在就开始讲呀。来吧，趁我换衣服的时候，你就可以开始说了。"琥珀卷起一臂弯的衣服，走到角落的木屏风后头。艾希雅谈起她在满载号上的经历，她还没把前几个月的凄惨生活和贝笙救她一命的事情讲完，琥珀就从屏风后面走出来了。但那人不是琥珀，而是一个满脸脏污的奴隶少女。她的脸被风吹红了，脸颊上还带了个刺青，有个结痂的溃烂蚀去了她的半个上唇和左鼻孔。她的发辫肮脏松散，穿着粗棉衬衫，补丁处处的裙子下露出了一双赤脚，一边的脚踝上还裹着肮脏的绷带。琥珀平时一天到晚不离手的蕾丝手套换成了粗糙的帆布工作手套，此时她把肮脏的帆布提袋放在桌上，开始把做木工的工具往里头塞。

"我都认不出你了。你这本事是哪里学来的？"艾希雅咧嘴笑问道。

"我以前不是告诉你了吗？我这辈子扮演过许多不同的角色，而近来这个装束用处很大。众人对于奴隶是视而不见的，所以我这一身打扮要去哪里都可以，没人会多看一眼。况且，就算是那种看到奴隶就要占便宜的男人，只要恰当地多装几处伤疤、多涂点脏污，就让他们倒尽胃口了。"

"难道说，缤城的街头变得很危险，危险到女人不能上街独行了吗？"

琥珀以近乎怜悯的眼光朝艾希雅看了一眼："你虽看到了，却没有看透。奴隶不能算是女人啊，艾希雅。奴隶既不是女人，也不是男人。奴隶是商品、货物、财产，不过是东西而已。奴隶主才不在意他的货物有没有遭人强奸哩。

如果她生下小孩,那么奴隶主就多了个奴隶;如果她没生下小孩,嗯,那又有何妨?刚才你在街上瞪着那个小男孩直看……然而对于奴隶主而言,就算那个男童每晚哭着入眠,他也一点损失都没有;就算那男童被人拳打脚踢、一身淤青,奴隶主也没什么损失,要是那男童因为被人虐待而变得脾气乖戾、难以管教,那奴隶主只要把他卖掉就好了。不过易手之后,那男童的遭遇一定更等而下之。一个社会若是接受了奴隶制度,那么社会阶梯的底层就变得很滑溜,一失手就落入无底深渊。如果一个人的生命可以用钱来衡量,那么生命的价值就会逐渐丧失,到最后连一个铜板都不值。一个老妇人的价值,若是不及她所吃的粮食……唉。"琥珀叹了一口气。

接着她突然抬头挺胸。"没空谈这个了。"她探头到桌上的镜子前打量自己,抽出一条破烂的围巾包住头、掩住耳朵,连耳环也遮去了,至于装工具的提袋则藏在买菜的提篮里,"这就行了,走吧,我们从后门溜出去。到了街上之后,你揽住我的手臂,凑近上来,像下流的水手那样色眯眯地斜睨着我,这样我们就可以边走边谈了。"

这障眼法竟然效果奇好,使艾希雅非常惊讶。人们大多对她们视而不见,就算是注意到她们的人,也都不屑地转过头望向别处。艾希雅继续讲述她的海上经历,有一两次,琥珀咕哝了一声,像是要插嘴似的,不过艾希雅停下来之后她却说道:"别停,你继续说下去,等你说完之后,我再一并问问题。"从来就没有人像琥珀这么注意听艾希雅讲话,琥珀像是海绵吸水一般,把她的话通通吸收进去。

走到关税码头之后,琥珀把艾希雅拉到一旁,问道:"你要怎么把我介绍给船认识?"

"你先跟我上船再说。我还没跟坦尼拉船长提起呢。"艾希雅皱起眉头,她突然领悟到这个安排有多么古怪,"你得先跟坦尼拉船长和葛雷见过面,我才能带你去找欧菲丽雅。老实说,我不知道他们对你会不会很友善,也不知道他们会不会因为不肯让非缤城出身的木匠来修补他们的船而排斥你。"

"这交给我就好。如果需要的话,我自会施展魅力。好,我们走吧。"

艾希雅走过登船的梯板时无人拦阻。她鬼鬼祟祟地四下张望，才夸张地招手要琥珀跟上来。站在关税码头上的那两个卫兵一下子就看到了琥珀，其中一人非常不屑地扭着脸，另一人则心照不宣地粗声大笑。这不过就是船上的打杂小弟要把婊子偷偷弄上船，两人都懒得干涉。

在欧菲丽雅号上站岗的那个水手难以置信地扬起眉毛，但是艾希雅跟他打了个手势，所以他缄口不语。他伴随她们两人走到船长室门前站住等待，艾希雅敲了敲门。

"进来。"坦尼拉船长应道。艾希雅对琥珀一点头，于是琥珀便跟着她走进去。船长坐在桌前，正忙着在上好的羊皮纸上写字，葛雷则站着眺望窗外。"这是怎么回事？"坦尼拉船长难以置信地问道，葛雷则不屑地歪着嘴。

艾希雅还没想到要如何应话，琥珀便答道："这只是个障眼法而已，大人。"她的语气温文且节制，口音纯正，任谁都不得不信她，"我变装而来，还请多多见谅。我之所以变装，乃是为了避免横生枝节。我跟艾希雅颇有交情，我们已经认识很久了，所以她信得过我。她把你们返航时的遭遇告诉了我，而我之所以来这里，不只是为了要帮助你们反抗关税，同时也是为了要来看看我能不能把欧菲丽雅的手伤修补好。"

琥珀流利顺畅地把要点都讲了。幸亏她讲了，换作是艾希雅，这番话可能会支吾上半天呢。话毕，琥珀静静地站着，两手交握在身前，姿态高雅。她背脊挺直，眼神则大大方方地直视着坦尼拉父子。那两个男人互望了一眼，坦尼拉船长开口讲的第一句话吓了艾希雅一跳。

"你果真能修好欧菲丽雅的手吗？如今欧菲丽雅老是把手藏着，不肯让别人看到，我想到就心痛。"

坦尼拉船长谈起爱船，语调里别有深刻的感情，触动了艾希雅的心弦。

"我不知道。"琥珀老实地答道，"我对巫木知道得不多。我仅有的体验是，巫木的质料极为紧致细密，由于巫木有这个特性，所以欧菲丽雅说不定因此没有伤得太深。但是除非我看到她的手，否则无从得知能不能把她的手修好。况且说不定看过之后，我还是不知道我能不能做得来。"

"那我们就到前头去看看吧。"坦尼拉船长突然说道,接着他以近乎歉然的表情望着艾希雅,"我知道你带了母亲的口信回来,你别以为我不把这当一回事,但欧菲丽雅是我的爱船。"

"当然是欧菲丽雅优先。"艾希雅应和道,"我也就是抱着这个想法,所以才请好友琥珀陪我前来。"

"这的确是你的作风。"葛雷衷心地赞道,同时大着胆子碰了艾希雅的手,接着他朝琥珀行了鞠躬的见面礼,"只要是艾希雅称为朋友的人,我都与有荣焉。对我而言,我只要知道你是她的朋友,这就够了。"

"看到儿子,我才发现我都忘了礼数了。小姐,请多见谅。我是缤城商人汤米·坦尼拉。这是我儿子,葛雷·坦尼拉。这船是我们的家族活船,欧菲丽雅号。"

艾希雅猛然意识到,她直到现在都不知道琥珀的姓氏,但是她还来不及结结巴巴地把琥珀介绍给他们认识,琥珀便开口说道:"我是做木珠的琥珀,在雨野街上有个店面。我很期待与你们的船见面。"

坦尼拉船长也不再客套,便领着众人往船首而去。欧菲丽雅显然早就按捺不住好奇的心情,她以稍有节制但仍嫌伤风败俗的眼神上下打量琥珀。艾希雅虽心事重重,看了仍不禁咧嘴而笑。欧菲丽雅听了琥珀的来意之后,便毫不迟疑地把她的手伸出去给琥珀检查,并严肃地问道:"你看你能把我的手修好吗?"

这是艾希雅第一次清楚地看到欧菲丽雅的手伤。沥青火球烧坏了她的指头,也把她左腕内侧烧去一层。她的手原本显得高贵典雅,如今却像是专事洗刷的女仆之手。

琥珀以双手捧住欧菲丽雅的一只大手,以戴着手套的手指尖轻轻拂过烧焦的表面,稍微用点力道揉搓一下。"痛的话要说。"琥珀这时才想到要跟欧菲丽雅叮嘱一声。她自言自语道:"这木料真是奇特啊。"接着琥珀打开帆布袋,选好工具,开始轻轻刮除指尖的焦皮。欧菲丽雅突然吸了一口气。

"痛吗?"琥珀立刻问道。

"不是人的那种痛，只是觉得……不对劲，有种毁伤的感觉。"

"据我看来，你的手只是表面烧焦了。我可以用工具把焦黑的部分刮除，之后可能还得把你的手型修饰一下，所以以后你的手指可能比现在还要细一些。不过我敢说，你的手大部分都能保全，除非这火伤比我评估得还深。但是我在工作的时候，你可能难免会有受到毁伤的感觉，这只得请你忍一忍，不能害怕。至于要多久才能修好，这我就不知道了。"

"汤米，你觉得如何？"欧菲丽雅对船长问道。

"据我看来，试试看也没什么损失。"坦尼拉船长柔声说道，"况且如果你觉得不舒服，难以忍受，那么我敢说，琥珀小姐一定会马上停手的。"

欧菲丽雅紧张地一笑，她的眼神突然变得迷茫。"如果你能把我的手修好，那么也许该顺便请你打点一下我的头发才是。"欧菲丽雅抬起一手，拂起大波浪卷的长发，"这个发型早就过时了。我常常在想，若是能把头发弄成细卷卷发，然后再……"

"噢，欧菲丽雅。"汤米忍不住呻吟一声，而其他人都大笑起来。

琥珀仍捧着欧菲丽雅的一只手，她的头贴近观察着欧菲丽雅的伤势。"要找别的木料来配合巫木恐怕很困难。我从来没看过能把肌肤的色泽模拟得如此逼真却又不失木质纹理的木料。我听说，活船苏醒过来的时候会创造出属于自己的色彩。"琥珀毫不忸怩地直视着欧菲丽雅，问道，"如果我刮得太深，深到暴露出原色木料，那么你的巫木会重新出现色彩吗？"

"我不知道。"欧菲丽雅平静地答道。

"这不是一下午做得完的工作。"琥珀笃定说道，"船长，能否请你吩咐站岗的人，让我能随时自由来去？我以后来，还是用这种打扮，可以吗？"

"好吧。"船长勉强地答应道，"不过别的缤城商人若是问起为什么我要找奴工来干活，甚至还把这么精细的工程交给奴隶去做，那可就难解释了。你知道，我个人是反对蓄奴的。"

"我也是，"琥珀正色答道，"而且缤城里有很多人跟你我一样反对蓄奴。"

"是吗？"汤米酸溜溜地答道，"我倒看不出城里有那么多人反对奴隶制度。"

琥珀轻轻地拍了一下脸上的假刺青。"你若是换上破衣烂裤，再描上刺青到缤城游走，那你就会发现，原来缤城有很多人不遗余力地反对蓄奴。你既然有心要唤醒缤城，那么就不要忽略这一群盟友。"琥珀从提袋里挑出一把小型的横纹刨，着手调整刀刃，"好比说，如果有人对于那个关税大臣住宅的运作情况感到好奇，那么你不难在这一群人之中找到主动提供线索的间谍。我记得，连帮关税大臣写信给大君的那个书记也是个奴隶呢。"

艾希雅背脊发冷。琥珀怎么会知道这么多？还有，她为什么要不辞辛劳地查出这些事情呢？

"听你说起来，你好像对此知之甚详。"坦尼拉船长严肃地指出。

"噢，密谋查访的事情我也略知一二。这种事情的确令人不齿，不过这是必要之恶。这就好比说，有时候痛苦乃是必要的。"她把刨子抵在欧菲丽雅的掌上。"你要稳住。"她低声警告欧菲丽雅，"现在要把最焦黑的地方刮掉。"

在那恐怖的刮擦声之后，众人沉默了一会儿。焦黑的木屑纷纷落下，那气味令艾希雅想起头发烧焦的味道。欧菲丽雅嗯哼一声，抬起头眺望水面，紧咬着牙关。

坦尼拉船长面无表情地望着琥珀动手，接着他以问起天气一般轻松的语气，对艾希雅问道："你把我的口信传给你母亲了？"

"对。"艾希雅心里冒出近乎羞愧的感觉，但她努力把这感觉按捺下来，"说来遗憾，但是我恐怕维司奇家族使不上什么力。我母亲说，她会跟我姐姐凯芙瑞雅谈一谈。如今凯芙瑞雅是我们家正式的商人代表，我母亲会劝她参加下次商会的集会，并投票支持你们的行动。"

"我懂了。"坦尼拉刻意以不带感情的语调答道。

"要是我父亲还在世就好了。"艾希雅悲凄地说道。

"我倒希望你是维司奇家族的商人代表呢。说真的，你们家族的活船应该由你来继承才对。"

这一提，勾起了艾希雅内心最深的创伤。"我连凯芙瑞雅会不会跟你们站在同一边都不知道。"此语一出，众人都沉默不语。艾希雅努力以平实的语气说道，"毕竟凯芙瑞雅若是跟你们站在同一边，就等于跟她丈夫对抗。关税会提高，是因为大君要肃清海盗、保护贸易，但是大家都知道，大君最在意的其实是奴隶贸易。在海盗开始攻击运奴船之前，大君根本就懒得理会海盗猖不猖獗。所以，如果问题归结到蓄奴这件事情，而凯芙瑞雅必须选边站的话……那她……如今凯尔做的就是奴隶买卖的生意啊。他把薇瓦琪号当作运奴船来用，在我看来，凯芙瑞雅并不反对她丈夫做这种买卖，就算她与丈夫意见相左，问题是她这个人从来就不想跟丈夫唱反调，不管什么事情都一样。"

"不……"欧菲丽雅大叹道，"噢，他们怎么可以做这种事情？薇瓦琪那么年轻，这种煎熬，她怎么承受得住？你母亲是怎么想的，怎么任由事情发展到这个地步呢？他们怎么可以这样对待自己的家族活船？"

葛雷和坦尼拉船长都沉默不语。船长露出坚定谴责的脸色，葛雷脸上则显得讶异。他们虽未出声质疑谴责，但是他们的心思可想而知。

"我不知道。"艾希雅忧伤地答道，"我真的不知道。"

第十一章

审 判

"她到哪里去了？她到底在干什么呀？"凯芙瑞雅焦虑地问道。

"我不知道。"她母亲不耐烦地答道。

凯芙瑞雅低下头望着手里捧着的茶杯，并强迫自己不要回嘴。她差点就开口问母亲，她是真的看到艾希雅回到家里来，还是头晕眼花之余的错觉。过去这一个星期的活动令人精疲力竭，所以就算这事是她母亲想象出来的，她也可以谅解。但若非如此，而是她妹妹回家待了一会儿，然后又再度消失得无影无踪，那就不可原谅了。然而她母亲竟然理所当然地接受了艾希雅乖张怪癖的行为。

她母亲以比较和缓的口气补了一句："她告诉我她会在天亮前回来，而现在才刚天黑。"

"好人家出身，而且年纪轻轻、还没结婚的女人，竟然晚上一个人在外面跑，你不觉得很不妥吗？更何况是她失踪近一年后回到家来的第一天！"

"的确很不妥。不过在我看来，这就是艾希雅的风格。这孩子是改不了的，我已经想通了。"

"可是你就不通融我！"麦尔妲突然针锋相对地插话进来，"我连在白天的时候都不能独自在缤城的街上走呢。"

"这倒是真的。"罗妮卡·维司奇和颜悦色地应道。她正在打毛线，手上的棒针韵律有致地互击。麦尔妲嗯哼地表示不满,但是罗妮卡根本不理会。

她们稍早吃过晚餐之后便移到书房来了。她们都在等艾希雅回来,但是这点谁也没有点破。其实也用不着点破,凯芙瑞雅的母亲起劲地编织,像是在比赛似的,凯芙瑞雅倒没那么专心,只是把针线刺过绣花布,顽固地一针拖过一针。她才不要因为妹妹的事情而丧气,她才不要让自己所拥有的这么一点小小的平静被妹妹打破。

麦尔妲则根本就不想装出有正事在忙的样子。刚才一家人吃着朴实的晚餐时,她就一边不满地戳刺着餐点,一边嚷着说她已经开始想念达弗德的仆人了。此时她满室乱走,随意拂过桌面,拿起一两样外祖父多年航海所带回来的小纪念品瞧瞧,又放回去。麦尔妲那种坐不住的样子让原本就烦躁的凯芙瑞雅看了更烦。她想,幸亏瑟丹已经累得上床睡觉了,毕竟这个星期的活动实在多。不过麦尔妲则越忙越起劲,而打从访客的马车尽皆离去之后,她就显露出落寞的神情。在凯芙瑞雅看来,此时的麦尔妲就像是退潮之后被困在沙滩上的海生物。

"好无聊呀。"麦尔妲说道,这句话恰巧应和了她母亲心里的想法。麦尔妲继续说道,"要是雨野原商人还在就好了。他们才不会枯坐着,用静悄悄的女红打发晚上的时间呢。"

"我敢说他们在家的时候一定也像我们一样。"凯芙瑞雅坚定地反驳道,"没人会天天大办筵席、夜夜歌舞通宵,麦尔妲。你可不能把享乐当作是你跟雷恩交往的基础。"

"唔,不过我可以告诉你,如果我嫁给她,而且我们有了自己的家,那么是绝不会如此枯燥度日的。我们会邀请朋友到家里来,并聘请乐师奏乐,不然就出外访友。黛萝跟我已经讲好了,等到我们都结了婚、可以自由自在地安排生活之后,我们会常常……"

"如果你嫁给雷恩的话,那么你会搬到雨野原去,而不是住在缤城。"罗妮卡平静地说道,"所以到那时候,你得结交雨野原的朋友,并学着跟雨野人一样生活。"

"你为什么总是跟我唱反调?"麦尔妲尖锐地质问道,"不管我说什么,你总是泼我冷水,我看你一定是希望我一辈子忧愁不完!"

"你别净怪别人,这其实是你自己爱幻想……"

"母亲,求求你别再说了。要是今晚你们两个斗起嘴来,那我一定会疯掉。"

之后是一室沉默。最后罗妮卡答道:"对不起,我并不是希望麦尔妲一辈子忧愁,我是希望她觉醒过来,开始在人生的框架中挑一条幸福的路来走。但她若是把人生幻想成开不完的宴会、享受不尽的乐趣的话……"

"怪不得艾希雅阿姨会离家出走!"麦尔妲大叫着打断了外祖母的话,"在你看来,任谁的人生前景都既枯燥又苦闷。哼,我的人生才不会那样呢!雨野原有很多有趣的事情,雷恩都讲给我听了。等我们去他们家拜访的时候,雷恩会带我去古灵人的大城参观,火焰宝石、济德铃饰灯和许多别的好东西都是古灵人的大城出产的。雷恩跟我说,有一些地方若是用手一碰就会满室生光犹如白日,而且他还说,有的时候,他会看到古灵人的鬼魂在古城里来回走动。古灵人的鬼魂可不是每个人都看得到的,只有非常敏感的人才看得到。不过雷恩说我可能看得到,敏感的人通常都有这个禀赋,而禀性最强的人有时候还听得到古灵人的歌声乐曲哩。雷恩会以配得上库普鲁斯家女人的衣裳打扮我。我用不着掸灰尘、擦银器,也用不着下厨做菜,这些自有仆人去做。雷恩说……母亲,你为什么笑成那样?你觉得我很可笑吗?"麦尔妲愤慨地说道。

"不,不,差远了。我刚才在想,听你这口气,你很喜欢这个年轻人嘛。"凯芙瑞雅轻轻摇了摇头,"当年你父亲和我盘算了许多人生计划,那些梦想不见得会实现,可是想着想着就觉得很甜蜜。"

"在我听来,倒觉得她喜欢的是雷恩所带给她的远景。"罗妮卡柔声纠正女儿的说法,她以更轻柔的语气说道,"不过,就算她喜欢的是那些也没什么不好,一起做梦的年轻人通常都会变成好搭档。"

麦尔妲走回火炉前,拨弄着炉栅内的炉火。"你们别说得一切已经尘埃落定了似的,事实并非如此。"她任性地说道,"雷恩这个人也有很多缺点,他总是戴着面纱和手套,这就够讨厌的了,谁知道他的真面目是什么样呢。再来,一勾起政治的话题,他就说个没完没了。这会儿他讲着举办宴会与交朋友如何如何,但接着就谈起我们要跟哲玛利亚国打仗,以及不管情势多么险峻,我们都一定要站稳脚跟什么的。依他所说,事情会闹得很大哪!还有,他说奴隶买卖罪大恶极,而就算我跟他说,爸爸认为奴隶买卖对缤城大有好处,而且爸爸正借着奴隶买卖来汇聚家族的财富,雷恩也不肯改口。他竟然还大着胆子说,爸爸必须改变想法,因为奴隶买卖不但是万恶渊薮,也大大损伤我们的经济,所以爸爸必须放弃奴隶买卖,改而上溯雨野河做生意!

"除此之外,雷恩急着要有孩子,仿佛是结婚隔天我就会怀孕似的!我跟他说,我们不但在雨野原要有房子,在缤城也要有房子,他一听就哈哈大笑!他说,等我见识到雨野原大城的美妙之后,我就会忘了缤城的一切。然后他又说,我们不会另立门户,只要从库普鲁斯家族的大宅子拨出一区来就够我们用了。所以说,我不知道自己会不会选雷恩。"

"听起来,你们两个对于未来的前程谈了很多嘛。"罗妮卡冒险问道。

"他的确讲得好像一切都已经确定了似的!我若是跟他说,事情还没有确定,他就笑着问我,为什么我会以折磨他为乐。天下的男人都这么迟钝吗?"

"我认识的男人个个都迟钝得可以。"罗妮卡顺着麦尔妲的口气说道,接着她的语气转为严肃,"不过,如果你不想跟雷恩交往下去的话,一定要告诉我们。毕竟,若是早点了断,双方起码可以少点尴尬。"

"噢……我还没决定,还早呢,可能还要再一阵子。"

一室沉静。麦尔妲想着她的前景,另外那两个年纪较长的女人则各自考虑麦尔妲的决定会对她们产生什么影响。

"要是能知道现在艾希雅在哪里就好了。"凯芙瑞雅听见自己说道。

她母亲叹了一口气。

艾希雅放下陶杯。桌上的那只烤鸡已经所剩无几,坐在她对面的琥珀轻轻地把刀叉交叉放在餐盘上。洁珂往后靠在椅背上剔牙,她发现艾希雅在凝视着她,于是咧嘴而笑。"你会不会碰巧有个大哥呀?"洁珂逗着艾希雅,"你那双眼睛摆在女人脸上，真是太可惜了。"

"洁珂！"琥珀笑着制止她，"你这样闹得人家多不自在。你何不去缤城街头溜达溜达？艾希雅跟我还有正经事要谈。"

洁珂咕哝一声，推开椅子站了起来。她转动肩膀的时候，艾希雅还听到筋骨的劈啪声。"谈正经事？不如听我的劝，喝个大醉才是正经咧。回到基地港来的第一晚竟用来谈正经事，这算什么嘛。"洁珂咧嘴而笑，亮出一口白得有如肉食动物的牙齿。

"谁知道呢？说不定最后正事也谈了，酒也喝了个饱呢。"琥珀笑着应和道。她望着洁珂套上靴子、披上轻薄的斗篷。洁珂一走出去、关上门，琥珀便把手肘支在桌上，倾身向前，并伸出一指，指着艾希雅，"快从你没讲完的地方接下去。还有，这次你讲的时候就别多费工夫去美化你觉得自己表现不佳的地方了吧。我之所以要问你这一年的经历，并不是为了要给你打分数。"

"不然你问得这么仔细是要做什么？"艾希雅问道，她心底纳闷自己为什么要答应把这些事情讲给琥珀听。其实直到如今，她对这个女人仍所知有限，既然如此，为什么琥珀问了她就答应，并且巨细无遗地把旅行的见闻和经历讲给她听呢？她为什么要对琥珀这么好？

"啊，这个嘛。我想，我问了你那么多，换你问我个问题也很公平。"琥珀吸了一口气，像在思索要怎么措辞，"我不能离开缤城，因为我在这里有事要做，然而这些事情何时能成，则要看其他地方发生了什么事，比如哲玛利亚城和内海路发生的变化，所以我才请你把你在那些地方的所见所闻告诉我。"

"你这等于没说嘛。"艾希雅平静地评论道。

"这我也知道。好吧，那我就直说了。我矢志献身于某些变化。我希望蓄奴的制度能够终了，不只是缤城没有奴隶，而是哲玛利亚国全国和恰斯国都不再有奴隶。我希望缤城能够摆脱哲玛利亚国的统治。还有，我最大的希望就是能够解开龙与蛇之谜。"琥珀讲到这里的时候别有用意地对艾希雅一笑。她先敲敲左耳的龙耳环，再敲敲右耳的蛇耳环，接着她扬起一边眉毛望着艾希雅，期待地等着她的答案。

"龙与蛇？"艾希雅困惑地问道。

琥珀脸色大变。她脸上先是显得惊惧惶恐，接着变得疲倦无力。她往椅背一靠，轻轻地说道："当我终于跟你提起龙与蛇的时候，你应该一听到就跳起来、露出震惊的表情才对，要不然，你也许会叫道：'啊哈！'或是惊奇地摇摇头，把龙与蛇的关联解释给我听。但是我压根没想到你竟平静地坐着，客气地露出困惑状。"

艾希雅耸耸肩："对不起。"

"龙与蛇？你听到龙与蛇，不觉得有什么特别吗？"琥珀急切地问道。

艾希雅又耸了耸肩。

"你仔细想呀，"琥珀恳求道，"求求你，我一直都深信你就是我要找的那个人。虽说不时有些梦境使我起了疑心，但是当我再度在街上看到你的时候，我心里又变得很笃定，就是你没错，所以你一定知道。你仔细想想呀，龙与蛇。"琥珀支着桌子，倾身向前，以恳求的眼神望着艾希雅。

艾希雅深吸一口气："龙与蛇，好吧。我在不毛群岛的时候看到人称'龙石'的大石头。而且回程的时候，我们的船遭到了海蛇攻击。"

"之前你讲到你在不毛群岛的经历时，怎么都没有提到龙！"

"那不重要。"

"快告诉我吧。"琥珀的眼神很急切。

艾希雅靠到桌边，提起装啤酒的陶壶添满自己的陶杯，"那其实没什么。我们在龙石的下风处扎营，所谓的龙石，不过是一块拔地而出的大石头，若是光线凑巧从某个角度照来，看起来就很像是死龙。有个老手讲得活灵活现，说那真是死龙，我若爬到龙石上去看，还会看到有一枝箭插在龙的胸膛里。"

"那你有没有爬上去看？"

艾希雅羞涩地咧嘴而笑："我好奇呀，所以就找了一天爬到龙的胸膛上去看。雷勒说得没错，龙的胸口的确插着一枝箭，前腿还抓着那枝箭不放呢。"

"这么说来，那不是碰巧长得像龙形的石头啰？那东西真的有前腿？"

艾希雅噘起嘴："也可能是哪个水手得了空，所以着手把龙石的样子'加强'了一下。这是我的想法啦。雷勒则一口咬定那个四脚朝天、仰躺在地的东西已经在那里躺了不知多少岁月。不过那枝箭杆看来倒挺新的，不像是经过风吹雨打的样子，也没有分叉，看来倒像是上好的巫木箭杆。我唯一惊讶的是，这巫木箭杆竟然好端端地留在那里，没人取走。不过话说回来，水手们多半迷信，而巫木在外面的名声又不好。"

琥珀呆呆地坐着，像是被定住似的一动也不动。

"蛇嘛——"艾希雅才开口，琥珀就叫道："等等！让我想一想。巫木箭呀，就靠一根巫木箭？巫木箭？谁射的箭？什么时候的事情？为什么要杀龙？"

琥珀问的这些问题艾希雅都答不出来。她举起酒杯喝了一大口，当她放下酒杯时，发现琥珀正笑看着自己。"继续讲你的故事吧，讲你碰上海蛇的事情，尽量讲得详细一点。我保证这次会乖乖地听。"琥珀在她自己的玻璃杯里注了一点金黄色的白兰地，往后靠在椅背上，等着听故事。

洁珂说得没错，啤酒壶足足添了两次，而琥珀那一瓶白兰地也喝掉了一大半，艾希雅才把蛇的故事讲完。海蛇攻击船的事情，琥珀来来回回地问了好几遍。她对于海蛇的口沫如何侵蚀布料与皮肤问得很详细，听到贝笙强调那不是随意的猎食动物的攻击，而是有思考的生物的复仇行动时，还点头称是。不过，艾希雅感觉海蛇的故事不像巫木箭那么能够激起琥珀的兴趣。到了最后，就连琥珀也想不出问题可问了。壁炉里的火越烧越小。艾希雅到户外厕所去了一趟，回来之后发现琥珀正把剩下的白兰地分注在两个小玻璃杯里。这两个玻璃杯端坐在精美的木托上，木托是长春藤藤蔓的花样，显然是琥珀的手艺。

"来，"琥珀开口道，"且让我们为世界上一切走对了的事情干杯；为友谊，也为醇美的白兰地干杯。"

艾希雅举起她的玻璃杯，但是什么祝词也想不出来。

"为薇瓦琪号干一杯？"琥珀帮她提词。

"我希望薇瓦琪号一切都好，但是除非我脚下踩着薇瓦琪号的甲板，否则薇瓦琪号就是深陷重围，哪有什么好庆祝的？"

"为葛雷·坦尼拉干一杯？"琥珀开玩笑地提议道。

"那个太复杂了。"

琥珀笑开了："那就为贝笙·特雷干一杯！"

艾希雅呻吟了一声，摇了摇头，不过琥珀还是照样举起杯子。"仅以此酒，为那些热情有余却不负责任的男人干一杯。"琥珀把她的酒喝干了，才又补了一句，"因为有这种男人，所以女人才能声称一切皆非自己所为。"

琥珀后面那句话故意在艾希雅懒得争辩、干脆把白兰地一饮而尽之后才说出来，结果害得她又是呛又是咳的。"琥珀，你这样说有失公允。他占了我的便宜啊！"

"是吗？"

"我跟你说过了呀。"艾希雅顽固地答道。事实上，她跟琥珀讲的少之又少，只不过是以耸耸肩来坦承事情的确发生过。当时琥珀听得扬起一边眉毛，但是并没有多问。此时艾希雅怒视着琥珀，而琥珀则定定地望着她，嘴边带着一抹心照不宣的微笑。艾希雅吸了一口气："那时候我酒喝多了——喝的还是下了迷药的酒，头被人狠狠打了一棒。何况贝笙又给我吃辛丁。而且当时我又冷又湿又累。"

"贝笙的情况也跟你一样啊。我不是在挑你的毛病，艾希雅。你们两个都用不着为那件事找遁辞。在我看来，你们两人都借此分享了彼此最需要的东西，那就是温暖、友谊、放松与确认。"

"确认？"

"啊，这么说来，你对前三项都毫无异议啰？"

艾希雅没有回答这个问题，她只是抱怨道："跟你讲话好辛苦。"然后又质问道，"确认什么？"

"确认你们彼此的身份，以及你们彼此是什么样的人呀。"琥珀的讲话声很轻，几乎可称之为温柔。

"这么说来，你也认定我是荡妇啰。"艾希雅本想把话讲得幽默，结果听起来却语调平板。

琥珀凝视着艾希雅，看了好一会儿，接着往后一仰，只以椅子的两条后腿着地,却依然能保持平衡:"我想,你是什么样的人,你自己清楚得很,用不着问我的意见。你只需要想想自己做了什么样的白日梦就知道了。你有没有幻想过自己嫁人生子、生活稳固的光景?你有没有猜想过,若是自己肚里怀胎是什么感觉?一边照料幼小子女,一边等待丈夫出海归来的生活,是不是令你很向往呢?"

"什么向往?做恶梦才会梦到那种情景呢。"艾希雅一边招认,一边笑了出来。

"好,如果你从来就不期盼要过商人妻子那种安稳的生活,那么你怎么会期望自己终其一生都对男人一无所知?"

"这我倒没想过。"艾希雅把啤酒杯拉到身边来。

琥珀不以为然地哼了一声:"其实你心里对这个问题想得才多呢,只是不肯坦白承认罢了。你根本就不想接受随之而来的责任,所以你宁可假装那件事只是碰巧被你遇上,而且你是受了男人的蛊惑。"琥珀砰地一声,让椅子四腿着地。"走吧。"她对艾希雅邀请道,"潮水在上涨,而我有个涨潮之约呢。"琥珀打了个嗝,"跟我一起走吧。"

艾希雅站了起来。琥珀那番话到底是在侮辱人,还是在逗她开心,她说不上来。"我们要去哪里?"艾希雅一边问一边接过一件破烂的外套。

"去海边。我要带你去见一个朋友,派拉冈。"

"派拉冈?你说的是那艘船?我跟派拉冈很熟呀!"

琥珀露出笑容:"我知道你跟派拉冈很熟,他有一次还提起你的名字呢,不过那是他说溜嘴,所以我也没透露说我其实认识你。不过,就算他没提,我也看得出来,你在派拉冈号住过之后留下好些玩意,跟贝笙的东西混在一起。"

"比如什么?"艾希雅怀疑地问道。

"我第一次注意到你的时候,你头上戴着一个兼作梳子之用的发饰,而那个发饰就靠在窗棂上,仿佛你站在那里梳了头发之后,就顺手把发梳搁在那里了。"

"啊,不过你怎么会跟派拉冈号扯上关系?"

琥珀一边打量艾希雅的反应一边说道："我刚才说过，派拉冈是我朋友。"接着她以较为谨慎的口气补了一句，"我要把他买下来。"

"不可能！"艾希雅气愤地叫道，"不管派拉冈多么丢丑失态，大运家族的人也不能把他们的家族活船卖掉！"

"这么说来，是法律明文禁止的啰？"琥珀的口气很平淡。

"不是，根本就用不着把这种事情列在法律条文里，因为缤城的习俗就是这样。"

"缤城人所引以为豪的习俗，有许多都因为这一波新商的到来而消失了。如今缤城人虽不公开嚷嚷，但是任何注意这些事情的人都知道，派拉冈号已经上架求售，而且那些新商标售派拉冈号的价钱也没有被剔除。"

艾希雅沉默了好一会儿。琥珀套上斗篷，拉起兜帽盖住她淡色的头发。艾希雅低声说道："如果大运家族不得不卖掉派拉冈，他们也会卖给其他旧商世家，而不是像你这样的新来者。"

"我还在纳闷你会不会强调出这一点呢。"琥珀像是聊天般地应道。她拉开后门的横挡，开了门，并问道："一起来吧？"

"还不一定呢。"艾希雅先走出去，站在黑暗的巷子里等着琥珀锁门。她跟琥珀聊到最后竟突然峰回路转，变得令人浑身不舒服，而最令艾希雅心神不宁的是，她觉得琥珀是故意引导出这个小小的冲突。她是在测试两人之间的交情吗？还是她这样刺一下，其实另有深意？艾希雅慎选她的遣词用字："我并不会单纯因为我是缤城商人世家出身而你不是就看低你，或认定你不如我。只是有些事情属于缤城商人专擅的领域，我们把自己的地盘防守得很紧。我们的活船非常特殊，有必要严加保护。活船对我们而言意义重大，要让外人了解这一层道理，实在困难。"

"是啊，要把自己不懂的事情解释给别人听，的确很困难。"琥珀平静地反驳道，"艾希雅，这个观念一定要破除，而且不只是你，所有的缤城商人都得破除这个旧观念。人要求生存，就得改变。你们得先想好，对你们而言哪些习俗最为重要，然后就把那些习俗保留下来。还有，只要是观念与你们一致的，你们就必须与之结盟，但不能对新盟友疑神疑鬼的。最重的就是，凡是不属于你们的东西，你们就得割舍；有些东西，就连雨野原商人都不能声称为己有，因为那些东西乃是所有人的共同遗产。"

"你对雨野原商人知道多少？"艾希雅问道，她就着暗巷昏暗的光线斜睨着琥珀。

"少之又少。你们缤城人守口如瓶，我哪听得到消息？只是我猜测，雨野人大概是私吞了埋藏在古灵大城里的宝藏，并声称古代流传下来的这些神奇乃属于雨野人所有；而缤城这个地方和缤城的商人世家就像盾牌一样，把雨野人隐藏起来，所以世界各地的人顶多只听过雨野原商人之名，却不知雨野原商人之实。雨野原商人虽然对古灵文明一知半解，却照样深入挖掘古灵的秘密，他们把某一支古代民族经年累积下来的知识器物拆解下来，当作有趣的玩意送到市场去卖。然而据我看来，他们偷取了不少东西，而古灵文明可能也被摧毁过半了。"

艾希雅深吸了一口气，但是话还没说出口就缄口不语，默默地跟着琥珀而行。

接着是一阵尴尬的沉默，最后琥珀爆出大笑："你瞧，我说中了吧，你连我猜对了还是猜错了都不肯讲出来。"

"这是缤城商人的家务事，这种事情是不会拿来跟外人谈的。"艾希雅听得出自己讲话的口气很冷淡，但是她一点也不后悔。

一时之间，两人貌合神离地走着。远方传来夜市的热闹声响，听来像美好的记忆一样朦胧遥远。风是吹过水面而来的，很冷。在黎明前的这几个小时，春意消散不见，大地重新回到阴暗寒冷的冬日之中。艾希雅的心情落入谷底，如今她与琥珀的友谊岌岌可危，这时才体会到自己多么看重这个朋友。

琥珀突然抓住艾希雅的手臂，这触感加上急切的语气，使她接下来讲的这番话特别撼动人心。"缤城不能再孤立下去了。"她说道，"哲玛利亚国是越来越败坏了，而且那个克司戈大君会毫不手软地把缤城割让给恰斯国或是把你们卖给新商。艾希雅，那个大君才不把你们放在眼里呢。别说是缤城人了，那个大君就连他自己的荣誉,以及他的祖先对缤城人立下的誓言也不在乎,甚至连哲玛利亚国的人民,他也不管他们的死活。克司戈只顾他自己一人,只讲究切身的事情,所以他根本看不出那些事情跟他有什么关系。"琥珀说到这里,摇了摇头,艾希雅感觉到她非常悲伤,"这个克司戈啊,年纪轻轻又未经历练就大权在握。他小时候倒是多才多艺,像是能成大器的样子。他父亲颇以这个秉性出众的儿子为傲,师长们也都以这个学生为豪,所以谁也不肯吓阻这个好奇的心灵,放任他自由自在地探索一切。换言之,就是什么规矩与管束都没有。有一段期间,克司戈就像是逐渐绽放的珍异花卉一般地令人期待。"

讲到这里,琥珀停了一下,仿佛在回忆美好时光。最后她叹了一口气,继续说道:"但是世事若是不设极限、任其滋长,哪能鼎盛下去?克司戈发现了色欲之乐并耽溺其中之初,宫廷的人只觉得有趣,而克司戈则以其一贯的风格,无穷地探索下去。当时每个人都认为,克司戈年纪还小,再过一阵子,这风潮也就过去了,谁知他却就此定型。他顾着体验感官之乐,沉迷得难以自拔,变得比以前更自以为是。野心勃勃的人看出这乃是讨好未来大君的好路子,所以开始源源不断地供应娱乐;寡廉鲜耻的人则看出,这乃是通往权力的捷径,这两种人联手起来,把只有他们能够供应的新奇嗜好介绍给他,并且把他的瘾头越养越大。当克司戈的父亲突然过世,而他顿时大权在握之后,他就像是木偶一样受人操纵摆布,这个情况越演越烈。"琥珀笑了两声,笑声中毫无愉悦可言,"说来讽刺啊。这个年轻人,从小到大没受过任何局限,长大之后却受到瘾头的牵绊,像是被颈圈勒住似的喘不过气来。他的敌人会剥夺他的人民、奴役他的土地,而他的寝宫里却照样弥漫着迷幻药草的烟雾,而他则在烟雾中展露微笑。"

"你对这段历史很清楚嘛。"

"的确。"

琥珀简洁明快地应了这一声,把艾希雅原本要问的问题给打断了,不过她旋即又想到一个问题。"你讲这些给我听做什么?"她低声问道。

"把你点醒啊。你们虽去吁请大君重视承诺,以名誉为重,但那是不会有什么结果的。如今大君和哲玛利亚的世族大家都生了一种腐蚀人心的重病，叫做'权力病'，他们光是忙着抓权都来不及，哪有空闲理会缤城的困境？如果缤城想要维持盛况，就得自己结交盟友。而缤城的盟友可不只是那些与缤城人有同样理想的新商而已，还要把那些身不由己地被人送到缤城为奴的人，以及……任何以缤城之敌为敌的人包括在内。此外，雨野原商人必须从阴影中踏出来，因为他们不但有权正大光明地站在阳光下，同时也应该对他们的所作所为负起责任。"

艾希雅突然站住。琥珀多走了一步，随即也停下脚步，回头过来望着她。

"我得回家去，回到我家人的身边了。"艾希雅平静地说道，"你讲的这番话让我别有领悟，因为这不但是缤城的困境，也是维司奇家族的困境。"

琥珀放开了艾希雅的手臂："如果这一番话能让你看出这些关联，那么我今晚也就不算是白费口舌了。我们另外再找个时间一起去看派拉冈吧，到时候你可得帮我劝劝他，叫他一定要支持我，好让我把他买下来。"

"别说要劝派拉冈了，这件事情连我自己都存疑。"艾希雅提醒琥珀。不过派拉冈的举止虽然乖张，却还懂得要拒绝琥珀的提议，倒让艾希雅听了放心不少。她是很喜欢琥珀没错，但是除了琥珀之外，一定还有更适合买下派拉冈号的买主。想到这里，艾希雅的心事又多了一桩，下次她碰上坦尼拉父子的时候，可要跟他们谈谈此事。

"你只消多听多看，就不会存疑了。艾希雅，你路上小心，平安回家，有空再来找我。缤城的困境，你可要好好想一想，平时多注意有什么事情不对劲，即使那些事情看来与自身一点也不相干也不可放过。果真如此，你必会导出与我相同的结论。"

艾希雅点点头，但是没有开口。其实她早就打定了主意，但是这话若是说出口，免不了弄得场面尴尬。而艾希雅的结论就是，一切都要以维司奇家族的利益为重。

"我们要整晚熬夜等她回来吗？"麦尔妲终于问道。

凯芙瑞雅回答时语气出奇地柔和："我要等艾希雅回来。我知道你一定很倦了，亲爱的，这个星期可把你忙坏了。如果你想睡的话，就先去睡吧。"

"可是我记得你告诉我，除非我的行为举止向大人看齐，否则外祖母是不会把我当大人看待的。"麦尔妲瞄着外祖母，她看到外祖母的眼睛一闪，知道这一击奏效了。也该让那位老太太知道，她跟母亲的确会谈这些事情了。麦尔妲说道："所以我想，如果你们两人都要熬夜等艾希雅阿姨回家，那我也要等下去。"

"如君所愿。"麦尔妲的母亲疲倦地说道，把刚才丢在一旁的针线活又拾起来做。

麦尔妲躺回椅子里，将双腿屈起来收在身下。她不但腰酸，头也抽痛，不过脸上仍带着笑容。这个星期大有斩获哪。她举起手抽出发夹，把头发放下来。她的黑发如黑瀑一般地落在肩头上时，她不禁想，如果雷恩看到她这模样会有什么反应。她想象着雷恩坐在她对面，望着她的头发散落下来。那时候，想必雷恩会歪着头，叹口气，使得面纱轻轻颤动，并且烦躁地拨弄指尖吧。之前雷恩曾经对麦尔妲表白，他认为手套比面纱更讨厌。"以手触摸，会让人感触到很多事情，而肌肤相触，更可以道出口所不能言之事。"雷恩对麦尔妲伸出一手，仿佛在邀请她触碰他那戴着手套的手，不过麦尔妲动也不动。"你可以把手套脱下来啊。"当时她对雷恩这么说，"我不会害怕的。"

而雷恩则颇觉有趣地轻轻笑了起来，把面纱吹得微微飞起。"我说小猎猫啊，我的手倒没什么好怕的，只是没戴手套有违仪节而已。而我早就向我母亲保证，我们在交往的时候一定会谨守仪节。"

"是吗？"麦尔妲倾身向前，以轻如呢喃的声音说道，"你讲这话给我听，到底是要让我觉得安全呢，还是要防止我做出任何有违仪节的事情？"麦尔妲弯起嘴角，并且扬起一边眉毛，她经常对着镜子练习这种表情。

雷恩的面纱轻微地抽动，所以麦尔妲知道她又得分了。雷恩倒抽那一口气，表示她这一番大胆的宣示使他又惊又喜。不过更棒的是，她一眼瞄到站在雷恩身后的瑟云·特雷皱着眉头、一脸愁容。麦尔妲如银铃般轻笑了起来，做出仿佛她对雷恩全神贯注的模样，但实际上她一直在注意瑟云的反应。瑟云从路过的侍者托盘中拿起一瓶酒，注满自己的酒杯。他的教养实在太好，好到他没有狠狠地把酒瓶摜在他身边的桌子上，不过也稍微"砰"了一声。接着黛萝倾身去斥责瑟云，不过他手一挥，叫妹妹住口。当时瑟云在想什么呢？他是不是在责备自己过于怯懦，没有横刀夺爱？还是说，瑟云巴不得麦尔妲·海文那迷人的笑容是为他而展，所以大叹自己错过了大好机会？

麦尔妲就是希望能达成这样的效果。她一想到这两个男人为她争风吃醋，就像触电般地颤抖起来。之前她百般恳求母亲一定要在雷恩离去之前举办一场饯别宴。她说，这一方面是为了要把她的朋友们介绍给雷恩认识，另一方面是因为她得亲自看看，她的闺中密友能不能接受这个远从雨野原而来的追求者。幸而最后她终于说动了母亲。这场饯别宴远比她想象的还要成功，那些女孩子看到麦尔妲被雷恩捧得这么高，都嫉妒得眼睛几乎冒出火来。

雷恩想尽办法，把好些"小玩意"跟着外祖母所认可的礼物一起偷渡进来，所以麦尔妲特别在饯别宴上找了个空档溜回房里，以便把这些战利品都展示给黛萝瞧瞧。雷恩派人送了一束花到麦尔妲的卧室，停在花上的那只一动也不动的蜻蜓乃是用金银与小宝石做出来的，栩栩如生。他送的香水瓶里放了一颗完美无瑕的深蓝色火焰宝石，还送了一小篮精致甜点，乍看之下，这篮子是以普通手帕作为衬布，不过这条精工织就的"手帕"抖开之后，竟大得足以盖过整张床。小篮子里附了张没有落款的纸条，上面写道，雨野原的女子都用这种料子做睡衣，而且这是新婚嫁妆中必备的项目。此外雷恩送的水果篮更是高明的骗术，篮里的那颗苹果只要轻轻一碰就会掉出一条晶莹透彻的水蛋白石项链和一小盒银灰色的粉末，篮里附了一张指名是写给麦尔妲的纸条，上头写着请她在他离开十日后，将这粉末放在梦盒里。黛萝问那梦盒是怎么用的。麦尔妲答道，梦盒让人做梦，而她可以借此与雷恩在梦中相会。黛萝又问说，他们做的是什么梦。麦尔妲转开头，故意羞报地轻声说道："要是说出梦境，恐怕于礼不合哪。"

两人一回到热闹的大厅之后，黛萝立刻就找了个借口走开了。过了一会儿，麦尔姐就看到黛萝起劲地跟小咪聊了起来,之后这个消息便迅速地传遍全场,同时麦尔姐也看到这事传到瑟云耳中的情景。今天她从头到尾都没正眼瞧过瑟云一眼,只稍微瞄了一下,瑟云毫不迟疑地趁着那一时片刻,让她看到他的眼神多么伤心,而她则回以惊惶且恳求的脸色。在那之后,麦尔姐就装作没空理会瑟云的模样,沉浸于雷恩的谈笑之中,至于与宾客一一道别的礼节,则全权由母亲去处理了。

一想到接下来瑟云不知道会做出什么惊人举动,麦尔姐就觉得很有趣。

外头突然传来有人拉开厨房门的声音,把麦尔姐从幻想中惊醒过来。她母亲与外祖母对望一眼,然后外祖母说道:"我特别留着厨房门没上锁。"接着她们两人都站起来,还没迈开脚步,就有个男人走进了书房。凯芙瑞雅喘了一口气,惊惶地退了一步。

"我回来了。"艾希雅说道,接着便脱下身上那件褴褛的外套,对众人一笑。她的头发平贴在头上,梳成小男生的那种长辫子,真是糟得可以。她的脸颊晒得发红,又被风吹得皲裂。她大步地走了进来,双手伸到火炉前取暖,仿佛她真的是家里的人。不仅如此,她身上还散发出焦油、木缝填絮和啤酒的味道。

"我的天呀!"凯芙瑞雅这一叫把大家都吓了一跳,因为她的声音颇为沙哑。她摇着头,大失所望地瞪着妹妹,"艾希雅,你怎么可以这样自甘堕落,又拖累家人?你是怎么了?你根本就不在乎家族的名声吗?"话毕,凯芙瑞雅沉重地跌坐在椅子里。

"你别担心。我这身打扮,别人就算看到也认不出来。"艾希雅反驳道,接着她像是走散的狗儿到处闻味道似的,在书房里四处走动,以指责的语气对众人说道,"你们把父亲的书桌换了位置。"

"窗边的光线比较好。"外祖母闷闷地答道,"我年纪越大越看不清蝇头小字。如今我得戳上四五次,才能把线穿过针眼。"

艾希雅本想说话,之后又闭上嘴,她的表情稍微变了。"你要多保重。"她真诚地对母亲说道,摇摇头,补充道,"从前这些事情做来全不费工夫,如今却差了这么多,想必你一定难以接受吧。"

麦尔妲试着一眼看尽这几个人的反应。从她母亲紧抿着嘴的模样看来，大概是因为方才的指责没人理会，所以生起闷气来；外祖母的反应则恰恰相反，她望着艾希雅之时，眼里没有愤怒，只有万分的遗憾。麦尔妲大着胆子下了一着棋："你自己是不会知道别人有没有认出你的，你顶多只能说，别人都没有露出他们认识你的样子。说不定他们之所以不动声色，是因为他们觉得这事实在太丢脸了。"

一时间，艾希雅显得很惊讶，不过，看来她是因为自己竟然开口讲话而感到讶异。艾希雅眯着眼睛："麦尔妲，你好好记着，跟长辈讲话要有礼貌。我在你这个岁数的时候，大人讲话是轮不到我插嘴的。"

此语一出，仿佛火星子落在铺好的火绒上一般，麦尔妲的母亲激动地站起来，走到艾希雅与麦尔妲两人中间："我记得很清楚，你在麦尔妲这个岁数的时候像个野丫头似的，光着脚攀在薇瓦琪号的缆索上，自由自在地跟各式各样的人讲话。有时候还不只是讲讲话而已。"

艾希雅的脸一下子刷白，使得她脸上的污渍变得更明显。麦尔妲嗅得出这其中似乎有什么奥秘，她母亲必定是知道艾希雅阿姨的什么秘密，而这个秘密乃是不可告人之事。然而秘密就是力量啊。

"停。"麦尔妲的外祖母以低沉的声音喝止道，"你们两个快一年没见了，结果一见面就斗起来，我撑到现在还没睡可不是为了听你们吵架。你们通通坐下来，闭紧嘴巴，我希望你们先听我把话讲完。"

麦尔妲的母亲慢慢地朝她的椅子走回去。她外祖母叹了一口气，坐了下来，艾希雅则像是故意要激怒姐姐似的，一屁股在火炉前的地上坐下。艾希雅像个水手一样盘腿而坐，在麦尔妲看来，只觉得女人家身着长裤、盘腿而坐，实在是太不雅了。艾希雅察觉到麦尔妲瞪着她看之后，对她微微一笑。麦尔妲注意到母亲在望着自己，所以稍微摇了摇头。凯芙瑞雅叹了一口气。不过外祖母对眼前的这一切视而不见。

"现在不是互相攻击的时候，我们应该齐心协力地改善家里的状况才对。"外祖母开始说道。

"你怎么连她到哪里去了、做了什么事情都不先问问？这一年来我们为了她都快担心死了！如今她一身脏兮兮的、打扮得像男人似的拖进家门，而且还——"

"我外甥女打扮得像个女人，而且显然被用作吸引雨野原金钱的钓饵。我们何不先讨论一下，我们维司奇家的人做这种事情，有何尊严与道德可言？"艾希雅刻薄地质问道。

外祖母站起来走到她们两人中间："我刚才说了，现在该我讲话。我的想法是重要的事情应该要先谈，而不是一下子就吵得不可开交。每一个人都有问题要问，不过，那些问题应该等到我们能够团结一致、一切以家族为先之后再问，我们若是不能做到，那么那些问题也不必问了。"

"就是因为艾希雅离家出走，所以她才不知道我们现在面对的困境。"凯芙瑞雅平静地指出，"不过我向你道歉，我不该打岔。母亲，你请说吧。"

"谢谢你，我会讲得简短扼要些。艾希雅，家里的事情我之前跟你提了一点，但是没有深谈。据我看来，我们每一个人都应该以家族的考量为先，而不是光注重个人的顾虑。我们必得丢开自己的差异性，至少也要隐藏起来。我们必须看清我们家族应该对外展现什么风范，并且表现出这样的形象。我们绝不能让外人看出我们家里人有丝毫不合，如今家里就算只是出了个无足轻重的丑闻，我们也经不起打击。"

外祖母稍微转身，变成主要是对着艾希雅说话："艾希雅，如今债主们对我们虎视眈眈，他们之所以没有更进一步，是因为我们维司奇家族还有一点名声。就目前而言，债主们仍相信我们总有一天会把欠款、利息等通通还清。凯芙瑞雅跟我——其实应该说还有麦尔妲——为了维持稳定的形象，牺牲了很多东西。现在我们的生活非常俭朴，除了瑞喜一人之外，其他仆人都不留了，我们一切都得自己动手做。其实，缤城商人之中不乏像我们这样必须过得稍微俭省一点的，只是像我们手头这么紧的少之又少。这个情势倒让我们的处境更加艰难。由于债主们大都很拮据，所以就算是有心要通融，他们家里的环境也容不得这么做。"

外祖母不断地讲下去。这一套说辞，麦尔妲已经熟得不能再熟了，她听得差点睡着，唯一有趣的是看看艾希雅阿姨在听外祖母讲述家境的时候有什么反应。她的表情一下子内疚、一下子羞愧。这就怪了，外祖母又没把过错推给她，也没有暗示要是她好好地待在家里，家里的状况说不定会好一点，但是她的反应好像是外祖母在指着鼻子责备她似的。外祖母提起库普鲁斯家族买下薇瓦琪号的借据，因此小麦尔妲无从优雅地拒绝与雷恩正式交往之时，艾希雅甚至还怜悯地朝她看了一眼，麦尔妲则理所当然地露出不得不为家族牺牲的表情。

最后外祖母说道："我敢说你已经注意到屋子和园子起了变化，而现在你应该知道，这些都是必要的牺牲，并不是疏忽。艾希雅，我对你的要求是这样的，我希望你待在家里，打扮要符合身份，举止要雍容大度。如果凯芙瑞雅同意的话，那些需要多打点的庄园，你也许可以帮忙经营。不然，如果你需要多一点……自由，那么你可以把我从娘家带来的那个小农场接手过去。英格比农庄很平静，没什么变化，不过很舒适，要是有人肯多花心思照料的话，绝对会变得更好。你若是在英格比农庄推展什么计划，说不定会很有成就感，所以你不妨看看——"

"母亲，我回家来为的不是这个。"艾希雅以近乎悲哀的口气说道，"我既不想找个玩具玩玩，也不想推展什么计划，而我也不想让我们维司奇家族蒙羞。我是回家来帮忙的，不过我要以我最擅长的技能来帮忙。"艾希雅直视着外祖母身后的姐姐，"凯芙瑞雅，你知道薇瓦琪号应该是我的才对，这一点，你早就心里有数。我之所以回家，为的就是要把薇瓦琪号要回来，以免被人拿来当作运奴船糟蹋，并用薇瓦琪号来为维司奇家族赚进财富。"

麦尔妲立刻跳了起来："薇瓦琪号乃是我父亲所有，我父亲才不会交给你呢。"

艾希雅激动地吸气，接着调匀呼吸。她眼里燃着怒火，一时间，她紧咬牙关，转身背对麦尔妲，只对着凯芙瑞雅一人说话。她以镇定平静的口气说道："姐姐，薇瓦琪号乃是归'你'所有，这条船要怎么处置，全凭你一人决定。恰斯女人结婚后，财产就通通被丈夫偷走，但是缤城可不是恰斯国。再说，你们都听到凯尔指着莎神发誓，只要我拿得到船票、能够证明我的确有水手的本事，他就把薇瓦琪号让给我。如今我有船票了，船票上印的这条船是跟薇瓦琪号一样的活船欧菲丽雅号，欧菲丽雅号的船长和大副都肯出面证明我的确有掌控大船的本事。我离家近一年，而这一年来我心里只有一个念头，那就是，我不是要让维司奇家族出丑，而是要证明我的确能掌管爱船，同时薇瓦琪号应该归我所有。"艾希雅以恳求的语气继续说道："凯芙瑞雅，你还看不出来吗？我这样是给你方便啊。你把船交给我吧，这一来，凯尔指着莎神立誓的誓言就不至于失信，况且你早就知道薇瓦琪号应该要交给我才对。我现在就向你保证，不过如果你需要的话，我会形诸文字：我向你保证，薇瓦琪号每一趟出航的利润，除了留些修缮和出航的费用之外，其余通通归你所有。"

麦尔妲看到母亲脸上的表情觉得很痛心，她母亲竟然因为艾希雅的话而动摇了。不过麦尔妲还来不及开口，艾希雅就挖了自己的墙脚。

"这有那么难吗？"艾希雅质问道，"凯尔也许会反对，但是只要你站稳立场就好了呀。你早就应该要站稳脚跟了，这是家族事务，这是维司奇家族的事务，缤城商人的事务，与凯尔无关。"

"可是凯尔是我的丈夫！"凯芙瑞雅愤慨地叫道，"凯尔有他的不是，我有时候也很气他。不过他既不是宠物，也不是家具，他是我的家庭的一分子，他是这个家族的一分子啊。不管他是好是坏，毕竟都是我们家的人。艾希雅，你跟母亲都这么看不起他，我实在很心痛。他是我丈夫，也是我这几个孩子的父亲，而且他真的自认为这样做是对的。就算你不能尊重他，难道你就不能至少尊重一下我对他的感情吗？"

"难道凯尔就尊重我的感情吗？"艾希雅讽刺地反问道。

"停。"外祖母插嘴道，她的声音低沉，"我最怕的就是这个。我最怕的就是你们不肯为了维系家族的命运而暂时把各自的差异摆到一边。"

一时之间，姐妹俩仍继续怒视着对方。麦尔妲咬住舌头，免得自己骂出来，她恨不得冲上前，叫艾希雅干脆出去，不要再回来好了。毕竟她算什么呀？这个女人既没有丈夫，也没有孩子，家系传到她那里就断绝了。再说，家族的财富消长对她没什么影响，顶多就是家里富有，日子就过得舒服一点吧。真正因为外祖母理财不当而受到严重影响的乃是自己和瑟丹。这些道理，麦尔妲一眼就看透了，为什么她们都想不明白？这个家族之中唯一仅存的强者就是麦尔妲的父亲；而家族的财富是否处理得当，影响最大的正是他的子女。所以，家里一切大大小小的事情都应该要由她父亲来做决定才对。唉，要是父亲在家就好了。

可是她父亲不在家，而麦尔妲什么也不能做，只能做父亲的耳目，等父亲回来之后再把一切通报给他知道。这些女人为了争权，什么事情都做得出来，麦尔妲绝不会让她父亲受到她们的陷害。

外祖母已经起身走到那一对失和的女儿中间站定。她沉默地缓缓伸出双手。她那两个女儿不情愿地握住她的手，一点也不热切。"我对你们的要求就是。"罗妮卡轻轻地说道，"就目前而言，再怎么吵，也都在自己家里了结，一走出门外，我们就要摆出一家人的样子。艾希雅、凯芙瑞雅，在薇瓦琪号返回缤城港之前，我们什么也不能做，既然如此，我们何不趁这段时间，像一家人一样住在一个屋檐下，人人都尽力谋求我们最大的利益呢？这其实是多年来我们早该做而没做的事情啊。"罗妮卡看看这个女儿，又看看那个女儿，"你们自认为自己跟对方差异极大，但在我看来，你们其实很相似。我敢说，等你们发现两人齐心协力有多大的成果之后，就不会想跟对方作对了。你们两人各有各的立场没错，不过这其中其实有很大的妥协余地，等到你们再度熟识起来之后，说不定可以找到彼此都能接受的做法。"

外祖母以她的意志力平复这两个互相敌视的女儿。话毕之后，谁都没有开口。麦尔妲看得出，她们姐妹俩都在抗拒母亲的影响，谁也不肯看向对方或母亲。不过时间一久，艾希雅先望向凯芙瑞雅，凯芙瑞雅也望向艾希雅。麦尔妲看到她们两人眼神交会，像是在彼此心意交流，气得握起拳头。那算什么？她们想起多年前两人握手言和的场面了吗？她们彼此示意，要以对家族的责任为先吗？不管是什么，反正那个互望的眼神开始弥补起两人之间的鸿沟，她们仍挤不出笑容，不过眼角和嘴边的顽固线条已经逐渐消解了。那个出卖丈夫与儿女的凯芙瑞雅首先朝妹妹伸出一手。艾希雅屈服了,她也伸手去握住姐姐的手。外祖母宽心地长叹一声,她们三人围成一圈。

麦尔妲注意到唯独自己被她们三人排除在外。

罗妮卡对女儿们说道:"我向你们保证,你们只要肯试,就绝对不会后悔。"

麦尔妲听得怒火中烧。她脸上冷笑,不过她望着火炉,所以谁也没看到。外祖母对她的女儿许诺,麦尔妲则跟自己许诺:等到父亲一回来,她一定立刻把这些怪事禀报给他。

第十二章
薇瓦琪号的画像

贝笙倚在船长室的墙上，努力做出险恶吓人又轻松自若的模样，他既要摆出亲切可人的笑容，同时又要让人一眼就看到他手上那根粗重的木棍，要摆出这样的姿态可不容易。不过话说回来，开始做这个工作之后，他才发现在各个方面都没有先前设想的那么简单容易。

一群仆人川流不息地把东西搬上船来，迅速地把乱七八糟的船长室变成豪华的展示间。芬尼船长的海图桌上铺了深蓝色的厚丝绒，丝绒布上摆着五花八门的耳环、项链、手镯和小饰品，款式造型形形色色，一看就知道这些东西的来源并不单纯，有的俗丽，有的高雅，各种珍奇的宝石和金属材料应有尽有。芬尼船长轻松地坐着端详这一室的宝藏，他那肥厚的指头抓着一只精巧的高脚玻璃杯。货主是个出身于杜嘉镇的生意人，自称法丁大爷，此时他毕恭毕敬地站在芬尼船长身边，殷勤地介绍每一件首饰。

法丁大爷指着一套式样简单高雅，包括耳环与项链共三件的珍珠首饰，信誓旦旦地说道："这些啊，啧，这可是贵族小姐的首饰。你瞧瞧这些珍珠的色泽多么圆润，还有珍珠之间的金线做工多么精致。大家都知道，珍珠首饰戴在热情女子身上最是光芒焕发，而这位贵族千金啊……该怎么说呢，她遇劫之后只对那劫匪看了一眼，就再也不肯离去，就连后来她家里出了赎金也是一样。人家说，这样的珍珠若是送给冷淡的女人，就会勾起她潜藏的激情；若是送给性情原本就热烈的女人嘛，唔，那送礼的男人可就有完全枯竭之虞啰。"

那个生意人说到这里挤眉弄眼一番，露出奸笑，芬尼则乐得大笑不止。

那个杜嘉人很会讲故事，听他讲起来，桌上的每一件首饰背后都有个既浪漫又迷人的典故。这些其实都是赃物，然而赃物如此精心展示，贝笙还是此生首见。想到这里，大副警觉起来，不再看着衣着鲜明的法丁大爷，改而注意他那三个仍在搬运或打理货物的儿子。这几个儿子都沾染了父亲那种炫耀浮夸的气息，他们的衣着都与父亲一样鲜明，料子则与其中一个儿子正在拉开展示的那几匹布相同。法丁的另外一个儿子抱着个精工雕琢的柜子进来，此时他打开柜子的门，展示里头那几层架上的瓶瓶罐罐，至于那些瓶瓶罐罐装的是烈酒、葡萄酒、精油还是香水，贝笙就看不出来了。年纪最小的那个儿子则把白布铺在芬尼船长的舱床上，然后把各式各样的武器、刀叉匙等餐具，以及书本、卷轴摆出来。这些也不是乱堆一通，刀子和刀鞘摆成扇形，卷轴和书本卷或翻到画着插图处，每样东西都是精心陈设，务求引起买主的兴趣。

贝笙最注意的就是这个小儿子。其实在他看来，这些人大概都是勤勉热忱的商人，此外无他，但是自从十天前发生了那个不幸的事件之后，他就立意要更加警戒一点。春夕号的打杂小弟足足用沙石磨了大半天，才把那个歹徒留在甲板上的血渍磨掉。直到现在，贝笙仍说不出他对自己当时的作为有什么看法。他是被那个人逼得不得不行动，他总不能冷眼旁观，任由那家伙抢走船上的东西，对吧？然而从那之后，他便惶惶地兴起一个念头，那就是他实在不该上这条贼船，若是他没上船来当大副，就不必见血。

然而他当初若不上春夕号，又该如何？况且他也不知道这份工作的实情竟是如此。名义上，当初他们雇用他，只是单纯要他来当大副。春夕号是一艘灵活的小船，吃水浅，风大的时候摇晃得很厉害，可是春夕号平时往来的是潟湖里的小镇或河边的村落，所以这样的船反而方便，无处不能去。名义上，春夕号是杂货通吃的货船，碰上什么货品就做什么买卖。

但就现实可无情多了，贝笙身兼多种角色，大副、保镖、翻译或是挑夫，芬尼叫他干什么，他就干什么。至于芬尼本人，贝笙至今仍摸不透他是什么样的人物。他到底是真的信任自己呢，还是只是在测试自己？这点他实在说不准。芬尼看来坦率诚恳，叫人警戒不起来，不过他那种态度不过是个伪装，就连最夙负盛名的生意人也不免在跟他往来的时候吃大亏。那个结实的男子在这一行闯荡了这么多年，如果真像表面上看来的那么坦诚，是不可能活到今天的。芬尼的航海本事没话说，而且好相处、脾气好。不过据贝笙猜测，芬尼这个人若为了求生存，恐怕什么事情都做得出来。他的肚子上有一道长长的刀疤，那狰狞的疤痕跟他看似亲切的性格大相迳庭。自从贝笙看到那个刀疤之后，就小心观察芬尼的言行，其谨慎不下于任何登船来跟芬尼做生意的商人。

此时他望着芬尼倾身向前，迅速地轻轻用指头点过十二件珠宝。"这些我要了，其他都拿走，我对街头小贩卖的货色没兴趣。"芬尼船长脸上从头到尾都挂着悠闲的笑容，但是在贝笙看来，他挑的件件都是其中的上好货色。芬尼虽然对法丁报以微笑，但是贝笙察觉到法丁脸上闪过一抹不安的神情。贝笙保持面无表情，这种情况他见得多了。芬尼看起来像是懒洋洋的肥猫一样好相处，但是论做生意，这个法丁若能全身而退就算走运了。贝笙自己倒看不出来这种竭泽而渔的做法有什么好处。以前他跟着艾福隆·维司奇船长做事的时候，维司奇船长曾经告诉他："我们自己吃了肉，但骨头上也要留点肉让对方有得啃，要是做得太绝，以后就没人会跟你往来了。"不过话说回来，维司奇船长往来的对象既不是海盗，也不是帮海盗销赃的生意人，规矩自然就不同了。

自他们离开烛镇以来，春夕号就以非常悠闲的步调沿着天谴海岸往北而行。这艘小船航进了咸水的河道，并在贝笙所见过的任何海图上都没标示出来的潟湖里下锚。这段通称为"海盗群岛"的海岸线随着潮汐起伏不定，日日月月不断变化。有的人说，流入内海路的这许多河流其实源自于同一条大河，这大河有许多不断变迁的河道。这些蒸腾着水汽、注入海峡的河流到底是许多河流，还是源自同一条大河，贝笙本人倒不在乎。重点是，温暖的水流固然使海盗群岛的气候较为温和，但是这水也臭得要命，不但迅速地沾污船底、侵蚀绳索，同时也使此地一年四季都生出翻腾的大雾。

春夕号是自愿在这一带逗留，但是其他船才不会这样。这里湿气重，所谓的"清水"才放一天就生出了绿苔。春夕号停泊时若是靠岸太近,蚊虫便蜂拥而上,以船员为食。这一带水域不时闪烁着古怪的亮光,声音传导时忽东忽西,听不真切。河流四处游走,把淤泥和沙滩从一地搬到另外一地,只要起了暴风雨、爆发了洪水,或是大潮汐一来,便将连月累积的沉积冲走,使岛屿与水道在一夕间变形移位。

贝笙对于这一带只有朦朦胧胧的记忆。他曾经在不得已的情况下跟着海盗船希望号在这里航行。身为打杂小弟的贝笙境遇比奴隶好不到哪里去,船上的水手都唤他的绰号,叫他"黄鼠狼"。当时的贝笙只惦记着要躲高、躲远,免得遭到人毒打,此外什么都没注意。他只记得海盗群岛这里有些零落的小村庄,房舍都很残破,居民都是走投无路的人。那些人才不是大摇大摆的海盗,只不过是在别处活不下去,所以匿居于此,靠着正牌海盗找上门来的生意过活罢了。

贝笙想到那段往事就心痛。世事难料,如今他竟然又重返旧地,惊见好几个非法聚居地已经发展成颇有规模的乡镇了。贝笙在薇瓦琪号担任大副的时候,曾经半信半疑地听人说起这一带有永久性的海盗村镇,这些村镇或是盖高脚屋以避免潮汐的冲击,或是盖在深入内陆的咸水河和潟湖边以求安全。自从他跟着春夕号航行以来,倒觉得这些不断变形的岛屿以及依附着没有常性的海岸而蓬勃发展起来的村镇气象一新。虽说有些地方仍很荒僻,顶多让两艘船停泊着做点买卖而已,但有些聚落不但有大房子,木板上了油漆,泥泞的街道上还有几家小店。奴隶买卖的生意使得此地人口大增,人口的组成也起了变化。有手艺或是受过教育的奴隶从哲玛利亚国的奴隶主手中逃出来,与不甘受大君法律制裁的罪犯一起并肩干活,有些居民还在此成家,如今女人与小孩也不少了。许多逃至此地的奴隶显然是因为痛惜被奴隶主窃走的人生时光,所以立志在这里重新建立人生。多了这些人,倒使得这些非法的乡镇多了一点迫切的文明味。

芬尼船长似乎是光靠着脑海中的记忆开过变化莫测的水道,配合潮汐和水流的变化抵达每一个小村庄,从不出错。贝笙不得不怀疑,芬尼船长可能有私藏的海图，且不时拿出来参考。不过到目前为止，芬尼连让他的大副一瞥海图的长相都不肯。所以，贝笙一边眯着眼睛监视着法丁的那三个儿子，心里一边想，芬尼这么不信任他，简直是逼着他以背叛作为回报了——毕竟芬尼若是看到他在舱床下藏了好些帆布条，上面画着海岸线及当地景物，那么大概会把他当作叛贼。芬尼船长之所以能把春夕号驾驭得这么好，大半归功于他对海盗群岛的独门知识，所以他若是发现贝笙仔细描绘的成果，准会认定贝笙是在偷取他千辛万苦才累积起来的知识。在贝笙看来，长期而言，这些零碎的海图乃是他从春夕号上赚得的唯一好处。钱财和辛丁当然也很好，但是那些东西留不久，要是命运迫使他以此业为生，那么他可不会一辈子当大副。

"嘿，阿贝，你瞧瞧这个，你看这如何？"

贝笙丢下那三个少年，转头打量芬尼正在端详的新货品。芬尼举起一个有附图的卷轴给贝笙看，贝笙认出那是莎神的《矛盾律》抄本，那羊皮纸的纸质很好，所以那抄本的水准应该不差。不过他若是对这些事情太过熟悉，芬尼就会看出他并非文盲，所以他不在乎地耸耸肩："颜色又多又漂亮，鸟儿也画得不错。"

"你看这值多少？"

贝笙又耸耸肩："对谁而言？"

芬尼眯起眼睛："好比说，若是摆在缤城的店铺里卖呢？"

"这种东西我是在缤城的店铺里看过，可是我自己从来就不想买。"

法丁大爷听到这水手如此无知，不屑地翻了个白眼。

"这个先搁着，"芬尼开始翻找别的货品，"我可能会买。唉，这是什么呀？"他的口气有点好笑，又有点气恼，"这个坏了啊。你明知道我非上好的货色不买。把这东西拿走。"

"只是画框稍有损坏嘛，这无疑是在，嗯，抢救名画的时候碰坏的。画布好端端的，而且人家告诉我这幅画很值钱。这画出自于一个很有名的缤城画家之手，不过这画之所以价值连城，还不只是因为这样。"法丁神秘兮兮地说道。

芬尼装作没什么兴趣地说道："哟，是哦，我瞧瞧。就是船嘛，有什么好稀奇的。不过就是蓝天白云,海上一艘船。拿开吧,这我才不买哩,法丁大爷。"

那商人继续以骄傲的姿态捧着那幅画:"芬尼船长,你若是错失这个机会,日后可会后悔莫及的。这画是派巴斯画的,我听人说,要委托他作画简直难如登天,所以他的画作都很贵。不过,我刚才说了,这幅画更是非同小可,这画画的是活船,而且是从活船上拆下来的。"

贝笙突然觉得肚腹抽搐起来,艾希雅就曾经委托派巴斯以薇瓦琪号为主题作画。贝笙不敢看,可是他非看不可,若是不看,未免就太傻了。他八成是多虑了,海盗船哪追得上薇瓦琪号。

可是画布上的明明就是薇瓦琪号。

贝笙凝视着那幅熟悉的画作,心里十分难受。艾希雅还在薇瓦琪号上的时候,她的舱房里挂的就是这幅画。这画不是好好地从墙壁上拆下来的,而是在匆忙间拉扯下来的,扯坏了柔美的玫瑰木画框,而画作的主题则是苏醒之前的薇瓦琪。在这幅画中,那人形木雕静止不动,她的头发是黄色的,龙骨分水而过。派巴斯的技巧高超,画作上的云仿佛正在迅速地扫过天际。贝笙最后一次看到这幅画时,它仍牢牢地钉在舱壁上。艾希雅离船的时候,是不是把画留在船上没带走?这画是海盗从薇瓦琪号上抢走的,还是盗贼从维司奇大宅里偷出来的?第二个推论好像说不通。窃贼若是从缤城偷走这样的东西,绝不会拿到海盗群岛来变卖,因为艺术品唯有拿到恰斯国或是哲玛利亚城才能卖得高价,所以这画理应是从薇瓦琪号上抢走的。可是这也说不通,贝笙实在不相信海盗船能追得上那艘灵巧的活船。艾福隆·维司奇当船长的时候,薇瓦琪尚未苏醒,即使如此,船长也能把所有想追上去的船甩得远远的。如今薇瓦琪苏醒过来,若有心要走得快,论理说应该是什么船都追不上她的。

"阿贝,这船你认识?"芬尼以温柔友善的口气问道。

船长发现他直盯着那幅画猛看了。贝笙赶快把失望的表情转化为困惑,并把眉头皱得更紧:"派巴斯,我听到这名字就觉得耳熟。派巴斯,派巴斯……不对,应该是'派培'才对。我记得他是叫做派培。那个人呀,逢赌必诈,可是爬竿爬得比谁都快。"贝笙对芬尼耸耸肩,同时皮笑肉不笑地笑了一下,然而这一招能不能把芬尼骗过去，他并无把握。

"既是活船，那一定是缤城的船。这艘船你一定是知道的，活船毕竟没那么普遍。"芬尼追问下去。

贝笙凑近一步，斜睨着那幅画，耸了耸肩："活船没那么普遍，这话很实在。但是活船都泊在特别的码头上，不跟普通的船泊在一起。他们自成一区，也不欢迎闲人乱逛。那些缤城商人啊，眼睛都长在头顶上。"

"你自己不就是缤城商人世家出身的吗？"现在不只芬尼船长，连法丁大爷也瞪着贝笙看了。

贝笙勉强笑了两声："唉，就算缤城商人世家也有穷亲戚呀。我是有个顶着缤城商人头衔的远亲没错，不过我跟他只是同一个玄祖父而已，人家还讨厌我上门哩。所以对不起啦，那船牌上写的是什么名字？"

"薇瓦琪。"芬尼说道，"你以前不就是在薇瓦琪号上干活吗？你跟烛镇的那个中介是这么说的。"

贝笙暗暗咒骂自己吃太多辛丁，结果记忆模模糊糊，连跟那个中介讲了什么话都忘了。他若有所思地摇摇头："不，我是跟他说，我以前在薇纳希号上当大副。薇纳希号是六大公国来的船，不是出自于缤城，船上的水手都是野蛮人，竟把鱼头炖汤当作是上好的佳肴。如果你喜欢这种同事，那么薇纳希号倒算是不错的船啦，但我可受不了。"

芬尼与法丁都尽本分地咯咯笑两声，这个笑话虽无趣，但是这样讲就足以引开他们的注意力。法丁又把那幅画盛赞一番，芬尼则摇摇头表示没兴趣。最后法丁以做作的姿态，极为谨慎地把那幅画包起来，仿佛要以此来强调此物价值非凡，可惜芬尼不识货。芬尼已经在翻阅其他的卷轴了，贝笙则努力恢复原先的戒备，可是他心里平静不下来。画框破损，表示画是在匆忙之间被人硬扯下来的。画被人抢走了，那艾希雅呢？她是不是沉入了海底？法丁的一个儿子经过贝笙身边，恐惧地对他瞄了一眼，贝笙这才意识到自己在怒视着墙壁，于是换了个柔和一点的脸色。

薇瓦琪号上有许多水手都是多年来跟贝笙并肩工作的好同事。葛力这个人接起绳索来比寻常的人撒谎还快,还有那个爱讲笑话的康弗利,其他五六个跟贝笙一起住在艏楼的水手们的脸孔——在他心里浮现。船上的打杂小弟阿和看起来倒有成为一流水手的底子,前提是他没有因为恶作剧得太过分而先送了命的话。贝笙心里暗祷,若是海盗留他们一条活路,叫他们改行当海盗,希望他们会识时务地答应下来。贝笙越想越多,巴不得跟那个生意人问个够。有没有什么办法可以让他问个清楚,却又不至于让人看出他的意向?想到这里,贝笙突然懒得多想,干脆豁出去了。

"这幅画,你到底是从哪里弄来的?"贝笙问道。

法丁和芬尼一起转头瞪着他。

"你管这干嘛?"芬尼船长问道,他的口气可不悠闲。

法丁大爷插嘴了,他显然还希望能把这幅画推销出去:"这画是从那艘活船上取下来的。活船难得落入他人之手,而这个如假包换的纪念品恰好纪念这件特别的事迹,所以更是难得中的难得。"法丁大爷再度为这幅画大吹大擂,同时又把画从裹布中取出来。

贝笙把嘴里含的辛丁换了个位置。"你越说越离谱了,"他以粗哑的声音说道,直视着芬尼船长的眼睛,"刚才我就觉得这事有蹊跷。船上挂的画十有八九都是船本身的画像,可是大家都知道,活船是任谁都追不上的,所以这一定是赝品。"贝笙眼神飘移,假装是碰巧看到了法丁气愤的脸色似的,连忙补充道:"噢,我倒不是说你骗人,我的意思只是说,你可能是被卖画的人骗了。"贝笙对那生意人一笑,他心里知道,若要诱导对方全盘托出,最好的办法就是影射对方遭人诈骗。

这一招果然奏效。那生意人消了气,脸上转变为冷淡且沾沾自喜的表情。"才不呢。不过你觉得这难以置信,我倒可以理解。拿下活船可是不朽的功绩,平常的人是做不到的,但是柯尼提船长就是有他的办法。如果你听过柯尼提的名声,就不会感到意外了。"

芬尼船长不屑地啐了一声:"你说的是那个臭屁?他还没死呀?若不是听你这样说,我倒肯拿金子出来赌早就有人把他做掉了呢。那家伙满口胡说八道,该不会到现在都还在鼓吹说他要做什么'海盗之王'吧?"

法丁大爷听后又气了起来,不过据贝笙看来,这次他是真的生气了。那个肥胖的男子挺直背脊,吸了一口气,他那件俗丽的衬衫随之鼓起,像是被风吹涨起来的船帆。"柯尼提船长已经跟我女儿有了婚约。我对他十分敬佩,而他给我独家专卖权,由我来经销他的货品,更让我深以为荣。我可不能任人侮蔑他的名声。"

芬尼望向贝笙,翻了个白眼。"这么说来,我说的话想必你是听不进去的了。那人是疯子啊,法丁大爷。他带船的本事是一流的,我挑不出一点毛病。只是去年以来,他满口胡言乱语,说什么他天生注定要成为海盗群岛之王,而且还有人谣传,柯尼提特地到异类岛去,逼着异类预言说他的确会称王。唔,你说嘛,我们大家自由惯了,怎么会想要捧个国王出来管我们?呸!接着就传出消息,说柯尼提不断追捕运奴船,为的不是发财,而是要把船上的奴隶放走。倒不是说我不同情那些被铁链锁在船舱里的可怜虫,我看了也真的很难受。但是那个可恶的柯尼提越闹越大,弄得那个童子大君要派巡逻船来追捕海盗,我也很难受呀!那个小子脑袋发昏,竟然不把这事当作哲玛利亚国内事务来处理,反而聘请了恰斯战船,名义上说是要把这里整肃干净。可是那些恰斯战船做了什么?他们拦截最好的货色,然后推说都是海盗下的手。"芬尼摇了摇头,"'海盗群岛之王'。是哦,旁人把我们海盗越抹越黑,这就是有人称王之后给我们带来的'好处'!"

法丁大爷顽固地叉手抱胸:"不,才不呢,我亲爱的朋友。我这个人的原则是不跟客户争辩的,但是你这样看,眼光未免太短浅了。柯尼提这样做对我们大家都有好处啊!奴隶被他救出来之后就留在本地,所以我们这里的村镇不但多了能生孩子的女人,还多了各种匠人和艺术家。以前,逃到我们这里来的都是什么人?杀人犯、强暴犯、小偷和强盗等。偶尔有几个像你我这样的老实人沦落至此,就得想办法在这一团混乱失序中谋个老实的营生。但是柯尼提改变了这一切。他让我们的村镇蓬勃成长,而且这些新来者不求别的,只求能够再度自由地生活。我们这里,原来是以变节、逃难的人为大宗,所以时时哄乱纷扰，怎么也定不下来，但是柯尼提若能起来掌权的话，我们就会变成国家。柯尼提的确挑起了大君的怒火，这话没错。大君沉迷于迷药之中，一切任由身边的女人和顾问摆布，只是我们这里还有人看不出这一点，仍盲目地相信我们应该忠于大君。不过出了这事之后，大家可都看出他实际上是什么样的人物了。以前大家多少是心向大君的，但是大君这等行径戳破了这个虚渺的幻想。如今大家可都逐渐领悟到，我们只要好好保护我们自己就是，根本不需要效忠哲玛利亚国。"

芬尼脸上勉强地浮出应和的表情："我也不是说柯尼提这个人样样都不好，但是我们不需要国王啊，我们自己管自己就挺不错的。"

此时贝笙半刻意地聊起："柯尼提，就是那个每逮住一艘船，就把船上的人通通杀掉的那个人嘛？"

"不见得！"法丁反驳道，"除非逮到的是运奴船，他才会这么做。不过我听人谣传，柯尼提特别开恩，让那活船的船员留了几个活口，尽管那活船是被拿来用作运奴船。听说那活船被柯尼提救出来高兴得不得了，如今她可是死心塌地向着柯尼提船长呢。"

"活船被人拿来作运奴船？而且活船被逮住之后，竟然遗弃了她的家人？"贝笙摇了摇头。法丁说这种话既好笑又可恶。接着他对船长说道："我是不认识这艘活船啦，但是从小到大，活船的故事我不知听了多少，所以我现在就可以告诉你，这两件事情都是不可能的。"

"怎么不可能了？这可是千真万确的啊！"法丁望望贝笙，又看看芬尼。"你们信不信都无所谓。"他以高人一等的语气说道，"现在你们离分赃镇只有一天的航程，如果你们不相信，就亲自去走一趟嘛。那艘活船因为要整修，已经在分赃镇待了大半个月了，你们自己去向柯尼提从那活船船舱里救出来的奴隶——如今他们可是自由人了——问问看就知道了。我自己是没跟那活船讲过话，但是胆子大的、敢去跟活船讲话的人都说，那活船对她的新船长赞不绝口。"

贝笙的心脏跳得又快又急，好像怎么也吸不够空气似的。这一定是胡说八道,就他对活船和薇瓦琪的认识,这两件事情不可能是真的,可是法丁大爷这些只言片语的证据却证明事实如此。贝笙勉强自己耸了耸肩,为了放松喉头而咳嗽了一声。"这要看船长的意思,"他好不容易应道,接着以夸张的动作,把嘴里的辛丁换了个位置,含着它模糊不清地说道,"做决定的是船长。至于我嘛,"贝笙把木棍从这一手换到另一手,接口道:"我负责别的。"他对他们两人露齿而笑。

"你若是肯去分赃镇走一趟,看到的货品会更齐全。"法丁大爷突然又变回了生意人本色。一讲起这些生意经,他脸上又开始堆笑:"我的仓库就设在分赃镇。柯尼提最近几次的收获都收在我的仓库,里头应有尽有。不过从那艘活船上拿下来的货少之又少,因为那活船的主要货物是奴隶,而凡是奴隶,柯尼提都放他们自由了。柯尼提保留了他所中意的船员舱房,其余地方都重新改装。到现在为止,他都还不肯邀请外人上船参观,不过我听人说,船长室的房间是一流的,木料好,黄铜的部分都擦得闪闪发亮。"

芬尼船长咕哝了一声,听不出他这一声是什么心情。贝笙一动也不动。芬尼船长的眼角一闪,看来是动心了。他可以亲眼看看那艘被逮的活船,说不定还能跟那活船讲讲话。有了这样的证据,再加上法丁保证这幅画乃是从那艘活船上拿下来的唯一战利品,芬尼船长很可能会因此把画买下来。稀有的东西要卖高价绝不是问题。芬尼清了清喉咙:"唔,那幅画先搁着吧。我的船舱还有点空间,倒是可以去分赃镇瞧瞧有没有什么货能补一两件。如果我看到这艘活船,而你所说不假的话,我就把这画买下来。好啦,我们来谈正事吧,去年你卖给我的那批织锦画还不错,你现在还有没有货?"

槌子声、锯子声此起彼落,各处舱梯中都充塞着硬木屑和新上漆的味道。原本薇瓦琪号的甲板上、船舱里挤满了奴隶,如今则只见一群一群的木匠和造船工。温德洛绕过一个正在为修好的门框涂上亮光漆的人,再低身躲过一个扛着一方方蜂蜡砖的小学徒。薇瓦琪号正在修复,速度快得惊人。船在奴隶暴动中受到的损害几乎都已修复一新,船舱不但刷洗过,还小心地用芳香药草熏香。

再过不久，除了甲板上的血迹之外，就再也找不出受损的迹象了。至于那血迹，无论是用砂纸磨还是用水浸泡都弄不掉，因为巫木是不会遗忘的。

索科活跃地四处走动，监督每一个人的工作。他的声音宏亮，众人一听到他的话就忙不迭地跳起来把事情办好。依妲比较低调一点，但是也令人不敢不从。她从不朗声下令，但只要轻声细语地讲上一两句话，就能收到同样的效果。水手们被她称赞一声，就会高兴得脸上放光。温德洛一直在偷偷观察依妲，他本以为她在差使人的时候一定咄咄逼人、冷嘲热讽、毫不给人留余地。温德洛常常在讲话的时候吃她的亏，所以他心想依妲平常待人的态度必也是这样。谁知温德洛却发现，她不但风采迷人，又让人心服口服，同时他也发现，依妲处事圆融高明，既能达成她所要的目的，又不至于影响索科的权威。而大副与船长的女人同时现身时，他们两人则显得既合作又竞争。温德洛看了好奇又疑惑：他们之所以契合，是因为柯尼提而起，然而他们之所以竞争，也是因为他。

一个人怎能令这两个南辕北辙的人同时对他忠心不二呢？在修院的时候，温德洛常常听到一句老话："人就是莎神的工具，而莎神的手，什么工具都能使。"往往一个看来不会成才的新手突然绽放出出色的才能之时，大家就会有感而发地说出这句话。毕竟在莎神眼中，所有事物的存在都有其目的，而人则是因为人性的局限，所以才总是看不懂莎神的脉络条理。也许柯尼提真是莎神的工具，而且深明自己的命运所在。在温德洛看来，像这样奇怪的事情一定是有的，只是他一时举不出例子来而已。

温德洛在一扇新修复的门上敲了敲，拨动门闩开门进去。虽然斜阳从舷窗照进来，但舱房里仍显得黑暗闭塞。"你应该开开窗，让新鲜空气流进来才是。"温德洛大声地说出心得，放下他端进来的托盘。

"门好关。"他父亲粗暴地答道，接着伸直了腿站起来，凌乱的床上印出了他的身形，"你这次给我送什么吃的来？长满面包虫的锯屑蛋糕吗？"他朝仍然开着的舱门怒视了一眼，气愤地大步走过狭小的房间，用力地关上门。

"洋葱芜菁汤和大饼。"温德洛一点也不动气地答道，"今天船上的每一个人吃的都是这两样。"

凯尔·海文闷哼了一声算是回答。他端起汤碗,并将指头伸入汤中。"冷的。"凯尔抱怨道,也不就座,就站着喝汤。他把汤咽下去的时候,蒙着薄须的喉头跟着起伏。温德洛心里想着,不知他多久没刮胡子了。凯尔把汤碗放下来之后就直接用手背揩了揩嘴。他一看到儿子在瞪他,便毫不客气地回瞪过来,怒道:"怎么?他们像是关狗似的把我关在这个狗笼子里,你还期望我有什么仪节不成?"

"如今门口已经没人看守了,况且几天前我问柯尼提能不能让你到甲板上去走走,他也答应了。他说,只要我跟你同行,并负起责任就行了。而你把舱房当牢房,守在这里不肯出去,那是你自己的决定。"

"瞧你把我说得像是个笨蛋。你倒拿面镜子来,让我看看我有没有你说的那么笨。"温德洛的父亲恼怒地反驳道。接着凯尔一把抢过大饼,用大饼去吸碗底的汤汁,大口咬下去,"你就是故意要让我好看,对不对?"满口食物的凯尔一边嚼一边口齿不清地说道,"我跟你去甲板上走走,接着哪个鬼鬼祟祟的狗娘养的就冒出来,往我身上捅一刀,然后你就装出惊惶得不得了的样子。不过你心里才不在乎呢,因为你只要靠这么个诡计就可以除掉我了。你别以为我不知道你心底在打什么主意,你讲了一大套好听话,就是为了要让我上钩。不过你这个人最没种,所以不敢自己下手。哟,当然了,这小家伙还穿裙子咧,哪来的胆子杀人?小家伙只会跟莎神祈祷,大眼睛东看西看,唆使别人去做肮脏工作,免得把自己的手弄脏。这是什么?"

"艾达草煮的茶。如果我真的恨不得除掉你,那么一定会在茶里下毒。"温德洛听到自己竟然冷酷地讥讽他人,心里颇为震撼。

他父亲本来要把陶杯送到唇边,听到这话便停住了,嘎哑地大笑道:"你才不会下手呢,你绝不会亲自下毒。你一定会找别人下毒,再把茶送给我喝,这样你才能装作这些坏事都跟你无关。接着你再到处哭诉说那不是自己的错,当你爬回你老娘身边之后,你老娘还会信以为真,并把你送回修院去。"

温德洛紧咬着嘴唇不让自己说话,他在心里对自己说道,这个人疯了,你再怎么谈下去也唤不醒他。他的心性已经变了,唯有全能的莎神才能把他治好,然而就算有此机缘,也得看他肯不肯自救了。温德洛硬挤出一点耐性来应付这个场面。他一边穿过小房间去开窗户一边说服自己，他之所以镇静，是因为他还有一丝耐性，而不是因为他存心反抗。

"关上！"他父亲怒道，"那个小镇臭气冲天，你以为我爱闻那个味道吗？"

"房里尽是你的体臭味，比起来，外面传来的臭味可不差到哪里去。"温德洛反驳道，接着往旁边横走了两步。他脚下就是他自己的床垫——只是他很少睡这里——以及几件他可以声称自己所有的衣物。名义上，这是他们父子俩的房间，但实际上，温德洛大多是在离薇瓦琪最近的前甲板上露宿。由于跟薇瓦琪离得近，温德洛不免察觉她的思绪，并且因为她的中介而感受到柯尼提的梦境，所以并不怎么舒服。不过，跟薇瓦琪为伍，总比跟暴躁易怒、什么都看不顺眼的父亲作伴来得好。

"他什么时候才会去要赎金？"凯尔·海文突然问道，"这笔赎金绝对是很丰厚的。你母亲大概能凑点钱出来，再加上缤城商人帮忙，把活船赎回去一定不成问题。这个柯尼提知不知道？他知不知道他可以靠我们弄到一大笔赎金？你应该解释给他听啊，他派人去要赎金了没？"

温德洛叹了一口气。又来了，这次他决定一次就把话说死，看看能不能借此让他父亲住口。"父亲，柯尼提并不想拿船去换赎金，因为他打算把船留为己用。这也就是说，我必须留下来跟船待在一起。至于你呢，我不知道他对你有什么打算。我是问过，但是他什么都不肯说。我可不想惹他生气。"

"惹他生气又怎么样？你就不怕惹我生气！"

温德洛叹了一口气："因为他那个人无从预测啊。要是我多说两句，那么他说不定会……躁进，以便展现他的权力。据我看来，最好的办法就是继续等下去。等久了，他就会看出把你拘禁在此对他其实无一好处。再说，他的伤势好起来之后，跟他说道理也比较说得通了。要不了多久——"

"全船上下的人都嘲笑我、鄙视我，恨不得我死，再这样关下去，要不了多久，我也就跟活死人没什么两样了。他把我关在暗无天日的地方，只给我吃粗食，而且只准我跟白痴儿子作伴，其余谁都不能见。怎么，他是想逼我崩溃吗？"

此时凯尔已经吃完东西，温德洛一语不发地抄起托盘，转身就走。"没错，你就逃吧！我说的都是真相，你听不下去，干脆就逃得远远的！"温德洛也不回答就打开房门，只听他父亲在身后说道："顺便把尿壶拿出去倒干净！臭死了。"

"要倒你自己去倒。"温德洛不怀好意地断然说道，"没人拦你。"

他出来之后随手关上门，由于紧抓着托盘，指节都因为用力而泛白，颚骨也因为咬紧牙关而作痛。"怎么会这样？"温德洛大声地自言自语，接着轻声地对自己说道，"那样的人怎么会是我的父亲？我觉得我跟他一点关系也没有。"

然后，他感觉到船因为怜悯而若有似无地颤抖了一下。

就在温德洛走到厨房之前，莎阿达赶了上来。其实温德洛离开他父亲的房间之后，就察觉到莎阿达在跟踪他，但是他原本希望自己能避得开。那个教士越来越可怕了。依妲划了他几刀之后，他消失了一阵子，躲在船舱里，像木头里的蛀虫，唆使那些先前曾为奴隶的男男女女生出坏心眼。不过近日以来，众人的不满情绪已经渐渐消散了，这是因为柯尼提和他的手下对待众人无分轩轾，在食物方面，不管是曾为奴隶的人还是船员，都是一样的份量，而且船上的活儿每个人都得卖力做好。

船抵达分赃镇之后，柯尼提就派人跟那些先前曾为奴隶的人说，想要下船的皆可下船享受自由的人生，柯尼提船长祝愿他们下船之后一切都好，也希望他们好好掌握这个人生的新开始。若有人想留下来当水手，那也可以，不过这样的人得先证明自己有本事，且必须忠于他才行。温德洛看得出柯尼提这一招很高明，这等于是在叫莎阿达缴械。任凭哪个奴隶，若是要以海盗为职，而且有相当本事，就可以留在船上；若非前者，则可上岸过自由的人生。不过想也知道，选择第一条路的人并不多。

个子较温德洛高、年纪也比他大的莎阿达突然绕过来，走到他身前，挡住了他的去路。温德洛打量莎阿达身后，发现他是只身一人。想来他那几个地图脸护卫大概已经去迎接他们自己的人生了吧。莎阿达的面容只见不满又狂热的表情，他的头发凌乱，散落在额头上，衣衫看来已经数日未洗。莎阿达眼里燃着火,对温德洛指责道:"我看到你从你父亲的房里出来。"

温德洛的口气温文儒雅,不过他对莎阿达的问题置若罔闻:"你到现在还留在船上,我倒很惊讶。我敢说,像分赃镇那样的地方一定很需要你这样的莎神教士,那些重获自由的奴隶若是能在开始新生活的时候得到你的赐福,一定感激不尽。"

莎阿达眯着黑眼望着温德洛。"你这是在笑我,你在嘲笑我的教士身份,然而你若是嘲笑我,就等于在嘲笑你自己、嘲笑莎神。"莎阿达突然伸出一手抓住温德洛的肩膀。虽然冲击力很大,但温德洛还是努力抓紧他父亲食毕早餐的托盘,免得盘里的碗盘掉落在地,同时站稳脚跟。莎阿达继续说道:"看你的行径,你是早就扬弃莎神,也扬弃了你所受的教士训练了。这艘船乃是借亡魂重生、借亡魂说话的鬼船,然而你既敬奉莎神,也就是生命之神,那么就不该侍奉这样的鬼船。不过你现在悔改还不晚。你别忘了过去所受的教诲,从现在起,扬弃亡魂,选择与生命和正义为伍吧。你明知道人们之所以兴起,是为了将这艘船据为己有,既然如此,你就应该把船交回他们手上。这一来,这艘以血腥和伤痛为旗帜的船便可成为自由与正义的代表。"

"放开我。"温德洛平静地说道,并设法扭身脱开莎阿达的掌握。

"这是我最后一次警告你了。"此时莎阿达离温德洛非常近,近得温德洛闻得到他的口臭味。莎阿达继续说道,"这是你为自己以往的过错赎罪,并踏上真正荣耀之路的最后一次机会了。你快把你父亲交出来,让众人公审,如果你能做到这一点,那么大家或许会原谅你以往的过错。就我而言,如果你把你父亲交出来,那我就不会再追究你的事情。然后,你必须把这艘船交给当初起而推翻船员的人,因为他们才是理应拥有这艘船的人,你必得让柯尼提看出这个道理。他已是将死之人了,是挡不住我们的。我们曾经起而推翻暴君,难道柯尼提以为我们不能再重来一次吗?"

"我倒认为,如果我把这些话讲给他听,那么你一定死路一条,连我自己也别想活了。莎阿达,你也该满足了,柯尼提已经给了你新生的机会,你就好好把握这个机会吧。"温德洛想要扭身脱开,但是莎阿达却把他抓得更紧,还露出一口白牙地吼起来。温德洛觉得自己的自制力渐渐销蚀了。"你马上放开我。"他突然生动地忆起当初奴隶暴动时莎阿达的所作所为。当时困在船舱里的莎阿达一脱开锁链,第一个行动就是取了甘特利的性命。然而甘特利也算是个不错的人,在温德洛眼里,甘特利可比莎阿达高尚得多。

"我警告你——"那个从前曾为莎神教士的男子开口道,但是就在此时,温德洛隐忍的悲伤和愤怒突然爆发了出来。他使劲一推,大力地用木托盘撞进莎阿达的肚子里。莎阿达没料到有这一招,在这么一撞之下踉跄后退,大口喘气。温德洛心里有几分觉得这样对付他就够了,应该走了。但接着他却丢下托盘,抡起拳头在那男人的胸膛上揍了两拳,这让他自己也很惊讶。温德洛仿佛置身事外地看着自己先出右拳,再挥出左拳,这两拳都打得很实在,打在人身上发出砰砰两响。不过即使如此,他看到那个比自己高的男子蹒跚后退,抵在墙上慢慢往下滑时,仍感到很惊讶。他惊讶的是自己不但出拳猛狠,而且还因为把那人打倒而颇为自满。温德洛咬紧牙关,忍住那一股想要伸腿去踢莎阿达的冲动。

"你别来惹我。"他低声对莎阿达怒吼道,"你要是胆敢再跟我讲话,我一定杀了你。"

莎阿达颤抖着扶墙站起来,咳了几声。他喘着气,同时手指着温德洛:"你瞧你变成什么样子了!这不是你说的话,这是那鬼船在用你的嘴讲话啊!你快逃吧,小子,再不逃,你就永远沦落下去了!"

温德洛转身大步走开,连掉在地上的碗盘和托盘都不去捡。这是他有生以来第一次因为无法面对真相而远远逃开。

躺在床上的柯尼提翻了个身。他一天到晚困在这张床上,已经腻得要命了,可是温德洛和依妲都苦劝他再忍一阵子。他皱眉望着自己的镜中倒影,放下剃刀。他刚把上唇的八字胡修剪过,所以面容好看很多,但是他的黑皮肤看起来灰灰黄黄的,脸颊也变得瘦不见肉。他对着镜子演练他最拿手的怒视,有感而发地对空荡荡的房间说道:"怎么看起来像死尸似的。"就连他的声音也显得空洞。他大力甩开镜子，注视着自己的双手，觉得手背的青筋浮胀得厉害。他翻转双手，瞧瞧自己的手掌，这双手瘦弱得像鸟爪似的。接着他抡起拳头，但是一看到那无力的空拳，不禁轻蔑地啐了一声。这简直就是在旧绳的末端打个结而已，算什么拳头。以前那个巫木护符紧贴住他的脉搏，如今却空落落地挂在他的手腕上，那银色的木头看上去也是灰灰的，死气沉沉，仿佛柯尼提这一病，巫木护符也连带地丧失了活力。柯尼提抿着嘴，挤出一抹微笑。好，这护符本该替他带来好运，结果呢，却让他吃了这么大的苦头。既然如此，就让它一起承担他的命运吧。柯尼提以指甲敲了敲那护符，嘲笑道："怎么，你没话要说吗？"但那护符全无反应。

柯尼提再度拿起镜子，揽镜自照。他的腿伤正在愈合，他们都说他一定能活下去，可是他若是再也无法赢得手下的敬重，那么就算能活下去又有何用？如今的他看来像是骷髅一般，这种憔悴的面容令他想起分赃镇街头的乞丐。

他重重地把镜子摔在床边的桌子上，一半是要看看自己能不能把镜子摔破，可是豪华镜框裹着的厚玻璃还是好好的。接着他拉开被单，怒目瞪着自己的断肢，那断肢像是灌得不好的香肠，末端稍有萎缩。他野蛮地用指头去戳断肢，以往一碰到断肢时那种椎心刺骨之痛，如今已经没有了，所以现在他这么一戳，只留下麻麻痒痒的不适感。他抬起断肢，那断肢看着不像人腿，反倒像是海豹的鳍。柯尼提心里失望至极，他开始想象自己淹没在冰冷的海水里，任由死亡攫住自己，就算口鼻吸入冷水，也不肯吐出或是呛出。想必那样求死一定很快。

热切求死的心情突然退却，徒留柯尼提无助地躺在原地。毕竟如今的他就连想要了结自己的性命都做不到，更不用说走到船栏边。只怕他才拖着走出房门不远，依妲就会拉住他，又哄又劝地把他扶回床上来躺着。说不定，依妲之所以要把他的腿砍断，为的就是要把他困在床上。对，她之所以砍了他的腿去喂海蛇，就是为了日后要驾驭他而下的毒手。她打算把他当作小宠物似的留在这屋里，这样她才能秘密地削减他的权力，以待有朝一日取代柯尼提成为这艘船的船长。柯尼提咬紧牙关、握紧拳头，一时间几乎被怒火冲昏了头，接着他想象出依妲如何为了这个毒计而筹划数月的细节，努力地把自己的怒火越烧越旺。想也知道，依妲最终的目的一定是为了要把这艘活船据为己有，而且这个计划索科很可能也有份。既然如此，他一定得非常小心，以免依妲和索科二人得知他已经起疑了。要是他们二人发现他知道了实情，那么他们说不定会……

这太荒谬了。这个想法既荒谬又愚蠢，根本就是因为他长期静养、胡思乱想而起的。他若是往那个方向想，那是自甘堕落；他若是真要专心思索，那就想想自己要如何早日恢复健康吧。依妲这个人可以挑剔的地方可多了，包括教养不好、欠缺仪节，但她是绝不会密谋奸计来对付他的。他要是卧床卧得厌倦，只要直接跟他们说明白就行了。今天是个明媚的春日，只要有人扶着，他就可以去前甲板瞧瞧薇瓦琪。薇瓦琪若是亲眼见到他一定很高兴，况且他们两个已经很久没聊了。

柯尼提依稀记得一件发生在小时候、令他颇为厌恶的事情：他好不容易拿到了一件他不该拿的东西，母亲温柔的手小心地把他胖嘟嘟的指头剥开，取走了那件东西。当时，他母亲一边跟柯尼提讲道理一边把他手里的东西拿走，可是那个叫做刀子的东西，一头是亮闪闪的木头、一头是亮闪闪的金属，煞是好看。柯尼提还记得，当时他并未因为母亲的温柔劝告而乖乖放手，反而不悦地大吼大叫。而此时柯尼提心里也有同样的反抗感，他才不想讲道理，才不想平息怒气呢，他只想好好发一通脾气。

可是薇瓦琪在他心里。薇瓦琪的存在与他的本体交织在一起，她把他的愤怒和疑心拿开，放到他够不到的地方，但是他孱弱得无法抗拒，最后落得不知因何而生出满腔的不满，恼得头都痛起来了。柯尼提一眨眼，挤出了一行热泪。他嘲笑自己，怎么像女人一般爱哭。

有人敲门。柯尼提拿开捂住脸的手，又抖了抖被子盖住残腿。过了一会儿，他心神平静下来，于是清了清喉咙："进来。"

他本以为是依妲，结果来人是那个少年。温德洛犹豫地站在门口。黯淡的舱梯框住他的身形，船尾窗户的光照亮了他的脸，不过他脸上的刺青正好隐在阴影里，所以只见那无瑕且开朗的半边脸。"柯尼提船长？"温德洛轻问道，

"我是不是吵到你了？"

"没有的事，进来吧。"柯尼提一看到温德洛，心里就生出暖意，不过他也不知道为什么会这样，也许是因为船的关系吧。自从他把少年纳入羽翼之下后，那少年的外表改进了不少。那少年朝着他的床走来，柯尼提对他笑笑，而那少年也害羞地答以笑容，使柯尼提看了很高兴。温德洛的黑发整齐地梳在脑后，绑成传统的水手长辫。依妲做的衣裳很适合他，此时那少年把略嫌宽大的白衬衫塞在蓝黑色的长裤里。他是个瘦而灵活的年轻人，只是以他那个年纪而言身材矮小了点。他脸上晒多了太阳，看着很健朗。他的棕肤、白牙、黑眼和黑裤，与他身后黝黑的走道融合在一起，那是恰到好处的光与影所绘成的美好画面。就连那少年从暗处走到较亮的房里之时，他脸上那犹疑、关怀的脸色也是一绝。

温德洛再往前走了一步。由于光线的关系，那刺青突然变得鲜明起来，更讨厌的是，那刺青是个无法去除的瑕疵，在那少年纯真的相貌上留下污点。那海盗从少年的眼中看出他心里的难过悲伤。"怎么会这样？"柯尼提突然问道，"你脸上怎么会有这样的记号？他有什么借口？"

那少年伸起一手掩颊，脸上闪过一抹羞愧、愤怒与困惑皆有的表情，接着又变得面无表情，不冷不热地低声说道："他大概是想给我个教训什么的吧。也许这算是报复，毕竟我这个儿子跟他的理想差得太远，所以他不把我当儿子，反而把我降格为奴隶。或者……也许他有别的理由。我想，他对于船与我之间的关系是很嫉妒的，他之所以把薇瓦琪的样子刺在我脸上，是要借此来表示薇瓦琪与我同为一丘之貉，因为我们两个都排斥他。可能是这样吧。"

温德洛讲话的时候，柯尼提仔细观察他的脸色，心里有了个领悟：那少年虽然讲得若无其事，却仍难掩内心的痛苦，而他之所以试图用各种理由去解释，正可显示这是他经常思索而又不得其解的问题。据柯尼提猜测，温德洛虽想出了这么多理由，但是看来他自己对这些说法都不满意。柯尼提看到这个情况，就知道温德洛的父亲从来也懒得跟儿子解释这刺青到底是什么缘故。那少年走到柯尼提的床边。"我得看看你的'残桩'。"这少年真是直率。温德洛既不将之称为"腿",也不称之为"伤",如今那已是"残桩"了,所以他就直接称之为"残桩"。他没有为了顾全柯尼提的心情而矫饰一番,这样的直率倒让柯尼提觉得很安心。这少年很真挚,他是不会说谎的。

"你刚才说,你以前很排斥你父亲,现在你对他的心情仍是这样吗?"柯尼提问道,不过他也不知道为什么自己非得追根究底不可。

那少年的脸上闪过一抹阴影。一时间,柯尼提认为他接下来一定是要说谎的了。但温德洛开口时像是在讲述无可救药的真相。"他是我父亲。"他像是抗议似的吐出了这几个字,"所以我得对他尽为人子的责任。莎神要求我们尊重父母,并以父母的贤德为乐。但是老实说,我希望——"讲到最后这句话的时候,他的声音低了下来,仿佛这几个字令他感到羞愧,"我希望我往后的人生与他再也不相干。不是要他死,不是,我并不希望他死。"温德洛发现柯尼提专注地望着他,赶快补了这么一句。"我只是希望他到别的地方去。我虽希望他安全,但是——"说到这里,他的语气因为愧疚而结巴起来,"但是我也希望他走得远远的,免得我穷于应付。"他几乎像是喃喃自语地继续说道,"这也免得我每次被他一看,就觉得自己渺小低劣。"

"这我可以安排。"柯尼提轻松地答道。那少年听了,脸上显出惊惧的表情,一看即知他在怀疑柯尼提到底是要如何帮他如愿。他开口想要讲话,但接着又闭上嘴,想必还是觉得保持沉默比较安全。

"那个刺青让你很不自在吗?"柯尼提问道。这时温德洛掀开了他的被子。那少年教士弯下身,伸出双手悬在柯尼提的断腿上空。柯尼提觉得断腿处有一种痒痒的触感。

"等一下再说,"温德洛平静地应道,"让我先试试这个。"

柯尼提本以为温德洛会做什么动作,谁知他接下来却一动也不动。他的双手悬在断腿上空,近得可以感觉到掌心传来的热气。温德洛的目光专注地望着自己的手背,舌尖伸了出来。他全神贯注,咬住了舌尖,悄然无声地呼吸,轻得仿佛根本就没有呼吸。他的眼瞳越来越大,手微微地颤抖起来,像是在使什么大劲一般。

过了好半响，那少年深吸了一口气，以呆滞的目光朝柯尼提脸上瞧了一眼，失望地耸耸肩，又叹了一口气。"你应该会有感觉才对，我一定是哪里做错了。"那少年皱起眉头，又想起刚才柯尼提问起刺青的事，于是他以聊天气的口吻说道："如果想到的话，是觉得不大自在，要是没有这个刺青就好了。不过，这刺青不但存在，还会陪我一辈子，所以我若是明智的话，就应该早早地接受这个刺青，把它当作是脸庞的一部分。"

"这怎能算是明智？"柯尼提追问道。

温德洛笑了笑。一开始，他的笑容颇为无力，但是他开始讲话之后就变得越来越真诚。"我们修院的人常说：'聪明的人，为求与自己安宁共处，总是不绕远路，直取最快速的捷径。'而接受现实就是最快速的捷径。"温德洛讲到最后几个字的时候，双手轻轻地放在柯尼提的"断桩"上，但却抓得很牢。他问道："这样痛不痛？"

热力从少年的掌心传来，不断发散。此时有一股热流冲过了柯尼提的背脊，这一激，使得那海盗几乎麻木。温德洛的话仿佛在他的骨头中回响：接受现实。接受现实就是与自己安宁共处的最快捷径。这就是智慧。这样痛不痛？安宁是最好的，难道安宁还会痛吗？柯尼提的皮肤紧皱起来，麻痒的感觉传遍全身。他喘着吸气，无法回答。他浸润在那少年单纯的信念之中，那信念犹如暖流般舒畅地在他的周身游走。没错，那少年说得很对。就接受吧，没什么好怀疑的，也没什么好否认的。在这之前，他怎么老是胡思乱想？他怎么会因为虚弱而想岔了呢？他之前竟想投海求死，现在想来，只觉得那种想法太不足取，那不过是弱者自怜自艾的牢骚话罢了。如今柯尼提一心求生，他本来就应该继续活下去。海蛇虽吃了他的腿，但是他的好运仍在，就是因为他的大好运气，他才熬得过来，毕竟那海蛇不过只吃了他一条腿而已。

温德洛移开了手。"你还好吧？"他担心地问道。由于柯尼提的感知变得更为灵敏，所以听来只觉得温德洛的声音太响。

"你把我治好了。"柯尼提粗嘎地喃喃说道，"我已经好了。"他撑着自己在床上坐起来，低头看看自己的腿。一时间，他几乎以为他会看到那条腿复原得完好如初。不过他的腿已经没了，如今只剩"残桩"，而光是看到那"残桩"就会令人心生伤感，但其实他也不过是身体变了形状而已。这就好比说，以前的他既年轻又不长胡子，不过那已经过去了；以前的他用两条腿走路，如今的他得学着靠一条腿走路。就这样，没什么。世事多变化，接受就是了。

柯尼提突然以迅雷不及掩耳的速度抓住了温德洛的双肩，把他拉近。温德洛痛得叫出声来，但仍伸手扶住柯尼提的舱床，免得跌倒。柯尼提双手捧着温德洛的下巴，一时间，这少年挣扎不已。接着温德洛与他四目交会，那少年越是看，眼睛就睁得越大。柯尼提对他笑笑，伸出拇指，从那少年的刺青上摩娑过去。"把它擦掉吧。"柯尼提命令道，"这刺青虽在脸上，但是深只及肤，所以你用不着把它刻在自己的灵魂上。"柯尼提继续捧着那少年的脸，如是过了五次呼吸，接着他看到温德洛的脸庞上漾出了领悟惊喜的表情，于是在他额头上一吻，放开了他。温德洛退了几步，柯尼提则坐直起来，腿伸到床外。

"我已经躺腻了，得到外面走一走才行，你瞧我都瘦得不成人形了。我得去外头吹吹风，并且多吃多喝点才行。我马上就要在甲板上发号施令。最重要的是，我得去看看什么事我做得到、什么事做不到。以前索科不是替我做了个拐杖吗？那拐杖还在吧？"

温德洛跟跄地走回床边，眼前的柯尼提仿佛变了个人似的，他看了非常惊讶。温德洛结巴地答道："应该……应该还在吧。"

"那就好。你把我的衣服拿出来，帮我着装。不，我自己可以着装。你把衣服拿出来之后，就去厨房帮我弄一顿好一点的餐点来，如果碰到依妲就叫她来见我，她可以帮我弄洗澡水。好，你快去吧，现在白天都过了一半了。"

温德洛听了连忙去取衣服，柯尼提看了大为满意。那小子办事挺可靠的，俊美的小子有这长处，那是大大有用，这是绝对错不了的。但这少年却不怎么知道他的衣物放在哪里。依妲配衣服的本事比温德洛强多了，他拿出来的这一套差强人意。不过往后多的是时间好好教育他选衣服的眼光。

接着温德洛一鞠躬之后便出了房间。柯尼提把注意力移回自己身上，开始试着自己穿衣。穿上衬衫还不算太难，不过看到胸膛上、手臂上的布料松垮垮地垂下来，未免令人不悦。柯尼提不愿往那个方向多想下去。要套上长裤可就得大费周章了。就算一腿站着靠在床边，还是很难套上裤管。套上裤子之后，布料从断腿处垂下来磨着伤口的新皮，很不舒服。不过柯尼提提醒自己，要不了多久就会长出厚茧，之后就不会痛了。大半截裤管空空地悬在那里，若是依妲在的话，就可以叫她把空裤管别起来，或是缝起来更好。那腿横竖是没了，既然没了，就不必假装腿还在。

　　柯尼提一边狡黠地咧嘴笑着，一边挣扎着帮好腿穿上袜子和靴子。说也奇怪，只穿一只袜子、一只靴子，竟比穿上双袜双靴还费事！他总是站不稳，动不动就歪倒在床缘。他才刚穿好袜靴，依妲就进来了。她看到柯尼提喜洋洋地倚在床边，吓了一跳，以指责的目光瞪着他。"叫我来帮你就好了嘛。"她把一个脸盆和一罐热水放在床边的台子上。她穿着大红色的衬衫，衬着她的红唇更显娇艳，而她走起路来，下身的黑丝裙在臀间摩动，窸窸窣窣地听来煞是诱人。

　　"我才不用人帮忙。"柯尼提反驳道，"不过这条裤管是例外，你早该把这条裤管缝起来的。我打算今天下床走走，你知不知道我的拐杖在哪里？"

　　"你太性急了。"依妲抱怨道，皱眉望着他，"你前天还有点发烧呢，柯尼提，也许你现在觉得好了点，但是这还不能算是健朗。就目前而言，你哪里都不能去，只准待在床上。"她走上前把柯尼提的枕头重新铺整好，仿佛只要这样他就会躺下来似的。她怎敢说这种话？好大的胆子！难道她忘记自己是什么身份，而他又是什么身份了吗？

　　"什么？我只准待在床上？"柯尼提伸出一手抓住依妲的手腕。她还来不及反应，柯尼提便一把将她拉近，用另一手抓住她的下巴，把她的头转过来正对着他，"我健不健朗、能做什么、不能做什么，是你能说了算的吗？"柯尼提严厉地训斥道。由于跟她离得近，她急促的呼吸吹在他脸上，她那对大眼睛顿时挑动了他的心思。依妲怕得吸了一口气，一时间，一股胜利的感觉窜过柯尼提全身。这就对了，他先要能够驯服自己的屋里人，不然就别想再度在甲板上发号施令了，他可不能让这女人自以为她在当家。柯尼提以一臂扣住她的手腕将她拉近，另一手扯住她衬衫的前襟，将衬衫从头上脱开。接着柯尼提把她拉上来贴在自己身上。依姐惊讶得喘了一大口气。"你这婊子，你才只准待在这床上，哪里都不许去。"柯尼提的口气突然变得粗嘎起来。

"那就依你的吧。"依姐顺从地喃喃说道。她的眼睛又黑又大，呼吸非常急促，柯尼提几乎感觉得到她的心脏在急速地跳动。他把她拉上床，翻身压上去。依姐丝毫没有抗拒。

春夕号驶入分赃镇那个所谓的港口之时，夕阳才刚沉入地平线下。贝笙望着这个扩展至远处的聚落，心里颇为惊讶。多年前他最后一次造访，这里才不过几间破房子、一个码头，再加上几间充当旅店的木棚子。如今这里有几十个窗户散发出蜡烛光，港口里也称得上是船桅如林，连空气中那股脏臭味都变得更浓了。如果把他沿路上看到的村落聚在一起，那么此地的人口很可能会超过缤城，更何况此处仍在不断成长。所以，如果他们推举出自己的领袖，这将是一股不可小觑的力量。想到这里，贝笙不禁纳闷，这个想要成为海盗之王的柯尼提是不是也注意到了这个地方的潜力？如果柯尼提真的有了这么大的权力，他会做什么呢？芬尼船长似乎认定柯尼提不过是个好讲大话的人罢了，贝笙则热切地希望事实上也的确如此。

春夕号慢慢地经过一长列停泊的船只。夕阳余晖中，贝笙突然看到一个熟悉的船影，他的心顿时猛跳起来，随即又沉了下去。那的确是薇瓦琪号，主桅上飘着渡鸦旗。贝笙努力劝告自己，那不过是一艘形体、船桅分布和人形木雕都做得颇似薇瓦琪号的船罢了。然而就在此时，薇瓦琪摇了摇头，并以手指梳过她的头发。那的确是活船没错，而且就是薇瓦琪号。这个柯尼提是真的逮到薇瓦琪号了。如果传言为真，那么这就意味着船上的每一个船员都已经遇难了。贝笙眯着眼睛望着薇瓦琪号的侧影，希望能多看出一点细节。此时闲闲地待在那甲板上的船员寥寥无几，不过那些人贝笙一个都认不出来。然而隔这么远，又在这种昏暗不明的光线之中，他真的能认出那些船员是谁吗？接着贝笙注意到，有一个修长的小个子身影走到了前甲板上，那人形木雕转过头去跟那人打招呼。贝笙的眉头皱了起来,那个水手走路的样子看起来挺眼熟的。艾希雅!但是不对,贝笙对自己说道,那人不可能是艾希雅。他与艾希雅在烛镇分道扬镳,当时她说她要在前往缤城的船上找份工作,当时薇瓦琪号并不在烛镇的港口里,所以艾希雅是不可能在薇瓦琪号上的。只是贝笙也深明,有的时候,因为古怪的风向、海流或是船只需要的驱使,也能使得看来最不可能碰上的事情聚在一起。

贝笙望着那个修长的身影走上去倚在船首的风帆上。他目不转睛地凝视,希望能从什么迹象或是动作上看出那人到底是不是艾希雅。但是贝笙怎么也看不出头绪,看得越久,反而越深信那人就是她。艾希雅总是像那样歪着头听薇瓦琪讲话啊,而且她总是那样昂头迎风。况且如果不是她,还有谁能那么相熟地跟那人形木雕聊天?贝笙不知道到底艾希雅是因着什么机缘而上了薇瓦琪号,但是船首甲板上的那个人影的确是她没错。

贝笙的心情起伏得很厉害。他该怎么办?他只有一个人,而且绝对不能与艾希雅或薇瓦琪相认。现在他若是设法营救,恐怕不免送掉一条小命,而且往后缤城的人永远也无法得知艾希雅和他或是薇瓦琪号出了什么事。他的指甲深深地戳入结茧的掌心里,紧闭着眼睛,希望能想出到底能做点什么。

芬尼船长在他身后不远处轻声问道:"你真的不认得那艘船吗?"

贝笙勉强自己装出不在意的样子,耸了耸肩,不过他答话的时候声音还是太紧绷了。"我是有可能见过……不过这我也说不准。我只是越看越惊奇,活船竟然被海盗逮住,真是闻所未闻啊。"

"才不呢,"芬尼吐了口口水,"传说'大胆'伊果就曾经逮到一艘活船,而且拿那活船来当海盗船用,用了好多年。听说就是因为这个缘故,伊果才能拿下大君的运宝船。大君的运宝船走得虽快,但是再怎么快也快不过活船。伊果有了这次大丰收之后就过着仕绅一般的生活,女人、醇酒、仆人、衣裳,什么都用最好的。听说他日子还过得很风雅呢,他在恰斯国有个大庄园,还在翡翠群岛那里盖了个宫殿。人们还说,伊果临死时把他的财宝藏了起来,又把他的活船凿沉。他的想法是,既然死时无法带走活船,那么就把船凿沉了也好,他得不到的，其他人也别奢望。"

"我从没听过这个故事。"

"这也难怪，毕竟这件事情鲜有人知。人们说，伊果给那艘活船做了记号，又将那活船封口，免得他人得知伊果的财富。"

贝笙僵硬地耸耸肩。"我听着倒觉得伊果的船大概很普通。他只不过是硬把他的船说成是活船，以此来哄骗世人的耳目罢了。说不定是这样啦。"最后贝笙用比较退让的口气补了一句。他张望了一下，确定甲板上只有船长与他两人之后，突然把话题转了个方向："老大，你记不记得我们几个月前谈过的事情？你问我在缤城有没有门路，如果有的话，你想到缤城走一趟，以便把上等货色用好价钱脱手出去？"

芬尼有点戒备地轻轻点了个头。

"嗯，我在想，要是你把法丁的画买下来，那当然最好是拿去缤城卖啰。缤城的人一看就知道那幅画是什么来历、值多少钱。"贝笙叉手抱胸，再度靠回船栏上，尽量装出得意自满的模样。

"若把那东西拿到缤城去卖的话，恐怕一眼就会被人看破，那不是自找麻烦吗？"芬尼怀疑地指出。

贝笙心里紧张，却故作轻松地说道："要是你有门路、话又说得漂亮，那么何至于此？好啦，如果你开到缤城，我去帮你找个妥当的中间人，嘿，那你还可以说得像是你在行善呢。就说你听到了这船被劫的悲惨故事，所以把这幅画带回家乡，而中间人则会帮着夸赞，像你这样善心的商船船长，谢礼给得怎么大都不为过。"

芬尼把嘴里的辛丁换了个位置："大概吧，不过路程这么远，光是为了那玩意跑一趟实在不值得。"

"当然啦！能在缤城脱手的货多着呢，不过我敢说，赚头最多的一定是那幅画。"

"赚头多？是啊，我敢说，麻烦一定也很多。"芬尼皱眉望着落日，过了一会儿，他问道，"还有什么其他的东西适合拿到缤城去卖？"

贝笙耸耸肩："缤城自己不出产的或是无法从北方弄来的货色都很抢手。香料、茶……哲玛利亚的烈酒和葡萄酒、南国来的珍奇玩意或是哲玛利亚的古董之类的。"

"你有什么认识的人可以帮我们接头？"

贝笙歪着头应道："我已经想到一个人选了。"他干笑两声，接口道："就算这些路都走不成吧，由我自己去接头也无妨。"

芬尼不发一语地伸出一手，贝笙也伸出手与他一握，这样就算是谈定了。贝笙顿时轻松了不少，这一来，他就能回缤城去传消息了。罗妮卡·维司奇想必有的是资金或手段，可以把她女儿和家里的活船都从海盗手里救出来。贝笙歉然地回头对薇瓦琪号和艾希雅瞄了一眼。这个计划虽渺茫，但是他已经尽力了。他只希望艾希雅和船能够安然地熬到那个时候。

接着他突然激愤地咒骂了一句。

"怎么了？"芬尼追问道。

"没事，船栏的木屑戳进了指甲里。我明天要派几个小子把船栏磨光一点。"贝笙转身背对着船长，并装作在检查手指的摸样。

远方那个修长的身影正朝着薇瓦琪号船边的海里撒尿。

夏
Summer

第十三章

插 曲

　　丝莉芙想,他们这样实在算不上是真正的蛇团。真正的蛇团是因为尊崇领袖、起而追随,所以才聚集在一起,但此时他们身边的这些海蛇,不过是墨金蛇团随供应者北上之际,偶尔一条、两条地加进来同行的独行海蛇罢了。固然众蛇一起同游,但是彼此之间毫无情谊可言,大家只不过是因为追求同样的食物来源而同行。不过,能多几个同伴总是好的。这些海蛇之中,有些偶尔还称得上头脑清晰,有些却沉默且眼神呆滞犹如鬼魂,等而下之的则跟动物没什么两样,他们只顾着霸占食物,若是其他海蛇凑近,他们是不惜以利齿或是毒液来攻击的。丝莉芙、墨金和瑟苏瑞亚见多了之后,对于这种沦为畜生的海蛇敬而远之。不过老实说,最难以忍受的还不是这种海蛇,若是碰上了有些海蛇出神恍惚,仿佛忆起了往日的时光,那才真教人心酸呢。

　　如今墨金蛇团的三个原始成员已经差不多变得跟新来的一样沉默了,毕竟他们无论讲起什么话题都不免更加丧气。如今,丝莉芙只记得一些之前饥荒的时光,无论是谁,若禁食久了都不免思绪涣散。丝莉芙靠着一个小小的仪式来使自己不至于发狂:她每天都提醒自己,他们之所以往北而行,是因为墨金知道时机已经到了,而且"存古忆"应该会前来迎接他们。"存古忆"会唤醒他们内心的记忆,并引导他们进入下一个阶段。

　　"但是下一个阶段又是什么呢?"丝莉芙喃喃地自言自语。

"嗯?"瑟苏瑞亚困倦地问道。

此时,他们三个与一大团静眠的海蛇缠卷在一起。连他们三个在内,这一团海蛇大概有十五六条。唯有在晚上,大家才会多少想起一点文明作风,并像真正的蛇团一样缠卷在一起入眠。丝莉芙紧紧地抓住自己的思绪。"等到我们找到'存古忆','存古忆'又唤醒我们的记忆,接下去会怎么样呢?"

瑟苏瑞亚困倦地叹了一口气:"要是我答得出来,那我们就用不着去找'存古忆'了。"

躺在他们两个之间的墨金却连动都没动一下。先知墨金日益衰退了,如今丝莉芙和瑟苏瑞亚变得咄咄逼人,不争取到供应者施予的食物绝不罢休。不过墨金却不肯放弃自古以来的旧作风,即使他攫取到一只漂过丰境、软弱无力的尸体,但若那些没有灵魂的海蛇一把抢过那个食物,那么他也就干脆放手。墨金宁可放弃理所当然属于他的食物,也不肯像动物那样争夺。以前墨金全身布满光鲜耀眼的假眼,如今假眼不像假眼,反倒跟斑纹差不多。有时候,他还肯接受丝莉芙带回来的食物,但他常常婉拒不吃。丝莉芙很想问他,他是不是也快要放弃原来的目的了,但是这话她问不出口。

海蛇丛里突然起了一阵骚动。一条嫩绿色的修长海蛇宛如在梦中一般,从缠卷熟睡的海蛇丛里脱身出来,倦怠地上浮,朝虚境而去。丝莉芙与瑟苏瑞亚对望了一眼,他们的眼神都很困惑,但也都懒得好奇了。毕竟那些没有灵魂的海蛇的行为往往没什么道理,所以再怎么猜测推想也是白搭。丝莉芙闭上了眼睛。

不久后,他们头顶高处传来了清脆响亮的声音,化为旋律。一时间,丝莉芙敬畏地听着。每一个音都唱得分毫不差,每一个字都咬得清清楚楚。许多活泼的海蛇都会漫不经心地胡乱哼上一番,但这可不同,因为唯有被指名献唱的海蛇才会唱得如此骄傲且昂然。丝莉芙睁开了眼睛。

"清简之歌。"墨金低声说道,瑟苏瑞亚的眼睛也慢慢地旋转表示应和。三蛇轻柔地挣脱出来,浮到丰境的极高处,抬起头探入虚境。

在一轮明月之下,可以清楚地看到那条绿海蛇正在昂首歌唱,他那丰厚的触须松弛地披在颈间，抬头引吭，传出悠扬的歌声。那纯净甜美的歌曲竟然出自一条在此之前从不开口讲话的海蛇。那绿海蛇一曲唱罢又一曲，源源地唱出自古相传下来的优美歌曲。换作是以前，听众必会在歌者唱出叠句时跟着同声高唱，一起庆祝丰境之温暖与回游鱼群之丰盛。如今听众却不出声，只顾着聆听这天赐的歌曲，唯恐自己的歌声会破坏了格调。

那歌者唱得尽情又专注，他的喉咙膨胀伸展，唱出丰厚低沉的音色。不过丝莉芙避而不去看他的眼睛，因为即使他唱的是最神圣的歌曲，眼里仍空无一物。她身边的墨金低下了头，他深受感动，连身上的假眼都瞬间一闪。他喉间的触须慢慢地竖立了起来，从前墨金喷出的毒液量多且性烈，如今却少得只从触须尖端冒出小小的一滴。有这么一小滴毒液落在丝莉芙的皮肤上，令她心醉神迷，一时间，她只觉得夜色特别清朗、明亮，而且充满了希望。

"存着点，别浪费力气。"瑟苏瑞亚难过地劝道，"他的歌唱得是很美没错，但是他的心已经不在了。他是救不回来的了，你费这么大劲，只怕会变得更虚弱。"

"我的力气不属于我所有，本来就不该积存。"墨金有感而发，接着他更为忧伤地说道，"有时候，我还怕这些毒液就算存着，往后也派不上用场。"话虽如此，但墨金并未凑上前，三条蛇依然留在原地，他们如痴如狂地听着那绿海蛇唱歌，却又跟他相隔两地。感觉上，那歌声像是从遥远的过去传来，而那个时空他们再也回不去了。

那绿海蛇望着明月，他一边优雅地随着旋律摇头晃脑，一边唱出曲末重复三次的叠句。他唱到最后一个音的时候，丝莉芙猛然察觉到有好些海蛇也聚到他们身边来听歌了。这些海蛇大多在四下张望着，好像以为附近有什么食物。供应者一向是不管白天黑夜都不断前进的，而此时就算望着地平线也看不到供应者的庞大身影。明天，他们会追随供应者的气味游过丰境。要追上供应者并不是什么难事。

由于举目不见供应者，所以他们的目光改而集中在那绿海蛇身上。绿海蛇的姿势不变，目光仍凝视着明月。他隆隆地唱出曲末的那个音，好半响之后，歌声才止住。曲终之后，众蛇哑然无声。在那片刻之间，丝莉芙察觉到蛇众之中起了很微妙的变化，有些海蛇露出了困惑的神情，仿佛奋力要回想起什么事情，不过大家都静止不动，同时也悄然无声。

唯一的例外是墨金。那大蛇固然皮色黯然、瘦不成形，却仍轻巧地跃起，游到那绿海蛇身边。墨金那褪色的假眼短暂地闪耀出金色，古铜色的眼睛也不断旋转，并扭动颀长的身体卷住绿海蛇。墨金把他仅余的一丁点毒液喷在绿海蛇身上，接着卷着他往底下而去。

丝莉芙听到那绿海蛇气愤地尖叫，那叫声之中连一点明智理性都没有，纯粹只是动物被逼入绝境时的愤慨。她和瑟苏瑞亚紧跟上去，随着那一对挣扎扭动的海蛇往底下浑浊处而去。他们冲上前时，淤泥蒙头罩来，把丰境弄得浑浊不堪。"他会把墨金勒死的啊！"丝莉芙惊叫道。

"就算没勒死，也会把他扯成碎片。"瑟苏瑞亚阴森地答道。他与丝莉芙一起冲上去，同时将毒液注入触须中。丝莉芙多少察觉到身后的其他海蛇困惑地缠卷在一起，墨金的行动吓到他们了，他们会如何反应实在难以预料。丝莉芙冷冷地想道，说不定那些海蛇会围攻他们三个，这样一来，那么墨金蛇团恐怕就到此为止了。

瑟苏瑞亚与丝莉芙并肩冲入浑浊的黑暗之中，丝莉芙几乎一下子就呛得喘不过气来。那种感觉真是恐怖，她的每一种本能都催促她要赶快逃到干净的清水中。不过她可不会被自己的本能控制住，因为她并不是动物。她逼迫自己越潜越深，直到感觉到墨金与绿蛇挣扎扭打的脉动，并将那两条对打的海蛇包卷起来为止。只是丝莉芙呛得很严重，分辨不出闻到的味道是墨金还是绿蛇。她把毒囊里所有的辛辣毒液都泼洒出来，并祈求这不会使瑟苏瑞亚瘫痪或虚弱。接着，她卷住那两条搏斗不止的海蛇，并使出浑身解数将他们朝清水拖去，好让大家都能够呼吸。

她感觉到自己像是游过一群细小的鱼群，眼前突然出现各色光条。一定是她身边的谁施放了毒液，那毒液热辣烫人，使她眼前产生幻觉，又使她觉得自己负担太沉重，仿佛她不是想拖走两条海蛇，而是想托起丰境的大地似的。她实在很想丢下这个重负，赶快冲到清水里去，不过她还是顽固地继续拖着他们走。

丝莉芙敞开的鳃盖突然感觉到了清水。她小心地睁开眼睛，张大口，并鼓动鳃盖，这个举动使她更容易受到水里混合毒液的冲击。她尝到一股熟悉但浅淡的味道，这应该是墨金以前那种强烈毒液的残余；她也尝到瑟苏瑞亚那股比较没那么节制的酸味。那绿蛇也放出了毒液，他的毒液强烈且浓厚，不过那种配方主要是用来电鱼的，所以尽管他的毒液味道不怎么样，丝莉芙却没有因此而困惑难受。丝莉芙望着瑟苏瑞亚旋转不止的眼睛，他又再度甩动触须，那勉强挣扎的绿蛇便松垮下来了。

墨金使尽力气，好不容易抬起头。"轻一点，轻一点。"他对他们两个叮咛道，又说，"刚才我们打斗的时候，他跟我说话了。一开始他只是连声咒骂，但后来他质问我，我有什么权利，怎么可以那样攻击他。我想，他的智性可能已经苏醒了。"

丝莉芙根本没力气回答。刚才她全靠意志力才能紧卷住他们，又使尽了浑身解数才跟瑟苏瑞亚一起把他们从泥水里拖出来。瑟苏瑞亚看中了一块突起的岩石，不过要把大家拖到那块岩石后方可不是易事，而要把大家固定在大石上更是困难。墨金一点忙也帮不上，简直就跟肥厚的海带没什么两样，而那绿海蛇仍然昏迷。大家安顿下来之后，丝莉芙除了好好休息什么都不想，可是她不敢放松，毕竟这四蛇之中有一条是陌生的海蛇，而且那海蛇醒过来之后说不定会激烈地大闹起来。况且，另有几条海蛇也发现他们躲在这里了，他们待在远处，好奇地打量着这四条蛇——真的是好奇吗？还是因为饥饿？丝莉芙一边揣测他们的目的，一边反胃起来。如果他们以为墨金蛇团是要吞食那绿蛇，会不会凑上来抢一份吃呢？丝莉芙越想越怕，她警戒地望着他们。

墨金已经精疲力竭了，这点从他那黯然无光的皮色就可以看出来，但是他仍未放弃。他一边缠卷着那绿蛇，施以按摩，一边释放出最后几滴毒液。"你是谁？"墨金紧追不舍地对那松弛无力的绿蛇问道，"你以前是一流的吟游歌者，以前的你记得千百首旋律词曲。你想想看啊，告诉我你叫什么名字，把你的名字告诉我就好。"

丝莉芙很想告诉墨金这是白费力气,但是她连说也懒得说了,毕竟说了也是白说。在她看来,那绿蛇根本就是昏迷了,没有意识,只是不知道墨金还要问多久才肯放弃。现在他们几个累成这样,明天还有力气去追赶供应者吗?墨金此举可能已剪断了他们最后一线生机。

"泰留尔,"那绿蛇喃喃地说道,"泰留尔,泰留尔,我叫泰留尔。"他突然像是触电般全身颤抖了一下,紧紧地缠卷在墨金身上,仿佛突然有一股大海流袭来,而他深怕自己被冲走。"泰留尔!"绿蛇叫道,"泰留尔,泰留尔,我叫泰留尔。"绿蛇闭上眼睛,低下头,最后喃喃地说道:"泰留尔。"他已经精疲力竭了。丝莉芙努力鼓舞自己,这真是好事一桩,墨金已经唤醒了这条海蛇。可是这能好多久?这个泰留尔会帮助他们达成目标,还是会拖垮他们?

围观的海蛇靠了上来。丝莉芙感觉到瑟苏瑞亚疲倦地换了个姿势,所以她知道他要备战了。她抬起头,甩甩触须,可是喷出来的毒液少之又少。她怒目瞪着周围的海蛇,但是他们一点也不怕她。其中体型最大的那条深蓝色海蛇凑得更近,他少说比瑟苏瑞亚长了三分之一,而且粗上一倍。他突然昂起头,并竖直他的触须。"柯那罗!"深蓝海蛇吼叫道,"我叫柯那罗!"他非常饥渴似的张开大嘴,吞入被水稀释的毒液,让毒液流过他的鳃盖。"我记得,"他昂首叫道,"我叫柯那罗!"他这么一吼起来,使好几条海蛇像是受到惊吓般往后退,不过有些海蛇却对他的毒液不以为意。柯那罗转过头,望着其中一条伤痕累累的红海蛇。"你叫希黎克,你是我的好友希黎克,以前我们都是'沙克列蛇团'的一分子。沙克列后来怎么了?我们的蛇团怎么只剩下你我,别的海蛇到哪里去了?"柯那罗气愤地朝那伤痕累累的红海蛇凑上去,而那红海蛇则以空洞的眼神望着柯那罗。柯那罗再次问道:"希黎克,沙克列去哪里了?"

希黎克的眼神还是空洞无物,这让柯那罗更生气了,那巨大的深蓝海蛇一下子卷住他的同伴用力挤压,仿佛那条红海蛇是鲸鱼,而他要把鲸鱼淹死以便吞吃。柯那罗的触须竖立起来,同时也充满毒液,他们两个扭打之时,周围包着一团毒液的云雾。"希黎克,沙克列到哪里去了?"柯那罗质问道。那红海蛇不但不回答,反而挣扎得更厉害,柯那罗把红海蛇挤压得更紧,"希黎克!

快说你自己的名字，快说'我叫希黎克'！你说啊！"

"再这样下去，他会把他绞死的。"瑟苏瑞亚惊恐地低声说道。

"你别插手。"墨金低声说，"该发生的就让它发生吧。毕竟希黎克若是叫不醒的话，那还不如死了的好。你我也是一样。"

墨金那悲凉的语气令人不寒而栗。丝莉芙转头望着他，但他避开她的眼神，反而望着躺在他们蛇团之中沉睡的那条绿海蛇。丝莉芙听到她身后传来新的声音，尖锐且激动。

"希黎克，"那红海蛇坦承道，"我名叫希黎克。"那红海蛇无力地挣扎了几下。柯那罗松开了些，但还是没完全放开。

"沙克列呢？"

"我不知道。"希黎克的咬字有点模糊不清，讲话好像很吃力。他讲得很慢，光是把这些字连缀在一起都得费力思考，"沙克列忘记他自己是谁了。有一天早上我们醒来，发现沙克列已经走了，他竟然丢下自己的蛇团独自离去。不久之后，别的海蛇也开始忘记自己是谁了。"希黎克气愤地摇摇头，一股毒液从他那一头触须间释放出来。"我叫希黎克！"他痛苦地叫道，"我是没有朋友的希黎克，没蛇团可归的希黎克。"

"何不加入我墨金的蛇团？此后你们就是墨金蛇团的希黎克、墨金蛇团的柯那罗了，如果你们愿意的话。"

墨金的声音多少重拾了往日的浑厚音色，他身上的假眼也霎时闪耀出金色。柯那罗和希黎克默默地望了墨金一会儿，然后柯那罗凑上前来——他仍松松地把希黎克缠卷在怀里。柯那罗的大眼睛里存着怒意，他的黑眼在旋转之际多少可见到银丝。他凝视着这个邀请他加入的残破蛇团，严肃地低下头。

"墨金。"柯那罗对墨金招呼道。他在他们栖身的大石附近把自己缠卷成团，并将他的朋友拖近。接着，柯那罗小心地——以免冒犯到对方——跟瑟苏瑞亚、丝莉芙和墨金缠卷在一起："墨金蛇团的柯那罗向大家问好。"

"墨金蛇团的希黎克也向大家问好。"受创甚重的红海蛇应和道。

众蛇疲倦地安顿下来休息之际，瑟苏瑞亚有感而发地说道："如果我们要赶上供应者,就不能睡太久。"

"我们可以尽量睡,睡饱了再上路。"墨金纠正道,"我们不跟随供应者了。从现在起,我们只找适合海蛇身份的食物。毕竟蛇团若要强大,靠的不是大家长得肥壮。我们不用找食物时,就找'存古忆'。我们又得到一个机会,再错过就没有了,所以绝不能浪费。"

第十四章

瑟莉拉的抉择

这间密不透风的豪华大房间烟雾弥漫，瑟莉拉头昏脑胀，再加上甲板不断摇晃，所以连肠胃也不禁抗议，她身上的每一个关节都因为整日不平的摇晃而酸痛起来。自小她就难以适应乘船的起伏，而多年来待在大君的王宫中也不能使她的肠胃更能适应旅行的不适。要是他们搭的是比较小、比较适合航海的船就好了，可是大君一直坚持要宽腹的大船，他说这样才容得下随员。出海之前的耽搁有一半是为了做内部整修，好把船舱改造成这些宽敞的大房间。瑟莉拉知道修船工人对于改装工程颇为不满，好像跟压舱水和稳定性有关。当时瑟莉拉不了解为什么工人们如此反对，但是现在她怀疑，这艘船之所以会摇晃得这么厉害，乃是克司戈独排众议的结果。不过瑟莉拉还是再度劝慰自己，这船左摇右晃固然讨厌，但至少是载着她往缤城而去。

船行得如此痛苦，使她难以回想行前她是多么地期盼出海。出发之前，她多次整理行李，只是每每打包好之后又再度开箱、重选衣物、封箱，然后又重来一次。她既不想显得寒酸，也不想显得诱人；她既不想让人觉得她太年轻，也不想让人觉得她太老。她伤透脑筋，为的就是要选出几套既能显出她的学者风范，却又不失迷人风采的衣服。最后，她选了式样简单、剪裁中庸的长袍，并亲手绣上了繁复的花样。但是她却无珠宝可点缀自己。根据传统，心灵侍臣所拥有、穿戴的首饰都必须是大君所赠。年迈的大君总是送她书卷，从不送她珠宝，克司戈则什么也不送，不过他倒是把自己招纳的心灵侍臣都打扮得珠光宝气，仿佛她们是必须洒上闪亮糖晶的可口糕点。她知道自己将会毫无点缀地出现在缤城商人面前，但是她尽量劝自己不要放在心上，毕竟此行为的不是要以自己的首饰傲人，而是要亲眼看看那个她半生研究的目标，也就是缤城。上一次瑟莉拉如此殷切期待，是年迈的大君注意到她并邀她成为心灵侍臣的时候。她暗暗祷告缤城之行会像上次那样，成为人生的新开始。

然而在眼前的情况下，她实在难以揣想自己的美梦。如今，她的生活竟变得如此庸俗卑鄙，实在始料未及。虽然大君的宫廷本来就有些比较低贱的场合，但是在哲玛利亚城时她总是能躲开。在年轻的大君开始将宴会流为纵情酒色的庆典之后，瑟莉拉干脆就不去了。但是到了船上后，她却无处可躲，不得不将大君的荒诞行径看在眼里。她若想进食，就得跟大君一起用餐；她若是离开这间房间，到开阔的甲板上去散步，立刻就会惹来恰斯船员的垂涎注目，因此就算克司戈允许她离开此地，她也无法松一口气。

此时，克司戈和侍臣凯姬懒散地躺在房间中央的超大矮榻上。他们两人吸多了迷药，已经近乎不省人事了。凯姬嘀咕着哀诉道，如今她反胃得厉害，唯有吸迷药才能稍微镇住肠胃，又大声抱怨她这辈子从未晕船晕得这么严重。瑟莉拉怀疑凯姬大概是怀孕了，不过她圆滑得很，不愿向凯姬问个明白。大君搞大心灵侍臣的肚子也不是什么罕见的事情，不过总是让人觉得此举很没品位。大君跟心灵侍臣生下来的孩子一出生就会被送到修院去，长大后就成为教士，唯有大君跟他的合法配偶所生的孩子才能继承大位。克司戈尚未娶妻，据瑟莉拉看来，他大概会等到贵族们逼他非娶妻不可的时候才会考虑此事。前提是克司戈活得到那时候。瑟莉拉朝他望了一眼，他呼吸粗重地半趴在凯姬身上，另一个心灵侍臣则懒洋洋地躺在他脚边的抱枕上，也因为吸多了迷药而昏昏沉沉的。她仰着头，黑发散在抱枕上，眼睛虽闭着，却露出一缝眼白，偶尔手指还抽搐一下。瑟莉拉光是看到她就想吐了。

自从出海以来就是一连串的筵席和娱乐，其间不时穿插着克司戈因为喝酒和用药过多所引起的晕船和昏睡。他每次身体不适就会召来御医，而御医来了也是给克司戈大量用药,只是御医用药为的不是找乐子,而是把人治好。等到克司戈略好一些,一切就重新恢复旧貌。船上的其他贵族也都沉迷此道,只有几个常常假借晕船之名待在自己房里不肯出来的人例外。

好几个恰斯贵族伴着克司戈北上。他们各有自己的船,随同大君的旗舰而行,但也常常到大君的船上来餐叙。他们带来的女人不像女人,反倒像是凶恶的宠物,不断争宠,又使出浑身解数去巴结最有权势的人,瑟莉拉看了十分反感,而更加令她反感的是飨宴之后的政治聊天。那些恰斯贵族鼓励克司戈给缤城人一个教训,又劝他,缤城商人已经起了二心,所以克司戈千万别容忍,直接下重手击溃他们算了。那些恰斯人在培养克司戈,让他自以为是又义愤填膺,然而据瑟莉拉看来,那种论调一点道理都没有。如今她也不开口发表意见了,因为她一发言,那些恰斯人不是冷嘲热讽,就是哈哈大笑,以笑声把她的话压下去。昨天晚上,大君吩咐她住口,还说静默才是她应有的本分。瑟莉拉一想到大君当众羞辱她就气得直冒火。

大君旗舰的船长是恰斯人,大君若是致赠罕有的名酒,船长会接受,但却不屑与这位年轻的君主作陪。每次克司戈邀船长前来,船长就托辞说他得以任务为重,无法多留。瑟莉拉看出那个年长男子望着大君之时,眼神其实带着轻蔑,只是表面上不动声色罢了。克司戈努力模仿恰斯人那种神气活现、咄咄逼人的作风,瑟莉拉只觉得不忍卒睹。更令她痛心的是,其他心灵侍臣,好比说凯姬吧,不但不制止,还对克司戈多加鼓励,仿佛那种少年人不知轻重的争强好胜,就是成熟且有男子气概的表现。现在只要稍有不合意,克司戈就开始生气。瑟莉拉看在眼里,只觉得他像是被大人宠坏的小孩子。他虽带了乐师和杂耍人上船,但已经看腻了他们的例行演出,所以失了兴致。由于枯燥烦闷,他变得更加暴躁易怒,只要稍微拂逆他的心意就会惹得他大发雷霆。

瑟莉拉叹了一口气。她在房里闲晃,最后停了下来,玩弄着绣花桌巾边缘的流苏。她疲倦地推开几个黏腻的盘子,在桌边坐下来等待。她很想回到她作为卧房之用的那个狭小房间里,但由于克司戈是以想要听取她的建言为名而召她前来,他若没让她退下,她就不能走,而她若是上前去摇醒他,并请他准许她回房,那么他准是会拒绝的。

瑟莉拉一直苦劝克司戈不要出门,克司戈则怀疑她是为了要单独成行,所以才苦劝他不要去。说真的,瑟莉拉的确宁可自己是在大君授权她全权处理的情况下单独前往缤城,毕竟她对缤城的了解比他深刻得多。不过克司戈紧紧地霸守着自己的权力,不容他人分去分毫,所以他这个在位的大君便要纡尊降贵地往访缤城,并以他的权力和声势逼使缤城人低头。到那时候,缤城商人不但会乖乖就范,还会深深感受到,他们有大君这样的君主乃是莎神的恩赐。这一点,他们无权争议。

瑟莉拉本以为贵族议会一定会劝止大君,但后来,她对贵族议会竟支持大君出访惊讶得无以复加。克司戈的恰斯盟友也鼓励他成行。在出发之前,恰斯人夜夜与克司戈欢宴作乐,瑟莉拉听到他们在大君面前吹嘘允诺他们一定会支持大君,让那些缤城的暴发户瞧瞧谁才是统治哲玛利亚国的人;大君无须畏惧那些闹事的叛徒,因为他的恰斯朋友一定会挺他;大君乃是缤城的合法统治者,那些暴民若是胆敢妄动,那么亚德芬公爵和他手下的佣兵就会给那些缤城人一个教训,教那些缤城人重新感受到此地之所以被人称为天谴海岸,不是没有道理的。直到现在,瑟莉拉想起当时的情景仍不禁遗憾地摇头,克司戈难道看不出人家是要拿他来当诱饵吗?恰斯人若能挑起旧商的不满,使旧商杀了克司戈,那么恰斯人就可以振振有词地进行掠夺。如此一来,缤城就毁了。

这艘摇摇摆摆的旗舰上除了载着大君之外,还载着几个心灵侍臣、齐全的仆从群,另加上六个奉令随大君同船而行的贵族以及他们的随员。旗舰之后跟着一条较小的船,船上都是世家贵族的子弟。大君诱使那些人随行的理由是,只要他们的家族肯资助这趟考察,大君就会以缤城的土地相赠。然而大君若是带着一群即将被封为缤城新地主的人抵达缤城,那么缤城人一定会将此视为莫大的侮辱。瑟莉拉虽然屡屡劝止,大君却不予理会。由此看来,他根本就不把缤城商人的申诉当一回事。

更糟的是,大君旗舰的船前和船侧是由七艘桨帆并用的大型战船作为护卫,战船上都是设备齐全、全副武装的恰斯佣兵。名义上,采用这样的排场为的是护送大君的船安全地通过海盗横行的内海路,但是出发之后瑟莉拉才发现,这些大型战船另有沿路宣扬君威的作用。那些护卫的战船打算在北行之际顺便劫掠海盗聚落,而他们劫掠来的奴隶和财富则送到贵族子弟的船上,到了恰斯国之后再拿去变卖,以便抵消这趟外交行程的花费。同时那些贵族子弟也会参与劫掠,以证明他们值得大君青睐。

大君对此特别自豪,所以瑟莉拉不得不一再听他大放厥词:"这样做的好处可多了。第一,这么一来缤城人就不得不承认,我的巡逻船队的确已经肃清海盗了,抓到的奴隶就是证明;第二,缤城人看到我有这么强大的盟友就会害怕,这样,他们便不敢拂逆我的旨意;第三,国库为了这次小小的考察花了一点钱,但日后我们还可以把费用偿还给国库;第四,他们会把我看作是活生生的传奇人物,毕竟除了我之外,有哪个大君曾经亲自北行、处理外地事务的?史上哪个大君有我这么大的胆识?"

就瑟莉拉看来,克司戈眼前有双重危险:一来他有可能会被挟持到恰斯国,留作人质,并成为任人摆布、空有头衔的哲玛利亚大君;二来哲玛利亚国内的贵族可能趁着少年大君出行之际架空他。至于哪一样比较可能成真,瑟莉拉无从得知。最后她苦涩地想道,说不定两者会同时成真呢。有时候,好比说今晚,她连自己能不能见到缤城都不知道。如今恰斯佣兵的力量凌驾在一切之上,所有的船只战舰都操纵在恰斯佣兵手里,所以就算他们直接把克司戈挟持到恰斯国,也没人挡得住他们。瑟莉拉唯一的期望是,恰斯人会认为克司戈若先到缤城对他们较为有利。果真如此,她发誓,不管用什么办法,到了缤城她一定要逃走。

克司戈的旧顾问中只有两人劝他不要北上,其余的人通通好商量地点头同意,并说,虽然在位的大君大老远前往缤城和恰斯国乃是闻所未闻的事情,但是他们仍鼓励大君顺着自己的心意而行。话虽如此,他们却不肯主动追随大君出海,倒是致赠了各种旅行用的礼物给他,只差没有把他推上船而已。至于被大君钦点必须随行的人,则是不情愿地出门。这些其实都是有人密谋要推翻克司戈的危险征兆,但即使征兆明显到这个地步,克司戈仍看不出来。前两天,瑟莉拉大着胆子把她内心的担忧告诉他，他先是嘲笑她多虑，继而发起脾气："你故意要吓我！你明知道我神经脆弱得很，经不起吓！可是你却把事情讲得那么严重，使得我健康恶化、肠胃不适。你给我住口！回你的舱房去，等我召唤你再来。"

瑟莉拉不得不从令，但是她一想起当时的情景就气得两颊发红。两个咧嘴直笑的恰斯人送她回房，那两个人虽未碰到她，但是送她回房的这一路上，他们毫无遮掩地以言语和手势谈论她的身体。瑟莉拉一回到房间就把那道徒有其表的门锁起来，将装衣服的海运箱推过去顶住房门。过了一整天之后，大君才派人召她前来。瑟莉拉回到克司戈面前，他的第一句话就是问她学到教训了没有。克司戈问这话的时候站得笔挺，两手叉腰，咧嘴笑着等她回答。说真的，若当时他们身在哲玛利亚，大君绝对不敢那样跟她说话。但既然出门在外，那么瑟莉拉也只能垂眼站在他面前，喃喃地答说她已经学到教训了。在她看来，当时避开锋芒才是明智之举，但其实内心气得要命。

她的确学到教训了。她的心得就是，克司戈已经把文明儒雅的那一套抛在脑后。以前，他不过是放荡无行而已，如今却堕落颓废得不知节制。瑟莉拉下定决心，只要一逮住机会，她就要挣脱锁链、追求自由。克司戈是个下流猪猡，她可一点也没亏欠他。只是她立誓过要效忠哲玛利亚国，所以良心上未免有点过意不去。不过她终究劝自己别那样想，并说服自己，光是她一个女人是不足以挽救大局的。

自从那一天起，大君就虎视眈眈地观察她，并等待她起而跟他作对。不过瑟莉拉既小心地避免与大君对立，同时也不让自己显得太过顺从。她的脸色凝重，看起来谦和有礼，同时也尽量避得远一点。今晚大君召她前来时，她就担心大君与自己之间会僵持不下，闹到一发不可收拾。如今她只能寄望凯姬的强烈醋意。瑟莉拉一踏进大君的房间，心灵大臣凯姬便尽其所能地吸引克司戈大君的注意力。凯姬做得非常成功，克司戈已经不省人事了。

凯姬一点也不知羞耻。她是因为对于恰斯语和风俗的学识而成为心灵大臣的，不过据瑟莉拉看来，凯姬不但娴熟于恰斯语和风俗，同时也全心仿效恰斯文化。在恰斯国，女人的权力高低要视她所迷惑住的男人有多少权力。今天晚上已经明白表现出，只要能够掳获克司戈，她什么事都可以做。可惜的是，就瑟莉拉看来，一个女人若是走上了凯姬的路，那么失宠就指日可待了。要不了多久，克司戈就会丢开她。瑟莉拉只盼望凯姬的百般奉承足够让克司戈陶然迷醉到她平安抵达缤城为止。

瑟莉拉继续端详着那两人。就在此时，大君睁开了眼睛。瑟莉拉并未避开克司戈的眼神，据她看来，大君可能昏沉到连她就在他面前都不知道。

但是瑟莉拉错了。

"过来。"克司戈对她吩咐道。

瑟莉拉踏着厚重的地毯，在散落的衣物和餐盘之间找出一条路，走到离大君卧榻一臂之遥处停了下来。"神武圣君，您召我来，是想听我的建言吗？"瑟莉拉正式地问道。

"你给我过来！"克司戈任性地说道，他的食指指着卧榻边的位置。

虽然那里离她站的地方只差几步，但她说什么也无法举步走过去，她的自尊心不允许她那样做。"为什么要过去？"她对克司戈问道。

"因为我是大君，而且我下了命令！"克司戈叫道，他突然恼怒起来，"你照做就对了，无须多问！"他突然坐了起来，推开凯姬。凯姬失望地呻吟了一声，但还是翻身让开了。

"我不是仆人，"瑟莉拉指出，"而是心灵侍臣。"她站挺身子，开始背诵道，"大君尽可自选与自己同座的侍臣，除非大君只为谄媚的女子动容，或以虚荣为上，只与有所求者结交。大君之侍臣既不在大君之上，也不在大君之下，坦然进奉睿智之心得，就个人专精之学术领域为大君进言。大君对待众侍臣切不可有高下亲疏之别，不得因秀丽娇美为标准来选择侍臣。凡侍臣者，不可奉承大君，不可一味依从大君之见，也不可因惧怕而不敢与大君相左。因为此等作为不免有损于侍臣建言之真诚。凡侍臣者……"

"皆应住口！"克司戈高声叫道，随即就因为自己的急智而沾沾自喜地大笑起来。

瑟莉拉沉默下来，但她并不是因为服从克司戈的命令而住口，她照样站在原地，一动也不动。

克司戈不发一语地审视了她好一会儿，最后眼里冒出了一丝狡黠的光芒："你这个女人太笨了。你总是自以为是，以为只靠满口的好听话就可以保护自己。什么心灵侍臣，哼。"克司戈表现出不屑，"那个头衔啊，是给不敢成为真女人的女人用的。"他往后一躺，躺在凯姬身上，把她当成靠垫，"不过我倒有办法，保证能治好你这个毛病。我可以把你送给那些水手。这你想过没有？船长是恰斯人哟，要是我把惹恼了我的女人丢掉，他才不觉得这有什么呢。"他停顿了一下，"说不定他会先享受一下，再把你丢给那些水手去用。"

瑟莉拉顿时口干舌燥，她的舌头贴着上颚，一动也不能动。她麻木地想道，这种事情克司戈的确做得出来。对于今天的克司戈而言，这根本不算什么。他还要在外待上好几个月才会回哲玛利亚城，在那之前，会有人质问他怎可如此对待心灵侍臣吗？不，这船上的贵族都不会多说一个字，毕竟那些意志坚强、对大君的作风看不过去的人根本就不会上船。说不定船上的贵族之中还有人会认为她是咎由自取呢。

眼前瑟莉拉只剩下一条路可走。毕竟，一旦她低了头，那么克司戈不知道会把她羞辱贬抑到什么地步，而她若是因为他如此要胁就显出害怕的样子，那么他一定会继续使用这个伎俩。她一下子便将这些条理想得很清楚，并看出她唯一的希望就是与克司戈相抗。"请便。"她冷冷地说道，站得更直，叉手抱胸。她感觉得到自己的心脏怦怦跳得很厉害。这种事情克司戈做得出来。他说不定真的会把她交给那些水手。果真如此，那么她一定熬不过去。这些船员不但身材高大，也非常粗暴。船上的女仆已经有人脸上淤青或是走路虚浮摇晃了。瑟莉拉虽没听到谣传，但是这么明白的事情，她自己就猜得到几分。大家都知道，在恰斯人眼里，女人就跟牲畜差不多。

瑟莉拉暗祷克司戈会就此罢休。

"好啊。"克司戈吃力地站起来，蹒跚地朝门口走了两步。

瑟莉拉那两条不听话的腿开始颤抖起来。她咬紧牙关，免得嘴唇打颤。

她已经出招，而且这一局是输了。莎神哪，保佑我。瑟莉拉祷告着。她眼前开始发黑，猛眨着眼睛想要逼走黑影。他在虚张声势，他等一下就会罢休了，他没那个胆子。

此时大君停下脚步，摇晃了一下。瑟莉拉不知道那到底是因为他心里犹豫，还是因为他走路不稳。"你真的想清楚了？"克司戈话里尽是奚落之意，他歪着头看她，继续说道，"你宁可去跟那些人为伍，也不肯讨我的欢心？我且让你考虑片刻。你想清楚，看看你要走哪一条路吧。"

瑟莉拉感到头晕目眩，同时对他鄙夷至极。他真是残忍，将自己逼至绝境，还故作慷慨地要给她机会考虑考虑。她感觉到全身的力量逐渐消退。她很想就此跪下来，恳求他发发慈悲，然而转念一想，仍旧挺直地站着，因为她深信克司戈根本就不知道什么叫做慈悲，她吞了口口水。这种问题她无从回答，她缄口不言，并希望能以沉默当作是拒答。

"很好，瑟莉拉，你记着，这是你自己的决定，你本来是可以跟我作伴的。"

克司戈开了门，门外站着一个水手。他的门外总是站着一个水手，据瑟莉拉猜测，这个安排一方面是为了看住大君，另一方面是要打探消息。克司戈倚在门柱上，亲切地拍了拍那水手的肩膀。"你去帮我送个口信给你的船长。你去告诉他，我要把我的女人送一个给他。就是那个绿眼睛的。"克司戈踉跄地转过身来斜睨着瑟莉拉，"记得警告你的船长，这女人脾气不好，又抗拒不从。不过你也告诉他，尽管如此，我仍觉得这女人用起来蛮爽的。"克司戈的眼睛上下打量着瑟莉拉的身体，嘴边弯起一抹邪恶的笑容，"叫他派个人来把这女人带走。"

第十五章

音　讯

艾希雅突然大叹了一口气，就着桌子把身下的椅子往后一推。这一震使正在写字的麦尔妲笔下一滑，画出一条歪歪扭扭的线。艾希雅站起来揉揉眼睛，麦尔妲眼睁睁地望着她阿姨丢下一桌子的文件和收账签条离去，同时嘴里还说道："我得出去走一走。"

罗妮卡·维司奇正巧走进房里，她臂弯里勾着篮子，篮中是从园子里剪下来的鲜花，另一手拿着一个水瓶。"我知道你的意思。"她顺着女儿的话说道，也不指责，同时将手上的重负搁在边桌上，把水注入花瓶里，开始插花。她的花篮里有雏菊、满天星、玫瑰和羊齿叶。她插花时一边皱眉瞪着花，仿佛如果有错，那必定是花的错。"计算我们积欠的债务实在让人提不起劲来，就连我自己在算账算上几个小时之后也得出去透透气。"她顿了一下，以期待的语气说道，"如果你有心情做做户外的工作，前门旁的花床需要打点打点。"

艾希雅不耐烦地摇头："没那个心情。"接着她以比较柔和的口气说道："我要下山到城里走一走，晚餐之前回来。"艾希雅一瞄，发现她母亲皱着眉头，于是补充道："我回来一定打点花床，我向你保证。"

艾希雅的母亲噘着嘴，但是没说什么。麦尔妲故意等到艾希雅快走到门口的时候才好奇地问道："你又要去找那个做木珠的？"她假装眼酸地揉揉眼睛，放下手里的笔。

"可能吧。"艾希雅针锋相对地说道,麦尔妲听得出她很气恼,但是隐忍不发。

罗妮卡发出嗯哼的声响,仿佛在考虑到底要不要开口。艾希雅阿姨厌倦地转回头问道:"怎么?"

罗妮卡轻轻地耸了耸肩,手里仍忙着插花,并未稍停:"没什么,我只是希望你别常常跟她混在一起,这样传出去不好。她不是缤城人,这你是知道的。而且有些人说,她跟新商比起来也好不到哪里去。"

"她是我朋友。"艾希雅断然地说道。

"城里的人都在说,她赖在大运家的活船上不肯走。那条活船真是可怜,本来就不大对劲了,那个做木珠的还住在船上,不断地唆使活船。结果呢?这活船乃是大运家的财产,可是大运家的人找人去把那个做木珠的请下船的时候,那船还当场使性子。那活船说,若是有人胆敢登船,就把他们的手臂扯断。大运商人听到这个消息时有多么懊恼,你可想而知。多年来,艾米斯·大运尽力维护家族声誉、辟除谣言,然而这会儿这船又大闹起来,外头本来就对于派拉冈号如何发狂、如何把船员通通杀死的事情传得绘声绘色。这都是那个女人的错,这是缤城商人的事情,她实在不该搅和进去的。"

"母亲。"艾希雅耐着性子说道,"这件事情没有你听到的那么单纯。如果你愿意的话,我可以把我所知道的都讲给你听,不过不是现在,等到只有大人在场的时候再说吧。"

麦尔妲知道艾希雅这话是冲着她来的,她像是扑向肉饵的鲨鱼一般登时站了起来:"那个做木珠的,她在城里的名声很是古怪。噢,大家都说她的手艺好得很,不过大家都知道搞艺术的人性格都跟常人不同。那个做木珠的跟一个女人同住在一起,那个女人不但打扮得跟男人一样,连行为举止也与男人无异,这你知道吗?"

"洁珂若不是出身于六大公国,就是出身于那些蛮人岛,而他们那里的女人就是那个样子。麦尔妲,你长点见识吧,不要再偷听人家讲那些下流的传言了。"艾希雅干脆地说道。

麦尔妲站挺身子："外头的闲言碎语我通常是不多理会的，只是这回我们家族的名声也被拖下水，所以我不得不关心。我知道谈论这种事情有失淑女风范，不过我总觉得，你应该要知道别人怎么说你比较好。人家都说，你一再去找那个做木珠的，只有一个理由，那就是你想跟她做见不得人的事。"

麦尔妲讲完之后，现场的人惊讶得谁也没有接口。麦尔妲在一室沉寂之中多舀了一匙蜂蜜加在茶里，她搅着茶水，只觉得汤匙碰在茶杯上的响声颇为悦耳。

"如果你的意思是说，我想跟她上床找乐子，那你就直说好了。"艾希雅清楚明白地说道。她很生气，所以口气非常冷淡。"你都已经打算要讲得这么粗鄙了，还咬文嚼字的干嘛？"

"艾希雅！"罗妮卡终于大梦初醒般地说道，"在家里怎么可以讲这种话？"

艾希雅怒视着麦尔妲，一字一句地说："又不是我先说的，我只不过是澄清一下而已。"

麦尔妲先啜了一口茶，才不疾不徐、闲话家常地应道："你怎能怪别人传出这种话呢？毕竟你离家一年，回来的时候又打扮得像个男孩子。你早过了结婚的年纪，可是看来对男人一点兴趣也没有。不仅如此，你还大摇大摆地进城去，仿佛真把自己当成男人，这样人们免不了会说你这个人很……怪。"

"麦尔妲，你这话不留口德，而且与事实有违。"罗妮卡坚定地说道，脸颊的颜色变深了，"艾希雅的年纪还没有大到无法论及婚嫁的程度。近来，葛雷·坦尼拉对她用心颇深，这你是很清楚的。"

"噢，他呀。不过我们大家都知道，坦尼拉家族的人对于如何借维司奇家族来撼动缤城商会一事用心更深。他们竟想抵制大君的关税码头，这根本就是以卵击石，不过他们打从一开始就处心积虑地收买别人跟他们一起——"

"那才不是以卵击石。此事攸关缤城立城的基本原则，不过我也不奢望你懂这些。坦尼拉家族之所以抗拒，不肯缴纳关税给大君，是因为税目既不合法也不公平。不过，据我看来，以你这么一丁点智力，可能懂不了这么多，而我一点都不想待在这里听小孩子侈言自己一点都不懂的事情。所以呢,母亲,回头见了。"

艾希雅抬起头,一脸怒容地大步走出门去。

麦尔妲听着艾希雅的脚步声消失在走廊里,郁郁地推开身前的文件。文件滑过桌面的声响打破了一室的宁静。

"你为什么要说那种话?"她的外祖母平静地问道。外祖母的口气并不显得愤怒,只是好奇。

"我又没说什么坏话。"麦尔妲分辩道,罗妮卡还来不及反驳,她便问道,"为什么艾希雅可以突然说她做账做得倦了,然后就往城里去?要是我像她一样——"

"艾希雅年纪比你大,比你成熟,况且她习惯自己做决定。再说,我们讲好的事情她都一一遵守,她一直过着平静且自重的生活,并没有……"

"如果她没有胡作非为的话,那流言从何而起?"

"我倒没听说外头有什么流言。"她外祖母拿起空花篮和空水瓶,把刚插好花的花瓶推到桌子正中间,"我想,就目前而言,我是受够你了。"罗妮卡说道,"回头见,麦尔妲。"外祖母的口气像是在一口咬定是她在惹是非,又带着点失望的意味,但仍旧不带怒气,脸上则是轻蔑的表情。说完之后,她就转身离开房间,没有再多说一个字。

罗妮卡走到走廊转角时——走廊转角并不太远,仍可听得见房里的动静——麦尔妲故意大声地自言自语道:"她恨我哪。老太太就是看我不顺眼。噢,真希望父亲赶快回来,唯有父亲回来,才能把事情推回正轨。"

罗妮卡·维司奇虽然听到了,但她不仅没停下,连脚步都没有放慢。麦尔妲无精打采地往椅背上一靠,推开那杯过甜的茶。自从雷恩走后,一切就变得很无趣,现在就连她百般挑衅,家里人也懒得跟她吵架。这样的生活太无聊,无聊得令她几乎发疯。麦尔妲察觉到,近来自己老是跟家里人找碴,她这样做不为别的,只是想激怒对方。她很想念雷恩来访时那种热闹且备受重视的感觉。如今花儿早谢了,甜点也吃光了,要不是她还私藏着一些雷恩想办法偷送进来的小玩意，简直就觉得他好像从未到访过似的。唉，虽有追求者，但是他住得那么远，有什么用？

麦尔妲只觉得自己再度陷入平凡生活的深坑之中，每天都被工作和杂务占得满满的。外祖母时时叨念着她，要求她行为举止不辱家门，但是艾希雅阿姨却可以爱做什么就做什么。追究起来，她们就是要她遵照吩咐，乖乖当个小傀儡，任由她们操控。其实雷恩也期待自己乖乖听他的话，虽然他表现得没那么明显，但是就麦尔妲看来，他已有这样的征兆。雷恩之所以追求她，除了因为她貌美迷人，也因为她年纪特别轻。雷恩还以为他可以控制她所有的行动，甚至还能控制她的思想，不过日后他就会发现自己错得离谱。日后，他们全都会发现他们错得离谱。

麦尔妲丢下一桌的账本和收账条，漫步走到窗边。从窗子望出去，只见庭园凌乱不堪，草木蔓生，虽然艾希雅和外祖母尽力拾掇，但是这偌大的园子必须有个真正的园丁，配上至少十来个助手才弄得出个样子来。等到夏末的时候，这园子看着大概会像是荒废了。不过事情当然不会走到那个地步，不到夏末，她父亲就会带着满盈的财富归来。父亲一定会将一切恢复旧貌，屋里会再度仆人成群，餐餐美食醇酒。麦尔妲心里很笃定，说不定父亲这两天就会回来了。

她想起昨晚餐桌上聊起的事情，不禁激动得咬紧牙关。当时母亲谈起，薇瓦琪号迟迟不归令她非常担心。艾希雅阿姨还雪上加霜地说，停泊在码头上的船都没听说薇瓦琪号的消息，抵达缤城港的船也都没有看到薇瓦琪号的踪影。当时母亲答道，说不定凯尔决定过门不入，不在缤城港稍事休息，而是直接载货开往恰斯国。当时艾希雅不怀好意地应道："可是从恰斯国那个方向回来的船也没看到薇瓦琪号。我在想，会不会是凯尔没打算回缤城来。说不定他离开哲玛利亚城之后就直接往南驶去了。"

艾希雅为了装出无意冒犯他人的模样，遣词用字非常谨慎。母亲听了之后，平静但断然地说道："凯尔才不会那样。"在那之后，艾希雅阿姨就闭口不言，不过经过她这么一搅和，那顿晚餐吃得索然无味。

麦尔妲揣想，她到底能找到什么乐子？嗯，说不定她今晚会把梦盒拿出来用。一想起她与雷恩梦中相会的私情,她就觉得很刺激。上次她与他在梦中一吻,这次若是再度梦中相会,两人会以一吻为满足吗?她会不会希望两人在亲吻之后继续发展下去?想到这里,麦尔妲触电般地颤抖起来。之前雷恩叮咛她在他离去十日之后把梦盒拿出来用,不过麦尔妲并未让他称心如意。这个雷恩太自信了,他以为他怎么说,她都会照办。然而她虽然很想把梦盒拿出来用,但是却宁可再忍一忍。她要让雷恩等得心焦,并胡乱猜测她为什么没有把粉末拿出来用。她要让雷恩知道,别想把她当作傀儡。像是瑟云,他早就把这个心得深植于心了。

麦尔妲轻轻地笑起来。她的袖口里藏着瑟云最近写给她的纸条。他借着笔墨乞求麦尔妲与他见一面,时间地点任由她决定。瑟云还保证,他的意图绝无不可告人之处,而且他会带着妹妹黛萝一同前来,以免玷污她的名誉。瑟云写道,他一想到麦尔妲被许配给那个雨野原商人就气得发狂,毕竟他从小就与她相识,所以她应该与他在一起才登对。瑟云再三恳求,如果麦尔妲对他真有一丝感情的话,就请她务必与他见上一面,以便商议他们要如何才能阻止这场悲剧。

麦尔妲早就把这纸条的内容默记在心。信用的是上好的奶油色厚纸,上面的黑色字迹柔美多情。送信的是黛萝,她昨天来维司奇家拜访,并趁机传递私函。这私函以蜡密封,蜡上印着特雷家的家徽,看来虽完好如初,不过从黛萝睁大了眼睛又一副神秘兮兮的模样看来,必是已经对信函的内容了然于胸了。黛萝私下告诉麦尔妲,如今她哥哥心烦意乱,与平日判若两人,自从她哥哥看到雷恩拥着麦尔妲共舞的情形之后,就夜不能寐、食不下咽,连年轻男子的游乐活动也无心参与,总是一个人待在书房的火炉边,整夜枯坐到天明。黛萝的父亲对于儿子的变化很不耐烦,他痛责瑟云怠慢怠懒、无所事事,还说他之所以跟长子断绝关系,为的可不是要让次子重蹈覆辙。黛萝别无他法,只能来向麦尔妲求救了。不管麦尔妲用什么办法,至少总能让她哥哥燃起一丝希望吧?

麦尔妲回想当时的情境。当时她眺望着远处,眼里涌出一颗小小的泪珠,顺着她的脸颊滑下来。接着她告诉黛萝,恐怕她是无能为力了,因为她外祖母已经把她许了人家。如今，她不过是待价而沽的商品，看谁出的价钱高就卖与谁家罢了。不过麦尔姐又说，她会尽力把事情拖延到父亲回来再说。她敢说，父亲一定宁可让女儿嫁给中意的人选，而不是光看对方财势惊人就定下亲事。接着麦尔姐也托黛萝带信回去，但她不敢将之行诸文字，只能仰赖密友照实转达口信，那就是子夜之际，她会在玫瑰花园尽头、爬满长春藤的橡树再过去的那个亭阁里跟瑟云见上一面。

那就是今晚了。不过麦尔姐还没决定她要不要去跟瑟云幽会。反正现在是夏天，瑟云就算在橡树下待上一夜也无受寒之虞，黛萝也是一样。事后，麦尔姐只要推说是外祖母与母亲看她看得太紧，她根本走不开，说不定瑟云听到之后，还会因为心急而加快动作哩。

"最麻烦的是，她这个人精力充沛，又聪明。我看着她，心里不禁想道：'幸亏当年我父亲插手，不然我一定也会变成她那个样子。'要是我父亲没带我出海，要是我被迫留在家里，净被那些高尚人家的小姐应该如何举止的事情圈禁得喘不过气，那我大概会变得很叛逆，就像麦尔姐那样。在我看来，母亲与姐姐太放任她了，竟允许她穿成年人的衣裳，又装出成年人的举动。但是话说回来，现在麦尔姐也绝对过了孩子的阶段了。其实我们是一家人，应该要团结一致才是，但她却立志要跟我们处处作对。她光是忙着为她父亲辩白、维护父亲的完美形象就忙不过来了，根本无暇顾及家中的其他问题。至于瑟丹，他像是消失了的似的，平时偷偷摸摸地在屋里来去，偶尔发个牢骚，但是因为我母亲和姐姐很忙，顶多也只是给他糖果吃，叫他去别处玩。麦尔姐应该要帮瑟丹上课，但课没给他上，倒是常常引得他大哭。我也没空多陪他，虽说我知道这个年纪的男孩子应该要多多陪伴才好。"艾希雅气愤地摇了摇头，叹了一口气。

方才她一边讲一边低头猛搅茶汤，此时她才抬起头与葛雷四目相对，葛雷对她一笑。他们两人坐在缤城一处面包坊外的小桌旁，虽然是男女单独聚会，没有长者在旁监督，但因为这是公开场所，所以倒不必担心这事会被人传得很难听。艾希雅本来是要去琥珀的店的，不过她在路上碰到葛雷，葛雷劝她一起坐下来喝杯饮料,不急着走。葛雷问她到底在生什么气,怎么连宽边帽也不戴就上街了,艾希雅就一股脑地把早上发生的事情讲给他听。只是讲完之后,她倒觉得有点羞愧。

"对不起,你请我喝茶,我却净抱怨我外甥女哪里不好,听这种事情想必不怎么愉快吧,我也不该这么数落自家人。但是那个麦尔妲啊!我知道她常常趁我不在家的时候溜进我房里,她动过我的东西,我看得出来。可是……"艾希雅这时候才想到要住口,"我实在不该为那个放肆无耻的丫头而动怒的。现在我可知道,为什么麦尔妲年纪这么小,我母亲和姐姐就答应让成年男子跟她正式交往了。若要趁早甩掉她,这可是唯一的机会。"

"艾希雅!"葛雷咧嘴笑着制止她,"我敢说她们不至如此。"

"老实说,她们这样做是为了大家着想。我母亲明白地跟我说,等到雷恩跟麦尔妲稍微熟稔一点之后,他就会放弃她了。"艾希雅叹了一口气,"然而这若是由我来做主,我一定趁雷恩醒悟之前赶快把麦尔妲嫁出去再说。"

葛雷的手放在桌上,此时他大胆地伸出一指碰碰艾希雅的手背:"你才不会呢,"他笃定地说道,"你才没那么坏心眼。"

"你确定吗?"艾希雅温柔地逗趣道。

葛雷睁大了眼睛,做出警觉的样子。

"噢,我们还是聊聊别的吧,聊什么都比这个强。你们的战况如何?商会同意听取你们的意见了没?"

"我没想到缤城商会竟比大君的税官还顽固,不过商会终于答应召开会议了,时间就是明天晚上。"

"我一定到,而且大力支持。"艾希雅允诺道,"我会尽量劝我母亲和姐姐也去开会。"

"其实我也不知道开这个会能有什么效果,不过能让大家听听我们的陈述总是好的。至于我父亲,我实在看不出他有什么打算。"葛雷摇了摇头,"直到现在,他都拒不妥协。他既不肯付税,也不肯保证以后再补缴。我们有满船的货,货主又等着要,可是关税码头不肯放行,父亲不肯缴税,其他缤城商人也没有帮我们撑腰。我们受害甚深哪，艾希雅，要是局面再僵持下去，恐怕我们就撑不下去了。"葛雷突然住口，并摇了摇头，"你的烦恼已经够多了，我真不该拿这些坏消息来烦你的。不过，我也有好消息喔。你那个朋友，琥珀，把欧菲丽雅的手修好了，效果极佳。你也知道这个手伤对欧菲丽雅打击颇大，虽然她嘴上说她跟人不同，所以没有人类的痛感，可是我看她那样子，心里总觉得怪怪的，有点怅然若失的感觉……"葛雷语调渐歇，终至无声。艾希雅倒没有逼他把话讲清楚，她心里明白，一个人跟自己的活船之间的那种情绪是很私密、不足为外人道的。

与薇瓦琪分开的那种闷钝的寂寞痛楚突然变得尖锐起来。一时间，艾希雅握紧双拳放在大腿上，坚决地推开内心的焦虑。现在她什么也不能做，只能等待凯尔把薇瓦琪带回家。是啊，要是凯尔肯这么做的话。凯芙瑞雅声称他绝不会把妻子儿女丢下不管，艾希雅可没她那份信心。活船可是无价之宝，虽说那船其实非凯尔所有，然而他却操控了薇瓦琪号，若是一路往南开去，就可以把薇瓦琪号当作是他自己拥有的船来用，自由自在，毫无负担。果真如此，要不了多久就可累积可观的财富，凯尔只要把他自己照料好就行了。

"艾希雅？"

艾希雅吓了一跳，心里感到有点愧疚："对不起。"

葛雷体谅地笑了一笑："换作我是你，恐怕也不免想船想得出神。如今每当有船进港来，我还是照样问他们有没有听到薇瓦琪号的消息，现在也只能做到这样了。等到下个月，我们南行前往哲玛利亚的时候，我会再多跟别的过往船只打听。"

"谢谢你。"艾希雅衷心向葛雷道谢，她察觉到他的表情变得过于温柔，于是又岔开话题，"我很想念欧菲丽雅。只是我已经答应母亲，言行举止一定要合于体面仪节，不然早就去探望她了。有一次我冒险走到港口边，可是关税码头的卫兵挡着不让我过去，我为了维持仕女风范，所以并没有把事情闹大。"艾希雅叹了口气，换了语调，"你刚才说，琥珀已经把欧菲丽雅的手修好了。"

葛雷往后靠在椅背上。午后的阳光照在他脸上，他眯起眼睛："这工程可大了呢。由于手指头变细了，所以琥珀把欧菲丽雅的双手都削小了一点，以便维持原来的比例。当欧菲丽雅说怎么削掉了这么多巫木木屑，琥珀就开始把每一片木屑都装在特别的盒子里，那盒子就一直留在前甲板上。欧菲丽雅好像很担心她少了那些木屑。不过像琥珀这样并非缤城出身的人竟能体会到船有点紧张，这点我很惊讶。后来琥珀还更进一步，她在跟欧菲丽雅商量过，也得到我父亲同意之后，把大一点的木片裁成细木条编在一起，做成了手环给欧菲丽雅戴。欧菲丽雅乐坏了，她说：'我这可是出自卓越的艺术家之手，而且是用自身的巫木做成的手环喔，港口里其他活船才没有像我这样的珠宝呢。'"

艾希雅笑了，不过她仍有点难以置信地问道："你父亲允许琥珀做巫木的木工？那不是犯了禁忌吗？"

"这个不一样。"葛雷连忙说道，"这其实是修复工程的一部分，琥珀只是尽她所能将欧菲丽雅的巫木木作修好而已。我父亲是在我们家人深入讨论过之后才允许琥珀着手进行的。再者，琥珀行事正直，所以我们才放心让她去做。她从不试图偷藏巫木碎屑，她在做事的时候，我们都有看着，毕竟，你知道的，巫木是稀世珍品，就算只有一丁点也能卖到高价。不过琥珀这个人光明磊落，更难得的是她还全力配合，就地在船上把所有的木活做好，连手环也没有拿回她的铺子去做，而是在船上切割、扣结起来的。你想想看，她得穿戴成卖淫女奴的模样，扛着一大堆工具来回好多趟呢。"葛雷吃了一口糕点，若有所思地咀嚼起来。

这些事情琥珀对她只字未提，不过艾希雅并不意外。这个做木珠的匠人颇有深度，不是她所能了解的。"她这个人挺特别的。"艾希雅评论道，这既是说给她自己听的，同时也是说给葛雷听的。

"我母亲也这么说。"葛雷应和道，"不过最意想不到的就是，我母亲和琥珀竟会变得如此熟稔。你知道的，我母亲和欧菲丽雅一直很亲，早在母亲嫁给父亲之前，她们就很要好了。我母亲听说欧菲丽雅受伤之后，心里一直很烦恼。她顾虑很多，一直不肯让陌生人替欧菲丽雅修手，还因为父亲没问过她就让琥珀开工而发脾气。"

娜妮亚·坦尼拉的脾气是出了名的大，此时葛雷板起脸模仿母亲发怒的模样，逗得艾希雅咧嘴而笑，而葛雷一看到她笑，自己也高兴得笑了起来。一时间，葛雷变回无忧无虑的水手，而不是含蓄保守的缤城商人。回到缤城之后，葛雷非常注意家族的声誉与应有的仪节，所以他不穿水手服，改穿白衬衫、深色的长裤和外套。艾希雅想起她父亲在缤城时也是这一副正经八百的打扮，这种服饰使得父亲显得比较老、比较严肃且稳重。这个狡黠的笑容也使葛雷的脸色更加爽朗，艾希雅看了倒觉得有趣。葛雷的商人那一面让人觉得有趣、尊重，而他身为水手的那一面则比较迷人。

"我母亲坚持，欧菲丽雅修手的时候，她要在场监督。琥珀并没有反对，不过我敢说她一定有点不高兴，毕竟谁喜欢别人对自己疑心重重的呢？不过后来的情况演变成琥珀一边做木工一边与我母亲闲聊，一聊就聊上好几个小时，天底下的事情无所不谈。欧菲丽雅当然不会错过这种机会。你也知道，如果有人在前甲板聊天，她是绝对不可能不发表高论的。这个情况发展到后来竟有了出人意料的结果，我母亲变得激烈地反对奴隶制度。前几天，她在街上拦住一个男人，因为那男人使唤一个脸上有刺青的小女孩帮他捧着大包小包的东西。母亲把那孩子手上捧的包裹打落在地，并对那个男人骂道，这个孩子年纪这么小，他就把这孩子跟母亲拆散，真是太可耻了。然后母亲就把那个小女孩带回家了。"葛雷露出有点为难的脸色，"那孩子该怎么办，还真是伤脑筋哪。她什么都怕，惊吓到说不成句，一次只讲得出两三个字。不过母亲说，那孩子在缤城并无亲人，她是活生生地被迫与家人分开，像牛羊一般地被卖到这里来的。"葛雷的语气压抑，像是要克制住心中强烈的情绪。艾希雅倒是从没看过他这一面。

"你母亲要把那孩子带走，而那个新来者就任由你母亲那么做？"

葛雷又咧嘴而笑，不过这次他的笑容稍带着凶狠，眼角闪着亮光："那个人可没那么大方。不过当时我们家的厨子蓝奈跟我母亲在一起，而蓝奈这个人可是容不得别人对太太不敬的。母亲把那女孩带走之后，那个奴隶主站在原地大吼大叫，但他顶多也只敢逞口舌之快。经过的行人不是对他嗤之以鼻，就是哈哈大笑。然而他能怎么办呢？蓄奴本来就违法，难不成他敢去镇议会抗议有人绑架了他的非法奴隶？"

"是不敢，不过他倒很可能会去参加镇议会的会议，并且声援那些想把蓄奴变为合法的人。"

"我母亲已经声明，缤城商会听取我们对于大君官僚的不满意见时，她要一并提起蓄奴的事情。我母亲打算要求反对蓄奴的法律必须严格执行。"

"怎么执行？"艾希雅酸酸地问道。

葛雷凝视着她，过了好一会儿，才以平静的语气答道："我不知道，但总得试试看。长久以来，我们缤城人对蓄奴的事情总是避而不谈。琥珀说，如果奴隶们深信我们真的会支持他们得到自由，那么他们就不会怯懦且不敢承认自己是奴隶了。奴隶主总是跟奴隶说，如果奴隶反抗主人、要求自由，就会被酷刑折磨至死，而且不会有人干涉。"

艾希雅突然觉得心里发寒。她想到被娜妮亚带回家的那个小女孩，她是不是直到现在都还深恐自己会被折磨至死？一个人若是在这种恐惧的阴影下成长，性格会受到什么样的影响呢？

"琥珀认为，若我们真心支持，那么奴隶们就会起而扬弃奴隶制度。毕竟奴隶数目众多，而奴隶主不过区区几人。此外琥珀还认为，如果缤城不赶快行动，让这些人得到他们应有的自由，那么不免会发生血腥暴动，终至毁灭整个城市。"

"这么说来，我们若是不出手帮忙，让他们早日得到应有的自由，那就不免在他们争取自由并烧起漫天大火之时被卷进去？"

"可以这么说。"葛雷举起他的啤酒杯，若有所思地啜饮起来。

过了一会儿，艾希雅叹了一口气。她举起茶杯轻啜了一口，眺望远方。

"艾希雅，你别太担心，我们这不是尽力在做了吗？我们明天晚上就要向缤城商会陈情，到时候，说不定我们可以让商会的人同时认识到关税与蓄奴的严重性。"

"这也对。"艾希雅郁郁地应道。她不想跟葛雷说她现在心里所想的既不是蓄奴，也不是关税的问题。其实她一直在望着眼前这个既英俊又心地善良的年轻人。她等待着，只是她再怎么苦等，也等不到爱意萌发，反而只感觉到亲切的友谊。刚才她叹了那一口气，心里纳闷的是像葛雷·坦尼拉这种正直又受人尊重的男子怎么就无法像贝笙·特雷那样挑起她的爱意与情欲？

贝笙差点就绕到后门去了，幸亏在这个时候，他心中残存的自尊心冒了出来，使他改而大步走向前门，拉了拉门铃绳。他在等人开门之际很想低头打量自己，但他硬是抬头直视前方。他的穿着既不褴褛也不污秽。他身上的黄色丝衬衫和领口的丝巾用的乃是上好的丝料，深蓝色裤子和同色短外套虽有补缀，但是就水手而言，他的针线活算很出色的了。至于这种料子与剪裁的服饰看来一点也不像是缤城商人之子，反倒像海盗的打扮……唔，这年头，贝笙·特雷也不算是什么缤城商人之子了，反而还跟海盗走得很近。他的嘴角有点溃疡，这是之前含着辛丁入睡留下来的痕迹，幸亏现在嘴上留了两撇胡子，几乎把溃疡处尽皆遮去。想到这里，原本露出笑容的他又笑不出来了。他敢说，要是艾希雅站得近，瞧见了他嘴角的伤痕，必定会想到这是辛丁之故。贝笙耳朵尖，听到女仆走来的脚步声，于是把帽子摘了下来。

应门的是个精心打扮的年轻女子，她上上下下地打量着贝笙，脸上显出对他这一身潇洒放荡的衣装颇不以为然。贝笙对她灿烂地笑笑，不过她却像是受到无礼对待似的狠狠瞪着他，以高傲的口气问道："怎么？"

贝笙对她眨了个眼："我是希望别人对我讲话客气一点，不过看来这是奢望。我要找艾希雅·维司奇。如果她不在的话，那么我希望跟罗妮卡·维司奇见一面。我有要事相告，一点也等不得。"

"是吗？这个嘛，我看是非得等不可了，因为现在她们两人都不在家。再见。"

那女子嘴上说再见，但她的口气却明白地道出她一点也不想再见到他。贝笙迅速地上前一步，赶在门关上之前把门挡住。

"不过，艾希雅已经从海上归来了吧？"贝笙逼问道，虽然从那女子的用字听来，艾希雅应该是已经回家了，但他非得听到对方讲出来才能放心。

"她已经从海上归来，在家里待了好几个星期了。你放开啊！"那女子骂道。

贝笙的心突地跳了一下，顿时觉得宽心不少。艾希雅在家里，她很安全。那个女孩竭力要把门关上，只是贝笙仍把门抓得紧紧的。这时他心里生出一个念头，那就是温文儒雅那一套现在可以免了，所以他直截了当地对那个女孩说道："我不走，我不能走。我来是因为我有要紧的消息要传达，可不能因为女仆闹脾气而耽搁了正事。你现在就开门让我进去，不然你若是惹恼了你家女主人，那可就糟了。"

那个身材娇小的女仆吓得喘气，后退了一步，贝笙趁机踏入门厅。他四下张望之后，不禁皱起眉头。船长一向以这个门厅为傲，如今虽仍洁净整齐，但是木作没有用蜂蜡保养，黄铜也没有上油擦亮，门厅里再也闻不到温馨的蜡味和油味，家具也失去了光泽，他甚至还发现天花板上结了蜘蛛网。贝笙没空多看，因为那个女仆义愤填膺地跺着脚："你这个码头垃圾杂碎，我才不是什么女仆。我是麦尔妲·海文，乃是主人家的女儿。你快出去，免得把臭味留在我们家里。"

"除非见到艾希雅，否则我是不会走的。无论如何我都一定要等下去，你要把我安顿在哪里都可以。"贝笙凑近打量那个小女孩，"真的是麦尔妲！请见谅，我刚才没认出你来。上次我见到你的时候，你还像个小女孩一样穿着高腰裙呢。"贝笙为了弥补方才的失言，低头对麦尔妲笑道："哇，你今天穿得好漂亮！你是不是找了朋友来家里玩'扮家家酒'啊？"

话说出口之后，贝笙才察觉到他不说还好，一说竟把场面闹得更僵。那个小女孩气得瞪眼，轻蔑地冷笑道："这是我父亲的宅子，你是什么人，竟敢肆无忌惮地跟我讲话？"

"我是贝笙·特雷，"他答道，"是维司奇船长手下的大副，抱歉我没有早点报上身份。我之所以上门，是因为我有活船薇瓦琪号的重要消息，必须马上跟你阿姨或外祖母见面才行。或者你母亲也可以，你母亲在家吗？"

"她不在家,她跟外祖母要安排春耕的事情,所以进城去了,要晚一点才会回来。艾希雅出去做什么我不知道,但反正她自得其乐,至于她逛到哪里去,那就只有莎神才晓得了。不过呢,你可以把消息告诉我。为什么船耽搁了这么久?是不是还要再一阵子才会回来?"

贝笙心里开始痛责自己脑筋迟钝。他一心只想借此跟艾希雅见面,都忘了这个消息有多么沉重。他望着身前的女孩,他所带来的音讯是她家的家族活船落在海盗手里,至于她父亲是生是死,他一无所知。她是个孩子,又一个人在家,他说什么也不能把这样的消息告诉她。要是刚才麦尔妲不是自行前来,而是盼咐仆人来帮他开门就好了,又或者他若是口风紧一点,忍到有大人回来再讲出来,那就更好了。贝笙咬住嘴唇,立刻痛得皱眉,因为这一咬,触动了嘴角因辛丁而溃疡的伤口:"我想,你最好是派个小子进城去请你外祖母立刻回来。这种消息应该先跟你外祖母禀报才对。"

"为什么?是不是出事了?"

这是那个小女孩首次以自然的声音说话,之前她一直装模作样地模仿大人的语调。奇怪的是,她用真正的声音讲话听起来反而比较成熟。她不但口气很担心,连眼里也出现了惧意,贝笙看了很难过。他呆呆地站着,一句话也讲不出来。他不想撒谎,也不想道出实情。这消息太过沉重,所以最好是在有母亲、阿姨在场劝慰之时才告诉她比较好。他玩弄着手里的帽子,坚定地说道:"最好是等大人回来再说。你能不能派个小子去请你母亲或外祖母,或是你阿姨回来?"

麦尔妲的嘴扭了起来,贝笙眼见原本担心忧虑的她一下子震怒起来。她眼里闪着怒火,嘴上则清脆地应道:"我现在就派瑞喜去叫人,你在这里等着。"

她说完便大步走开,把贝笙一个人丢在门厅里。麦尔妲大可唤个仆人去通知那个叫做瑞喜的仆人,但是她没有这样做,反而自己走去传话,这点令贝笙感到很纳闷,除此之外,刚才她还亲自来应门。贝笙大起胆子朝前走了几步,打量了走廊之后,马上就察觉到走廊也维护得大不如前,接着他想起他走向维司奇大宅时,只见马车道上散落着断枝,落叶堆积在地,连台阶也没有清扫。

到底是维司奇家族家道中落，还是凯尔把钱抠得太紧？贝笙忐忑不安。他早就知道自己要跟她们禀报的凶讯会对她们造成沉重的打击，但如今看来，这个凶讯只怕会把维司奇家族打得抬不起头来。家族活船落在海盗手里，等于宣告了维司奇家族会就此没落下去的厄运。艾希雅！贝笙心里大声叫着艾希雅的名字，仿佛他光凭意念就可以把她唤回来似的。

此时春夕号停泊在缤城港里。他们是今天到的，船缆一系紧，芬尼船长就派他上岸去办事。芬尼船长以为他一定会四处探求买家，以便把船上的赃物卖个好价钱，不过他一上岸就径直往维司奇大宅而来了。往昔挂在艾希雅舱房里的薇瓦琪号油画现在仍在春夕号上，那就是贝笙所言不虚的最佳明证。依他看来，她们大概不会要求看那幅画，不过艾希雅一定很想把那幅画要回来或买回来。他不确定艾希雅对他到底是仍有好感，还是十分嫌恶，不过她一定知道他这个人是不打诳语的。

他不愿朝这方向多想下去，可是他的心一想到艾希雅就怎么也停不下来。艾希雅对他是什么看法为什么他这么在意呢？因为他就是很在意，因为他就是希望艾希雅对他颇有好感。上次分手的时候他没讲什么好话，直到今天都还后悔不已。在他看来，虽然他出言讥讽，但是他们再度相见之时，她应该不会仍记恨在心。她不是那种人，她不是那种神经兮兮、把人家讲的玩笑话当作是莫大耻辱的女人。贝笙闭上眼睛对莎神祷告，希望自己的判断与事实相去不远。他对艾希雅可不仅是抱有好感而已哪。想到这里，他不禁紧张地把手插在口袋里，开始在门厅里走来走去。

艾希雅站在琥珀的店里，闲极无聊地捞起篮里的木珠玩。她随便抓了个木珠出来一看，原来是苹果；再抓一个，是梨；又抓一个，是尾巴卷裹着身体的猫。琥珀站在门边跟她的客人道别，并保证她会尽快把他所选的木珠串成项链，明天此时一定可以取货。店门一关上，琥珀就把那一把木珠放在小篮子里，并把客人看过但不要的货品一一放回架上。艾希雅走过去帮她收拾，琥珀则一边忙着一边提起了之前她们聊的话题：

"嗯,娜妮亚·坦尼拉要去质问缤城商会对于蓄奴的态度?你来就是为了要把这消息告诉我?"

"我在想,你一定很想知道娜妮亚对你有多么信服吧。"

琥珀开心地笑了一笑:"我当然早就知道啦,娜妮亚已经跟我说了。不过当我跟她说我希望能出席缤城商会的时候,她可觉得我离经叛道呢。"

"商会的会议只有缤城商人才能出席。"艾希雅抗议道。

"娜妮亚也是这么说。"琥珀和蔼地答道,"你急着来找我,就是要跟我说这个?"

艾希雅耸耸肩:"我好久没见到你了嘛。况且待在家里,不是跟账本就是跟麦尔妲对看,实在受不了。我告诉你,琥珀,总有一天我要狠狠地把那孩子摇醒,给她一个教训。我一看到她就有气。"

"老实说,我倒觉得她跟你挺像的。"琥珀察觉到艾希雅怒视着她,所以又补了一句,"如果你父亲没有带你出海,你大概就是她这个样子。"

艾希雅勉强地应道:"有时候我不禁想,我父亲这样做是不是太残忍了。"

她这一说,令琥珀十分惊讶,她轻声问道:"难道你宁可当年父亲不要带你出海?"

"不知道啊。"艾希雅心不在焉地用手梳过头发,琥珀看了不禁笑了起来。

"瞧你,把头发都弄乱了。如今你又不是在装作男孩子,所以最好把头发拢回去吧。"

艾希雅呻吟一声,拍一拍头发:"的确,如今我是个缤城女人了。不过说真的,不管是装作男孩子还是缤城女人,我都觉得很假。好啦,这样有没有好一点?"

琥珀从柜台另一边探身过来,把艾希雅的一绺头发拨回原位:"好,这样就差不多了。很假?怎么个假法?"

艾希雅咬唇思索,摇了摇头。"样样都很假啊。这种打扮把人处处拘束住,穿这种衣服,走要有走相,坐要有坐相,若是举手过头就会被袖子缠住。这一头的夹子,夹得我都头痛了。跟人讲话,要矜持合礼,就连站在你店里跟你讲话,都可能会被人说成是伤风败俗。不过最糟的是,虽然我不喜欢女人家都会喜欢的那一套,却照样得装得很期待。"艾希雅顿了一下,"不过有的时候我会劝我自己,那些憧憬,我其实是喜欢的。"艾希雅心思烦乱地补充道,"毕竟如果我有那些憧憬的话,人生就容易多了。"

那个做木珠的匠人倒没有马上回答。她拿起小篮子走向店后头的内室,艾希雅也跟了上去。琥珀放下手工木珠串起来的珠帘,以免行人一眼就看到内室的景象。她在工作台边的高脚凳上坐下来。艾希雅坐在椅子上,椅子的扶手上有琥珀随意雕刻的图像。

"照你看来,女人家都喜欢哪一套呢?"琥珀亲切地问道,同时把木珠倒在桌上。

"真正的女人都想要生儿育女、打点屋宅,可是那些我都不喜欢。你让我领悟到我的性情就是这样,我既不要安顿下来,也不想要儿女的牵绊。说真的,我连自己想不想要丈夫都不知道。今天麦尔妲指着我鼻子说,我这个人很怪。她讽刺我别的也就算了,就是骂我怪让我很受不了,因为我这个人的确很怪,连我自己都觉得怪。凡是女人,就应该想要结婚生子,我怎么会对那些都敬而远之?"艾希雅按摩着太阳穴,继续说道,"我应该会想要葛雷的。我的意思是说……我的确想要葛雷啊,我很喜欢他,也喜欢跟他作伴。"艾希雅眺望着前门,较为真诚地说道,"他碰到我的手时,我觉得很温馨。可是一想到嫁给他以及嫁给他之后的一切……"她不禁摇了摇头,"我才不想要那一套。过那种生活或许比较明智,只是那代价未免太高。"

琥珀没说什么,只是拿出几个金属和木头垫片,又剪了几条亮闪闪的丝线,着手把丝线编成丝绳。"你不爱他。"琥珀推测道。

"我可以爱上他啊。只是我不让自己爱上他,爱上他是不成的,这就好比明明买不起的东西,就算喜欢也没有用。葛雷这个人没得挑剔,只是……牵绊太多了。他有家人,日后要继承家产;他有船,而且要维持他在社会上的地位。"艾希雅又叹了一口气,脸色颇为烦忧,"葛雷这个人好得没话说。只是我若是爱上他就必须放弃一切,但是叫我为他而放弃一切,我实在是不愿意。"

"啊。"琥珀将丝绳穿过珠子,打了个结,把珠子定位。

艾希雅的手拂过椅子扶手的线纹,轻轻地说:"葛雷的期望很多,不过他的期望虽多,却不包括我为自己的活船掌舵这一宗。他期望的是我能在岸上安顿下来,他希望我操持家务、养育儿女,在家里好好地等他回来。"她的眉头皱了起来,"我要把一切打点得井井有条,好让他心无旁骛地驾船出海。"她酸溜溜地说道,"他只管过他想过的人生就好了,别的都归我来打点。"她难过地说道:"所以,如果我真的爱上葛雷,并且嫁给他,那么我这辈子的梦想就通通泡汤了。也就是说,我如果爱上了他,就得把自己所有的梦想通通踩在脚下。"

"为了对方而牺牲一切,并不是你的人生梦想?"琥珀问道。

艾希雅的嘴角扭出一抹苦笑:"才不呢。有人说,男人是帆,女人是风,但我才不想当鼓动他的船帆的风,我还巴不得有人来鼓动我的船帆哩。"她突然坐直起来,"这个……我讲岔了,越解释越模糊。"

琥珀丢下手边的工作,抬起头咧嘴而笑:"正好相反。我倒觉得你之所以不自在,不是因为你讲得不清楚,反而是因为你讲得太明白了。原来你想要的,是一个能够追随你梦想的伴侣,而且你不想为了成就别人的人生梦想,而放弃自己的野心。"

"恐怕真是如此。"艾希雅不情不愿地坦承道。她立刻又追问:"难道这样想就错了吗?"

"这样想并没有错"琥珀劝慰道,随即狡黠地补充道,"如果你是男人的话。"

艾希雅往后靠在椅背上,顽固地叉手抱胸。"没办法,我的志向本来就是这样。"她看琥珀没接腔,生气起来,近乎恼怒地说道,"你可别劝我说,爱情本来就是为对方牺牲一切!"

"可是对有些人而言的确如此。"琥珀不为所动地说道。她又串了个木珠在项链上,将它提起来挑剔地打量一番,"而对有些人而言,爱情好比是两马共一轭,一同奔向目的地。"

"嗯，那也不坏啊。"艾希雅退让了，不过深锁的眉头道出她对那种想法并非完全信服，"为什么人不能彼此相爱，同时仍自由自在？"她突然问道。

琥珀停下手边的工作，揉揉眼睛，若有所思地推推耳环。"爱情也可以那样啊，"她惆怅地说道，"只是那种爱情的代价反而最高。"她字字推敲斟酌，宛如串珠打结那般谨慎。"若要那样相爱，你就得承认，他的人生与你的人生一样重要。更困难的是，你还必须承认，他可能有着你所无法满足的需要，而你也许有自己的志向，不能常陪在他身边，所以那种爱情的代价就是寂寞、不满、疑心以及——"

"为什么爱情非得付出代价不可？人生的需要为什么非得跟爱情纠缠在一起不可？为什么人不能像蝴蝶那样，在耀眼的阳光下结合，并在日落之前分手？"

"因为人就是人，不是蝴蝶。你若是骗自己，人可以凑在一起、彼此相爱，之后毫无痛苦或后果地分手，那可就比装作端庄的商人之女还要假了。"她放下木珠，正视着艾希雅的眼睛，直率地说道，"请你千万别说服自己可以与葛雷·坦尼拉同床共枕，之后一走了之，而且两人丝毫不会受伤。你刚才还说，相爱与需要是可以切分开来的。然而若是没有爱情，只是纯粹为了满足自己的需要而结婚，那你就与小偷无异了。如果没有爱情，却又有所需要，那就用钱去买吧。你可别去偷取葛雷的心，还装作爱可以自由自在，无须付出任何代价。现在我已经认识葛雷·坦尼拉了，他那个人是无法给你那种爱情的，他做不到。"

艾希雅叉手抱胸："我才没动那个脑筋呢。"

"不，你已经动念了。"琥珀强调道，目光又回到木珠上，"这种事情人人都不免会想，只是想得再多也不能把错的变成对的。"琥珀重拾她的工作，开始打绳结。她在片刻的沉默之后补充道："人在跟别人上床的时候一定有所承诺。有时，这个承诺只是双方都为了假装这一场激情其实没什么。"琥珀那一对色泽古怪的眼珠凝视了艾希雅好一会儿，"而有时候，这个承诺只是你对自己的承诺，而对方永远都不知道你许下什么，也不会同意你。"

贝笙。坐在椅子里的艾希雅不安地换了个姿势。为什么她不去想贝笙，他偏从她心底冒出来？每当她认定自己已经把他这个人连根拔除掉时，那个小插曲就又开始在她心里滋长。艾希雅被这种事情扰得一气再气，不过她气的到底是不是贝笙，如今自己已经不能确定了。最后她把这些念头推开。事情已经过去了，那一段人生的插曲已成过往云烟，她可以将之抛在脑后，或是用别的事情把它遮盖起来。

"所谓的爱，并不是因为对方会为你牺牲一切而被他感动，而是你确信自己会为了对方而牺牲一切，这才叫做爱。不过有一点你别搞错，那就是双方都不免有所牺牲，你们会为了成就共同的梦想而牺牲个人的梦想。在有些婚姻中，是一方为了对方而放弃自己曾经渴求的一切，但是不见得每桩婚姻都是女人为对方做这么大的牺牲。话又说回来，这样牺牲并不可耻，因为爱情本就如此。只要你认为对方值得，那就行了。"

艾希雅一动也不动地坐了一会，突然倾身向前对琥珀问道："依你看来，如果我嫁给葛雷，我会改变心意吗？"

"嗯，你们之中总有一个人得改变心意呀。"琥珀意味深长地答道。

贝笙大起胆子再朝走廊瞄了一眼。那个女孩到哪里去了？她要把他丢在这里，等到跑腿的人跟她母亲一起回来为止吗？对贝笙而言，等待是最难受的，虽然他带来的是无比沉重的消息，不过一想到今天可以看到艾希雅，心里就变得轻快起来。要是身上还有辛丁就好了，就算只有辛丁屑，吃了也有助于定神，不过他临走前已经毅然决然地把辛丁都留在春夕号上了。其实吃辛丁也不是什么罪大恶极的坏习惯，但他知道艾希雅对此颇不以为然，他可不想让她把自己想成是那种随身携带辛丁的人。光是他不时吃点辛丁，艾希雅就认为这是严重的缺点。说到缺陷，他已经了解艾希雅的大小缺点。多年来，由于朝夕相处，他不得不对她的各种缺点多加容忍。不过就算有缺点也无所谓，因为他已自然而然地对她生出关怀之情，而且早在跟她共度良宵之前就已经如此。那一晚的激情只是逼得他不得不承认自己内心早已存在的情愫。多年以来，他几乎天天与艾希雅见面，他们曾在各地的港口喝酒进餐，也曾一起赌博、一起补船帆。

艾希雅并没有因为他有辱家门、被父亲断绝父子关系而瞧不起他，反而把他看作是不可或缺的商船干部，并且因为他知识渊博、驭下有术而对他敬畏有加。跟一般的女人说话，除了称赞她礼服漂亮或是将她的眼睛拿来与天上的星子相比之外就无话可说了。然而艾希雅虽是女人，自己却能跟她谈天说地，这有多么难得。

贝笙走到窗边眺望着车道。他听到身后传来轻轻的脚步声，于是转过身。原来是麦尔妲。艾希雅提过不少她的轶事，如果那些传闻不假，那么这孩子是颇有点骄宠自大的。贝笙直视着她，她严肃地对他一笑，举止态度又变了。"我已经按照你的建议派了听差去找人。我准备了咖啡和餐点，不知你是否肯赏光？"麦尔妲那彬彬有礼、抑扬有致的语气不但道出了她的良好教养，也表达了她对自己的欢迎。

于是贝笙也循规蹈矩地应道："多谢，那真是再好不过了。"

她比了个手势，示意贝笙沿着走道往前，然后便伸手搭着他的手臂一同前行，此举吓了他一大跳。麦尔妲个子小，还差一点才及得上他的肩膀，现在他可以闻得到她的香味。那是花香精油之类的，大概是紫罗兰吧。香味从她的头发中飘散出来。她垂眼陪着他沿着走廊往前走，但是却偷偷瞄了他一眼。那一眼使他修正了对她的第一印象。莎神在上，小孩子长得真是快啊，麦尔妲不是小黛萝的玩伴吗？贝笙最后一次见到小妹妹的时候，黛萝还围着围兜，把围兜弄得脏兮兮的。这些年来，他连见都见不着妹妹，更说不上话。他心里突然感到怅然若失。父亲将他逐出家门之后，他不但失去了家产，也失去了家人。

麦尔妲领着贝笙走进了晨室。晨室里有张小桌，桌边设了两张椅子，上头摆着咖啡杯，又放了一盘早餐面包。窗户开着，望出去是花园的风光。"你在这里也许能等得舒服一点。咖啡是我刚才煮的，希望不会太浓。"

"我敢说一定恰到好处。"贝笙笨拙地应道。他感到倍加羞愧，原来麦尔妲就是因为这样才耽误了这么久，而从主人家的女儿必须亲自动手为来客煮咖啡、切面包来看，维司奇家族的家势的确已经衰微了。"你认识我妹妹，对不对？黛萝？"贝笙脱口而出地问道。

"我当然认识黛萝啦。甜蜜、亲爱的黛萝,她是我最要好的朋友。"麦尔妲再度对贝笙微微一笑。她招手示意他就座,随后在他对面的椅子上坐下。她倒了咖啡,送了一块掺了果仁种籽的甜面包到他盘子里。

"我已经好多年没见到黛萝了。"贝笙听到自己对麦尔妲坦白道。

"是吗?那太可惜了。她已经长大了许多,这你是知道的。"接着麦尔妲露出异样的笑容,补了一句,"我也认识你弟弟。"

贝笙听到麦尔妲那话中有话的语气,不禁皱起眉头:"瑟云啊,我敢说他一定一切都好吧。"

"应该是吧,我上次见到他的时候,他看起来还不错。"麦尔妲叹了口气,望向他处,"我跟瑟云不常见面。"

麦尔妲迷恋着瑟云吗?贝笙迅速计算弟弟的年纪。哦,瑟云已经到了要结交年轻女士的年纪了。不过,如果黛萝和麦尔妲同年,那么麦尔妲现在就与男子交往未免太过年轻。贝笙开始有点不安了,这个漂亮的小妖精到底是清纯的小女孩,还是成熟的女人呢?她虽只是在搅咖啡,但不知怎的,竟让人特别注意到她那优雅的姿态。桌子并不大,而麦尔妲倾身上前,替贝笙在他的咖啡里加香料。她在倾身之时露出大片胸脯,应该不是故意的吧?贝笙将脸撇到一旁,麦尔妲的香味仍然飘入鼻中。

麦尔妲坐回她的座位上,举起咖啡杯轻啜一口,拨开掉在她那光洁额头上的一缕秀发:"我想你一定认识我阿姨艾希雅,对吧?"

"当然了,我们是同事,一起在……薇瓦琪号上共事多年。"

"当然。"

"她安全地回到缤城来了?"

"哦,是啊,回来好久了,她是搭欧菲丽雅号回来的。欧菲丽雅号是坦尼拉家的活船,这你是知道的。"麦尔妲直视着贝笙的眼睛,继续说道,"葛雷·坦尼拉对艾希雅很着迷呢,此事闹得缤城人议论纷纷。我那个刚愎自用的阿姨竟会突然看上葛雷这样稳重沉着的年轻人,把许多人吓了一大跳,不过我外祖母自然高兴得要命。说起来,是我们全家都很高兴,因为我们早就不期望她能嫁个登对的好人家、好好安顿下来了。我敢说你一定知道我的意思。"麦尔姐神秘地笑了两声，仿佛这是她从不与人言的秘密。她密切地注视着贝笙，恐怕已经看出这番话深深地刺痛了他的心了。

"的确很登对。"贝笙麻木地应道，他察觉到自己头点个不停，"葛雷·坦尼拉。哦，是啊，我的意思是说，他们的确很登对。葛雷也善于航海。"贝笙自言自语般地讲了最后那一句话。除了葛雷善于航海之外，他实在想不出艾希雅会看上他哪一点。唔，葛雷也长得很英俊，贝笙听人称赞过他长得英俊。除此之外，葛雷既没有被父亲逐出家门，也不嗜吃辛丁。一想到辛丁，贝笙就巴不得来一点，以便平抚心头愤怒与恐惧交加的情绪。他的外套口袋里可能还有一小段，不过眼前这孩子可是从小被人呵护长大的，没见过混码头之人的粗鄙恶习，他怎能大大咧咧地当着她的面拿出辛丁来嚼呢？

"……要再来点面包吗，贝笙？"

他只听到她讲的最后一句话。他低头一看，发现整盘食物都没动。"不，不用了，多谢。这面包很香。"他匆匆地咬了一口面包。他嘴里干涩，所以面包吃进去只觉得像是在吃锯屑。贝笙喝了一大口咖啡把食物冲下肚，之后才想到他这个吃法活像是船上的普通水手赶着进餐的模样。

麦尔姐倾身向前，用她细长的小指头轻触贝笙的手背："看你这模样，想必是长途旅行且历经风霜吧。我刚才开门的时候，心里觉得好烦……你大老远地带来我父亲的音讯，我还没谢你呢。你是从很远的地方来的，对不对？"

"是很远。"贝笙坦承道。他把手抽回来放在大腿上，两手互相摩挲，仿佛他的手因为她这么一摸而烧痛起来。麦尔姐见此，会意地笑了一笑，转开了头。她的脸上升起一朵红晕。这么看来，刚才那个动作可不是一个小孩不经意的碰触，而是有意跟他调情。贝笙只觉得自己身陷重围，同时心里很困惑，要考虑的因素实在太多了。他一旦有了吃一小段辛丁来澄清心智的念头，嘴里就开始流口水了。不过他不但没吃辛丁，反而逼着自己再咬了一口面包。

"你知道吗，我看着你的时候，想到你弟弟若是留了八字胡，不知道是什么样子。你的八字胡就很好看，把你的嘴唇和下巴衬托得更俊挺。"

贝笙举起一手，不安地顺了顺唇上的胡子。这种话太过轻佻，况且麦尔妲望着他的眼神，贪婪得像是怎么样也看不够。贝笙站了起来："也许我应该先离开，等到晚一点再来比较好。烦请你转告府上长辈，让她们知道我会再来访。今天是我唐突了，我应该先找人通知府上，再正式登门拜访才是。"

"这是哪里的话。"那女孩子嘴上说着，人仍坐在位子上。她并未站起来陪他走到门口，而他说要离开，她也不理，只是说道："我已经派人去通知了，我敢说她们不久就会回来。她们必定希望尽快听到我父亲和船的消息。"

"是啊。"贝笙僵硬地应道。这个年轻女子弄得他一头雾水，她的表情如此诚恳，说不定她刚才讲那种话，只是因为她年纪还小，讲话太过耿直。也许是因为他在海上待得太久，所以少见多怪。贝笙重新归座，他的背挺得很直，双手放在大腿上。"那我就在这里等她们吧，不过我敢说我一定打扰了你的起居生活。你别客气，有什么事情就去忙吧，用不着在这里相陪，我一个人在这里等就可以了。"

麦尔妲听到他这番笨拙的言语之后，轻笑了几声。"噢，亲爱的，我一定弄得你很不自在，是不是？真是抱歉，恐怕我对你表现得过于熟稔了。其实，这只是因为你在亲爱的外祖父手下做了那么多年的大副，所以我觉得你几乎像是自家人。另外，因为我跟瑟云和黛萝很熟，自然而然地想要好好招待他们的大哥哥。"她的声音突然一下子变得正经起来，"我总觉得，你家里的人再也不肯让你进家门，真是太悲哀了。你跟你父亲之间到底出了什么事，我一直都无法理解……"她声音渐轻，终至无声，以此来邀请他托出心里的话。

不过贝笙现在一点也不想把他跟家人的争执倾诉给人听，他这辈子从不曾这么尴尬。这个麦尔妲，一下子像是毫无心机的小孩子，因为长辈不在家而尽力招待客人，一下子又像是媚惑人心的狐狸精，把他玩弄于股掌之间。他带来的音讯十分紧急，而且他很想与艾希雅见上一面，可是他在这里待得越久就越不自在。他直到这时才想到，在别人眼中，这个场面可能有违礼节，毕竟他从头到尾都没看到其他人。现在，他很可能正在与好人家出身的年轻女子独处，然而他认识的人之中，就有些身为父亲或是兄弟的人，会为了比"独处"更微不足道的过失而与对方决斗。他又站了起来:"恐怕我非走不可,我还有别的事情要忙,晚一点再来拜访,烦请代我向府上的人问安。"

麦尔妲一点也没有要起身的意思,不过贝笙也不想等她回应了。"很高兴再度见到你。"他鞠了个躬,转身走开。

"你弟弟瑟云,他可不会把我当小孩子看待。"麦尔妲的话里颇有挑衅的意味。

贝笙勉强地转过头面对她。她还是没有起身,不过头向后仰,露出洁白的颈项。她伸出指头,玩弄着一绺散开的发丝,懒懒地笑着说道:"瑟云很可爱,就像家猫一样。不过在我看来,你比较像是老虎。"她沉思地啃着指尖,有感而发道:"而宠物嘛,难免太过枯燥。"

贝笙突然察觉到,虽然他一身放荡的海盗装束,但是他胸膛里跳着的仍是缤城商人之子那种谨守分际礼仪的心,所以这番话在他听来只觉得惊世骇俗。她那抑扬顿挫的声调分明就意味着一个事实:维司奇船长的外孙女竟然在维司奇船长的家里调戏、色诱他。这真是太荒唐了。

"你真是丢人现眼。"贝笙义愤填膺地骂道。

麦尔妲震惊地倒抽了一口气,贝笙没有回头看,直接沿着长廊朝大门口走去。他拉开大门,正要走出去之时,发现罗妮卡·维司奇和凯芙瑞雅·海文正站在门外,一脸讶异地望着他。"噢,感谢莎神,你们可回来了。"贝笙叫道,而凯芙瑞雅则同时质问道:"你是什么人?你在我们家做什么?"凯芙瑞雅一问一边狂乱地四下张望,像是要传唤几个男仆来把他架走。

"我是贝笙·特雷。"贝笙连忙说道,同时鞠了个躬,"我来是为了要通报薇瓦琪号的音讯。这个消息很急,也很棘手。"

他这番惊人之语立刻吸引了她们两人的注意力。

"怎么了?是不是凯尔出事了?我儿子温德洛有没有托你带什么话?"凯芙瑞雅立刻追问道。

"不,"罗妮卡·维司奇命令道,"这个场合不对。大家进屋子里去,坐下来谈。凯芙瑞雅,来吧,到书房去。"

贝笙退开一步让她们两人先行。他一边跟着她们走一边解释道："刚才是你外孙女麦尔妲让我进来的。我原本以为，她派去找你们的跑腿小弟向你们禀报我有薇瓦琪号的消息，让你们有个心理准备。"他实在很想顺便问艾希雅是不是随后就会回来，但想想还是忍住了。

"我们一个跑腿的也没碰上。"罗妮卡简洁地答道，"不过我早就在担心，恐怕早晚会有人找上门来通报噩耗。"她一等贝笙和凯芙瑞雅进了书房，就把书房门紧紧关上。"特雷，你请坐。你知道什么消息？你并没有随同薇瓦琪号出海，我知道凯尔用他自己挑的人把你换掉了。既然如此，你怎么会来传达薇瓦琪号的音讯呢？"

他需要跟她讲到什么程度呢？如果对方是艾希雅，两人静静地坐着喝酒聊天，那么他会全盘托出，让艾希雅自行判断他是什么样的人。跟海盗勾结可是要判绞刑的重罪，而他的确跟海盗有所往来，这是推托不掉的。贝笙不愿说谎，不过他可以避而不谈。

"如今薇瓦琪号落在海盗手里。"他这句话就像是没有系紧的船锚，沉沉地把众人的心往下拖。贝笙趁着她们还没有回神七嘴八舌地问一堆问题之前，又继续说道："我只知道有人看到薇瓦琪号系泊在一处海盗的基地港里，至于薇瓦琪号的船长和船员下落如何，我就不知道了。薇瓦琪号出了这样的事情，我非常遗憾，不过恐怕更糟的还在后面：把薇瓦琪号掳走的是个名叫柯尼提的海盗船长。我不知道柯尼提为什么会看上薇瓦琪号，他是个野心勃勃的斗士，梦想着要统一海盗群岛、雄霸一方，最后称王。为了这个目的，他盯上了运奴船。人们谣传，柯尼提一逮到运奴船便会杀光船员，再放走奴隶，借此博取其他海盗的好感，毕竟痛恨奴隶买卖的海盗不在少数。"贝笙一口气只能讲到这里，接下来就无话可说了。凯芙瑞雅听着听着，人便瘫软下来，坐在椅子里的她越沉越深，仿佛贝笙这番话抽干了她的生气。她举起双手捂住嘴，免得自己惊叫出来。

罗妮卡·维司奇的反应恰恰相反。她直直地站着，像已化为木头，脸上则凝结着沉痛绝望的表情，她那老皱的手像鸟爪抓住栖木一般紧抓着椅背。

过了好一会儿,她吸了一口气,勉强轻声问道:"你是帮他们带话来的?对方开价要多少赎金?"

贝笙听了,羞愧得无地自容。老太太很精明,什么事情都逃不过她的眼睛。她看了自己这一身衣服的质料剪裁就猜出他在做什么营生,她大概以为他是来帮柯尼提牵线的。这实在是天大的误会,不过他也不能责怪她。"不是,"贝笙简单地答道,"其实我知道得很有限,而且其中有一半是道听途说来的。"他叹了一口气,"据我看来,对方大概不会要求赎金。看起来,这个柯尼提船长对于落在他手里的这个奖赏颇为满意。别的不说,这船他大概会留着自用了,至于船员的下落,我一无所知。抱歉。"

一室静默,这静默竟寒栗刺骨。贝笙带来的音讯改变了她们人生的轨道,虽然只是寥寥数语,却把她们仅存的希望都抹煞殆尽。原来船不是迟归,而船长也不会带着大笔财富返乡了。她们不能期望以船长带回的财富拯救家运,反而还得牺牲一切、筹措赎金。倘若对方愿意收赎金,她们就算是走运的了。自己带来的音讯将维司奇家族毁于一旦,她们对于传达消息的人,想必是恨之入骨。贝笙等着风暴来袭。

不过她们两人都没有痛哭失声,也没有尖叫,更没有指责贝笙满口胡言。凯芙瑞雅把脸埋在手里,轻轻地叹道:"温德洛,我的儿子啊。"罗妮卡的面容一下子衰老了许多,肩膀垂了下来,脸上的皱纹也变得更深。她扶着椅子,慢慢坐定下来,空洞无神地望着前方。贝笙的心情越来越沉重。她们听了这样的消息势必会很难过,不然呢?以前贝笙总是想象着,艾希雅听了之后,眼里会冒出愤怒的火花,然后便转而向他这个好朋友求援,以便救回她的船。现在看来,那不过是他一厢情愿的空想而已,他眼前的景象才是现实。而现实就是,维司奇待他有情有义,但他却翻脸无情地打击他们,打得维司奇家族日后再也抬不起头来。

门上传来吱嘎一声,随即便砰地撞开了。艾希雅走进来,并把蓬头乱发、不断挣扎的麦尔妲也推了进来。"凯芙瑞雅!这个没规矩的家伙又在偷听了。她怎么老是鬼鬼祟祟地四处偷听呢?我真看不过去了,我们维司奇家的人怎么会有这种下流的行径呢——贝笙？你来做什么？出了什么事？"艾希雅突然放手。由于事出突然，麦尔妲砰地一屁股坐在地上。艾希雅睁大了眼睛瞪着贝笙，嘴巴大张，仿佛被他狠狠地打了一拳。

贝笙站起来，上前一步，一口气说道："薇瓦琪号落在海盗手里了。我看到薇瓦琪号系泊在海盗的基地港里，主桅上还飘着渡鸦旗。渡鸦旗就是柯尼提的标志，我敢说你一定听过他的名声。大家都说，柯尼提每逮住运奴船就会杀光船员，不过我不知道薇瓦琪号船员的下落到底如何。"

麦尔妲凄厉地哀嚎起来，众人就算有什么反应，也被这尖叫声盖了过去。接着她喘了口气，站起来朝贝笙冲去，抡拳就打。"不，你胡说八道，胡说八道！我父亲说了，他一定会回来，把一切恢复成原样！等我父亲回来，他会把艾希雅丢出去，叫大家好好待我，家里会再度富裕起来！你这臭猪，你只是随便说说而已。胡说八道！我父亲不会死，我父亲不会死！"

贝笙抓住她的一边手腕，但是麦尔妲又用另一边打了他两拳，所以贝笙把她另一边手腕也抓住了。本以为麦尔妲会就此屈服，谁料她又狠狠地在他的小腿骨上踢了两脚。"麦尔妲，你住手！"罗妮卡严厉地制止道，而凯芙瑞雅则同时叫道："停，停！这样是解决不了事情的。"

艾希雅的做法比较直接。她大步走上前，抓住麦尔妲的头发用力往后一拉。麦尔妲痛得叫了出来，贝笙也立刻松手放开她。艾希雅粗鲁地紧紧抱住麦尔妲，使贝笙大感意外。"停，你停一停。"艾希雅以低哑的声音对那个不住挣扎的女孩轻轻说道，"这样没什么用处，别把你的力气和智慧用来对付自己人，这样太浪费了。如今我们有了共同的敌人啊，现在我们应该要汇集一切资源把他们救回来才对。麦尔妲，麦尔妲，我知道这种事情很恐怖，不过我们必须使出本领来度过难关，而不是神智昏乱地乱打乱摔。"

麦尔妲瞬间平息了下来。她猛然推开艾希雅，又颤颤巍巍地走了几步以便离她阿姨远一点，之后才转身指责道："出了这种事情，你倒是很高兴。你才高兴咧！你才不在乎我父亲的下落，你本来就不关心我父亲，你只是想要那条船而已。我知道你心里想什么，你巴不得我父亲死掉算了！而且你恨我。你才不是我的朋友呢！你不必装了。"她咬牙切齿地瞪着艾希雅。一时间，众人都沉默无声。

艾希雅以坚决的语气答道："没错，我的确不是你的朋友。"她拨开落在脸上的散发，"我心里对你的嫌恶多于我对你的好感。不过我是你的阿姨，而命运不但使我们成为一家人，在出了这件事之后，更使我们成为盟友。麦尔姐，你那些妄自尊大、无谓挣扎、自怜自艾都可以省了吧，你的心思用来解决问题才是正道。我们全家人一定要团结一致，而我们的目标只有一个，就是要把家族活船弄回来，并且把说不定还活着的船员救出来。"

麦尔姐上下打量着艾希雅："你说这话根本就是在哄我，你还是一心要把那条船据为己有。"

"你说得没错，"艾希雅轻松地应道，"我还是想要执掌家族活船，不过船该由谁来掌舵，总得等到薇瓦琪号安全地回到缤城港之后再来分辩。就目前而言，我们全家人不是都希望薇瓦琪号能够安安全全地回到缤城港来吗？我们家的女人难得有意见一致的时候，既然现在大家有一致的目标，那么我劝你还是早早地把那些歇斯底里的行径、不经大脑的思路通通都丢开吧。"

艾希雅眼神一扫，把她母亲和姐姐也含括入她说话的对象之中。"现在，我们家谁都不可以随便让自己的情绪迸发出来。我们眼前只有一条路可走，那就是我们必须尽量筹集庞大的赎金。老实说，如果我们希望人和船都毫发无伤地回来，最好的办法就是照他们的要求付钱。"她摇了摇头，"明明是我们自己的东西，却还得拿钱去赎，我想到就气。不过我们若想把船要回来，还是拿钱去赎最实际。如果走运的话，那个叫做柯尼提的收了钱之后，就会归还人和船。不过贝笙说得没错，这个人的名声我以前就有所耳闻。他逮住薇瓦琪号，恐怕是因为他想要把薇瓦琪据为己有。那么我们只能祈祷莎神保佑这个柯尼提有点小聪明，知道自己最好是让薇瓦琪的家人和薇瓦琪所熟悉的那一班船员安然活下来，以免逼得她发疯。所以，麦尔姐，虽是出于私心，不过我的确也希望你父亲和哥哥能够安然活下来。"艾希雅勉强苦笑着说出这些话。

她以低沉的声音继续说道："明天晚上缤城商会就要开议，这次商会预定要听取坦尼拉家族对于大君所收的税目、恰斯人那些所谓的'巡逻船队'出没,以及缤城奴隶问题的意见。我已经向葛雷保证一定会出席,并支持他父亲的意见。母亲,凯芙瑞雅,你们也应该出席,并且尽量鼓动别人参加会议才是。时局变成这样,缤城商人也该觉醒了。大君捅出来的篓子本来就多,而海盗猖獗的问题只是雪上加霜罢了。等到时机成熟,我们也要在商会上提出薇瓦琪号的困境。到时候,就算我们无法说服所有的商会成员都站在我们这边,至少也会得到其他活船商家的支持。这件事情对我们每个人都影响深远啊。还有一件事,这事我一提,说不定麦尔妲又要发作,但我还是得讲出来。事情会走到这个地步,跟奴隶买卖绝对有直接的关联,若不是凯尔把薇瓦琪号当作运奴船来用,那么她根本就不会落到海盗手里。柯尼提这个人只找运奴船下手,这大家都是知道的。此外大家也都知道——"艾希雅以比较响亮的声音提了这么一句,不过她正要讲下去时,却被麦尔妲的话打断:"正是因为海盗猖獗,所以缤城港里才会泊着恰斯人的佣兵船。要是缤城人能团结起来果决地对付海盗,那么大君就会看出我们既不需要他派巡逻船,也不想付钱养他派来的船。"麦尔妲转头,望着窗外的斜阳,"而我们如果能做到这一点,说不定就能让所有缤城人意识到,原来我们既不需要哲玛利亚国,也不需要大君,往后我们只要自立便已足够。"最后这几句话,麦尔妲只是轻声道出,不过由于房间里很静,所以众人都听得很清楚。

艾希雅突然沉重地叹了一口气,肩膀也垂了下来:"我肚子饿了。你们说可笑不可笑?贝笙带来这么悲惨的消息,可是到了晚餐时间,我竟然还是觉得肚子饿。"

"不管面临什么样的厄运,我们的身体总是努力地活下去。"罗妮卡以过来人的态度,沉重地讲出了这个道理。接着她僵硬地走到外孙女身旁,对麦尔妲伸出一手:"麦尔妲,艾希雅说得没错,现在我们一家人必得齐心协力,不能再把矛头指向自己人。"罗妮卡环顾众人,一脸肃容,淡淡地笑道:"莎神见谅啊,我们维司奇家的人竟然要遭逢这样的惨祸才能够凝聚在一起,我想来就觉得羞愧。"她再度望向外孙女,手仍悬在半空中等待。麦尔妲缓缓地伸出一手，罗妮卡握住了她。罗妮卡深情地望着麦尔妲愤怒的眼神，突然搂住她，只是一下子就又将她放开，麦尔妲则是消极地虚应了一下。

"麦尔妲和爸爸不坏坏了？"门口有个稚嫩的声音大声问道，众人一起望向门口的那个小男孩。

"噢，瑟丹！"凯芙瑞雅疲惫又惊惶地叫道，立刻起身朝儿子走去。她想要搂住儿子，但瑟丹硬是挣脱了，同时不耐烦地叫道："妈妈，我已经不是小婴儿了！"瑟丹的眼睛望向母亲身后的贝笙，他歪着头，一脸严肃地打量着客人，"你看起来像海盗。"

"的确如此，不是吗？"贝笙蹲下来，好让自己的眼睛与那小男孩同高。接着贝笙笑笑，向瑟丹伸出一手，"但我不是海盗，我只是个老老实实，但是运气有一点背的缤城水手。"一时间，他真的深信事实便是如此，就连他那不规矩的手指头在外套口袋里摸到的一小截辛丁，他都可以当作没发生过。

第十六章
主 导

艾希雅目送贝笙远去。她并未与母亲一起陪他走到门口,而是逃到了楼上的女仆房。女仆房里处处积灰,一片漆黑,艾希雅也不点灯,甚至不敢靠窗户太近,免得贝笙回头望的时候看到她。月色清淡,洗去贝笙那一身衣装的鲜艳色彩。他走得很慢,没有回头看,而从他那摇摇摆摆的步履看来,像是把平稳的车道当作是起伏不定的甲板了。

艾希雅很幸运,因为今天傍晚她闯进书房的时候仍跟麦尔姐缠斗不止,所以虽然她一脸红通通,呼吸又很急促,但谁也没有纳闷多问。据她看来,大概就连贝笙也没看出她在见到他的那一刹那,整个人慌得不知所措。凯芙瑞雅和母亲的表情像是受了重大的打击,在那极端恐怖的瞬间,艾希雅的心跳几乎停止。她心里只想到,一定是贝笙找上门,把过往情事通通都跟她母亲说了,并提议要娶她为妻,以免行为失检的她拖累了家族的名声。即使后来艾希雅发现贝笙真正的来意是禀报薇瓦琪号的不幸消息,对此她痛苦得近乎晕眩,但心里仍因为不需把自己的所作所为昭告大众而偷偷地松了一口气。

是啊,自己的所作所为。如今她已经坦承那是她自己的作为了。几个星期前与琥珀一席谈话使她不得不面对与贝笙的一夜情。现在回想起来,她倒觉得过去竟想用各种借口遮掩过去,实在可耻。那天晚上的事情两个人都有份,如果艾希雅想要敬重自己身为女人以及身为成人的身份,那么就不能睁眼说瞎话。她诚实地替自己下了个公论：她之前之所以不肯坦承那是自己的作为，是因为她不想由于自己行为放荡不检而遭到责难。如果当初她真的是在贝笙的诱骗哄劝之下才跟他上床的，那么她就可以振振有词地说，她之所以在事后痛苦万分是有原因的，这样一来，她大可以说，都是那个狼心狗肺的水手诱拐她这个清纯女子，玩弄过后就把她给抛弃了。但是如果她把事实扭曲到这个程度，那么她就不但对不起贝笙，也对不起自己了。

这一整个晚上，艾希雅既无法鼓足勇气正视贝笙，又舍不得把目光从他身上移开。她很想念他，她告诉自己，虽然他们上次分手时都没有给彼此好脸色，但是他们多年来在船上共事的情谊是无法取代的。她一再地偷瞧他，并把他的身影刻在心中，仿佛她内心有什么渴望，非得如此才得满足。贝笙带来的悲惨消息使她痛不可遏，但是她的眼睛太不听话，只顾着打量他那对明亮的黑眼睛，以及他丝质衬衫下的肩膀肌肉如何起伏。她注意到贝笙嘴角有一处因为辛丁而造成的溃疡，可见他至今仍有吃辛丁的习惯。他那一身大胆不羁的海盗装束令她颇为震惊。贝笙竟然沦为海盗，这让她既伤心又失望，不过她也得老实说一句，海盗的装束比缤城商人之子那种严肃沉闷的服装更适合他。贝笙的一切，艾希雅通通不以为然，但她一看到他，心还是怦怦直跳。

"贝笙。"艾希雅无助地对黑夜说道。她望着他逐渐走远的背影，不禁摇了摇头。她告诉自己，她的心情没什么，只是感到遗憾。遗憾的原因数不胜数。她与贝笙的一夜情摧毁了两人轻松共事的默契，此等有违仪节的事情不但不该做，对象更是大错特错。再说，她父亲一直相信贝笙的前途大有可为，可是他却背弃了正道。这个贝笙，判断力差劲，性格又不够坚定，实在令人遗憾。所以她的感想就是"遗憾"，此外无他。

艾希雅纳闷道，不知道贝笙是为了什么缘故而回到缤城？他大老远地回来，总不会只为了把薇瓦琪号被劫的事情告诉她们吧？一想到她的爱船，她的心揪得更紧了。船被凯尔夺走已经够痛苦了，如今竟然落在草菅人命的海盗手里，这是会对薇瓦琪号产生熏陶效果的啊。如今看来，这样的下场恐怕是必不可免了。就算她能把薇瓦琪号要回来，薇瓦琪号也不复她去年离开缤城港时那活泼轻快的模样了。

"何止薇瓦琪？我也已经与去年大不相同。"艾希雅朗声对暗夜说道，"还有贝笙，他也是今非昔比啊。"她凝视着贝笙，直到他消失于黑暗之中。

过了子夜之后，麦尔妲才偷偷地溜出宅子。晚上时，一家人像仆人似的在厨房里用餐，吃的也只是现成食物凑合成的简餐。贝笙也受邀留下来用餐。今天瑞喜趁着休假日进城溜达去了，而他们一家和客人一直盘踞在厨房里，直到瑞喜归来之后才移到外祖父的书房继续谈天。麦尔妲最看不惯的是，竟连瑟丹也破例获准留下来。瑟丹净问些蠢问题，这倒也罢了，最讨厌的就是，他问的问题再怎么蠢，众人也想法子解释到他听懂为止，甚至还鼓励他继续多问，无须介意。最后瑟丹倒在火炉前睡着了，贝笙主动提议他可以把瑟丹抱到床上去睡，而母亲竟然点头答应，而不是把那只小臭虫唤起来，叫他自己走回房间去睡。

麦尔妲把斗篷拉得更紧一些。夏夜的气候其实挺温和，不过这件深色的斗篷既有伪装的效果，又可挡住露水。她的拖鞋和睡衣下摆已经被露水浸湿。夜色比她想象的更黑，铺着白石的步道映着月光，引领着她走向大橡树下的亭阁。步道上有些地方已被蔓草所遮掩，她的拖鞋底下黏着从去年秋天以来就没有清扫过的潮湿枯叶，说不定也踩过了什么蛞蝓或蠕虫，但她尽量不去想。

她听到右手边的树丛里传出窸窣的响声，吓得停下脚步。不知是什么动物迅速地从树丛底下穿过去。麦尔妲依然动也不动地竖起耳朵听。很久以前，缤城附近的山丘是有山狮出没的。据说，山狮除了小动物之外，也会找小孩子下手。想到这里，她很想马上走回屋子里去，不过她提醒自己非得勇敢不可。她此时之所以出来，可不是为了要恶作剧，也不是为了测试自己的胆量。她之所以这么做，全都是为了她父亲啊。

麦尔妲敢说，父亲一定会了解她的良苦用心。

艾希雅阿姨竟然恳求她跟家人团结在一起，把船和她父亲营救回来。看在她眼里，只觉得艾希雅矫揉造作，就连外祖母也上演了一出好戏，恶心透顶地搂抱了她一下。其实啊，她们两人都认定她什么忙也帮不上，只要别惹事生非就行了。但是麦尔妲知道，若要营救父亲回来，只能靠她自己。入夜之后，麦尔妲的母亲在卧室里煮酒、向莎神祝祷，艾希雅阿姨和外祖母则辗转思索着要变卖什么来筹钱，只有她一人即知即行。能够鼓动别人加入自己阵营的其实只有她一人，虽说这点只有她心里明白。生出这个念头之后，她更是立定心志、毫不动摇，只要能把父亲安全地营救回来，那么无论做什么，她都在所不惜。等父亲回家之后，她必会让父亲知道，自己为了救他到底做出多么大的牺牲。是不是有人说过，女人家就算是为了心爱的人也不能大胆行险？想到这里，麦尔妲又坚定地沿着步道往前走。

　　玫瑰花篱外闪着一个怪异的光点，吓得麦尔妲背脊发冷。再一瞧，乃是一点飘摇闪烁的柔和黄光，霎时间，从前听过的一切令人寒毛直竖的雨野原故事都重新涌上心头。那点亮光是不是雷恩派了什么古怪的精灵来监视她，而那个精灵是不是认定她背叛了雷恩？麦尔妲差点就转身走回去，但就在这时候，微风送来一股蜂蜜蜡烛的甜香，混着黛萝最近迷上的茉莉花香水味。麦尔妲不动声色地朝大橡树走了几步，这才发现那光源来自大橡树黑暗的树影之中。黄色的烛光柔柔地从旧亭阁的板条之间透出来，映出了爬满长春藤的亭阁轮廓，使亭阁看来像是魔幻般的境地，不但浪漫，而且神秘。

　　瑟云在亭阁那里等她，而且还点了一根蜡烛，以便帮她照路。麦尔妲的心怦怦直跳。这真是太完美了，简直是吟游歌者吟唱的浪漫情史的翻版，麦尔妲就是戏曲中的女英雄。这个年轻貌美的少女受到命运的折磨，又被家人误解，而且因为父亲落在凶人手中而痛心不已。然而，虽然家人对她毫不关爱、屡屡张牙舞爪，她却仍为了全家人而牺牲自己，最后幸亏瑟云这个热血青年对她一往情深，所以不惜一切，只求能把她救出来。瑟云的用心必是如此。麦尔妲站在微弱的月色里，沉浸在这戏剧性的张力之中。

　　她悄悄地走到能够从亭阁门口窥视进去之处。黛萝瑟缩地拉紧斗篷，坐在亭阁的角落里，不过瑟云却来回徘徊。就是因为他不断走动，烛光才会摇曳得那么厉害。瑟云手里空空的，麦尔妲看了不禁皱起眉头。这样不对啊，雷恩跟她见面的时候,至少也会送她一束花。唔,说不定瑟云也给她准备了礼物,只是礼物小小的,塞在口袋里罢了。麦尔妲如此想道,她才不想因为这件小事而破坏了这美妙的气氛。

麦尔妲稍微慢下脚步,把斗篷的兜帽拨到脑后,再摇摇头,让秀发散落在肩上,又以贝齿刮擦双唇,使双唇显得特别红润,才走入亭阁内的烛光光晕中。她步伐缓慢庄重,面容严肃。瑟云一下子就看到她了。麦尔妲站定,让自己停留在半明半暗之处,转头面对着烛光,并睁大了眼睛。

"麦尔妲!"瑟云仿佛强压下无限情怀似的低声叫道,大步朝她走来。他一定会一把搂住自己。麦尔妲鼓起勇气,准备接受瑟云的激情,但是他却在她面前站定,接着便跪了下去。瑟云的头低低的,麦尔妲只看到他的黑色卷发。他以紧绷的声音说道:"感谢你前来见我。子夜过后,你仍没来,我满怀忧惧,唯恐——"瑟云说到这里,喘了一口气,可是听来很像是在啜泣。"唯恐我是没希望的了。"

"噢,瑟云。"麦尔妲伤心地轻声道。她从眼角瞥见黛萝潜行到亭阁门口,偷看她与瑟云的动静。一时间,她觉得黛萝好惹人厌,这月下相会如此浪漫,可是瑟云的妹妹竟在旁边监视,真是大坏兴致。不过她决定把这个念头抛开,就当黛萝是空气吧,就算她在偷窥也无所谓,因为黛萝若是把今晚所见讲出去,她自己势必也会惹上天大的麻烦。麦尔妲走上前一步,伸出白净的双手放在瑟云的黑发上,顺着他的卷发梳了过去,瑟云激动得屏住呼吸。接着她扶着瑟云的头,让他抬起头望着自己。"你怎会以为我会不来呢?"麦尔妲柔声问道,轻轻地叹了一声,"就算愁云笼罩,就算我自己的处境堪危……你应该都知道我是一定会来的。"

"可是我不敢期望你会来啊。"瑟云坦承道。他直视着麦尔妲,而他的面容令麦尔妲感到震撼。瑟云跟贝笙长得颇为神似,不过他若是被人拿来跟哥哥比较,那就吃大亏了。以前麦尔妲总觉得,瑟云这个人不但老成,又颇有男子气概,可是观察了贝笙一晚之后,却觉得相形之下,瑟云不过是个乳臭未干的小子。麦尔妲越是比较越是心烦,因为如果瑟云只是这等资质的话,那么她就算征服了他，也算不上是什么伟大的功绩。瑟云伸手捧着她的双手，大着胆子在她左右手的掌心各亲了一下，才将她的手放开。

"你就别空想了吧。"麦尔妲柔声轻道，"你明知道我是许了人家的。"

"我绝不让他把你娶走。"瑟云信誓旦旦地说道。

麦尔妲摇了摇头。"太迟了，晚上的时候，你哥哥来我家通报消息，我听了之后，心里就知道这一切都太迟了。"麦尔妲转过头，不再望着瑟云，而是看着夜幕下的树林，"事到如今，我不得不接受命运的安排。我别无选择，因为我父亲的性命全系于此啊。"

瑟云一下子站了起来。"你在说什么？"他的声音虽低，却近乎叫喊，"什么消息……我哥哥到你家通报消息？你父亲的性命……怎么回事？"

在那一瞬间，麦尔妲流下了真正的泪水，声音绷紧。"贝笙好心地到我家来通报消息，说海盗把我们家的船掳走了。我们最怕的就是，说不定我父亲和哥哥已经死了，不过，如果他们还活着，如果还有机会把他们救出来的话……噢，瑟云，那我们就得想办法筹钱，好把他们赎出来。不过，你说我们要怎么筹钱呢？你一定知道我们家的财务处境每况愈下。要是外面的人知道我们家的船被海盗劫走了，那么债主们一定会像鲨鱼一样聚拢上来呀。"麦尔妲举手掩面，"现在我们家连维持家计都很辛苦，若要筹钱把我父亲赎回来，更是难上加难。照这样看来，她们恐怕会立刻把我嫁给那个雨野人。我虽不喜欢这宗婚事，但我知道必须嫁给他才行。雷恩很慷慨，他必会帮着把我父亲救回来。如果想赎回父亲，我就得嫁给雷恩……那么我也……不会……那么在意了。"她讲到最后这几个字的时候，声音变得嘶哑，整个人轻轻摇晃——她是真的因为命运残酷而悲从中来。

瑟云伸手抱紧她："你这可怜的孩子，难得你还这么勇敢。不过你想，就算你是为了救父而出嫁，我又怎能让你困于这个毫无爱情基础的婚姻之中呢？"

麦尔妲倚着瑟云的胸膛，喃喃地说道："这事轮不到你我做主啊，瑟云。她们要我嫁给雷恩，我是一定会答应的，毕竟他有权有势，使得上力。而日后……

等到……时机到了的时候……我必得委身于他。"讲到这里，麦尔妲把脸紧贴在瑟云的衬衫上，像是羞于启齿。

瑟云将她抱得更紧。"你放心。"他对麦尔妲发誓，"事情绝不至于到那个地步。"他吸了口气，"我不敢说我的财富能与雨野原商人匹敌，不过我瑟云·特雷会以今日拥有以及日后会继承的一切来为你效力。"他稍微放开麦尔妲，以便正视着她的眼睛，"不然，难道你以为我会有所保留吗？"

麦尔妲无奈地耸了耸肩。"只怕你力有未逮啊。"她坦承道，"你父亲仍是特雷家族的商人代表，而且他一向以铁腕控制家人——这点只要从贝笙可怜的景况就看得出来。我知道你有心，可是事实上……"麦尔妲忧伤地摇了摇头，"真正能任由你裁决的事情可能少之又少啊。"

"贝笙哪里可怜了？"瑟云轻蔑地驳斥道，一时抛下了麦尔妲眼前的大问题，"就算我哥哥穷途末路，也是他咎由自取，你别可怜他了。当然，你说的句句实言，我也无从否认，然而我虽不能将特雷家族的所有财产摆在你面前，任由你差遣，但是——"

"我可没有要求你这样做！噢，瑟云，你把我想成什么样的人了？难道你以为我在夜阑人静之时，冒着玷污名誉的危险前来见你一面，为的全都是钱？"麦尔妲说到这里便转开了头，她的斗篷跟着掀飞起来，所以在那片刻之间，让人瞥见了她穿在斗篷下的纯白棉睡袍。麦尔妲听到黛萝倒抽了一口气，接着便急促地从亭阁里出来，走到麦尔妲身旁。

"你这样子根本就等于没穿衣服！"黛萝斥责道，"麦尔妲，你怎么可以这样？"

这就对了。就算先前愣头愣脑的瑟云没注意到她穿得这么单薄，现在也一定知道了。麦尔妲庄严地挺直腰杆："这是不得已的，我只有那么片刻的机会能够溜出来见你们一面啊。然而我也不后悔，瑟云是个正人君子，他对我的衣着视而不见，没让我羞愧得无地自容。我又不是故意穿成这样出来跟他见面的。黛萝，我一心只想着我父亲命在旦夕，这个心情，你体会得到吗？"麦尔妲恳求般地以双手掩住心口。

麦尔妲从眼角瞥见了瑟云的反应。瑟云以既惶恐又敬佩的眼神凝视着她，眼睛上下打量，仿佛他能看透她的斗篷。"黛萝。"瑟云突然说道，"那无足轻重。你说得这么严重，那就跟小孩子一样没见识了。求求你，让我私下跟麦尔妲谈几句吧。"

"瑟云！"黛萝气愤地驳斥道。

黛萝恼了，因为瑟云讽刺她仍是小孩子，不过麦尔妲可不希望让事情朝这个方向发展下去，黛萝若是气起来，说不定会到处讲闲话。于是麦尔妲迟缓呆滞地朝黛萝伸出手，并劝慰道："我知道你只是想保护我而已。我之所以珍惜我们的情谊，就是因为这一点啊。不过，我敢说你哥哥是绝不会伤害我的。"麦尔妲直视着黛萝的眼睛，"我看得出你的一番心意，也体会得到瑟云的诚心诚意。你们兄妹俩都是高尚正直的人，所以我不怕与他单独相处。"

黛萝的眼睛亮了起来，随后退开几步，好让瑟云与麦尔妲两人独处，嘴里则说道："噢，麦尔妲，你心思玲珑，一点就透。"黛萝不但大受感动，同时也退回亭阁之中。麦尔妲转回身面对着瑟云，接着拉紧斗篷把自己裹住，她知道这样一来更显得她腰细臀丰。她抬起头，腼腆地对瑟云一笑。

"瑟云，"麦尔妲叫出他的名字，喟然一叹，"说来惭愧，我竟得把话说得这么明白，但是情势使然，我不得不如此。我并不求你把今日拥有以及日后会继承的一切拿来应用，不过若是你能自由地拿出来，又不会惊动他人的东西，那么我会心怀感激地接下来。但是对我而言，最重要的是希望特雷家族能够声援我们家。明天商会要召开会议，我会出席，希望到时候你也能来。如果你能说动令尊，请他出席会议帮我们说几句话，那么我们家的受益可就大了。毕竟，我们家的活船以及我父亲落在海盗手里，不只是我们家损失惨重，而是会影响到所有缤城商人的大事。这些杀人不眨眼的海盗如果连活船都敢抢，还有什么事情做不出来？如果海盗连把缤城商人父子扣留为囚都不怕了，那么还有谁能安全无虞？"麦尔妲越说越激动，最后大胆地拉住瑟云的手。"如果特雷家族能够与我们家族结合——"说到这里，麦尔妲的声音沉了下来，"——那么，说不定我外祖母会重新考虑雷恩的婚约。说不定外祖母会看出……除了雷恩之外，还有……更好的佳配。"

麦尔妲松手放开瑟云，心里怦怦直跳。在激动之余，她整个人都发热起来。现在瑟云会拥她入怀，热情长吻，就像吟游歌者唱的那些长篇爱情歌曲的结尾一样。她半闭着眼睛，等着瑟云的嘴唇贴上来，想得人都轻飘飘起来了。

不过瑟云既没有拥抱，也没有热吻她，反而双膝跪下，对麦尔妲发誓："明天晚上我一定出席商会会议。我会跟父亲一谈，请他以特雷家的名义声援你们家族。"瑟云敬慕地抬头望着麦尔妲，"我要让你和你家人亲眼看到，我的确配得上你。你到时候就知道了。"

麦尔妲过了半晌才想出一句合宜的说辞，毕竟先前她一直认定此时瑟云一定会吻她。她到底是哪里做错了？"你我的确适配，这点我从未怀疑过。"麦尔妲最后结巴地说道，心里失望得不得了。

瑟云慢慢地站了起来，他低头望着麦尔妲，眼睛闪闪发亮。"我一定不负所望。"他保证道。

麦尔妲等待着。照她想来，瑟云说不定会突然抱住她，激情地拥吻起来。一想到那一刻，她只觉得皮肤都刺激麻痒了起来。她大胆地直视着瑟云的脸庞，眼里燃着热情的火焰。她润湿了双唇，仿佛邀请般地轻轻张开口，同时扬起下巴，凑近瑟云。

"那么就明天见了，麦尔妲·海文。"瑟云激动热切地说道，"明天你就能看到我言出必行。"

话毕，瑟云严肃地对麦尔妲一鞠躬，仿佛这不是夜半私会，而是午茶之后的告别。瑟云转头对妹妹说道："走吧，黛萝。我该带你回去了。"他猛一转身，黑斗篷翻飞起来，大步地走入夜色之中。

"麦尔妲，再见了。"黛萝轻叹道，轻轻摆手道别，"我也会请母亲让我去参加商会的会议，说不定我们可以坐在一起。到时候见了。"黛萝突然转身，匆匆地追上前。"瑟云，等等我！"

一时间，麦尔妲难以置信地站在原地。她到底是哪里做错了？瑟云怎么没有赠礼以示情意，也没有热情的拥吻呢……他甚至没有恳求她让他送自己走一段路回去。麦尔妲恼得眉头都皱了起来,然后她突然领悟到自己想错了。这错其实不在她自己,而出在瑟云身上。麦尔妲不禁摇头,这个瑟云啊,就是不够男子气概,才会让她大失所望。

　　麦尔妲转身拾步朝宅子走去。她想到这些,眉头皱得更紧了,不过她一意识到这一点,就赶快松开眉头,她可不希望日后像她母亲那样额头上都是皱纹啊。刚才她是因为想起贝笙而皱起眉头的。一开始,贝笙对她粗鲁至极,不过等到她请他喝咖啡,又稍微跟他调了一下情的时候,他的反应可是很激烈的。麦尔妲敢打赌,若是她今天晚上私会的对象是贝笙,而不是瑟云,那么她一定会被吻得喘不过气来。想到这里,她像触电般地颤抖起来。倒不是说她喜欢贝笙,他那一身海盗式的丝绸衣衫加上长长的八字胡,看起来粗俗得可以,况且他进门的时候身上仍带着船上的臭味,双手处处疤痕,又结了茧皮。所以说,她才不喜欢贝笙哩,在她眼里,他这人一点魅力也没有,不过他随时找机会偷瞄艾希雅阿姨一眼的光景倒挑起了她的兴趣。那个水手望着艾希雅阿姨的目光就像饿猫看待猎物一样热切。艾希雅从头到尾都没有正视贝笙的眼睛,就连跟贝笙讲话的时候也故意望向他处,或者打量窗外,或者搅动茶水,或者挑着指甲。而艾希雅越是避着贝笙的目光,贝笙就越是失望,所以他一再地找话跟艾希雅说。后来,艾希雅甚至走到火炉前的地上坐下来陪瑟丹,她紧握着瑟丹的手,仿佛这个小外甥能够保护她,使她免受贝笙热切眼神的侵扰。

　　在麦尔妲看来,她母亲和外祖母都没看出个中端倪,不过她看到之后已经猜到几分。她打算把他们两人之间的关系弄个清楚。艾希雅到底有什么窍门,能让男人用那种眼神望着她,这点她一定要搞懂。她要讲什么话才能让瑟云如此激情地望着她呢?想到这里,麦尔妲又摇了摇头。不对,这个瑟云是不行的。麦尔妲把瑟云拿来跟他哥哥一比之后倒开了眼界。瑟云仍只是个小男生而已,所以他的眼神既没有热度,也没有力道,说起来,这个瑟云不过是条斤两不够的小鱼,就算逮到了也嫌太小,只有丢回海里去的份。相较之下,雷恩可比瑟云热情多了,每次相会,雷恩都会送礼物给她。麦尔妲伸出手,轻轻推开厨房的门。经历了这一切之后,今晚她说不定会把梦盒拿出来用了。

贝笙站了起来。桌上搁着他点的啤酒，但是他一口也没喝。他转身离开酒馆之际，眼角瞥见有个人鬼鬼祟祟地把那杯啤酒拿去喝了。他不禁苦笑，瞧他选了什么好地方来买醉了，原来到这里来的酒客都是一无所有的天涯沦落人哪。

走到酒馆外，眼前是一片缤城夜景。贝笙身在缤城最粗鄙的角落，他所光顾的是离港口不远的低劣酒馆，而这条街上除了这样的去处之外，尽充斥着仓库、妓院和赌场。贝笙知道他应该回春夕号去，芬尼还在等他的消息呢，但是他对芬尼无话可说。他突然动了一念，干脆他就不回去算了，永远都不回去了。再说，芬尼船长又不会上岸来找他，他也该跟这个行业一刀两断了。当然，这意味着他口袋里的辛丁吃完以后就会断货。他停下脚步，摸索着口袋里那根辛丁。辛丁已经变得很短了，是不是他又掰了一段来吃了？也许吧。贝笙惆怅地把最后一段辛丁塞回口袋里，继续沿着黑暗的大街走下去。他曾经跟艾希雅一起在晚上走过缤城的大街，那时距今还不到一年呢。还是忘了吧，毕竟那一幕是不可能重演了，如今艾希雅要跟葛雷·坦尼拉去散步了。

好啦，如果他不回春夕号，那要去哪里？他心里徬徨着，脚却已经知道了答案。他那双脚带着他远离闹市区，远离灯光，来到一处空旷的沙滩，也就是派拉冈号晾着的地方。贝笙脸上扭出了一抹笑容。有些事情永远也不会改变，他又近乎身无分文地回到缤城来了，而堪称为他朋友的则是一艘被人遗弃的空船。他跟那艘船是同病相怜，他们两个都是不见容于社会的人物。

在夏日的星空下，一切都显得平静安祥。海浪一波接着一波地拍在岸上。微风轻起，正好让他不至于走得流汗。要不是他心里凡事都觉得不舒服的话，这倒可以算是个可爱的夜晚。

然而在这样的心情下，贝笙只觉得拂面而过的风十分空虚，星光显得寒冷。吃了辛丁使他精神一振，可是此时这么好的精神不过是让他更醒觉地感受到内心苦恼不解罢了。举例而言，莎神在上，这个麦尔妲到底在搞什么鬼啊？她那样注意他，到底是在追踪他、嘲笑他，还是在讨好他？贝笙到现在仍不知道她应该算是孩子还是成人。麦尔妲一见到母亲回来,便换成一副娴静矜持的小姐样,只是偶尔仍抛出一两句尖锐的评语,看她一脸清纯,仿佛只是碰巧言语惊人而已。不过,麦尔妲虽然在母亲和外祖母回来之后显得特别端庄,贝笙仍好几次察觉到她在凝视着自己,而且她往往以推敲的眼神先瞧瞧他,再瞧瞧艾希雅,表情不甚和善。

贝笙劝自己,艾希雅之所以一晚上都没有正视他,不为别的,就是因为麦尔妲之故。她一定是不想让小外甥女猜测到两人之间以眉眼传情吧。在接下来走的这三大步之间,贝笙深信事实就是如此。但接着他就郁郁地坦白承认,今天晚上从头到尾,艾希雅都没有流露出一点对他亲切或是感兴趣的迹象。她对他一直都很客气,不过她的态度就像凯芙瑞雅对待他这个客人的彬彬有礼一般,既没有多一分,也没有少一分。艾希雅不愧是艾福隆·维司奇的女儿,虽说他带来的是坏消息,她却仍优雅从容地待客。唯一有失于仪节之处是罗妮卡说要准备房间让他在宅子里过夜,而且凯芙瑞雅也以时刻已晚、他看来又疲倦为由请他留宿时,艾希雅却噤口不语。贝笙就是因为看到她的反应而决定离去。

艾希雅看来好可爱呀,噢,她是不像她姐姐那么迷人,也不像麦尔妲那样把人骗得团团转。凯芙瑞雅和麦尔妲都是精心打扮以展现女性丰采的人,她们从化妆擦粉、费心梳就的发型到衣饰的选择,处处都衬托出她们最美的那一面。艾希雅才刚从街上回来,凉鞋上都是灰尘,头发有点散乱,额头和颈后浮出一层薄汗;她那红红的脸颊散发出夏日的温暖,那有神的眼睛就像缤城的市场一样朝气蓬勃;她的裙子和衬衫式样都很简单,显然是着重于能够行动自由,而不是强调优雅高贵,就连她抓着麦尔妲走进房里来的时候,都特别让贝笙感觉到她活力十足。她既不像是满载号上的那个打杂小弟,甚至也不像是薇瓦琪号上那个船长的女儿了。在缤城待了这一阵子,她的头发和皮肤都丰润起来了,装扮比较柔和,也不是以实用为考量,她看来就像是缤城商人世家之女。

所以显得高不可攀。

贝笙心里一下子飘过无数奇想。要是他还是特雷家产与名号的继承人就好了;要是他当初听从维司奇船长的话,存了些钱下来就好了;要是艾希雅继承了薇瓦琪号，继续留任他做大副就好了。但这些都是空想，因为他不能奢望他父亲会再度承认这个儿子，而他赢得艾希雅芳心的机会也是一样渺茫。所以，丢开吧，凡此种种，都是空想。他继续步入空虚的夜。

他把辛丁条的纤维连带满口的苦涩味一起吐出去。繁星满布的夜空映照出派拉冈号那黝黑的船壳，贝笙闻到一丝烧柴生火的味道，不知道是从哪里传来的。离派拉冈号不远了，贝笙开始一边走一边大声地吹口哨。他跟派拉冈认识久了，知道他不喜欢被人吓到。走近了之后，他快活地对派拉冈叫道："派拉冈！你还没被人拿去当柴烧呀？"

暗影中传来冷冷的声音，制止了贝笙的脚步。"来者何人？"

"派拉冈？"贝笙困惑地问道。

"不，我才是派拉冈。如果我没听错的话，你应该是贝笙。"那船打趣地说道，又轻轻地补了一句，"琥珀，他不会害我的，你把木棍收起来吧。"

贝笙凝视着那黑影，原来有个修长的身影站在他和船中间，一副蓄势待发的模样。接着那人影一动，把木棍靠在一块大石头上，贝笙听到硬木与岩石相碰的声音。她是琥珀？那个做木珠的？她坐了下来，大概是坐在凳子或石头上吧。贝笙大着胆子走上去："嗨。"

"嗨。"她的声音虽友善，却颇为戒慎。

"贝笙，我给你介绍一下，这是我的朋友，她叫做琥珀。琥珀，这位是贝笙·特雷。贝笙这个人你多少知道一点，你搬进来之前，清出去的就是他的东西。"派拉冈以少年的声调说道，兴奋得喘不过气来。重逢故人，派拉冈显然很高兴，他在调侃贝笙的时候颇有少年那种夸大其词的口气。

"搬进去？"贝笙听到自己追问道。

"噢，是啊，现在琥珀住在我里面了。"派拉冈迟疑了一下，才继续说道，"噢，你来找我，大概是为了找个地方过夜，对不对？这个嘛，你知道我船舱里有的是地方，只是她占了船长室的房间，并且在船舱里堆了些东西。琥珀，你不介意吧？贝笙无处可去又缺钱用的时候总是到我这里来睡。"

琥珀不语，不过这停顿的时间稍长，已经不能算是礼貌的停顿，而是迟疑反对了。贝笙听出琥珀答话的时候口气有点不安。"你属于自己所有,派拉冈,你自己做主就可以了。你想邀请谁上船,就邀请谁上船,无需问我。"

"这倒是。呼,不过如果我属于自己所有,那你何必非要把我买下来不可?"现在派拉冈在调侃她了,像个少年似的,因为觉得自己讲得很好笑而嘻嘻笑了起来。

贝笙倒不觉得这有什么幽默的,这个女人想买活船?"活船是不能买卖的,派拉冈。"贝笙柔声纠正道,"活船是商人家族的一分子,如果没有家族成员同行,你是不能开航的。"他低声补了一句:"其实把你孤零零地丢在这里摆这么久也不好呢。"

"我才不是孤零零的呢,现在我可有伴了。"那人形木雕反驳道,"琥珀几乎每天晚上都到我这里来睡,而且每隔十天,她就放一天假,整天陪我。就算她把我买下来,也不会开我出海。她只是要把我扶正,在那边的悬崖上帮我建个花园,而且……"

"派拉冈!"贝笙以近乎严厉的口气制止道,"你是大运家族的活船,大运家族不能把你卖掉,琥珀也不能将你买下来。再说,你也不是拿来养花莳草的大花盆,跟你讲这种话的人真是太残忍了。"贝笙怒目瞪着那个静静地坐在暗影中的削瘦人影。

琥珀一下子站了起来,她抬头挺胸地朝贝笙走去,仿佛是个男人,打算找贝笙打上一架似的。她说话的时候声音紧绷,但还算稳定:"如果事实果真如你所言,那么残忍的根源乃是大运家族。多年来,他们任由派拉冈孤独地待在这里胡思乱想、任其凋零。如今时代变了,缤城的一切好像都可以用钱买来,所以他们就开始考虑新商出的价钱。而那些新商,他们可不会把派拉冈弄成'大花盆'。差远了,他们只会把他切成碎片,当作是珍奇有趣的玩意来卖。"

贝笙听了,吓得整个人麻木起来。他出于直觉地伸出一手贴在银色船壳上,以免派拉冈紧张不安。"你放心,事情不会到那个地步。"他沙哑地对派拉冈劝慰道,"如果真有那种事,所有的商人家族一定都会群起反对。"

琥珀摇了摇头。"你已经离开缤城很久了,贝笙·特雷。"她转过身踢一踢沙地，逐渐熄灭的炭块冒出一两个火星。琥珀弯下身，过了一会儿，冒出几个小火苗。贝笙不发一语地望着她先加几根细枝，再添几根粗干，把营火烧得旺了些。"请坐。"琥珀的语气疲倦，接着她以握手言和的语气补充道，"刚才那样的初会实在太糟了，其实我还一直期待你回到缤城来呢，我一直希望你跟艾希雅能联手，在这件事情上帮我一把。艾希雅最后也不得不同意由我把派拉冈买下来可能对他是最好的。如果你肯跟她一起出面，那么我们说不定可以一起去拜访大运家族，请他们讲讲理。"她抬起头迎向贝笙那不以为然的目光，问道："你要不要来一杯茶？"

贝笙僵硬地在一根浮木上坐了下来，并尽量以闲话家常的语气说道："活船要出售，这种事情艾希雅怎么会支持呢？难以置信。"

"我只是把事实原原本本地告诉她，她就应和了。"在火光的映照下，琥珀朝派拉冈的方向使了个眼色。那个姿态很明白，她不想在派拉冈面前深入讨论细节。贝笙心里有千百个问题等着要问，但是他也佩服琥珀的高见。派拉冈今天晚上的兴致挺好，他们犯不着惹得他气愤怒骂。就目前而言，贝笙最好是讲一两句幽默的话，至于能听到多少消息就不必讲究了。琥珀继续以自然的声音说道："这么着，我知道派拉冈一定很高兴见到你，也很想听听你在外的经历。你回来缤城多久了？"

"我们今天才进港。"贝笙答道，之后是一片沉默。他陡然想起这个情境有多么古怪，琥珀这个对应方式好像是在家里奉茶待客的缤城女主人。

"那你会在缤城久留吗？"琥珀追问道。

"我不知道，我回来是为了告诉艾希雅我看到薇瓦琪了。薇瓦琪落在海盗手里，我不知道凯尔和温德洛是不是还活着，也不知道其他船员是生是死。"贝笙还来不及考虑讲这些消息是否明智，嘴里就滔滔不绝地讲出来了。

琥珀的声音听来是真的很忧心："艾希雅知道了吗？她有什么反应？"

"她当然很伤心。明天她要去缤城商会吁请商会援助，好把她的船救回来。不过最麻烦的是，这个叫做柯尼提的可能不要赎金，他想把船留为己用。要是温德洛或凯尔还活着，那么柯尼提最好善待他们，免得薇瓦琪发疯——"

"海盗，"要不是派拉冈的语气恐惧至极，否则听来很像梦呓，"海盗，我知道他们。他们在你的甲板上杀，杀，杀。人血流下来，吸到木料里去，直到你的木料里充满了生命，多到你都找不到自己的生命在哪里。他砍掉你的脸，再把你底舱的通海阀通通打开，你就沉下去了。最糟的是，他们竟然留你不死。"派拉冈那男童般的嗓音越来越高亢，直到破了嗓，声音尽失。

贝笙与琥珀四目相对。琥珀眼里是不言而喻的恐惧，她和贝笙同时起身，伸手去摸派拉冈，但派拉冈制止道："别碰我！"他的声音低沉粗哑，那是成年男子慌乱至极的命令语气。"离我远一点，你们这些忘恩负义的臭虫！净往粪堆里钻的臭鼠！你们根本就没有灵魂！你们对我太残忍了，若是有灵魂的人才下不了手呢！"派拉冈虽然眼盲，头却仍东转西转，那一双巨大的手则紧紧地握成拳头，左挥右挥地出拳保护自己，"把你们的回忆拿走，我才不要你们的生命，你们快把我给淹死了！你们希望我忘记自己是谁……忘记自己从前的身份。才不呢！"派拉冈隆声吼出最后这三个字，然后他的声音滑了下来，变成狂野的大笑，讲了一连串不堪入耳的脏话。

"他不是在跟我们讲话。"琥珀低声对贝笙劝慰道，但是贝笙没她那么笃定。贝笙并未伸手去摸船，琥珀也不敢躁进，反而攀着他的手臂，引导他转身走入黑暗中的沙滩，远离派拉冈号。他们身后传来派拉冈激烈地大骂脏话、不断诅咒的声音。等到两人走到火光所及的范围之外，琥珀便停下脚步，转身面对他，但仍然压低了声音，叮咛道："他的听力灵敏得很。"琥珀朝派拉冈瞥了一眼，"要是碰上这情况，还是让他自己独处一下比较好，要是你跟他讲道理，他反而会更激动。"琥珀无奈地耸了耸肩，"所以他得靠自己的力量回到正轨上才行。"

"这我明白。"

"我知道你明白。你大概也看得出来，派拉冈已经快要被逼入绝境了，他一天到晚都深恐他们来找他。活船不睡觉，所以他无法通过睡眠暂时休息。如今，他几乎每天都退避到疯性之中，以此来求得解脱。我小心地不让他心烦，不过派拉冈并不笨，他知道他的生存遭到威胁，而且他无能为力。"即使在黑暗之中，贝笙都能感受到琥珀那凝视的力道。"你非得帮帮我们不可。"

"我也无能为力。我不知道那船或艾希雅·维司奇是怎么说的，竟然会让你以为我颇有势力，但是你别想错了，事实恰好相反。凡是我支持的事情，上流的缤城人就理所当然地排斥。我跟那船一样，都是不见容于社会的人物啊。少了我碍事，你的目标可能还比较容易成功哩。"贝笙望着琥珀，摇了摇头，"倒不是说我认为这事能成功。"

"这么说来，我现在就应该放弃啰？"琥珀淡淡地问道，"干脆任由派拉冈日益疯狂下去，直到有一天，那些新商来了，拖走他，把他砍成碎片为止？如果真有那么一天，那么事后你我会怎么说呢，贝笙？到时候，我们是不是要说，这事我们无能为力，而且我们根本不相信事情会到那个地步？这样说，我们就能脱罪吗？"

"脱什么罪？"贝笙生气起来，这个琥珀竟然暗示这混乱的局面他也有一点责任，"我又没做什么，也没起歹念，我本来就没罪！"

"世上的邪恶有一半是因为正直的人袖手旁观、什么也不做而起的。光是这样并不足以遏止邪恶，贝笙。人们必须努力去做正确的事情，就算你们认定自己无法成功，也不能歇手。"

"就算明明是白费工夫，也得试试看吗？"贝笙讥讽道。

"那就更得试试看了。"琥珀温柔地说道，"世界像座冷冰冰的石墙，不过你照样要把热腾腾的心往石墙上撞。贝笙，你用力地往石墙上撞过去，一心为善，而且不计代价。就是这样。"

"这是要干嘛？"贝笙问道，现在他是真的生气起来了，"找死吗？就为了要逞英雄？"

"也许吧。"琥珀退让道，"也许是为了要行英雄之道吧。但你若要解救自己、成为大英雄，那么你必得如此。"琥珀歪着头打量他，"别跟我说你从来没有过要当英雄的念头。"

"就是没有。"贝笙反驳道。派拉冈仍在激烈地咒骂着什么人，他口齿不清，像是喝醉了一样。贝笙转头凝视着那艘船。这个女人到底要他怎样？他是无能为力的,既帮不上那艘船,也帮不上任何人。"我这辈子别的不想,只想好好地过我自己的人生。我甚至连这一点都做不到。"

琥珀低声笑了起来。"那是因为你总是袖手旁观、转头不看,而且躲得远远的呀。"她摇了摇头,"特雷啊,特雷,你睁开眼睛瞧瞧。这个剪不断理还乱的毛线团就是你自己的人生啊。你一再蹉跎,只冀望着人生会自动变好,这有什么用呢?"她又笑了起来,眼神与声音似乎飘到了远方,"人人都认为所谓的勇气就是临死不惧,但其实这一点每个人都做得到。人人都能憋着气,直到把自己憋死为止,叫也不叫一声。然而真正的勇气是面对人生而不惧。只不过我所指的并非那种虽然很艰难,但最后终能荣耀加身的路径;我所指的是,为了做正当的事情而忍受寂寥、不方便和一片狼藉等,才算是勇敢。"她歪着头再度打量着他,"而我想,你一定能做到这一点,特雷。"

"停,别叫我特雷。"贝笙低吼,听到别人叫他的家族姓氏,就像是在他的伤口上洒盐一样不舒服。

琥珀突然抓住他的手腕。"不,你才要停一停。你别一想到自己,就想到你是被父亲断绝关系的儿子。虽然你没达成父亲的期望,但这并不表示你就不是一号人物。然而这也并不表示你就是完美的。你停一停,别再把你犯过的每一个错误当作是可以继续自暴自弃的借口了。"

贝笙扭着手腕甩开了琥珀的手。"你是什么人,竟敢跟我讲这些?你算是什么东西,怎么会知道这些?"他在苦恼悔恨之中终于想到琥珀之所以会知道这些,一定是艾希雅透露出去的。艾希雅跟她讲了多少?贝笙望着琥珀的脸,心里便有了答案:艾希雅把自己的一切通通告诉她了,通通讲出去了。贝笙转身抛下琥珀,大步走开,心里只希望这暗夜能够将他完全吞噬。

"贝笙?贝笙!"琥珀低声叫道。

贝笙脚下不停地继续走。

"特雷,你要走到哪里去?"暗夜中传来粗嘎的叫声,"世上有什么地方,能让你避开自己?"

唉。不知道,这个他答不上来。

拖鞋因为沾了露水而湿透，所以麦尔妲把湿拖鞋丢到衣柜角落里，又拿出一件暖和的袍子出来换上。虽说夏夜的气候挺温和，但是出去走这么一趟还是令她冷得发寒。麦尔妲从架子上取下梦盒，那一包灰色的粉末藏在一大袋治头痛的药草之中。她伸手到药草袋里翻找一番，捞出粉包，拂去沾在上头的药草屑。她在拉开粉包的系绳时，兴奋得震颤了一下。她把粉末倒入梦盒之中，又抖一抖粉包，免得粉末残留在里面，那样就可惜了。一时间，细微的粉末飘散在空气之中，弄得麦尔妲鼻子发痒，打了个好大的喷嚏。她赶快把梦盒的盖子盖起来。此时她觉得喉头怪怪的，好像有点酸麻，又觉得有些温暖。"把梦盒摇一摇，以便将粉末摇匀，之后把梦盒放在床边，等一段时间，再打开盖子。"麦尔妲对自己吩咐道。她走到床边摇匀梦盒里的粉末，接着拉开被子，爬上床，并把梦盒放在床边，把盖子打开。她轻吹一口气，熄灭蜡烛，这才躺到枕头上去。她闭上眼睛，开始等待。

等呀等。等呀等。

问题是，因为一心想着要睡着做梦，所以她反而睡不着了，不过她还是坚决地闭着眼睛。麦尔妲试着想一些令人昏昏欲睡的念头，但是并未奏效，因此她干脆想着雷恩。由于瑟云的表现让她非常失望，所以如今想起来，只觉得雷恩变得更加迷人。雷恩有一次趁机偷偷搂了她一下，感觉起来，他肩宽胸厚，相形之下，瑟云搂住她的时候，她只觉得他身材单薄。麦尔妲又考虑了一下，嗯，换作是雷恩的话，一逮住机会，一定会吻她的。想到这里，麦尔妲的心怦怦地跳得很快。

一想到雷恩，她的心里便起了汹涌的波涛。雷恩赠礼不断，对她又殷勤倍至，使她十分受用。雷恩家财势惊人，这点颇令人动心，尤其这一年来家里很拮据。虽然雷恩戴着手套、覆着面纱，但其实有时候麦尔妲也不以为意。在她看来，反倒因此觉得他颇有神秘感，她可以借此想象那面纱掩住的是一张俊美的脸孔。雷恩一手轻捧着她的手，一手轻拢着她的背，并以优雅的姿态引领她踩踏出精巧的舞步时，她从雷恩的手劲之中感受到他的灵巧与力道。麦尔妲只有偶尔才会猜疑,他的面纱之下会不会藏着扭曲多瘤的五官?

不过在与他分隔两地之后,她的心思就飘摇不定了。更糟的是,她的朋友们异口同声地可怜她的处境,人人都断定雷恩的容貌丑到不能见人。麦尔妲一半信以为真,一半倒怀疑她们这样说只是因为嫉妒雷恩致赠豪礼,又对她非常殷勤。也许她们很羡慕她有这么好的对象,所以才把雷恩说成丑八怪。唉,她也不知道自己到底有什么感觉,也说不上自己心里有什么想法,现在她就是睡不着。看来这包珍贵的梦盒粉是白糟蹋了。样样事情都不对劲。麦尔妲在床上翻来覆去,不但心思混乱,身体也因为不知名的渴望而静不下来。麦尔妲心里想道,要是父亲回到家来,把一切恢复就好了。

"我要出去。你怎么不帮我?"

"我帮不了你啊,你找我帮忙是强人所难。求求你,以后别找我帮这个忙了。"

龙的态度转为轻蔑:"是你不肯帮忙。你明明帮得上忙,却不肯出手。我不多求,只求照得到阳光就好了,你只要打开护窗板让阳光照进来,剩下的我就可以自己来了。"

"我已经跟你说过,你现在所处的大厅位于地底下。我敢说,当年这房间一定有大窗户,又有方便开合的护窗板,但是现在整幢建筑物都深埋在地下,四周都是泥土,泥土上又长出了大树。你现在是埋在覆盖着森林的山丘下啊。"

"你口口声声说你是我的朋友,但如果真是这样,你就应该把我从地里挖出来,让我重获新生。我不能总是困在这里,求求你放了我吧。这不只是为了我,而是为了龙族啊!"

雷恩在床上翻来覆去,把被子弄得更皱了。他觉得自己没有真正睡着,也不是在做梦,但也不是醒着。如今那母龙几乎每晚都来骚扰他,雷恩一睡着,龙就出现在他眼前。那龙以大如车轮的古铜色眼睛直视着他,看穿了他整个人。龙那巨大的椭圆眼瞳犹如漩涡一般不断旋转,他既无法转开头望向别处,也无法从梦境中苏醒。母龙困在巫木的龙茧里,雷恩也跟母龙一起困在其中。

"你不懂啊，"雷恩在睡梦中喃喃地说道，"如今不只窗户和护窗板，就连大厅的圆顶也深埋在地底下，所以阳光是怎么也照不进大厅里的。"

"那你就打开主门把我拖出去呀。你可以在我身下铺设滚木，用马队来拉。总之把我拖出去就对了，至于你要怎么拖，我无所谓，但是你一定要把我送到阳光之下。"

雷恩费尽口舌，但是这母龙却怎么也听不懂，他仍耐着性子解释道："这我办不到。你太大了，一个人拖不动，其他人又不可能帮我。就算我能调动工人和马队也没用，那扇门已经卡死了，现在我们连门原来是怎么启动的都看不出来。况且门深埋在地底下，若要把门打开，就得先调派工人把前面的泥土清掉，但那得花上好几个月的工夫。然而就算门前的泥土都清掉了，恐怕门也打不开。因为长久以来，门的结构已经变得很脆弱，若是硬要打开，说不定大厅的整个圆顶都会崩垮，到时候你会埋得比现在更深。"

"我不管！你也不用想那么多，反正把门打开就对了。再说，我可以让你知道门是怎么打开的。"母龙的声音变得甜腻诱人，"我可以让你知道整个大城的秘密，只要你答应把门打开就行了。"

这绝对不行。雷恩摇摇头，并感觉到头无论怎么摆都会沾到汗湿的枕头。"那可不行。那一来，我会被你的记忆淹没，那对你我都有没好处。我们人族若是被记忆淹没就会疯掉，你别想以此来诱惑我。"

"那你就把门打坏啊。只要拿斧头来砍、铁锤来敲，门哪有不坏的道理？就算门坏了，倒在我身上也无所谓，毕竟就算主门崩垮下来压死了我，也好过我困在这里动弹不得。雷恩啊雷恩，你为什么不肯放了我呢？如果你真是我的朋友，就应该把我放走才对。"

听到母龙这一番痛心疾首的话，雷恩也痛苦地扭动起来。"我是你的朋友啊，我真的是跟你站在同一边的。我很想放你走，可是这光靠我一个人是不够的，我必须先说服别人来帮我，我们再想个办法把你放走。耐心一点，我求求你，耐心一点吧。"

"我都已经心狂意乱、穷极困顿至此了，你还跟我谈什么耐性？你可知道这个处境有多么煎熬？雷恩啊雷恩，你这样很残忍，你到底懂不懂！这等于是在残杀我们龙族，让我们龙族绝后。放我出去！放我出去！"

"我办不到！"雷恩怒吼道。他睁开眼睛，眼前幽幽暗暗，这是他自己的卧室。雷恩坐起来，喘得跟摔角的人一样厉害。他坐起来的时候，身体缠绞在汗湿的被子里，像是裹在裹尸布里似的。他扭动着从被子里挣脱出来，赤身裸体地走到房间正中央。窗户开着，夜晚的清凉空气缓解了他发烫的身体。他以手指梳过丰厚的卷发，把汗湿的头发拨松些，好快一点吹干。他搔搔头皮上新长出来的垂瘤，毅然决然地放下手。他走到床边，抬头一望。

雨野原的崔浩城是凌空架在雨野河岸大树上的聚落，雷恩若是从家里的这一边俯瞰下去就可以看到雨野河，若是从家里的另一边抬头仰望则可透过树间看到古城的零落灯火。古城的开挖与探索是日夜不停的，毕竟开挖的是地底深处的厅堂廊道，所以无论外头是白天或黑夜都没什么差别，反正到了地底下就是无尽的黑暗。而戴冠公鸡大厅里、巫木棺材之中，也是无尽的黑暗。

雷恩再度考虑要把连日以来的梦魇告诉母亲，但想想还是作罢，因为他知道母亲会有什么反应。母亲听到之后一定会派人把最后那一根巫木大材劈开，将藏于巫木中那个庞大且柔软的躯体丢在冰冷的石地上，再把珍贵的巫木"原木"裁为造船用的木板与木柱。雨野河的河水腐蚀性极强，雨野原人从头到尾也只发现巫木这一样材质在面对强酸的雨野河水时不为所动，就连河岸上的大树和灌木落入河中之后，若是树皮稍有破裂，也会被河水腐蚀。雷恩注意到，即使是在浅水处觅食的长脚飞禽，脚上也因为河水的烧灼而长出了节瘤。只有巫木这一样材质是雨野河的白浊河水所奈何不了的，而库普鲁斯家族则握有最后的，也是材积最大的巫木原木。

如果雷恩能自由调度人手，那他真的会想个办法使那根巫木暴露在阳光之下，看看里面会跑出什么来。但是这么一来，巫木大材就毁了。雷恩看过一幅破烂的织锦画，看来像是巫木孵化的景象：有个软弱的白色生物从受潮的巫木残骸中探出头来，那个白白的生物还咬了一大口巫木的残片，像是要把之前困住自己的茧壳囚牢给吃下去。那生物的眼神粗野残酷，而周遭那一群目睹此景、看来颇为肖人的生物则显得很吃惊，但看不出那到底是敬畏还是恐惧。有时候，雷恩细想也会觉得自己的想法太过疯狂，这种生物如此恐怖，他何必要冒险将其释放出来呢？

可是这生物的族类尽皆灭绝，仅剩这一个了。也就是说，这是世上最后一条真龙了。

雷恩回到床上。他躺下来，想一些能够让自己得到休息却又不至于睡着的念头。他若是睡去，就会再度沉入龙梦之中，无法自拔。他在疲倦之余想起了麦尔妲的事情。他想起麦尔妲的时候，心中往往会充满喜悦与期待。她是如此可人，如此有活力，又如此清新，他从麦尔妲的任性之中看出了她潜藏的力量。他知道她的家人对她是什么看法，说起来，那些看法也不是无的放矢，毕竟麦尔妲这个人既顽固又自私，并且恃宠而骄。她是那种会倾尽全力保护自己的女人，不管她想要什么，都会一心一意地追求，不达目的绝不罢休。要是他能够赢得她的芳心，那她可是个十全十美的伴侣。麦尔妲跟他的母亲一样，都是会为了保护、引导子女而紧紧掌握财富与权力的女人，所以就算他早早进了坟墓也可以安心。其他人会说，雷恩的妻子为了保卫他们家族，行事冷酷无情、不顾非议，不过他们说这话的时候难免会带着羡慕的语气。

要是他能赢得她的芳心……问题就在这里。他离开缤城的时候，心里十分笃定自己大获全胜，但是麦尔妲却一直没用梦盒来与他相会。两人分开之后，他只收到一张她寄来的短笺，内容端庄平常，此外就没了。雷恩悲不自胜地翻来覆去，闭上了眼睛，他在模模糊糊之间睡着了，而且做了梦。

"雷恩，雷恩，你得帮帮我啊。"

"我帮不上忙。"他呻吟着。

麦尔妲的身影从黑暗中浮现出来。她美得脱俗，异世界的风吹起了她的白睡袍，她的黑发飘浮在黑夜之中，眼里则充满了神秘。她只身一人走在全然的黑暗之中。雷恩知道这是什么意思，这意味着她是为了找他而来。她既没设下场景，也没有构思幻想的情节；她是躺下来就做梦，心里只想着他。

"雷恩？"她再度呼唤，"你在哪里？我需要你。"

雷恩略一思索，走进梦境之中。"我在这里。"他轻声说道，不想惊吓到她。麦尔妲转过头，上下打量雷恩的梦中造型。

"你上次没戴面纱。"麦尔妲不满地说道。

雷恩自顾自地一笑。这一次梦中相见，他决定要以比较实际的造型来展现自己，所以他穿着严肃的衣装，手戴手套，脸罩面纱。据他猜测，麦尔妲那一身白色的睡袍很可能就是她今晚入睡时穿的衣裳。他提醒自己，麦尔妲年纪很小，他可不能占她便宜。也许她还不是很了解梦盒的威力吧。"上一次我们在梦中相会的时候，你的意见可多了，而我也是。我们让彼此的想法交融混合，并随之发展。但今晚我们是单纯地相会，也许顺便来点别的。"

雷恩举起一臂，朝黑暗中一挥，周遭便顿时化为他最喜欢的古代织锦画里的山水风景：树皮漆黑、叶子落光的果树上结着闪亮浑圆的黄果子；银色的小溪穿过树林，流入远方的城堡之中；森林地上长着厚厚的青苔，一只叼着兔子的狐狸躲在荆棘丛中瞥着他们俩；前景是一对情侣——但是他们身材太高，不可能是寻常的人类——男人是古铜色头发，女子是金头发，两人搂抱在一起；那女子靠着黑树干，男子则压在她身上。雷恩所想象的是这一对情侣冻结不动，但是那女子突然轻叹一声，歪着头，让那男子更深情地吻着她。雷恩自顾自地笑了，这个麦尔妲，她学得可真快呀。

还是说，她虽促成了他们的动作，但其实并不自知？麦尔妲移开目光，不再凝视那一对热烈的情侣，上前一步靠到雷恩身边，压低了声音讲话，像是不想打扰到那一对深情拥吻的情侣。"雷恩，我需要你帮忙。"

雷恩本来还以为，那郁闷的恳求声是他之前做了龙梦的残象，但一听此语，他立刻问道："出了什么事？"

麦尔妲回头望着那一对情侣。那男子的手慢慢地移到女子所穿的长袍领口，麦尔妲赶快转开脸。雷恩感觉得到她努力把注意力集中在他身上。"事情糟了，海盗掳走了我们家的活船。那个海盗一向有个名声，就是会杀光抢来船上的水手。要是我父亲还活着，我们希望能把他赎回来。可是如今我们已经没什么钱了，债主们若是发现我们家的活船被海盗掳走，就更不可能再多借钱给我们，反而会急着催讨我们赶快还债。"她虽勉强克制，眼神仍不禁飘向那一对情侣，他们越来越亲昵了，麦尔妲因此而看得心不在焉、情绪激动。

雷恩一边庆幸自己自制力强，一边牵起麦尔妲的手，她一点也没有推拒。雷恩以意志力在林中开出了另外一条小径，两人慢慢地沿着新的小径前行，远离那一对激情的男女。雷恩问道："你要我做什么？"

"吻我。"这声调听来丝毫容不得人拒绝。

不过讲话的并不是麦尔妲。他们在另一棵树下遇见了另一对情侣，那年轻男子熟练地揽着那女子的肩头，低头俯瞰着女子骄傲且上扬的脸孔。雷恩虽竭力克制，却仍不禁热血沸腾。那女子挣扎了一下，随即便抱着男伴的头，以便将他的嘴贴在自己的唇上。那对男女的激情让雷恩看得心神不宁，所以他赶快转开头。他拉拉麦尔妲的手，于是两人又继续前行。

"你能做什么？"麦尔妲问道。

雷恩考虑了一下，这并不是通常男女在梦中相见时所谈的话题。他答道："应该请你母亲写信给我母亲。该谈一谈的是她们，不是我们。"

雷恩不禁想着，如果他这么做，他母亲会有何反应？麦尔妲请他帮忙的时候似乎忘了如今那艘活船的借据乃是握在库普鲁斯家族手里。如今库普鲁斯家不但是麦尔妲所害怕的那些债主之一，同时也因为活船落在海盗手里而使这船债更是避无可避。这个情况把好几件事情都纠葛在一起了。活船是有魔法的，而这个秘密必须小心守护，所以买主一定要保证这个秘密绝不让外人所知。雷恩说服母亲买下维司奇家的活船时，他母亲的打算是，短期而言，这艘船可作为致赠给维司奇家的聘礼，而雷恩的期待是，有朝一日，他自己的子女可以继承这艘船。平白损失了一艘船，无论对谁而言都是极大的财务打击。雷恩敢说，母亲听到这消息一定会起而行动，只是他不知道母亲会采取什么行动。雷恩一向对家族的财务兴趣缺缺，那些事情，反正有母亲、大哥和继父在处理，他只要把心思用在研读和考察上头就行了。他钻探古城颇有斩获，而他们则把他的斩获换成金钱。至于他们如何处置金钱，他向来不放在心上。如今他不禁纳闷，自己若是插手财务的事情，他们真的会听他的吗？

麦尔妲一听，立刻就恼了："雷恩，我们谈的是我父亲啊。这样的大事怎么能等我母亲去跟你母亲谈？如果有心要把我父亲救出来，我们现在就得行动了。"

雷恩顿时感觉到自己像是被去了势。"麦尔妲，我没那么大的力量，无法直接帮助你。我不是长子，我上头还有兄姐呢。"

麦尔妲气愤地顿足："我才不信呢。你若是真的对我有心，一定会帮我。"

她的口气就跟那母龙一模一样，雷恩想到这里一下子消沉了下来。

不过，在梦盒的环境中想到这个念头实在危险，他们两人脚下的大地突然震颤起来，片刻之后，大地便猛烈摇晃。麦尔妲攀住树干，免得跌倒。"怎么回事？"她问道。

"地震。"雷恩镇静地答道。在崔浩城，地震是司空见惯的事情。由于人们的居处架在大树上，地震一来，便随着大树摇晃，所以不至于因为地震而受到伤害。但是地底下的挖掘工程却往往因此而崩塌陷落，造成难以弥补的损失。雷恩心里纳闷，这到底是真正的地震侵入了梦中还是想象出来的而已？

"我知道这是地震，"麦尔妲的口气显得很不耐烦，"整个天谴海岸都为地震所苦。我刚才问的是，那个声音是怎么一回事？"

"什么声音？"雷恩不安地问道。

"就是那个好像在刮刮擦擦的声音啊，你没听到吗？"

他当然听到了。不管他醒着也好、睡着也好，龙爪无力地刮擦茧包的声音都成天跟着他，让他时刻心神不宁。"你也听得到？"他吃惊地问道。在这之前，众人都说那声音是他想象出来的，所以他早就学着对那声音听而不闻了。

但是麦尔妲还来不及回答，周遭的景物就开始变了。森林的色彩变得更明亮，温暖的和风吹来果子成熟时的强烈香气。他们脚下的青苔变得坚韧起来，阳光则突然透过树枝的缝隙，斑驳地照在小径上，天空也变得更蓝了。这不再是雷恩记忆中那幅织锦画的景象，不知是谁在梦盒的意象中增添了风味，但是据雷恩想来，这必不是麦尔妲所为。

接下来，地平线上的浓云开始翻腾起来，他更加确定这跟麦尔妲无关。

他恐惧地抬头一望，发现突然刮起的大风把熟透的果子吹落在地，其中一个果子掉在麦尔妲脚边，果肉与种籽散了一地，那浓郁的香味散发出甜腻与腐败的味道。

"麦尔妲，我们该回去了。你回去跟你母亲说……"

闪电照亮了他们头上的天空，继而响起轰隆的雷声。雷恩感觉到自己汗毛倒竖，同时风中也传来一股异味。麦尔妲抖缩着，但仍伸出一指无言地指着天空。飘忽不定的狂风吹乱了她的头发，也吹得她的睡袍紧贴在身上。

有一条飞龙在树林上空盘旋。那母龙拍翅搏击的力量之大，使地上产生了许多气旋。就连薄云之后的艳阳也比不上那母龙的灿烂鳞羽，它那银色的身躯和长翼映照变幻出各种色彩，它的眼睛则是古铜色的。"我倒有很大的力量。"母龙宣称道，它的声音有劈天划地之效，附近有根树枝应声裂开，沉重地落到地上，"成事在我。只要放我走，我就保证让你们如愿。"它大力一拍翅膀，便疾升至高空，慵懒地盘旋起来，身后拖着长蛇一般的细长龙尾。

突然之间大雨滂沱直下，那样盛大的雨势能一下子把人淋湿。麦尔妲颤抖着躲入雷恩的臂弯与斗篷里，雷恩伸手揽住她。虽然两人笼罩在飞龙的阴影之下，但雷恩仍感受得到麦尔妲透过潮湿睡袍传来的体温。麦尔妲躲在雷恩的斗篷里，眯眼瞅着天上的巨兽。"你是谁？"麦尔妲大声叫道，"你要怎样？"

那母龙将头往后一仰，高傲地朗声大笑，低飞掠过他们头顶，又再度升至高空。"我是谁？名字何等重要，你以为我会笨到把我的名字告诉你吗？才不呢。你别想借着叫出我的名字而控制我。至于我要怎样……我要跟你谈个买卖。你放我走，我就把你刚才提到的那条船，和你父亲——如果你父亲仍在船上的话——交还给你。怎么样？这个买卖挺容易的，对不对？一命换一命，如何？"

麦尔妲抬头看着，问道："它是真的吗？它真能帮得了我们吗？"

雷恩仰望着在天上盘旋的飞龙。那龙振翅翱翔，飞向层层密布的乌云，越升越高，越变越小，最后像是乌云上的一颗星子。雷恩答道："它是真的，不过它帮不了我们。"

"怎么会？它那么大！又能飞！它可以直接飞到船那里去，然后……"

"然后呢?把船捣毁打翻,让那一船海盗通通淹死?是可以,如果你真的认为这是明智的办法。况且,那也得它真能自由翱翔才行。但其实它既不自由也不能飞。这是个梦境,而它只是在此把它想象中的自己展现给我们看而已。"

"它到底是什么情况?"

雷恩突然意识到他们勾起了一个非常危险的话题。"现在它困于地底深处,谁也无法把它救出来。"雷恩揽住麦尔妲的手臂,偕同她疾步沿着小径,朝着他以意志力观想出来的坚固小屋而去。雷恩一推开屋门,麦尔妲便感激地冲了进去。雷恩跟着进去,并关上门。朴素的小屋里有个壁炉,生着小小的炉火。麦尔妲拢起头发,把雨水扭挤出来,再转身面对着雷恩。她脸上仍闪着水光,火花在她眼里跳跃。

"它是怎么被困住的?"麦尔妲问道,"要怎样才能把它放出来?"

雷恩决定稍微透露一点以示真诚。"很久以前,这里出了大事,不过到底是怎么一回事就没人知道了,反正整座古代的大城就因此而深埋在地底下。由于年代久远,这厚重的土层上已经长出了树林,而那母龙被困于地底古城深处的大厅之中,所以无从得救。"雷恩以最武断的口气讲出了最后这句话,不过看起来,麦尔妲顽固到丝毫不为所动。雷恩黯然地对她摇了摇头:"照我原来的想法,你我的梦中相会应该很甜蜜才对。"

"不能把它挖出来吗?它都埋得这么深了,怎么还有生命呢?"麦尔妲歪着头,眯眼望着雷恩,"况且既然它被困住了,你怎么会知道它在那里面?雷恩,你话里藏话。"麦尔妲指责道。

雷恩挺直背脊,站稳立场。"麦尔妲,有些事情我不能对你明言。这就好比,我不会要求你把缤城商人做生意的窍门告诉我。我能说的都已经说了,这点你一定要相信我。"雷恩叉手抱胸。

麦尔妲瞪着他,好一会儿才慢慢垂下眼。片刻之后,她以比较低沉的语调说道:"你别把我想错了,我刚才问你的时候并不知道这攸关重大。"她接着说下去时,声音变得沙哑起来:"希望终有一天,你我之间什么秘密也没有。"

一阵飓风刮来,打在小屋的墙上。雷恩想道,这可能是因为母龙压低飞过小屋上之故。天空传来母龙凄厉的吼声："放我走！放我走！"

麦尔妲一听到母龙的声音，眼睛就睁得老大。飓风再度打上小屋，震得护窗板咯咯乱响，她立刻躲入雷恩的臂弯之中。雷恩紧抱着她，感觉到她在打颤。她的头顶只及他的下巴，他拂过她的头发时，感觉到她的头发潮湿。麦尔妲抬头望着他，当他望着她那深邃的黑眼，一下子便迷失了。"这只是做梦而已。"雷恩安慰道，"这些是伤不了你的，这里的事物都不算是真的。"

"可是感觉上很真实。"麦尔妲喃喃地说道，她呼出来的气息打在他脸上，有些温暖。

"是吗？"雷恩惊讶地问道。

"是真的呀。"麦尔妲肯定地应道。

雷恩小心地低头贴上她的唇，她并没有抗拒。虽然两人的嘴唇之间隔着一层薄纱，但却显得这一吻更为珍贵。麦尔妲以略显生嫩的古怪姿势环抱着他。

当梦盒的魔力开始褪去，雷恩逐渐遁入寻常的睡眠中之时，他的口中仍尝得到那香甜一吻的滋味。"你要来看我。"麦尔妲的声音从远处传来，微不可辨，"满月的时候，你要来看我。"

"我办不到！"雷恩叫道，他慌了起来，深怕自己的话传不到她耳中，"麦尔妲，我办不到啊！"

雷恩醒了过来，发现自己正在对着枕头说话。麦尔妲到底有没有听到他的答复呢？他闭上眼睛，想要让自己再度入睡，并回到两人相会的梦境之中。"麦尔妲，我不能去看你，我真的没办法。"

"你对所有的女性都是这一贯的说辞吗？"远处传来不怀好意但颇为逗趣的笑语声，又听到爪子刮擦着坚硬如铁的巫木声响，"不过你不用担心，雷恩，你无法去找她，但我一定会去。"

第十七章

流 放

柯尼提打算实践诺言时，正值明月高挂、潮水高涨。在这之前，他花了不少工夫细心操作，不过此时一切都已就绪。别浪费时间了。柯尼提一甩腿，把腿甩到舱床边，坐起来。睡意朦胧的依妲从枕上抬起头。柯尼提皱着眉头望着她，今晚他可不希望任何人打扰。"你睡吧。"他命令道，"如果有必要，我自会把你叫起来。"

不过依妲倒没有因为这一番训斥而气恼，反而亲昵而昏昏欲睡地对他一笑，又闭上了眼睛。她如此平静地接受他可以独立行动，倒令柯尼提有点不安起来。

至少她已经接受现实，知道他并不是事事都他妈的需要她帮忙。柯尼提休养这么长时间以来，依妲对他的照顾多到令人厌烦的程度；好几次他不得不提高音量大吼，依妲才肯放手让他自己打点。

柯尼提伸手去拿木制的假腿，把断腿放在假腿顶端的碗状皮垫上；这假腿是以皮带系在身上固定的，十分不自然，不过柯尼提已经渐渐习惯了，但要穿上长裤还是颇为困难。柯尼提皱起眉头，那女人可得想个办法让他更方便穿长裤才是；早上再盼咐她吧。如今他只在腰上别一把匕首，毕竟是个只能以一腿站立的男人，对他而言，长剑实在是多余的。柯尼提套上靴子，取过靠在床边的拐杖，笃笃地横穿房间，小心地平衡站好，穿上衬衫和背心，再套上上好的绸布外套,又把手帕和平常用的小东西收在口袋里。他将领口拉挺拉直,确定两边手腕处露出来的衬衫袖口都恰到好处了,才把拐杖拄在腋下,离开房间,轻轻地把门关上。

　　船已经下锚停着,此时一切悄然无声。船在分赃镇的时候,柯尼提把大半的人都放了下去,现在船上不但更整洁,航行起来也更顺利。被柯尼提救起来的奴隶大多乐得离开这艘拥挤的船,但也有些人想要留下来。柯尼提对那些想要留下来的人筛选得很严格,这其中有些人根本没有当水手的本事,有些则是脾气太过乖戾——虽然他们脸上尽是纵横的刺青,但这并不表示他们都是意志坚强、不肯对奴隶生涯低头的人。讲白了,有些男女只是因为笨得学不会本事或是不肯老实工作才变成地图脸的,不但奴隶主急欲将这种人脱手,柯尼提也不想把他们留下来。此外,有十几个先前为奴、受莎阿达教唆的人坚持要留在船上。柯尼提大方地应允了。那些人声称这艘船乃属于他们所有,不过柯尼提最大的让步就是让他们留在船上。想也知道,那些人必会生事。不过他们若是生事,必会大失所望。除了这些人之外,柯尼提由于另有打算,又留下三人,而今天晚上,就要让这三人发挥功用了。

　　他在前甲板找到了倚在船栏上的阿踝。温德洛太疲倦了,在离阿踝不过几步的地上睡得很熟。柯尼提特别准许自己满意地一笑。之前他吩咐布里格,接下来的几天务必让那少年忙得不可开交,布里格果然办得很妥当。那少女听到柯尼提的假腿笃笃地敲在甲板上的声音,转过头来看着他。阿踝望着他走近,大大的黑眼睛显得惶惶不安。不过,现在的阿踝已经不像刚开始的时候那么害怕了。柯尼提占有薇瓦琪号没几天,依妲便下令禁止重获自由的奴隶或者船员强暴阿踝。其实那少女没什么抵抗,所以依柯尼提看来倒觉得无须小题大作。不过依妲一直坚持,那是因为之前阿踝遭受太多蹂躏,如今就算有人要强占她的身体,她也不知道该如何拒绝了。后来温德洛把他的见闻讲给柯尼提听,原来阿踝还关在船舱里的时候人就已经疯了,她甚至为了要挣脱脚镣而弄伤了脚踝。温德洛深信,她在被人关进底舱之前一定是个正常的少女。船上没人知道阿踝的出身或经历,就连她的名字和年纪也无人知晓。可怜呀,柯尼提想,这少女竟然疯了，真是可怜，而且她这一辈子都跛定了。然而这个人待在船上岂止无用，她要吃要喝，又要占用地方，若不带着她，大可多找个能干小伙子上船。其实，要不是依妲和温德洛出面，柯尼提早在分赃镇的时候就把她下船了；加上后来薇瓦琪也为阿踝说情，柯尼提乐得做个人情给她。不过，这少女是迟早得处置的。这样处置最仁慈。这毕竟是海盗船，不是心灵受创之人的庇护所。

柯尼提轻轻招手要阿踝过来。她迟疑地往前走了一小步。

"你要把她怎么样？"身在暗影中的薇瓦琪轻轻问道。

"我无意伤害她。如今你我相知甚深，必定知道我不至于伤害她。"柯尼提瞄了温德洛一眼，"不过我们就别吵醒那个年轻人吧。"他以亲切的声音建议道。

那人形木雕沉默了一会儿。"我感觉得出来，你深信这样处置她是正确的，但是我感觉不出你到底要怎么做。"过了一会儿，薇瓦琪又说："你故意挡着不让我知道。你心里有些事情老是遮掩着，说什么也不让我看到。你藏着秘密，不让我知道喔。"

"是啊，不过你不也是如此吗？这件事情你得信任我。莫非你信不过我？"柯尼提试探道。

薇瓦琪沉默不语。柯尼提走上前，倚在船栏上，探身出去。阿踝在他经过时怕得微微缩身。"晚上好，甜蜜的海上女郎，大好的夜即将开始。"柯尼提的话很轻，在晚风中犹如呢喃，仿佛刚才的对话根本没有发生过。

"应该说是晚安吧，先生，况且这一夜已经快要尽了。"薇瓦琪应道。

柯尼提朝她伸出手，薇瓦琪也扭身以她的大指头与柯尼提的手相碰。"我相信你一定一切都好。来，你告诉我，"柯尼提挥手指着周遭散落在海上的岛屿，"在你看得比较多了以后，来，说给我听，对我这些岛屿你有什么看法？"

薇瓦琪亲切地嗯了一声。"这些岛屿自有一种与众不同的美。这里的水暖和，雾气一来，便把岛屿隐去，雾气一走，岛屿又重新现身……就连这里的飞鸟也与别处不同。这里的鸟颜色比较鲜艳，叫声也比别处更为婉转。南国鸟儿的彩羽也是这么纷杂亮丽，独树一格——当年是维司奇船长带我去南国走了几回……"薇瓦琪越说越小声。

"你至今仍然想念他,对不对?我敢说他一定是一流的好船长,而且又带你见识过许多漂亮的好地方。不过我的小姐,你相信我,日后你我所到之处一定比那些更加新奇有趣,而我们的旅程也一定更为刺激。"柯尼提继续说下去的时候,话中几乎带着嫉妒的意味,"你对他记得那么清楚?他当船长的时候,你不是尚未苏醒吗?"

"我虽然记得他,但在心中那就像一场晨间好梦,梦境其实很朦胧。但若是闻到什么气味、看到某一处地平线,或是尝到某个水流的味道,就会感到似曾相识,记忆随之浮现。如果温德洛跟我在一起,我会记得更清楚;我可以轻易将记忆中的事物传给他知道,但是却无法用言语说明。"

"我懂了。"柯尼提换了个话题,"不过,这一带的水域你之前从未来过,对不对?"

"对。维司奇船长总是避过海盗群岛,所以我们经过这一带的时候都是尽量采取极东的航线。维司奇船长总是说,棘手的事情,与其着手去处理,倒不如打从一开始就避开。"

"啊。"柯尼提望向薇瓦琪身后,玛丽耶塔号同样也下锚停泊。有的时候,他不免想念索科。今晚的事情若有他在场,一定方便不少。不过,自己的秘密还是自己一人守着为妙。想到这里,柯尼提突然想起自己走上甲板的目的。"就这一点而言,我也跟维司奇船长有同感。所以好小姐,容我退下,我今晚必须避开一些棘手的事情。在我回来之前,你可要想念我啊!"

"会的。"薇瓦琪应道,听她的口气大概是颇为困惑。柯尼提笃笃地走开了,他走过甲板时,拐杖和木腿发出韵律有致的声响。他比了个手势要阿踝跟上来。她慢慢地走上来,虽然跛得厉害,但还是走过来了。柯尼提走到船长专用的小艇旁,对阿踝吩咐道:"你在这里等,等一下带你去坐小船。"为防止她听不懂,柯尼提一边讲,一边比手势。阿踝露出焦虑的神情,但还是乖乖地在甲板上坐下来。

柯尼提把阿踝留在黑暗的甲板上,继续往前走。他经过了一个守夜的水手,对他点了个头。那水手回礼，但是什么也没多问，毕竟柯尼提船长在船上总是随着兴之所至，爱做什么就做什么。柯尼提甚至还察觉到，如今他恢复了古怪行径，船员们反而变得更有自信；船长恢复了以往的作风之后，不但自己宽心，船员们也更放心了。

如今若是需要，柯尼提只要跨大步子、挥开拐杖，也可以走得很快。不过走快并不好受。温德洛认为，时间一久，他的断腿上就会长出厚茧。柯尼提也希望真是如此。有时候，与断腿接触的皮垫会大力摩擦新皮，而在活动了一天之后，胳肢窝也会因为拐杖的抵触而淤青疼痛。

其实，轻声走路比快步走路更累，不过柯尼提还是尽量悄声行走。他之前花了不少工夫把莎阿达每晚入睡之处打探清楚，此时信心满满地朝那走去。即使船上黑暗，灯笼与灯笼之间又隔得远。他走到斜倚着的莎阿达身边之后便站定不动，低头望着那人。莎阿达并没有睡，所以柯尼提也不想装模作样地叫醒他，他只轻轻地说了一句："如果你想亲眼看到凯尔·海文的下场，那就跟我来吧，小声点。"

柯尼提信心满满地转身，背对着莎阿达，迈步走开。他也不回头看看那人有没有跟上来；他的耳朵很灵敏，那教士轻轻跟上来的脚步声并没有逃过他的耳朵。柯尼提算准了，以莎阿达的性情，一碰上什么神秘的密事，一定巴不得自己先知道，所以不会叫醒自己的护卫。柯尼提大步走过其他沉睡的男子，走到之前选定的另外两人身边时才停步。戴吉即使睡着，仍伸出一臂护着赛娜，赛娜侧躺着睡着了。柯尼提以拐杖推了戴吉两次，他才醒来，柯尼提对戴吉的同伴比了个手势，之后就走开了。那男子像一条好狗般地顺从，他推了推女人，叫醒她，两人静静地跟了上来。

一行人默默地走过沉睡的船，就算有人被吵醒，或是睁开眼睛打量，也知道眼前所见的事情最好是不要声张。柯尼提再度走上甲板，并带头走向艉楼，在拘禁凯尔·海文的房间前停下来。他对那个地图脸男子干脆地点了个头，那男子就知道柯尼提的心意了。戴吉一点也不优雅地开门走了进去。凯尔·海文惊醒过来，在那张乱糟糟的舱床上坐起来，头发凌乱地散在肩上。房里有一股久未洗澡的臊臭味和尿臭味，这种味道跟关奴隶的船舱挺像的。柯尼提闻了，鼻头不禁皱起来。他站在门口，柔声对房里的人建议道："海文船长，你应该跟我们一起来。"

海文激动地瞄了这一行人一眼。莎阿达露出微笑。海文以沙哑的声音问道："你们要杀我，对不对？"

"不对。"柯尼提答道。不过说真的，他并不在意海文到底相不相信这句话，转身对那两个地图脸吩咐道："务必让他安安静静地跟我们一起走。"柯尼提扬起一边眉头，对海文说道："告诉你吧，我才不在乎他们要用什么方式才能让你安静。你合作也好，不合作也罢，横竖都是一样的；只是你若肯合作，我们彼此会比较方便一点。"话毕，他也不等着看看众人如何遵行便转身离去。莎阿达匆匆地追了上来，这使得他心生反感。

"你不叫醒大家，好让大家都来瞧瞧这人罪有应得的下场吗？"

柯尼提跨步到一半停了下来，他也懒得背转身面对莎阿达，便直接评论道："我刚才不是说了吗，我要的是安静。"

"可是——"

柯尼提的反应可谓是再自然不过了。他也没多想，就以好腿撑住自己的体重，以一边肩膀顶着墙，结结实实地将拐杖横扫过去。莎阿达的大腿上吃了一棍，踉踉跄跄地往后退，两手扶墙，张开嘴巴，看起来十分痛苦。柯尼提转身，丢下莎阿达走开。那海盗大步地走回甲板，一边想着可惜舱梯窄了点，否则他拐杖这么一挥，想必会有更好的效果。唔，这可能得练习练习才行。

柯尼提在船长专用的小艇旁站住，等待其他人走上来。他看到海文没有被人狠打一棒或是用布条塞嘴，就安安静静地走到这里来，心里很是高兴。看这情况就知道，海文一定深信柯尼提权大势大，招惹不得；此外可能也知道，就算他把船上的人吵醒，他们也不会出手相助。不管是因为什么理由，反正海文并未滋事，所以事情方便了不少。其他人走上来之时，阿踝也站了起来。柯尼提对地图脸吩咐道："去把那个箱子搬来。你知道我说的是哪个箱子，然后把小艇放下水。"那男子立刻应令而去，其他人则默默等待，没有人笨到开口问这是怎么回事。

柯尼提坐在小艇的船头,阿踝坐在船尾靠近箱子的地方。两对船桨,一对交给地图脸的男女,另一对交给教士和海文船长来划。柯尼提则负责指路。他不时轻声指示他们改变船行的方向;他指引着他们划过两个小岛,又绕到了第三个小岛的背后。等小艇划到两艘大船上的人都看不见的地方之后,他才指示他们往第四个小岛,也就是他们真正的目的地划去。

即使如此,柯尼提也不叫他们把小艇停泊在环岛的沙滩上,反而要他们一直划到环岛的一处小海湾入口。柯尼提心里知道,那个海湾里另有玄机。这个岛看起来像是个普通的岛屿,有形如马蹄铁且收口很小的一圈峭壁,所以才被称为"环岛",中空处的海湾里缀着一个大岛、一个小岛。柯尼提指示众人把小艇朝海湾中较大岛的岸上划去,此时天空已经有点蒙蒙亮了。

从水面上看去,那个岛屿与其他小岛无二:海岸线平凡无奇,上面长着稀疏的林木。柯尼提知道岛的另外一边有个极好的深水港,但是就今天而言,只要从多岩的沙滩上岸也就够了。在他的指示下,众人将小艇往岸边划去,柯尼提像是乘轿的国王似的端坐在小艇里,任由众人抓着船舷,一路将小艇抬上岸。不过才抬到近乎无波之处,海文就果不其然地丢下小艇拔腿跑了。柯尼提简短地命令道:"抓回来。"

地图脸其中一人掷出一块石头,准确地将那男子打得跌倒在地。温德洛的父亲手脚并用地想要爬起来,但他还来不及站直,莎阿达就扑了上去,勒住他的脖子,并拿他的头往地上撞。柯尼提看了只觉得厌烦,他对地图脸吩咐道:"把海文船长的手反绑,带走他,但别让那教士伤到他。"接着他对阿踝吩咐道:"你帮我,但是除非我叫你帮忙,否则不要出手。"那少女眯着眼睛望着他,不过看来她是懂了,如影随形地跟着柯尼提。

海文与莎阿达不住地咒骂打斗,那两个地图脸的男女则忙着把他们拉开来并各自制住。柯尼提从小艇里爬了出来。薇瓦琪号的甲板很平滑,他的拐杖和木腿都好着力,但到了这种又是石头又是沙子的滩头上可就寸步难行了。他的重量一压上去,石头滑开了,沙子也陷了下去。他倒没料到自己在沙石滩上走起来这么吃力,只得咬紧牙关,努力让自己缓慢的龟行看来像是韵律有致的刻意为之,而不是因为过于困难而不得不慢下来。众人呆站着看他吃力地前进,柯尼提对他们吼道:"怎么?跟上来呀!那个箱子要带着。"

柯尼提没花太多工夫就找到旧时的小径。小径早已被草木掩盖。柯尼提想道,如今这小径还算开阔,大概是因为还有猪羊在走吧。除了他本人之外,曾经从这沙滩登陆的人是少之又少,而他自己也好几年没走这条路了。路上有一坨滑不溜丢的新鲜猪大便,等于是证实了他的理论。柯尼提小心地绕过去,阿踝跟在他身后,阿踝之后是赛娜和那教士,两人扛着箱子,再后面是戴吉与海文——戴吉架着海文,逼着他跟上来。海文一路叫嚷不已,不过现在柯尼提已经不在乎他怎么叫了。他们爱怎么对付海文船长就怎么对付吧,只要那人抵达时不要缺了手脚即可,而就柯尼提看来,他们一定也知道这个道理。

一行人沿着小径慢慢地爬过山头,随即看到起伏和缓的小岛内陆。柯尼提在那个小谷地的边缘停了一会儿。森林已在后头,放眼望去尽是牧草地,一只原本在低头啃草的羊警戒地抬起头来看看。看起来没什么变化。西边有一抹炊烟,袅袅地升上天空。唔,也许是根本没变。前头的小径再一转、两转,便出了森林,朝炊烟而去。柯尼提走了上去。

可恶的拐杖,几乎在他的胳肢窝里挖出个洞来。布垫得加厚点才行,除此之外,皮垫上也必须加铺厚布。柯尼提咬紧牙关,不让人看出自己的痛楚。还没走到空地,他的背后就大汗淋漓了。走到空地边缘的时候,他又停了一下。戴吉看到眼前的景色,讶异地咒骂了一声,他的女人则喃喃地祈祷起来,不过柯尼提根本不予理会。

他们眼前是个小园子,一畦一畦的蔬种得疏落有致;旁边的鸡舍里有雏鸡叽叽地叫着,某处传来奶牛"哞"地一声。园子之后是六间茅屋。从前这六间茅屋看起来一模一样,就像是豆荚里的豆子,如今其中五间的茅草屋顶已经坍塌得无可救药,炊烟从唯一有屋顶的那间茅屋里升起。除了那袅袅上升的炊烟之外,其余的一切都静止不动。站在这里,可以见到茅屋之后那间覆盖着屋瓦的大房子的二楼。这里原本是个虽小但欣欣向荣的村落,如今却只剩这几间屋子了。此地其实是经过多年的仔细规划、整治建设的，所以房舍田园坐落得一丝不苟。这原本是整洁有秩序、特别为他而设计出来的世界——不过，那是在"恐怖伊果"发现这个世外桃源之前的旧事了。柯尼提慢慢地打量眼前的一切，心底似乎激起什么情绪，不过他在那情绪浮现之前就踩熄了它。

接着他慢慢地深吸了一口气，叫道："母亲！母亲，我回来了！"

接下来的两次吐纳之间，周遭什么动静也没有。接着门慢慢地开了，一名灰发老妇探出头来；由于迎着晨曦，所以她眯眼下眺望，最后终于看到站在园子另外一头的他们。她伸出一手遮在喉咙上，眼睛瞪着他们，做了个防止精灵作祟的手势。柯尼提恼怒地叹了口气，开始穿过园子走上前。他的拐杖和木腿陷在园子的软泥里，很是难走，他边走边叫道："母亲，是我，你的儿子柯尼提。"

每次都是这样，他每次看到她小心翼翼的动作就恼了起来。他都走到园子的中间了，她才整个人走到门外。母亲赤着脚，柯尼提看了很不屑。她身着棉衣棉裤，一副农妇打扮，那色如灰烬的头发盘在头上；她从来就不是瘦削型的女子，年纪大了之后，人也更加发福。最后她终于认出他，眼睛睁得大大的，以难看的姿态匆匆地跑上前来。她用力抱住他的样子可以说粗鲁得很，着实令他颜面扫地，但是他仍强忍着没说什么。她还没跑到柯尼提面前就已经泪流满面了，一再指着他的断腿，并在悲伤之余咕哝咕哝地问话。

"对，对，母亲，那已经没事了，现在该停了。"不过她仍紧抓着他，哭泣不止。柯尼提抓住她的双手，把她的手从自己身上移开。"够了！"

她的舌头在多年前被人截断。虽然他与那件事情无关，当时也真诚地因此而感到悲伤，但是事隔多年之后，他已经慢慢领悟到，那件事情倒也不是毫无可取之处。她还是像以前那样滔滔不绝地讲话——虽然她在讲什么没人听得懂——不过在那个事故之后，柯尼提就可以完全掌控谈话的方向了；她赞同或反对什么，由他说了算，而什么话题该谈到什么时候停止，也是他说了算。就像现在这样。

"我恐怕不能久留，不过我给你带了几样东西来。"柯尼提让他母亲向后转，领着那几个惊讶得说不出话的人往前走。"箱子里有几样要送给你的礼物。有一些花种，你应该会喜欢；有一些烹饪用的香料、一些布料，还有一幅织锦画。零零碎碎的。"

他们走到茅屋前，进了门。里头光敞敞的，干净得挑不出瑕疵。桌上有一张压平了的白松树皮，旁边摆着彩笔和染料。这么看来，她到现在还在画画。她昨天画的是一朵栩栩如生、细腻非凡的野花，那作品仍搁在桌上。火炉上有一壶已经烧滚的水。有一扇小门通往内室，可瞥见收拾得整整齐齐的床被。不管柯尼提的目光落于何处，看到的都是简单且宁静的生活迹象。她一向喜欢这样的风格。他父亲则喜欢奢华复杂，夫妻二人恰巧互补不足。如今，她倒像是只剩半个人过日子似的。这个念头使他突然激动起来，差点就失了自制。他在屋里走来走去，突然抓住阿踝的肩膀，把那少女推向前。

"母亲，我常常想你。你看，她叫做阿踝，我把她带来这里服侍你。她不是很聪明，不过看起来挺干净的，也肯干活。如果她做得不合你的意，我下次来的时候就把她杀了。"听到这话，柯尼提的母亲恐惧地睁大眼睛，而那跛脚少女也吓得蜷缩起来，并喃喃地恳请柯尼提发发慈悲。柯尼提以近乎亲切的口气接口道："所以啦，你们两个就好好相处吧，这也是为了她好。"此时他巴不得自己已经回到大船上了，那里的情况比这里单纯得多。接着他朝他的囚犯招招手。

"这位是海文船长。你跟他打个招呼，然后就可以跟他暂时说再见了。他会留下来，不过你用不着为他多费心，我会把他安置在大屋地下室的酒窖里。阿踝，你会记得不时给他送点食物和饮水吧？你在船上隔多久吃喝一顿，就隔多久送一顿给他，好不好？这样对大家才公平，对不对？"柯尼提等着他们回答，但是所有人仍目瞪口呆地望着他，仿佛把他当作疯子。唯一例外的是他母亲，她双手抓着棉衫的前襟，扯来扯去，看起来好像很忧愁。柯尼提心想，他们大概以为海文是死路一条了，所以他继续盼咐道："好，你可要记着，我是已经答应了人，一定要保全海文船长的，所以你一定要照我刚才所说，不时替他送些吃的喝的。我会用锁链锁住他，不过饮食你可得打点好。这样你了解吗？"

他母亲发狂似的咕哝讲起话来，柯尼提点头应和。"我就知道你不会介意。好了，我忘了什么没有？"

他朝其他人一望。"噢，对了。母亲，你看，我还给你带了个教士来！我知道你一向是很喜欢教士的。"他定定地望着莎阿达，"我母亲非常虔诚。你就为她祈祷或是为她赐福吧。"

莎阿达的眼睛大睁。"你疯了。"

"差远了。为什么每次我按照自己的喜好做安排的时候，大家都怪我是不是疯了呢？"柯尼提斥责那教士道，"好，至于这两个人呢，母亲，他们往后就是你的邻居了。他们跟我说他们不久就会有个小宝宝了。我敢说，有个小婴儿到处跑，你一定是喜欢的，对不对？他们两个人粗重的工作都做得来。也许下次我来看你的时候，这里会修缮得好一点。说不定你还可以重新进入大屋呢？"

那老妇人猛烈地摇头，摇得头发飞散，仿佛是想起什么痛苦的往事，眼睛睁得很大，嘴也颤抖着张开。柯尼提看到她口里残存的舌根，心里只感到不屑。"这间茅屋看起来也挺舒适的，"柯尼提轻松地说道，"也许你住在这里更好，不过大屋还是不能任其倾颓腐朽。"他望着那对地图脸夫妻。"你们两个自己选一间茅屋来住吧。至于教士，也让他选一间住下。不过你们务必让他离海文船长远远的。我已答应了温德洛，承诺要把他父亲好端端地摆得远远的，省得那孩子为他担心，或是跟他周旋。"

此时凯尔·海文首次开口。他在听了柯尼提的话之后，讶异得嘴巴大张。方才被人掐住脖子，所以话不大讲得出来，但最后他还是忿恨地大声吼道："这是温德洛搞出来的？原来是我儿子要这样对付我？"他在大受伤害、义愤填膺之余蓝眼睛睁得很大，"我就知道，我早就知道他不安好心眼。奸人！狗杂种！"

柯尼提的母亲看到海文那狂暴的模样，吓得瑟缩起来。柯尼提轻松地反手就给海文一巴掌；虽然是靠拐杖撑着，但这一巴掌的力道仍大到令海文跟跄后退。"你别惹得我母亲心烦。"他冷冷地说道，气愤地轻叹一声，"看来是应该要把你安置一下了，那你就跟来吧。你们两个，把他带过来。"他最后这句话是跟那一对地图脸夫妻说的。他转头对那少女盼咐道:"你去弄些吃的。母亲,你把食物器皿放在哪里告诉她。教士,你待在这里,就做点祈祷或是什么的,我母亲要你做什么,你就做什么。"

那两个地图脸把海文船长架了出去,柯尼提跟上去之时,莎阿达宣布道:"你不能命令我,你别想把我变成你的奴隶。"

柯尼提回头,瞄了他一眼,对他笑道:"也许吧。不过,我就算不能把你变成奴隶,也一定能把你弄死。这两条路,你看是哪一条好啊?"话毕,他头也不回地转身出去。

地图脸在门外等待。海文脸上尽是失望与难以置信的神色,身体则软弱无力地挂在那两个孔武有力的男女之间。海文对柯尼提说道:"你不能把我丢在这里。"

柯尼提连答都懒得答,只是自顾自地轻轻摇头。他实在是听烦了。这厢说不能做这,那厢说不能做那,问题是他明明就可以办得到嘛!他也懒得回头去看,就直接领着他们往大屋走去。铺着鹅卵石的小径早就被草木漫过,两旁的花床也杂草丛生。柯尼提对那两个地图脸盼咐道:"你们要把这里整治一下。要是不懂园艺,就去问我母亲,她对园艺懂得可多了。"他们走到大屋正前方。柯尼提并未停下来环顾其他倾颓的建筑物,毕竟沉迷在过去之中实在没什么意思。杂草和藤蔓早就把烧得焦黑的房舍盖了过去,既然盖过去,就不要再掀了。

就连大屋也因为多年前那一场劫掠而受到毁损。当年与大屋相邻的房舍烧起熊熊大火,差点把大屋也吞灭了,大屋的木板墙上因此留下了焦黑的痕迹。那一晚,火舌乱窜、惊叫声四起,所谓的盟友终于露出了他们的真面目;伊果兽性大发,毫无止尽。那一晚的记忆中永远混杂着烟味和血腥味。

柯尼提爬上台阶。大门并没锁。大门是从来不锁的,因为父亲从来就不相信锁管什么用。柯尼提开了门,大步走进去,他的记忆活跃了起来。一时间,仿佛看到大厅以前的模样。多年来的教育和旅行的见识使他现在的品位比小时候好上许多。但是在他还小的时候,觉得那些俗不可耐的织锦画、地毯和塑像看来既豪奢又华美。现在他是不把那些垃圾玩意放在眼里了,当时他父亲却把那些东西当作宝贝,而且还拉着年纪小小的柯尼提一起赏玩。那时他总是说道:"小子,你以后一定会过得像是国王一般。不,这还不够好。你以后就是国王了。环中岛的柯尼提国王!好,这个戒指给你戴,挺配的吧?柯尼提国王,柯尼提国王,柯尼提国王!"之后他酒醉的父亲就一边重复地唱着"柯尼提国王"这几个字一边雀跃不已,同时把他的手吊起来,大力地拉着他晃来晃去。柯尼提国王啊。

柯尼提眨了眨眼。如今,他已经看出眼前这光秃秃的墙壁和地板不过是个农家房舍而已,不是他父亲所说的什么贵族华厦。柯尼提几次考虑要把这房子重新整修。楼上的几个房间里所堆的家具和艺术品若是真的布置起来,绝对是当年俗丽的装潢所远不能及的。那些东西经过他精挑细选,都是上品中的上品,一点一点秘密地运到这里来。但是柯尼提心里并不想把大屋布置成品位超卓的名流之屋。不,他所要的是把大屋恢复成伊果偷走那一切之前的模样;主屋若要布置,就用跟从前一样的织锦画和地毯,跟从前一样的桌椅和吊灯。等到有一天时机成熟了,他一定花心思把那些东西收集齐,全送回这里来,再把大屋装潢得跟以前一模一样。他一定要让大屋恢复旧观。这个梦想,他不知道跟自己承诺过多少次,而如今眼看着就要有实践的机会了。伊果虽偷走了那一切,但是那些总归是他天生应有的。柯尼提嘴角漾出一抹冷酷无情的笑容。的确是柯尼提国王啊,一点也不为过。

但是他母亲对他这个梦想是巴不得避得越远越好。小时候,在那些凶残的岁月之中,柯尼提常常爬到母亲的大腿上,紧紧搂住她的脖子,嘴靠在她耳边,小声地把自己的复仇计划讲给她听。母亲一听便恐慌起来,忙不迭地要他住口。她连复仇的梦都不敢想。如今她连外显的财富都不想要了。在她心中,唯有这种简简单单的生活能够保护她。不过在柯尼提看来,人情世道并非如此;任凭是如何俭朴的生活,也不可能完全不招惹他人的嫉妒之心。人就算是过着贫穷且单纯的生活,也难免被贪婪之人所觊觎;如果你一无所有,再也没什么财物好偷取,那么对方就会取走你的身体,奴役你的身体。

柯尼提虽然心里想了这么多,但是脚下毫不耽搁。他领着其余三人走过大厅,到了后面的厨房。他打开厚重的酒窖门,领着他们走下台阶,进入地下酒窖。这岛上的岩石坚硬,当年开挖地下室的时候着实花了不少工夫。地窖里没有窗户,不过柯尼提连火把也懒得点,毕竟他又不打算在地下室久待。此处不分冬夏都很凉爽,在以前,这里可是上好的葡萄酒酒窖,但现在一点也没有酒窖的样子。地上爬着好几条生锈的铁链,可见此地最后是被拿来凑合着当作地牢和行刑室的,任谁惹恼了伊果,就送到这里来处置。现在这个地牢的功能又再度派上用场。

"用铁链锁住他。"柯尼提对那两个地图脸吩咐道,"务必锁得牢靠。后面的墙壁上有几个钉在上面的铁环,你们就把链条系在铁环上。我可不希望阿踝送吃喝的时候受他所扰。当然,前提是阿踝会这么做。"

海文船长不知道从哪里来的修为,竟能以镇静的口吻说道:"你这话是故意吓唬我,我才不会随便就被人吓倒。唯一的问题是我不知道你对我到底有什么打算。你何不直接说了?"此时那个地图脸男子正架着他走下阶梯,他竟还能沉稳地讲出这么一番话。那女子走在前面,开始打理铁链,她那个温驯但毫不宽容的伴侣则看住海文。海文继续说道:"想必我那个儿子把我讲得很难听,但我并不是不讲理的人。什么事情都可以谈。就算你要把船跟那个小子留下来,光靠我一人也可以弄到可观的赎金。这点你有没有想过?我这个人,活着绝对比死了还值钱,所以我们何不谈谈?我是绝不会小气的。但若像你现在这样,谁都赚不到利润。"

柯尼提冷笑道:"我亲爱的海文船长,人生并非事事都跟利润有关。有的时候,为的是求一个便利,而这样对我最方便。"

海文听了,一动也不动。生锈的脚镣铐在他的脚踝上时,他虽不出一语,却猛烈挣扎,但是这样做一点也讨不了好。他在舱房里关得久了,变得很虚弱,如今任哪个地图脸都可以制服他。他们两个联起手来对付海文,就跟制服哭闹不休的五岁孩童差不多了。锁头很难转动,不过挂在厨房门边的那几把旧钥匙还是可以将之打开。柯尼提看得出海文是在什么时候崩溃的。锁头"哒"一声地锁住,海文便崩溃了,他开始咒骂起来。他们丢下海文踏上台阶离去时,海文不住地发誓说要报仇,并叫出了十来个神名,要众神惩治他们。他们关上地窖门,将海文关在黑暗与潮湿的地窖里之后,他开始尖叫。不过酒窖的门既厚重又密合,门关起来之后,把尖叫声也关在里面了,效果跟柯尼提记忆中的一模一样。柯尼提把钥匙挂回厨房门后的挂勾上。

"你务必让阿踝知道到这地窖要怎么走。这个人要让他活着,懂了吗?"

那女人点点头,戴吉见此也跟着点头。柯尼提大乐,露出了笑容。这两个人在这里过日子一定是不错的,他们就算是做白日梦,恐怕也从未想象过竟能在环中岛上过这么丰厚的日子。他们会有自己的小屋,食物从不短缺,这地方又安宁,正适合养新生儿。柯尼提想道,他竟然轻轻松松地就买下了这两个人的人生。说来也好笑,人们大力抗拒蓄奴制度,结果却只因为有机会过简单的生活就把自己给卖了。

那两个地图脸尾随在他身后走过大屋的厅堂。他头也不回地对他们说道:"在这岛上生活所需的一切,我母亲都会带你们去看。岛上不但猪很多,羊也很多,你们所需要的东西,岛上差不多都能供应。除了大屋里的东西之外,其他都任你们取用。我唯一请你们回报的就是帮我母亲做些粗重的活,另外就是别让教士离开这个岛。他要是敢试图逃跑,就把他关到地窖去跟海文船长作伴。平常的时候,就多鼓励教士逗我母亲开心。"讲到这里,柯尼提回过头来望着他们,这时他们已经抵达茅屋门外了。"有没有什么事情我忘记讲了?"柯尼提问他们,"你们有没有哪里不懂?"

"你讲得很清楚了。"那女人立刻接口道,"我们一定遵守条件,柯尼提船长,你放心好了。"她把手放在肚腹上,仿佛不是在对柯尼提,而是在对腹中的胎儿起誓。柯尼提看到这个反应,就知道他选对人了。他点了点头,心里非常得意。杀死教士会招来霉运,可是如今他用不着如此就能甩开莎阿达。凯尔·海文待在这里,既不用他或是温德洛挂虑,而且日后他若是打算拿这人去换赎金,还可以随时来此提人;至于把那两个地图脸和那个跛脚少女留置于此,更是再方便也不过了,因为他们已经把小艇划到这里来,而且一路上都没让教士或是海文船长作乱。没错,他的计划真是周全极了。

他走进茅屋，四下一看。那教士站在角落里，叉手抱胸。看那样子，他应该不是在祈祷。他母亲伏身在打开的木箱上，呀呀啊啊地赞叹箱里的东西，她已经戴起了青石耳环。柯尼提进门的时候，阿踝端了一盘刚烤好的面包从火炉边走到餐桌边。桌上已经摆了一碗浆果果酱和一大块春天做的黄奶油，那个缺角的茶壶里泡着热腾腾的药草茶。桌上的餐具不但不成套，甚至没有两个杯子是一系列的。一时间，柯尼提有点气恼。虽然聚集在这里的人永远都不会离开这岛，但他就是不喜欢让别人知道他母亲竟然过得如此清苦。要是这种故事在他成王之后流传到外面去，那怎么得了？"母亲，下次我来看你的时候，一定替你带全套的漂亮茶具来。"柯尼提宣布道，"我知道你喜欢这些有的没的杯盘，但是说真的……"

柯尼提只顾着取一块热乎乎的面包来吃，所以越讲越小声。他母亲一边嗯嗯啊啊地跟他说话，一边帮他倒了热茶，并招呼他在屋内唯一的椅子上坐下。柯尼提感激地坐了下来。拐杖头已经磨得他的腋下很痛了。他在面包上抹了一大坨奶油，又把果酱堆堆得尖尖的。他才咬下第一口，就差点被感官的回忆冲走。这些简朴的食物入口依然令他感到美味，可是这些食物却也像是鬼魂一般。世上曾有一个年纪很小的男童，处处受到父母的呵护宠爱，生活在一个安全到无法想象之处，而这就是属于那个世界的食物。只是那个世界早在三十五年前就毁坏了。怪啊，这么甜美的滋味，怎么会令人觉得如此惨痛？柯尼提吃完那片面包之后，又再吃了三片，而他的心就在餐点的好滋味和痛苦的回忆之间拉扯。

其他人也遵照他母亲的手势，聚在桌边站着用餐。唯有那教士不肯来，他不但以轻蔑的目光望着柯尼提的母亲，也以这种眼光望着柯尼提。不过那海盗一点都不在意，不管那教士再怎么假高尚，等他饿着了之后，自然就会屈服了。就目前而言，这还算是个古怪但是蛮愉快的聚会。他母亲伊呀地咕哝讲话或是比手势。那两个地图脸很少开口，仅仅是点头或是以微笑回应，仿佛"不会讲话"这种事情是会传染的。在这个简朴的场合里，阿踝几乎可以算是能干，还没有人吩咐，她就拿起扫把将灰烬扫进火炉里，同时她脸上那种受伤的神情也少了几分。柯尼提开始重新考虑这个人。他希望阿踝是个温驯顺从的仆人，所以这少女的精神最好不要恢复得那么快。

柯尼提喝完茶就站起来。"唔,我得走了。好了,母亲,你别拖我。你明知道我不能久留。"

虽然他这么说,但她还是拉住了他的袖子。光是她那乞求的眼光就把她的心意展露无遗,但是柯尼提决定故意误解。"我向你保证,我一定不会忘记茶杯的。我下次来的时候,一定把茶杯带来。对,茶杯上要有漂亮的花样,这我一定记得。我知道你喜欢的花样。"柯尼提坚定地把她的手从自己的袖子上拉开,对站在她身后的众人说道:"阿踝,我交代的事情你要妥当办好。戴吉,想必我下次来的时候一定会看到个胖小子吧?而且那时候你们一定快要有第二个了,对不对?"柯尼提说这话的时候觉得自己像是个大家长。他突然想到,其实他可以决定要让谁住到这岛上来。到时候,这环中岛就会变成他的王国之中的秘密王国。

柯尼提走开一步之后,他母亲也就屈服了。母亲的反应每次都是这样。她一屁股坐在椅子上,头埋在手里痛哭起来。她总是哭得很厉害。依柯尼提看来,这样哭一点道理也没有;她哭了这么多次,但有哪一次能解决问题?没有,但她还是照样哭。柯尼提小心地拍了拍她的肩膀,就朝门口走去。

"我不要留在这里。"那教士宣布道。

柯尼提停下脚步,瞪着他看,亲切地问道:"噢?"

"我不留,我要跟你回船上去。"

柯尼提想了一下。"可惜,我敢说若是你留下来的话,我母亲一定乐得有你作伴。你真的确定吗?要不要重新考虑一下?"

那海盗多礼的言谈似乎让莎阿达惊慌失措。他环顾室内,柯尼提的母亲仍在哭泣,阿踝走上前轻轻地拍拍那老妇人的肩膀;戴吉和赛娜的目光只看着柯尼提,他们那种戒备且期待的样子令柯尼提想起训练有素的猎犬。柯尼提做了个小小的手势,那两个地图脸稍微轻松下来,但是仍很注意。那教士转头望着他。

"不用了,我不留,这里没什么好留的。"

柯尼提轻轻地叹了一声。"我一直以为你会留下来的，我本来是很确定你一定会留的。唔，如果你不肯留下来的话，那至少也在走之前为我母亲祈祷一下，求神赐福给这房子或是牛什么的。"

莎阿达以轻蔑的神情瞪了柯尼提一眼，仿佛认为这种命令应该拿去跟狗或是马说才对。他回过头，望着那个哭泣不止的女人。"好吧。"

"我就知道你愿意。你慢慢来吧。你知道，近来我走不快。我先到沙滩上去等你。"柯尼提耸耸肩。"你可以帮我划船。"

柯尼提看得出那教士正在衡量情势。莎阿达知道柯尼提不可能走得比他快，也不可能靠自己把小艇放下水，于是不情不愿地点了个头。"我就去。我会求神赐福给她的房子和园子。"

"太好了。"柯尼提热忱地说道，"那我就去沙滩上等你了。再会了，母亲。茶杯的事情，我一定牢牢记着。"

"船长？"赛娜大起胆子轻声问道，"你需不需要人帮忙把小艇放下水？"赛娜一边说话一边眯眼朝那教士瞄了一眼，她的意思是再明白也不过了。

柯尼提挤出一抹笑容。"不用了，但还是谢谢你。我相信，这事教士跟我就能处理好。你待在这里准备安顿下来吧，再会了。"柯尼提把拐杖更稳固地塞在腋下，开始走回小艇那里。

园子的地很软。过了园子之后就是上坡路。柯尼提没料到自己会这么累，不过他还是撑到完全看不到茅屋之处才停下来休息。他抹去脸上的汗水，心里想道，他应该不必顾虑那教士会背叛他——至少应该不会立刻背叛。莎阿达还得有他才能安然回船，如果他单独回船，那肯定是不会受到欢迎的。

柯尼提轻松地慢慢走。有一次，他还停下来倾听猪在丛林里走路的窸窣声，不过那猪并未走到小径上，而柯尼提待了一会儿也就走了。他以为那教士说不定会赶在他之前抵达沙滩，但最后仍是他先抵达。也许莎阿达在为房子念一篇很长的祈祷文吧？果真如此，那他母亲一定很高兴。

沙滩又松又干，他的拐杖就算点下去也无法着力。柯尼提倦得要命，几乎无法把好腿抬起来，以便将木腿从沙地中抽出来。他走到小艇边坐了下来。

现在正在涨潮,再过不久,潮水就会让小艇浮起来,但是这一路划船回到薇瓦琪号上肯定是很累的。他是不是高估了自己的体力?天气暖和,再加上身体疲惫,使得他只想睡觉,此外什么都不想做。他好想坐着不动,懒懒地睡上一个下午,不过他不但没睡,反而伸手去按摩腋下与拐杖头交磨的地方。他激励自己去揣想,那教士之所以迟迟不到,是不是因为他去拜访海文船长了?不对,戴吉是绝不许莎阿达去看海文的,除非戴吉和莎阿达一直都是同党。要是这样的话,他们不久就会追到这里来杀了他,而现在他们大概已经杀了他母亲。他们会把他藏在大屋里的那些上好财宝找出来用。他们之所以会杀了他,是因为他一直很笨。之后他们要做什么?他们杀了他之后就不能回大船上去了,也许他们有其他好办法?那些财宝够不够他们买通索科、依妲、温德洛和布里格?也许吧。柯尼提一想到自己笨成这样,心情就阴森起来。他狡猾地一笑。就算那些财宝够他们买下人心吧,但是他们别想买通薇瓦琪的心。他知道船已经慢慢爱上他了。活船的心是买不来也偷不走的。活船的心是最诚挚的。

伊果早在多年之前就证明了这一点。

柯尼提露出微笑并继续等待。

那教士终于来了,不过他那奋力重踩着走路的模样像是很生气。柯尼提心想道,这么看来,你的确去找过戴吉并要求他让你通行了——不过想必你失败了。柯尼提转头望着莎阿达,心里更肯定自己的猜测一定是对的。莎阿达身上看来颇为凌乱,像是差点就被人揍一顿所以急着逃跑,而且他脸上通红,若是一路走到小艇来绝不至此。莎阿达走近之后,柯尼提爬进小艇里,在划船位坐下来,他也懒得打招呼,就直接对莎阿达吩咐道:"把小艇推进水里。"

莎阿达怒视着柯尼提。"小艇空着比较好推。"

"大概吧。"柯尼提好脾气地应和道,不过他一动也没动。

莎阿达并不虚弱,但他跟强韧有力的水手毕竟不同。他伸出双手搭在小艇上,用力一推。小艇依然留在原地。柯尼提建议道:"等下一波海浪来的时候再推。"

莎阿达咬了咬牙,但还是遵从了他的建议。下一波海浪打来时,莎阿达使劲一推，于是小艇的船底在沙地上摩擦，接着突然松开了。柯尼提拿起船桨，警告道："还要继续推，不然船又会卡在沙滩上。"不久莎阿达就一边推船，一边在浅水中涉水，同时还设法要攀上船。柯尼提以稳定的速度划桨。他已经很久没操桨了，不过身体对于划桨动作仍记得很清楚。他以木腿顶着小艇的船底，以免自己滑动，但即使如此，要以均匀的力道拉动双桨还是很困难。往后的事情再也不会跟从前完全一样了，如今他的身体不全，所以他往后的人生也变得不全；往后他人生的一切行动都要用来弥补不全了！想到这里，柯尼提心里突然绝望起来。

"等等！"莎阿达一边埋怨，一边手脚并用地爬上小艇。柯尼提继续划船，根本不理他。下一波浪打来，让小艇浮起来的时候，莎阿达仍半吊在小艇外；那教士手忙脚乱地爬上小艇，同时因为冷冽的海风刮在湿透的衣服上而喘气、颤抖。莎阿达一上船，柯尼提就把船桨递给他。即使他着木腿、持拐杖，但是在换位置的时候，姿态仍比莎阿达优雅得多，这令他颇为得意。那教士双臂抱胸，轻蔑地冷笑道："你期望我去划船？"

"这样你才会暖和起来。"柯尼提指出。

柯尼提坐在船首，手持拐杖，看着莎阿达挣扎着划桨。划船是很费力气的，即使是好天气，划没几下子也会变得吃力起来，况且此时风势渐起，再加上海潮所阻，莎阿达要对抗的因素可多了。那教士操纵双桨的力道并不均衡。有时候，船桨打滑，根本没吃水，只是在水面上激起水花；就算船桨插入水中，划动的力道也很小。不过柯尼提一点也不以为意，他从莎阿达气愤地打水而非划桨的模样，看出他心里很不耐烦，巴不得立刻回到大船上去。柯尼提决定跟他聊聊天。

"嗯，海文船长罪有应得，他这个下场你满不满意？"

莎阿达几乎喘不过气来，不过这种可以发表言论的机会他无法抗拒。"我本想在离开之前去瞧瞧海文船长，对他吐口口水，顺便祝他在锁链下、黑暗中过得愉快。"他喘了口气，继续说道："可是戴吉不让我去看他。他跟赛娜两个人竟然都反过来对付我。"再喘一口气，"当初幸亏我出手，要不然他们现在都在恰斯国做奴隶了。要不是我的话，他们两个不但别想在一起，而且赛娜的小孩一出生，脸上就要刺上刺青呢。"莎阿达开始大口喘气。

"划的时候要让船首正对着波浪。你看到那个岛没有？那里有一片森林，森林外矗立着两棵大树，你眼睛望着那两棵大树，一直划过去。"

莎阿达气恼地怒视着柯尼提，骂道："光靠一个人怎么划得到那里？你应该坐到我身边来一起划才对。去程的时候有四个人划桨啊。"

"那是因为当时小艇很沉啊。再说，走了那么一趟路之后我已经很疲倦了。你别忘了，我是重伤初愈的人呢。不过，再过一阵子之后，说不定可以由我来划桨，换你休息。"柯尼提转过头，脸迎着微风，眼睛闭成了一条缝；艳阳在浮动的水波上跳动，霎时间，就连这一身疲惫都让人觉得美好。这件事情，他势必得亲手做，他必得得单独完成这件需要体力的活儿。柯尼提已经向自己证明，他光是用言辞就能指使他人；他的身体固然衰退，但是就他的野心而言，这身体仍绰绰有余。他一定会胜利。柯尼提国王，海盗群岛的柯尼提国王。有朝一日，他会不会在环中岛上盖一座宫殿？也许等他母亲过世之后，他会在那里立下基业吧。他父亲早就预见，以环岛海湾的地形而言，要用工事加以巩固坚守并不困难，而事实也是如此。在那里盖一座堡垒一定很好。柯尼提心里还在盖高塔，莎阿达就再度发话了：

"划这么久了，现在应该能看得到大船了吧？"

柯尼提点点头。"如果你一直像个大男人一般地操桨，而不是拍桨打水花的话，那我们现在早该过了那个岛。过了那个岛之后，我们应该就能看到大船，只是看到大船后仍有很长的路程要划。你继续划，不要停下来。"

"我感觉昨晚来的时候路程没这么长啊。"

"事情若是别人在做，你就感觉不出有什么吃力难做的。当船长也是一样的道理。从表面上看来，当船长好像挺容易的，但那是因为船长是别人在当。"

"你是在嘲笑我吗？"一个人在累得喘不过气来的时候是很难做出轻蔑他人的脸色的，不过莎阿达还是做到了。

柯尼提悲伤地摇了摇头。"你误会我了，我不过是把一个人本来就该及早学会的道理说出来,这能算是嘲笑吗?"

"那艘船……本来……就应该归我所有。在你来……之前,我们就……已经把船拿下来了。"莎阿达越来越喘不过气。

"对啦,你瞧,如果我没及时赶到,并把一群优秀的船员摆到薇瓦琪号上,那么如今薇瓦琪号早就葬身海底了。就算是活船,也无法光靠船本身而航行啊。"

"那个……我们……撑得过去。"讲到这里,莎阿达突然丢开双桨。其中一枝船桨从桨环中溜开,沉入水中,莎阿达伸手去抓,把船桨搁在小艇里。"他妈的,该你划了!"他喘气道,"我可不比你差。往后你别想再把我当作奴隶来指使。"

"奴隶?换作是任何一个平常的男人,我也会这样要求他,我哪里把你当奴隶了?"

"你别想指使我。你永远别想指使我!而且我永远不会放弃那艘船。不管我们走到哪里,我都一定会让众人知道你有多么不公不义、自私贪婪。我真是不懂怎么会有那么多人崇拜你!瞧你那个可怜的母亲,被你丢在荒岛上过那样粗鄙的生活,这样子不知道已经多少年了!而你回去看她,顶多也不过就待个半天,之后丢下几个破铜烂铁和一个笨头笨脑的女仆就走了。那是你自己的母亲,你怎么可以那样子待她?母亲乃是莎神女性面向的象征,所以应该要多加尊崇才是。可是,你对待自己的母亲却跟对待其他人没两样:你把别人当作仆人,也把你自己的母亲当作是仆人来看待!那个可怜的女人,她想跟你说话啊,我或许不懂她为什么会那么悲伤,不过她之所以如此,铁定不是因为没有好茶杯可用!"

柯尼提再也忍不住了,他朗声大笑。这个反应使莎阿达大为光火,气得脸更红。莎阿达骂道:"你这个野种!你这个没心肝的野种!"

柯尼提四下看了一下。此处离那个岛不远了,所以他自己是可以应付得来的。等他划到那里时,若是累得划不动了,就把外套挂在船桨上高举起来,也可以让玛丽耶塔号或是薇瓦琪号上的人注意到他。如今那两艘船上的人一定已经在瞭望他的行踪了。

"身为教士还讲这种话,你真是忘了自己的身份了!好啦,我们就掉换位置,让你休息一下吧。"

此语一出,莎阿达就不闹了,原本坐在划船座的他站了起来,但是没有站直,而是半蹲地磨着酸痛的背部,同时等待柯尼提跟他掉换位置。柯尼提本想站起来,但接着又沉重地坐下去。小艇不住地晃动,莎阿达大叫,狂乱地抓住船舷。柯尼提害羞地做了个鬼脸。"人都僵了。"他咕哝道,"没想到我今天这么累。"他沉重地叹了一口气。那教士不屑地望着他,他则眯着眼瞪着那教士。"不过,我既说我要划船,就一定会划。"柯尼提拿起拐杖,抓住拐杖头,并把另一端伸到莎阿达面前。"你等我的口号,一拉,让我站起来。我敢说,我只要站得起来,就能活动了。"

莎阿达握住了拐杖的另外一端。"好,一,二,三!"柯尼提叫道,并使劲站起来,可是他接着便再度重重坐了下去。"再来一次。"他对那教士吩咐道,"这次你得用力一点。"

这次那个疲惫的男子伸出双手来握拐杖,而柯尼提也把拐杖头抓得更紧。他命令道:"一,二,三!"那教士应声用力一拉,可是就在此时,柯尼提突然使出全身的力量顺势将拐杖推送出去。拐杖末端击中了那教士的胸膛,使得他狂舞着往后倒下去。柯尼提本希望莎阿达会利落地掉落到船外的海水里,谁料那人横卧在船舷上,差一点才会掉出去。柯尼提宛如脱兔地跃上前。他在行动的时候,重心压得很低,这是莎阿达这样缺乏航海经验的人所不及的。接着,柯尼提抓住他的双脚,将之拉高。眼看着莎阿达就要滑入水中,但就在这个时候,莎阿达突然以他的赤脚重重一踢,击中了柯尼提的脸。柯尼提被这么一踢,脸偏了过去,温热的血从鼻子里流了出来。他赶紧用袖子一揩,然后连忙换到划桨座上,握住船桨,把双桨固定在桨环里,开始用力划。

过了一会儿,那教士的头从小艇船尾的水中冒了出来。"该死!"莎阿达叫道。"莎神诅咒你!"

柯尼提本以为那人说完之后会就此沉下去,但是莎阿达的双臂却有力地划起水来,并开始追逐小艇。原来他还是个游泳健将啊。之前柯尼提倒没料到这一点。可惜，这些小岛之间的水域，海水是比较暖和的，所以他不能期望莎阿达因为水冷而迅速死亡。也就是说，他说不定还得自己动手。

柯尼提并未一下子将力气用尽，而是以稳定的步调划桨。他刚才跟莎阿达说他人僵硬了，并不是在撒谎，只是开始划船之后身子又活络了起来。那教士游得快而狂乱，犹如将死之人一般危急。眼看着莎阿达就要追上小艇了——毕竟一个人的身体分水而过的阻力小过一条小艇。在莎阿达再多划一两下就可以追上小艇之际，柯尼提小心地放下船桨，拔出腰带上的匕首，换到船尾的位置去等那教士追上来。柯尼提并未极力将身体探出船外给莎阿达致命一击。因为这么做的话，说不定他自己也会被那教士拖下海。他的做法是，每次那个快要溺毙的人追上来之时，他就在那人的手上划一刀。他的匕首既划开了莎阿达的手掌，也在他的手几乎勾住船舷的时候，将指关节割伤。那教士先是咒骂，继而尖叫，哀求柯尼提饶他一命，但是柯尼提从头到尾都一言不发。最后那教士紧紧地攀住船舷，顽固地硬要爬上小艇来，那海盗则出手在那人脸上横过一刀，割瞎了莎阿达的眼睛。不过莎阿达仍紧紧地抓住船弦，恳求柯尼提让他活下去。柯尼提气极了。"我为了让你活下去已经尽了全力了！"他对莎阿达吼道，"你若要活下去，只要照我吩咐的去做就行了。结果呢，你却拒绝了！所以啊！"

柯尼提探身出去，挥刀一刺，匕首便没入了那人的喉咙里。一时间，他的手因为染上了比海水更浓也更咸的血而变得又暖又滑。那教士突然松手，而柯尼提也放开刀柄，任由莎阿达随波逐流。一个浪头打来，又一个浪头打来，莎阿达面朝下地在水面上漂浮，接着大海便吞没了他。

柯尼提望着小艇后空荡荡的水面坐了一会儿。他把手伸到外套前襟上，擦掉手上的血。他慢慢地换到划桨座去，执起双桨。他的手已经开始长出水泡了，不过就算长了水泡也无所谓，事情办成了，而且他会活下去。柯尼提深知自己的好运仍在，他知道自己一定会活下去。

他抬起头眺望地平线。不用再划多远，船上的斥候就会发现他了。柯尼提对自己笑道："我敢说，第一个看到我的一定是薇瓦琪。我敢说，此刻薇瓦琪已经知道我在回程上了。你可要看着我呀,我的好小姐!你可要用你那一对可爱的眼睛来找我呀!"

此时,附近突然传来一个细小的声音。"说不定我会帮她开开眼。"柯尼提听了,吓得差点就失手丢了船桨。他低头望着手腕上那个沉默已久的护符。那小小的巫木护符刻的正是柯尼提自己的脸庞,不过此时那张眨着眼看他的小脸已经浸润在鲜血之中。那护符张开小口,伸出了一丁点舌头,舔了一下嘴唇,仿佛嘴唇很干似的。"要是薇瓦琪跟我一样对你认识得这么清楚,那么她会怎么看待你这位大胆船长呢?"

柯尼提咧嘴而笑。"我倒认为,薇瓦琪会认为你在撒谎,因为她一直跟我在一起,而且她去过我内心深处。她和那小子都去过,而他们到现在仍爱着我。"

"他们两个也许会自以为一直爱着你吧。"那护符不得不承认道,"但是世上只有一个生物曾经看过你那黑暗、肮脏的心灵深处,却仍决定要一心向着你。"

"我敢说,你一定是在说你自己。"柯尼提断言道,"就此而言,你可没什么选择的余地。你是永远要跟我绑在一起的。"

"就像你也是紧紧地跟我绑在一起呀。"那护符答道。

柯尼提不在乎地耸耸肩。"所以,我们是彼此绑在一起的。我给你一个建议:你就认命吧。我托人把你打造出来,就是为了要你助我一臂之力,那你就恪尽职责吧。果真如此,那我们两个还能活得久一点。"

"我虽是被人打造出来的,但根本就不必对你负什么责任。"那护符对柯尼提说道,"再说,我的生命也无须依附于你的生命而存在。只不过,为了另一个生命起见,我会暂时尽量让你活下去。"

那海盗并未回答。他右掌的水泡破了,刺痛得要命,阴郁的脸上闪过一抹不是痛楚也不是苦笑的表情。这点痛算不了什么,他的运气还在呢。一个人若是有好运道,那么他能够挥洒的可多了。

第十八章
愿望成真

"你到底把我父亲怎么了?"

柯尼提抬头看向温德洛,他已经梳洗过,并换了衣服,面前的食物也是温德洛刚放的。最后的那一场搏斗累坏了他,所以现在他什么都不想,只想好好饱餐一顿。光是听依妲急躁地唠叨抱怨他走后她有多么担心,就够把人累倒的了。于是在依妲帮他把干净衣服取出来放在床上之后,他就赶她出去,不让她留在房里。柯尼提最受不了有人在他身边瞎操心。他可不容许那种气氛破坏了食欲。至于那个少年,他根本就懒得理会。柯尼提用酸痛的手拿起汤匙,开始搅动,汤面上浮着红萝卜和鱼块。

"求求你,我非知道不可。你到底把我父亲怎么了?"

柯尼提望着那少年。他差点就伶牙利齿地回一句话以便堵住温德洛的嘴,但最后还是决定宽容一点。与肤色深、又晒多了太阳而更黑的人相比,温德洛此时的脸算是很苍白的;他站得非常挺直,仿佛很镇定的样子,不过急促的呼吸和紧咬的牙关透露出他的心思,那对黑眼则显得心神不宁。照柯尼提看来,那个年轻人心情很差,不过人总得为自己所下的决定负起责任啊。"你求我帮忙,我就让你如愿了。现在你父亲在别的地方,你不用担心他的事情,也不用跟他见面或是斗嘴了。"温德洛还来不及问下一句,柯尼提就又补充道:"他现在很安全。我这个人言而有信,既然承诺要帮你,就不会打折扣。"

温德洛的背微微地佝偻起来，他那模样像是肚子被人打了一拳。"我虽请你帮忙，但我并不想把事情做绝。"他以粗哑的嗓音喃喃说道，"不是像这样，我一觉醒来之后，发现他消失得无影无踪。求求你，大人，把他带回来吧。往后我会好好照顾他，绝无怨言。"

"这我恐怕做不到。"柯尼提和蔼地指出。他面露笑容，教温德洛放心，嘴上却同时温和地斥责他："下一次你请人帮忙的时候务必要想清楚一点。我可是花了好大的工夫才帮你把这事处理好的。"柯尼提舀起一匙汤。他想要平静地用餐，是该让这个莽撞无礼的温德洛住嘴了。"我原本期望你对我心存感激，谁料你却后悔了。是你求我帮忙的，而我也答应了。事情就是这样，没什么好说的。替我倒酒。"

温德洛木然地倒了酒。他后退一步离开桌边，好像冻住了似的，眼睛凝视着墙壁。这样更好，柯尼提把注意力都放在食物上。之前的剧烈活动使他胃口大开。他肌肉酸疼，打算在吃饱之后好好休息一下。不过除此之外，他倒觉得感知灵敏、精神奕奕。总而言之，这个活动对他大有好处。等到依妲在拐杖头和断腿处做了衬垫之后，他应该要多外出走动走动。他心里考虑着要不要把假腿改装一下，以方便他再度爬上索具。他一向喜欢待在高处，即使天气不好也一样。船桅高处的风好像比较干净，而且生机盎然。

"你回来的时候，外套和小艇上都是血。"温德洛顽固的言词打断了柯尼提的思绪与用餐。

柯尼提叹了一口气，放下汤匙。温德洛仍瞪着墙壁看，从那僵硬的姿态看来，他大概是在竭力自制，以免气得颤抖起来。"那不是你父亲的血。如果你非得问个清楚不可，我就告诉你吧，那是莎阿达的血。"柯尼提的话里浮出讥讽的味道，"你可别告诉我，你不但对你父亲的感受变了，连对莎阿达的也改变了。"

"就因为我痛恨莎阿达，你就杀了他？"温德洛惊慌失措、难以置信地问道。

"不，我杀他，是因为他不肯照我的吩咐去做。他逼得我没办法。不过这个人死了，你一点损失也没有，毕竟他一直都很瞧不起你们父子俩。"柯尼提举起酒杯，喝干杯里的葡萄酒，把空酒杯朝温德洛伸过去。那个年轻人像是木偶一般僵硬地走过来添满。

"那阿踝呢？"温德洛竟大胆到敢用不耐烦的语气问他话。

柯尼提用力把酒杯往桌上一拍，酒汁飞溅，染脏了雪白的桌布。"阿踝好得很。他们都好得很。唯一被我杀掉的人是莎阿达，而且我逼不得已。我杀他是免得你日后得亲自动手，也算是省了你的麻烦。我看起来会笨到把时间浪费在不必要的行动上吗？我告诉你，我不会呆坐在这里任由打杂小弟跟我纠缠不休！快把这清理干净，重新给我倒酒，之后你就走吧。"柯尼提瞪了温德洛一眼，他这凶狠的目光曾经吓倒过许多壮汉。

然而令那海盗意外的是，他这么一瞪，竟使得那少年眼里闪出亮光。温德洛挺直身体。柯尼提感觉到，他大概是推得太用力，把那少年推得超出什么界限了。真是有趣。温德洛走上前，一言不发，粗暴但有效率地拿开食物和桌布，随后将食物摆回桌上，又小心地添满了酒之后，才开口说道："你别把自己的作为怪到我头上来。我才不会因为别人碍手碍脚就杀了他。生命乃是莎神所赐，而莎神所赐予的每一个生命都有其目的与意义。人是无法完全领悟莎神用意的，所以我反而知道去忍耐他人，好让他们活着去实现莎神的目标。我的存在，不过是莎神对世界的构想的一小部分罢了，不会比其他人的更加重要。"

柯尼提往后靠在椅背上，叉手抱胸，看着温德洛收拾餐桌，并滔滔地讲道理。听到这里，他喷了喷鼻息。"这是因为你不是注定要成为国王。"柯尼提心里突然冒出一个念头，他不禁嘻嘻地笑起来。"教士小子，你不妨深思：说不定，我就是那种你必须忍受到底，好让他活着去实现莎神目标的人呐。"温德洛听到这个俏皮话之后，原本光彩的脸色反而暗沉下去，柯尼提看得哈哈大笑。他摇了摇头。"你太严肃啦。快出去吧，去跟船聊聊天。我想你一定会发现，如今薇瓦琪的航向与我比较吻合，反而离你较远了。这可不是开玩笑。快去吧，顺便叫依姐来找我。"

柯尼提朝门口一挥，再度把注意力放在这一顿老是被打断的餐点上。那少年慢吞吞地离去，关门的时候稍微大力了点。柯尼提摇了摇头。他对温德洛的好感有增无减，所以越来越纵容他了；若是白石胆敢用那种口气跟他讲话，保证在当天日落之前就会吃鞭子。他就是太仁慈了。想到这里，他满不在乎地耸了耸肩。仁慈一向是他的重大缺点。他就是心肠太好了，好到他自己反而吃亏哩。柯尼提又摇了摇头，任由自己的思绪飘回环中岛去。

"你昨晚为什么不叫醒我？"温德洛质问道。他对柯尼提的满腔怒火无法消解，直到此时仍在他心里起伏。

相对于温德洛的气愤，薇瓦琪的语气则显得顽固："我刚才不是说了吗，你昨晚累坏了，睡得又熟。况且我看柯尼提带他走，并没什么坏处。再说，柯尼提若是打定了主意，那是谁也拦不住的，叫醒你也没用。"

"柯尼提一定是到这里来把阿踝带走的。我睡着的时候，她还在我身边。"温德洛突然起了疑心，"是不是柯尼提要你别把我叫醒？"

"就算是又怎么样？"薇瓦琪怫然反问道，"有什么差别吗？总归都是我自己决定不叫醒你的。"

温德洛低头看着自己的脚。这伤痛之深令他意外。"你以前心比较向着我。换作是以前，无论你认为叫醒我有没有用，你都一定会那么做。况且你一定知道我希望你把我叫醒。"

薇瓦琪别过头眺望着水面。"我听不出你这话是什么用意。"

"你现在连讲话的口吻都像他了。"温德洛悲戚地说道。

温德洛生气的时候，薇瓦琪还不为所动，但是他一懊丧，薇瓦琪反倒跳起来了。"不然你要我说什么？你期望我说，凯尔·海文离船使我感到遗憾？门儿都没有。打从凯尔掌舵以来，我就没有片刻的宁静。温德洛，他走了，我很高兴，高兴得很，而且你也应该高兴。"

温德洛的确高兴。问题就出在这里。换作是以前，薇瓦琪一定很了解他的心情，但现在她迷上了那个海盗，她心里只在乎柯尼提的想法。"你还需要我吗？"温德洛突然问她。

"什么?"这回轮到薇瓦琪惊讶了,"你怎么会问这种话?我当然需要……"

"因为我在想,如果你跟柯尼提在一起比较快乐的话,那么他说不定会放我走。你们只要停泊在大陆的海岸边,不论哪里都可以。我上岸之后,自会想办法回到修院去,寻回我自己的人生。我可以把这一切都置之脑后,反正我也无法改变这里的情况。"温德洛顿了一下,"你大可以像排除我父亲那样地排除我。"

"怎么,你在吃醋?"薇瓦琪反击道。

"你还没回答我的问题。"

薇瓦琪就在那一刻答复了。她敞开心胸,让温德洛感受到他那番重话使得她心里多么痛苦。

"噢。"温德洛轻轻地说道,这样就够了,他顺着薇瓦琪的目光望过去。玛丽耶塔号几乎是紧靠着薇瓦琪号下锚,此时温德洛不但看得出玛丽耶塔号正轻轻地晃荡着,也可以清楚看到船上守望者的脸孔。之前布里格焦急地派人去玛丽耶塔号上找索科,请他到船上跟船长一谈的时候,索科是不太高兴的,而此时玛丽耶塔号靠得比较近,正反映出索科再度心生警戒。

薇瓦琪直接切入重点。"我关心柯尼提,你有什么好嫉妒的?你若是能切断你我之间的联系,早就远走高飞了。但是柯尼提恰恰相反;他热忱地与我结交,对我无微不至,从没有人像他这样殷勤。你去忙自己事情的时候,他常常到这里来陪我,跟我讲故事;他不但跟我讲他自己的故事,也跟我讲民间传奇和从别人那里听来的故事。我讲话的时候,他总是听得很专心。他常常问我有什么想法,以及我有什么盘算。他把他治理王国、统治人民的计划都说给我听;我提出点意见,他就好高兴。有人讲话给你听,而且还愿意倾听你讲的话,那种感觉有多么好,你知不知道?"

"我知道。"薇瓦琪这话令他想起在修院的生活,但是温德洛并没有说出声来。他不用出声,薇瓦琪也知道他的心思。

"我真不懂,为什么你不给他一个机会?"薇瓦琪突然滔滔地说道,"我不能说我跟他就像跟你一样熟。但是有件事情你我都心知肚明：他比你父亲对你更有心、更亲切。柯尼提会为他人着想。你找个时间，请他将为分赃镇画的设计图讲给你听。要如何建造塔台以御外敌、要在哪里凿井才会有干净的水源，这些他想了很多。他也替歪斜村画了新的设计图，要在哪里造防波堤、要在哪里建码头，他都画出来了。要是他们肯听他的话，听从他的指导，那么以后必定大有可为。柯尼提要把这些地方整治得又整齐又完善。除此之外，他也想跟你交朋友呢，温德洛，他对凯尔下的手可能重了些，但你的确曾经找他帮忙呀。你想想看，柯尼提若是把凯尔交给分赃镇的那些奴隶，岂不是能讨那些人的欢心？凯尔要是公开地被折磨至死，一定人人争睹，而且能大大提振柯尼提的名声，这你一定心里有数。要不然，他也可以叫你母亲付赎金，把凯尔赎回去，借此充实他自己的财库，并榨干维司奇的家产。但是那些事情，他都没有做，反而只是把那个卑劣、小心眼的男人弄走，摆在一个既伤害不到你，也伤害不到别人的地方。"

薇瓦琪深吸了一口气，像是要长篇大论，最后却一言不发，像是已经无话可说了。她这番话令温德洛无力招架，他不知道柯尼提有这些梦想。薇瓦琪说得头头是道，但是她竟然处处维护那个海盗，这使他很伤心。"所以，他是为了行善而做海盗？"

薇瓦琪大怒。"我又没说柯尼提没有私心，也没说他的做法无可非议。是，他是贪恋权力，而且渴望更多权力，不过他当权之后做了不少好事。难不成你宁愿他不去解救奴隶，而是大谈什么四海之内皆兄弟之类的陈辞滥调？你一心只想回你的修院，这样丢下世上的苦难不管，难道不是退缩？"

温德洛听得目瞪口呆，无言以对。过了一会儿，薇瓦琪坦承道："他已经找我跟他一起去做海盗了，这你知道吗？"

温德洛尽量保持平静，但是他的口气仍透出苦涩的味道。"不知道，但是这可想而知。"

"怎么？这有什么错吗？"薇瓦琪质问道，"你也看到他做了不少好事。我知道柯尼提的作风很严，这点他自己已经跟我招认了。他说我一定会目睹残忍的场面，并问我能不能应付得了。我也老实地跟他说了，那天奴隶暴动的时候，我心里害怕得很。你知道他怎么说吗？"

"不知道，他怎么说？"温德洛竭力自制，不让自己失控。她怎么这么单纯、这么好骗？难道她看不出海盗柯尼提在玩弄她吗？

"他说，那就像他割腿的经历一样。他在遇到你之前已经吃了很多苦头，而且他一心以为，这腿不必多费事就会自己好起来。但是你让他明白，他必须忍受更大的痛苦，这场苦痛才会结束；他相信你的看法是正确的。柯尼提请我回想奴隶们所受的折磨——奴隶们待在我船舱里的时候，我对他们所受的折磨感同身受。他还告诉我，在别的船上仍有这样的折磨在不断上演，所以他行的不是海盗之道，而是手术之道。"

温德洛的嘴紧抿成一条线，接着他开口问道："这么说来，此后柯尼提只攻打运奴船？"

"对，只有运奴船和那些借由贩奴而发了大财的船。我们不可能把在哲玛利亚国和恰斯国之间往返的运奴船通通拿下来。不过，如果所有涉及奴隶买卖的人，而不只是那些开运奴船的都感受到柯尼提正义的暴怒，那么要不了多久，他们就不得不三思了。到那时候，诚实好心的商人发现他们因为运奴船的牵连而受害，就会起而反对运奴船。"

"你有没有想到，日后大君会加强巡逻这一带水域？大君的巡逻船队会追踪并摧毁海盗聚落，以便扫清柯尼提。"

"也许吧，但是依我看来，大君是不可能成功的。温德洛，柯尼提的目的比较高尚。别的人不说，但是这一点你一定看得出来。我们不能因为这种事情很痛苦或是很危险而躲在一旁。如果连我们都不肯出力了，那还有谁肯呢？"

"这么说来，你已经答应要跟他一起做海盗了？"温德洛难以置信地问道。

"还没，"薇瓦琪镇定地答道，"但是我打算明天告诉他。"

艾希雅的商人袍闻起来有香杉味。她母亲在衣柜里摆了香杉块，免得蛀虫啃坏了毛料的衣服。这香杉若是味道淡一点也就算了，偏偏又浓又呛，她都快头晕了。这袍子还合身,她倒挺意外,毕竟已经好几年没穿了。

她穿过房间,在镜子前坐下来。镜子里的她看起来青春且颇有女人味。有的时候,满载号上的时光就像是一场梦。她回家来之后,人总算胖了起来,不再瘦巴巴的。葛雷就曾称赞她整个人变得比较圆润。她把光亮的黑发拢起来,用发夹别上去之际,不禁坦承自己也觉得这个变化蛮好的。商人袍的式样简单,她穿了并不出色,不过她慢慢地起身离去时对自己说道,其实这样也好。今天晚上,她并不希望自己看起来娇艳如花,而是要像个严肃而勤勉的商人之女,她希望大家能看重她所讲的话。不过,她还是驻足稍停,在喉间搽了一点香水,并在唇上点了胭脂。她耳上挂着石榴石的耳环,这是葛雷新送的礼物,恰好跟红紫色的袍子很搭。

艾希雅已经忙了一天。她亲自去向缤城商会请愿,不过他们只说会考虑。他们告诉她,用不着听取她公开申诉,因为维司奇家族的商人代表是凯芙瑞雅,不是她。所以回来之后,艾希雅倔强地告诉姐姐,晚上如果时机适合,她也必须起身发言。接着艾希雅写了短函,让葛雷知道薇瓦琪号落于海盗之手的事情,并派瑞喜去送信。艾希雅亲自去达弗德·重生的家里,一方面是要把消息告诉他,一方面是请他晚上去商会开会的时候顺便让维司奇家的人搭一程。达弗德听了,表现出恰如其分的惊惧,不过他不信任那个"小流氓特雷"的说辞;他跟艾希雅说,若是真有此事,他一定会跟她们站在同一边。艾希雅注意到,达弗德口称支持,却绝口不问她们家需不需要用钱。不过她了解达弗德这个人,所以也不期望他给她们财务上的援助。对达弗德而言,感情与钱财乃是两回事,一点也不相干。之后艾希雅就回家去,帮着瑞喜把这个星期要吃的面包烤好,到菜园子去立支架,并把豆丛绑在支架上,又把梅子树和苹果树的绿色新果摘去一些,这样剩下的果子才长得大。这些事情做完之后,艾希雅又足足刷洗了半天,才把自己弄到可以见人的模样。

不过,即使事务繁重,贝笙·特雷还是不时闯入她的心头。就算贝笙没回到缤城,自己的人生也够复杂的了,不是吗?倒不是说贝笙跟她的人生有什么关系。就目前而言,她的分分秒秒都应该用来思索薇瓦琪或是商会会议的事情,或是想想葛雷也好。偏偏她每一动念，就会想起贝笙，并因此而开启了其他许许多多的遐想；只是一考虑到那些与众人不同的人生规划，艾希雅就惶惶不安。她一再推开贝笙，可是他的身影还是一再浮现：他坐在厨房的桌边啜着咖啡，一边听着她母亲讲话一边点头的模样；他抱起小瑟丹时，低头看着那个孩子的模样；他像是在船上一般地左腿勾着右腿，站在她父亲的书房里，眺望着窗外夜景的模样。还有，艾希雅刻薄地想，贝笙再三伸到口袋角落去摸一下的样子——想必他口袋里藏着辛丁。那个男人呀，总是离不开恶习。把他抛开吧。

艾希雅匆匆地走到门厅去。今天晚上的会议影响深远，她可不想迟到。令她意外的是，麦尔妲已经站在门厅等了。艾希雅以挑剔的目光对外甥女略作打量，倒没什么好挑剔的。她本以为麦尔妲会浓妆艳抹，戴着一身珠宝之类的，可是她的装扮几乎跟自己一样肃穆；麦尔妲唯一的装饰品就是插在头上的鲜花。不过就算是穿着一袭简单的商人袍，那少女照样艳光照人。艾希雅心里想道，也难怪年轻男子会爱慕她，她长大了呀。光是这一天半以来，麦尔妲就显得成熟许多。说来可惜，麦尔妲的成熟气质竟要以家族的危机才能诱发出来。艾希雅一方面想化解紧张的心情，一方面想鼓励外甥女，所以开口说道："你好漂亮呀，麦尔妲。"

"谢谢。"那少女心不在焉地答道，她皱着眉头，转头望着艾希雅，"要是我们不必搭达弗德·重生的车去商会就好了。搭他的车子恐怕不太好看。"

"颇有同感。"麦尔妲竟然会考虑到这一点，艾希雅倒有点意外。她并不讨厌达弗德，不过她这种心情，是把达弗德当作是行事古怪、偶尔还有点笨拙的叔叔伯伯一般。就因为这个缘故，艾希雅在挣扎之余，对于达弗德那站错了边的政治立场就视而不见了。艾希雅的看法跟她母亲一样：达弗德·重生是家里的多年老友，实在不需要因为在政治上相左而跟他疏远。艾希雅只希望她们家跟达弗德的关系不会削弱她要在商会表达的意见。她一定要让众人认为，她是全心全意而且正正当当地支持坦尼拉家族的；众人若是认为她是个没大脑的女人，只要跟哪个男人走得近，就把对方的立场作为自己的，那她可就羞辱得无以复加了。她希望众人把她看作艾希雅·维司奇，而非只是个迷恋着葛雷·

坦尼拉的女孩。

"我们真的连马车跟拉车的马队都养不起吗?接下去就是夏天了,舞会、茶会和盛宴很频繁,我们总不能老是搭达弗德的便车吧。你想想看,若是一直搭他的车子,其他商人家族会怎么想。"麦尔妲忧愁地说道。

艾希雅皱着眉头思索道:"家里有辆旧马车,如果你肯帮忙,我们倒可以把那辆马车洗干净、上上油。那辆车积了厚厚一层灰,可是还算牢固。之后我们再打听看看,哪里能雇到拉车的马队和马车夫。"她穿过房间,走到窗边眺望窗外的风景,转头狡黠地对麦尔妲一笑,"要不然,由我亲自来持缰绳也可以。我像你这么大的时候,我们的马车夫海克斯偶尔会让我驾车。父亲并不在意,但是母亲一直都很反对。"

艾希雅的外甥女冷冷地看了她一眼。"果真如此,那可比搭达弗德那辆破车还丢脸。"

艾希雅耸耸肩,再度眺望窗外。每次她跟麦尔妲稍微热络起来,那个女孩就冷冷地把她推开。

母亲和姐姐走进门厅之时,达弗德的马车也正巧从车道开进来。"我们走吧,别等了。"艾希雅提议道,并赶在达弗德下车之前开了门出去。"达弗德一进门来就一定要喝喝酒、吃吃点心才肯出发。"由于姐姐不以为然地瞪着她,所以她又补了一句:"可是这一来就迟到了。"

"我可不想迟到。"她母亲应和道,于是众人鱼贯走到马车边。那个颇感意外的车夫还来不及从车厢顶的驾驶座跳下来,艾希雅就自己开了车门,并把母亲、姐姐和外甥女扶上车。达弗德顺从地往车内挤,艾希雅则在他身边坐下。达弗德用的是麝香系的香水,味道重到几乎跟她袍子的香杉味一样,令人闻得头晕。唉,幸亏这趟路不是很远。艾希雅与达弗德坐一边,凯芙瑞雅、母亲与麦尔妲坐另外一边。达弗德对车夫示意,于是马车便辘辘而行。车行时规律的吱嘎声和椅垫缝隙间的沙尘,每一样都显示出马车疏于打理。艾希雅只是皱了皱眉头,但是没说什么,毕竟达弗德从来就不善于管理仆人。

"瞧瞧我给你们带了什么来啦。"达弗德宣布道,拿出了一个饰着缎带的小盒子。他亲自把盒子打开，并将盒中的东西展示给她们看：里面是各种黏乎乎的果冻糖，那是艾希雅六岁大的时候最爱吃的甜点。"我知道你们最爱吃这个。"达弗德对她们坦诚道，同时自己就先拿了个来吃，然后才把盒子递出去。艾希雅很小心地拿了一个，她把盒子递给姐姐的时候，姐妹俩互看了一眼，那眼神中道出了她们对于达弗德的亲切与容忍。凯芙瑞雅拿了个红色的果冻糖。

达弗德自己则得意洋洋地望着她们。"嗯！你们都好美呀！我带着这么一车美丽的女子到会场，其他商人可不羡慕死我了！我看我得把手杖拿出来预备，因为车门一开，年轻男子不免蜂拥而上，到时候可能连挤都挤不出去了！"

听到这个浮夸的赞美，艾希雅和凯芙瑞雅都尽责地一笑，毕竟她们打小时候起听到达弗德称赞的反应都是如此。麦尔妲怫然变色，而母亲则应道："达弗德，你就是会讲好听话。可是都过了这么多年了，你看我们还会相信吗？"她皱皱眉头，补了一句："艾希雅，你把达弗德的领巾调正好不好？那个领结都滑到他耳朵那里了。"

艾希雅听得出母亲的言外之意。达弗德戴了条上好的黄丝巾，可是丝巾上有一处污渍，看起来像沾到了肉汁。其实，穿商人袍时搭配这样的领巾并不得体，但是艾希雅知道，劝达弗德把领巾解下来是自讨没趣。在她把领巾解开重绑之后，那个污渍就几乎看不到了。

"谢谢你，亲爱的。"达弗德开心地说道，感激地拍拍她的手。艾希雅对他一笑，转过头，发现麦尔妲正以不屑的目光瞪着她。艾希雅对外甥女扬起一边眉毛，请她体谅一点。不过麦尔妲会那么讨厌达弗德，艾希雅是可以体谅的，因为她自己细想之后，也跟麦尔妲一样感到不屑。如今，达弗德的行径卑劣，不但与新商同声一气，更帮着他们打击自己的阶级，所以比新商更为不如；虽然其他商人不断谴责，但是他照样在商会集会之时帮新商讲话。他从中牵线，安排那些急欲收购产业的新商，买下处境窘迫的缤城商人的祖传土地。有人谣传达弗德处心积虑地居间协调，这样做为的是让新商受益，而不是让相关的缤城商人得到一点好处。外面的人把达弗德讲得很难听，不过艾希雅实在很难相信他会那么卑劣。当然，她也不得不承认，如今达弗德的田地上只用奴隶来耕作，他自己还居中从奴隶贸易中获利。这已经够糟了，竟有人谣传新商想把派拉冈号买下来，达弗德还努力奔走，那更是难以置信。

艾希雅为了避免自己继续想下去，于是提了个话题，闲聊道："这个嘛，达弗德，缤城最有趣的小道消息总是逃不过你的耳目。既然如此，你愿不愿把今天听到的最精彩的故事讲给我们听听呢？"据她看来，达弗德这个人其实刻板得可以，所以他讲的故事应该也不至于出人意料到哪里去。

达弗德听到艾希雅的赞美之后，笑了一笑，得意洋洋地拍了拍肚子。"亲爱的，我今天听到的最精彩的小道消息虽然不是发生在缤城，但如果成真的话，那可绝对会对缤城所有的人都造成深远的影响呐。"达弗德逐一望过去，以确定众人都在专心听他说话，"这是我从新商那里听来的。那人的信鸽从哲玛利亚城飞回来，把这个惊天动地的消息带回缤城。"达弗德顿了一下，用食指轻轻点着微笑的嘴唇，仿佛在考虑若是说了出去，会不会太过不智？总而言之，他就是要别人求他把话讲出来。

艾希雅随便捧他两句："快说嘛，我们对哲玛利亚城的消息最感兴趣了。"

"这个嘛，"达弗德往椅背一靠，"去年冬天发生的那个不幸事件，我敢说你们都是知道的。冬天的时候，库普鲁斯家的人……麦尔姐，恕我直言，我知道他们家那小子对你颇为着迷，可是我讲的是政治，不是爱情……库普鲁斯家的人代表雨野原商人到缤城来，掀起了我们缤城人与大君之间的纠纷。当时我也想办法跟他们讲道理了，可是罗妮卡，那场会议简直像场暴动，这你又不是不知道。结果就派了几个缤城商人作为代表，带着特许令正本到哲玛利亚城去，为的是要求大君遵守那个古老的文件。问题是，时代变化得这么快，我们还能硬是要求对方实践那种老掉牙的承诺吗？我真不知道那几个人是怎么想的，但反正呢，他们就去了。人家是客客气气地接待他们，也慎重地告诉他们说，大君会考虑他们的提议，但是之后就没有下文了。"达弗德左右张望，看看大家有没有在听。这其实是旧闻了，不过艾希雅还是尽责聆听，麦尔姐则透过积灰的窗玻璃眺望着窗外。

达弗德倾身向前，深怕被车夫听到似的压低了声音。"你们一定都听到外头谣传大君答应要派个特使到缤城来，而如今这个特使是随时都可能抵达缤城了。不过，我听到的谣言是说，大君不派特使！大君年纪轻、精神好、爱冒险，所以他打算亲自前来。我听人说，大君会轻装简从而来，只带几个心灵侍臣，但将由他的恰斯仪队重重护卫。听说，大君这样做是为了让缤城人知道，他仍认为我们缤城跟哲玛利亚国的任何城市一样，与哲玛利亚国紧密相连。等大家体会到大君远道而来，在路上忍受了多少不便，并且感受到他衷心希望缤城继续效忠哲玛利亚，那人们将心比心都来不及了，还能再胡闹下去吗？在任的大君前来缤城探查，这是多么难得的盛事呀！罗妮卡你说，我们从小到大，连一次都没碰上过，对不对？有些新商一听到这个消息，就打算要办几场豪华的舞会和宴会，并且已经着手开始筹备了。啊，在这个时候，娇美且单身的年轻小姐最吃香了，你说是不是呀，麦尔妲？虽然那个雨野原男人热烈追求，但如今你可别急着点头了。说不定，我可以靠着交情帮你弄到一张请帖，让你去参加那种盛大舞会，以便获得大君的青睐！"

达弗德没料到他这番话竟能令她们如此讶异，就连麦尔妲都眼睛睁得大大的瞪着他。"大君？到缤城来？"麦尔妲的母亲难以置信地问道。

"他是哪里不对劲呀？"艾希雅察觉到达弗德转头瞪着她，这才知道自己把心底的话讲了出来。她赶快打圆场："我的意思是说，这趟海路既远又危险，他这样岂不是太冲动了？"

"话虽这么说，但他还是上路了，信鸽带来的消息就是如此。好啦，你们可别把这事泄漏出去哦，知道吧？"达弗德虽这么说，但倒不是真的希望众人听到消息之后守口如瓶，只是他不管转述了什么闲言碎语，最后都要添上这句话。

艾希雅还在思索，但是车夫已经拉马停车了。"我来。"达弗德倾身越过她，伸手去推车门把。然而达弗德以肩膀去顶住车门往外推之际，车夫也使劲地从外面拉开车门。车门砰地大开，要不是艾希雅及时拉住那个胖商人的袍子，他可就飞出去了。那车夫不情不愿地伸出手，扶着达弗德下车，他下车之后则得意洋洋地——扶着维司奇家的女人下车。

葛雷·坦尼拉在台阶顶上"缤城商人大堂"外的长廊上徘徊。他穿着深蓝色的商人袍，并按照古老的航海人规矩，把袍子角塞在腰带里，露出大半肌肉劲健的腿和穿着凉鞋的脚。不知怎么回事，他让自己看起来既是大胆的水手，也是严肃的商人。艾希雅不得不暗暗承认，葛雷这个人的确非常英俊。他东张西望，可见他是在翘首企盼她的到来。艾希雅在清晨的时候派人送了短函去给葛雷，把薇瓦琪号落入海盗手里的事情告诉他。葛雷立刻就回函了，他的信十分热诚，使艾希雅很感动。葛雷在信上说，他会与她站在同一阵线，并尽他的力量，让她得以在今晚的会议上公开发言；又说他已经写信通知家人，欧菲丽雅也跟艾希雅一样关心薇瓦琪。

艾希雅在葛雷的目光与她的相遇之时露出微笑，而葛雷则是高兴得大笑，露出一口白牙。不过他在看到护卫她前来的人之后，笑容就僵了。艾希雅轻声告退，匆匆地爬上商人大堂的台阶去跟葛雷会合。艾希雅伸出一只手，葛雷也正式地弯身一吻。他直起身来之后，低声说道："我早该想到要派辆车去接你的。放心，下次我绝不疏忽。"

"噢，葛雷，达弗德没什么啦。他跟我们家是世交，如果我不肯搭他的车，他一定会很难过。"

"维司奇家有这种朋友，怪不得会家道中落。"葛雷辛辣地说道。

一时间，艾希雅心里结成了冰。葛雷怎么可以这样冷言冷语？不过他接下来讲的话使艾希雅想起葛雷自己的处境有多么艰难，所以她也就不追究了。

"欧菲丽雅常常问起你呢。她听到你的事情之后，特别盼咐人筹备，并亲自煮酒祭神，以祈祷薇瓦琪一切平安，还教我告诉你她很关心你。"葛雷顿了一下，温柔地笑道："欧菲丽雅在关税码头上待久了，无聊得要命；何况现在她的手修好了，所以更巴不得早点出航。不过呢，每次我向她保证，一待事情处理好了，我们一定尽快出海，她就求着我想个法子找你一起同行。我就跟她说，我只想得到一个办法。"葛雷说到这里，不住地笑着看她。

"什么办法？"艾希雅好奇地问道。葛雷的意思是不是要找她到欧菲丽雅号上去当二副？想到这里，艾希雅心里一下子兴奋了起来，她是很喜欢那个如女家长一般的欧菲丽雅的。

葛雷羞红了脸，望向他处，嘴边仍漾着笑意。"速速办场婚礼，这样就可以顺理成章地带着新娘出航啰。当然啦，我是开开玩笑，果真如此，那要招惹多少闲话呐？我本以为欧菲丽雅会骂我一顿，但是她不但没骂，反而夸我想得周到。"葛雷瞄了艾希雅一眼，"巧的是，我父亲也说这样很妥当。不过我可没跟我父亲提，是欧菲丽雅说的。"

葛雷停了下来，期待地望着她，仿佛他问了个问题，正等着她回答。可是葛雷方才的话并不是问句，起码不是直接地问。况且，就算艾希雅与他陷入热恋，她也无法在此刻接受他的求婚，毕竟她自己的家族活船危在旦夕。这个道理，难道葛雷不懂吗？艾希雅虽极力自制，但脸上仍显露出不解的表情，而此时她碰巧瞄到贝笙·特雷站在商人大堂台阶下的平地上，更增添了心里的烦扰。一时间，两人四目相对，艾希雅无法转开头不看他。

葛雷却以为艾希雅之所以如此苦恼，另有别的理由。"我也不是真的期望你于此时此地考虑。"他连忙说道，尽量把失望的心情藏在心里，"现在你我各有要务缠身。希望今晚的会议能多少让我们卸下心头的重担。"

"是啊。"艾希雅应和道，语调中却不带柔情。贝笙看来心事重重，他凝视着自己，眼神十分哀怨，仿佛她拿了刀子刺入他的心脏。他还是昨晚艾希雅见到时的那一身装束；由于身处于一群穿着袍子的商人之间，穿着宽松黄衬衫、黑长裤的他简直就像是外国人。

葛雷顺着艾希雅的目光望过去。"他来这里做什么？"他问道，像是艾希雅会知道答案似的。他拉住她的手臂。

"薇瓦琪号被劫的消息就是他告诉我们的。"艾希雅抬头望着葛雷，平静地答道。她不想让贝笙认为葛雷与她在瞪着他看，而且正在谈他的事情。

葛雷望着艾希雅，眉头皱在一起。"这么说，是你邀请他来开会的了？"

"不，我没邀请他。"艾希雅轻轻摇头，"也不知道他为什么会来这里。"

"跟他在一起的那个人可是琥珀？琥珀到这里来干嘛？他们怎么会凑在一起？"

艾希雅转头去看。"我不知道。"她喃喃地说道。

琥珀的黄棕色头发编成许多细小的发辫披在肩上,身穿一袭式样简单的黄棕色长袍,头发和衣饰像是融合成了一体。她从某处走出来站在贝笙身边,又跟他说了一些话。她的表情不太高兴,但是既不是在看贝笙,也不是在看艾希雅;她那像黄色猫眼的眼睛怒视着达弗德·重生。达弗德·重生则凝视着葛雷·坦尼拉,匆匆地朝葛雷和她而来。看来艾希雅生命中最令人气恼的种种场面,注定要在今晚撞在一起了。

达弗德已经气喘吁吁地步上商人大堂的台阶了,不过艾希雅的母亲比他还快,抢先走到艾希雅身边,凯芙瑞雅和麦尔妲不过比罗妮卡慢了一步。罗妮卡和葛雷先打过招呼,接着直视着他的眼睛。"我答应让我女儿与你同坐,如果你有此意的话。我知道你们有要务要谈。"

葛雷正式地鞠了个躬。"罗妮卡·维司奇,你的信任让坦尼拉家族倍感光荣。我发誓一定不负所托。"

"多谢母亲。"艾希雅也正式地对母亲说道。她不得不佩服母亲的先见之明,现在她可以大大方方地挽着葛雷的手臂,趁着达弗德赶上来之前赶快走进大堂里,至少葛雷与达弗德之间的冲突可以避免了。艾希雅几乎是拉着葛雷往前走,至于贝笙看到她匆匆走开会当作是什么情况,她就尽量不去想了。

走进大堂之后,她就改为与葛雷并行。她察觉到许多人都注意到他们两人。女人在这样的会议中跟男方的家人坐在一起,等于是公开对大众宣布两人已经到了谈婚论嫁的地步。想到这里,艾希雅真想把手抽回来,去跟自己家的人坐在一起。但若是现在丢开葛雷,众人一定会以为两人起了严重的争执。所以艾希雅不但没走,反而面露优雅的笑容,任由葛雷把她安置在母亲和妹妹之间的座位上。葛雷的母亲满头灰发,一副杰出商人的模样;妹妹则对艾希雅眨了个眼,看来是跟他串通好的。她们彼此轻声打招呼,而人潮不断涌入大厅,人声也渐渐嘈杂起来。葛雷的母亲与妹妹轻轻对艾希雅致意,针对薇瓦琪号被劫之事表示同情,但是艾希雅一个字也说不出来,只能不断点头。她突然紧张了起来,开始祈祷,希望商会允许她公开发言。她一再地在心里演练说辞,必须让其他的缤城商人明白,救回薇瓦琪号并非单纯是维司奇家族的家务事,而是缤城全城的人都应该关心的事情。

　　商会正式开议之前,人们总是不住地四处走动、叙旧聊天,时间拖得很长。有五六个人特地走到坦尼拉家族这里来打招呼。艾希雅装出笑容,维持住表情。不过那些人似乎以为,热切交往中的她和葛雷必定会轻浮地打情骂俏,不会把心思放在重要事务上。幸亏葛雷的母亲对她眨了个眼,又轻轻地说了两句话,艾希雅才不再气恼。"你能坐在这里真好。光是我们坐在一起团结一致的模样,他们就比较不敢随便对待我们了。"葛雷的妹妹也握着艾希雅的手,轻轻地捏了一下。她们的关心让艾希雅倍觉温馨,但是她同时也因此而有一点不自在。她还不确定自己是不是想这么早就跟葛雷情定终身。

　　商人议会的议员走上高台之后,扰嚷声就渐渐小了。议员们都穿着白袍,以显示他们暂时割弃家族的联系,只忠于缤城整体的利益。另外有几个着黑袍的风纪也在墙边的位子上坐了下来。商人们在开会时,有时不免过于激动,风纪的功能就是要维持会场的秩序。

　　艾希雅看着议员们彼此招呼之后,在高台上的长桌后坐了下来。她突然感到很羞耻,因为台上的议员,她能叫得出名字来的没几个。要是她父亲在此,必定会知道哪些人是他的盟友,哪些人会跟他作对,但是艾希雅没那个才能。铃声响起,会议要开始了。艾希雅对莎神默祷,希望莎神能引导她流利地发言。

　　其实,艾希雅的默祷可以久一些。议长的演讲很冗长,重点不外乎今天要讨论好几个议题,所以他认为最好是先处理简单的纠纷。听到这里,艾希雅转头以疑惑的目光望着葛雷;她一直以为,这一场会议是特别为了听取坦尼拉家族的申诉而召开的。葛雷的眉头纠结在一起,耸了耸肩。

　　接着是一场两个商人家族之间为了两家分界的界河水权而起的火热争执。一方人家有牲畜,需要饮水;另一方人家有田地,需要灌溉。双方争执不下,最后议会决定水权为双方所有,并且指派了三名商人作为仲裁,以调解双方如何共用水权。争议的双方彼此鞠躬、坐下之后,艾希雅便期待地坐挺起来。

　　但她是注定要失望的,因为接下来的争议就没那么容易平息了。有个商人的冠军牛让邻居的几条母牛怀了牛宝宝。双方都声称说自己才是受害者:公牛的主人要求高额的种牛费，母牛的主人则反驳，他原先的盘算是要用其他品种的公牛，所以这样的小牛不合他的期望；公牛的主人称对方的仆人故意破坏篱笆，母牛的主人则声称公牛的主人太过疏忽，没把自己的牛圈好。这个案子非常棘手，所以议会退入后室，以便自由辩论。议会休庭的时候，台下的众人不住地动来动去或是跟隔壁的人讲话。议员再度出场之后宣布说小牛应在断奶后出售，利益由双方均分，公牛的主人应负责修复篱笆。这个决议双方都不满意，可是议会的决议是有约束力的。这两个商人家族的人都站了起来，气愤地朝对方走过去，更令艾希雅气馁的是，另外几个家族的人也跟着上前，两边的人弄得剑拔弩张。她原来希望旁观者能帮着劝和或是请议会再多加考虑。

缤城商人议会的议长看了一下桌上的单子。"坦尼拉家族向本议会要求发言时间，以便就大君的税官针对活船欧菲丽雅号所征收的关税、暨活船欧菲丽雅号因未付关税而被扣留在关税码头二事提出反驳。"

议长话声方歇，道尔商人便站了起来要求发言。议会也叫出了他的名字，允许他发言。道尔的发言显然是经过充分演练的，他迅速地说道："本案不宜由缤城商会来处理，因为本案非关商人与商人之间的事务。坦尼拉商人既是对大君的关税有所不满，就应该去跟大君的税官申诉，并将议会的宝贵时间留给攸关众人的事务。"

艾希雅注意到，达弗德·重生坐得直直地聆听道尔的发言，而且还不住地点头，不禁心头一沉。

汤米·坦尼拉站了起来。那老船长肩膀紧绷，两手握拳垂在身侧。他讲话的时候刻意收敛，以免流露出怒气："缤城商会怎么沦落成奶妈似的，只能帮斗嘴吵架的兄弟姐妹调解，此外动都不敢动啦？缤城商会若不能代替缤城发声，那还算是什么东西？我今天之所以要提请申诉，原因并不是我跟税官过不去，而是因为税官对所有船东征收的关税并无正当的基础。我们原始的特许令上明载，收益的五成要缴纳给大君，这个税率虽然高得不像话，但是我们的祖先既然答应了，我也愿意心甘情愿地遵守。然而原始的特许令上根本就没有提到今天税官要课税的这些名目。再说，从来也没有哪份文件上写着我们缤城必须忍受那些杀人放火、偷盗抢夺等无所不为的恰斯佣兵船大大方方地停泊在我们的港口里。"汤米·坦尼拉越讲越气,后来声音都发颤了。他压抑着自己保持沉默,并竭力克制。

达弗德·重生站了起来。艾希雅开始感到头晕。

"各位议员,所有的哲玛利亚商人都要缴税给大君,我们凭什么抗税?难道大君不是圣明公正的好君主吗?国事井井有条,对我们大家都有好处,所以我们应当要支持大君才是啊!我们付这些税目为的是要维修哲玛利亚城的码头和设施,并支付巡逻船队的费用,以便肃清内海路。坦尼拉商人对恰斯国的巡逻船队轻蔑有加,但若要对付海盗,就得靠这些功绩彪炳的恰斯船队啊。如果坦尼拉商人看不起恰斯船队,不屑他们来为我们效命,那么他大可……"

"什么恰斯国的巡逻船队?根本就是海盗!他们把老实做生意的船拦下来,唯一的目的就是勒索。在座的各位都知道,我的活船欧菲丽雅号就是因为碰上了这种不请自来的拦路劫匪,才在自卫的时候受了伤。我们缤城的船从来就不肯任由外国人登船。难道你建议我们从现在起改变原则吗?关税一开始征收的时候是很简单的,可是现在复杂到他们必须聘个专门的书记,才算得出我们欠了多少税。而这些税的目的无他,就是要弄到我们除了跟哲玛利亚城做生意还有点利润之外,跟别处做买卖都没赚头。他们窃取了我们的利润,又把我们拴得紧紧的,好教我们连一块钱都逃不出他们的钱包。任凭是谁,只要是最近在哲玛利亚城停泊过的,都可以作证,我们虽缴了税,但是哲玛利亚城港口的设施还是老样子。据我看来,那些码头至少三年没修了。"

坦尼拉此语一出,众人纷纷应和,有的人还大笑起来,后排有个人叫道:"我们上次停泊在那里的时候,我船上那个打杂小弟差点就掉到海里去了。"

道尔趁着空档倏地站起来插话道:"各位议员,本案根本就不该拿到这里来裁决。我建议各位议员先行休庭,以决定是否要听取本案的证词。"接着道尔张望了一下,"天色黑了,也许我们应该把本案留到下次开会时处理才是。"

"我相信,听取本案与本商会的宗旨并不相悖。"议长答道。不过此话一出,立刻就有两名议员大摇其头,这一来,就非得再度退回内室讨论不可了。

这次休庭,众人就不像上次那样好脾气地耐心坐在位子上等了。许多人站了起来四处走动。活船快活号的船主拉尔法商人特别走到汤米·坦尼拉面前，以众人都听得到的音量朗声对坦尼拉说道："我跟你是站在一边的，汤米，不管事情发展到什么地步都一样。如果有什么需要，你说一声就是了。我跟我儿子都挺你到底，我们现在就去那个可恶的关税码头把你的船开走。"拉尔法身后站着两个高个子年轻人，听了父亲的允诺，严肃地点点头。

"不只你们去，还有我呢。"另外一人应和道，不过艾希雅不认得那人是谁，而他也跟拉尔法商人一样，身后跟着两个儿子。

"希望事情不会到那个地步。"汤米轻声说道，"最好是整个缤城一起反抗，而不是坦尼拉家族单独行动。"

在这个时候，大厅里有人互相叫嚣起来。艾希雅半站起来，伸长了脖子打量。由于有许多人挡在她与叫骂的人之间，所以她看不出那里到底是什么状况，不过出事的就是道尔商人和重生商人的座位那一带。"你是睁眼说瞎话！"有个人骂道，"你自己清楚得很，你是满口胡言。要不是你的话，那些可恶的新商根本就无法在此扎根。"另外一人则淡淡地低声反驳。缤城商会的纪律维护人员已经走上前去准备平息骚动了。艾希雅紧张得指甲掐进了掌心里。大厅里的暴动一触即发，矛头竟是指向自己人。

"这样对谁都没有好处！"艾希雅听到自己以痛苦的语气大声说道。她碰巧在喧扰声低下来的时候开口，所以大家都听到了。这是她运气好。就连葛雷和汤米·坦尼拉父子都吃惊地转过头来望着她。艾希雅吸了一口气。她就算等下去也没用，因为议会这一休庭，可能就干脆散会。果真如此，这个宝贵的机会就白白溜走了。这说不定是她唯一能够发言的机会。"看看我们成什么样子！像小孩子似的斗嘴，矛头指向自己人。你们扪心自问，这样便宜了谁？我们必须谈出个一致的意见来才行，而且我们必须正视缤城所面临的大问题：以后缤城会变成什么样子？我们以后会对大君的规矩低头，接受大君所立下的关税和限制，不管严苛到什么程度都无所谓吗？如今大君的佣兵船泊在我们的港口里，我们真要忍受下去吗？我们真的要支付这些佣兵船的供给、保养等一切开销，好让他们能拦下我们缤城的船，甚至驱走不让靠岸吗？我们凭什么要忍？"

大厅里的每个人都转头望着艾希雅。有的人走回自己的座位上，想听听她有什么话要说。艾希雅瞄了坐着的葛雷一眼。葛雷点了点头，鼓励她继续讲下去。她又感觉到葛雷的母亲伸出手来握住她的手，捏了一下，然后放开。她顿时觉得信心十足。"我父亲早在两年前就告诉我事情会走到这个地步。我虽未承袭父亲的商人名号，但是他的智慧，我常记在心。当年我父亲就说，缤城迟早得自立，并且为自己的未来做出抉择。而照我看来，我父亲说的那个时机就是现在。"

艾希雅环顾四周。凯芙瑞雅举起一只手遮住嘴巴，以恐惧的目光瞪着她看，达弗德的脸红得像是火鸡的肉垂。有些女人面露嫌恶，仿佛觉得一个跟她们同性别的人竟然公开发言，真是丢人现眼。然而除此之外，许多商人听到她这番话都点头应和或者默默考虑。艾希雅再吸一口气。"有许多事情是我们不能再坐视下去的。这些所谓的新商篡夺了我们的土地，而且对我们祖先所做的牺牲，以及我们与雨野原商人之间血浓于水的联系都一无所知；他们引进了脸上刺青的奴隶，根本不把我们的法律放在眼里。而大君，他稳稳地抽走我们的一半利润，却还不满足；照这样下去，大君为了取财，恐怕不免把我们靠着流血流汗而赚来的一切通通卖给他的新朋友——到时候，缤城不是落在新商手里，就是落在恰斯军阀的手里！"

"你这是在鼓吹叛变嘛！"大厅后面有人叫道。

艾希雅心念一转。她劝自己，干脆就大方地承认了吧。"对，的确如此。"她镇定地说道。

艾希雅没想到的是，此语一出，整个大厅立刻就哄乱起来。她的眼角瞄到那几个负责维护纪律的人已经开始朝她走过来了；她也察觉到，那些风纪想要挤过人群走到她身边可能没那么简单，因为人们不但没有让开，反而还伸出脚或是把长椅翻倒，挡住他们的去路。不过，风纪迟早会走到这里来将她逐出去，她所剩的时间不多了。

"我父亲的船被劫了！"艾希雅的声音盖过了一室的哄闹。大厅稍微静下来了一点，"薇瓦琪号，雨野原所打造的活船，落在海盗手里了。我知道有些人已经听到谣言，而我现在就告诉你们，事情真是如此。海盗劫走了缤城的活船，这种绝对不可能发生的事情竟然发生了。大家想想看，大君所雇的恰斯船队真的会帮我把薇瓦琪号救回来吗？大家说说看，那些恰斯战船若是把薇瓦琪号抢了回来，还会老实地把她还给缤城人吗？才不会，他们会把薇瓦琪号当作是战利品，送到哲玛利亚城去。可是各位只要想到雨野河，就知道这个后果有多么严重了！我需要你们的帮忙。缤城人啊，求求你们，我恳求你们，跟我站在一起吧！薇瓦琪号本来就应该由我继承，我需要筹钱、筹船，以便把薇瓦琪号救回来！"

她其实并不是故意要这样说，只是顺口说了出去而已。艾希雅的母亲听了，以惊骇且难以置信的目光瞄了她一眼。罗妮卡是怎么想的，一望可知：艾希雅这是在公开宣告，薇瓦琪号乃是她的财产。艾希雅原本的打算是要把这话告诉自家人，然而她心里这样想，嘴里就说了出来。

"维司奇家族是自食恶果！"有个人叫道，"他们竟把家族的活船交给外国船长来掌管，不要脸！她倒很会讲话，口才真的不错，但是她是坐谁的马车来的？达弗德·重生的马车！然而达弗德·重生跟哪种人结盟，各位心里有数。她说得义愤填膺，其实是新商设的陷阱。我们要是起来反抗大君，就不能期望他会公正地对待我们了。所以我们得跟大君讲道理，而不是对抗。"有些人点头喃喃地应和。

"为什么不叫那些该死的恰斯巡逻船去把薇瓦琪号救回来？我们缴了那么多新税，不就是为了叫他们去对付海盗吗？为什么他们不使点本事出来，好让我们看看花这钱值不值得？"

"她要我们对付恰斯人，可是她姐姐嫁的就是恰斯人！"有个人不屑地说道。

"一个人是什么血统，就是什么血统，这改不了，但是凯尔·海文的确是个好船长！"有个人为凯尔辩护道。

"艾福隆·维司奇既然把他的船交到外国人的手里，"有个人补充道，"那他就输了。不过那是维司奇家族自己的问题，不是缤城的危机。维司奇家若想把船要回去，那他们自己就要把赎金拿出来呀。"

艾希雅踮起脚尖，伸长了脖子，看看说这话的人是谁。"福洛商人。"葛雷低声对她说道，"那个人一辈子从来也没挺身支持过什么事情。他啊，铜板紧紧地攥在手里不放，紧到他的指纹都印在钱上了。"

而接下来福洛所讲的话恰恰呼应了葛雷的形容。"她不用奢望，我一块钱也不会捐给她。维司奇家族的船会被劫走是咎由自取。我听人家说，他们把家族的活船拿来当运奴船用……任哪一艘活船都宁可叛变当海盗，也不愿有辱活船之名，被人拿来作运奴船！"

"你怎么可以说这种话！"艾希雅气极了，"你怎么可以把薇瓦琪号说得这么不堪！我外甥也在船上，不管你们怎么看待凯尔，但我外甥总归是商人血统，这你们总不能否认吧。而薇瓦琪号本身也是缤城……"

就在此时，原本坐在她身边的葛雷踏上前挡住一名负责维护纪律的人，但是另外一名风纪越过葛雷，抓住了艾希雅的手臂。"你出去！"那风纪坚决地对她说道，"议会已经休庭，现在任谁都不能发言，更何况议会又没准许你发言。你可不是维司奇家的商人代表！"那风纪补了最后这一句，是因为好些人叫嚷着说他不能这样对待艾希雅。那风纪又说道："为了维护秩序起见，你非走不可！"

此语一出，气氛就火爆起来了。有人砰地一声，把一张长椅推倒在地。"不可以！"艾希雅惊惧地叫道，而且令人惊讶的是，大家真的停手了。"不可以。"她以较为轻柔的声音重复道。她伸出一只手轻轻碰着葛雷的手臂，于是原本紧抓着纪律维护人员的葛雷就稍微松了点儿手。"我不是来这里闹事的。我之所以来这里，是为了恳请大家帮忙。该说的我都说了。此外我还有一个目的，就是要站出来支持坦尼拉家族。他们把欧菲丽雅号拘禁在关税码头，这是不对的；就法律而言，他们无权羁押船上的货物。"接着艾希雅以较低的声音说道，"我家位于何处，大家都是知道的。如果各位要声援维司奇家族，就请到我家来，我们必会善加款待，并详细解释。但是我可不要让别人把引起商人大堂暴动的污名冠在我头上，所以我现在就要平静地走了。"艾希雅低声对葛雷说道："你别跟上来，待在这里，议会可能会复会。我会在外面等着。"

于是艾惜抬头挺胸地在没有伴护的情况之下穿过人群。看今天晚上的状况，就算把她留下来，恐怕也讨好不了。其他人似乎也跟她有同感；带着小孩子前来赴会的商人们纷纷把孩子带出去，这显然是为了安全着想。此时整个大厅的秩序都乱了，商人们聚成一团一团的，有些人低声讨论，有些人指手画脚地高声叫骂。艾希雅东拐西拐地从人群中穿过去。她迅速地一瞥，发现自己家的人仍留在大厅里。那就好，也许今晚她们还有机会就解救薇瓦琪号的事情正式发言。

外头是宁静的夏夜，蟋蟀高鸣，夜空中繁星点点，与之恰成对比的是她身后的商人大堂，现在里面就像是被人捅了一棒的马蜂窝般混乱。有些商人家族开始步行离去，另有些人正在上马车。艾希雅虽然不愿多想贝笙，却不禁张望他是不是仍在这里。不过她既没看到贝笙，也没看到琥珀。艾希雅在失望之余，举步朝达弗德的马车走去。她就坐在马车里等着会议结束吧。

达弗德的马车停在这一长列马车的末端。艾希雅走近之后，惊骇地停下脚步。车夫不见了。马队里的马虽然都年纪较大、性情温和，却不安地嘶鸣，以蹄刨地。血从车门上流下来，在昏暗的光线下显得又黑又浓；一只被人割断喉咙的死猪挂在车窗上，一半在车内，一半在车外。达弗德的家徽上被人用血写上"走狗"二字。艾希雅看了，恶心之余，只觉得天旋地转。

议会大概是正式休会了。商人们从大堂里鱼贯而出，有些人气愤地高声讲话，有些人则故意压低声音，并且东张西望，像是怕被人听到。艾希雅家人里母亲第一个走到她身边。"议会休会了。他们会举行非公开的会议，以决定他们是否要听取……"这时，母亲看到了车门上的死猪。"莎神保佑。"她喘息道，"可怜的达弗德，怎么会有人对他做出这种事？"罗妮卡四下张望，仿佛祸首仍有可能逗留未走。

葛雷突然出现。他讶异地看了一眼，随即就揽起艾希雅的手臂。"走吧。"他低声说道，"我会把你和家人安全地送回家。这种事情你别牵扯进去。"

"是啊，"艾希雅丝毫不为所动地应道，"我别牵扯进去。不过我敢打赌，重生商人一定也不想牵扯进去。葛雷，我不能把他丢下，我做不到。"

"艾希雅，你想一想，这可不是临时起意的恶作剧。人家早就打算好，并在会议开始之前就把猪弄到这里来。这不是玩笑，而是故意要给他好看呀！"葛雷拉了拉艾希雅的手臂。

艾希雅转身，面对着他。"所以我才不能让达弗德单独应付这个场面啊。葛雷，他年纪大了，又没什么亲戚，要是连朋友都遗弃了他，那他就孤立无援了。"

"也许他那个人根本就不值得亲友帮忙！"葛雷压低声音说道。人们开始三两成群地围在达弗德的车边看戏。葛雷一直在瞄着人群，他一定是想要赶快脱身。"他那种想法你怎能认同呢，艾希雅？你怎能任由他把你家人拖下水？"

"他的想法我也不认同，但是我怎能因此就否定他这个人？是，他是个昏庸的老傻瓜没错，可是我从小就认识他。他对我而言就像个叔叔伯伯。就算他干了什么坏事，这样做也太过分了。"

艾希雅望向葛雷身后，看到达弗德已经走上来了。他跟道尔商人勾肩搭背，看上去甚为亲密。两人都得意洋洋、喜不自胜。先看到死猪的是道尔。他一看到死猪，下巴就掉了下来。他立刻放开达弗德，一句话也没说就匆忙走了。艾希雅私心里倒希望道尔的马车上也挂着一条死猪。

"怎么回事？怎么会这样？为什么要这样对待我？是谁干的？车夫到哪里去了？喔，那个懦夫，他跑了是不是？瞧这皮面，毁了毁了，全都毁了。"达弗德激动地挥舞手臂，像只慌张的小鸡。他凑上前斜斜地看着死猪，又退了开来，以不解的表情环顾着四周围观的人群。人群外围有人粗声粗气地大笑，其余的则只是冷眼瞪着。他们既不显得惊慌，也不面露恶心；他们注视着达弗德，要看看他有什么反应。

艾希雅一一望过人群的脸孔。她觉得这些人宛如陌生人，甚至比那些哲玛利亚来的新商还要陌生。她心里想，这样的地方，真的是缤城吗？

"葛雷，求求你。"艾希雅低声道，"我要留下来送达弗德回家。你可否把我母亲、姐姐和外甥女送回家去？麦尔妲若是看到了这种场面，恐怕不太好。"

"我觉得你看到这种场面也不好。"葛雷尖锐地说道，不过他的教养很好，所以艾希雅的请求，他无法拒绝。艾希雅不知道他跟她母亲和姐姐说了什么，不过接着他们就默默地离开了。至于年轻的麦尔妲，看来是因为回程所坐的马车比来时更为精致,所以便高高兴兴地离开了。

他们走开之后,艾希雅拉起达弗德的手臂。"你镇定一点,"她轻轻对他说道,"别让他们看到你惊慌失措的样子。"她也不顾血腥就一把拉开车门。猪尸仍死死地卡在上面。那是条瘦弱的猪,没人会为了这种事情而牺牲一条肥壮的好猪。那猪死去时,粪便泄了一地,所以车门一开,粪臭味也扑面而来。艾希雅提醒自己,血腥的场面她看得多了,她在不毛群岛看到的杀戮场面不知道比这恐怖多少倍,这么点猪血别想吓倒她。艾希雅大胆地拉住死猪的后腿,用力一拽,把死猪拽到地上。她抬头看看达弗德,发现他正目瞪口呆地看着自己。她的袍子上染了猪血和猪粪,但她管不了那么多。

"车厢顶的车夫座,你爬得上去吗?"艾希雅问达弗德。

达弗德麻木地摇了摇头。

"那你就只能坐车里了。那边的位子还算干净。呐,我手帕给你。这手帕香香的,闻着会好一点。"

达弗德一个字也没说。他接过手帕,笨重而迟缓地爬进马车,自始至终都不断地哀叹。他才刚踏进车厢,艾希雅便砰地关上车门。她看也不看围观的人群一眼,就走到拉车的马队旁,柔声劝慰了几句,再爬上车厢上的车夫座。她已经很久没驾车了,况且驾驭的是陌生的马队。她踢开刹车,满怀希望地摇了摇缰绳。马队的马犹豫地往前走了一两步。

"上船当水手,上车当车夫。哈,葛雷真是会选人啊!想想看,娶了这个女孩子,他们家可以省多少钱呐!"围观的人群中有个人这样叫道,另有个人高声叫好。艾希雅直视前方,昂起下巴,又一次把缰绳甩在马队的马身上,这次马队开始快走起来了。艾希雅心里想道,虽然天色黑了,但是马队应该认得路,知道如何回家。

因为她已经不认识这个地方了。

第十九章

余波荡漾

"达弗德，到家了。出来。"

车门卡住了，而且达弗德根本不准备开门。虽然光线昏暗，艾希雅仍看得出他的脸色十分苍白。他抖缩着躲在座椅的角落里，眼睛紧闭。艾希雅用一只脚顶住马车，两手用力扳开门把。车门猛然打开，差点就把艾希雅震倒在地。她身上的袍子散发出猪血、猪粪和她自己的汗水味，可以说是糟糕透顶。驾车回家的这一路上，艾希雅十分紧张，既担心马队会开进路旁的草丛或树林里，又担心达弗德的敌人设了埋伏。如今，他们已经平安地抵达达弗德自家门口，可是既没有管家上来迎接主人，也没有小厮来接管马队。房子里虽有零落的灯光，但是以主人受到的待遇来看，倒有可能是仆人都跑光了。门柱上挂着一盏灯笼，正放出微弱的光芒。

"你的马房小厮叫什么名字？"艾希雅不耐烦地问道。

达弗德支支吾吾的答不出来："我……我不知道，我是不跟他讲话的。"

"算了。"艾希雅扬起头，以她最佳的大副姿态朗声吼道，"小子！你给我出来，把马队接过去照料。管家！你家主人到家了！"

有个人撩起窗帘一角偷看。艾希雅听到屋里有脚步声，又瞥见暗影幢幢的庭院里有动静。她转身对那个人影叫道："你出来，把马队接过去照料。"

那个瘦削的人影还是很迟疑。"快来！"她对那人咆哮道。

从暗影中走出来的那个少年顶多不过十一岁，他走近到马队最前面，但随即又停步不前了。

艾希雅不屑且恼怒地说道："唉，达弗德，要是你自己管不好仆人，就该请个能干的管家来管事呀。"她刚才的老练神态已经被那孩子磨光了。

"说得也是。"达弗德谦虚地应道，蹒跚地从车厢里爬出来。看到他那模样，艾希雅十分惊讶：从商人大堂到他家里的这一趟路程，使他一下子老了十岁；他的脸耷拉下来，没有了那种随时都不可一世的样子。车厢里的粪溺和鲜血，他是说什么都避不开的，所以此时他在厌恶失望之余，把自己的双手伸得远远的。艾希雅直视着他，他的眼里充满歉疚和伤心。达弗德慢慢地摇了摇头。"我真不懂。到底是谁，怎么会对我做出这种事情来呢？怎么会这样？"

艾希雅已经倦到懒得回答这种问题了："达弗德，你进去吧。洗个澡，然后就上床睡觉。明天早上再想这些也不迟。"说来荒谬，她突然察觉到达弗德需要别人把他当小孩子一样照顾，此时的他显得十分无助。

"谢谢你。"他轻轻地说道，"你算是得到你父亲的真传了，艾希雅。你父亲跟我不见得谈得来，但是我一直都很敬佩他。他跟你一样，遇上问题一定先着手解决再说，不会裹足不前、哀怨悲叹。"达弗德顿了一下，"我该找个人护送你的。我等一下就派人备马，再找个人送你回家。"话虽这么说，但是从他的口气听来，他好像不见得使唤得动家里的仆人。

有个女人走到门口打开门，门缝中泄出一小条光线。她探头张望，但是一个字也没说。见此情景，艾希雅的脾气都来了，她怒道："派个男仆出来扶你家主人进去，然后帮你家主人备好热水洗澡，拿干净衣裳出来给他换，再替他准备热茶和简餐，要清淡不油腻的。快去！"

那女人吓得冲进屋子，至于门就任由它开着不管了。艾希雅听到那女人以尖锐的声音吩咐方才艾希雅交代的事情。

"原来你也颇得到你母亲的真传啊。不只是你，你们家的人都待我很好。不只是今晚，多年如一。我要怎么报答你们呢？"

谁教他不早不晚，偏偏在这个时候问出了这个问题？那个马房小厮已经来了。映着灯光，可以看到他的脸颊上有个细线条构成的刺青。他身上穿着的束腰外衣不但褴褛，而且短得跟衬衫差不多。被艾希雅的黑眼睛这么一瞪，那孩子吓得缩身不敢动。

"你现在就把那孩子放了，还他自由。"

"放……放了？你说什么？"达弗德轻轻摇头，好像听不清艾希雅刚才所讲的话。

艾希雅突然觉得这个小个子男子不值得同情。她清了清喉咙，再次说道："如果你真想报答我，就把那孩子放了，还他自由。"

"可是……你不是认真的吧？你知不知道身体健康的小男孩的行价是多少？恰斯人最喜欢找金发蓝眼的男孩来当家仆了。你可知道，要是我把他留个一年，教他一点做贴身小厮的规矩，那他的身价就不得了了！"

艾希雅直视着达弗德："是啰，那个价码想必比你付给他的酬劳多得多了，达弗德。他这个人，何止于你把他卖掉的那个价钱？"艾希雅残酷地补上一句，"依你看来，你儿子值多少钱？我听人家说，你儿子的发色很漂亮的。"

达弗德脸色大变，踉跄地退了一步。他抓着马车稳住自己，然后又赶快放开，因为车门上染着血，黏腻腻的。"你怎么可以跟我说这种话？"他突然哭叫道，"为什么每个人都跟我作对？"

"达弗德……"艾希雅慢慢地摇了摇头，"是你自己先跟我们大家作对的啊。达弗德·重生，你睁大眼睛看看，再仔细想想你自己的所作所为。盈利与亏损不能跟是非对错相提并论。有些太缺德的生意就是做不得。现在，你也许因为旧商和新商之间的摩擦而获利丰厚，但是他们的冲突总有一天会结束。到那时候，一边的人认为你会变节，另一边的人将你视为叛贼，还有谁会把你当朋友呢？"

达弗德一动也不动地凝视着她。艾希雅心里纳闷，自己何必浪费口舌？达弗德不会听她的，他年纪大了，早就积习难改。

有个男仆从门里走出来，他嘴里一直在嚼东西，下巴油腻腻的。他走上前扶起主人的手臂，大叫一声，同时缩手回去。"你臭得要命！"那人不屑地说道。

"而你呢？你懒得要命！"艾希雅指责道，"只顾着趁主人出门的时候吃到撑，还不快把你家主人扶进去！"

艾希雅严厉的口气震慑住了那个男仆，他这才小心翼翼地朝达弗德伸出一臂。达弗德扶着那人的手臂慢慢地走了几步，之后停下来头也不回地说道："你到我马房去选一匹马骑回家。要不要我找个人护送你回去？"

"多谢，但不用了。我用不着人护送。"她不想跟他有太多瓜葛。

达弗德点了点头，喃喃地讲了句话。

"你说什么？"

他清了清喉咙："那就带那孩子一起走吧。马房小子，你跟这位小姐一起去吧。"他深吸了一口气，沉重地说道，"你自由了。"他头也不回，直接走进屋子里去了。

她有一幅凯尔的小画像。凯芙瑞雅新婚燕尔之时百般地恳求他静静地坐几个下午，好让画家作画。凯尔嗤之以鼻，但她是新娘，所以他终究是让步了，只不过他坐着让画家作画的时候还是满肚子不高兴，而派巴斯这个人又忠于艺术，既不肯把凯尔那不耐烦的眼神画得柔和一点，也没漏掉他眉间的那一道烦躁的皱纹。所以，此刻凯芙瑞雅拿起画像来看时，凯尔正像平时那样，用不耐烦的眼神看着她。

凯芙瑞雅剥开一层又一层的伤痛，看看能不能找出她心里对他仅存的爱意。他是她的丈夫，是孩子们的父亲。她这辈子就只认识他这么一个男人。尽管如此，她却无法摸着良心说自己的确是爱着他的。这真是奇怪啊。其实她想念凯尔，也期盼着他早日归来。凯尔归来，意味着家族活船与爱子也能一同回家，不过凯芙瑞雅最在乎的还是凯尔本人。有时她在想，与其因为深爱对方而结婚，还不如找个能让你倚靠终身的人来得重要。但尽管如此，有些事情还是不能蒙混过去。在凯尔出海的这几个月里，她慢慢明白，有些话，她非得跟他说清楚不可。她已经学着去要求母亲和妹妹多多尊重她，现在她下定决心，凯尔回来后，一定要逼着他好好尊重自己。而此时她还没逼他就范呢，所以她可不希望他就此消失不见。对于凯芙瑞雅而言，若是连这一点都做不到，那么她可能一辈子都会怀疑自己是不是根本就不值得让人尊重。

她把小画像的盒子盖起来，放回架子上。此时她困得很，但是除非艾希雅安全回家，否则她是睡不着的。说起来，她常常觉得自己对妹妹的感情就像对丈夫的感觉一样矛盾。每次姐妹之间稍微重拾一点往日的手足亲情时，艾希雅就会声明她还是只顾着自己的目标。像是今晚吧，艾希雅就在商会上公开表明，自己在意的既不是凯尔，也不是温德洛，而是那条船。艾希雅要的是那条船重返缤城，这样她才能正式夺回那条船的所有权。

凯芙瑞雅离开卧室，游魂一般地在屋里晃荡。她从微开的门缝中朝瑟丹的房间里瞄了一眼。他睡得很熟，一点也不把家里所面对的难关放在心上。麦尔妲的房门紧闭，凯芙瑞雅轻轻敲门，但是里头没有反应。麦尔妲也睡了，毕竟这个年纪的孩子是很容易睡着的。今天开会的时候，麦尔妲表现得十分乖巧；坐车回家的时候，她对会场近乎暴动的事情绝口不提，反而以轻松的闲谈让葛雷·坦尼拉放下心。这孩子长大了。

凯芙瑞雅走下楼梯。她知道此时母亲一定是待在父亲的书房里。罗妮卡·维司奇跟她一样，也是非得等到艾希雅回来，否则睡不着觉，而既然她们母女都不能睡，倒不如一起等艾希雅算了。凯芙瑞雅经过走廊时听到大门外的门廊传来轻轻的脚步声。那想必就是艾希雅了。凯芙瑞雅听到艾希雅敲门，不禁烦躁地皱起眉头：她明明知道厨房门不会锁，为什么不肯多走两步，绕到后门去？"我来。"凯芙瑞雅对她母亲说道，走上前打开厚重大门的锁头。

然而站在门廊上的人是贝笙·特雷和那个做木珠的女人。贝笙的眼里都是血丝，而他身上穿的仍是凯芙瑞雅上次看到他时的那一套。那做木珠的女人则显得颇为沉静，她的表情很和善，但是丝毫没有因为深夜来访而表露出任何歉意。然而在这种时间来访实在太失礼，不是用任何社交借口可以解释得过去的。贝笙不预先打招呼就在深夜到访，这一点就已经鲁莽之至，更何况他还带着外人上门来。"什么事？"凯芙瑞雅不自在地问道。

虽然她语带保留，贝笙却不以为忤。他也不客套，一开口就直截了当地说道:"我需要跟你们全家人谈谈。"

"谈什么?"

贝笙迅速地说道:"谈谈如何把你们的船和你丈夫救回来。琥珀跟我想出了一个计划。"贝笙对他的同伴点头示意,而凯芙瑞雅则注意到贝笙脸上有一层薄汗。今晚的气候温和可人,贝笙却脸上发红、行为古怪,教人不得不警觉。

"凯芙瑞雅,艾希雅回来了吗?"母亲的声音从走廊底传来。

"不是,是贝笙·特雷和做木珠的那个,唉,琥珀一起来访。"

凯芙瑞雅这么一说,她母亲马上就走到书房门口了。罗妮卡跟女儿一样都穿着睡袍,外罩大披肩。她的头发已经放了下来,长长的灰发垂在脸旁,看起来更显憔悴与老态。这下子,就连贝笙都知道他这样打扰人家很不对了。"我知道现在已经晚了,"他赶快道歉,"不过……琥珀跟我想出了一个计划,而这个计划说不定对我们每个人都大有好处。"他那对黑眼睛直视着凯芙瑞雅,好像费了九牛二虎之力才把这番话说出口,"我深信,若要把你丈夫、儿子和你的船安全地救回家来,这是唯一的办法。"

"我记得,你对我丈夫既不尊重,也称不上亲密。"凯芙瑞雅不为所动。要是贝笙·特雷单独前来,她可能还待他客气一点,但是他带来的这个古怪的同伴让她吓得寒毛直竖。她听过很多那个做木珠的女人的怪事,虽然看不出这两个人有什么目的,不过据她猜测,这两个人应该都是自私自利的,才没有为他人着想呢。

"亲密的确是称不上,但尊重是有的。凯尔·海文也算是能干的船长。只是他跟艾福隆·维司奇不能比就是了。"贝笙把凯芙瑞雅那僵硬的姿态与冷淡的眼神都看在眼里,"今天晚上,艾希雅在商会里公开呼吁,请大家帮忙。我就是为此而来的。她在家吗?"

这个贝笙率直到了骇人听闻的程度。"也许,如果时间比较合适的话……"凯芙瑞雅开口道,可是母亲打断了她的话。

"请他们进来,到书房来坐。凯芙瑞雅,如今我们是什么境况?有朋友上门就很不错了,哪还能挑三拣四?今天晚上,不管是谁,只要提得出能让我们家族重新团圆的计划,我都乐意听一听。即使他们来访的时间太晚也无所谓。"

"如您所愿,母亲。"凯芙瑞雅僵硬地说道,她退到一旁让他们两人进来。那个外国女人好大胆子,竟然还用怜悯的眼神看了她一眼。别说她的发色、肤色和眼珠的颜色很怪,甚至连她经过凯芙瑞雅身边的时候都飘散出一股奇异的味道。在凯芙瑞雅眼里,大部分外国人都有一种迷人的风采,让人挑不出一点缺点,但是这个做木珠的却让她很不自在。大概是因为这个女人不管走到哪里、跟谁在一起,都讲究彼此平等吧。外头对于这个女人和艾希雅之间可是有很多暧昧的流言呢。凯芙瑞雅不情不愿地随两个访客沿着走廊走,尽量不去多想。

看来她母亲倒没那么大反感。虽说她们母女两人穿的都是居家的衣服,但是母亲仍亲切地打招呼,把他们迎进书房,甚至还拉了铃,请瑞喜替客人泡茶。贝笙还来不及开口问,她母亲便说道:"艾希雅还没回来,我就是在等她。"

贝笙好像很担心:"他们今晚对重生商人开这个玩笑,实在闹得太过分了。我一听到这个消息,心里就想,重生商人回到家的时候,可能还有更严重的事故在等着他。"贝笙说到这里突然站了起来,"你们大概已经知道,今晚缤城不平静。我看我最好出去找艾希雅。我能不能跟你们借匹马?"

"只剩我那匹老……"罗妮卡开口道,但此时大门外传来一阵声响。贝笙立刻走到走廊上,探看门口的情况,原本担心的他随即露出了开心的表情。

"艾希雅回来了,还带着一个小男孩。"他说道,大步地朝门口走去,仿佛这是他的家,而艾希雅是来客。凯芙瑞雅与母亲对视了一眼。罗妮卡的眼里只有困惑,但在凯芙瑞雅看来,贝笙越来越失态。那个男人一定是哪里不对劲了。

艾希雅想牵起那个小男孩的手,领着他走进家门,但是她的手一碰到他,那孩子就立刻抽手回去。这孩子真是可怜啊。一个人要被虐待到什么程度才会连别人碰他一下都怕得要命?艾希雅打开门,做手势示意那孩子进门。"你进来没关系。这里没人会害你。进来吧。"艾希雅语调缓慢地柔声劝慰。说真的,她连这孩子听不听得懂她讲的话都不知道,毕竟打从他们离开达弗德的宅子以来,这孩子连一个字也没说。走回家的这一趟路又黑又累又漫长,而且她心里想的尽是再黑暗不过的念头。今晚她真是大失败，没得到议会同意就擅自发言，而且可能因此而使议会决定提早散会，甚至不肯正式同意让维司奇家发表意见。如今，她的处境跟达弗德·重生差不多了。除了维司奇家族之外，恐怕还有许多其他缤城商人家族已经沦落到无可复加的地步。再加上她的伶牙快嘴让她多得了这个小男孩，家里根本无法负担。这些都是她自找的。此时的她巴不得赶快去洗澡睡觉，不过看这状况，她非得先把这孩子打点好才行。唉，至少事情错到这个程度已经算是到了极限，不可能再出别的错了。但接着艾希雅便想到，她在商会大堂里讲了那些话之后，她母亲和凯芙瑞雅势必会与她谈谈。她的心又沉得更低了。

那小男孩已经走上台阶，却不肯进门。艾希雅把门推得更开些，踏入门里，再对那孩子招呼道："进来吧。"

"感谢莎神，你没事！"

一听到身后传来的低沉男性嗓音，她立刻跳起来向后转。贝笙朝着她走来，脸上露出终于松了一口气的表情，但随即便皱起眉头。片刻之后，他像是教训粗率笨拙的水手似的把她教训了一顿。

"你没被人伏击，算是他妈的走运！我听到人家说你驾着达弗德的车离去时，简直不敢相信。你怎么去跟那种人牵扯在一起？如今缤城人对新商恨之入骨，而……哎，那是什么？"贝笙在离她一步之遥的地方停住。他脸上的表情变了，同时举起一只手来遮住鼻子。

"不刺我（不是我）！"站在艾希雅身旁的那个少年愤慨地尖叫道，他讲话有六大公国之人的口音，"刺她（是她）。她森上都是臭死（她身上都是臭屎）。"艾希雅气得瞪他，不过他只是歉然地耸耸肩，小声地补了一句："四森的啊，你要洗扫。（是真的啊。你要洗澡）"

此语一出，艾希雅顿时失去了耐性。这教人怎么忍得下去？不过她却把矛头指向贝笙："你待在这里干嘛？"这话说出口的时候，声调比她原先料想的还要尖锐。

贝笙上下打量着她那件脏污的袍子，之后才望着她的脸："我担心你呀。"

不过你虽然冲动，但看来这次又逃过一劫了。先不谈这个，我有件非常重要的事情要跟你谈。琥珀跟我想出了一个计划，说不定可以把薇瓦琪救回来。这个计划也许你不看好，也许你不喜欢，不过我认为这行得通。"贝笙讲得很快，像是要逼得艾希雅无可反驳，"只要你肯听听我们的计划，你就会知道，这其实是唯一救得了薇瓦琪的办法。"他直视着艾希雅的眼睛，"不过这可以等一等。这孩子说得没错，你应该先去洗一洗。这味道，蛮重的。"贝笙脸上露出了一个小小的笑容，随即消逝。

这根本就是他在烛镇跟她分手时所讲的话。他是故意勾起往事，借此嘲笑她是不是？这可是她家里啊！他好大的胆子，竟敢在她家里用这种亲昵的口气跟她讲话。艾希雅的脸沉了下来。贝笙张开嘴，像是要跟她解释，但此时那少年又开口了，打断了贝笙的话。"租死最臭了。（猪屎最臭了。）"那少年开心地应和道，"别浪她碰到李。（别让她碰到你。）"他还特意警告贝笙。

"那是不可能的。"她冷冷地对他们两人说道，直视着贝笙的眼睛，"你请便吧，不送了。"她对他说道，然后便大步地越过他往前走。贝笙目瞪口呆地望着她的背影。艾希雅可以原谅那个孩子，毕竟他年纪还小，人在异地，环境又陌生，但是特雷礼貌这么差就找不出借口了。她今天实在太累，累到根本不想听他讲话。她精疲力竭，肮脏污秽，而且，莎神在上，她肚子还饿得很。她父亲的书房里传出灯光和声响，她还得去面对母亲和姐姐呢。

在走到父亲的书房之前，艾希雅已经换上了一副平静的表情。踏入那个愉快舒适的房间时，她心里明白房里的人一定早就闻到她身上传来的死猪粪溺的臭味了。她决定赶快把话说完："我回来了，一切平安。不过我带了个小男孩回来，他原来是达弗德的马房小弟……母亲，我知道现在我不能给家里多添负担，但是他脸上有刺青，被人拿来当奴隶使唤，所以我实在无法把他丢下不管。"凯芙瑞雅脸上的表情道出了她认定这是不折不扣的社交怪事。艾希雅本想解释，但就在此时，她发现琥珀竟在房里，因此话也说不出来了。琥珀怎么也在这里？

那个奴隶少年站在门框里，淡色的眼睛睁得大大的，逐一看过房里的每一张脸，但一句话也没有说。艾希雅伸手去拉他的手，想把他拉进房里来，但是他一下子就把手抽了回去。艾希雅假笑两声："大概是因为我这一身又是血，又是粪屎的吧。我本来是要骑马带他回来的，可是他不肯上马，所以只好带着他走路回家。"艾希雅四下环顾，看看有没有帮手。凯芙瑞雅朝艾希雅身后瞪着看。艾希雅一转头，发现贝笙·特雷站在她身后，他叉手抱胸，看起来很顽固。艾希雅注视着他，他也定定地注视着艾希雅的眼睛，脸上的表情一点也没变。

"进来吧，小子。这里没人会害你的。你叫什么名字？"罗妮卡的声音显得很疲倦，但是很慈祥。那少年还是站在原地。

艾希雅突然决定要逃开，至少暂时逃开一下。"我要上去洗澡，换身衣服。一下子就回来。"

"你就留下来听听我的主意，也用不了多少工夫。"贝笙步步进逼。

贝笙与艾希雅互相望着对方不放。艾希雅不肯移开目光，他自己身上都带着烟味和辛丁味呢，还敢数落别人？他以为他是谁？这是她父亲的家啊，他别想横行霸道地欺负她。"恐怕我已经太累了，无论你讲什么都听不下去，贝笙·特雷。"她的口气不轻不重，恰巧让人觉得既正确又冷淡，"夜深了，现在要聊，想必太晚了。"艾希雅紧抿着嘴。在她这一番指责之后，贝笙一时间显得颇为伤心。

此时瑞喜正好走进门来，打破了两人之间的僵局。她端着个大托盘，托盘上摆着一大壶茶和几个杯子，此外还有一小盘香料蛋糕，份量不多，但勉强算是不失礼了。那少年还是站着没动，不过他的鼻孔像狗儿似的一张一翕地闻着蛋糕味。

"艾希雅，"罗妮卡的口气则是提醒多于指责，"别的人我不知道，但至少我对贝笙的主张是很感兴趣的。据我看来，不管是什么计划，只要是有可能拯救我们，就值得好好考虑。如果你那么累，那我们当然就不留你了。不过我是希望你能回来听听。"接着她望向那个女仆，并歉然地对她笑笑，"瑞喜，如果你不介意的话，能不能请你多拿几个杯子过来？顺便再麻烦你带些比香料蛋糕更实在一点的食物来给那小男孩。"罗妮卡的声调抑扬有致、平稳祥和，仿佛这种事情司空见惯。

母亲的彬彬有礼激起了艾希雅的良心自知。这里毕竟是她父亲的家啊，于是她以柔和的口气说道："如您所愿，母亲。不过现在容我暂退，我去去就回。"

凯芙瑞雅为这几个奇怪的客人倒茶。她本想客气地聊聊天，可是她母亲瞪着冰冷的壁炉，贝笙在书房里来回踱步，而琥珀则干脆在离那小男孩不远处的地板上盘腿坐下来。凯芙瑞雅试着跟她闲谈两句，可是琥珀不理她，反而专心地掰下一小口、一小口的蛋糕，逗着那个童奴走过去吃，好像他是只害羞的小狗似的。最后那孩子真的把琥珀拿在手上的蛋糕整块夺过去吃了。琥珀这种行为既古怪又没节制，可是她自己好像一点也没感觉。那少年狼吞虎咽地把整块蛋糕吃进嘴里时，琥珀露出骄傲的笑容，并且轻轻地对他说道："你看吧，这里的人很好，你现在安全了。"

艾希雅果然言而有信。瑞喜刚刚端来一壶茶、几个杯子和热食，她就回来了。凯芙瑞雅心里想道，她这么快就回来，一定是用冷水洗了澡。艾希雅穿着式样简单的家居袍子，头发湿湿地绑成辫子，高雅地盘在头上。因为用了冷水，所以脸上红通通的。说也奇怪，她回来之后看起来竟然既疲倦又清新。她也不道歉一声，就替自己倒了茶，拿了几块蛋糕。她瞄了琥珀一眼，走过去跟她一起并肩坐在地上。那个少年坐在艾希雅的另外一边，全心只顾着自己的食物。艾希雅的第一句话是对琥珀讲的："贝笙说你们想出了一个计划，可以拯救薇瓦琪号；他还说，这个计划我不会喜欢，不过我听过之后，就会知道这是唯一可行的办法。到底是什么计划？"

琥珀意味深长地瞄了贝笙一眼："还真是难为你跟她解释得这么清楚呐。"琥珀嘲弄道，接着耸了耸肩，叹了一口气，"已经晚了，我想我应该长话短说，留时间给你们去想一想。"她一点也不使劲，就流畅地站了起来，像是个木偶，人家把她头上的丝线一拉，她就站了起来。她走到书房中央，逐一看过众人，以便确定大家都在注意她。接着她对那小男孩笑笑。那孩子的心思都集中在大盘子里的热食上，此时的他只管一口一口地吃东西，其他全不在意。琥珀稍微屈膝为礼后就开始说话，凯芙瑞雅看在眼里，只觉得她像台上的演员。

"这就是我的提议：若想追回活船，就得用活船去追。"她的目光逐一望过房里的每一个人，"而我说的正是派拉冈号。我们或买或租或偷，反正就是把派拉冈号弄到手，再招募一船船员，由贝笙来掌舵，出海去追薇瓦琪号。"此话一出，众人都惊讶得说不出话来。琥珀继续说道："如果你们怀疑我的动机，那么我就告诉你们吧。我之所以要这么做，至少有一半是为了拯救派拉冈，免得他被人锯开，拿去当作木料用。而你们的好朋友达弗德正可帮忙劝劝大运家，请他们以合理的价钱将派拉冈号脱手。毕竟这阵子以来，新商竞逐开出天价要买下派拉冈号，都是通过达弗德去说项的。由于他在旧商面前颜面尽失——尤其是今晚还出了这个事情——所以说不定会积极地撮合这个买卖，以在旧商面前扳回一城。就我而言，我愿意以我拥有的一切来买下派拉冈号。所以，你们觉得如何？"

"不行。"艾希雅断然说道。

"这有什么不好？"麦尔妲质问道。她从走廊踏进书房，在白睡衣外披着一条厚重的蓝色羊毛披肩。因为刚才在睡觉，所以她的脸颊仍然红润。"我刚才做了恶梦，惊醒之后听到你们的声音，所以就下楼来看看你们在做什么。"麦尔妲解释道，"我听到你们在说，我们说不定可以派艘船去救爸爸。外婆，妈妈，为什么要让艾希雅阻止我们去救爸爸？我听着倒觉得这个计划很有道理啊。我们就自己去救爸爸，这样有什么不好？"

艾希雅扳着指头细数她的理由："一，派拉冈疯了，他以前曾杀了全船船员，说不定会旧事重演。二，派拉冈是活船。既然是活船，就该由他自己家族的人来驾船，别人都不行。三，派拉冈几十年没出海，甚至都没有下水。再来，买下派拉冈号，又重新整修，一定所费不赀，我们没那个财力。况且，如果我们真用派拉冈号去追薇瓦琪号，为什么非要由贝笙当船长？为什么不由我来当？"

贝笙哼哼地笑了两声。"原来你真正反对的是这个！"他有感而发地说道，抽出一条手帕擦一擦额头的汗水。

其他人都笑不出来。贝笙好像很激动，连艾希雅都看得出来。她皱着眉头望着琥珀,不过琥珀装作根本没看到。此时凯芙瑞雅决定要坦率直言了,她说道:"如果我这话显得有点狐疑,还请大家见谅。我实在想不出二位为什么要搅和进来。为什么一个外国人会不惜用自己所有的财富去换一艘发疯的活船?贝笙·特雷是被凯尔开除的,如今你却为了拯救凯尔而不惜赔上自己的的性命,这样做到底对你有什么好处?我们是可以为了救回他们而赌上维司奇家族仅存的财产,只是如果你们永远都回不来,那我们家的一切都付之东流了。"

贝笙眨了眨眼。"我父亲是决定不把家产传给我没错,但这并不表示我这个人一点荣誉感都没有。"他顿了一下,摇了摇头,"今天的谈话大家最好是有话直说,不要有什么避讳。凯芙瑞雅·维司奇,你担心我有了派拉冈号之后会变成海盗,从此一去不返。然而不是我办不到,而是大丈夫有所不为。即使现在艾希雅和我意见相左,我想她还是肯替我做担保,说我这个人正直不阿。还有你父亲,他一直都很肯定我。"

"至于我呢,"琥珀流畅地说道,"我刚才已经说了,我的目的就是要保护派拉冈,免得他被人拖去解体。毕竟派拉冈跟我是好朋友,你妹妹艾希雅也跟我很要好。除此之外,我还觉得这件事情我责无旁贷,非得跳下去做不可。恐怕你们只能把我的提议照单全收,我也无法给你们其他的保证。"

众人都沉默不语。贝笙慢慢地叉手抱胸,眉头也紧紧地纠结在一起。他目不转睛地望着艾希雅,眼神一点也不客气,直截了当地向她挑战。艾希雅却不愿与他对视,反而观望她的母亲有何反应。麦尔妲坐立不安,轮流看着在座的大人们。

"我明天晚上再回来找你们。"贝笙突然说道。他等到艾希雅朝他望去之后才又说道:"艾希雅,你考虑一下吧。今晚商人们散会时的那个气氛我看到了,据我看来,那些商人可能都不会伸出援手,更提不出比这更好的办法。"他顿了一下,以比较轻柔的口吻对她说道:"如果你想在明晚之前找我谈谈,就在琥珀的铺子里留张纸条,琥珀知道我的去向。"

"你现在住在派拉冈上吗?"艾希雅以粗哑的声音问道。

"只有晚上,也不是每天都这样。"贝笙并没有给个干脆的答案。

"还有，你今天吃了多少辛丁？"艾希雅突然问道，这个问题颇有一种残忍的味道。

"根本没吃。"贝笙勉强苦笑了一下，"问题就出在这里。"他瞄了琥珀一眼。"我想，我最好现在就走。"

"可是我需要多留一会儿。"琥珀近乎歉然地说道。

"你自己请便吧。唔，那么，各位晚安。"贝笙鞠躬为礼。

"等等！"麦尔妲尖声恳求道，"我的意思是说，请等一等。"凯芙瑞雅的记忆里，她女儿讲话从来没有这么着急过。麦尔妲说道："我可以问你几个跟派拉冈有关的问题吗？"

贝笙把所有的注意力都放在她身上："如果你想知道我肯不肯让你问，那么答案当然是肯定的。你请说吧。"

麦尔妲以恳求的目光环顾全室："如果他要让我们考虑这个提议，那么……外婆，你不是常常告诉我吗，我们人是辩不过数字的，而且我们做决定的时候也少不了数字。所以，若是有心要考虑，就得先知道这数字是多少。"

罗妮卡望着麦尔妲，像是被外孙女迷惑住了，她眼里既惊骇又赞许："没错。"

麦尔妲吸了一口气："所以，艾希雅阿姨似乎认为整修派拉冈号要花不少钱。但是我常听人说，巫木是不会腐朽的。既然如此，你看派拉冈号需不需要装修呢？"

贝笙点点头："假使派拉冈号是寻常的木船，那么整修就必须大费一番工夫了。不过尽管派拉冈号是巫木制成的，需要修缮的地方还是不少。派拉冈号是老船了，那个时代的活船所用的巫木木料比新近的活船多得多，而他船上凡是以巫木制成之处都仍坚韧可靠。不仅如此，船上那些普通木料做成的地方，状况也好得惊人。我想，这大概是因为船主要是巫木所制，所以蛀虫和害虫待不下去，这与香杉可以防蛾是一样的道理。不过船上需要装修整备的地方还是不少的。新船桅、新船帆、新缆索，船锚、锁链、小艇，再加上一整套厨房设备、木工工具、全套药品……船在出航之后就自成一个小世界，所以船上必须应有尽有。派拉冈号的船板缝隙必须重新充填,船上的铜作很多都得更新;内装的木料和配件琥珀已经换了不少,不过需要施工的地方还是很多。

"此外还有其他的费用,像是购买这一趟航程所需的粮食。我们还必须秘密地在船上放一笔钱或是财物,以便在恰当的时机拿来赎船、赎人。为防柯尼提船长拒绝谈判做买卖,所以武器也少不了。还有,如果我们负担得起船上用的器械,就多少安装几台。另外,我们一开始就得有一笔钱,以雇佣水手出航。"

艾希雅终于回过神,寻隙责问道:"你真的相信有哪个正经的水手会心甘情愿地到派拉冈号上去工作?派拉冈素有杀手的名声,你是不是忘了?当然了,除非你愿意支付顶级的薪俸,否则哪个好手肯随那种船出海?"

凯芙瑞雅听得出,艾希雅在尽量克制自己的口气,以免讲得太冲。她怀疑妹妹虽对这个提议嗤之以鼻,但心底可能是很感兴趣的。

"这是个问题没错。"贝笙一下子就承认了。他再度抽出手帕,擦了擦脸。他把手帕重新叠好的时候,双手微微地发抖。"可能会有几个人光是为了博个大胆之名就签约上船,这种胆大无脑的水手总是有的。我会先去问问以前薇瓦琪号的老手。以前在你们父亲手下工作,后来被凯尔解雇的那些人之中,也许有人肯为了拯救薇瓦琪或是看在你们父亲的面子上出手。除此之外——"贝笙说到这里,耸了耸肩,"到了最后,说不定只有人渣和走投无路的人肯上船工作。到时候就要看我们能找到什么样的人手来当大副了。船员再怎么差劲,只要大副有本事,又有事权,还是带得起来的。"

"那种人一出海就造反了,你怎么防——"

"数字!"麦尔妲恼怒地打断了艾希雅的话,"我们连这件事情在财务上可不可行都不知道,现在就考虑出海之后会如何未免言之过早。"麦尔妲朝她外祖父的大书桌走去,"我现在就准备纸笔墨水,能不能请你把你所估算的成本写出来?"

"我不是专家。"贝笙开口道,"有些东西要专门的人来做,所以——"

"是啊,又要找专门的人,又得对方肯到派拉冈号上干活,这可难凑和了。"艾希雅讽刺地说道,"派拉冈的名声很难听。此外还得要大运家族点头答应,而且……"

麦尔妲双手捏起拳头,打在她从抽屉拿出来放在桌面的白纸上。凯芙瑞雅心里想道,麦尔妲大概会把那张纸揉成一团,丢到地上。谁料她并未大发脾气,只是闭上眼睛,再深吸了一口气。"那就假设在这样的情况之下,到底需要花费多少钱。还有,我们能把派拉冈号弄到手吗?这两个问题若是没有答案,别的问题就不必追究下去了!"

"缺钱固然会失败,但若是别的问题作梗,我们也可能会一败涂地呀!"艾希雅气愤地反驳道。

"我的意思是说,"麦尔妲的口气听来极为自制,"会把我们击倒的因素有很多,但是各有先后,而我们应该依照各因素先后的顺序,一一加以考量。毕竟如果我们没钱雇用人手,就不必担心谁肯上船、谁不肯上船了。"

艾希雅直盯着麦尔妲。凯芙瑞雅感觉到自己的肌肉紧绷,艾希雅讲的话有时锋利得伤人。现在麦尔妲可是努力地实事求是,如果艾希雅还要出言讥刺,那么凯芙瑞雅可就要任由自己的怒气爆发出来了。

"你说得没错。"艾希雅突然说道,然后便转而对她们的母亲问道:"我们还有什么压箱底的没有?有没有什么尚未抵押、可以拿来变卖的房地产?"

"是有几样。"罗妮卡轻轻地应道,突然伸手去转动戴在指头上的戒指,"不过我们必须谨记,那艘活船不管是买下也好、买不成也好,再过不久就该缴款了。到那时候,库普鲁斯家族会期望我们付出……"

"缴款的事情就不用考虑了。"麦尔妲平静地说道,"我会接受雷恩的求婚,并定下婚礼的日期,但前提是我父亲要回家来参加婚礼才行。我想,这么一来,那边的债务不但可以拖欠一阵,说不定还会给我们一些财务支援,以帮助我们整修派拉冈号。"

此语一出,书房里静得连一根针掉下来都听得见。凯芙瑞雅只觉得这房间霎时变得像是清水满盈的水桶,一动都不能再动了。在这一刹那,她有了很深的体会,顿时觉得自己的女儿好像变了个人。以前麦尔妲是个任性又顽固的女孩,不惜为了顺遂自己的意愿而破坏大局,现在她却瞬间长大,变成了一个愿意为了拯救父亲而牺牲一切——就算是牺牲自己也在所不惜的女人。这种坚毅的行为触目惊心。凯芙瑞雅咬住嘴唇，免得自己开口对女儿说，凯尔不值得她做这样的牺牲。麦尔妲说这种话绝不是一时逞英雄，而是已有心理准备，愿意为此牺牲自己的人生，可是这样的牺牲凯尔是不会懂的。凯芙瑞雅想道，无论什么样的人，都不值得让他人为其牺牲自己的一生。想到这里，凯芙瑞雅瞄了那童奴一眼，但她察觉到自己心里想的并不是那个奴隶，而是自己的婚姻。她嘴边扭出一抹苦笑。唉，已经有一个女人为了凯尔·海文而牺牲了自己的人生，犯不着再多添一个牺牲品。

"麦尔妲，请你别在这个情况下做出影响你一生的重大决定。"凯芙瑞雅听得出自己的口气果断有力，这点连她自己都有点意外，"虽说这的确是你自己才能决定的事情，别人无从置喙。你主动做出这个决定，就显出你已经长成大人了。我只是希望你先别急着踏上那条路，等我们先看看别的路能不能走得通再说。"

"我们还有什么别的路可以走？"麦尔妲无奈地问道，"我们的处境如此艰难，却没有人伸出援手，如今你看还有谁会帮我们的忙？"

"坦尼拉家族说不定会帮忙。"艾希雅轻声说道，"还有两三个有活船的家族可能会出面，而且……"

"如今那些有活船的人家，光是他们自己的问题就忙不完了。"贝笙打断她的话，"对不起，我今晚心里很乱，所以话总是说不完全。我总是忘记你们说不定到现在都不知道缤城出了什么事。今天晚上，关税码头起了一场暴动，坦尼拉伙同好些人硬是冲进关税码头里，把欧菲丽雅号拖到港口中央，接着出动了无数小舟，卸下欧菲丽雅号上的货物。如今那些货物散落在缤城各地，坦尼拉宁可把货物白白送人，也不肯缴税给税官。不过那些恰斯人还是出面来干涉了。"

"莎神啊，发发慈悲。有没有人受伤？"罗妮卡追问道。

贝笙狞笑道："码头总管不太高兴，因为有两艘恰斯战船被击沉，位置不左不右，恰巧挡住了关税码头的通路，所以从现在起，恐怕要有好一阵子，大型船只无法驶入关税码头或是在关税码头靠岸了。至于那两艘沉船要如何起到水面上,大概只有莎神做得到了……"

"那两艘战船是因为着火而沉没的。"琥珀解释道,她的口气既带着悲伤,又仿佛很满足。她若无其事地补了一句:"而关税码头的房子也有一部分被火势波及。我们离开的时候,码头上大君仓库的火势仍然很猛烈。"

贝笙以冲着艾希雅来的语气说道:"就是因为今晚出了这么大的事情,所以有人关心你的安危也是理所当然的。"

"当时你们在码头上?"艾希雅望望贝笙,又看看琥珀,"那么多地方起火,不可能是碰巧火苗乱窜造成的……这是预先计划好的,对不对?事先我怎么都不知道?"

"欧菲丽雅和我交情匪浅嘛。"琥珀避重就轻地答道。

"为什么都没人告诉我?"

"也许是因为缤城商人家的女人不适合跟那种事情搅和在一起。"贝笙耸了耸肩。他酸溜溜地说道,"说不定因为葛雷很在乎你,所以舍不得你也一起被人抓起来。"

"葛雷被捕了?"

"只被捕了一下子。他们后来的确找到了应该把葛雷看管住的那几个恰斯兵,可是葛雷本人却不见了。"贝笙允许自己露出一丝笑容,"不过据我所知,他一切安好。我敢说,再过一两天,你就会得到他的消息。他当然是不会任由他的心上人心急如焚下去的。"

"你怎么知道得那么多?你怎么会碰巧在那里出现?"艾希雅越讲越气,激动得脸颊都红了起来。艾希雅追究那个做什么?凯芙瑞雅实在不解,难不成她巴不得当时不是在驾车送达弗德回家,而是置身于那一场暴动之中吗?

"我看到一群忿忿不平的商人聚在一起提早离开会场,就跟着他们一起走。后来我看出了他们真正的目的,所以就出手帮忙。不只是我,许多沿路跟上来的人都出了一份力。"贝笙顿了一下,"后来我听人说起达弗德的马车那事,还有人说到他们想要如何对付达弗德。如果我在现场的话,一定劝你别单独驾走马车。当时葛雷·坦尼拉是什么想法，我实在……"

"我以前就跟你说了，我用不着你处处照顾我！"艾希雅突然变得气急败坏，"我才用不着别人帮忙。"

贝笙叉手抱胸："是啊，这我看得出来。我只是不明白，你晚上才在商会上大声疾呼，恳求大家帮忙，怎么现在又一口回绝了呢？"

"我不需要你帮忙！"艾希雅激动地澄清道。

"但我可需要贝笙帮忙。"凯芙瑞雅说道。此语一出，艾希雅脸上显得非常震惊，使凯芙瑞雅颇为自豪。艾希雅怒视着凯芙瑞雅，凯芙瑞雅则镇定自若地与她对看。"你好像忘了，家里的商人代表是我，不是你。我可没有骄傲到要推拒掉这份好意，因为说不定从头到尾，就只有他们肯帮助我们。"凯芙瑞雅转头望向贝笙，问道："这个计划要如何着手？"

贝笙把头歪向麦尔姐的方向。"那小家伙说得没错。这件事千头万绪，但是有钱好办事。"他对罗妮卡一点头，"再请船长夫人推达弗德·重生一把，好教他跟大运家讲几句好话，劝他们接受我们的条件。此外，如果其他活船的船主赞成让派拉冈号易手，那么事情也比较可能成功，也许艾希雅可以请她的心上人帮帮腔呢。至于我，我跟好几艘活船很相熟，所以我会直接找他们谈谈。你们也许不知道，但是若是别的活船对派拉冈的家族施压，那么他们就不好说什么了。"他吸了一口气，又揉了一下太阳穴，慢慢地把手帕放下来。"艾希雅说得没错，要招募人手恐怕困难重重，不过这事我立刻就着手，我会到各处的酒馆放话出去，说我正在招募一船灵活大胆的船员。只是这样招来的，可能是那种心里暗暗盘算要投身做海盗的人。别人一听到派拉冈的名声，可能头也不回就走了，不过……"

"我续（我去），我跟李乌海（我跟你出海）。"

那孩子这么一说，大家都瞪着他看，让他的脸都羞得红了起来，不过他还是直视着贝笙。那盘食物吃得一点也不剩，盘子看起来像是洗过似的。那孩子吃饱之后，人也有了精神。

"多谢你的好意，不过你的年纪未免小了点。"贝笙虽然尽量正经说话，但是仍可以听出他觉得这蛮好笑的。

那孩子激愤地说道:"挖卢利的海贼还没打斜丝咸,我秀刺跟我爹打渔的。蓝上的丝,我很赛航。(抓奴隶的海贼还没来打劫之前,我就是跟我爹打渔的。船上的事,我很在行。)"接着他耸了耸肩,"翁比去按马混好。马混臭屎了。(总比去铲马粪好。马粪臭死了。)"

"现在你已经自由了,所以你爱上哪里都可以,难道你不想回去跟家人团聚吗?"凯芙瑞雅柔声问道。

那男童的削瘦脸庞顿时凝结不动。一时间,凯芙瑞雅的话好像把他堵得哑口无言。他耸了耸肩,以比较强硬、不带童稚的口气说道:"辣李秀胜牌骨和灰信,撒的虾谋都没有了,划不似乌海续。我伺机的人森,我伺机可以鞋定退吧?我刺油了不刺吗?(那里就剩白骨和灰烬,别的什么都没有了,还不如出海去。我自己的人生,我自己可以决定对吧?我自由了不是吗?)"

"你已经自由了。"艾希雅肯定地对他说道。

"辣我要跟他乌海。(那我要跟他出海。)"那孩子朝贝笙的方向点了个头,但贝笙却慢慢摇头。

"还有一个办法,"麦尔姐突然插嘴道,"也不用招募,用买的就是了。缤城的街头有好多脸上有刺青的水手,我们何不干脆买一船?"

"因为奴隶买卖本来就是不对的。"琥珀冷冷地说道,"不过,一心要逃离主人家,即使受罚也在所不惜的奴隶,我倒是认识几个,这样的人是愿意上船的。他们原来都住在海盗群岛,但是由于被海盗劫走,跟家人离散了。若是我们保证日后会让他们返家,他们应该愿意出海冒险,而且这其中有的人甚至还对航海略知一二呢。"

"奴隶水手……这样的人能信任吗?"凯芙瑞雅犹豫地问道。

"到了船上,他们就不是奴隶了。"贝笙指出,"如果一方是能干的亡命之徒,另一方是堕落的醉汉,而我必须在二者之间选一个的话,那我会选前者。一个人若是有重生的机会,心里多少会生出感激,而这点感激之心乃是可以长久的。"他若有所思地说道。

"谁让你负责招募船员了？"艾希雅驳斥道，"如果我们要用派拉冈号去追薇瓦琪号，那么船员就要由我来挑选。"

"艾希雅，你是不能跟他们一起出海的。"凯芙瑞雅义正辞严地说道。

"我为什么不能跟他们一起出海？既然是要去追薇瓦琪号，那我就一定要跟着上船。"艾希雅怒视着姐姐的样子，好像她姐姐发了疯。

"这太不像话了！"凯芙瑞雅惊骇地说道，"派拉冈号本来就不可靠，再说果真成行的话，不但船员良莠不齐，又要前往海贼出没的水域，甚至可能会发生械斗，所以你是不能去的。要是我们让你出海了，人家会把我们维司奇家族说成什么样子？"

艾希雅定定地望着她姐姐。"这个行动难免危险，可是如果我们一心期望别人不惜生命去救回我们自己的家族活船，那缤城人会怎么议论我们维司奇家族？我们一方面说，薇瓦琪号至关重要，一定要救回来不可，还吁请朋友们支持；另一方面却说，我们家的人若是因为这个行动而丢掉性命，那就不值得了，这样不是自相矛盾吗？"

"老实说，我认为她应该要同行。"贝笙讲出这话之后，好几个人都目瞪口呆地望着他。接着他对凯芙瑞雅一人发言，因为他知道，艾希雅能不能成行，得看凯芙瑞雅的意思。"你最好明白地让大家看出这是维司奇家的冒险行动，这样才能得到其他缤城商人的支持。要不然别人会认为，你是在把自己的家族活船托付给一个一事无成又被父亲断绝父子关系的商人之子，以及一个初来乍到的外国人。再说，我们的目的是把薇瓦琪号救回来，然而薇瓦琪获救之后，一定非常需要艾希雅。"贝笙以谨慎的目光望着大家，继续说道，"不过据我看来，艾希雅虽然得同行，但是她既不能当船长，也不能当大副，甚至连船员都不能担当。这是因为，我们招来的船员势必桀骜不驯，所以非得用拳头和蛮力来管教不可，至少一开始的时候不免如此。这种船员，除非你能在必要的时候以蛮力将他们制服，不然是不会尊重你的，就算你与他们一起肩并肩地干活，他们也不会尊重你，反而会一再地找机会让你好看，久而久之，你不免会受伤。"

艾希雅的眼睛眯了起来："我才用不着你来照顾呢，贝笙·特雷。你别忘了，我已经证明自己确有航海的本事，而航海不只是需要体力而已。我父亲总是说，船长若是能干，就用不着以拳头来驯服船员。"

"也许那是因为你父亲认为，以拳头来驯服船员的事情交给大副去做就可以了。"贝笙反驳道，他以比较柔和的声音继续说道："艾希雅，你父亲是个出色的船长，而且他的船又是一流的，就算薪水给得少，能干的好手还是照样争着要在他手下干活。但是我们的条件恐怕跟你父亲差远了。"贝笙突然打了个呵欠，露出不好意思的模样，"我好累，"他说道，"我得先睡个觉。不管要办什么事，都等我睡醒了才能去打点。至少我们已经把要面对的问题都谈过了。"

"不，我们今晚谈得虽多，却恰恰漏掉了一个重要的问题。"琥珀插嘴道，大家都转头望着她。"我们不能假设派拉冈会心甘情愿地襄助我们的计划，他心里有很大的阴影。有的时候，他就像个吓破胆的小男孩，不过麻烦的是，他的情绪波动得很厉害，所以波动到另一个极端的时候，举止又会像个暴躁的大男人。因此，如果我们打算依计而行，一定要劝到派拉冈点头同意才行。要是我们逼他出海，那就根本不可能成功了。"

"据你看来，派拉冈是不是不容易说得动？"罗妮卡问道。

琥珀耸耸肩："我不知道，派拉冈的心情根本无从预料。就算他一开始点头答应，也可能会在一天或一周后反悔。这一点，我们一定要纳入考虑。"

"那么就碰上再说了。而我们的第一步，就是要找达弗德·重生去大运家走一走，好教大运家的人支持我们的计划。"

"这一点交给我就行了。"罗妮卡的语气有些冰冷，一时间，凯芙瑞雅倒有点同情达弗德了。罗妮卡继续说道："我想，我应该可以在明天中午之前得到答案，毕竟这个计划没什么好拖的。"

贝笙沉重地叹了一口气："那就这么说定了，我明天下午再来。晚安了，罗妮卡、凯芙瑞雅。艾希雅，晚安。"凯芙瑞雅听得出，贝笙在跟她妹妹道晚安的时候，语气有一点微妙的变化。

"贝笙，晚安。"艾希雅也以同样的语气向他道别。

琥珀也跟她们道别。艾希雅陪着客人朝门口走去，但是那个童奴仍站在原地。凯芙瑞雅想到妹妹在冲动之下跟达弗德讨了个人回来，一时间有些生气。"别忘了你得先把这孩子安顿下来。"她对艾希雅说道。

那孩子摇了摇头。"我才不留了（呢）。我要跟他乌海（出海）。"那孩子朝贝笙一撇头。

"不行。"贝笙斩钉截铁地说道。

"我刺油了，不刺吗？（我自由了，不是吗？）"那孩子顽固地反驳。他歪着头，直视着贝笙，"梨躺不路我。（你挡不住我。）"

"那可不见得。"贝笙森森然地对那孩子说道，随后以比较和善的口气补充道，"小子，我没办法照顾你。我连家都没有，就这么只身一人。"

"我也刺啊。（我也是啊。）"那孩子平静地坚持道。

"我看，你就让他跟你走吧，贝笙。"琥珀建议道，看她的脸色，好像思虑很深，不知道在想什么。她嘴边浮现一抹狡黠的笑容，补了一句："这是第一个心甘情愿地要跟着出海的船员，你若是拒绝了，可能会走霉运喔。"

"她缩得没货。（她说得没错。）"那孩子顺着琥珀的话自豪地接口道，"楞要刺没毯，辣就黏埃儿绳偷抗不起李了。梨就踏毯起雄我吧，跑恩李不会后悔。（人要是没胆，那就连埃尔神都看不起你了。你就大胆起用我吧，保证你不会后悔的。）"

贝笙眯着眼睛打量那孩子，摇了摇头。不过他离开书房的时候，那孩子跟了出去，贝笙并没有拦着他。琥珀跟在他们两人身后，脸上露出浅浅的笑容。

他们离开书房之后，麦尔妲小声地问道："你看他们能把爸爸救回来吗？"

凯芙瑞雅还在考虑着要如何回答这个问题，她母亲就开口了："亲爱的，我们家的财务状况一日不如一日。这事虽险，但是冒险试试看也没什么不好。事情如果能成功，我们家就能东山再起；如果不能，那我们家就沉得更快一点，如此而已。"

凯芙瑞雅心里想着，把这种事情跟小孩子坦白真是残忍。不过令她意外的是，麦尔妲竟慢慢地点了个头，"我也是这样想的。"她有感而发地说道。

这是这一整年以来，麦尔妲第一次以彬彬有礼的口气跟她外祖母讲话。

THE LIVESHIP TRADERS
魔法活船

三部曲 II 疯狂之船（下）

【美】罗宾·霍布 著
ROBIN HOBB

麦全 译

上海社会科学院出版社
SHANGHAI ACADEMY OF SOCIAL SCIENCES PRESS

目 录 Contents

下册

Chapter Twenty. Piracy	第二十章	海盗之道……001
Chapter Twenty-One. Salvage	第二十一章	收拾残局……033
Chapter Twenty-Two. A Change of Heart	第二十二章	变心……059
Chapter Twenty-Three. Consequences	第二十三章	因果……079

High Summer 盛夏

Chapter Twenty-Four. The Kingsgold	第二十四章	金戒指号……091
Chapter Twenty-Five. The Launch of the Paragon	第二十五章	派拉冈号入水……103
Chapter Twenty-Six. Compromises	第二十六章	妥协……121
Chapter Twenty-Seven. Kingdom's Foundation	第二十七章	王国奠基……151
Chapter Twenty-Eight. Departure of the Paragon	第二十八章	派拉冈号开航……169
Chapter Twenty-Nine. Bingtown Convergence	第二十九章	缤城凝聚……185
Chapter Thirty. Shakedown	第三十章	调整……203
Chapter Thirty-One. The Calm	第三十一章	风雨前的宁静……225
Chapter Thirty-Two. The Storm	第三十二章	风雨袭来……243
Chapter Thirty-Three. Proofs	第三十三章	明证……273
Chapter Thirty-Four. Oracle	第三十四章	先知神使……299
Chapter Thirty-Five. Trehaug	第三十五章	崔浩城……331
Chapter Thirty-Six. Dragon and Satrap	第三十六章	飞龙与大君……357
Chapter Thirty-Seven. Death of the City	第三十七章	亡城……375
Chapter Thirty-Eight. Paragon's Captain	第三十八章	派拉冈号船长……401
Chapter Thirty-Nine. Dragon Rising	第三十九章	神龙升起……413

Epilogue 后记

Chapter Forty. The Memory of Wings	第四十章	飞翔的记忆……423

缤城
商人湾地图

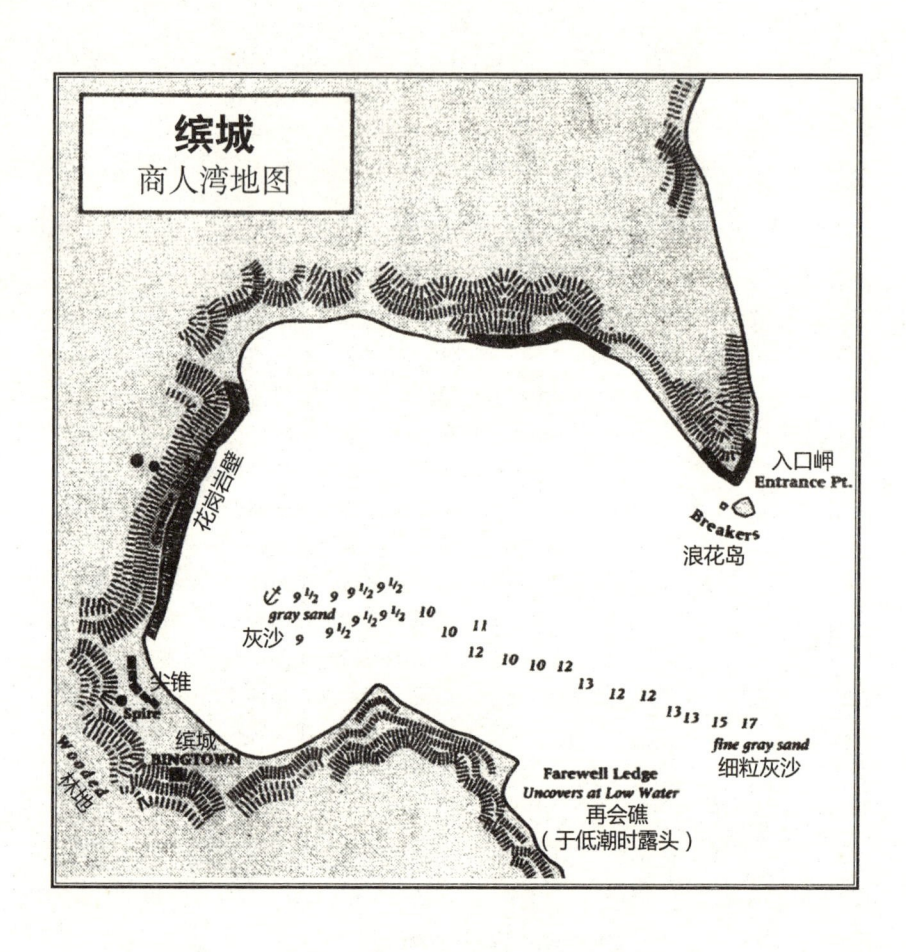

入口岬
Entrance Pt.

Breakers
浪花岛

花岗岩壁

gray sand
灰沙

fine gray sand
细粒灰沙

尖锥
Spire

Wooded
林地

缤城
BINGTOWN

Farewell Ledge
Uncovers at Low Water
再会礁
（于低潮时露头）

天谴海岸
缤城至哲玛利亚城

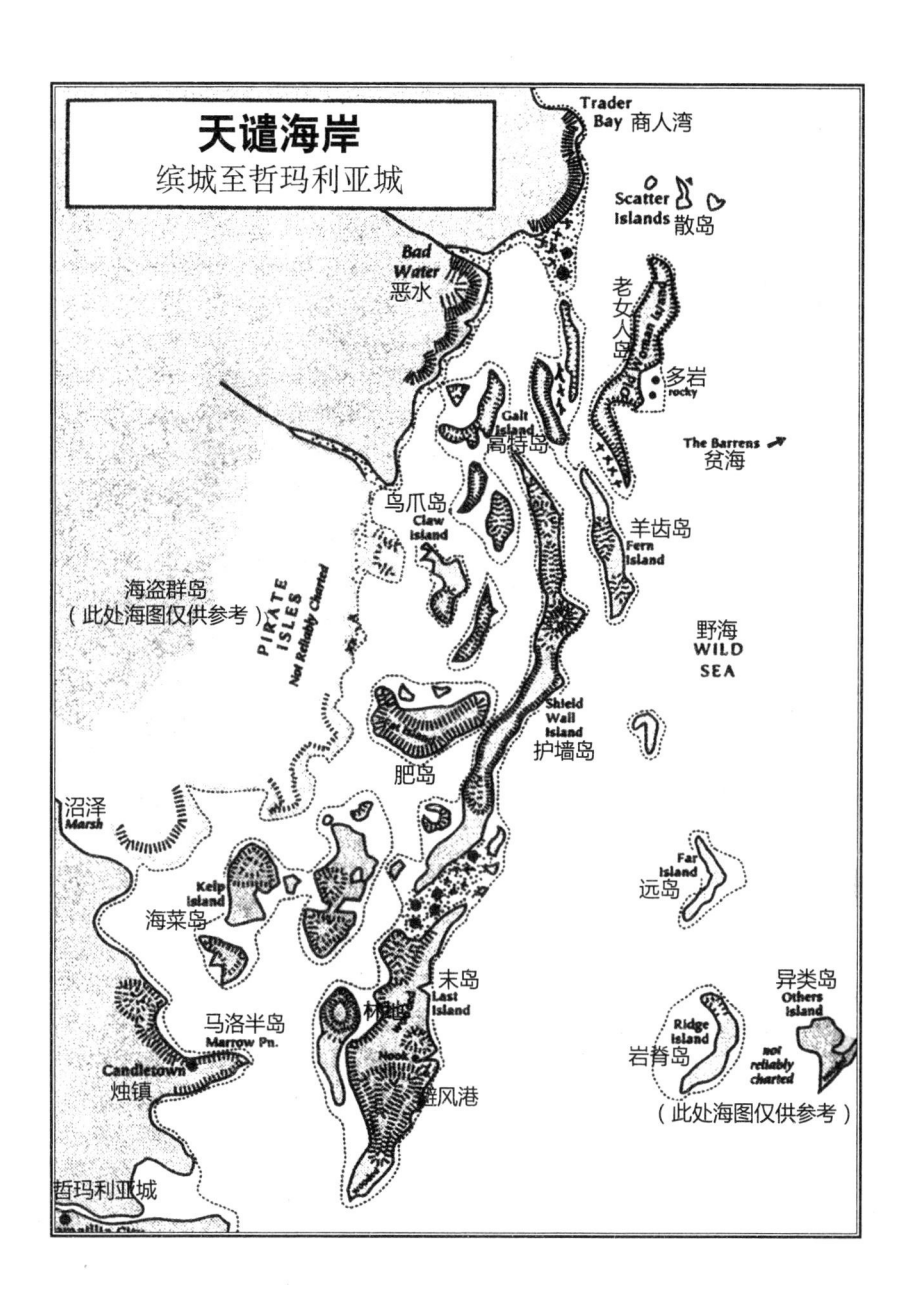

- Trader Bay 商人湾
- Scatter Islands 散岛
- Bad Water 恶水
- 老女人岛
- 多岩 rocky
- Galt Island 高特岛
- The Barrens 贫海
- 鸟爪岛 Claw Island
- Fern Island 羊齿岛
- 海盗群岛（此处海图仅供参考）PIRATE ISLES Not Reliably Charted
- 野海 WILD SEA
- Shield Wall Island 护墙岛
- 肥岛
- 沼泽 Marsh
- Kelp Island 海菜岛
- Far Island 远岛
- 末岛 Last Island
- 马洛半岛 Marrow Pn.
- Others Island 异类岛
- Candletown 烛镇
- 避风港
- Ridge Island 岩脊岛
- not reliably charted （此处海图仅供参考）
- 哲玛利亚城

第二十章

海盗之道

　　猎物一闯入眼帘之后,一切的疑惧便犹如晨雾被艳阳照见,顿时消失得无影无踪。瞬时之间,薇瓦琪与温德洛彼此共享的心灵探索,以及温德洛内心种种焦虑和紧致有序的道德观,就像是苏醒中的巫木船体上的油漆那样片片剥落。薇瓦琪一听到瞭望者大叫有船,心里便兴起一股想去狩猎的古老冲动。就在她船上的众海盗应和瞭望者的叫声而开始大声呼喊时,她自己也尖声高叫起来,其声犹如俯冲下扑的老鹰那样尖锐。他们先看到船帆,之后看到船身。那船为了躲避玛丽耶塔号,正惊慌地向前方逃去。船体较小的玛丽耶塔号奋力追赶猎物,而薇瓦琪号则埋伏在岬角之后等待猎物上门。

　　在薇瓦琪号上服过役的船员很多,其中海盗船员的冲劲绝无仅有。他们在薇瓦琪号的船桅上张起了一张张大帆,力图逮住每一丝风力。海风呼地将船帆吹得鼓涨,又簌簌地拍过薇瓦琪的脸颊,并激起她内在非属于人类生命的所有记忆。她像鹰爪抓物般地将双手朝那逃逸的船伸过去,无心脏也无血液的身体顿时像是闪电雷击般激动起来。她倾身向前,使船更顺畅地划过海水、激起白沫,并引得众船员兴奋地大喊。

　　"你明白了吧?"攀在船首风帆上的柯尼提得意地叫道,"你天生就是这样啊,我的琪小姐!我早就看出来了!你之所以生成,绝不是为了默默地扛着货物来来去去,那跟村妇提水有什么两样?追上去!啊,他们看到你了。瞧,他们一看到你，急成什么样子了！不过他们再怎么急，也是白忙一场。"

温德洛紧抓住柯尼提身旁的船栏。他眼角冒出的泪水被咸咸的海风一吹，感觉热辣辣的，不过他一句话也没说，只是紧咬牙关，以便把反对的意见按捺在心中。他虽不以为然，但心脏却照样因此而激动地怦怦跳着，全身血液则因为这场野蛮的追逐而奔腾。他大可以大言不惭地说自己对此一点也不热衷，但他是瞒不过薇瓦琪的。

柯尼提和索科可不是随便挑个目标就追。关于繁纹号的传闻，早在几个星期前就传进了索科耳里，但他一直等到近来船长的身体差不多康复了，才把消息告诉柯尼提。繁纹号的船长名叫艾弗瑞，这个人不但在哲玛利亚城说大话，也在几个小港口放出风声，说奴隶买卖这一行他是做定了，不管海盗有多么大胆、有多么义正辞严，都别想吓倒他。柯尼提听了之后便告诉薇瓦琪，这个艾弗瑞如此夸口，真是笨得可以。艾弗瑞的名声众所周知：他只带最上等的货色，也就是受过教育，适合担任家教、屋里的仆人，或者管理产业的奴隶。此外他也运送全哲玛利亚最精致的用品，像是上好的白兰地酒、熏香、香水，以及细腻的银器。这艘船要开往恰斯国，而那些恰斯买主希望艾弗瑞给他们带来最稀有的精品，同时也愿意付出相当的价码。

虽说繁纹号是条肥羊，但这却不是柯尼提平时会挑选的目标。毕竟，容易上手的猎物多得是，何必去沾惹这种速度快、有防备，水手又都训练有素的船？可是艾弗瑞不但老是把那种话挂在嘴边，而且也太过夸口了，这种目中无人的说法，柯尼提怎能忍下去？别忘了，他也得守住自己的名声。艾弗瑞竟敢对他下战帖，实在是太笨了。

为了逮住繁纹号，柯尼提几次到玛丽耶塔号上去跟索科商议。薇瓦琪只知道他们在讨论埋伏在哪里最好，除此之外就一无所知。她几次好奇地向柯尼提打听行动的细节，他总是言词闪烁地回避。

这两艘船朝繁纹号包围上去时，薇瓦琪想起温德洛在前一天晚上所说的话。昨天晚上，他直率地指出陈柯尼提的不是。"柯尼提之所以要逮住这条船，为的不是正义，而是为了面子。"温德洛指责道，"其他运奴船上载的奴隶人数比繁纹号多得多，而且船舱里的状况差到了极点。我听人说，这个艾弗瑞并不会把奴隶铐起来，反而任由他们在底舱自由活动；他慷慨地供应食物和饮水，所以他的货色抵港时都很健康，并且能卖到好价钱。柯尼提之所以盯上艾弗瑞的船，可不是因为他痛恨奴隶买卖，而是因为繁纹号所带来的财富和名声。"

薇瓦琪听了之后思索了片刻。"柯尼提在想这件事情的时候，心里可没有你说的这种心情。"最后她答道。她并未就这个话题延伸下去，因为她也不能完全确定柯尼提到底是什么心情，她知道柯尼提有很多地方瞒着她，所以她换了个角度。"其他运奴船上的奴隶既肮脏又没吃没喝，但是繁纹号船舱里的奴隶若是能得到自由，难道就比较不会感激吗？难道你认为，只要主人像是对待有价值的狗或马一般地对待奴隶，你就可以容忍奴隶买卖这个行当？"

"当然不是！"温德洛立刻反驳，然而此后薇瓦琪就把话题引向她比较容易控制的方向去了。

直到今天，她才终于知道，柯尼提谈到繁纹号时的心情该用什么文字来形容了。说穿了，那是对于狩猎的贪婪欲望。她眼前那艘敏捷迅速的小船乃是至美之物，而柯尼提看到至美之物，就像猫看到拍翅的蝴蝶一般，非得扑上去不可。柯尼提这个人性格务实，所以他理应不会找上这么难逮的猎物才对。但是对方既然来招惹他，那么他也就忍不住，非得应战不可了。

随着薇瓦琪号与双桅船繁纹号的距离越拉越近，温德洛内心那晕眩期待的心情也越加炽热。之前他已经一再警告柯尼提，千万不能让薇瓦琪号的甲板染上鲜血。他想尽办法向那海盗解释，一旦船上染了鲜血，死者的回忆就会永远刻在薇瓦琪心中。温德洛很难说清楚死者的回忆何以是沉重且痛苦的负担，但要是柯尼提不理会他的苦劝，任由人们在薇瓦琪号的甲板上打打杀杀，甚至在甲板上处决人犯，那薇瓦琪怎么承受得了？然而之前温德洛去找柯尼提，恳求他别把薇瓦琪号当海盗船来用的时候，柯尼提却仿佛觉得他的话索然无味，听完之后还幽默地诘问他，逮住活船，当然就是要拿来当海盗船用，不然温德洛以为他逮住活船要做什么？温德洛听了哑口无言，只能耸耸肩。看这光景，他若是继续恳求下去，只会逼柯尼提去证明他不但能控制住船，也能控制住这少年。

繁纹号的船员都爬上船桅高处去控帆、升帆，要是只有玛丽耶塔号在后面追，那么繁纹号说不定能逃得过去。但是薇瓦琪号不但比双桅的繁纹号更快，位置还横在它之前。有那么片刻，温德洛本以为繁纹号会从薇瓦琪号身旁溜过去，逃到开阔的海面上。不过接着温德洛就听到那运奴船上有人大声号令，于是船员便发狂似地升帆，免得被人拦下来。几分钟之后，玛丽耶塔号和薇瓦琪号便围住了繁纹号，玛丽耶塔号抛出了几个铁钩爪，牢牢地卡在繁纹号的甲板上。

事情到了这个程度，繁纹号的船员也就顾不得升帆逃命，改而拿出武器自卫了。他们的准备十分周全：首先抬出几锅滚烫的沥青，将箭镞沾了沥青之后射出去，玛丽耶塔号的甲板和船壳上因此而有多处烧了起来；接着有些人穿上皮革轻盔甲，轻松熟练地拿起刀刃；有些人则背起弓箭，迅速地爬上繁纹号的船桅。在玛丽耶塔号这边，有些海盗拿着湿帆布灭火，有些人则操纵投石器，让一阵阵石雨打在繁纹号上。随着铁钩爪将那艘不幸的船越拉越近，玛丽耶塔号上那群嗜血的进攻队伍也期待地挤在船栏边等待，玛丽耶塔号上的武装打手可比繁纹号上的要多太多了。

薇瓦琪号上的人只能嫉妒地挤在船栏边观看，并叫嚷着为玛丽耶塔号上的弟兄打气、指点。弓箭手攀上了薇瓦琪号的索具，朝繁纹号的船员和甲板射出箭雨，这是他们对于这场战役的最大参与。不过这箭雨发挥了极大的效果：繁纹号上的船员必须时时谨记，他们所面临的敌人，不只是玛丽耶塔号而已，而忘记这个要点的人，就会被一枝枝飞箭射穿。薇瓦琪的船头朝向那两船冲突的方向，但是柯尼提勒住薇瓦琪，不让她向前去。他站在前甲板上，双手紧抓着船栏，并低声地对薇瓦琪讲话，好像在教导她。偶尔一阵风吹来，把柯尼提的低语声送进温德洛耳里。柯尼提的话显然只是对薇瓦琪说的。"哪，你瞧，率先越过船栏、跳到对方甲板上，脖子上绑着红手帕的那个，就是苏吉，那个无赖做什么事情都一定要抢先。苏吉后面那个，看见没有，那是罗格，罗格对苏吉崇拜得不得了，所以那小子难保哪一天会因此而送命——"

那人形木雕听了直点头，同时目不转睛地盯着那火热的场面看。她双拳紧握，举在胸前，嘴唇则因为激动而微开。温德洛朝薇瓦琪探索时，只感觉到她困惑且十分热切，她船上的人既嫉妒又激动，恨不得亲身为之，而他们的心情像是节节升高的潮水般一再地在她心中拍击。柯尼提的心情则与他们不同，他对于手下的表现非常得意。衣着鲜明的海盗蜂拥到繁纹号上，然后散开，把战斗带到全船上下。海风拂过繁纹号和薇瓦琪号之间的开阔水面，传来咒骂与尖叫声。从薇瓦琪号飞出去的箭雨刺穿了人的血肉，然而就算薇瓦琪想到这一点，也丝毫没流露出任何恐惧的情绪。由于是远观，所以血腥的杀戮看来像是色彩鲜明的活动，有那么一点戏剧性的效果和悬疑紧张的味道。有一个人从繁纹号的索具上掉了下来，他掉下来时撞到船桅的横梁，勾住了一下，然后便直直地落在甲板上。见到此景，温德洛惊骇地缩身，但是薇瓦琪的眼睛连眨都不眨一下，只顾看着前甲板上繁纹号的船长和索科的大战。艾弗瑞船长的细剑像是银针般地朝身材粗壮的索科攻过去，索科以左手的短剑格开对方的剑刃，并以右手的长剑进攻。这场格斗随时都可能会闹出人命。薇瓦琪看得眼睛发亮。

温德洛对柯尼提瞄了一眼。由于薇瓦琪是远观，所以她只看到刺激的打斗活动，但无从感受其中的恐怖。她的甲板上并未洒下鲜血，而烟味、即将死去之人和伤者的尖叫声也一下子就被海风吹走。海盗像是污渍一般，慢慢地，但是牢牢地沾在繁纹号的甲板上。这一切薇瓦琪都看在眼里，但她却又置身事外。莫非柯尼提是要一步步地把杀戮活动引介给薇瓦琪，好让她慢慢习惯暴力？

温德洛清了清喉咙。"那儿死了好多人，他们的生命在痛苦与恐惧中结束。"

薇瓦琪很快地瞄了温德洛一眼，然后又继续盯着战斗场面。她不答腔，反而是柯尼提应答。"那是他们自找的。"柯尼提指出，"他们选了这一行的时候，就知道自己或许会送命。我说的可不是我手下那些志愿参战的英勇男子，我说的是繁纹号上的那些人。他们早料想到会遭受攻击。这是自己招惹来的。他们到处吹嘘他们有多行，你还记得吧。他们船上的皮盔甲、长剑和弓箭样样都不缺，要不是早料到战斗必不可免，要不是早就知道免不了遭人阻拦，那么怎么会带这些东西出海呢？"柯尼提哈哈大笑。"所以啦，"他笑道。"你眼前所见并不是杀戮的场面，而是意志之战。你甚至可以说，正义与不公之间，永远都有冲突，而你眼前所见，就是这种冲突的具体展现。"

"好多人送了命。"温德洛顽固地强调道。他本想把这句话说得振振有词，最后却发现，因为那海盗的说辞无懈可击，所以自己答话的时候口气竟有点犹疑。

"凡是人，就免不了一死。"那海盗轻松自若地应和道，"现在你我虽站在这甲板上说话，但我们的生命也在消褪，像是短暂的夏日花朵一般地逐渐枯萎。然而在你我死后，薇瓦琪仍会活得好好的，温德洛。死亡也不坏啊，难道薇瓦琪不是因为吸收了几个亡魂，所以才苏醒过来？你这么想吧，温德洛，自薇瓦琪的观点来看，到底她是天天在目睹我们的生还是我们的死？其实你可以说是前者，也可以说是后者。没错，那儿是有痛苦、有暴力，但是万物皆难逃这二者，即使非属邪恶之流也是如此。洪水凶猛，拔去了河岸的大树，但是洪水带来的滋养与水分也带来更多的生机，足以弥补而有余。琪小姐与我，我们是正义的斗士，既然如此，如果我们必得扫除邪祟妖孽，那么即使不免痛苦，也行而无憾。"

柯尼提的嗓音低沉雄厚，犹如远处传来的雷声，也如同雷声一般地令人不安。他讲得头头是道，但是温德洛知道他这番话必有漏洞，自己若能至少揭穿一个漏洞，就可以把柯尼提的通篇大论反驳掉。最后温德洛决定退守，他提出在书上看过的说辞。"善与邪之所以不同，在于善者可以忍受邪祟，但仍坚毅不摇，而邪祟则不免终被善者消灭。"

柯尼提亲切地笑笑，并摇了摇头。"温德洛啊温德洛，你仔细想想你刚才说的是什么。善者竟能忍受邪祟、任由其存续，那也未免太浑浊了？他们若是只以自己的舒适安全为念，那就不是真正的善，而是肤浅的屈从。难道我们明明看到那船舱里有人受苦，却还掉头走开，并说'这个嘛，我们这船上都是自由人。我们帮不上什么忙，所以走了最好，至于他们，那就自求多福吧'？你们修院教的，应该不是这种道理吧？"

"我才不是那个意思!"温德洛气急败坏地反驳道,"所谓善者之忍受邪祟,跟岩石不受雨水之侵蚀是一样的道理。那不是忍受,而是……"

"结束了。"柯尼提流畅地打断了温德洛的话。繁纹号上的人将一具具尸体丢入海中。不过繁纹号之后并未跟着几条海蛇。那船既干净,速度又快,所以从未吸引海蛇尾随。现在他们把繁纹号的三角旗降下来,改而升起以红黑为主色的渡鸦旗。舱盖一打开,奴隶们纷纷爬上甲板。柯尼提回头一望。"依妲,让他们准备小艇,我要亲自去瞧瞧。"接着他转向温德洛。"小伙子,要不要一起来?你要是亲眼看到我们所解救的奴隶对我们多么感激,那你可能会多懂不少道理,说不定还会因此而改变心意呢。"

温德洛慢慢摇摇头。

柯尼提大笑。他换了个声调,吩咐道:"你还是跟我一起来。动作快,不要拖。虽然你嘴硬,但我还是要教你。"

据温德洛猜测,柯尼提此举多少是为了避免自己私下跟薇瓦琪谈论方才他们目睹的场面有什么意义,柯尼提就是要让薇瓦琪在回想起掳获繁纹号的场面时心里只想到他的论调。温德洛咬紧牙关,但还是转身跟着那海盗离开。他一定可以忍耐下去。接着柯尼提伸出一臂,环抱住温德洛的双肩,吓了他一跳。柯尼提把重量靠在温德洛身上,仿佛他需要人扶持。柯尼提以亲切的口吻说道:"输也要输得优雅,温德洛,毕竟你不是真的输,因为我必得教你,所以你必有所得。"柯尼提咧嘴笑着劝道,"你该学的可多了。"

后来,当他们坐在小艇中,由水手划着送他们前往繁纹号时,柯尼提倾身在温德洛耳边说道:"我说小子,就算是岩石,也终不免被雨水一点一滴地滴穿。但即使如此,岩石也不需觉得可耻。"接着柯尼提亲切地拍拍他的肩膀,坐直起来,眺望着他的奖品,眼里满是欣喜得意之情。

当艾希雅匆匆穿过家宅后面的树林爬下悬崖时,突然起了一阵大风,刮来几个断续的笛音。她早跟贝笙和琥珀说好要在中午之前碰面,以便一起把消息告诉派拉冈。不过艾希雅一想到派拉冈听到这个消息不知会起什么反应,就忧虑得反胃起来。那笛音听来还不算是乐曲，倒像是在试音，大概是哪个孩子在沙滩上吹笛子吧。

说起来，那深邃的笛音应该早让她想到是那眼盲的人形木雕在吹牧笛。派拉冈专心一意地吹笛子，脸上的表情都变了，他额头的线条变得柔顺，肩膀也不再防备地竖起来。艾希雅从小就认识派拉冈，在她心中，他是一艘阴晴不定、疑神疑鬼的船，但是眼前的他却与印象中截然不同。艾希雅心中闪过一股嫉妒之情：没想到琥珀竟能让他改变这么多。

那组特大号的牧笛想必是琥珀的作品。艾希雅突然想起自己的缺陷，不禁摇了摇头。她认识派拉冈这么多年，却从没想到要像琥珀那样送他那种礼物。那木珠匠人送了许多玩具和小玩意儿给他，让他手上有东西可玩，心情也有个寄托。艾希雅是派拉冈的多年老友，但是她一向只把派拉冈看作是失败的活船。她很喜欢他，也把他当成人来看待，而不只是物品，不过，她对他的印象从未改变，那就是，他是一艘船，而这艘船违背了人们对他的信任，所以这船不安全，永远不得再度出海。然而琥珀却引出了派拉冈心中那活泼的——但有点发育迟缓的——孩童心性，并让他有所发挥，因而使他的心情大为不同。

艾希雅走近之时却迟疑了起来。派拉冈只顾着吹笛子，所以根本没察觉到她走近。那人形木雕原来是雕成大胡子、脸上有棱有角的战士容貌，但多年前，有人以斧头砍掉了他的双眼，如今他虽仍一脸乱糟糟的胡子，脸上却露出少年的稚气。艾希雅之所以来找贝笙和琥珀，为的是要一起劝服派拉冈，请他接下一宗任务——虽然他之前的纪录惨不忍睹。一谈起这件事情，恐怕派拉冈就别想感受这晴朗的天气，也顾不得开心地吹笛子了。艾希雅打算请派拉冈出海，然而他最怕的就是出海。要是今天再度提起，他会有什么反应？打从贝笙第一次提起这个计划，她就担心这会对派拉冈造成什么影响。然后她想起了薇瓦琪，因此而硬下心肠。派拉冈毕竟是活船，人们之所以打造派拉冈号，为的就是要他出海，而她若能让他再度出海，那么他自己的收获绝对比收到琥珀送的那些小玩意儿要大很多。

至于派拉冈若是再度让众人失望，会对他们造成什么影响，艾希雅则故意不去想。

她闻到篝火的味道了。夏天到了,天气暖和了,所以琥珀几乎都在沙滩上煮东西吃。琥珀在派拉冈号上营造出不少变化,其中有些艾希雅颇为赞同,有些则让她惊骇异常。如今的船长室因为木作都磨光、上油,看来焕然一新,黄铜物品都擦得光亮,坏掉的碗橱和铰链也都修复了。现在的房间里散发出亚麻籽油、松节油和蜂蜡的香味。晚上的时候,琥珀在房里点起一盏灯笼,使一切都带着蜂蜜般的金色光芒。

但是琥珀在船长室的地上开了一扇暗门,以通到船舱里去,这就大大教人失望了。贝笙和艾希雅两人初次看到那暗门的时候都气得要命。当时琥珀向他们解释,她之所以开这个暗门,为的是要有个快速的通道,好把各式用品搬到船舱里去,但是贝笙和艾希雅都无法接受。他们跟琥珀说,任凭哪一艘船,都不会在船长室里开一道暗门。就算暗门上了栓,又盖着上好的地毯,艾希雅还是觉得开这暗门实在过分。

除了船长室之外,琥珀也修理了其他地方。好比说,船上厨房就清理得干干净净,而且打磨得亮晶晶的。虽说现在琥珀多是在沙滩上煮饭,但她仍把锅碗器具收在厨房里。其实甲板倾斜得很厉害,琥珀怎能自如地在船上活动,这点艾希雅也不清楚,若是问起来,她只会说,把这些地方修好,派拉冈好像比较开心,所以她就着手修理了。全船上下的沙尘都已清扫干净,被风吹来的紧攀在船上的海草和苔藓也都清得一点不剩。琥珀还在船舱里焚烧清新的熏香药草,一方面除虫,一方面除湿,而且现在所有的门、窗和舱盖都可以关紧了。这些是他们还没讲定派拉冈的出海计划之前,她就做好的。一时间,艾希雅思索着琥珀所尽的心力,接着又把这念头抛在脑后。

"派拉冈!"艾希雅叫道。

派拉冈放下嘴边的牧笛,朝艾希雅的方向咧嘴而笑。"艾希雅!你来看我了。"

"是啊,贝笙和琥珀也在吗?"

"他们两个成天黏在这里啊!"派拉冈快活地说道,"他们在里面。不晓得为什么,贝笙就是想要探查一下舵轮到船舵的机关是不是还畅通。琥珀跟他在一起。他们再一会儿就出来了。"

"你的笛子好可爱,是新的吗?"

派拉冈露出窘状。"也不怎么新啦,已经一天半了。只是我到现在都还吹不成调。不过琥珀说,吹不成调也没关系,她说,只要我吹笛子觉得高兴,那就与歌曲无异了。但我还是想要吹出个曲子来。"

"琥珀说得很对。等你玩熟了之后,自然能吹出曲子。"

远处传来海鸥受到惊扰的叫声,艾希雅忍不住转头去看。沙滩远处,有两个女人正在朝派拉冈号走来,她们身后跟着一个矮胖的男子。艾希雅皱起眉头。他们来早了。这件事情她都还没跟派拉冈提过,而他马上就会发现,不管他心意如何,这件事都已成定局。她得赶在他们抵达之前,先去跟贝笙和琥珀商量才行。

"海鸥被什么吓到啦?"派拉冈问道。

"没什么,沙滩上有人散步。我……呃……想喝杯茶。我要借用琥珀的烧水壶,你不介意我上船去吧?"

"上去上去,我敢说琥珀一定不介意。欢迎登船。"

派拉冈心不在焉地拿起笛子来吹,艾希雅顿时觉得自己像是背叛了他似的。再过不久,派拉冈的人生就会完全改观了。最近,贝笙在船边架了个梯子,艾希雅爬上梯子,小心地走过甲板,钻进后舱盖。沿着梯子爬下去时,她听到他们两人的声音从底下传来。

"看起来状况挺好的。"贝笙说道,"不过这很难说,因为船舵卡在沙子里。等到船入水之后,我们再瞧瞧船舵转动得是否灵活。不过,上点油绝对是有益无害。就派克利弗去上油好了。"

艾希雅虽然担心,但是听到这里,仍不禁笑了起来。照贝笙的说法,克利弗那个童奴真是烦死人了,但尽管如此,他仍不声不响地挑起了打杂小弟的角色。贝笙会把别人没空做,但是并不复杂的小事派给他去做。之前那孩子说,船上的事他很在行,这并不是空话。他住在这废船上倒是很自在。派拉冈一下子就接受了那个小男孩,不过那男孩对那个活生生的人形木雕却适应得很慢。直到现在,克利弗还是很害羞,不太敢直接跟派拉冈讲话。艾希雅心想,其实这反而好,毕竟这一个星期以来,他们藏着这个秘密,还没跟派拉冈说。

要说动达弗德·重生这个人可不大容易。他在罗妮卡面前先是一口咬定,派拉冈号的买卖、协商,他一概不知情。不过罗妮卡无情地坚持,达弗德一定知道买卖双方提议的条件,此外她又坚持,这件棘手的交易只有达弗德做得来。最后,达弗德终于承认他的确知道派拉冈号的拍卖细节,而艾希雅听到这里就离开房间了。她觉得十分不屑。他可是缤城商人啊,他跟她是在同样的传统环境中长大的,既然如此,怎么可以这样对待缤城的活船?他怎么会沦落到这个地步,竟然以金钱去劝诱大运家族做出这等丑事?达弗德这等行径不但残酷、错误,而且背信忘义;他看在钱财的份上,看在新商的影响力上,就背叛了自己的缤城传统。除了不屑之外,艾希雅还感到痛心。达弗德·重生啊。在她小时候,达弗德总是带糖果来给她吃;她家人出门常常搭他的便车。他看着自己长大,还在她十六岁生日的时候送花给她。可他竟是个叛徒。

后来的协商就由罗妮卡和凯芙瑞雅包办了。现在想起来,艾希雅觉得她们像是在勒索达弗德似的,这种事情,她实在做不来。她避着达弗德,因为她知道自己势必是无法客气地跟他讲话了,可是她又不能得罪他。

艾希雅一路爬下楼梯,她一下地就朗声宣布道:"他们几个已经来了。母亲才刚走到沙滩边而已,重生商人也跟着来了。希望重生聪明一点,千万别多开口,但恐怕未必能如此。你们跟派拉冈提过了没?"艾希雅直视着琥珀。看着琥珀比较容易,她跟贝笙之间虽没敌意,却不大自在。

"还没!"琥珀露出震惊的脸色。"我打算等你到了再一起告诉他。没想到他们这么快就来了。"

"他们来早了。不过我们可以派克利弗去通知他们,请他们等我们打信号之后再过来。"

琥珀思索了一会儿。"不用了。依我看,这事是早早了断的好。我看派拉冈是免不了会发一顿脾气的,但我想他私底下反而会很高兴。"琥珀轻叹了一声。"走吧。"

琥珀先爬上楼梯,艾希雅跟在后面,贝笙殿后。到了沙滩上之后,他们发现克利弗也在。他坐在派拉冈面前的石头上,脸红通通的,而且笑得很喘。派拉冈拿起笛子一吹,吹出了个像是放屁的声音,接着他们两个便大笑起来。派拉冈举起一只手,略微遮住咯咯的笑声,不过那少年却笑得放浪形骸。艾希雅站住,瞪着他们看。她身后的贝笙跟着他们笑起来。眼盲的派拉冈转过头,咧嘴笑道:"啊,你在啊。"

"是啊。"琥珀应和道,"我们都在。"她朝那人形木雕走过去,伸出戴着手套的手,抚摸派拉冈的前臂。"派拉冈,我们都在,因为我们有话要告诉你。这件事很重要。"

派拉冈的笑容退去,取而代之的是犹豫的脸色。"是不好的事情,对不对?"

"是好事。"琥珀流畅地答道,"至少,我们三个都这么认为。"她朝贝笙和艾希雅瞄了一眼,又沿着沙滩望过去。艾希雅也跟着琥珀望去,看来她母亲和艾米斯·大运不一会儿就会到。琥珀继续说道:"我们必须做一件好事,不过这得有你帮忙才行。没有你的话,是做不成的。"

"我又不是小孩子。"派拉冈说道,"你就直说了吧。"他越来越焦虑了。"我们怎么一起做事?是什么好事?"

琥珀紧张地摸了摸脸,又朝艾希雅和贝笙瞄了一眼,才把注意力集中在船身上。"我知道你不是小孩子了。唉,我讲得不好,因为我很怕你不肯跟我们一起同心协力。派拉冈,是这样的:你知道维司奇家族有一艘活船薇瓦琪号。薇瓦琪号被海盗逮住了,这你也都知道。你听过我们谈这些事情,也听我们考虑要如何处理此事。这个嘛,艾希雅打算出海去把他们救回来,贝笙和我也打算同行。"她吸了一口气,"而我们希望能把你开出海去救薇瓦琪。你觉得如何?"

"海盗。"派拉冈喘着说道。他伸出空着的那一手搔搔胡子。"我不知道,我实在不知道。我很喜欢你们三个,我喜欢跟你们在一起。任什么船都不该落在海盗手里。海盗最可怕了。"

听到这里，艾希雅才开始正常地呼吸。这应该是行得通的。

"大运家的人是不是已经答应要带我出海了？"

贝笙紧张地咳了一声。琥珀朝他们两人张望，希望他们开口帮腔，可是他们都沉默不语。所以她只好应道："大运家的人即将答应要让你带我们去找薇瓦琪号。"

"可是大运家的谁……你该不是说，我出海的时候，船上竟连一个亲人都没有吧？"派拉冈难以置信地说道。"活船若无家人陪同，是不能出海的啊。"

贝笙清了清喉咙。"我会陪你啊，派拉冈。我们认识这么多年了，你我亲近得就像是家人一般。有我不行吗？"

"不行，贝笙，这个不行。"派拉冈紧张起来，声调越拉越高。"我很喜欢你，我真的很喜欢你，不过我是大运家族的人，而你不是。你是我的朋友，不是我的亲人。而我若没有亲人陪同，是不能出海的。"他为了强调这一点，边说边摇头。"大运家的人应该不会让我单独出海吧。果真如此，那么他们等于是以此来表示他们要把我赶出家门，同时认定我永远做不了什么好事。不会吧……"此时他以双手抓紧牧笛，但即使如此，笛子和他的手还是在颤抖。"不会吧……"

艾希雅的母亲和艾米斯·大运已经停了下来。艾米斯正瞪着派拉冈，她叉手抱胸，嘴唇抿成一条线。艾希雅从艾米斯的脸色可以看出她非常排斥派拉冈，她心里想道，幸亏派拉冈瞎了眼，看不见这一幕。落在她们身后老远的达弗德为了赶上来而走得气喘吁吁。

"派拉冈，"艾希雅劝慰道，"求求你听我说。多年来，大运家的人都没在船上陪你。你一直都很孤单，只有我们几个知己，可是你也熬过来了。在我看来，你跟别的活船不大一样，你是有自觉的，不管有没有亲人都一样。我认为，你已经变得……很独立了。"

"我之所以熬过来，只是因为我死不了！"派拉冈突然怒吼道。他将笛子高举，仿佛是想用笛子来打她，但后来他却表现出高度的自制力，不但没打人，反而把手伸到背后，将笛子放在倾斜的前甲板上。他转过头面对着艾希雅，一边以鼻子喘气一边说道："艾希雅，我的日子过得很痛苦。长久以来，我一直处在濒临疯狂的境地里！你以为我没有这点自知吗？我已经变得……我哪会变成什么？我什么都不是。只因我必然要继续下去，所以我才支撑至今。可是空虚啃蚀着我，怎么也无法解脱，我的日子过得很虚无，时间一秒一秒地耗费，每天都一点一滴地销蚀，但是我从未寻死。"他突然狂笑起来，"你刚才说我已经变得很独立，不需要亲人了？噢，是喔，是喔。这个独立的自我，只有利爪和利齿，同时还充塞着苦闷和愤怒，所以若能藉着撕毁全世界来让自己的内心止息，我也会毫不犹豫地下手！"派拉冈怒吼道。他突然扬起双臂，抬起头大叫一声，那声音之悲惨，乃是人所不能及。艾希雅伸手捂住了耳朵。

她从眼角看到艾米斯·大运转头跑开，而她母亲则追了上去。她眼看着罗妮卡追上了艾米斯，拉住对方的手臂让她停下来，转身对着派拉冈的方向。艾希雅看得出艾米斯一定是在驳斥什么事情，但是她想不出艾米斯到底在说什么。此时，达弗德已经追上她们了，他一边以手势示意艾米斯不要再说了，一边掏出丝手帕擦汗。这下子艾希雅知道那是怎么回事了。艾米斯·大运一定是改变了心意。看来艾希雅虽想拯救薇瓦琪，但这个计划是不成的了，要是她相信派拉冈一定能救回薇瓦琪，那么她可能还不会这么绝望。但事实上，她并不相信他真有那个能耐。大运家族不肯卖掉派拉冈号，但是他们也不会开着派拉冈号出海，所以往后这艘船只能继续待在这片沙滩上，年复一年地越变越老、越老越疯，而她自己，是不是也会变得像派拉冈一样呢？

琥珀站得离派拉冈好近，真是危险。她伸出一手放在船壳上，并且跟他讲话，不过派拉冈根本不理她。此时他那鬈发蓬乱的头已经垂下来，他以手捂面，像个伤心的孩子，哭得抽抽噎噎的。克利弗走了上来，瞪大眼睛望着那悲伤得不能自已的船。那孩子咬住下唇，垂在身侧的双手握起拳头。

"派拉冈！"艾米斯·大运大声叫着派拉冈的名字。

派拉冈猛然抬起那张毁容的脸，盲目地面向声音的来源。"谁？"他狂野地问道。虽然无眼可哭，但是他仍举手擦了擦脸颊，像是要擦掉眼泪，对于自己的悲痛竟被陌生人看到而感到苦恼。

"我是艾米斯·大运。"那妇人以防备的语气说道。她虽戴着夏天用的无边帽,灰发仍被吹散,大披巾也随风飞扬。她只说了这么几个字,之后便等待派拉冈的反应。

那船显得非常震惊,他的嘴张开又闭上两次之后才说得出话来。"你为什么要来?"他的口吻与声调含蓄得惊人,听来像是大人,而不像是孩子。他脸上显出悲伤的表情,深吸了一口气,让自己更镇定一点,才继续说道:"都过了这么多年,为什么你现在要来找我讲话?"

此语一出,艾米斯仿佛受到很大的惊吓。艾希雅心想,要是派拉冈用吼的,说不定她还比较不会那么意外。最后,艾米斯终于笨拙地问道:"他们已经告诉你了,对不对?"

"告诉我什么?"派拉冈无情地追问道。

艾米斯挺直起来。"我要把你卖了。"

"你不能卖掉我。我是大运家族的一份子,你怎能卖掉自己的儿女?"

艾米斯·大运摇了摇头。"是不能,"她低声说道,"是不能。我不能卖掉自己的儿女,因为他们爱我,我也爱他们。"她抬起头,直视着那脸已经不成形的船。"但你就不同了。"她的声音突然变得尖锐起来,"自从我懂事以来,你就是家里的克星。你上次出海的时候,我还没出生,但是我却是伴随着母亲与祖母丧夫、丧子的痛苦长大的。你失踪之后,我们家的人也跟着葬送在不知名的某处,永远不复返。为什么?你为什么要这样惩罚我们?难不成就因为我们跟你是一家人,所以你才要这样对待我们?若你永远不回来,事情虽已经够糟了,但我们至少还可以揣测、想象你跟大家一起消逝或是他们仍活着,只是回不来而已。但你却回来了,你回来向我们证明你又再度大开杀戒。你又再度杀死起造你的大运家族的男子,独留家里的女人去追悼亡者。

"你在这里待了三十年!你是我们大运家族的耻辱与愧疚的象征,待在这里,就像是天天在辱骂我们一样。每一艘进出缤城港的船都会看到你晾在这片沙滩上。随便哪个缤城人,都知道你为什么不但没有出海,反而晾在这里。许多人都责怪我们的不是,骂我们贪婪、无情、自私、没心肠,有的人还说,这个耻辱是我们自找的。只要你还待在这里,我们就永远无法忘怀,也永远无法宽恕自己。你倒不如离开。他们愿意买下你,而我们则乐得甩掉你。"艾米斯冲着在场所有人说出这一番恶狠狠的话。艾希雅听了,深深为派拉冈感到难过,甚至难过到说不出话来。艾米斯的眼里满是狂性,也许派拉冈的个性真是大运家族熏陶出来的。

"在起造派拉冈号之前,我们大运家族乃是有权有势的人家!你本应该是我们的荣耀。可是你不但不能成事,还逼得我们为了付清你的欠债而变得一贫如洗,然而你回报给我们的,只有悲痛和绝望。怎么样?你连否认一下都说不出口?神奇的大船,你说话呀!都过了这么多年,你倒是把理由讲给我听啊!你当年为什么要背叛他们?为什么要把我们的梦想、我们的希望和我们的男人都毁了?"艾米斯终于住口,因为情绪激动而不断地喘气。站在她身边的罗妮卡·维司奇露出厌倦的神情,不过达弗德·重生的表情则颇耐人寻味:他看来有点忧虑,但眼里却有股大义凛然的情绪。

"都是雨野河。"达弗德轻声说道。"从雨野河流下来的,没一样好东西。恶毒的魔法,可恶的疾病。雨野河的东西,从来就……"

"住口,"琥珀说道。"你住口,走开!现在就走!他已经知道了。哪,这就是了,拿去吧,都是你的了。我以我拥有的一切来交换派拉冈。这是我们老早就说好的。"琥珀把用皮条系在脖子上的钥匙取下来,掷到达弗德的脚边。钥匙打在石头上,发出清亮的响声,之后才落在沙地里。达弗德吃力地弯身去捡钥匙。艾希雅一看到那把大钥匙,就认出那是琥珀位于雨野街上的店铺大门钥匙。达弗德把钥匙收在自己的口袋里。艾米斯·大运则继续瞪着派拉冈看,她那饱经风霜的脸上有几条泪痕,不过现在她已经不哭了,只是一语不发地瞪着派拉冈。

身在高处的派拉冈叉手抱胸,头抬得高高的,要是他有眼睛的话,现在就是在眺望大海了。他下巴的肌肉紧绷,嘴巴紧闭,一动也不动,犹如普通木料所雕成的一般。

达弗德拉了艾米斯·大运的手臂。"走吧,艾米斯,我带你回家吧。我带你回家之后,再帮你去把你的新铺子处理好。这宗买卖虽不划算,但已经尽了人事。罗妮卡、艾希雅，再见了。你们要记得喔，这宗买卖可不是我起的头。"

"我们会记得的。"艾希雅淡淡地说道。她没望着他们走远，而是一直瞪着动也不动、不发一语的船，心里十分愧疚。她是怎么想的，她怎么会以为艾米斯·大运若是来这里的话，一定会劝派拉冈心甘情愿地跟他们出海？大运家族的怨恨早已成为缤城的传奇，再加上大运家族又要把这船给甩了，既然如此，艾米斯怎么不会把怒气出在派拉冈身上呢？突然之间，她只觉得这一切都很荒唐。他们要开一艘疯船出海，为的是有个渺茫的希望，说不定能把她的家族活船救回来。但这种事情只有傻瓜才干得出来。哪个正常人会相信这种事情真能成功？

"派拉冈？"琥珀轻声说道，"派拉冈，她已经走了。往后事情会好转的，你等着看好了。这样子最好，以后你就跟真正关心你的人待在一起了，而且又可以出海，船本来就是该出海的。等你下次回到缤城来的时候，你就是大英雄了。到那时候，大家都会对你另眼相看，就连大运家的人也一样。派拉冈？"

克利弗从贝笙身后溜出来，他走上前，害羞地伸出一手贴在派拉冈的船板上，再抬头望着高处那个一动也不动的人形木雕。"有瓷后（有时候），"克利弗诚挚地说道，"光梨伺机，秀丝一家人。一为家梨秀蹓梨一人。（光你自己就是一家人。因为家里就只剩你一人。）"

派拉冈不发一语。

柯尼提得手的猎物不计其数，而这艘繁纹号绝对算是上乘的货色。繁纹号的人把他吊到甲板上去时，他难得地生出欣喜之情。依妲已经在一旁等着，以便把拐杖递给他了。这个胜利有双重意义：这不但是他痊愈以来第一次重大收获，而且温德洛还来此亲眼目睹。柯尼提几乎感觉得出那男孩跟在他身边看得啧啧称奇。唔，就让他目瞪口呆地瞧瞧这艘从头到尾都打点得一丝不苟的小船，并重新想想柯尼提船长有多大的本事吧。温德洛之前是不是以为他不过是个独腿的恶棍，只配追捕那种臭得熏人的运奴船？所以，就让温德洛好好打量这一切吧，这样他就会知道，有史以来航行于内海路的海盗中，柯尼提乃是数一数二的佼佼者。

柯尼提今天的确是很得意，这点从他对待下属，尤其是索科特别宽容礼遇，就可以看出来。那个红发的无赖匆匆地走上前来要向他报告的时候，被他吓了一大跳，因为他不但热诚地在自己肩膀上拍了一下，还称赞道："厉害，厉害！这趟工作做得利落！有人质吗？"

索科咧嘴而笑，这一番好话让他感觉轻飘飘的。"只有船上的干部，船长。这事果真如你先前料想的一样：他们船上的水手对打斗的确很在行，所以谁也不肯放下武器束手就擒。我给过他们一两次机会，我跟他们说，只要投降，我就跟你们签约，但他们就是不肯撒手。真是太可惜了，他们都是一流的打手，可惜现在船上只剩下我带过来的人了。"索科自认为讲得很有趣，所以得意地咧嘴笑了起来。

"船上的干部呢，索科？"

"关在下面。他们的大副倒下去之前，头上被打了好几拳，不过他会好起来的，其他人也都有些大伤小伤。奴隶们都很好，情势变得这么突然，有些人一下子转不过来，不过他们要不了多久就会明白的。"

"损失？"柯尼提简短地追问道。

索科的笑容不见了。"比我们预期的还严重，船长。他们都是一流的好手，连倒下去的时候剑都没有离手。克里夫托、马尔和柏利死了，坎柏伤了一眼，另外有几个人轻伤。白石的脸被人划开，结果现在他的脸皮连牙齿都遮不住了，他痛得打滚，我已经派人把他送回玛丽耶塔号。他一直惨叫，叫声很恐怖。"

"白石吗？"柯尼提想了一会儿，"把他送到薇瓦琪号去。温德洛可以医治他，那小子在医术方面颇有一套。我注意到你没提到自己，索科。"

那个高大的海盗咧嘴笑了起来，对血迹斑斑的左袖做了个歉意的手势。"两剑对一剑，结果我还被他的剑划到，真是惭愧啊。"

"不过，这伤势还是要照料的。依妲在哪里？依妲！过来瞧瞧索科的手臂。对，这才对。温德洛，你跟我来。我们下去随便转一圈，瞧瞧今天赢到了什么大奖。"

那才不是什么随便转一圈。柯尼提刻意带着那少年走过每一个船舱。他把裹在帆布里的织锦画和地毯展示给温德洛看，又带着少年巡视一桶桶的咖啡豆、海运箱、封在陶瓶里的迷幻药草，以及一卷卷闪闪发亮的金线、红线和紫线。柯尼提向他解释，这一切都是因为奴隶买卖而来。这些东西固然漂亮，却都是以鲜血换来的。看过这些之后，温德洛想着，应该要让艾弗瑞之类的人以及支持他的那种人继续这种邪恶的勾当吗？"只要奴隶买卖有赚头，人们就会继续做。你父亲就是因为贪心才走上这一遭，也因此而覆灭。不过，我的打算是要让所有做奴隶买卖的人都因为走上此道而覆灭。"

温德洛慢慢地点了个头，不过柯尼提无法确定他相不相信这是自己的肺腑之言。不过他信与不信也不重要，只要柯尼提能够为劫掠与战斗讲出一番大义凛然的道理，那小子就非得应和他的话不可。而只要是如此，他就比较容易说动薇瓦琪顺着他的心意而行。柯尼提伸出一臂环住温德洛的肩膀，提议道："我们回薇瓦琪号去吧。我之所以带你来这里，为的就是要让你亲眼瞧瞧这一切，并且亲耳听到索科说，我们让这些可怜人有个重生的机会。我们做到这个程度，也算是仁至义尽了，是不是？"

这个结论下得真好，好到让人挑不出毛病，不过柯尼提早该想到这话讲得实在太满，所以难以长久。他和温德洛一从底舱钻出来，就看到三名女奴匆匆地朝他走来。那三人还没走到他身前，就被依妲挡了下来。她一手放在剑柄上，怒视着她们，那三人一见此便吓得不敢动。依妲对柯尼提说道："有个小问题。这三个坚持她们不想得到自由之身，反而想要跟船长和大副待在一起，等着以后让人赎回去。"

"这是为什么？"柯尼提以冷淡但客气的口吻问道。他上下打量那三人。她们都颇有姿色，年纪轻，皮肤细致，脸上的奴隶刺青既小且淡，就算在艳阳下，也只是隐约可见。

"这几个没头脑的笨婊子宁可继续当奴隶，也不肯到分赃镇去开始新的人生。她们已经习惯被有钱人拿来当宠物养了。"

"我是填词作诗的人，可不是妓女。"其中一个女子气愤地打断依妲的话。

"艾弗瑞船长是特地替寇铎大人到哲玛利亚城去把我买下来的。寇铎大人是个有钱的贵族,而且大家都知道他善待下人。如果我能到寇铎大人那儿去的话,他会供养我的生活,好让我继续创作。但我若跟着你,那我得干什么勾当才能过活?就算我能继续填词作诗,但我的观众在哪里?那个偏僻落后的小镇上只有小偷和暴徒而已。"

"也许你是宁可唱歌给海蛇听吧?"依妲甜甜地说道。她拔出剑,以剑尖轻轻地点在那女子的腹部。但是那个诗人不肯因为恐惧而屈服,她甩甩头,直视着柯尼提。

"而你们两个……你们也是诗人吗?"柯尼提懒洋洋地问道。那两人摇了摇头。

"我的专长是做织锦画。"一人以嘎哑的声音答道。

另一人直等到柯尼提瞪着她看之后才说道:"我是贴身仆人,专长是按摩和治疗小病。"

"啊……我猜猜看……你们都是要去服侍那个……什么大人的,就是那个很有钱又有很多仆人的人?"柯尼提以快活的口气说道,而他这么一说,依妲的眼睛便轻轻一闪,算是肯定了他的推测。她轻松地以剑刃压了一下,以催促那个诗人退回一步,跟另外两人站在一起。那两人点了点头。

"你瞧瞧,你瞧瞧,"柯尼提转开头,不在乎地朝她们一挥。"所以我才说奴隶买卖可恶嘛。有钱人为了炫耀而花钱买下这些专才,然而有钱人用钱买人,把她们当作婊子来买卖,但她们却浑然不觉。你看这几个人都没有自尊心了,都不讲出自己的名字,她们已经屈从于她们的主人之下了。"

"这几个要怎么处置?"依妲在柯尼提一跛一跛地走开时,在他身后追问道。

柯尼提轻轻地叹了一口气。"她们既然想当奴隶,那就把她们跟另外那几个摆在一起,等人出钱来赎吧。寇铎大人曾经出钱把她们买下来,说不定他还肯再度出钱把她们赎回去呢。"柯尼提突然心生一念。"不管赎金多少,都把赎金均分给那些决心得到自由之身的人,这样他们也好有个起步。"依妲惊骇地点点头，架走了那三人。柯尼提转身对身边的温德洛说道："你瞧，我并不会逼迫别人照我的想法去做。我既不会强迫你，也不会强迫薇瓦琪。以前你可能把我想象成万恶的海盗，但依我看来，现在你已经认清了我真正的为人。"

甲板上有个绳子编成的椅子，用来把柯尼提吊到薇瓦琪号的小艇上。他们两人朝绳椅走去时，柯尼提对温德洛问道："你有没有想象过，如果你当上一船之长，在船上发号施令，那感觉会有多好？比如说，像这艘一流的小船？"

温德洛张望了一下，这才说道："这艘船的确出色。但是，不会。我的心不在那个方向。如果我重获自由，那我还是会回到当年的修院去。"

"重获自由？这是什么话呀，温德洛！对我而言，你脸上的刺青根本不算什么。难道你还自认为是奴隶吗？"柯尼提故作惊讶地问道。

"不，我不会因为刺青而变成奴隶。"温德洛应和道。他闭上眼睛，过了一会儿才说道："但我却因为血统而像是被锁链牢牢锁住一般，紧紧地跟薇瓦琪绑在一起，而她与我之间的联系随着时间的推移越发强烈、密切。我想，说不定我仍能抛下她，并且在全心奉献给莎神的人生中找到圆满，但是这种行为会使薇瓦琪因为少了我陪伴而内心永远空虚，这未免太过自私了。在我看来，我若是丢下她，心里是得不到平静的。"

柯尼提歪着头。"难道你不觉得，薇瓦琪可以接受由我来代替你？毕竟我希望你们两个都快乐，所以如果你想去，那你就去修院，我们可以好好安排，让船不至于因此而伤心沉沦。"

温德洛慢慢地摇了摇头。"一定要跟我同血缘的人才行，一定要跟我有血缘亲属关系的人来陪她才行。唯有如此，她才不会因为被我抛下而发狂。"

"我懂了。"柯尼提沉思道。"唔，既然如此，那我们就分不开了，是不是？"他拍了拍那少年的肩膀。"但我说不定能想出一个皆大欢喜的办法呢。"

海浪拍在船壳上，发出好听的声响。薇瓦琪号已经开航了，此船跟玛丽耶塔号一起，一左一右地护送繁纹号。柯尼提希望三船尽早离开埋伏的地点。他早就跟依姐说过，对方越是不放心，赎金就付得越干脆。所以，繁纹号就干脆消失一阵子最好。柯尼提打算先把繁纹号带到分赃镇去,以便对众人展示他的收获,过一两个月之后再安排人带话去恰斯国,让对方出钱把船和生还者赎回去。至于船上的货物,柯尼提就留着自理了。其实那些好货色,依妲已经自作主张地拿了一些来使用,此时她伸手拂过放在她大腿上的衣料,并再度赞叹这料子之好,然后才拿起针线继续缝下去。

此时天色已经黑了。柯尼提亲自掌舵,依妲尽量不让自己因此而感到不悦。今天早上他跟船聊了那么久,所以等一下他应该可以休息了。今天大家都很辛苦。依妲替索科缝合手臂上的伤口,缝合时,那壮硕的男子坐得挺直,虽然痛,却仍咬紧牙关咧着嘴笑。她并不喜欢这种工作,不过至少索科并不像可怜的白石那样高声尖叫。

他们已经把白石送到薇瓦琪号上治疗。他们把白石按在前甲板上的时候,那小子挣扎得很厉害。他脸上有一道剑伤,深及鼻子和脸骨。那道伤口若是不缝合,往后白石就别想正常地进食了。由于夜色渐深,他们在前甲板上悬了一盏灯笼,使白石周围绕着一个光圈。繁纹号的奴隶之中有一人会动手术,在温德洛的急切请求之下,柯尼提终于派人去把那个医生叫来。可是白石不肯让任何人碰他的伤口。温德洛拉紧皮肉,好让那医生动手缝合时,他尖声大叫,又拿头去撞甲板,所以最后他们只得放弃了。最后医生决定,以白石的伤势而言,最好是让他放放血,这样他才不会痛得那么厉害,不过这也是等到白石不再抗拒之后才做的。柯尼提从头到尾都在向薇瓦琪解释医治的过程,依妲在旁看了一会儿。柯尼提向薇瓦琪解释,那孩子受这痛苦是必要的,若不受这痛苦,势必无法治愈。柯尼提比喻,为了清理经过这水域的运奴船,他纵使心里沉痛也要做,这跟白石必得忍受痛苦才能让自己好起来是一样的道理。温德洛听到这话,气得怒视柯尼提,但是他的任务是要接住白石流出来的血,所以忙得没空反驳。温德洛非常注重细节,坚持白石身下一定要铺厚厚的帆布,连一滴血都不能沾到活船的甲板。最后,白石粗嘎的叫声渐小,转为闷声的叹息,于是他们便拿起针线,将那少年的脸缝合起来。以后,白石是不会像以前那么俊美了,不过至少可以进食。这是他第一次跃上其他船的甲板打杀,只是他很倒霉罢了。

依妲正在缝裙脚，现在完工了。她咬下线头，站起来，把身上的大红裙子解下，任由它落在地上。她跨进新做的裙子里，拉起裙子系在腰间。她不知道这料子到底叫什么名称。这料子质地硬挺，在她的手轻拂过时发出好听的窸窣声；颜色虽是翠绿，但是她走动的时候，灯光映出了料子上的浮水印，看来宛如漾出涟漪。她最喜欢的是这料子的触感，她再度伸手轻拂，让裙子服贴地贴着她臀部的线条。这么一拂，裙子便轻轻地发出窸窣的响声。柯尼提一定会喜欢的，他一定会觉得她穿上了这条新裙子极其诱人，如果他肯多注意自己的话。

可惜柯尼提注意她的时间不多，不如她所期望的多。依妲望着舱房里的镜子，对着镜中人摇了摇头。这女人真是不知感激啊。不久之前，他还躺在床上发烧不能动呢，他既已经恢复身为男人的胃口，她就该大大感激了，毕竟她曾经听人说过，有的人在身体毁伤之后就再也不感兴趣了。她拿起发刷梳过那一头浓密的头发。她打算把头发留长，过不了多久，就会长发及肩了。她想着他的手拂过她的头发、他的体重压在她身上的情景，令她感到血液沸腾。之前她仍是婊子的时候，从没想到有一天会变成这样，如今她竟然期待男人的触碰，而不是期待他们赶快完事。不过话说回来，她也没想到，有一天自己竟然会跟一艘船吃醋。

唉，想这些真是傻气。她抬起下巴，在喉间搽点香水。她挑剔地嗅着这种新的香味，这是今天才从繁纹号上拿来的，又甜又烈。这香味可以了。她打定主意，要对柯尼提更有信心一点。就算她不吃醋，柯尼提心里要烦的事情也已经够多了，不是吗？傻气啊，跟船吃什么醋？船又不是女人。

她在舱房里四处走动，整理柯尼提的东西。柯尼提一有空就坐在书桌前。有的时候，如果他准许她看，她会看着他写字画图。那技巧令她着迷。他的笔动得好快，一下子就精确地写出一个又一个记号。依妲停下来，把她方才卷起来的卷轴打开来瞧瞧，将之挪到地桌上。他怎么会记得那么多小记号？依妲心里想道，那大概是男人的才艺吧。她听到布里格高声下令的声音从外面的甲板上传来，过了一会儿便听到下锚的声音。这么看来，他们要在此歇息过夜了。

很好。

她离开舱房,去外面找柯尼提。她朝前甲板走去。温德洛盘腿坐在白石身旁,一点也不放松地看顾着他。依妲低头打量那个受伤的打杂小弟,看不出他们做了什么,顶多只能说,他们用针线把伤口缝合起来罢了。她蹲下来,摸摸白石的额头,她蹲下的时候,裙子窸窸窣窣地发出好听的声音。"我觉得他的额头凉凉的。"依妲评论道。

温德洛抬起头来看着她,脸色比白石更苍白。"我知道。"他答道,把病人身上的毯子塞得更紧一点,接着不像是在跟她讲话,反而像是自言自语地说道:"他好像很虚弱。我敢说,医生已经尽力了。我只希望今晚暖和一点就好了。"

"晚上这么凉,你何不把他移到底舱去?"

"依我看来,他待在这里好过待在底舱。"

依妲歪头望着温德洛,问道:"你相信你的船有治疗的力量?"

"薇瓦琪不能治愈身体的伤害,但是她能把她的精神力量借给白石一用,而精神力量一强,身体就容易痊愈了。"

依妲慢慢地挺直站起来,但仍低头望着温德洛。"你之前不是说,将精神意志力借人以助人成事的乃是莎神吗?"

"的确如此。"温德洛应和道。

依妲大可以嘲笑他,既然如此,那么他都有船了,还需要神做什么?不过她并没笑他,反而劝道:"你去睡一下吧,我看你累坏了。"

"我是很累没错,不过今晚我要熬夜看着他。把他丢在这里,我总觉得不大对劲。"

"医生上哪儿去了?"

"他去玛丽耶塔号照顾别的伤员了。这里能做的他都做了,剩下的,就要看白石自己了。"

"此外还得仰赖你的船。"依妲忍不住补上一句。她四下张望,再问道:"你有没有看到柯尼提?"

温德洛朝那人形木雕的方向一望。依妲看了一会儿才看出柯尼提的形影，因为柯尼提的身形和薇瓦琪连在一起。"噢。"依妲轻声应道。通常柯尼提在跟船讲话的时候，她是不会去找他的，但是她既然问出口了，总不好就此走开，所以她做出轻松的样子，走到船首的栏杆边去找柯尼提。依妲默默地站了好一会儿，什么话也没说。柯尼提选定在一个小型岛屿的海湾里下锚休息，繁纹号在旁边随波摇摆，而玛丽耶塔号则泊在繁纹号之后。船上挂着几盏灯笼，但是灯笼的灯光被摇曳的水光映照冲淡了，虽有风，却小得只是在吹过索具时擦出一点声响。由于离陆地近，所以树林、植物的味道几乎跟咸水味一样强。过了一会儿，依妲评论道："今天的攻势很顺利。"

"你讲这个给我听，莫非是以为我不知道？"柯尼提以略带嘲讽的口气说道。

"你以后会再度在这个海峡埋伏吗？"

"有可能。"柯尼提简短且冷淡的答复等于是教依妲不要再开口了。

幸亏船一直很沉默，不过薇瓦琪就算不开口，只是杵在那里，也够扰人的了。依妲心里希望，他们若是在玛丽耶塔号上就好了，若是如此，她大可以跟柯尼提亲近，让他多注意到她。但是这船上的薇瓦琪就像个保姆，教人无法松懈；就算待在舱房里，依妲也觉得她仿佛无所不在。依妲以手拂过裙子，并以裙子发出窸窣的清脆响声为乐。

"刚才我们受到打扰之前，"薇瓦琪突然说道。"我们正在谈明天的计划。"

"没错。"柯尼提应和道。"首先，我们要去分赃镇，我得找个地方把繁纹号藏起来，直到对方把船赎回去为止；再者，我希望让繁纹号上的奴隶尽早上陆。所以我们会返回分赃镇。"

他们故意把她排除在外。想到这里，依妲醋意大发，但是她不肯就此跺脚走开。

"如果我们回程时碰上别的船呢？"船问道。

"那就轮到你了。"柯尼提轻声说道。

"我也不确定自己是不是准备好了。我仍不知道……流那么多血，痛而又痛。人的痛楚很大。"

柯尼提叹了一口气。"看起来，我真不该把白石送到这里来的。我原本是因为担心那个孩子，希望他离我近一点，所以才教人把他送过来，但我没想到你这么介意。"

"我不介意，真的。"薇瓦琪连忙说道。

柯尼提仿佛没听到薇瓦琪的解释似的，继续说道："我也不喜欢看着那孩子受苦，可是我若转头不管他的死活，那我算什么男人？他乃是为我而受伤，我能丢下他不管吗？这四年来，我的船就是他唯一的家，他一直想像今天这样，随着众人登船——唉，要是当时索科把他挡下来就好了！我一看就知道，白石之所以要争着抢功，都是为了要做给我看的。"柯尼提这一番话满溢着情感。"这小子，可怜啊。他这么年轻就愿意为他自己所信任的目标而赌上一切。"柯尼提以紧绷的口吻说道，"恐怕把他害死的是我。要是我没有号召大家为此一战……"

听到这里，依姐再也忍不住了。在此之前，她从未听柯尼提说过这样的话，他内心竟有这么深切的苦楚，这是她从未想过的。她踏上前一步，拉起他的手。"噢，柯尼提。"依姐柔声说道。"噢，亲爱的，你不能自己一个人把这一切扛起来。不可以这样。"

一时之间，柯尼提僵硬着不动，像是大受冒犯，而那人形木雕则怒气冲冲地瞪着依姐。依姐惊讶地发现柯尼提竟然转过头，将头倚在自己的肩膀上。"可是如果我不扛呢？"柯尼提疲惫地问道，"噢，依姐，我若不扛，谁要扛呢？"

这个强壮的男人竟突然柔弱地倚在她肩上，她看了心都碎了。她举起手，抚过柯尼提的头，抚触之下，只觉得他的头发像丝一般的柔顺。"你的志业一定会成的，你等着瞧好了。大家都敬爱你，而且有好多人追随你。你不能那样折磨自己。"

"要是没有大家的帮忙，我什么事也做不成啊。"讲到这里，柯尼提的肩膀抖了一下，仿佛在压抑自己免得哭出来，但接着他反而咳了起来。

"柯尼提船长，"薇瓦琪惊惶地说道。"我不是那个意思，我很认同你的想法。我只是说，我不知道自己现在是不是已经完全准备好了——"

"没关系，真的，别想多了。"柯尼提的口气好像只是客气地驳回薇瓦琪的解释，不过他这番话却打断了薇瓦琪的话。"我们彼此认识不久，我现在就请你把命运跟我绑在一起，未免太早了。晚安，薇瓦琪。"他吸了一口气，以叹息将这口气呼出来。"依妲，我的甜心。今晚我的腿痛得厉害，你能否扶我上床？"

"没问题。"依妲听了觉得很感动。"你还是上床多休息最好。我从繁纹号上拿了一些芳香精油回来。我知道拐杖用多了，会使你的后背和肩膀酸痛，待会儿我把精油温热，帮你按摩。"

依妲任由柯尼提倚在她身上，并扶着他离开船栏。"你对我的信心让我生出无比的力量啊，依妲。"柯尼提一边走一边把心底的话告诉她。接着他突然停下来，所以依妲也困惑地跟着他停住。柯尼提深思熟虑般地抬起她的下巴，弯下身，慢慢地给了她一吻。火辣的激情冲过依妲全身。柯尼提不但以强壮的手臂抱住她，将暖和的嘴唇压在她的唇上，甚至还公开展示对她的情意。他的手在她身上抚摸，由于他越抱越紧，所以她的裙子也随之窸窣地响起来。他站在高处给她这一吻，好让船上的人都看出他的热情，这让依妲觉得好光荣。最后，他终于放开她，但双臂仍紧抱着她。依妲宛若处女般颤抖起来。

"温德洛，"柯尼提轻声说道。依妲转头，发现那个年轻人正瞪大了眼睛望着他们。"如果晚上白石出了什么状况，你会来通知我吧？"

"会，船长。"温德洛低声应道，他不断打量着他们俩，那眼神带着敬畏，也带着饥渴。

"走吧，依妲，回我们床上去。我得跟你靠在一起才能放松下来，我要感受下你对我的信心。"

依妲听到他朗声说出这样的话，人都酥了。"我永远在你身旁。"她对柯尼提说道，接着便接过他的拐杖，以便帮着他们下楼梯，前往主甲板。

"柯尼提，"薇瓦琪在他身后喊道。"我相信你。再给我一点时间，我一定会准备好。"

"当然当然，"柯尼提客气地说道。"晚安了，船。"

感觉上，他们好像花了一年那么久的时间才走过甲板，又花了一年才把他们的舱门关上。"我去把精油温热。"依妲说道。但是她举着精油碟子在烛火上加热的时候，柯尼提便一跛一跛地走上来，将热到一半的精油碟子从她手上取下，放到一旁。一时间，他皱眉望着她，仿佛她是什么大问题似的。依妲不讲话，只是以疑问的眼神望着他。他将拐杖架稳，伸出双手，朝她的喉咙摸过来。接着他一边咬着下唇，一边以他那双大手去解开她衬衫上的小蝴蝶结。依妲举起双手想要为他代劳，不过柯尼提以惊人的柔情将她的手推开。"让我来。"他轻柔地说道。

柯尼提不辞辛劳地解开繁复的绳结和钮扣，每解下一件衣物就丢在一旁。依妲兴奋得颤抖。他从不曾这样。等到她裸身地站在他面前之后，他拿起精油碟子，以指尖沾了精油，犹豫地问道："是这样用的吗？"他的指头滑过，在她胸前和肚腹上留下闪亮的纹路。他的手指轻柔，令她不禁叹息。他低下头，吻着她的喉侧，温柔地将她赶到床上去。柯尼提的古怪行径使她很困惑，不过她还是顺从地朝床上走去。

他倚着她在床上躺下来，抚摸着她，从头到尾都看着她的脸，观察她每一个反应。他凑近，在她耳边低吟道："你告诉我，要怎么做，才能让你舒服？"她听了非常震惊，原来柯尼提从未做过此事，她乃是柯尼提第一个想要取悦的女子。对此，她激动得屏住了呼吸。方才，她还觉得他像小男孩一样不解事，此时却突然觉得他情欲挑逗、别有风情。他毫不抗拒地任由她的手带领着他在她身上游动。他竟任由自己主宰一切，这乃是前所未有。她激动得头昏脑胀。

他并不是敏捷的学生，他的触感很犹豫，但却甜得像是忍冬花的花蜜。她无法一直望着他那专注的表情，因为她若是一直看下去，可能会忍不住流泪，但他势必是无法了解她为何流泪的。所以她放松，任由柯尼提抚摸。柯尼提在学，他从依妲突然喘气或是忍不住吟哦之时，找出了他要怎么做才能让她兴奋激动。他嘴边浮出一抹开心的笑容，眼睛也变得更为明亮。在她看来，柯尼提是以他能精熟地让她如此欢愉为傲了，而他越是领悟到自己技巧高超，动作就越笃定，但是一点也不粗暴。最后，他终于与她的身体结合在一起，她这才放松下来。她忍不住落泪。他吸去她的泪水，重新再来。

她浑然不知两人到底缱绻了多久。最后，她的身体变得非常饱和，充塞着情欲，就连他的触摸都几乎令她感到痛苦，所以她轻声说道："柯尼提，求求你，够了。"

他脸上慢慢浮出笑容，轻轻地离开她的身体，让清凉的空气拂过彼此。接着他突然低下身，轻轻弹了一下她肚脐上那个小小的头颅护符。她瑟缩了一下。那个以银圈系在她肚脐上的巫木护符是用来保护她不至于染病或是怀孕的。

"这个可以拿下来吗？"他唐突地问道。

"可以啊，"她勉强承认道。"不过我是很小心的，所以从没……"

"这么说来，你是可以怀孕的。"

一口气哽在她喉咙。"是可以啊。"她防备地说道。

"那就好。"他一边在她身边躺下来，一边满意地叹了一口气。"我说不定会希望你有个宝宝。如果我希望你怀孕的话，你会为我生一个，对吧？"

她的喉咙好紧，紧到她几乎说不出话来，但她还是低声答道："对，对。"

柯尼提因为舱门上传来的响声而醒过来时，夜色已经很深了。"什么事？"柯尼提嘎哑地问道。躺在他身边的女人睡得很熟。

"我是温德洛。柯尼提船长……白石死了，他刚才……死了。"

这就不妙了。他原来的用意是要让白石忍住痛苦，然后活下来才对，这样才好对薇瓦琪起示范作用啊。柯尼提在黑暗中摇了摇头。现在怎么办？还能挽救吗？

"柯尼提船长？"温德洛的声音听起来很绝望。

柯尼提低声说道："事情就是这样，温德洛。接受吧，现实如此，我们也只能接受，毕竟我们是凡人啊。"他大声地叹了一口气，以挂虑的口气说道："你去休息吧，年轻人，明天再哀悼他也不迟。"说到这里，他顿了一下。"我知道你累了,温德洛。你别把这当作是你辜负了我的期待。"

"是。"过了一会儿,他听到那少年轻轻离去的脚步声。柯尼提重新躺下来。这样啊,那么他明天该怎么跟船说?是不是要谈谈牺牲,把白石讲成高尚且令人激赏的人物,而不只是死了而已?只要他放轻松,信任自己的运气,他的话就会讲得很顺。他把双手放在头后,倚在枕头上。他的背痛得不得了,实在想不到那女人有这么大的精力。

"薇瓦琪嫉妒得要命,不过你是故意要她嫉妒,对不对?"

柯尼提微微转身面对手腕上的护符,答道:"既然你都知道了,还何必多问?"

"我就是要听你承认自己是个恶棍啊。你对依妲没有感情嘛!没感情还跟她来这套,你羞不羞耻呀!"

这下子柯尼提不高兴了。"羞耻?我不但没给她苦头吃,反而还使得今晚变成她终身难忘的一晚。"柯尼提伸展了一下,希望能藉此纾解疼痛的肌肉。"而且我自己也花了不少代价。"他任性地说道。

"真会表演。"那小小的巫木脸护符讽刺地说道。"依妲没有因为喜悦而大叫,所以你一直担心薇瓦琪不知道,对不对?不过我跟你保证,薇瓦琪时时刻刻都敏感地察觉到你的作为,她之所以妒火中烧,是因为你在依妲身上下了那么大的工夫,而不是因为依妲快不快活。"

柯尼提翻过身,以更轻的声音说道:"这样啊,那么船有没有察觉到你的存在呢?"

"她对我很防备,"那护符不情不愿地承认。"不过我对她知道得可多了,毕竟她实在太大,而且环绕着我,所以她是无法完全隐藏情绪不让我知道的。"

"那温德洛呢?你能透过船来感觉他吗?他今晚是什么心情?"

"怎么?他不是到你房门口来通报消息了吗,你还要问他有什么感觉?白石死了,所以他很难过啊。"

"我说的不是白石的死。"柯尼提不耐烦地说道。"我注意到,我当着薇瓦琪的面亲吻她的时候,温德洛怔怔地看着我们。他对那婊子有没有感情?"

"不准你那样说她！"那护符低声怒吼着警告柯尼提。"你要是胆敢再把她说成那样，那我就什么都不说了。"

"他是不是觉得依妲很有魅力？"柯尼提顽固地追问道。

那护符让步了。"他很天真，对依妲十分崇拜。在我看来，温德洛大概不敢说自己认为依妲很有魅力。"那细小的声音顿了一下。"今晚，你的当众表演让他想了很久，这事与白石之死，正好一喜一悲，令他深思。"

"真是个不幸的巧合。"柯尼提喃喃地说道。他沉默着，心里则思索要如何才能让温德洛对依妲多加注意，最后他决定要教她多戴点珠宝首饰。小男孩总是喜欢亮晶晶的东西，柯尼提要让依妲展现出更大的魅力。

"为什么你今晚要问她宝宝的事情？"护符突然问道。

"随便想到而已。若有个小孩，说不定会很有用。不过这大半要看温德洛的发展。"

护符感到困惑。"你说的是什么意思，我实在想不通。但是据我猜测，我若是想通了的话，说不定会对你的想法极为反感。"

"怎么会呢？"柯尼提轻松地应道，装出已入睡的模样。

过了好一会儿，护符又追问道："对你而言，孩子能有什么用处？"

柯尼提老是不回答，所以护符又说道："你要是不答，我就一直问下去。"

柯尼提疲倦地深吸了一口气，叹息般地呼了出去。"如果有个孩子，就可以让船感到满足。而如果温德洛变得太难控制，如果他在我说动船顺着我的心思而行的时候多加干涉，这个嘛，就可以把他换掉。"

"用你跟依妲生的孩子来替换温德洛？"护符难以置信地问道。

柯尼提困地咯咯笑了两声。"不，当然不是，你这样就说不通了。"柯尼提伸展了一下筋骨，背对着依妲，蜷起身子，闭上眼睛。"这非得是温德洛孕育出来的孩子才行。这样的话，这孩子才是船的亲人。"柯尼提满意地深深叹了一口气，皱起眉头。"船上若有个宝宝，只怕会烦得要命。说真的，要是温德洛能干脆地接受他自己的命运就好了。那小子挺有潜力的，他会思考，所以我只要好好地教育他，让他按照我的方向来思考。也许我应该要带他去听听异类的谶语,说不定异类会劝服温德洛,让他深信这就是他的命运。"

"何必找异类,就让我来跟他说好了。"护符提议道。"说不定我可以劝服他,让他深信他非杀了你不可。"

柯尼提颇为赞赏地咯咯笑了起来,放松下来,进入梦乡。

第二十一章

收拾残局

这工作苦得令人难以忍受,幸亏还有这么一丝微风。天空晴朗无云,艳阳直射,贝笙抬头眺望海上时,只觉得海波反射的光线眩目,不禁皱眉,连头都痛起来了。那些工人太过懒散,干活的时候一点劲都没有,他的眉头皱得更深了。

他挺直地站在派拉冈号倾斜的甲板上,闭上眼睛一会儿,再睁开,试着以新的角度来考量这个任务。这艘船晾在岸上已经超过二十年了,被弃置于此,无人照顾,大自然的力量也就无情地打击下来。幸亏派拉冈号是巫木结构,要不然早就只剩残骸了。暴风雨和潮汐合力把他推到浪潮最远处,经过这么多年,船壳周围慢慢堆起了沙子。现在派拉冈号是龙骨朝海面,倾斜地躺在沙滩上,唯有最大的海潮才够得到他。

至于解决方法,说起来容易得很:铲开沙子,把原木垫在船壳下作为滑车,把沉重的砝码绑在残破的主桅上,以便让船体更为倾斜;月底大潮那天,安排一艘驳船停在岸边,从上面拉一条绳子系在派拉冈号船尾的绞盘上。接着众人一起出力,以杠杆将派拉冈号橇起,挪到滑车上,让船侧着朝水边滑去。由于绑了砝码,派拉冈号滑过沙滩时龙骨朝向一侧,但仍能在浅水中浮起,等到他到深水中之后,他们就会把船扶正。

这只是入水而已。之后该怎么办,到时候再看吧。

想到这里，贝笙叹了一口气。这个过程，说得快一些，一口气就可以讲完。实际上一整个星期也不见得做得好。

船的周围尽是拿着铲子、推着推车的工人。昨天趁着大潮，许多沉重的原木借由水路已经浮到岸边了，这些原木牢固地用绳子绑在一起，等着搬上沙滩来用。附近还有另外一个原木筏，如果一切顺利，派拉冈将会搭乘这个木筏滑过沙滩入水。如果一切顺利的话。有的时候，所谓的"一切顺利"，感觉上只是个空虚的幻影。

这一批新招募的工人懒洋洋地在艳阳下干活。夏日闷热的空气中传来槌子的响声。沙下有岩石，有的只要削掉一些，就可以把枕木塞在船下，但是有些就非得用杠杆把整艘船橇起来不可。要把船橇起来可是个巨大的工程，工人们得先架好基础的杠杆，才能用第二组杠杆橇。而每一次移位都使这旧船添上新伤。

派拉冈号多年来都侧身躺着，船上的木作免不了会移位。就贝笙目前所见，船壳看起来还可以，不过贴着沙滩的那一侧状况如何就很难说了。等到派拉冈号扶正起来，浮在水上——说真的，贝笙还得祈祷派拉冈号不需外力就能自行浮起呢——真正的工程才要开始。船壳的每一片船板都必须踏实地检查、校正，然后才能把隙缝填实。接着要安装新船桅……想到这里，贝笙突然停下来，现在不要想那么远，不然会非常丧气。他的头痛得厉害，所以一天只能想一件事。

他心不在焉地以舌头扫过下唇里面，不过那里并没有辛丁。以前嘴里因为吃多了辛丁而长期破皮的地方也开始愈合了。他的心灵还眷恋着那个令人上瘾的迷药，身体倒忘得很快。他非常渴望辛丁，热切得就像口渴了想喝水。两天前，他把单耳耳环拿去换了一根辛丁条，之后就后悔了。一方面是因为吃了那根辛丁，他就全更加想念这个本已逐渐遗忘的毒品，另一方面则是因为那根辛丁品质太差，只能解瘾，谈不上享受。不过，若是名下有一个银块，他仍然无法抗拒辛丁的诱惑。只是如今他自己没有钱，除了一袋罗妮卡·维司奇托他保管的。昨天晚上，他半夜惊醒，一身冷汗，头阵阵抽痛，所以他干脆坐起来，一边搓揉着手脚想要把痉挛化开，一边瞪着那个日渐消瘦的钱袋。当时他心里想，从那个袋子里拿出几个铜板以便给自己提神，究竟算不算是大错？辛丁可以让他精神更好、精力更足，把这件工作办得更妥当。

到了天明的时候，他打开钱袋，把钱倒出来数了一遍，再收回去。接着他走到船上的厨房，再替自己烧一壶甘菊茶喝。

当时琥珀坐在厨房里，随手雕刻木头，但是她很明智，什么评语也没说。这个琥珀轻易地接受了他这个人在此出出入入，从不多发一语。她这个态度至今仍使他感到惊讶。至今她仍占据着船长室，不过派拉冈号入水之后，贝笙有的是时间把船长室收回来自用。目前，他在倾斜的甲板上系了一张吊床，不过由于船一日比一日倾斜，船上的生活日益困难。

"派拉冈，不可以！"

琥珀以难以置信的语调高声叫道，同一时间船头传来原木碎裂的巨大响声，接着是众工人此起彼伏的惊叫。贝笙手脚并用地朝船首冲去，而他冲到船首的时候，派拉冈正好把一根原木摔在露出大片岩石的沙地上，那响声震耳欲聋。周围所有的工人都退开了，他们彼此呼喊着叫大家小心，手指着那根原木，也指着原木落地时在沙地上刮出来的深沟。派拉冈一语不发，面无表情地叉起粗壮的手臂，抱住厚实的胸膛，目盲的脸孔面对着海面。

"可恶！"贝笙激动地叫道，怒视着众工人，问道："是谁让他拿到原木的？"

一名脸吓得苍白的老者答道："刚才我们把原木放入定位，他就弯下身抢走了……莎神在上，他是怎么知道原木在那里的？"那老者的声音之中充满了迷信的恐惧。

派拉冈紧握双拳。这若是他第一次使性子，贝笙可能会感到意外。但是从开工以来，派拉冈每天都变出新花样来拖延他们。由于他脾气差、力气大，贝笙根本留不住工人。而派拉冈从头到尾就没有好好地跟他讲过一句话。

贝笙探出船栏外，眼角瞥见艾希雅才刚抵达现场。她现在才要开始一天的工作，众人静立不动的场面使她颇感困惑。"回去干活！"贝笙指着派拉冈摔出去的那根原木，对那一群目瞪口呆、以手肘跟旁人打信号的工人吼道，"把那根木头抬回原位。"

"我不去！"一名工人叫道，他抹去脸上的汗水，把手上的大头锤丢在沙地上。"他刚才那个样子，差点就把人打死了。就算他不想伤人，却也是乱丢一通，因为他根本看不见，更何况我看他根本就不在乎，大家都知道他从前杀过人。你一天不过付那么一点钱给我，就想买我一条性命？呸！我要走了，钱给我。"

"我也不干了。"

"我也是。"

贝笙爬出船栏，轻盈地落在沙滩上。虽然头痛得要命，但是他才不让人从脸色表情看出自己的不适。他以咄咄逼人的态度朝工人们走去，并希望自己用不着假戏真做。他朝着第一个开口的那个工人说道："你想拿工钱，就待在这里把今天的工作做完，现在就走连个铜板都拿不到。"他皱眉望着周遭的人，心里暗自希望他这个装腔作势的样子能够奏效。说真的，要是这些人就此离去，那他真不知道要上哪儿去招募下一批工人了。这些人都是泡在酒馆里的醉鬼，只要口袋里的钱够喝酒，就不肯再多干活，贝笙为了诱使他们到这艘以恶运闻名的船边来工作，还得付出比一般行情好得多的工资。贝笙话毕，周遭的人便嘟嘟地抗议起来，不过他再度吼道："要留就留，不留拉倒。我可不是找你们来干半天活儿的，你们也别指望我付半天的工资。快去把那根原木抬起来。"

"继续待下去是可以，"其中一个工人开了条件，"但是船头这里的工作我不干。要是待在这里，他随便就可以抓住我或是用木头砸我。船头的工作我不干。"

贝笙轻蔑地吐了一口口水。"既然你那么勇敢，那就去做船尾的工作好了。如果你们都没胆，不敢做船首的工作，那琥珀跟我就自己做。"

派拉冈脸上慢慢浮出一抹邪恶的笑容。"有的人喜欢死得快一点，有的人喜欢死得慢一点，有的人则根本就不在乎儿子出生的时候会不会像被诅咒的活船一样不长腿、看不见。快拿起大头锤干活吧，你们何必在乎明天会出什么事呢？"接着他低声补了一句，"你们怎么会期望自己还活得到明天？"

派拉冈讲到这里时，贝笙已经转身面对着他了。"你是在跟我讲话吗？"贝笙质问道，"这几天以来，你闷不吭声的，结果一开口就是对我讲这种话？"

派拉冈的脸色顿时大变。贝笙看不出他是什么心情，但总之他怔了一下，瞬时换上轻蔑的表情。他深吸了一口气，再度像木头似的动也不动。

贝笙的火气一下子大了起来。阳光这么亮，原本就阵阵抽痛的头被灼得疼痛难忍。他突然把工人们留在船首附近的饮用水水桶提起来，使劲地往上泼在派拉冈脸上。

整条船颤抖了一下，接着派拉冈气得咆哮。水顺着他的胡子淌下来，流到胸膛上。站在沙地上的贝笙把空桶丢在地上，对船大吼道："你明明听得见，不用装傻了。他妈的，我可是你的船长，不管你还是别人不服命令，我都不会忍。你死了这条心吧，派拉冈，总之你非得出海不可。管你顺着也好，逆着也好，我都会把你拖到海里，在你的骨架上张起船帆。现在你还有得选择，不过你最好赶快下定决心，因为我的耐心已经磨光了。你可以故意倾斜，不断渗入地下水，捣蛋鬼似的不干不净地讲话，让所有的船看着你那样出航；你也可以昂首驶离此地，让大家看出你根本不在乎别人怎么说你。你可以证明他们都是错的，你可以逼他们把之前讲你的坏话吞回肚子里去，你可以像缤城活船一样地驶离此地，然后我们一起好好地教训那些海盗一顿。要不然，你就去证明他们所说的一点都不过分，而我则是个大笨蛋。我跟你说这番话是因为，只有在这方面，你还有得选择。至于要不要出航，轮不到你决定。你是船，不是花盆，而你既是船，就应该出海航行。听清楚了没有？"

船咬紧牙关，叉手抱胸。贝笙一转身，提起另一桶水，闷哼了一声，再度把水往那人形木雕的脸上泼过去。派拉冈惊骇地瑟缩了一下。

"听清楚了没有？"贝笙咆哮道，"他妈的，你说话呀！"

贝笙周围的工人在敬畏之余，连动都不敢动一下。就他们看来，贝笙是死定了。

艾希雅抓住琥珀的手臂。那木珠匠人的眼里满是怒火，要不拉住，她一定会跳出去，横挡在贝笙和派拉冈中间。艾希雅做了个手势，教琥珀别出声。

琥珀握紧了拳头，但没有开口。

"听清楚了。"派拉冈终于答道。他的语气紧绷，听来满肚子不高兴，不过他毕竟回答了。

贝笙掌握住这一丁点胜利，以镇定得惊人的语调应道："好。那我就让你好好想想，到底要做什么抉择。我想你会让我引以为豪的。现在我得回去工作了。我要让你在出海时，就像第一次下水时那样光鲜敏捷。"贝笙顿了一下，"说不定，我们还可以逼他们把数落你的每一句坏话都吞入肚子里。"

说到这里，他咧嘴笑着，转过头去看着琥珀和艾希雅，不过那两个女人都没有报以笑容。过了一会儿，贝笙自己脸上的笑容也消退了。他深吸了一口气，坚决地摇摇头，轻轻地只对她们两人说道："我这样做是为他好，况且我也只知道这个办法。我是一定要出海的。只要能把他弄出海，不管要说出什么话、做出什么事，我都在所不惜。"贝笙怒视着她们，因为她们两人都以沉默表示反对。"也许你们也得好好想想，到底想不想带着派拉冈出海。不过想归想，就目前而言，我们三个就是唯一的船首工人了。今天晚上，我再想办法多招几个还没被派拉冈吓倒的工人。不过这么大好天光总不能浪费了。"贝笙指着被派拉冈丢出去的原木，"我们得把那根原木摆回去。"然后他以最轻的声音说道："要是派拉冈认为你们心里怕他……要是他认为，只要他任性发脾气，这一切就办不成……那我们就输了。连派拉冈在内，通通都输了。"

那天下午长得好像永远过不完，而且三人都大汗淋漓。用作枕木的原木大得不得了，而贝笙在倔强之余，没让自己或那两个女人有偷闲的机会。他拼命地干活，拼得脑子里的脑浆都快沸腾起来了。三人一起把干沙铲起、运走，而他们碰到的岩石，不是跟整个岩层连在一起，就是大到一个人搬不动。贝笙无情地驱动自己的身体，以此来处罚身体对于辛丁的渴望。其实，如果艾希雅或是琥珀要求休息片刻的话，他是会让步的，但是艾希雅跟他一样固执，而琥珀则韧性惊人，所以两人都跟得上他定下的步调。他们在派拉冈鼻子底下干活的时候不但聊天，还把派拉冈拉进来一起聊——虽说他顽固得很，一句话也不肯应。

琥珀和艾希雅虽然是女人，却毫不畏惧派拉冈，这倒使拿工钱的工人们感到羞耻了，后来陆续有两个工人到船首去帮忙。琥珀的朋友洁珂从镇上走来，看看他们的进度如何，见状也跳下来干活。克利弗来来去去的，虽帮了点小忙，但是也往往碍事。贝笙常常称赞那少年，也常常怒目瞪他，不过那小子脸上有奴隶的刺青，脸皮特别厚。克利弗顽固地工作着，他只是身形体力小一点，使不上力，但是技巧倒无可挑剔。这孩子条件具足，将来必是个出色的水手。贝笙虽觉得带年纪这么小的孩子上船有违良知，但大概还是会带这孩子出航。拿年纪这么小的孩子来充当人手是不对的，可是贝笙需要他。

其他工人一边在船尾干活，一边偷偷摸摸地望着他们。也许是因为看到女人在船首做得好好的，心生羞耻吧，他们做得比平时还卖力。贝笙倒没想到这些码头上的残渣竟然会有羞愧之心，不过他还是逮住这个机会，敦促他们更加努力。

午后的晨室又闷又热，令人满身大汗，就算打开窗户也没用，因为外头连一丝微风都没有。麦尔妲拉一下连身衣裙的领子，免得那潮湿的衣料老是沾在身上。

"我记得，我们以前常常在这儿喝冰茶。你家的厨子会做那种小巧可爱的柠檬点心。"从黛萝这番话听来，她竟比麦尔妲还在意，虽然是麦尔妲家境大不如前。不过说老实话，密友竟如此直言不讳，令麦尔妲听得烦闷。

"现在不一样了啊。"麦尔妲疲惫地指出，然后便走到敞开的窗前，探出头去眺望没人照料的玫瑰花园。花丛蔓生，毫无节制，因无人管理而放荡不羁，"冰是很贵的。"

"昨天我爸爸买了两块大冰块。"黛萝心不在焉地说道，一边扇着扇子，"今晚厨子要用冰块做甜点。"

"噢，真好。"嘴上虽这么说，麦尔妲的声调却很平淡。这个黛萝，她到底指望自己忍耐到什么程度？首先，她来访时身上穿着新衣，扇子和宽边帽都是一套的，跟衣服互相辉映。那扇子是香纸做的，挥扇时会飘出淡淡的香味。

这是缤城最近的时髦玩意。而且,黛萝到现在都还没问她家的活船状况如何,也没问对方是否已开出赎金价码。"我们去外头的树荫下乘凉吧。"麦尔妲说道。

"不,还不行。"黛萝四下张望,好像担心有仆人偷窥。麦尔妲见状,几乎叹了一口气,如今她家已经没有仆人,所以不用怕人偷听了。接着黛萝神秘兮兮地从裙子的腰带里掏出一个小小的袋子,低声地表白道:"瑟云要我把这个交给你,好帮你度过难关。"

瞧黛萝的神情,这一刻仿佛惊天动地、气势磅礴。一时间,麦尔妲几乎与好友一同欢喜起来。但接着她的好心情便消退得无影无踪。刚听说父亲被劫的消息时,她只觉得这个处境令人激动,而且楚楚可怜,所以她尽力探索这个处境不同于寻常人生的每一个极致。但是日子一天又一天地过去了,每天都充满焦虑与压力。什么好消息都没有。缤城人并没有站到维司奇家族这一边,人们的确表达了同情,不过那不过是基于礼仪,不得不那样。有的人送了花束,并附了卡片,写着他们至感悲伤,仿佛麦尔妲的父亲已经过世了似的。麦尔妲一再恳求雷恩到缤城来看她,但是他一直没来。没有人与她站在同一阵线上。

她日复一日地被致命而枯燥的绝望压得喘不过气来,慢慢地领悟到这的确是真的,而且她的家族财富说不定会就此成为泡影。一想到这里她就睡不着,就算睡着了也不踏实。梦境里老是有什么东西在跟踪她,想要逼她服从自己的意志。醒来之后,她只记得那梦境像是有人决心要打破她的希望,所以给她送来什么恶兆。昨天早上,她尖叫着惊醒过来,在梦中,她父亲瘦弱的尸体被海水冲上沙滩。她突然想到,父亲说不定已经死了,所以这一切努力根本就是白搭。昨天她因此很消沉,此后就像个游魂,既不抱希望,也没有目的。

她接过黛萝手里的小口袋,然后坐了下来。从黛萝不满的表情看来,她显然认为麦尔妲的反应不该这么平淡才对。麦尔妲假装在仔细端详袋子。这是个小布袋,上面有繁复的绣花,袋口用金线系紧,大概是瑟云为了装礼物而特别买的。麦尔妲以此劝自己高兴起来,不过如今她想到瑟云的时候已经不会像以前那么兴奋了,因为那一晚瑟云没有吻她。

那晚瑟云没有吻她,她非常失望,而且一直没有恢复过来。但是接下来的变化更为糟糕。她原本相信男人是有力量的,可是她生平第一次请求男人为她发挥力量就大失所望。瑟云·特雷原本承诺要伸出援手,结果呢,在缤城商人的会议上,他以乞求的眼神望着她,那情况明显到在场至少有一半人注意到。可是艾希雅恳求缤城商人助她们一臂之力的时候,瑟云有站起来发言吗?他曾至少用手肘推推父亲、敦促他父亲发言吗?都没有。从头到尾,他只是以牛犊般的天真眼神望着她。没有人出手帮她。看来是没有人会出手帮她了。

她突然想起来,她跟雷恩梦中相会的时候,龙曾经跟她说:"只要你放我走,我就会帮你。我向你保证。"麦尔妲突然感到一股痛楚,仿佛有人用线穿过她的左右太阳穴,然后突然把线拉紧。要是能够就此走开,到床上躺一会儿就好了。此时黛萝清了清喉咙,提醒麦尔妲她还没有打开口袋,只是把瑟云送的袋子拿在手里,怔怔地坐着。

麦尔妲拉开袋口的系线,将袋里的东西倒在大腿上。袋里装了几个钱币和两三个戒指。"要是爸爸发现瑟云把那几个戒指送给你,那他可就糟了。"黛萝以指责的口吻对麦尔妲说道,"那个银戒是因为瑟云功课好,妈妈才送给他的。"接着黛萝叉手抱胸,用不以为然的眼神望着麦尔妲。

"他不会发现的。"麦尔妲冷冷地说道。黛萝真是不懂事,这几个戒指实在不值得花工夫拿去变卖。一望即知,黛萝想必是把这个小口袋当作了不得的大礼了,但是麦尔妲心里清楚得很。她今天一早上都埋头于家里的账本之中,所以她知道口袋里的东西顶多只够请两个工人做一个星期。她纳闷道,瑟云对于财务是不是跟黛萝一样无知?麦尔妲是很讨厌做账的,但是如今她在财务方面懂得可比以前多许多。她还记得,当她想到自己竟三两下就随便地把父亲送给她的那笔钱花掉时,心里有多么懊丧。那么多钱,要做十件新衣也够了。这口袋里的东西远不及她父亲送的那几个金币。要是当时她没有把钱花掉就好了,现在她们的目标是要把那艘船从沙地里弄出来,而那几个金币所能产生的助力远比瑟云这个小口袋多得多。瑟云那小子根本没有认识到她的问题规模有多大。这一点,就跟他连一吻都没有一样地令她失望。

"为什么他在开会的时候什么都没说?"麦尔妲朗声把心里的疑惑说了

出来,"他明知道这个情况有多么危急,也知道我心里是什么感受,可是他什么都没做。"

黛萝生气了。"怎么没做?能做的他都做了。他在家的时候跟爸爸讲了好久。可是爸爸说,这个情况非常复杂,所以我们不能搅和进去。"

"哪里复杂了?"麦尔姐质问道,"我父亲被绑,所以我们必须把他救回来,我们需要大家的帮助啊!"

黛萝叉手抱胸,歪着头说道:"那是维司奇家族自己的事情啊,所以特雷家族无法代你们解决问题。我们必须维护自己的贸易利益,若是下了投资去救你父亲出来,能得到什么好处?"

"黛萝!"麦尔姐震惊地叫道,她可不是装的,这番话真的很令她伤心。"这事攸关我父亲的性命啊……而唯一真诚关心我的人,就是我父亲!你怎么扯到钱跟利益去了!"

"任凭什么大小事情,到头来一定不是盈就是亏!"黛萝厉声说道。接着表情一下子柔和了下来。"我父亲就是这样跟瑟云说的。他们大吵了一架啊,麦尔姐,把我给吓坏了。自从贝笙离家之后,我就没有看过两个男人大吼大叫的情景了——以前贝笙住在家里的时候,一天到晚跟我父亲吵架……也不算是吵啦,不过至少我父亲吼他的时候,他会腰杆挺直地站在那里。当时的情形我知道的不多,毕竟那时我还小,场面一闹僵,他们就叫我到别的地方去。然后有一天,我父亲突然跟我说,现在瑟云是我唯一的哥哥了,还说以后贝笙永远不得进家门。"黛萝的声音颤抖,"此后家里就没人吵架了。"她吞了一口口水,"我们家跟你们家是不能比的,麦尔姐。你家的人吵成一团,话也讲得很绝,可还是守在一起;你们并不把谁逐出家门,就连你艾希雅阿姨也好端端地留在家里。我们家的情形可不同。在我们家,若是走到那个程度就惨了。"她摇了摇头。"要是瑟云再跟我父亲大呼小叫,恐怕日后我连一个哥哥也不剩了。"她望着麦尔姐,直接对麦尔姐恳求道:"求求你,求求你别叫我哥哥帮你这个忙。求求你。"

麦尔姐顿时大窘。"我……对不起。"她笨拙地应道。在麦尔姐想来,她只不过是拿瑟云来做个实验罢了，可没想到这个实验除了瑟云之外，还会影响到其他人。近来就连再小的事情也影响深远，不像以前那么单纯。她刚听说父亲被绑的消息时，其实是没有什么真实感的。当时，她只顾着利用这件事情来让自己沉浸在悲剧角色的氛围里，所以她虽表演得一副因父亲遇难而大受打击的模样，但心里其实深信父亲说不定隔天就会回家来了。海盗是不可能把她爸爸劫走的，那个英勇且英俊的凯尔·海文才不会遇难呢。不过，事情却越来越真实。一开始，麦尔姐只担心父亲就算回来，也不会让她的日子变得更好；直到现在她才慢慢领悟到，她父亲可能永远都不会回来了。

她把钱币和戒指装回袋子里，递到黛萝面前。"你应该把这个带回去给瑟云，我可不希望他惹上麻烦。"麦尔姐说道。其实她之所以不收，是因为这些东西价值太低，在实质上起不了什么作用，但是她可不会把这点讲出来。

黛萝露出震惊的脸色。"我不能带回去，不然瑟云一定会怪我不好，怪我跟你讲得太多。求求你，麦尔姐，你一定要收下来，好让我回去之后能跟瑟云交代。此外，他还托我请你写张条子给他或是给他一件证物。"

麦尔姐只是呆呆地望着对方。近来，她不时感到自己神思枯竭，脑袋里一片空白。其实，她知道自己应该在这个时候站起来、在房里来回踱步，然后说一些"我自己私人的首饰已经没剩几样……为了筹钱把我父亲救回来，大部分的首饰都变卖出去了"之类的话。以前，她只觉得这种讲法好极了，又很浪漫，所以那一天她把首饰盒里的东西通通倒在桌上的时候，觉得自己像是故事里的女英雄。

那一天，她学着外祖母、艾希雅阿姨和母亲，把手镯、戒指和项链分别捡出来，分成一堆一堆的。她觉得，那就是女人特有的仪式，而她们偶尔低声呢喃一两句，就像是在祝祷一般。这个是金的，这个是银的，这个式样已经过时了，但是这几颗宝石倒不错。然后她们彼此诉说着早就知道的小故事："我还记得这个戒指是爸爸给我的，这是我生平第一个戒指，可是你们瞧，如今连我的小指头都套不进去了。"或者外祖母说："这些宝石闻起来还很香呢。"而艾希雅则接着说道："爸爸挑选这些宝石的那一天，我还记得清清楚楚。我记得当时问他,既然不喜欢雨野原来的东西,为什么还要买香水宝石?而爸爸则告诉我,这是因为你很喜欢香水宝石,所以就不管那么多了。"她们一边把首饰分门别类一边谈起那些首饰的轶事。

说起来,那些首饰宛如那些美好时光的缩影。可是她们毫不迟疑地就把自己的家私通通拿出来,有时候甚至讲得落泪。麦尔妲本想把雷恩送她的东西拿出来,但是她们异口同声地说,那些东西她一定要留着,因为如果她到最后拒绝了雷恩,礼物是必须全部归还的。在她的记忆中,那个早晨亮闪闪的,但是却很沉郁。真奇怪,比起其他时刻,那一天,她觉得自己已经成人。

可是在那一天之后,她就必须面对现实,而现实就是梳妆台上的首饰盒空荡荡地望着她。她是还有一些首饰可以戴没戴错,例如小孩子的玩意儿,搪瓷发饰、贝壳珠子之类,或是雷恩送她的东西。但是家里的其他女人都一身素净,所以她自己也不想弄这些了。麦尔妲起身走到小写字台那里,拿出了纸、笔和墨水,迅速地写道:"亲爱的朋友,多谢你在我们急需之时表达关切。诚挚拜谢。"这几个字使麦尔妲想起之前家里收到花束之时,她帮着写的众多谢卡。她在信末签下了名字的缩写,摺好,滴了一滴蜡将之封缄。她把信递给黛萝的时候,心里还兀自想,不要说更久远,就是在一个星期之前,不论要写什么信函给瑟云,她还一定会小心翼翼地措辞呢。以前她总是在字里行间留下一点线索,让人觉得她好像什么都没说,却又好像别有情意。麦尔妲挤出一抹笑容。"信写得很含蓄。我心里是很激动的,只是我不敢把心意全都写在纸上。"

这就够了,这样他就会觉得她还有希望。在这个大热天,麦尔妲的精力只够做到这个程度。

黛萝收了信,把它拢在袖子里,接着她四下张望,失望地说道:"唔,我看我该回家了。"

"今天我有失招待。"麦尔妲坦承道,"我陪你走出去。"

到了外面,只见门口有辆驴子拉的二轮轻马车,又有个驾车的车夫在等黛萝。这些也是从前没有的,看来特雷家显然准备让黛萝在今年夏天以成年女子身份参与夏季舞会。麦尔妲跟黛萝一样,也会在今年的夏季舞会中以成年女子的身份被引介给社交界。这些日子以来,她与母亲正在利用几件旧衣服的料子做一袭新礼服。她的舞鞋、头饰和扇子倒是新的——至少麦尔妲希望如此。如今什么事情都很难说了。据她想来,她大概会搭重生商人的旧马车去舞会,而那又是一个她目前还无法面对的重大羞辱。

黛萝先拥抱麦尔妲,又在她脸颊上亲了一下,然后才上车。看黛萝的姿态,那像是她刚学会不久的新花招。麦尔妲继而酸溜溜地想道,说不定真的是这样。许多上流家庭的女孩都会在被引介给社交界之前先上一些应对进退的礼仪课程,这种礼仪课程麦尔妲也别想去上了。黛萝还在拿着新扇子挥手道别,麦尔妲便已关上大门。这样的报复微不足道,但是这么稍微报复一下,她人倒舒服了一点。

她把那个小口袋带回自己房间,然后把钱币和戒指撒在床上。可惜袋子里的东西并没有变多。她一边看着,一边想道,她要如何才能把这些东西加在船的基金中,而且不必解释来源?麦尔妲皱起眉头。唉,为什么怎么做都不对呢?她又把那些玩意收回袋子,再把袋子塞进大柜子里,扑身在床上,思索起来。

这会儿天气正热,可是该做的工作多得不得了。菜圃的杂草该除一除、新长的药草该摘下来、扎成束让它风干;她要穿去夏季舞会的礼服仍只做到一半而已。不过麦尔妲实在不想缝衣服,在看到黛萝的华服之后,她已经没有心情弄那个了。别人一定会看出她的礼服是用旧衣服翻新的。麦尔妲记起她从前对于自己第一个夏季舞会的诸多想象:她幻想自己会穿着豪奢的服饰,搭着父亲的手臂踏入舞池。想到这里,她苦笑了一下,而后闭上眼睛。她所想象过的一切甜蜜、美好且浪漫的事物都已经无缘享有。她觉得自己仿佛遭了什么诅咒。

她困倦地数着众多令她失望的事情。去夏季舞会的时候,既没有漂亮的礼服,也没有自家的马车,更没有俊美的船长父亲伴她走入舞池。瑟云是不行的,他连应该在什么时机吻女孩子都不知道。雷恩则没来看她。她真是痛恨自己的人生。这一切的问题都大得无法解决。她困在这个人生之中,而且无从改变。天气太热了。她热得快要窒息了。好闷哟。

她想翻个身,可是已经没有地方翻身了。她想不出怎么会变成这样,于是试着要坐起来,但坐起来时却碰到障碍。她一举手,只摸到潮湿的木头。她突然领悟到,那湿气是自己呼出去的!她睁开眼睛,只见眼前一片黑暗。她被困住了,可是没有人关心她。她不知道自己是被什么东西封住的,但是她发狂似地举起双手,用力地推。"救命呀!放我出去!来人呀!"麦尔妲叫道。她用手、手肘、膝盖和脚用力地推、踢。可是封壁不但没破,反而还越缩越小。现在,她所能吸到的空气由于自己的呼吸已经变得又热又潮湿。她想要尖声大叫,但是里头闷得很,空气不足,根本无法大叫。

"我在做梦。"麦尔妲对自己说道,强迫自己完全静止下来。"我在做梦。我现在其实躺在自己的床上,我很安全。我只要醒过来就行了。醒过来吧。"她伸展了一下筋骨,想要睁开眼睛,可是眼皮却睁不开,而这里面的空间小到她无法伸手摸脸。她开始惊厥地喘气,不由自主地哀叫了一声。

"现在知道这是什么感觉了吧?所以你一定要把我放出来。你帮帮我,只要你叫他把我放出来,我保证一定帮你。我会把你的父亲和船带回来。只要你叫他把我放出来就行了。"

麦尔妲认识这个声音,她跟雷恩在梦中相会的时候就听过。"让我出去。"麦尔妲对龙恳求道,"让我醒过来。"

"你叫不叫他帮我?"

"他说他办不到。"由于里面太闷,麦尔妲几乎快不能呼吸,连这几个字都讲不出来。"要是他帮得上忙,一定会帮的。"

"你叫他想想办法。"

"我办不到。"麦尔妲开始喘息,此时第二层黑暗逐渐逼了上来。她一定会昏迷、窒息。可是这是梦,人会在梦里昏迷吗?她会不会死在梦里?"放我出去!"她以微弱的声音叫道,"拜托,我控制不了雷恩,我叫不动他。"

那龙以深沉丰厚的声音略略笑了起来。"别傻了。他不过是个雄性而已,而你与我,我们可是王后,我们是注定要凌驾于我类的雄性之上的。这样世界才会平衡。你好好想一想,你一定知道要如何才能遂心如愿。记得要将我放走。"

麦尔妲觉得自己突然被掷入黑暗之中,不过方才包覆着她的重围已经不见了。她用力伸展，指尖却什么东西也摸不到。大风呼啸着从耳边吹过，她在黑暗中不断坠落，重重地摔在软软的东西上。

她睁开眼睛。眼前是她自己的房间，炽热的阳光从敞开的窗外照进来。"记得喔！"有人在她耳边说道。这几个字一定是在她耳边说的，可是房里只有她自己，别无他人。

傍晚收工的时候，他们竟然做了之前就算两天也做不完的工作。尽管如此，贝笙心里还是纳闷，不知道明天早上有多少工人会回来？但说真的，贝笙也不敢怪罪他们，毕竟现在连他都不晓得为什么要继续撑下去了。这又不是他的船，遇难的也不是他的外甥。不过就算他追根究底地问自己为什么要撑下去，最后也只能回答自己，那是因为他已经没有别的地方可去了。贝笙跳船的隔天，港口里就不见春夕号的踪影了。想也知道，芬尼必定是嗅到这事有点不对劲，所以决定自认倒霉，并且就此落跑。而春夕号上的那个人生，贝笙是回不去了。

贝笙难得对自己坦承，这其实是他得以亲近艾希雅的唯一办法。他太骄傲，拉不下这个脸。艾希雅对他很冷淡，就连克利弗受到的关照都比他还多。至少艾希雅还肯跟克利弗笑笑。贝笙偷偷地瞄了她一眼。她的湿发贴在头上，穿着宽大的白裤子、宽大的长袍，沙子黏在她的衣裳和她湿湿的皮肤上。贝笙望着她走到水桶边喝了几口水，然后撩起水来泼在脸和脖子上。他好想要她，渴望得几乎窒息。不过他提醒自己，艾希雅已经许给葛雷·坦尼拉了。坦尼拉是个不错的水手，况且有朝一日，葛雷必会变成富翁。其实这很好，贝笙应该为她感到高兴，幸亏她有这个对象，要不然光是跟被逐出家门的缤城商人之子为伍，她可能就觉得满足了。想到这里，贝笙摇了摇头，把手里的大头锤丢在沙地上。"今天就到此为止！"他突然叫道。反正天色已经开始转暗。

艾希雅和琥珀到船上的厨房去，贝笙则留在沙地上，把工钱算给众人。工人都走了之后，他又多留了一会儿，拿着账本和笔把数字算了一遍，忍不住摇头。罗妮卡·维司奇给了他一笔钱，作为修复派拉冈号的基金，至于他怎么花钱，她并不过问。艾希雅发现贝笙对船上的工程装修了解得很详细，远超过寻常大副的水准,所以非常惊讶。贝笙看到艾希雅那么惊讶,心里倒挺乐的,不过他的任务并没有因此而变得比较轻松。贝笙的苦恼是,区区一笔钱,到底该用来采购最上乘的材料还是用来聘请手艺最好的工匠?不过,他所属意的工匠往往怎么也请不动。派拉冈号在人们心中的印象已经定了型,而派拉冈近来的表现更证明了传言不虚。大多数的造船工人都声称,他们之所以不接这个工作,不是因为迷信,而是因为若在这种船上做过事,往后别的客户就再也不会找他们了。其实贝笙倒不在乎他们用什么托辞,他气的是工程的延宕。他们最大的难题是时间非常紧迫。每多过一天,贝笙就越难从他上次见到薇瓦琪号的地方追查到她目前所在的位置。除此之外,这个工程还得配合潮汐。这个月月底有个特别大的浪潮,贝笙希望他们能趁那个机会让派拉冈号入水。还有个恼人之处:其实有很多工作,他们大可以自己动手,不必请人的。可是这种工作却必须等到大型的工作完成之后才能开始做。这一件件一环扣着一环,不能跳着做,只能干着急。

等到贝笙上船去找艾希雅和琥珀的时候,她们已经不在船上厨房里了。贝笙循声音走过倾斜的甲板,到船尾去找她们。她们两人肩并肩地坐在一起,脚悬在船外晃荡着,活像两个摸鱼偷闲的打杂小弟。琥珀已经把她蜂蜜色的头发绑成马尾,不过并没有因此而变得更有姿色,因为她颧骨太高、鼻子太尖,女人味就淡了。艾希雅却恰恰相反,虽然她脸颊上沾上了一抹焦油的黑渍,但那倩影依然令他怦然心动。艾希雅的女人味不是柔柔弱弱的那一型,而是如劲豹一般,既令人不得不防,又令人迷恋得难以自已,然而连她都不知道自己有此魅力。贝笙望着她,然后就开始强烈地懊悔起来:要是他从没碰过她就好了。他觉得,好像因此而把什么秩序打得大乱,所以如今艾希雅连正眼瞧他都不肯了。更糟的是,贝笙每次看到她,就不禁想起她肌肤的触感,以及她身体真诚的反应。他闭上眼睛,好一会儿之后才又睁开眼睛,朝船尾走去。

琥珀和艾希雅手里都拿着热气腾腾的茶杯,一个胖胖的瓷茶壶放在她们两人之间,茶壶边摆着一个空茶杯。贝笙走上前替自己倒了茶,他本想在她们两人中间坐下来,但想想还是站着好。琥珀远望大海,艾希雅一边用指尖摩着杯缘，一边望着海浪。贝笙走近之后，她们就不讲话了。琥珀察觉到这场面有点尴尬，于是抬头问贝笙："明天一大早开工？"

"不。"贝笙简短地答道，接着他啜了一口茶，再补充道："我看一大早是开不了工的。说不定我一整个早上都必须四处招募新工人。"

"又要找新工人？"艾希雅抱怨道，"我来之前是不是发生了什么事？"

贝笙吸了一口气，像是要开口，然后又咬紧下巴，摇了摇头。

艾希雅揉了揉太阳穴。"不过，至少他又开始跟你们讲话了？"艾希雅抱着希望问琥珀。

"他没跟我们讲话。"琥珀沮丧地答道，"却跟工人们讲了很久，他讲的话不但很难听，而且末了还提到，他们在受诅咒之船的船边干活，将来生的孩子必定没腿且瞎眼。"琥珀以苦涩的钦慕口吻说道："他形容得可生动了。"

"唔，真有天分。不过，还好他只丢了一根木头而已，之后就没有再怎么样了。"

"也许他是打算为了明天而存点力气。"贝笙指出。

话毕，三人都气馁地沉默不语。琥珀忧伤地问道："这么说来，我们已经放弃了吗？"

"还没呢，我只是想趁着喝这杯热茶的时候考虑一下情况有多么绝望。"贝笙答道。他皱着眉头转向艾希雅，问道："你今天早上到底上哪里去了？"

她答话的时候眼睛不看他，而是望向他处，口气很冷淡。"倒不是说你有权过问，不过我去看葛雷了。"

"葛雷不是一直躲着吗？外头还在悬赏他的人头呢。"贝笙以不带感情的语气说道，啜了一口茶，再度眺望大海。

"是啊，不过他想办法传话给我，所以我就去看他了。"

贝笙耸了耸一边的肩膀。"唔，这一来，至少解决了一个严重的问题。我们若是钱不够用，你随时可以去跟大君的官吏检举葛雷，这样我们就可以用赏金去招募一批又一批的新工人了。"贝笙咧嘴笑道。

艾希雅不理他，而是对琥珀说道："葛雷说，他很想帮我，可是现在他自己的处境很艰难。欧菲丽雅号上的货物价值不菲，不过他们家只拿到一点钱而已。他们已经下定决心，除非大君废除这个不公平的关税，否则他们就不在缤城或是哲玛利亚城做买卖了。"

"欧菲丽雅号不是几天前就开航了吗？"贝笙继续追问道。

艾希雅点点头。"的确如此。汤米的想法是，最好趁着大君派来更多战船之前，赶快把欧菲丽雅带离缤城港，毕竟大君的税吏一直威胁要把欧菲丽雅号扣留下来。现在那些税吏声称，大君有权管制活船做生意的地方，而且雨野原的货物只能送到缤城或哲玛利亚城出售。不过汤米才不会待在这里等着麻烦找上门来。坦尼拉家族会继续跟大君的税吏对抗，只不过汤米不想把欧菲丽雅卷进去。"

"要是我的话。"贝笙猜测道，"我一定带着欧菲丽雅上溯雨野河。这一来，除非使用活船，否则他们是追不上的。"他歪着头，问道："所以，他们就是打算偷偷地把葛雷弄上别的活船，然后把他带到雨野原去跟欧菲丽雅会合，对不对？"

艾希雅意味深长地瞄了他一眼，不置可否地耸了耸肩。

贝笙露出受到羞辱的脸色，问道："怎么，你信不过我？"

"我答应不跟任何人提起的。"她望着水面说道。

"你以为我会拿这话到处去跟别人讲？"贝笙气极了，艾希雅把他看成了什么人？难道她真的以为，他会因为把葛雷当作情敌而对葛雷不择手段？

"贝笙，"最后艾希雅不耐烦地说道，"不是我信不过你。我已经答应葛雷绝不提起此事。我打算信守诺言。"

"我懂了。"贝笙应道。至少艾希雅终于直接跟他讲话了。不过有一个问题他憋得很难过，他咒骂自己多事，但仍忍不住问出来："他有没有找你跟他一起走？"

艾希雅犹豫了一下，才答道："他知道我非得留在这里不可，他甚至还了解我为什么一定得跟着派拉冈号出航。"艾希雅搔搔下巴，刮掉黏在脸颊上的脏东西，她厌烦地继续说道："可是任我怎么解释，凯芙瑞雅都无法理解。

直到现在,她还在跟母亲吵着说这等行径实在不合适。连我到这里来帮忙她都很反对,她就是看不惯我这一身打扮。我真不知道自己到底要怎么样她才不会反对。也许我应该坐在家里忧愁地绞手,这样凯芙瑞雅才喜欢。"

贝笙看得出艾希雅想把话题转到别的方向,不过他不肯轻易松手。"你一定得去追薇瓦琪,这点葛雷当然能了解,不过了解归了解,他还是要你跟他一起走,对不对?说真的,你应该跟他去才是。认赔杀出,要赌可以,但是本钱要下在有赢面的那一边。商人们没有一个真心认为我们会成功,就是因为这个因素,他们才不肯多帮忙。以他们看来,帮忙也只是浪费时间与金钱。我敢说,葛雷一定振振有词地用了许多理由来劝你放弃我们。好比说,我们永远也别想把这艘废船从沙地里挖出来。"贝笙用力在甲板上一顿脚,并感觉到船突然传来一股恼怒气愤的情绪。

"不准你叫他废船!"琥珀厉声说道。

"还有,你别再发牢骚了!"艾希雅没好气地帮腔。

贝笙瞪着艾希雅,心里一下子气了起来。他提高音量,大声骂道:"废船!沙滩垃圾!派拉冈,你听见没有?我在说你。"

回音从海边的悬崖打了回来,不过派拉冈依然沉默不语。琥珀激动地喘气,怒视着贝笙,骂道:"讲这种话于事无补。"

"与其待在这里找人开骂,你不如去上街去乞讨辛丁算了!"艾希雅讽刺地说道,"大家都知道,你真正的问题在于没辛丁可吃!"

"哦?"贝笙把手上的茶杯放下来,"我也知道你真正的问题出在哪里。"

艾希雅声音放轻,以冷飕飕的口气应道:"是吗?嗯,那你何不讲个明白,让大家都知道?"

贝笙倾身向前,凑近她。"你真正的问题在于,去年冬天的时候,你终于了解到自己是什么样的人物,可是过后你却不肯承认,甚至还怕到一路冲回家,以便把一切都忘记。"

艾希雅没想到贝笙会讲出这种话,惊讶到呆住了。贝笙看到她那种万分意外的样子,差点就咧嘴笑出声来。艾希雅目瞪口呆地望着站在倾斜甲板上的贝笙。"说得更明白一点,"贝笙声调柔和,"我说的可不是发生在你我之间的事情,我所说的是发生在你与自己的内心之间的事情。"

"贝笙·特雷,我真不知道你在胡说八道什么!"艾希雅立刻大声说道。

"你不知道?"这次贝笙真的笑出来了,"哈,可是琥珀倒是清楚得很。她知道我在说什么,就像她知道莎神既有卵蛋,也有乳头一样的肯定。我一回到缤城,就晓得她通通都知道了。我第一次碰到她的时候,她脸上的那种表情让人一看就明白。真奇怪,你竟然跟她讲这事,却不肯跟我谈。但是我跟你说吧,我说的不是这一点。我说的是,去年你出门去,然后发现自己压根不是缤城商人世家出身。噢,是啦,你是艾福隆·维司奇的女儿,这是错不了的。而这个可恶的缤城以及这些可恶的传统,艾福隆都不放在眼里了,你更不甘受之羁束。当年,艾福隆因为不喜欢上溯雨野河做买卖所必须付出的代价,所以,莎神保佑,他竟然就不去雨野原做生意,反而四处游历,靠他自己的眼光挑选货色、物色买主,建立自己的网络。而你的性子就像艾福隆,像到了骨子里。现在才想捺去你这种个性已经太迟。你就是你,这是无法改变了,所以你就别再假装了。

"就算你嫁给葛雷·坦尼拉,也无法真的安顿下来,你若是真的逼自己去照顾家小,恐怕你们两个日后不免彼此怪罪。叫你在家带小孩,而他出海逍遥,这你是做不来的。你说了一口大话,什么这都是为了维司奇家族、什么责任所系、活船的传统,但其实你之所以要出海去追薇瓦琪号,是因为你他妈的想要自己的船,你要出海去,把薇瓦琪号夺回来——当然,前提是你得先有勇气,胆敢再度离开缤城。"

这些话连连从贝笙的嘴里出来,他差点讲到没气,所以话毕猛地吸气。艾希雅只是瞪着他看。贝笙巴不得立刻一步上前,将她搂在怀里,给她一个热吻,不过果真如此,艾希雅大概会把他的下巴打碎。

最后,艾希雅终于想到了一句话,回嘴道:"你大错特错。"可是她的话有气无力。坐在她身边的琥珀以茶杯掩嘴偷笑。艾希雅见状,以指责的目光怒视着她,而琥珀则干脆不置可否地耸耸肩。贝笙突然大感困窘。他也不用绳梯,就直接翻到船栏外,再轻盈地落在沙地上。然后他既不回头,也没多说一个字就大步地朝船首走去。

克利弗已经生了火,生火烹煮晚餐是他的工作。派拉冈号入水的工程动起来之后,克利弗变得很忙。由于贝笙把给众人解渴的饮用水泼到派拉冈身上,所以克利弗又去提了几桶水回来。除此之外,把工具磨利、跑腿办杂事也是他的工作,包括傍晚时去维司奇大宅拿食材回来给他们做晚餐。罗妮卡·维司奇已经说过,她很欢迎他们到维司奇家吃晚餐,不过琥珀客气地回绝了,说不放心把派拉冈丢着没人陪伴。后来,贝笙也常常拿这个现成借口来用。他若是真的变成维司奇家的座上客,要如何掩饰自己的焦虑?若是客客气气地坐在桌边跟艾希雅同桌用餐,一定免不了泄底。

莎神啊,要是现在他手边有一丁点辛丁条就好了。要是有辛丁,也许能使他的皮肤不会那么渴望艾希雅。"唔,晚餐吃什么?"贝笙向那小子问道。

不过克利弗只是眼睛大大地瞪着他,但一个字也没说。

"小子,你别给我来这套!"贝笙警告道,他的火气一下子又烧起来了。

"雨汤(鱼汤)。"克利弗皱眉应道。他用木汤匙搅动汤汁,望着鱼汤,可是嘴里却忿忿不平地低声说道:"他不刺垃圾(他不是垃圾)。"

原来这小子是在别扭这个。贝笙把声音放软。"的确,派拉冈不是垃圾,而他既然不是垃圾,就不该像垃圾似的晾在这里不动。"他抬起头,望着两人上方那沉默的人形木雕,继续说道——然而这话与其说是讲给那小子听的,不如说是讲给派拉冈听:"他真的是一艘他妈的好船。不用等到这个大任务做完,他就会忆起自己的确很出色,而且缤城的每一个人也会忆起他的雄风。"

克利弗搔搔鼻子,把汤搅一搅。"他带吹吗(他带衰吗)?"

"你是说他带衰吗?"贝笙疲倦地纠正道,"不,他只是倒霉罢了,打从一开始就倒霉。人一倒霉,然后再走错几步路,就不免觉得,这一身楣运好像怎么样也摆脱不了。"他干笑两声,"这是我的经验之谈。"

"梨倒霉吗(你倒霉吗)?"

贝笙皱起眉头。"小子,你讲话清楚一点。若是不能让人听懂你在讲什么,就别想跟着我出海了。"

克利弗嘟囔了一声,然后说道:"我是说,你倒霉吗?"

贝笙不置可否地耸耸肩:"比起有些人而言,已经很不错了,不过整体来说,我的运气比大多数的人差就是了。"

"衬三(衬衫)要轮着穿。以前我爸常说,人肉要晚运,就不能老刺穿同一件衬三(人若要改运,就不能老是穿同一件衬衫)。"

贝笙虽然心情沉重,却仍不禁笑了出来。"可是年轻人,我就这么一件衬衫而已呐,照你这样说起来,那我是不是别想转运了?"

艾希雅突然站了起来,并把余茶泼在沙滩上。"我要回家了。"她宣布道。

"再见。"琥珀不冷不热地应道。

艾希雅用力地在船尾的船栏上一拍。"我早就知道他总有一天会给我难堪。我早就知道了。我从很早就担心,他总有一天会爆发出来的"

琥珀不解地问道:"给你什么难堪?"

虽然船上只有她们两人,但艾希雅仍压低了声音。"就是把我跟他上过床的事情抖出来呀。他早知道,这件事情若是宣扬出去,我的名声就毁了。他只要故意地——或是不经意地——跟某些人提起,那我就完了。"

琥珀的眼睛亮了起来。"我是听说过,人会在害怕或受伤的时候说出蠢话或做出极其愚蠢的事情——但也只有蠢到极点的人才会这样。况且艾希雅,我看贝笙从来就没想到要拿这件事当作武器来伤人,他那个人并不喜爱吹嘘夸大,再说我相信他绝无故意害你的意思。"

接着是一阵尴尬的沉默,最后艾希雅坦承道:"你说得没错。我看我只是逮到机会就想找个理由来生他的气罢了。"她叉手抱胸。"可是他为什么要提那件蠢事?还问我那种笨问题?"

琥珀悬而未答,并且在片刻之后反问道:"就算他很过分吧,但是你何必那么气?"

艾希雅摇了摇头。"每次我开始觉得跟他的关系好一点,他就……而且琥珀，我们今天很愉快啊。他太可恶了！今天我们做得那么辛苦，不过大家协力同心，所以很顺利，仿佛又回到了以前。他的想法和他做事的程序我都很清楚，所以做起事情来就像是跟很熟的舞伴跳舞一样。可是，我才刚开始觉得以后我们两人相处又可以自在起来，他就……"艾希雅的声音越说越低，终至无声。

"他就怎样？"琥珀追问道。

"他就讲些有的没的，让我下不了台。"

"你的意思是说，他除了讲讲'躲到大梁下面去'或是'把大头锤拿给我好吧'之外，其他的话都算是'有的没的'？"琥珀甜甜地问道。

艾希雅悲哀地笑了笑。"一点也没错。他提起那些有的没的，总令我想起以前还是好朋友的时候，两人一起聊天的光景。唉，要是能够回到当初就好了，可惜不能。"

"为什么不能？"

"不对劲啊。"艾希雅懊恼地皱起眉头来，"现在有葛雷了，万一……"

"万一如何？"

"万一——不小心发展下去怎么办？我是这样想的。况且就算没有那个万一，葛雷也不赞成。"

"葛雷不赞成你交朋友？"

艾希雅皱眉望着琥珀。"你明知道我的意思。葛雷不喜欢我跟贝笙交朋友——彼此客客气气是无所谓，不过如果贝笙和我像以前那样就不行。我是说，如果贝笙和我像以前那样，自在地谈天说地，把脚翘到桌子上去喝啤酒，那就不行。"

琥珀轻笑了两声。"艾希雅，再过不久，大伙儿就要一起出航了，而且贝笙是船长，难不成你还指望到那时候彼此要像是在缤城开茶宴似的，彬彬有礼、轻声细语地并肩工作？"

"等我们出航之后，他就不是贝笙，而是船长了。现在还没出航，他就已经几次给我下马威了。船上就是船长最大，要指望船长待你客气，那是奢望。"

琥珀歪着头，望着夜色中的艾希雅。"那你还有什么好担心的？听你这样说起来,一切只待开航之后就会好转。"

艾希雅很小声地应道:"也许是因为我不希望那样吧。"她望着自己的手,"也许不管葛雷赞不赞成,我都很需要贝笙的友谊。"

琥珀耸了耸肩。"既然如此,那应该开始跟他多讲讲话——而且不是讲'呐,大头锤给你'之类的话。"

第二十二章

变 心

薇瓦琪非常激动。温德洛觉得，陪着她就好像陪着一锅时时刻刻都冒泡翻腾、不时把别人烫伤的热汤。而最糟的是，任他怎么劝，也无法安抚她。薇瓦琪不但不肯让自己的心情被平抚，还咄咄逼人地把好言相劝的温德洛斥开。

薇瓦琪已经这样近一个月了。温德洛感觉得出，她就像是小孩子一般，被大人喝斥说年纪太小，不准做这做那，就一心只想要反抗。如今她是下定决心，非要让人对她刮目相看不可——不只柯尼提，还有温德洛。自从白石死在甲板上之后，她便决心要成长、要强大，而且要成为海盗。而每次温德洛劝她打消这个念头，她就变得更为顽固。更令温德洛担心的是，薇瓦琪一天天跟他疏远，她积极地探索柯尼提的心意，根本就把温德洛抛在一旁。

柯尼提当然察觉得到薇瓦琪心里乱糟糟的。他深深明白，薇瓦琪变得这么激动都是他挑起来的。那海盗倒也没有对她视而不见，他跟她讲话的时候还是很温柔，待她也很客气，不过如今再也不对薇瓦琪献殷勤了。柯尼提不但不对她献殷勤，反而把阳光灿烂的那一面都给了依妲，依妲也因此而如鲜花怒放。柯尼提犹如火星子一般，点燃了依妲内心熊熊的生命之火。如今依妲在船上走动的时候，就像是巡狩的母狮子一样威风凛然，而且经过之处，所有人都不禁转过头去看她。船上除了依妲之外还有别的女人，因为柯尼提让好几个之前为奴的女子留在船上，但是跟依妲比起来，那几个女人好像没什么女人味。温德洛最想不通的一点是，他实在说不出依妲本人有什么特殊的变化。她的穿着跟从前一模一样，虽然柯尼提送她许多珠宝，但是她只爱那个小得一点点的红宝石耳环，此外就很少佩戴其他首饰。所以说，依妲的变化比较像是把灰烬拨开之后，发现下面的煤炭仍烧得火红。她还是照常在甲板上干活，仍然以捷豹般的速度爬上索具，仍然一边在阳光下做针线活一边跟男子谈笑风生；她仍然口齿伶俐，幽默感尖锐得会把人刺伤。不过，当她望着柯尼提的时候——即使两人一个在船头，一个在船尾——仍可看出她的生命霎时膨胀了不知多少倍。柯尼提船长也因为她的荣耀风华而着迷，每次经过她身边都忍不住去碰触她。就连高大率直的索科，看到他们两人在甲板上的景象也不禁羞得脸红。温德洛望着他们两人，心里只觉得惊奇且羡慕，但是令人苦恼的是，每次柯尼提发现温德洛在看他们的时候，都会扬起眉头对他使个眼色，要不就跟他眨个眼睛。

全船的船员都因为这个刺激而变得更为振奋。温德洛本以为，船长如此夸耀自己的女人不免招来嫉妒或不满，但是船员们不但不以为忤，反而还以柯尼提为傲，仿佛他精力充沛、女伴如此令人艳羡，众人都与有荣焉。船员的士气一下子提高许多，如今众人工作之卖力，温德洛前所未见。新船员跟旧船员处得十分融洽。之前曾经为奴的人心中若有什么不满，也早就烟消云散。既然都能在柯尼提手下干活，成为柯尼提这一批新船员的一分子，那还何必鼓噪着非要有自己的船不可？

白石死后，薇瓦琪又旁观了三次掠劫行动。这三次都是小型的货船，不是运奴船。温德洛知道他们下手的模式：柯尼提和索科选定的这个海峡非常适合埋伏。埋伏时，索科待在海峡南端，选定目标，然后开始追逐；而在北端等待的薇瓦琪则负责把逃跑的船只逼到礁石上。猎物搁浅之后，玛丽耶塔号上的海盗便一拥而上，把他们喜欢的东西拿个一干二净。小型的货船通常人员不多，也没什么防备海盗的武器。柯尼提并未杀掉那几条船上的船员——这一点倒值得称赞。那三次劫掠都没什么人受伤，因为船一搁浅，他们就不再反抗了。柯尼提甚至也不留下船员以便勒索赎金。他只取走最好的货物，然后疾言厉色地吩咐他们传话出去，就说海盗群岛的柯尼提绝不容许运奴船经过此地。他并未加上"国王"的称号,还不到时候。那三艘船在碰上柯尼提之后都想办法开走了,他们一定会迅速地把这番话散播出去。

薇瓦琪不能直接参与行动,对此她是既焦躁又恼怒。大人谈话的时候往往会把小孩子支开,同样的,柯尼提也不再邀请她讨论海盗行动或是政治课题。一到晚上,他就带着索科和依妲到玛丽耶塔号上去,在那儿筹划接下来的行动或是庆祝胜利。夜深了,那海盗和他的女人回到薇瓦琪号上来之时,依妲身上总是穿戴着柯尼提新送给她的礼物。他们两人喝得醉醺醺的,而且一上船来就立刻回房。据温德洛猜测,柯尼提是故意要引得薇瓦琪好奇且嫉妒,不过他并未把这个想法告诉她,因为她一定听不进去。

没有劫掠的时候,海盗的生活几乎可以算是懒散。柯尼提还是会找事情让手下去做,不过他既用掠劫而来的食物让他们大快朵颐,又让他们有充分的时间赌博作乐。他拉着温德洛一起玩乐,而且常常把温德洛召到他的舱房去。不过柯尼提玩的可不是简单的赌骰子或是纸牌游戏,他总是用以战略见长的棋局,而非以机率决胜负的游戏来向温德洛挑战。温德洛觉得,那海盗好像是在估量自己的斤两,因此而不大自在。不过,往往漫长的午后还没过完,棋局就被丢到一旁,而柯尼提则丢出一个又一个的莎神哲学题目来考验他。他们掠劫的第二艘船带了许多书册。柯尼提这个人什么书都看,而且还把他的宝藏拿来跟温德洛分享。温德洛若是说这些生活的插曲令人不快,那就有违良心了。偶尔依妲会坐在一旁看他们下棋、讨论,时间一久,温德洛对她的反应与智力大为敬佩;她只是没受过多少教育而已,但水准至少也跟柯尼提不相上下。只要柯尼提和温德洛谈的是一般话题,她都跟得上,不过他们谈起某个哲学家的观点之时,她先是沉默寡言,然后就默默地退开。有一天下午,温德洛刻意把她拉进来一起讲话,却无意间碰触到她的短处。接着,他把他们正在谈的那本书递给她看,但是依妲不肯接过他手里的书。

"我不识字,所以你就别多事了。"当时依妲气愤地宣布道。原本她趁着聊天时坐在柯尼提身后的凳子上,帮他按摩肩膀,但讲到这里,她突然起身大步朝舱门走去。但是她的手摸到门闩时,柯尼提开口了:

"依姐，你回来。"

依姐转身面对柯尼提，眼里露出反抗的神情。自从温德洛认识她以来，这是第一次。"叫我回来做什么？"她挑衅地对他说道，"叫我回来，好让我看清我有多么无知吗？"

柯尼提勃然大怒，但是情绪一闪而过，他把表情平抚下来，对那女人伸出一只手。"因为我希望你读这本书。"他以几乎可称之为温柔的口气说道。依姐走回他身边，但是怒视着他从温德洛手里接过去的那本书，仿佛它是个令人痛恶的对手。柯尼提把书递到她面前："你该读一读这本书才好。"

"我不识字。"

"那就学呀。"

依姐咬紧牙关。"怎么学！"她大怒道，"我从没上过学，也没老师教，除非你把那些在我还没成年之前，就教我这一行营生的男人算作是老师！柯尼提，我跟你不一样，我……"

"住口！"柯尼提对她吼道，再度把那本书伸到她面前。"拿过去。"他命令道。

依姐一把抢过书本，然后捏着书的一角，把手伸得远远的，仿佛那不是书，而是一袋秽物。

接着，柯尼提把注意力转到温德洛身上。他脸上闪过一抹似有似无的笑容。"温德洛会教你读书。你若不肯学，他会把书念给你听。"他再转头去看着依姐，"从现在起，教你读书就是他唯一的任务，在完成这项任务之前，他什么事情都不用做。至于这要花上多久的时间，我一点也不在乎。"

"船上的人会笑我的。"依姐抗议道。

柯尼提眯着眼睛。"他们就算要笑你也笑不久。舌头若是割掉了，就很难议论别人的长短。"他吸了一口气，笑着说道："况且，如果你想要私下上课，那也可以。你就在这里上课吧。在这任务完成之前，我会安排让你们有充分的时间独处，而且不受外人打扰。"柯尼提朝掠劫而来、此时散落在房里各处的书籍做了个手势。"你可以从书里学到很多，依姐，除了哲学之外，还可以学诗、学历史。"柯尼提探身向前,抓住依妲的一只手,把她拉上前,然后用另外一只手拨开她脸上的头发。"别顽固了,我希望你能乐在其中呢。"柯尼提意味深长地瞄了温德洛一眼,像是要确认一下温德洛是不是在观察他们。"我希望这个任务能让你们两人都得到许多快乐与启示。"柯尼提轻轻地在依妲脸上一吻。亲吻之时,依妲闭上了眼睛,但是柯尼提的眼睛却睁得大大的观察温德洛。

温德洛觉得很不自在,感觉柯尼提不只是抱住依妲,也搂住了他。"告退了。"他喃喃地说道,匆匆地从棋桌边起身,但是他走到门口时,柯尼提却叫住了他。

"你不介意教教依妲吧,温德洛?"这虽是问句,但是那口气一点也没有疑问。他抱紧那女子,望着温德洛。

温德洛清了清喉咙,答道:"一点也不介意。"

"那就好。早点儿开始,嗯……就今天开始吧。"

就在温德洛揣想着要怎么回答才好时,他听到外头传来一声大喊:"有船!"一听到这个声音,温德洛顿时轻松下来。甲板上传来众人奔跑的隆隆声响。"上甲板去!"柯尼提吼道,而温德洛则感激地冲了出去。他冲出门的时候,那海盗还在伸手拿拐杖。

温德洛跑向前甲板时听见薇瓦琪连声喊道:"那里!船在那里!"其实用不着她指,温德洛也知道船在那个方向。虽然还离得很远,运奴船的臭味已经随风飘过来了。温德洛从未见过那么脏污、破烂的船,船侧倒出秽物之处黏腻一片,闪闪发光。那船吃水很深,显然是超载的,船首的三角帆补缀得不好,风一吹便皱了起来。船边一阵一阵地吐水,很明显他们正在用唧筒把底舱的水抽出去,而且大概是叫奴隶去做那苦差。温德洛心里闪过一个念头:那艘船可能必须时时不断地抽水才不至于下沉。此外有两排海蛇,排成"八"字形跟在那船的后面。那些令人厌恶的生物似乎察觉到船上的人非常恐慌,因为它们抬起了覆盖着触须的大头,望着后面的玛丽耶塔号。跟着的海蛇少说有十来条,它们覆着鳞片的身体在阳光下闪闪发光。温德洛看了就觉得恶心。

薇瓦琪探身向前，她的表情非常急切。由于她急着要冲上前去，所以几乎像是在拉着整条船跑。"看他们！他们快要跑了！"薇瓦琪伸出手指着那艘船。船上的水手张起帆来追逐，风从后面吹来，把他们吹向前去。

"那是运奴船，柯尼提会把他们通通杀掉。"温德洛小声地警告薇瓦琪，"若是你帮着柯尼提逮住那艘船，那么那船上的船员通通得死。"

她回头瞥了他一眼。"但要是我不帮着他逮住那艘船，这趟航程下来，他们每天得死多少奴隶？"她再度定定地望着她的猎物，口气也硬了起来，"温德洛，有些人根本不值得留他一条性命，而且我们这个做法至少可以保全最多的人命。你看那船破落成那样，要是开到目的地的时候船上还有活口，那就是奇迹了。"

温德洛听而不闻，因为他正在观察——说来难以置信，那艘运奴船竟然开始加速，和玛丽耶塔号拉开了距离。那运奴船并不盲目，也知道前头的薇瓦琪号是新的威胁，所以直往水道中间闯过去。玛丽耶塔号越落越远，然而若是少了玛丽耶塔号的进逼，这个"夹击"的策略就失效了。说来难以置信，但是眼看着那运奴船就要逃走。

柯尼提把拐杖放到前甲板上，用臂力将自己撑上来。上了前甲板之后，他吃力地站起来，重新将拐杖塞在腋下，依姐则不见踪影。柯尼提撑着拐杖朝着薇瓦琪和温德洛走过来，走到他们身边之后，他失望地摇着头说道："那些可怜的家伙。那艘运奴船要逃走了，恐怕我们是救不了他们了。"

这一来，今天就不会有杀戮了。温德洛想到这里，心里松了一口气。然后薇瓦琪放声大叫，那是欲望受到遏制的不满的叫声。然而就在那一刻，船行驶的速度突然加快，每一块船板、每一张风帆都突然对准风向与水流，并发挥了最大的效果。薇瓦琪号和那运奴船之间的距离开始拉近，船上的海盗也激动得大声叫好。在薇瓦琪的热切情绪之中，温德洛本身的微弱感知只不过是在蜘蛛网上挣扎的蝴蝶罢了。

"琪小姐！"柯尼提赞叹道。薇瓦琪闻言，得意得不得了，连温德洛都被她感染，觉得暖热起来。柯尼提正在对众人下令。温德洛听到身后传来海盗们挥舞刀剑、笑谈着等一下要如何把对方杀个精光的声音。海盗们一边准备登船，一边互相挑战、下注。铁钩爪和绳索搬上了甲板，而弓箭手们背着装满箭的箭筒，也迅速地攀到索具高处。

但是薇瓦琪对这一切丝毫不理会。她只顾着要追上自己的猎物，对于她船上的人在做什么，根本不在意。温德洛只多少察觉得到自己身体的存在。他的手紧抓着船首的船栏，大风吹过他的头发。薇瓦琪以她那强大的能量，将他微小的自我湮没得无影无踪。温德洛看着那运奴船变得越来越大，仿佛像在做梦一样。运奴船散发出来的臭味变得更强，男子们在那甲板上奔跑，脸上都恐惧得不能自已。他听到海盗们在铁钩爪丢掷出去、同时放出第一波箭镞时兴奋地高声喊叫，而对方船上的人中箭的惨叫以及甲板下传来的奴隶们恐惧的叫喊，听来就像是远处传来的海鸟叫声。不过温德洛倒是清楚地察觉到玛丽耶塔号突然追了上来，眼看着就要把薇瓦琪号即将到手的猎物给抢走，但是薇瓦琪容不得别的船超过她。

铁钩爪将两船越拉越近，而薇瓦琪也探身出手去抓敌船。虽然她那如利爪般的手指什么也没抓到，但是那张急切的脸孔却使运奴船的船员大感恐慌。"上！上！"薇瓦琪激动地喊道，完全不管柯尼提所下的命令。她那热切的情绪是有感染力的，两船一拉近到可以一跃而过，众海盗们便蜂拥而上。

"她做到了！我们的美人儿果然做到了！啊，薇瓦琪，我早就看出你速度超群、潜力十足！"柯尼提盛赞道。

他散发出一股纯粹的钦慕之情，横扫过温德洛全身。如今那运奴船已经被逮住了，温德洛理应非常恐惧才对，但是薇瓦琪的情绪却完全压下了他的。那人形木雕转过头，坚定不移地与柯尼提彼此相望。从那眼神看来，他们两个互相仰慕，就像是猎人与猎人之间彼此惺惺相惜一般。

"以后我们两个联手出击，一定大有斩获。"薇瓦琪有感而发。

"那是一定的。"柯尼提应和道。

温德洛觉得自己像是无处附着地飘浮着。他虽与柯尼提、薇瓦琪相连在一起，但是他们两个却对他视若无睹。方才那一刻，他们两个首度体会到彼此惺惺相惜、成败相系的感觉，不过这个领悟与他无关。温德洛感觉得出，他们俩之间的联系比起他自己与薇瓦琪之间关系的最高点，还要更深刻、更基本。他在朦胧间纳闷道，薇瓦琪和柯尼提到底把对方当作是什么？但扪心自问后，他只觉得茫然，不知答案在何方。不远之外有另一艘船，在那船上，人们的血液汩汩流出，性命危在旦夕。但是在这里，这艘活船与这个海盗之间交流的情愫却比血液还要浓厚。

温德洛在恍惚之间听到有人叫他的名字。"温德洛。温德洛！"他转过头，发现柯尼提咧嘴笑着，露出一口白牙，并指着他刚逮到的船。"小子，跟着我来！"

温德洛茫然地跟着柯尼提跨过船栏，登上陌生的甲板，进入人们挣扎、咒骂与尖叫的世界中。依妲突然现身与他们同行。她手里拿着一把亮晃晃的刀子，走路的姿态宛如捷豹，把周遭的一切变化都看在眼里。她的黑发在阳光下闪耀。柯尼提提一把长剑，而温德洛则是手无寸铁、眼睛睁得大大的看着眼前古怪的情状。离开薇瓦琪号的巫木甲板之后，温德洛的心多少澄清了一些，但接着他便落入运奴船上的混乱之中，一下子又被刺激得近乎麻木。柯尼提无畏地大步走过甲板，依妲在他的右手边，紧邻着他的拐杖，三人一起走过肮脏污臭的甲板。他们经过许多捉对厮杀的男子，又绕过一个躺在血泊中的人。那个人身中一箭，但是他身上最严重的伤势是从索具摔落到甲板上造成的；他痛苦得咧开嘴，好像在笑，眼睛也很高兴似地眯了起来，不过血液却从他耳朵里流到凌乱的胡子上。

索科健步如飞地横穿过甲板来到他们的面前，可见玛丽耶塔号只要有心要追，也能迅速地赶上来。此时，玛丽耶塔号已经放出铁钩爪，把运奴船的另外一侧钩住。在围攻之下，这艘运奴船从一开始就注定要惨败。索科手上的刀刃淌着血，而他那带着刺青的脸孔则散发出残酷且满意的光彩。"已经差不多了，大人！"索科亲切地招呼道，"只剩艉楼那儿还有几个活口。这船上连一个够格的打手也没有。"索科下此评语之后，又传来一声尖叫，接着便是重物落水的声音。"又解决了一个。"索科开心地说道，"我已经派人去开舱盖。

底舱臭得要命，看这光景，死人可能跟活人一样多。我们得尽快把活人弄走才行，这船一直在进水。"

"我们有地方收容这些人吗，索科？"

那粗壮的海盗不置可否地抬了抬眉毛。"应该可以。这一来，我们这两艘船都会很挤，不过等我们跟繁纹号会合之后，可以把一些人转送到那上面去。但无论如何我们的船难免会大大爆满了。"

"很好。"柯尼提心不在焉地点头，"等我们跟繁纹号会合之后就去分赃镇吧，也该放出消息，让大家知道我们这一趟干得有多么出色了。"

"是，是。"索科咧嘴笑着应道。

这时，一名身上染着血的海盗匆匆地朝他们走过来。"各位大人，请见谅，但是这船上的厨子打算投降了。那厨子一直占着厨房。"

"杀了他。"柯尼提不耐烦地对那人吩咐道。

"请见谅，大人，但是他说他所知道的事情绝对值得我们留他一条命。他说他知道宝藏藏在哪里。"

柯尼提不答，只是不屑地摇了摇头。

"要是他真的知道宝藏在哪里，那么为什么放着好好的宝藏不去拿，反而用这种烂船载运奴隶？"依妲讥讽道。

"不知道，夫人。"那水手歉然地答道，"他很老了，而且缺了一只眼睛、一只手。他声称他以前是'大胆伊果'的手下，所以我们才在想，大家都知道伊果把大君的宝藏船劫走了，而且那批宝藏此后就不见天日，说不定他真的知道……"

"船长，这个交给我来收拾就好。"索科不耐烦地提议道，然后便向那个水手问道："那家伙人在哪里？"

"等一下，索科，我也许要问问这个厨子。"柯尼提的口气既好奇又怀疑。

柯尼提这么一提，那年轻海盗露出了不自在的神色。"那厨子霸占着厨房，大人。厨房门被我们踢破了一半，但是厨房里的刀具多得不得了，而且就这样一个老家伙，又只有一只眼睛，掷刀却掷得很准。"

温德洛注意到柯尼提的脸色变了。他应道:"我去跟他谈一谈。你不用跟来,去把船舱里的奴隶弄出来,船已经歪了。"

索科习惯听令,一点也不迟疑,干脆地点头应和,然后就转身大步走开,开始大声吼着下令。温德洛开始注意到奴隶的动静。此时,奴隶们成群地站在甲板上,因为强光而不断地眨眼,而且不安地动来动去。一身脏污的奴隶们在新鲜的海风中颤抖着,脸上露出困惑的表情,仿佛对于这突然的变化很是不解。这样的气味、这样呆滞的脸孔,一下子激起了温德洛的回忆,使他想起奴隶们从薇瓦琪的货舱中冒出来的那一晚。温德洛看着他们,心里十分怜悯。有的奴隶虚弱到必须要旁人扶着才站得住。奴隶们不断地从舱盖中涌出来,温德洛望着他们,心里突然领悟到,柯尼提拦截运奴船的行动的确是正确的,只是他所用的手段……

"温德洛!"

依妲唤道,语气中有点不耐烦。原来温德洛正怔怔站着,望着柯尼提迅速地朝船上厨房走去。这船每一分、每一秒都倾斜得比之前更严重。不能浪费时间了。温德洛匆匆地赶上去。

温德洛横穿过甲板之时听到众海蛇的咆哮,然后便传来水花飞溅的声音。他们必定是在抛落死尸喂海蛇。众海蛇争抢食物,引得水手们哈哈大笑。

"别管那些了!"温德洛听到索科吼道,"死人迟早会落到它们嘴里。你们快把船舱里的奴隶弄出来,挪到别的船上去。动作快!这艘破船得尽早甩掉才行。"

船上的厨房位于甲板上,不过是一幢低矮的建筑,门外围了一圈抽出刀子、虎视眈眈的海盗,大家一点也没注意到柯尼提走近。温德洛看到一名海盗在厨房门上踢了一脚,然后陷于厨房里的那个男子便连声咒骂起来,又从厨房门的裂缝中伸出一把亮晃晃的利刃,并说道:"谁敢第一个硬闯的,我一定戳他几个大窟窿。快去把你们船长找来,我会跟你们船长投降,不过除了你们船长之外,其他人都不行。"那群笑嘻嘻的海盗听了却越凑越近。看到这个场景,温德洛只能想到被狗群追得逃上树的猫。

"船长到了。"柯尼提朗声宣布道。那群咧嘴大笑的海盗脸色突然正经起来,让出一条路给柯尼提过去。柯尼提简洁地对他们吩咐道:"这儿的事我来处理就好,还不快去干活!"

众海盗一听就立刻散开,不过温德洛看得出他们心里却老大不情愿,所以一边走一边频频回头看。任何人光是听到宝藏二字,都不免生出浓厚的兴趣。况且伊果的宝藏更是早有盛名,那些海盗想必都很想留下来听听看那个男子要拿什么秘密来吊他们的胃口,好让他自己活命。不过柯尼提根本不把他们看在眼里,而是举起拐杖,重重地在门上敲了一下,对那厨子命令道:"你出来。"

"你就是船长?"

"我就是船长,你出来让我瞧瞧。"

那人从门里探出半个头瞧了瞧,然后又马上缩回去。"我们来谈个条件。你让我活命,我就把'大胆伊果'藏宝的地点告诉你。伊果的宝藏全都藏在那里,不只是他从大君宝藏船里抢来的东西而已,而是伊果所有掠劫的成果。"

"伊果藏宝的地点根本没有人知道。"柯尼提信心满满地说道,"伊果和全船的船员都一起葬身海底了,连一个活口也没留下来。况且若是有人逃过一劫,那他一定早就去把伊果的宝藏搬运一空了。"柯尼提一边说着一边神不知鬼不觉地挪到了门把边。

"嘿,偏偏我就知道。我为了回到藏宝地去取宝藏已经等了很多年,只是我的境遇一直都不大好,每次我把这个秘密多告诉一人,就冷不防地被人从背后刺上一刀。况且伊果的宝藏也不是任谁都拿得到的,这得要有特别的船,像你的那种船才行——当年的伊果,就是拥有一艘像你那样的船……我敢说,你一定听得出我的意思吧。世上有些地方只有活船才去得了,其他船都去不成。不过,现在我只能跟你讲这么多。你让我活命,我就带你去藏宝的地方。不过,你一定得让我活命才行。"

柯尼提没有答腔,他仿佛静止一般,动也不动地站在门边。温德洛朝依妲瞄了一眼,她也跟柯尼提一样一语不发,而且一动也不动。她在等待。

"喂!喂,船长,你怎么说?这个买卖成不成?我告诉你,伊果的宝藏多到你难以想象！满山满谷，而且有一半是缤城商人的魔法宝物，你只消走上前，那些就全都是你的了。到那时候，你就是世上最富有的人。而你若想得到那一切，很简单，你只需要答应让我活下去就行了。"那厨子越说越高兴，"怎么样，这个条件很不错吧？"

此时，船已经倾斜得很明显了。温德洛听到索科和他手下的人在催促奴隶们的声音，接着突然有一名男子提高音调喊道："女人，他已经死了，救不回来了。不管他了，你快走吧。"接着便有女子惨痛的哭号声随风传来。但是在厨房这里却悄然无声，柯尼提仍然一个字也不答。

"喂！喂，船长，你还在吗？"

此时柯尼提的眼睛眯了一下，仿佛在思索，接着嘴边浮出了一抹笑容。温德洛突然紧张起来，这事必须得赶快了断，以便脱身离船才行。这艘船不断进水，而且船越重就越容易被大海吞噬。温德洛吸了一口气，但是他才要讲话，依妲便用手肘撞了他一下，示意他别开口。接下来这两件事好像是同时发生的，事过之后，温德洛眼睛睁得大大的，懵懂地揣想方才到底是怎么一回事：到底是柯尼提的手先动，还是厨子先在门边探望？反正两个物体就像是拍手似的碰在一起，柯尼提的剑刃深深地陷入那人完好的眼睛之中，然后抽了出来。接着那人的身体往后仰翻，就看不见了。"伊果的船员，没有一个生还。"柯尼提强调道。他艰难地吸了一口气，然后一边眨眼一边四下张望，宛如大梦初醒。

"不能再逗留，这船快沉了。"柯尼提不耐烦地宣布道，他手里拿着仍然滴着血的剑刃，大步地走回薇瓦琪号上。依妲与他并肩而行，那女人看来一点也没有被方才的血腥场面吓到。温德洛麻木地跟在他们两人身后。死亡怎么会来得如此之快？漫长而繁复的生命怎么会在瞬间就化为乌有？温德洛只觉得柯尼提的作为太过惊人，那海盗的手轻轻地一动，死亡便乍然爆开，可是握刀的人却一点感觉也没有。温德洛一想到自己跟那海盗走在一起，便感到羞赧，他突然渴望要跟薇瓦琪讲讲话。薇瓦琪会帮他把这一切想清楚，她会跟温德洛说，他会因此而感到愧疚，这实在是一点道理都没有。

柯尼提的靴子才刚踏上薇瓦琪号的甲板，船便大声地叫道："柯尼提！

柯尼提船长!"薇瓦琪高声喊道,一点也容不得人迟疑,她的语调之中有一股温德洛从不曾听过的情愫。柯尼提听了,满意地咧嘴而笑,并简洁地命令道:"把奴隶们安顿好,然后放走那船!"接着他朝依妲和温德洛瞄了一眼。"你们尽量把奴隶打理干净,让他们待在后舱。"之后便丢下他们,大步朝船首的人形木雕而去。

"他一心只想跟她独处。"依妲直率地把实情说出来,眼里燃着嫉妒的怒火。

而温德洛则是低头望着甲板,免得依妲看出他脸上竟是跟她一样的神情。

"你虽然匿居在山中,可是日子过得还真有品位。"艾希雅笑着评论道。

葛雷咧嘴笑着,颇为得意。他虽坐在椅子上,椅子却只有两条后腿着地,而他便借此前摇后晃。他们头顶的树枝上悬着一盏锡片镂空的灯笼,此时葛雷举起手,悠闲地在灯笼上拍了一下,然后模仿学究的口气说道:"人生若无品位,那还算什么人生?"话毕,两人一起爆出大笑。

摇晃的灯笼在两人周围洒下暖色的光晕。镂空锡片间透出来的点点烛光在葛雷的黑眼中闪耀,他穿着深色衬衫,敞开领口,搭配宽松的白裤,头一动,耳朵上的那个单只金耳环便随着灯光闪动。夏日的艳阳把他晒黑,肤色使他宛若跟森林中的夜晚融为一体。他笑起来的时候露出一口白牙,看来活像是林斯汀港的那些好相处的少年水手。葛雷打量了一下小屋前的空地,然后安祥地叹了一口气。

"我好多年没来这里了。小时候还没跟父亲出海之前,每年一到溽暑,母亲就把我们这几个孩子带到这里来住上一阵子。"

艾希雅瞄了屋前的小花园一眼,这并不是什么气派的大房子,树林都快长到门前了。"夏天的时候这里比较凉快是不是?"

"稍微,但也凉快不到哪里去。不过你是知道的,夏天的时候,缤城的臭味特别重。血瘟首次流行的那一年,我们就是在这儿度过夏天的。我们几个孩子都没人染病,于是母亲认为,因为待在这里,才避过了那年缤城盛行的瘴疠之气。所以在那之后，母亲便坚持年年都要带我们到这儿来度夏了。"

话毕两人都沉默了一会儿。艾希雅想象着，当年一个母亲带着几个孩子住在此地，这幢小屋和这个小花园一定是处处笑语吧！接着她不禁揣想道——而这也不是她第一次往这个方向想了——倘若当年她那几个哥哥没有因为血瘟而死，那么她的人生会有怎样的不同？若是哥哥们没死，她父亲还会带她出海吗？若是没跟父亲出海，说不定现在她早就结婚，而且生了几个孩子了吧？

"你在想什么？"葛雷轻声问道。他让椅子四脚着地，倾身向前，把手肘靠在桌子上，用双手撑着下巴，温柔亲切地望着她。桌上有一瓶葡萄酒、两个玻璃酒杯和一些晚餐的残羹。这些食物是艾希雅带来的。傍晚的时候，葛雷的母亲写了封简函给艾希雅的母亲，并派人送到维司奇宅去。葛雷的母亲在信上恳求罗妮卡的谅解，并请罗妮卡应允，让艾希雅为坦尼拉家族跑一趟机密的任务。凯芙瑞雅闻言不以为然地扬起眉头，不过罗妮卡大概是认为艾希雅这个女儿已经声名狼藉，不用故作矜持了，所以她也回了封简函，表示她同意让艾希雅前去。

缤城僻处的马厩里已经有一匹马在等着艾希雅，不过她跨马出发的时候，根本就不知道目的地到底是哪里。她经过缤城郊区的一个小酒馆之时，有一个在酒馆外闲晃的人把她拦了下来，并把一张小纸条硬塞在她手里。纸条上指示她前往一个小旅店。艾希雅本以为葛雷就在旅店里等着她，谁知她到了旅店之后，那里的人替她换了一匹新马，又给她一件男人用的、带兜帽的大斗篷。艾希雅的新坐骑已经绑上了大大小小的沉重鞍袋，此外她又拿到一张纸条，指点她走什么路线。

这一趟拜访葛雷的行程既新鲜又神秘，不过艾希雅从头到尾都没有忘记这个安排可不是闹着玩的。自从欧菲丽雅公开反抗大君的关税大臣之后，缤城的舆论就越来越分裂。后来欧菲丽雅号迅速地离开缤城港，这可以说是明智的决定，因为不久之后就又有三艘恰斯战船开进了缤城港。这三艘恰斯战船"适时"地抵达缤城，引发人们的疑心：莫非关税署跟恰斯国的关系比跟哲玛利亚的更为密切，而且说不定连哲玛利亚都蒙在鼓里？有人闯进关税大臣的公署，然后挥刀乱砍一番，把一窝子信鸽给杀了。商会开议那天晚上的大火虽未波及关税仓库，但后来关税仓库却两次遭人纵火，而这些事情又使恰斯战船有理由在夜间守卫关税大臣的公署并且公然地在缤城港及其附近水域巡逻。有些缤城旧商原本是持保守态度的，见此也改变了态度，反而对于悄悄宣扬缤城独立、脱离哲玛利亚的人比较赞同。

而关税大臣对于缤城的不满都拿葛雷·坦尼拉一人来出气。如今悬赏葛雷人头的赏金高得惊人。贝笙建议艾希雅只要出卖葛雷的人头，重新整修派拉冈号的钱就不愁了。那虽是玩笑话，倒也离事实不远。如果葛雷不尽早逃离缤城一带，就算是一心向着葛雷的人，也不免会被高额的赏金冲昏了头。

所以，此时艾希雅坐在夏夜和煦的微风中，望着桌对面的葛雷，不禁生出一股不祥的预感。他应该要尽早行动。之前她就跟他提过了，此时她再度大胆建言道："我真不懂，你怎么会到现在还留在缤城这里？我最惊讶的就是，大君那边的人怎么到现在还没推论出你人就躲在这里？坦尼拉家族在桑吉森林这里有幢小屋，这是大家都知道的事情。"

"就是因为大家都知道，所以他们已经来这里搜查了两次了。他们说不定还会再来，不过如果他们再来，只会发现这房子跟前两次搜查的时候一样，空空如也，久无人居。"

"怎么会？"艾希雅纳闷地问道。

葛雷大笑，不过他的笑声并不轻快。"我大伯并不是那种道德高超的人。传闻说，我大伯在这儿弄出了许多秘密藏匿的地点。他在收藏根茎类作物的地窖内还造了一道假墙，并在假墙后做了个葡萄酒的酒窖。不但如此，还在酒窖的墙壁后造了个小房间。而且这里还装了昂贵的济德铃，而这成对的济德铃，一个装在小屋里，一个就装在方才你走过的人行木桥下。"

"我走过那个人行木桥的时候没听到什么声音啊。"艾希雅反驳道。

"你当然没听到。那个济德铃很小，不过非常敏感。你走过木桥的时候，触动了它，所以小屋里那个成对的济德铃也跟着响了起来。感谢莎神，幸亏有这么神奇的雨野原魔法。"

葛雷举杯向雨野原兄弟们致意，而艾希雅也举杯共饮。她放下酒杯，然后又拉回话题。"这么说起来，你打算一直留在这里？"

葛雷摇了摇头。"不，若是留在这里的话，他们迟早会抓到我的。这儿的食物用品都得靠人运送上来，所以这一带的人都知道我人就在这里。这一带的人大多是'三船移民'的人家。他们人好，但是并不富裕，因此最后总有人会被赏金所诱，所以我是不会留下来的。我很快就要走了，所以才央求母亲安排你来看我。我原本很担心你家里的人会不准你来，我知道你我不宜在这样的情况下私下见面，只是非常时期，就要用非常做法。"葛雷露出歉然的表情。

艾希雅觉得有点好笑地嗯哼了一声。"据我看来，我母亲并没想那么多。我从小就是个任性的野丫头，而这样的印象一路跟着我，就算我这么大了也甩不掉。所以啦，对我姐姐而言，这种行径太过伤风败俗，但是对于我而言，这却很正常。"

葛雷伸出一只手，横过桌子盖住艾希雅的双手。他先是柔柔地按一按，然后便把艾希雅的手包起来。"其实我倒乐得你是这样的个性，要不然的话，我是永远也不可能因为相熟才爱上你的。"

葛雷这番大胆坦言使艾希雅听了不知该怎么回答才好。她很想开口跟他说她也爱着他，可是这种谎话她实在说不出口。真奇怪，她原本心里以为自己是爱着葛雷的，直到现在要把话说出口，才发现那是自欺欺人。她深吸了一口气，准备诚实坦言，例如她可以跟葛雷说，如今她也日久生情了，或者她深感荣幸。不过葛雷摇了摇头，示意她不要说。

"你别说。你用不着说违心之论，艾希雅。我知道你不爱我——现在还不爱。其实，你的心比我的还要谨慎，这是我一开始就知道的。就算我看不出来，欧菲丽雅在指点我要如何才能把你追到手的时候，就已经花了许多唇舌将此解释给我听了。"他不以为然地笑起自己来，"倒也不是我主动去找欧菲丽雅帮忙。其实她就像是我的第二个母亲，不等我登门求教，就通通告诉我了。"

艾希雅感激地笑笑。"葛雷啊，你这个人，我真的挑不出毛病；你的行事作为，样样都讨人喜欢。只是近来我的人生让我没空为自己多想，或是沉浸于自己的梦想之中，毕竟维司奇家族的重担整个压在我肩上。我们家又没有成年男子，所以这个责任是逃脱不掉的。除了我之外，再也没有别人能代表家族出面去追回薇瓦琪号。"

"这你之前说过了。"葛雷应道。听他的口气，并不是完全认同艾希雅的说法。"我已经放弃希望，不奢求你现在跟我一起走了。在我看来，就算现在时间紧迫，别人也会认为我们这样办婚礼太过仓促。"葛雷把她的手放在手中，用拇指轻轻划过她的掌心，激起一股触电般的兴奋感，沿着艾希雅的手臂传上来。葛雷望着她的手，问道："可是以后呢？以后情势总会转好……"他思索着自己所说的话，苦笑出来。"不过也可能转坏。无论如何，我总希望能告诉自己，你终有一天会站在我身边，变成我们家的人。艾希雅，你可愿意嫁给我吗？"

艾希雅闭上眼睛，心里突然感到一阵痛苦。葛雷真是个很好的人，诚实而正直，英俊抢手，而且还很富有。"我不知道。"她轻声对他说道，"我是有想过要看远一点，想象等我可以自由支配自己的人生时，我要做什么。但是我看不到那么远。如果一切顺利，我们把薇瓦琪号夺回来，那我还是会跟凯尔挑战，看看船是归他还是归我所有。而船若是归我，那我就会开着薇瓦琪号出航。"艾希雅诚恳地望着葛雷的眼睛。"这些我们以前都说过了。我知道你不会离开欧菲丽雅。然而，若是我再度拥有薇瓦琪号，我也永远不会离开她。这一来，你我要怎么办呢？"

葛雷幽默地扭了一下嘴角。"照你这样说来，你若是如愿以偿，那我就失去你了，那我还怎么敢祝愿你成功呢？"艾希雅开始皱起眉头。葛雷见状，放声大笑。"可是你知道我心里是祝福你如愿的啊。不过呢，倘若你无法如愿……唔，我会一直等你，欧菲丽雅也会等你。"

艾希雅垂下眼睛，点了点头，但是心里却不寒而栗。要是她失败了呢？要是失败，她下半辈子就别想有自己的船，而且她往后的人生就无法再度与薇瓦琪为伍。而若是她成为葛雷的妻子，她就会以乘客的身份随同葛雷出航，并照顾子女，免得他们跌到船外。等到她儿子长大了，随着父亲出航，她就待在陆地上管理家业，并把女儿——嫁掉——想着想着，这样的未来突然变成一张越收越紧、无从脱身的大网。艾希雅几乎喘不过气来，她要自己镇定下来，并劝告自己，她未来的人生绝不至此，毕竟葛雷知道她的个性，他知道她的心在海上，不在家里。然而，现在葛雷认同艾希雅，她必须承担对维司奇家族的责任，而婚后，他也一样会期望她要尽到她对坦尼拉家族的责任。当水手的人就是希望婚后有个人帮他们打理家业、教养小孩，不然他们何必娶妻？

"我不能嫁给你。"真是难以置信，但是她真的朗声把这句话说出来了。她强迫自己直视着葛雷的眼睛。"葛雷，我就是因为知道嫁给你作妻子必须付出什么代价，所以才一直无法爱上你。我可以爱你，而且爱上你并不难，可是我无法在你的影子里度过人生。"

"在我的影子里度过人生？"葛雷不解地问道，"艾希雅，我真的听不懂。你会成为我的妻子，并生下坦尼拉家族的继承人，家里的人都会崇敬你。"从葛雷的口气听来，他是真的很伤心。他思索着遣词用字。"我能给你的就这么多，除此之外的，我也给不出来。不管我跟哪一个女子成婚，我所能给她的就这么多。"葛雷的声音小到像是喃喃自语，"我本希望用这几点，再加上我的诚意，就能赢得你的心了。"葛雷仿佛在把手里的小鸟放走似的，慢慢地张开手。

艾希雅勉强把自己的手抽回来。"葛雷，世上任何一个男人所能给我的都不可能比这更多或是更好了。"

"就连贝笙·特雷也办不到吗？"葛雷粗鲁地问道，声音变得浑浊起来。

艾希雅心底突然涌出一股冰冷的感觉。原来他已经知道了，他知道她曾经跟特雷上过床。她顿时感到耳边隆隆作响，但仍努力控制自己不要变脸色，她很庆幸此时自己是坐着的。艾希雅心里想道，莎神哪！我快要昏倒了！这真是太荒谬了。她实在想不出为什么她听到这番话会有这种反应。

葛雷突然站起来，走了几步，远离桌边，他眺望着夜色中的森林。"这么说来，你是爱着他的了？"葛雷的口气中颇有指责之意。

由于愧疚和羞愧交加，艾希雅口干舌燥，最后她好不容易以粗哑的声音说道："我不知道。"她清了清喉咙，继续说道："那只是发生在他与我之间的小插曲而已。当时我们两个都喝醉了,啤酒里又被人下了药,而且……"

"那些我都知道。"葛雷唐突地制止她。他说话的时候,眼睛还是没有看着她。"那些,欧菲丽雅都告诉我了。她很早就警告过我,很难追得上你的心,但是我一直都把她的话置之脑后。"

艾希雅低下头,埋在手里。欧菲丽雅警告过他啊。艾希雅突然大为失落。说不定欧菲丽雅从来就没有喜欢过自己。"你是什么时候知道的?"她好不容易挤出一句话来。

葛雷沉重地叹了一口气。"有一天晚上,欧菲丽雅催我吻你,而我也真的吻了你……过后她就把你的事情告诉我了。我看她是觉得,唉,怎么说呢,有点愧疚吧。她怕我若是深深地爱上你,然后才发现你不是……你跟我心里想象的不一样,那我可能会伤透了心。"

"你为什么不早告诉我?"

艾希雅抬起头,只见葛雷耸了耸肩。"之前我认为那件事无关紧要啊。当然,我听了之后有点心神不宁,很想把那个混账东西给杀了。他真是太低劣了……可是欧菲丽雅告诉我,你说不定对他有点动心,甚至有点爱着他呢……"葛雷欲言又止。

"应该不会吧。"艾希雅低声说道,不过她那犹豫的语气连自己都很意外。

"那就是二度伤害了。"葛雷尖刻地说道,"你心里知道你不爱我,可是对他是什么感觉,你却说不上来。"

"我跟他已经认识很久了。"艾希雅拙劣地应道。她很想大声地说她不爱他,可是一个人怎么可能跟另外一个人认识那么久、做了那么多年的朋友,却对他一点情分都没有?这跟她对达弗德·重生的态度差不了多少。如今,她对达弗德的行径非常鄙夷,但是她仍记得,印象里的达弗德是个慈祥、心地好,而且颇为笨拙的长者。"多年来,特雷一直是我的朋友,又是薇瓦琪号上的大副,尽管发生了那件事,也无法改变那一段过去。我……"

"我真的、真的不懂。"葛雷柔声说道。不过艾希雅仍从他的口气里听出他强忍着怒气。"他使你蒙羞呐,艾希雅。他毁了你的清誉。我得知之后,心里非常气愤，很想去找他算账。我敢说你对他一定恨之入骨。像他那种人，死不足惜。我本以为，他干出那种事之后一定不敢回到缤城。谁知他倒回来了，所以我巴不得去杀了他。只是有两个因素使我不敢轻举妄动。第一，我若找他决斗，就不免得把起因讲出来，可是我不想拖累你；第二，我听说他曾去你家拜访，所以我想，说不定他之所以上门，是因为悔改之后，以荣誉为重，并向你求婚。他是不是跟你求婚了？是不是因为他跟你求过婚，所以你才觉得你对他多少有一点责任？"

从葛雷的口气听来，他实在是太不解她了，所以拼命地要寻找答案。

艾希雅站了起来，走过去跟葛雷站在一起，不过她也跟他一样，眼睛望着黑暗的森林。森林里，树枝的暗影盘杂交错。"有一点，我一定要跟你坦白承认。"艾希雅说道，"那就是他并没有强暴我。发生那件事实在算不上明智，但是那过程并不狂暴，而且我的过错跟贝笙一样多。"

"可是他是男人啊，"葛雷毫不留情地说出了这几个字，叉手抱胸，"所以这当然要怪他。他不该趁你软弱的时候占你的便宜，他应该要保护你才对。他既是男人，就应该要把自己的欲望管好。他应该更坚定才对。"

艾希雅听了，震惊到近乎麻木。难道说，葛雷就是这样看待她的吗？难道说，在葛雷眼中，艾希雅不过是软弱无助的生物，所以任何靠近她的男人都应该指引她、保护她？难道说，葛雷真的以为，就算她有心阻挡贝笙也无法阻挡得了吗？艾希雅先是觉得疏远，继而感到愤怒。她想要跟葛雷讲个清楚，使他明白，她的确能够控制自己的人生。然而，那突如其来的愤怒却突如其来地走了。就算说破了嘴也没用。在艾希雅看来，她虽与贝笙私通，但那不过是他们两人之间的私事罢了。但是在葛雷看来，那一定是对方施加于她身上的事情，而且她一定会因此而永远改变。在葛雷的社会概念中，一个男人做出那种事情真是亵渎；然而对艾希雅而言，她之所以会感到羞愧内疚，并不是因为她觉得自己做了什么错事，而是因为她深恐那件事情泄漏出去，会使家族的声誉扫地。他们两人的观念真是差太远了。艾希雅突然笃定地明白到一点：她若与葛雷在一起，那么两人绝对一事无成；就算她能够放弃拥有一艘商船、自己当船长的梦想，就算她突然想要待在家里带孩子，但是像葛雷那样刻板地把她看作软弱无助的女人，只会使她觉得一辈子不如人。

"我该走了。"艾希雅突然宣布道。

"天色黑了，"葛雷抗议道，"你现在不能走！"

"过了小桥之后，再走不远就有个小旅店。我会慢慢走的，况且马儿的脚步还很稳健。"

葛雷终于转头望着她。他眼睛大睁，一脸无助地恳求道："求求你留下来，待在这里聊天。我们可以解决的。"

"不，葛雷，我看我们是解决不了的。"换作是一个小时之前，她至少会摸摸他的手或者跟他吻别，但如今艾希雅知道，她是怎么样也跨不过横在彼此之间的那一道藩篱了。"你是个好人。我为你祝福，你总有一天会找到看对眼的对象。还有，你见到欧菲丽雅的时候也请代我向她问好。"

葛雷跟着艾希雅走回镂空灯笼透出来的光晕之中。艾希雅举起自己的酒杯，喝了最后一口酒，接着环顾四周，发现这儿已经没有别的事好做，于是准备离开。

"艾希雅。"

她听到葛雷那伤心欲绝的语调，于是转过头去。葛雷突然显得非常年轻，像少年孩子一样不知所措。他鼓起勇气直视着她的眼睛，并不掩饰内心的痛苦。"我刚才跟你提的事情还是照旧。我会等你回来。嫁给我吧，我才不在乎你的过去。我爱你。"

她思索着有什么老实话可以跟他说。"你的心地很好，葛雷·坦尼拉。"她终于说道，"再会了。"

Chapter Twenty-Three
Consequences

第二十三章

因 果

　　自从瑟莉拉被抓到船长的舱房里之后,她就再也没有离开此地一步。此时,她以手梳过凌乱的头发,心里乱糟糟地回想自己到底在这个地方待了多久。她强迫自己回溯这一连串的事件,可是她的记忆却不听话地跳来跳去,毫无顺序;恐惧而又痛苦的时光,她不肯多想,可是那种回忆偏偏固执地跃到思绪的表层来,使她无法忽视。

　　那个水手把瑟莉拉抓到这里来的时候,她曾大力反抗。她本想不失尊严地离开大君的舱房,但却发现那是奢望。当时她一直隐忍不发,直到那人伸手拉她,她才出手打他。可是那人只是不痛不痒地干脆把她抱起来,拎到肩上扛着走。那个人身上臭得要命。瑟莉拉又打又踢,可是她的动作不但引得那水手发笑,也引得众船员因为看到她被人当众羞辱而哈哈大笑。瑟莉拉大喊救命,但她的呼声没人理会。与大君同行的人看到她当场被人硬生生地拖走却视若无睹;碰巧看到她惨状的人则刻意保持面无表情,转开头,或者再度把舱门关起来,当作什么事情也没看到。可是瑟莉拉说什么也忘不了克司戈和凯姬眼看着她被人架走时的表情:克司戈满足而得意地笑着,原本因为吸多了迷药而昏昏沉沉的凯姬则惊醒过来,兴奋地观赏这一幕——她的手正在克司戈的大腿上滑动。

　　那水手把瑟莉拉扛到一处陌生的地方。虽是在同一艘船上,但是瑟莉拉从未涉足此地。他把她丢在黑暗的舱房里,然后回手锁上舱门。瑟莉拉不知道她等了多久才有人来,感觉上好像过了好几个小时,可是在这种情况下,时间是长是短,谁能说得准?在那期间,她的心情先是暴怒,继而绝望,然后陷入恐惧之中。她很害怕,恐惧如影随形,挥之不去。等到那个男人真的来到房里时,瑟莉拉已经因为尖叫、大哭与拍门而累得浑身无力。那人才刚碰到她,她的身体就崩溃了,差点晕厥过去。她从小就朝学者的方向发展,又在宫廷出入多年,然而这些经验都不能帮助她面对这等惨事。瑟莉拉想推开那人,可是那人轻而易举地便架住她。对他而言,瑟莉拉就像小猫咪一样地好对付。他强暴了她,不算残暴,不过显得理所当然。他发现瑟莉拉是处女之时惊叫了一声,用他自己的语言咒骂了一句,然后就继续寻欢了。

  瑟莉拉无法确知这之间到底过了多久。从那时候起,她就没有离开过这个舱房一步。时间的意义仅余一层,那就是那个男人在房里或者不在。那人有时会把她拿来当作泄欲的工具,有时则对她视而不见。他的残忍在于他待她不带一点感情:他才不管她是什么样的人,反正他根本就不想赢得她的心。他对她的尊重与他对夜壶和痰盂的尊重程度无二。他从不跟瑟莉拉讲话,对他而言,她之所以在此,就是要拿来泄欲用的,如果他有此需要的话。如果瑟莉拉抗拒或是恳求,使他寻欢时多生麻烦,他就出手打人。他随时反手给她一巴掌,而从他打人时那种闲适轻松的态度来看,他若是刻意出手的话,手劲一定很重。瑟莉拉被他随便打了一巴掌之后,不但两颗牙齿松动,而且还耳鸣了好几个小时。他打人也就算了,更恐怖的是,他连一点恶意都没有就可以出手打人,对他而言,打伤瑟莉拉根本不算什么。

  在被囚禁的初期,瑟莉拉曾经考虑要报复,所以她在这房里细细搜寻,看看有没有什么可以拿来当作武器的东西。不过,这个男人显然对谁都不信任,房里的各式箱柜都上了锁,任她怎么撬也撬不开。倒是在浏览过那人书桌上的文件之后,意外地证明了她原本的怀疑一点都不过分。她看出有一份海图,画的是缤城港,另有一个地图,上面是雨野河河口一带的地形。当然,就瑟莉拉所见,这些区域的海图地图一向都留下大量的未知空白,而这两张图也不例外。此外桌上还有信件,可是瑟莉拉并不通晓恰斯文。她看得出文件上提到钱款的金额，并提到两名哲玛利亚上层贵族的名字。说不定上头讲的是贿赂的细节，不过也可能只是一张运货的提单而已。看过之后，瑟莉拉将一切归回原位。不晓得是因为她没将文件收妥，还是因为其他什么因素，反正当晚那个男人打了她一顿。而因为这么一打，瑟莉拉也就断了反抗的念头，也懒得报复了。她甚至不再为了求生而挣扎。她的身体自顾自地运作，心灵则退隐到深处。

过了一段时间，瑟莉拉习惯了吃他吃剩的食物。那个男人不常在舱房里进餐，可是除了他带进来的餐点之外，她没有别的东西可以吃喝。她原本的衣物都已经残破不堪，所以她大半的时间都蜷缩在床角里。她再也不思考了。她试着要解开自己的疑惑，可是却往往越想越丑陋。她心里仅存恐惧。那个男人说不定今天就会杀了她，要不就把她丢给他手下的船员享用；他可能会永远将她囚禁于此，使她不得不在此度过一生。最糟的是，他说不定会把她当作是玩腻了的玩具，送还给大君。那人终究会把她的肚子搞大。果真如此，那怎么办？她所极力忍耐的当下已经毁坏了以前的她所可能成就的所有未来。她连想都不肯再想了。

有的时候，她会眺望窗外。窗外没什么好看的，不是海就是岛；或有海鸟飞翔，再不就是伴随它们同行的那些较小的船只。有时候，那些小船会消失个一两天，然后才再度与大船会合。有时，小船上露出战斗的痕迹。比如说，木料烧黑、船帆残破，或者甲板上出现戴手铐脚镣的人。说穿了，那些小船在经过内海路的时候，一看到零散的非法聚居地就大肆抢劫搜刮，并把那里的人俘虏为奴，成果颇为丰硕。

总有一天，他们会抵达缤城。瑟莉拉每次一想到这个念头，心里就像是开了一道隙缝，照进了光芒。要是她能想办法逃入缤城，要是能逃上岸，那么就可以把自己过去的身份，还有自己惨痛的经历遮掩过去。这点对她而言非常重要。眼前这样的人生使她的心灵畏缩不前。她再也不想当瑟莉拉了。瑟莉拉是个柔弱且娇生惯养的学者，学养丰富，出入宫廷，善于言辞，见解精辟。她鄙视瑟莉拉。瑟莉拉太弱了，弱得无力抵抗这个男人。瑟莉拉过于骄傲，已达愚蠢的程度，她竟然拒绝大君共寝的邀请，宁可屈从于这个恰斯人。瑟莉拉过于懦弱，不敢设计杀害这个恰斯船长，甚至连自杀的胆子都没有。就算她知道缤城是她在世上最后的一个希望，她也不敢用心构思逃跑的计划，因为她心灵的某些地方已然毁坏，就算没毁坏，也已经暂停了。所以她把自己跟瑟莉拉切分开来，与全世界一起鄙视瑟莉拉。

她的苦难来得突然，去得也很突然。有一天，一名水手打开舱房的门锁，打手势示意她跟上去。

当时，蜷身缩在床上的她听了之后只把裹在身上的被子拉得更紧。她心里已经做了最坏的打算，但是她仍鼓起勇气，坚强地问道："你要把我带到哪里去？"

"大君。"那水手只说了这么两个字，不晓得是因为他对于她的语言所知太少，还是他认为跟她讲到这里就够了，反正他讲完之后就再度朝舱门外一摆头。

瑟莉拉知道她非得从命不可。幸亏她站起来，用被单将自己裹起来时那水手没有把被单抢走。想到这里，瑟莉拉十分感激，竟然热泪盈眶。那人断定她会跟上去之后，就领头带路。瑟莉拉像是踏入崭新的世界一般，小心翼翼地跟着走。她紧抓着裹身的被子从舱房里出来，低头垂眼，匆匆而行。她本想走回自己原来的舱房，但是那水手吼了一声，吓得她不敢动，于是她再度跟着那人走到大君的房间。

她本以为那人会先敲敲门，她至少还能趁敲门之际整理一下仪容，可是那人一下子就把舱门打开，然后不耐烦地做手势要她进去。

她一踏入大君的舱房，只觉得一股热得发臭的空气迎面扑来。在这暖和的气候中，船本身的气味与疾病和汗水的味道混在一起，变得很呛人。瑟莉拉瑟缩了一下，但是那个水手一点也不留情，他一把抓住她的手臂，将她推入房里。"大君。"那人又说了一声，将舱门紧紧关上。

她大着胆子走入这个令人窒息的房间。这里头空气涩滞，昏暗无光。房间虽有人整理过，却很随便，衣物不是散落在地上，就是披在椅背上。大君用来吸迷药的香炉虽倒干净了，却没有清洗。房里尽是陈腐的迷药味，无处可躲。

桌上的杯盘已经撤走，但是杯盘底留下的黏腻印渍却没有擦掉。厚重的窗帘遮住了大窗户，窗帘后传来一只苍蝇顽固地用头撞玻璃的声音。

这房间熟悉得令人激愤。瑟莉拉慢慢地眨了个眼。她感觉自己仿佛是从恶梦中惊醒过来，经受了重重苦难，可是这些散乱的衣物、狼藉的餐桌，怎么一点也没变？她凝视着周遭的景物，心里慢慢地有了个领悟：之前她在同一艘船上、咫尺之遥外遭人囚禁、一再强暴，但同时，大君一行人的生活却一切如旧。她的缺席并未对他们的生活造成任何影响，他们照样饮酒飨宴、听曲赌博。瑟莉拉看着这些人安然地过着他们的日常生活所留下的残迹，心里陡然地气了起来。她突然生出巨大的力量，她可以举起椅子摔在桌上，也可以打破那片厚重的彩色玻璃窗，并把舱房里的画、花瓶和雕像等通通掷入海中。

但是她没有这样做，反而静静地站着，品味、抑制着自己的愤怒，直到怒火与自己融为一体。愤怒不是力量，不过就目前而言，这也就够了。

她原以为房里空无一人，但后来她听到凌乱的床上传来一声呻吟。她紧抓着身上的床单，悄悄地走上前。

大君手脚摊开地躺在一床枕垫被毯之间，他脸色苍白，被汗水沾湿的头发黏在额头上，身上弥漫着一股浓重的生病气味。床边丢着一条床单，散发出呕吐物的恶臭味。瑟莉拉低头凝视着大君之际，他突然睁开了黏腻的眼睛，眨了一下，仿佛在注视着瑟莉拉似的轻声说道："瑟莉拉，你可回来了，感谢莎神。我恐怕快死了。"

"快死最好。"瑟莉拉一面凝视着大君，一面清楚地把这四个字说出来。大君在她的注视之下，不禁不安地瑟缩起来。他眼睛下陷，充满血丝，手抓着被子边缘，不断地颤抖。瑟莉拉在恐惧中苟且偷生了多日之后竟发现使她陷于苦难的人不但生病，而且变得虚脱，如同现世的报应。由于病重，大君的脸颊变得削瘦，终于和他的父亲有了几分相似。想到这里，瑟莉拉一方面觉得刺痛，一方面变得更坚强。这个克司戈别再想主导她的人生。她可没有那么孱弱。

她突然把裹在身上的被子丢掉，裸身走向大君的衣橱，大大方方地打开衣橱门。她感觉得出他的眼睛在她的身上逡巡，心里有种报复的快感，因为她已经不在乎了。她开始把衣物拉出来、丢在地上，以便找出她可以穿的干净衣物。克司戈的衣物大多都染着浓厚的迷药或是香水味，不过她终于找到一条宽松的白色灯笼裤，又套上一件红色的丝衬衫。那裤子她穿了太大，所以她拿了一条质地细腻的黑巾系在腰上，接着再披上一件绣花背心，免得胸部曲线毕露。她拿起克司戈的发刷，拔掉沾在发刷上的细发，才开始把她自己肮脏的头发梳整齐。她用力地以发刷扯过自己的棕发，仿佛这样就可以把那个恰斯人的脏污清干净。克司戈迟钝而又惊骇地望着她。

"凯姬生病之后，我有派人去传你回来啊。"克司戈虚弱地示好，"可是那时候已经没人照顾我了。大家本来玩得很尽兴的，可是一下子人人都病倒了。有一晚，我们在玩牌，牌局一结束，德登大人就死了，同一时间，大家都开始生病。"克司戈压低了声音，"我猜是有人下毒。船员们都没事，就只有我和对我忠心耿耿的人生病，而且那个船长还一副满不在乎的样子。他们派了仆人来服侍我，可是那些仆人不是太笨，就是病恹恹的。我什么药都吃过了，但就是没一样见效。瑟莉拉，我求求你，别丢下我。你要是不管我，我就死定了。但我可不要像德登大人那样，尸体被人丢进海里去。"

她把落在脸上的头发拢起来编成辫子。她将脸转左、转右，审视着自己的镜中倒影，她的皮肤灰黄，脸色很差，一边脸颊上有瘀青，但已经开始消退，一边鼻孔里塞着血块。她从地上拾起一件大君的衬衫，用来擦鼻子。然后她直视着镜中人，发现几乎不认得自己了。镜中人的眼神仿佛既受尽惊吓，又忿恨不平。瑟莉拉心想，差别就在这里：她已经变成危险人物了。接着她斜睨着克司戈。"我何必在意你是生是死？之前你像是把剩饭丢给狗吃一般地把我丢给那个人，而你现在还期望我照顾你？"她转过身，直视着克司戈的眼睛。"我倒希望你死。"她一个字一个字地说，好让他明白这句话的确是出自她的真心。

"你不能希望我死啊！"克司戈哀诉道，"我乃是大君，我还没有子嗣，如果我现在就死，那么整个哲玛利亚国会陷入动荡不安的局面。十七代以来，哲玛利亚大君的珍珠宝座代代有人传承，总不能让它空在那里啊！"

"现在珍珠宝座就空着。"她甜甜地指出，"再说，此刻众贵族既然能把国内管理得宜，那么你死之后，他们也可照常治国。说不定对他们而言，你是死是活，根本就没差别。"

她横穿过房间，走到大君的珠宝盒前。最好的珠宝都搁在锁得最好的珠宝盒里。瑟莉拉悠闲地拿起一个雕刻精美的珠宝盒，高举过头，然后往地上一摔。可惜地毯太厚，所以她未能如愿，但为了免得有失颜面，所以她没有一摔再摔，干脆就此作罢，满足于单纯的银饰和金饰。她拿出另外一个珠宝盒，随意地打开盒中的隔间，给自己挑了一副耳环、一条项链。之前克司戈把瑟莉拉当作是他所豢养的婊子一般随手扔了出去，所以他要为自己的行为付出代价。瑟莉拉到了缤城之后就会离开克司戈，而她现在所拿的首饰，说不定就是到时候的唯一财源。她将十指套满戒指，又把一个沉重的金圈滑到脚踝上。她这一生，从未像此刻这样戴上这么多珠宝。她心里想，戴上这些珠宝，真有点像是穿上了盔甲。如今，她把自己的价值彰显于身体之外，而不是收敛于内。她越想越气。

"你到底要我怎样？"克司戈傲慢地问道。他想要坐起来，却呻吟一声，又躺了回去，当他再度低声埋怨时，那命令般的语气已经消失了。"你为什么这么恨我？"

瑟莉拉立刻就给了他答案，而他则仿佛真的难以相信她会有这种反应。瑟莉拉告诉他："你把我丢给那个男人，那个男人不但再三强暴我，还动手打我。你是故意陷害我。你明知道我会受到折磨，却照样坐视不管。你根本就不在乎我变成什么模样。若不是你需要我，才不会找我回来。你根本就以我受苦为乐！"

"你人好好的，看来并没有受到什么严重的伤害嘛。"克司戈辩护道，"你既能走路，又能讲话，而且你待我的态度一点也没变，就跟以前一样残忍。你们女人啊，把这档子事说得大惊小怪的！其实这很正常嘛，男人以女人来取乐，这再自然不过了。你们女人生来就是要给男人取乐用的，可你就是不肯给我！"克司戈一边任性地扯着被单，一边喃喃地抱怨道，"你们女人本来就有无穷丰沛的性能，给男人用一下，一点也无妨，有什么好小题大作的？什么强暴，那根本就是女人无中生有的想法！看起来，你也没受到什么永久性的伤害。我承认这个玩笑开得大了点，而且有欠考虑……可我总不该因此而死吧。"克司戈转过头面对着舱壁，幼稚且满足地说道："想也知道，我死了之后，你在这方面的体验一定会更多。"

幸亏克司戈最后那句话还有几分真实性，瑟莉拉才忍着没有当场就将他毙命。她突然对他轻蔑得无以复加。他根本就不知道他如此对待她有多么可恶。更糟的是，他好像迟钝到根本无法意识到自己所犯的过错。而那个睿智且慈祥、将瑟莉拉封为"心灵侍臣"的大君竟会生出这样的儿子，她只觉得难以理解。她开始思索，要怎么样才能让自己好好地生存下去，克司戈倒碰巧给了她答案。

"我看，我是势必得送你礼物、头衔和贿赂什么的，你才肯照顾我吧。"克司戈吸了一下鼻子。

"一点也没错。"瑟莉拉冷冷地说道。她将会是让克司戈花最多钱的婊子。她朝一张固定在舱壁上的书桌走去，一把扫开散落在桌上的衣物和一碟发霉的糕点。她拿出羊皮纸、笔和墨水，放在桌上，再拖了张椅子过来坐。换了坐姿之后，她再度感觉到全身上下疼痛得多么厉害。她停顿了一下，皱眉思索，接着她朝舱门走去，一把拉开。站在门口值班的那个水手疑惑地望着她，瑟莉拉以傲慢的口吻吩咐道：

"大君要入浴。去把大君的浴缸搬来，还要干净的毛巾、几桶热水。快！"那人还来不及反应，瑟莉拉便把门关上了。

她走回桌边，拿起笔来。

"噢，我不想洗热水澡。我现在实在太倦了。你就不能让我躺着，帮我擦澡就好？"

她洗完澡后，说不定会让克司戈用她的洗澡水洗澡。"闭嘴，我在想事情。"她对克司戈说道。她拿着笔，闭上眼睛沉思了一会，理一理思绪。

"你在做什么？"克司戈大君问道。

"我在起草一份要让你签署的文件。你闭嘴！"她在考虑如何遣词用字。她要为自己新创一个职位：代表大君，永久派驻于缤城的大使。她需要薪水，也需要购买像样的房舍与众仆从等,所以她给自己写了个颇为宽裕,但不至于夸张的金额。她一边在羊皮纸上写下流畅的字体,一边想,她要分派多大的权力给自己才合适呢?

"我口渴了。"克司戈粗哑地轻语。

"等我写好,你也签署了,我再替你倒水。"瑟莉拉理直气壮地对克司戈说道。老实说,她并不认为克司戈病得很重,据她猜测,那大概是有点真的生病,加上晕船、喝酒与吸迷药的综合结果,再加上缺乏仆人和侍臣奉承讨好,所以克司戈就深信他自己快要死了。这样最符合她的目的。她勾捺了一笔,然后停了下来,歪着头思索。大君的药箱里有催吐剂和通便剂,说不定她在"照顾"大君的时候,可以机巧地让他不至于复原得太快。她是需要他活命,但是她也只需要他活到抵达缤城的时候就够了。

她把笔放下来,优雅殷勤地退让道:"也许我应该先帮你调制药剂才是。"

盛夏
High Summer

第二十四章
金戒指号

蛇团日益茁壮。墨金似乎因此而感到欣慰骄傲,但丝莉芙则觉得这有好有坏。如今与他们同行的海蛇数目颇众,所以他们无须担心掠食者的袭击。不过这也表示,若有食物的来源就得与众蛇分享。如果蛇团里的蛇大多都清醒有知觉,那么丝莉芙会比较放心,可是跟随蛇团的海蛇多是凶猛的野兽,只是因为本能所需才聚拢过来。

众蛇一路同行、一起打猎之际,墨金会仔细观察那些野性的海蛇,只要哪一条海蛇露出有可能复苏的迹象,他们就在蛇团停下来休息的时候将之攫住。柯那罗和瑟苏瑞亚上前卷住目标,将之带至海底,他们以庞大的身躯与力量压住目标,直到对方放弃挣扎、不住喘气为止。接着,墨金上前去跟他们卷在一起,一边扭着身体进行记忆之舞,一边放出毒液,然后大家一起要求他忆起自己的名字。这招有时管用,有时则不,况且就算他们忆起自己的身份,也可能过不久就记忆涣散了。过后,有些海蛇心灵简单、不再进步,有些则在下次大潮之时便退回原本的野兽生涯。不过的确有些海蛇恢复蛇性,而且思考精进,甚至还有海蛇在漫无目的地跟着蛇团游了几天之后突然忆起了自己的名字,并恢复了温文的态度。现在蛇团的核心分子多达二十三条,而远远地跟随着他们的海蛇数量则少说有核心分子的两倍。这样的蛇团规模庞大,就算是最慷慨的供应者,也无法把这么一大群海蛇通通喂饱。

每逢休息时，他们都趁此思索未来，可是墨金的答案难得让他们满足。他已经尽其所能地讲得很明白了，但是他的话本来就似是而非。丝莉芙感觉得出，墨金虽道出预言前景，但他自己也十分困惑。丝莉芙很担心，要是别的海蛇因为所受挫折过大而回过头来攻击他怎么办？说起来，她颇为想念从前蛇团里只有她、瑟苏瑞亚和墨金三蛇追求解答的时光，那时候比较单纯。有一天傍晚，她把这个念头说给墨金听，结果墨金斥责她说："我们海蛇的数量日渐稀少，而困惑无所不在。如果要求生存，就必须尽量集结。'丰境'的法则简单至极：一定要大量繁衍，才可能有少数几个存活下来。"

"繁衍。"丝莉芙应道，不过她其实是在问。

"所谓的繁衍，乃是旧生命重新组合、化为新生命的过程。而我等众蛇，就是因此而受到召唤。我们身为海蛇的时期已经过去了，现在我们必须找到'存古忆'。唯有'存古忆'能引领我们繁衍为新的生物。"

墨金这番话使丝莉芙全身颤抖，不过到底是因为恐惧还是期待，她自己也说不上来。此时，别的海蛇已经凑近过来听墨金讲话，而他们听到这里，纷纷提问道：

"什么样的新生物？"

"我们怎么能新生？"

"谁会帮我们唤起古代的记忆？"

墨金巨大的古铜色眼睛慢慢地旋转起来，身上鳞片的颜色也变得更为鲜明。墨金正在挣扎，这点丝莉芙感觉得出来，但是其他的海蛇是不是也有此体会，她就不知道了。墨金挣扎着想要探索他自己力所不及的记忆，他奋力地攫取知识，结果却只捞到不成样的知识碎片。他这样子做，比巡游一天还要累。除此之外，丝莉芙也察觉到，别说众海蛇对他的答案不满意，就连墨金自己也是一样。

"我们会再度变成昔日的模样。你们所无法了解的记忆以及令你们感到恐惧的梦境都来自于那个时期。若是浮现令你们不解的记忆或使你们恐惧的梦境，切莫将之逐开，而应该好好思索，把这些记忆与梦境摊开与大家分享。"

墨金停顿了一下,而他再度开口之时,不但讲得更慢,语气也更为犹豫。"现在的我们早就过了应该要改变的时机,而这时机竟延宕得如此之久,我担心这其中必有什么重大的差错。不过,总会有谁为我们忆起一切,他们会来找我们,并给我们保护与指点。我们会认得他们,而他们也认得我们。"

"那个银色的供应者,"瑟苏瑞亚平静地问道,"我们跟着它游了这么久,可是它却不认得我们。"

希黎克处于缠卷成团过夜休憩的海蛇中央,此时他不安地扭动起来。"银色啊,银灰色。"他轻声应道,"柯那罗,你有没有印象?以前沙克列不是曾经找到一条巨大的银灰色生物,并叫我们大家跟着走吗?"

"我不记得了。"嗓音嘹亮的柯那罗轻声说道。他睁开巨大的银眼,又闭了起来,那银眼旋转的时候,色彩不断地变化。"只是,好像做过那样的梦吧,而且是一场恶梦。"

"我们围拢上去的时候,那个银灰色生物竟丢出了许多长牙来攻击我们。"希黎克的身体打了个结,一边说一边把结往蛇尾推去,但是推到蛇身上深长疤痕之处时暂停了一下。盖在深疤上的鳞片既厚又扭曲。"它咬我这里。"那猩红色的海蛇哑声说道,"它咬了我一下,但没把我吃掉。"接着,希黎克转过头凝视着柯那罗的眼睛,仿佛要他确认一下似的,"当时那个长牙留在我的肉里发炎溃烂,幸亏你把它拔了出来。"

柯那罗的眼皮垂了下来,然后又再度睁眼。"我没印象。"他遗憾地说道。

墨金身上漾出了异样的色彩,那色彩从头波动到尾,其鲜艳前所未见。"那银色生物攻击你?"墨金难以置信地问道,"它竟然攻击你!"墨金越说越气愤,"它既然散发出记忆的气味,怎么可能在你们向它求助的时候反过头去攻击你们?"墨金的大头前后甩动,触须因为充满了毒液而竖直起来。"这我就不懂了!"他突然叫了出来,"它不肯说出它的记忆,就连放出一点记忆的气味都不肯?怎么会有这种事?'存古忆'到底到哪里去了?"

"说不定'存古忆'都已经忘记往事了。"泰留尔看似挖苦,又像正经地评论道。泰留尔是条细瘦的翠绿色吟游诗人海蛇,而自从他忆起自己的名字以来就一直萎靡不振,仿佛他为了记住自己的身份而用尽了所有精力。无人知晓泰留尔在忘记他自己的身份之前是什么模样,但如今的他言词尖锐,看似在开玩笑,又像是在嘲讽,而且尽管他已经记起自己的身份,却难得有心情唱歌。

墨金突然一甩尾,转而面对泰留尔。他的触须竖直,身上异样的色彩不断地波动。"'存古忆'会忘记往事?"他气愤且讶异地大吼道,"这是你在记忆中所见,还是你在梦中所见?你是不是回想起什么歌曲,而那首歌说到有朝一日,大家都会忘记往事?"

泰留尔把他的触须紧贴在喉间,使他自己看来更小、更不起眼。"我只是说着玩而已。不过是郁郁的吟游诗人开个不怀好意的玩笑罢了,还请多见谅。"

"不过你这个玩笑倒有几分真实。就说我们吧,许多海蛇都已忘记往事了。既然如此,原本应是我们记忆宝库的'存古忆'会不会也像我们一样,辜负了原本的使命呢?"

此语一出,大家都沮丧得说不出话来,如果真的是这样的话,那不就意味着他们已经被"存古忆"遗弃了吗?那么他们就没有未来了,只能继续漫游下去,并眼见着众海蛇一一失心发狂。想到这里,众海蛇更紧紧地钩住彼此,因为这是他们仅存的一丝未来。不过墨金突然挣脱,他游着大圈,并开始连续翻滚。"大家跟我一起思考啊!"他对众蛇呼叫道,"让我们考虑一下,事情可不可能真是如此?毕竟如果是'存古忆'忘记往事,那么很多事情就解释得通了。其一,之前瑟苏瑞亚、丝莉芙与我曾经碰见一个银色生物,味道闻起来很像'存古忆',可是那银色生物根本就不理我们。其二,柯那罗和希黎克则是遇到另一个银灰色的生物,而沙克列,也就是他们蛇团的首领,上前去请教的时候,那银灰色生物竟攻击他们。"墨金猛一甩,转过身来面对大家,"这种行为跟你们大家在丧失记忆之时不是很相似吗?你们丧失记忆的时候不也忽略其他的海蛇,任我怎么问也不回答?你们丧失记忆的时候不也为了争夺食物而攻击同伴?"墨金滑过众蛇面前时,弓身向后,露出白腹。"这样就清楚了!"墨金嘹亮地叫道,"那吟游诗人独具慧眼。原来是'存古忆'忘记了!所以我们必须迫使存古忆恢复记忆才行!"

蛇团的众蛇在惊讶与意外之余，一个字也讲不出来，就连随便三五成团地纠结在一起休息的海蛇也挣脱开来，以便观看墨金欢喜莫名的舞蹈。许多海蛇的眼中流露出惊喜，丝莉芙看了感到很羞愧，但是她心里的迟疑大到她忍不住开口问道："怎么做？我们要怎么让'存古忆'恢复记忆？"

墨金突然朝丝莉芙冲过去，将她缠卷着拉到蛇团之外，与他一起狂喜地共舞。丝莉芙尝到了墨金喷发的毒液气味，两蛇一同鼓舞陶醉、喜悦欢腾地同游。"我们怎么唤醒其他海蛇，就怎么唤醒存古忆，我们去找存古忆，找到之后将之拦下来，然后要求对方说出自己的名字。"

墨金答复的时候，丝莉芙正在与他共舞，两蛇缠卷在一起，而且又被毒液迷得晕陶陶，所以随便他怎么说，丝莉芙都相信此举必成。既然墨金这么说了，那么他们就去寻找散发出记忆气味的银色生物，接着逼迫那银色生物忆起它原本的使命，也就是把它所记得的往事讲给众蛇听，然后……然后他们就得救了。反正就是得救了。

而此刻的丝莉芙虽在抬头仰望那一抹慢慢飘过的银影，心里却开始犹豫起来。他们已经找了银色生物好几天，从他们刚开始闻到银色生物的气味之后，墨金就催促他们疾行，而且只准他们短暂休息。这番追逐已经累坏了蛇团里的部分海蛇。削瘦的泰留尔更瘦了一圈，色泽也更淡了。由于墨金一直不放慢速度，所以许多野兽海蛇跟不上来，远远地落在后面；也许日后那些海蛇会跟上来吧，但也许就此各分东西。就目前而言，丝莉芙心里只想着那个慢慢地、意味深长地从他们头顶飘过去的庞大阴影。

他们藏在那银色生物的影子里，一路尾随。现在虽然已经赶上了，可就连墨金看来都开始有点动摇。那银色生物的体型远大于蛇团里的任何海蛇，而其长度竟与柯那罗相当。

"现在怎么办？"泰留尔直率地问道，"那么大的生物，我们不可能卷着它一路拖到水底，那不就像跟大鲸鱼搏斗一样！"

"老实说，要卷着它，一路拖到水底，也不是不可能。"对自己体型自信满满的柯那罗评论道，耍狠一般地把触须竖直起来，"是要斗上一阵子没错，不过我们数量众多，而对手只有一个，所以我们必能如愿。"

"我们先来软的，不要一开始就用强。"墨金对柯那罗说道。丝莉芙望着墨金伸展身体，有时候会觉得，虽然墨金的活力看来仍然像以前一样旺盛，但他似乎是在燃烧自己的生命。丝莉芙很想劝墨金节制体力，但是跟墨金提这种事，势必不了了之，所以还是干脆不提的好。先知海蛇墨金将身躯完全伸直，他身上漾开了一波异样的色彩，使身上的众假眼闪着耀眼的金色光芒。他慢慢地张开喉间的触须，直到每一根触须都竖立挺直、充满毒液为止。他那巨大的古铜色眼睛若有所思地旋转起来。"等我召唤你们再行动。"墨金对众蛇吩咐道。

众蛇望着墨金游开，朝那巨大的银色生物而去。

那个银色生物不是供应者，会掷出肉食喂养海蛇的供应者必有血液与秽物的污臭味，但是那个银色生物并没有这个味道。它行进的速度比供应者快，不过据丝莉芙所见，它既没有稳定方向的尾鳍，也没有拨水前进的胸鳍，只是在浑圆的肚腹后头附着一片胸鳍状的东西，不过看来也不是靠着那片鳍拨水前进的，而是仿佛不费力气地从丰境中滑过去，而上半身则露在虚境中晒太阳。墨金配合它的速度前进，虽说那银色生物看来没有鳃，甚至连触须都没有，但墨金还是如此地对它招呼道："墨金蛇团的墨金在此致意。我等为了找寻存古忆而远道至此，请问你可是存古忆吗？"

不过，墨金虽诚恳招呼了，但那银色生物好像没听到的样子；它既未稍慢下来，也没偏差方向，味道也没有任何变化。说起来，它好像根本没察觉到海蛇就在身旁。墨金继续与它齐头并进，耐心地等待答复。墨金又招呼了一次，可是那银色生物还是缄默不语，接着墨金突然以极速冲到它的前头，然后抖动触须，释放出一股浓烈的毒雾。

银色生物如常地游进毒雾中，速度一点也没有慢下来，看起来，毒液对于它似乎毫无影响。直到它穿过毒雾之后，丝莉芙才察觉到那银色生物起了一点变化：它那银色的身躯似有若无地轻轻颤抖了一下，并释放出淡淡的不安气味。这反应说起来太轻微，轻微到根本不能算是反应，但是丝莉芙仍因此而信心大振。就算那银色生物能装作视而不见，但是它的确察觉到了众蛇的存在，这是骗不了她的。

墨金也察觉到了，因为他随即横身于银色生物之前，迫使它必须稍停下来，否则就会撞上他。"我是墨金蛇团的墨金！我要求你说出自己的名字！"

银色生物二话不说便撞了上去，瞧它辗过墨金的样子，仿佛他不过是条海带罢了。不过墨金可不是海带，容不得它随便把他拨到一旁。"我要求你说出自己的名字！"墨金吼道，然后就扑身附在那银色生物的身躯上。墨金蛇团见状，也跟着争相上前。他们虽然尽力了，但仍无法将它缠卷起来，不过他们倒能又推又挤地把它行进的方向撞歪。深蓝色的柯那罗甚至还一鼓作气地用头冲撞上去撞得头晕目眩。而瑟苏瑞亚则一味地朝那银色生物唯一的一片鳍进攻。蛇团里的每一条蛇都把自己最强力的毒液释放出来，所以众蛇穿过了一团又一团毒雾。蛇团的攻击使那巨大的生物放慢速度，感到困惑，而且越走越慢。丝莉芙听到尖锐的恸哭声，难道说，即使在这光天化日之下，它也会对虚境唱歌？丝莉芙虽因团团毒雾而昏头转向，几乎无法呼吸，却仍往上升，然后将头探入虚境中。

直到此时，丝莉芙才看到那银色生物有脸、有胸鳍，不过它的脸和胸鳍却跟她之前所见的任何生物都不同。它没有触须，却展开了巨大的白翼，仿佛来到丰境顶上休憩的海鸥一般。那白翼依附在银色生物的上身，上下跃动，发出尖锐的叫声，一见到她振动得更厉害了。丝莉芙见状，大起胆子，尽量将身子伸入虚境之中，然后扑到那银色生物的脸孔前，朗声问道："你是谁？"丝莉芙摇动自己的细小触须，用她的突刺细胞拂过它，同时将毒液喷洒上去。"还不快说出你的名字！墨金蛇团的丝莉芙要求你为她而忆起自己的名字！"

银色生物一被她的毒液沾上就厉声惨叫起来，然后便举起胸鳍遮脸，又用胸鳍四处乱抓。它背上的寄生虫着急地乱爬，并用他们细小的声音大叫。接着，那银色生物突然倾身倒向另外一边，丝莉芙本以为它是为了要避开她而潜入水中，然后便看出它的倾斜并非本身的意愿使然。此时，墨金已将众蛇集合起来，齐力一推，这才使银色生物倒向一边。它的白翼打在水上。有只寄生虫掉了下来，尖叫着落入丰境中，一条野兽海蛇冲上前去，咬走了寄生虫。

这个招式既然生效，大家便再接再厉，蜂拥而上，猛烈地打击、撼动那银色生物——想必墨金之前一定没想到大家会这么凶猛吧。那银色生物一边尖叫，一边激动地挥动胸鳍，以挡开众海蛇的攻势。可是这个反应只引得野兽海蛇更加愤怒，他们在已经毒液浓厚的丰境之中释放出新一波毫无规矩可言的毒液。一时间，丝莉芙只感觉到毒杀鱼的毒液和吓退鲨鱼的毒液冲击着她的感官。现在，进攻的主要是那些野兽海蛇，而墨金则率着他的蛇团巡游着那遭受攻击的银色生物，并一再要求它说出自己的名字。落入水里的寄生虫越来越多，巨大白翼落入丰境之后，便剧烈地摇摆。等到那银色生物几乎是完全侧躺下来之后，柯那罗便飞身跃出丰境，扑在它毫无防卫的侧面上。大伙儿见状，不管是有感情的海蛇还是野兽海蛇，都跟着柯那罗扑上去，有的还攫住银色生物僵硬的鳍状物以及不断摆动的白翼。那银色生物想要翻正回去，但是众海蛇的势力庞大，所以它无法翻身。众海蛇重重压住那银色生物，将它往水底拖，越来越远离虚境，深入丰境之中。他们将银色生物往下拖时，那些寄生虫纷纷从它身上挣脱出来，但是野兽海蛇们张开大口，一个也不放过。

"你到底叫什么名字？"墨金一边把银色生物往下拖，一边坚持质问道，"快快招来！"

那生物一面大吼一面疯狂似地以胸鳍比手势，但却什么话也没说。墨金冲上前去，把它最前面的那部分包卷起来，接着他在那生物面前摇了摇头，释放出浓烈的毒雾。"快说！"墨金对那生物命令道，"你快想呀，你叫什么名字？你叫什么名字！"

那生物努力挣扎，在墨金的包缠之下，小小的头和小小的前肢剧烈地抽搐起来，但是它那大得不成比例的身躯，却依然僵硬不肯屈服。它的白翼浸湿之后变得很沉重，而它身躯上有些细细脆脆的肢体则已经折断。尽管如此，那生物还是挣扎着想要游回丰境的极顶。即使全蛇团的海蛇都拼命地将它往丰境底下拖，但还是很难拖动。

"说话呀！"墨金对那生物命令道，"不用说多，只要把你的名字说出来，我们就放你走。你快探索你的记忆,探索久远以前的记忆吧。你一定记得很多,我们一闻到你散发出来的浓浓记忆气味,就知道你一定记得很多。"

可是那生物听了只是疯狂地拍打那先知海蛇。它嘴巴大张,竭力地发出声音,可是那只是声响,不成语句。然后那生物突然不动了,它那细小的棕眼睁得大大的,张口吐了一口气,又一口气,接着便软瘫在墨金的怀抱里。丝莉芙眨了眨眼,那银灰色的生物死了!他们把那银灰色生物杀了,这样有什么用呢?

然后那生物突然讲起话来。丝莉芙猛转头望着它。它的声音很轻,似有若无。它以畸形的前肢搂住墨金粗厚的躯体。"我以前叫做德拉奎司,但我现在已经不是德拉奎司了。如今的我只是一副已死的躯壳,靠着记忆之口讲话。"它的声音尖锐且虚弱,不容易听得清楚。

众蛇逐渐安静、止息,而且在敬畏之余慢慢地靠近上来。德拉奎司继续说道:"很久以前,在改变的时机,我们一路上溯大河,回到河岸上厚积着细腻记忆沙泥的地方,然后开始结茧,将我们自己包卷在记忆之线织就的茧里。那时,我们的祖先以记忆沙泥为我们洗浴,为我们取名字,并将他们的记忆分享给我们,而我们的老朋友则负责看顾我们,在蓝天之下庆祝我们改变的时机。当我们蹒跚地从河里涉至洒满阳光的河岸上,一边变身一边让光与热吹干身躯的时候,他们高声喝彩,又在我们身上敷上层层的记忆沙泥。那可真是喜悦的季节啊!我们的祖先布满天空,所以天上五彩缤纷,歌声连连。然后,我们休息过一整个冷季,直到白昼变长、天气变热的时候才苏醒、现身。"德拉奎司讲到这里闭上了眼睛,仿佛很痛苦似的。他依附在墨金身上,好像他是墨金蛇团的一员。

"然后全世界变得不对劲了。大地摇摆、裂开,原本坚固的大山晃动起来,流出滚烫的红血。太阳黯淡了下来,即使我们身在茧里,也感觉得到阳光的消退。接着,焚风吹拂过来,我们听到老朋友们因为焚风刮走肺里的空气而惨叫。但即使他们喘着气、倒在地上,也不曾遗弃我们;他们把我们拖入遮蔽处——那是许多生命之前的旧事了。他们所能抢救的屈指可数,但是他们尽力了,这点我要帮他们说句公道话：他们尽力了。他们保证，我们只是在那儿暂躲一阵，躲到天空不再落下尘埃、头顶再现蓝天、大地也不再震动为止。但是地震并未歇止，大地天天震动，而且群山冒出火焰，森林着火，灰烬落在大地上，窒息了一切。空气里尽是灰烬，而灰烬落定之后，万事万物都蒙上一层灰。我们从茧里呼叫他们，但是过了一段时间之后，老朋友们就不再应声了。既无阳光，我们就无法孵化。我们埋藏在漆黑的深处，包裹在我们的记忆之中，不断等待。"

蛇团的众蛇与追随的野兽海蛇都沉默不语，大家都保持原来的姿势，有的缠卷住银色生物的僵硬肢体和白翼，有的裹住他那庞大的身躯。墨金轻轻地将他脸上那一抹淡淡的毒雾吹开，柔声地命令道："继续说下去。我们虽听不懂，但仍很想听听。"

"你们听不懂？"他气若游丝地大笑起来，"别说你们了，话是出自于我口，但连我自己都不懂。反正，过了很久以后，另外一族人来了，他们跟想要拯救我们的老朋友们长相既有点像，又不大像。我们兴高采烈地呼唤他们，心想他们可终于来到这儿，要把我们从黑暗之中解救出来了。可是他们根本不听我们的，对我们传唤出去的声音置若罔闻。对他们而言，我们的存在还不及梦境实在。然后，他们开始杀掉我们。"

丝莉芙内心的希望逐渐幻灭了。

"我听到泰莉雅的惨叫声，当时我实在无法明白那是怎么回事。泰莉雅原本是跟我们在一起的，但是刹那便消失不见了。过了一段时间，他们开始攻击我。他们以工具凿开我的茧，把厚重的、充满记忆的茧劈开。然后……"德拉奎司的语调迷惘起来，"然后他们把我的灵魂丢在冰冷的石头上，于是我的灵魂就这样死了。但是记忆仍是在的，因为它藏在层层的茧皮之中。接着他们把我锯成板子，用板子造出了新身体。他们依照自己的形体，雕塑出我现在这张脸、这个身体，然后把我浸泡在他们的记忆里，浸呀浸的。于是有一天，我醒过来的时候，变成了完全不同的生物。他们把我叫做'金戒指'，所以我就变成'金戒指'了。而这'金戒指'，既是活船，也可以说是奴隶。"

德拉奎司陷入沉默，众蛇也哑然。丝莉芙从未听过德拉奎司所用的词语，而他所讲的事情更是难以理解。丝莉芙突然打了个寒颤，莫非德拉奎司的故事乃是整个族类就此绝种的纪念性故事？可是为什么会有这种感觉，她自己也说不上来。她甚至还有点为自己无法理解那个悲剧故事而窃喜。仍包卷着德拉奎司的墨金眨了个眼，身上的颜色已经变得苍白黯淡。

"我会为你哀悼，德拉奎司。我的灵魂依稀记得你的名字。我想，我们曾经彼此相识，但现在我们必须彼此忘怀，就此分手。我们这就让你走。"

"不！求你别放开我！"德拉奎司的眼睛大睁，同时努力地抱住墨金，"你别放开我。你一叫'德拉奎司'，这名字便像'黎明之龙'的号叫似的在我心里回响。我已经忘记我自己很久了。他们时时刻刻都陪着我，从不让我孤独落单，从不让我的旧记忆有机会浮现出来。他们将他们那微小的生命层层地铺在我身上，直到我深信我也是他们的一分子为止。如果你现在放我走，那么他们的生命与记忆便会重新占据我，于是这一切又重新开始，永远没有完结的时候。"

"我们帮不了你。"墨金黯然地道歉道，"我们连自己都帮不了。你所讲的故事恐怕就是我们自己的结局啊。"

"你们就把我拆解了吧。"德拉奎司以细若游丝的声音恳求道，"我不过是德拉奎司的记忆。如果他存活至今，必会带领你们安然返家。可惜德拉奎司已死，而我这个可怜的生命躯壳不过是德拉奎司的残余罢了。墨金蛇团的墨金啊，我其实就是记忆，如此而已。我是个故事，只可惜应该说出我这个故事的德拉奎司已经死了。所以，你们就把我的记忆拿去用吧。倘若他成功地转型变身，他早就把他的茧壳吃下，将这些记忆纳为己用了。只可惜德拉奎司没能变身，徒留我这个记忆。既然如此，你们就拿去用吧。德拉奎司尚未能一边翱翔在天一边高声叫着自己的名字就已经死去，但烦请你们保存他的记忆，永远不忘。"

墨金眨了一下巨大的古铜色眼睛。"我们是很愿意谨记着德拉奎司，但是这恐怕讨不了什么好，毕竟我们连自己的生命还能维持多久都不知道。"

"既然如此，那就取了我的生命，从中撷取力量与意义吧。"他松开墨金，用那两条枝条般的前肢抱住他狭小的胸膛,"解放我吧。"

最后众蛇还是依了德拉奎司的意思,将他压碎、撕裂成碎片。令众蛇意外的是,德拉奎司身上有些成分竟是死树条而已,但是所有银色的、闻起来有记忆气味的部分,大伙儿都分吃了。墨金吃掉德拉奎司的头、胸膛和前肢,据丝莉芙看来,他并不感痛苦,因为他并未大叫。墨金坚持大家都要分食记忆,就连那些仍具兽性的海蛇也露出想要分食的模样。

德拉奎司的记忆之线早就干去,所以又直又硬。丝莉芙把她那一份的记忆之线咬到嘴里之后,意外地感觉到它竟柔软化开。她一吃下去,心里的记忆就变得鲜明起来。她觉得自己就像是从混浊的水域游到了清澈的水域里,心中浮现出属于另外一个时空的褪色影像,而且色彩变得更鲜明、构图变得更细腻。她陶醉地眨了眨眼,梦想着她的双翼乘风而起。

第二十五章
派拉冈号入水

大潮会出现在黎明后不久,所以众人就着灯光、疯狂地做最后的准备工作。贝笙一整晚都咒骂不止,大步地四处走动。此时,派拉冈号已经平躺在地,并在贝笙认为不至于过度加重木料压力的前提下,尽量往水边挪近了一点。船壳里四处都有千斤顶和支柱撑着,所以已经很接近扶正、入水之后的样子。贝笙已经用大头锤初步地四处探巡过了,他希望能调整到海水将船浮起之后,船板仍有活动空间的程度。船必须有弹性,才能经受得起海水的冲击,所以他一定要给派拉冈一点余裕,好让海水和船体找到彼此的平衡点。如今,派拉冈号的龙骨通通露出来了,贝笙亲自拿槌头轻敲了一巡,听起来龙骨的木料还是很稳固的。其实本应如此,因为龙骨是银灰色的巫木所制,硬得可比石头。不过,什么"本应如此"的事,贝笙是不信的;他多年行船的经验告诉他,凡是"本应如此"的事情,一定会出差错。

派拉冈号就要重新入水,而贝笙心里有千百个顾虑。派拉冈号入水后、船板尚未膨胀之前,必会像筛子一般渗进大量海水,这他是预见得到的。老的木料和横梁等若是搁在原地几十年不去动,那么它们再度经受到船浮在水上的压力时,有可能会弹起或是裂开。可能出现的状况可多了。贝笙巴不得他们的预算多一点,这样他就可以在这个阶段聘用有经验的老师傅和工头来监督一切。但由于现实所限,他只能运用自己多年来学到的知识,再配合许多人云亦云的传闻，驱使一批通常在凌晨时早就酒醉昏睡的人来做工，这教他怎么放得下心？

不过，他最顾虑的还是派拉冈的态度。开工以来，派拉冈的态度一直没什么改进。现在船会跟他们讲话了，可是他的性情起伏很大。不幸的是，他在情绪大幅震荡之后，心情只会变得更差。平时派拉冈不是大发脾气，就是忧郁悲伤；不是绝望地发牢骚，就是失心狂似地叫骂。若是在这两种极端之间，则自哀自怜地慨叹不已——其幽怨的程度使贝笙恨不得派拉冈就是真正的小男孩，这样就可以把他猛摇一阵，叫他赶快回到现实中来。

据贝笙看来，问题在于派拉冈从不曾好好地管教，也没学会自律自制。他跟艾希雅和琥珀解释，这就是派拉冈一切毛病的症结所在，那么，就得靠他们三人好好管教，直到他自律自持为止。但是管教人可以，船要怎么管教？大潮前几天的晚上，他们就着啤酒谈到这一点，三人面面相觑。

那天晚上很闷热，他们坐在海滩的浮木上喝酒。酒是克利弗从镇上提回来的。虽是廉价的啤酒，但对他们拮据的预算而言，已经是过于豪奢的开支。那天白天特别漫长炎热，而派拉冈又特别难相处。他们聚在派拉冈号船尾的阴影处商量。这天，派拉冈的表现可谓极为幼稚，用粗话骂人，丢掷沙子。此时，船侧躺在沙滩上，很容易抓到沙子。讲到这里，贝笙就觉得沙子在汗水沾湿的头发里，刺痛之余又麻又痒，而且一路到脖子后面都有，至于粗话和咒骂则对他一点影响也没有。到了最后，贝笙干脆自己弯身去做必要的工作，任由派拉冈连连掷出沙雨。

艾希雅听了，耸起一边肩膀。贝笙看到她的发际也藏着黑沙。接着她答道："不然能怎么办呢？他个子这么大，要打他屁股也比较困难。再说他是船，所以你既不能叫他回房间去反省，也不能罚他少吃一顿晚餐。我真想不出该怎么管教他，也许我们得以贿赂来利诱他才是。"

琥珀放下啤酒杯。"你刚才在讲处罚，怎么扯到利诱上来了？我们谈的是要如何管教他啊。"

艾希雅思索了一会儿才答道："处罚跟利诱是两码事没错，不过你说这二者怎么分得开？"

"我已经有心理准备,凡是能教派拉冈守规矩的办法,我都要试一试了。以他的状况,若是现在就驾着出海航行,那得有多么困难!要是我们现在不赶快想办法让他变得驯良一点,这一切心血可能都会成为泡影。"接着贝笙道出他内心最深处的恐惧:"他有可能会反过来对付我们。这若是发生在暴风雨中或是在我们跟海盗起冲突的时候……他可以让我们通通送命。"他声音低沉,逼自己补充道:"这种事情他不是没做过。他的确有那个能耐,这我们都是知道的。"

这个话题他们从不敢开来谈。真是奇怪,贝笙想,他们天天都要面对派拉冈的狂性,然而他们虽然常常讨论他性格的种种方面,但却从未坦然承认他的狂性是个挥之不去的事实。就连现在,自己把话讲白了,其他二人还是默默不语。

"他到底要什么?"最后琥珀对大家问道,"自律一定要源于自己。派拉冈一定得想要跟大家合作,而他必然从自己的愿望出发,才肯跟大家合作。最理想的是,派拉冈所想要的碰巧是我们可以根据他的表现而供给的或是否决的东西。"琥珀以犹豫的口气继续说道:"恶行会招致恶报,这就是他必须学习的第一课。"

贝笙苦笑道:"你要教他这个道理,可能比要他学这个道理还要困难。你看到他郁闷就心疼,这我是知道的。而且不管他的行径多么乖张,每到晚上,你总是去跟他聊天、讲故事,或是吹奏曲子给他听。"

琥珀愧疚地低下了头,抚弄着手指头——虽然她手上戴着厚重的工作手套。"我感觉得到他的痛苦。"琥珀坦承道,"他过去的日子非常坎坷,往往被逼得走上绝路。而且他心里非常迷惘,不敢希望未来有转机,因为过去他每次大着胆子鼓起希望,每次都被剥夺得一无所有。所以他硬下心肠,认定每个人都在跟他作对;他率先伤人,免得自己受到伤害。我们要打破这一堵厚墙可不容易啊。"

"嗯,那我们怎么做?"

琥珀紧闭上眼睛,仿佛很痛苦,之后她睁开眼睛说:"做最难做的,并期望最难的正巧也是最正确的。"她起身,沿着船身走到船首处。她对那人形木雕说话,声音清晰地传到船尾:"派拉冈,今天你很没规矩,因此我今晚不跟你讲故事了。很抱歉,但一定得这样。如果你明天好好守规矩,那我明晚就会来陪你。"

派拉冈只沉默了一下就回嘴道:"我才不在乎,反正你讲的故事既不精彩也很无聊,你还以为我爱听你讲故事?滚远一点,永远不要回来!你别来烦我。我才不在乎呢。我根本就不在乎。"

"听你这样说,我心里非常遗憾。"

"你这个臭婊子!我说我不在乎,你没听到吗?我不在乎!我恨你们!"

琥珀踏着沉重的脚步,慢慢地走回船尾来跟他们会合,然后一语不发地坐回浮木上的位置。

"嗯,很顺利嘛。"艾希雅半开玩笑地说道,"看得出派拉冈的行为一定很快就有改善。"

此时,贝笙又绕着工地走了一圈,而当时艾希雅讲的那句话则在他心头盘桓。一切都准备就绪,该做的都已做好,只等大潮来了。派拉冈号折断的主桅上挂着沉重的砝码,以免船扶正得过快。贝笙眺望着泊在近岸的驳船,他在驳船上安置了一个好手——那个人是贝笙招募的新船员之中少数他真正信得过的。驳船上的海夫会看着贝笙的旗号,指挥一组人操纵绞盘机,把派拉冈号朝水边拖过去。派拉冈号船内还安排了另一组人,以便操纵抽水唧筒,把船里的水抽出去。贝笙最担心的是,派拉冈号多年来贴地的那一面船壳可能会因为磨损及虫蛀而受损。关于这一点,船壳内能检查修补的,他都已经做了,此外他还准备了一大面厚重的帆布,一等派拉冈号入水、扶正,就将帆布顺着船壳垂下去。按照他的预测,船入水、扶正之后,海水会从船板间的隙缝大量灌入,而这水势正可将帆布带入隙缝中塞紧,这样至少可以让渗水的速度放慢下来。说不定,他还要再度将派拉冈号拉上岸,将原先朝下的那一面朝上,以便严密地检查、修补那一面的船板——当然,他希望事情不至于糟到那个程度,不过他已经下定决心:只要能让派拉冈号出海,该做的就要去做。

他听到身后的沙地有轻柔的脚步声,转头发现艾希雅正眯着眼眺望驳船。她看到在驳船上站岗的人,满意地点了点头。她拍拍他的肩头,吓了他一跳。艾希雅说道:"阿贝,你别那么担心。下水一定很顺利。"

"那就不知道了。"贝笙阴郁地喃喃答道。她伸手碰他,讲话鼓励他,还亲昵地不叫他贝笙,而叫阿贝,这些都使他感到震惊。他感到近来艾希雅与他之间已经恢复到船上伙伴间的那种轻松自在,至少现在她讲话的时候会直视着他的眼睛。这样的话,彼此在工作应对上都好得多。想必她也领悟到这趟旅程需要他们两人合作了吧。不过就是合作而已,再多想就是奢求了。贝笙坚决地把方才燃起的一点希望的星火浇熄,只问船的事情。

"下水时你想待在哪里?"贝笙问道。之前他们已经说好,船下水时,琥珀要待在派拉冈身边劝慰他,毕竟琥珀对他最有耐心。

"你希望我待在哪里?"艾希雅谦逊地反问道。

贝笙咬着舌头,犹豫了一下。"我是希望你能待在底舱。以你所知,必能在毛病还小的时候就听出来,免得酿成大祸。我知道你宁可待在这里,只是我倒希望有个信得过的人待在底舱监督。我派去压唧筒的那一组人都是力气大、耐力好的,不过没什么航海经验,也没什么脑子。此外,我还留了几个人,拿着大头锤、提着填絮桶待命,一待派拉冈号开始渗水,你就视需要把他们分派出去。他们多少知道要怎么填补才能迅速止住渗水,但你还是待在那里监督,别让他们闲着。我希望,你能待在底舱,到处转转,听一听,看一看,随时让我知道舱内的情况如何。"

"我这就去。"艾希雅轻声但肯定地应道,立即转身准备离去。

"艾希雅。"贝笙听到自己朗声叫道。

艾希雅立刻转回头:"还有什么?"

贝笙绞尽脑汁,想要找出一句漂亮的话来应答。其实刚才他叫住她的时候,一心只想问她现在是不是对他另眼相待了?最后他笨拙地说道:"祝你好运。"

"大家都好运。"艾希雅严肃地答道,随后便离开。

一股浪潮顺着沙地爬上来,浪潮边缘的白沫吻上了船壳。贝笙深吸了一口气。这就是了。再过几个小时就要见真章了。"大家就位！"贝笙吼道。他转头仰望着矗立在沙滩上的悬崖。站在悬崖顶的克利弗点点头，表示他在专心待命，并将双旗摆在准备位置。贝笙又叫道："打信号叫他们开始把绳索收紧一点，但不要收太紧。"

驳船上，负责推动十字转轮的那一组人开始使劲。有个人起了个头，唱起一首节奏缓慢、正好配合身体劳动的歌曲，接着众男子低沉的歌声便沿着水面传了过来。贝笙心里一点也放松不下来，但听到歌声之时，脸上仍不禁绽放出严厉的笑容。他深吸了一口气。"跟我们一起回到海上去吧，派拉冈。走啰。"

海浪每卷来一次，就离他更近一点。这派拉冈是听得出来的，他甚至闻得到海水味越来越接近。他们已经把他放倒、船侧贴地，又在船桅上加了砝码压住，好让他乘着波浪就能浮起。是啦，他们说什么要让他重新下水，而且还一再重复地讲，不过他才不相信他们的说辞呢。他知道这些工程都是为了要教训他，这是迟来的惩罚。他们既用砝码压住他，接着就会把他拖出海去、沉入水里，然后弃置在海底，任由海蛇找上他。毕竟他是罪有应得啊。大运家族忍了这么久，今天终于要大报复了，他们要把他的骨架沉入海底，因为以前他就是这么对待大运家族的人的。

"到时候你也会跟着一起死。"派拉冈得意地说道。琥珀像海鸟似的坐在他倾斜的船栏上。之前琥珀一而再、再而三地跟他说，她全程都会陪在他身边，还说绝不会丢下他，说什么一切都会好起来。到时候她就知道了。等到海水灌进船里，把她一起拖下水之后，她就知道自己错得有多离谱。

"你刚才在跟我说话吗，派拉冈？"琥珀彬彬有礼地问道。

"没。"派拉冈叉手抱胸。现在他感觉到水漫过整个船壳了。海浪像是擅挖地道的小虫子似的，对他身下的沙子又推又拉。大海的指头贪婪地伸到他身下。每一波海浪冲来，都比前浪稍微高一些。他感觉到从驳船拉到他主桅上的那条绳索变得紧了些。贝笙喊了个口令，于是绳索便绷住了，不再往前拉去。男人唱劳动歌的歌声停了，船舱内的艾希雅朗声喊道："目前为止，一切顺利！"

海水从他身下漫上来。派拉冈突然颤抖了一下，下一波浪说不定会把他浮起来。没有，这浪来了，又走了，而他仍停在沙滩上。那就是下一波了。没有。唔，那就是再下一波了……一波波的浪来了又去。这种又期待又害怕的感觉把他绷得好苦。然而，他虽然极力压抑，但是第一次感到轻微的浮力——虽只是船壳磨过沙子，然后漂浮了一刹那——之时，仍不禁惊喜地高呼了一声。

他感觉到琥珀痉挛似的把船栏抓得更紧，同时警戒地对他叫道："派拉冈！你还好吧？"

派拉冈突然心情大变，再也不想呼应她的恐惧。"抓紧了！"他兴高采烈地对琥珀叫道，"走啰！"可是海浪一波接着一波打来，贝笙却什么也不做。派拉冈感觉到身下的沙子随着海浪腾挪移动，还感觉到沙子退却之后露出了一块巨大的岩石。

"贝笙！"派拉冈烦躁地叫道，"喂，你快拉呀！我可以了！叫他们使劲地拉！"

接着派拉冈听到一阵沉重的拨水声，贝笙朝他奔来，而此时海水一定已经到他大腿的高度了。"还没呢，派拉冈，这里还不够深。"

"去你的！什么不够深！你以为我笨到连自己浮起来了都不知道吗？我感觉得到海水开始慢慢地把我浮起来，而且我身下有一块他妈的大石头。如果你现在不把我拉过去，那我马上就会一起一伏地撞上那块石头了。"

"嘿，轻松一点。你别着急，照你说的就是了！克利弗！你打信号，叫他们开始拉，慢慢拉，不要拉得太急！"

"操他妈的！叫他们现在就使劲拉！"派拉冈立刻驳斥贝笙的命令，但是没人应声，所以派拉冈又吼道："克利弗，你听见了没？"他暴怒地想，他们最好是他妈的乖乖照他的话去做，他们老是把他当作小孩子来看待，他已经很烦了。

系在他主桅残桩上的绳索突然收紧，使得派拉冈惊讶地嘟囔了一声。

"起！"贝笙这一叫，站在派拉冈周围那一组拿木杆的人便应声使劲地用杠杆去橇起他。他们把派拉冈撬了起来，但是撬得不够高。原本派拉冈身前靠着一台滑车,而杠杆组的人这么一拨之后,本应将他铲到滑车上,以便让他乘滑车而下,但如今滑车斜插在他身下,只能当作楔子用了。

下一波浪漫到最高点之时,贝笙再度高声叫道:"起!"派拉冈突然跳了一下,落在滑车上。"把绳子收紧!"贝笙又叫道。然后派拉冈便感觉到贝笙手脚并用地爬到船身上。他突然感觉到自己动了起来,顺着沙滩滑了下去,冲入了往岸上打的海浪之中。派拉冈多年来都是躺在阳光下,海水一打,他顿时觉得冷冰冰的,在震撼之余深吸了一口气。

"稳住,稳住。一切都很顺利。别急。一等水够深了,他们就会把你扶起来。撑着点,马上就好了。"

派拉冈听到船舱里的艾希雅叫道:"船舱里有进水,但看起来是控制得住的。喂,你!唧筒里有水就赶快压呀!不能等到水满了再使劲,现在就压!"

派拉冈感觉到有个人拿着大头锤,把填絮敲进船板间的缝隙里。艾希雅提高了嗓音,可见在她看来,工人的速度还不够快。他此时侧着身、顺着沙滩滑下去,滑入越来越深的海水里,每个浪一打过来,都使他摇晃一下。派拉冈的船身设计是要在水中直立,而他自己也本能地想要直立起来,但是主桅上那个他妈的砝码却压得他直不起来。

"把砝码的系绳割断!让我直立起来!"派拉冈气愤地吼道。

"还没呢,小子。还不到时候。再等一下。等到你滑过了我设的浮标之后,水就够深,不至于卡住龙骨了。你稳住,别着急。"

"让我直立起来!"派拉冈叫道,这次他虽极力克制,但是声调中却不由自主地浮出一丝恐惧。

"再一下就好了。你相信我,小子。再滑过去一点就到浮标了。"

派拉冈在沙滩上晾了这么多年之后,几乎已经习惯自己目不能视物了。不过躺着一动也不能动的时候若是看不到也就算了,但现在他不但动起来,还再度浮在事事难料的大海上,他根本不知道自己置身何处,也看不见周遭的状况;他可能会被浮木撞上,也可能会被藏在海底的礁岩撞破一个大洞,而且他非得等到出事了才会知道。他们为什么不肯让他立起来?

"好了，解开砝码！"贝笙突然吼道。砝码的系绳突然松开，派拉冈慢慢地直立，然后下一波大浪打上来，他像是瓶塞似的一下子直立了起来。琥珀惊讶地叫了一声，但是仍抓紧船栏。冰冷的海水打过他身下与两侧。三十多年了，这是他第一次直立。他伸展双臂，得意地大吼一声，他听到琥珀大笑着应和，也听到船舱内的艾希雅警戒地大吼道：

"快压唧筒！贝笙，赶快把帆布放下来！"

他听到奔走的脚步声以及慌忙的叫喊声，但是他已经不在乎了，因为他是不会沉下去的，他自己感觉得出来。他伸展背脊、肩膀与双臂，海水将他托起的同时，他也开始探知身体各处。他凭直觉就知道船上的每一块船板、每一根梁柱应该如何调整位置，他深吸了一口气，想让身上的每个部位协调起来。接着他突然往右舷倾斜，琥珀讶异地尖叫，贝笙愤怒地大吼。派拉冈举起双手，按摩额头两边的太阳穴，但是按摩了之后还是老样子：船身里就是有点不对劲。各部位的零件兜合得怪怪的。派拉冈又左摇右摆了一下，也不管各处船板彼此撞击、吱嘎怪叫。不过他倒慢慢地稳下来了。他多少察觉得到人们疯狂似地在船舱里干活。隙缝爆裂，海水灌入，所以压唧筒的人忙得不得了。帆布压在船壳上，艾希雅在舱里吼着要补隙缝的人快一点、快一点，快用填絮把隙缝塞紧了。船板开始膨胀起来。

然后派拉冈突然撞上了什么东西，同时贝笙吼道："快丢绳子、快丢绳子绑紧，你这白痴！"

派拉冈摸索着朝那个障碍物探过去。

琥珀安详的声音在他耳边响起："那是驳船。现在我们跟驳船并排，而他们要把你跟驳船绑在一起。你放心，这里很安全。"

真的安全吗？他现在还在进水，而且下沉了一点。"这儿水有多深？"他紧张地问道。

贝笙兴高采烈地回答了，听起来他人就待在琥珀身边。"这儿的水深得足以把你浮起来，但若是你沉下去，打捞起来也不困难——倒不是说我们会任你沉下去。我们说不定得把你再度拉上岸，以便补一下你左舷的船板。不过现在倒不必担心，一切都很顺利。"但接着贝笙就匆忙地走了，所以看来并没有他说的那么顺利。

一时间，派拉冈静静地聆听。船舱里有此起彼落的人声以及匆促的脚步声。他身边的驳船上，工人们彼此祝贺，并揣测他需要大修到什么程度。不过他听的不是这些声音，他听的是海浪打在船壳上、他身上的木料吱嘎地膨胀到定位的声音，甚至他的船壳与驳船边的缓冲垫布相摩擦的声音。这些声响既熟悉又陌生。待在这里，气味闻起来更鲜明，海鸟的叫声也更响亮。他随着波浪起起伏伏，这柔和的摇晃令人宽慰舒畅，但这却也正是他梦魇的来源。"唔，"派拉冈朗声说道，不过他的口气很平静，"我又浮起来了。这一来，我就算是船，而非破船壳了吧。"

"是啊。"琥珀轻松地应道。她在应声之前，一直动也不动地默默坐着，所以派拉冈几乎忘了她就在身边。琥珀这个人与众不同，她有时候会蓦然凭空消失，不管派拉冈听、触、嗅或凭直觉等都探不到她。派拉冈无须探索，就知道贝笙和艾希雅人在哪里，只要片刻思索，就能指出船上每一个无名工人所在的位置。至于琥珀，那就不同了。派拉冈想道，琥珀这个人比起他所认识的其他人都更为保留，也更为孤立。有时候，就他看来，这是琥珀故意的——仿佛她要看看时机才会跟别人交流，而且就算交流，也只限于某种程度。这样说起来，琥珀倒跟他蛮像的——不过派拉冈一想到这里就不禁皱眉。

"是不是哪里不对劲？"琥珀立刻问道。

"还没咧。"派拉冈没好气地应道。

她轻快地笑了起来，好像派拉冈开了个玩笑。"唔。又浮起来了，你一定很高兴吧？"

"高兴或难过还不都一样？你们爱怎么差使我就怎么差使我，哪会把我的心情放在眼里？"派拉冈顿了一下，"不过我承认，我之前并不相信你。之前我不相信我会再度入水。倒也不是我特别想要再浮起来啦。"

"派拉冈，你的心情当然重要。我虽说不上个所以然，但我深信你并不是真的想要永远地待在沙滩上。有一次，你在气愤之余跟我说，你既是船，就应该出海航行。在我看来,就算刚出海的时候你没有乐在其中,但长久而言,还是这样对你比较好。所有的生命都需要成长,而像你以前那样被人弃置在沙滩上是无法成长的。以前的你,差一点就自暴自弃、认定自己一事无成了。"她的口吻好亲切,派拉冈突然无法忍受她那种好意。莫非他们以为,只要他们天花乱坠地讲得像是为他着想的样子,他们就可以任意差遣他?

他粗厉地大笑起来:"正好相反。我可是大大地成功:我把他们通通都给杀了,任谁想跟我作对,下场都是死路一条。可是你却老是不肯相信我是大成功。你要是脑筋肯转个方向的话就会知道,对我还是畏惧一点的好。"

话毕,一时寂静无声,颇为恐怖,然后派拉冈感觉到她松手放开船栏,站了起来。"派拉冈,像你那样讲话,我是不肯耐着性子听下去的。"从她的声音中一点也听不出到底是什么心情。

"噢,我懂了。这么说来,你是害怕啰?"派拉冈邪恶地问道。

但是琥珀已经转过身去,毅然地走开。她根本就不应声。

他才不在乎哩。刚才他伤了琥珀的心,但伤了她的心又如何?根本没人在乎他的心情,他们甚至没来问问他的愿望。

"你为什么要那样?"

派拉冈早就知道克利弗就在附近。那小子早已跟着岸上那一组工人上了驳船。所以听到克利弗的声音,派拉冈一点也不惊讶,不过他连答都懒得答。

过了一会儿,那小子又顽固地问道:"你为什么要那样?"

"哪样?"派拉冈终于烦躁地应道。

"梨伺机知道。老是戏呼呼的,像疯子似的,老是要辩驳,鹅且出口伤人。(你自己知道。老是气呼呼的,像疯子似的,老是要辩驳,而且出口伤人。)"

"不然你还指望我怎样?"派拉冈驳斥道,"难不成他把我拖到这里来,我还要高高兴兴的?难不成他们要差使我去进行一个毫无胜算的解救计划,我还要兴高采烈地配合吗?"

派拉冈感觉到那小子听了耸耸肩。"是可以啊。"克利弗说道。

"可以?"派拉冈嗤声以对,"我倒想知道是怎么个'可以'法。"

"很龙易啊，学心要快乐就是了。（很容易啊，决心要快乐就是了。）"

"下定决心要快乐？你说我应该干脆忘记一切痛苦，就此快乐起来？嗒——啦——啦——啦？像这样？"

"你可以的啦。"派拉冈听到那少年以指甲刮头皮的声音。"你看我，我大可以冤恨每一个人（我大可以怨恨每一个人），但是我下定决心要快乐起来，能快乐的时候就多快乐一点。我决定要快乐地过一生。"克利弗顿了一下，"人生又不是要种来就可以种来的，所以一定要档握现在的人生。（人生又不是要重来就可以重来的，所以一定要掌握现在的人生）。"

"没那么简单。"派拉冈反驳道。

"就有。"克利弗坚持道，"这不会比你决定要一天到晚戏呼呼的、像疯子似的更难。（这不会比你决定要一天到晚气呼呼的、像疯子似的更难。）"

那孩子慢步走开了，光脚轻轻地打在他的甲板上。"而且会更为有趣。"克利弗一边走，一边转过头来，补了一句。

海水灌进了船舱里，幸亏帆布吸进缝隙中，止住了水势。填絮的这一组人做得又快又好，超出了艾希雅的期待，所以她不担心填絮这一组人，她担心的是压唧筒的那一组，因为他们越来越倦了。她拔腿去找贝笙，以便问问他有没有人选可以轮替，结果贝笙正好沿着楼梯爬下来。他身后跟着几个从驳船上来的壮汉。艾希雅还没来得及开口，贝笙便朝那些人一努嘴，并对艾希雅说道："这几个是原来在岸上的人手，现在换他们来压唧筒，好让你的人手喘一口气。进水的情况如何？"

"还赶得上，甚至稍微超前。木料膨胀得很快，不过巫木的特性就是这样。这些隙缝有一半是船自己可以搞定的，他若是寻常的活船，我早就开口请他留意一下了，但这是派拉冈，所以我连请他帮忙都不敢。"她吸了一口气，等到唧筒组的人走远了之后，才压低了声音说道："怕他知道之后反而故意跟我们对抗。他情况如何？"

贝笙若有所思地搔了搔胡子。"不知道。我们把他从沙滩上弄下来的时候，他嚷着要我这样、要我那样,好像等不及要赶快入水似的。不过我跟你一样持保留意见,不敢就此论定派拉冈真有此意。有的时候,大家都断定他心情很好,结果他反而因此而阴郁暴躁起来。"

"我知道你的意思。"她哀怜地直视着他的眼睛,"贝笙,你看我们是不是在把自己往灾难里送?之前还在沙滩上的时候,他是我们唯一的希望,所以总觉得这是个可行的计划。但如今到了这一步……你有没有想过,其实我们往后只能任他宰割?其实我们的性命全掌握在他手里?"

一时间,那水手显得非常疲惫,肩膀都垂了下来,然后他深吸了一口气。"艾希雅,别放手,继续支持他吧,要不然我们全都输了。千万别显露出任何恐惧或是疑虑的迹象。派拉冈其实不像大人,反而像是孩子。而以克利弗来说,我对他下了命令之后,是不会监督他有没有照做的。他一定要照做。我绝不会让克利弗以为我控制不住他,以为他可以逃脱我的掌控。小男孩若是生出了那种高高在上的心情,那就一定会出乱子,因为他们一逮到机会,就会一直探索出去,直到碰壁为止。小男孩只有在知道自己被人管住的时候,才会感到安全。"

艾希雅努力挤出一抹笑容。"这是你自己的经验之谈吗?"

贝笙无力地对她一笑。"当年我碰壁的时候,人已经跌出世界之外了,所以我绝不会让这种事情在派拉冈身上重演。"他动也不动地站了一会儿,艾希雅以为他要说什么话,谁料接着他便耸耸肩,转身大步地追着唧筒组的人而去。

这让艾希雅想到她自己也有工作要做。她迅速地在船舱里走动,巡察填絮工人的进度。整体而言没什么大纰漏,而且隙缝大多早在岸上时就填过了,所以现在填絮工人只要补一下就好,甚至有些地方的填絮还要挖起来,好让膨胀的船板将缝隙补起来。雨野原所造的船一向紧致无漏,而派拉冈号也不例外,这船板的设计是要能够抵挡雨野河蚀人的河水以及变化莫测的海洋的。他们的工艺好到即使这船荒废了三十年,此时仍挺立如故。灰色的巫木船板——回到原位,像是还记得当年新组装起来的模样。一思及此,艾希雅大胆地想道,说不定派拉冈虽然一直唱反调,但终究还是很配合他们的。其实活船颇有自我调理的能耐——不过前提是要有自我调理的意愿。

在船里四处走动的感觉很奇怪。艾希雅虽认识派拉冈多年，但这是她的脚第一次踏在派拉冈号水平的甲板上。她发现工人们都各司其职，倍感满意，所以趁机到船上各处去巡了一下。船上的厨房里乱七八糟的，炉子跟烟囱管分家之后就飞落在地上，掉了一地的煤灰。那炉子就算不换新的，也得大修一番了。船长室里的情况也差不多。琥珀那一箱箱的私人用品都翻落在地，有个香水瓶翻在地上摔碎了，所以满室飘着紫丁香的味道。艾希雅站在那里四下张望，只觉得未来变得越来越真实：琥珀必须把她的东西搬走，换到较适合随船木匠的局促住所去。

然后贝笙就会搬进来。

艾希雅已经不情不愿地接受了派拉冈号必须由贝笙来当家的事实，不过他罗列的那些非得由他来担任船长不可的理由，艾希雅都不以为然。她之所以承认应由他来担任船长，是因为她有个人的考量：等到他们救回薇瓦琪之后，她肯定得离开派拉冈号，到薇瓦琪号上去发号施令，而派拉冈的性情本来就轻浮易激动，若是船长频频换人，那不就惹得他更惶惶不安？所以不管是谁以船长身份带派拉冈出海，这个人也必须带领他返回缤城——这人非贝笙莫属。

纵然如此，她走出船长室，反手把门关上时，心里仍不免有憾。派拉冈号是老式的船，所以船上的船长室是船上最华美舒适的房间；舱房里的木作和窗框等本来就细致，而且琥珀已经修复得差不多了。琥珀在船长室地上开了洞通往船舱，那虽是令人不齿的做法，但如今那舱盖已经被一方地毯盖住，窗上的染色玻璃虽有裂痕和缺角，但那都是无关紧要的小节。他们的钱当然是以修复航行机能的工程为优先。

她走过去察看大副的舱房，以后这间舱房就归她了。这儿虽比船长室小了许多，但比起一般船员的居处仍算非常宽敞。她有一个固定的舱床、一张折叠式书桌和两个放置个人用品的橱子。另外有个舱房跟大型的衣帽间差不多，那是给二副用的。至于一般船员，就在艏楼放一张吊床，此外就没什么个人空间了。老式活船的空间运用最重要的就是货舱要大，至于船员住得舒不舒服，并不会纳入考量。

她走上甲板的时候,发现贝笙在来回踱步。他静不下来,但是得意洋洋。他发现她走近,立刻转身对她说道:"我们浮得很稳。现在还在进水,不过只要两人的唧筒组就可应付。据我看来,不到明天早上,他的缝隙就会收紧了。我们有一点偏斜,不过只要调整压舱水,应该就能校正过来。"打从贝笙不在艾希雅父亲手下做事之后,她就不再见到他脸上放光、脚步轻快,但此时他又恢复了往日的模样。"船上的木料都没破裂,也没弹开,我们的运气好得难以置信。我早知道活船很坚韧,但他把别的船都比了下去。换作是别的船,若是在沙滩上晾了三十年,早就腐朽得只能拿来当柴烧了。"

他那蓬勃活泼的心情是会感染人的,艾希雅跟着他大步在船上各处走动,随时停下来摇摇船栏,看看是否牢固,或是把舱盖掀开再关紧,看看是不是还很密合。派拉冈号还需要大整修,不过主要是细部修复,需要重建的倒很少。贝笙又说:"这几天,我们还是先系在驳船上,等到木料都膨胀起来了,再把他拉到西堤去整修。"

"西堤?跟别的活船泊在一起?"艾希雅不安地问道。

贝笙闻言,把艾希雅堵在一处角落里,几乎像是在跟她挑战似的反问道:"不然要泊在哪里?他是活船啊。"

艾希雅直言不讳。"我怕他们会对他冷嘲热讽。若是谁也不多想就数落他两句,说不定就把他逼得发狂了。"

"艾希雅,那种事情我们越早面对越好。"他踏上前,一时间,艾希雅以为贝笙要拉住她的手臂。不过他并未伸手拉她,而是做手势叫她随着他大步地朝船头人形木雕走去。"在我看来,我们应该及早让派拉冈过正常的生活。我们就把他当作是平常的活船来对待,看看他有什么反应。我们若是一直小心翼翼地不敢惹他,那他迟早会骑到我们头上去。"

"事情真的有那么简单吗?只要我们正常地对待他,他的行为就会正常起来?"

贝笙咧嘴笑道:"不,才不呢,但这是我们的起点,而且我们要由此做最好的展望。"

艾希雅发现自己也露出牙齿，对贝笙报以笑容。她自然而然地应和着他，然而为什么会这样，她自己也分析不出来。她感受到贝笙的魅力，却说不出他的魅力在哪里。她只知道，光看到贝笙像昔日那样的走动、说话，心里就有说不出的喜悦。以前凯尔·海文和屠戈联手把贝笙变成满腔仇恨、愤世嫉俗的恶棍，幸亏如今那个贝笙已经消失了。她眼前的这个是曾经在她父亲船上担任大副的人。

贝笙攀上前甲板，然后倚着船栏，探身到栏外。艾希雅紧跟在后。他对派拉冈叫道："派拉冈！老朋友！我们成功了。如今你又浮了起来，而往后我们就要教他们坐直起来、睁大眼睛看我们的表现！"

那人形木雕根本不理会他，不过贝笙只是耸了耸肩，对艾希雅扬起一边眉毛。看起来，就算派拉冈一派冷漠也无法吓倒他。贝笙站直身子，依旧靠着船栏，眺望着缤城港里如林的船桅。一时间仿佛看得出神。他突然对艾希雅问道："你会因此而恨我吗？"

一时间，艾希雅以为贝笙是在跟船说话，但他旋即以疑问的目光朝她看了一眼。

"有什么好恨的？"

贝笙转头面对着她，并以她记得很清楚的那种直爽口气说道："因为我爬到这里啊——其实我从没想到自己能够走到这一步。我怕你会因为我现在站在自己的船上，而且名号是'活船派拉冈号的贝笙·特雷船长'而恨我。我知道这是你梦想的位子。"虽然贝笙努力说得很严肃，但说着说着，脸上仍漾出一抹笑意。艾希雅见到此景，眼中不禁涌上眼泪，她赶快转开头，眺望海上，免得被他看到。原来他对这一刻渴望到这种程度，而且大概渴望了很久很久了吧？

"我才不会因此而恨你呢。"艾希雅平静地说道。她突然意识到这的确是真心话，她的心底竟然连分毫的嫉妒都没有，这点连她自己也很意外。她看到他那么得意，心里反而也跟着升起一股喜悦。"这个位子非你莫属，而派拉冈也是恰得其所。过了这么多年，他总算是交到了像样的人手里。所以说，我怎么嫉妒得起来呢？"她偷偷地瞄了他一眼，海风吹起他的黑发，他那棱角分明的五官，作为人形木雕也不逊色。"我想，如果我父亲在世，他一定会一边祝贺你一边拍拍你的肩膀，不过有句话我现在要说，我父亲也一定会说，等到我站在自己的薇瓦琪号的甲板上时，你们可要相形失色了。"艾希雅毫无保留地对贝笙一笑。

派拉冈早就听到他们两个来到他身边的声音，也知道他们两个正在谈他。扯东扯西，闲言闲语的。所有人都是这样：他们谈起他来不亦乐乎，却不肯当面跟他说话。他们还以为他是笨蛋呐，他们大概以为跟他讲什么话都没有用。既然如此，那么他偷听他们讲话的时候也就一点都不会觉得心虚了。如今，他再度浸在海水里，所以在感知他们两人时特别灵敏；不但传入他耳中的谈话声格外清晰，就连他们的情绪起伏，他也感受得清清楚楚。

一时间，派拉冈也顾不得烦躁懊恼了，他心里突然升起一股敬畏感。是啊，现在他感知他们两人的时候格外清晰——就像在感知他自己的家人一样。派拉冈小心翼翼地朝他们探索过去。他可不要让他们知道他来到了他们心里，现在还不要。

他们的情绪很强烈。贝笙得意洋洋，而艾希雅也应和着他。不过在他们两人之间交流的情绪可不止于此，但是另外那种情绪，派拉冈无以名之。大概可以说，那种情绪有点像是海水渗透到他的巫木船板的那种感觉。万物回归到应有的位置，原本歪斜的线条都挺直竖立了起来。派拉冈觉得，贝笙和艾希雅之间的调整也是如此。如今他们已经坦然承认彼此之间确实存有张力，而这张力正好把他们两人之间那种轻松自在的气氛拉一点回来。这个情况该怎么比拟才好呢？这就像是海风和船帆之间的关系吧，海风若是不强压在船帆上，船帆就动不了了，所以海风的张力不需避开，只需应对。

而贝笙和艾希雅两人之间就是如此？

直到贝笙探身到船栏外跟他讲话，他才猛然警觉到他们已经这么近了。

他一直待在他们的心里，所以根本没注意到他跟他们的实际距离已经这么接近。不过，他才不要回应呢。

　　然后艾希雅也倾身倚在船栏上。那情绪透入了派拉冈心中。那股强烈的感受在贝笙与艾希雅之间交流，同时也把他包含在内。贝笙以自豪的口吻说着"活船派拉冈号的贝笙·特雷船长"。那可不是装模作样。那几个字在整条船上隆隆地回响。贝笙的口吻不止是自豪而已。他喜欢派拉冈号。他以拥有派拉冈号为傲。原来贝笙一直期望自己能够拥有派拉冈号。不只是为了要出海拯救薇瓦琪的任务，也不是因为派拉冈没人要且唾手可得。贝笙就是想要当上活船派拉冈号的船长。令人惊讶的是，派拉冈察觉到艾希雅也呼应着他的心情，他们两人都真心认为船长之职非他莫属。

　　派拉冈紧闭的内心突然敞开了一条缝隙，阴郁的心中燃起一个自尊自重的小小火星。"维司奇，你话别说得太满。"派拉冈平静地说道。他感觉到他们两人都吓了一跳，倾身探到船栏外来看他的脸色。他不禁得意地咧嘴而笑。派拉冈仍然叉手抱胸，不过他满足地把长着大胡子的下巴靠在胸前，然后说道："你也许认为你跟薇瓦琪能露一手给我们瞧瞧。不过特雷和我，我们还没使出真本事呢。目前不过是牛刀小试而已。"

第二十六章

妥 协

"唔，真是完美啊。"凯芙瑞雅的口吻中尽是藏不住的得意之情。

"好漂亮。"瑞喜也颇为自豪，"不过你还是再转一圈给我们看看。而且要转快一点，让裙子飘起来。我要先看看裙脚有没有对称，再把它缝死。"

麦尔妲小心地抬起双臂，免得被一身的别针扎到，然后转了一圈。周围的地板上尽是为了做礼服而拆下来的零碎布头。麦尔妲这件礼服的宽袖子以鲜明的长条彩缎拼合而成，而这些长条彩缎原本是另一件礼服的裙摆。

"啊，你看来就像是夏日微风吹来时轻轻在水上摇曳的百合，美极了！"瑞喜难掩兴奋。

"只是她都没笑。"瑟丹轻声说道。他坐在房间的角落里，把木片筹码撒了一地。麦尔妲一直在观察他，瑟丹没用那些筹码来算数，反而把筹码当成积木来盖城堡。不过她自己精神太差，差到懒得跟母亲告发说瑟丹都没在做功课。

"麦尔妲，你弟弟说得没错。礼服再怎么美，也不及笑颜那么能衬托出你脸上的光彩。你是怎么啦？难道你到现在还希望找个流行的女裁缝来做衣服？"

那是当然啦！这种问题母亲怎么问得出来？多年以来，黛萝和麦尔妲两人对于象征成年的首次夏季舞会不知道聊了多少回，她们画了好多服饰的图样，盘算着收边的高度、裁缝的手工与舞鞋的料子。她们踏入夏季舞会的时候将会吸引全场的目光，可是众人到时候不免发现麦尔妲穿的是家里人缝制的礼服以及旧翻新的舞鞋。入夏以来，她在清醒的每一刻都渴望会有奇迹出现。以她现在的处境，就算把自己的心情讲出来也没用，她可不想惹得母亲再度啜泣不止，也不想让外祖母训斥她应该以自己所做的牺牲为傲。她们为了麦尔妲参加舞会的服饰已经竭尽全力了，所以就算她道出自己有多么失望，又有什么好处呢？

"在这时节，实在很难笑得出来，母亲。"麦尔妲吸了一口气，"我以前一直以为我会搭着父亲的手臂走入夏季舞会。"

"我也这么想，"凯芙瑞雅平静地答道，"所以一想到你没能搭着父亲的手臂进场，我心里就很难过。我还记得当年第一次穿成年女子的礼服去参加夏季舞会的光景。他们念到我的名字时，我紧张得都站不住了，接着爸爸拉起我的手，把我的手搁在他的臂弯里，然后我们一起走下去……爸爸深以我为豪。"凯芙瑞雅的声音突然哽咽起来，很快地眨了一下眼睛。"亲爱的，我敢说，无论你父亲身在何处，他一定也思念着你。"

"有时候想起来，父亲被人囚禁在海盗群岛上，而我们还在这儿考虑夏季舞会后的一连串宴会，担心礼服、扇子和头饰弄得好不好看，总觉得怪怪的。"麦尔妲顿了一下，"也许我应该延后一年再参加夏季舞会。说不定到那时候，爸爸就回来了。"

"现在再考虑要延后，恐怕有点太迟了。"坐在椅子里的外祖母插嘴道。她坐在窗边的阳光下，设法用残余的布料做出一把扇子。"我以前很会做扇子的。"她烦躁地自言自语道，"如今我的指头不像以前那么灵巧了。"

"你外祖母说得没错，亲爱的。"麦尔妲的母亲一边拨弄她袖口的蕾丝一边答道，"每个人都认为我们今年就会让你正式进入社交圈，然而那只会使我们跟库普鲁斯家的关系更为棘手。"

"反正我已经不喜欢他了。如果雷恩真的对我有意，他应该早就该再来缤城看我了。"麦尔妲扭头望着母亲，而此时瑞喜正好要帮麦尔妲戴上头饰。"近来雷恩的母亲有没有再写信给你？"麦尔妲问道，而瑞喜则扳着她的下巴，把头扶正,然后用针别住头饰。

凯芙瑞雅皱起眉头。"太大了,跟她的脸不称。头饰得精巧一点才行。拆下来吧,我们再重做一个。"瑞喜抽针拆下头饰。凯芙瑞雅接着反问道:"你还希望她捎什么消息给我们?她之前的信上都已经写明白了:她很同情我们的困境,并祈祷你父亲早日平安归来,雷恩很期待在夏季舞会时跟你相聚。"凯芙瑞雅叹了一口气,接口道:"她还不着痕迹地提议,我们说不定可以在夏季舞会的两周之后会商我们债务的还款事宜。"

"这意思就是说,雷恩的母亲想要看看她儿子跟麦尔妲在舞会时相处得好不好。"外祖母没好气地插了一句,她眯眼盯着手上的精致作品,继续说道:"麦尔妲,他们跟我们一样,也得顾全脸面啊。你还没引见呢,若是现在雷恩就一再登门拜访,那么众人一定认为他是心急到不成体统了。况且缤城跟雨野原隔这么远,这种旅程是不能等闲视之的。"

麦尔妲轻轻地叹了一口气。不必外祖母提起,这一套说辞她也常常讲给自己听,只是感觉上,总像是雷恩突然嫌烦,懒得再跟她献殷勤了。也许那龙与此有关。自从那次之后,她就常常梦见龙,而且梦境不是烦扰就是恐怖。有的时候,龙会谈起雷恩,它说麦尔妲苦等雷恩实在是太笨了。据龙的说法,雷恩才不会帮她呢,她唯一的希望就是想个法子去龙那里并且释放它。麦尔妲一再地告诉龙那是不可能的,不过龙总是嘲笑她:"你要是说把我放走是不可能的,就等于承认根本无法把你父亲救回来。你真的深信如此吗?"龙说了这话之后,麦尔妲总是哑口无言。

但这并不表示她已经放弃了。近来她对于男人有很多心得。她觉得每当最需要男人的力量或是权势的时候,他们就会抛开她。她吁请瑟云和雷恩给她超越甜点和小玩意儿之上的实质助力,他们两人就都消失得不见人影。麦尔妲勉强承认了她自己的推论:父亲也是在她最需要时开航远去,离开了她的人生,然后就此不见。那不是他的错,这点她心里明白。不过,即使如此也无法改变她所学到的心得,那就是你不能仰赖男人,即使是很有权势的男人,即使他们真心爱你也一样。若要拯救她父亲,她就得揽权,然后善加运用。

在那之后则继续将权力留为自用。

她突然起了一个想法。"母亲,既然父亲不会护送我入场,那我要由谁护送呢?"

"唔,"凯芙瑞雅显得很不自在,"达弗德·重生主动提议要护送你入场。他说那是他的荣幸,我倒觉得那是因为他帮忙协议买下派拉冈号,所以他总觉得我们欠他点什么……"她的声调歉然,越说越小声。

瑞喜轻蔑地啐了一声,狠狠地拆开头饰的针脚,像是在撕开达弗德的脸。

"我们什么也不欠他。"罗妮卡·维司奇坚定地说道。她搁下针线活,抬起头望着外孙女。"你对他一点也不欠,麦尔妲,一点也不欠。"

"那么……如果爸爸无法出席的话……那我要自己走出场。"

凯芙瑞雅的神情颇为困惑。"亲爱的,不知道那合不合仪节。"

"管他合不合仪节,反正这样出场正合适。就让她去吧。"

麦尔妲听了,讶异地抬起头来望着外祖母。罗妮卡以顽强不驯的表情直视着外孙女,继续说道:"缤城袖手旁观,任由我们或立或倒。既然如此,就让缤城人看着我们挺直站立,甚至连我们家年纪最小的女孩儿也不例外吧。"罗妮卡与麦尔妲四目相对,那眼神仿佛彼此惺惺相惜。"顺便让雨野原的人也看个清楚。"她平静地补了一句。

艾希雅大步沿着缤城港西堤的突堤码头走下去,每走个三四步,脚就会被裙子绊到。这时她会慢慢地走个一两步,然后走着走着又浑然忘我地大步走,于是又再度被绊到。之前在沙滩上施工的时候,她乐得天天穿长裤,已经很习惯了,如今派拉冈号系泊在城里的活船码头上,她就不得不调整作风。可是这个妥协出来的结果,各方都觉得不够好;艾希雅身上穿的粗棉工作裙在凯芙瑞雅看来伤风败俗,但艾希雅还觉得这样活动不方便。艾希雅恨不得早点出海,而且她发誓出海之后,自己爱怎么穿就怎么穿。

"艾希雅!"康德利叫道。艾希雅停下脚步,转头对活船康德利咧嘴而笑。

"早呀!"艾希雅一边叫道一边对他挥手。今天,康德利高高地浮在水上,但是不用等到夕阳西下，他就会因为载了要送往雨野河上游的沉重货物而被压低下来。

他们两个聊天时，工人们正在推独轮车，把一车车的甜瓜送上船去。雨野河上游没什么可耕种的土地，几乎所有的食物都要靠外地运进去，而康德利号定期往返雨野河与缤城两地，除了食物与雨野原货物之外，几乎不做别的生意。

"你也早呀，小姐！"那人形木雕握拳抵在船身，像是在叉腰。他装作不以为然地低头望着艾希雅。"你看起来活像个刷锅女仆，我都快认不得你了。"

艾希雅听到这好意的嘲弄，不禁咧嘴而笑。"这个嘛，你自己最清楚了，若真要把活船打理干净，十个刷锅女仆都不够呢。不用等到下午，我就一身都是污渍和焦油了，到时候再看看你认不认得出我。"

康德利号的人形木雕雕成英俊的年轻男子，他那亲切的笑容和大大的蓝眼睛使他成为活船码头上最受欢迎的人物。而康德利对待艾希雅一向轻松不造作，艾希雅也很习惯了。"要在夏季舞会前把那些污渍和焦油刷掉，恐怕要费不少工夫喔。"康德利狡黠地说道。

这个话题就严肃了。不过艾希雅在跟母亲和姐姐激烈争辩之后，终于如愿以偿。"康德利，我不去参加夏季舞会了。我们希望能在夏季舞会之前开航。况且，就算我去了，也没人要向跟刷锅女仆邀舞啊。"艾希雅面带笑容，希望以此冲淡氛围。

康德利四下张望了一下，然后慢慢地对她眨了一眼。"我倒认识一个水手，就算你一身油污，他也巴不得同你邀舞呢。"接着康德利压低了声音，"我乐于帮你捎个消息到崔浩城去，如果你想送个消息去的话。"

唔，这么说来，葛雷·坦尼拉仍滞留在雨野原的崔浩城。她本想摇头，但想想还是别乱动的好。"我说不定会寄封短函，如果你肯帮我送去的话。"

"帮朋友忙嘛，这我乐意之至。"康德利低下头凑近过来，并以更机密的口吻问道："那，我们另外那位朋友的近况如何？"

艾希雅克制自己，以免显出不耐烦的模样。"他就是那样子，倒没什么好意外的。他有他自己的难处,之前他很孤独,又长久遭人冷落,这你是知道的。况且我们在短短的时间里让他起了很大的变化,新索具,新船员,更别提船上没有真正的家人与他同行。"

康德利耸了耸宽阔的裸肩。"这个嘛,要是之前他没杀死那么多人,那么大运家族里说不定还会有人肯跟他作伴。"艾希雅皱眉,康德利看了哈哈大笑,继续说道:"我这是实话实说啊,艾希雅,你别皱着脸瞪我。缤城港里的船都认为,他之所以那么烦恼,大半都是他自作自受。但这并不表示我们不希望他好起来。我就乐于见到他力图振作、洗清自己的名誉。不过呢,"康德利举起食指,对艾希雅告诫道:"我还是觉得小姐跟着他出航太过冒险。如果开航之前,事情感觉上不大对劲,你就别跟了,让他自己走吧。"接着康德利挺直起来,像是小男孩靠在墙壁上晒太阳一般地往后靠在自己的船身上。"何不换到我的船上来,跟我一起到河的上游走一走?我跟你打赌,我绝对能教我的船长免费载你一程。"

"别赌了,我相信你一定说得动船长,而且我很感谢你这么为我着想。但是派拉冈开航的时候,我一定会跟着出海,毕竟他是要去解救我们家族的活船啊,况且我相信他一定没问题。"艾希雅瞄了一下太阳的高度,"我得走了,康德利。你多保重。"

"唔,小家伙,你才要多保重。别忘了你刚才说过的话,但别花上三天去写信喔,我明天中午就要走了。"

艾希雅一边走一边转头愉快地对他挥手。她告诉自己,那些先祝福她成功,然后又警告她要小心派拉冈的人,其实都是好意,就连特雷讲这种话的时候也是好意。只是有时候,她必须很刻意才能让自己相信他们的善意。

工程进度之顺利超乎所有人的意料。他们的预算虽少得可怜,但幸而有琥珀的神秘影响力撑腰。就连诺尔·弗莱特这样的艺术大师都自愿来帮忙,亲自到船上来张帆、设索具。艾希雅实在不晓得琥珀到底是知道诺尔的什么底细,竟能促使那个吝啬的老人突然慷慨地把自己的时间花在船上。不过她敢说,那想必是见不得人的小秘密。昨天有人送来几十桶海上吃的口粮,但是致赠者坚持不肯透露姓名。据艾希雅猜测，那大概也跟琥珀有关。

不过最有用的还是琥珀招募来的那些奴隶，他们总是在贝笙叫一般工人散去之后趁夜悄悄到来，然后溜到派拉冈号上，勤奋地做到东方既白，才又如一股烟似的消失。他们很少说话，工作却特别卖力，每一张脸孔上都有刺青。艾希雅实在很不愿想象，他们每晚从主人家溜出来，到底要冒多么大的风险。不过据她猜测，等到开船的时候，这些夜班的工人大概都会躲在底舱，跟着一起出海，而后他们则可跟雇来的船员编在一组，担任水手和战士的职务。然而这到底是怎么安排的，艾希雅就不知道了。其实之前有天下午，贝笙本要把个中机密讲给她听的，但是她却举起双手捂住耳朵，并提醒贝笙："既是秘密，就越少人知道越好。"

当时贝笙听了，露出颇为满意的神情。

艾希雅一想到那一幕，脸上不禁浮起一抹微笑，然后又不以为然地摇了摇头。贝笙对她感到满意也好、不满意也罢，她有什么好在意的？毕竟最近他在下哪个决定的时候都没费心要讨好她啊。说真的，艾希雅的观点绝对站得住脚，只是那个可恶的贝笙却坚持要抬出他身为船长的特权来压人。

至少他还知道要把艾希雅召到船长室，私下把消息讲给她听。除了贝笙之外，没人看到她那气愤的脸色；不过既没有窗户，也就表示任何经过船长室外面的人都会听到她提高声音辩论。贝笙则冷淡地坐在新修饰过的海图桌边，研究着他从袋子里倒出来的那一把帆布碎片。

"这是我的权力。我要请谁做大副，由我自己决定。"当时贝笙歪着头，凶巴巴地对她说道，"换作是你，难道不会坚持用自己所选的人吗？"

"会。"艾希雅从牙缝中迸出了这个字，"但他妈的，换作是我的话，我会选你当大副。你当船长，我当大副，这不是原先就说好的吗？"

"不。"贝笙若有所思地答道。他把其中的一片破帆布放在桌上，把布片推过来推过去，最后终于想通，那片布应该上下颠倒过来才对。"我们之前什么也没敲定，只讲好你会跟我一起出航……你会跟着派拉冈号一起出航而已。而且你说不定还记得，不久之前，我还建议你不要跟那些男人并肩工作，因为我聘来的船员比较特殊。"

艾希雅听了，不屑地哼了一声。那些船员有些根本不配称之为"人"。她深吸了一口气，打算要开口，不过贝笙举起一只手，教她别说了。

"换作是别的船、别的船员，我一定找你当我的大副，这你是晓得的。但是这批船员需要人下重手管教，若是光讲漂亮道理，他们根本就当耳边风。唯有真正的威胁和痛揍一顿，才能教他们服服帖帖。"

"大副的位子，我坐得住。"艾希雅笨拙地撒谎道。

贝笙摇了摇头。"你身材不够高大。这批人非得三番两次地招惹你打上一架，而且又被你三两下打倒才会真正尊敬你。就算你能赢吧，我也不想让船上变得那么暴力，因为那样风险太高；而你若是输了……"至于这个后果，贝笙就不多言了，"所以，我找来一个个子高壮、力大如牛的人，任谁看了都不想去招他惹他——而那些不长眼的则必会被他打倒在地。这人就是拉弗依。拉弗依这个人十分蛮横——然而用'蛮横'来形容他，还算是好听的。此外，他的航海本事也他妈的好，要不是他那个臭脾气，早该在多年前就脱离水手行列成为干部了。我跟拉弗依说了，我是可以给他一个机会，让他在派拉冈号上试试身手，而他如果在派拉冈号上做得成，那么全缤城的人都会知道拉弗依走到哪里都堪当重任。他很渴望这个机会，艾希雅。其实，我开给他的薪资也不过是跟脾气粗暴的干部能在大型船上拿到的差不多。他是冲着这个机会上船来的。拉弗依想要大显身手，虽说我现在看来，他可能不是那块料。而这时你就要进场了：我是船长，他是大副，而你是二副，你我就把他框在中间，免得他胆大妄为。不是削权，而是调节。你懂我的意思吧？"

"大概。"艾希雅不情不愿地答道。她看得出贝笙安排得颇为周密，但是她一时仍难以接受。"那就二副吧。"艾希雅退让了。

"还有一件事，恐怕你听了也高兴不起来。"贝笙警告道。

"什么事？"

"琥珀自然是有权上船的。在这条船上，就属琥珀出钱出力最多——连你我也远远不及。说真的，我不知道她出海之后能不能适应，之前她曾告诉我，她不怎么喜欢海上旅行。不过她倒是出色的木匠,大大小小的工作都做得来,所以往后她就是我们的随船木匠了,而且她会跟你同舱房。"

艾希雅呻吟了一声,以示抗议。

"还有洁珂,她也跟你们同房。"贝笙无情地再补了一句,"她也想跟着来。她在六大公国的时候就跑过船,经验老到,而且不在乎工资微薄。她跟我说,这趟出海是'没胆莫来'。之前设索具的时候,她上上下下地爬来爬去,既灵巧又不怕高,这你也看到了,我若是回绝了这种好手,那就太傻了。不过我若是让洁珂去跟那些码头人渣住在一起,那我就更傻了。我们的水手之中,至少有一个是强暴犯,还有一个就算是我都不敢背对着他。"贝笙耸了耸肩,"所以洁珂就跟你和琥珀同房。我会安排让你们当班的时间错开,这样应该就睡得下去了。"

"那间舱房本来就小。"艾希雅抱怨道。

"琥珀跟你一样气恼。她说,她每天非得有点独处的时间不可。我已经跟她说了,我不在船长室的时候,她大可到那里去待着,而你也是一样。"

"这样船员会讲得很难听。"

贝笙阴郁地咧嘴而笑。"要是船员们闲言碎语,讲得最难听的就只是这一件,那可就好了。"

艾希雅也颇有同感。即使她现在还没到船上,只是在遍洒阳光的突堤码头上朝派拉冈号走去,就已经开始祈祷今天一切都很平常了。希望派拉冈不会没完没了地把脸埋在手里啜泣,也不会一而再、再而三地重复吟诵淫秽的诗谣。有那么几天,艾希雅走到船边时,派拉冈高高兴兴地跟她道早安,那感觉简直像是莎神亲自赐福给她似的。不过昨天艾希雅抵达的时候,派拉冈手里捧着一条死掉的比目鱼,听说是过路人给他的。派拉冈因为那条死鱼而心情大坏,可是他就是不肯把鱼丢掉,也不肯交给艾希雅,最后是琥珀劝慰了好半天,才把死鱼拿走。有时候,大家都跟他讲不通,只有琥珀还肯耐着性子跟他磨。

一船的水手早在多日之前就已雇全,而且在那之后又一再补齐人手。贝笙找到水手,好说歹说地劝他们签了约、上了船,结果隔天他们就头也不回地走了。这倒不是因为派拉冈讲了什么荒诞的话或是有什么古怪的行径。问题在于，派拉冈的狂性像是冷汗的味道一般弥漫在整条船上，而那些敏感到察觉得出异状的船员，就算不知其来源，也会半夜梦魇连连；或者一边在船舱里干活，一边突然恐慌起来。贝笙和艾希雅从不劝他们留下来。艾希雅心里很明白，与其带着神经过敏、紧张不安的人出海，还不如现在就甩掉他们，还少点麻烦。就缤城的标准而言，这一船乱七八糟的水手已经很不寻常了，再加上人们在开航之前就跳船，并且四处散播船上的怪事，人们更对派拉冈号投以异样的眼光。

今天，派拉冈好像颇为平静——至少艾希雅没听到他口出恶言地咒骂不停。她抵达船边时，只见码头附近的活动看来很正常。艾希雅脚下不停地朝登船的梯板走去，并在经过那人形木雕时招呼道："嗨，派拉冈。"

"嗨，是你呀。"派拉冈亲切地应道。琥珀坐在船首栏杆上，两腿凭空晃荡着。她的头发没绑，任凭海风吹拂。近来，琥珀的打扮风格颇为怪异，总是穿着宽松长裤，搭配女用衬衫和背心，不过她既非缤城人，大家也就不好多议论什么。艾希雅真是羡慕死琥珀了。

"有没有金戒指号的消息？"派拉冈接着又问道。

"没听说。"艾希雅答道，"怎么会问起这个呢？"

"大家都在说，金戒指号早该回到缤城了，况且应该会在路上跟金戒指号相逢的船也都没看到他。"

艾希雅的心沉了下去。"唉，船期延宕的原因可多了，即使是活船，也难免会被拖住。"

"是啊。"派拉冈应道，"海盗啊，海蛇啊，致命的暴风雨等。"

"海风不作美呀，"艾希雅反驳道，"装货卸货太慢之类。"

派拉冈不屑地嗤了一声，琥珀则对艾希雅耸耸肩。唔，至少今天派拉冈还算讲理。艾希雅继续朝梯板走去，然后上了船。拉弗依就站在船身中间的甲板上，他手叉着腰，以严厉的目光四下扫射，这一关最不好过。

"二副报到。"艾希雅僵硬地说道。

拉弗依以冰冷的眼光上下打量艾希雅，嘴角不屑地扭着，过了好一会儿才应道:"嗯。今天补给要上船,你挑六个人到底舱去接应,把货妥当地堆好。这你应该会吧。"拉弗依的用字和语气中尽是不信任。

"这我会。"艾希雅针锋相对地应道,但并没有接着再度把她的资历背诵给拉弗依听,毕竟她的资历就挂在腰上。她的腰带上系着欧菲丽雅号的船票。在缤城的码头上,任谁看到这船票都会对艾希雅另眼相看,只有拉弗依例外。艾希雅对各人瞄了一眼,然后伸出食指,点出了她今天要的人手:"海夫,你,洁珂,西波司。你,还有科特。走吧。"艾希雅还没把每个人的名字记完全,再加上人员来来去去,所以就更难记全了。她并不期待这个任务,所以领着众人进船舱的时候,心里意兴阑珊。拉弗依带领的是搬货组,也就是把各项货物搬上船来,递给艾希雅带领的堆货组去收拾,而艾希雅的任务就是把货物堆得整齐利落、重量平均。据她猜测,拉弗依大概会狠狠地逼着搬货组尽快搬运,好看看她的堆货组能不能应付得过来。同一条船上的大副和二副总不免互相较劲,这较劲有时候是良性竞争,但这可不是。

派拉冈号入水之后的表现证明这是一艘灵活的好船。贝笙对于如何调整压舱水一直都吹毛求疵,不过船的摇晃程度仍高于艾希雅的理想。在这个情况下,货物的堆放方式就非常重要,要不然船在完全靠风帆航行之后若是遇上大风就会摇晃得更厉害。艾希雅的心情很矛盾,她实在不想为派拉冈号航行的稳定性负起全责,可是她又不相信除了她之外还有谁能把货物堆得更妥当——除非是贝笙亲自出马。她父亲在堆货这项工作上一向挑剔,也许她遗传了父亲的作风。

船舱里很热,弥漫着船的味道,就算舱盖打开,空气还是很涩滞。其实,如今弥漫在船舱里的是新上的焦油和填絮,以及亮光漆的味道。对于这点,艾希雅还很珍惜,再过不久,除了这些味道之外,还要添上陈年压舱水的气味、人的臭汗味和食物腐臭后的味道等。就目前而言,派拉冈闻起来还蛮像新船的。

但是派拉冈号不是新船。这船四处都有多年使用所留下的小痕迹:舱板上偶尔刻着人名,不时可见挂吊床或是挂针线袋的残旧挂勾。但有的痕迹颇为狰狞:从血手印的拖曳状来看,曾有人受了伤,大出血,被拖着爬过船舱;另有一滩四溅的血迹则显然是重击所致。一入巫木，永志不忘啊。据艾希雅猜测，这船上大概曾经兴起血腥的大屠杀，可是派拉冈却口口声声说是他把船员通通淹死了。然而每次只要稍微触及这个疑问的边缘，派拉冈就狂性大发。据艾希雅看来，他们大概是永远也不可能知道派拉冈经受过什么折磨了。

艾希雅对拉弗依的估算一点也没错。搬货组一下子便把货物源源不断地送进来，快得堆货组应接不暇。艾希雅心想，就算是笨瓜，也能迅速地把木箱或是油桶搬上船来，但堆货的人若是没有航海常识，就会堆错地方。艾希雅与手下的船员并肩干活。水手们并不期待二副要像大副那样高高在上，而这其实也是她答应退居二副的连带影响。她至今仍深信她可以让水手们心服口服地尊敬她，而最好的办法就是通过与众人并肩干活来证明她的本事。艾希雅不但敦促洁珂努力工作，也对自己毫不放松，并以此估计那女子有没有她自称的那么好。看起来，洁珂与男人并肩工作，倒比自己来得自在。不过这也没什么好意外的，她那是六大公国的作风。洁珂不但跟得上男人们的步调，而且不时善意地谈笑，化解尴尬。这样的人肯定是海上航行的好伴侣，艾希雅唯一担心的是她会不会过于跟那些男人打成一片。洁珂从不在言行之中掩饰她对于男女关系的好胃口。艾希雅心里纳闷，这会不会在日后演变成船上的大问题？最后，她不情不愿地下了结论，那就是这种事情应该告诉贝笙。毕竟贝笙是船长，就由他去处置吧。

阳光从敞开的舱盖射进来，照亮了庞大的木船舱。板条箱、油桶和水桶等卸在货舱里之后就纯粹要靠体力了。艾希雅的矮小身材此时却有意想不到的好处，她可以爬到货物上或是绕到货物后面去。众人徒手或是握着货钩，将箱桶勾下来，再一一扛起、搬入定位，然后绑绳索、在圆桶下填楔子，以防滚动移位。货物不断搬上船来、卸在船舱里，艾希雅一边卖力苦干，一边提醒自己，等到出海之后，他们就会希望船舱里的货堆得越多越好了。派拉冈号的船员数目比寻常船只的配置多得多，这是因为他们的人手必须多到能够同时战斗和航行。况且这一趟出海并无一定的目的地，也没有机会再度补给，所以现在船舱能装多少就装多少。货装到多得用不完还没什么，要是装得太少，到时候不够用,那就欲哭无泪了。

艾希雅一边与属下并肩干活一边仔细观察,很快就看出谁迅速就抓到窍门,谁则尽可能越少做越好。西波司和科特不偷懒,但是需要随时指点;洁珂真是珍宝,她不但卖力,还会动脑筋,看看继续堆下去会出现什么问题;年纪大、鼻子因为喝多了酒而红通通的赛摩伊则已经开始嚷着肩痛难忍了,他若是跟不上来,那么最好是在开航之前就下船;至于另外那两个人,海夫与罗普,前者是大嗓门的年轻人,对于位居二副的艾希雅颇为不屑,而且不吝讲给大家知道,后者则是瘦巴巴的中年人,虽有心,无奈颇为愚鲁。

不过在艾希雅眼里,罗普再怎么愚鲁也好过几乎算是以下犯上的海夫。艾希雅心里明白,她不久就得跟海夫拼个高下。她并不期望那一天的到来,毕竟海夫个头比她高大,肌肉又结实。她告诉自己,若是她言行谨慎,那么海夫与她之间可能永远都不会恶化到起肢体冲突的程度。她向莎神祷告,希望未来果真如她所料。

那天早上,拉弗依为了核查艾希雅有没有把工作做好而下到船舱来两次,而且两次都抱怨微不足道的小缺点。不过拉弗依一开口,艾希雅就咬紧牙关,顺着他的意思调整货物的位置。她提醒自己,拉弗依毕竟是大副,如果她不把他的话当一回事,就会减损大副在众人面前的权威。拉弗依第四次顺着梯子爬下来的时候,艾希雅心想她的白齿恐怕会磨平了,谁料拉弗依四下看看之后,就不情不愿地对艾希雅点了个头。"继续。"虽然拉弗依只讲了这么两个字,但艾希雅听来却像是无上的赞美。这么看来,他是在考验她的性情。不过她在他面前是既不会懒散,也不会犯上的,这是她早就答应贝笙的,所以她一定会谨守诺言。

即使如此,这一天还是又累又长。等到她当班的时间过了,人从船舱里出来,再度走在甲板上时,只觉得午后的阳光灿烂耀眼。她把因为汗湿而贴在身上的衬衫拉一拉透气,又把发辫拉起来,让后颈吹吹风,然后去找琥珀。

找到琥珀的时候,琥珀正在跟贝笙讲话。她戴着手套,两手各执一卷绳索的末端。艾希雅静静地看着她笨拙地打了一个"双接绳结"。打好之后,贝笙取走琥珀手中的绳结,摇了摇头,解开绳结,然后把绳索丢回琥珀手上。"重打一个。加紧练习,练到闭着眼也能打好绳结为止。如果碰上危急情况,我不得不把你拉到甲板上来帮忙,那么天气八成是差得不得了。"

"真是会安慰人哪。"琥珀轻声自语,不过还是照着贝笙的吩咐,再度试打了个"双接绳结"。那女子竟能如此迅速地调整应对的态度,艾希雅十分惊奇。贝笙的新身份是本船的船长,而他已经不动声色地取得了他应有的权威。这样的身份变化,艾希雅在薇瓦琪号见得多了。水手往往因为擢升为干部而与同僚的对应关系突然起了大变化,其实艾希雅知道,在这个过程中,有时不免要见血,只是在薇瓦琪号上,事情从来没有弄得那么严重。就艾希雅而言,她很愿意尊重贝笙,并跟他保持距离,好让他摆出船长应有的样子。而若能保持距离,那么他们应该都会比较自在。

所以艾希雅以尊敬的用语和口吻对贝笙说道:"船长,我对于船上的人手有个顾虑。"

贝笙把全副注意力转移到艾希雅身上。"什么顾虑?"

她深吸了一口气,决定坦率直言。"洁珂跟水手们相处得有点过于亲密,日后可能会衍生出问题来。现在船停在港口里,这还不算什么,等到出海之后,情况可能就不一样了。"

贝笙点点头。"我知道,这我想过了。这些人大多从不曾跟女性一起出海。他们过去在船上顶多只看得到船长夫人。我打算把全部船员集合起来,跟大家说明白,而我要说的重点就是,这种事情,本船绝不容忍。"

琥珀从头到尾扬着眉毛,侧听他们两人的对话。

这个时候,派拉冈首次开口了。"到底是什么事情,本船绝不容忍?"他好奇地问道。

艾希雅忍着不让自己笑出来。贝笙则正经八百地答道:"我绝不容忍水手之间发生任何纠葛,以至于影响本船的运作。"

方才他们讲话时,洁珂便已走近,她扬起眉毛倾听,但保持缄默,静待船长示意。贝笙招呼道:"洁珂,有什么问题吗?"

其实，他们的对话，洁珂都听到了，她毫不避讳地说道："没问题，船长，而且我看未来也不会出什么问题。我拥有出海的经验，而且以前的船上男女水手都有。我就直说了吧，希望你不介意。我知道如何在封闭的船舱中言行举止。"

众人之中大概只有艾希雅看得出贝笙其实强忍着笑，刻意板着脸。"洁珂，我一点也不怀疑你知道如何在封闭的船舱中言行举止，我主要担心那些男人管不住自己。"

洁珂并没有笑。"我敢说，这他们一定是学得会的，船长。"

洁珂话毕，派拉冈说了一句话，把大家都吓了一跳。他说："且让我们祝愿，他们每个人在学习之时不至于太过痛苦。"

"他已经在那上头花了三天时间了。我也只是说，那里若真有什么价值的话，他早该看出来了；而如果没有，我还想安排他去勘探一下别的地方。在我看来，那个局促的小石室实在没什么，比它更有价值的地方多着呢。"班迪尔一边说着一边放下烟斗。"我也没别的意思啊。"班迪尔辩护道，然后恼怒地瞪了弟弟一眼。兄弟俩隔着桌面对面坐着，雷恩看起来狼狈且苍白，他的衬衫很皱，仿佛是和衣而睡，睡醒了也没换衬衫似的。

"上次我坚持要多花点时间来找出火焰宝石的秘密时，你也是这样说。"雷恩反驳道，"当时若是你肯让我从容地多研究一下，就不至于在采集的过程中挖坏了那么多。班迪尔，有些事情不是一蹴而就的。"

"是啊，好比说你成长得特别慢。"班迪尔自言自语地嘟囔道。他查看烟斗的承斗，发现烟丝已经烧尽了，于是又把烟斗搁到一边去。班迪尔身着绣花衬衫，头发梳得一丝不苟，与弟弟的外表恰成反比。

"班迪尔！"贾妮立刻斥责长子，"这样说就不公平了。雷恩已经说了，他近来心烦气躁，静不下来。既是如此，我们应该多体谅才是，怎么反而指责他的不是？我还记得，当年你追求萝蕾拉时也静不下来啊。"贾妮亲切地对幼子笑笑。

"如果他挑的对象是像萝蕾拉这么深明情理的女人，而不是既任性又连自己的心意都搞不清楚的缤城少女,就算分心,也不至于到失魂落魄成这样了。"班迪尔反驳道,"你看看他,脸色病恹恹的。他这样走路,竟然没有三天两头地撞上墙壁,也真是奇迹了。打从他看上了麦尔妲之后,这个麦尔妲就一再地折磨他,要是她老是拿不定心意,那么……"

雷恩气得跳了起来。"住口!"他蛮横地对哥哥说道,"你根本就不知道她心里多么煎熬,所以你还是少开口的好。"雷恩满不在乎地一把抓起桌上那些古代流传下来的羊皮纸,像是一点也不怕揉破脆弱的古纸,随后大踏步地朝门口走去。贾妮生气地瞪了长子一眼,匆忙追上去,并伸出一只手拉住雷恩的手臂。

"儿子,回来吧,坐下来,好好跟我们谈谈。我知道你心里压力很大,麦尔妲因为父亲失踪而哀恸不已,我敢说你一定感同身受。"

"何止她父亲失踪,连我们的活船也失踪了。"班迪尔压低了声音,轻轻说出这一句话。他讲这话是为了刺激雷恩,而他弟弟也真的上钩了。雷恩听了立刻转身面对着班迪尔。

"原来你心里只把这看作是买卖,而且一心只考虑这买卖划不划算,是不是?"雷恩指责道,"你根本就不管我心里对麦尔妲有什么感觉。上个月,她刚得知坏消息的时候,你还坚持把我留在古城里,不让我去缤城看她。你总是这样,班迪尔,一切都是钱、钱、钱。我找到这些古文件,想要多花点时间搞清楚。这不是什么易事,毕竟古灵留下来的文稿少之又少,所以就算我们偶尔找到古灵的文稿也难以解读。我想把这上头的意思弄个明白。古灵的文稿为什么如此少,一直是个谜,然而线索说不定就藏在这张羊皮纸上。古灵分明是有文字的,既然如此,他们应该有大量的书册和卷轴才对,而如今那些典籍何在?若能解开这个谜团,说不定就能解开整个古城之谜,可是你对此一点也不在乎。在你眼中,这些文件只需从这个角度去解读:文稿中的记载能不能让我们赚到钱?如果文稿中的记载不能让我们赚到钱,那就把它丢到一边去,继续挖掘别的东西吧。"话毕,雷恩仿佛是故意要嘲笑班迪尔的态度似的,随便地把文件丢在他与班迪尔之间的桌面上。贾妮看到那些文件落在桌上时,眉头不禁皱了一下。那些古纸脆弱得很，一不小心就破成碎片，怎么经得起如此摧残？

"你们两个，"贾妮严厉地说道，"通通给我坐下来，事情还没谈完呢。"

众人勉强就座。贾妮特地选了桌首的位子坐下来，有意无意地强调她的权威地位。近来，班迪尔把弟弟约束得稍微紧了一点，此时也该教大儿子稍克制一点，不过，她并不想让雷恩因此而大受鼓舞，更忧伤沉郁得不可自拔——近来雷恩总是心情不好，不说别人，她自己就已经看得烦厌了。她开始毫无征兆地对两个儿子进攻。

她伸出食指，指着班迪尔。"你弟弟跟女孩子交往，你有什么好嫉妒的？真是要不得！你刚开始迷恋上萝蕾拉的时候，行为古怪至极，但是全家人都不跟你计较。当时，你凡是醒着的时候就守在萝蕾拉家门口。我依稀记得，当时你要求我们重新装潢戴冠公鸡大厅那一整排的厅堂房间以欢迎萝蕾拉嫁过来。又说她最喜欢的就是绿色，所以指定要以深浅不同的绿色作为基调来重新油漆，而且你还不肯让我当面去问问萝蕾拉这到底合不合她的心意。你还记不记得，萝蕾拉一听说这是你要给她的'意外惊喜'之后作何反应？"

班迪尔瞬间一脸怒容，雷恩则咧嘴大笑——贾妮已经好一阵子没看到小儿子这么开心了。她希望她可以让雷恩开心得久一点，但是打铁一定要趁热。

"而你也不能再无精打采、一副害了相思病的样子了，雷恩。你已经是大人了。如果这是你十四岁的热恋，那么你这么恍惚，我倒不意外，但是你已经二十好几了。得学得多克制一点，别把自己的心情明白地给人看出来。上个月你一接到信，立即要求马上前往缤城，而且不能等到先通知维司奇家之后再出发——那是哪门子情理？被拒之后，你就一直生闷气至今，这也太任性了。你不久之后就会乘船顺河而下，护送你的心上人去参加她此生的第一次夏季舞会，这样再妥当不过，你还要我们怎么样？"

雷恩眼里冒出愤怒的火花。很好，如果她能同时激怒他们两个人，那么这对兄弟走出门去之后，很可能会彼此劝慰一番。至少在他们小时候，这招一直都很管用。

"我还要你们怎样？我希望你们多少体谅一下，因为麦尔妲受到的打击很大！我想去看她，并支持她和家人度过这个危机。结果呢？你断然拒绝，不准我去看她，然后你写信给她们家表示同情，还说我若是直接写信给麦尔妲就过于莽撞了。母亲啊，我打算娶她为妻。既然如此，我恳求自家人去帮助她家的人，怎么算是莽撞呢？"

"雷恩，你必须要了解，家里的资源如何花用不是你一个人说了算的，而你那么热切心急，难免会将我们全家人都卷进去。我知道她父亲和她家的活船有难，我心里也为他们难过。但是对我们而言，那也代表着我们有一笔庞大的投资遇了难，而且那笔钱可能已经永远也救不回来了——投资没了便罢，但怎么能再多拿好好的钱往里砸？不，雷恩，你别走，听我说。你以为我很残忍，但是你用常识想想就知道，维司奇家想要把薇瓦琪号救回来，根本就是痴心妄想，但我怎能任由你和麦尔妲为了促成这件事而沦为穷光蛋呢？柯尼提其人其事我们都是知道的。至于凯尔·海文，我只是尊重他是麦尔妲的父亲，此外就谈不上什么好感了。这番话我只讲给你听，在外头我是不说的：凯尔·海文是自作自受。我并不是说他活该，我只是说，是他让自己和他的家人一头栽入这个厄运之中。

"除此之外，维司奇家的反应是筹备要去'救船'，这我也不赞成。别说是我，就连维司奇家的邻居朋友也不支持这个行动。这个行动在先天上就缺陷重重：艾希雅是一头热，谁劝都不听，他们找了个父亲跟他断绝关系的缤城商人之子来掌舵，又接受外国人的金钱资助，而且他们所用的船根本就应该晾在沙滩上、永不出海才是。派拉冈号是我们大家心头的痛啊。我们只能以无知来辩称我们无辜。打从一开始就不该以混杂的船板来造船。但即使如此，大运家族理亏之处更大，他们载货太多，所以得多设风帆，船才拉得动，结果导致派拉冈号因为载重过多而倾斜翻覆。

"我们因为贪婪，所以混用几种船板造成派拉冈号，而他们则因为贪婪而逼疯派拉冈号。派拉冈今天变成这样，我们双方都有责任。把船晾在沙滩上是多年来最明智的抉择，而把船重新装修则是愚蠢之至。"

"维司奇家还有别的路可走吗？"雷恩平静地问道，"维司奇家的财产岌岌可危，这点她们老早就跟我们说明白了，所以凡是能够求来或是借来的资源，她们一概不拒。"

"她们可以等啊。"贾妮宣布道，"其实从出事到现在也没过多久，维司奇家有什么好急的？大家都知道柯尼提总是等上好一阵子才会提出赎金的价码，他必会找人捎信去缤城。"

"不可能。从柯尼提的行径来看，他就是因为自己想要活船，所以才挑一艘下手。如今更有人谣传金戒指号也不见了。你可知道，这一来我们的处境多么堪虑吗，母亲？如今海盗可以上溯雨野河了！然而我们崔浩城从来就没有应付海盗来袭的准备。若事情严重到那个地步，我们恐怕无法把海盗挡下来。所以据我看来，维司奇家的行动可以说是再合情合理不过，维司奇家的活船势必要救回来不可，而且要不惜代价。如今，维司奇家为求事成，赌下了亲族的性命和全家的家产。然而你们若看得远，就知道他们救船的行动其实也保护了我们。结果，我们帮了她们什么忙？没有，我们袖手旁观。"

"那你要我们怎么样？"班迪尔疲惫地问道。

雷恩立刻把握这个大好机会，起劲地说道："放弃活船的债务，至少也要资助她们这趟远行的花费。此外要采取行动，对付大君。今天情况会恶化至此，就是因为大君纵容海盗与贩奴。"

班迪尔顿时大怒。"你这不但是要我们赔上家产给维司奇家陪葬，还要我们一头栽入政治漩涡之中！你别忘了，关于这点，雨野商人圈早就有了定论，那就是现在时机还没到，不宜公然反抗大君，应该等到缤城商人承诺要跟我们站在同一边再行动。大君抵住我们的咽喉，别说是你，我也是义愤难平，可是……"

"可是你却宁可吞下这口气，等到有人肯挺身承受第一波冲击再说！"雷恩气愤地插话，"缤城人袖手旁观，任由维司奇家承受挑衅海盗的第一波冲击，任由坦尼拉家族势单力孤地对抗海关，就是跟你一样的心态！"

贾妮没料到话题会扯到这里来，不过她立即果断地说道："在这方面，我与雷恩有同感。自从我在缤城商会致词以来，情势并未改善，不过缤城的舆论倒已经变了。我看了一些有关税关暴动的报告。据我看来，若是当初我们库普鲁斯家采取了立场，那么众人一定会跟进——而我们应该采取的立场就是要求完全独立。"

贾妮话毕之后，室内一片寂静。过了好一会儿，雷恩低声说道："还说想把全家的家产赌上去的人是我呢。"

"我们若是袖手旁观，必会招致更大的危险。"贾妮宣布道，"我们也应该不分雨野人或缤城人，大家联合起来，同声对外了。"

"好比说，葛雷·坦尼拉？"雷恩问道。

"据我看来，葛雷·坦尼拉会逃到这里来未必是巧合。葛雷如今是住在葛罗夫府上，毕竟葛罗夫家族跟坦尼拉家族的生意往来一向密切。"

"而且葛罗夫家族非常同情那些想站出来对抗大君的人。"雷恩若有所思地补了一句。

班迪尔的表情显得很意外。"哟，小弟是打什么时候开始变得这么热衷政治的？我依稀记得，当初我们是死拖活拉才劝得动你到缤城去走一趟呢。"

"幸亏你们拉我去了，那趟缤城之行让我大开眼界。"雷恩轻松地答道，接着他转头望着母亲，"我们应该邀请葛雷·坦尼拉来家里用餐才是，当然要一并邀请葛罗夫家的人。"

"甚为明智。"贾妮端详长子的反应，她看到长子点头赞同，心里暗暗松了一口气。她不会长生不死，所以她这两个儿子越早同心协力越好。接着她大着胆子，换了个敏感的话题。"嗯，雷恩，那些古纸，你看出什么端倪没有？"她朝雷恩扔在桌上的那些古代文件努嘴。

"一点点。"雷恩皱眉答道，把文件拢回自己身前，"这里头的生字很多，而我所能解读出来的部分则令人喜忧参半。这些文件谈的仿佛是远在雨野河更上游的另一个大城。"雷恩一边说着，一边无心地抠着脸颊上的脱皮。"如果我解读得没错，从雨野河上游到人烟绝迹处应该是有路的，甚至还可以通到有些被称为'群山王国'的地方。如果雨野河上游真有这么个大城，而且我们找得到……嗯，那说不定是堪与崔浩城建城相拟的重大发现呢！"

"痴人说梦。"班迪尔颇不以为然地说道,"雨野河上游的探险已有过不少,但是什么都没发现。假使那儿真有个大城,想必是深埋在地下,而且埋得比崔浩城还深。"

"谁晓得?"雷恩挑衅地说道,"我告诉你吧,从我能翻译的那儿段来看,那个大城在很上游,离这儿很远,所以说不定那地方没遭祸害,至今仍相当完好呢。"雷恩的表情若有所思,"住在那儿的'古灵人'说不定逃过了那个浩劫。若是如此,你想想看,我们可以跟他们学到多少东西呀……"雷恩的声音渐小,而且一点也没察觉到母亲与哥哥彼此忧虑地互瞄了一眼,"在我看来,这颇值得深入研究。我有满腔的问题,只好去拜访龙,听听看它有什么说法了。"

"不行。"班迪尔斩钉截铁地说道,"雷恩,这我们不是早就讲好了吗?你不能踏入戴冠公鸡大厅,因为那根大木头会蛊惑你。"

"那才不是木头呢。那里头是一条母龙,我们应该把它放出来。"

这次贾妮和班迪尔则公然地彼此对望,然后班迪尔以近乎气愤的口气说道:"我很早就怀疑你无法抗拒那根大木头的威力,现在回想起来,我早该在当时就把它剖开用掉的,只是一直苦无时机。那不但是本城的最后一根巫木,也是最大的一根,以此起造的将是世上最后一艘活船……除非你讲的另外那个大城真有其事。说不定那个大城里又可以找到许多巫木。"

"若没有我,你别想找到那个地方。"雷恩轻声说道,"而且你若是杀了龙,我以后绝不帮你。"

班迪尔叉手抱胸。贾妮知道他那个姿势是什么意思:班迪尔虽被弟弟激怒,但他竭力自持,不让怒火爆发出来。梦想家兼学究的雷恩常常把实事求是的班迪尔弄得既无奈又懊恼。贾妮一直希望这对兄弟能明白彼此互补的道理,不过现在她只担心,这两人恐怕会一辈子意见相左下去了。

"世上没有龙。"班迪尔斩钉截铁但轻声细语地说道,"大木头里的东西不知是何物,但那东西反正老早就死掉了——而且很可能是先发疯才死掉的。如今生命已逝,仅余记忆。那东西不是真正活着,这就跟活船并不是真正活着是一样的道理。活船非活物,只是其船板能够吸收记忆、保存记忆罢了;巫木做成的船板之所以能够吸收缤城人的新记忆，就是因为这个缘故。一个人跟活船讲话，其实跟自问自答无异，只是活船在讲话的时候不但有你自己的影子，也混杂了活船家族储存在木料中的记忆。所以你跟那根大木头讲话的时候，对方答复的其实是你自己的心思，而且又经过某个早在我们发现这个古城之前就发疯而死的可怜生物所转译。"班迪尔以近乎哀求的口吻继续劝道："雷恩啊，别让固执的狂性借着你的嘴讲话，还是离那玩意儿远一点吧。"

雷恩脸上闪过犹豫的神情，然后变得顽固。"要证明我是错的，这很容易，你只要把那根大木头搬到阳光与流通空气之中就行了。如果到那时候，那木头没起一丝变化，我就承认我是个傻子。"

"你开的这是个什么条件？莫非你疯了不成！"班迪尔气呼呼地叫道，"那根木头那么大，要搬到外头，可得把整座山削去才行，要不然就得把原出口上方的滑走区土石挖开来。但是开挖的时候，土石很可能会崩落，埋住整个大厅。你想想看，门上的墙壁都已经有裂痕了。好吧，就算我们有办法凿出一条通道，那也得挖破一整面墙才行。雷恩，你不是认真的吧？"

"那母龙是活的。"雷恩辩驳道，"而且它还说，她愿意帮助麦尔姐和维司奇家族。你们想想看，果真如此的话，那可不是多了个力量超强的盟友吗？"

"倒不如说是多了个力量超强的劲敌吧！"贾妮气愤地驳斥道，"雷恩，这事我们老早就谈过多次了，而且已经讲定了。就算那个大木头里真的有活物，我们也无法把它弄出来。就算我们能，我们也不至于傻到放走它。这事到此为止，结束了。你听懂了吗？往后这事不得再提，不准再谈。"

雷恩张开嘴，下巴与下唇轻轻颤抖——在他小时候，每有什么不顺心、要大吼大叫之前，总是有这个前兆，但接着他毅然地闭上嘴，一语不发地站起来，转身走开。

"我们还没谈完！"贾妮·库普鲁斯厉声叫道。

"那与我无关。"

"当然跟你有关。你回来坐下，告诉我们你到目前为止从古纸上看出了什么端倪。这是命令。"

雷恩转头望着母亲与哥哥，眼神已经变得冰冷且阴沉。"你跟我来硬的？好，那我们就硬着来。你既想知道古纸上写了什么，可以，不过我有我的条件。如果你不肯把龙交给我，那就给我一些珍贵的钱财吧，母亲。因为我无论如何都要帮助我的心上人。我此行去缤城，将要牵起她的手，与她在大舞池里共舞，但我可不希望她在见到我之后还跟之前一样希望渺茫、两手空空。那可不行。"

这回轮到班迪尔发火了。"这说的是什么话！难道你不是家里的人？你对家里尽一份责任，本来就是应该的，难道还要我们贿赂你才肯做？家里待你不薄，现在只不过是要你略作回馈而已，你还要求我们对你额外施利？别人不恼，我第一个就恼了！"

"要恼就去恼！"雷恩冷冷地答道。

"雷恩，"贾妮努力以冷静说理的口吻说道，"你坦白说吧，你到底在求什么？到底我们要怎么配合，你才肯放弃这个龙梦？"

"母亲，这我可不同……"

"嘘，班迪尔，别急着拒绝，先听听他怎么说。"贾妮祈祷她方才的话不至于提示得太过笼统，毕竟她不但得让雷恩上钩，还得让他心甘情愿，"儿子啊，你到底在求什么？"

雷恩舔了舔干燥的嘴唇，如今他终于有机会朗声地开出条件，神情却反而显得有点忐忑、有点忧虑。他清了清喉咙："第一，放弃那艘活船的债务。反正那不过是形式而已，大家都知道，我送给麦尔妲的聘礼就是那艘活船的债务一笔勾销，既然如此，那何不现在就勾销债务？现在她们的家计已经陷入困境，我们可不能让她觉得，她们家已经蒙受巨大的打击，而我们还要落井下石，从她们家榨出钱来。别再让她担心害怕。"雷恩的声调变得粗哑起来，"别让她担心，只因为还不出钱，她就不得不嫁给我。我不要她那样。我不要她担心害怕，深恐我们会要求她们履行'人还金还，欠债奉还'的约定。"

"她终究会爱上你的，雷恩，你放心。许多来自缤城的新嫁娘尽管是勉强嫁来的，却不久就爱上……"

"我不要她那样。"雷恩还是顽固地坚持道。

"那么,我们绝不要求她们履行'人还金还'的约定。"雷恩的母亲保证道。

"好,这样就行,我们干脆把活船契约丢掉算了。现在该你说说,你从那上头看出什么没有?"班迪尔以暴怒的口气唐突地说道。

"还有呢。"雷恩毫不留情地说道。

"哦,还有什么别的条件?莫非你想当'雨野原大君'不成?"班迪尔讥讽道。

"不,我只想主宰自己的人生。我希望,在我们结婚、麦尔妲到此定居之前,我随时都可以去看她,而且去的时候不至于两手空空,所以我要一笔自己可以任意动用的零用钱,不必老是开口跟你们要钱。总而言之,我要你们把我当作大人来看待。当年,你开始有自己的零用钱时,年纪比我现在小很多呢。"

"那只是因为当时我已经有了妻室!等你结了婚,就会有自己的收入,目前你还用不着。我对你从不小气,而母亲一直都最宠你,我们这几个兄弟姐妹远远比不上。可是我们给你越多,你的要求就越多!"

"你要零用钱也不成问题。"贾妮无情地插嘴道。

班迪尔的表情先是难以置信,然后变得暴怒,最后他两手一摊,问道:"我还待在这里干嘛?好像根本就没有我说话的余地!"

"你要在这里见证你弟弟对我的承诺。雷恩,我们于你,所求如下:你必须放弃那个龙梦,并且不得再度探访原木。还有,日后原木的处置,你也无权干预。你必须尽你对家庭的责任,在我们要求的时候发挥所长。日后除非有你哥哥和我的同意,你不得进入古城,而且进入古城后也只能做我们许可的工作。我们的回报则是,活船薇瓦琪号的债务一笔勾销,拨给你一笔成年男子的独立零用钱,并让你得以随时探访心上人。你可同意否?"

贾妮的措辞非常正式。她看得出小儿子听了这话之后,按照她以前教他的办法,把合约一字一句记在脑海里,并谨慎地反复考量合约的条件。雷恩望望她,又转头望望哥哥,呼吸变得越来越急促。他按摩左右太阳穴,仿佛颅内起了巨大的交战。这个合约关系甚大,一点也大意不得,贾妮很敢给,也很敢要。

雷恩未免思索得太久，想必他是会拒绝了，但接着他突然说道："我同意。"他说得很匆促，仿佛这几个字会刺伤自己。

贾妮无声无息地把憋着的一口气呼了出去。成了，这下子可不知不觉地把他套住了。她深吸了一口气，以平抚反胃的感觉——毕竟她算计的可是亲生儿子啊。不过她告诉自己，这样做是必要的，因为必要，所以是荣誉行为。雷恩一定会遵守诺言，过去的承诺，雷恩一向都言出必行，往后一定也是如此。如果嘴上的承诺不算数，那就称不上是商人了！

"我以库普鲁斯家族商人代表的身份接受这个约定。班迪尔，你可愿做见证人？"

"我愿意。"班迪尔酸溜溜地说道，不肯直视母亲的眼睛。贾妮心里想道，不晓得班迪尔是疑心母亲此举不够光明正大，所以颇不以为然，还是他对于合约的条件非常失望。

"那么，今晚也谈够了。雷恩，这些文件，请你再多研究一天，然后把你现在能领悟出来的译文写出来；至于前所未见的生字，也将之抄下，并把你所推测的字义写下来。但是今晚别忙这个，今天晚上，我们大家都要好好睡一觉。"

"噢，我不睡。"雷恩好笑且苦涩地应道，"恐怕我今晚是没得睡了——其实，恐怕是我不敢睡。母亲，我今晚就开工，说不定明早我就可以给你一点成果了。"

"你别太累了。"贾妮劝道，不过雷恩已经收拾文件，提脚便走。她等到雷恩走出门外之后，才匆匆地走上前，拦下正往门口走的班迪尔。"你等等。"贾妮命令道。

"等什么？"班迪尔抑郁地反问道。

"等雷恩走远。"贾妮率直地答道。班迪尔一听，精神就来了，他以惊讶的神情望着母亲。

又经过漫长的几分钟之后，贾妮才深吸了一口气。"那根龙木，班迪尔，得赶快处理掉，绝不能拖。赶快把龙木剖开吧。你的提议很有道理，我们库普鲁斯家族不妨造一艘活船自用，要不然，就把原木锯成木板贮存起来也很好。至于木头里面的东西，丢掉就是了。不这样的话，你弟弟恐怕就不保了。其实，你弟弟跟我们之所以有嫌隙，根源并不在于麦尔妲，而在于那根木头。"贾妮又深吸了一口气，"我怕他会被那些记忆拖下去，毕竟他原来就已经走在峭壁的小径上，一个不小心就会跌入深不见底的深谷。我们应该让他尽量离古城远一点才是。"

班迪尔脸上闪过担心的神情。贾妮见此倒释怀了，那个表情不是装的，班迪尔是真的关心弟弟。从他接下来问的问题更可看出他对弟弟的关怀。"现在吗？你是说，在他出门去缤城参加夏季舞会之前就把那根木头剖开？母亲，这样恐怕不好吧，就算他已经同意无权过问那根原木的处置方式，这样做也未免太绝了。去缤城参加舞会是他人生的一大乐事，我们应该让他欣然成行，而不是让他在出门的时候因为责备自己思虑不周而倍受煎熬。"

"你这话也对。那就暂且搁着，等他上路了再说。我看他在缤城至少会待上一星期，你就到那时候再动手吧。等他回来时，一切都已成定局，无从挽救，这样最好。"

"想也知道，他一定会怪我。"班迪尔脸上闪过一抹阴影，"他本来就对我颇有成见，这下子恐怕要雪上加霜了。"

"不会的，到时候他怪的一定是我。"母亲跟班迪尔打包票，"绝对赖不到你头上去。"

港口里已经入夜了。派拉冈感觉得出来，因为风向已经变了。如今，风把城里的各种气味吹入他的鼻孔里。他伸手去摸摸鼻子，然后指头大胆地探上去，摸着眼睛挖去后留下来的空荡荡的眼框。

"会痛吗？"琥珀轻声问道。

派拉冈立刻放下手。"我们活船不会感觉到人类的那种痛楚。"他向琥珀保证道。过了一会儿，派拉冈问她："现在城里是什么风光？你看到什么？"

"噢，这个嘛。"琥珀应道。派拉冈感觉到在前甲板的琥珀换了个姿势。

她原是躺在甲板上，不是在打盹就是在仰望星空，此时她则改为趴着。她的身体与船板接触的地方感觉上暖暖的。"我们四周是如林的船桅，在夜空的衬托下，那一根根的船桅像是黑棍子似的。我看到几艘船上挂着小小的灯笼，但是挂灯笼的船并不多。不过城里的灯光可就多了，那些灯光映照在水里，而且……"

"要是我也看得见那些灯光就好了。"派拉冈幽幽地说道。然后他朗声抱怨道："我真希望我什么都看得见，什么都看得见！可是现在我所见的只是无尽的黑暗。琥珀，瞎了眼，被晾在沙滩上，真的很难受，但久了之后，我也就习惯了。可是现在我又入水了……我不知道走过码头、经过我船边的那些人是谁，也不知道靠在我身边的是哪艘船。要是码头上着火，我也看不见，等我察觉的时候已经来不及挽救了。这些都很糟糕，但是更糟的是，我们不久就要出航。你怎能期望我盲目大胆地驶入无垠的大海中？我是很想好好表现一番，但这恐怕是不可能了。"

派拉冈感觉得出琥珀回答的时候是一番好意。"你要信任我们啊，派拉冈。我们就是你的眼睛。我发誓，如果我们驶入险境，那我一定会待在这里，把我们所面临的环境讲给你听。"

过了一会儿，派拉冈答道："这不足告慰，不足告慰啊。"

"我知道，不过我也只能这样。"

派拉冈倾听着。海浪温柔地打在他的船壳上，绳索拉紧时发出了吱嘎的声音，有个人走过他身边的码头，传来笃笃的脚步声。夜晚缤城的声响传入他耳中。派拉冈纳闷道，自从他最后一次见到缤城以来，这里起了多少变化？但是他再怎么眺望也只能见到无垠的黑暗。"琥珀，"他轻声说道，"把欧菲丽雅的手修好，难不难？她的手坏得很厉害吗？"

"灼伤处大多伤得很浅，只有少数几处例外，最大的问题在于要怎么细修才能让手指和手掌维持比例。所以我不只把受损的地方磨掉，还要同时修饰左右手。我修掉的地方有很多根本没有灼伤。回想起来，那工程最大的难处有两点，一是要费心地让欧菲丽雅待着不动，二是我一方面担心弄痛她，同时又得专心地把手上的工作做好。"

"这么说来,那是很痛了?"

"谁知道呢?欧菲丽雅说不痛。她跟你一样,也跟我说'我们活船,不会感觉到人类的那种痛楚'。话虽如此,我看她还是觉得不大舒服。她告诉我,我把木料刨走时,她觉得若有所失,就是因为这个缘故,我才把刨下来的木料做成首饰让她佩戴。她还告诉我,我完工之后,她觉得手怪怪的。"琥珀顿了一下。"我听了,只觉得仿佛晴天霹雳。我已经尽了全力,没想到还是这样。不过,上次我趁着她开航之前去看她,她倒告诉我,她已经习惯了这一双新手,所以现在她觉得新手蛮好的。她巴不得我重新帮她修出个新发型,可是坦尼拉船长拒绝了,他说他们只在港里待一下就要走,时间不够。说真的,我倒庆幸。巫木这种木料……总让我做起来不大自在,我就算是戴着手套,也感觉得出巫木像是要把我吸进去似的。"

不过派拉冈心不在焉,对琥珀最后那句话听而不闻。"你可以把我的胡子劈下来啊。"他突然叫道。

"什么?"琥珀警觉地问道,同时一气呵成地站了起来——那流畅的模样好像不是人,而是振翅升空的鸟儿,"派拉冈,你在说什么啊?"

"你可以把我的胡子劈下来,刻好形状,再嵌回我脸上,这样我就有新脸,而且能够再度看见东西了。"

"你太异想天开了。"琥珀淡淡地说道。

"我是疯船,所以我的想法当然异想天开啰。不过琥珀,这是行得通的,你瞧,这儿的木料多得很。"派拉冈一边说一边用双手掬起两把胡子,"这些用来做一对新眼是绰绰有余的,就等你露一手了。"

"我不敢做。"琥珀淡淡地答道。

"有什么不敢的?"

"艾希雅和贝笙会怎么说?把欧菲丽雅的手修好是一回事,替你重新刻一张新脸,那可就不同了。"

派拉冈叉手抱胸。"何必考虑艾希雅和贝笙会怎么说?难道我是他们的财产吗？难道我是奴隶不成？"

"不，只是——"

派拉冈也不理她，继续自顾自地说下去："你当初把我'买'下来的时候，不是坚持那个买卖只是形式是做给别人看的而已吗？你说我要自己为自己做主，因为我不属于任何人所有。你还说，其实我一直都是自己的主人，而且以后永远要替自己做主。既然如此，那么我要不要做一张新脸，应该由我自己来决定才对。"

"也许是该由你自己来决定，但我不见得会同意啊。"

"你有什么好不肯同意的？难道你希望我一直瞎下去吗？"派拉冈感觉到恐惧在身体里流窜，想要找个出口，不过接着他便把恐惧感压了下去。发脾气对琥珀而言是无效的，他若是大发脾气，她只会一走了之。

"当然不是，不过我也不希望你失望。派拉冈，巫木这种木料，我其实不大懂，只是埋头就做而已。我手上刻着，觉得这跟普通木头无异，但我心里却感觉到这巫木是活物。我是把欧菲丽雅的手修好了没错，但是修手的过程，我很……不自在。欧菲丽雅说，她觉得她的手怪怪的，但于我而言，我的感觉则更为深刻——怎么说呢，近乎像是亵渎神灵的感觉。"琥珀讲到最后那几个字的时候语气格外轻柔，派拉冈感觉得出，那一定是因为她心里很迷惘。

"你帮欧菲丽雅修手，却不愿帮我做脸？"

"派拉冈，这两者差别很大。就欧菲丽雅而言，我是帮她刮掉烧焦的木料；而就你而言，则是要嵌上木块、替你做出一对新眼睛。我刚才说过了，巫木这种木料我其实不大懂，只是埋头苦干而已。这其中问题很多，好比说，新嵌上去的木块会不会活生生地化为你的一部分，还是永远就只是嵌在你脸上的木块？"

"那你就照你帮欧菲丽雅修手的做法替我修一张新脸啊！"派拉冈在一阵沉默之后喊道，"把这张旧的残脸修掉，刻一张新脸。"

琥珀吐出气音，不过她说的是外国话，至于她说的那几个字是在祷告还是在诅咒，派拉冈就感觉不出来了。他只感觉到琥珀听到他的提议之后变得非常恐惧。之后她说道："你知道你提的是什么主意吗？果真如此，那等于是我重新帮你刻一张脸呐……说不定连你的身体也要修，免得头小身大。我从没接过这么大的案子。派拉冈，我是木匠，不是雕刻师。"说到这里，她轻蔑地吹出一口气，"说不定我哪里雕坏了，结果你永远不复今日的俊美，果真如此，那我怎么对得起你啊？"

派拉冈双手举到脸上，以指头抠着空荡荡的眼穴，然后朗声大笑，笑声大胆且苦涩。"琥珀啊，我宁可变丑，也不要瞎眼。如今的我，是既丑又瞎，所以你尽管放手去做，因为你再怎么弄，我也不可能比现在更惨！"

"你这个托付实在太过沉重。"琥珀避重就轻地说道，不过她还是接口道："但我会考虑考虑。给我一点时间，派拉冈。你自己也想个明白再说。"

"我别的没有，时间倒多得是。"派拉冈答道，"多得有余呐。"

Chapter Twenty-Seven Kingdom's Foundation

第二十七章

王国奠基

薇瓦琪沉沉地浮在水面上，船舱里堆满了柯尼提的收藏。船昏昏欲睡地想，这种感觉颇像是人吃了一顿丰盛餍足的大餐之后的心情。此刻的薇瓦琪只觉得饱食又快活，虽说她船舱里的收藏并不是靠自己的力量挣来的，那些都是柯尼提靠他的聪明所赢来的收获——不，薇瓦琪纠正自己，柯尼提有这番成就，靠的不是聪明，而是智慧。任哪一个不成气候的小海盗都可以靠自己的小聪明营生，但是柯尼提可不是简单的人物。这个人既有远见，又有使命感，薇瓦琪因此颇以身为他的座船为荣。

最近的这一趟航程其实和当年她跟着艾福隆·维司奇四处揽货的那段时光差不多。他们的第一站停靠在分赃镇，好让众奴隶下船，然后柯尼提去参加一场不知道是怎么安排起来的神秘聚会，托付一艘往北开的船，把要求赎金的信函交给繁纹号的船主以及艾弗瑞船长的家属。接下来，柯尼提开始依序巡视他的"合股船"与各合股船的基地港，而玛丽耶塔号也与他们同行。每到一站，柯尼提和索科便上岸访查，而有时候，依妲或是温德洛也会跟着上岸。薇瓦琪最喜欢由温德洛陪同柯尼提上岸，因为温德洛返回船上后会把他的经历讲给她听，仿佛她自己也亲自走了一趟。这跟以前大不相同。以前，温德洛就算只是离船一两个小时，薇瓦琪就十分害怕。她猜测这大概是因为现在她苏醒既久，自我想法也比较坚实稳固了，要不然就是因为，现在对她而言，与其时时刻刻都有温德洛陪伴,她更想知道柯尼提生活上的每一个细节。她曾要求柯尼提在她船上谈公事,好让她对那些事情知道得更清楚,但是柯尼提拒绝了。

"你可是我一个人的。"当时他醋意大发地对她说道,"所以,我的海小姐,你的神秘、你的美艳都只归我一人所有,我乐得让众人以敬畏且惊奇的眼光望着你。且让我们继续维持这份神秘感吧,我宁可让他们以嫉妒、羡慕交加的眼神远望着你,也不要让他们登船,徒劳无功地试图以魅力或是喋血事件将你从我身边抢走。你是我的城堡兼要塞啊,薇瓦琪,我绝不让陌生人登船。"

她不但记得柯尼提讲的每一个字,也记得当时他讲话时的每一个抑扬顿挫,他的言语犹如蜂蜜融入面包一般地浸润到她的心中。薇瓦琪想着自己的种种症状,不禁笑了起来。柯尼提这是在跟她献殷勤呐,而且他真的掳获了她的芳心。如今的薇瓦琪,甚至也不试着去分析他的话哪里不对劲,更不会去探索他的真心以确认他所言是否属实了。既然柯尼提不会一一寻觅且数落她的缺失,那她又何必斤斤计较他有什么瑕疵?

此时,她停靠在一处非常破落,但竟然也号称为"海港"的地方。她实在想不出怎么会有人选择在此落脚。这个所谓"海港"的末端有一艘搁浅在沙泥中的船只残骸。她努力回想这个地方的名字。歪斜村?对了,唔,这地方叫歪斜村,倒也名副其实,不管是下陷的码头还是迎风的茅舍,看起来都有点松垮歪斜。不过,看来此地近来颇为蓬勃:街上新铺了黄色的木头步道,有些房舍尽管东倒西歪,却也高高兴兴地上了油漆;还有人种了好几排树作为防风林,并在林后种了一排排果树幼苗;一名守着羊群的牧童严加看守,免得羊去把果树细嫩的树皮给吃了。码头边,破落的小舟之间停泊着一艘大船,船的铭牌上骄傲地写着"财富号"几个字,船桅顶上的渡鸦旗迎风招展,即使远观也看得出那船上的黄铜物品在阳光下闪闪发亮。薇瓦琪想道,这整个小村看起来正在蓬勃地转型,有朝一日会变成颇具规模的城镇。

不过她的注意力全集中在一群人身上,他们刚刚从村里最大的房舍中走出来,朝着码头走来。柯尼提想必就在那一群人之中吧。不久,薇瓦琪就看出原来领头的那人就是他,至于为他送行的人,则视他们在当地的地位而群聚在他的身旁,或是尾随于他身后。索科与高瘦的依姐一左一右地护卫着他两侧,依姐的另一边则是温德洛。那一群人在码头上待了好一阵子,又是鞠躬,又是点头道别,好不容易才放柯尼提离去。柯尼提一行人爬下楼梯,登上薇瓦琪号的随船小艇时,镇上的人仍依依不舍地向他道别。此行他们所到的每一站都是这样,人人都对薇瓦琪号的船长爱戴有加。

她望着小艇滑过波光粼粼的平静港面朝她而来。柯尼提此行穿得十分体面,他帽子上的黑羽在微风中点头。柯尼提看到薇瓦琪在注视他,于是举起一只手跟她打招呼。他这么一招手,阳光一照耀,外套袖口上的银钮扣便闪闪发亮。他全身上下看起来无不像是意气风发的海盗,而端坐在艇首那尊贵的模样更与国王无异。

"他们已经把他当作国王来看待了。"上次温德洛随着柯尼提出访,回来之后便如此对薇瓦琪说道。"他们把柯尼提那一份收获交出来时,一点也没有不满或是怨言。不过我之所以如此说,还不只是因为他们承认柯尼提有权拿走一部分他们掠劫而来的收获,重点是,他们甚至还把聚落里的事情拿来请他公议。柯尼提裁决的事情,从偷鸡到偷情无所不有。此外,他还画出了各城镇的防御计划图,又勒令何处必须加盖什么建筑物、何处的建筑物又必须拆除。"

"柯尼提这个人很公正,所以他们把自己的事情拿来请他裁决,我倒不觉得意外。"

温德洛不屑地嗤了一声。"什么公正?恐怕是裁决哪一边胜诉会使他更受大家欢迎,他就怎么裁定吧!他们提出自家的案子时,我都站在柯尼提身后看。他会皱着眉头专心倾听,还会提出问题,不过到了最后,他所做的裁决总是与大众的想法一致,即使那显然不符公理正义,他也照判不误。他才不管什么公理正义,薇瓦琪,他下判决的时候只顾着印证大众心里的想法,并让他们认为自己果然与正义公理站在同一边,如此而已。而他决断完大小事情之后便到镇上去走一圈,看看这个,看看那个,然后盼咐他们:'你们得凿口井,这样才有好水可喝。'不然就说:'看那栋破房子,尽早把它拆了,免得着火了波及这一带的房子。此外也要把码头修好。另外,寡妇的茅房得铺个新屋顶了,大家要帮着她把新屋顶铺上去。'柯尼提说完之后甚至拿出钱来资助,而虽说他拿钱出来,只不过是把当地交出来的钱还一点回去做回馈,但是他拿钱的那个态度却仿佛是乐善好施的大好人似的。可是大家都被他迷倒了,人人都对他崇敬有加。"

"这很自然,听起来柯尼提在当地做了很多好事。"

"是啦,"温德洛不安地坦承道,"他是做了很多好事。柯尼提给他们钱,好让他们善待镇上的老弱贫病。他在我们前一站拜访的那个小村落的时候吩咐他们要盖个房子,好让孩子们有地方可以上课。他们村里有个识字且通文理的老人,柯尼提临走前留了不少钱给他,好让他安心替孩子们教书。"

"既然如此,你怎么还对他那么挑剔?这我真是不懂。"

"倒不是他的行径可议。柯尼提做的事情很好,甚至很值得嘉许,所以我怀疑的并不是他的行径,而是他的动机。薇瓦琪,柯尼提一心想称王。就是因为想称王,所以他才处处讨众人的欢心。他们既然进奉钱财给他,他也乐得把钱用来购买他们本应自己购买的物资;而柯尼提之所以购买物资,并不是为了行善,而是因为此举可以博得他们的好感,又可使他们满足。这两种情绪夹杂在一起,则使他们因为柯尼提来访而感到骄傲。"

当时,薇瓦琪听了之后摇了摇头。"我还是听不出这有什么不好。老实说,我反而还觉得他处处为人着想呢。温德洛,你怎么老是怀疑柯尼提居心不良?你有没有想过,说不定他之所以想要自立为海盗群岛之王,为的就是要做这些好事?"

"他存的真的是这个心吗?"温德洛质问道。

面对温德洛,薇瓦琪不能不说真话,至今仍是如此。"这我就不知道了。"她老实地答道,"不过我希望他存的是这个心。反正不管是不是如此,结果都一样。"

"目前是没什么差别。"温德洛坦承道,然后又阴郁地补了一句:"但是长期而言,不同的动机是不是仍会发展出同样的结果,我就不知道了。"

薇瓦琪一边望着逐渐接近的小艇一边咀嚼温德洛的话。那年轻人疑心病太重了，只因心里阴郁，就总是对柯尼提的嘉言善行怀疑再三。小艇来到船旁，船上掷下绳梯。薇瓦琪最讨厌的就是这个阶段。近来，柯尼提顽固地坚持要自己独立爬上绳梯，回到他自己的船上，可是他仿佛永远也爬不完似的。他每攀一步，薇瓦琪都担心他会滑倒、掉下去，然后撞上船边的小艇，把骨头都撞碎——要不就是担心他会落入海中，被大浪或是海蛇吞噬。今年海蛇特别猖獗，在薇瓦琪的记忆中，海蛇虽年年都有，但就属今年最多且最胆大妄为。想到这里，她就心里不安。

过了不久，柯尼提的木腿敲在甲板上的声音就笃笃地响起来了，薇瓦琪这才宽心地叹了口气，然后耐心地等待他的到来。柯尼提上了船，总是先到船首来看她，不管时间早晚都一样。有时候，温德洛会跟着他来，以前依妲也会跟着来，但最近她却不踏上前甲板一步了。薇瓦琪心里想道，依妲这个决定颇为明智。

这一次，薇瓦琪在扭过身子去跟柯尼提打招呼的时候发现他是一个人来的，所以她的笑意变得更浓也更温馨了。柯尼提单独前来是最好不过的了，因为这一来，他们两个就可以自在地讲话，既不会被温德洛的问题打断，也不会因为温德洛疑心重重的表情而受到妨碍。柯尼提看到薇瓦琪也得意地咧嘴笑道："啊，琪小姐，你准备好要多载点货了吗？我已经安排好，教他们今天下午把货运来了。"

"什么货？"薇瓦琪故意问道，因为她知道柯尼提以细数他的财宝为乐。

"唔，"柯尼提应着，然后故意卖关子似地顿了一下，"小桶装的上好白兰地、茶叶、银条，颜色好、花样美的羊毛地毯，还有一批装订得非常精美的书，有诗集、历史、附插图的自然史和好几本游记，都是一流的。这批书我打算留下来自用，不过我当然也会让温德洛和依妲看一看啰。此外还有食物，好几袋麦子、好几桶食用油和朗姆酒，又有一大批钱币，成色来源不一。卢佛把财富号带得有声有色，看到歪斜村这么繁荣，我心里很高兴。"

可是薇瓦琪一听到书，别的事情就顾不得了。"既然有新书，想必温德洛就会继续一有空就又跟依妲关到小舱房里去窝着啰。"薇瓦琪醋意大发地评论道。

柯尼提笑了起来，他倾身到船栏外，揽起她的一绺头发，任由她的发丝从指缝间滑过去，同时说道："一点也没错，温德洛会继续引开依姐，而她也会继续占住温德洛的时间。因为唯有如此，我才能跟你单独相聚，谈谈我们自己的野心和兴趣呀。"

柯尼提这么一碰，薇瓦琪的肩头仿佛触电一般。突然之间，她只觉得既兴奋又困惑。"这么说来，你是故意把他们配在一起，好让我们有更多时间相聚啰？"

"不然还有别的原因吗？"柯尼提又揽起另一绺发丝，并把那一卷沉重的卷发托在掌中掂着。薇瓦琪转头望着柯尼提，他淡蓝色的眼睛眯成小缝。薇瓦琪心里想道，柯尼提的确英俊，英俊中带有一种残酷的味道。柯尼提继续说道："这你不介意吧，薇瓦琪？依姐这可怜的小东西，她实在是太浅薄了，毕竟陪宿这个行业不需要什么见识。而说起替人上课，温德洛比我有耐心多了，所以他可以教导依姐识字，好让她增加见闻，这样她下船之后就不必重操旧业了。"

"依姐要下船？"薇瓦琪屏住呼吸。

"当然啦。之前我把她带上玛丽耶塔号，为的只是保住她的命而已。实际上，我们两个差异甚大，根本谈不来，只是之前我在休养疗伤的时候，她待我很好，也很有用处罢了。不过，我每次看到她就不由地想到，我的脚伤就是由她而起的。"柯尼提讲到这里，特别为薇瓦琪挤出一抹笑容，"温德洛会为她上课，所以等她上岸之后就可以做些别的，不必再躺着营生了。"柯尼提的额头若有所思地皱了起来。"我想，我人生的职责就是要让人们在认识我之后比认识我之前过得更好，你觉得呢？"

"依姐什么时候走？"薇瓦琪强忍住急切的心情，尽量镇静地问道。

"唔，我们下一站要停靠分赃镇，而她之前就是住在分赃镇的。"柯尼提自顾自地露出笑容，"可是后事会如何发展，谁也说不准。当然，我是不会逼迫她下船的。"

"当然，当然。"薇瓦琪喃喃地应道。此时，柯尼提将她的一绺黑发卷在手里，然后用发梢搔她的裸肩。

柯尼提的手上挟着一个用粗麻布包起来的包裹。"你的头发好美。"他轻轻地叹道，"所以我一看到这个就想到你了。"柯尼提打开包裹的一端，抽出一把红红的东西。他再把那红色的东西抖开，于是那宽阔的红巾就越抽越长、越抽越长，料子既轻又细。他把那红巾递到薇瓦琪面前。"当时我就想，让你把这个系在头发上一定很好看。"

薇瓦琪一下子慌乱起来了。"从没有人送我这种礼物。"她惊奇地说道，"你真的要把这个送给我吗？这红巾若被海水打湿、被海风一吹，恐怕不久就破了……"话虽这么说，可是薇瓦琪手里却拿着那红巾不住把玩，然后把它拿起来，横过额头，柯尼提顺势拉住红巾的末端，打了个结。

"那我只好再搜罗新的头巾送你啰。"柯尼提歪着头，笑吟吟的，仰慕地望着她，"我的海盗王后。"他轻声说道，"你真美呀！"

这书的封面封底皆是木雕书皮，且有扣环。温德洛小心翼翼地解开扣环，谨慎地翻开书页，然后敬畏地叹了一口气。"啊，做得真好。瞧，连细节都一丝不苟。"他捧着展开的书册走到窗边，让阳光照在画得巧夺天工的书页上，"真是精致啊。"

依妲慢慢地走到他身后，低头望着展开的书页。"这是什么？"她问道。

"这是药草……这是药草书，除了描述植物外观及用法之外，还附了插图。药草书我见多了，但是没有像这本书做得这么细腻的。"温德洛小心地翻动书页，以展示这本煞费苦心的杰作，"就算我们修院的图书馆也没有这么精致、贵重的好书。"他手指轻触书页，顺着页缘拂过去。"你瞧，这是薄荷。你瞧，每一片薄荷叶上的皱纹和细毛都画得好清楚。画图的人真是别具慧眼啊。"

他们两人置身于当年温德洛与父亲所居的小舱房里，只是当时他们父子居住于此的种种迹象早已刷洗得不见踪影，如今此处只见温德洛那个收拾得洁净整齐的舱床、折叠式的小书桌，以及一整箱手稿、卷轴和书册。一开始，温德洛是在柯尼提的船长室里替依妲上课的,但是过了不久,柯尼提就嫌他们翻书页、动纸笔的声音太吵,把他们赶到温德洛的房间来。不过温德洛并不以为意,以往她若是要看书,总是多有不便,不像现在这么无拘无束、自由得很,更何况这么精致的书册乃是他此生仅见。

"书上说什么?"依妲不情不愿地问道。

"你自己念嘛,"温德洛鼓励道,"你试试看。"

"这些字都长毛了,花花的谁看得懂?"依妲嘴上埋怨着,但手上还是把温德洛谨慎递给她的书册接了过去,皱着眉头打量起来。

"你别被这一手花体字吓倒。这个抄书人的笔划点缀特别多,字体本身又多加装饰。不过,你别管那些花俏的装饰,只注意字母的基本笔划就够了。试试看嘛。"

依妲的手指慢慢地拂过书页,努力地辨认那是什么字,嘴里也念得喃喃有声。温德洛咬紧牙关,以免自己出声代她念。过了一会儿,依妲深吸了一口气,念道:"本味号称为药草之后。以本味之鲜叶烹煮为茶,可治头……"

依妲念到这里突然停了下来,并小心翼翼地合上书页。温德洛不解地抬头去看她的脸,却发现她连眼睛也闭上了,同时眼泪顺着她的睫毛淌下来。

"你识字了。"温德洛肯定地对依妲说道,然而除此之外他一动也不动,也不敢再多讲一个字。替依妲授课一开始就是个艰难的旅程,而今天能走到这一步实属难得。依妲这个学生顽劣难教。她是很聪明,但他想要开导她的种种努力却引发了她内在的深切愤怒。有一段时间,温德洛笃定地相信,她的怒气必是冲着他而来的。她脾气乖戾,蔑视他的协助,然后又指责温德洛明知故问就是要让她出丑。而且她的脾气之大,不惜把珍贵的书本乱丢乱甩,也不惜把昂贵的纸张撕成碎片。依妲屡次在温德洛弯身纠正她的笔划之时使劲地推开他。有一天,依妲老是把字母写成左右颠倒,温德洛提醒了四次之后,她依然如故。于是温德洛提高音调、再度纠正,这次她竟出手打人——她可不是甩他一巴掌,而是一拳结结实实地打在他的肚子上,让他眼冒金星。之后她就忿忿地大步走出舱房,而且不曾为此而跟温德洛道歉。

直到教了她好几天之后，温德洛才意识到，依妲的怒火并不是冲着他而来的，她气的是自己怎么那么无知，这一点使她羞愧交加；而当她不得不请教他的时候，更觉得自己颜面扫地。若是他坚持要依妲自己多写几次、多念几次，她就认定他是在借故让她出丑。再加上依妲本来就有拿他出气的倾向，所以这个学生不但难教，而且随时都有伤人的可能。然而，任由她自己摸索挣扎固然危险，但若是赞美太多，也一样不安全。有一次，温德洛就因此而被依妲吓得落荒而逃。温德洛曾经去找柯尼提，恳请柯尼提别把这个重任派给他，他本以为柯尼提会吩咐他无论如何都得继续教下去，谁料那海盗却只是歪着头柔声问道，温德洛是不是真的认为莎神的旨意是不希望他继续教下去？温德洛听了，惊讶得说不出话来。柯尼提见此，脸色陡然变了。

"这么说，你不肯教，是因为她是婊子，对不对？"柯尼提赤裸裸地揭露道，"你心里认为，像她这种人不值得承受读书写字这种大礼，所以你巴不得避得远远的，对不对？"柯尼提说话的时候，脸上的表情既慈祥体谅又带着深切的遗憾。温德洛闻言，只觉得天旋地转。他真的瞧不起依妲吗？莫非他心底竟认为自己高高在上，所以其他人皆俗不可耐吗？

"不——不！"温德洛嗫嚅地说道，然后叫了出来："我并没有瞧不起依妲。她是个很出色的女子，我只是怕……"

"我知道你怕什么。"柯尼提宽容地笑着说道，"依妲浑身散发着魅力，所以你跟她在一起老觉得不大自在。可是你可不能因此而气馁，温德洛。任哪一个身强体健的年轻男人碰到像她这样性感的女子，都会觉得她的魅力难以抵挡。不过依妲也不是故意要诱惑你。唉，说来可怜。她从小就被人训练着要往那个方面发展，所以她诱惑男人就像鱼会游泳一样自然。但是我警告你：你可不能直率地拒绝她，要不然，你虽无意，却有可能照样伤了她的心。"

"才没有呢！我绝不会……"温德洛结结巴巴地说了这几个字，然后就接不下去了。要是他一直都心无邪念，此时就不至于羞愧得无地自容了，问题是他的确被她迷得神魂颠倒。在此之前，他从未跟成年女子朝夕相处，更别说是独处一室。他的五官感知充斥着依妲的身影、声音和气味，她离开之后，舱房内仍飘着她的香水味，久久不散。他不但记得她那粗哑的喉音，也记得她走动时衣物发出的窸窣声；依妲一转头，那一头乌黑亮丽的头发便闪动着光泽。温德洛时时刻刻都意会到她的动静，而且有时候她还会侵入他的梦中。温德洛已经有心理准备，要把这一点当作是正常的了，但是柯尼提那心照不宣的笑容却使他一下子慌乱得不知所措。

"年轻人，没关系。就算你被她迷住，也不能怪你；不过你若是因为被她迷住就不肯继续教她，那我便瞧不起你了。温德洛，依妲若是无法读书写字，就无法更上一层楼，而且这点你我都清楚得很。所以你还是尽量教下去，别因为小事就萌生退意，如今我们再一步就可以成功了，我可不许你或是依妲就此放弃。"

跟船长谈过之后，教导依妲识字就变成了独一无二的酷刑。柯尼提那番话使温德洛更深刻地体会到她的存在；他们一起看同一本书的时候，偶尔依妲的手会"不经意"地拂过他的手，但温德洛只觉得她好像是故意的。还有，她的香水怎么搽得那么浓，莫非是要迷住他？她那样大大咧咧地直视着他，是不是在色诱呢？过了一阵子，他由于时时注意着她的存在而对她更为倾倒；以前他最怕的就是跟她独处一室，如今他却最向往这样的时光。不过温德洛敢说，这一定只是他的单相思——反正，这也用不着去跟她问明。这是他一厢情愿也好，两情相悦也罢，但无论如何她都是柯尼提的女人啊。以前，温德洛听过不少以悲剧收场的浪漫情歌，以及情人们彼此心意互属却最终硬被拆散的爱情故事，现在他可体会到那是什么滋味了。

而此时他凝视着依妲那张沉浸于喜悦之中的脸庞，心里突然领悟到柯尼提确实说得没错，就算他忍受着色诱的折磨，那也是值得的，因为如今依妲已经识字了。在这之前，温德洛从没想到自己的力量大到足以让人如此狂喜；而看到她欣喜，他也跟着陶醉，陶醉的程度超过任何肉欲的兴奋。依妲识字之后，她的人仿佛也跟着圆满，而这乃是温德洛送给她的大礼。

依妲站着，将那本珍贵的书抱在胸前，仿佛那是她的孩子。她的脸转向圆形的舱窗，但眼睛仍闭着，阳光照在她的脸上，将她那古铜色的皮肤映出金色的光泽，而她脸颊上的泪珠与乌黑的头发也闪闪发光。此情此景仿佛是一朵向日葵随着太阳的方向而转动。温德洛不是没见过依妲开心地与柯尼提一起放声大笑或是与其他海盗谈天说笑的样子，但此时的她仿佛整个人化入喜悦之中，所以更胜于以往的光景。

她吸了一口气，长叹出来，接着睁开眼睛，笑望着他。"温德洛，"她轻声说道，缓缓摇头，笑容漾得更开，"柯尼提好睿智，你说是不是？一开始的时候，我根本看不出你有什么价值，然后我看他那么关心你，所以嫉妒得要命——那时候我很恨你，这你知道吧。而现在，我觉得你……"说到这里，依妲迟疑了起来，"我本以为，只有柯尼提才能像你这样挑动我的心。"最后她终于坦然地说道。

这几个简单的字句使温德洛十分震惊，不过他顽固地告诉自己，依妲只是说他挑动了她的心，并没说爱他。温德洛以前上课的时候也会因为老师的教导而萌生出各种情绪。依妲那句话的意思就是如此而已。就算还有言外之意，他也不能存在心里，要不然就太傻了。傻到了极点。

"能不能……"依妲轻声说道，同时对温德洛伸出一手，"请你帮我选一本书？也许就选一本你说的诗集好了。让我练习着跟你念几句诗，今晚我想念诗给柯尼提听。"她甜甜地笑着，摇了摇头，"我真想不到自己竟然能念书识字。他实在……当然，我知道教我识字的是你，但若不是他独到的眼光，我怎会走得到这一步？所以我对他实在感念，这你能体会吗？温德洛，柯尼提到底看上我哪一点啊？我怎么配得上像他那么好的男人？当年，他第一次在贝朵妓院见到我的时候，我只不过是个瘦巴巴的婊子而已，我从未想过自己能有什么前途。但他是怎么看出来的？"依妲歪着头，她的黑眼为了求取答案，直直地探入温德洛的灵魂，让他不能不答。

"你一直都熠熠闪光，"温德洛平静地说道，"早在我第一次见到你的时候就是如此。即使当时你恨着我，我还是看得出来。依妲，你有一种不屈不挠的特质，即使是苦难与折磨也无法打倒你。你就像银器一般，就算表面上因为过度使用而被磨旧，但依然内蕴光芒。他爱上你是对的。任哪个男人都会爱上你。"

依妲听到这番话,眼睛越睁越大,接着她转开了头,不再望着温德洛,而且令人难以置信的是,她那被海风吹得黑干的脸颊上竟浮现出红晕。"我是柯尼提的人。"她对温德洛提醒道,口气颇为自豪。

"这我知道,"温德洛应道,然后他很小声地,只是讲给自己听似地补了一句:"所以我才羡慕他啊。"

柯尼提这一天很累,但是很满足。歪斜村是他们返航驶回分赃镇之前的最后一站。这趟出巡,他带着索科走访了旗下各海盗船的基地港,这些海盗船的水手都是以重获自由的奴隶为主。这些基地港的繁荣程度不一,但是他们不管走访何处都受到热烈欢迎。如今,就连粗鲁的索科也深信柯尼提的计划必能成功了,这从那水手大摇大摆的走路姿态就可以看得出来。他站在柯尼提身边,听着当地人讲述他们的收获时,肥硕的脸上绽放出骄傲的光彩。

玛丽耶塔号和薇瓦琪号都满载着整船的掠劫财物,所以要把歪斜村这儿贡献的财宝搬上船来可以说是个喜悦的挑战。卢佛虽年轻,却野心勃勃。据他自述,他一旦盯上猎物,从来不曾失手,所以他们不但掳获了不少金银,也解救了许多奴隶,使歪斜村的人口大量增加。那年轻的海盗在女村长的协助之下,把他每一次的收获都记在记账签条上,而他将那一大把记账签条呈给柯尼提看的模样,就像任何产业的大管家把成果呈给主人看一样骄傲。柯尼提仔细地听取他们的每一项花费,例如买了木材、果树或是羊群等,他们甚至还聘了几个艺术家,请他们住到歪斜村来。卢佛把最稀有、最特别的珍宝留给柯尼提。他们之所以把最上乘的货色留给他,是因为他们知道他收到这样的东西一定会很高兴。柯尼提既察觉到这一点,所以就慷慨地把他的开心之情显露在外,而这则使他们更想讨好他。柯尼提已经答应要再给他们一艘船,他逮到的下一艘就归歪斜村所有。这有何不可?他们值得奖励。如果繁纹号的船主在付赎金的时候拖拖拉拉,那么说不定柯尼提会干脆把繁纹号送到这里来。

不过就算是乐事,还是挺累人的。这些货物甚为精巧,可不能像堆咸鱼那样一塞了事。柯尼提对于堆货的方式特别讲究,并坚持要亲自监督。至于上乘中的上乘,他则吩咐他们将之送到他的船舱去。所以此时柯尼提打开舱门,心里却有点怕走进去,因为那一批财宝固然有趣,但若不现在收拾,他连好好地在舱房里行走都有问题。不过看来他还是先睡个觉好了,等到明天早上,两船都开始开往分赃镇,他再慢慢拾掇吧。

他推开舱门时,只见舱房里溢出金黄色的灯光,又飘来淡淡的焚香味。怎么又来了?那女人的胃口怎么大到没个止境?柯尼提心想,此时依妲大概是妖娇地倚躺在床上。不过他进门后一看,发现她早拉了两张椅子并拢在一起,而此时她正坐在其中一张椅子上,身旁有一盏灯,灯光映照着她,也映照着那本敞开的、搁在她大腿上的书。她穿着睡衣,不过那件睡衣并不性感,反而显得高雅,而她的气质竟像是什么好人家的闺秀。

柯尼提烦躁地张望了一下,就发现依妲已经把他的宝藏收拾好了。他的第一个反应是想立刻发一顿脾气。她好大的胆子,竟敢挪动他的东西!但接着他心里便涌起一波既无奈又松了一口气的心情。唔,起码那些玩意儿都收拾好了,不再横阻于门口与床之间。柯尼提一跛一跛地走到床边,在床缘坐了下来,托承断肢的皮垫磨着他的肉,痛得要命,那皮垫上的布垫得重新缝了。

"我今天学会了一个新招,让我露一手给你瞧瞧。"依妲轻声说道。

柯尼提气愤地叹了一口气。这个女人是怎么搞的,成天只想着她自己的性欲,别的什么都不顾? "依妲,我今天累得要命。帮我脱靴子。"

她顺从地把书放下来,走到床边来帮他脱靴子,然后又温柔地帮他揉脚。柯尼提舒服得闭上了眼睛。"去帮我拿件睡衣来。"

她闻言立刻起身去拿睡衣。柯尼提一脱下外衣,依妲便把外衣抖开、甩平、摺好,收进衣柜里。柯尼提把断腿上的垫子和木腿卸下来之后,指着布垫上的破洞对依妲说道:"你就不能把这玩意儿缝得妥当一点,免得它扎人吗?"

依妲把布垫拿起来反复检查。"要是你没那么好动,可能还很容易。这次我用丝料试试看。丝料虽软,却很坚韧。"

"好,我明天一大早就要。"柯尼提单脚站立起来,掀开床单,再坐回床上。

他躺上床的时候只觉得被单清凉干净，枕头上有薰衣草的香味。他闭上了眼睛。

就在此时，依妲那柔和但清晰的声音闯进了他空白的心灵中。

"浩瀚岁月中，你我的性灵曾相遇千百次，

然后此生再度相逢。

我识你之深，爱你之切，

绝非短短数年岁月所能促成。

大河累月经年而凿出河谷，

而你的爱，也如同大河一般，

在我心灵中穿凿出痕迹。

我们因彼此的身体而求得圆满，

从未——"

柯尼提疲倦地打断依妲的朗诵。"我一直都不太喜欢席润尼派的诗。席润尼派的诗讲得太明，但是诗怎可作得那么低劣，一点意境也没有呢？你若是要背诗，就去找优比尔或是唯吉希的诗来背。"柯尼提说完，肩膀便深埋进被子之中。他满足地轻叹了一声，放松下来，慢慢沉入梦乡。

"我不是用背的，而是看着书念出来的。我识字了，柯尼提，我识字了。"

她希望他听了大为惊喜，这点柯尼提是感觉得出来的，可是他实在太倦了。"那很好啊。温德洛有本事把你教会，让你能够识字读书，不错啊，现在就看他有没有能耐教你看出诗作的优劣了。"

依妲把书放在一旁，吹熄了灯，于是房间一下子陷入了黑暗。她走到床前，发出轻柔的脚步声，然后爬上床蜷缩在他身边。柯尼提想道，他得另找个地方让依妲睡觉才行，也许就让她在舱房角落里放一张吊床睡觉好了。

"温德洛说，我已经不需要他帮忙了。他说，我既然已经识字，那么往后便可自修，不管碰上什么书册稿件都可多读多学。他还说，若要读得更快、写字更漂亮，唯有靠自己多读多写。"

这实在不是柯尼提想见到的发展。他硬是撑开自己的眼皮，勉强地转头望着依妲。"但是你一定不想自修吧。这段时间你有温德洛陪着，想必是挺愉快的。我知道他很喜欢替你上课，他曾老实对我坦承，他跟你在一起觉得蛮开心的。"柯尼提说到这里，故意温馨地咯咯笑了两声，"那小子对你仰慕得很，这你知道吧。"

依妲听了竟一点也不想分辩，这倒让柯尼提颇为意外。"这我知道。那孩子很讨人喜欢，个性又好。我现在终于了解你为什么会那么偏爱他了。他教我识字，这可是我一辈子享用不尽的大礼呢。"

"哦，那你得好好谢谢人家。"说真的，此时柯尼提巴不得赶快入眠，可是他又不能不继续跟依妲聊下去。听起来，他的诡计说不定真有可能得逞。刚才依妲说温德洛讨人喜欢，而她在甲板上活动的时候，温德洛的目光老是跟着她转来转去，这些柯尼提都看在眼里。这两人是不是已经冲动得亲热过了？说不定，此时依妲珠胎暗结，所以他的活船已有了继承人？柯尼提爱抚似的，轻柔地顺着依妲的手臂拂过去，最后停在依妲平坦的小腹上。依妲的肚脐上仍挂着那个袖珍的头颅护符。柯尼提在失望之余，劝告自己这种事情需要时间慢慢培养。只要他将他们两个关起来，时间一久，他们就会生育。他小时候，家里的鸽子、猪和羊都是这样培育出来的。

"老实说，我不知道要怎么谢他才好。"依妲喃喃地说道。

对柯尼提而言，答案可说是再明白也不过，但是他只肯迂回地暗示。"在我看来，那小子很寂寞，既然如此，你就让他感觉出如今你颇喜欢他，也喜欢有他相陪，这样他就开心了。你不妨想想，在你所懂得的知识之中，有什么是他学了有益的，然后帮他上上课，这样就不算亏欠他了。"

就是这话。不过他讲得这样笼统，依妲可捉摸得出他的心意？

过了一会儿，她嗫嚅地说道："我知道得太少了，温德洛哪能从我这儿学到什么知识？"

柯尼提叹了一口气，再试一次。他提醒自己一定要做得不着痕迹。"啊，我敢说，你对世事知道得一定比温德洛多得多。那小子长年在修院进修，他也许对文字、艺术知道得多一点，但至于比较世俗的事，他可就无知到近乎可悲了；而你则恰恰相反。所以，你就把人生传授给你的本事教几样给他，让那小子变成男人吧。除了你之外,他上哪儿找这么好的老师呢?"柯尼提一边说一边抚摸着依妲的身体。

依妲听了沉默不语,但柯尼提感觉得出她必定是在沉思。之后她说道:"我可以教他……柯尼提,我若是把属于你所有的东西送给他,你会很介意吗?我是说,我们的货物里有一样适合送给他用。"

依妲的提议跟柯尼提想的大异其趣,但至少方向是正确的;谁知道依妲送了那样礼物之后,他们两个会发展到什么程度?"你就拿去送他吧。"柯尼提鼓励道,"你知道我很疼爱那小子,所以我才不介意你把我的东西拿去跟他分享呢。"

舱门一开,温德洛就惊醒了,有人偷偷潜进了他的舱房里,然后关上了门。一时间,温德洛怕得整个人都不能动。莎阿达死去之后,他的确睡得比较好,不过他一直担心莎阿达旧日的手下会把首领之死怪到他头上。温德洛吸了一口气,屏住呼吸,静悄悄地挪到床边,希望对方第一次出手时是往床中间刺。这一来,他说不定还有机会逃走。不过对方进来之后,便朝他的小书桌走去,并把什么东西放在桌上。

"我知道你醒着。"依妲低声说道,"我听到你屏住呼吸了。你起来点个灯吧。"

"天还没亮呢,"温德洛困惑地反驳道,"你来这儿做什么?"

"你说还没天亮,这我也注意到了。"依妲幽默地应道,"我来是为了替你上课。有些事情最好是悄悄地学,而我要教你的东西在半夜学是最好的。"

温德洛起身,摸索着找到一根蜡烛,接着走到外头的舱梯里,用舱梯那个小灯笼里的火点燃了蜡烛,这才走回舱房。他关上门,把蜡烛插在烛台上。当他转过身去面对依妲的时候,不由得吸了一口气。她穿的是紧身裤和合身的皮背心,明明白白地彰显出女性的体态。温德洛从没见过这样的光景。尽管他瞪着依妲看,她却不予理会,反而慢慢地绕着他走,她的目光上上下下地打量着他的身体。她那直率的眼光看得温德洛不禁双颊羞红。依妲见此,不大高兴地嗤了一声。

"嗯，看得出你干活卖力，但工作并不重。不过你还算是身手灵活，这倒不能抹煞，而玩这个游戏呢，身手灵活可能比肌肉矫健或是身躯壮硕更吃香。"

温德洛惊讶地眨了眨眼。"我到现在仍不知道这是怎么一回事。"

"这是柯尼提建议的。我跟他说，你教会我识字，所以我觉得自己亏欠你很多。柯尼提就说，那我应该也要教点什么来回报你。据他的说法，是建议我教你一点'世俗的本事'。而我来此，为的就是要教你。你脱下衬衫吧。"

温德洛慢慢地脱去衬衫，至于这代表什么，以及她到底有什么用意，他则不愿多想。

依妲狞笑道："瞧你光滑得像是小女孩，胸前连一根毛都没长。你的肌肉若是更壮硕一点会更好看，不过这只要年纪到了就会有的。"依妲走回书桌前，扭开桌上那个扁盒子的开关。她一边打开盒子一边再度说道："有些事情最好是悄悄地学，而男人的必备技巧就是一例。我若是公开教你，那么船员们必定把你嘲笑得一无是处，而我们若是私下上课，你就可以装作你是老早就有这一身本事了。"依妲转过身来面对温德洛，双手各握着一把匕首。

"这对匕首就送给你。柯尼提说，我可以把这对匕首送给你。从现在起，每逢我们上岸去的时候，你就在腰间系一把匕首。过一阵子之后再开始随时佩带，睡觉时就将之搁在枕头下。不过，你总得先学学怎么使用才行。"

依妲突然把匕首朝他掷来。那真的是"掷"，而不是"刺"，因为匕首飞来时，刀柄朝着温德洛。温德洛以笨拙的姿势接住。他接得并不利落，所以刀尖刺入了大拇指中。他惊叫起来，依妲大笑。"你已经见血了！"依妲说话时眼里闪过一抹令人胆战心惊的光芒，"你把刀子握紧，摆好架式。我要教你使刀。"

"我才不要学使刀呢，"温德洛失望地反驳道，他退了一步，"我可不想伤到你。"

依妲开心地笑了。"我敢说你是一定伤不到我的，所以这点你就不用担心了。"她说话时，身体蹲低，手里握刀，已经随时准备出招了。话毕，她优雅地横刀一划，迅速地把刀子从这只手换到另一只手，快到温德洛几乎看不清。

接着，她就如杀气腾腾的母老虎，突然朝温德洛冲来，刀子就在她身前。她继续对温德洛说道："目前你只要想着如何防身，别让我伤到你就行了。要学使刀，第一课一定是学防身。"

Chapter Twenty-Eight
Departure of the Paragon

第二十八章
派拉冈号开航

"我们要是有时间多试航几次就好了。"

琥珀听了,疲惫地对艾希雅看了一眼。"没时间,没钱,而且每试一次就至少有两三个水手跳船。艾希雅,我们若是多试航几次,说不定全船的人手都跑光了。"她停顿了一下,歪头望着艾希雅,问道:"这件事情,连这次是第五次还是第六次了?"

"都不是。根据我的计算,已经谈过二十七次了。"贝笙插嘴道,并朝她们两人中间走上来。坐在后帆上的琥珀和艾希雅往两边挪了一下,腾出位子给他。

贝笙坐下来,跟她们一起眺望缤城港海湾外的开阔海面,然后他咯咯地笑了几声。"琥珀,趁早习惯吧,当水手的人谈来谈去总是在那几件事情上打转,而水手们最有谈兴的话题则无外乎食物差劲、船长无能与大副不公这几样。"

"你还忘了两样:天气不好、船暴躁。"艾希雅补充道。

琥珀耸耸肩。"我需要适应的地方多着呢。我上次在海上长期航行已经是多年前的事了。可是年少的时候,我对坐船不大适应,所以现在船还停在港里,我就提早搬上来,看看能不能让肠胃比较习惯成天摇晃的船上生活。"

艾希雅和贝笙听了同时咧嘴而笑。"照我看来,你现在还差得远呢。"贝笙警告道,"刚出航那几天,我会尽量不给你派工作,但如果我叫到你,那一定是少不了你的，没得商量，所以到时候你就算是用爬的，也得爬出来，然后尽量灵活地把事情办好。"

"你真会鼓励人哪。"琥珀对贝笙谢道。

众人沉默不语。虽然三人讲得很轻松，但是他们对于今天要面临的场面都不敢丝毫大意。货物已经装载完毕，船员大多已经上船。聘来的水手所不知道的是底舱其实藏着七名决心要把握这个机会逃走以开启人生新章节的奴隶。

艾希雅尽量不去想他们的事。这事可没有那几个奴隶拿自己的人生来做赌注这么单纯。要是有人在开航前发现他们躲在底舱，那么会生出什么后果，谁料得到？此外，艾希雅也不知道聘来的船员对这几个多出来的人手会有什么反应。她只希望，聘来的水手只会想到这样一来就多几个人分摊工作了。不过比较可能会发生的情况是，他们会为了争夺好职位和舱床的位置而扭打起来——不过这种事情随便哪艘船上都有。艾希雅深吸了一口气，并告诉自己，这一切都会很顺利。不过她还是很同情躲在底舱的那些人，他们的心里想必是七上八下吧。

明天天一亮就要开航。其实艾希雅巴不得他们现在就可以悄悄溜走，只不过，偷偷地在半夜开航乃是很不好的兆头，不如等到早上，耐着性子跟前来送行的人道别之后再走，况且那时候天光亮、晨风起，可以走得比较快。

"他情况如何？"贝笙悄悄地问道，眼睛眺望着远处。

"他很忧虑，也很兴奋、急切，但又怕得要命。不过这个眼盲——"

"我知道。"贝笙简洁地打断了她的话，"但是他眼盲多年，不也忍过来了？当年他不但眼盲，还船壳朝天，但他照样摸索着回到缤城。重新雕刻巫木会有什么结果，谁也不知道，何况我们现在实在没时间实验。琥珀，他得信任我们才行。近来他变了好多，所以我实在不想再做什么变化——万一他因此而倒退回去怎么办？要是你动手了，结果惨不忍睹，唔……"讲到这里，贝笙摇了摇头，"我想，最好还是一切照旧地开航吧。他虽眼盲，但也过得去。在我看来，派拉冈虽眼盲，但他已经认命了，因此这点还好对付，但若是新脸使他大为失望，那么要教他平复下来可就难了。"

"但是派拉冈一直没有认命啊。"琥珀急切地起了个话头。

"四十二。"艾希雅插嘴道。她本要叹气，但临时忍住，反而露出笑容。"这件事，我们谈了至少四十二次。"

琥珀点头默认，换了个话题："拉弗侬。"

贝笙呻吟了一声，接着笑了出来。"这是我们出航前的最后一晚，所以我让他上岸去乐一乐。不过我敢打包票，他一定会准时回船来，回船时他必是因为宿醉而头痛难忍，这点可想而知，而且他一定会拿水手来出气。这是海上的传统，水手们都心里有数。在我看来，拉弗侬必会把手下逼绝，逼得手下对他痛恨之至，而这也是海上的传统。所以他是担任大副的最佳人选。"

艾希雅紧紧咬住舌头，免得话冲口而出。这件事情，她跟贝笙吵过的次数之多，连她自己都记不清了。况且她若是重提旧事，贝笙大概仍会提出各种理由来劝告她，拉弗侬这个人其实没有她想的那么糟。那人行事作风还多少会讲究公平，不过他这个讲究时有时无，但是有讲究的时候还称得上公平。那个拉弗侬日后必是个暴君型的人物，这点艾希雅清楚得很，贝笙也心知肚明。然而只要他别做得太过分就行了，毕竟这班船员就是需要个暴君来制住。

过去几次试航，暴露出这班船员的种种缺点。现在艾希雅已经知道哪些水手不肯卖力，哪些水手是力有未逮；有的人懒，有的人笨，有的人则是狡猾，所以想办法让自己尽量少做。艾希雅敢说，换作是他父亲当家的话，这班船员绝对大多都得卷铺盖走路。她跟贝笙抱怨过，不过他大方地对她说，她爱把哪个水手换掉都可以——只要她能够以贝笙付得起的价码找到更好的人选。

谈到这里就再也说不下去了。

"真希望我们已经出海了。"贝笙轻声说道。

"颇有同感。"艾希雅应和道。不过她嘴上这样说，心里又怕得要命，不知道出海后是什么光景。几次试航下来，艾希雅不但看出这班船员的缺点，也发现派拉冈比她先前所设想的更为脆弱。派拉冈号的确是一艘很坚固的好船，贝笙把压舱水调整到他所满意的位置之后，船就开得很稳了。不过派拉冈号航行起来不像活船，反而像是木船——但是这点艾希雅也认了，只要派拉冈不至于积极地跟开船的人对抗,要他往东,他偏往西,这样她就满足了。但是有一点她看了很难接受:派拉冈显然内心倍受煎熬。每次贝笙下了个改变航道的指令,那人形木雕就瑟缩一下,接着总是叉手抱胸的他会松开手,之后便轻轻颤抖起来。不过片刻之后,派拉冈就会重新叉手抱胸,把双手紧紧地箍在胸前。他的下巴钳得很紧,恐惧却在全船上下回响,于是船员们一下子染上了他的情绪。他们面面相觑,看看上面的船桅,又远眺海面。大家很纳闷,心底陡然升起的不安到底从何而来?这些船员才刚来,不晓得自己其实是受了派拉冈影响,所以跟着他一起害怕起来,而派拉冈的影响只会让他们更有可能无缘无故地产生恐慌。若是跟船员点出原因,只会使情况变得更糟。所以艾希雅只能对自己保证,他们一定会有所领悟;时间一久,他们必有所领悟。

重生商人已经把马车翻修过了,连椅垫也清洗过了。如今车门关上时紧密,开启时便利,而且麦尔妲爬上车时,弹簧也没有惨叫得像是很危险似的。更奇妙的是,马队起步的时候竟走得很顺,没让她因为强震而不得不咬牙。车厢里看得到地方都打点得一干二净。马车穿过繁忙的缤城街道时,一抹微风从车窗吹进来。尽管如此,麦尔妲总觉得死猪的味道无所不在。她拿出熏香的手帕,在脸上拍了拍。

"亲爱的,你还好吧?"她母亲问道。这句话她今天已经问过十次了。

"我很好,只是昨晚睡得不好而已。"麦尔妲转头眺望窗外,一边等待母亲的下一句话。

"唔,兴奋难眠,其实很正常。今天我们的船要开航,而且再过八天就是舞会了。"

"是啊,再自然也不过了!"达弗德·重生热忱地应和道,急切地对车厢里的每个人笑笑,"你等着瞧吧,亲爱的,我们大家从此就要转运了!"

"是啊,我敢说我们马上就要转运了。"罗妮卡虽如此应和,不过听在麦尔妲耳里,倒觉得外祖母不过是在祈祷未来确是如此。

"到了!"达弗德热切地高声叫道,仿佛除了他之外没人察觉到他们已经到码头了。马车平稳地停了下来。凯芙瑞雅要伸手去推门,不过达弗德对她们说道:"不,坐着就好,坐着就好,等一下车夫自会来开门。"

那奴隶果真走到车门边帮他们开了门,然后将众人一一扶下车。罗妮卡和凯芙瑞雅先后因为这个贴心举动而对那奴隶致谢,不过那男子被这么一谢,反而不知所措。他朝达弗德瞄了一眼,像是认为主人会把他斥责一顿,幸亏达弗德忙着把外套拉平,没注意到那么多。麦尔妲见此,不禁皱了一下眉头。这个达弗德要不是近来突然发了大财,就是他突然打算大肆挥霍一番。马车焕然一新、车夫训练有素、他自己一身新衣……他想必是有什么企图。麦尔妲心里存了个念头,那就是日后要对这个缤城旧商格外多注意一点。达弗德这个人虽在社交上很不得体,但是他在生意上却很刁钻,随时能嗅到哪儿有利可图。说不定有什么办法可以搭上达弗德的便车,让她的家族也沾上好处。

达弗德伸出手臂,让她外祖母搭着。他们一家人都穿上了最好的夏装。外祖母老早就坚持大家要摆出最好的样子。"那一天是大日子,我们说什么都不能让别人把我们看扁了。"外祖母曾如此说道,口气近乎激烈。所以,她们拆下旧礼服的衣料,清洗、熨烫过之后,替全家人制作新衣。如今瑞喜在裁剪、缝制方面越来越有心得,麦尔妲甚至不得不承认她颇有眼光,在街上看到什么新款式,回来就能仿着做出有模有样的衣裳。今天他们的打扮几乎称得上是时髦,只是阳伞仍是去年的旧伞而已。就连瑟丹都打扮得体,白衬衫,蓝长裤。瑟丹又在抠领子了,麦尔妲严厉地皱眉瞪他,并摇着头说道:"体面的商家少年是不会扯领子的。"

瑟丹立即放下手,不过却怒目望着姐姐,伶牙利齿地回嘴道:"身为商家少年有什么好?这领子勒得我都快喘不过气来了。"

"习惯就好。"麦尔妲指点道,然后牵起弟弟的手。

这天天气很暖和,晨风清新,而缤城码头也一如既往地繁忙。麦尔妲的母亲跟在外祖母身后走,她则牵着弟弟跟在母亲身后。码头上往来的水手很多,麦尔妲不能注视他们,但是她从眼角瞄到他们目不转睛地望着她走过码头,心里还是很得意的。有几个水手在看到她之后跟身边的同伴讲了些爱慕——却也粗野鄙俗——的评语。

　　麦尔妲扬起头,脚下的速度一点也没变。她突然恨不得自己是"三船移民"人家的女儿,这样的话,她就算跟那些水手抛个媚眼、调笑几句,甚至迷上哪个年轻热情的水手,也不会有人说他们不般配。如今的她,已经不得不过着捕鱼人家女儿般的卑贱日子了,既然如此,那么她为什么不能像捕鱼人家的女儿那样无忧无虑地过日子?

　　走到西堤之后,外祖母的脚步慢了下来,她一边沿着突堤码头而行,一边叫出沿途每一艘活船的名字。每艘船都转过头来跟她外祖母打招呼,并预祝派拉冈号一切顺利。麦尔妲注意到,有的活船打招呼时口气正式得一点也不带感情,但有的活船则令人感觉到从心底散发出来的温馨。罗妮卡·维司奇一一谢过,然后继续前行。

　　他们终于抵达派拉冈号时,麦尔妲心里突然意外地升起一股强烈的情绪。被刨去双目、失心疯狂的派拉冈号,这就是她的家族奋力挽救的那艘活船啊。此时,派拉冈轻松地泊在码头边,船上的铜作闪闪发亮,木料也发出光泽,看起来像艘新船。派拉冈扬着头,双手环抱着厚实的胸膛,他脸上应该是眼睛的地方如今只有空荡荡的眼框。他紧闭下颏,下巴昂起。他这模样,看来一点也不像是她上次在悬崖边的沙滩上看到的那艘破烂旧船。瑟丹的小手突然紧紧地抓住她。

　　她外祖母站住,仰头望着那人形木雕,提高声音叫道:"派拉冈,你好!今儿天气好,真是开航的好日子。"

　　"你好,维司奇太太。"派拉冈的大胡子突然裂开一条缝,露出一抹笑容,"我只是瞎了,但并没有聋,所以你用不着吼。"

　　贝笙突然出现在前甲板上,并对那人形木雕斥责道:"派拉冈!"艾希雅则匆匆冲到码头上来迎接他们。

　　"特雷船长,这没什么,派拉冈说得没错啊。"罗妮卡·维司奇不以为忤,"不过我还是要再说一次:天气这么好,真是开航的好日子。"

　　接着贝笙、船与她外祖母讲了一番客套话。麦尔妲并未多注意他们讲了什么。光是看到此时的派拉冈既没有哀怜抱怨也没有激动谩骂，她就十分庆幸了。她本来很担心，若是派拉冈在开航之时像她之前所见那样狂性大发，不但乱叫乱嚷，还乱摔东西，那么场面岂不是闹得很僵？麦尔妲见过一次派拉冈发狂乱性的模样。那天，她大着胆子走到沙滩上去看看准备的进度如何，可是派拉冈的样子把她吓得立刻转头回家。

她将注意力摆在艾希雅阿姨和贝笙·特雷身上，不时瞄他们两人一眼。至今麦尔妲仍认为他们两人之间有什么情愫，但是今天她完全看不出两人感情深刻的迹象。今天，贝笙是一派"特雷船长"的作风，他的衣服干净雅致，白衬衫和深蓝长裤都一丝不苟地熨了，而那件深蓝外套则使他显得特别老成持重。其实这些衣裳都是以麦尔妲外祖父的旧衣配合贝笙的身材改制而成的。麦尔妲纳闷，若是贝笙知道这点，会不会觉得自己穿的是老船长丢弃的旧衣呢？艾希雅的穿着则格外高雅。今天她穿的是白色女用衬衫、裙裤，以及和裙裤成套的背心，脚上甚至还穿着鞋子。不过麦尔妲敢打赌，艾希雅的那些衣服只是应应场面而已。虽然此时她演得仿佛自己是二副，但是麦尔妲这个阿姨想必一逮到机会就会换回男生的装扮。艾希雅阿姨真是怪极了。

艾希雅阿姨的好友琥珀则是衣不惊人死不休。想必那个琥珀是下定了决心，就算人们没瞪着她看，她也要人们不得不如此。她现身的时候穿的虽是一般水手穿的水手服，但是上衣和裤子上的每个钮扣都是手工刻成的木珠。琥珀穿了那身水手服，不但不显得出色，反而缺陷毕露，显出她的身材太过平板，而且胸平臀窄。她身上套了件背心，背心上绣着时髦的蝴蝶花样，镶着的蕾丝也缝牢了，不会随风飞扬。在麦尔妲眼里，琥珀身上唯一堪称迷人之处就是她的发色、肤色和眼珠颜色的组合：琥珀的头发和皮肤是淡淡的蜂蜜色，与眼珠都近乎同一色泽。今天，她将长发拢到脑后，扎成辫子盘在头上。她这一身上下十分古怪，实在难以形容，连她的耳环都不是成对的。

"欢迎登船。"贝笙对麦尔妲说道。他已经走到码头上来欢迎他们，而同行之人，除了麦尔妲之外，都已经登船。贝笙不但口称欢迎，还伸出手臂来让她搭着。换作是不久以前，麦尔妲一定会高兴得头晕眼花，感到自己备受奉承。贝笙英俊得没话说，自有一股潇洒不羁的威风。但现在麦尔妲忧患交加、恶梦连连，所以她爱玩的那份心情早已被捻熄。

上船之后，艾希雅领着大家四处走动，并把新制的装备一一指给他们看。在麦尔妲眼里，那些东西没什么意义，不过她脸上还是挂着颇感兴趣的礼貌笑容。忙碌地在甲板上做开船前最后准备的水手们赶紧让出路来给他们过去，然后就目瞪口呆地望着麦尔妲一直看。那些人的眼光过于大胆，更谈不上有什么礼仪，所以麦尔妲一点也不觉得他们是在献殷勤。想到这里，她不禁怀疑，未来这几个月，艾希雅阿姨置身于这些粗鲁的水手之间，不知是什么光景。然后她沮丧地想道，说不定艾希雅阿姨还乐在其中哩。麦尔妲虽然跟在外祖母与母亲身后，慢慢地在上层甲板上周游，但是她的心却已经飞得很远了。

贝笙站在登船梯板的顶点，欢迎其他慢慢聚集过来的送行人。缤城商人们还知道要赶在临行前给他们打打气，想来令人欣慰。来的人大多出身于活船家族，也许只有在大海上讨生活的人家才知道讨海的辛酸吧。有的人穿着正式，仿佛他们是来跟出海之人诀别的。此外，一些目前泊在港里的活船船长、干部也前来送行。据麦尔妲的评定，就这个场合而言，有这么多人出面算是很盛大了。有些人甚至还暂时停下脚步，跟达弗德讲上一两句话。那个缤城旧商机灵地在贝笙身边站定，由于他站的位置非常之好，所以每一个登船的人都不得不顺便跟他打招呼。麦尔妲从那情势判断，达弗德促成了派拉冈号易手之后，其他缤城商人对他的评价总算稍微抬高了些。但即使如此，他们跟他打招呼的时候仍偏正式而短暂。不过，达弗德还是乐得脸上大放光彩，好像不知道别人心里在想什么似的；只要稍微有机可趁，他就大放厥词，说当初他是如何费心撮合，派拉冈号才有今天。麦尔妲小心地站得离他远远的，同时不与他四目相接，那人真是讨人厌。

"麦尔妲，你来不来？"麦尔妲的阿姨笑着对外甥女问道。艾希雅比着手势，示意他们就要离开前甲板，以便到船的其他各处看看。不过麦尔妲既不想去看货舱，也不想去看臭不可闻的舱房。

"我想，我就待在这儿好了。"麦尔妲大着胆子提议道，"天气这么好，到底舱去未免太可惜了。"

"唔,可是我要去。"瑟丹毅然地挣开麦尔妲的手。

一时间,艾希雅的表情显得很犹豫,同时朝着在附近游荡的水手们瞄了一眼。想也知道,她一定是觉得把外甥女丢在这里,与那些人为伍,实在不妥,但接着她一扫阴霾,点了点头。"当然好啰。"

麦尔妲转头一望,原来琥珀就站在自己身后,斜倚在人形木雕旁的船栏上。艾希雅与琥珀之间交换了个眼神,就此确定麦尔妲安全无虞。唔,真是有趣。

更有趣的是,这个做木珠的外国女子不但神秘兮兮,而且行径伤风败俗,而他们竟把她留下来跟这种人作伴。

"麦尔妲,要乖哟。"凯芙瑞雅虽然担心地对女儿如此警告道,不过她还是跟着艾希雅和她母亲走开了。她们一离开前甲板,麦尔妲就把注意力集中在琥珀身上。麦尔妲摆出社交型的笑容,对那女人伸出一只手。

"预祝你们一切顺利,琥珀小姐。"

那女子反应冷淡,好像提起一点兴趣,又好像全不当一回事。"谢谢你,海文小姐。"琥珀不过是稍微倾了一下头而已,却如行了屈膝礼一般的隆重。她轻轻地以戴着手套的指尖在麦尔妲的手上点了一下,这一触使麦尔妲从手上沿着手臂而上起了一阵震颤。那个女人真是奇怪啊。随后,琥珀又转过头去眺望大海。麦尔妲心里纳闷,琥珀是不是想借此结束谈话,不过她可不肯这样就此作罢。

"出航时天气这么好,真是好兆头呀。"

"是啊,的确如此。"琥珀的语气很客气。

"这船看来装修得颇为精良。"

"这我也可斗胆地说,的确如此。"

"船员们也矫健、有朝气。"

"特雷船长在有限的时间内,尽可能给船员们做了彻底的训练。"

"的确,看来此行各方面的条件都很乐观。"麦尔妲突然不想再这样客客套套地一来一往下去了,"依你看来,你们到底有没有机会成功?"她直率地问道。这个问题她非问不可。这一切的一切,到底只是个财务演练,还是为了装出他们的确很关心,又或者他们真有可能会把她父亲救回来?

"未来是活的,什么事都可能会发生。"琥珀答道。她的口气一下子变得严肃,甚至转头望着麦尔妲。她眼里那怜悯的情怀几乎使麦尔妲招架不住,"凡是有人采取行动、努力促使某件事情发生,那件事情总是比较有可能成真。而这次有很多人采取行动,努力要救回你家的活船以及你的父兄呢,麦尔妲。"当琥珀讲出麦尔妲的名字之时,她没别的选择,只得与琥珀四目相对。琥珀的眼睛真是古怪,而且怪的还不只是她那眼珠的颜色。不过那都无所谓,麦尔妲仍能感觉到那女人的话触动了自己的心灵。琥珀继续说道:"我们一心就是要把人和船都救回来。我无法向你保证我们一定会成功,只能说我们一定会竭尽全力。"

"听了你的话,我真不知道该高兴还是该难过。"

"我告诉你吧,你既已尽全力,这也就够了。你的心,年轻且狂野,而现下,你的心就像是被禁锢在笼中的鸟儿,不断地以翅膀拍击笼子的铁条。可是反抗得越厉害,只会使你伤得越重。暂且稍安勿躁,好好等待吧,因为时候一到,你就会飞出去。所以你现在必须保存实力,不能流血,也不能疲惫。"琥珀突然睁大了眼睛。"若是有谁将你的双翼据为己用,那你就要注意了;若是有谁使你怀疑自己的力量,那你更要注意。你之所以不满是有原因的——因为你命中注定不会满足于平凡渺小的人生。"

麦尔妲叉手抱胸,退了一步,然后摇了摇头。"你这口气简直像是个算命师。"她说着,并轻笑起来,笑声划破了夏日的微风,"瞧你说的,害我心跳得好快!"说到这里,麦尔妲又补了几声笑声,以化解那外国人所造成的尴尬场面。

"有时候,我讲话的口吻很像算命师。"琥珀坦承道。于是,她也转开头望向他处,不望着麦尔妲了。那个琥珀好像有点不自在似的,接口道:"不过有时候,我根本就是算命师。不过算命可以问别人,造命却一定要靠自己。人的命运都是自己一手造出来的。"

"这怎么说？"麦尔妲问道。在她感觉上，问出了这句话，自己就在社交应对上占了上风，但是琥珀一转头与她四目相对，她那种快意的感觉就消失了。

"麦尔妲·维司奇，你自己的未来要靠你自己营造。"那木珠匠人歪头望着她，继续说道："明日的你会得到什么报偿？"

"报偿？难道明日欠我什么吗？"麦尔妲茫然地应道。

"明日的你，所得到的报偿就是你今日所作所为的汇集总合——既不加多，"说到这里，琥珀又再度眺望大海，"也不稍减。所以有些人还希望明日不要一口气报应得那么彻底呢。"

麦尔妲突然觉得她非得赶快换个话题不可。她走到船栏边，探头望着派拉冈。"瞧派拉冈，他今天多么英俊啊。"麦尔妲轻率地说道，"你真是光彩四射，派拉冈。你一定很兴奋吧！"

麦尔妲此语一出，船便像是被蛇咬到一般，猛然转过头来仰望着她。那情境真是恐怖：派拉冈根本没眼睛，只能拿眉鼻之间的那个空穴兀自瞪人。派拉冈的面容色泽一切都再自然也不过，唯独那个空穴里，所见尽是银色的巫木。麦尔妲一见，吓得舌头顶住上颚，并紧紧抓住船栏以免跌倒。派拉冈咧嘴而笑，露出白牙，却只让人觉得狰狞。

"她逃不掉了。"派拉冈喃喃地说道。麦尔妲听在耳里，不知道派拉冈是在说她，还是在跟她说话？"她逃不掉了。她已经被庞大的巨翼笼罩住。此时她就像是小老鼠，蜷缩在猫头鹰飞扑而下的身影之中。她心急狂跳，瞧她抖得多厉害。但是她逃不掉了。太迟了。因为她已经看到她了，她不但看到了她，而且她也认识我呢！"派拉冈扬起头，朗朗地大笑起来，"以前的我乃是王者！"派拉冈乐不可支地叫道，"以前的我乃是三界之王！可是你们却把我弄成这般，仅剩躯壳，任人玩弄，不得自由！"

大概是仍然蔚蓝的天空打下晴空霹雳吧，麦尔妲突然无声地颤抖着，滚落到无垠的黑暗深渊之中。接着，不晓得从哪儿闪出一股金色的光。那光好大，大到她无法一眼望尽，然后瞬间便凑近，近到她无法看明那是什么光。一对巨大的鸟爪攫住了她的胸和腰,箍得她喘不过气来。麦尔妲用力抠鸟爪,可是鸟爪上覆着硬如钢铁的鳞片,她再怎么扳动,鸟爪总是不动如山——再说她也怕鸟爪突然松开她,那一来,她可不就摔死了吗?"可爱的小东西,你反正是要死的。"有条龙轻声地说道,"你只能选择要怎么个死法啰。"

"不,她是我的,她是我的!你快放开她!"

"才不呢,她是我先抓到手的!"

"你已经死了,而我还有一线生机。我绝不会任你把我的生机抢走。"

突然之间,一股灿烂的银光与金光撞在一起,其势如山崩地裂,而为的就是要抢夺麦尔妲。不过那鸟爪把她攫得很紧,然后一下子将她扯为两半。我宁可先杀了她,也不让你把她抢走!

麦尔妲连一口气都没有,所以要叫也叫不出声。她自己几乎荡然无存。那两股势力太庞大了,大到占住了整个世界,根本让她无处存身。此时的麦尔妲像是将熄的火花一般,一吹即灭。

但接着有人为麦尔妲说道:"麦尔妲是真有其人。麦尔妲就在这里。"此语一出,她自己就像卷毛线一样一层一层地包回来了。虽然那漩涡般的力量威胁着要把她撕为碎片,但幸而有人护住了她——她觉得,仿佛是被人用温暖的双手呵护在手心里。麦尔妲自己越卷越紧,同时护念把持,最后她终于能开口为自己说话了:

"我是麦尔妲。"

"当然啦。"凯芙瑞雅一边劝慰一边努力保持镇静,虽然她心里其实恐慌得要命。她女儿眼睛翻白,脸色苍白得像是死了一般。方才他们在船舱里参观时,听到甲板上一阵骚动,所以赶快回到甲板上来,可是凯芙瑞雅实在没想到,出事的竟是麦尔妲。麦尔妲晕倒了,她半躺在那木珠女子的臂弯里,头被她的手托着。派拉冈号全船剧烈震动,东摇西晃。这是那人形木雕弄的,此时他把头埋在手里痛哭,一再地抽搐啜泣道:"对不起,对不起。"凯芙瑞雅还听到琥珀烦躁地对派拉冈劝道:"安静。你又没做什么。安静。"接着他们闯过那一圈围观的水手，琥珀抬起头，直接对艾希雅说道：

"帮我把她抬下船，要快。"

那个外国人讲起话来有种不容争辩的威严，艾希雅听了就弯下身，抬起外甥女的身体，但此时贝笙也到了，并立刻接手抱过麦尔姐。凯芙瑞雅在一瞥之间瞧见了琥珀那双变形的手。那女人见状，连忙戴上手套。她抬起头，与凯芙瑞雅四目相对。凯芙瑞雅看到那木珠女子的表情，只觉得冷到了骨子里。

"我女儿出了什么事？"她非得问这个问题不可。

"我不知道。你应该跟着去才是。"

琥珀的第一句话显然是在扯谎，不过第二句话却说得很实在。凯芙瑞雅赶紧追着女儿身后跟上去，而琥珀则转过身，全神贯注地低声跟那人形木雕说话。

派拉冈突然安静下来，船身也不再摇晃了，接着瑟丹开始哭泣。这孩子，不管碰上什么事情都要大哭一场。说真的，这年纪的孩子时时刻刻都处于如此神经紧张的状态是不对的，然而她现在心乱如麻，哪顾得了这孩子呢？"嘘，瑟丹，跟我一起来。"凯芙瑞雅厉声说道。她儿子是跟上来了，可是却仍哭个不停。到了码头上之后，凯芙瑞雅发现贝笙已经把外套铺在地上，让麦尔姐躺在上面。罗妮卡接过瑟丹，一边拍一边安抚他。凯芙瑞雅在女儿身边跪下来。船就要开航，却发生这种事故，真是恶兆。况且麦尔姐昏迷不醒地瘫在码头上，任由过往行人打量，实在不成体统。接着，她呻吟起来，喃喃地说道："我是麦尔姐，我是麦尔姐。"

"是啊，你就是麦尔姐。"凯芙瑞雅劝慰道，"你在这里，而且你很安全，麦尔姐。"

这句话像是有魔力，那少女闻言突然睁开了眼睛。麦尔姐头晕目眩地四下打量，喘了一口气，并对母亲恳求道："噢，扶我起来！"

"再休息一下比较好。"贝笙劝道，但是麦尔姐已经抓着母亲的手臂站直身子。她按按颈背，打了个哆嗦，然后揉了揉眼睛。

"刚才是怎么回事？"麦尔姐质问道。

"你昏倒了。"琥珀答道。刚才她突然出现在人群外围,一闪身便凑到了麦尔妲身边。此时她直视着麦尔妲,继续说道:"如此而已。我猜是水面反射的强光迷惑了你。如果你看海看得太久,是有可能被强光迷惑的,你知道吧。"

"我昏倒了。"麦尔妲应和道。她紧张地伸出一只手,捂住喉咙,咯咯地笑了两声,"瞧我多傻气呀!"

可是凯芙瑞雅只觉得女儿的手势和言语都太过造作,任谁看到这一幕,都一定会认定这背后有什么隐情。可是达弗德却冲上来助阵道:"一定是今天太刺激了,一想就知道,况且我们都知道麦尔妲因为父亲被劫而十分悲痛。今天派拉冈号开航,为的就是要把她父亲救回来。这可怜的孩子想必是因此而伤心得不能自持。"

麦尔妲怒目瞪着达弗德,恶毒地轻声道:"是喔。"这下子,饶是达弗德那么厚脸皮,也被刺得痛了。他瑟缩了一下,尴尬地望着麦尔妲。

"我昏倒了。"麦尔妲再度说道,"我是怎么了?希望我没耽搁开船才好。"

"没耽搁多少,不过你说得对,我们的确是该上路了。"贝笙转身离去,他还来不及喊出口令,阿什商人便走到他身前,说道:

"且让你们的人省点力气吧,让我们浪徒号派几艘小艇把你们拖出去。"

"留点位子给我们快活号的小艇。"拉尔法商人吼道。一时间,六七位活船船主纷纷伸出援手。凯芙瑞雅站着不动,心里则想着,这到底是他们迟来的善意抑或只是单纯恨不得派拉冈号赶快离开西堤?外头一直有人谣传,许多活船都觉得派拉冈号弄得他们很不自在,但是没人敢粗鲁地指责他无权停泊于此。

"不胜感激。"贝笙答道。从贝笙答腔的那个讽刺的口吻,凯芙瑞雅想着,他心里也跟她有同样的疑问。

她们并未再度登船,而是直接在码头上道别。凯芙瑞雅实在没料到她母亲竟会那么情绪化。罗妮卡一再告诫艾希雅小心,要平安返家。贝笙保证他一定会尽全力照看她,而艾希雅则气得眉头纠结。凯芙瑞雅与妹妹拥抱告别时心里矛盾得不得了,连祝福妹妹此行顺利的话都讲不出口。

更令她困扰的是，她一转头，竟发现琥珀以戴着手套的双手握住了麦尔妲的一只手。"你要多保重。"那个外国人正在叮咛麦尔妲，那眼神专注得过了头。

"你放心。"麦尔妲郑重地对琥珀说道。瞧她们那样讲话，仿佛出海远行、航向未知的不是琥珀，而是麦尔妲。凯芙瑞雅注视着琥珀离开她女儿身边，重新登船。过了一会儿，那木珠女子重新出现在前甲板上，站在那人形木雕附近，倾身对派拉冈讲了什么话。那雕刻的人像听了她的话，把遮着脸的手放下来，扬起头，深吸了一口气，连胸膛都鼓涨起来。他叉手抱胸，下巴紧咬，显得颇为坚决。

绳缆丢了出来，众人最后一次道别，然后小艇上的水手们使劲划桨，开始把派拉冈号从码头边拉到港口的开阔水域中。艾希雅和贝笙登上前甲板，与琥珀站在一起，并逐一跟派拉冈说话。凯芙瑞雅看着派拉冈，实在看不出他有没有把他们的话听进去。凯芙瑞雅不再观望船上的景象，但一转头，却瞥见女儿正热切地望着逐渐离去的大船。说真的，她看不出女儿脸上的表情到底是恐惧还是热爱。接着她皱着眉头想，别说她不知道女儿是爱是惧了，就连此时女儿是在注视着人形木雕还是注视着琥珀都弄不清楚！

麦尔妲喘了一口气，凯芙瑞雅立刻再度眺望大船。大船掷出绳索，众小艇开始将绳索收回去。贝笙招手道谢，同时派拉冈号开始绽放出一面面风帆。虽说船上的水手慌张地跑来跑去，但那场面仍有一种优雅的味道。那人形木雕突然伸展双臂，宛如要拥抱地平线一般。派拉冈大声喊了一句，并正好被风带到岸边来。他喊的是"我又飞了"，那口吻像是正得意洋洋地跟全世界挑战。派拉冈号的风帆灌满了风，船开始靠自己的力量航行了，船上传来一股似有若无的欢呼声。泪水涌上了凯芙瑞雅的眼睛。

"但愿莎神助你们一路顺风。"麦尔妲轻道。

可是女儿的声音有点哽咽。"但愿莎神助你们一路顺风，并将你们安全地送回家。"凯芙瑞雅听到自己朗声说道。只是她的祷词仿佛被微风吹走了。

Chapter Twenty-Nine
Bingtown Convergence

第二十九章

缤城凝聚

伴随他们而行的船只不断增加。瑟莉拉想道,不知道他们是如何安排那些船只沿途与他们会合的,想必定是有个周全有趣的计划。不过,沿途跟这些船只会合,莫非是老早就安排好的?难道他们还在哲玛利亚的时候就有人预知大君打算一路风风光光、浩浩荡荡地前往缤城?如今瑟莉拉几乎已经确定大君必定会送命,因为唯有如此,恰斯人才能顺理成章地进攻缤城。她像是收藏金块似的把这个心得收藏在心里。事态既然如此,那么她若要迅速地赢得缤城商人的信任,最稳当的办法就是尽早把各方的居心告诉缤城商人。如果说如今她还有什么忠诚心的话,那么她效忠的对象已经不是哲玛利亚国,而是她潜心研究多年的神奇之地——缤城。她抬眼眺望夜色。地平线处有一团似有若无的亮光,那是缤城夜市映入星空中的光。到了明天,他们就会抵达缤城了。

一名士兵走上前,在她肩侧立定。"大君召唤您前去,他也想出来走走。"哲玛利亚语不是那士兵惯用的语言,所以他说起来口音怪怪的。

"他不能出来。他现在的健康状况可禁不起一点闪失,不过我这就去见他。"

其实,就算大君派人来召她,她也大可以拒绝不去,只是她担心那恰斯船长会听到她出言拒绝。虽说近来瑟莉拉越来越坚强,但她还是不敢忤逆那个恰斯船长。恰斯船长把她送回大君身边之后,她曾遇到他两次,两次她都备感羞辱，无法与那人正眼对望。第一次，瑟莉拉是转过走廊转角便碰上了他，当时她吓得差点尿裤子，落荒而逃。那恰斯船长看在眼里，乐得哈哈大笑。而这其中最令人无法理解的就是她怎么会对另外一个人怕成那个样子。瑟莉拉独处时，有时候会数落那人种种不齿的行径，设法让自己气他或恨他，可是都不管用。那恰斯船长所投射出来的恐惧感深深地印在她心里，令她一看到那人就没有其他感觉，就只有害怕。就是因为这个想法，所以她脚下加快，匆忙奔回大君的房间。

大君房间的门口有个恰斯人值班，瑟莉拉也不多理会就进门去。房里干净整洁，清爽的海风从敞开的窗户吹进来。她满意地对自己点点头。仆人已经把她的晚餐摆在桌上，又点上了一烛台的蜡烛。晚餐是一盘肉片、水果布丁和几片没发酵的面包，此外他们还摆了一瓶红酒和一个高脚酒杯。这些单纯的食物，瑟莉拉想道，可都是完全按照她的意思做出来的。她在食物方面一点也不敢大意。大君和随行的同伴因为食物不当而重病，但是那恰斯船长和他手下的船员却都人人完好。据瑟莉拉猜测，那有可能是因为被下了毒，不过她却想不出谁会因为下毒而得利。除此之外，也可能是因为大君带上船来的精致食物出了问题，说不定腌蛋核桃糕或肥猪肉馅饼馊掉了。

至于那个小托盘里的则是大君的食物。托盘上有一碗热水泡面包以及一小碟蒸熟的马铃薯与芜菁捣成的蔬菜泥。等到大君吃完，她会让他喝些搀水的葡萄酒，以资奖励，说不定还会赏他几片肉。打从前两天开始，她就没在大君的食物里下催吐药，毕竟抵达缤城的时候，他若是太过虚弱，那可就不好了。瑟莉拉对自己的成就十分满意，不禁再度展颜，坐下来享用自己的餐点。他应该会在死前活泼一阵。她在叉起肉片时听到大君躺在床上翻身的声音。

"瑟莉拉？"大君喃喃道，"瑟莉拉，你在这里吗？"

此时，大君的床帷拉拢着。瑟莉拉想道，其实她可以干脆不回答。现在，大君虚弱得连坐都坐不起来，更不要说拉开床帷探看房里有没有人。不过，她决定要发发慈悲。

"我在这儿，神武圣君，我正在帮您准备食物呢。"

"喔，那好。"然后大君便不说话了。

瑟莉拉好整以暇地用餐。经过连日来的训练，大君已经很有耐心了。她只准仆人们每天进到房里来清洁整理，并由她亲自严密监视，除此之外，他们就不准入内，至于访客，更是全部挡驾。她告诉大君，他的健康状况可经不起一点闪失。她没花多少工夫就使大君怕死怕到愚不可及的程度。毕竟同行的随员有不少人因病丧命，死亡人数之高，连瑟莉拉都感到讶异。她深信，不管之前致病的是什么因素，都已经影响不到她了，不过她还是把"疫病仍在船上蔓延"的观念深植于大君心中。

其实，要让大君对此深信不疑并不困难。自从瑟莉拉开始限制他的食物，并把罂粟膏掺进去，他就很好控制；他的眼神变得散漫，于是不管她说什么，他都十分相信。瑟莉拉刚开始接手时，其他人大多病重得无法前来探视大君，更不要说干涉她的作为。后来他们慢慢康复，但瑟莉拉仍成功地把他们挡在门外。她对外宣布，大君亲自下令不想被人打扰。于是整个宽敞的空间，除了大君所在的大床之外，通通归她享有，因此她日子过得颇为自在。

瑟莉拉吃完，并啜饮了一杯葡萄酒之后，才端着托盘走到大君床边。她拉开床帷，慎重地观察他的神色。她心里想着自己是不是下手太重了？大君的皮肤苍白而了无生气，脸瘦到几乎皮包骨头，停在被单上的那一双手瘦骨嶙峋，不时抽搐。不过这也不是什么新鲜事，由于他使用迷幻药品时从不节制，所以几年前他的手就开始抽搐了。最后瑟莉拉下了结论：那一双手之所以看来像是垂死的蜘蛛，是因为它们虚弱无力。

她轻轻地在床边坐下来，将托盘放在矮桌上，面带笑容，温柔地拨开他脸上的头发。"您气色好多了。"她对大君说道，同时鼓励般地拍拍他的手，"您可愿意用膳？"

"麻烦了。"大君亲切地抬头对她一笑。如今他深信全船只有瑟莉拉站在他那一边，而且他所能仰赖的，除了她之外，别无他人。大君张口等待喂食时，口臭味重得使瑟莉拉瑟缩了一下。昨天，大君跟她抱怨他的牙齿开始松动了。唔，他康复的速度大概够快了，不过也不必太快。他只要能够活到她在缤城上岸，并赢得缤城人的爱戴即可，之后若是他还健康强壮地反对她的作为，那就不好了。若是如此，她一定会把大君所说的那些不利于她的言论归咎于大君心智散漫。

有些食物从他嘴边流了下来，瑟莉拉伸出一臂，绕过他的肩膀，扶着他坐起来。"好不好吃？"她一边哄劝一边舀了一匙泡软的面包送入大君口中，"明天就到缤城了，好棒哟。"

上一次大钟响起、紧急召唤所有缤城商人到大会堂集合，已经是多年的往事，连罗妮卡·维司奇都记不起当时的光景了。此时"缤城商人大会堂"的上空才不过微微透出曙光。罗妮卡带着家人匆匆步行下山，正巧苏耶夫商人的马车也赶着去集合，于是便偕同他们一家人上车同行。到了大会堂前，只见人头攒动，不时有人拉着嗓子问是谁敲的钟，是什么急事要大家集合。有些商人抵达时穿着晨衣，外面随便套着夏季用的轻便斗篷就来了；有的商人眼睛红红的，还没睡饱，或者仍穿着晚礼服。但是众人一听到钟响都连忙赶来了。许多人带着兵器或是腰际系着长剑。孩子们紧攀着父母亲，小男孩巴不得借此露出英勇状，不过许多孩子脸上都有慌张痛哭的泪痕。这一大群形形色色、但都焦虑担心的人们聚集在盛开的花架间、饰着花环的拱门下，以及以缎带装饰的大会堂台阶上。这些花架、花环和缎带等，是为了迎接夏季舞会而做的装饰，但是此刻这一切只显得突兀。

"一定是血瘟。"人群边缘有人发话道，"血瘟再度袭击缤城。除此之外还能有什么大事？"

虽只是谣言，但是人们纷纷应和，越讨论越激烈，最后竟惊惶地大叫起来。此时，拉尔法商人出现在台阶上，吼叫着要众人安静下来。拉尔法商人是活船快活号的船主，平时他是个沉稳到近乎呆板的人，但今天他激动得脸颊发红，头发也竖了起来。"是我敲的钟！"拉尔法商人宣布道，"各位请听我说！我们没时间进大会堂正式召开会议了。我已经传话给港口里的每一艘活船，让他们都出去应敌。恰斯战船船队来犯！天刚亮时我儿子就看到了，他马上冲进来把我叫醒。之后我儿子去西堤通报所有活船。我不知道战船总共有几艘，但是少说有十艘以上。这可不是闹着玩的。"

"真有此事？"

"几艘？"

"有几艘活船出去应战？能将他们挡下来吗？"

问题如雪片般飞来。拉尔法沮丧地对群众挥拳。"我不知道。我知道的都已经告诉你们了。再说一次，恰斯战船船队开进了缤城港。如果你有船，快把船开出去，我们得将他们拖住才行。其他的人带着兵器和水桶到港口去。恰斯人善用火攻，如果他们真能上岸，一定会放火烧城。"

"那孩子们怎么办？"人群后头有个女人大声问道。

"年纪较长、提得动桶子的，就带去港口帮忙，至于年纪小的就留在这里，跟老人家、行动不便的人待在一起，大家互相照顾。走吧。"

小瑟丹站在罗妮卡身边。罗妮卡低头一看，只见他脸上滚下两行泪水，眼睛睁得大大的。"瑟丹，你到大会堂里去。"凯芙瑞雅以轻松的口吻对他说道，"我们马上就回来找你了。"

"才不呢！"瑟丹以尖锐的童声说道，"我提得动桶子。"他差点吓得哭出来，但是他强忍住了，然后就带着挑战意味地叉手抱胸。

"麦尔妲会待在这里陪你啊。"凯芙瑞雅连忙劝道，"她可以帮着照顾小宝宝和老人。"

"我宁可去提水桶。"麦尔妲气嘟嘟地宣布道，牵起瑟丹的手。在这一刻，她不但模样像艾希雅，连讲话的口气都像，"我们才不要躲在这里，心里却急着不知道外头出了什么事。来吧，瑟丹，我们走。"

站在台阶顶端的拉尔法商人仍在吼着分派任务。"你，波夫洛，你去给三船人家送个消息。还有谁能去给新商商会送消息？"

"你以为那些新商会在乎吗？让他们自生自灭好了！"有人气愤地吼道。

"就是因为有新商，恰斯人才会闯进缤城港来！"另外有人补上一句。

"现在没空分你我，我们必须保卫缤城才行！"拉尔法商人主张道，"唯一重要的就是缤城,管谁先到后到!"

"缤城!"有人叫道,其他人也跟着应和:"缤城!缤城!"

平板货车和马车已经开始辘辘地驶离广场,朝缤城闹市区而去。罗妮卡听到后头有人在安排快马,替郊区的农场和村落送消息。没时间回家换衣服,也没空考虑早餐还没吃或鞋子不适合提水走路了。罗妮卡看到有个女人和她的成年女儿开始理所当然地扯掉晚礼服蓬起的多层裙子,将那些碍手碍脚的衣料丢在路边,穿着棉质灯笼裤,跟随在她们家的男人后面。

罗妮卡抓住凯芙瑞雅的手,心里暗祷孩子们会跟上来。"能跟你们挤一挤吗?"她对一辆经过的马车叫道。驾车之人一言不发地停了下来。虽然车上已经很挤,四人仍鱼贯上车。之后又有三名男子跳上车,其中一人的腰间别着一把锈剑,不过他们都像发疯了似的咧嘴而笑;他们眼睛明亮,行动迅速有力,像是随时准备冲锋陷阵的青壮蛮牛。他们笑逐颜开地望着麦尔姐,麦尔姐则瞄了他们一眼,就望向他处。马车猛然顿了一下,随即开始载着他们朝缤城而去。

走到一处道路开阔处,罗妮卡正好瞥见缤城港的景象。众活船一字排开,挡在缤城港出口。活船甲板上聚集着许多正在指指点点的男子。在活船之外有一艘船桅很高的单桅船,而众多桨帆并用的恰斯战船则如臭虫般将那艘大船团团围住。

"他们挂的是哲玛利亚旗!"车里的一名男子叫道,同时车子一转弯,缤城港也就隐于视线之外了。

"管他挂什么旗子都一样。"另一名男子不屑地说道,"那些没种的畜生只是想要借着旗帜的掩护溜进港里,再发动攻击罢了。若不是为了发动攻击,何必集结那么多战船朝我们的港口开过来?"

罗妮卡也有同感。她看到麦尔姐脸上漾开了一抹病恹恹的笑容,于是倾身朝那个脸色苍白的少女靠过去,轻声问道:"你还好吧?"她担心外孙女儿可能会昏倒。

麦尔姐笑了两声,她的笑声轻淡,听来有点神智昏乱。"真是傻啊。这个星期以来,我一直在缝制礼服,想着雷恩,想着鲜花、灯光和舞会。昨天晚上,我还因为舞鞋做得不合意而睡不着呢。如今我却觉得,那一切都可能变成泡影。"她抬起头,大眼睛扫过连绵不绝的货车、马车,以及骑马和走路的人,很宿命地说道:"我原本非常确定自己一定会在人生中做某些事情,但是却往往在差一步便实现之际烟消云散,而且这个情况可能会一再重演。"她的目光显得非常深远,"也许明天我们都死了,而缤城则变成冒烟的废墟。也许我永远都别想正式引见了。"

"别说这种话!"凯芙瑞雅惊骇地说道。

罗妮卡沉默了一会儿,接着将手搭在麦尔姐攀住车壁的那只手上。"把握当下,此刻就是你的人生啊。"这句话听来令人宽慰,连罗妮卡也不晓得自己怎么会想到这句好话。"而此刻,也是我的人生。"她又补了一句,随即目光便望向前方迂回道路尽头的缤城。

雷恩站在康德利号的后甲板上,望着活船行过宽广水面后逐渐扩大的水波。早晨的来临使浓浊的河水映出银色的色彩,也使两岸蓊郁的森林滴着水帘,宛如宝石般闪闪发光。水流快,加上船帆多,所以顺河而下极快。雷恩深吸了一口气,想要纾解一下心头的沉重感,但是那感觉就是不走。他低下头,将头埋在手里,手从面纱下溜进来按摩涩滞的眼睛。他一直睡不好,如今"熟睡"二字仿佛是儿时的床边故事才有的神奇观念。他心里纳闷着,这辈子,他不知道有没有机会再度睡个好觉。

"瞧你这模样,好像跟我的心情一样萧瑟。"有人轻声说道。雷恩吓了一跳,转过身去。此时是黎明之初,天色朦胧不明,所以他没注意到身边有另外一个人。葛雷·坦尼拉把一张小小的羊皮纸卷起来,收进衬衫的袖子里。"可是你实在不该这么萧瑟的。"葛雷继续说道。他的眉头紧紧地结在一起。"你不是麦尔姐去参加夏季舞会时的护花使者吗?既然如此,还有什么好叹气的?"

"的确没什么好叹气的。"雷恩应和道。他刻意弯起一抹笑容,继续说道:"只是麦尔姐挂虑着失踪的父亲与船,所以我也跟着有一点抑郁。此事非同小可。我原本希望麦尔姐在引见时喜气洋洋,但现在看来,那个场合恐怕不免抱憾了。"

"我不知道你听了这消息会不会舒坦一点,但是我就告诉你吧。康德利号捎信给我,前去救人救船的派拉冈号已经离开缤城了。"

"啊,我曾听人把你跟艾希雅·维司奇相提并论,莫非你这个消息就是来自于她?"雷恩朝葛雷虽拢进袖子里、却仍从袖口露出一截纸头的那封信一努嘴。

葛雷叹了一口气。"这是她南行之前给我写的道别信。她对这趟远征有许多憧憬,但对于她与我的未来却一点憧憬也没有。她的笔调非常和善。"

"啊,有时候,和善的笔调比冷淡还要糟糕。"

"一点也没错。"葛雷摸了摸额头,"维司奇家的人脖子真够硬的,而且他们家的女人,他妈的太过独立,简直到了自讨苦吃的程度——多年来,大家都这么形容罗妮卡·维司奇,不过在我吃了大亏之后,才发现这个说法对艾希雅也颇为适用。"他对雷恩苦笑道,"不过你的目标是他们家的下一代,希望你的运气比我好。"

"可是麦尔姐丝毫没有松动的迹象。"雷恩郁郁地坦承道,"不过我在想,我若能赢得她的芳心,那么事后必证明我花的工夫很值得。"

葛雷摇了摇头,不再望向雷恩。"以前我对艾希雅抱的也是这个心情,直到现在,我的想法仍未改变。只是我大概没机会证明自己的看法是否属实了。"

"不过你要回缤城去,不是吗?"

"我恐怕不会在缤城久留。而且一入港,我就得躲进底舱不见天日之处,直到出海为止。"

"你想去哪里?"雷恩问道。

葛雷和善地一笑,但是呆呆地摇了摇头。

"这也对。越少人知道越好。"雷恩应和道。他转头继续眺望河水。

"我想借这个机会告诉你,府上的大力支持,我们坦尼拉家族铭志在心。许多人只是嘴上说会支援我们,但府上却付诸行动,连家里的财富也被作为赌注。"

雷恩耸耸肩。"雨野原人跟缤城人应该联合起来,要不然日后想好好地当这二者之一都不可能了。"

葛雷眺望着船后的白色水波。"你真的认为有那么多雨野原人和缤城人会联合起来对抗哲玛利亚吗？数代以来，我们都把自己当作是哲玛利亚的属地，我们的生活都尽量模仿哲玛利亚城或与之交流。我们说的是他们的语言，祖先也来自该国，我们的生活习俗，从食物、衣饰，甚至于我们的人生理想，都与哲玛利亚人大同小异。我们若是站开一边，说我们是缤城人，不是哲玛利亚人，那算是什么意思？说起来，'缤城人'好像只是个名目而已。"

雷恩不耐烦，但是他隐忍着听完。那些有什么关系？雷恩的看法是以政治现实为出发点。"我想，外人只要认识到我们三代以来都定居于此的事实，就会承认我们与哲玛利亚人不同了。我们是住在天谴海岸的人，是那一批大胆前来此地开垦的男女之后裔。我们的祖先做了很大的牺牲，而我们也继承了他们的重担。我并不怀恨，但是别人若不愿跟我们做出同样的承诺，我就不愿跟他分享我的祖传之地；如果对方不肯承认我们为了定居于此而付出多大的代价，那我就不肯让出地方给他们居住。"

雷恩瞄了葛雷一眼，本以为对方一定很赞同这样的论调，谁知他却显得颇为困惑。接着，葛雷低声地、仿佛很羞愧地问雷恩："你是否曾有过想要抛开一切、远居海外的念头？"

一时间，雷恩只是默默地透过面纱瞪着葛雷，最后他似笑非笑地评论道："你显然忘记了我跟你略有不同了。"

葛雷一边高一边低地耸了耸肩。"我听人说，你们若有心要隐瞒，是可以做得到的。至于我……有时候，我若是离船一阵子，心里就会胡思乱想：我为何羁留于此？为什么要留在缤城？为什么我要遵守缤城商人之子应有的规范？有的人根本不管这一套，好比说贝笙·特雷。"

"我好像没见过这个人。"

"没错。这个人你以前碰不到，以后也碰不到。他们家因为他放浪不羁而跟他断绝关系。当年我听到这个消息时，本以为他会因此而死在街头。谁料他没死，反而任意来去，风往哪边吹，就跟着船往哪边走。他好自由。"

"他快乐吗？"

"现在他跟艾希雅在一起。"葛雷摇了摇头，"维司奇家不知怎么搞的，竟找他去做派拉冈号的船长，还把艾希雅托给他照顾。"

"艾希雅的事情我听过不少。说起来，她这个人不需要男人保护。"

"你这话，艾希雅听了一定点头称是。"葛雷又叹了一口气，"但我可不这样想。我看，这个贝笙以前骗过她，而且他可能会再……我一想到就难过，可是我有因此而冲去找艾希雅并劝她回家吗？我有因此而跳出来，说'嘿，我去我去，只要能跟你在一起，要我做疯船的船长我也愿意'吗？没有，我不做这种事，但这种事特雷干得出来。这是他与我又一不同之处。"

雷恩觉得后颈发痒，所以伸手抓一抓。是不是那里开始长瘤了？"在我看来，这明明是优点，但你却将之说成是缺点了。你深知自己职责所在，并且恪尽职守，这是好处。至于艾希雅不欣赏，那可不是你的错。"

"问题就在这里。"葛雷说到这里，先是把袖管里的信函拉出来，然后又把它推回原位，"她倒是很欣赏我。她称赞我有很多优点，并祝我一切顺利。她还说她很仰慕我。仰慕啊，但没有爱，光是仰慕，有什么用？"

雷恩想不出要接什么才好。

葛雷再度叹气。"唔，多想无益。如果未来我们要跟大君决战，那么这场战争可能很快就要开打。至于艾希雅，她要不就是回到我身边，要不便就此与我分手。这虽是我自己的人生，我却一点也无法掌握，只能随波逐流。"葛雷摇了摇头，想起自己方才那些忧郁哀愁的言语，不禁尴尬地笑笑，"我要去找康德利聊天，你要不要一起来？"

"不。"话说出口之后，雷恩陡然察觉到自己的口气太过强硬，所以又补了句话来化解："我自己有些事情要好好想一想。"

雷恩望着葛雷穿过薄雾，朝船首的人形木雕而去。他把双手插入口袋里。即使戴着手套，他也不敢倾身握住船栏。即使这样，船就已经在对他大吼大叫了，而且出声的还不是"康德利"。

他以前搭乘活船旅行的时候从未碰到过这种问题。一定是那龙在他身上动了什么手脚。他不知道龙到底对他做了什么或是如何做的，反正很害怕就是了。他在出门之前打破了对母亲和长兄的承诺，偷偷潜到戴冠公鸡大厅，跟龙见最后一面。走那一趟真是大错特错，但如果他就此远去，不跟龙解释他们已经尽全力为它讲话了，那也不对。最后他恳求母龙放他走，毕竟母龙都已经知道他是如何为她求情了。谁知母龙非但不放他走，还誓言要吞噬他的灵魂。"只要我一天困于此处，雷恩·库普鲁斯，那你就一天不得自由。"母龙对雷恩诅咒道，然后就像是黑色大理石上缠着的银纹，混入了雷恩的身体里。到最后，连雷恩也分不清哪一份是她，哪一份是自己了。母龙以前对自己做任何事，他都没这么害怕，而这次真的是吓到他了。接着，母龙还大声宣布道："你是我的了！"

那时，戴冠公鸡大厅的地板震颤了一下，仿佛是在警告雷恩不要忘了母龙所说的话。那其实只是一次颤抖而已，这在天谴海岸是很常见的现象。那震颤远不及正式地震那么严重，可是雷恩从来没有在戴冠公鸡大厅碰到过这种事。他在火炬的照耀下，看到画着壁画的墙壁因为这么一个震颤而像是织锦画似的波动了一下。见状他拔腿就跑，只顾逃命，母龙的笑声则在他心里回响。他一定是逃不出去的。雷恩在奔跑时听见甬道坍塌的轰隆声响，先是湿土滑落，继而壁砖崩裂。即使他逃到大厅外，双手扶着膝盖，想要稍微喘口气之时，仍不住地颤抖。明天开始可有得忙了，甬道和走廊的墙壁得用木架撑起来，那需要好多天的工夫。如果崩塌得太严重，那么这地下古城的某些区域可能要整个放弃。至于新的探索活动，则必须先繁琐地检查过之后才能进行——那正是雷恩最讨厌的工作。

"你尽管夹着尾巴逃吧。"母龙的声音快活地在雷恩心里响起，"雷恩·库普鲁斯，古城的墙，你也许还能撑得起来，但是往后你内心的墙，势必抵挡不了我族的侵入了。"

当时，雷恩觉得母龙只是空泛地说大话威胁他而已，毕竟它她老早就在他身上动了手脚，所以就算她更进一步，又能严重到哪里去？不过从那之后，他一做梦就会梦到龙。龙群或是怒吼，或是彼此争斗，或是停在屋顶上伸展翅膀晒太阳，或是在奇异大城的高塔上交配。那一切，雷恩都亲眼目睹。

那并不是恶梦。不，那梦境斑驳灿烂、鲜明复杂。跟龙群往来的那些"人"，看起来的确像人，但是仔细看却与常人不同。他们个子高，眼珠是薰衣草紫或是黄铜黄色，而肤色也与雷恩在真实人生中所见到的略有不同。

真实人生？问题就在这里。对于雷恩而言，那梦境竟比他清醒时所见所闻更为逼真。他看到许多古灵人的大城，深刻地了解了他们的历史。他突然明白，古城的街道和走廊那么宽，台阶又宽又浅，而门很高，窗户特别大，是要便于龙群在大城里活动。他很想到建筑物里去瞧瞧，或是凑近那些在市场里逛街、驾着彩舟游河的人们，但却无法如愿。

因为在梦境中，他与龙群在一起，化身为龙群的一分子。龙在看待那些两腿的邻居时既亲切又有耐性。他可不把那些两腿的生物看作是自己的同伴，因为他们的生命太短，所顾虑的因素太过浅薄。雷恩在做梦的时候也与龙群有同感。在梦境中，他沉浸在龙的文化里，开始受到龙的思想熏陶，不止做梦，就连醒时也以龙的观点看待世界。龙的情感比他体会过的任何情感都要强上百倍；人类的热情再怎么激烈，跟公龙对于配偶那种一往情深的情绪比起来也不过是弹指即过的波动罢了。成对的公龙与母龙总是彼此珍惜，他们彼此的承诺不只是长达一生，而是数世皆是如此。

他通过龙的眼光观看世界。在他们眼中，工整的耕地不过是大地上的织锦图案，而河流、丘陵与沙漠则不能算是障碍。龙若是兴趣一来，便随意地举翅飞到凡人终其一生也梦想不到的远方。在雷恩看来，世界既变得比他以前所见的更大，也变得比以前更小。

这样的梦境为什么算是诅咒，他是慢慢才领悟到的。他睡醒时只觉得疲累，仿佛根本没睡觉，而他另外的那个人生力量庞大，时刻影响着他。他日间过着人类的日子时，只觉得自己仿佛走在不安而不满的云雾之中。他对于自己的亲身体验只感到不屑。这诅咒的另外一层意义是使他随时都疲倦得要命。他很想睡，但就算睡了也得不到休息。尽管如此，他还是恨不得多睡——为的不是休息，而是要抛开枯燥的人类生命，将自己浸润到龙的世界里。于是，雷恩身为人的这个生命变成一连串疲倦无力的日子，唯有想起麦尔妲时还能激发心里的一丝情愫。然而即使在梦想着她的时候，他也无法甩开龙的诅咒，尽管他心里的麦尔妲有一头乌黑亮丽的头发，但那头发竟像是龙的黑鳞一般覆在她的头与肩上。

无论他的梦里梦外，母龙的声音时刻不停地传来，声音细微，语调凄凉。"没了，没了，没了，那许多灿烂伟大的飞龙通通都死了。而这都要怪你，雷恩·库普鲁斯，是你结束了他们的生命，因为你既软弱又懒惰。以你的力量，大可为他们创造出新世界，但你却什么也不做。"

这就是雷恩最大的折磨。母龙竟深信他的力量大到足以将她放出来，并让真龙再度在世上现身。

等到雷恩脚踏上康德利号之后，折磨更加剧烈了。康德利号是活船，船身的骨架都是巫木。数代以前，雷恩的祖先把一个个楔子打入戴冠公鸡大厅里的一根巨大巫木，将巫木剖了开来，裁成一片片木板，另外再留下一大块木料，以雕成人形木雕。

至于巫木最里面那个柔软的、不成形的生物，则随便丢弃在大厅的冰冷石地上。雷恩每次一想到那个情景就不禁抽搐。他心里有许多疑问：那生物落到地上时还在扭动吗？它有没有竭力发出痛苦与绝望的叫声？或者，就如他的长兄与母亲所坚持的说法，那生物其实早就死了，根本就是一团动也不动的血肉，彻底地死了？

如果说，库普鲁斯家族的作为真的光明磊落，那么为什么一向对此缄口不言、力求守密？就连其他雨野原家族也对巫木原木的秘密吐露极少。虽说埋在地下的古城是所有雨野原商人共有的财产，但是各家族早就在古城内划分出属于他们特有的领地了。戴冠公鸡大厅和大厅内的原木在很早以前就划归库普鲁斯家族所有。说来讽刺，当时人们本以为那些巨大的原木没什么价值，后来是因为意外才发现了巫木有其特殊的性质——众人都是这么跟雷恩说的。至于那是什么意外、如何发生，雷恩问遍所有人也问不出个所以然来。就算在世的家人之中有人知道那个故事的始末，也不肯告诉他。

但是康德利号则毫无保留。康德利号的人形木雕刻的是个笑脸迎人的和蔼青年。他对于雨野河了若指掌，任哪个人或是哪艘船都比不过他。以前，雷恩搭船的时候常常开心地跟他聊天取乐，但自从遭受龙的诅咒之后，康德利就再也无法忍受他了。雷恩要是凑近，他就笑容消退，话也只说到一半就不愿再说，那张年轻人的脸孔一看到来自于雨野原的雷恩就变了色——虽不至于充满敌意，但忧虑恐惧是有的。康德利会警戒地望着雷恩，完全忘了当下在跟别人聊什么。船员们已经察觉到，每当雷恩走近，康德利就变得古怪起来。虽说没人放肆到把这个情况点明，但是众人的目光对雷恩而言是不小的压力，所以他干脆禁足，不去前甲板了。

然而，康德利在看到雷恩时只是感到焦虑，而雷恩内心的情绪可深刻尖锐得多了。因为他心里明白，在康德利的木头纤维之内，在他那张英俊、亲切的青年脸孔之下，其实潜伏着龙的幽灵。那条怒不可遏的龙随时等着雷恩上门。他一入睡，哪怕只是坐在椅子上打个盹，龙就迎了上来，开始悲恸地悼念自己的生命之逝。那龙激烈地悲悼自己命运不舛，如今竟没了羽翼，只张着一片片帆布；原本他有抓攫猎物的利爪，如今却如猫爪一般凋萎结节、带着线头；他本应是三界之王，如今却只能困在水面上，靠着风力推动，并忍受人类像是在死兔尸体上丛生的臭虫似地在他身上居住。这实在无法忍受。

那条潜龙深明这状况实在难以忍受，虽然那人形木雕还很懵懂。而现在雷恩也知道了。他知道潜藏在康德利号骨子里的幽灵恨不得复仇，而且他很担心，潜藏在巫木里的记忆会因为自己登上船而更为强大。要是那些记忆浮现出来，那么康德利会怎么做？他会将复仇之火发在谁身上？雷恩实在很怕龙的幽灵会发现自己的真实身份。毕竟他这个人，其实就是当年把未出生的龙从龙茧中丢出去的那些人的后裔啊。

瑟莉拉站在船的甲板上，她身边有两名壮硕的恰斯水手抬着大君——大君无力地倚在用船桨和帆布做起来的临时担架之中。海风吹拂，令大君脸上略显红晕。瑟莉拉亲切地低头对他一笑。"让我代您说话吧，神武圣君。您要保留力气才好。再说,那些人不过是水手而已。您的话,留着跟缤城商会致词的时候说吧。"

那少年实在无知,闻言后竟感激地点点头。"你就告诉他们,"大君指示道,"我想尽快离船登岸。我需要暖和的房间、好床、新鲜的食物和——"

"嘘,别说了,把自己累坏了就不好了,这方面就由我来代劳吧。"瑟莉拉弯身拉紧大君身上的被子。"我跟您保证,我去去就回。"

最后这句话倒是真心的,她的本意就是要越快越好。她希望此行能够说服那艘缤城的船,只把她自己和大君接上岸,至于其他同船的人则不需要上岸,免得他们到时候乱讲话,使缤城商人越听越糊涂。瑟莉拉要让缤城商人先听到她的故事,而且要让他们觉得她的话最可靠。她站直,把斗篷拉得更紧。这一身衣饰是她特别挑选的,她甚至坚持要慢慢地仔细整理头发。她要让自己看起来飞扬跋扈,可是又带着严肃端庄的味道。她虽然只戴着袖珍的首饰,但是鞋面上却缀着好几对耳环——而且都是大君收藏的耳环中的上品。未来如何变化无人能知,但她绝对不要以贫穷的起步来展开新人生。

那个恰斯船长站在附近皱眉瞪着她,但是瑟莉拉对他视而不见。她凑到船栏边,眺望着一水之隔的另外那艘大船,并尽量以目光一一巡过站在船甲板上的那群男子。那艘船的人形木雕竟暴怒地瞪着她看,接着举起手臂、叉手抱胸。瑟莉拉不禁轻叹了一口气。活船呐,是真正的活船呢。她在哲玛利亚国待了这么多年,一直没有看到过活船。她身边的那些恰斯水手喃喃地讲了什么话,又做出恰斯人用的避邪手势。瑟莉拉看到他们既迷信又害怕,只觉得自己的确坚强,她可是一点也不怕。她站得更直了,深吸了一口气,朗声对那艘缤城船叫道:

"我是瑟莉拉,我乃是神武圣君克司戈大君的心灵侍臣,我的专业领域是缤城与其历史,所以大君带我同行。大君因为病痛虚弱,因此派我来问候各位。诸位可愿意派出小艇来接我?"

"当然啦!"一名穿着黄背心的肥胖男子叫道,但是一名络腮胡子的男子摇摇头,说道:

"重生，你住口！我肯让你上船，你就该偷笑了。你，侍臣！你说你要来我们船上，就你一个人吗？"

"是，就我一个人前去，以便向各位传达大君的善意。"瑟莉拉拉着斗篷，展开双臂，"我是个女人，而且不带兵器。阁下可愿意让我登船，听我讲几句话？这当中一定是有严重的误会。"

那船上的男人们开始聚头商量，不过瑟莉拉深信他们一定会让她上船。她若能上船，事情再怎么糟，也不过就是她被留作人质罢了。但即使落到那个地步，她至少也已经离开这艘地狱般的船。瑟莉拉一动也不动地挺直站着等待，海风吹来，稍稍吹乱了她的发型。

最后那个络腮胡男子走回船栏边，看来那人一定是那艘活船的船长。他指着那个恰斯船长。"用你们的小艇把她送过来！只准两名水手划桨，一个也不能多！"

那恰斯船长竟然是先看看她的眼色，再看大君的表情，这令瑟莉拉心底升起一股得意感。那人强暴了她，可是他现在总算知道她替自己挣到了些权力吧。不过她还是告诫自己要谨慎，并垂眼看地。在那一刻，她对那恰斯船长的痛恨首次强到与对他的恐惧不相上下。瑟莉拉想，说不定，有一天我对你的恨意会强到使我杀了你。

此事谈妥之后，接下来的进展就快了。他们以索具绑住瑟莉拉，将她放入小艇中，好像她是什么货物。小艇很小，不过很灵活，随波起伏，途中不时激起水花，溅入小艇中。划到缤城大船边时，已经有一名年轻水手借着索具垂到船壳外等她了。而此行最恐怖之处，就是她必须在小艇中站直身体。海浪把小艇浮高之后，那水手便弯下身，猫抓老鼠般地伸手揽起她。他一句话也没说，也没有停下来让惊惶的瑟莉拉更安心一点，抱着她迅速爬上绳梯。

一到甲板上，那水手便将她放下来。一时间，她只觉得耳朵嗡嗡叫，心里怦怦跳，所以根本没听到那大胡子男子朗声自我介绍的话。直到一片沉默，瑟莉拉这才领悟到众人都在注视着她。她深吸了一口气，突然觉得站在活船的甲板上、处于一群陌生的男子之间很可怕。突然之间，哲玛利亚变得好远，远到根本不存在。她以意志力逼迫自己回到现实，开口讲话：

"我是瑟莉拉，我乃是神武圣君克司戈大君的心灵侍臣。大君远道跋涉，前来缤城听取各位的申诉，并为各位解决纷争。"她逐一望过每一张脸孔，他们都全神贯注地听她说话，"大君在前来缤城的途中生了大病，许多随员也是。大君发觉他的身体变得虚弱之后，便采取措施，以确保此行的任务能够圆满完成，不受他的健康状况所影响。"她伸手到斗篷里，从她昨晚才缝上去的口袋中掏出了一卷羊皮纸，将那文件送到大胡子男子的面前，"大君在这份文件中指派我为他的'缤城驻地大使'，所以我今天代表大君发言，乃是得到充分授权的。"

其中几名男子露出难以置信的脸色。瑟莉拉决定赌上一切，免得他们不把她当一回事。她睁大了眼睛，以求情的眼神望着那个大胡子男子，接着压低了声音，仿佛怕被恰斯船长听去。"求求你，我深信大君的性命危在旦夕，而大君也有同感。您想想看，如果大君认为他可以活着抵达缤城，那么何必给我这么大的权力？如果可以，我们应该把大君从恰斯船上接下来，安全地送到缤城去才是。"话毕，瑟莉拉以恐惧的眼神瞄了恰斯船一眼。

"别再说了。"活船船长警告道，"这些话应该留到缤城议会开议时再说。我们会立刻派小艇去接大君。你看他们会让大君离船吗？"

她无助地耸耸肩。"我只恳求各位一试。"

活船船长皱着眉头对瑟莉拉说道："小姐，我警告你，在缤城，有许多人会认为这不过是个借以博取缤城人善意的诡计罢了。近来，众人对大君的敬意不比从前，而且……"

"凯恩商人，你别说了！你别吓到了我们的贵客。侍臣小姐，请随我来。大君若肯赏光住在'重生大宅'的话，那真是我莫大的荣幸！虽说现在我们缤城商人看来有点意见不合，但是我敢说，您一定会感受到缤城人的好客果然名不虚传。现在，容我带您离开这个风大的甲板，到船长的接待室去坐一坐。请移步，您用不着害怕。凯恩商人会派小艇去接大君，您则在这儿喝杯热茶，把这一趟冒险事迹说给我们听听。"

那个身宽体胖的男子一味地将她假设为无助且可靠的女性,倒让瑟莉拉很是安慰。她伸手搭上了那人的前臂,让他领着自己离开。

第三十章

调 整

"这次就算了,但要是她以后不把她的工具袋整个收进舱床底下,还让它这样突出来的话,看我不杀了她才怪。"

躺在自己舱床上的艾希雅翻了半个身,靠着手肘腾挪到舱床边缘。这舱床真他妈的窄,就连要翻身到床边都不行。艾希雅腾挪到床边,低头望着琥珀。此时那木匠两手叉腰,咬牙切齿、攒眉怒目地瞪着洁珂的工具袋,而且还喘得仿佛刚才在索具上来回了好几趟似的。

"镇静,镇静。"艾希雅劝道,"深呼吸,接着对你自己说,其实问题不在那个袋子,而在于舱房太过拥挤。"她咧嘴而笑。"然后用力踢那个袋子一脚。这样你的心情就会好起来了。"

一时之间,琥珀只是一动也不动地瞪着艾希雅,她那个眼神正如她的名字一般,既平淡又坚决。她一言不发地转过身,对着洁珂舱床底下的那个大帆布袋踢了一脚,之后叹了口气,蜷缩着倒在她自己的舱床上。琥珀的舱床就在艾希雅的正下方。她听到琥珀躺上床之后翻来覆去的声音。过了一会儿,琥珀恶狠狠地低声说道:"我恨死这里了。我见过的棺材,有不少比这舱床还大哩。我都没办法在这床上坐直起来。"

"要是碰上坏天气的话,你就会庆幸舱床狭小了。舱床挤一点的话,就算天气差,你只要蜷缩起来,还是能睡着。"艾希雅指点道。

"啊，真是大好前景呐。"琥珀喃喃地说道。

艾希雅把头探出舱床的边缘，好奇地瞅着她。"你是认真的，对不对？你真的对这舱床痛恨成那样？"

琥珀并没有望着艾希雅，而是瞪着几乎跟她鼻子碰在一起的舱壁。"我这一生，不管走到哪里，总是有地方可以独处。生活中不能独处，就好像食物不掺盐一样地难以下咽。"

"贝笙说你可以去他房里呀，只要他不在舱房里，尽管去那儿待着。"

"以前那儿是我的房间，"琥珀激烈且憎恶地答道，"如今成了他的房间，里面堆的是他的东西。房里堆了他的东西，感觉就不同了，要我怎么待得下去呢？我去那里时，只觉得自己像是侵犯别人的地方，那我又怎么能锁上门，在里面独处？"

艾希雅把头缩回来，绞尽脑汁思索。"有个小办法：你可以做一扇床帘把你的床遮起来，虽然能圈起来的地方很小，但是洁珂跟我都会多加尊重。除此之外，你还可以学着爬索具；你爬到船桅顶上一看，就会发现上面是个完全不同的世界。"

"是啊，在那个世界，一举一动都被众人看在眼里。"琥珀嘲讽地接口道，不过从她的口气听来，她对此倒有点兴趣。

"你到船桅顶上看到那个广大无边的大海，就会觉得脚下的小世界不算什么了。况且，你若是身在船桅顶上，甲板上的人是看不见你的。不信的话，待会儿你到甲板上去瞧瞧就知道了。"

"也许吧。"琥珀的声音又变低了，像是退缩了。

艾希雅认为，此时最好还是任由琥珀消沉，不要再多劝了。她见过不少这样的情况，刚上船的水手往往如此。琥珀要不就适应船上的生活，要不就崩溃。不过她有个强过大多数新手的优点，那就是她并没有虚妄的幻想，以为出海之后就会拥有崭新而精彩的人生。一心想要找刺激的人，往往最适应不了：他们在第五天早上醒来时终于明白，自己在启航时以为人生就此展开荣耀的新篇章，然而这个新生活的常态，其实是食物单调枯燥、船员舱房肮脏鄙劣，而且要被迫与他人终日相处。通常这种人不但自己崩溃，还常常把旁人也一并拖下去。

艾希雅闭上眼睛，试着入睡。再过不了多久，她就得回到甲板上去轮班干活，而且有好些问题她必须自行解决。天气很好，派拉冈号航行起来一点也不输寻常的木船。他虽不开心，但至少并没有沦入那种哀矜阴郁的情绪之中。就这两点而言，实在是天大的福气，对此艾希雅感谢莎神的保佑。然而缺点是，她有点管不住手下这批船员。说句老实话，贝笙老早就预测到她必会碰上手下不服的问题——这个贝笙真是可恶。而就是因为他说中了，艾希雅更不可能去向他求教。当初他们还在沙滩上的时候，艾希雅志得意满，笃定认为自己一定管得住手下这批大男人，但如今这批船员像是要竭力证明她没那个本事。

但是艾希雅提醒自己要公平看待：并不是每一个船员都那么恶劣。大部分船员都听从命令，就是那个海夫桀傲不驯。海夫每每逮到机会就跟她作对，更糟的是，他俨然是众船员的小领袖，大家一下子就被他的态度所感染了。海夫英俊、干净又迷人，随时都想得出一句妙语替同事打气或是开玩笑，别人遇上了麻烦，他立即挺身而出。他广受众船员的爱戴，真可以说是船上干部的理想人选。艾希雅疲倦地想道，海夫就是因为有天生的领袖气质，所以才处处跟她作对。另一个原因，则是因为艾希雅是女人。若是贝笙或是拉弗依下令，海夫都忙不迭地从令，这是她无法到船长或是大副面前数落海夫不是的另一个理由。这个结，她总归得靠自己的力量去解开。

要是那家伙公开违抗她所下的命令，那倒也简单，她只需公开处理就行了。问题是，海夫不但抗令不露痕迹，而且还故意让她在众船员面前显得能力不足。艾希雅光是想象她到贝笙面前去抱怨此事，就不禁皱起眉头。这个海夫很聪明。若是她跟他配在一组拉缆索，他就少出点力，迫使艾希雅不得不使尽全身的力气。有一次，艾希雅挑明了叫海夫要使劲拉索，海夫被她这么一骂，倒露出震惊的神色，其他人则惊讶地望着他们。可是海夫若是与其他人配在一组拉索，总是出力比其他人多，这一来，就显得艾希雅格外弱小无力。

艾希雅虽与男人肩并肩地干活，但她确实不如他们强壮，这点她是无从改变的。但是那个海夫也太可恶了，毕竟她也做了自己份内的事，而他竟故意让大家认为她不如人，让她在别人面前抬不起头。她若是派海夫一人独力去做事情，他总是做得又快又好。他这个人潇洒又爱现，再怎么简单的小事，他也能做得仿佛立了天大的功劳。海夫既不服她的命令，又喜爱冒险——想到这里，艾希雅不安地回想起一个名叫德冯的年轻水手。怪不得当年她父亲要将他开除。

海夫的另外一个伎俩是尊重艾希雅身为女人的身份，而非她身为二副的身份。他会狡诈地让到一旁让她先行，或者明明是递个工具或绳索给她，却弄得像在递茶似的。海夫此举每每引得众人窃笑，而且今天罗普还笨拙地模仿他的行为，只是罗普太笨拙，所以他递东西给艾希雅时，故意奉承点头的模样被人一眼看穿。当时，艾希雅与罗普所处的位置碰巧一高一低，所以艾希雅顺势狠狠地在他的屁股上踢了一脚，踢得他从身前的舱梯滚了下去。众人看了大笑，算是对她的赞赏。可惜好时光只维持了片刻，因为接着不晓得是谁伶牙利嘴地说道："罗普，你不行啦，人家喜欢的是海夫，看不上你。"艾希雅的眼睛瞄到海夫听了这句话，不但灿烂地咧嘴而笑，还伸伸舌头以示得意。当时艾希雅只能装作没看到，原因只有一个：这种事情没什么好办法可以应付。她本以为自己已经拔去心中之刺，但看到克利弗的神情，心里顿时百感交集。克利弗脸上尽是失望，他见到艾希雅看着自己，便扭开了头；由于艾希雅蒙羞，所以他连带也觉得自己被羞辱了。

就是因为克利弗那么难过，所以艾希雅才下定决心，要在下次海夫越界的时候采取行动。问题是，至今她仍不知道自己应该怎么做才好。二副这个职位挺尴尬的，她其实算是一般船员的一分子，却又比他们略高一些，而她既然不能算是真正的干部，也不能算是寻常的水手，所以这件事她只能靠自己了。

"海夫的事情，你打算怎么处理？"下面舱床的琥珀轻声问道。

"真吓人！你未卜先知啊！"艾希雅惊叫道。

"我以前不就跟你解释过了吗？我这样说，看来很玄，说穿了就不稀奇了，而且你去过的每一个市集里的算命师都会这一套。你刚才一直翻来覆去的，好像床上爬满了蚂蚁似的，这不就表示你心里有烦恼，而我不过是把最有可能惹你心烦的原因说出来而已。"

"是喔。"艾希雅半信半疑地应道,"至于你问的问题,嗯,我打算狠狠地朝他的卵蛋踢一脚。"

"这个做法最要不得。"琥珀以指点后进的口气说道,"每一个旁观的男人都会皱起眉头,想象自己若是海夫,会痛得有多么厉害。再说,以他们看来,直接攻击男人身上最不堪一击之处,这绝对是只有婊子才使得出来的技俩。你可不能让他们把你看扁了。在处置海夫的时候一定得让他们觉得,这是下属盛气凌人,所以干部才会给他颜色瞧。"

"有没有什么建议?"艾希雅警戒地问道。她心里觉得毛毛的,因为琥珀竟然一下子就切入了问题的核心。

"你要让大家明白你的本事的确好过他,所以二副这个位置非你莫属。说真的,海夫存的就是这个心。在他看来,如果你肯让到一边去,乖乖做个单纯的乘客,那么二副的位置就会落入他手里。"

"那倒是。"艾希雅坦承道,"他是个很够格的水手,又是天生的领袖,大可以成为出色的二副,甚至大副。"

"嗯,所以,你还有另一个办法:退开把二副的位置让给海夫。"

"不行,二副的位置是我的。"艾希雅怒道。

"那就守住你的位置。"琥珀接口道,"不过,因为你的位置已经在他之上,所以跟他激战的时候要公平,不能凭借权势。你必须好好地露一手给海夫瞧瞧才行。你要等待机会,看准了,然后出手。找那种靠实力拼高下的关键时刻,好让众船员看了哑口无言。你要明白地让大家看出,你的本事比海夫还好,所以二副的位置该由你来坐。"艾希雅听到琥珀又在她自己的舱床上翻了个身。

艾希雅动也不动地躺着,思索着一个个恼人的念头。她的本事真的比海夫好吗?她真的比他更有资格担任二副吗?为什么海夫不该把二副的位置从她手中抢走?她闭上眼睛。先睡吧,这些问题只能慢慢解开了。

琥珀嘟囔着咒骂了一声,再朝床尾板踢了一脚,然后拍了拍枕头,重新躺下。但是才刚躺下不久,她就又翻了个身。

"我没你那种天赋,所以你就直接把烦恼的事情说给我听吧?"艾希雅对底床叫道。

"说了你也听不懂。"琥珀抱怨道,"任谁都听不懂。"

"说说看嘛。"艾希雅挑战道。

琥珀吸了一口气,叹了出来。"我一直想不通,为什么你不是个九指的奴隶少年?还有,派拉冈既是个容易受惊的少年又是个残酷无情的男人,怎么会这样?而且我一直在想,我是不是不该登船出海,而应该留在缤城看着麦尔妲?"

"麦尔妲?"艾希雅难以置信地问道,"怎么会扯上她?"

"何止你,"琥珀疲惫地指出,"我也很想知道答案。"

"船长,不好了!呃……我是说分赃镇不好了。"

詹吉司站在柯尼提的舱房门口,大声地对他报告。那个老海盗面色忧虑,柯尼提从没见过他这么烦恼。詹吉司早把帽子摘下来,此时他正不停地扭着手里的帽子。柯尼提感觉到自己的肚子翻搅了一下,因为他突然有个不祥的预感,不过他的脸色从头到尾都没有变化。

他扬起一边眉毛,问道:"詹吉司,分赃镇不好的事情可多着呢,到底是什么事不好,使你这样急忙跑来告诉我?"

"船长,布里格派我来告诉你,那个味道很差。我是说,分赃镇的味道很差。呃……分赃镇的味道一向都很差没错,一进港就闻得到,但现在味道是真的很差了,闻起来像是潮湿的灰烬味——"

这就是了。就像是冰冷的手指触及自己后腰窝的那种恐怖感觉。那个老水手一提,柯尼提就心里有数了。在这密闭的舱房里只闻得到淡淡的味道,但是这气味确实存在。潮湿灰烬的味道意味着灾祸,而柯尼提已经很久没闻到这个味道了。说也奇怪,比起景象、声音或是触觉,气味更能勾起他心底鲜明的记忆;暗夜的惨叫声,遍地是既滑又黏的鲜血,火光直冲上高空,房屋烧毁、人畜死亡的气味交杂,最是令人难忘。

"谢谢你,詹吉司。你去告诉布里格,就说我马上就到。"

那水手出去后随手把舱门关上。刚才詹吉司苦恼至极。对这批船员而言,分赃镇几乎就像他们的基地港一般,他们都知道潮湿灰烬的味道是什么意思,但詹吉司就是说不出口。说穿了,传出这种气味就表示分赃镇被人洗劫,而且很可能是被奴隶贩子洗劫。其实对于海盗聚居地而言,这并不是什么罕见的事情。多年以前,在旧大君的统治下,这一带水域随时都有掠劫的船队巡逻,以便把人抓去当奴隶;当时巡逻队搜出了许多海盗村,把村里扫荡得一干二净。那一段时光,分赃镇幸而平安度过,没被人发现。后来旧大君老病,继任的克司戈大君又是个不足取的人物,所以各海盗村就不再有人打扰了。这些年来,各海盗村既日渐繁荣兴盛,但也变得粗心大意,之前柯尼提曾经警告分赃镇的人要做些防备,只是大家都把他的话当耳边风。

"这个循环即将终了。"

柯尼提低头瞄了一下手腕上的木脸护符。如今,那个可恶的东西不但称不上是幸运符,反而讨厌得很;木脸唯有自己想说话时才会开口,而且一开口,讲的不外乎威胁、警告与可怕的预言。柯尼提真希望当初自己要是没找人雕琢这个木脸就好了,可是事到如今,他又不能把这木脸给丢了,它知道得太多,万一落到别人手里,那可就不好了。而这木脸不但酷似柯尼提,还活生生的,会讲话。这样的东西若是捣毁了,恐怕也会招致自己的毁灭,所以他只得继续忍耐这个巫木护符。说不定有一天这护符会发挥大作用,也许吧。

"我刚才说,这个循环即将终了,你是不懂这其中的含义呢,还是耳朵聋了?"

"我根本就不想理你。"柯尼提愉悦地说道,瞄了一下舷窗外的景色。分赃镇的港口逐渐映入眼帘:水里伸出好几根船桅,港口之后的城镇曾烧过大火,连镇后的丛林都有被火烧灼的痕迹;分赃镇的突堤码头虽然残存,却已变成孤零零地站在港湾里的平台,焦黑的木桩处处可见。柯尼提心里觉得很惋惜,他带着有史以来最大批的财货回到这里来,为的是希望法丁大爷能够帮他销货,让他大赚一笔。但是想也知道,法丁大爷大概被人一刀砍死了,而妻女则被人拖去当奴隶了。这他妈的多不方便呐。"

"这循环呐，"木脸不以为意地继续说道，"是由好几个因素组合而成的。海盗船长、活船被劫、村落被焚毁、男童被掳，而男童乃是活船的家属；这几个因素是第一个循环的要素。而现在我们这里凑足了几样？嗯，海盗船长、活船被劫、男童被掳，而男童乃是活船的家属，而且还有一个被焚毁的村落。"

"木脸，你这是乱比喻一通，这些因素的前后顺序根本就对不起来。"柯尼提走到镜前，支着拐杖，替自己八字胡的卷胡尖做些最后的调整。

"不过，我还是觉得这个巧合颇为动人。我们还可以加上什么其他因素呢？嗯，身处锁链桎梏的父亲，这个如何？"

柯尼提把手腕内侧翻上来，让木脸面对着自己。"或加上'舌头被剪断的女人'这个因素，如何？这一点，我也可以安排哟。"

那张小脸眯眼瞪着他。"你这个笨蛋，天理是循环的。天理循环不已啊。你都已经起了头，难道还以为自己可以逃过最终的命运？早在当年你决定要效法伊果之时，你的下场就已注定了——你既效法伊果，那么你的死状也必定跟他一样。"

柯尼提用手腕用力地拍桌子，将木脸撞在桌子上，同时叫道："不准你再讲那个名字！听到了没有？"

他低头打量木脸。手背都瘀青了，可那木脸却仍安祥地笑望着他。柯尼提拉了拉衬衫袖口的蕾丝，以遮住木脸与瘀青，然后便离开船舱。

到了甲板上，味道就浓烈得多了。分赃镇的沼泽港一向都有一股特殊的臭味，如今那臭味上还要再加上一股潮湿灰烬的味道。柯尼提手下的船员个个沉默不语，这是前所未有的景象。薇瓦琪号如鬼船一般，在微弱风力的推助下缓慢地往前滑进。没人叫喊、低语，连呻吟都没有，众人沉重地默默接受了这个后果，就连那人形木雕都一言不发。他们船后的玛丽耶塔号气氛也一样肃穆。

柯尼提的目光转而望向温德洛。他站在薇瓦琪身后的前甲板上，柯尼提感觉得出他们都已感伤得近乎麻木。依姐站在温德洛身边，手紧握着船栏，人探到船栏外，仿佛她是船的人形木雕；她的表情难以置信，脸痛苦地扭在一起。

镇上很残破，但是破坏得并不均匀。有个仓库，三面墙都在，像以手护住里面的废墟；堂皇的贝朵妓院只剩下一面墙，偶有一两间没有被火全烧掉的茅房，这是因为分赃镇的地基是泥泞地，所以这些房舍才得以残存。

薇瓦琪号的大副布里格已经默默地走到柯尼提身边，柯尼提对他吩咐道："不需要在这里停泊了。把船掉头，我们另外找个地方靠港。"

"船长，等等！你看！那里有人！你看那里！"詹吉司大着胆子高声叫道。那个瘦巴巴的老头子已经爬到索具高处，以便把火烧过后的分赃镇看得更清楚一点。

"我什么也没看到。"柯尼提朗声说道。但是过了一会儿，他就看到人了。人们三两成群地从丛林间冒出来。有间茅房的门开了，一名男子从门里走出来，手里握着剑，准备出手，他头上包着肮脏的棕色绷带。

他们把船系在主码头上，不过主码头只剩下几根残桩。他们放下船上的小艇，划船上岸。柯尼提坐在小艇的船首，索科坐在玛丽耶塔号放下来的小艇上，两艘小艇齐头并进。依姐和那小子两人都坚持要与他同行。柯尼提勉强答应让众船员上岸待一下，但他下令船上一定要随时留下足够的人手。船上的每一个人好像都打算要上岸去亲眼瞧瞧这地方毁坏得有多么严重，然而对于柯尼提而言，其实他宁可干脆离开。分赃镇毁于大火之中，这种地方令人感到不安。更何况，生还者一定急得不择手段，谁知道他们会做出什么事情来。

分赃镇的生还者聚集成两团，守在两艘小艇各自靠岸之处。他们穿得破破烂烂，活像沉默的鬼魂，等待着海盗们登岸。镇民沉默不语，人人眼睛都紧盯着柯尼提。凡此种种，都令他感到不祥。小艇艇首突然卡入岸边的软泥中。柯尼提坐着不动，手里抓着拐杖，任由船员们跳出去，把小艇拖到岸边高处。这种海滩最讨厌了，全是黝黑漆亮的软泥，软泥上面还有一层薄薄的绿色海藻。在这种地方，他只要一跨出小艇，木腿和拐杖就会深陷入软泥中，这一来，不但会显得他走路姿势笨拙，若此时群众决定蜂拥而上，他也无法逃跑。柯尼提继续坐在小艇里，眺望着岸边的群众，看看能不能从什么征兆看出群众的情绪。

他听到玛丽耶塔号小艇上的索科喊道："庭荠！你还活着！"那高头大马的海盗一下子跨出小艇，涉过海水与软泥，朝着等待的群众冲去。人群自动为他让出一条路来。索科双臂抱住一名娇小的少女，将她贴在他粗如水桶般的胸膛上。柯尼提过了好一会儿才认出那名女子。之前法丁大爷曾把庭荠和百合这一对姐妹花介绍给柯尼提和索科为妻，当时，庭荠可比现在这一身褴褛的样子好看多了。索科好像对这一对姐妹花很着迷，但他可没想到索科后来会继续交往下去。此时索科抱住庭荠·法丁，那景像仿佛一头大熊一把抱住一只小牛犊似的，庭荠苍白的手臂钩住那海盗的粗脖子，然后便挂在他身上了。唔，真是惊人。庭荠的脸颊淌下泪水，不过柯尼提倒愿意打赌她是喜极而泣，若是因为难过恐惧而哭，她应该会一边哭一边叫喊。这么看来，那少女看到索科心里是很高兴的，因此柯尼提认定，他跨出小艇应该是安全的。

"扶着我。"他对温德洛吩咐道。那少年脸色苍白，所以最好是找点事情给他做。

"整个城镇都没了。"温德洛一边笨拙地说道，一边跨出小艇，伸出手臂来扶柯尼提。

"对有些人而言，这样反而算是进步。"海盗船长评论道。此时他站在小艇中，厌恶地望着肮脏的污水，然后才跨出小艇——而且是木腿那一脚先行。柯尼提原来就担心这软泥地撑不起重量，而此时木腿果然一下子就陷入地里；要不是那少年支着他，他恐怕会陷到及膝那么深。然而他虽没陷得那么深，却仍差点就跌倒。接着依妲上前支着他另外一边手臂，搀扶着他将另一脚跨出小艇。一行三人涉过软泥滩，走到较为坚实的地上。柯尼提注意到软泥之间有一块岩石，便决定以那处暂时歇脚。他站在石头上，放眼四望。

分赃镇受过重创。遭火焚烧的丛林间有些新生的枝叶，可见大火已是数周前的旧事，但是镇上却没有任何重建的迹象。这样也对。毕竟就算重建了，也是做白工。运奴船发现了什么隐蔽的聚居地之后，就会一而再、再而三地来袭，直到当地人全都被掳获殆尽。分赃镇虽是最古老的海盗聚落之一，但是既已被劫掠，那就等于是死城了。柯尼提自顾自地摇摇头。"我早就告诉他们，他们得盖两座瞭望塔，建几座投石器，这话我不知道讲了多少次。就算是只有一座瞭望塔、塔里只有一人守望，也足以通报全镇的人，叫大家避难了。但是他们都听不进去，只关心建塔的费用要谁出。"

他果真料事如神，这怎教他不得意？何况他的确曾经频频提醒当地人，这任谁都无法辩驳。只是往昔他提议之时，人们要不嘲弄一番，要不就指责他一心只想将权力集于一身。有几个生还者怒目瞪着他，其中一名男子突然大怒，涨红了脸，指着柯尼提骂道："你！都是你害的！都是你把那些恰斯人招来的！"

"我？"柯尼提听了也火大了。"我才刚说了，我可是警告过你们好多次，教你们要防备外人来袭。要是你们早就听我的劝，那么逃过一劫的人就不止这么多了。谁知道呢？要是你们早有防备，说不定还能打退外敌，还能将他们的船队据为己有呢！"说到这里，他不屑地哧了一声，"分赃镇发生这种事情，你们怪东怪西也就罢了，但推到我头上来就不对了。不过如果你们真的想把这事情怪罪到谁头上，那就怪你们自己笨得像猪似的，不知变通吧！"

这话一说出口，柯尼提就警觉到，说这种话对当地人而言未免太过刺激。不过他想到的时候已经太迟了。

群众犹如冰山雪崩之势一般地聚拢过来。柯尼提感觉得出，周遭有一股无可避免的毁灭浪潮。而依姐呢，真他妈的，她竟选在此时放开他的手臂。她是不是要跑了？不是，她伸手去握住刀子。她拿刀能顶得住几个人？不过她有这份心，柯尼提也觉得很是受用。他快速转动一下双肩，放开手，不再搭住温德洛的肩膀，接着便挥挥手教那少年让开。他自己也带了刀，这些人别想轻松地撂倒他。他的木腿稳稳地站在石头上，脸上则强自挤出一抹小小的笑容，等待他们进攻。

接着那少年也抽出了一把刀子——而且说真的，那刀子颇为精致名贵——然后跨近一步，挡在柯尼提身前。这倒教柯尼提惊讶得说不出话来。站在那少年身边的依姐见此则开心地笑了一声。柯尼提瞄了她一眼，发现她脸上漾出骄傲的笑容——这大概是柯尼提此生所见中最恐怖的情景了。依姐以割开人体为乐，这点他清楚得很，幸亏这次她是站在自己这一边的。他听到靴子涉过软泥的声音，他的手下走上前，围在他身后。柯尼提上岸的时候只带了四个人手。他多少感觉得到他身后的薇瓦琪正在大喊大叫。她也看到岸上的情况不对了，不过以柯尼提此时这个处境，就算是他的爱船也救不了他。等到薇瓦琪再放下一艘小艇、多载几个人手上岸之时，事情早就结束了。柯尼提稳稳地站在石头上等待。

人群蜂拥上来，然后不怀好意地围住他。柯尼提身后的那几个人转身朝外以面对敌人，空气中弥漫着紧张的气氛。这群暴徒面对的是一群武器精良、决心一拼的海盗，所以谁也不肯强出头。现在柯尼提想起来了，那个出言不逊的红脸男子是个酒馆的店主，名叫波吉。波吉握着短棍，恫吓地以短棍拍着自己的腿，不过他仍待在少年温德洛短刀所及的范围之外。其他的暴徒站着不动，等待波吉出手。柯尼提想道，此时波吉大概突然觉得，身为暴徒的首领也没什么好处。柯尼提朝旁边瞄了一眼，发现索科已经带着他手下那几个从玛丽耶塔号来的水手将暴徒包围起来了。方才的少女已不见人影，而柯尼提也没空思索她到底上哪儿去了。索科与柯尼提彼此使了个眼色，他们的默契好到柯尼提不必比手势，索科就能领会。索科会留在原地，但若情况发展到不可收拾，那么他就会尽速杀到柯尼提身边来。

波吉警戒地回头看了党羽一眼，接着满意地对包围着海盗柯尼提的那几个人笑了笑。他确定自己有后援之后，便放胆挑衅柯尼提。温德洛虽挡在中间，但他身材较矮，所以波吉的目光越过他直视着柯尼提。他叫道："你这个狗杂种，分赃镇变成这样，都是你不好。你什么船不好抢，偏偏要去抢运奴船？所以就惹出了事情来了！你就是爱现，不肯安稳地干个营生是不是？还夸口说你要称王！若只是四处抢几条船，那个坐在哲玛利亚城王座上的小孩子是不会在意的，可是你偏要惹事。哲玛利亚大君本来不管我们，不过你出现之后，他就把我们看作眼中钉了！运奴船的生意赚的钱都进了大君自己的私库，你这一搅和，切断了大君私财的来源，看他把我们整得多惨！如今这里一切都没了，我们只得另起炉灶，一切从头来过。但是像分赃镇这么隐密的好地方，只怕是找不到了！我们本来在这儿过得好好的，结果却被你害惨了；那些海贼之所以洗劫分赃镇,不为别的,就为了找出你的下落。"接着,波吉突然不怀好意地用短棍拍着自己的手。"依我看来,你亏欠我们太多了。你那艘船上的东西我们通通都要,这样我们才有本钱另外找个隐秘的地方躲起来。至于怎么拿,这就要看你了,要是你不肯好好地把船上的东西交给我们……"波吉倏地用力甩动短棍,但是柯尼提不肯畏缩。

又有好些人从树丛后现身。看来分赃镇的生还者远比柯尼提之前所想的还多,但即使如此,他们这样跟他对峙也是愚蠢之至,就算他们能够当场取了他的性命,并杀光他的手下,他这两艘船也不会乖乖地把财物奉送给他们——薇瓦琪号和玛丽耶塔号会干脆驶走。所以说波吉这一伙人很笨,暴徒通常是很笨的。不过通常暴徒不但很笨,同时也会豁出去地蛮干一场。柯尼提想到这里,先装出更得意的笑容,同时考虑要用什么说辞来脱困。

"找个隐密的地方躲起来……怎么,你只想到要躲吗?"

柯尼提听到温德洛此语,心里吓了一跳。他的声音像吟游歌者一样地清扬,语气带着轻蔑。柯尼提还注意到,他的声音很响亮,也就是说,这话同时是讲给柯尼提眼前这几个人以及那些从树林间走出来的人听的。温德洛手里仍握着刀,蓄势待发。他是哪儿学到这个招式的?可是尽管他的招式有模有样,那少年显然不想直接砍杀一场,而是另有别的念头。

"小子,你给我闭嘴,谁有空听你讲话啊?"波吉一边说着一边恫吓地掂着手里的短棍有多重。他的目光越过温德洛的头顶,紧盯着柯尼提,"柯尼提国王,怎么样啊?你是要来软的,还是……"

"你当然不会听我说话!"温德洛清澈的嗓音盖过了波吉,"说话靠的毕竟是头脑,不是肌肉。你们这里的人连讲话的时间都没有,然而当初你们若是肯多谈谈,说不定就不会招致今日这个下场。柯尼提早就告诉你们,枉顾外面世界的变化,一心只想躲是没有用的。他还警告你们,分赃镇越来越兴盛,迟早会被外面的人发现。他早就叫你们要多做防御工事,但你们都不听;柯尼提还把奴隶带来这里,让他们在此重新展开人生,可是你们看到他们时却没想到自己有一天也可能沦落为奴!不但没想到,甚至学那种吃杂食、捡垃圾的螃蟹，一股脑地只想在软泥地里挖洞藏身，坚定不移地深信外面的人永远也不会注意到你们！那是行不通的。如果你们现在肯听柯尼提讲讲话，那么还有机会重新展开人生。柯尼提的舱房里就有分赃镇的草图，我亲眼见过。这个港口要防外敌入侵，绝不成问题；分赃镇大可宣扬出去，让大家知道这个好地方。这里你们号称为港口，实则为泥潭，但只要你们肯好好疏浚，这里就可以在商人的海图上占有一席之地。你们其实离这个美景不远，只要肯站起来宣扬你们自成一国，才不是什么不法之徒，也不是哲玛利亚国丢弃的人渣，然后再推举个人出来为你们出头。但是你们偏不这样做，只想再敲破几个脑袋、多杀几个人，然后就要另寻地方，藏于大石头之后，直到大君的海贼再度把你们挖出来为止！"

那少年一口气说到这里，差点喘不过气，他甚至还微微地颤抖着，不过柯尼提希望别人看不出来。接着柯尼提低声说话，仿佛是要讲给温德洛一个人听，然而他知道自己的声音其实可以传得很远。"小子，放弃吧。我讲的话他们听不进去，你讲的话也是一样。他们哪里知道什么，就晓得要打一场，然后躲起来，如此而已。我一直劝他们，要做就做真正的自由人，但我已经好话说尽了。"他抬起头望向周遭的人群。有些脸上有刺青的脸孔看来有点熟悉，他们想必是被他带到此地重新展开自由人生的奴隶吧，因为被他这么一看之后，他们一个接一个地垂下了眼睛，其中有个比别人更勇敢的奴隶突然跨出一步，不再跟那些暴徒站在一起。

"我跟柯尼提站在一边。"那人简单地说了这么几个字之后，又继续走了几步，然后便跟索科的水手站在一起，其他五六个人见状也默默跟了上去。从丛林里冒出来的人之中也有些人站开了，显然是不愿意在此时选边站。这一来，情势就不像方才那么分明了。

这时突然有个女人高声叫道："卡伦！杰洛德！丢不丢脸啊！你们明知道他说得没错！你们心里清楚得很！"说话的是庭荠，此时她站在玛丽耶塔号的小艇里，一定是索科把她安置在那里的。她一边以手直指一边叫着那几个年轻男子的名字："法何，寇普，以前你们总取笑百合跟我，说我父亲笨到要把百合嫁给疯子，而把我嫁给疯子手下的大副。可是我母亲是怎么跟你们说的？我母亲说，他们才是真正看得清未来走势的人！他们是有心要提升此地的水准，而不是任由分赃镇沦落凋零。而如今，我母亲死了！死了！然而凶手并非柯尼提。我母亲之所以会死，是我们的愚蠢所致！我们要是早肯听柯尼提的话就好了。我们的确需要推举个国王来保护我们，可是柯尼提提议要称王，我们却把他当作笑谈！"

柯尼提的衬衫汗湿，黏在他的背上。此时，想必玛丽耶塔号和薇瓦琪号都已经派出几艘小艇火速前来支援了吧。就算对方发动攻击，只要他能撑到自己人到达，情势就会立刻扭转。然而即使援军在途，他可能仍难免一死，身前的少年与旁边的女人顶多也只能挡下一两个人而已，然后柯尼提的性命就不保了。现在，他是因为站在石头上，才能以木腿撑起身体，但他们若是逼着他退到这块石头之外，那他必定会死。

现在较远处的群众站得比较分散，他们跟原来那一伙人分得开了些，站姿也变得比较像是在聆听，而不是恫吓。但波吉可不是这样。他和身边那五六个男子肩膀紧绷、手肘外伸，手里紧握着武器。外圈那些生还者抗命不从的模样只使得他更为愤怒。他身边那个年轻男子看来八成是他儿子。他的呼吸越来越急促、沉重，而他那恶狠狠的模样看来像是只顾着要表现出狠毒。"你错了！"波吉突然叫道，"这一切都是他的错！都是他造成的！是他把我们弄成这样的下场！"他讲到最后已是在吼叫。话毕，他一边挥着短棍一边跳上前来，而他身后那几个人也一下子动起来，像波浪般涌上前。

波吉的短棍朝着温德洛的头颅扫过去，幸亏那小子头一低，多少避了过去，但是没能完全躲开。柯尼提眼看着那一闪而过的棍影把温德洛的头打到一边去。他心想，那少年是爬不起来了，于是他把拐杖稳稳地支在地上，并举起短刀来防卫自己。依妲则被一个年轻健壮的小伙子缠住，这下子她对柯尼提就没什么用处了。

不过柯尼提举起短刀之际，温德洛突然跳了起来，再度横身挡在他与波吉之间。那小子仿佛是被风吹倒的树苗一般，一下子便弹回原处。波吉的表情很惊讶，但此时那个笨蛋已经抽回短棍，并且再度挥动，意欲将柯尼提一棍毙命。波吉挥棍之际，胸前大开。想也知道，这是因为波吉身为酒店的店主，所以早已习惯自己与受害者之间有吧台横阻，胸膛不需防备。温德洛的刀子穿破那男子的背心、衬衫，刺入他坚硬的肚子里。温德洛一边喊叫一边戳刺，他的声音充满恐惧与仇恨。波吉被刺之后也痛得大吼起来，不过这一刺只是皮肉伤，离致命还远得很。

　　周遭的人捉对厮杀，而且越来越靠近柯尼提。柯尼提听到索科吼着大喊粗话，激励他手下的人杀过来以便解救他。柯尼提也听到女子的尖叫声，他知道有些人已经丢下打斗场面逃走。这一切都在同时发生，不过他却觉得自己仿佛静止地站在孤岛上。依妲一边尖叫一边跟她的对手在泥泞中扭打、戳刺，至于其他捉对厮杀的场面，柯尼提也多少察觉得到。他听到水面上传来叫声，大概是那几艘小艇上的人因为还没登岸而气恼得大叫吧。在他身后有两个男子在泥地里相搏，其中一人一踢，踢中了柯尼提的拐杖尖端，使他摇摇晃晃地朝旁边走了半步，落入泥地中。温德洛把短刀从波吉的肚子里抽出来，再度戳刺，但此时波吉的短棍也横扫下来，打在他的肩膀上。柯尼提跟跄地倒在两人身上时，听到短棍结实的击打声，接着便听到温德洛的惨叫。柯尼提落下之时，拔出刀子插在了波吉身上，以止住落势。他的拐杖不知落在何处，木腿陷入泥泞中，使他失去平衡，倒向一边。波吉临死前拿着短棍乱挥，但是没有击中柯尼提。柯尼提倒下去时，先压在温德洛身上，然后波吉又像是大树一般地倒在柯尼提身上。那酒店店主的体重使柯尼提更深陷泥淖之中。

　　这实在太丢脸了。之前柯尼提很气愤，但是这种尊严有辱的感觉才使他一下子有了活力。他大吼一声，推开那店主，接着在波吉的喉咙间划了一刀，让他就此断气。接着，他手忙脚乱地从泥地里跪起来，并看到依妲仰躺在泥泞中，两手紧抓着那个强有力的男人握刀的手腕。那男人一手掐紧她的喉咙，一手拿刀要朝她刺下去。柯尼提一把将短刀刺入那男子的下背部，那人在震惊疼痛之余不但大叫，还抽搐起来。依妲趁这个机会将那男子的刀子转向，朝他的肚子刺进去，然后借势往旁边一滚，站了起来，大声叫道："柯尼提，柯尼提！"

依妲身上脏得要命,她艰难地涉过泥泞走过来,站在柯尼提身边,并举着刀子保护他。真是颜面扫地呀。柯尼提挣扎着要站起来。

这场混仗开始得很突然,结束得也很突然。四下仅剩柯尼提手下的海盗还站着;方才真心想要一决高下的暴徒都已经倒下去了,至于无心恋战的,则早已退到安全的距离。索科这个人总能在重重人墙中杀出一条血路,此时也不例外。柯尼提失去平衡、再度坐回泥泞中之际,索科轻松地解决了他手边的那个暴徒,然后三两步跨过与柯尼提之间仅剩的距离,将淌着血与泥水的大手朝他伸过来。柯尼提还来不及拒绝,索科便已抓住他的前襟,一把拉着他站了起来。依妲找到拐杖递给他,不过那拐杖裹着厚厚一层泥。柯尼提将那个脏污的东西接过来,塞在自己腋下,脸上努力装出毫不在意的模样。

柯尼提身边的温德洛挣扎了半天,顶多也只能跪起来。他以右臂撑着左臂,不过手里照样紧握着刀子。依妲注意到这一点,自豪地大笑起来,也不管温德洛痛苦呻吟,便抓住他衬衫后背将他提了起来。她粗鲁地拥抱了那少年一下,使柯尼提看了非常惊讶。依妲放开温德洛之后说道:"就第一次的新手而言,你这样算是不错了,不过下次要刺得深一点。"

"我的手臂好像断了。"温德洛喘着应道。

"我瞧瞧。"依妲一把抓起温德洛的手臂,双手一路按上去。温德洛痛得不由得叫了出来,可是依妲把他抓得紧紧的。最后她说道:"没断。要是你手臂断了,让我这样一按,你早痛得昏过去。只是手骨可能裂了,不过这只要休养就会好的。"

"扶我走到实地上去。"柯尼提命令道,不过搀起他的手臂、扶着他往前走的却是索科,依妲和温德洛则跟在后面。一时间,柯尼提只觉得愤恨难消,接着他提醒自己,他本来就是要把依妲和温德洛送作堆。他们经过了好些死人,其中有一个是坐着的,头垂在被划开的肚腹上;其他当地人早就退得远远的,以求安全了。柯尼提这边则是有个水手的腿上多了道伤口,此外便无大碍。这样的战果柯尼提并不意外,己方的人三餐无虞、武器精良,又是经验丰富的打手,本来就占了上风;而对方是小镇上闹事的人,不堪一击,只是双方人数的比例太过悬殊。但是在一阵砍杀之后，情势便迅速扭转了。

虽说柯尼提的裤子也已经污秽不堪，但他一走到自己可以站定的实地上之后，还是用力地将双手往裤子上擦。他手下的船员包围着他，以免发生任何意外。柯尼提从船员之间的缝隙眺望着倾颓的分赃镇，看来此地无处洗澡，也无处安静地喝酒，更没有购买掠夺品的买家。这样的地方不留也罢。"我们走吧。"他对索科说道，"牛膝镇有个人宣称他在烛镇有人接头。上次我们去牛膝镇的时候，他还夸口说，我们的货卖给他，价钱一定比别处更好。我们就去找他试试好了。"

"是。"索科应和道。他垂下头，仿佛在研究他那双大靴子之间的沙地，"大人，我要带庭荠一起走。"

"如果你非得带她一起走的话。"柯尼提有点恼怒地答道。个子高大的索科抬起头时眼睛深处冒出愤怒的火花，于是柯尼提连忙补救道："你当然要带她一起走啰。"他悲伤地摇了摇头，"毕竟你若是把那个可怜的女孩子留在这里，她能有什么希望？如今你是唯一能够保护她的人了，索科。而且依我看来，保护她乃是你的责任，所以你非得带她一起走不可。"

索科严肃地点点头。"我自己也是这么想的，大人。"

柯尼提厌恶地望着一地的泥泞。若是要走回小艇上，他势必得再度踏上软泥地，问题是，踏上软泥地时他必须得做出轻松的姿态，免得别人看出他在软泥地上寸步难行。他把沾了泥、滑不溜丢的拐杖抓得更紧一点，说道："那我们就走吧。这里没什么好逗留的。"

柯尼提警戒地瞄了那些三五成群地聚集在一起的当地人一眼。看来他们并无攻击的打算，但这很……柯尼提目光望去之时，其中一人大着胆子踏出一步，以难以置信的口气问道："你就这样丢下我们不管了？"

"不然你还期望我留下来帮你们吗？"柯尼提质问道。

温德洛的反应再度令柯尼提感到意外，他以油然而生的轻蔑语气对他们说道："你们的态度一望可知。你们刚才还要置他于死地，既然如此，他何必把时间浪费在你们身上？"

"刚才围攻上去的人又不是我们！"那人义愤填膺地叫道，"发动攻击的都是那些要闹事的人，而如今他们都死了。既然错在他们，那为什么要惩罚我们？"

"因为你们虽然没参与，却也没有赶上来拯救柯尼提。"温德洛立刻便骂了回去，"可见你们没有学到教训，到现在还一点也不知死活！你们至今仍深信，尽管别人遭到不幸，但那都跟自己无关；别人被绑为奴，别的乡镇被人掠夺，甚至其他人当场死在身前的沙滩上，也都与自己无关。你们非得等到自己的脖子被刀子划开，才知道为时已晚。但我们可没那个工夫等你们觉醒。其他地方的人都高高兴兴地听从柯尼提的建议，高高兴兴地遵奉他为首领，跟着他一起获益。分赃镇已经死了。这个地方从来就没被人画在海图上，往后也不可能有人这么做，因为住在分赃镇这里的人都已经死了。"

那少年的声音之中自有一番威力。温德洛在斥责他们，但是那些人却宛如被他用线拉着似地靠上前来。逃过恐怖劫难的人，有时身体还在，心灵却不知散佚何方，有些人脸上就带着这种失魂落魄的表情。他们朝着温德洛聚拢，更奇怪的是，柯尼提手下的水手也自动地往两旁靠，好让温德洛毫无阻碍地直接面对群众。那少年话毕之后，群众哑口无言，似乎默默认了他的指责。

最后群众之中终于有个人问道："其他地方？"

"没错。"温德洛应和道，"其他地方，好比说歪斜村。柯尼提把船交给他们之后，他们善加利用，财富源源不绝，所以大家的生活都比以前好过得多。如今歪斜村的人也不再躲躲藏藏，而是干脆大胆地对外界宣布他们在这里，而且他们是自由人；他们公开地跟外界买卖，而若有运奴船经过，他们绝不放过。他们跟你们不同，柯尼提讲的话，他们都听进去了，所以他们做了防御工事保护海港，并过着自由的生活。"

"那样子是行不通的。"有个女人反驳道，"我们不能再待在这里了！如今海贼已经知道我们分赃镇的位置，他们一定会再来。你一定要带着我们一起走！你一定要带我们一起走！我们唯一的希望就是逃走。不逃还能怎么办？"

"还能怎么办？"温德洛若有所思地应道。他踮着脚尖，眺望脏污的港口，好像在把这港口拿来与心里的什么图像做比较,"有了!"他手指着一处低矮的悬崖,"你们可以从那里开始做起。要重建分赃镇,第一步就是要在那里建个塔。塔不必盖得很高就可以俯瞰整座潟湖,只要派个成年男子去守塔……不,就算只是派个孩童,也就能警告全镇,让大家及时逃逸或是奋战。若是早就建塔,之前海贼来攻的时候,你们就不会严重受创了。"

"你建议我们重建分赃镇?"一名男子以怀疑的口吻问道。他挥手指着身后的废墟,"用什么重建?"

"噢,我懂了。听你这么说起来,你们若搬到他处,前景会更好,是不是?"温德洛半带正经地玩笑道。

那男子不回答,于是他继续说道:"你们现在有什么,就用什么重建。有些木料可以重新利用,这两日就去砍树、风干的话,就有更多木材可以用。此外,沉在港里的船也应该打捞起来,若是不能修复,就把船板拆了,拿到别处去用。"说到这里,温德洛摇了摇头,仿佛无法理解当地人为什么这么死脑筋,"难道要一条一条讲给你们听,你们才会做?你们要在这里重新站起来啊。难道这里不是你们的家乡?既是家乡,为什么要任由海贼赶走你们?分赃镇当然要重建,但是这次重建一定要设想周到:要预先设想本城如何防备,如何跟外地做买卖,而且要有干净的饮水。以后码头不能盖在这里了,应该要从那里一路伸展出去才对!以前的人竟把最适合建码头的地方拿来盖库房。以后住家、商区都在那里,而库房也要用木桩撑起来、盖在水上,这样船才能直接开到库房之前。柯尼提的计划里已将这些因素都考虑进去了。他看得很远,但是你们自己却都没有看出来,我真不敢相信。"

世间最能振奋人心的事情莫过于重新开始。柯尼提眼前的人们眼神变得不同,彼此交换着眼色。他一下子便注意到好些人脸上露出狡诈的表情:这儿有的是机会,而且说不定这次会发展得比以前更好。有些人以前很穷或者是新来者,如今大家的起点都一样,谁也不比谁强。柯尼提敢打赌,之前那些船主大概都被人用铁链圈着硬拖走了。在这个情况之下,自有聪明机巧的人会去把沉船据为己有。

温德洛像是先知似的扬声说道:"柯尼提是好人,虽然你们把他的好言相劝当作耳边风,他还是一直很关心你们。他一直把你们放在心底。一开始我也怀疑他的动机。我担心的事很多,但我现在可以告诉你们:我看过他的真心,所以现在我相信他的远景了。柯尼提肩上担着莎神赋予的命运重任,他总有一天会成为海盗群岛之王,而你们到底是要拥护他为王,还是要就此灭亡?"

柯尼提全身血液奔腾,连耳里都轰隆作响。一时间,他难以相信自己竟会听到这样的言语,但下一刻他就领悟到这件事的意义。这少年乃是他的先知。温德洛好比是他的私人祭司,而莎神之所以将他送到自己身边,为的是要让众人开悟,让他们了解到他称王乃是命运注定。柯尼提第一次看到这个年轻人的时候,心里就是这种感觉。本地要出国王,必有先知预言,所以他和温德洛才会连在一起。刚才木脸阴森森地说,这是旧事要重演的前兆,根本就是胡说。温德洛乃是他的先知,自己的运气落实了。

而发生了这个预言奇迹之后的种种发展更令他啧啧称奇。有个男子踏上前来,宣布道:"我要留在这里。我要重建家园。我以前是哲玛利亚城的奴隶,潜逃到分赃镇之后,以为自己已经变成自由人了。但直到今天我才看出我并不自由。这小子说得没错,除非不用再遮掩躲藏,否则我怎能算是自由人?"

他身边另外一个脸上有刺青的男子也接着说道:"我要待下来。我既没财产,也无处可去。我要待在这里,重新开始。"那人话毕,另外一人也默默地站到他身边。于是所有人都慢慢地涌上前来。

柯尼提伸出泥泞的手搭在温德洛的肩上。那少年转过头,仰望着他,眼里散发的钦慕光芒,耀眼得使他几乎看不见其他东西。一时间,柯尼提真的内心起伏,那情愫强烈而尖锐到连他自己都说不出到底是痛苦还是爱。他开口之时,话声轻柔,引得人们更靠近倾听。顿时,他觉得自己犹如圣人。不,他觉得自己像是睿智且受人爱戴的国君。他带着笑容对自己的子民说道:"人人为己是不行的,要重建分赃镇,一定要大家齐心协力才行。没错,你们要先盖塔,不过塔边要先搭建茅房,好让众人在家园重建之前有个遮风蔽雨之处。还有,以后要挖井取水,别再从泥潭里汲水喝了。"柯尼提望着那一张张专心聆听他说话的脸孔,他们聚集在他身边,宛如一群失落且褴褛的孩童。他们可终于把他的话听进去了。他可以矫正他们的人生,无论吩咐他们该如何生活,他们都会欣然从命。柯尼提心里洋溢着胜利的感觉,他转过头,对身边的依妲说道:

"依妲,你回薇瓦琪号,到我的舱房看看,我书桌上有一些设计图,只要看标签就知道了。你知道我讲的是哪几张设计图吗?"

"我一定找得到,我已经识字了。"依妲柔声提醒道,脸上露出温馨的笑容,并轻轻地碰一下他的手臂,然后便转身点了两个水手帮她划船。

柯尼提对依妲的背影叫道:"你叫他们下锚。我们会在这儿待上一段时间,以便帮助分赃镇重建。玛丽耶塔号上有面粉,你叫他们把面粉运上岸来,这里的人一定饿坏了。"

人群间顿时兴起一阵喃喃声,一名年轻女子踏上前。"大人,您用不着站在这里。我那房子的墙壁和屋顶还勉强撑得住,屋里也有桌子,而且我可以帮您打水洗手。"那女子又殷勤地劝道:"舍下虽简陋,但您若肯赏光,我倍感荣幸。"

柯尼提对她笑了笑,逐一望着他这一群忠诚的子民。"那真是再好不过了。"

第三十一章
风雨前的宁静

"麦尔妲,你粉擦得太浓了,瞧你的脸,白得像鬼似的。"凯芙瑞雅斥责道。

"我还没擦粉呢。"那少女不安地答道。此时,麦尔妲穿着简便的直筒连身裙,坐着瞪着面前的镜子。她的肩膀下垂,头发只梳了一半。这模样看来不像是晚上就要去参加夏季舞会并正式引见给社交界的缤城商人之女,反倒像是因为做了一天的工作而累倒的女仆。

凯芙瑞雅看了很心疼。她走进女儿的房间之前,本以为她已经打扮妥当,一副兴奋的样子,但是她不但还没打扮,反而显得很呆滞。今年夏天对麦尔妲的冲击太大。凯芙瑞雅真希望女儿不必做这么多枯燥的工作,也不必苛刻地俭省。而她最大的愿望,就是这个夏季舞会能够像众人所期待的一样圆满。早从多年前就开始期待这个夏季舞会的不止麦尔妲,凯芙瑞雅也一直期盼看到女儿攀着父亲的手臂,骄傲地走入商人大会堂,然后在入口稍停,以待司仪宣布名字。她原本梦想着要给女儿做一袭华丽的礼服,再配上与这个场合相辉映的精美珠宝。然而待会儿她只能给麦尔妲套上用旧礼服的料子翻新做成的礼服,而麦尔妲所佩戴的首饰全为雷恩所赠,而非父亲赠给女儿的。这样实在不合体统,但是除此之外她们还能怎么办?凯芙瑞雅想想就难过。

她站在麦尔妲身后,从镜中看到自己皱眉,于是赶紧展开眉头。"我知道你昨晚没睡好,不过我以为你下午会睡的,难道你没躺一下吗?"

"有啊，可是睡不着。"麦尔妲凑到镜子前，捏捏脸颊，好让脸上显出一点红晕。过了一会，她好像冥想得出神了。"母亲？"她轻声问道，"你有没有望着镜子却觉得镜中人好像很陌生的经历？"

"什么？"凯芙瑞雅一边询问一边拿起发刷。表面上看来她是要把女儿的头发梳一梳，其实是要借此摸摸女儿的皮肤，看看有没有发烧。麦尔妲没有发烧，皮肤反而还有点凉。凯芙瑞雅举起一绺头发，开始把它别上去，同时向女儿提醒道："你得把后颈洗一洗——唔，该不会是淤青吧？"凯芙瑞雅弯下身去打量那个淡蓝色的斑，她才稍微轻拂一下，麦尔妲就缩了缩身。"会痛吗？"凯芙瑞雅问道。

"也不是痛，不过你摸到的时候有种刺刺的感觉。那是什么？"麦尔妲扭身要看镜中的映像，但却看不到。

"不过就是个灰蓝色的斑，差不多像指尖一样大，有点像淤青。是不是你在船上昏倒时撞到的？"

麦尔妲心不在焉地皱起眉头。"大概吧。很明显吗？要不要擦点粉？"

凯芙瑞雅已经伸手去蘸粉了，她迅速地一抹，那个淤痕就不见了。"好了，根本看不出来呢。"凯芙瑞雅劝慰道，可是麦尔妲已经再度出神了。

"有时候，我都不认识自己了。"麦尔妲的讲话声很轻，不过她的口吻听来不像梦呓，反而显得焦虑。"我已经不是去年夏天那个急着长大的小女孩了。"麦尔妲咬住下唇，对镜中的自己摇了摇头，"从去年夏天以来，我就努力负起责任，并学习你们教我的事情，我心里多少知道那些事情很重要。但是老实说，我讨厌搬弄数字，更讨厌天天用新债去抵旧债。那个麦尔妲也不是我。有时候，我想着雷恩或是另外一个年轻男子，心里就晕陶陶的。我想，如果我嫁给他，一定快乐得不得了。但是过了几分钟之后，我却觉得这些情绪都是假装的，就像是小女孩假装自己是布娃娃的母亲。更糟的是，我感觉自己之所以想要结婚，其实是因为我恨不得自己就是娶妻的那个男人……不晓得你觉得这个道理说不说得通。有时候，我努力思考自己到底是什么样的人，结果只觉得很累，而且有点悲伤，只是不至于落泪而已。我想休息，但睡了之后就做梦，梦境都既怪异又扭曲，而且我醒来之后，梦境还跟着我不放，所以我好像在用别人的脑袋思考一样。你有这种经历吗？"

凯芙瑞雅哑口无言。麦尔妲从不会这样讲话。凯芙瑞雅装出灿烂的笑容。"亲爱的，你只是紧张而已，瞧你紧张得都胡思乱想了。等我们抵达舞会之后，你就会振奋起来了。今天舞会之隆重，可是缤城建城以来第一次呢。"她摇了摇头，"我一想到缤城的变化之大，就觉得我们自己的问题微不足道。如今那些恰斯战船声称他们是大君的巡逻船，实际上却把我们的港口封了起来。大君和他的随员都住在达弗德·重生家里。今晚大君本人跟他的侍臣也会莅临舞会。光是这一点，在我们缤城就是史无前例的。就连那些强烈反对哲玛利亚国的人，今晚也会努力想办法跟大君讲几句话。有的人说，缤城随时都有可能会爆发大战，但是我倒宁可认为大君是有意纠正他之前亏待我们之处。要不然，大君大老远地到缤城来做什么？"

"是喔，所以他才顺便带了一大批精良的恰斯战船和佣兵同行？"麦尔妲奸笑道。

"我听人说，大君之所以带着那么多战船和佣兵同行，是为了避免北上时受到海盗的骚扰。"凯芙瑞雅对女儿说道。这孩子才几岁，怎么讲起话来就一副看尽人生沧桑的口吻？她们是不是把这孩子逼得太急了？是不是因为她们要求她守规矩、上课、做杂务等，使原本那个自私且轻浮的女孩变成了一个疲倦且讲话带刺的年轻女子？凯芙瑞雅想了就心痛。

"他们有没有让那艘载着许多贵族的大船靠岸？听说，之前我们的人把那艘船挡在外头不给入港，使许多新商颇为懊恼呢——据说那船上有不少人是新商的亲戚。"

"那艘船是不允许进来，不过他们倒是让那些贵族搭乘小艇上岸了。那些人好多都生了病，否则就是因为一路北上跟海盗多起冲突而挂了彩。既是伤患病患，那么让他们上岸也是应该的。况且，你刚才也说了，他们跟新商有亲戚关系，并非恰斯佣兵，所以让他们上岸又有何妨？"

麦尔妲摇了摇头。"难道说，因为他们在缤城的亲戚都已经干了那么多坏事，所以再多几个人也不至于严重到哪里去？唉，我本以为，前几天，那些战船浩浩荡荡地开入港口，引起了那么大的恐慌，所以我们行事会比较谨慎。那天我们一整天都待在缤城，提着水桶或是推着独轮车运水，更不要说我们一连几个小时呆站在那里，心里担心港口里的冲突不知道有多么严重。"

凯芙瑞雅一想起那天的便气愤地摇头。"我们呆站在那里，是因为那天没事啊。我们的船在港口一字排开，封锁住港口，而恰斯战船则堵住了海口。双方都很讲理，没有冲突流血，真是庆幸。"

"问题是，从那天之后，港口的买卖就断了，母亲，贸易乃是缤城的血脉。若把人勒死，虽不见血，可人还是照样死了呀。"

"恰斯人让康德利号入港了，"凯芙瑞雅指出，"而你的心上人就在船上。"

"他们放康德利号进港之后，就再度封锁海口。我若是康德利号的船长，才不会贸然开船入港呢。我怀疑，恰斯人之所以放康德利号入港，只是因为他们恨不得在港口里多击沉一艘活船。自从欧菲丽雅起而对付恰斯战船之后，他们就对我们的活船提心吊胆，这你是知道的。"麦尔妲眼里布满阴郁。

凯芙瑞雅再度劝道："达弗德·重生已经向我们保证，他会亲自把你介绍给大君和大君的侍臣，那可是了不起的光荣。缤城的上流仕女们一定对你非常嫉妒。不过我敢说，等到雷恩来了之后，你对大君大概连看都懒得多看一下。库普鲁斯家族一向以衣着出色闻名，所以你的心上人一定很抢眼。舞会上的每一个女孩一定都对你羡慕得要命。大多数小姐在引见舞会上只是跟父亲、叔伯舅舅和堂表兄弟跳舞，要不就拘谨地跟母亲和阿姨站在一起——我自己就是这样。"

"只要能跟父亲跳一支舞，就算把雷恩和大君都丢到一旁我也愿意。"麦尔妲有感而发地说道，"我要是能用什么手段把父亲救回来就好了。光是这样无止境地等下去，实在折磨人。"她一动也不动地坐望着镜子，接着突然坐直起来，并挑剔地打量着镜中的人影。"我脸色好差呀。我一睡着就做梦，不得休息，所以已经几个星期没睡好了。今年可是我自己要引见，这场合何等重要，但我这模样怎么出门呢？我能不能借用你的腮红呢，母亲？顺便借用你的眼影，让眼睛显得更明亮，可以吗？"

"当然了。"原本紧张的凯芙瑞雅一下子大为宽心，竟因此有些头晕。这个麦尔姐她是认识的。"我现在就去拿，你趁此把头发盘起来。我们两个都得早点打扮好。达弗德不能派他的马车来接我们，这也难怪，他接应那一屋子贵客到舞会去都来不及了呢。不过，你外祖母跟我凑钱租了辆马车。马车马上就到了，所以我们得准备好才行。"

"我一定准备好。"麦尔姐坚决地答道，但她指的是不是腮红和礼服就不得而知了。

瑟莉拉的计划全走岔了。第二艘船的贵族之子竟说动了缤城人让他们上岸，连主船上的其他大君随员也已上岸来。就她而言，这事唯一的好处是他们把她的衣服和行李也一并带上了岸。所以这几天以来，不但她对大君的影响力越来越小，大君康复的速度也快得惊人。一名医生宣布，大君已经痊愈，而且这都是瑟莉拉的功劳。克司戈仍相信是她救了他的性命，但是如今他既能与凯姬为伍，又不缺迷幻药物，所以对瑟莉拉的依赖性就降低了。而屋主招待周到，不但食物丰盛，余兴节目更是频繁不断。

克司戈既恢复了活力，那么瑟莉拉的计划就走不通了。她不得不狼狈地调整自己的立场。克司戈签署的那份文件秘密地收藏在她一件礼服的袖饰内，而且她自从在活船上展示过那份授权书之后，就再也没有提及此事。有次一名缤城商人问及，瑟莉拉只是笑笑，并告诉他，既然克司戈恢复健康，那么授权书就派不上用场了。克司戈自己则好像根本不记得他签过这份文件。缤城商人议会将要召开一次特别会议，瑟莉拉希望在开会之前，她能够找个好机会，再度把权力收回自己手里。但就目前而言，她必须静心等待。

她站在重生商人府上专拨给她使用的房里眺望窗外。她心里想，这里真是一副粗陋的乡下模样。花园因疏于照料而有如丛林；房间虽大，却很过时，因为多年不用而透出霉味；寝具散发出香杉和防虫药草的味道，壁饰则属于只有她外祖母才认得出来的风格。床太高，不舒服，据她猜测，这个设计可能是为了防止睡觉的人被老鼠干扰。夜壶不是搁在与房间分开的壁龛里，而是直接塞在床底。女仆唯一做的事情就是一天替她送两次温水来，而且她房里没有鲜花。这家主人只给两位侍臣提供了一名女仆，而凯姬打从一开始就把那可怜的少女留在身边差遣，所以瑟莉拉就只得自己动手了。不过就目前而言，这个安排反而适合她，她可不想让陌生人碰到她藏在房里的东西。

不过，当年她之所以选择以缤城作为研究目标，并不是因为缤城的生活优渥舒适，而是因为哲玛利亚国在天谴海岸殖民的计划通通都失败了，唯有缤城这个拓荒小镇是唯一的例外。不过瑟莉拉虽研读诸多典籍，并且多方询问，但是有些问题总得不到满意的答案。比如说，为何缤城能够幸存且繁荣起来？缤城与其他以悲剧收场的殖民地有何不同？是缤城人特别努力，是这里位置特优，抑或只是因为运气好？值得探讨的太多了。

缤城是天谴海岸上最大的城市，周围有些零落的村庄和农场。它虽存在多年，却没有发展得比现在更大。缤城的人口没有大量增加，即使涌入了三船移民，人口也只是暂时膨胀了一下。这儿的家庭规模小，每一户幸存的子女鲜少超过四名。新商涌入之后，光是新商的人口就几乎取代了旧商而成为缤城人口的主流，更不用说新商带来的大量奴隶。但是这样的成长并未受到缤城人的欢迎。他们不愿把城市拓展到邻近的郊区，所持的理由是土地含水太多，看似茂密的草地若是加以开垦耕种，到了来春就会发现农地已经变成沼泽。这理由掷地有声，但瑟莉拉一直怀疑这背后是否有其他因素。

举例而言，所谓的"雨野原商人"到底是什么样的人物呢？

大君所签署的特许令之中从未提到"雨野原商人"这个名号。雨野原商人到底是一群从缤城商人分支出去的人，还是一群跟缤城人通婚的原住民？为什么人们从不公开讨论雨野原商人的事情？雨野河上游有个大城，但是人们从来不提，但是上游必有个大城。缤城出口的商品中，凡是最精美昂贵的宝物，总号称是雨野原来的。瑟莉拉深信，这两大秘密一定有连带关系，不过她深究了那么多年，却仍无法解开谜底。

如今，她总算是亲自涉足缤城了——这儿虽不能算是缤城市区，但至少也在近郊。她可以从树影间看到闹市区的灯光。她真想去那里走一走,探索一番,但自从他们抵达之后,屋主就坚持让他们待在他家里休息。据瑟莉拉猜测,重生商人此举其实主要是为了自己的好处着想。由于大君和侍臣都定居于此地,所以前来重生宅邸探访的访客川流不息。而瑟莉拉的房间既久无人用,亦可以此推测,重生商人已经多年没有这么大受欢迎了。不过,瑟莉拉还是乐得摆出笑脸来招呼前来拜访的旧商和新商。现在她每多认识一个人,每多讲个哲玛利亚宫廷故事而迷住一名女子,就等于是让自己在新家的立足点更为稳固。毕竟她至今仍打算把缤城当作她的新家。夺权的机会也许已经溜走,但是她仍希望能在缤城定居。

她靠在小阳台的栏杆上时,突然察觉到整栋房子稍微地摇晃了一下。又来了。她站直起来,退回房间里。自从她抵达以来,大地天天摇动,但是当地人一点也不以为意。她第一次碰到这种情况时,吓得惊叫一声,立刻从椅子里跳起来。当时重生商人只是满不在乎地耸了耸肩。"只是稍微抖一下而已,瑟莉拉侍臣,用不着担心。"而大君因为喝多了酒,醉得根本没注意到大地摇动。而每次地震也总是摇晃一下就过去了,东西没掉,墙壁也没裂开,这次也是一样。瑟莉拉宽心地叹了一口气。她身在天谴海岸,而地震摇晃就是天谴海岸的常态。如果她想要在此落脚,那么还是早点习惯的好。她坚定地挺起胸膛,把心思放在眼前的事务上。

今晚,她会梦想成真。她会见到缤城。她关上窗户,走到衣柜去挑衣服。今晚,她要出席缤城商人举行的某个夏日聚会。看他们讲述的态度,就他们的标准而言,这应该是个很重要的场合。这是个专为缤城商人举行的聚会,外人不得参加,除非他们是缤城商人家族的姻亲。刚成年的女子会在这场合中正式引见。她听人谣传,缤城商人和雨野原商人之间颇有些交往的传闻。瑟莉拉对此很注意,她告诉自己,这类的传闻在哲玛利亚就听不到。缤城商人和雨野原商人交往时会不会交换信物?双方是一样的地位,还是一方屈从于另一方?问题,问题,到处都是问题。

瑟莉拉一看到首饰就皱眉头。她不能佩戴她从大君的收藏箱中取来的珠宝，因为凯姬或是其他人一定会认出来，并且说三道四。虽说瑟莉拉有把握，只要有足够的时间与大君独处，必能让大君"想起"这些首饰是他送给她的，但是她并不想让这件事变成公开的话题。所以她轻叹一声，还是把首饰藏回鞋子里。她是一定得不戴首饰出场了。

昨天，有位访客为了显示她消息灵通，夸口讲起雨野原商人雷恩·库普鲁斯的流言，说他其实已经在追求一名今晚才要引见的少女。其他旧商立刻严厉地制止，不让她说下去。不过那个名叫蕾菲·法登的女子则大胆地反驳，她说在舞会上，雷恩·库普鲁斯肯定会被介绍给大君和侍臣认识。既然如此，为什么要隐瞒这个人的身份？

然后达弗德·重生就插话了，这个到当时为止一直枯燥得紧、从不疏导宾客发言的主人，突然运用了他身为主人的权力。"可是你们一谈起雷恩·库普鲁斯，就不得不谈起维司奇家族以及维司奇家那位年轻的小姐。而由于那位小姐的父亲人不在缤城，所以我把保护她的名誉视为应有的责任。我绝不容许别人讲她的闲话。但是我跟各位保证，等到她正式引见之后，我一定亲自介绍她给各位认识。她是个风采迷人的小姐。好了，再来点蛋糕如何？"

达弗德·重生有效地结束了这个话题。虽然有些缤城商人对重生投以不以为然的眼光，但有些缤城商人却对他这种谨慎的作风颇为认可。真是有趣。她感觉得出这跟权力的运作有关。这个达弗德·重生大概是旧商和新商之间的桥梁。他们虽未刻意安排，但是目前的处境竟颇为理想；缤城的旧商和新商两边势不相同，但是双方却由于都要来达弗德家拜访而稍微调和了一点。新商对大君奉上豪华的献礼，并邀请大君到他们的宅子飨宴，而缤城商人则只带着尊严前来，并暗示自己的权力不可小觑。在瑟莉拉看来，大君并未在旧商面前留下好印象，反之亦然。未来事态的发展一定很有趣。这儿比哲玛利亚城那个宛如一滩死水的宫廷活泼得多了。在这里，即使身为女人，只要够大胆，也可以为自己挣得一席之地。她把衣橱里的礼服拉出来，贴在胸前比一比。这件行了。她心里想，这件式样简单，但是做工精细，出席乡下人的晚会穿这个是最合适的。

要换衣服就不免裸露身体，不过她坚决地转过身，背对着穿衣镜。昨天早上，她换衣服的时候瞄到她背后与大腿后侧的严重淤伤已经褪成深浅不一的棕黄色。不过，光是不小心瞄到这么一眼就使她突然变得恐惧又无助。她当场动也不能动，只能愣愣地注视镜中的自己，接着突然打冷颤，反胃到几乎呕吐。最后，她猛然在床边坐下来，又深吸了几口气，才止住了呜咽。她没有掉下眼泪。其实若是哭了的话，可能还轻松一点。然而即使她勉强穿好衣服，也无法强迫自己走出门去跟众人共进早餐。任何人看到她这个模样，一定知道她之前受过深重的伤害。

直到中午，她才强捺下激动的情绪，重新驾驭自己的心情。恐慌已经过去，她终于能够走出房间与众人共进午餐，并推说早上因为头痛所以缺席。打从那时开始，她就纳闷自己到底是因为坚强，还是因为疯了，才会假装自己一切正常。她抬起下巴，在喉间点了点香水。她告诉自己，就是今晚，说不定今晚就是大好机会。若真如此，那么她可要做好准备。

"你一直戴着面纱，怎么受得了？"葛雷·坦尼拉对雷恩问道，"我们搭马车来这里的时候，窗帘封得紧紧的，我就已经快要闷死了。"

雷恩耸耸肩。"习惯就好。我还有别的面纱，比我现在借你戴的那个还轻薄些，但我担心你若因为面纱太轻薄而被人认了出来，那就不好了。"

此时两人坐在坦尼拉家的客房里。客房里临时抬进一张小桌子，桌上摆满面包、水果、冷盘，又有两个酒杯和一瓶葡萄酒，外头走廊上传来众仆人踏着沉重步伐的声音，把雷恩的箱柜抬上楼的声音。葛雷早就把雷恩借他的雨野原外衣丢到床上，此时他先拨起汗湿的头发透透气，然后凑到桌边对雷恩问道："要不要喝点酒？"

"那真是再好也不过了，小堂弟。"雷恩半开玩笑地说道。

葛雷则半是笑半是呻吟地应了一声。"我真不知道该怎么谢你才好。我原本并未期望自己能在缤城上岸。然而我不但上岸，而且回到了我自己家里——即使只能暂居一阵，也很值得庆幸了。要是你没帮我掩护，我到现在还躲在康德利号的底舱里呢。"

雷恩接过那杯葡萄酒，熟练地把酒杯滑进面纱底下，一饮而尽，满足地叹了一声。"唔，"雷恩谦虚地说道，"要是你不肯招待我住在府上，那我现在就得带着我的箱柜站在旅馆外面等了。缤城里到处都是新商和大君的随从，所以即使我预定了房间，旅馆也不会把它留到现在。"雷恩有点不自在地顿了一下，"港口封锁，每一家旅馆都客满，在这个情况下，我真不知道我得在府上叨扰多久。"

"二位贵客莅临，我们是荣幸之至。"娜妮亚·坦尼拉一边说一边捧着一锅冒着热气的汤推门进来。进来之后，她以脚一踢，将房门关上，然后怒视着葛雷，手里把热汤放在桌上。"看到葛雷一切平安，还能回到家里来，真好。你喝点热汤，雷恩。"娜妮亚先招呼客人，才走上去堵住儿子，厉声问道："葛雷，你把面纱戴上，手套和兜帽也都戴上。如果进来的不是我，而是女仆怎么办？我之前就告诉过你，现在我谁也不信任。所以你待在家里的时候，我们必须装作你真的是出身于雨野原的库普鲁斯家族，现在在我们家作客。要不然，你这条命就不保了。自从我们弄了个幌子，把你偷渡出城之后，当局悬赏捉拿你的赏金就有增无减。再说你失踪之后，新商的产业和大君的税务机关不但屡遭破坏，而且有半数声称是为了响应你的义行。"

娜妮亚转身背对儿子，开始帮雷恩舀汤，继续说道："城里的年轻人都把你看作是大英雄，但我恐怕这事会一发不可收拾，大君的税吏会拿你来杀鸡儆猴。如今，缤城商人家的青年争相挑战对方敢不敢去把哪处的仓库'坦尼拉'一下，而且大家都知道这话是什么意思。"娜妮亚摇了摇头，把热汤送到雷恩面前，"虽然你妹妹跟我行事低调，但是我们进城的时候，城里的人还是指指点点。"

"所以你在缤城这里并不安全，儿子。要是你父亲在家就好了。我告诉你吧，我已经变尽了花样，再也想不出什么办法来保护你了。"话毕，娜妮亚命令式地指着丢在一旁的面纱。

"以我这把年纪，就算要躲在你裙子后头可能也躲不成了，母亲。"葛雷嘴上这样辩解，但还是不情不愿地把面纱拿了起来，"我吃过东西之后就戴上。"

"如果他们杀了你,那么以我这把年纪,要想再生个儿子也是不可能的了。"娜妮亚柔声说道,拾起手套和兜帽,递给葛雷,"你现在就穿戴好,而且要赶快习惯。"娜妮亚恳求道:"如今你要活命,唯一的希望就是靠这一身打扮了。康德利号和别的船什么时候才能离开缤城,只有天知道,而你只要待在缤城一天,就要装作雨野人,而且要装得非常逼真。"她以哀求的眼神望着雷恩,问道:"你会帮他吧?"

"当然。"

"我已经跟仆人宣布,你们这两个年轻人都非常好静,不喜打扰,所以他们若要进来,一定要先敲门。而且我还告诉他们,为了欢迎二位莅临,你们的房间将由葛雷的妹妹每天亲手整理。"娜妮亚转过头,以严厉的目光瞪着儿子,"葛雷,你不准开她们玩笑,不管你觉得这有多么好玩。"

但是葛雷已经吃吃地笑起来。

娜妮亚不理会葛雷,转而对雷恩说道:"雷恩,请你多见谅,我还得恳请你借些衣裳给我儿子呢,请多见谅。看起来,最稳当的办法就是让他继续装作雨野人的模样。"

雷恩尴尬地笑了两声。"我向你保证,由于我一想到舞会就紧张,所以带来的衣物少说也够让五六个青年打扮周全。"

"是啊,况且别人不说,至少我自己是很期待要扮作优雅且神秘的雨野青年去参加夏季舞会的。"葛雷梦幻般地接口道,然后拉起面纱的一角,从缝隙里瞅着母亲。

娜妮亚显得很惊惶。"葛雷,你正经一点,你还是待在家里的好,待在家里才安全。雷恩当然必须要去,你妹妹跟我也得去,但是——"

"可是我若是大老远从雨野原来到缤城,却不去参加舞会,那不是很奇怪吗?"葛雷指出。

"尤其是我们都对外宣称说他是我堂弟了。"雷恩也跟着应和。

"就说他生病了,这样不行吗?"娜妮亚·坦尼拉恳求道。

"如果这样，那么就得有个人留下来照顾我才合情理。那是不成的，母亲。据我看来，还是继续装作雷恩的小堂弟，这样众人比较不会注意我。再说，这可是亲眼见到大君的大好机会，你说我怎能错过，是不是？"

"葛雷，我求求你，今晚可千万别放肆。既然你一意要去，那么我就不拦你了。不过你去是可以，但可别干出什么蠢事，让人注意到你。"娜妮亚严肃地瞪着葛雷，继续说道，"你别忘了，你若是闯祸，会把你身边的人——比如说你妹妹——也卷进去。"

"母亲，我跟你保证，我一定中规中矩，如雨野原绅士一般。但是如果我们不想迟到的话，那么都得赶快准备才行。"

"你妹妹老早就准备好了。"娜妮亚疲惫地坦承道，"她们只等我准备好就可以出门——倒不是说我这样的老妇人换件衣服会花多久时间。她们还要簪花擦粉，我则一切从简。"

葛雷往椅背上一靠，颇不以为然地嗤了一声。"雷恩，我母亲的意思是说，我们有充分的时间进餐、洗澡、换衣服。我们家的女人啊，个个都要花上船上水手轮完半班的工夫才能把自己打点好出门。"

"看看啰。"雷恩兴致昂扬地对葛雷说道，"你可能会发现，雨野原的服饰并不是三两下就穿戴得好的。雨野原的男人很少聘用贴身小厮或随身仆人——那不是我们的作风——所以一切都是自己动手。你至少得练习如何隔着面纱啜一口酒。你把面纱戴起来吧，我现在就教你，免得今晚'堂弟'在舞会时丢我的脸。"

出租马车里闻起来有馊酒味。麦尔妲的母亲坚持要先检查座位，才肯让她坐下来，而她的外祖母则坚持要先考察一下车夫，才肯让他帮他们驾车。她们两人的行径，麦尔妲都很不耐烦。她的心里终于燃起参加引见舞会的兴奋感。即使搭的是出租马车、穿的是翻新的礼服，她的心跳还是比笃笃的马蹄声要快。

商人大会堂变得跟平常大不相同。花园和庭园里设了百十盏袖珍灯笼，仿佛与夏季夜空的繁星互相辉映；走道上缠着绿色的枝叶作为装饰，立着一枝枝火炬作为照明，一盆盆从雨野原送来的奇花异草在暗夜中散发出奇趣的香味，更为走道旁的珍奇花卉增色。麦尔妲从车窗中看到这一切，很想像孩子一般探出头去看个仔细。最后，出租马车挨在一列马车之后，每辆马车到了主入口的台阶前便稍停一下，然后车夫下车，将仕女们扶下来。麦尔妲转头望着母亲，焦虑地问道："我看起来还好吧？"

凯芙瑞雅还来不及回答，麦尔妲的外祖母就平静地答道："自从你母亲引见以来，就属你在引见时最为出色。"

麦尔妲听了非常震撼——倒还不在于她外祖母讲这话时非常诚恳，而是在那一瞬间，她深信事实确实如此。她把头昂得更高了些，等着轮到他们下车。

车夫终于把车门打开。麦尔妲的外祖母先下车，接着是她的母亲下车，然后她们仿佛此时就要引见她似的各站一边，看着车夫将她扶下车。麦尔妲站在她们两人之间，之后是清洁整齐的小瑟丹下车，并伸出手臂去让他外祖母搭着。外祖母微笑着搭上他的手臂。

今夜突然变得神奇又神秘。入口台阶旁摆着各色玻璃杯，杯里盛着蜡烛。其他缤城商人家族也盛装前来，捧着他们要致赠给雨野原商人的象征性礼物走进大厅。凯芙瑞雅是家里的商人代表，所以她手里托着礼物。礼物的托盘是个式样简单的木盘，那是多年前外祖父从香料群岛带回来的，木盘上摆着六小罐家里自制的果酱。其实麦尔妲也知道，礼物只是象征一下而已，主要用意是借此表示他们仍记得彼此息息相关且有亲属关系。然而即使如此，麦尔妲仍记得当年他们致赠的礼物是一卷色泽如彩虹般繁复的布料，而且厚重到爸爸必须代替外祖母捧住托盘。但是麦尔妲坚决地告诉自己，这件事无所谓。

她的外祖母仿佛察觉到她心里犹豫，轻声在她耳边说道："今晚受礼的是我们家的老朋友卡欧雯·费司筑，又不是别人。卡欧雯一直都很喜欢我们家自制的甜樱桃酱，所以我们献礼的时候，她一定知道我们是特别为她准备这份礼物的。你放心，一切都会很顺利。"

一切都会很顺利。麦尔妲抬起头，望着台阶顶，脸上漾出了真心的笑容。一切都会很顺利。然后她按照瑞喜所教、在家里练习过多次的姿态，双手轻轻拉起裙摆，好让自己轻盈地步行。她昂起下巴，眼睛望着目的地。瞧她走路的自信模样，仿佛她从没想到自己可能会被裙子绊倒似的。今晚她走在母亲与外祖母之前，领先走进商人大会堂的明亮入口。

到了大厅里，只见一切都既明亮又鲜艳，与平日迥异。麦尔妲看得目眩神迷。他们到得早了，乐队虽已经开始轻轻地奏乐，但是还没人跳舞，人们只是三两成群地站着聊天。大厅另一端摆了几条长桌，长桌上铺着雪白的桌布和闪亮的银器皿，待会儿供众人取食里面的东西，同时也借此象征缤城商人与雨野原商人本是一家人。麦尔妲注意到，虽然每次舞会时都搭起高台让雨野原代表和缤城议会的成员坐着，但是今年的高台搭得特别大。想也知道，一定是大君，甚至连他的侍臣也会一起坐在高台的长桌后。她纳闷道，对大君而言，到底那算是荣耀还是会被大家看得不自在呢？

她回头望着母亲和外祖母，她们已经在跟熟识的朋友谈话了，所以她还有时间多瞧瞧。她笑着想道，理论上而言，这是她身为小孩，可以不受社会拘束、自由自在地跟别人聊天的最后时光。等到她引见之后，她就得老实地受到缤城社会未成文规定的羁束了。这是她最后一次可以在没有成年女子的伴护之下，在大会堂绕最后一圈的机会。

但是麦尔妲才要迈开步伐，便看到一个有点熟悉又有点陌生的身影：一身飘香的黛萝·特雷瑟窣地朝她走来。她的喉间和手腕上，甚至于银链发饰上都缀着蓝宝石，脸上的妆化到了出神入化的地步。她站得非常直，脸上那客气的表情则像玩偶的脸一般呆滞。黛萝长大了呀，麦尔妲不禁震惊地眨了眨眼。黛萝冷淡地望着麦尔妲，但即使如此，麦尔妲仍突然明白，这人还是黛萝·特雷。她发现自己竟不自觉地堆出满脸的笑容，并且亲切地拉住黛萝的双手。"你也到了！你相信吗？我们真的已经到这里了！"

当下，黛萝那张化得一丝不苟、表情客气怡人的脸动也不动。在那一刹那间，麦尔妲的心脏收缩了一下。要是现在黛萝对她摆架子——然后黛萝的嘴角略微上扬了一点，接着她把麦尔妲拉上去，轻声对她说道："我一整天都紧张得要命，什么也不敢吃，唯恐若是要跳快步舞就不好了。现在我到了这里，肚子却像是饿狼一样呜呜地叫。麦尔妲，要是我跳舞或是跟人讲话的时候，肚子咕噜一声，那可怎么办呢？"

"那你就不客气地对旁边的人瞪一眼啊。"麦尔妲颇机智地开了个玩笑，黛萝差点就咯咯笑了起来，但是她突然想起身为成年女子不能太放肆，所以赶快举起扇子遮脸。

"跟我走一走嘛。"黛萝对好友恳求道，"而且要把你听到的缤城消息告诉我！爸爸和瑟云每次看到我一进房，就立刻住口不谈。他们说，那些事情我不懂，所以他们不想说出来吓我。妈妈成天只谈我的手肘要放哪里或者用餐时若是掉了食物该怎么办。我都快疯了。战争真的一触即发吗？小咪·苏耶夫说，她听到有人谣传，今晚恰斯人会趁着舞会时闯进缤城，把全城烧光，并且把我们杀得一干二净！"黛萝故作悬疑地停了一下，凑近上去，隔着扇子对麦尔妲说道："你可以想象到小咪说他们会怎么对付我们吧！"

麦尔妲劝慰地拍了拍好友的手。"说起来，恰斯人跟大君是同盟，而大君人在舞会里，跟我们混在一起，所以他们应该不会在这时候作乱才对。恰斯人若是搞鬼，那么我们缤城商人只需把大君押作人质就行了。然而我们就是因为大君上岸时身边并未带恰斯护卫，才相信他是真的前来调解争端的。况且，今晚我们也并不是所有人都来参加舞会，我们的活船还守着港口呢。而且我听人说，许多三船人家也开出小舟在港里巡逻。所以据我看来，今晚我们宽下心来寻乐是很安全的。"

黛萝讶异地摇头望着好友。"你怎么想得这么清楚哇？有时候你讲起话来真像个男人。"

麦尔妲吓了一跳，不知黛萝是何用意，沉默半晌之后才明白她这样说其实是在称赞自己。麦尔妲本想耸耸肩，但接着便想到自己马上要变成成年女子，行为不能太过率性，所以只是挑了挑眉头。"唔，你是知道的，近来我们家的女人只能自己照顾自己了。而我母亲和外祖母都深信，她们若是把我蒙在鼓里，那么我的处境反而更加危险。"麦尔妲压低了声音，"你有没有听说，恰斯人网开一面，让康德利号穿过封锁线？康德利号入港晚，所以我没听到什么消息，但我仍大胆地期望雷恩就在船上。"

不过黛萝听了不但没有为麦尔妲高兴，反而脸色犹豫。"瑟云听到这个消息一定难免失望。他原本希望今晚能邀你跳一两支舞的……说不定还不止一两支舞，如果你的男伴没来的话。"

麦尔妲忍不住说道："我今晚爱跟谁跳舞就跟谁跳舞，这有什么不可以吗？我又还没许给雷恩。"这么一说，她以往那种轻浮的心情就又浮现出来了。"我当然会跟瑟云跳支舞，而且说不定还也会跟其他人跳舞哟。"麦尔妲故作神秘地说道，目光望向众人，又特别在年轻男士们身上流连，仿佛她已经应允跟其中的谁跳舞。接着她像是在问黛萝要先吃哪一种糕点似的问道："那你呢？你的第一支舞要跟谁跳？"

"你是说我的第四支舞吧。我父亲、哥哥和舅舅已经预约要在我引见后向我邀舞了。"黛萝的棕色眼睛突然睁得大大的，"我昨晚做了恶梦。梦见我在引见之后屈膝行礼，但就在此时，礼服的针脚松开，所以我的裙子就掉下去了！我惊醒过来的时候，人还抖个不停。你想想看，世间有比这更糟糕的恶梦吗？"

一股寒意从麦尔妲的背脊窜了上来。一时间，明亮的舞池黯淡、乐声也好像退去了。麦尔妲咬紧牙关，逼退那黑影。"说真的，有。不过你瞧，仆人们已经开始摆设餐点了。我们过去吃点东西，安抚你肚子里那头饿狼吧。"

达弗德・重生把汗湿的双掌在膝盖上一揩。谁想得到他今日如此风光？今天的他，跟往常一样搭车前往夏季舞会，不过他可不是自己去的——不，今年可不同。马车里跟他面对面而坐的乃是哲玛利亚国的大君，大君身边坐着凯姬侍臣——凯姬侍臣的礼服竟是以羽毛和蕾丝制成的。达弗德身边坐的是没那么艳丽浮夸，但是一样地位崇高，身穿高雅乳白色礼服的瑟莉拉侍臣。达弗德要护送他们去舞会，而且他会跟他们坐在一起，并把整个缤城社交界介绍给他们认识。

他今晚可是大大的有面子。

要是爱妻能活到今日，看到他的大成功就好了。

一想到朵丽儿，他的得意感顿时蒙上了一层阴影。多年前，雨野原人把血瘟从雨野原带到缤城来，夺走了朵丽儿和几个儿子的性命。那场瘟疫死了好多人，可是说来残酷，达弗德却几乎没受到什么影响，所以他只得独活在世界上，跟逝去家人的幻影讲话，并想象自己每一天的行为举止会勾起他们说出什么评语。达弗德深吸了一口气，想要恢复方才的得意心情。朵丽儿看到他今天的光景，一定既高兴又骄傲。这点他很确定。

而其他的缤城商人则会承认，达弗德的确是他们此生所见中最精明也最有眼光的商人。今晚他就要成大事了。今天晚上，大君要跟他们一起用餐，大家会聊起哲玛利亚的优雅风范和社会秩序对缤城有什么启发。接下来的几周，他会陪在大君和侍臣的身边，协助他们弥补旧商和新商之间的裂隙。到时候会有多少好处送到他门前来，可真难以想象。更不要说，他终于可以借此机会恢复他在缤城商人之间的社会地位。他们会重新将他看作是自己的一分子，并腼腆地承认，过了这么多年，时局可终于证明他的眼光比他们更锐利长远了。

达弗德想起他今晚计划的最高潮，不禁露出笑容。凯姬与瑟莉拉固然可爱，但比起麦尔妲·维司奇而言，她们真是无趣得很。她们身为侍臣、顾问与知识分子，算是还不错，但是今晚达弗德打算把麦尔妲介绍给大君，他敢说麦尔妲未来必定会成为大君宠爱的女伴。达弗德看得出那个年轻人一定会被她迷倒，所以他已经开始想象他们的婚礼会有多么盛大了。他们想必得办两场婚礼，一场在缤城，然后再到哲玛利亚城办一场更为盛大的，而达弗德理所当然会同时获邀参加这两场婚礼。此举将挽救维司奇家族的财务危机，更可让罗妮卡对他刮目相看，而且此后缤城与哲玛利亚国就连着断不开了。日后在人们的心目中，达弗德·重生就是那个弹指平定纷争的人，而在多年之后，大君的子女会称他为"达弗德叔叔"。

一想到未来的盛景，达弗德不禁略略地笑了起来，但他突然察觉到瑟莉拉侍臣正在以犹豫的眼光望着他。达弗德心里突然可怜起这个女人。想也知道，等到大君娶了生于缤城、长于缤城的那个女人之后，一定对瑟莉拉不屑一顾。

达弗德倾身凑上去，在瑟莉拉的膝盖上拍了拍。

"别担心这身礼服太过朴素。"达弗德低声对她说道，"我敢说，全缤城的人都很敬重您的地位，不管您穿什么礼服都一样。"

一时间，那可怜的小东西只是睁大了眼睛凝视着他，然后她露出笑脸。"嗳，重生商人，劳您刻意安慰，真是承情不尽呐！"

"哪里的话，哪里的话，我只是想让您轻松点罢了。"达弗德劝慰道，往后靠在椅背上。

今晚一定是他生命中最风光的一刻。这是一定的，达弗德想道。

Chapter Thirty-Two
The Storm

第三十二章
风雨袭来

"麦尔妲！黛萝！你们怎么还四处溜达呢？都快到引见的时候了。"麦尔妲母亲的口气既好气又好笑，她又补了一句："黛萝，我刚才看到你母亲在喷泉边找你。麦尔妲，你跟我来！"

在麦尔妲的母亲找到她们之前，她们两人躲在入口的一根大柱子之后，偷偷看那些晚到的人。她们两人一致同意，众人礼服之中就属小咪的最出色，只可惜那样的领口恰恰暴露出她身材的缺点。特丽妲·雷多夫的头饰太大，跟她的脸形不配，但是她的扇子十分精致。克莱恩·崔铎开始追求莉耶·凯雷尔之后，脸上那种忧郁的诗人气质就不见了，而且人也长胖了。现在真是想不通，为什么以前她们总认为克莱恩·崔铎很英俊？洛伊德·凯恩仍跟以前一样，显得阴沉且危险。黛萝一看到洛伊德就心醉神迷，不过奇怪的是，麦尔妲一看到他，只想到他的肩膀不如雷恩的宽。

有一些罩面纱、戴兜帽的雨野原人抵达会场，并且跟缤城商人混在一起。麦尔妲望了望，却没看到雷恩。"就算他到了，你怎么认得出哪个是他？他们全身裹得密不透风，看起来每个人都一样。"黛萝抱怨道。麦尔妲是因为黛萝还算是谈得来的同伴，才叹了口气告诉她："噢，你别担心，我一定认得。因为我一看到他，心里就怦怦跳起来。"黛萝睁大了眼睛望着麦尔妲，好半响之后，两人才同时大笑起来——但她们都掩着嘴，而且努力不要笑得太放肆。两人在这么偷看聊天之中，仿佛把一整个春天的焦躁尴尬都抛到脑后。黛萝向麦尔妲保证，她礼服的料子比如今市售的料子要厚密得多，而且这剪裁正好衬托出她的腰枝纤细；而麦尔妲则对黛萝发誓，黛萝的脚踝并不粗，就算真的粗，也保证今晚没人会看到。麦尔妲好久没有这样像小女孩般开心聊天了。她顺从地跟着母亲离去时，心里转着一个念头，那就是她以前为什么那么傻，竟巴不得赶快把小女孩的生活丢开，赶快长大成人？

此地立了个缀着鲜花的屏风，以隔出个地方给即将引见的女子休息等待之用。屏风外，等着护送女儿走入大会堂跳成年第一支舞的父亲们焦急地走来走去，而屏风里的母亲们则忙着在最后一刻给女儿拉拉头发或是调整裙摆。引见的次序是抽签决定的，而命运之手决定了今天麦尔妲是最后一个引见。父亲们领走了一个又一个女子，麦尔妲只觉得自己几乎喘不过气来。凯芙瑞雅一边把她的几根发丝拢回去，一边轻声在女儿耳边说道："雷恩还没到，我看他一定是因为康德利号到得晚，所以耽搁了。你要不要我去找达弗德，请他邀你跳第一支舞？"

麦尔妲以恐惧的神色望着母亲，谁料她母亲却顽皮地咧嘴而笑，使她大为意外。凯芙瑞雅笑道："我在想呀，你听到这话就会明白，在自己正式引见的舞会上，没人邀请、落单地望着众人跳第一支舞固然很糟，但是有些事情比这更糟糕。"

"我宁可静静地站在一旁想爸爸。"麦尔妲笃定地对母亲说道。她母亲眼里突然涌出泪水，然后拉了拉她的领口，"现在你要镇静，头要抬高，小心裙脚，噢，现在该你了！"凯芙瑞雅讲到最后一句话时已经有些哽咽。麦尔妲自己也突然鼻头一酸，所以她便噙着泪水从屏风后走出来，在台阶顶的环形火炬圈中间站定。

"现在引见给各位缤城商人以及雨野原商人认识的是麦尔妲·维司奇，凯尔·海文与凯芙瑞雅·维司奇之女。麦尔妲·维司奇。"

一时间，麦尔妲有点气愤，因为他们以缤城商人的姓氏当作她的姓氏，难道他们认为她父亲不够格，不能与他们为伍吗？然后她释怀了，就当这是缤城作风吧,反正她一定会让她父亲引以为豪。虽然父亲今天不能出现在这里,让女儿搭着手臂走下台阶,但是她在走下台阶之时照样会散发出身为凯尔之女的自信。她抬起头,但垂下眼帘,然后慢慢地对众人一欠身。站直起来之后,她抬眼直视前方,一时间,她只觉得围观的人太多,台阶太多太陡。她真怕自己会就此晕厥,从台阶上滚下去。她深吸了一口气,开始慢慢地步下台阶。

其他的女孩和她们的父亲已经围成半圆,在下面的舞池等她了。这是她最受瞩目的一刻,她真希望这一刻永远没有止境。不过走到台阶底之后,她又很庆幸那一刻终于过完了。她一边朝着那一行少女与父亲们走上去,一边四下环顾。缤城商人和雨野原商人都穿着最体面的衣饰前来,看得出其中许多人去年过得并不风光。不过大家都显得很骄傲,微笑望着这一群今年刚成年的年轻女子。可是麦尔妲没看到雷恩。再过一会儿乐声就会响起,众女子将会随着音乐起舞,到那时候,她只能孤零零地站在一旁看着大家跳舞了。麦尔妲苦涩地想道,这种孤寂的感觉倒跟她人生的氛围很相配。此刻,最不可能的事情发生了。

事情竟然真的变得更为糟糕。

大厅另一边的高台上坐着一个脸色苍白的年轻人以及缤城商会的议长,他们两人中间横塞了一张椅子,椅子上坐的正是达弗德。不,应该说麦尔妲热切地希望此刻他是坐着的。但此时他半坐半站地靠在桌边,疯狂地伸手指着她。麦尔妲在极其羞辱、苦闷难言之余,还是稍微举起手,动动指头跟达弗德打了个招呼。但是她这么一招呼,达弗德不但没停下来,反而做出更夸张的手势,要求她穿过空荡荡的舞池走到高台上去。麦尔妲觉得自己快要死掉了。她真希望自己昏倒,但是她不能。正在等待高台上的人做手势,以便开始奏乐的乐团首席露出困惑不解的神情。麦尔妲终于认识到她没别的选择,她站在这群女子与她们的父亲之间是很安全没错,但除非她离开这个安全的地方,孤零零地走过空荡荡的舞池,然后步上高台,聆听达弗德的祝贺,否则这个梦魇的时刻是不会过去的。

既然如此,那就来吧。

她深吸了一口气,又朝外祖母那张惊骇得发白的脸看了一眼,才开始慢慢地穿过舞池。她才不要走得很匆忙呢,那可是有失体统的。她昂起头,双手提起裙子,让裙脚轻轻拂过光亮的地板。她脸上装出笑容,仿佛早就料到会有此刻,仿佛这本来就是她引见仪式的正常过程。她眼睛盯着达弗德,心里想起了卡在他的车门上的那头死猪。麦尔妲努力维持笑容,虽说她已经紧张得耳边嗡嗡响了。然而下一刻,她便已经站在高台前,而她突然想到,坐在达弗德身边的那个苍白的青年一定就是哲玛利亚大君。

达弗德竟然当着哲玛利亚大君和那两位侍臣的面羞辱了她。此时,那两位高雅的宫廷女子正以纡尊降贵的容忍态度俯瞰着她。现在她可真要昏倒了。但是她反而被一股本能激发。她在高台前深深地一欠身,虽然耳际轰隆作响,她仍听到达弗德热切地说道:"这就是我跟您提过的那名年轻女子,缤城商人家出身的麦尔妲·维司奇。她可不是您见过的最美的花朵吗?"

麦尔妲站不起来了。如果她现在站起来,就不得不看着他们脸上的表情。于是身穿着翻新礼服和舞鞋的她继续垂首欠身,然后——

"这话一点也不夸张,重生商人,但是为什么这朵美丽的花儿没人陪伴?"哲玛利亚城的口音,语调懒散。这是大君亲自开口,而且讲的正是她。

缤城商会的议长觉得她很可怜,所以给众乐师比了手势示意。突然,几个轻轻的音符滑过了全厅,麦尔妲身后那一个个骄傲的父亲领着女儿走到舞池里。想到这里,麦尔妲心里冒出来的情绪不是痛苦,而是愤怒。她站了起来,正好与大君那放肆的目光相遇。她一字一句地清楚答道:

"我就是自己一人,神武圣君,因为我父亲被海盗掳走了,而那正是由于您的恰斯巡逻船没能阻止海盗。"

高台上的人都惊讶得倒抽一口气,不过大君仍大胆地望着她。"看得出来,这女孩的精神配得上她的美貌。"大君评论道。麦尔妲的脸颊开始晕红,此时大君继续说道:"而且我总算遇到一个缤城商人愿意承认那些恰斯战船不过就是我的巡逻船罢了。"一名侍臣听到这种高明的应答不禁咯咯笑起来,但是缤城商会的众成员可一点也不觉得好笑。

麦尔妲知道此时不该答话,但她实在生气。"我是肯承认那是巡逻船没错,前提是您得承认那些船没什么效果。就是因为如此，才使得我们家失船失人。"

哲玛利亚大君站了起来。麦尔妲想道，这下子他一定是要叫人把自己拖出去杀了。乐声朗朗奏起，她身后的人翩翩起舞。她等着大君下令叫卫兵上来，但是大君反而宣布道："既然你把父亲未能出席怪在我身上，那么若要弥补这个缺憾，就只有一个办法了。"

麦尔妲几乎不敢相信自己的耳朵。真有这么简单的好事？她一问，大君就答应了？她屏息轻道："您要派船去救我父亲？"

大君的笑声划破了乐声。"当然啦，巡逻船的作用就在于此，这你是知道的。但不是现在。就目前而言，我要尽我的力量来矫正这个可悲的场面，而我的做法就是代你父亲邀你跳舞。"

大君站了起来。一名侍臣露出讶异的神情，另一名侍臣则显得惊骇。麦尔妲转头望着达弗德·重生，但是他一点也帮不上忙。达弗德光是站在那儿开心而骄傲地望着她。缤城议会的众成员都一脸空白，一点也不肯表态。她该怎么办？

大君离开座位，现在他开始踏阶而下了。他比麦尔妲还高，而且非常瘦，皮肤白到几乎没有血色。他的衣着跟麦尔妲看过的任何男人都不同。他的衣料轻软飘逸，色彩清淡柔和；他穿着淡蓝色长裤，裤脚在脚踝处收紧，脚上配低矮的软鞋，上身是橙黄色的衬衫，喉间和肩膀处有宽松的大摺子。他朝着麦尔妲走上来时，她闻到他飘散出奇异的味道，像是古怪的香水味，而他的口气中带着一股驱之不去的烟味。接着，全世界最有权力的男人对她一鞠躬，并将手伸到她身前。

麦尔妲冻住不能动弹。

"没关系的，麦尔妲，你可以跟他跳舞。"达弗德·重生和蔼地说道，然后咯咯地笑了两声，又对高台上的其他人说道："瞧这小东西多害羞，被家人呵护得多周全啊，她都不敢碰他的手了！"

达弗德这话反而使她有了动起来的力量。她将手放在他手里时只觉得手冷冷的，有点刺痛麻痒。大君握住她的手，他的手非常柔软，但是令她讶异的是，大君的另外一只手竟放在她的臀部，还用力一收，使她的身体跟他紧靠在一起。"我们在哲玛利亚都是这么跳舞的。"大君对麦尔妲说道。他呼出来的暖气打在她仰起的脸上。他们两人之间几乎没有空隙，麦尔妲急得心跳越来越快。他开始领着麦尔妲跳舞。

头五步，麦尔妲动作很笨拙，人几乎跌倒，而且跟不上拍子，然后音乐突然赶上了她。于是，接下来的舞步就像在家里的晨室跟瑞喜配对练习一般容易了。其他的舞者、明晃晃的大厅，甚至于音乐都已退去，这个世界上只剩下这个男子以及两人同进同出的动作。麦尔妲不得不仰头望着他，只见他低头对她一笑。

"你好小喔，像个孩子似的。不，应该说，你像个可爱的娃娃。你头发上的香味跟花儿一样香。"

听到这样的赞美，她却想不出该说什么才好，连道谢都说不出口。她以前的风情早就不知道到哪里去了。她想要应声，但唯一说得出来的话是："你真的要派船去搭救我父亲吗？"

他扬起淡淡的眉毛。"当然啦，有什么不该这么做的理由吗？"

她垂下眼睛，然后闭上眼。此时她只需要乐声响着，由他的身体引领着自己一步步地转下去。"好像太容易了。"她似有若无地摇了摇头，"在我们受了这么多苦难之后……"

大君轻轻笑了出来，声音尖锐得犹如女声。"小鸟儿，你告诉我，你是不是一辈子都住在缤城？"

"当然。"

"嗯，那你告诉我，世事到底如何运行，你能知道多少？"大君突然把她拉近，她的胸差点就拂过他的胸膛。她惊叹一声，赶紧退开，所以接下来的几个拍子只能乱踩一通。大君轻松地掌握住她的步伐，并引着她继续舞动。

"你是不是害羞呀，小鸟儿？"他嘴上开心地问道，但手却紧紧地拉住她，动作近乎残忍。

乐声停了。他放开她的手。麦尔妲四下环顾，发现许多人在交头接耳，所有人都望着她，不过倒没人敢直视。大君对她一鞠躬，他弯身弯得深，姿态非常优雅。麦尔妲也低低地欠身回礼，而大君趁此低声对她说道："也许我们晚一点再谈谈如何搭救你父亲。也许到那时候，你可以说说，对你而言，这件事情重要到什么程度。"

麦尔妲无法起身。这话是什么意思？威胁吗？他一碰，她就退开，所以他就不派船去搭救父亲了吗？她真想大喊，你等等，你等等，但是大君已经转身走开，而此时一名带着女儿的缤城贵妇已经占住了大君的注意力。音乐声再度响起。麦尔妲好不容易直起身来。她觉得自己快不能呼吸了，得赶快离开舞池才行。

她视而不见地穿过一对对跳舞的男女，一眼瞥见瑟云·特雷，他好像正在朝她走来，但是现在她实在承受不了那么多。她匆匆地穿过人群，寻找母亲与外祖母，甚至就算能找到弟弟都好。现在她只想找个安全的避风港，好让自己有片刻的安宁，直到恢复正常为止。她是不是做错事，破坏了迅速前去搭救父亲的大好机会？她是不是在全缤城的人面前丢脸出丑了？

有人在她手臂上碰了一下，吓得她倒抽一口气。她一边缩身避开对方，一边转身，这才看到碰到她的人是什么模样。那人跟其他所有雨野原的人一样罩着面纱、戴着兜帽与手套，但是她知道他就是雷恩。唯有雷恩，才能把雨野原人这些神秘衣饰穿戴得如此优雅。他的面纱是黑色的，但是镶了金边，还在他眼睛的位置镶了猫眼石；笼住头发和后颈的兜帽以闪闪发亮的白丝巾固定住，在胸前打了个繁复华美的结。他的面纱和兜帽掩住五官，但那一身柔软的白衬衫和黑长裤却豪放地露出了肩宽胸厚、腰细臀窄的身形。他穿着轻便的舞靴，靴子上的金银线织花恰与他的面纱互相辉映。他端了一杯酒给她，柔声说道："你的脸苍白得像雪，要不要喝一点酒？"

"我要找妈妈。"麦尔妲愚蠢地说道。更愚蠢的是，她竟然近乎绝望地重复说道："我要找妈妈。"

雷恩整个人僵硬起来。"他跟你说了什么？他有没有伤害你？"

"没有，没有，我只是……我要找妈妈！"

"当然。"雷恩应道。接着天经地义般地拍拍一名路过的缤城商人肩膀，将手里的酒杯交给对方。他转身对麦尔妲说道："这边走。"他既没有伸出手臂让她搭着，也没有伸手拍抚她，莫非雷恩已经察觉到，现在的她根本无法忍受那样的碰触。雷恩以戴着手套的手做了个优雅的手势，走在她半步之前，以便为她从拥挤的人群中分出一条路来。其他人都好奇地望着他们两人。

凯芙瑞雅迅速地穿过人群而来，看来她早就开始在找女儿了。"噢，麦尔妲。"凯芙瑞雅低声地叫道。麦尔妲硬着头皮站稳，因为她知道接下来免不了一顿指责，但是她母亲反而继续说道："我好担心你，不过你的风度跟姿态都很好。这个达弗德脑子里在想什么？本来曲子一结束，我就要来找你的，但他竟敢拉住我的手臂，劝我叫你去找他，好让他再安排你跟大君跳一曲。"

麦尔妲全身颤抖。"母亲，他说他会派船去救爸爸，可是后来——"讲到这里，麦尔妲支吾地说不下去，而且她突然希望自己什么话也没说出口。何必跟母亲说呢？这全得看自己的决定。

他刚才问麦尔妲，对她而言，搭救父亲这件事情到底重要到什么程度？她很清楚他在暗示什么。错不了的。决定权在她手里。既然必须付出代价的人是她，这不就意味着决定权也在她，而且只有她有权决定吗？

"他这样说，你还信他？"雷恩难以置信地插嘴道，"麦尔妲，他在玩弄你啊。他怎么可以随便把搭救令尊的事情说着玩，仿佛这不过是甜言蜜语的好听话而已？那个人根本不知羞耻，毫无道德。你才比小女孩大不了多少，他就用这种虚言来折磨你……这种人，杀了也不足惜。"

"我已经不是小女孩了。"麦尔妲冷冷地强调道，小女孩才不用面对这种艰难的抉择呢，"你既把我看作是小女孩，那么你早早地就开始追求我，不是很失德吗？"她无心多想自己在讲什么话，现在她只想找个地方静一静，以便思索大君开出来的条件和其中隐含的价码。她的心思飘远，舌头却自顾自地说道："或者，你就是要靠这个办法把我占为己有，才第一次有别的男子对我表达好感，你就把对方贬得一无是处？"

麦尔妲的母亲尖锐地倒抽了一口凉气，她迅速地瞄了雷恩一眼，又一瞥麦尔妲，接着就喃喃地念道："抱歉。"然后便丢下这对吵架的小情侣逃了。母亲走开时，麦尔妲不甚在意，虽说片刻之前她还在到处找母亲，现在她知道母亲帮不了自己了。

雷恩惊讶地退了半步。两人虽沉默不语，却又像是绷紧的弓弦般一触即发。雷恩突然弯身对她一鞠躬。"请多见谅，麦尔妲·维司奇。"不只如此，麦尔妲还听到他吞了口口水的声音。"你是成年的女子，不是孩子。但你是刚出社会的女子，所以那些下流男子的技俩你看得还不够多。我刚才那样说，只是想要保护你。"雷恩转头望着众舞者端庄地踏出舞步、变换队形。接着他压低了声音，继续说道："我知道你一心一意念着要搭救令尊，所以就目前而言，这是你的一大弱点，最禁不起他人挑动。而他竟随便说要去救你父亲，真是残忍。"

"还说呢。我屡次恳求你帮忙，你都拒绝了，那不是残忍是什么？哦，你现在倒假好心了。"话说出口之后，麦尔妲顿时明白自己话里那一番冷漠轻蔑的口气像谁。她心里想道：我父亲跟母亲吵架时就是这样，他总是拿她的话来堵她。她其实很讨厌这样，但却又不知道如何才能扭转现况。她得停下来想一想，她真的必须花点时间好好想一想，但是她却没那个余裕，因为事情一桩接着一桩地冒出来。这是她此生唯一一次引见舞会，却发生了好多事情：她说不定可以驱使大君去救父亲，可她不但没有让众女子羡慕地望着她与男伴共舞，反而站在这里，莫名其妙地跟雷恩吵架。这太不公平了！

"我不是假好心。我只是对你有话老实说，如此而已。"雷恩轻声说道。乐声已经停止，舞者们或是离开舞池，或是另寻新舞伴。而雷恩的话正好在乐声止歇后说出来，虽不响，却也够引起几个人好奇地朝他们这方向望过来。麦尔妲察觉到，雷恩也跟她一样，发现他们成了众人的焦点而不太自在。她努力挤出笑容，仿佛雷恩方才讲的是俏皮话，可是她的脸颊却又热又僵硬。就在这个时候，麦尔妲身后有人清了清喉咙，她转过头去看那是谁。

瑟云·特雷见状，弯身就是一鞠躬。"可容我伴您跳下一支舞？"不过这话虽柔，却带着小小的挑衅意味，好像他是讲给雷恩听而不是她。雷恩不甘示弱地起而回应。

"麦尔妲·维司奇与我正在讲话。"雷恩的口气表面和善,但暗藏着刺。

"是。"瑟云的口气跟雷恩一样节制,"不过我在想,说不定她会更乐意与我共舞一曲。"

乐声再度响起,旁人注视着他们三人。接着雷恩也没问她,就握住了她的手,对瑟云说道:"我们正要跳舞呢。"雷恩的另外一只手揽住她的腰,然后便像抱起孩童一样轻松地卷着她共舞。

这是一首轻快的舞曲,而雷恩又握着她的手,所以麦尔妲如果不好好跟拍子,就会显得迟缓而笨拙。麦尔妲决定要跳舞而不是出丑。她迅速地捏起裙摆的一角,以展现她灵活的舞步,同时也借着裙摆的飞动更衬托出舞步的轻快。雷恩也拿出实力接受她的挑战,连一步都没有闪失。于是麦尔妲突然必须全神贯注才跟得上雷恩的舞步了。一时间,她只顾着与雷恩配舞,两人默契十足。原本周围的舞者只是偷偷地瞄一眼,现在他们突然让出地方来给麦尔妲和雷恩跳舞。麦尔妲在舞步与舞步之间的空档瞄到她外祖母的脸,外祖母正开心地笑望着她,而麦尔妲也因此而察觉到,自己脸上也漾开了真心的笑容。她的裙摆因为繁复的舞步而飞扬。雷恩的手扶着她的腰,手劲坚强笃实,她开始察觉到他飘散出来的味道,但她说不出那是他的香水味还是他的体味——不过她闻着并不觉得讨厌。她几乎感觉得到旁观众人倾慕的眼光,但雷恩才是她心思的中心。她也没多想,就紧握住他的指头,作为回应,雷恩也将她的手握得更紧。她的心突然怦怦地跳了起来。

"麦尔妲。"雷恩只唤了她的名字。他没有道歉,但是这三个字,道尽了对她的一往情深。麦尔妲顿觉激动。她突然领悟到,大君的插曲其实完全与她和雷恩之间的感情不相关,她竟在雷恩面前提起来,其实是自己不好。那件事情既跟他无关,也与她和他之间的感情无关。她应该早就晓得,把那件事讲出来只会惹他生气而已。然而此时此刻,他们两人只顾着彼此形影相随,其他什么都不想了——毕竟跳舞就是这样。在这个时空之中,他们两人彼此了解,完美无瑕地一致行动,她应该好好珍惜这一刻才是。

"雷恩。"她终于让了步,并抬起头望着他。于是刚才那场龃龉被他们的舞步踩平、扫开，踢到一旁了。这舞曲怎么这么快就结束了？只见雷恩优雅地在末拍一转身，一时之间将她揽在怀里，以止住她的旋转。这一抱使麦尔妲屏住了呼吸。"我们配合得真好。"麦尔妲害羞地轻道，"好到我几乎觉得我们是命中注定要一体行动的。"

雷恩继续多揽住她一会儿，也不顾此举逾越了体统。麦尔妲因此而心跳得更快了。她无法直视他的眼睛，但她知道他正低头望着自己。雷恩轻柔地说道："而你不用做其他的，只要像跳舞一样由我来引领就行了。"他的语气十分宠爱。

但是他这番甜言蜜语倒戳破了他刚才酝酿出来的幸福气泡。麦尔妲挣开他的手臂，又退了两步，然后十分正式地屈膝为礼。"一舞尽兴，真是承情不尽了，阁下。"她冷淡地对雷恩说道，"告退了。"她起身，颔首对雷恩道别，接着笃定地转身走开，仿佛知道自己要走到哪里去。麦尔妲从眼角察觉到雷恩要追上来，但是另外一名雨野原男子匆匆凑上去，拉住了他的手臂。不晓得那人找雷恩要做什么，但总之那件事情一定比追上她更为重要，因为雷恩竟然停下脚步，转身面对那人了。好——麦尔妲继续走，她心里太气，停不下脚步。方才那一刻十分美好，都被他破坏殆尽了！他何必摆出那种纡尊降贵的态度跟她讲话？

现在她不想见到任何认识的熟人，她既不想见到母亲，也不想见到熟识的女性朋友，甚至于也不想见到达弗德·重生。她看到大君被一群缤城的贵妇人包围了起来。乐团又奏出另一首舞曲。麦尔妲朝着摆满葡萄酒和玻璃杯的长桌走去。她突然想到，应该要由年轻男子为她取酒比较合乎仪节，所以一下子觉得自己这样落单实在很蹩脚。在她想来，大厅里的每一个人大概都看着她孤零零地行动。

快走到桌边之时，瑟云突然挡住她的去路，她赶快停下脚步，不然就撞上他了。"你现在可愿意跳支舞？"瑟云温柔地问道。

麦尔妲犹豫起来。她现在若是跟瑟云跳舞，雷恩必会火冒三丈，甚至大为嫉妒，但她如今已经不想耍手段了。人生已经够庞杂，何苦再多搅和？不过瑟云似乎察觉到她颇为迟疑，所以严肃地对舞池努了个嘴。"他可是不花片刻工夫就找到新舞伴了。"

麦尔妲难以置信地转过头去看瑟云所指的方向。一看到那个情景，麦尔妲心都冷了。雷恩正以优雅的姿态搂着大君的侍臣跳慢舞，而且还不是跟比较艳丽的那个。雷恩几乎跟那个穿着乳白色礼服、不戴任何珠宝首饰的侍臣贴在一起，同时十分专注地听她讲话。

"别这样，"瑟云小声地说道，"你别瞪着他们看。头昂起来，眼睛看着我。要笑。好，我们走啰。"

麦尔妲脸上装出笑容，伸手放在瑟云的掌中。瑟云握住她的手，然后他们两个人便以笨拙的姿态跳起舞来，如同两条狗儿绕着圈跑。麦尔妲已经习惯雷恩跨步的步距，所以现在跟瑟云跳起舞来只觉得他的步距太短，使她不时撞上他的手臂。不过瑟云人正在兴头上，不但没察觉到这个舞跳得有多么唐突，反而还满脸笑容地低头望着她。"我可终于把你搂在怀里了。"他喃喃说地道，"我原本还以为，我的梦想是永远也无从实现了。可是你瞧，今天是你的引见舞会！而那个雨野原来的傻子却为了一个他永远也别想娶回家的女人而将你丢开。啊，我的麦尔妲，你的头发好亮，使我都睁不开眼睛，我一闻到你的发香，就迷恋陶醉，我竟能把你的小手握在手里，这可是世界上最贵重的珍宝啊。"

谄媚恭维的言语源源涌出，麦尔妲只得咬紧牙关笑着忍受。她尽量不去注视雷恩和那个女人跳舞的样子。雷恩脸上遮着面纱，看不清他是什么表情，不过看来那女人完全博取了他的注意力，因为他一次也没有转过头望着她这个方向。

她失去雷恩了。就这么三两下的工夫，也不过多讲一两句气话，雷恩就弃她而去。此刻，麦尔妲顿时觉得自己心里空荡荡的，仿佛她的心被人拿走了。真是愚蠢啊。她都还没想清楚自己是不是爱着雷恩，这段恋情就戛然而止了，这下子，她也用不着考虑自己爱不爱他了。不对，是他先声称说他深爱着自己，但她竟笨到相信那是真话。只要一想就知道，当时雷恩一定在骗她。她敢说，她之所以伤心，只是因为自尊受损；她只是气雷恩把她当傻子骗，如此而已。

然而她何必在意雷恩呢？此刻她正在跟别的男人跳舞，而这个男人不但英俊，而且显然很宠爱她。她才不需要雷恩呢，她既从未见过他的脸，那么怎么会爱上他？

接着她看到雷恩低下头，凑近跟那个侍臣说悄悄话，只觉得突然晕眩起来。那个女人回答的态度恳切，而且讲了很久。麦尔妲差点滑倒，幸亏瑟云抓紧了她的手。瑟云叨叨地讲了一堆无聊话，什么她的唇色如何娇艳之类。莎神在上，这种空洞肤浅的话要她如何回答？难不成要她称赞他的牙齿很白或是衬衫剪裁得好吗？不过麦尔妲还是说道："你今晚非常英俊，瑟云。你家人一定深深以你为傲。"

瑟云笑得好高兴，仿佛麦尔妲把他捧上了天。"对我而言，这话由你嘴里说出来，意义尤其深重。"他答道。

乐声停了。瑟云不情不愿地放开她的手，而麦尔妲也退开一步。她的眼睛不太听话，竟又去看雷恩。只见雷恩在那位侍臣的手上一吻，然后便伸手指着门口——那扇门外便是挂着灯笼装饰的花园与步道。麦尔妲真希望内心还有一丝坚持和决心撑着，然而她却只感觉到深入骨髓的孤寂。

"要不要我去帮你拿杯酒？"瑟云问道。

"麻烦了，我想坐一下。"

"当然。"瑟云伸出手臂让麦尔妲搭着。

当时葛雷抓住雷恩的手臂，雷恩不得不转身面对他，差点就挥拳打他。"现在不行！放开我！"雷恩不悦地叫道。麦尔妲越走越远了，特雷家那个牛奶色皮肤的男孩正穿过人群去拦她。现在他可没空跟朋友在舞池里谈心。

但是葛雷把他的手臂抓得更紧，同时压低声音，十分紧急地对雷恩说道："刚才大君的侍臣跟我跳了一支舞。"

"很好，希望跟你跳舞的是那个漂亮的侍臣。现在可以放开我了吧。"雷恩扭头眺望麦尔妲。

"不，你应该去邀那个侍臣跳下一支舞。我要你亲耳听听她跟我讲的事情。

你听完之后到花园里东走道的那棵针栎树下找我,到时候我们再决定要告诉谁以及要采取什么行动。"

葛雷的声音绷得很紧。但雷恩现在实在没这个心思,所以他用轻松的口吻说道:"我得先去找麦尔妲谈一谈。就算要烧房子、烧仓库,也得过后再说。"

不过葛雷仍紧抓着他的手臂不放。"雷恩,我不是开玩笑。这事不能等,我还怕我们现在行动都嫌太迟了。有人密谋要杀死大君啊。"

"那是最好不过了。"雷恩不耐烦地对葛雷说道。现在教他怎么想政治的事情?麦尔妲那么伤心!他看到她伤心,就先心疼了起来,顾不得其他。他伤她那么深,所以现在她像是迷路的小猫一般茫无目的地乱走。他得去跟她谈谈,她现在很脆弱。

"恰斯人和一些哲玛利亚的贵族联手要杀掉大君,事后就推说是缤城人下的手。他们会把我们铲为平地,而且全哲玛利亚国的人都会拍手叫好。雷恩,求求你,你再耽搁就迟了。你快去邀她跳舞,我得去找我母亲和妹妹,请她们开始找几位缤城商人到外面跟我们会合。你快去找她!就是站在高台边,穿着朴素乳白色礼服的那一个。求求你。"

麦尔妲消失了。雷恩狠狠地瞪了葛雷一眼。虽然隔着面纱,但葛雷也感到有点不对劲了。他识趣地放开了雷恩的手臂,接着耸耸肩,气愤地摇摇头,然后便匆匆走开。

雷恩的心慢慢下沉,但他还是转身朝大君的侍臣走去。她正在注视他。侍臣在跟一名女子讲话。雷恩走近时,她跟对方讲了句什么俏皮话,接着就点个头,准备迈步离去。雷恩拦在她身前,浅浅地鞠了个躬,并问道:"侍臣,不知有没有荣幸与您共舞?"

"当然,我乐意之至。"那侍臣正式地答道。她伸出一只手。雷恩以戴着手套的手接住她。乐声开始响起。这是一首旋律缓慢的曲子,习惯上被人当作是深情爱侣之舞,因为无论是青春或是年老的情侣,都可以借此一边互拥一边慢慢地随着梦幻般的音乐移动。此时,雷恩本来可以把麦尔妲拥在怀里,并纾解彼此心情的,谁料他却来找这个个子几乎与他一样高的哲玛利亚女子跳舞。

她是个很出色的舞伴，舞姿优雅，脚步轻盈，但不知为何，雷恩的心情却因此而变得更糟。他等着她先开口。

"你堂弟有没有把我的话传达给你？"最后她终于问道。

这女子讲话如此直接，倒吓了雷恩一跳，但是他努力自持。"他没说什么。堂弟只说，你跟他讲了件有趣的事情，所以他希望我亲耳听听。"雷恩的口吻只是有点好奇，此外无他。

那侍臣不耐烦地哼了一声。"现在恐怕没那个工夫迂回讲话了。我在来这里的路上，突然想到今晚正是他们下手的大好时机。今晚，你们缤城商人和雨野原商人以及大君都聚集在此，而且大家都知道你们对新商和大君的缤城施政有多么反感。既然如此，趁今晚兴起暴动岂不是再好不过？大君和侍臣必会在混乱中丧命。到时候，恰斯人便可义正辞严地给缤城好看。"

"听来还真是恶劣。不过谁会因此获利？如何获利？"雷恩的口气透露出他认为那根本是不可能的。

"联手策划这个诡计的人一定会获利。大君放纵过度，只知道散财享乐，对于国政一窍不通，许多哲玛利亚的贵族都看不过去了。而对于恰斯人而言，他们正可借此将缤城收为国土，随时掠夺财富。恰斯人早已声称，天谴海岸的缤城本来就是他们的属地。"

"哲玛利亚国若是把缤城割让给恰斯国，那就太傻了，毕竟哲玛利亚国各省，就属缤城对岁入的挹注最多！"

"也许他们深信，与其让恰斯人挟战胜之威直接取走缤城，倒不如跟恰斯国谈好条件，然后把缤城割让出去的好。恰斯国不但越来越强，也越来越有意要打一仗了。多年来，六大公国因为内战和北地人的掠劫而近乎瘫痪。然而以前恰斯国正是因为有六大公国的牵制，所以还算安分。但是红船大战之后，六大公国忙着重建，自顾不暇。如今恰斯国已经成为强国，他们既有奴隶，又野心勃勃。恰斯人已经往北拓展，并造成许多边境冲突，但是他们也觊觎南境。他们对于缤城这个富裕的贸易中枢虎视眈眈，也对雨野河的土地有非分之想。"

"土地？"雷恩轻蔑地哼了一声，"那里根本没什么……"讲到这里，他突然住口，因为他想起自己是在跟外人讲话。"他们真是笨得可以。"最后他简洁地说道。

"这一趟北上，我在船上的时候——"那侍臣突然说不出话来，像是一下子喘不过气来。"有一阵子被关在船长室里。"雷恩等了一下，最后还是凑上去，因为她声音越来越小。"我发现船长既有缤城港的海图，也有雨野河河口的海图。你说，他手边有那些海图，是什么居心呢？"

"雨野河本身就是最好的屏障。"雷恩大胆地宣布道，"我们没什么好怕的。雨野河的秘密只有我们自己知道。"

"但是今晚你们有许多人聚集于此。我听人说，许多雨野原家族都派了代表前来。要是歹徒在掠劫缤城的时候把这些人抓去做人质，那么你敢说这里面没有一人会把雨野河的秘密讲出去吗？"

她的逻辑无懈可击。然而有一件原先教人猜不透的小事，若是照这个道理，也就说得通了。毕竟他们若不是存着这个打算，又何必打开封锁线，让康德利号入港？"新商之中，一定有人跟他们同盟。"雷恩说道。他想的还不只是新商，还有不久前上岸来的那些人。"新商之间做的生意若是与恰斯国的奴隶买卖有关，那他们从恰斯国得到的利益就跟他们从哲玛利亚国得到的利益不相上下，甚至更多。而且这些人之中，有的人跟我们一起混着住久了，熟知我们的生活，所以知道今晚缤城商人和雨野原商人会齐聚一堂。"

"如果我是你的话，我可不会笃定地认为缤城旧商之间一定没有这种人。"侍臣轻声说道。

雷恩心里陡然冒出一股猜忌。达弗德·重生。这想也知道。"如果你早就知道这个密谋，那么为什么要来缤城？"雷恩质问道。

"你这话应该反过来说：要是早知道此事，我就不会来了。"侍臣驳斥道，"我是直到今天晚上，才把这整个计谋一点一滴地参透的。而我之所以急着说给你们听，一方面是因为我不想就这样死，一方面是因为我不希望缤城殒落。我这一生都在研究缤城，一直想亲自到缤城来看看，因为这是我梦寐以求的城市。所以我用了技俩，又多方恳求，才说动大君让我到缤城来。如今我人终于到了此地，可不想眼看着它就此化为灰烬，更不希望我在研究出它何以有此奇迹之前就丧命。"

"那你建议我们该怎么做？"

"你们要先他们一步，干脆先把大君和大君侍臣掳为人质，但是要保障我们安全。大君若是活着，乃是很好的谈判筹码；若是死了，那就是点燃战火的火星了。哲玛利亚国的贵族不可能全都参与这个密谋，所以你们要想办法送消息去哲玛利亚城，通报那些对大君忠心耿耿的人。你们就把此地酝酿的情况告诉他们，如果你们保证将大君毫发无伤地送回去，他们会派出援军来救援。缤城免不了与恰斯国一战，不过话说回来，有恰斯国这种邻国，早晚免不了要打一仗。你们要好好地利用我及早警告所争取来的时间，尽量守住缤城。趁现在快去收集物资并藏好孩童与家人，还要通报雨野河上游的人。"

雷恩怀疑地说道："可是你刚才说，他们最有可能出手的时机就是今晚。那我们哪有时间去弄那些呢！"

"所以说，你在这儿跟我跳舞是浪费时间。"那侍臣讥讽道，"你现在就应该开始传话出去了。如果我猜得没错，今晚街上就会有人闹事，好比说纵火、打架等，而且最后可能会酿成暴动，甚至波及港口里的船。然后会有人刻意或是意外地让恰斯人有了攻击缤城的借口。好比说，恰斯人干脆就说，有人通报大君遇刺。"虽然隔着面纱，她仍不偏不倚地直视着雷恩的眼睛。"到了明天天亮之前，缤城一定会失火。"

乐曲进入尾声，雷恩和舞伴动作渐慢，然后停止，此举犹如在印证侍臣的预言将会成真。雷恩默默地站了一会儿，并未放开她的手。然后他站开一步，鞠了个躬。"其他人已经开始去花园集合了，我们也应该前去才是。"雷恩提议道，对门口一指。

接着他灵光一闪，并转过头去望着大厅的另一头。麦尔妲。此时她正搭着瑟云·特雷的手臂走远。他可不能就这样离开此地，不能连一句话也没说就走。雷恩转过头对瑟莉拉侍臣说道："你从那个门廊出去，沿着步道往东走就是了。那个地方不太远,而且沿路都有灯笼照路。让你自己走,可以吗?我会尽快去找你。"

瞧瑟莉拉侍臣那脸色,仿佛在说雷恩此举是粗鲁到无可赦免的程度,不过她嘴上仍说道:"我敢说是可以的。你会去很久吗?"

"希望不会。"雷恩答道。他也不想等着看看她对这个飘渺的答案有什么看法,便再度鞠躬,随即离去,把她丢在原地。乐声再度响起,但是雷恩迅速地穿过舞池的人群,不时倾身避开翩翩起舞的男女。他找到麦尔妲的时候,她一个人坐着。他在她面前站定,她立刻抬起头,眼里燃起了希望,但是那一点火光无法浇熄她方才的恐惧。"雷恩——"麦尔妲开始说道,但是她还来不及道歉,雷恩就打断了她的话。

"我得去个地方。此事非同小可。我今晚可能不回来了。你一定要谅解。"

"不回来……去哪里?你要去哪里?什么事情这么重要?"

"我不能告诉你。这你必须信任我才行。"雷恩顿了一下。"我要你尽快回家。你能看在我的份上,尽快回家吗?"

"回家?你要去别处办什么比这更重要的事情,还要我丢下我的引见舞会尽快回家?雷恩,这是不可能的。餐点还没上,友谊之礼也还没献——还有,雷恩,我们只跳了一支舞而已!你怎么可以对我这么过分?这一天,我期待了一辈子,而你现在却说我应该赶快回家,因为你有别的要事要办?"

"麦尔妲,请你多谅解!这非我所愿,但是命运并不尊重我们有什么愿望。现在……我得走了。真的很抱歉,但我得走了。"雷恩很想告诉她,并不是他不相信她,而是她家和达弗德·重生关系密切,所以他不得不防。达弗德若真是叛徒,那一定要让他以为计划仍无人知晓,而麦尔妲若一概不知,就不可能意外走漏消息了。

麦尔妲抬起头,以阴郁的眼神望着雷恩。"是什么'要事'竟比我重要得多,我心里明白得很。你就尽情去享乐吧。"她别开了头,"晚安,雷恩·库普鲁斯。"

她这是在斥退他,那神态仿佛是把他当作顽抗不驯的仆人。雷恩心里纳闷,在这个情况下,她还会听他的劝早早回家去吗?他站在原地不动,陷入了两难。

"借过。"

这话是故意找碴。雷恩转身,只见瑟云·特雷手里端着两杯葡萄酒,两眼怒视着他们。一时间,雷恩差点失去控制,然后他心里突然冒出一股失望的感觉。现在实在不是时候,他是可以留下来跟瑟云大吵一架没错,但是再怎么吵,也很难化解麦尔妲心里的疙瘩。况且如果他留下来,那么不到明天早上,他们就会通通送命。

雷恩转身走开,他脚步艰难,而心里最沉重的挂虑是,不管他多么努力,说不定众人还是会在明早之前丧命。他一次也没有回头看。要是看到麦尔妲伤心讶异的神情,那么他非得回到她身旁不可;要是她装出笑脸望着那小子,那么他就非杀了瑟云·特雷不可。然而此刻他没时间过自己的人生。他离开商人大会堂,走进缀着火炬的黑暗之中。

麦尔妲又跟瑟云跳了三支舞,她的舞步涩滞拖曳,不过瑟云无忧无虑、浑然不觉。方才她跟雷恩共舞时既轻松又优雅,比较起来,跟瑟云共舞就像是做棘手的体力劳动了。她既跟不上他的舞步,也跟不上拍子。瑟云叨叨地表达他的爱慕之情,麦尔妲听了只觉得像是冰雹浇头一样地难受。她实在无法直视瑟云那张真挚且稚气的脸庞。舞会的活力和美感都消失无踪,雷恩离开后,整个晚会都减色了。不但在舞池里跳舞的男女变少,连在大厅里谈笑聊天的声音也变小了。

苍凉的感觉再度浮上心头,淹没麦尔妲。今晚稍早时虽曾有短暂的快乐,但是现在想来,却只觉得那样的时光既肤浅又虚假。乐声渐歇时,麦尔妲看到母亲站在舞池边缘,以不至于显得唐突的手势招手叫她过去,倒觉得松了一口气。

"母亲在叫我,我恐怕得告退了。"

瑟云退开一步,但却伸手将她的双手握在手里。"那么我一定得放你走,不过这只是因为慈令难违。我恳求你,千万去去就回。"瑟云严肃地鞠了个躬。

"瑟云·特雷。"麦尔妲道别,然后便转身离去。

女儿走近时,凯芙瑞雅的脸色颇为肃穆,她心里似乎有什么顾虑,不过脸上仍挤出笑容,问道:"玩得开不开心呀,麦尔妲?"

这要怎么回答呢?"跟我之前的期待不太一样。"麦尔妲只挑她能说的话。

"任谁参加了引见舞会之后,都会觉得它跟自己期待的不太一样。"凯芙瑞雅伸出手去握住麦尔妲,"我有个不情之请:恐怕我们得提早回家了。"

"回家?"麦尔妲不解地问道,"为什么?餐点还没上,友谊之礼也还没——"

"嘘——"凯芙瑞雅不让她说下去,"麦尔妲,你四下瞧瞧,有没有看出什么变化?"

麦尔妲随便地张望了一下,然后又仔细地观察了一会儿,接着她低声问道:"雨野原商人都到哪儿去了?"

"我不知道。除此之外,许多缤城商人也不见踪影,而且他们是闷声不响、连个招呼也不打就走了。外祖母和我担心今夜恐怕要生事。我方才到外面去透透气,还闻到了烟味。港口封锁后,城里的情势越来越紧张,我们担心不知道会不会引发暴动什么的。"凯芙瑞雅慢慢地环顾大厅,脸上维持着镇定的笑容,仿佛正在跟麦尔妲讨论舞会的事情,"你外祖母跟我商量过了,看来我们还是回家去比较安全。"

"可是……"麦尔妲开口要反驳,但是讲了这两个字就接不下去了。今晚已经没救了,一切的喜悦与光彩都已褪去,她若是强留于此地,也只不过是把恶梦延长罢了。"既然你们认为回家最好,我们就回去吧。"麦尔妲突然让步道,"我该去跟黛萝道别才是。"

"黛萝大概已经被她妈妈带回家去了。刚才,我看到特雷商人跟儿子讲话,现在连瑟云也不见了。他们会谅解的。"

"唔,我可不谅解。"麦尔妲气闷地说道。

麦尔妲的母亲摇了摇头。"我也为你感到遗憾。你在变故这么大的时代中成长,我自己都觉得心疼。你也许觉得自己好像被我们骗了,因为以前我们老是梦想着你今天会有多么风光如意。但我虽希望事不致此,却无能为力。"

"我知道那是什么感觉。"麦尔姐说道,不过与其说这是讲给母亲听的,倒不如说是讲给自己听。"有时候,我觉得好无奈,事情坏到这个地步,我却连一点小力都使不上。有时候我又觉得,其实这只是因为我太懦弱,所以连试都不敢试。"

凯芙瑞雅真挚地笑了起来,亲切地说道:"在我看来,你的性情虽有诸多方面,但却跟懦弱二字一点也沾不上边。"

"我们要怎么回家?还得等几个小时,出租马车才会回来接我们。"

"外祖母去找达弗德·重生了,她要问问达弗德,能不能用他的马车送我们回家。这趟路要不了多久,所以马车返回大会堂的时候,离舞会名目上正式结束的时间还久得很。"

就在此时,外祖母匆匆地朝她们两人走来。"达弗德不愿意我们早走,不过他还是答应要借马车给我们一用了。"说到这里,外祖母突然皱起眉头,"不过他有个条件:他要求麦尔姐必须在离开之前去跟大君道别。我跟他说了,这样未免让她显得太唐突,不成体统,但是达弗德很坚持。我实在不想多花时间跟他争辩,毕竟我们是越早到家越安全。好啦,瑟丹溜到哪里去了?"

"刚才他跟道尔商人家的男孩混在一起,我这就去找他。"凯芙瑞雅的口气突然变得疲惫又烦躁,"麦尔姐,你肯走一趟吗?外祖母会陪你去,所以你用不着害怕。"

麦尔姐突然纳闷,母亲和外祖母到底把她与大君想象成什么光景了?"我才不怕呢。"麦尔姐反驳道,"我们就在外面碰头吧?"

"好,我这就去找瑟丹。"

麦尔姐与外祖母穿过大厅之时,罗妮卡开口道:"我在想,也许我们可以在十天后举办个茶会。今年引见的女人不是很多,所以我们干脆全都邀请,你觉得如何?"

麦尔姐很惊讶。"茶会?在我们家?"

"我看在花园里办最合适。我们若花点工夫,应该能把草木修剪得稍微像样些。现在浆果也熟了，所以我们还可以做浆果糕点待客呢。在我年轻的时候，这种小型的茶会通常是要有个主题的。"外祖母的脸上漾出了笑容。"当时，我母亲替我办了个茶会，以紫色作为主题，所以那天我们吃的点心是裹了糖衣的紫罗兰花苞，蛋糕也以蓝莓汁染成紫色，连茶都是薰衣草味道的——说真的，我觉得茶味挺恐怖的，但是茶会办得很有气氛，所以我也就不在意了。"罗妮卡咯咯笑起来。

外祖母这是在想办法纾解她的心情啊。"今年我们家的薰衣草开得特别多。"麦尔妲毫不费力地接着外祖母的话尾说道，"要是我们刻意把茶会办得复古一点，那么就算用的是古旧的蕾丝桌布和杯垫，客人也不会多说什么，况且我们还有旧瓷杯可以搭配呢。"麦尔妲努力挤出笑容。

"噢，麦尔妲，怎么让你碰上这一切，真是不公平啊。"外祖母才开始说呢，但接着她便正色提醒道："抬头，脸上要带笑。达弗德来了。"

达弗德讲起话就像是身在鸡栏里的大笨鹅一样突兀。"哎哟，你们竟要把这么甜美的少女赶回家，真是太可惜，太可惜了。她真的头痛得那么厉害吗？"

"头痛得快要爆开了。"麦尔妲赶快应道。原来她外祖母是拿她作为幌子。"平常这时候我早就睡了，这你是知道的。"她亲切地补了一句，"我跟外祖母说，我只想来跟你道声晚安，顺便谢谢你借我们马车一用，然后我们就要走了。"

"噢，我的小甜梅！你至少要跟大君道声晚安嘛，毕竟我已经跟他说你得走了，我会护送你去向他道别。"

这一来，她就逃不开这个恶运了。达弗德都说出了口，这下子用客套的法子是避不开了。"那我就勉力一行吧。"麦尔妲晕眩地说道。她伸手搭在达弗德的手臂上，他匆忙地拉着她往高台而去，罗妮卡则紧跟在后。

麦尔妲还来不及喘口气、定定神，达弗德就堂皇地宣布道："她到了，神武圣君。"达弗德似乎没注意到大君正在跟道尔商人讲话，他这么一嚷，就硬生生地打断了两人。

大君懒懒地转头瞄了麦尔妲一眼。"我看到了。"大君慢慢地说道，悠闲地打量她,"你得这么早走,真是太可惜了。那件事如此重要,可惜我们只谈了一会儿。"

麦尔妲实在想不出要说什么才好。大君才刚转过来,她就开始欠身了,此时达弗德不甚优雅地拉住她的手臂,把她拔起来。达弗德这么拉,倒显得她很笨拙似的,她因此感觉到一阵热血涌上脸颊。"你不跟他道晚安吗?"达弗德催促道,好像把麦尔妲当成畏惧怕羞的孩子。

"祝您晚上愉快,神武圣君,得与大君一舞,真是无上光荣。"这就对了。该讲的都讲了,而且态度大方,但接着,她还来不及切断妄念,嘴里便继续说道:"而您既主动表示要派船去搭救我父亲,也希望能尽早成行。"

"那恐怕是不成的了,小娃儿。刚才道尔商人告诉我,今晚港口有些骚动,所以我的巡逻船势必得在缤城待到一切平息为止。"

麦尔妲还没想出这到底算不算是大君给她的回答,大君便转头对达弗德说道:"重生商人,你能不能把你的马车召来?道尔商人认为,我自己还是早点离开舞会比较安全。不能留下来瞧瞧你们那些古雅的庆典仪式自然是很可惜,但据我看来,为了自身安全宁可舍弃娱乐的人,可不止我一个。"大君懒懒地用手臂朝大厅一挥。麦尔妲动作反射,随着他的手臂望过去,大厅里的人已经少了很多,而且仍留着的人大多三五成群地聚在一起讲话,神态甚为焦急,只有几对年轻的男女仍浑然不觉地在舞池里共舞。

达弗德显得有点不安。"请多见谅,神武圣君,但是我稍早前已经答应用我的马车载维司奇商人一家人回家了。不过我向您保证,马车不一会儿就会回来。"

大君站起来,像懒猫般地伸了个懒腰。"那倒用不着那么麻烦,重生商人。你该不会是要让这些女人自己回家吧?我决定亲自护送她们安全地进家门。也许今晚麦尔妲与我还可以小叙一下,聊聊今晚没聊完的话题呢。"大君懒懒地对麦尔妲一笑。

突然,衣料的窸窣声响起,麦尔妲的外祖母倏地上前,低低欠身,几乎是要求大君注意到她的存在了。过了一会儿,大君不耐烦地对罗妮卡点了个头,并淡淡地打了个招呼："夫人。"

罗妮卡随即起身。"神武圣君，我是麦尔妲的外祖母罗妮卡·维司奇。我们当然以有您莅临为荣，但是敝处非常简陋，今晚恐怕无从接驾，您必定早已习惯无微不至的礼遇，但光是这点，敝处恐怕就无法承应。当然了，我们——"

"亲爱的夫人，旅行的目的就是要多体验自己不习惯的事情。我敢说，我一定会觉得府上非常安适。达弗德，你能不能派人把我的贴身仆人送到维司奇府？顺便把我的行李也给送去。"

大君讲话的口气不是在跟达弗德商量，而是在跟他下令了。达弗德勉强地鞠了个躬。"当然了，神武圣君，而且——"

"我敢说，现在你的马车已经在外面等了，那我们就走吧。道尔商人，把凯姬侍臣的围巾和我的斗篷取来。"

达弗德·重生为了挽回局面，出了最后一招，此举非常大胆。"神武圣君，这一来马车里恐怕会很挤——"

"如果你跟车夫同坐车外，就不至于太挤了。瑟莉拉侍臣不知去向，那么她的安危就由她自己负责吧。她本该来照应我，但却丢下我不管。既然如此，就让她自己承担后果。我们走吧。"

大君离开高台的座位，踏着台阶下来，往大门而去。达弗德像是被大船后的水波卷着走的树叶一般匆匆地跟了上去。麦尔妲与外祖母互相看了一眼，也跟随其后。麦尔妲一边走一边忧心地低声问外祖母："我们该怎么办？"

"我们要谨守礼仪，"麦尔妲的外祖母答道。她以严厉的口气低声补了一句："但也绝不逾礼。"

到了外面，只见夜色既温和又可人，只是微风里夹带着一股烟味。从商人大会堂这里看不到缤城的闹市区，所以不确定这是什么火，也看不出是哪里冒出来的，但是光闻到烟味，便有一股寒意顺着麦尔妲的背脊窜上来。围巾和斗篷不一会儿就拿来了，马车也到了。大君不顾着自己的侍臣，反而先扶着麦尔妲上车，之后自己也跟着上了车，挨着她身边坐下来。接着大君朝达弗德瞪了一眼，说道："你得跟车夫坐在一起，重生商人，要不然车里就太挤了。啊，对了,凯姬,你就坐这里,坐我旁边。"

对面那排座椅坐的是麦尔妲的外祖母、母亲与瑟丹。麦尔妲瑟缩在角落里。大君挨得很近,他的大腿几乎贴上了她的,使她很不自在。她压抑下警戒的神情,端庄地交叠双手放在大腿上,眺望着窗外。她突然觉得精疲力竭。现在她什么都不想,只想一个人好好地静一静。达弗德吃力地爬上车厢去跟车夫坐在一起,整个马车因此摇晃了起来。他花了好一会儿工夫才坐定,随后车夫跟马队下令。马车流畅地启动,离开那灯光与音乐之地。马队以庄重的步伐驰入了夜幕之中,舞会的声响也渐渐淡去。车厢里一片黑暗,谁也没有开口讲话。载重过重的马车行过铺着鹅卵石的马路,响起轻声吱嘎的声音。对麦尔妲而言,此刻的感觉只是麻木,还谈不上平静。如今人生的一切喜乐都离她远去了,她真怕自己会打起盹来。

凯姬侍臣打破了沉默。"这个夏日庆典很有趣呢,很高兴能到此一游。"

她那了无生气的场面话才刚说完,罗妮卡便叫道:"莎神保佑!瞧,港口变成什么样了!"

马路两侧种了树木,而树影与树影之间恰巧有个空隙,让他们看得到港口的景象。坐在车厢上的达弗德和车夫同时难以置信地诅咒起来。麦尔妲看得目不转睛。整个港口看来像是都着火了,火势映在水里,变成原来的两倍大。看那火势,绝不只是一两座仓库遭殃而已,水边一整排房子都已经烧起来了,甚至还殃及了好几艘船。麦尔妲看得心惊肉跳,根本没听到旁人的惊叫声和臆测。唯有大火能杀死活船,这点她是再清楚不过了,但难道那些恰斯人也知道这点吗?在缤城港出口那里与火势搏斗的船只到底是活船还是大君一行人所搭乘的大船和战船?可是他们只能从树影之间短短一瞥,况且距离太远,实在不能确定。

"也许我们应该亲自到港口去看看。"大君大胆地提议道,然后他提高声音,叫道:"车夫!送我们去港口!"

"你疯了吗?"罗妮卡叫道,一点也顾不得对方是什么身份,"现在怎么能让麦尔妲和瑟丹去那种地方?你自己要去可以,但先送我们回家再说!"

大君还来不及回答，马车就猛然震动了一下——原来是车夫挥鞭，所以马队快跑起来了。车厢里再度笼罩着黑暗，而罗妮卡则叫道："这个达弗德在想什么？夜色这么黑，怎么可以把马赶得这么快！达弗德？达弗德，怎么回事啊？"

罗妮卡话毕，车厢外没人应声，只听到车夫与达弗德彼此叫嚷着对话，但是听不出他们在讲什么。麦尔妲似乎听到另外的声音，她攀住窗台，探头出去，看到车后的暗影中有人追来。"好像是有几个骑士快马朝我们追来，也许达弗德是想要甩开他们。"

"大半夜的，还在这条路上放马奔驰，他们一定是喝醉了。"凯芙瑞雅不屑地叫道。瑟丹攀住座位，想要走到窗边看个究竟。"小子，你坐下！你踩到我的礼服了。"凯芙瑞雅不耐烦地叫道。车夫突然大力一挥鞭，马车猛然冲向前去，瑟丹因为这么一震而摔在地上。现在马车震动得很厉害，整个车厢都摇来晃去，车厢里的人也东倒西歪，要不是车里原来就坐得挤，恐怕人早就在车厢里滑来滑去了。

"你别靠在车门上！"麦尔妲的母亲厉声命令道，而罗妮卡则大声叫道："达弗德！你叫他把马队停下来！达弗德！"

麦尔妲用力地攀着窗台，免得自己东倒西歪，但此时她正巧看到车窗外有个动静。有一名骑着马的男子超到马车前，大声吼道："停！停车投降，你们就没事！"

"强盗！"凯姬惧怕地叫道。

"这儿是缤城啊，"罗妮卡反驳道，"缤城没有强盗！"

但此时另外一名骑士从马车的另一侧包抄上来，麦尔妲看到那骑士一眼，听到车夫大声叫嚷。一边车轮猛然撞上什么障碍，震得整辆马车歪向另一边，而麦尔妲也被摔在车门上。一时间，车厢似乎可能回正。麦尔妲劝告自己一切都会很顺利，但是就在这时候，马车突然顿了一下，然后另外那一边就陷下去了。麦尔妲被震得摔在大君身上，而大君则压在凯姬身上。真是难以置信，但她是被侧摔出去了，接着马车车顶朝着她压下来。身边的门松开，她听到尖叫声,一声非常恐怖的尖叫声,然后又见到一道巨大的白光。

"达弗德死了。"罗妮卡·维司奇的口气非常镇静,连她都不敢相信这是自己的声音。她在攀上凹凸不平的陡坡,回到马路上来的时候,摸到了达弗德的尸体。她从外套上繁复的绣花装饰知道那人是达弗德。幸亏天色暗得她看不见他的容貌,光是摸到犹有余温但沉重不动的身体和黏腻的血液就够恐怖了。她在达弗德的喉间一摸,摸不到脉搏,只摸到血,而且也听不到呼吸声。达弗德外套背后几乎是泡在血里。由此看来,他的头上一定伤得很重。但是罗妮卡匍匐着爬开,说什么都不敢再碰。

"凯芙瑞雅!麦尔妲!瑟丹!"罗妮卡发狂似的叫着家人的名字,有气无力。怎么会变成这样呢?她抬起头,看到挡住远处火炬亮光的庞大车厢,那儿似乎有声响,而且有人在动。说不定她的女儿和外孙就在那儿。

这个陡坡上杂草丛生。罗妮卡已经不记得自己是怎么到了这里,还离车厢那么远。难道她是被摔出来后,滚到这里?

然后她听到凯芙瑞雅的声音,凯芙瑞雅哭喊道:"妈妈,妈妈!"那声调就跟她小时候因为做了恶梦而吓醒哭喊时一模一样。

"我来了!"罗妮卡叫道。接着她被多刺的荆棘扎到,于是又再次跌倒。她左半边的身子都觉得刺痛,仿佛那半身皮肤都没了。但是那可以忍,可以不理会,可以抛在脑后,只要她能找到孩子们就行了。罗妮卡再度跌倒。

她觉得花了好久的工夫才爬起来,莫非自己晕厥了一会儿?现在她什么也看不见,既看不见车厢,也看不见闪动的亮光。刚才是真的有人影移动,还是她自己胡思乱想?罗妮卡屏息倾听。有了,有个小声响,像是呼气的声音,又像是哽咽声。罗妮卡手脚并用地爬过去。

四周一片黑暗,所以她是凭着触觉找到凯芙瑞雅的。方才那个声响原来是凯芙瑞雅在啜泣。罗妮卡碰到她的时候,凯芙瑞雅惊叫了一声,然后一言不发地抓住她。小瑟丹倚在她的大腿上,那孩子紧紧地卷成一团球。罗妮卡从手上感觉得出那孩子肌肉紧绷,他还活着。罗妮卡劈头第一句便问女儿:"他有没有受伤？"

"我不知道，他不肯说，不过我没摸到血。"

"瑟丹，来这里，来外婆这里。"瑟丹并不抗拒，却也不肯起身去找罗妮卡。罗妮卡把瑟丹全身摸了摸，没血，而且她触碰时，瑟丹也没哭叫，但他就是一味地缩紧、颤抖着。罗妮卡把瑟丹交还给凯芙瑞雅。母子皆无大碍，真是奇迹。凯芙瑞雅有几根指头折断了，但除此之外，她自己感觉不出受了什么伤，罗妮卡也看不出来。这儿大树太多，所以月光和星光都透不过来。

"麦尔姐？"罗妮卡终于问道，由于瑟丹在旁，所以她绝不提起达弗德。

"我还没找到她。一开始我听到别人的声音，然后我就叫着……我好像听到你的声音，但是你没来。麦尔姐一直没有应声。"

"走吧，我们回马路上去。说不定她在那里。"

四周一片黑暗，她没看到，只是感觉到凯芙瑞雅点了点头。"帮我抱着瑟丹。"凯芙瑞雅说道。

罗妮卡改以郑重的语气说道："瑟丹，妈妈和我不能抱着你走，因为你的个子已经很大了。你记不记得，那天船刚来的时候，你还帮忙提水？那天你好勇敢，现在你也得再次勇敢起来。来吧，拉住外婆的手，站起来。"

一开始，瑟丹没有反应。不过罗妮卡握住他的手，拉了一下，再度劝道："来吧，瑟丹，起来吧。拉着母亲没受伤的那一只手，你很强壮的，一定可以扶着我们爬上山坡。"

那孩子终于非常缓慢地伸展开来了，然后罗妮卡和凯芙瑞雅一左一右地牵着他的手，把他拉上山坡。凯芙瑞雅将伤手收在胸前。她们没讲什么话，只是不时地鼓励他或是叫唤麦尔姐，可是没人应声。他们发出来的声响使夜间活动的鸟儿都不敢叫，所以此时只听到他们自己弄出来的声响。

车厢侧面朝上翻倒的地方比较接近路面，所以林木稀疏，地上也照得到星光。在星光的照耀下，罗妮卡虽看不出颜色，但多少看得出黑白的形影。她看到一匹仍缠绞在缰绳里的死马、山坡上的马路以及被撞得拗弯或是折断了的林木。

他们在车厢周围寻找，至于在找死人还是在找活人，大家都没有明讲。他们在黑暗中摸索着地面，看看能不能摸到麦尔妲的身体。过了一会儿，凯芙瑞雅说道："她可能还困在车厢里。"

车厢侧面朝上，卡在陡坡上，车顶朝着山下。车夫穿着靴子的双脚从车厢底下露出来——那景象，凯芙瑞雅和罗妮卡都看到了，但是两人都没有指给对方看。今晚瑟丹受的惊吓已经够多了，不能再声张。做母亲和做外祖母的两人不禁想着，麦尔妲是不是也压在车底。但是不必让瑟丹想那么多。罗妮卡猜测，马车止住之前，至少滚了两圈，但即使现在马车止住了，却还是不太稳。"小心点。"罗妮卡低声提醒女儿，"马车说不定会继续滑落下去。"

"我会小心。"凯芙瑞雅徒劳地保证道，慢慢地从车底爬上去。因为伤手滑了一下，她惊叫了一声，接着她趴在车厢侧面，从窗户望进去，然后抬起头来，对大家说道："什么也看不见。我得爬进去看看。"

罗妮卡听到凯芙瑞雅努力扯动，最后好不容易拉开车门的声音。她在车门的门框上坐了一会儿才开始探脚进去。接着罗妮卡听到凯芙瑞雅恐惧地叫了一声。"我踩到她了。"她哭喊道，"噢，宝贝，我的宝贝。"

一阵沉默之后凯芙瑞雅开始啜泣。"噢，母亲，她还有呼吸！她还活着，麦尔妲还活着！"

Chapter Thirty-Three
Proofs

第三十三章
明 证

　　她悄悄地溜进他的舱房时，已经接近黎明。想也知道，她一定是以为他早就睡着了。

　　但是柯尼提可没有睡着。昨晚回到船上，依妲帮他洗了个热水澡、换上干净衣服之后，柯尼提就把她赶出舱房，然后把分赃镇的设计图摊开放在海图桌上，拿出直角尺、圆规和笔摆好，不过他看到眼前的图样时，不禁皱眉。之前他画这张设计图时全凭记忆，但今天不辞辛劳地勘探过存疑处之后，发现之前所做的有些规划根本行不通，所以柯尼提拿出一张新纸，重新来过。

　　他一直都很喜欢画设计图，在画图的时候，感觉上就像是在创造自己的世界。在这个世界中，一切都井然有序、计划周详。画着画着，他就想起了很小的时候，他常在父亲书桌边的地上玩耍的时光。他记得的地板还不是新家光洁的地板，而是他们第一个家的泥土地。父亲没喝醉时，常常以规划环中岛的建设为乐。父亲规划的还不只是他们自家居住的大宅子而已，他画的设计图不但设想到仆人居住的那一长排茅房，也指定了每一处园圃有多大面积，甚至连每一株作物之间的距离都算得一清二楚。他画出了谷仓、马房与猪圈的位置，设计得让各处家畜粪便的堆肥都方便在园圃干活的人取用，他还画了一间有大通铺的房子，以便船上的水手上岸的时候有地方歇宿。由于各处的房舍井然有序，所以图上的道路不但笔直，也很平坦。那是父亲为那个世外桃源所设计的完美计划。他常常把年幼的柯尼提抱起来,放在他的大腿上,然后把自己的梦想讲给孩子听。父亲跟他说了许多他们所有人如何在岛上快乐生活的好故事。一切都详尽周到,一时间,那个美梦不断滋长。

只是伊果来了之后,一切都幻灭了。

他把那个念头抛在脑后,重新把心思贯注于手边的工作上。不过他在规划守望塔塔底的居所时,木脸护符突然开口了。"你弄这些是什么用意?"木脸质问道。

柯尼提被这么一吓,线都画歪了。他怒视着歪扭的线条,赶快用布将那条线的墨吸掉,不过设计图上仍留下了痕迹,这痕迹恐怕非得用砂纸才磨得掉。柯尼提皱着眉头,继续画图。"这设计的用意,"与其说讲给那个傲慢无礼的木脸听,不如说是讲给自己听,"一方面是要让塔的结构加倍坚实,更经得起外敌的考验,一方面是正好可以让居民在重建家园之时有地方可住。如果他们在这塔里面挖一口井,同时加强外壁结构的话,那么……"

"那么他们就可以守在塔里饿死,不用被人抓去做奴隶了。"木脸兴高采烈地说道。

"海贼来袭,图的是能够轻松且迅速地掠夺财物,并且掳走男女为奴,所以他们通常都没什么耐心。是不太可能围城的,尤其是本地防御工事很坚固的话。"

"可是你弄这些设计图有什么用意?其实你心底根本就瞧不起分赃镇的故人,既然如此,你为什么还兴致勃勃地帮他们设计新镇?"

柯尼提听到后,一时哑口无言。他低头打量自己所画的设计图。的确,分赃镇的人怎么配得上住在这种井然有序的好地方?不过他突然想通了,配不配得上这种地方都无所谓。"因为有了规划,他们日后的生活会比较好,"柯尼提顽固地说道,"而且看上去也比较整齐。"

"恐怕是因为你想要控制吧,"木脸纠正道,"你想在各地人的生活中留下自己的印记。我已经看出来了,柯尼提,你这个人一心就是要求控制。我说海盗啊,你心里到底是怎么想的?你以为只要控制得够紧,就能回溯到过去,控制住往昔的时光？就能把过去发生的一切通通抹灭？就能让你父亲的精确计划重新生效，让他心中的那个小小天堂再度复苏？血迹是永远都无法磨灭的，柯尼提，你那个完美的设计图上一染了墨渍，就永远无法抹去，而血迹也是一样。不管你做什么，只要跨进那栋大宅，记忆就会再度鲜明地涌现，使你闻到血腥味、听到惨叫声。"

柯尼提气得把笔一丢，但这一来竟在设计图上留下一条歪歪扭扭的血迹，使他看了厌恶至极。他恼怒地对自己说道："不对，不对！不是血迹，那只不过是黑墨而已。墨可以吸干，而且会淡去。血也是如此。终究会淡去的。"

然后他就上床去睡了。

柯尼提清醒地躺在黑暗之中，等待依妲回房。但是她回房时却像是打猎了一整晚，像是颇为疲惫的山猫般悄悄溜进来。柯尼提知道她之前待在哪里。她在黑暗中脱去衣裳，接着轻轻地走到床边，想要不知不觉地钻进被子里。

"嗯，那小子情况如何？"柯尼提以热忱的声音问道。

她惊讶地喘了一口气，柯尼提隐约地看到她伸手盖在心口的形影。"你吓到我了，柯尼提，我本以为你已经睡了。"

"我看得出来。"柯尼提冷冷地讽刺道。他很气愤，不过他已经有了成见，那就是他之所以生气，并不是因为依妲和那小子上了床，毕竟是他一直安排着要把他们两个撮合在一起。他之所以生气，是因为依妲跟那小子上床之后，还以为自己可以将他蒙在鼓里，以为他笨到看不出来，所以他应该趁此驱散依妲这个枉念才对。

"你是不是哪里痛？"依妲问道。她的声音听起来好像是真的很关心他。

"你问这个做什么？"柯尼提反问道。

"我想你是因为痛而睡不着。我看温德洛的伤势恐怕比我们之前所想的还要严重。他一下午连哼也没哼一声，可是晚上的时候，手臂肿得根本没办法把衬衫脱下来。"

"所以你就帮他脱衬衫啰。"柯尼提喜悦地说。

"是啊。我调了一帖草药糊敷在他手臂上，以便消肿，然后我问了他一些问题。我最近念了一本书，但总是不大理解。在我看来，那本书实在很没意思，讲的尽是如何辨别生命中的真与假以及人们思考生命的意义之后能得到什么成果等。据温德洛说，那个学问叫做'哲学'。我跟他说，哲学这东西是在浪费时间，桌子就是桌子，何必去思索你何以知道桌子就是桌子？可是温德洛认为，这有助于让我们探讨自己是如何思索的。我还是觉得那很没意思，但是他仍坚持我应该读一读那本书。我们就这样吵呀吵的，直到我走后，才发现我们吵了好久。"

"吵？"

"不是生气叫骂那种，应该说是辩论吧。"依姐话毕，拉起被单躺上床去，靠在柯尼提身边。柯尼提翻身挪开，避开了她。依姐连忙解释道："我已经洗过澡了。"

"你在温德洛房里洗澡？"柯尼提下流地问道。

"不，我是在厨房里洗的，在厨房洗澡水比较不容易冷掉。"依姐再度把身体贴在柯尼提身上，并叹了一口气。过了一会儿，她以近乎尖锐的口气问道："柯尼提，你问这个做什么？你不相信我吗？我对你是很忠贞的。"

"忠贞！"柯尼提听到这两个字，倒觉得很震惊。

依姐突然坐直起来，她这么一坐，扯走了他身上的被子。"对，就是忠贞！我对你一直是很忠贞的。怎么，你不信吗？"

如果依姐对他忠贞，那么他的计划可就完不成了。依姐重新在他身边躺下来，柯尼提也重新拉回被子，并仔细斟酌如何遣词用字。"我一直以为，你会跟我一阵子，直到迷恋上其他人为止。"柯尼提微微耸肩——但说真的，他实在不愿让依姐看出他心里苦恼。奇怪了，这句话有什么难以说出口的？她是婊子呀，婊子跟忠贞是怎么样也连不在一起的。

"直到我迷恋上其他人为止？你是指温德洛？"依姐以爽朗的喉音咯咯笑了起来，"温德洛？"

"我年纪大了，而他的年纪跟你比较接近。他的身体青春强健，没什么疤痕，而且双腿俱全，你当然会觉得他比较有魅力了！"

"你在吃醋！"依妲那种欢欣的口气像是柯尼提送了颗大钻戒给她，"噢，柯尼提，你好傻气。你跟温德洛吃醋？当初是因为你要我对他好一点，我才开始待他好的，不过现在我已经看出他的优点了，也领悟到你之所以要我多跟他相熟，实在是用心良苦。温德洛教了我很多东西，这点我感念在心。不过一个没经历人生起伏的青年，跟你怎么比呢？"

"他已经完整了。"柯尼提指出，"今天他不但厮杀，还取了对方性命，他已经成人了。"

"他今天是厮杀了没错，但是他并没有因为厮杀而成人。这是他第一次跟人打斗，他用的短刀是我们送他的，打斗的技巧则是我教的。他把人杀死了没错，可是那场打斗使他一整晚心思不宁、折腾不已。他说，他取走了对方的生命，但生命是唯有莎神才能赐予的礼物，所以他非常懊悔。"依妲声音渐小，"他说着就痛哭了起来。"

柯尼提不知道如何接口，只好摸索着说道："因为他哭了，不像个男人，所以你就瞧不起他了。"

"不，看到他哭，我只觉得怜惜，很想冲上去用力把他摇醒，叫他别再哭了。他心里很矛盾，他的本性温和，可是又要追随你。今晚他将心路历程说了出来：很久以前，他与我第一次碰巧作伴的时候，我跟他聊了一下，聊了些很平常的事情，好比说别净是去想自己本来可以如何如何，而是要把握现在，好好过人生，而他就把那些话认真地牢牢记在心里。"依妲的声音越来越低，"如今他深信他之所以与你相遇，都是因为莎神的旨意。他说，他离开修院之后所经历的事情，每件都是为了要让自己遇上你。他还说，他深信莎神之所以要他体会身为奴隶的经验，是为了让他深刻地领悟到你为什么会那么痛恨贩奴。可是他是在心里挣扎了很久才有这个结论的，他说他以前根本就不肯往这个方向想，因为光是看到他的船不一会儿就一心向着你，他就十分嫉妒。而他在嫉妒之余，不但蒙蔽了心灵，还净是挑剔你的缺点。不过这一阵子以来，他开始看出，莎神的旨意就是要他帮助你成事。在他看来，他的命运就是注定要站在你旁边，帮你讲话，为你厮杀。不过打杀归打杀，他心里还是很难过的，难过到哭个不停。"

"可怜。"柯尼提朗声说道。他心里充满胜利的喜悦,在这情况下还要装出怜悯的音调,实在不容易,不过他尽力而为了。依姐虽没跟那少年睡觉,但是这个结果也不差了。

依姐的双手攀上他的肩膀,帮他按摩肌肉。她的手凉凉的,很舒服。"我本想安慰他,所以就跟他说,那场打斗说不定并非命运注定,只是碰巧发生而已。你知道他怎么回答我吗?"

"他说没什么碰巧的,一切都是命运。"

依姐的手停了下来。"你怎么知道?"

"这是莎神教谕的基石啊。在莎神的教谕中,人人都有其宿命,并不是仅有的少数几个神选的高人才有。而一个人生命的意义,就在于认清自己的宿命并实践它。"

"这样的人生不是很沉重吗?这算什么教谕啊。"

柯尼提虽躺在枕头上,但他仍摇了摇头。"不见得。一个人若是信奉莎神的教谕,他就会看出,原来自己不但与世上任何一个人都同等重要,同时也不比任何一个人更为重要,这一来,每个人人生的意义就都是平等的,没有高下了。"

"可是,那个今天被他杀掉的人怎么办?"依姐问道。

柯尼提轻声一哼。"那是温德洛自己的难题,不是吗?其实他必须接受他的命运,那就是有人命中注定要死在他手里,而他注定要挥刀厮杀。总有一天,温德洛会领悟到,其实那个人之所以死于刀下,并不是他个人所致,而是莎神把他跟那个人凑在一起,好让他们两个实践自己的命运。"

依姐犹豫了一下,然后问道:"这么说来,你也相信莎神并相信莎神的教谕了?"

"随便它与我的命运是不是相配。"柯尼提高傲地答道。他笑了出来,心情突然好得无可言喻,"我们就这么办吧:等分赃镇的重建有了眉目,我们就带温德洛去'异类岛'走一趟,请异类替他算个命。"接着,柯尼提在黑暗中咧嘴笑道："然后我再把那个意义解释给他听。"

柯尼提翻过身,抱住依妲。

那里头至少有一桶咸猪肉馊掉了。船舱里有一批泡在咸卤水里的肥猪肉,装猪肉的木桶本应是密封的才对,可是这味道闻起来就知道,一定是木桶在运送时刮出了裂痕或是与其他货物碰撞出了缝隙。卤水渗漏、猪肉发馊的味道不但熏臭,还会染得邻近的食物一并腐坏。猪肉桶贮藏在前货舱,那里很窄,仅能直立,里头塞满了存放食材的箱子、木桶。若要彻底处理这个问题,得把箱桶通通挪开,找出发馊的猪肉桶,然后将臭肉桶丢弃,再把漏出的卤水清理干净。贝笙不时在全船各处巡察,而这臭肉味就是他在巡察时发现的。他后来把这项任务交给拉弗侬,而拉弗侬则把事情交给艾希雅去办。艾希雅在她这一班的人轮班上工时,派了两个人去把这事办好,此时已近黎明,她到这儿来看看那两人的进度如何。

不过她一看到那光景,心里就先烧起一把怒火:舱里的货只有一半搬动过,腐败的臭肉味还是很呛人,而且看不出他们找到那桶臭肉或是清理过现场的迹象。船上水手使用小型的就手铁钩来勾住木箱、拖动货物,然而他们两人用的就手铁钩却陷入头顶的木梁中。显然他们是歇手休工了。罗普坐在木桶上,他那高高瘦瘦的身躯佝偻着,几乎伏在身前的大木箱上,而那一双淡蓝色的眼珠则紧盯着木箱上那三颗倒扣的核桃壳。坐在罗普对面的阿图一边迅速地一再将核桃壳互换位置,一边仿效江湖骗子的节奏喃喃地念道:"是哪一个?是哪一个呢?"灯笼的火光虽弱,却仍映出阿图特有的印记,也就是他脸颊上那道笔直的伤疤。贝笙说船员中有一个是强暴犯,指的就是阿图。在艾希雅看来,罗普只不过笨一点,会找机会偷懒,但是阿图这个人,她是打从心底看他不顺眼。在干活的时候,她自一开始就是能避就避,尽量离他远一点。那家伙眼睛小,眼珠黑得如同老鼠洞一般,嘴巴总是噘着,而且随时都湿润润的。阿图一心要把罗普的钱骗到手,所以艾希雅虽然已经走近,他也浑然不觉。此时,阿图以夸张炫耀的手势按住三个核桃壳,然后又伸出舌头来润湿嘴唇。"好啦,豆子在哪个空壳里呢？"阿图朝罗普挤眼睛。

艾希雅大步走上前朝那木箱一踢，踢得三个核桃壳都跳了几来。她对他们两人吼道："我倒要问问臭肉在哪个木桶里呢！"

罗普惊讶地抬起头来看着艾希雅，然后又指着跳翻过来、壳里朝上的核桃壳，叫道："三个都没豆子！"

艾希雅拉住罗普衬衫的后领口，猛烈地摇了他一下。"根本打从一开始就没豆子！"她对罗普说道，把他推到一旁。罗普张口结舌地望着她。

她把目标转向阿图。"你们怎么还没把臭肉找出来，并将这里清干净？"

阿图一边站起来一边紧张地舔嘴唇。他个子小，膝盖外弯，所以双腿并不拢。他这个人只是敏捷，但并不壮。"这舱里的食材都好端端的，教我们上哪儿去找臭肉？罗普跟我把所有的货物都搬开来找了，但是怎么找也找不到臭肉。对不对啊，罗普？"

罗普睁大了眼睛望着艾希雅，应道："我们真的没找到臭肉，小姐。"

"你们并没把所有的货物都搬开来找。臭肉味这么重，我都闻到了，难道你们闻不出来吗？"

"那只是船臭味而已，天底下所有的船都是这个味道。"阿图夸张地耸了耸肩，"要是你跟过的船有我多——"阿图高傲地说道，仿佛要讲道理，不过艾希雅马上就打断了他的话。

"这艘船可不臭。而且只要我在这儿当干部，这船上就绝不能有这种腥臭味。你们快去把货物搬开，找出臭肉，并把这里清理干净。"

阿图一边搔着颈侧的疣一边应道："可是我们马上就要换班下工了，小姐。这臭肉就看下一班的人找不找得到啰。"阿图得意起来，还不住地点头作势，同时又用手肘撞了罗普一下，以提醒他不要穿帮，于是那高瘦的水手也跟着阿图一起咧嘴大笑起来。

"阿图，我告诉你一个消息。你跟罗普要继续当班，直到你们找出臭肉？把这里清干净为止，听清楚没有？所以你们还是赶快站起来搬货找臭肉吧。"

"那不公平！"阿图站起来叫道，"我们已经干了一班的活儿了！嘿，你回来！不公平！"

阿图粗短的手指抓住艾希雅的袖子。她想要把阿图甩开，但是他不肯放手。艾希雅停住不动，她若是跟这人扭打，恐怕没有赢面，甚至还会撕破衬衫，所以她可不要贸然动手。她眯着眼睛，直视着阿图，冷冷地说道："放手。"

罗普的眼睛睁得大大的，又紧咬住下唇，像是受惊的孩子。"阿图，她是二副啊。"他紧张地喃喃说道，"你会闯祸的。"

"什么二副！"阿图轻蔑地嗤声说道。他宛如虱子跳跃一般迅捷地在瞬间放开艾希雅的袖子，改而抓住袖子里的前臂。他以肮脏的手指紧紧地扣住艾希雅的肉，并说道："她哪是什么二副？明明就是个女人呐，而且她很想爽一下，她巴不得爽一下呐，罗普。"

"她想要爽一下？"罗普迟钝地问道，以忧虑的眼神望着艾希雅。

"她没叫呀，"阿图指出，"她乖乖地站在这里，不就是等着要爽一下吗？我敢说，一定是船长没让她爽够。"

"可是她会讲出去。"罗普困惑地反对道。随便听两句，他就茫然了。

"才不会呢，她会叫一两声，扭一两下，但是到最后她一定笑得很爽快，你等着看好了。"阿图瞄了她一眼，并再度润了润唇。"是不是呀，二副？"阿图逗弄道。他咧嘴而笑，露出一口棕黄的牙齿。

艾希雅针锋相对地与他四目相望，她可不能让阿图以为她心里害怕。她心里闪过许多念头。这个货舱离上面的甲板太远，所以就算她尖叫也没人会听到。船是有可能会感受到她危急有难没错，但是她又不能指望派拉冈。最近他古怪得很，老是在幻想海上有海蛇和漂浮的原木什么的，还不时大吼大叫地警告船员别撞上海蛇或浮木。在这个情况下，就算派拉冈说了什么，也没人会当一回事。所以艾希雅绝不喊叫。阿图正在端详她，他那一对小眼睛闪闪发亮。她突然知道了，阿图就等着她害怕惊叫，而且他和她都心里有数：完事之后，阿图非得杀了她不可。他一定会把场面弄得像是意外，好像艾希雅被滑落的货物击中。罗普一定会拿阿图教他的说辞来交代，但是他可骗不了贝笙。最后，贝笙大概会杀了他们两人，只可惜那时候她无法在场亲见贝笙为自己复仇了。

这些思绪虽纷杂，却只在瞬间一闪而过。现在艾希雅只能靠自己。以前她总是斩钉截铁地跟贝笙说她管得住这一批船员，不过她到底是不是眼高手低呢？

"阿图，放手，给你最后一次机会。"艾希雅定定地说道，并努力不让自己说话时出现颤音。

阿图空着的那只手一甩，反手打了她一巴掌，快到她根本没看到阿图出手。那劲道重得艾希雅整个头往后仰翻，一时间，她只觉得晕眩麻木，不过她还多少察觉到罗普懊恼地叫道："你别打她啊。"阿图则应道："不，她就是喜欢粗鲁一点哩。"

阿图双手在她身上乱摸，然后把她的衬衫从裤头里拉出来。艾希雅一被他碰到，就大起反感，幸而就是因为反感，她才回过神。她使尽全身的力气，一连往阿图身上揍了几拳，可是阿图的胸腹硬得像木头，而且他不但不以为意，还大笑着奚落她出手无力。艾希雅顿时绝望，她伤不了他。这下子她只能逃了。可是阿图抓着她的双臂不放，手比钳子还紧，再加上现场货物散落，所以根本不可能迅速脱身。阿图强行将她抵在大木箱上，然后放开她的一条手臂，以便拉住她衬衫的领口。他本想扯开领口，还好棉料厚实，没被扯破。艾希雅趁此以空出来的那一只手，使劲地朝阿图的肋骨底下重重揍了几拳，令他痛得缩了一下。

这次艾希雅可看到阿图出拳了。她连忙把头歪到一侧，所以阿图那一拳没打中她的脸，反而结结实实地打在她后头的木箱上。艾希雅听到木条被阿图击碎，接着听到他粗哑地叫痛的声音，她暗暗祝愿他手骨断裂。艾希雅伸手去戳他的眼睛，谁料他张口一咬，咬得她的手腕滴血。两人站不稳，倒了下来，艾希雅竭力扭身，免得落地后被他压住。最后两人侧身落在木箱和盒子之间，地方很狭窄。艾希雅缩回手臂，狠狠地在阿图的肚子上揍了两拳。

艾希雅的眼角看到罗普站在旁边，那个傻子正一边懊恼地打着自己的胸膛一边哭号，但现在她无暇多想。

她在阿图头上抓住一把头发，拉着他的头往他头后的木桶上撞。阿图抓她的手顿时松开了些，于是艾希雅又再做了一次。阿图以膝盖往她的肚腹一顶，使她顿时闭气，接着翻身压在她身上，按倒她，用膝盖将她的双腿拨开。艾希雅气愤地尖叫，可是她背后顶着地，距离不够，所以出拳无力。她又试着要举腿去踢阿图，不过他压住了她的腿。阿图一边俯身下来，一边哈哈大笑，把口臭的气息呼在她脸上。

这时艾希雅心生妙招。而且她知道这一招一定痛死人。她尽量把头往后仰，然后使劲撞上去。她本打算用额头去撞阿图的额头，谁知一个闪失，她的额头反而撞到他的牙齿。这一撞，艾希雅的额头被割出了一道口子，阿图牙齿也断了好几颗。他痛得尖叫，突然放开艾希雅，以便用手去捂住流血不止的嘴。阿图一起身，艾希雅也跟着爬起来，同时不断出长拳，根本不管拳头的落点会不会伤人太重。她听到自己的指节哒地一声错位，又感到手上的皮肉剧痛，但她还是一边不住地出拳一边踉跄地站起来。等到身体站直，立于木箱之间的狭窄空隙之后，她便改用踢的，直踢到阿图侧身倒地、蜷缩着不住呻吟，她才歇手。

她把额头上染了血的头发拨开，四下环顾。感觉上仿佛过了好几个小时，不过灯笼仍有光透出，罗普也仍目瞪口呆地望着她。直到此时，她才明白罗普有多笨——他正在啃指节，而且一察觉到艾希雅在看他便对她叫道："我闯祸了，我知道我闯祸了。"罗普的眼神既无奈又惊惧。

"去把那桶臭肉找出来，丢到海里去。"艾希雅说到这里，停下来喘了口气，"然后把这里清干净，之后你就可以下班。"

艾希雅突然弯下身，双手扶膝，大喘了好几口气。她的头好晕，觉得自己快吐了，但是她强忍着。阿图开始舒展身躯，于是艾希雅重重地踢了他一脚。接着她伸手到梁上，握住拉货铁钩的手把，扭着将铁钩拔出来。

阿图转过头来仰望着艾希雅，他一边的眼睛已经青紫了。"操！别这样！"他恳求道，举手掩头。"我没动你呀！"阿图叫道，撞断了几颗牙齿之后，他似乎变得瘫软无力了。他护着头，等着艾希雅重击。

罗普恐惧地惊叫了一声，开始疯狂地拖动木箱和木桶，以便把臭肉找出来。

艾希雅的回应则是一把拉起阿图的衬衫，将拉货铁钩插到衬衫布里，毅然决然地拖着他朝梯子走去。阿图开始尖叫乱踢，想要站起来。艾希雅停下脚步，把铁钩转上一两圈，这一来他的衬衫束紧，手臂贴着身躯，无法动弹。她继续拖着他往前走，只是他太沉重，加上她力气消退，差点就拖不动。不过艾希雅烧起熊熊怒火，替自己鼓劲。她听到派拉冈叫喊了，不过她听不出他在喊什么。此时舱盖口已有几个人好奇地探头探脑，他们是拉弗依那一班的人，这意味着大副大概已经在甲板上值班了。艾希雅并未多朝他们望一眼，而是专注地拖着挣扎不已的阿图爬上梯子。她现在什么都不想，只顾着要爬到甲板上。

她终于从舱盖口冒出来之后，围观的水手一面退开，一面低声彼此询问下面出了什么事。等到他们看到她身后拖着阿图之后，惊叫声没了，取而代之的是敬畏的咒骂。艾希雅瞄了海夫一眼，海夫望着她，眼睛睁得大大的。她拖着阿图朝左舷而去，阿图正在哀怨呻吟道："我什么也没做，我根本没动她！"不过由于他捂着牙齿被打断、满是鲜血的嘴，所以连话也讲不清楚。站在右舷船栏边的拉弗依漠不关心地望着这场景。

贝笙突然出现在甲板上。他的衬衫敞开，没扣扣子，赤着脚，头发也没绑，跟在他身后的克利弗怕得嘴唇颤抖。船长一眼就看出这是怎么回事，一时间，贝笙恐惧地望着艾希雅流血的脸孔与凌乱的衣着，不过也只那么一刻而已，接着他就转头朝大副望过去。

"拉弗依！这里是怎么回事？"贝笙吼道，"你怎么还没把这平息下来？"

"啊？"拉弗依的脸色很茫然。他朝艾希雅与阿图望了一眼，仿佛是第一次注意到甲板上有这两个人。"他们不是我这一班的人，船长。况且看来二副已经把局面控制住了。"拉弗依口气硬起来，以命令的语调对艾希雅问道："我说得对不对？你能把你的事情处理好吗，艾希雅？"

艾希雅原地站住，望向拉弗依。"我正要按照你的盼咐，把臭肉丢到海里去呢，大副。"艾希雅一边说一边又把铁钩转了半圈。

一时间，众人都冻结似的动也不动。拉弗依以疑问的脸色朝贝笙望了一眼。不过船长只是耸耸肩。"继续。"他开始扣衬衫，仿佛这事他一点也不在意。贝笙扣了衬衫扣子之后，便眺望海上，看看前头是什么样的天气。

阿图像是被人猛踢的狗儿般哀嚎着，开始挣扎。艾希雅把他拖到离船栏更近的地方，但心里却有点犹豫，不知道该不该动手把他丢下海。此时罗普突然出现，手里提着两个水桶，从那个臭味判断，里面装的东西应该就是臭肉了。

"我找到了，我找到臭肉了。"罗普一边喊道一边匆匆地超过艾希雅，走到船栏边，"肉桶撞破了，溢得到处都是，可是我们会把船舱清干净，对不对啊，阿图？我们会把船舱清干净。"罗普把其中一桶臭肉泼到船外，但是他提起第二个桶的时候，突然有一条海蛇从水里冒出来。

那海蛇一张口，咬住了落到半空中的臭肉，而罗普则一边尖叫一边踉跄着后退。

"海蛇！海蛇！"派拉冈这一叫，更增添了凝重的气氛。

艾希雅放开拉货的铁钩，阿图连忙手脚并用地爬开。他逃走时，铁钩的把手划过甲板，发出铿铿的响声。艾希雅与海蛇彼此直视良久。那海蛇的鳞片是初春新叶的绿，而那一对硕大的巨眼则是蒲公英般的嫩黄色；每一片鳞片都盖住另外两片，那整齐有致的图样使人忍不住想要顺着一片片的鳞片不断看下去。海蛇背后的鳞片最大，差不多与艾希雅的手掌相当，而海蛇眼周围的鳞片则比麦粒还小。一时间，她因为眼前那美丽的生物而入迷了。接着海蛇张开足以将整个成年男子轻松吞下肚的血盆大口，艾希雅因而看到海蛇口中那一排排森然的利齿。海蛇前后晃头，疑问地吼了一声，艾希雅还是站着一动也不动。海蛇合上嘴巴，再度瞪着艾希雅。

这时艾希雅从眼角察觉到周遭有什么动静：有个人拿着配置在小艇上使用的铁钩冲了上来，同时她又听到贝笙大声告诫道："你别去惹事！别激怒海蛇！"

艾希雅转身朝海夫扑上去。海夫把铁钩当作武器，不住地挥动示威，同时还叫道："我才不怕呢！"可是从他那苍白的脸色看来，显然心口不一。艾希雅拉住海夫的手臂，并劝道：

"它只是想要食物而已。你别去招惹，说不定它一下子就走开了。海夫，你别去惹它！"

海夫不耐烦地甩开艾希雅,而艾希雅的手淤青酸麻,他这么一甩,她竟然也就抓不住了。海夫更加轻蔑地推开她。艾希雅跟跄地退了几步。这下子她只能眼睁睁地看着海夫挥动铁钩了。

"不可以!"贝笙吼道,但此时海夫已经把铁钩甩了出去。铁钩打中了海蛇的鼻吻,没有致伤,而是从片片重叠的鳞片上滑了过去,最后卡在它的鼻孔上——看那光景,不像是准头好,倒像是凑巧所致,但反正铁钩便就此钩住了海蛇的鼻孔。

艾希雅恐惧地望着海蛇把头往后一仰,然而海夫顽固地紧抓着铁钩,所以被海蛇连钩带人地扯了过去。片刻之后,海蛇一下子涨得双倍大,它的颈部膨胀起来,脸部与喉间那许多带毒液的触须也竖直起来。海蛇再度吼叫,这次吼叫时,口里还喷出了细细的口沫。海蛇口沫的雨雾一沾到甲板,甲板的木料就开始冒烟。艾希雅听到派拉冈烦躁的叫喊声。她的皮肤一染到毒雨,便灼热得像是晒伤一般。海夫则因为整个人被海蛇口沫的雨雾蒙住而惨叫起来,并因此而放开了铁钩,软瘫在甲板上。看那光景,他不是昏迷就是死了。海蛇突然歪着头,打量着俯趴在甲板上的那个男子,然后便伸头朝他而去。

这附近只有艾希雅一人站得近,尚可出手挽救。况且对她而言,就算个人的力量微不足道,也不能眼睁睁地看着海蛇把人吃了。所以她冲上前,抓住了艇钩的木把手,那木把手已经因为海蛇的口沫而蚀出木屑与凹陷。艾希雅抓住艇钩的木把手,使尽全身力量将海蛇的头拖离目标,免得它把海夫咬走。罗普不知道从什么地方冒了出来,他拿了个空木桶朝海蛇头上摔过去,接着顺势拉住海夫的脚踝,拖走了他。

这下子,艾希雅变成海蛇唯一的目标。她更用力抓紧艇钩的把手,并用全身重量一拽。她心里想道,这力道这么强,把手可能随时会跟铁钩分家。一时间,海蛇因为疼痛,又被艾希雅这么一推,从她面前退开,但接着它便再度呼出一阵口沫的雨雾,那毒液打在活船甲板上时,派拉冈便再度尖叫。除此之外,艾希雅身后还响起了别的声音:拉弗依正在下令叫众人多张帆,还有许多人气愤或恐惧地大叫,但是派拉冈那惊讶且愤怒的吼声盖过了一切。"我认识你!"派拉冈吼道,"我认识你!"琥珀大声地问了个问题,但是艾希雅听不出她在问什么。艾希雅一心一意,只顾着没命地抓紧艇钩的把手。这个木把手快撑不住了,但这是她唯一的武器。

直到贝笙拿着小艇的船桨往蛇头上打,艾希雅才知道贝笙已经来助阵了。用小小的木船桨来对付这么大的生物实在可笑,不过这附近也没别的器材可用了。艾希雅的铁钩突然从海蛇的鼻孔中松脱滑落。这下子海蛇不受限制了,所以它摇晃着一头的触须,朝着甲板喷出毒雾,被毒雾喷中的木料开始冒烟。海蛇的头再度朝贝笙与艾希雅伸过来时,艾希雅举起艇钩,把它当作鱼叉,朝海蛇的头冲过去。她的本意是要叉住海蛇的巨眼,但是海蛇晃了一下头,朝贝笙伸过去,所以艇钩没碰到海蛇的眼睛,反而刺入了它下颔后那个露出血色之处。艇钩竟轻松地穿入那处的皮肉,仿佛艾希雅戳的不是海蛇,而是什么熟透的瓜果,这使她大感意外。最后整个铁钩都没入了海蛇头里,艾希雅再一拽,把铁钩紧紧地卡在里面。

海蛇痛得仰起头。"退开!"艾希雅对贝笙叫道,但这是多余的,因为贝笙已经低头蹲下,并翻身滚开了。艾希雅再度扭着艇钩一拽,这一拽撕开了皮肉,同时有冒着烟雾的热毒液顺着海蛇自己的脖子流下去。海蛇尖声大叫,张口喷出大量毒液与鲜血,同时使劲甩头。这下子艾希雅原本就麻木的手再也抓不住艇钩的把手了。她重重地坐下,并无助地望着那痛苦甩头的海蛇。有的毒液无害地落在海里,但有些喷在派拉冈号的甲板和船壳上。派拉冈很惊恐,从船头到船尾都颤抖起来。海蛇仰身落入海中并消失在浪花之中时,贝笙就开始唤人取水桶、提海水、拿刷子。他虽还站不直,只能以双手扶住膝盖,却仍照样大声下令道:"把毒液刷掉,快!"贝笙脸上被海蛇的毒液喷到,已经开始发红肿胀。他几次想要站直,最后却都不免再度弯腰扶住膝盖。艾希雅心里担心,不知他会不会瞎眼?

然后船首处传来狂野的叫喊,使艾希雅听得心里都凉了。"我以前认识你!"派拉冈叫道,"而且你以前也认识我!由于你的毒液,我知道自己是谁了!"派拉冈狂野的笑声在风中激荡,"血就是记忆啊!"

罗妮卡心里想,虽只过了一夜,但这个世界的变化多么大啊!

艾希雅房间里有一张椅子,如果站上椅子眺望窗外,虽偶有树木阻挡视线,但仍可以看到缤城闹市区与港口的部分风光。但是今天,不管她怎么努力看,也只能看到弥漫的烟雾。缤城已经浴火了。

她僵硬地从椅子上爬下来,把艾希雅床上那一叠床单抱起来,这些床单正好可以拿来做包袱,让他们上路逃走时携带。

他们在黑夜中好像怎么也走不到终点般地拖着腿回家的光景,她记得再清楚不过了。麦尔姐像是跛脚的小牛犊似的,跟跄地走在罗妮卡与凯芙瑞雅中间。过了不久,原本惊呆恍惚的瑟丹回过神来,开始大哭。他哭个没完,还要求别人抱他——这孩子已经多年不缠着人抱了——可是罗妮卡和凯芙瑞雅都抱不动。最后罗妮卡一只手牵着瑟丹拉着他走,另一只手则环着麦尔姐的腰。凯芙瑞雅受伤的那一只手托在胸前,没受伤的那只则扶着麦尔姐的上臂。四人就这样没完没了地走着。两次有骑士经过,但是不管他们怎么叫喊求助,他们都照样策马奔驰前进。

天亮得迟,这是因为天空笼罩着烟雾,日光透不进来。不过说起来还是夜晚比较慈悲,因为天一亮,那一身褴褛的衣物和皮擦肉破之处就无所遁形了。凯芙瑞雅光着脚,她的鞋子早掉在那一堆残骸之中了。麦尔姐曳着脚,踩着根本无法应付长途跋涉的残破舞鞋而行。瑟丹衬衫撕裂,一条条的布挂在他身后,那光景,像是被马拖行了一段路。麦尔姐的前额撞伤了,鲜血汩汩地流下,时间久了,在她脸上留下一条条干了的血痕。她两眼青紫,闭得只剩一条缝。至于罗妮卡自己,她只需望望别人的眼神,就想得出自己是什么模样了。

那一路上,大家几乎从头到尾都没说什么话。有一回,凯芙瑞雅有感而发地说道:"我都忘记他们了。我是说大君和他的侍臣。"接着凯芙瑞雅压低了声音,问道:"你有没有看到他们两个?"

罗妮卡缓缓摇了摇头。"不知道他们出了什么事。"她嘴上虽这么说,但其实一点也不挂心。现在她只担心自家人的安危,才顾不得别人出了什么事。

嘴唇肿胀的麦尔妲口齿不清地说道："那些骑马的人把他们抓走了。他们本来还要找另外那个侍臣，可是发现我不是之后，就把我丢在那儿不管。其中一个还说，反正我活不久了，不用多费事。"

话毕，麦尔妲又沉默不语。随后这一路上，大家也不再开口。

他们几个人像是褴褛的乞丐，跟跄地沿着维司奇府的车道走到大宅之前，可是大门紧锁，无法入内。凯芙瑞雅懊丧地哭起来，并虚弱地以手拍门。最后瑞喜终于来开门，开门时手上还握着一根柴火，大概想当木棒用。

之后一阵忙乱，不知怎地就度过了大半个早晨。众人的伤口都已洗清、敷药，染了血的细致礼服则堆在走廊上。麦尔妲和瑟丹姐弟俩已经安置在床上，沉沉入睡了。瑞喜帮着罗妮卡和凯芙瑞雅洗澡更衣，不过她们还不得休息。凯芙瑞雅的手指肿胀疼痛，所以收集食物和备用衣物的事情只能靠罗妮卡和瑞喜两人来做了。下头的缤城发生了什么事情，罗妮卡说不清楚，但是昨天晚上，武装的骑士团把大君和他的侍臣从马车里掳走，那是错不了的。至于马车里的其他人，则被丢在原地等死。况且市区起火，火势大到罗妮卡根本看不到港口里出了什么状况。既然如此，她可不能坐着枯等混乱情势蔓延到她家里来。家里至少还有一匹上了年纪的母马，还有一匹给瑟丹骑的肥胖矮种马，这样的两匹马实在不管用——但是罗妮卡苦涩地想，反正如今家里也没什么贵重的细软可搬了。这次逃命，最要紧的是顾全性命。英格比农庄是当年她陪嫁的嫁妆，从这儿到那里至少要走两天。罗妮卡心里想，抵达的时候，看守农庄的提蒂娜不晓得会怎么看待她。提蒂娜是罗妮卡小时候的奶妈，不过罗妮卡跟她已经多年不见。她努力平抚内心，说服自己期待与提蒂娜相见。

就在此时，外头传来砰砰地打门声。罗妮卡人在走廊上，听到这声音吓得一松手，床单都掉在地上了。她真想就此逃走，可是她不能，不管门外是什么祸事，她都得挡下来，免得殃及家中的子孙。她看到瑞喜大起胆子从厨房走出来，手里仍紧握着那根柴火棒。罗妮卡快步走进书房里拿东西。当年维司奇船长突发奇想，在他大书桌的角落上放了根捕旗鱼用的鱼叉作为摆饰，如今那根鱼叉可真的派上用场了。罗妮卡手握鱼叉，隔着门，对门外的人叫道："是谁啊？"

"雷恩·库普鲁斯！请让我进去！"

罗妮卡对瑞喜点点头，却不放下自己手中的鱼叉。女仆瑞喜打开门闩，大门一开，雷恩看到眼前这个伤痕累累的老妇人，不禁大惊失色。

"我以我的名誉起誓，我真希望事不致此！"雷恩叫道，"那么，麦尔姐呢？"

罗妮卡瞪着那年轻的雨野原男子直看。雷恩仍穿着舞会华服，但是他的衣服上飘来浓浓的烟尘味，一定是之前在起火处待过。"她没死。"罗妮卡淡淡地说道，"不过达弗德·重生死了，而且他的车夫也死了。"

雷恩好像没听到她的话似的接口道："我发誓，我真的不知道麦尔姐出事了。她去舞会时坐的是出租马车——他们跟我说，府上一家人都是乘出租马车去的，所以我以为她也会搭出租马车离开。麦尔姐还好吧？求求你告诉我！"

罗妮卡把雷恩的话咀嚼了一下之后心里便升起了寒意。"你的手下把她丢在那儿等死。说得更坦白一点，你的手下还跟麦尔姐说她活不久了呢。这样你可知道她情况如何了吧！再见，雷恩·库普鲁斯。"罗妮卡对瑞喜示意，瑞喜开始把门阖上。

可是雷恩以他的身体抵住门一推，瑞喜也挡不住他。雷恩踉跄地冲进门厅，然后站直起来，面对罗妮卡与瑞喜。"求求你，求求你。现在时间实在太紧迫了。我们已经逐开封住缤城港出口的战船船队，而我来府上，为的是要接走麦尔姐——也接走各位。我可以把各位送上雨野河去暂居一阵，你们待在那儿很安全。但是现在非常紧迫。康德利号马上就要开航了，就算我们没赶上，康德利号也照走不误。而战船船队随时都有可能复返，并再度封锁港口。所以我们现在一定要走。"

"不。"罗妮卡斩钉截铁地说道，"我们自会照顾自己，雷恩·库普鲁斯。"

雷恩一转身，朝着内室的方向喊道："麦尔姐！"他沿着走廊疾奔，朝着卧室区而去。罗妮卡要跟着追过去，谁料却突然天旋地转，不得不伸手扶墙。她的身体支撑不住就算了，但怎么选在这个时机崩溃呢？瑞喜扶起罗妮卡的手臂，撑着她追上去。

那个雨野原年轻人一定是疯了，他一边喊着麦尔妲的名字，一边沿着走廊奔下去，而且把沿路的每一扇门都打开来瞧瞧。他打开麦尔妲的房门时，正巧凯芙瑞雅也从她位于走廊底的房间里冲出来。雷恩探头进房里看，苦闷地惊叫了一声，然后便冲进了房内。

"不准你碰她！"凯芙瑞雅叫道，朝麦尔妲的房间奔过去。但是雷恩不一会儿便从麦尔妲的房里冒出来，裹在被子里的麦尔妲就躺在他的臂弯中。她头上包着绷带，脸色也如同绷带一样苍白。她的眼睛紧闭，头无力地靠在雷恩的胸膛上。

"我要带她走。"雷恩断然地说道。"府上的各位也应该一起来才是，不过这要看你们自己的意思。我无法强迫你们同行，但我不能把麦尔妲留在这里。"

"你无权带她走！"凯芙瑞雅叫道，"怎么，你要抢婚？难道这是你们雨野原人的新风潮？"

雷恩突然狂妄地大笑起来。"我以莎神之名起誓，麦尔妲早就梦见了这一幕，而现在她的梦成真了。你说得没错！我就是要带她走，而且我本来就有权带她走。'人还金还，欠债奉还'，我现在就要求你们以人抵债。"话毕，雷恩低头望着麦尔妲，再度强调道："现在她是我的人了。"

"你不可以带她走！还款日离现在还有——"

"还款日马上就到了，而且你们不可能筹得到钱。趁现在她还有一线生机，我就要带她走。如果我非得用强硬的方式，那我也不会犹豫。不过我恳请你们跟我一起走，免得麦尔妲去了之后伤心。"他转头对凯芙瑞雅说道："麦尔妲一定需要你陪，再说瑟丹待在这儿也不安全，要是那些恰斯人把缤城打下来怎么办？难道你要眼见小儿子脸上被人刺上奴隶刺青吗？"

凯芙瑞雅听了，恐惧得举手遮住嘴，然后她望着罗妮卡，声音从指缝间透了出来："母亲？"

罗妮卡为大家下了决定。"你去叫醒瑟丹。现在马上走。什么都不要带。人离开最重要。"

罗妮卡站在门廊上，望着他们骑马走远。雷恩抱着裹在被子里的麦尔妲骑马，凯芙瑞雅骑的是家里那匹上了年纪的母马。看来逆来顺受的瑟丹骑的是他那匹肥胖且上了年纪的矮种马。"母亲？"凯芙瑞雅最后又劝了一次，"这马载着你我一起走是没问题的，毕竟这趟路并不远。"

"去吧，快去。"罗妮卡则如此答道，这句话她好像已经讲过无数次，"我要待在这里，我得留下来才行。"

"我不能光把你一个人丢在这里！"凯芙瑞雅哀号道。

"你非走不可，这是你对家庭的责任。现在快去吧。快去！雷恩，这是他们唯一的机会，你快带他们走吧，迟了就不好了。"然后罗妮卡对自己说道："如果缤城的下场是大火与鲜血，那我一定要亲眼见闻。况且我必须留下来，看他们好好埋葬达弗德。"

瑞喜与她一起站在门廊上，望着他们骑马走远，直到不见踪影为止。之后，罗妮卡沉重地叹了一口气。事情一下子变得很单纯，雷恩会带他们去港口，然后送他们去安全的地方。如今她只要担心自己就行了。然而她打从多年前开始，就不太在意自己往后会变得如何了。罗妮卡感觉到自己伤痕累累的脸上浮出了一抹淡淡的笑容，然后她转过头，望着先前曾是奴隶的瑞喜，拉起了她的手。

"唔，总算可以歇一歇了。我们一起喝喝茶如何？"罗妮卡对良伴好友说道。

有人敲门。舱房里，躺在舱床上的艾希雅呻吟了一声，然后睁开了一只眼睛，问道："谁呀？"

"船长现在要见你。"是克利弗那稚嫩的童音，不过因为他是来传令的，所以又带了几分正式的味道。

"真会挑时间。"艾希雅喃喃自语，但是她对门外的克利弗宣布道："我这就去。"她僵硬地从舱床爬下地。

现在是午后，不过对于艾希雅的生理规律而言，倒觉得这像是午夜。说真的,这时候她应该躺在床上睡觉才对。她以朦胧的眼睛环顾了一下室内。洁珂在当班,至于琥珀,大概是去陪派拉冈了。艾希雅对派拉冈已经不抱希望——至少目前而言是这样。自从遇见海蛇之后,他就大声嚷嚷个不停,而且他的遣词用字让艾希雅听了心里惶惶不安,因为他讲的话仿佛有几分深意。"血就是记忆。"当时派拉冈朗声宣布道,"你可以洒血,你可以喝血,但你绝对无法抹灭存于血液里的记忆。血就是记忆啊。"这番话他讲了又讲,让艾希雅都快发狂了——倒不是因为派拉冈一再重复地讲同样的话,而是因为那些话的意义,她怎么也想不透。那些话的意义已经超过她所能领悟的程度。

她把衬衫拿起来。上面有些地方因为染了她的血而发硬,有些则被海蛇毒液蚀出了小洞。再说她身上处处是淤青与水泡,所以一想到这粗布衬衫磨过皮肤的感觉,她就不禁打了个冷颤。她嘟囔了一声,但还是弯下身,把她的行李袋从琥珀的舱床底下拖出来。她把行李袋里那一件轻便的、"进城穿的"衬衫挖出来,套在酸痛的肌肤上。

之前派拉冈困惑不解地叫嚷了大半天,但终究还是冷静下来,之后就变得很沉默。那种旁人无从打扰的沉默是派拉冈逃避这个世界时的居所。在艾希雅看来,他嘴边好像有一抹笑容,但是琥珀看到派拉冈变成这样,却急得犹如热锅上的蚂蚁。艾希雅离开前甲板的时候,那木珠匠人坐在船身外的船首斜桅上吹笛子给派拉冈听。据琥珀说,她吹的是儿歌童谣的曲调,但是那些曲调艾希雅从未听过。她走过蚀得坑坑洼洼的甲板,经过那些正在把甲板上的毒液和蛇血洗刷掉的水手身旁,停下脚步看了一会儿,因为她没想到坚如铁石的巫木竟一下子就被海蛇的体液蚀成这样。毒液和蛇血。然后她就走回舱房,倒在舱床上睡着了。

她睡了多久?反正睡得不够久。贝笙派克利弗来把她叫起来,大概是想要把她叫去训斥一番,检讨她之前哪里处置得不妥吧。唉,训人是船长的特权。她只能期望贝笙快一点,免得她当着面打起盹来。艾希雅扣好裤环,走出门去面对不可避免的厄运。

走到船长室门外后,她先把散在脸上的头发梳到后面,又把衬衫塞到裤腰里。要是她在睡觉前先去把打斗后的伤口和污渍洗干净就好了,不过那是空想。睡觉之前,她只觉得累到没精神去搞那些清洗的事情,而现在才想到已经太迟了。她轻巧地在门上叩了叩,等到贝笙说一声"进来",她才开门走进去。

她进去后随手关上了门。转身一望见贝笙,她不但看呆了,而且还忘了身份,失声叫道:"噢,贝笙!"

贝笙满脸通红,衬得他那一对乌黑的眼睛如天外飞来之物。他的脸颊和额头上长出一个个巨大的水泡,看起来像是雨野原人的肉瘤。他那件被毒液蚀得不成样子的衬衫披挂在椅背上,穿在身上的是新衬衫,而且只是松垮垮地套在身上,仿佛连布料碰到身上都会痛。他扭着脸,露出牙齿,算作是笑容,应道:"你看起来也好不到哪里去。"接着他朝房里的洗脸盆一挥手,接口道:"大水罐里还有些温水,是留给你的。"

"谢谢。"艾希雅尴尬地应道。她走到洗脸盆边去接受他的好意时,贝笙则转过身去背对她。艾希雅将满是淤青的手浸到水里,痛得不禁咬牙吹气,但接着刺痛感慢慢消退,随着疼痛的缓解,她也感到一股前所未有的舒畅。

"海夫的伤势没什么大碍,虽说他被喷到的毒液比你我还多。我叫厨子用清水帮他清洗伤口,但是那个可怜的浑蛋连碰到清水都痛得死去活来。他身上都是积血的水泡。毒液一下子就化掉了他身上的衣服,却还能把他蚀得那么严重。他那张英俊的脸蛋,以后是不免留下疤痕了。"

艾希雅拿起温暖湿润的洗脸巾敷在脸上。贝笙这里有一面钉在墙上的镜子,但是艾希雅现在还没那个勇气照镜子。"据我看来,他现在可能什么也想不起来。"

"也许吧,但是等到他能下床之后,我一定会让他永志于心。要是当时他不去招惹,他妈的,说不定那条海蛇干脆就走了。结果呢,他胆大妄为,使我们全船都差点遇难。这个海夫,好像以为他自己懂得比二副和船长还多。他不把你我多年的经验看在眼里,非得要当场灭灭你我的威风不可。"

"可是他算是个不错的人手。"艾希雅不情不愿地帮海夫说点话。

不过贝笙一点也没有软化。"等我灭掉他的威风之后,他会变成更好的人手——保证听话。"

在艾希雅听来,贝笙这话是有点斥责之意的,他在暗示艾希雅没把海夫教好。艾希雅咬住舌头,免得自己多嘴,然后望向镜中的人影。她的脸也红红肿肿,像是烫伤。她轻轻地以指头拂过,发现脸皮因为长了许多细小的水泡而变得干裂粗硬。还真像是海蛇的鳞片呐,她心里想道。于是一时间,她心里净想着海蛇之美。

"我要把阿图从你这一班换到拉弗依那一班去。"贝笙继续说道。

艾希雅变得僵硬起来,她望着镜中人那双黑眼与里面愤怒的眼神,只觉得那人很像她父亲。她强忍着以冷冷的口吻说道:"据我看来,这样并不公平,船长。"尊称一声船长是规矩,也是礼貌,不过艾希雅是咬牙切齿地从齿缝里喷出这两个字。

"我也觉得这不公平。"贝笙也不辩白,就轻松地应和道,"可是阿图去求拉弗依,而且跪着不肯走,所以最后拉弗依为了打发他,就答应让他换班了。拉弗依跟阿图话说在先:他会把船上所有肮脏的活儿都派给他去做,而阿图还感激涕零。你到底是怎么教训他的?"

艾希雅弯身到洗脸盆上,接着掬起一捧水泼在脸上,轻轻地在脸上摸一摸。落回盆里的水红红的。她检查了一下发际的伤口,那是阿图的牙齿磕出来的。她一边彻底清洗那个伤口,一边忍痛咬牙说道:"身为船长的人,不该多过问这些事情。"

贝笙不以为然地大笑几声。"你这样说可好笑了。当时克利弗冲来找我去救急,我就去了,心里急得要命。克利弗说,派拉冈大叫大嚷的,说什么有人要杀你。我赶过去之后,发现你人在甲板上,后头拖着阿图,用的是拉货铁钩,我看了人都傻了。我心里想道:'莎神保佑,要是维司奇船长现在看到艾希雅这模样,他会怎么数落我啊?'"

艾希雅从镜里看,只能看到贝笙的后脑勺,不过尽管只是后脑勺,她还是怒目直瞪。怎么,他到现在还没认识到她能把自己照顾好吗?她突然想起阿图曾经在她手臂上咬了一口。她把袖子卷起来,一看到那一列参差的齿印,不禁气得暗暗咒骂。她以手指抹了些肥皂，开始清洗那个伤口，伤口刺痛得厉害。她真宁可是被臭老鼠而不是那个臭男人咬到。

贝笙以比较温和的口气继续说道："不过，在那当下，我想起艾福隆·维司奇常常说：'如果干部处置得来，船长就不该多过问。'他说到做到。当年我在薇瓦琪号上，不时要摆平一些小事，但他从来不干涉。这个道理，连拉弗依都懂。所以那时候，我应该什么都不说才对。"

贝笙这样讲，差不多就算是在道歉了，所以艾希雅也礼尚往来地说道："拉弗依这个人没那么糟啦。"

"他是有稍微收敛一点。"贝笙睿智地应和道。他突然叉手抱胸，并说道："如果你想要好好地用那盆水的话，我可以到外面去避一下。"

"谢谢你，但是不必了，我现在只想好好睡一觉。你的好意我心领了——不过，我身上的味道不至于很重吧？"直到这几个不祥的字眼说出口了，艾希雅才猛然想到贝笙可能会以为她另有所指。

两人都沉默不语。刚才是她越界了。

"没有的事。"贝笙平静地坦承道，"我当时那样讲，是因为我很生气，又很伤心。"他讲话时仍背对着艾希雅，不过她从镜子里看到他耸了耸肩。"那时，我本以为你我之间多少有一份情……"

"我们还是像现在这样比较好。"艾希雅赶快打断他的话。

"一点也没错。"贝笙半正经半开玩笑地说道。

然后又是一阵沉默。艾希雅望着自己伤痕累累的手，双手的每一个指节都肿得不成形了。她在舒展右手手指时觉得好像关节里进了沙子一般地刺痛，不过指头还能动就是了。她为了打破沉默而随意问道："如果指头还能动，就表示手指没有骨折，对不对？"

"错了，虽能动，还是可能骨折，只是不严重而已。"贝笙纠正道，"让我瞧瞧。"

艾希雅虽知道这绝对是个错误，却还是转过身，伸出双手。贝笙走上来，把她的双手捧在手心里，然后依序拉动她的每一个手指，又摸摸指关节有没有伤。检查过指关节后，贝笙摇了摇头，接着他看到她手腕上的齿印，更皱起眉头。他松开艾希雅的一只手，抬起她的下巴，再以挑剔的目光检查她的脸。艾希雅也借这个机会检查他的脸，她发现贝笙连眼皮上都长了水泡，不过他那一对黑眼倒很清澈。贝笙没有丧失视力，真是奇迹啊。贝笙的领口敞开，露出了胸前那几道凸出的鞭痕。"你没什么大碍。"他对艾希雅说道。他歪着头，自顾自地点点头。"你真是个强韧的女人。"

"你拿船桨打海蛇，使海蛇一时顾不到我，说不定我就是因为这样才捡回一条命呢。"艾希雅突然想起这个插曲。

"是啊，我手上有根船桨，真是个危险人物啊。"贝笙仍握着艾希雅的手，此时他毫无前兆地将她拉过去，弯下身来吻她。不过艾希雅不但没有躲开，反而仰起头接受他的吻。他的吻非常温柔。艾希雅闭上眼睛，不愿多想此事的不明智之处——说得更切实一点，她根本什么都不想。

最后是贝笙站直起来，结束了这一吻。他把艾希雅拉得更近，但没有搂住她。一时间，他将下巴靠在她额头上，一动也不动，以低沉深邃的嗓音说道："你说得没错，我知道你说得没错，我们还是像现在这样比较好。"说到这里，他沉重地叹了一口气，"话虽如此，我还是要很克制才不会逾矩啊。"他放开了艾希雅的手。

艾希雅想不出自己能应什么。她自己也必须很克制才不会逾矩，可是她若是把这话讲给他听，只会使他们两人更难克制。他刚才不是说她是个强韧的女人吗？现在她就以行动来证明自己吧。艾希雅朝门口走去，走到门口时，她柔声说道："谢谢你。"贝笙一个字也没应，然后她就出去了。

她走过舱梯时，发现克利弗靠在墙边，一边以赤脚踢墙一边咬着下唇。这孩子怎么在这儿偷懒呢？艾希雅皱眉，并在经过克利弗身边时严厉地丢下一句："从钥匙孔偷看人家在干什么是不对的。"

"跟团长亲吻也不对呀。（跟船长亲吻也不对呀。）"克利弗桀骜不驯地答道。然后他咧嘴一笑，脸上升起一抹红晕，像是还知错的样子，一溜烟地跑了。

第三十四章

先知神使

"我不喜欢这样。"薇瓦琪轻声说道。她讲的每一个字都在温德洛的身体里摆动晃荡。

温德洛呈大字型,整个人趴在前甲板上,任由早晨的阳光把他晒得暖暖的。夜里闷热,所以他早把被子丢开了,不过他的衬衫仍包在头上。毕竟阳光虽暖,也纾解了手臂的疼痛,但是这强光却使他的头痛蠢蠢欲动。不过头痛也只能任由它痛了,反正再过不久,他就得起身。温德洛真希望能一天都躺着不动。在分赃镇受了伤的人都早就康复了,只有他例外。只不过是棍子打伤,他至今仍感到不适,所以他觉得自己好像很孱弱。会不会是因为他把用棍子打伤他的人给杀死了,所以才觉得自己伤势好不了?但接着他便把这个念头抛在脑后。那未免太迷信了。

温德洛翻了个身,仰躺在甲板上。虽然闭着眼、眼皮上又盖着衬衫,但阳光仍在他眼球里闪动跳跃,随时幻化成不同的形状。他一紧闭眼皮,海蛇般的绿色条状闪光便窜过眼前,一放松眼皮,那绿光便淡去,变成一个个光团。

盛夏已经逐渐远去,秋天就要来了。这几个月来发生了好多事情。他们离开分赃镇的时候已有十几栋以新旧木料交杂着盖起来的房子从灰烬中升起,此外他们也盖了一个与大船主桅一样高的木塔,派了人值班守卫;而木墙外那一圈石墙也逐渐成形。镇上的人已经以"国王"的头衔来称呼柯尼提。他们不但口称国王,还带着十分的敬意。他们会彼此指点道:"去问国王吧。"而且每次看到那个腋下总是夹着纸卷的高个子木腿男人,总是笑着颔首。他们离分赃镇远了,但仍可见到木塔的旗竿顶上大胆地飘着渡鸦旗,那只展翅张喙的渡鸦底下还绣着几个大字:"永居于此"。

此时,薇瓦琪号下锚停泊在异类岛外的蒙蔽湾里。现在是涨潮,海水不断涌进湾内。柯尼提曾说,异类岛四周只有这个海湾能够安全地停泊。等到满潮时,他就会带着温德洛离开大船,乘着小艇登岸。此行为的是去请教异类的谶语。柯尼提坚持温德洛一定要到宝藏滩去走一趟。

玛丽耶塔号停泊在岛外远处,由于迷雾遮掩,船的轮廓时隐时现。玛丽耶塔号会待在外岛守望,除非薇瓦琪号看来需要协助,否则是不会驶近的。这种古怪的天气使人人都心神不宁。眺望外海时,只觉得像是看到了远处的异世界:玛丽耶塔号的形影在雾气中时隐时现,但是蒙蔽湾里却天气晴朗、温暖无风。周遭宁静无声,使温德洛昏昏欲睡。

"我不喜欢这里。"船仍坚持道。

温德洛叹了一口气。"我也不喜欢来这里。有的人觉得预兆、算命很有趣,我却一直唯恐避之不及。在修院的时候,有些见习教士会拿水晶粒或是种子来算命。他们洒出粒子,再从其排列的样式中预测未来会有什么发展。修院的教士们对此睁一只眼闭一只眼,有的教士觉得这无伤大雅,反正我们长大之后就会懂事了。不过至少有个教士说,与其沉迷于预测未来,还不如去玩刀子算了——而我认为那个教士说得一点也没错。其实我们都站在未来的边缘,既然如此,何必冒险从悬崖跳下去以探测前景如何?我相信世上的确有先知神使,能够把我们未来注定的命运讲得分毫不差,但是我也认为,贸然地寻求谶语,必招致——"

"我说的不是那个,"薇瓦琪尖锐地说道,"我对那个一无所知。我说的是我记得这个地方。"薇瓦琪的声音里冒出一丝无奈。"我记得这个地方,但是我知道这里我从不曾来过。温德洛,是你的记忆吗?你来过这里吗?"

温德洛将双掌平贴在甲板上,对薇瓦琪敞开心胸,并劝慰道:"我从未来过,但是柯尼提来过。你已经跟他很熟了，说不定这是因为他的记忆跟你的混在了一起。"

"血就是记忆，他的血渗进我之中，所以我知道在他的记忆之中，他来过这里。但那是人类的记忆。然而我记得的是我身在海水里，溜滑迅速地穿水而过的感觉，而且当时的我既新又年轻。我是从这里开始的，温德洛。我是从这里开始的，而且是多次由此开始，并非仅仅一次。"

薇瓦琪很苦恼。温德洛探索她的心灵，感觉到了浮影般模糊、古老到她无从理解的记忆。那影像模糊浮动，像是在温德洛眼皮下跃动的阳光一样捉摸不定。他一看到那浮光掠影，心里也跟着苦恼起来，因为那样的记忆不只是薇瓦琪，连他也心知肚明：阳光下的巨翼，滑溜穿过深海绿水的形影。可是那是温德洛在睡得最熟时才会浮现出来的，犹如因热病所生的幻象，说什么也不该在大太阳下出现。他试图遮掩自己内心的不安。"你怎么可能开始过很多次呢？"他轻声问道。

薇瓦琪把落在脸上的光亮黑发拨开，紧按太阳穴，仿佛此举可以让她舒服一点。她答道："那是生生不息的循环，无始无终，无失无得，不断循环下去。就好像在线轴上绕线，而线就一层一层地卷下去，绕着轴心不断循环。不过这线自始至终都是同一条线，没有变过。"虽是在阳光之下，薇瓦琪却突然抱住胸口，打了个冷颤。"我们实在不该来这里的。"

"我们不会久待的，顶多就待到开始退潮的时候——"

"温德洛！该走了！"依姐的声音打断了他的话。

温德洛以手拂过巫木甲板，并劝慰薇瓦琪道："没事的，你放心。"接着他便跳起来，一边解下头上的衬衫一边奔去与大家集合。他解开衬衫后，顺势把它套在身上，虽然他很不愿去求取神使的谶语，但是一想到等一下要登上异类岛，他的心脏仍怦怦直跳。

柯尼提一边操桨一边观察温德洛的脸色。那少年显然颇为痛苦——他紧咬牙关，咬得嘴唇都白了，额头上渗出一层薄汗——但是他并没有嘟囔或是抱怨。很好。依姐坐在温德洛身边,也跟温德洛一样执着桨,他们两人配合着另外两名桨手,四人韵律有致地协力划船。柯尼提坐在船尾,背朝着沙滩。他朝薇瓦琪号看了一眼,他相信薇瓦琪必能平安地等到他归来,也相信裘拉必不会辜负他的托付。裘拉是薇瓦琪号的新大副,柯尼提临走前明白地吩咐他,就算他的意见与薇瓦琪相左,仍应遵从她的智慧。这种命令实在奇怪,裘拉听了脸上满是疑问,但是柯尼提不予理会。以后裘拉若是能多展现几分能耐,也许柯尼提会对他更信任一点。柯尼提是很不愿放布里格走的,但是凭布里格的表现,也该给他一艘船了,所以柯尼提就把他们从分赃镇港口里打捞起来的那艘船交给他去管。除了船之外,柯尼提还留了不少钱给他,并吩咐他去筹备木料、雇用石匠来建塔。完成这些任务之后,布里格就该去拦截几艘运奴船,好让分赃镇的人口再度兴盛起来。布里格的新船员十之八九都是从分赃镇招募来的,柯尼提特别慎选了有家人住在分赃镇上的男女上船干活,因为这样的人比较肯拼着命完成使命。想到自己考虑如此周详,柯尼提不禁得意地点了点头。唯一出乎他意料的是,现在索科跟分赃镇分不开了。他们离开的时候,庭荠已有身孕,所以索科巴不得早点解决异类岛的事情,好赶回分赃镇陪伴娇妻。柯尼提不得不提醒索科,他既是有家室的人,就得拿出一点成绩来。他回到庭荠身边的时候,口袋总不能空空的吧。尤其是,运奴船偷袭分赃镇的时候,法丁大爷正巧人在外地,如今法丁大爷随时都有可能会带着他那几个儿子回到家中。索科总得让岳父大人觉得他必能让庭荠过上好日子啊。结果这又引起索科以前所未有的热切态度来掠劫沿路遇到的船只,再度大出柯尼提意料。说真的,他以前实在没想到索科会这样。

小艇的船头卡在黑沙沙岸上,一下子把他的心拉回当下。桨手们跳出去,把小艇拖上岸,柯尼提则趁此浏览起这个严峻的小海湾。沙滩很窄,再过去则是岩壁和大树形成的屏障。这里看来跟他上次来访时没什么不同。岩石上卡着什么大型动物留下的白骨,白骨上蒙着绿苔。悬崖上有棵大树,树根已离地悬空,如今那大树倒头栽垂于沙滩上方,海草则勾在垂死的枝桠间。黑岩壁上有条裂缝,可以由此循线而上。

柯尼提跨出小艇上岸。闪亮的黑岩上尽是滑不溜丢的海草、蓝贝和白藤壶，所以他的拐杖很难着力。他伸出一臂攀住依姐，装作亲密的模样，然后吩咐道："依姐和温德洛跟我一起去，你们两个在这儿等。"那两个桨手颇不自在地答应了，柯尼提则开始审视那条陡峭的山路，心里一点也热衷不起来。要爬过眼前这座石山只怕会很吃力。一时间，他犹豫起来，纳闷着自己决定要到这里来是否明智。接着他的眼神与温德洛相遇。那少年很紧张，但是眼里满是期待。在那一瞬间，柯尼提再度生出那种惺惺相惜的感觉。温德洛跟年轻时的自己好像啊。他年轻的时候，也常常像温德洛这样，心情既兴奋又期待，而当年的他，往往是在看到海上来了一艘待宰的肥羊时，便油然生出这种心情。过了一会儿，他脸上那抹若有若无的笑容就扭曲成轻蔑的脸色。他坚决地驳斥那一段记忆。那不对。他从不跟伊果真心相待，毕竟那个男人胁迫自己顺他的意愿，如今柯尼提一想到他，心里只感到轻蔑。"走吧。"他的口气如此尖锐，以至于温德洛几乎吓得跳了起来。柯尼提倚着依姐，走上了岩壁间的小径。

他们还没爬到第一个山丘的山顶，柯尼提的衬衫就湿得贴在了胸膛上，不得不停下来休息。他告诉自己，这是因为天气的关系。今天的天气比他上次来的时候还要热，走在林间虽有遮荫，却也更为闷热。穿过异类领域的鹅卵石小径跟以前一样一尘不染。柯尼提上次走过这条小径的时候，手腕上的木脸护符告诉他，异类在小径上施了魔咒，以防止旅人不走小径，反而走入异类的领域中。此时，柯尼提展望着这一片浓密的绿林，只觉得什么魔咒云云根本是无稽之谈。小径又直又平坦，谁会丢下不走，反而冒险探入密得拨不开的绿林之中？柯尼提掏出手帕揩拭脸和脖子，张望了一下，发现依姐和温德洛已经在等他了。

柯尼提怒目望着他们两人。"怎么？你们好了？走吧。"他的木腿和拐杖不时在鹅卵石道上打滑，必须时时调整重心。柯尼提在下山再上山之间，只觉得这段路比实际上长了几倍。走到了第二个山头上时，他又停下来喘口气，并突然心生一念。

"它们不要我来这里。"柯尼提朗声说道。话毕，周遭的树木也簌簌应和。

"异类故意让我寸步难行,看看我会不会因此而打消念头,回船上去。但是我才不放弃。说什么都应该要让温德洛听到它的谶语。"他再度举起手帕,并瞄到系在他手腕上的木脸护符。木脸凝滞不动,但那是一张累得嘴巴扭曲、伸舌喘气的脸。这木脸分明是在嘲笑他。柯尼提故意用拇指的指甲去抠木脸的额头,想把那张苦脸刮平,但巫木坚实得如同钢铁,即使这么一刮,木脸的眼睛仍连眨都不眨一下。柯尼提抬起头来,发现依妲和温德洛都忧心忡忡地望着他,于是他悠闲地再度以拇指拂过护符,仿佛刚才只不过是在拂去护符上的灰尘罢了。

接着他勉强地下了个决定:"温德洛,你先走。我想你最好是独自走过宝藏滩,免得因为有我相陪而分心。要是我一不小心叫你捡起一样东西,可是那并非你命中注定要捡到的,那就不好了。我可不想让预言有瑕,所以你还是自己去走宝藏滩吧,反正重点是异类的谶语,而异类跟你预言的时候,依妲跟我一定会到场旁证,这就行了。你去吧。"

温德洛面露犹豫,他跟依妲互望一眼,依妲微微耸了耸肩。柯尼提一下子大怒起来:"怎么,我都下令了,你还犹豫什么?快去!"

他这么一吼,那少年就拔腿而奔。

"这才对。"柯尼提满意地说道。他一边望着温德洛的背影一边摇头说道:"温德洛必须从我这儿学会两件事:第一是要遵从我的命令;第二,是要能够自主行动。"他再度把拐杖夹在腋下,"走吧,但别走太快,我想让温德洛从容地在沙滩上独行。这种事情是急不得的。"

"的确如此。"依妲应道,她朝林中瞄了一眼,"这地方真是古怪,美得像是仙境,却又森严得令我一步都不想踏进去。"她仿佛害怕似的突然凑近,撑着柯尼提未支拐杖的那一只手。柯尼提不禁摇了摇头。女人,就是怕东怕西的。他心里纳闷道,木脸一直坚持他前往异类岛之时一定要带依妲同行,不知道到底是什么缘故。柯尼提可没向木脸求教,而是那个可恶的玩意顽固地主动提出意见,而且不是只提一次,而是一再地重复强调道:"带依妲一起去,你一定要带她一起去。"结果呢?看,依妲怕成这样,这下子自己恐怕不得不照顾她了。

"走吧。"柯尼提坚定地对侬姐说道,"只要我们守着小径走就没问题了。"

温德洛狂奔。倒不是他急着逃离侬姐和柯尼提,其实自己先行,把他们两人丢在那里,他还觉得愧疚呢。他之所以跑得这么急,是因为觉得自己像被森林包覆了起来,如一只被饿猫托在掌心里的老鼠。林中飘来馥郁的香气,朵朵鲜花都美得动人心弦,可是其情其景,令人迷眩的同时又畏惧不敢靠近。热风一吹,林中树叶窸窣而响,犹如在闲谈温德洛的死状,所以他巴不得早点赶快跑到森林外面去。温德洛没命地奔跑,心脏狂跳,但与其说那是因为奔跑,倒不如说是因为他心里惊惧。他一路狂奔,直到小径把他从森林里喷出去,吐在一片开阔的台地上。眼前突然出现蓝天与开阔的海洋,岸边是一抹月牙形的沙滩。沙滩两端皆是狰狞的悬崖。温德洛停下脚步、大口喘气,心里纳闷着接下来该怎么办。

柯尼提说得很少,他只说:"很简单。你沿着沙滩走下去,看到有趣的东西就捡起来,走到沙滩的终点时,异类自会在那里等你,并要求你给他一块金币。他要,你就给他,只需要把金币放在它舌头上就是了,然后异类会预言你未来的命运。"讲到这里,柯尼提放低声音,犹豫地坦诚说道:"有人说,异类岛上住了一位'神使',至于这位'神使'为何,有人说,神使是个女祭司,也有人说是被异类拘禁起来的女神。根据传说,这位神使对于过去发生之事无所不知,而既是如此,所以就能预测未来的演变。不过对于这个神使,我是半信半疑。我上次去的时候并没看到类似的人物。反正异类会把我们需要知道的事情告诉我们。"

温德洛本想问个清楚,但是柯尼提讲到这里就不耐烦起来了。"温德洛,你放胆去走就是了。到那时候,你就会知道该怎么办。至于你会在宝藏滩上找到什么东西,是什么意义,要是我现在就能告诉你,那我们也不必亲身走一趟了。你总不能老是仰赖别人替你过日子、替你思考。"

当时温德洛听得垂下头来,虚心接受柯尼提的训斥。

后来柯尼提又三番两次耳提面命,讲的都是这些话。有时候,温德洛觉得柯尼提好像是在替他做准备，但到底是为了什么事，他则说不上来。自从分赃镇的事情之后，他对柯尼提更敬佩了。有次他带着一根大头锤、一袋木桩地标，跟着柯尼提走了一下午。柯尼提丈量好距离，用他的木腿在地上一插，温德洛就跟着在木腿插着的地方钉上一小根木桩。这些木桩有些标示出道路的宽度，有些标示出房舍的角落。地标通通标示完毕之后，柯尼提回头一望，脸色突然一变。当时他站在柯尼提身边，也跟着回头一望，看看柯尼提看到了什么。最后是柯尼提打破沉默，他有感而发地说道："任哪个傻子都能把好好的城镇烧毁。人家说，'恐怖伊果'就烧毁了十几个城镇。"讲到这里，柯尼提不屑地啐了一声，"但是我要造起上百个城镇。我才不要让大家一看到我就想起灰烬。"

当时，温德洛只觉得柯尼提真是个有远见的人。不，不只是有远见，他乃是莎神的工具。

温德洛从左望到右，把眼前的景物仔细地看了一遍。柯尼提只叫他到宝藏滩走一趟，但到底该从哪一边开始走还是从哪一边开始走都无妨？温德洛耸了耸肩，把脸转向来风处，开始往前。潮水仍在退却。等到走到月牙滩的末端，再转身从头走回来，以探索自己的命运吧。

烈日照在他头上。温德洛喃喃地责骂自己怎么没带条包头的大手帕上岸。他边走边看地上，并未看到什么不寻常的物件。潮水所及的最高点散落着缠卷成团的干枯海草、空蟹壳、湿羽毛和浮木等，如果说这些事件预告了他的未来，那么想必他的未来没什么惊人之处。

到了终点，沙滩渐渐窄了，取而代之的是露头的黑岩。温德洛身后的台地逐渐隆起到跟大船的船桅一样高，露出构成台地地层的板岩和砂岩。现在潮水已经全退，这才让平常隐而不见的水底暗礁露了出来。这些黑色礁岩的缝隙间蓄着水，成就了一个又一个生机盎然的潮间池世界。那些东西一向最吸引他。他回头望着从林中延伸而出的小径，依妲与柯尼提仍杳然无踪，这么看来，他还有一点时间。他小心地踏到礁岩上，落脚处都是海草，滑不溜丢，若是一个不小心跌倒，就会撞上藤壶和蓝贝。

这一个又一个的孤立水池里有着海葵和海星，小小一丁点儿的螃蟹从这个绿洲走到下个绿洲去。一只海鸥飞下来，陪着温德洛一起观察。他在其中一个潮间池旁跪下。池子暗处绽放着一朵红白相间的海葵。温德洛伸出一指，在静止的水面上轻轻一点，那敏感的海葵便立刻把触角通通收紧。温德洛一笑，起身继续走。

阳光照在他的背上，温暖的感觉使肩膀的疼痛缓解了不少。四下除了海风、海水和海鸥之外，就没有别的声音了。在风和日丽的天气中，漫步走在四下无人的沙滩上，感觉多么美好！他几乎都忘了人间有这种单纯的乐趣了。温德洛信步走去，直到后来回头一望，才发现自己已经绕过岬角。这里是望不见沙滩的。温德洛仰头审视岸边的高崖，并断定若是涨潮时被困在这里则必死无疑。这黑色的崖壁光溜溜的，一点也没有着力之处，除非是……温德洛退后几步，眯着眼打量崖壁。那儿有道凹缝还是什么的，崖壁上有一道狭窄陡峭的小径，直通到那里。那处并不高，差不多就是两个大男人的高度吧。他还没细想此举是否明智，人就已经朝那个凹缝爬上去了。

如果那是小径，而非自然形成的裂缝，那么起造这小径的生物肯定是比他走得更稳的。这小径窄到他无法好端端地走，必须人贴在岩壁上一点一点地腾挪。小径非常陡峭，沿着岩壁一路上去。落脚处有一层闪亮的黏液，像是蛞蝓行过后干掉的痕迹，若是踩到的话，一下子觉得湿滑，一下子又变得黏黏的。温德洛突然觉得，那凹缝肯定不止两人高，要是他失手从这儿掉下去的话，只能直接摔在岩石和藤壶上。不过他既然都已经爬到一半，索性就一探究竟吧。他突然来到一处岩面凹陷处，原来这是个管状缝隙的起点，可是他才一进去，就发现去路被铁条栅栏拦住了。他凑上前去，看看铁栅后是什么光景。

里头有一道非常狭窄的裂缝，一路通到悬崖顶，由此可以隐约见到高处有个小开口，透入一点阳光。有人在管状缝隙的末端继续开凿出一个约莫跟四轮大马车一般大小的山洞。这开凿出来的山洞地板是斜的，所以涨潮时的海水困在此地，温德洛看得见照到那静止的黝黑池面上所反射的光线。

唔，那么到底设这些铁栅为的是什么？是为了不让里面的人出去，还是为了不让外面的人进来？温德洛伸出双手握住其中一根铁条，试着摇撼了一下。铁条动也不动，但是转得动。铁条与岩石摩擦，发出刺耳的声音，于是水面突然起了波澜。

温德洛立刻退了一步。由于退得突然，他差点就从岩壁边缘掉下去。那池子想必比他之前猜测的更深，否则是容不下那么大的生物的。那生物继续以巨大的金眼凝视着他，不过他却大起胆子，走回铁栅边，双手抓着铁栅往池里看。

拘禁在狭小山洞里的那条海蛇无法自然生长，只能随时蜷缩着，尽量把身子收在池水的范围内。它的头差不多跟矮种马一样大，由于身体蜷曲，所以温德洛猜不出它的身长。它的外皮是淡淡的黄绿色，像是在暗中发亮的蕈类色彩。温德洛之前从薇瓦琪号的甲板上看到的海蛇都是全身披鳞，但是这条海蛇却胖胖软软，像是蚯蚓一般。它的身体跟囚牢的岩壁接触之处长出了一层厚茧。温德洛突然意识到，这海蛇一定是在这池中长大的，直到如今它已经大得囚室几乎容不下它了。它一定是在很小的时候被抓到这儿囚禁起来的。这里必是这海蛇所知道的唯一世界。温德洛四下张望。对，高潮时正好可以涨到这岩缝裂口的边缘，引入新鲜的海水。至于食物呢？它不可能光喝海水，一定是有人替它带食物来。

海蛇在拮据的水池里伸展了一下——但其实也不过就是把尾巴从这边摆到那一边。然而这虽是个简单的动作，但它仍必须全身缩紧才行。温德洛怜悯地望着它一截一截地运作，想要把扭曲的身体摆正。但是地方太小，所以它怎么也无法完全摆正。海蛇期待地凝视着温德洛。

"这么看来，你是习惯有人喂的。"温德洛评论道，"但是为什么人家把你关在这里？他们把你当宠物来养？当作珍禽异兽？"

那海蛇歪着头，仿佛因为温德洛讲了这番话而感到好奇。接着它把巨大的头浸入池中，让头湿润一下。要在狭小的居室中低头浸水是很困难的。海蛇为了把鼻吻从水里抬起来，整条蛇身都蜷缩纠结在一起。温德洛望着那海蛇挣扎，蛇身突出水面，磨过已经因为多次摩擦而变得光滑的岩壁。它发出一声渡鸦般的尖叫，突然再度抬头离水。温德洛看了很难过，那海蛇的脸侧又多了一道刮痕，伤痕中渗出浓浓的绿色脓水。

温德洛再度伸手握住铁条。每一根铁条都可以转动，但是铁条上下都插入岩石中，而且凹槽做得很深，光用拉是拉不动的。温德洛跪下来，观察铁条是用什么方法安装上去的，结果发现答案就在他脚下。他把地上的沙子和海水留下的碎屑拂开，以查看岩石相嵌的细缝。铁条顶端插入上方岩石的凹穴，这是好不容易开凿岩石钻出来的。其中一个凹穴的边缘稍微变色，可见原来可能是先在岩石中凿出一条缝，等到铁条定位之后，再用补土将铁条旁的空隙补起。温德洛的结论是，当初必是先在上方岩石中钻出一个个深穴，接着硬扳着铁条插入上方深穴中，再用力将铁条推入下方凹槽，铁条上下都定位之后才用石块将凹槽补满，固定住铁条。温德洛细细审查石块的接缝，果然证明他的推论无误。他试着看看铁条两端有没有余裕空间，每一条铁条都能提高一点，有些铁条可以动的余裕多，有些则少。这就对了。现在的问题是，虽已知道铁条是如何安装的，但要如何拆卸下来呢？

温德洛在山洞的地上跪下来，什么宝藏滩、柯尼提的，早已抛到脑后。他用手拂开沙子和碎屑，再脱下衬衫，用衬衫把岩面扫得一干二净。当初以石块将铁条下方固定住之后，缝隙又以补土补起，而依妲送给他的那把精致短刀正可以用来清走沙子和松软的补土。温德洛耐心地把沙土磨下、清走之时，那海蛇目不转睛地望着他。从专心的模样看来，它仿佛知道温德洛此举关系到它能否得到自由。温德洛横量了一下海蛇的身围与铁栅的距离，推算出至少得拔出三根铁条——而且很可能得拔出第四根，海蛇才出得来。

补土已经很旧了，一挖就松。如果补土是他唯一的敌人，那么他必能轻松获胜，只是事情没那么简单。填补在铁条之间的石块，每一块的大小都恰到好处，显然是名师所为。温德洛为了撬起石块，弄得那一双已经结了厚茧的手又重新磨出水泡，膝盖也因为跪在坚硬的岩石上而疼痛不已。他倾身凑到石头间的隙缝上，将沙土吹走，把指头伸到缝隙里，却也只能把石头推得更进去一点，无法起出石块。就算抓得住石块，他有那个力气把石头搬出来吗？他使尽全力一拉，感觉到那块石头滑了一下，于是他拿起短刀，再度琢磨起来，而那海蛇则继续以不住旋转的金色巨眼注视着他。他肩膀的伤又痛了起来。

他们走到沙滩上时，依妲已经满身大汗。她拉着柯尼提的手臂，这样就算她要扶着他走，柯尼提也不会觉得太明显了。有时候依妲想到命运如此捉弄他，气得直想尖叫；而有时，又因此而感到黯然神伤。过去的他身体高大健壮，如今他则跟寻常的瘸子一样，为了弥补失腿，身体一边的肌肉练得比另一边更为健壮。柯尼提最不愿丢脸，所以他在决定如何行动时的考量往往是出于要如何做才不会让他人察觉他身体虚弱。他那如虎般的斗志一点也没有减少，野心也毫无退却。她知道柯尼提是靠着一把熊熊烈火撑到今天，她只希望那把烈火别将他的虚弱身子烧光了。

"他在哪里？"那海盗问道，"我没看到温德洛。"

依妲以手遮阳，四下眺望沙滩。"我也没看到他。"她不安地答道。

这弯曲的海湾是由黑色沙子及岩块所构成的，后方则是台地，沙滩上没有任何大到足以让温德洛藏身的东西。他上哪儿去了？阳光映在水上的反光实在太刺眼，令她眨了眨眼睛。"会不会是他已经走完沙滩了？会不会是异类遇见他，把他带到别的地方去了？"

"这就不知道了。"柯尼提皱着眉头答道。他举起一臂，指着沙滩的末端，那个岬角延伸为一长条，直伸入海中。"那里就是壁龛崖，所有的宝藏都放在那里展示。如果温德洛遇到异类，那么他们可能会把他带到壁龛崖去，叫他把拾到的东西都收到多宝格里。可恶！我真该跟他一起来的。我想知道异类到底是怎么跟他说的。"

依妲本以为柯尼提接下来会怪罪到她头上，说都是因为她在小径上越走越慢，被她拖延了，所以才会这样。但是他什么都没提，只是将拐杖夹在腋下，并朝壁龛崖点了个头。"扶我过去。"他吼道。

依妲审视着沙滩上松软的干沙以及不时露头的崎岖黑岩，心里一沉。现在潮水已经退到极限，再过不久就会反涨回来，淹过沙滩。他们跟在小艇边等待的那两个人约好，会在满潮之前回到小艇边，所以最合理的做法应该是她一个人跑到壁龛崖去，看看温德洛是不是在那里，而不是让柯尼提强忍着不便拖行过这片沙滩。她差点就把话说出口，但接着却挺起腰杆，扶起柯尼提的手臂。这个道理她明白，柯尼提也是心里有数，他既说了，要她扶着他走过去，那她就这么做。

第一个填缝的石块起出来的时候，温德洛双手手背都刮破流血、手臂也阵阵抽痛。这石块比他预料的还要重，但是最棘手的问题还不是重量，而是石块嵌得非常密合。他坐在石块边，两手抵住地，运用双腿将石块撬起来。这下子总算看到其中一根铁条的底座了。温德洛坐起来，弓起疼痛的背，双手抓住铁条将之提起。铁条与石穴摩擦发出刺耳的声音，池里的海蛇突然兴奋地摇起尾巴。

"别高兴得太早。"温德洛嘟囔道。他没想到铁条这么沉，而且他已经把铁条提得很高，却还没到顶。这铁条怎么那么长？他以肩膀抵住，重新将铁条抓稳，再度提起。他突然看到末端了。他横拉铁条底部，结果铁条顶的补土屑像下雨一般地落下来。他抓不住铁条，但幸亏铁条也没有滑回石穴里，而是沉重地跌落在石地上。温德洛吸了一口气，抓住铁条，硬将它朝洞口拖过去。这只能慢慢地扳，根本快不来。金属拖过石地发出刺耳的声音。铁条顶终于被硬扯出石穴外之后，温德洛反而因为沉重而一个站不稳，失足跌倒，铁条则落在地上，响声大得犹如铁锤打在铁砧上的声音，回音在小山谷里回响，久久不绝。

温德洛坐了起来。"唔，一条了。"他对海蛇说道。

海蛇那金色巨眼上的透明眼皮眨了一下，把头从水里抬起来，晃了一下。它喉间的肌肤开始放光。海蛇扭了一下身体，于是温德洛看到它全身均泛出若似有似无的花纹，那色彩的变化令他想起孔雀尾上一个又一个的彩眼。温德洛突然想到，说不定海蛇这种反应是因为它很生气，也许它因为他所做的而觉得备受威胁。那个可怜的野兽大概是一辈子都拘禁于此，也许它认为自己把它的巢穴打坏了。

"下次涨潮的时候你就可以离此而去了，如果你想走的话。"温德洛朗声说道。虽然他也知道，人声对于海蛇而言只不过是噪音。那条海蛇可能连他讲话时的劝慰口气都感觉不出来。温德洛跪下来，继续撬动第二块填塞石。

这远比搞定第一块填塞石容易得多。这块填塞石周围的填土早就风化，一拨就沙沙地碎落掉下，况且第一块既已搬开，那么他在撬动第二块的时候，就不至于那么局促。温德洛将短刀收入刀鞘，以手抓住填塞石。他甚至还不需要把它整个从凹槽里搬出来，只需把石头推到一旁，就可以开始取出铁条了。第二根铁条比第一根松得多，再说他现在已经抓到窍门了。当铁条磨过岩石，发出尖锐的声音，而上面的填土也再度如雨般落下时，温德洛突然想到，会不会有人因为他拆铁条而感到愤怒？说不定这些噪音已经引起他们的注意了。

铁条砰地掉落在石地上。温德洛跳开，以免被打到，然后他走到岩缝边缘往外一看。外面杳无人踪，但是他却看到另外一个立即的威胁：潮水已经反转，开始涌上岩石，地平线上有暴风雨的乌云，所以在大风的吹拂下，浪打得特别高；原本平趴在岩石上的海藻，此时则随着涌上来的海水而摇曳。涨起的潮水可能会把他困在这里，况且就算没被困住，他也仍必须考虑别的因素；他还没走宝藏滩，还没听到神谕，而且他们要在高潮前回到小艇边。

柯尼提大概会因为他而怒火高涨。

温德洛抱着酸痛的手臂站在洞口，观看潮水涌上沙滩的斜坡。潮水上涌的速度很快，对此，他是一点也控制不了。他若是待在这里，就会被涨潮困住，而此时这状况已使他不得不涉水才能绕过岬角、走回沙滩了。

他非得离开不可。他已经尽力了。

接着他听到山洞里传来巨响，是铁条在岩石上滚动的声音。温德洛皱着眉头回到洞里，一看到眼前的景象，不禁吓得吸了一口气。

那海蛇将自己拖出池外，顶住监牢的石壁，然后它侧着头，伸入温德洛拔走了铁条后腾出来的空隙。它想要挣离那个水池囚牢，然而身体虽畸形扭曲，力气还是很大。"不行，快回去！"温德洛叫着劝阻道。"那里太窄了！况且还没有水！"

可是海蛇听不懂人话，它继续扭着身体，想从铁栅间挤出来，但最后不但挤不出来，反而越夹越紧。它在失望之余尖声大叫，喉间的触须也因为愤怒而竖立起来。它试着要把头从铁栅间抽回去，但也不行。海蛇卡住了，动弹不得。

温德洛沉重地想到，不但海蛇卡住了，他自己也是一样。现在海蛇的性命有危险，他不能把它丢下来一走了之。海蛇张开上下颚，疯狂地鼓动鳃囊，温德洛实在不知道海蛇离水之后顶多能撑多久。它摆动尾巴的样子看来已经有点痛苦难忍。要是他能够再松开一根铁条，那么海蛇说不定能滑回水池里。这一来，就算它无法自由，但至少不会死。

而他若是手脚快一点，说不定连自己也可以活命。

他小心地走上前，看看哪一根铁条比较容易取下。海蛇硬挤入空隙中扭动，倒真的又把一块填塞石弄松了，不过那块石头上满布黏液，这样的话，恐怕很难将之抬起。地上躺着两根他刚才取下来的铁条。温德洛拿起一根来用。铁条太长，并不好用，但至少这样子他就不会碰到海蛇。任凭是什么动物，被囚禁了都可能会咬人，而体型那么大的海蛇若是张口咬人，那么他的身体可能大半都会进了蛇腹中。

温德洛把手上的铁条当作杠杆，伸入铁栅的两根铁条之间。他这么施力固然能把填塞石弄松，却也会让铁条把海蛇越夹越紧。海蛇吼叫起来，但令人惊讶的是，它并没有攻击温德洛。他将铁条固定在基座中的填塞石里，在滑动时与周围的岩石和石块摩擦，发出刺耳的声音。填塞石之间出现空隙之后，温德洛立刻改变位置，将杠杆置于填塞石的空隙中。但是这杠杆实在太长，所以一下子就卡在岩洞的石壁上，幸亏最后这一招终于奏效，填塞石还是被推到旁边去了。现在要对付铁条了。

"你别伤我！"温德洛凑到铁栅边，对海蛇告诫道。说也奇怪，那海蛇就算听不懂人话，但好像感觉得出人意。温德洛话毕，海蛇静止下来，只剩鳃囊仍沉重地鼓动着。要不然就是因为它精疲力竭，已经快死了。他不能想那么多，也不能考虑时间过了多久。他双手抓住铁条，用力提起。

然后便放声尖叫。

他的手一碰到沾在铁条上的黏液，便炙热地灼烧起来，无法动弹。然而肌肤的痛楚虽剧，但是跟感知的痛楚比起来根本不算什么。在这一刹那间，温德洛深切地领略到她的悲痛。他不禁呻吟，因为一个有感知的野兽竟然被囚禁了这么久，其时间久远到他根本无法想象。他与她一同呼吸灼热的空气，由于没有水的滋润，细嫩的皮肤刺痛干裂。而更恐怖的是，他知道再迟一些的话，一切就无法挽回。她必须现在就逃走，要不然众生的命运就无从挽救了。

温德洛颤抖着松手放开铁条。由于身体排拒痛楚，产生了极大的力量，瞬间将他弹到岩地上。他躺在岩地上喘息。他这一生，从来就没想到有朝一日会与另一个生物进行这么震撼的感知交流。比较起来，他与活船薇瓦琪之间的联系只显得笨拙且迟钝，跟这个差异非常大。在这片刻之间，温德洛竟分辨不出自己和那野兽之间的界线。

不，不能说那是野兽。若那样说，不就等于说他自己也是野兽了吗？她一点也不比他差，而他考虑过她所感受到的一切之后，更不禁揣想，或许她比自己更为高尚。

瞬间之后，温德洛站了起来。他撕开自己的衬衫，分别包住双手，然后再度走上前去。这一次，他不得不承认，海蛇那一对金色巨眼的确具有智慧之光。他以包布的手握住铁条，用力一提。然而铁条上都是黏液，滑溜溜地很难使劲。他连提了两次，好不容易才把铁条下端从深凹的岩穴中拔出来。铁条从填塞石间抽出来的那一刹那，海蛇便再度冲撞上来。由于她体型庞大，一下子便能推开铁条，仿佛那不过是一根稻草。而温德洛也跟着铁条一起被那海蛇扫到一旁。那海蛇不但冲力大，而且身上布满了黏液。温德洛的肌肤凡是碰到黏液的地方就立刻灼热得难受。他看到自己腿上那厚重的帆布裤也马上被烧灼光了，忍不住放声惊叫。然而他也因此得知她意志之坚定，震惊得无以复加。

"下面没水！"温德洛尽全力以声音和思绪把这个想法传达出去。"下面只有石头。你会摔死啊。"

宁可死了的好。

她蠕动着身体经过温德洛的面前。囚禁的水池中，蛇身一尺一尺不断冒出，仿佛从线轴上抽出线来。她经过时，温德洛感受到她挪动扭曲畸形的身体要花上多大的力气。她拼了命地往前挪去，不知道此去会得到自由，还是当场死亡，但她知道自己总算离开了囚牢。

是啊。抱歉我把你杀死了。

"没关系。"温德洛喃喃地答道。其实他也不知道自己死了没有。此时他好像出窍了——不，不只是如此，而是变得广大崇高。这感觉就像当年在修院时创作镶嵌玻璃画作之际恍惚出神一样，只是这远比那感觉更高一级。他突然觉得，皮肤上的灼热感其实并不比卡在脚底的木屑更恼人。啊，温德洛感叹道，现在我可看出来了，其实你一直都在，从未有片刻消失。我所有的镶嵌玻璃创作都以海蛇和龙为主题。可是你怎么知道我总有一天会来找你？

你怎么会知道要来找我？她讶异地反问道。

但是她并未稍停下来等他回答，而是一股劲儿地伸出岩缝之外。温德洛坚定心志，不肯让自己因为稍后将听到她沉重的身体跌摔在下面岩石上的声音而过于痛心。不过冗长的身体倒使她免于因为跌摔而死。她将身体伸出洞外，探到岩缝下的海滩，然后才蠕动着把其余的身体从岩缝中抽出来。真奇怪。现在他没有碰触她，可是照样感觉得到她的一举一动。炙热的太阳照在她身上，沙子也沾了上来，她无奈地在爬满藤壶的岩石上扭动。现在她已经精疲力竭了，需要水来承托她的重量，也需要水来湿润她的鳃，可是打上岸来的潮水只能沾到她的肚皮，那是不够的。她都好不容易逃出来了，难道却要死在这海滩上？难道她经过这么惨烈的挣扎，却只是沦为螃蟹和海鸥的餐点？

温德洛的身体正在起变化，现在他的身体起了中毒般的剧烈反应。他的眼睛肿得睁不开，喉咙也肿得连呼吸都很困难；他眼睛流泪、大流鼻水，皮肤则干得像是要裂开。纵然如此，他还是挺直站着，跟跄地走到岩缝边缘，手上仍包着蚀裂残破的衬衫。他看到下方海滩上的绿金色蛇身，感觉得出阳光几乎要把她烤焦。他一定要下去救她。

只是那狭窄的小径实在不是他走得来的。他走到第三步，就背朝下地从崖壁上掉下去，落在海蛇柔软的身体上。他的确因为摔在海蛇上而止住了落势，但是一个人若是跌落在油锅里能舒服到哪里去？温德洛痛得惨叫起来。太多了，她所知道的实在是太多、太沉重了。不仅如此，她体表的黏液会腐蚀他的皮肤。温德洛从她身上滚下来，落在满布藤壶的岩石上。海浪打上来，在他脸上沾了一下，然后又连忙退去，清凉的水的确稍能止热，但是皮肤沾到盐分只觉得刺痛难言。

丰境。

这两个简单的字透露出不朽生命的最大渴望。他手上仍包着衬衫，而那残破的布料被海水浸得湿湿的。温德洛把衬衫收在胸前，朝她爬过去。他眼前的世界一片黯淡，但是午后的太阳仍炙热地打在他身上。不，说不定是她觉得太热？温德洛勉强地抖开破衬衫，盖在她的鳃上，只是她头那么大，衬衫只能盖住一小部分。

纵然如此，我还是纾解了不少。我们都很感谢你。

"我们？"温德洛问出这两个字，虽说感觉上那海蛇并不像是通过语言来理解他的。

我的族类。若要拯救我的族类，只能靠我了，因为我乃是世上最后仅存的"存古忆"。其实我现在才逃出来可能已经太迟，但如果我还来得及，如果我能救得了他们，那么我们都会记得你的功劳，永志不忘。你虽是生命稍纵即逝的生物，但请以此为慰。

"温德洛，我名叫温德洛。"

下一波海浪打上来，又比前波稍微高了一点。她趁着水来之际虚弱地扭动了一下，看看能不能更接近大海一些。但是现在的波浪不够高。温德洛突然生出自私的念头，想要滚开，免得一直与她一同承受痛苦，毕竟他自己的痛苦就够受的了。接着他突然觉得，就连滚开也太费力气，所以干脆一动也不动地躺着，等待下一波浪潮托高他，以便游回大海去寻找自己的族类。

听到第一声尖叫声时，柯尼提停下脚步，质问道："什么声音？"

那叫声伴随着古怪的回音。"不知道。"当时依姐不安地答道。她睁大眼睛，四下张望，突然觉得自己很渺小，而且正暴露在各种可能的伤害之下。他们早就离开了小径与浓密的森林,而这开阔的海滩上只有岩石、沙粒、艳阳与无垠的海水。她注意到海平线上升起了乌云,风势变强了,饱含湿气,肯定会下雨。她不知道自己在怕什么,但就是觉得无处可躲。不过她看不出周遭有什么危险,那尖叫声不知从何而来,叫声之后,一切又恢复安宁,但感觉上颇为不祥。

"我们该怎么办?"依姐问道。

柯尼提的淡色眼睛扫视过整片海滩,接着眺望海滩旁的台地,他也看不出有什么异状。"继续往壁龛崖走。"柯尼提才举脚要走,随即便停了下来。

依姐顺着柯尼提的目光望了过去。刚才她看的时候,周遭什么也没有,但此时却看到一个怪物。沙滩上并无那怪物可以藏身之处,但它却突然冒了出来。那怪物直立处与柯尼提同高,身后拖着如同蚯蚓一般的沉重身体。依姐瞪着直看。那怪物从上身伸出柔软的上肢,柔软无骨,带着几分不可思议的优雅,末端还伸出了带蹼的长指头。怪物的身体是灰绿色的,没被淡黄斗篷遮住的部分还露出湿润的光泽。它那平板的眼睛恶狠狠地瞪着他们看,并且出声警告道:"回去!走开!她是我们的!"它那嘶嘶的单调气音带着浓浓的威胁意味。就连那怪物的味道闻起来都很恐怖——虽说依姐也想不出那味道怎么会恐怖。她只知道自己恨不得马上就逃得远远的。那个生物太古怪,太诡异了。她拉着柯尼提的手臂,恳求道:"我们走吧。"

但是那跟拉雕像的效果没什么两样。任由她怎么拉,柯尼提就是纹丝不动。"不,依姐,你站好,听我说。那是魔法啊,它使了魔法,要迷住我们。它叫你自认为自己很怕它,可是你别受它摆布。它没那么恐怖。"接着柯尼提脸上露出优越的笑容,同时轻拍着手腕上的护符。"但是它们的魔法对我是无效的,相信我。"

她想要相信柯尼提讲的话,但是心里却杂念丛生。海风把那怪物的臭味吹过来,而她一下子就分辨出那是死亡与腐尸的味道。那味道使她闻之作呕,怪物那对平板眼睛的瞪视更使她恐慌。她想要将自己遮掩起来,不让那对眼睛看到。"求求你。"她对柯尼提乞求道,但是柯尼提不理她,只顾着跟异类对视,他甚至出乎她意料地用力甩开她的手。看来柯尼提是忘记她了,如果她想逃，就自己逃吧。

她不知道自己哪里生出来的力气，竟能纹丝不动地站在那儿看。柯尼提眼睛眨也不眨地与异类对视，她无法想象世上怎么会有那么勇敢的人。柯尼提把拐杖收在腋下，率先朝异类走过去，异类则把自己拱得更高，将软绵绵的上肢展得更开。依妲看到它那长指头之间的蹼。接着它对柯尼提警告道："回去！"

柯尼提听了置之一笑，耸了耸肩。"这边。"他对依妲说道，率先朝通过森林的小径起点而去。依妲一下子放宽心怀。他们要走了。柯尼提艰难地走过沙地，而依妲则紧跟在他身边。柯尼提每走几步，就转过头去看看那个怪物。那怪物那么恐怖，怪不得他会怕，但是她却连回头去看都不敢。她紧抓着柯尼提的袖子，而他也任由她紧贴着。

柯尼提突然停下脚步，转头望着依妲，咧嘴笑着。"现在我们可知道了。就是那里，我们的脚程一定比异类还快。"

依妲害怕地回头一望。那怪物迅速地匍匐行过沙滩，不过看来它就算尽了全力也走不快。这一看，恐惧的浪潮再度袭来，那难闻的味道几乎令她窒息。她努力要镇静下来，但仍不由自主地打颤。

"你别再怕了。"柯尼提徒劳无功地命令道，"你看到没，它认定我们要逃走之后就连忙沿着沙滩冲过去？谁知道那异类想要保护什么，但是它要保护的东西一定是在那个方向。走吧，你帮着我，这样我们可以尽量走得快一点。"

依妲怕得闭上眼睛。"柯尼提，求求你。它会杀了我们。"

"依妲！"柯尼提伸出手紧箝住她的上臂，大力摇晃，"你照我的话去做就对了。我会保护你的。走吧。"

他再度把拐杖架在腋下，飞快地沿着沙滩走下去；他大幅度甩动拐杖，把拐杖当成他的另一条腿似的奔跑起来。然而他脚下并非实地，而是松动的砂石，但是他照样疾走。他们身后的异类气愤地尖叫起来。依妲听到呼应的喊叫声，忍不住回头去看。原来他们身后的异类不止一个，那些异类好像是从地里慢慢渗出、凝聚起来。依妲飞快地跟在柯尼提身后奔跑。她跌倒了一次，两手摩擦到岩石和沙地,她感到掌心刺痛、靴子里积满了砂石,连忙站起来狂奔。

她赶上柯尼提的时候,正好听到第二声尖叫。柯尼提脸上立刻变得刷白。"那是温德洛的叫声!"他倒抽了一口气,"我听得出来。温德洛!我们来了,小子,我们来了!"说来难以置信,但是柯尼提的步调竟然变得更快了。依妲大步地跟着并排而奔。那些异类涌上前来,它们行进的时候,海象般的身体一高一低地蠕动,有些异类还握着三叉戟长矛。

他们冲到沙滩尽头的时候,她嘴巴很干,心也跳得很快。此地除了眼前横着高耸的岩石岬角之外,什么都没有。柯尼提四下张望,看看能不能找到足迹或是别的迹象,最后他仰起头,深吸了一口气,高声叫道:"温德洛!"

可是没人应声。柯尼提回头瞥一眼涌上前来的异类。海风更强了,第一阵温暖的雨水开始泼洒在沙地上。"柯尼提,"依妲绝望地叫道,"已经涨潮了,小艇在等我们回去。温德洛说不定是自己先回小艇那里去了。"

然后他们就听到一声痛苦的惨叫。

依妲冻住了似的,无法动弹,但是柯尼提可不迟疑。那海盗踩进涌上来的潮水,继续前行。依妲连声音是从哪儿传来的都无法确知,因为风声太大了,不过柯尼提既然走了,她还是跟了上去。咸水流进她的靴子里,把靴子里的泥沙翻搅起来。她恐惧地回头看了一眼,异类仍紧跟不舍。她才看了这么一眼,人就怕得瘫痪到几乎走不动。接着狂风暴雨突然打了下来。乌云罩顶,艳阳天消失。她跟着柯尼提涉水而行时,眼前只见灰蒙蒙一片。她紧抓着他的袖子,一方面是为了扶着他,免得被海浪打倒,一方面则是要仰赖他领路。

"我们要走到哪儿去?"她努力地压过夏日暴雨声,高声叫道。

"不知道。绕过岬角!"柯尼提答道。大雨倾盆而下,他的黑发湿透,贴在头颅和肩上,雨水从他的八字胡滴落下来,每有大浪打来,他就摇晃一下。

"为什么要绕过岬角?"

他没回答,只是一味地往前走,而她只得攀着他的袖子,跟着一路前去。大雨开始失去了夏日的暖意,而海浪本来就冷。她尽量不去想他们这样做有多么愚蠢,也不让自己担心在小岛另一边等待的小艇会不会弃他们而逃。他们绝不会将他们丢在这里。绝对不会。

柯尼提突然大叫一声，指着前方叫道："那里！他在那里！"

岬角后有个狭窄的岩石滩，岩石滩后是黑色的悬崖，温德洛就在岩石滩上，身体随着涌上来的海浪起伏，身边竟停着一条巨大的黄绿色海蛇。海蛇不时低头去沾水，可见是活的。那海蛇突然抬起巨大的头朝依姐望来，蛇眼不停旋转。那海蛇是滞岸不能行了。那巨大的金眼直视着依姐，转个不停。又一个海浪打上来，差点就能将海蛇的身体浮起来。它低头浸到海水里，然后又抬起来，慢慢地将头越升越高，摇了摇，于是它喉间的触须一下子竖直展开。海蛇张开了有森白利齿的血盆大口，大吼了起来，吼声盖过了风雨声。

"温德洛！"柯尼提再度叫道。

"他已经死了。"依姐对柯尼提叫道，"亲爱的，温德洛已经死了，他被海蛇咬死了。没用了。我们还是趁早走吧。"

"他没死，我刚才看到他动了一下。"柯尼提虽这么说，但是口气十分懊丧，像是悲痛欲绝。

"那是海浪的关系。"依姐温柔地拉了拉他的手臂，"我们得走了，得回大船去。"

"温德洛！"

这次那少年的头抬了起来，那绝不是海浪引起的错觉。不过他的伤势很重，五官都不成形了。他肿胀的嘴唇动了动，呻吟道："柯尼提。"

依姐想着，那少年一定是在求救，但接着他吸了一口长气，大叫道："你们后面，怪物！"

就在此时，一只带蹼且无骨的手包住了依姐的大腿。她吓得大叫。当她转身面对异类的时候，心脏怦怦疾跳，耳朵里轰隆巨响。异类光溜溜的头上那两只平板的鱼眼瞪着她直看，接着它张开嘴，下巴直落，直到嘴巴大到足以吞下人头为止。

依姐根本没看到柯尼提抽刀，她只看见刀光在异类那有弹性的皮肉上一闪，然后它的前肢越拉越长，最后才断开。那异类气得大吼，同时扶起了被砍断的前肢。柯尼提趁此迅速地弯下身，拨开包住依妲大腿上的那只"手"，朝异类掷过去。"别让它们吓死你！"他对依妲吼道，"女人，拔出刀子来！难道你忘记自己是什么人了？"柯尼提说完，不屑地转开头，望着另外一个异类。

这个问题使她警醒，要不然就是因为她的手摸到自己的刀柄，所以一下子竟不害怕了。她把刀子从刀鞘里抽出来，扬起头，对着那些极力要迷惑她的怪物大声尖叫。她对其中一个异类横刀一扫，划开了它那橡皮般的肌肉，可是那异类根本就不在意，继续以它在陆地上行动时所没有的优雅姿态行过水中。柯尼提已经解决掉刚才抓住依妲的那个异类，但除此之外，就没有其他异类攻击她，它们干脆绕过依妲和柯尼提，去包围滞岸的海蛇和温德洛。

"我们的！"

"她是我们的女神！"

"凡是在宝藏滩上找到的东西，必须得永远留在此地！"

异类们像是青蛙吹气，咕咕叫地呼出这些话。它们把那海蛇包围起来，有些还状似威胁地举起手上的三叉戟。它们到底做何打算？是要杀掉海蛇，还是要把它赶到什么地方？

但不管是什么，看来温德洛都要把它们挡下来。此时他已经勉强地站起来，但依妲想不通他那个样子怎么还站得住。温德洛的身体肿胀得像是飘在海里的浮尸，眼皮肿胀垂下，眼睛只能睁开一条缝，但还是步履艰难地走上前，挡在海蛇和异类之间。

温德洛高声叫道："你们这些怪物！站开！让'存古忆'自由离去，以实践她命中注定的使命。"

温德洛的遣词用字很奇怪，听来好像这些话是他死记硬背的，而且用的是他根本不懂的语言。大浪袭来，差点打倒他，不过却也使体型庞大的海蛇浮了起来。海蛇盘旋的尾巴找到了着力点，于是整个往大海的方向滑了一点距离。再来几个大浪，海蛇就可以自由地游回大海了。

那些异类似乎也看出了这个端倪。它们冲上前去刺海蛇，以逼迫其缩回岸上。其中一个异类则缠上了温德洛。那少年肿胀的手在腰间摸索，找到佩刀。

他拔出短刀，摆出攻击的架式。这么个简单的动作触动了依姐的心，因为那是当初她教他的动作。她手上有刀，难道要呆呆地站在这儿看着他被异类杀死吗？不，她突然尖叫一声，疯狂似地涉水过去。凑近之后，她将刀子插入异类那蛞蝓般的身体背部，可是异类的体表有鳞，弹开了她的刀。它并没有武器，但是毫不迟疑地伸手去捉温德洛拿刀的那一只手。幸亏温德洛先它一着，狠狠砍了它一刀。那少年下刀之后，突然像石头一样动也不动。依姐猜测温德洛大概是被下刀的触感吓坏了。

依姐的第二刀砍得很深，她双手抓住刀把、刀刃拖行，划开异类的身体，可是异类并未流血，她甚至连它觉不觉得痛都不知道。她再度行刺，这次刺得更高。柯尼提突然来到她身边，以刀砍断抓住温德洛手腕的那只异类的手。那异类缩身而走，拖走了温德洛。

接着海蛇的大头从上空扑下来，一开大口，同时咬住异类的头和肩膀，再把它从水里拉出来，轻蔑地甩到一旁。温德洛被这么一震，踉跄地跌进水里，柯尼提立刻抓住他的手臂，并叫道："我抓到他了。我们走吧！"

"她一定要走，我们不能让它们把她困在这里。'存古忆'必须跟她的族裔相聚才行！"

"如果你说的是那条海蛇，那她大可以爱去哪里就去哪里，用不着我们多事。走吧，小子，已经开始涨潮了。"

依姐拉住温德洛的另外一边手臂。他的眼睛肿胀到几乎无法视物，脸上处处是红斑。在大雨之中，他们三人像是跛脚的毛毛虫，踉跄地朝岬角而去。现在海浪已经很有力了，水位从未低于膝盖；他们挣扎而行，可是大浪冲过岩石之间，吸走了他们脚下踩的沙子。依姐不知道柯尼提怎么站得住，但他照样一边扶着温德洛一边支着拐杖，挣扎前进。岬角远远地延伸到海岸外，如果他们要绕过岬角，势必得走到水更深的地方，才能回到沙滩上。至于穿过森林那趟路有多么遥远，甚至那小艇可能已经离开之类的事情，她则不愿多想。

依姐只回头看了一眼。现在海蛇已经自由了，可是她却还不逃走，反而张开大嘴，逐一将异类咬住；有些异类完好如初地被她摔出去，跌为肉酱，有些则被她的利牙撕为两半。依妲身边的温德洛则以恨得牙痒痒的口气再三地骂道:"怪物!怪物!"

大浪袭来,这个浪头特别大。依妲失足跌倒,浪退后才踉跄地站起来。她紧抓着温德洛,并尽量站稳,可是她才刚站起来,另外一波就再度卷倒他们三人。依妲听到柯尼提喊了一声,她手上抓着温德洛,脸鼻口则一下子就被海水淹没。口鼻吸入的水富含泥沙。水退后,她才喘着气站起来,眨眼将眼里的沙子冲出去。就在此时,她看到柯尼提的拐杖飘过身边,于是想也不想地伸手抓住;幸亏抓住拐杖,要不然攀着拐杖另一端的柯尼提就要随水飘走了。柯尼提顺着拐杖攀上来,紧抓住依妲的手臂,命令道:"上岸去!"可是依妲已经不分东西南北,她紧张地左看右看,但看来看去,只见高耸的黑崖、黑崖底的白沫,以及一些异类的碎块。海蛇不见了,沙滩也不见了,他们若不是被海浪冲到岩石间摔死,就是被浪冲刷到外海溺死。她紧紧地攀住柯尼提,温德洛只是似有若无地在水里动一动,仿佛不过是她手上拖着的重物罢了。

"薇瓦琪。"柯尼提在依妲耳边说道。

一波大浪卷来,将他们浮得更高,现在她看到月牙滩了。他们怎么一下子就离月牙滩这么远?"那边!"依妲叫道。她一边是柯尼提,一边是温德洛,所以她的手根本不能游动,只能朝沙滩疯狂地踢水,可是海浪一来,就把他们卷得离沙滩更远了。"我们永远也上不了岸!"她绝望地喊道。一阵大浪打在她脸上,一时间,她连气都喘不过来。等到她终于能视物之后,脸正好向着沙滩。"那边,柯尼提!那边!那边就是沙滩!"

"不。"柯尼提纠正她,他脸上有一股难以言喻的欢欣。"那边才对。大船在那边。薇瓦琪!这里!我们在这里!"

依妲疲惫地转头去看,那活船果真在大雨中朝他们驶来,她已经看到大船上的人七手八脚地把一艘小艇放到水里。"他们永远也救不了我们了。"她绝望地叹道。

"相信运气,亲爱的,要相信运气!"柯尼提斥责道,开始以得空的那只手划水,坚决地朝大船的方向划去。

他多少察觉到自己被人救上来了，不过他只觉得那些人很烦。此时的他如此鲜活，充满了过往事迹与感官的记忆，因而只希望自己能静静躺着不动，以便好好地将记忆吸收进去。可是那女人却一直摇他，叫嚷着要他保持清醒。此外还有一个男人的声音。那人一直对女人吼着，叫她把他的头转过来朝天、托出水面："你看不出来吗？要不然他就淹死了。"但他只希望他们两个一起住嘴，好让他静一静。

他记得的可多了，既记得自己今世的命运，也记得直到这一世之前他所活过的每一次生命。突然之间，一切都变得非常清楚。他之所以孵化出来，是因为他是所有海蛇所仰赖的记忆宝库。他存着这些记忆等待时机成熟，众海蛇便会来找他，并重新分享海蛇族裔本应有的记忆宝藏。他就是那个海蛇，他应该带领众海蛇回家，上溯到大河上游那个既安全又有特别泥土可作茧壳之处。大河那里会有许多向导等着引领他们、保护他们回到上游，并在他们待在茧壳里转型的时候守护他们周全。他实在等得太久，不过他终于自由了，一切都会好起来。

"先把温德洛拉进去，他已经昏迷了。"

这是那男人说话的声音，他声音听起来很疲惫，但命令的口吻仍在，容不得人辩驳。接着有个新的声音说道："莎神保佑！下面有一条海蛇，就在他们下面！快把他们拉上来，快，快！"

"这小子刚才就被那条海蛇扫过。快把他拉进去！"

乱七八糟的拉扯，然后是剧痛。他的身体早就肿胀得无法弯曲，但他们还是把他的身体东折西弯，牢牢地抓着他的手脚，把他从丰境拉进了虚境里，再丢在一处坚硬且凹凸不平的地方。他躺着直喘气，心里只希望鳃不至于在自己逃出去之前就完全干去。

"他身上是什么东西？刺得我手好痛！"

"把他身上的东西洗掉。"有个人对另外一人指点道。

"先把他弄上大船再说。"

"我看他不见得撑得了那么久。至少把他脸上的东西弄掉。"

有人刮他的脸。好痛。他张开上下颌,想要对他们大吼。他意欲分泌毒液,但触须却没有竖立起来。他在浑身剧痛中从这一世溜到上一世。

他展开双翼,放声高歌。鲜红的双翼,蔚蓝的天空,底下则是翠绿的草原,草原上有肥美的白羊,远处可见大城里那些高耸的尖塔。他可以自己狩猎,也可以飞到大城那里去接受献食。大城之上有一群巨龙盘旋飞翔,像是漩涡中的游鱼,他可以飞过去跟他们相聚。大城里的人会因为他大驾光临而备感殊荣,会出来迎接他,并唱歌给他听。人啊,真是有趣的生物,他们的生命不过几口气就结束。到底是待在这儿,还是飞到大城去比较有趣?他也说不上来,所以他继续盘旋,乘着风,在天空中滑翔。

"温德洛,温德洛,温德洛。"

一个男声打断了他的梦,将之打成碎片。他不情不愿地动了一下。

除了那男人之外,又有个女声说道:"温德洛!他听得到,他刚才动了一下。温德洛!"

这下子他可逃不掉了——以称呼其名来羁束住一个人乃是一种魔法,而且是世上最古老的魔法。他是温德洛·维司奇,他不过是个人而已,而且他很痛,痛得要命。有人碰了他一下,使他的痛楚加剧。现在他逃不开这些人了。

"你听见我讲话吗,小子?我们快到船上了,马上就能帮你止痛。你保持清醒,千万别放弃。"

船。薇瓦琪。一想到这里,他突然恐惧得瑟缩起来。如果异类算是怪物,那么她算是什么?他深吸了一口气。要吸气已经很困难,但是要吐气讲话更难。"不要,不要。"他呻吟道。

"我们马上就会抵达薇瓦琪号了。薇瓦琪会帮你的。"

他无法说话,他的舌头肿得太厉害,无法恳求他们不要把他送回船上。虽然他现在已经知道她是什么,心里也仍对她存着爱意。但是他如何忍受?他能够谨守这个秘密,不让她知道吗?长久以来,她一直相信她是真正活着的,所以他绝不能让她知道她已经死了。

大海跟他们作对，完全违逆着他们的意思。依妲伏在小艇的船尾，双手抱住温德洛肿胀的身体。小艇上那四个水手拼命地划桨，紧张得眼珠四周的眼白都突了出来。薇瓦琪号看来像是被一个海流推着走，而另一道海流不但推着这艘小艇前行，还紧紧抓住这艘小艇，像是狗叼住骨头不肯放一般。大雨扫下，风势则跟海流一起跟他们作对。柯尼提坐在船头，他们把他拉上小艇时，他的拐杖早就不知去向。由于雨势太大，依妲不大能看清柯尼提脸上的表情。他的头发湿着贴在头上，八字胡也因为淋湿变直，一点也不翘。依妲在雨势稍小的那一瞬间，依稀看到远在外海的玛丽耶塔号，玛丽耶塔号的风帆无力地垂下，甲板上反映着阳光。下一刻，雨势又大得她不得不眨眼把水挤出去。她告诉自己，刚才那一幕一定是自己胡思乱想，怎么可能会有那种事呢？

温德洛沉沉地躺在她腿上，如果弯身到他脸的上方，可以听到他一呼一吸的声音。她鼓励地劝道："温德洛，温德洛，继续呼吸，继续呼吸。"然而如果她是在别处遇到这具躯体，那她一定认不出这是温德洛。他那肥胀、变形的嘴唇似有若无地动了一下，但他就算是在说话，也是有气无声。

她抬起目光，不再望着他。看到他那样，她心里实在受不了。柯尼提来到她的生命中，教导她如何被爱，之后他把温德洛塞给她，让她学会了如何与朋友相交。直到如今，她才刚发现友谊的可贵，而那可恶的海蛇就要把她的朋友夺走！咸咸的泪水涌出，与打在她脸上的雨水混在一起。她承受不了。难道她重新唤回感知之后却要感受这种生离死别的痛苦？这其中不管有多少爱意，难道那爱的快乐真抵得上失去爱的痛苦？更惨的是，温德洛濒死，可是她甚至连抱住他都不能，因为他身上的黏液腐蚀了她的衣服，而她想要拂去他皮肤上的黏液，却刺痛得无法继续。所以她只能松松地托着他，而小艇则一直剧烈地摇晃，一点都没有更接近薇瓦琪号。

她抬起头眺望雨帘之外，发现柯尼提在直视着她，而且还大声地命令道："别让他死了！"

她觉得自己无能为力，甚至无法告诉柯尼提她的无力感有多么严重。她看到柯尼提弯身,以为他是要爬到艇尾帮助她,谁料他却突然站起来,以真腿和木腿挺立地站在小艇里。接着他转身背对着她以及用力划艇的划手们,正对着跟他们作对的风暴。他扬起头,大风吹起他衬衫的白袖,也把他乌黑的头发吹到身后。

"不!"他对风暴吼道,"现在不行!现在我已经很接近了,所以你现在别想把我和我的船拿下来!我以莎神之名,以埃尔神之名,以艾达神之名,以众鱼之神之名,以每一个有名与无名之神的名字发誓,你别想把我和我的东西拿走!"他伸出双手,手指仿佛要以爪取物般地屈着,好像要扣住跟他们作对的大风。

"柯尼提!"

薇瓦琪的声音打破风雨传来。她伸出两条木手臂,连身体都朝着小艇的方向倾过来,像是要把自己跟船分开,以便前来拯救柯尼提。她的头发被大风吹得翻起。一个大浪打来,她挺身冲过去,任绿浪从她的甲板上激冲过去。但是她仍破浪而出,从浪底升起之时,双手依旧伸向柯尼提。风暴将她吹得更远,不过她无视自己的安危,一心只念着他。

"我将活下去!"柯尼提突然对着风暴吼道,"这是我的要求。"他一只手指着风暴,另一只手则握着这一只的手腕,隆声吼道:"这是我的命令!"

然后,国王便创造出了他的第一个奇迹。

大海跟他作对,但是大海深处却冒出一个生物来听他号令。那海蛇从小艇的船尾冒出来,它张开大口,跟柯尼提一起大吼。依妲缩了下去,她虽小、虽愚蠢,却仍紧紧地将温德洛护在胸下。她一边摸索着早就不知掉在何方的短刀,一边绝望且恐惧地大叫起来。

然后那条海蛇,虽然体型庞大,却仍低下头,服从柯尼提的意志。柯尼提站在船头抵挡风暴,而那海蛇则恭敬地遵从他的命令。柯尼提之所以转头去看海蛇,是因为他听到水手的声音。他脸色苍白紧绷,无言地伸手指着那海蛇。他的嘴巴张开,但要不是他张口却没讲话,要不就是风吹走了他的说话声。不过,事后小艇上的水手则跟大船上的船员们描述,不管柯尼提是怎么对海蛇吩咐的,反正那不是人耳可以听得见的话。无论如何,接着海蛇便把巨大的额头抵在小艇艇尾,开始推着小艇走。于是小艇突然切开水面,朝薇瓦琪号而去。由于柯尼提刚才展现了至高无上的权力,所以此刻突然累得坐在船首。依妲不敢看他。他脸上闪着异样的光彩,那大概是只有近神之人才感受得到的情怀。

在依妲身后,小艇艇尾被海蛇的黏液沾到的地方,同时冒出蒸气与臭气。海蛇是顺从柯尼提的指令而推动小艇的,所以她若是因为海蛇在艇尾推而害怕,就显得对他不信任了。不过海蛇推着小艇划过海浪时,她仍弯在温德洛身上,尽可能温柔地护着他。海蛇对小艇一点慈悲心也没有,只是一味地推着小艇冲过那一道道跟小艇作对的浪潮。水手们丢下船桨,瑟缩着躲在小艇里,大家既恐惧又敬畏,一片沉默。

薇瓦琪号顽固地破浪而来。一时间,他们仿佛行到两个大洋互相冲撞的地方;洋流与风向乱成一团,毫无规律可言,巨风打来,像是要把他们身上的衣服和头上的头发吹走。风声太大,依妲什么也听不见,但海蛇仍然什么也不管地推着小艇前进。

然后,他们突然到了风向与洋流都与薇瓦琪号一致之处,于是大海与空气都高兴地施以助力,再加上海蛇的推送,一下子就把小艇送进了薇瓦琪敞开的臂弯中。接着薇瓦琪吃了一波巨浪,于是原本在大船船首等待、手里拿着绳索准备抛掷出去的水手们连忙抓紧船栏,免得自己被绿水冲走。

但是薇瓦琪被淹没之后,一下子又冒了出来,她的大手臂里依然护着这艘无助的小艇。她紧抱着小艇从绿波中出来。依妲从来不曾离那人形木雕这么近。薇瓦琪把他们从深海里救出来的时候,她的声音也隆隆地从他们头顶上传出去:"谢谢你,谢谢你!大海的姐妹,千万个感谢。谢谢你!"薇瓦琪说着,银色的眼泪喜悦地从脸上淌下,落入海中,犹如宝石一般。

当心有余悸的水手手脚并用地爬到大船甲板上跟同伴相聚之时,柯尼提依旧坐在小艇的艇首,喜悦地朗声而笑。如果说,他的喜悦带着一丝狂性,那么至少此时还算是比较不会让人担心害怕的。这是因为,船员们伸手去把柯尼提搀扶到甲板上时,那条巨大的金绿相间的海蛇突然从深海中冒出来凝视着他。

依妲一看到海蛇那不停转动眼睛，就再也无法望向他处；她望着海蛇眼睛深处，只觉得那对眼睛仿佛知道——知道什么事情似的。

然后那海蛇再度吼叫一声，接着便沉入了突然平静下来的深海之中。

小艇船尾的船板歪七扭八，开始崩裂，不过薇瓦琪任由无用的木板掉落，安然地把依妲和温德洛托在手里。船轻柔地把他们两人举起，放到甲板上，那里有许多人伸手接住他们。他们把温德洛从薇瓦琪手中接过去时，薇瓦琪叫道："轻点，轻点！提几桶清水来，剪开他的衣服，把水酒泼在他身上，然后……然后……"

接着薇瓦琪突然惊奇地大叫起来，她像在祷告似的将一双热气蒸腾的手合拢，突然叫道："我认识你！我认识你！"

依妲害怕地屈身缩在甲板上。柯尼提弯下身，以他修长的指头托住她的脸颊。"亲爱的，这些我来打点就好。"柯尼提对她说道。摸着她脸的这只手就是刚才他命令了大海，又命令了海蛇的那只。依妲倒在甲板上，不省人事。

柯尼提遵照依妲的建议来照料温德洛的伤势，因为除此之外也没有更好的建议了。如今那少年被亚麻布条松松地裹着，躺在他自己的床上睡觉。他打哨般地吸一口气，又打哨般地呼一口气，脸色惨白，全身肿胀变形。他的皮肤起过水泡，又一个个破了，海蛇的黏液蚀掉了他的衣服，把皮肤和布料溶在一起。他们帮他洗澡时，皮肤一大片一大片地脱落下来，直接露出皮肤下的红肉。柯尼提想，温德洛在洗浴时昏迷不醒算是好事，要不然的话，他可能会痛得死去活来。

柯尼提僵硬地起身。刚才他一直坐在温德洛的床尾。如今风暴过去，他总算有时间把事情彻底地想一想。但是他也不会想得太透彻。有些事情就是不能太追根究底。比如说，薇瓦琪为什么会知道她不能待在蒙蔽湾等下去，而是必须绕到月牙湾来找他？这种事情，他就不会跟她多问。还有，那海蛇到底是怎么回事，这点他也不会追究，毕竟现在船上的船员个个都对他服帖顺从，所以他无意改变现状。

有人敲门，然后依妲走了进来。她的眼睛先望望温德洛，再转过来看着他。"我帮你准备了洗澡水。"她说了这几个字，便迟疑地不敢再讲下去。她望着柯尼提的目光仿佛连该用什么名号来叫他都不知道。柯尼提想到这里，不由得笑了一笑。

"很好。你就待在这儿看着他吧，你看怎么样可以让他舒服一点，就放手去做。他要是稍微动一下什么的，就喂他喝点水。我马上就回来，我可以自己洗澡。"

"我把你的干衣服摆出来了，"她挤出了这几个字，"也帮你准备了热食。索科到船上来了，他想跟你见一面。我不知道要跟他说什么才好。当时的事情，玛丽耶塔号上的瞭望者都看到了，索科本打算以说谎的罪名给他治罪，也就是把他绑在柱子上鞭打一顿。但我跟他说，那水手并没有撒谎……"她说到这里，声音就不见了。

柯尼提望着她。她已经换了一袭宽松的羊毛袍，湿发贴在头颅上，使他联想到海豹的头。她那一双因为灼伤而发红脱皮的手交握在身前，呼吸浅而快。

"还有呢？"柯尼提温柔地催促道。

她润了润唇，伸出一手。"这是我换衣服时在靴子里找到的。我想……这一定是异类岛上的东西。"

她双手朝着柯尼提伸过来，掌心里托着的是个婴儿，形状大小差不多与鹌鹑蛋一般。那婴儿蜷着身躯熟睡，眼睛闭着，睫毛长长的，小小的膝盖靠在胸前。这婴儿不知是用什么材质雕出来的，但反正惟妙惟肖地呈现出初生婴儿红嫩的皮肤。玲珑的海蛇尾卷起，裹住了婴儿的身体。

"这是什么意思？"依妲颤声问道。

柯尼提以指尖碰了那婴儿一下。跟它比起来，他那饱经风霜的皮肤显得很黑。"我想，这你我都心里有数，不是吗？"柯尼提庄严郑重地反问道。

第三十五章

崔浩城

"我喜欢这里,感觉就像是住在树屋之城里一样。"瑟丹说道。麦尔妲躺在罗汉榻上,瑟丹则坐在罗汉榻的末端。他连坐也坐不住,一边讲话还一边若有所思地坐着弹来弹去。他哪来这么多精力?麦尔妲真希望母亲赶快进来驱走他。

"我一直都觉得你是属于大树的啊。"麦尔妲虚弱地调侃道,"你怎么不去别的地方玩呢?"瑟丹听了,像猫头鹰般的两眼直视着她,谨慎地一笑。他四下张望着接待室的景况,然后挨上去,凑到麦尔妲身边。但是他这么一坐,坐到了麦尔妲的脚。她皱起眉头,把脚抽回。她到现在还是全身酸痛。

瑟丹靠上来,他的气息吹在她脸上。"麦尔妲,你答应我好不好?"

她往后一缩,避开瑟丹,那孩子一定是吃了香辣腌肉。"答应什么?"

瑟丹再度四下张望,这才答道:"你跟雷恩结婚之后,我可不可以跟你一起住在崔浩城?"

她没跟瑟丹说,她跟雷恩不太可能会结婚了。她反而顺着他的话尾问道:"为什么?"

瑟丹坐直起来,现在他不弹了,改成两脚晃来晃去。"我喜欢这里。这里有玩伴,我可以跟库普鲁斯家的男孩一起上课,而且我很喜欢吊桥。母亲老怕我走吊桥时会掉下去,但其实吊桥下大多都有安全网。此外我也喜欢看火鸟在浅水里觅食。"瑟丹顿了一下，大起胆子继续说道："我喜欢这里，因为这里的人不会一天到晚提心吊胆。"他凑得更近。"而且我喜欢古城。我昨天晚上溜进古城去了，跟威利一道去的，在大家都睡着之后。古城怪兮兮的，我好喜欢哟。"

"昨晚地震的时候，你人在古城里？"

"地震的时候最刺激了！"瑟丹的眼神突然放出光彩。

"唔，以后别再去了。还有，那件事情别跟妈妈说。"麦尔妲不自觉地警告道。

"我看起来很笨吗？"瑟丹以高高在上的态度问道。

"没错。"麦尔妲肯定地答道。

瑟丹咧嘴而笑。"我要去找威利了。威利答应要带我坐'厚底船'出去玩——如果我们能偷偷弄到一艘厚底船的话。"

"小心点，要是河水把船底蚀透就糟了。"

瑟丹以老于世故的神情瞧了她一眼。"那是讲给外行人听的。呃，要是发生大地震，河水都变得白白的，那船底有可能会蚀得很快。但是威利说，厚底船可以撑十天，如果河水没什么变化的话，也许还可以多撑几天。要是每晚都把船从水里拉出来，翻成船底朝上，然后在船的底壳上撒尿，还可以撑得更久。"

"呃……这种话大概是讲给外行人听的，你要是真的照做，人家就会笑你。"

"才不呢。大前天晚上，威利跟我就看到好几个男人在船底壳上撒尿。"

"走开，你这脏小子。"麦尔妲一边说一边把瑟丹身下压住的被子拉回来。

瑟丹站了起来。"你跟雷恩结婚以后，我能不能跟你一起住嘛？我永远都不想回缤城去了。"

"再说吧。"麦尔妲坚决地说道。回缤城？现在缤城还在不在都不知道了。自从他们抵达此地之后就不曾听到外祖母的消息——会不会以后音讯全无呢？他们唯一听到的是信鸽往返送来的消息，讲的全是战争的事情。载着他们溯河而上的康德利号是唯一脱逃的活船,其他的活船都在河口与缤城港附近巡逻,以便逐开恰斯战船和海蛇。近来雨野河河口一带海蛇甚多。

瑟丹像是鸟儿展翅一样,轻灵地从罗汉榻上跳了起来,离开了房间。她望着瑟丹的背影,不禁摇了摇头。他康复得好快呀,不止康复,他简直是突然变成了另外一个人。做父母的人说,小孩子长得好快就是这个意思吗?她想着这个恼人的小弟弟,心里不禁感伤起来。她苦涩地想道,自己会这样想是不是表示也在长大呢?

麦尔妲躺回罗汉榻上,再度闭上眼睛。窗户开着,带着河水味的轻风自由吹拂。她已经差不多习惯这个气味了。有人轻轻地在门上叩了叩,然后开门进来。

"嗯,你今天看起来好多了。"那医生一向乐观,乐观到近乎病态。

"谢谢。"麦尔妲并未睁开眼睛。那位女医生是不戴面纱的。她脸上的皮肤粗得像蜥蜴,手上的皮肤则像狗儿的肉掌,所以每次她的手碰到麦尔妲,麦尔妲都会起鸡皮疙瘩。"我敢说,我只要再休息休息就会好了。"她补了这么一句,希望医生能让她一个人静一静。

"其实你现在应该起来动一动,躺多了反而不好。之前你跟我说你的视力已经恢复了,现在不会看到重影了?"

"视力很正常。"麦尔妲应和道。

"你吃得多,肠胃也能消受?"

"对。"

"现在不会头晕了?"

"除非我突然站起来。"

"那你就该起来走一走。"那女子清了清喉咙,她喉咙里好像有什么水分。麦尔妲尽量遏制自己吓得要瑟缩起来的冲动。之后那医生喷了喷鼻息,仿佛这才觉得呼吸通畅似的,继续说道:"就我们的检查,你身上并无骨折。你必须起来走动一下,免得肢体连怎么活动都忘了。要是你躺太久不动,说不定会躺成瘫子呢。"

麦尔妲若是泼那女人冷水,那对方可能会更为坚持,所以她只得使出拖延的计策。"也许我今天下午就有力气起来活动了。"

"不能拖到下午。我等一下就派个人来陪你散步。你若想康复,就得配合着做。我能做的都做了,剩下的要靠你自己。"

"谢谢。"麦尔妲淡淡地说道。在医生之中,像这个医生那么没人性又没同情心的,还真是少见。医生助理来的时候一定会刚好碰上麦尔妲正在熟睡。这样一来,那人就不会故意吵醒她了吧。受伤之后的唯一好处就是睡得熟,什么梦都不做,于是睡觉又再度成了她的避风港。入睡之后,麦尔妲忘记了雷恩对她如何不信任,忘记了她父亲是生是死,甚至于也忘记了缤城火烧的味道。如今家里穷得一无所有,不得不依照她出生前就敲定的合约,把她拿来抵债等事,入睡后就不必多想。唯有睡觉,才不会感受到失败的烙印。

她听着医生离开房间的脚步声,以意志力逼迫自己入睡,但是她的宁静已经被破坏殆尽。今早先是母亲来看她。母亲心里阴霾不开,心事重重,却装作心里只担心麦尔妲的模样。再来是瑟丹与那个医生。这下子睡意全消了。

麦尔妲干脆放弃,睁开眼睛。她眺望着圆顶的天花板。天花板是枝条编的,令人想起藤篮。崔浩城跟她想象中的实在差很远。她本以为库普鲁斯家族住的是宏伟的大理石大厦,城里各处都是精美的建筑与宽广的道路,还想象着那些华丽的房间是以黑木和石材作装潢,又有高耸的舞厅和走不完的长廊。谁料崔浩城真的像瑟丹所说的一样,是个"树屋之城"。沿河大树的高枝上挂着一个个通风的小房间,用摇来摇去的绳梯串连起来。挂在高枝上的房间都尽量盖得轻巧,有些小一点的简直就像是大型的藤篮,风一吹就像鸟笼一般摇晃。小孩子睡吊床,坐吊椅,只要能编织制成的家具就一定用草叶和枝条编成,所以崔浩城的上层非常轻盈,跟雨野原人掠劫的古城里的幽灵一样,轻盈得仿若无物。

但是一往崔浩城的底层走,景观就不同了——至少瑟丹是这么说的。不过麦尔妲自从在睡梦中被人送到这房间来之后,还没有到过房间外。据瑟丹说,像麦尔妲这种照得到阳光的房间都位于大树顶上,而大树底下的作坊、旅馆、仓库和店铺则因为长年照不到太阳而非常阴暗。雨野原商人的住家、餐室、厨房和聚会所则夹在这二者之间。他们的住家是以木板和梁柱盖成，据凯芙瑞雅说，那些厅堂宛如宫殿一般，绵延了好几棵大树，跟任何宏伟的缤城大宅一样讲究。雨野商人的财富在此展露无遗。在此不但可以看到古城挖掘出来的宝藏，也可以看到雨野原人以其独特的商品所换来的奢侈品。凯芙瑞雅说了许多她在那儿看到的艺术品以及艺术品背后的故事，想要诱使麦尔妲到那儿去看看，但是她不为所动。她都已经失去一切了，一点也不想去那里羡慕别人的财富。

　　崔浩城挂在雨野河河岸的大树上，紧邻着开阔的水道。但是雨野河没有真正的河岸，开阔的河面化为沼泽、湿泥和涨落不定的泥沼，一路延伸到树下。在这个世界里，一切由带腐蚀性的河水所主导，而且河水任凭己意四处漫延。这块地今天看来很扎实，但是过一个星期就可能会开始冒泡、下沉，然后变成湿泥，所以谁也不会信任脚下的地面。若是埋设木桩，则不是被河水蛀蚀掉，就是慢慢地歪到一边；唯有根系广大的雨野河的树木才能在这儿扎根。麦尔妲从未想象过世上竟有这种树。有一次她冒险走到窗边，往下一看，竟连地面都看不见。她的房间栖息在大树开岔的枝桠上，其中一根枝桠铺设了步道，以免树皮因为人们往来步行而磨损。那根大枝宽得够让两名男子肩并肩地同行，步道则沿着树干一路蜿蜒盘旋而下。那步道使麦尔妲联想到人来人往的街道，她甚至还纳闷会不会有人登门叫卖。

　　到了晚上，自有守夜的人巡逻，将步道和绳桥上的灯笼点亮。晚上的崔浩城因为有着点点灯光而带着节庆的气息。雨野人把吊床悬挂在大树之间，摆入泥土，就成了花园；至于采集野食之人，则自有通到沼泽地的特殊步道。雨野的丛林间出产迥异于常的奇花异果与珍禽。饮水是以蔓延甚广的承雨系统来接雨水，因为任谁喝了雨野河的水都别想活命。以绿树树干挖空凿成的厚底船每晚都从水里拉上岸，挂在树上，虽然树木之间以吊桥和滑车串连了起来，但是厚底船仍是"房子"与"房子"之间不可或缺的临时交通工具。高大的树木撑起了整座大城。有时地震大得使得地面冒泡，甚至裂开，但是顶多也不过就是让这些大树轻柔地摇晃一阵而已。

而古城，当然了，则位于大树底下真正的实地之中。不过据瑟丹的描述，那古城不过就是沼泽里的一小块地方罢了。古城周围那一丁点实地则盖了好些作坊，方便人们探索古城、清理古物，但是没人住在那里。瑟丹讲到这里的时候，麦尔妲曾问这是什么缘故，他耸耸肩。"要是在那里待得太久，人就会发疯。"他歪着头补充道："威利说，雷恩可能已经疯了。他还没喜欢上你之前就一天到晚泡在那里。他待在古城里的时间比谁都久，差不多已经得了'鬼病'啦。"瑟丹四下张望，"雷恩他爸爸就是这样死的，你知道吧。"他压低了声音说道。

"什么是'鬼病'？"麦尔妲问道，她虽不想多问，但仍感到好奇。

"我不知道，搞不大清楚。威利说，'鬼病'就是'被记忆淹没了'。那是什么意思啊？"

"我不知道。"麦尔妲答道。瑟丹这孩子，以前是沉默得怎么逗都不讲话，教人讨厌；现在不但打开了话匣子，还问题多多，也教人讨厌。

麦尔妲躺在罗汉榻上，伸了个懒腰，然后拉过被子，蜷起身子。"鬼病"？"被记忆淹没了"？她摇了摇头，闭上眼睛。

门上又响起轻轻的叩门声。麦尔妲没回应，而是躺着不动，刻意让自己的呼吸变得既深且慢。她听到开门声，然后有人走进房间。那人走到床边弯身打量她，就那么站着不动，看着她假睡。麦尔妲继续假装，等待入侵者离去。

谁料那人不但没走，反而伸出戴手套的手去摸她的脸。

她一下子睁开了眼睛。一名戴着面纱的男子站在床边看她，一身枯燥无趣的黑色装束。

"你是谁？你想做什么？"麦尔妲抓着被子，缩身后退，不让那人碰到。

"是我，雷恩。我得见见你。"他大胆地在罗汉榻的边缘坐了下来。

麦尔妲收起双腿，免得脚碰到他。"你明知道我不想见你。"

"我知道。"雷恩沮丧地承认道，"但是我们不见得总是能如愿，不是吗？"

"你不就如愿了吗？"麦尔妲辛辣地说道。

他叹了一口气，站起来。"我跟你说过了，我还写了好多信给你，只是都被你原封不动地退回来了。我那天是急得口不择言了。那天我只求把你带走，管他什么话我都说了。不过我并不打算行使我们两家之间的活船合约，我不会要求府上以你抵债，麦尔妲·维司奇。我不会忤逆你的意愿，把你强留在这里。"

"而我人却在这里。"麦尔妲讽刺道。

"而且好端端地活着。"雷恩补了一句。

"这都要'归功'于你派去捉拿大君的那些人。"麦尔妲尖酸刻薄地指出，"他们把我丢在那里等死。"

"我是后来才知道你在马车里。"雷恩僵硬地道出他的借口。

"若是你当时信任我，早在舞会里就把真相告诉我，那我就不至于落到那个地步。但是你既没告诉我，也没告诉我母亲、外祖母或是弟弟。就是因为你不信任我，所以差点害死了我们。不过达弗德·重生倒真的因此而丧命了，然而他错在哪里？顶多就是贪婪愚蠢罢了。但要是我当时丧命，那么账就得记在你头上了。也许你是救了我一命，但我是因为你而危在旦夕，而这一切只因为你不信任我。"她昨晚把这事抽丝剥茧地想个清楚之后，就把这些话存在心里，此时正好一股脑倒在他身上。就是因为这个道理，所以她柔软的心才会化为石头。这番话她在心里演练多次，但直到现在大声地说出来，才知道自己心里伤得有多么深。她喉间哽着，差点就说不出来了。雷恩动也不动地默默聆听。她望着雷恩那张毫无表情变化的面纱，心里纳闷着他是不是对此一点感觉也没有。

麦尔妲听到雷恩开始吸气的声音，又是一阵沉默，然后再度困难地吸气。接着他慢慢地跪了下来。麦尔妲不解地望着他跪在罗汉榻旁的地上。他讲话时语带哽咽，她几乎听不懂。雷恩一口气说道："我知道一切都是我的错。你刚来的那几晚，人躺在这里，一动都不动，我就知道自己酿成了大错。我心痛，痛得就像是河水在蛀蚀将死的树木一般。我竟然差点就害死了你。一想到当时你流血不止、孤零零地躺在那里……若能将时光倒转，让你不至于受到那种委屈，要我做什么都愿意。我知道我无权求你原谅，但我还是要恳求你。请你原谅我吧，求求你原谅我。"雷恩啜泣起来。他举起双手握拳，抵在面纱上。

337

麦尔姐惊讶得举起双手遮口。雷恩竟哭得肩膀抽动。她在迷惘之际把心里最讶异之处放声说了出来："我压根没想到竟有男人会说出这样的话。我本以为这种话，世上没人说得出口。"在那一瞬间，她对于男人的基本概念倒塌了，并开始重组。原来她不必以言语重击雷恩，也不必以无情的指责击破他，他是能够坦承自己错误的人啊。麦尔姐心里冒出了一个反叛的念头：他跟我父亲不一样，但她拒绝顺着这个念头想下去。

"麦尔姐？"雷恩哭得话都讲不清了。他仍跪在她身边。

"噢，雷恩。请起，请起。"看到他这个样子，她于心不忍。

"可是——"

"我原谅你了。过去的错，就让它过去吧。"此语一出，连麦尔姐自己都感到惊讶。她从未想到这几个字竟然这么容易就说出口。她用不着留一手，她可以就此丢开。她用不着现在先让他心感愧疚，以便日后她对他有所求的时候打他一棒。说不定他们两人之间永远不会走到那一步，说不定重点既不在于谁对谁错，也不在于谁控制了谁。

如果是这样，那么他们两人之间，重点到底在哪里？

雷恩颤抖着站了起来。他转身背对麦尔姐，拉起面纱，像孩子似的用袖子拖过眼睛，然后才把手伸到口袋里，掏出手帕擦眼睛。她听到雷恩深吸了一口气。

麦尔姐轻轻地测试这个新概念。"如果我今天决定要回缤城去，你也不会阻止我？"

雷恩耸耸肩，但仍背对着她。"用不着阻止。康德利号明天晚上才开航。"他本想装出郑重的语气，只可惜失败了。他转过身对麦尔姐讲话的时候，语气只透露出凄惨悲哀的心情。"如果你坚持，到时候你大可以离开。若要回缤城，那是唯一一条路，或者该说，那是仅剩的一条路。"

麦尔姐慢慢地坐起来，不禁脱口问道："你有没有听说缤城的消息？我家和我外祖母怎么样了？"

雷恩摇摇头，慢慢地在她身边坐下来。"很抱歉，但是那无从得知。缤城与雨野原之间只能靠信鸽通讯，而信鸽数量又不多，所以只能用来传达战争的消息。"他不情不愿地补充道，"倒是有很多抢劫掠夺的故事。新商起来闹事了，他们的奴隶有些跟他们一起并肩作战，有些则投靠到缤城商人这边。现在在缤城，是邻里之人互相争斗的战争。那种战争最是丑恶，因为双方都知道彼此的弱点何在。在这种战争中，总是有人哪一边也不靠，只顾着掠劫弱者。你母亲很希望你外祖母按照原来的盘算逃到她那个小农庄去。若能逃到那里，倒是很安全。如今旧商的庄园和屋宅——"

"停。我不想听，也不想多想了。"麦尔妲以手捂住耳朵，身体蜷成一个球，眼睛则紧闭起来。家园总是得存在的，世上总要有个有墙壁而安全的日常作息之处吧！怎能就这样没了呢？她的呼吸急了起来。逃出缤城的情况她记得的不多，当时她全身伤痛，而且每次睁眼看东西就只见双重，甚至三重影像。她只记得马儿步履匆匆，并不舒服，而雷恩紧紧地将她抱在怀里。那趟路骑得太快也太赶。空气里飘着浓重的烟味，远处传来尖叫声和叫嚷声，有的路段因为房屋倒塌而被阻断。港口所有的突堤码头都被熏黑，而房屋的残骸则冒着烟。后来雷恩找到一艘漏水的小舟，瑟丹扶着麦尔妲，免得她落入小舟的脏水里，雷恩与她母亲则操着被虫蛀得满是洞眼的船桨朝康德利号划去。

她回过神来的时候，发现自己蜷成一个球，躺在雷恩的大腿上。雷恩坐在罗汉榻上，抱着她轻轻晃来晃去，柔柔地拍着她的背。他的下巴抵着她的头。"嘘，嘘，一切都结束了，一切都过去了。"雷恩劝道。他的手臂坚强地抱着她。家园不在了，这里是唯一安全的地方，不过他的话太真实，让她的心情无法平静。一切都结束了，一切都过去了。这也就是说，一切都已成为废墟。现在就算要尽力，也已经太迟，甚至连大哭一场也嫌太迟了。做什么都太迟了。她蜷得更紧，伸出双臂紧紧搂住他。

"我不要再想了，不想再谈那些事情了。"

"我也不想。"她的头靠在他的胸膛上，所以他的话隆隆地从胸口传来。

她吸了吸鼻子，沉重地叹了一口气。她差点就用袖子擦眼睛，幸亏及时想到那样不妥，于是伸手去摸索手帕。不过她还没找到，雷恩就把他的手帕塞进她手里。那手帕都被他的眼泪浸湿了,不过她还是用来擦了擦眼睛。"我母亲在哪里?"她疲惫地问道。

"跟我母亲和一些雨野商会的人在一起开会。他们在讨论如何应对这个局势。"

"我母亲?"

"身为缤城的维司奇商人,跟其他任何商人一样都有权发言,况且她颇有些高明的主意。她建议我们用厚重的绿木木桶装载雨野河河水,以此作为对付恰斯战船的武器。我们就射出一个个'水炮',打在战船甲板上,虽无法马上将船击沉,但是时间一久,他们的船就会开始腐蚀、逐渐散开,更不用说他们的桨手会严重灼伤。"

"除非他们在甲板上洒尿作为预防。"麦尔妲喃喃地说道。然后便听到雷恩的胸口传来声音:"麦尔妲·维司奇,你所知之多令人讶异。你是怎么知道这个秘密的?"

"瑟丹告诉我的。小孩子嘛,什么都探听得出来。"

"这倒是真的。"雷恩若有所思地答道,"小孩子和仆人几乎可以说是隐形人。在暴动之前,我们知道的消息大多是琥珀的奴隶网所提供的。"

她把头靠在雷恩的肩膀上,雷恩则双臂环绕着搂住她。现在倒不是浪漫,只是累了。"琥珀?那个木珠匠?"麦尔妲问道,"她跟奴隶有什么关系?"

"她常跟奴隶聊天,聊了很多很多。据我看来,她大概是脸上画了刺青,装作奴隶的模样,然后在饮水泉、洗衣泉等奴隶聚集干活的地方出没。一开始,她只是从奴隶的闲谈中收集有用的消息,但是时间一久,她也招募了几个奴隶作为情报来源。琥珀把这个情报网开放给坦尼拉家族,葛雷和他家里的人运用由此得来的情报做了不少事。"

"什么样的情报?"麦尔妲随便问道。她真不知道自己何必在意。那些事情说穿了都跟打仗有关,而打仗就是人们杀来杀去、捣毁东西。

"从哲玛利亚城传来的最新流言,例如哪个贵族跟哪个贵族联手,哪个贵族在恰斯国有庞大的利益。如果我们要说服哲玛利亚城,这些都是有用的情报。其实我们还不能算是叛乱省份，我们现在所做的事情仍与哲玛利亚国的利益一致。有一群哲玛利亚的贵族想要推翻大君、夺取权力，所以他们鼓励大君前往缤城，并筹划在抵达缤城之后引发暴动、杀死大君。"雷恩勉强地承认道："重生商人并不是叛徒。说真的，重生商人在恰斯船队刚抵达时就促请大君登岸，阻挠了叛徒的计划。因为最后大君没落在叛徒手里，反而在重生商人家里落脚。要不是重生商人介入，他们可能更早就对缤城发动攻击了。"

"那些事情有什么重要？"麦尔妲随便问道。

"缤城的情况很复杂。如果追根究底，那其实不是我们自己内战，而是哲玛利亚国的内战，只不过他们决定在我们的土地上进行。有些哲玛利亚的贵族乐得把缤城割让给恰斯国，以换取优惠的贸易协约以及大君所要的财宝，而且他们自己也可以在哲玛利亚城里挣得更多权力；他们甚至还处心积虑地在缤城置产，并把家人送到缤城来定居。如今他们把事情弄得像是缤城商人为了要推翻大君的统治而叛变，但这其实是幌子。真正的内情是他们不把这个无能的大君放在眼里，所以密谋要夺取王位。这样你懂了吗？"

"不懂。既不懂，也不在乎。雷恩，我只希望我父亲回来，想要回家，并希望一切回到从前的模样。"

雷恩低下头，把前额抵在她的肩膀上。"总有一天，"雷恩模糊不清地说道，"你会想要一些我能给你的东西。至少我是这么对莎神祈祷的。"

一时间，两人默默地拥抱着。门上响起了轻轻的叩门声，雷恩惊讶得跳起来，但是他又不能把臂弯里的麦尔妲摔到一旁。门打开了，那雨野原女子动也不动地站在门框里，嘴巴微张，仿佛见到什么伤风败俗的丑事。她倒抽了一口气，冲口说道："我是来协助麦尔妲·维司奇的。医生说，她应该起来走一走比较好。"

"我自会扶她四处走动一下。"雷恩镇静地宣布道，好像他本来就有权跟麦尔妲两人独处一室，并将她抱在怀中。麦尔妲双手收回大腿上，低头望着手，两颊不由自主地升起红晕。

"我……也就是说……"

"你就跟医生说，我已经带她出去散过步了。"雷恩坚定地指示道。那女人听了落荒而逃，连门也没关上，雷恩低声地骂道："顺便去跟我母亲说，又跟我大哥说，不管这一路出去碰到谁，都把这个惊天动地的新闻说一说。"雷恩摇了摇头，面纱在她头发上窸窣地晃动。"我一定会被数落上几个小时。"他紧紧地搂住她一会儿才把她放开，"走吧。我潜进来就已经不对了，别让我对他们言而无信。"雷恩说着，便把坐在他大腿上的麦尔妲捧了起来。麦尔妲站在地上，把她的被子递给雷恩。她穿着家居服，这衣服的确是中规中矩，但是年轻小姐跟家人以外的人见面时不该穿这种衣服。麦尔妲举起一只手，开始把额头上的头发拢到后面，但就在此时，她的指头碰到一处伤疤，不禁瑟缩了一下。

"还会痛吗？"雷恩立刻问道。

"倒不大会痛。只是那里有个疤，我至今仍很意外就是了。我这模样一定丑死了，今天还没梳头呢……雷恩，他们都不让我照镜子。是不是很难看？"

他歪头打量着她。"你大概会觉得难看，但我倒不觉得。现在那里还有点红肿，但是时间一久就会消了。"他摇摇头，面纱也跟着晃动，"但是我心里的记忆永远不会消逝，毕竟那个伤疤，是我……"

"别再说了，雷恩。"麦尔妲恳求道。

雷恩深吸了一口气。"你看来倒不丑，只是很像毛发蓬乱的小猫罢了。"他伸出戴着手套的拇指，揩去她脸上的泪水。

她僵硬地挪了几步，走到放置梳妆用品的小桌边。小桌上那把发梳很陌生，想也知道，那发梳一定是雷恩家的人提供的。其实不只发梳，连她住的这个房间、所进的餐点和她穿的衣裳，也都是雷恩家提供的。她家人一无所有地从缤城来到这里。真的是一无所有啊。自从来到这里，他们就靠着别人的慈善施舍度日。

"让我来。"雷恩恳求道，接过她手里的发梳。雷恩持梳轻轻梳过她的头发，麦尔妲则凝视着窗外。"你的头发好多，像是厚实的丝料，而且这么黑。这样的头发不大好整理吧？小时候，我母亲老是抱怨我一头乱发，但是我总认为，长长的直发一定比卷发更难管。"

"你的头发是卷发？"麦尔妲懒懒地问道。

"是啊，而且纠缠不清，老是打结。这是我姐姐说的。我向你发誓，在我很小的时候，每次蒂娜蒙不得不帮我梳头时就把我的头发扯掉一半。"

她突然转头面对着雷恩。"让我看看你。"

雷恩突然单膝跪下，梳子仍握在手里。"麦尔妲，你可愿意嫁给我？"

麦尔妲吓了一跳。"难道我可以选择吗？"她质问道。

"当然。"雷恩照样跪着不动。

她吸了一口气。"我现在还没有办法，雷恩，现在还不行。"

雷恩轻松地站起来，搭着她的双肩，轻轻地把她的身体转过去，再度梳过她柔顺的头发。就算麦尔妲伤了他的心，他的口气也没有透露出心情。"那我就不能让你看到我的脸。"

"这是雨野原人的习俗吗？"

"不，这是雷恩·库普鲁斯给麦尔妲·维司奇订下的习俗。等到你答应嫁给我了，才可以看我的脸。"

"这太荒谬了。"麦尔妲抗议道。

"什么荒谬，这根本就是疯狂。你只要问问我母亲或是哥哥就知道了。他们会告诉你，我这个人是疯子。"

"太迟了。我弟弟还打探到别的消息呢。他说，雷恩·库普鲁斯疯了，因为他在古城待得太久了。你被记忆淹没了。"

麦尔妲的语气很轻快，她是把这当作俏皮话，拿来取笑雷恩。谁料他一听，梳子掉了，人也怔怔地站着，使她大为讶异。过了一会儿，雷恩恐惧地低声问道："他们真的那样说我？"

"雷恩，我是开玩笑的。"她转头面对着他，可是雷恩却丢下她，迅速地走到窗边眺望。

"被记忆淹没。这话不可能是你编造出来的，这是雨野原的说法。他们真的说我被记忆淹没了，对不对？"

"也不过就是小男生之间随便说说……小孩子为了显得自己威风，讲起话来总是夸大其事——"

"总是把大人说过的话拿来重说一遍。"雷恩呆滞地说道。

"我以为那不过是……被记忆淹没，真的有那么严重吗？"

"对，"雷恩呆呆地应道，"很严重。要是严重到堪称危险的程度，他们通常会拿非常温和的毒药给你吃，让你在睡觉时死去——如果你还睡得着的话。有时候，我还能睡着，但能睡的时候不多，也不久。就因为这个缘故，真正的睡眠变得特别香甜。"

"是龙的关系。"麦尔姐轻声应和道。

雷恩像被人刺了一刀似地惊跳起来，转身凝视着麦尔姐。

"我们一起做过梦啊。"麦尔姐柔声说道。感觉上，那仿佛是很久以前的事了。

"母龙威胁她会缠住你，但那时候，我还以为她只是逗口舌之能。"雷恩有气无力地说道。

"那母龙——"麦尔姐本想把它如何折磨自己的事情告诉雷恩，但想想还是别提的好，"自从我受伤之后，母龙就没来纠缠我。它不见了。"

雷恩沉默不语。过了好一会儿，他才说道："大概是因为你失去意识，所以它跟你之间的联系就断了。"

"有这种事？"

"我不知道。其实我对她知道的少之又少，不过有一点倒很清楚，那就是除了我之外，别人都不相信她真的存在。大家都认为我疯了。"雷恩激动地大笑起来。

麦尔姐伸出一手。"来吧，我们去走一走。你以前不是答应过，要带我去看你的大城吗？"

雷恩慢慢地摇了摇头。"我以后不能再到那里去了，除非我母亲或长兄认为我有必要走一趟，否则我不能去。我已经答应他们了。"雷恩感伤地说道。

"为什么？何必这样呢？"

雷恩哽着喉咙大笑一声。"为了你呀，亲爱的。我为了你，跟他们谈了条件，答应日后不再进入古城。而他们则保证，只要我除非有他们许可，否则不涉足古城；只要我放弃希望，不再鼓吹他们释放母龙，那他们就会放弃那艘活船的债务，给我一笔可供我自由花费的零用钱，并让我随时都可以去看你。"

要是麦尔妲没有跟雷恩一起做过梦，那么她可能无法体会雷恩为她放弃了一切，但是她体会得出来。雷恩一生的目标就是要探索古城的秘密，在古城的街道中漫步，并解开古城的传奇。雷恩为了她放弃了人生的核心。

雷恩继续平静地说道："所以，你现在知道了，活船的合约已经解决。你用不着为了撤销活船合约而嫁给我。"雷恩那一双戴着手套的手缠绞着。

"那母龙呢？"麦尔妲屏息问道。

"现在她恨死我了。我想，她若是能用她的记忆淹没我，一定会马上下手。她好几次要我去找她，但我都抗拒不去。"

"怎么抗拒？"

雷恩叹了一口气，略带诙谐地坦承道："要是真的很严重，我就把自己灌醉，醉到连爬都爬不动，然后就昏过去了。"

"噢，雷恩。"麦尔妲怜悯地摇摇头。从他这话推论起来，那母龙已完全把他掌控在手里，在母龙的世界里，可以任意折磨他，他就算想逃也逃不了了。她吸了一口气，问道："要是我愿意嫁给你，以求撤销活船合约呢？要是我说我宁可以婚姻来偿付活船的合约，而不是由你的家族豁免活船债务呢？如果这样做，那你是否就不受那些条件拘束呢？"

雷恩慢慢地摇了摇头。"即使如此，我还是摆脱不了我对他们的承诺。"他歪头望着她，"你真的愿意那样做？"

这她就不知道了。她现在还下不了决心。雷恩只为了跟她在一起，竟连那么差劲的条件都接受了，但是"我想嫁给你"这种话，她仍无法轻易地说出口。她对雷恩所知的实在太少。他曾经怀疑过她，可是仍为了她而放弃古城，这是怎么一回事？根本毫无道理。这完全打破了她以前对男人的想法。

她对雷恩伸出一只手。"带我去走一走。"他一言不发地握住她的手,领着她走出小房间,沿着盘旋于大树树干的步道而下。麦尔妲抓住他的手,既没往下看,也没回头。

"我实在看不出我们留着他有什么好处,感觉上好像我们绑架了他似的。"那削瘦的雨野原商人烦躁地大力往椅背一靠。

"波斯克商人,你脑筋老是转不过来。这好处再明显不过了。我们既把大君留在手上,他就可以帮我们讲话呀。大君可以自己说,我们没绑架他,而是赶在新商密谋要刺杀他之前把他救了出来。"说这话的是芙瑞耶商人,波斯克商人就坐在她隔壁,而她就这么大肆批评。据凯芙瑞雅推测,他们两人不是朋友就是亲戚。

"我们能说服大君,让他深信真相的确如此吗?上次我见到大君的时候,他说得一副我们是从招待周到的主人家把他抢过来,然后将他偷渡至此的样子。他是没用'绑架'二字,只是我看他迟早会把那两个字吐出来。"波斯克商人答道。

"我们应该让他住到别的房间去。他住在那种地方,难免会觉得自己是被监禁起来的囚徒。"说这话的是科文商人,他的面纱缀满了珍珠,所以他说话时,珍珠便轻轻互击。

"大君还是待在原来的地方比较安全,这是我们几个小时之前就讲好的。各位商人,拜托,泥砖既已做好,就不必再脚踩使之踏实了。我们为什么要留住他,为什么要把他关在那个地方,这些都已谈过。现在我们要讨论接下来打算怎么做。"贾妮·库普鲁斯的口气既疲惫又烦躁。凯芙瑞雅很同情她。

除了听众人讲话之外,凯芙瑞雅偶尔也四下张望,然后在心里想,她自己的人生到哪里去了?此时,她坐在一张宏伟大桌旁的大椅子上,身旁尽是雨野原商人之中最有势力的人物,谈的则是要如何谋反、推翻哲玛利亚的统治。不过眼前景象虽奇,但最奇的还是这景象中缺少了某些要素。很严重啊。如今的凯芙瑞雅没了丈夫,没了儿子,没了母亲,连财产与家园都消失得无影无踪。她望着周遭这一张张遮着轻纱的脸孔,心里纳闷他们何必要容忍她跟他们一起开会？她对雨野原商会能有什么贡献？话虽如此，她还是开口了。

"库普鲁斯商人说得没错。我们越早采取行动，就越能多挽救几条人命。我们必须送消息去哲玛利亚城，让他们知道大君仍活着，而且一切平安。我们必须强调并无害他之意，之所以留他在此，是为了他的安全。此外，我认为我们应该把上述的意思与其他任何要跟哲玛利亚城周旋的条件分开来谈。要是我们在同一封信上提及土地特许令、奴隶买卖或是关税等，他们就会认定我们是要以大君的性命来换取所要的条件。"

"有何不可？"罗瑞克商人突然说道。她是个身躯庞大的女子。此时她突然以肌肉结实的拳头打在桌上。"你先回答这两个问题：那个妄尊自大的臭小子把自己的居处当作猪圈似的糟蹋，那么我们何必把他安置在精致的房间里？还有，他一直把我们踩在脚下，不把我们当人看，那我们为什么要把好食好酒供给他吃喝？要是依我的看法，就把他押到这里来，给他一两瓢雨野河的河水，再教他做一个月的苦工，看他到时候还尊不尊重我们雨野人的做法，然后再用他的性命去换取我们要的条件。"

话毕，众人都闷声不响。之后科文商人接着凯芙瑞雅的提议说了下去。凯芙瑞雅注意到，雨野商会的人大多对罗瑞克商人发的这场脾气视若无睹。"问题是，这样的信函要发给谁？据瑟莉拉侍臣看来，哲玛利亚的许多世家大族都跟这个密谋有关；要是我们保住了大君的性命，那他们恐怕要大大地不高兴了。所以，我们在夸耀自己戳破了密谋之前，应该要先找出谁是幕后指使者才对。"

波斯克商人往椅背一靠。"就让脑筋转不过来的老家伙帮你们做结论吧：把那小子甩掉算了。找一艘船把他送回哲玛利亚城，让他们去对付他。他们如果一心要置他于死地，就把他送去给他们杀掉——过后他们若是继续杀，我也不在乎。就在那小子的脖子上绑个条子，说我们受够了大君，也受够了哲玛利亚，从此以后我们彼此各走各的路，互不干涉。既然讲到这里，我顺便提一下：我们应该把混进水道和海湾里的恰斯人赶走，而且这次一定要一劳永逸地解决此事。"

好几名商人点点头，但是贾妮·库普鲁斯叹了口气。"波斯克商人，你真是一语中的，许多人都希望事情真有那么简单就好了，但是我们不能同时跟哲玛利亚国和恰斯国打仗。如果我们必得对其中一国怀柔，那就对哲玛利亚国吧。"

科文商人用力摇头。"除非我们知道谁支持谁，否则就不要贸然跟任何人结盟。我们必须先弄清楚哲玛利亚城的现状才行。我恐怕我们得把大君招待得更舒服些，让他留得更久一点，同时派代表去哲玛利亚城，船上就挂求和旗，然后找出那儿有什么线索。"

"挂了求和旗，他们就不会把那艘船打下来吗？"一名商人质问道。另一名商人则插嘴道："那可得来回通过海盗和恰斯佣兵所在的水域两次啊！再说，你知道那样走一趟要多久？等到船回之时，缤城可能都被夷为平地了。"

也许是因为他们提到了凯芙瑞雅的家园，总之她立刻便将这件事看得很清楚。她突然领悟到自己虽少了家人田产，但其实带着两样东西前来开会。当年，她的祖先们刚来到天谴海岸，开始在这片不宜人居的土地上拓垦家园的时候，带的也是这两样东西。她有什么？她有勇气，又富机智。如今她能贡献给大家的就是这两样了。"我们用不着大老远跑到哲玛利亚城，也能找出答案。"凯芙瑞雅平静地说道。所有戴着面纱的脸孔都猛然转过来望着她，"我们所需的答案在缤城就能找到。缤城有叛徒，那些叛徒乐得让那个少年送命，以撷取更多原本属于我们的土地，并将缤城变成恰斯国的属地。各位商人，我们用不着远道去哲玛利亚城，也能找出我们的朋友是谁。我们只需要到缤城去，就可以找出哪些缤城人与我们为敌，并同时找出哪些哲玛利亚人与我们为敌。"

罗瑞克商人又拍了一下桌子。"问题是，我们要如何找出谁为友、谁为敌，维司奇商人？难不成要客客气气地去问吗？还是你建议我们抓几个人拷问一番？"

"都不用。"凯芙瑞雅平静地说道。她环顾桌边那一张张遮着面纱的脸孔，从众人缄口不言的情况看来，他们应该是在全神贯注地听她讲话。她吸了一口气。"我可以逃到缤城，博取他们的同情。"她又吸了一口气。"你们看看我。海盗抓走了我的恰斯丈夫，我被迫逃离家园，而女儿和儿子又在大君遭绑架时惨遭'杀害'，更不用说我的老友达弗德·重生也送命了。我可以让他们深信我是站在他们那一边的,然后我再想办法传话给你们,让你们知道我打听到了什么消息。"

"太危险了。"波斯克立刻制止。

"光是如此,还是无法打动他们。"芙瑞耶商人轻声说道,"所以你得跟他们谈条件才行。好比说,拿雨野河的知识或是雨野原商人的消息去跟他们换。总要有跟他们谈的筹码才行。"

凯芙瑞雅想了一会儿。"教大君亲手写一张纸条,就说他还活着,恳求贵族们给他协助。我就以将大君交给他们当作筹码来谈。"

"那还是不够。"芙瑞耶商人摇了摇头。

凯芙瑞雅突然灵机一动。"我的活船。"她平静地说道,"我就用这个来跟他们交换条件。我请他们去救回我的家族活船和丈夫,而我的回报就是用薇瓦琪号上溯雨野河,将他们送到这里来,好让他们进攻你们,并抓回大君。"

"这行得通。"贾妮·库普鲁斯勉强地应和道。"要是你直接找上门去,声称你的背叛,那他们一定疑心重重,但如果你去找他们帮忙或是跟他们交换条件,那么动机就不成问题了。"

波斯克不屑地啐了一声。"漏洞太多。要是有人已经跟你母亲谈过了呢?你怎么拿得到大君的亲笔函?况且大家都知道麦尔妲已经许给了雷恩,所以你若是突然对雨野原之人恨之入骨,他们不会相信。"

"我相信我离开的那一天,我母亲就逃到乡下去了。况且舞会之后,我就没有跟别人说过话,我们一家就这样突然消失了。我可以说,大君被绑架的时候,连我们也一起被绑走,我的女儿和儿子伤重而死,我则跟大君关在一起。我取得了大君的信任,所以他写了亲笔函。之后我逃走,但是我决定要背叛大君,因为我把一切怪在他头上。"

凯芙瑞雅停顿了一下,发现自己越说越没有动机。她在想什么?这故事也编得太薄弱了,任凭哪个笨蛋都能一眼看穿,众商人一定也会看出破绽,并且劝她打消主意。况且她深知这种事情她做不来。换作是艾希雅,甚至她女儿麦尔妲,都做得到,因为她们勇敢又有活力。他们一定看出她既不如妹妹,也不如女儿。他们是绝不会让她成行的。凯芙瑞雅突然觉得自己太笨，竟然提出这种令人笑掉大牙的计策。

波斯克商人合起修长的双手放在桌上。"很好，你说得没错。不过我还是坚持维司奇商人再考虑一晚，再决定她要不要承担这个责任。她经受了许多苦难，她的子女待在这儿很安全，不过我们这等于是把她推入险境，更何况她没有什么资源。"

"康德利号明天开航，她能在那之前准备好吗？"罗瑞克商人催促道。

"我们跟新商手下的某些奴隶仍有联系，你可以借着那些奴隶把消息传给我们。我会给你名单，不过你可得默记起来才行。"芙瑞耶提议道。她望着桌上各人，继续说道："当然我们都同意，出了这个房间之后绝不提起这个计划。"

"当然。不过我会跟康德利号的船长提一下，说他船上可能会有个偷渡客，请他无须大惊小怪。这样一提，他就会预作安排，让他的船员离凯芙瑞雅远一点。"

"你需要物资，但我们又不能帮你准备得太齐全，否则你的故事就穿帮了。"贾妮担心地说道。

"我们应该帮她准备个手镯，纯金的，但是要上漆，弄成便宜的搪瓷手镯模样。这一来，要是她的性命受到威胁，还能借此买通人逃命。"

众人越谈越多，凯芙瑞雅的计策也逐渐成形。她不禁纳闷道，自己到底是鱼网里的鱼，还是撒网捕鱼的渔夫？她心里很害怕，不过害怕是她老早就习惯的情绪，但是伴随着害怕而来的那种得意洋洋的感觉则颇为陌生。她变成什么样的人了？

"我坚持要让她多想一晚，好好考虑一下。"波斯克再度说道。

"我会随着康德利号出航。"凯芙瑞雅平静地强调道，"我的子女就请各位多照顾了。我会跟他们说我要回缤城去，以劝告外祖母到这儿来跟我们会合。我恳求各位别跟他们多说。"

在场所有遮着面纱的脸孔都点了点。贾妮·库普鲁斯轻声说道："我只希望你抵达的时候，我们仍守住缤城港。要不然的话，这个计划也就泡汤了。"

这是个黑暗且带着银光的夜。说起来,这样的景象自有一种美,但现在麦尔妲没空考虑景色美不美。没那个闲工夫。头上有明月,底下是致命的河水,不时传来蛙鸣或是吹来一阵清风,但她无暇他顾,因为这吊桥摇曳不停,她光是顾着脚下不要踩空都来不及。

真是恐怖啊。

其实桥的两侧有绳索编的扶手,但是那绳索松垮,又跟桥面离得很远,所以麦尔妲不想攀着绳索走,宁可守住桥面的中心线,一步步小心地走,免得本来就摇曳不止的吊桥摇晃得更厉害。她的双臂紧抱住胸口,仿佛在拥抱着自己。绳索扶手上每隔一段距离就挂灯笼,灯笼的光将她照出了两个,甚至三个影子,使她想起自己刚受伤时看到多重影像的那段时间,接着便晕眩起来。

她听到杂沓的脚步声,原来是瑟丹朝她冲了上来。麦尔妲松手扶住膝盖,又怕得探手抓住桥面的木板。

"你在干什么呀?"那少年质问道,"走啊,麦尔妲,你走快一点,不然我们永远也到不了。只要再走三个吊桥,坐个滑车就到了。"

"滑车?"麦尔妲虚弱地问道。

"你坐在小盒子里,用滑轮组之类的东西拉着自己前进。很有趣的。滑车可以冲得很快很快喔。"

"滑车能不能走得很慢很慢?"

"不知道,从没试过让它走慢。"

"那我们今晚一定要试试看。"麦尔妲笃定地说道。她紧张地吸了口气,站起来。"瑟丹,我还不习惯这种桥。你能不能走慢一点,免得吊桥晃得那么厉害?"

"为什么?"

"这样你姐姐才不会打得你满地找牙啊。"麦尔妲暗示道。

"你是说说而已,"瑟丹告诉她,"况且你也抓不到我。来吧,你牵我的手走,别想那么多了,走吧。"

麦尔妲握住瑟丹的手时，只觉得那少年的手既脏又湿，不过她还是紧紧抓住，并跟着他身后而行，同时吓得心脏差点就从嘴里跳出来。

"为什么你一定要去古城？"

"好奇啊，我想亲眼瞧瞧。"

"为什么雷恩不带你去？"

"他今天没空。"

"他就不能明天抽空带你去吗？"

"我们能不能专心走路，别讲话？"

"好吧。"瑟丹安静片刻之后，又再度问道："你要去古城，可是你不想让雷恩知道，对不对？"

麦尔妲匆匆地追着瑟丹而行，脚下的吊桥摇晃得很厉害，但她也只能压下心头的畏惧继续走。瑟丹配合着吊桥摆动的韵律大步而行，他大概已经抓到窍门了，但麦尔妲只觉得自己要是不小心脚下一滑，恐怕会就此落入河水里。"瑟丹，"她轻声说道，"你要让妈妈知道你去玩厚底船的事吗？"

瑟丹不回答。这个条件就这样说定，无须多言。

吊桥已经够糟糕的了，但是滑车更恐怖。滑车本身其实是个枝条编成的篮子。两人踏进篮子之后，瑟丹站起来拉索，麦尔妲则坐在松垮垮的篮底，心里想着这篮子会不会在走到一半的时候就绷破了？她紧抓住篮框，尽量不去想若是绳索突然断掉的话要怎么办。

滑车的终点是一棵巨木的枝桠，步道从这枝桠开始，沿着主干盘旋而下。等到姐弟俩终于走到实地上的时候，麦尔妲一方面因为紧张，另一方面因为很少这样活动而早已两脚发软。她张望了一下黑暗的环境，不解地问道："这就是古城？"

"才不呢，这些是雨野原人盖的作坊。古城还在我们脚下。走吧，你跟我来。我带你从一个特别的入口进去。"

那些原木盖成的房舍一间连着一间。瑟丹像是在走树篱迷宫似的领着她在一排排原木房舍之间走来走去。他们途中经过一条设着灯笼的宽广大路。据麦尔妲猜测，那大概是进入古城的一般入口，不过他们要走的是小孩子所用的小径。瑟丹回头望了她一眼，继续领着她前进。她从瑟丹眼里看得出他十分兴奋。最后，他带她来到一扇原木做的沉重大门前，那扇门与地面齐平，像个陷阱。"帮我一下。"瑟丹小声地说道。

麦尔妲摇了摇头。"门有链子锁住。"

"看起来像是，其实并没有。如今大人不走这里了，因为这儿的地道有一段崩塌了，不过如果人不是很高大的话，其实还穿得过去，像你我就没问题。"

麦尔妲在瑟丹身边蹲下来。门板上都是青苔，滑不溜丢的，她的指甲在门板上刮了一下，然后就积了脏垢，不过门倒是可以打得开。打开之后，地上出现一个方洞。麦尔妲虽不抱希望，但还是问瑟丹："从这儿走下去，有没有火炬或是蜡烛什么的？"

"没有，不过用不着那些。我弄给你看，你就知道了。你只要摸那个东西，它就会亮一下，不过手一放，它就不亮了。虽不是很亮，但是还过得去。"

麦尔妲随着瑟丹爬入洞穴里。过了一会儿，她看到瑟丹的指头周围发出微微的光亮。那亮光虽小，但已经足够照出他的手贴在墙壁上的样子了。瑟丹对她说道："走了，赶快。"

瑟丹没说他们得把门关起来，而麦尔妲也乐得当作不知道。她摸索着走入黑暗中。洞里闻起来很潮湿，有不流动的死水味。她这是在干什么？她到底在想什么啊？麦尔妲咬紧牙关，伸手去按瑟丹手边的墙壁，结果非常惊人：她指头底下突然射出一道光条，沿着墙壁延伸到远处，又顺着墙壁拐了个弯，然后就不见了。每逢有拱门之处，光条就绕着拱门门框而行，光条走到某些地方，甚至点亮了墙壁上的符文符号。麦尔妲看呆了。

一时间，瑟丹默默不语，最后他困惑地问道："是雷恩教你的，对不对？"

"雷恩没教我。我也只是伸手去碰而已，没什么。这是'济德铃'光条。"麦尔妲侧耳倾听。走道远处传来乐声，真是奇怪，她听不出那是什么乐器演奏出来的，但是那乐声却很熟悉。

瑟丹眼睛睁得很大。"威利告诉我，雷恩可以把整个走道点亮，但也不是每一次都成功。我还以为他在诓我呢。"

"也许这只是偶尔,改天来就不灵了。"

"也许吧。"瑟丹迟疑地应和道。

"那是什么曲调?你听见没?"

瑟丹皱眉望着她。"哪有什么曲调?"

"那个音乐声啊,像是从很远的地方传来的。你没听到吗?"

瑟丹沉默良久,才说道:"没,我只听到水滴落的声音。"

过了一会儿,麦尔妲问道:"我们要不要继续走下去?"

"当然要啦。"瑟丹迟疑地应道。现在他走得比较慢了,一边走一边以指头拂过济德铃的光条。麦尔妲学着他的样子做。过了一分钟之后,瑟丹问道:"你想去哪里?"

"我想去埋龙的地方。你知不知道那个地方怎么去?"

瑟丹转头皱眉问她:"有龙?埋在这里?"

"我听人家这样说啊,你知不知道那地方怎么去?"

"不知道。"瑟丹用肮脏的指头抠脸,脸颊上留下一行行脏污。"我从没听说这里埋着龙。"他低头看着自己的脚,"老实说,我最远只走到地道塌陷的地方。"

"那你就带我去那里。"

姐弟两人默默前进。这通道一路上都有门,许多都已经被撬开,门后大多是满室泥土和树根。其中两个房间被人清理得很干净,但是房里没什么有趣的物什,透过厚玻璃窗望出去,只看得到泥土。两人继续前进。乐声时而清楚,时而模糊。麦尔妲想道,这一定是地道有什么不为人知的设计之故。

两人来到一处天花板与一边的墙壁崩塌下来,泥土从墙壁溢出之处。瑟丹以空着的那只手指着高到天花板的残壁与土堆,小声地说道:"你得爬到最上面,从缝隙钻过去。威利说,其实只有一小段路很窄,之后就又开阔了。"

麦尔妲怀疑地抬头望。"那个地方你过得去吗?"

瑟丹看着自己的脚,摇了摇头。"我不喜欢窄窄的地方,其实我甚至还不大喜欢来这里。最有趣的还是吊桥跟滑车。上次我们来的时候还地震呢,所以威利跟我们大家都慌得赶快逃走。"瑟丹讲这话的时候好像很羞愧。

"换作是我,我也会逃啊。"麦尔妲要他宽心。

"我们回去吧。"

"我要再往前走一段,看看我能走多远,然后就回来。你能在这里等我吗?"

"应该可以吧。"

"如果你愿意的话,可以到门边去等我。如果有人来,要叫我一声喔。"

"好啦。麦尔妲,你知道的,要是有人逮到我们半夜溜到这里来……呃,那好像很不好。这跟威利带我来这里不一样。好像我们在偷看主人家的秘密似的。"

"我自有分寸。"麦尔妲要他宽心,"我去去就回。"

"希望如此。"瑟丹对着她的背影说道。

一开始倒不是很难走,她涉过湿泥,手一直摸着光条,但不久她就得弓身而行,再加上土堆盖住了济德铃的光条。她无奈地收手离开光条,于是灯光一下子就消失了。她咬着牙,趴在地上,用手和膝盖爬行。爬的时候,裙子老是勾到,不过后来她爬出了窍门,裙子就不碍事了。后来她的头撞到天花板,所以停了下来。她的手冷冰冰的,裙子沾满泥很沉,这要怎么解释啊?不过她把这个顾虑丢开了。现在想这个太迟了,她告诉自己,再往前多走一段就好。她伏低继续爬,不久她只能靠着手肘和膝盖蹭着前进。她唯一听到的声响是自己的呼吸声和滴水声。她停下来休息一下。四周黑暗一片,感觉上仿佛整座山的重量都压在她身上。这真是太荒谬了。她要回去了。

她想要退回去,裙子却缠在腰间,赤裸的膝盖碰到冰冷的泥土,那感觉好像是她整个人俯趴在泥地上打滚似的。她停了下来。"瑟丹?"

但是没人应声。他大概是一等她出了视线之后就回到入口等待。她突然觉得晕眩,赶快把头靠在手臂上。她真不该这么胆大妄为的,竟生出这主意来,实在愚蠢。她何以认为,雷恩都做不到的事情,由她出面就做得成?

第三十六章

飞龙与大君

麦尔妲觉得越来越冷。她身下是湿泥,而非湿土,因而浸湿了身上的衣裳。她越是不动,身体越是酸痛。她得动一动才行,要不就往前行,要不就后退,但是不管怎么样都很累。也许她可以一直躺在这儿,看看会不会有人来救她。

她的呼吸平稳下来之后,远方传来的音乐便一下子大声起来。现在她注意听,只觉得听得更加清楚。她知道这首曲子,她当然曾经随着这曲子翩翩起舞,只不过那是在很久以前了。她听到自己不由自主地随着那曲子轻轻哼起来。她睁开眼睛,抬起头。前头真的有光,还是她心里想象出来的?她转动眼珠,而那柔和的亮光也随之转动起来。麦尔妲继续爬,朝着光亮与音乐的来源而去。

麦尔妲突然吓了一跳,因为她察觉到自己正在往下爬。她抬起头,发现头上有空间,所以开始改为用手和膝盖爬。这时她突然一滑,像水獭般肚皮着地,一路沿着泥坡往下。麦尔妲尖声大叫,并以双手挡在脸前。这实在太像是马车翻车的翻版了,不过后来她也没撞上什么障碍物,人就停了下来。她伸出双手,只摸到浅浅的泥,泥下就是冰冷的石地。这是甬道的地板,所以她已经过了崩塌那一段了。

麦尔妲还是不敢站起来。她继续爬,先伸手在前面探一探,才敢爬过去。后来她摸到墙壁,于是小心翼翼地伸出双手扶着墙,人则先蜷缩着,之后才慢慢站起来。她的泥巴手突然摸到济德铃的光条,才那么一碰,整条走廊就大放光明。她紧闭眼睛,再慢慢睁开,接着以惊奇的眼光注视着眼前的走廊。

入口之处的墙壁剥落,墙壁上的带状装饰也已褪色、磨损。但是在这里,不但光条放光,就连石墙上的漩涡形装饰也放出亮光,地上的黑色瓷砖竟是闪闪发亮。乐声更响亮了,麦尔妲听到一名女子突然放声大笑。

她低头望着一身泥泞和湿透的衣裳,实在没料到自己会碰上这种情况。她一直以为古城早被遗弃,空无一人,但若是有人撞见了她这一身狼狈,那她该怎么给自己开脱才好?想到这里,麦尔妲傻笑起来,她应该可以装作是头上的伤使得心思浮动不定。如果考虑她今夜的行为,那她可能连假装都不必,事实上,她的心根本就不知道飞到哪里去了!麦尔妲踮起脚沿着走廊而行。走廊上有些门开着,但庆幸的是,大多数都是关着的。从少数几个敞开的门口一看,门里是豪华的大房间,地上铺着厚重的地毯,墙上摆设着令人赞叹的艺术品。她从未看过这样的家具:长沙发是以密实的布料铺就的,缀着流苏,椅子大到麦尔妲可以把脚收起来,蜷在上面睡觉,桌子则大得简直像巨型雕像的台座一般。这想必就是雨野原的传奇财富了。可是以前大家都跟她说,古城里是不住人的。麦尔妲耸了耸肩。也许所谓的不住人,只是指他们不在这儿进餐或睡觉吧。她继续前行。走了一段路之后,下定了决心,不管前头发生什么事,她绝不循原路出去。她才不要逼着自己再度通过那一段湿泥管道。她要另觅一条路。

乐声渐歇,片刻之后,乐声又起,这次换了个曲调,不过这个曲调,麦尔妲也很熟。她随着那曲调哼了一会儿,然后突然一股寒意沿着背脊窜上来——因为她猛然想起,她第一次听到这音乐是在她与雷恩第一次梦中相会之时。在那个梦中,她随着雷恩走进一座安静的城市,他带她走进一个有音乐、有光亮,而且很多人讲话的地方。当时那地方奏的就是这首乐曲,她就是因为那个缘故才记得这首曲子。

不过她竟对这个曲子这么熟,也实在奇怪。接着她感觉到脚下有闷闷的轰隆声,地板晃了一下。她紧紧地扶住墙壁,可是就连手里扶着的墙壁也抖动起来。地震会停吗?会不会震得整个古城崩垮下来?她的心怦怦地跳着,感到晕眩。走廊上突然挤满了人,金黄色皮肤、发色怪得令人想象不到的高个子优雅女子大步走过麦尔妲身边,开心地彼此谈笑,她们讲的是她以往曾经懂得的语言。她们看都不看她一眼,修长的裙子垂到地面,但是裙衩很高,竟是从腰部一路开衩下来,所以走动时便露出大片的金黄色长腿。她们的香水搽得极浓,味道极甜。

麦尔妲摇摇晃晃,眨眨眼,然后便觉得眼前一片黑暗。墙壁不知道在哪里。突如其来的黑暗、霉味、湿气和静默使她惊讶地叫出声来。远处传来刮擦的声响,她跟跄地朝墙壁走去。摸到墙壁时,各处突然又大放光明。这走廊前前后后都空空荡荡。刚才想必是她想象出来的了?她举起空着的那只手摸摸前额的伤口。她真不该来这里探险,这刺激实在太大了。最好是赶快找一条出路,回到房里的床上睡觉。要是她真的碰到人,那么根本不必装作自己是心思浮动,然而现在她是真的担心自己了。

麦尔妲坚决地踏出步伐,同时顺着光条拂过去。如今她碰到转角时不会迟疑,看到开着的门也不会好奇地窥视。她匆匆行过迷宫般的走廊,专挑宽广、常用的走廊走。途中音乐声一度变得很大,但接着她拐错了弯,于是乐声便淡去了。最后她来到一处宽广且光亮的走廊。墙壁上的图样很古怪,是什么有翼生物展翅飞翔的模样。

走廊的尽头有一扇高耸的拱门,而门扇是有浮凸花纹的金属。麦尔妲停在门前注视了一会。她认得门上的标记,那跟库普鲁斯家马车门上的纹饰一模一样。门上的标记是一只戴冠的巨大公鸡,像是正要打架一般。这个图样虽傻气,但是那公鸡倒显得不可一世、咄咄逼人,她几乎兴起了仰慕的情绪。

门后传来宴会的声响。那是人们的谈话声与笑声,乐声轻盈快活,麦尔妲还听到舞者扬脚点地的声音。她再度低头望着这一身衣裳。唔,这身打扮没救了。她只想赶快离开这个地方,回到外面去。现在的她应该已经被羞辱惯了。她举起一只手抵着额头,感到头晕,另一只手按住那扇巨大的门,用力一推。

没想到她的手才碰到,那扇巨大的门便戛然而开,这下子她反而因为用力过猛而跟跄地冲入门内那一片黑暗之中。她周遭升起寒意与湿气,脚踏入了冰冷的水洼中。"救命呀!"麦尔妲愚蠢地喊道,但是乐声和人声已经消失,此地闻起来像是一潭池塘的死水味。要不是她瞎了眼，就是周遭真的暗到一点光都没有。

"喂？"麦尔妲再度叫道。她一边伸手摸索，一边碎步前进。前面有一路往下的台阶，麦尔妲冷不防地跌倒了。她从触感得知这台阶又宽又浅，所以她并未摔得很远。跌倒之后，她也不站起来，而是干脆一路顺着台阶爬下去。到了台阶底之后，她又爬了一小段路。之后她站起来，以比爬行更慢的步伐行走，同时伸手在身前的黑暗中摸索。"喂？"麦尔妲又叫了一声。她听到回音，这个厅堂想必大得不得了。

接着她的手摸到一样粗糙的木头障碍物。

"喂，麦尔妲·维司奇，"母龙招呼她道，"我们终于见面了。我就知道你一定会来找我。"

"他是你弟弟，不准你说得那么难听！"贾妮·库普鲁斯把手边的针线活摔在身边的桌上，怒气冲冲地说道。

班迪尔叹了一口气。"我只是把别人说的话讲给你听，又不是我在说长道短。如果有人给他下毒，那么那人绝不是我。"他皮笑肉不笑地咧嘴。

贾妮抓住胸口。"这种事情教人怎么笑得出来？噢，莎神啊，为什么我们没赶在他回来之前把那根木头剖开呢？"

"我本以为时间充裕，因为他打算在缤城待上好几个星期，谁料只待一晚就回来了。况且那根原木又比我们处理过的其他巫木更大也更硬。再说，信鸽一把缤城的消息送来，我就明白这事绝对没有缤城的事情来得紧急。"

"我知道，我知道。"他说了这么多理由，但他母亲只是不耐地挥了挥手，"他现在人在哪里？"

"在他房里。他每晚都待在房里，而且灌个烂醉，自言自语地讲一堆什么龙啊、麦尔妲啊的疯话，还说他要自杀。"

"什么？"贾妮瞪着班迪尔，他这番话彻底摧毁了她每晚在接待室偷闲的静谧时光。

"杰妮真的在雷恩门外听到这种话,就是因为这个缘故,她才跑来告诉我。雷恩一直在说她会借他的手杀了他,又说麦尔妲也会死。"班迪尔勉强地补了最后这一句。

"麦尔妲?他在生麦尔妲的气?可是他们今天不是和好了吗?我听说……"贾妮说到这里,吞吞吐吐地说不下去了。

班迪尔帮她把话讲完。"我们都听说了。昨天雷恩跑到麦尔妲的卧室里,将她抱在怀里,还对她轻薄。然而以他近来的其他行为而言,若是闹出一时克制不住情欲之类的寻常丑事,我们还松一口气呢。"

"他们两个经过大风大浪啊。雷恩本以为麦尔妲活不成,一直怪罪自己,所以现在他跟麦尔妲黏得很紧也是情有可原。"贾妮自己也知道这个借口站不住脚。她想着,不知道凯芙瑞雅有没有听到流言?她若是听到,会不会因此而改变计划?眼下有这么多危机要处理,雷恩怎么偏偏选在这个时候生事?

"唔,老实说,我倒宁可他现在'跟麦尔妲黏得很紧',而不是在他自己的房间里胡言乱语、大吼大叫。"班迪尔冷冷地说道。

贾妮·库普鲁斯突然站了起来。"这样对我们大家都不好。如果他喝得醉醺醺,那我今晚势必是无法跟他讲道理了,不过我们至少可以拿走他的白兰地,并且逼他好好睡一觉。到了明天,我再要求他改正自己的行为。你应该找点工作给他做才是。"

班迪尔的眼睛放出光彩。"我也想在明天就派他去古城视察。雷沃在沼泽深处发现一个土冢。据他猜测,那可能是什么建筑物的高楼。既然如此,就派雷恩去瞧瞧吧。"

"这样不好。在我看来,他最好远离古城。"

"可是他唯一的长处就是考古啊。"班迪尔起了个头,但是看到母亲怒目而视,还是闭紧嘴巴了。他领头走入夜色之中,贾妮跟在后面。他们走到跟雷恩的房间还隔两段步道之处,贾妮就开始听到雷恩的声音了。在这里听来还模糊,但是再往上走一层,雷恩醉醺醺地叫嚷的每一个字就听得清清楚楚了。这个情况比她所担心的还要糟糕。她的心一沉,雷恩的父亲到最后只肯跟自己说话，而他该不会步上父亲的后尘吧？莎神啊，大地之母啊，求求你们，别对我这么残忍。

雷恩突然提高嗓门大喊了一声。班迪尔开始奔跑，贾妮匆匆地追上去。雷恩的房门突然打开，金色的灯光洒入夜色之中。贾妮的小儿子跟跄地从房里走出来。他停住，伸手抓住门框，看那光景就知道他连站都站不住。"麦尔妲！"雷恩对着夜色大叫道，"不！麦尔妲，别去！"他蹒跚地走出来，双手无力地挥舞，好不容易摸到栏杆，却又失手。

班迪尔的肩膀正撞上他的胸口，接着强行把他顶进房间里压倒在地。雷恩似乎无力抗拒，他伸手乱挥，但接着就砰地倒地，同时因为胸口一下子没气而喘着呻吟，然后他闭上眼睛不动。一定是昏过去了。贾妮连忙关上房门，疲惫但松了一口气地对大儿子说道："我们把他弄上床吧。"

雷恩的头从这边滚到那边，他睁开眼睛，泪如泉涌。"不！"雷恩哭喊道，"扶我起来，我得去找麦尔妲。她落在母龙手里了。她要取走麦尔妲了。我得去救她。"

"说什么傻话。"贾妮厉声骂道，"这么晚了，而且你这模样既不能见人，也不能被人见到。班迪尔会扶你上床，你就好好睡一觉，哪里也不准去。"

雷恩的大哥站在他身边，弯身抓住他的衬衫前襟。班迪尔把雷恩的上身拉起来，两步走到床边，把弟弟丢上床。他站直起来，大功告成地拍拍手。"这样就行了。"班迪尔喘气道，"拿走白兰地，吹熄灯笼。雷恩，你待在房里睡一觉就过去了，不要再乱吼了。"班迪尔这话没什么道理。

"麦尔妲。"雷恩又痛苦地拖着尾音叫道。

"你喝醉了。"班迪尔反驳道。

"没醉到那个程度。"雷恩想要坐起来，但是班迪尔把他按了下去。那年轻人抡起拳头，但接着突然转向母亲，"麦尔妲落在龙的手里了。她是代替我去的。她要取走她了。"

"麦尔妲要去取走龙？"

"不是！"雷恩沮丧地大吼。他想要坐起来，但是班迪尔把他摔了回去，而且这次手劲比较重。雷恩对大哥出了一拳,但班迪尔轻而易举地躲开了那个慢拳,同时厉声对雷恩警告道:"别乱来,我会把你打到眼冒金星。"

"妈妈!"个子这么大的成年男子这样哭喊着母亲,真是荒谬,"麦尔妲去找龙了。"雷恩吸了一口气,放慢速度谨慎地说道:"现在龙不找我,反而取走麦尔妲了。"他举起双手拍头,"龙没了,我再也感觉不到龙了,因为麦尔妲叫她别再缠我。"

"那很好啊,雷恩。"贾妮劝慰道,"龙没了,通通没了。你睡吧。明天早上再把这一切讲给我听。我也有话要跟你说。"贾妮听到大儿子很不以为然地啐了一声,但是就当作没听到。

雷恩深吸了一口气,吐了出去。"你没在听。你没搞懂。我现在好累,只想睡一觉,但是我得去找她。我得把龙找回来,好让麦尔妲脱身。她会死啊,而这一切都是我的错。"

"雷恩,"贾妮在小儿子的床边坐下来,拉了被子将他盖住,"你喝醉了,人又累,净讲些没道理的话。世上没有龙。那只是根旧木头罢了。麦尔妲现在没什么危险,她受伤是意外,也不算是你的错。现在她一天比一天好呢。再过不久,她就能起来活动了。现在你快睡吧。"

"跟醉鬼讲不通的。"班迪尔自言自语般地说道。

雷恩呻吟一声。"母亲,"他深吸了一口气,像要开口讲话,但最后反而叹了口气,"我好累。我已经很久没睡觉了。但是你听着,你听着。麦尔妲已经去古城了,她人在戴冠公鸡大厅。求你去把她找回来,就这样,求求你,我就求你这一点。"

"都依你的,但是你现在好好睡吧,其他交给班迪尔和我就行了。"她拍拍雷恩的手,把他的卷发从粗皮的额头上拂开。

班迪尔不屑地喷了声鼻息。"瞧你待他像个小婴儿似的!"班迪尔将桌上的酒瓶全部抱在怀里,走到门口,一股脑地通通丢进沼泽里。贾妮知道班迪尔在发脾气给她看,但是她不予理会。她坐在雷恩床边,望着他的眼皮慢慢垂下,终于阖起。被记忆淹没?不,他才没有被记忆淹没。她的儿子才不会那样。

他只是喝醉酒乱讲话。雷恩仍然存在。瞧，他既认得母亲，也认得大哥。他并未跟幽魂讲话。他爱上了一个真正的、活生生的女孩。他还没被记忆淹没，而且往后也不会。

班迪尔走回房间里来，拿起桌上的灯笼。"走吧？"他对贾妮问道。

她点点头，跟着大儿子走出去。她出去后，回头关上房门，只见雷恩呼吸均匀，又深又长。

"而且以后你永远都不能去缠他。"麦尔妲大胆地开出条件。

龙大笑起来。"小东西啊，等我得到自由之后，还会对你们短暂的生命感兴趣吗？等我得到自由，我就远走高飞，去找我的族类了，所以我当然不会再去缠他。好了，现在我让你瞧瞧该怎么做。"

麦尔妲站在黑暗的大厅里，双手和额头都抵在那个大木头上。她吸了一口气。"此外你要去救我父亲。"

"当然，"龙满足地应道，"我已经跟你说我会去救你父亲了。现在你把我放走吧。"

"但是我怎么知道你会不会遵守诺言？"麦尔妲苦闷地叫道。她以比较坚决的口吻说道："你得给我个……嗯……给我个征兆什么的，以表示你言而有信。"

"我一向说话算话。"龙渐渐不耐烦了。

"这是不够的。"麦尔妲苦思。该跟龙要什么呢？她一下子想不起来，接着她突然灵光一闪，"把你的名字说出来。"

"不。"龙说得非常笃定，毫无商量余地，"但是等我得到自由之后，我会为你带来许多你想都没想过的宝藏，例如大如鸽蛋的钻石。我会飞到南方，摘取永不凋谢的花朵回来送你，你的族类只要一闻到那花香就百病皆愈。我会飞到北方，取些永不融化、比金属还硬的坚冰回来送你，再教你如何用此炼造出能够削铁如泥的刀刃。我会飞到东方——"

"说这些没用！"麦尔妲抗议道，"我不要宝藏，我只求你以后别再缠着雷恩，并且把我父亲救回来。船的名字叫做'薇瓦琪号'，这你可得牢牢记住。你必须找到薇瓦琪号，杀光海盗，然后把我父亲救回来。"

"好，好，只是……"

"不行，你要以你自己的名字起誓。你先说，我是某某某，然后说，你要拯救凯尔·海文，而且以后不再缠着雷恩·库普鲁斯。你照这样说，我就照你说的去做。"

麦尔妲感觉到龙的怒气像是一巴掌似的扫过她全身。"你竟敢指使我？你这个小虫子现在可是落在我手里。你要是胆敢拒绝我，我就就此占住你的灵魂，直到你生命尽头为止；我将主宰你，我会教你把自己手上的指甲拔出来，而且你会照做；我会要求你勒死自己的小宝宝，你会照做；我会把你变成作恶多端的妖孽，连你自己的族类都对你……"

此时一个微震打断了龙的威胁。麦尔妲紧咬住嘴唇，免得自己叫出声。

"你看，你胡乱要求，激怒了众神！你快照我告诉你的去做，要不然众神会推倒整座山，压在你身上。"

"若果真如此，你也逃不了。"麦尔妲无情地指出，"你这些空泛的威胁我才不在意，你要是真有这能耐，早就押着雷恩照你要求的去做了。快说出你的名字！要是不说，我就什么也不做，一点都不做！"

龙沉默了下来。麦尔妲屏息等待。她觉得好冷，然而她已经过了冷得发抖、抖得骨头相撞、头涨痛且背脊酸痛的程度了。她的双脚已经麻木。她知道之前自己站在小水洼里，但现在是否仍然如此，她已经麻木得说不上来了。她来到了古城，也找到了龙，但她还是会失败。她谁都救不了，既救不了父亲，也救不了那个为了她而放弃古城的男子。原来她就是个什么都帮不上忙、什么权力都没有的女人罢了。她放下双手，不再贴着木头，接着转身走开。她开始摸索着前进，并希望自己走的方向正确。

龙的声音突然响起。"婷黛莉雅，我名叫婷黛莉雅。"

"还有呢？"麦尔妲站住了。她屏住呼吸，心里突然升起无限的希望。

"如果你放我走，我保证此后不再纠缠雷恩·库普鲁斯，而且我会把你父亲凯尔·海文救回来。"

麦尔妲深吸了一口气。她伸出双手,大着胆子走过大厅。她的手先摸到木头,随后把额头也抵在木头上。她叹了口气,吐去所有的抗拒。"告诉我如何才能放走你。"

龙说得又快又急。"南墙上有个大门。以前古灵人在这个大厅里雕琢艺术品,他们仿造我的族类,用记忆石刻出了栩栩如生的雕像。老人们在这个大厅里雕刻,因为这里不受风吹日晒之苦。之后老人们化入雕像之中,死了,但是雕像却暂时地有了生命。他们打开南墙的大门,那生命的幻影步入阳光之中,飞到大城的上空。他们会活上一阵子,之后记忆和生命的假象便会消褪。在群山之中有个雕像的坟场。古灵人把这种事情当作是艺术,但我们只觉得他们以石雕来仿造我们的形象很逗趣,所以就容忍他们去玩了。"

"你说的这些对我而言都没有意义。"麦尔妲指责道。寒意沿着她的腿爬上来,现在她的膝盖已经冻僵了。她可不想聊天,只想赶快把该做的事情做一做,以便有个了断。

"南墙上有饰板,饰板里藏着握杆和转盘,转动二者即可打开大门。你去找出握杆和转盘,打开大门,明天太阳一出来,晒到我的摇篮,我就自由了。"

麦尔妲皱起眉头。"如果真的那么容易,为什么雷恩没做?"

"他有心要做,但是他太害怕了。雄性嘛,说得好听点,也不过就是怯懦胆小的生物罢了,成天只想着食物和繁殖。但是小王后,你与我,我们知道世事可不只是食物和繁殖。雌性必须坚决无情,因为她得照养下一代,让族群繁衍。冒险是免不了的,然而雄性只会躲在阴影里颤抖,唯恐自己因为冒险而死,不过你我却心里明白:世上任何事情都没什么好害怕的,但是族群灭种一定要防。"

这番话在麦尔妲的心灵里回响。她对自己轻声道:"这话讲得算很真切了。"但是这话中哪些真、哪些假,她却无法厘清。

"饰板在哪里?"她疲倦地问道,"我们直接动手吧。"

"我不知道。"母龙坦承道,"之前我从未来过这个大厅。我所知道的都来自于他们的人生,所以饰板在哪里,你得自己去找。"

"怎么找?"

"你必须学会他们所知道的知识。你靠上来,降低你的心防,麦尔妲·维司奇。我来开启大城的记忆,让你吸收进去,那么你就会一切无所不知了。"

"大城的记忆?"

"这是古灵人的技俩,他们把自己的记忆藏在大城的骨子里。古灵人的记忆会拂过你的族类,可是你的族类根本就不知道该如何驾驭。不过我可以帮你,你放轻松就是了。"

突然之间,所有的线索都串起来了,麦尔妲猛然领悟到她跟龙谈妥的条件原来有其深刻的意义。她深吸了一口气,倾身靠在木头上,双手、双臂、胸和脸颊都贴了上去。她又深吸了一口气,像是准备跃入水中。她不准自己抗拒,也不准自己害怕。她以口干舌燥的嘴巴说道:

"用记忆将我淹没吧。"

一闻此言,龙连一刻也不多等。

大厅突然变得热闹嘈杂,麦尔妲·维司奇自己则如幽魂一般地消失了。她身边冒出了数百个生命,大厅里到处都是那种个子高、眼珠是黄铜色或紫罗兰色、肤色若蜂蜜的人。他们或是跳舞,或是讲话,或是饮酒,而大厅那清澈得不可思议的圆顶则透进星光。然后,一眨眼之间就变成白天。明亮的阳光透进来,照在大厅里那一盆盆奇花异草上。大厅的一角有个层层高起来的喷泉,里面有水、有游鱼。不久大门便开了,好让微风吹走室内的热气。然后又是晚上,门关上了,古灵人聚集在一起谈笑,随着音乐起舞。再一眨眼,太阳又回来了。开了一扇门,用滚木将好大一块爬着银纹的黑石拖进大厅。日子像是苹果花花瓣吹散落地,一天天地过去。一群老人拿着铁锤和凿子围着黑石敲敲打打。石龙逐渐成形,老人们靠在石龙上,化入了石龙。大门打开。石龙抖着抖着,大步走上前去,接受泪水盈眶的众人的欢呼与祝福,之后便飞入天空。人们聚集起来饮酒跳舞。另外一块黑色巨石拖了进来。昼夜犹如项链线断、黑白珠纷纷落地一般转眼而过。时光不断地在麦尔妲身边旋转,她努力站定。她注视着、等待着，但是不久就不知道自己在做什么了。记忆像是浓浓的蜂蜜，慢慢地充塞着整个大厅，她沉浸在记忆中，并了解了这一切，但是这份量多到超过她的心灵所能负荷。记忆其实是原来就在的，因为对古灵人而言，品尝彼此的记忆乃是一种乐趣。但是麦尔妲默默哭喊道，若是记忆巨细靡遗、像洪水一般地淹上来，那可就称不上什么乐趣了。那实在是太多太多了。毕竟她既不是古灵人，也不是龙，而人的躯体本来就无从承载这么多记忆。她载不动了，于是记忆纷纷从她身体里流出来，她记得的记忆虽多，但忘却的也一样多。她似乎得找出并记得一样重要的细节。对了，是饰板，还有握杆和转盘。

她的身体跌落在水洼里，寒意透过她的血肉浸润到骨子里，但是在她周遭，时光与岁月不断旋转，并把每个片刻的记忆都烧灼在她的心灵中。她知道的原已够多，却又知道得更多。时光同时往前，又往后转，她看到砖头一块块地叠成墙壁，也看到工人拼命地把巨大的龙茧拖进来。龙茧下铺着滚木，本身绑着绳索。工人们用力地拉。外头的天空乌黑一片，大地动摇，天上降下来的雨既快又浓，犹如黑雪。突然之间，一切停止。她在这边看到刚开始砌第一块砖的景象，同时又在那边看到人们落荒而逃或是仅存一口气地躺在地上。那一切她都知道了，可是她也什么都不知道。

麦尔妲，起来。

哪一个才是她？她的周遭有那么多生命，何以这个生命会比其他的更重要？反正生命终究是会更新、重来的，不是吗？

麦尔妲·维司奇，你记得了没有？你可忆起要如何才能打开大门了吗？

她动一动身体，坐起来。这身体真是既短又无用啊。这身体所蕴藏的生命实在是太短暂了。她多么蠢啊。眨眨眼睛。大厅里漆黑一片，但是她不费工夫就能想见大厅以往充满光亮的情景。太阳穿透水晶天花板照进来，映出彩虹般的光彩。好了。现在，去，开门吧。

大厅有两扇门。她是从北门进来的，不过北门太小，龙是过不去的。龙茧乃是从南门运进来的。她不记得当时她是谁，也不记得当时为什么待在那里，但她就是记得南门打开的景象。要开南门时，通常会找来四名壮汉，但麦尔妲只能自己一个人来了。她走到南门门侧的饰板前，摸到饰板的开关。她的指甲都抠弯了，开关还是打不开。她又没有工具，只得用拳头敲。麦尔妲听到饰板里咔哒一声，于是又扯一扯开关。这次饰板门勉强打开了，古旧的铰链受不了压力而断裂，于是饰板裂开、落在地上。管他呢。

她对这个大厅的记忆与她手上的触感并不吻合。转盘本应是上了油的，很好转动，但此时转盘上却缠着蜘蛛丝，锈得很严重。她摸到跟圆形转盘成直角的曲柄，可是根本转不动。噢，对了，握杆，要先把握杆拉下来。她摸索着找到握杆。握杆原来应有打磨光亮的木柄，但是那木柄已经没了，手里只抓到裸铁。她双手抓住握杆一拉，根本不动。

最后她双腿抵住墙，双手用力一扳，那握杆才终于让步，先是动了一点点，然后突然被她的体重拉得往下沉。麦尔妲摔落在地上时，听见墙壁里发出可怕的碎裂声音。一时间，她有点惊呆了。饰板后传来金石声响。她爬着站起来。现在要转那个圆盘。不，不对，这样是行不通的，得先把门另外一边的握杆也拉下来才行。必须先打开门两侧的闩子，才能用转盘将门打开。

她已经不在意指甲开裂、双手流血了。她用力一扯，扯下第二个饰板门，湿土便从饰板里的小空间流了下来。可见这边的墙壁已有裂缝。这点她不在乎。她以手将握杆周围的湿土挖出来，直到能以双手握住握杆。她抓住握杆使劲地一拉，握杆动了一点点，之后就再也不动了。这次麦尔妲干脆攀着墙壁上的书卷浮雕爬上去，站到握杆上。她在上头跳了几次，终于使握杆又动了些。她听到上方传来声响，汇集全身的力量，用力一跳，这次终于扳下去，但同时握杆也断了。她摔了下来，裙子被断裂的金属握杆扯裂。她的膝盖猛撞到地上，一时间，只觉得痛得不得了。

麦尔妲，起来。

"我知道，我马上就起来。"她突然觉得自己的声音听来既微弱又古怪。她站了起来，跛着走回饰板旁。那转盘有马车车轮那么大，圆盘上有辐轴，外围的大圆圈上竖着一根曲柄。这曲柄是铁制的，周围扎实地填着土。她开始挖土，好像怎么也挖不完。这土既冷又湿又磨手，她的指甲里积着泥，手也被磨破了。

你就试试看吧。

麦尔妲顺从地以双手抓住圆盘上的曲柄。她的记忆告诉她，应该要有两名男子来扳动这边的曲柄，同时另外两名扳动另外那边，这两边的转盘要同时转动才行。

但是这儿只有她一人。她使劲全身力量去拉曲柄。奇迹似的，那曲柄竟然动了，只是动得不多。上面的墙面中有什么东西动了一下。她丢下这边的转盘走回另外那边。至少原来那边的转盘没被泥巴填满。她抓住圆盘上的曲柄，用力一转，这边的圆盘转起来可比另外那一边顺多了，但是也好不到哪里去。她走回首先扳动的那个圆盘边，再度扳动曲柄，同一时间，听到墙壁里有什么东西转动的声音。门往上提了一点点。她全身重量压在那曲柄上一转，于是门又动了一下。墙壁和门上传来古怪的声响，她的记忆告诉她，那是古老的铰链拉动了滑轮组，于是与门等重的砝码开始降下。这门本来就是她设计的，记不记得？记得。记住这扇门是怎么设计的，记住这整个圆顶是怎么设计的。

她突然以完全不同的观点来看这整面墙与这扇门。然而她记忆中的结构却与此刻手里摸到的触感有很大的出入。她的手触及湿泥与尘土，摸索着探过整扇门，摸到门扇结构上的隆起，也摸到横过门扇的裂痕。她突然转身。"要是门拉起来，这整面墙和这扇门可能会崩塌下来。这墙和门能撑到现在，完全是机运使然。"

"墙倒门塌，土石让路，那阳光就能照进来了。"龙预测道，"你继续说下去。"

"要是预测有误，那你会被涌进来的土石埋住，而我也就跟你一起被埋在这里了。"

"我宁可被土石埋住，也不要像现在这样苟活。转动圆盘吧，麦尔妲，你答应要开门的。"

叫出一个人的名字真是威力十足。她突然回过神，原来她是个衣裳泥泞不堪、身在黑暗之中的年轻女子。那个年轻且骄傲的建筑设计师已经消失得无影无踪,那感觉就如同醒后要伸手去抓住梦,也只是落空。她抓住圆盘上的曲柄,再转了一下。

然而在这之后,左右两侧的曲柄都再也转不动了。她不断来回走动,一边扳一边咒骂。这个古老的机械结构顶多只能动这么多。墙壁里虽有轻轻的声响,但是门扇本身却一动也不动。

"门卡住了,怎么也转不动。我尽力了,很抱歉。"

龙沉默良久,又突然命令道:"去找人来帮忙。你弟弟……我看到他了,你要主宰他不是问题。你去找他,顺便找两根棍子来当杠杆。快去,快去。"

麦尔妲应该要拒绝的,她有充分且合理的理由可以拒绝龙的要求,但是她已经想不起那是什么理由了。要不是龙提起,她都忘了这个弟弟了。现在,她只知道这门一定得打开,而找棍子来作为杠杆倒是个不错的主意,她可以把杠杆插在辐轴之间,迫使圆盘转动。

她走在光亮的属于另外一个时光的记忆之中,拖着疲惫的脚步,爬上宽广的台阶,从北门出去。她一边走一边摸着济德铃的光条。走廊亮起来,引导着她往前走。她疲惫的眼睛一眨,周遭就立刻生机蓬勃。贵族男女行过走廊,瘦长仆人紧跟在后,一名女裁缝师带着两名年轻的学徒,手里捧着厚实的衣料,一面鞠躬一面倒退进从门里的房间退出来。一个奶妈怀里抱着个膝盖圆肥、哭闹不停的小婴儿,匆匆地朝麦尔妲走来,从她身体里穿过去。那奶妈开心地对一个青年招呼问候,而那个头戴着系彩带无边帽的男子则吹了个口哨作为回应。在这里,他们不是幽魂,她才是,这儿乃是他们的大城。

她突然被落石绊倒。她的手摸不到光条,所以四周再度陷入黑暗。这里才是她的时代,这才是她的人生,而此地既黑又湿,到处都是崩塌的走廊和卡住的门,教人辨不清方向。她摸索之后,察觉到落石和湿土已经完全堵住了走廊,这条路是行不通的了。

她按着墙壁,以便找出自己所在的位置,而且突然想到有一条更好的路径可以通到更近的出口。她改而朝后走,匆匆地前行。虽然她的身体疲惫得不断抗议,但现在她已经懒得理会了。她同时活在千百个不同的时刻之中,既然如此，何必把注意力集中在其中某一个痛苦的时刻？她蹒跚前进，褴褛的裙子不是缠就是打在她脚上。

她突然被摔在地上。"地震。"她呆滞地说道。她大声说出来，话出口时地震都已经过了。她一动也不动地在地上躺了一会儿，因为地震之后常会有余震。但是之后什么余震也没有，虽有些泥土蠕动、金属交击的声响，但都不是从附近传来的。她小心地站起来，然后去摸光条。光条稍微放光，但是光线很黯淡。她得先按住墙壁，从记忆中找出这走廊通到哪里，才能继续前行。

远处传来尖叫声。她不理会，就好像她不理会散步情侣的脚步声以及一只小狗吠着穿过她身体的声音。幽魂与回忆啊，哪管得了那么多？她得去把那扇门打开呢。她沿着一个从主走廊分叉出去的侧走廊而行，由此可以走到外面去。尖叫声越来越近，有一名女子喊道："拜托，拜托，门卡住了，把我们弄出去，把我们弄出去啊，免得我们死在这里！"麦尔妲的手拂过那扇门之时，她的手感觉到那扇门因为那女人拍打的动作而震动。她倒不是为了呼应那女子的恳求，而是出于好奇，所以以肩膀抵住门，一边叫道："你拉！"同时自己用力一顶。卡住的门突然开了，门一开，里面就冲出一名女子。她撞在麦尔妲身上，所以两人同时跌在地上，接着一名苍白的男子走到她身旁。非常晕黄的灯笼光从房间里透出来，使麦尔妲几乎瞎眼。那女子一边踏着她，一边挣扎着爬起来。"起来呀！"她对麦尔妲尖叫道。"带我们出去，墙壁裂了，泥巴都渗进来了！"

麦尔妲坐起来，望着那女子身后那个精美的厅堂。地上铺的地毯已经被漫上来的泥流包围，而泥流来自于墙壁上的裂缝。在麦尔妲的注视下，那裂缝里突然冒出水，泥流一经水的稀释，流得更快，把裂缝绷得更大。"那面墙随时会倒塌下来。"麦尔妲笃定地评论道。

那苍白的青年转头看了一下。"看来确是如此。"他低头望着麦尔妲，"你家主人一再保证我们待在这里很安全，说这儿没人找得到我们，也没人可以伤害我们。问题是，就算躲得过刺客，要是被臭泥巴淹死了，又有什么好处？"麦尔妲眨眨眼睛，那些古灵人的幽灵消退，眼前只见哲玛利亚大君皱眉怒视着她。"哎,别净是躺着。起来,带我们去找你家主人。我非得好好发他们一顿脾气不可。"

凯姬侍臣已经回房里拿了个灯笼出来。"这个人没用了。"凯姬对大君宣布道,"跟我来,我大概知道路。"

麦尔妲躺在地上望着他们两人走远。她昏昏地告诉自己,这件事情非常重要。哲玛利亚的大君被人带到崔浩城来,以保障他的人身安全。麦尔妲从未听说此事。这种事情,她应该要知道才好。难道他不相信她吗?她闭上眼睛,希望这样思路会更清楚,但倒是差点睡着。

地板摇晃了一下,打到她的脸颊。已经走到走廊另一头的凯姬与大君尖叫起来。他们的尖叫声没吓到麦尔妲,但是他们两人原来栖身的那个房间传出轰隆的响声,倒使她警觉起来。地板虽然仍在抖动,但是她已经手脚并用地站起来,然后一把拉住门,用力一拖,将门关紧。要是山坡都崩下来,那么这扇门能挡多久?

她突然抓住自己的头。要掌握全局。她选定了其中一个时刻,将那时刻予以放大——四周一片混乱。此景说不定会给她逃命的线索。

她转身就跑,看到前头凯姬侍臣手里拿的灯笼摇摇晃晃。她追上大君和他的女伴。"你们走错路了。"她简洁地对他们说道。麦尔妲把凯姬手里的灯笼抢了过来。"跟我来。"她对他们命令道,然后迈开脚步。他们紧跟在她身后。他们逃走时,周遭的幽灵尖声大叫,只是叫声轻得听不清楚。麦尔妲跟着逃命的古灵人而行。如果当年古灵人逃过一劫,那么此时的她也可以。

第三十七章
亡　城

Chapter Thirty-Seven
Death of the City

　　黎明之前的大地震并未震醒凯芙瑞雅，因为她根本没睡着。当夜虽有几次小地震，但她不以为意，然而黎明前的这个可不同。一开始，大地震动了一下。这也就罢了，但是接下来晃动不已的余震则使凯芙瑞雅警戒地跳了起来。久居雨野原的主人早就告诉她，其实大树上的摇晃会比地上的震动来得夸张。虽然如此，她还是一手攀着床柱，匆匆地套上衣服。这样的地震瑟丹可能觉得很好玩，但是麦尔妲可能会吓醒，她可得马上去陪麦尔妲。等她到了之后，她会逼迫自己说出返回缤城的计划。说真的，凯芙瑞雅实在不敢跟麦尔妲提起此事。昨天傍晚，她去看麦尔妲，但是女儿正在睡，而她实在舍不得把女儿叫醒。麦尔妲额头伤势已经消肿，但是眼睛周围仍有黑眼圈，凯芙瑞雅知道睡眠是最好的治疗，所以见此便蹑手蹑脚地走了。

　　医生坚持要把麦尔妲安置在晒得到太阳的房间里，因此她的房间比凯芙瑞雅的高很多。凯芙瑞雅得走过好几道桥，再爬上一道蜿蜒而上的楼梯，才能抵达麦尔妲的卧房。这种步道摇摇晃晃的，她至今仍不习惯。瑟丹一天到晚在步道上来回地跑，但是凯芙瑞雅一走上去就紧张。要是这里亮一点就好了，可是阳光要再过好一会儿才会穿过层层的树叶照到低处。她叉手抱胸，走在步道正中间，现在可不要多想若是走路时再度发生地震，情况会有多么惨。她把这种念头抛在脑后。她知道自己走的步伐很小，也刻意要走得很自然。终于她走到绕着树干蜿蜒而上的阶梯前,心里很庆幸。

她再度演练要如何把自己将返回缤城的事情告诉麦尔妲。一定很难开口。她离开之后,便剩下麦尔妲只身一人在此,只有瑟丹与她作伴。麦尔妲到现在还不肯跟雷恩见面,仍把错归在他头上。至于凯芙瑞雅,则是早在搭乘康德利号上溯雨野河的时候就已经原谅他了。在她看来,只不过是那几个骑士受命要去逮住大君,所以是他们做得太过分,加上她看到那雨野原男子既愧疚又懊悔地在麦尔妲的舱房外守候,更深信雷恩无意伤害他的心上人。也许时间一久,麦尔妲会有这层体会,但是就目前而言,凯芙瑞雅可得丢下一儿一女,让他们两个相依为命了。她一整夜心情都很矛盾,此时矛盾的情绪又再次冒出来。她大着胆子,踏上通往麦尔妲房间的枝桠。

一名女子正好来到附近房间的门前,凯芙瑞雅对那人点了一下头。那女子的脸皮粗硬,喉间和下巴有增生的肉瘤。雷恩的姐姐蒂娜蒙开朗地对凯芙瑞雅一笑,"刚才好大的地震啊。"凯芙瑞雅随口说道。

"希望大家都没事。上个月有个像这样的地震,震坏了两座桥。"蒂娜蒙开心地评论道。

"哎哟。"凯芙瑞雅不禁叫道,匆匆地走上去。

她敲敲门,等了一下,但是没有回应。"麦尔妲,亲爱的,是我。"凯芙瑞雅宣布道,开门进去。进门时,她本因为离开步道而松一口气,但一看到床上空荡荡的,好心情就立刻蒸发了。"麦尔妲?"凯芙瑞雅叫着,愚蠢地把被子拉起来看看,好像女儿能把自己夹在那个空隙里似的。凯芙瑞雅走到门口,探出头,又叫道:"麦尔妲?"

雷恩的姐姐还站在那个房间的门口。"是不是医生把她带到别的地方去了?"凯芙瑞雅对蒂娜蒙问道。

蒂娜蒙摇了摇头。

凯芙瑞雅压抑着不让自己露出惊骇的神色。"这就怪了。麦尔妲不见了。她还虚弱得起不了床呢。况且她一向睡到很晚才起来,即使她人还健康之时也无法早起。"凯芙瑞雅不肯走到步道的栏杆边去瞧瞧。她才不要纳闷是不是这个晕眩无力的女孩子踉跄地从病床上走出来,然后就……

那女子歪着头。"她昨天跟雷恩出来散步。"蒂娜蒙大着胆子提示道,脸上漾出了一抹笑容。"我听人说他们和好了。"她歉然地说道。

"但是这跟她不在床上有什么关……噢。"凯芙瑞雅瞪着她。

"噢,不,我不是那个意思。雷恩绝不会……他不是那种人。"蒂娜蒙急得说不出话,"我还是去找我母亲好了。"蒂娜蒙笨拙地提议道。

凯芙瑞雅心里想道,这里头一定有什么不对劲,但是她现在还不想考虑那么多。"我看我跟你一起去吧。"她应道,同时心里一沉。

两人除了敲门之外,又大声叫唤,好不容易才把贾妮·库普鲁斯叫醒。贾妮眼里尽是疲惫与焦虑,套着家居的袍子来开门。凯芙瑞雅直视着贾妮。"麦尔妲不在她床上,你知不知道她可能到哪里去了?"

贾妮脸上闪过一抹恐惧,凯芙瑞雅一看,心里就有底了。贾妮对女儿说道:"蒂娜蒙,你回房间去。这是凯芙瑞雅跟我的事情。"

"可是母亲……"蒂娜蒙才要开口,但一看到母亲的表情,就说不下去了。蒂娜蒙摇了摇头,但最后还是转身离开。贾妮的眼神回到凯芙瑞雅脸上,那雨野原脸孔上的细纹突然变得更为明显。贾妮的脸色颇为烦郁,她深吸了一口气。"她现在有可能正跟雷恩在一起。昨天晚上,雷恩变得……变得非常担心麦尔妲。他说不定是去找她了……这不像是他的作风,但是他近来心神不宁。"贾妮叹了一口气,"跟我来。"

贾妮立刻领着凯芙瑞雅离开,既没有停下来换上合适的衣服,也没有找时间戴上面纱。她的脚步很快,即使凯芙瑞雅心里又气愤又恐惧,仍几乎跟不上。

走到雷恩的房间附近时,凯芙瑞雅突然担心起来。要是麦尔妲跟雷恩已经和好,那么此刻他们两人可能会……她突然想要停下来,先把事情想个清楚再说。"贾妮。"凯芙瑞雅叫道,但是贾妮已经举起手敲门了——贾妮并没有敲门,而是直接推开雷恩的房门。

房里一股浓重的白兰地气味冲鼻而来。贾妮看了一眼,然后让到一旁,让凯芙瑞雅瞧瞧。雷恩趴在床上睡觉,一手伸到床边,手腕背面拂着地板。他的呼吸粗哑沉重。瞧那姿态,看来像是精疲力竭地睡着似的,而且房里只有他一人。

贾妮以手势示意凯芙瑞雅不要出声,然后把门关上。凯芙瑞雅把歉意搁在心里,直到两人走远之后才开口。

"贾妮,很抱——"她才说了这几个字,贾妮便迅速地转身对她一笑。

"你我都知道,我们大有理由为这两个年轻人而担心。雷恩是年纪老大才燃起热情,麦尔妲来到雨野原之后,一直对他保持距离。不过在我看来,麦尔妲心里并不是真的对他那么冷淡。他们两人越早和好,我们做长辈的就越轻松。"

凯芙瑞雅疲倦地点点头,心里很庆幸贾妮这么谅解。"可是麦尔妲到底哪里去了?她还虚弱得很,不能一个人四处走。"

"我也跟你一样关心。我这就找几个人去问问看有没有人看到麦尔妲。她会不会是跟瑟丹一起出去了?"

"也许吧。这几个星期以来,他们姐弟俩变得很亲密。我知道瑟丹一直想带她去古城看看。"凯芙瑞雅举起以夹板固定的手按住额头。"这种行为会使我纳闷自己到底该不该把他们两人丢在这里。要不是麦尔妲这样不告而出,也不跟旁人讲一声,我还以为她已经慢慢有大人样了……"

贾妮在狭窄的步道上停下脚步,拉起凯芙瑞雅的手臂,她直视着凯芙瑞雅——虽说她眼里仍因为在早上硬被人叫醒而显得有点朦胧。"我向你保证,我对他们姐弟俩会视如己出。你用不着把瑟丹托付给别人。雷恩在有自己的儿子之前,先从瑟丹这样的小男生照顾起,这对他而言是很好的准备。"贾妮一笑,并希望她脸上的期望能驱走雨野原脸孔的古怪模样。接着她换上了恳求的脸色,对凯芙瑞雅说道:"你昨天主动提议那件事情,真是十分勇敢,我也知道我催促你接下这个重任是出于私心,但是你是唯一地位特殊、可以帮我们刺探情报的最佳人选。"

"刺探情报啊。"这几个字,凯芙瑞雅几乎有点讲不出口。"我在想——"她开口道,但是她的话被大钟的钟声打断了。"怎么回事?"凯芙瑞雅问道,但是贾妮已经痛心地眺望着古城的方向了。

"这意味着古城发生大崩塌,而且可能有人困在里面。唯有在这种情况之下才会敲钟。在这个时候,所有能够使力的人都要出力。我得走了,凯芙瑞雅。"那雨野原女子也不再说多一句话,便转身狂奔而去。凯芙瑞雅目瞪口呆地望着她的背影,然后又慢慢转头眺望埋在地下的古城。在重重树木的遮蔽下,她看不到古城,倒是看到崔浩城各层人们回应钟声的景象。人们彼此召唤,男人们拖着衬衫在步道上奔跑,女人们则背着工具和水袋追上去。凯芙瑞雅决心要找到麦尔妲和瑟丹,然后三人一起去帮忙,不管能出什么力都好——如果麦尔妲做得来的话。说不定凯芙瑞雅还可以借这个机会告诉他们姐弟俩她要搭乘康德利号返回缤城之事。

这一路上不知道走进多少死路,多得麦尔妲都数不清了。看到死城的幽灵居民消失在崩塌的地道之后,真是气死人了。即使有土堆或是石砾,众幽灵也是一个劲地冲进去。可是每次麦尔妲摸索到一团挡住去路的土堆,大君和他的侍臣就更为气恼。

"你刚才不是说你知道路!"大君指责道。

"我的确知道路,这里的每一条路我都知道。问题是,我们必须找出一条没被堵住的路!"

麦尔妲已经下了结论:大君并未认出她就是曾经与他共舞并且一同乘车的那个女子。大君把她当作愚蠢的仆人。不过她并不怪他。别说大君,连她自己都觉得那个麦尔妲十分渺茫。她感觉那场舞会的印象以及马车翻车的意外,可比这个城市的记忆要朦胧得多。她身为麦尔妲的那个人生,感觉上像个轻浮且骄纵的女孩子的故事。即使到了此时,她最大的动机也不是求生,而是要找到弟弟,并带着两根棍子回去大厅开门,以便把龙放走,所以她非得找一条路出去不可。至于帮助这一男一女,那只是顺便。

她经过剧院之后突然想起什么,又转身走回剧院的入口。剧院的门开着,她举起灯笼,看看里面的情况如何。这个曾经富丽堂皇的大厅已有部分崩塌,工人们曾试着清理泥土，但是一挖到支撑着高耸天花板的巨大石块，这工程就做不下去了。不过她觉得这里很有希望，而且值得一试。"跟我来。"她对身后那两人说道。

凯姬哭喊起来。"噢，这太傻气了。整个大厅差不多都崩下来了，我们应该要找路出去，怎么反而往泥堆里钻呢？"

与其争辩，不如跟他们讲道理。"每个剧院都必须开一条路供演员们出去，而古灵人希望台下的观众不要撞见演员，这一来戏才有足够的戏感。而舞台既然还好好的，那么舞台后必有给演员走的通道。我常常从那条路出入。走吧，跟我一起来，这样你们说不定还有活命的机会。"

凯姬显得很气。"你不过是个小女仆而已，不准你用这种口气跟我讲话。你忘记自己的身份了。"

麦尔妲沉默了一会儿，然后以一种连她自己都感到陌生的口吻应道："你不知道的还多着呢。"这是哪出戏、哪个角色的台词？她已经记不得了，现在没时间多想那些。她领着他们走上舞台、穿过舞台，然后走到后台。一些残骸挡住了那扇暗门，不过那些残骸多是木料，并非土石。这条路已经很久很久没人走了，说不定连雨野原人都没发现这扇门。她放下灯笼，开始把那些破烂的木头东西清走，而大君和他的侍臣则在一旁观看。门是轻型的饰板做的，门扇上有演员公会标志，标志旁就是开关。麦尔妲弄了一会儿，老是打不开，所以干脆举脚一踢。门慢慢地开了，露出门后的一片黑暗。木框吱吱嘎嘎地响起来，像是要倒塌，但毕竟没垮下来。

她只希望走廊通顺，一路无阻。她伸手去摸墙上的光条，于是狭窄的走廊突然有了亮光。走廊笔直地延伸出去，没有阻碍，看起来是可以逃出去了。"跟我来。"麦尔妲宣布道。凯姬伸手去抢灯笼，但是麦尔妲现在对光条更为信任。她沿着走廊走下去，同时一只手拂过光条。她心里突然兴起一股期待感——不知道那是谁的感觉？这扇暗门通往更衣室，也就是舞者更衣与舒展身手的地方。这地方曾是个宏伟的剧院，在所有古灵人的大城中数一数二。麦尔妲还记得，剧院的后门通往一处俯瞰河景的优美游廊和船屋。有些演员和歌手把他们自己的小舟存放在船屋里,以便晚上到河上去夜游。

麦尔妲突然猛摇头,甩开那些梦境。她告诉自己,现在的重点是找出口,现在她只想找到一个可以逃出这个地下古城的出口。

走廊不断延伸下去,经过练习室以及剧院艺术家们所光顾的小店。那儿原是一家做戏服的店,这儿则原是一家药店,这家铺子是做假发的,那家则是化妆品的店铺。但是一切都没了,一切都完了,死寂一片。这儿曾是热闹古城的核心,毕竟再怎么伟大的艺术也比不上模仿这个城市脉动的戏剧艺术!麦尔妲匆匆地行过此地,但是在她心中,有近百名艺术家正在哀悼自己的基地已经不存。

她开始看到日光的时候,只觉得它苍白黯淡,简直像是假的。走廊的最后一段已经毁坏。光条没了,灯笼的光也撑不了多久。现在他们得加快脚步了。墙壁上的壁画彩绘早已经剥落,他们欠身从障碍物下钻过,只见地下有水朝他们漫过来。从墙上的污渍看来,这地方曾经被大水淹过,而且是一淹再淹,大概是每次下了大雨、河水高涨之后,就把这些地道通通填满。而此时这条地道能走得通,只能说是运气好。即使如此,他们仍得涉水走过软泥。麦尔妲是早就不把衣物脏污放在心上了,但是跟在她身后的大君和他的侍臣则一边走一边嘟囔着抱怨。

地道的尽头是游廊和船屋,但早就成为废墟,根本分辨不出该怎么走出去。麦尔妲不理会那两人的牢骚,就选了个方向走下去,而且总是朝有日光之处前进。雨水早将灰尘和落叶扫进这个废墟中,而许久以前的地震则将走廊的天花板震裂,露出走廊外的泥地。"我们出来了!"麦尔妲回头对他们两人叫道。她爬上堆叠的小舟,攀过泥泞的裂缝,突然踉跄地走在早晨的日光之中。她一再地深呼吸,光是身边的空间开阔,就使她欣喜若狂。直到现在从地底冒出来,她才知道置身于地里的黑暗之中,对她造成多么大的压迫感。况且她也不用跟那些喃喃低语的幽灵们混在一起了,感觉就像是从一场漫长且混乱的梦境中醒过来似的。她伸手去摸摸脸,但随即住手。她的手既脏又粗,指甲大多断掉,没断掉的指甲里也积着污垢。她身上穿的简直不是衣服,而是泥服了。她突然发现脚上只剩下一只鞋子。另外那只掉哪里去了?

她仍站着眨眼,而这时大君和他的侍臣冒了出来。他们身上虽沾了一点泥浆,但比起麦尔妲而言可好得太多了。麦尔妲转身对他们微笑,满心等着他们感谢她的大恩。谁料神武圣君克司戈大君却对她质问道:"大城在哪里?你把我们从废墟里带出来,丢在这种荒僻的鬼地方,有什么用?"

麦尔妲四下张望。四周都是树,灰色的水流慢吞吞地从树下流过。她站着的地方是块杂草丛生的狭小实地,这实地位于沼泽正中央。她在地下待得太久,已经没有方向感了,所以她望着初升的太阳,找出大概的方向,然后眺望崔浩城的踪影。但是浓密的树林遮住了视线。她耸耸肩,自言自语地说道:"我们现在不是在崔浩城的上游,就是在崔浩城的下游。"

"而且我们位于一处袖珍小岛上,这样说,想必也错不了吧。"大君也发表高见。

麦尔妲爬上高处,希望能看得远一点,不过这么一看,只证明了大君的看法无误。这地方小到几乎不能说是岛,只能说是沼泽间的土丘,到处都是水与土,根本分不清河道和沼泽的分野在哪儿。不管往哪个方向看,都只能看到高耸的树林。

"我们得往回走。"麦尔妲下了结论。她的心沉了下去,不知道自己能不能够再度面对那些幽灵。

"不!"凯姬尖声叫道,接着一屁股坐在地上,无助地啜泣起来,"我没办法。我绝不回去。那里太黑了。我不回去。"

"我们显然用不着回去。"大君不耐地评论道,"我们出来的时候爬过了一叠叠小舟。喂,你,你回去找条完好的小舟,拖到这里来,然后用小舟把我们送回崔浩城去。"他以不屑的眼光望着周遭的环境,再从口袋里掏出一条手帕,铺在地上,这才坐下去。"我就在这儿休息。"他摇了摇头,"这些商人如此对待自己的君王,实在是太怠慢了。他们竟待我如草芥,总有一天,他们会因此后悔莫及。"

"可能吧,但是我们竟任由你待我们如草芥,这才应该要大大后悔呢。"

麦尔妲冲口而出。她突然对这两个不知感激的卑鄙人渣气得要命。她辛苦了一整夜，好不容易带着他们从地道中逃出来，而他们对她的酬谢竟是命令她去找条小舟、奋力划船，以便将他们送到崔浩城？她抖开褴褛的裙子，假装恭敬地对大君欠了个身。"缤城商人之女麦尔妲·维司奇，在此跟神武圣君克司戈大君及其侍臣凯姬道别。我不是供你们差遣的仆人，况且我此后再也不会自认为是你的子民。再见。"

她拨开落在脸上的头发，转身朝泥地上的裂缝走去。她深吸了一口气。一定做得到，她一定得走回去。等她回到崔浩城之后，再请他们派搜救队来把这两人带回去。也许让他困在这个狭小的土丘上一段时间，可以酝酿出一点谦虚的性情。

"等等！"克司戈命令道，"你是麦尔妲·维司奇？夏季舞会的那个女孩子？"

她回头望了一眼，点了一下头，算作是回答。

"你若是把我丢在这儿，那我就永远不派船去救你父亲！"克司戈不可一世地说道。

"派船？"麦尔妲狂野地大笑起来，"派什么船？你打从一开始就没打算要帮我。你竟然记得你曾说要派船去救人，我还觉得惊讶呢。"

"你去弄条小舟，把我们送到安全的地方去之后，再看看哲玛利亚的大君会不会信守承诺。"

"是喔，哲玛利亚大君会不会遵守承诺，只要看看他尊不尊重他祖先所签署的特许令就知道了。"麦尔妲驳斥道。她转身开始爬下裂缝，回到黑暗之中。她听到走廊的另一头隐约传来如雷的喝彩声。她心里开始怕了起来。淹没在记忆之中啊，现在她知道这句话是什么意思了。她如果再度穿越古城，会不会迷失了自己？她强迫自己继续前进，再度爬过堆叠的小舟，这次她注意到那些小舟并不像她之前所想的那么破烂。这些小舟的船壳上似乎贴上了金属粉，她爬过之时，发现手一抹过船壳，就沾上一层白色的粉末。走廊的另一头再度传来如雷的喝彩。她慢慢地走上前，但是尘雾突然打在她脸上，使她呛了好一阵。她眨了眨眼，眨掉眼里的杂灰，然后顺着走廊望下去，却发现前头悬着一团尘土的迷雾。她一看就知道是走廊的那一段崩塌了，但是她不肯往那个方向想，还是继续凝视了好一会儿。唉，这下子就算肯走回头路，也无路可走了。

她疲惫地摇晃，然后挺起背脊，站直起来。要等到这一切过去之后，她才可以休息。她慢慢地走回堆叠的小舟，以挑剔的眼光打量着小舟。最上面那条座位折断了，她摸到座位上有木屑，然后认出了这是什么木料：杉木。她父亲把杉木称为"永恒木"。她开始把最上面那条小舟拉开，看看能不能找到一艘好一点的。

"雷恩？雷恩，亲爱的，我们需要你。你现在得醒醒了。"

有人轻柔地呼唤，又伸手轻轻地拉他，但是雷恩清楚地说道："走开。"然后拉过枕头盖在自己头上。他为什么穿着外衣、套着鞋子睡觉，连他自己也有点纳闷。

班迪尔就比较直接了。他抓住弟弟的左右脚踝用力一拖，等到他砰地一声把雷恩摔在地上时，雷恩也就彻底醒了，一下子怒不可遏。

"班迪尔！"母亲斥责道，但是雷恩的长兄一副不知悔改的样子。

"没空跟他讲好听话了。他早该在钟声响起的时候就来的，不管他的相思病或是宿醉多么严重都一样。"班迪尔说道。

这番话使雷恩消了气，睡意也全没了。"钟声？哪里崩塌了？"

"古城他妈的有一半都崩塌了。"班迪尔简洁地说道，"你昨天晚上醉得胡言乱语之时发生了两次地震，摇得很厉害。我们已经派人出去挖掘，把甬道撑起来，但是这要花上好久。而我们这里就数你对古城的结构知道得最清楚，所以一定少不了你。"

"麦尔妲呢？麦尔妲还好吧？"雷恩焦躁地问道。麦尔妲人在龙室里，她有没有及时逃出来呢？

"现在什么时候了，还在想麦尔妲！"雷恩的哥哥气得骂道，"要是你想找个人担心，就担心大君跟他的女人好了，因为他们两人都困在里面——除非他们早已经死了。说起来真是讽刺：我们为了大君安全，把他藏在古城里，结果他却因为土石崩塌而丧命。"

雷恩踉跄地站起来，他全身上下的衣裳都很齐全，连脚上都穿着靴子。他拨开落在脸上的卷发。"走吧。昨晚你们已经把麦尔妲救出来了，对吧？"

这个问题其实是故意要问得他们两个心虚的，因为雷恩的母亲和哥哥若是知道此时她困在古城里，绝对不会这么镇定。

"那只是你乱做梦。"班迪尔粗鲁地说道。

雷恩停下脚步。"不是，"他针锋相对地答道，"那不是我做梦。麦尔妲昨晚的确到古城的戴冠公鸡大厅去了，这我跟你们说过。我知道我跟你们说过，还叫你们去把她弄出来，但是你们没去？"

"麦尔妲人病着，躺在床上，说什么也不会到古城去。"班迪尔厌烦地解释道。

但是雷恩母亲的脸却变得刷白，此时她伸手抓着门框，撑住自己，上气不接下气地说道："黎明的时候凯芙瑞雅来找我，因为麦尔妲不在她房里。她本以为——"说到这里，她对他们兄弟俩摇了摇头。"她本以为她女儿跟雷恩在一起。我陪她一起来这儿看，但是当然，她女儿并不在这里。然后，钟声响起……"她越讲越小声，之后她以比较坚定的语气问道："但是先别说她是怎么进去古城的，问题是她怎么走得到？她自从来这儿之后，一天到晚都躺在床上，连怎么去古城都不知道，又怎么去戴冠公鸡大厅呢？"

"瑟丹，"雷恩厉声说道，"麦尔妲的弟弟。瑟丹跟着威利·克莱恩把崔浩城上上下下都玩遍了。莎神在上，我把威利逐出古城的次数不下十来次。既然麦尔妲的弟弟一直跟威利混在一起，那么他现在一定已经知道进入古城的通道了。瑟丹人在哪里？"

"我不知道。"雷恩的母亲恐惧地坦承道。

班迪尔毫无歉意地插嘴道："古城里一定有人被土石埋住，雷恩，包括大君跟他的侍臣，更不要说文达格丽家族的挖掘小组了。他们已经开始在清理蝴蝶壁画附近的房间。崩塌之前，至少有另外两家的夜间挖掘小组在那儿干活。

我们现在已经没时间担心谁昨晚可能在那里了,我们必须全力将已确知埋在那底下的人救出来才行。"

"我知道现在麦尔妲人在那下面,"雷恩不满地说道,"而且我还知道她确切的位置。她人就在戴冠公鸡大厅,我昨晚就告诉你们了。我要先救她。"

"不可以!"班迪尔吼道,但是贾妮打断了他的话。

"别吵了。雷恩,走吧,挖掘就是了。主通道既通到戴冠公鸡大厅,也通到我们给大君安排的居室。只要一起合作,就可以同时救到他们。"

雷恩以脸色责怪大哥未能信守诺言。"要是你昨晚听我的话,把麦尔妲救出来就好了。"

"谁教你昨晚喝得醉醺醺的呢?"班迪尔反驳道,然后就着脚跟一旋转,离开了房间。贾妮和雷恩匆匆地跟上去了。

由于船屋崩塌,空间狭小,所以要找出一艘完好的小舟实在困难。等她挑中了一艘看来状况比较好的小舟之后,要将之拖出去又是一大问题。凯姬是彻底的没用,她哭到最后终于止息,原因是她睡着了。大君稍微出了点力,不过他帮的忙跟大个子的小孩能帮的差不多。他对于体力工作一点概念也没有。麦尔妲按捺住脾气,不让自己因为克司戈而生气,甚至还提醒自己,去年的时候,她差不多也跟他一样无知。

克司戈很怕工作。他不肯抓住小舟的船缘,更不要说使劲拖船。麦尔妲发挥了无上的自制力,才没连声骂起来。等到他们好不容易把小舟从地上的裂缝中拉出来,拖到积满树叶的地上之时,麦尔妲已经精疲力竭了。大君大功告成地拍拍手,脸上放出光彩,仿佛这都是他一个人的功劳。"嗯,"他满足地哼了一声,"这就成了。你去找几根桨,然后我们就可以出发了。"

麦尔妲已经累得半倚半躺地靠在大树的树干上。"你不认为,"她开口道,并尽量压抑冷嘲热讽的口气:"我们应该先看看这条小舟还浮不浮得起来吗?"

"为什么不会浮?"克司戈伸出一脚踏在船首,好像那是他的私人财产似的。"这条船看起来很好啊。"

"木料若是离水太久就会收缩。我们应该先把船放在浅水里，让木料膨胀些，同时也看看船进水严不严重。如果你之前都不知道，那我现在就告诉你吧，雨野原的水会吃掉木料，所以绝不能让河水碰到人的血肉。如果这艘小舟浮不起来或是进水太多，那我们就得找点东西铺在船底，保护双脚。况且我现在累得要命，根本划不动船，而且我们又不知道自己所处的位置。但是我们等到黄昏之后，说不定可以从树木之间看到崔浩城的灯光，果真如此，那可省了不少时间跟力气。"

克司戈站着俯瞰着她，他既感到大受冒犯，又因为有人胆敢冒犯他而感到十分惊骇。"你敢拒绝我的命令？"

麦尔姐眨也不眨地迎向他的目光，并反问道："你想死在河里吗？"

克司戈压住怒气，答道："这是什么口气！你以为你是我的侍臣啊？"

"你断了那个念头吧。"麦尔姐应和道。她不禁想道，莫非是在这之前从没人敢跟他唱反调？她呻吟一声，站了起来。"帮个忙。"麦尔姐说道，开始把那小舟往沼泽拖过去。克司戈的帮忙，就是把放在船首的那只脚收回去。麦尔姐不理他。她把小舟推入浅浅的死水中。这儿没有绳子可以系住船，但是反正这水也不流动，不必担心会把小舟带走。她希望小舟会待在原地，而且心里突然觉得好累，累得除了这一点之外，其他都顾不了了。

她抬头望望大君，大君仍怒视着她。"要是你不睡，那你就去找船桨吧。而且你若是不睡，还可顺便看着这艘小舟，免得它被水流带走，这可是那一堆小舟里状况最好的，其他都远及不这艘。"她听着自己的语气，总觉得这语气有点熟悉，她躺到地上时终于想到答案：她外祖母跟她讲话的时候一贯用的就是这种语气。现在她知道外祖母为什么会这样了。她全身酸痛，地上又硬得很，不过还是睡着了。

雷恩并未花工夫说得他们心服口服，而是干脆就闯了进去。要是他等着他们把主通道完全清理干净、用木架把甬道壁撑起来之后才往前推进，那么麦尔姐必定等不到他前来搭救就死了。雷恩扭着身子，从两大块落下的石壁中间挤过去，而他手里的细线全部放光之时，人仍在主通道上。此处完全没有塌方。雷恩拿起一块落石，压住细线的末端，又用粉笔在墙上画了记号。即使在黯淡的灯光下，粉笔记号也看得很清楚，他们看到这记号，就知道他来过这里，且正继续推进。雷恩一路经过坍塌之处都留下记号，以指出要重新开挖的话从何处下手最好。这些事情，他的直觉是很灵的。

他碰到麦尔妲母亲的那个场面很糟糕。他找到凯芙瑞雅的时候，她正推着独轮车，把地道里的碎石运出来，手上的绷带都沾了泥。雷恩问她有没有看到麦尔妲的时候，原本自持的凯芙瑞雅突然露出了忧虑的神色。"没有。"她粗哑地说道，"也没看到瑟丹。不过，当然了，他们姐弟俩一定不在下面。"

"当然了，"雷恩扯谎道，他突然觉得很难受，"我敢说他们俩一定不久就冒出来了。现在他们大概是在崔浩城的什么地方一起散步。想也知道，他们一定是漫步到平常人们很少去的地方了。"雷恩努力要把这个瞎掰的故事讲得头头是道，但是却办不到。凯芙瑞雅从雷恩眼里看出了他的恐惧，喉头哽咽了一声。雷恩无法面对她，所以转头就朝古城冲过去。雷恩并未向她保证，会把她儿女带回她身边，毕竟他已经跟她撒了一个谎，无法再撒第二个。

古城里虽有新的坍塌，但是雷恩仍自信满满地在其中活动。古城结构哪里强、哪里弱，雷恩清楚得很，就像他对自己的身体一样，所以若是他认为挖掘小组清理某处必定是白费工夫，他就会把开挖小组调到其他塌方能够迅速清除之处。班迪尔本来要雷恩手持灯笼和地图，逐一巡过每个开挖处，并给他们建议，但是雷恩直截了当地拒绝了。"我就跟打通地道以通往戴冠公鸡大厅的那组人一起工作。等到我们开路救出麦尔妲之后，你要我干什么都可以。但是我一定要先救她。"

要不是当时母亲提醒班迪尔大君和他的侍臣也在主通道上，兄弟俩大概会当场吵起来。班迪尔勉强地点点头，于是雷恩拾起他的用品就走。他背着斜背包，背包里有水、粉笔、线、蜡烛和火绒，至于挖掘用的撬杆等工具则挂在腰带上，所以一走起路来就叮当作响。雷恩不提灯笼，其他人需要灯光才能工作，但他可不。

他一边匆匆地行过走道，一边在济德铃光条的上方划了条粉笔线。现在他怎么也无法让光条发光了，也许是因为光条断裂处太多了吧。的确，这座大城已逐渐衰亡，雷恩不禁纳闷自己是不是永远都没机会好好地探索古城的秘密了？

他来到安置大君的房门前。这是所有出土的厅堂里最好的一间，但是大君和他的侍臣却把这里当作猪圈。这个克司戈似乎不知道如何照顾自己。雷恩当然知道仆人的存在有其必要，他们家里雇了人来烹煮、打扫与缝纫。但是克司戈需要仆人帮他把鞋子套在脚上，需要仆人帮他梳头，这算什么？一个人若是需要别人帮他打点这些小事，还算是什么男人？

水从门下的缝隙里漫出来，雷恩想要开门，但是门后有什么沉重的东西顶着，所以怎么也推不开——雷恩冷酷地想道，说不定是一道墙崩垮，所以全室积满土石吧？他用力打门，又大声叫人，但是门里无人回应。他倾听了一阵，想要为这两人竟然年轻早逝感到遗憾，但是他心里却只想起，有个男人看到他怀里抱着麦尔妲时难以置信地低头望着麦尔妲的脸色。光是想到当时，就使雷恩气得肩头的肌肉纠结起来。要是麦尔妲再度发生那样的状况，那么他真要慢慢把大君折磨至死——所以比较之下，这淹没大君的土石流还让大君死得干脆一点。

他在门上画了记号，好让挖掘小组知道他认为这个房间已经无望了。接下来几天，要先抢救活人，至于挖尸体的工作可以再等一等。雷恩画好记号之后便继续往前走。

又走了十来步之后，雷恩便绊到一个身体。他诅咒了一声，但还是跌倒了。他立刻转身摸索。地上这个身体小小的，也还温温的。活的。"麦尔妲？"雷恩大胆地奢望。

"不，我是瑟丹。"有个细小且悲哀的声音答道。

雷恩把那个正在颤抖的少年拉近。瑟丹的身体很冷，雷恩坐在地上，将他抱在大腿上，然后一边把他的手臂和双腿搓暖一边问道："麦尔妲呢？在附近吗？"

"我不知道。"那少年的牙关开始打颤,整个人一波波地颤抖起来,"她进去了。我很怕。然后发生地震,她没出来,所以我逼着自己进去救她。"他在黑暗中抬起头望着,"你是雷恩吗?"

雷恩一点一滴地把整个故事串了起来。他给瑟丹喝水,又为他点了根蜡烛,好让这少年生出勇气。在蜡烛摇曳的火光之中,只见瑟丹看来像个老人似的,他脸上都是泥,衣服上也沾满了泥,至于头上的泥已经跟头发一起结成硬块。这孩子不懂得要跟雷恩说他为了找姐姐而漫无目的地乱走,只说他一直叫着麦尔妲的名字,但是没找到她,所以就一直往前走。雷恩心里既责怪威利,同时也责怪自己。他责怪威利竟教导瑟丹如何潜进古城,也责怪自己竟没把弃置的通道守好,所以才让爱冒险的小孩有机会乱闯。瑟丹的故事中有两样令雷恩恐惧到连自己都解释不清楚。麦尔妲之所以来到此地,为的就是要找龙。她为什么要找龙?即使这点就令雷恩提心吊胆,瑟丹竟然还提到麦尔妲听到音乐——雷恩听了不禁咬住嘴唇。麦尔妲怎么会听到音乐?她是缤城出生的。即使是雨野原这里的人也少有人能听到那些似有似无的乐声,至于能够听到乐声之人,则从此严禁进入古城。会听到音乐的人早晚会淹没在记忆中,所有在古城工作的人都是这么说的,即使雷恩的父亲也这样说过。他父亲听到音乐,但还是进入古城工作,直到最后人们发现他坐在黑暗中,周遭散落着黑岩小方块。他父亲被古城的记忆所淹没,所以再也不珍惜他自己的生命——人们发现他的时候,他像是小宝宝玩积木似的把石块堆起来。

"瑟丹,"雷恩柔声说道,"我得继续往前走,我知道龙在什么地方,而且我认为麦尔妲应该已经到那里了。好,"他吸了一口气,"你得做个决定。你可以待在这里等挖掘小组的人来。也许麦尔妲与我会抢在挖掘小组来之前就跟你会合也说不定。要不然,你可以跟我一起来,我们一起去找麦尔妲。你知道为什么我现在不能马上带你去出口吗?"

那少年抠掉脸上的泥巴硬块。"因为你还来不及回去找她,她可能就死了。"瑟丹沉重地叹了一口气,"就是因为这样,我才没有在还能回头的时候走回头路,出去找人来救她啊,因为我怕我来不及搭救她。"

"瑟丹，你真是勇敢。虽然夸你勇敢，你带她来这里还是不应该，不过你的确有一颗勇敢的心。"雷恩把瑟丹扶起来，然后自己也站起来。他牵着瑟丹的手。"走吧，我们去找你姐姐。"

那孩子紧抓着蜡烛，仿佛蜡烛是他的生命。瑟丹很大胆，但是他已经累坏了。开始时，雷恩配合着他的步伐，之后，虽然瑟丹抗议，但雷恩还是把他背在背上走。瑟丹高举蜡烛，雷恩走边画粉笔线，两人不断向黑暗中推进。

但是烛光并不慈悲，反而照出了雷恩一直回避、不愿多想的景象。古城正在崩解，昨晚的地震终于将古城推到了它的结构无法承受的地步。古城的片段——例如与主体隔断的走廊、孤立的房间等——仍可再支撑一段时间，但是这一切迟早都会化为齑粉。此地早在多年前就被泥土吞噬，如今泥土要把古城消化掉了。雷恩曾经梦想要让宏伟的古城出土，让它再度在阳光下闪耀，如今这个梦想已成为泡影。

他坚决地大步迈向前，而且边走边哼着小调，他背上的那个少年则很沉默。要不是瑟丹稳稳地手持蜡烛，雷恩一定以为他睡着了。只要哼着歌，雷恩就不会听到他不想听的声音，例如远处传来木料因为承受不了压力而吱嘎地弯曲、断裂的声音，滴落和涓涓流动的水声，以及属于远古时空的那些似有若无的谈笑声。雷恩从很早以前就开始戒备，以提防自己对那些古人太过注意。然而今日，由于他悲悼着古城的衰亡，所以古城的记忆如排山倒海般地往他心里压过来，为的不外乎把那些记忆烙印在他的心里。"别把我们忘了，别把我们忘了。"古人仿佛在恳求他。此时雷恩一心念着麦尔妲，不然的话，一定会屈服于那些记忆之下。在结识麦尔妲之前，这古城乃是他人生的一切；在结识麦尔妲之前，雷恩根本无法考虑，若是古城崩溃，自己如何继续残存下去。此刻，他心里强烈地想道，他的确结识了麦尔妲，他的确拥有这个美娇娘，所以他绝不会让古城吞噬她，也不会让龙占有她。就算他所热爱的一切终将破灭，他至少要挽救麦尔妲。

戴冠公鸡大厅的门是开着的。不会吧。雷恩走近审视，发现门是硬被推开的。他注视着门上那个后来成为他家族纹章的激昂小公鸡，片刻之后，才把背上的瑟丹放到地上。"你在这里等。这间大厅很危险。"

瑟丹睁大了眼睛。这是雷恩第一次坦承危险。"它会不会塌下来压住你？"瑟丹忧虑地问道。

"它早就塌下来把我压扁了。"雷恩明白地说道，"你待在这里。蜡烛拿好。"

如果麦尔妲还活着，而且仍有意识，那么她一定会听到他们的讲话声，并出声喊叫他们。既然里头沉寂一片……那他就去寻找她人在何处，并希望她仍有一口气在。雷恩知道麦尔妲已经来过这里。他不抱希望地伸手去摸济德铃光条，光很黯淡，而且只有他手指碰触之处稍微有点光，接着光才慢吞吞地如浓稠糖蜜似的扩散出去。雷恩强迫自己耐心地站在原地，等到全室的光条都亮起来。

戴冠公鸡大厅毁损得很严重，圆顶天花板已有两处坍塌，湿泥落到地上，都已成了土堆，大树的树根则从悬而未掉的水晶屋顶碎片旁垂下来。他根本没看到麦尔妲的踪影。雷恩手拂光条，绕着大厅的墙壁而行。他走到第一个饰板，看到饰板里的机械装置时，心里只觉得郁闷。他早就知道这门一定有这样的机关，然而这机关他长久以来遍寻不着，却因为偶尔一次地震震开了饰板而露出来。但是他走到第二个饰板那儿时，不禁皱起眉头。他点了第二根蜡烛，以便看个真切。他一看，便心里有数。这边的机械装置之前被泥土埋住，如今泥土被人手挖开。他再借着烛光，清楚地看到地上有些小小的泥脚印，麦尔妲果然曾经来过这里。

"麦尔妲！"雷恩叫道，但是没人应声。

今天戴冠公鸡大厅正中央的那根巨大原木非常节制，静静地一言不发。雷恩很想问问龙，看看她知道多少，但他若是去碰触那木头，等于是再度让自己臣服于她之下。如今龙与雷恩之间的联系已经切断，两不相干了，再过不久，她就会被崩塌的泥沙埋住，此后永远也没机会脱身。只要他不去碰触那木头，龙就无从攫住他，再说龙之所以能控制麦尔妲的心灵，是因为拿了雷恩借路。

"麦尔妲！"雷恩再度呼唤，这次叫得远比之前更大声，不过他本以为自己的声音会在大厅里回响，谁料大厅里湿泥越来越多，所以连回音也没了。

"你找到麦尔妲了？"瑟丹从门口处焦躁地喊道。

"还没，但是我一定会找到她。"

那孩子再度喊话时语调极为惶恐不安。"水从门下漫进来了，马上就会沿着台阶漫过去。"

沙土虽沉重压迫，但总仍有一时三刻可以应变，但是水这个东西却像是张口大咬的怪兽一样逼人。雷恩气愤地大吼一声，朝那沉寂的木头冲过去，然后用力一拍，把手掌贴在木头上，质问道："麦尔妲在哪里？她在哪里？"

龙大笑。笑声在雷恩心里隆隆地回响，震得他晕头转向，这是他早已熟悉的痛苦。龙又回来了，回来住在他的头里了。他知道自己把手贴在巫木上是大错特错，但是除此之外没有别的路可走。

"麦尔妲呢？"

"不在这里。"非常满足得意的口气。

"他妈的，这我知道。问题是她现在在哪里？我知道你现在跟她联系着，所以你一定知道麦尔妲人在哪里。"

龙虽让雷恩看到麦尔妲，但那幻影似有若无，就像用肉屑在狗鼻子前面诱惑似的。雷恩通过龙察觉到麦尔妲很疲惫，也感觉到她全身酸痛、沉沉睡去。

"古城不久就会崩塌，撑不了多久，如果你不帮我找到麦尔妲，把她弄出去，那么她一定活不了。"

"瞧你讲得那么激动！但是你只顾着维护她，却从没考虑到我可能终究不免葬身于此。"

"你言过其实了。他妈的，你呀，根本就是睁眼说瞎话。我一直很担心你的命运，而且不断跟我的族类求情，请他们出手帮忙。我年少的时候，对你仰慕到近乎崇拜的程度，没有一天不来这里看你，后来是因为你反过来要对付我，所以我才避着你。"

"问题是，你从不肯心甘情愿地屈服于我之下。可惜啊，你无法在一夕之间便得知大城的所有秘密，但人家麦尔妲就可以。"

雷恩的心都凉了。"你淹没了她。"雷恩针锋相对地说道，"你用大城的记忆淹没了她。"

"她可是心甘情愿地跳进记忆里啊。她一进入大城,我就发现她比我之前所见的任何人都更开放。她啊,她潜入了记忆中,在其中游来游去。而且她还努力搭救我。当然,她这样做为的是你以及她父亲。你啊,雷恩,你是我所必须付出的代价,我答应此后永远不缠住你,麦尔妲才肯帮忙将我放走。只可惜她功亏一篑。"

"水涌进来了,雷恩!"瑟丹的尖叫声打破了雷恩心里与龙的对话。他转头望着瑟丹,烛光照亮了他那张灰暗的小脸。瑟丹站在进门处的台阶上,他脚下漫进了一大片水,寂静且缓慢地沿着又宽又浅的台阶滑下来。烛光映照着水面,波光粼粼,有一种异样的美,那是黑暗之中的死亡之光。

他无力地对瑟丹笑笑。"你放心。"他无情地大扯其谎,"你到这儿来,瑟丹,这儿还有件事,需要你我齐力做好。这事办好,我们就结束。"

他把瑟丹那沾了泥沙的手握在手里。不管麦尔妲在古城的何处入眠,这都是她此生睡的最后一觉。这点只要看泉涌而入的水流就可以知道。古城恐怕会崩塌得比他最坏的打算还要快。

他转身,背对着巫木,然后带着瑟丹走到墙边的第一个饰板前,他用一滴蜡将蜡烛固定在墙上,然后对那少年笑笑。"这儿有一扇很大很大的门,而你与我,我们两个要合力把这扇门打开。门一开,沙土会漫进来,但你用不着害怕,我们只管一直转动这些圆盘就是了,其他什么都不管。你做得来吗?"

"应该可以吧。"那少年犹疑地答道。瑟丹只顾着凝视那一大片水。

"我先试转这个圆盘,到时候看哪一个容易转,就让你转。"

雷恩伸出双手,握住圆盘上与之垂直的曲柄,然后用全身的力量一拉。曲柄动都不动一下。他拿出腰带上的爪耙子,毫不怜惜地往圆盘上重击数次,然后再度使劲拉动曲柄。圆盘顽抗了一会儿,然后慢慢地动了,不过很涩滞。这个圆盘虽会动,但是这么小的孩子恐怕拉不动。雷恩从腰带上取出撬杆,插在圆盘的辐轴之间。"你照我这样做,把撬杆插进轮辐之间,卡紧,然后用力压。试试看。"

瑟丹能让轮辐略微转动,雷恩听到墙壁里的砝码砰一声落了一段距离。他满足地露出笑容。"很好。现在把撬杆抽出来,插到下一个轮辐的空隙里,以便再度使劲。对了。"

那少年抓住窍门之后,雷恩便丢下他,朝另外那个饰板走去。他迅速地拨开机械装置间的泥土。雷恩不愿多想这样做会对他们产生什么影响,他全神贯注,只想着要如何才能达成任务。

"你在干什么?"龙的声音轻轻在他心中响起。

雷恩大笑。"你明明知道我在干什么。"他低语道,"我脑海里的每一个思绪你都知道。现在别让我有二心。"

"雷恩·库普鲁斯,你这个人,我真是越来越摸不透了。我从没想到你会这样做。你这是何必呢?"

雷恩不禁放声大笑。他觉得瑟丹很可怜,因为此时那少年不解地注视着他,却又不敢问哪里不对劲,甚至连问他在跟谁讲话都不敢。"我深爱着你,也深爱着这座大城,而且对我而言,你就是这座大城的核心。因为爱你,所以只要我力所能及,就尽量挽救。能救的就救。"

"你相信如果转动圆盘,你就会死,而且你跟那个少年,两个都逃不掉。"

雷恩点点头。"对,但是与其等着水涌进大厅、蛀蚀掉壁基,土石崩下来把我们压死,还不如求个速死,也好少点折磨。"

"你们不能循原路出去吗?"

"多年来,你一直恳求我打开这扇大门,如今我要让你如愿了,你却要我住手?"雷恩好气又好笑地问道,"原路已经坍塌。大君的房间正在冒水,那扇门是木头做的,撑不了多久。据我推测,涌进此地的水就是从那个房间冒出来的。龙啊,我已经完了,而这孩子也是一样。不过如果我们能把天花板弄垮,说不定会照进一点光,而大厅里若能照进一点光,即使我们死了,你仍能长存——然而如果连这也不行,那我们大家就一起埋在这里死去好了。"

雷恩等待她的回答。最后她终于回答了,答复令雷恩感到很意外。她的答复就是就此丢下他,离开,既没有丝毫流连的感激,连一声道别都没有,就这样消失了。

雷恩大力地用爪耙子朝圆盘一打，双手握住曲柄。据他推测，这转盘只是一开始时需要多使劲，等到墙壁里的砝码动起来之后，转盘大概只要轻轻一拨就动了。当然，也可能圆盘只能再多转一点点，然后就再也转不动，但是他还不肯多想那个景况。独自一人一点一滴地死去，这他大概还能面对，但是身边还有个幼小的男童陪着自己一起慢慢死，那可就是没完没了的酷刑了。他抄起爪耙子插在轮辐之间卡紧了，朝瑟丹望过去，那少年眼睛睁得很大，烛光将他的眼白映得很清楚。"好，压下去！"雷恩对他说道。

两人同时倾身压在工具的木杆上。圆盘非常涩滞，但毕竟还是动了。大门发出危险的铿铿响声。抽出木杆，插在上一个轮辐的空隙，然后再度压下去。雷恩听到墙壁里砝码移动的声音，其实到了这个程度，砝码的重量随时都有可能接手，使转盘的动作轻松起来。但是并未如此。他不禁纳闷，这扇大门外，不知道堆了多少车的泥土？泥土越积越实，谁知道在这儿积了多久？他真是痴心妄想，竟梦想自己能打开大门，甚至还梦想着泥土崩塌、阳光照入！真是荒谬。他把杆子插入上一个轮辐的空隙，再压下去。

突然之间，光条回光返照，在古城即将毁灭之前大放光亮。光条照出了壁画上的裂痕，也照出了漫过地上的水。虽只是浮光掠影的一刹那，但这是雷恩第一次感受到戴冠公鸡大厅之美。就在他注视之际，上头，而不是门上，突然响起了剧烈的崩裂声。水晶屋顶的部分水晶板落到地上，跌为碎片，过后又落下一些粉尘。

"年轻人，继续使劲。"雷恩对瑟丹鼓励道。两人同时将木杆插入上一个轮辐间，倾身用力一压，好不容易让圆盘转动了一点。

突然之间，雷恩这边的门发出一连串震天响的哔剥声。雷恩觉得不对劲，立刻朝瑟丹的方向扑过去。此时门扇与轨道脱离，边缘处凸了起来，又有一道巨大的垂直裂缝从地上一路延伸到门的上方，接着裂缝落下碎片，一下子由此延展出更多裂缝。大厅四壁犹如破裂的蛋壳一般生出许多裂纹，横过大厅的圆顶，水晶板和灰泥壁画纷纷掉落，屋顶承受不住上头泥土的重量了，巨大的碎片像是炸弹般落下来，这下子是逃不掉了。

雷恩搂住瑟丹，仿佛以为自己单薄的肉身就能挡得住崩落土石之势。那少年已经惊吓得连叫都叫不出来了，只能紧攀住雷恩。一片巨大的水晶天花板砰地一声落地，一边靠在巫木上。瑟丹挣扎着从雷恩怀里脱出来，并叫道："那里，我们得躲到那里去！"雷恩还来不及抓住他，他就左闪右躲地穿过如大雨般纷纷落下的屋顶碎片和土块，冲到那块天花板下避难了。

"不能躲那里，水一升起来就会把我们淹死！"雷恩对着瑟丹的背影喊道，但接着他自己也学着那少年，左闪右躲地冲到那个看来不见得安全的遮蔽处。光条尽数暗去，大厅陷入黑暗，屋顶轰隆地坍塌下来。

麦尔妲之所以醒过来，是因为有人在推她的背。"瑟丹，你别闹了！很痛啊！"她厉声说道。

她翻过身，心里打算要抓住瑟丹的肩头摇晃一阵。但突然之间，她躺在家中卧室里的那种温暖的安全感突然消失，她只觉得自己冰冷僵硬。她的脸颊压着枯叶，窸窸窣窣的。大君又伸脚推了她一下。"起来！"大君命令道，"我从林间看到灯光了。"

"你敢再踢我一下，我保证你就算是闭眼也见得到光！"麦尔妲厉声说道。这下子真的把大君吓得退了一步。

已经傍晚了，虽没暗到看得见星星，却已经能看到灯笼的黄光。她一见灯光，心里突然腾跃起来，然后又沉了下去。现在是知道该往哪个方向走了，可是看来他们离崔浩城很远。她慢慢地站起来，身上处处都痛。

"你找到船桨没？"她对大君问道。

"我不是任人使唤的。"大君冷冷地说道。

她叉手抱胸，宣布道："我也不是任人使唤的。"她皱起眉头。再过一会儿，倒塌的船屋里就会变得像坟墓一样黑。这个大君，这个哲玛利亚全国的合法统治者，怎么会是这样没用且蠢笨的男人呢？她的眼睛四下一看，看到凯姬侍臣正希望满满地坐在小舟里，看起来像是等着主人带出去玩的狗儿一样高兴。那儿水浅，浅到她的重量一压，小舟的船壳就卡在水底了。麦尔妲好不容易强忍着才没让自己大笑出来。她又回头望着大君，大君仍严厉地瞪着她看。看到这光景，她终于忍不住笑出来。"我看哪，我若要摆脱你们两个，唯一的办法就是把你们带回崔浩城去。"

"到那时候，我管保你会因为大不敬而受到适当的惩罚。"大君专横傲慢地说道。

她歪着头看他。"你讲这话是要诱使我连忙把你带回崔浩城吗？"

他沉默了一会儿，又飞扬跋扈地说道："如果你现在立刻对我顺服，那么我在评断你的功过之时，会把这点纳入考虑。"

"是吗？"麦尔妲高傲地说道。她突然厌恶了这个游戏。她离开大君，走回从地上凸出来的房舍残骸上，那是个因裂开大缝而露出来的黑洞。她弯身爬回废墟时，全身上下无处不痛，她双脚淤青酸痛，膝盖和背脊也痛得要命。她借着触感在黑暗中搜寻。她什么装备都没有，所以根本无法把他们带来的灯笼点亮。她没找到船桨，倒是努力拉出了几根长长的木板。这几片木板跟船身一样都是杉木做的，虽穿不过桨环，但是应该可以拿来当作篙来使用。只要小舟一直沿着水浅的沼泽而行，这个办法就行得通。这么一路撑篙可是很吃重的工作，但是这一来，他们就能回到崔浩城了。到了崔浩城之后，她就得把自己所有的愚蠢行径通通供出来。不过那个场面她现在还不愿多想。

她拖着木板从废墟里出来时，皱了一下眉头。之前她打算要做一件什么事，那件事跟古城有关，好像要用到像这样的木棍。她离开古城之时，心里有个坚定的目的。她想来想去却只想起下午做过的一场梦——那是飞过黑暗的梦。她摇了摇头。这个状况实在罕见，问题不在于她想不起来，而在于她心里记得太多，多到她已经无法厘清记忆的哪一份是她自己的了。自从她进入埋在地下的古城以来，她做了很多之前的她绝对不会做的事情。

等她回到小舟边时，发现大君和他的侍臣都已经坐在小舟里了。"你们两个都出去。"她耐着性子跟他们说道，"我们得先把船推到深一点的水里，才可以坐进去。要不然的话，小舟根本浮不起来。"

"你不能用划的，把船划到深水里吗？"凯姬忧郁地问道。

"不能，那是划不动的。船得先浮起来，不然划不动。"麦尔妲等待他们两人下船时突然想到，其实有很多事情，她虽没刻意学，却因为自己的出身就耳濡目染地知道了不少。比较起来，身为商人家的女儿，真是让她多长了些见识。

在黯淡的光线中，麦尔妲着实花了点时间才找到一处适合下水开航之处。凯姬与大君踩着树根，手脚并用地爬入小舟之后，似乎都因为小舟不停摇晃而感到不安。麦尔妲指示他们一个坐船首，一个坐船中间，她自己必须站在船尾撑篙。麦尔妲小时候曾经拥有一艘小小船，让她在人工湖里划着玩，但是这可大不相同。她心里纳闷道，不晓得自己做不做得到。然后她抬起头，远眺着崔浩城的点点亮光，突然笃定地想道，她一定会安全抵达崔浩城。她抓起木杆，用力一推，小舟便顺利地滑走了。

第三十八章
派拉冈号船长

自从那天与海蛇搏斗，到现在已经过了两天。船上差不多恢复正常了。海夫曾打算要开始值班，但是他在太阳下待了一个小时之后就昏倒了，还差点从船桅间的索具上跌下来。不过海夫对艾希雅的态度可比以前服顺温驯得多，而其他船员也学着海夫对艾希雅恭敬起来。艾希雅救了海夫一命，他却从未当面向她致谢——但是艾希雅告诉自己，她其实也不指望海夫会跟她道谢，毕竟她也不过是尽自己的一份责任罢了。只要海夫肯承认她是上司，并愿意服膺她下的指示，那就够了。艾希雅懒懒地想道，众水手现在是对她敬重有加、刮目相看了，然而到底是因为她威胁要把阿图丢下海，还是因为她胆敢与大海蛇搏斗？她到现在还是全身酸痛，但如果她吃的苦头终究能使她身为二副的地位无可动摇，那也就值得了。

贝笙的面貌还是很难看。他脸上的水泡破了，皮肤开始蜕皮，所以他满脸皱纹，看来又老又倦——要不就是他其实真的是这样。贝笙把他们几个召集到船长室去开会，此时艾希雅从拉弗依看到琥珀再看到贝笙，心里纳闷着贝笙不知有何用意。他眼神严肃地宣布道："现在在船上工作的众船员差不多都能胜任，虽说每个人都还有改进的余地，但是船算是运作得有模有样。不幸的是，接下来的航程，航海的本领马虎即可，但是打斗的本领非常重要。往后若是遇上了海盗和海蛇，船员们必须知道自己该如何进退才是。"贝笙皱着眉头，往后靠在椅背上，然后他朝着桌面，向围桌而坐的这几个人一努嘴。桌角有一把船帆碎布，还有一瓶白兰地和四个酒杯。"各位请坐。"众人就座之后，贝笙一一在酒杯里倒了酒，又把酒杯送到众人面前，举杯庆祝道："恭喜我们到目前为止大为成功，也祝我们将来能持续。"

众人饮酒。贝笙倾身向前，双手搁在桌面上，对大家说道："我是这么想的。若要打架，我们船上这些人都有两下子。信不信由你，当初我在雇船员的时候就把他们打架的本事考虑在内了。不过他们还得多学学，才懂得如何打斗。我的意思是说，我们必须训练出一支训练有素，即使在临危之时也会遵从命令的武装队伍。他们必须有保卫派拉冈号的本事，同时也要能够灵巧地攻击其他船只。打斗时，如果船员们个个都只顾自己，那是不成的，他们必须得信任干部的指挥判断才行。船上干部所下的命令，背后都是有深意的，而海夫花了很大的代价才学到这个道理。所以我要趁着他们记忆犹新的时候开始进行训练。"

贝笙的眼神四处逡巡，最后停在拉弗依的脸上，他对拉弗依说道："这一点，当初我聘你上船时就跟你谈过，而现在正是开始训练的好时机。我要你天天拨时间让他们演练。目前天气好，航行也很顺利，我们最好是趁着有余暇时多加演练。除此之外，你要让船员间多点凝聚力。现在有些人仍看不起之前曾经为奴的人，这要修正。人跟人之间做此分别，一点道理也没有，他们人人都是船员，不分高低。"

拉弗依一边听一边点头。"我会把他们混合编组。到目前为止，干活的时候，我都是任由他们自己配对，但往后我会开始分派谁跟谁在一组。他们起初一定会抗拒，到时候不免要打破几颗人头，才能将一切摆平。"

贝笙叹了一口气。"这我知道，不过你尽量别让他们还在彼此熟识的过程中就折损了。"

拉弗依阴沉地哈哈笑了两声。"我刚才说的是，在这个过程中，我说不定得下几个重手才能把他们驯服。不过我听得出你的意思。我会分派兵器给他们演练，而且一开始先用木制的。"

"你告诉他们，技艺精湛的会拿到比较好的兵器，这样他们会练得尽心一点。"接着贝笙突然把目标转向琥珀。"既然谈到兵器，那我现在就顺便告诉你：我要让派拉冈有个防备的武器。你能不能设计个合适的兵器，好让他防御海蛇？好比长矛什么的？还有，有了兵器之后，你能不能教他以此来攻击别的船只？"

"应该可以吧。"琥珀的口吻像是有点意外。

"那你就着手去做吧。此外再设计个放兵器的台子，安装在船头，好让派拉冈能够迅速取用。"贝笙露出关心的神色。"前面就是海盗经常出没的水域，往后海蛇骚扰的事件恐怕很多，下一次碰到海蛇的时候，派拉冈一定要有所准备。"

琥珀显得颇不以为然。"若果真如此，那么我的建议是，根据我从艾希雅那儿听到的消息，我们应该多教导船员，让他知道海蛇的反应跟大多数动物不同。我们应该教导船员，若遇到海蛇，就当作视而不见，除非海蛇真正发动攻击，否则绝不挑衅。海蛇这种生物就算遭到鱼叉所伤也不会就此逃逸，而是会力图复仇。"这时贝笙皱眉看着琥珀，但她坚决地叉手抱胸，继续说道："你明白我说的句句实言。既然如此，我们让派拉冈有兵器应敌是否明智？他不但眼盲，而且判断力……并不一定很周全。如果海蛇只是对我们感到好奇，甚至还显得颇为友善，而派拉冈却出手攻击了呢？所以我的建议是，他的确应该要有兵器，不过这兵器不该放在他附近，免得他一时激动就将之拿出来用。海蛇对派拉冈的影响颇为古怪。从他的话听起来，海蛇应该是没什么善意，但也没什么恶意。派拉冈声称，我们杀死的那条海蛇是为了要跟他讲话，已经跟着我们好几天了。所以我建议，我们往后尽量避开海蛇，如果真的碰上了，也应该尽量避免与之为敌才是。"琥珀摇了摇头，"上次那条海蛇死后，派拉冈就变得很古怪，简直像是在悼念它似的。"

拉弗依轻蔑地啐了一声。"什么避免与海蛇为敌？海蛇还会跟派拉冈说话？派拉冈疯颠，难道你也跟他一起疯？海蛇不过就是动物，不会思考，不会盘算，也没有知觉。只要我们伤得它够重或者多杀几条，它们就会避开我们了。我赞成船长的意见。派拉冈应该要有武装。"琥珀听了，冷冷地瞪着拉弗依看，而他则满不在乎地耸了耸肩，继续说道："如果还有别的想法，那一定是笨蛋无疑。"

虽然拉弗依冷嘲热讽，琥珀仍不以为忤。"我就有别的想法。"她对拉弗依抛去一个冷酷无情的笑容，"我被人骂作笨蛋已经不是第一次，这也不是最后一次，不过该说的我还是要说。在我看来，人们之所以不肯承认动物有知觉、有思想，追根究底，就是因为只要动物没知觉、没思想，那么他们就不必因为自己有所亏待而感到歉疚。不过就你的情况而言，你是因为唯有直指海蛇无知觉、无思想，才不会怕得那么厉害。"

拉弗依轻蔑地摇了摇头。"我可不是懦夫，况且无论我怎么对待海蛇，都不会感到歉疚——除非我笨到成为海蛇的晚餐，那我才会难过呢。"拉弗依换了个姿势，把注意力转向贝笙。"船长，如果没有别的吩咐，那我要回甲板上去了。船员们看到我们几个人关起门来谈事情，恐怕会变得紧张兮兮的。"

贝笙对拉弗依点了个头，然后倾身向前，在身前的航海日志上做了个注记。"你就开始让他们演练兵器吧。但是就目前而言，不但要训练技艺，同时也要训练他们立即听从号令。你务必要让他们了解到，除非上级下令，否则他们是不得行动的，尤其是当我们与海蛇为敌时。你要尽量运用人力。之前曾经为奴的人之中，有两人在使用兵器方面具有相当的经验，演练的时候就派他们去当助教吧。还有洁珂，她既敏捷，对剑术又懂得多。另外，任何会阻碍他们凝聚为一体、一致对外的障碍都要立刻铲除。"他皱起眉头，过了好一会儿之后才继续说道："琥珀要为派拉冈造个兵器，并且负责教导他如使用。"贝笙直视着那木匠的眼睛，接口道："派拉冈拿到兵器的时机也由琥珀判定，除非我另有意见。琥珀对于海蛇的行为以及它们对船的影响等，都有深刻的观察，我深信她的观点有其长处。关于海蛇，我们的策略是，在一开始的时候能避则避，而且视而不见，唯有在我们遭受攻击的时候才予以反击。"贝笙停顿了一下，好让拉弗依记住他讲的话，最后，贝笙以坚定的语调补充道："该讲的我都讲了，你可以走了。"

拉弗依脸上闪过一抹令人胆寒的表情，琥珀则针锋相对地迎了上去。贝笙对拉弗依下的命令其实就是把琥珀的建议换个说辞来讲。换作是其他人可能会欣然接受，不过拉弗依显然非常痛恨。艾希雅注意到，拉弗依简洁地对贝笙点头为礼，朝门口走去之时，几乎毫不掩饰内心的憎恶。她跟琥珀都站了起来，准备也跟着离去，但是贝笙做了个手势把她们挡下来。"我还要跟你们两个谈别的事情，坐。"

拉弗依停下脚步，眼里闪过愤怒的火花。"那些事情我是不是也该知道呢，船长？"

贝笙冷冷地瞅着他。"如果你该知道，我就会下令叫你留下来了。但是你有你的任务，去吧。"

艾希雅悄悄地吸了一口气，屏息不放，在她看来，拉弗依大概会当场就挑衅贝笙，因为他们两人瞪视着对方的目光都带刺。拉弗依的嘴唇动了动，像是要讲话，但接着他没开口，反而干脆地点了个头，转身离去。他没有摔门，反而轻巧地关上。

之后室内一片沉寂。琥珀大着胆子问道："这样明智吗？"

贝笙挟船长的权威，冷冷地看了她一眼。"大概称不上明智，但有其必要。"他叹了一口气，靠回椅背上，替自己再倒了一小杯白兰地，接着将个中的道理解释给琥珀听："他是大副，我可不能让他以为他就是我的喉舌，也不能让他认为只有他的意见跟我的意见算数。我之所以请你到这里来，为的就是要听你的意见，所以他可不能任意诋毁。"贝笙放任自己稍微紧绷地一笑，"不过请你记住，我要怎么做，完全在我身为船长的权限之内。"

琥珀听得皱起眉头，不过艾希雅一听就领略出贝笙的立场。至此她突然以全新的眼光看待贝笙这个人。他能胜任。不管一个人要有什么说不出的特质才有能耐带领一艘船，反正贝笙就是条件齐备了。他眉间和眼角都有新的线纹，同时他也划出那一条冰冷坚决的线，界定出身为领导者的他就是与属下身份不同。艾希雅不禁纳闷道，不知道他是否会感到寂寞？然后她领悟到，其实寂不寂寞根本无关紧要，因为他既身为领导者、身为船长，就非得这样不可，他如果稍微偏差些，就无法有效统驭了。艾希雅一想到那条线必定也把她与他切分开来，心里就不禁抽痛，但同时又为贝笙感到骄傲，这骄傲感扫尽了所有自私的遗憾。她父亲，艾福隆·维司奇，老早就看出他的潜能，而他果然证明了她父亲颇有眼光。

一时间，贝笙一言不发地望着艾希雅，仿佛看出她心里在想什么似的，接着他朝桌上那些帆布头挥了挥手。"艾希雅，你画图一向画得比我好。这些是简略的草图，我要你由此誊几张清楚的图出来。这些都是我跟着春夕号造访过的海盗港。接下来我们要先到分赃镇去寻找薇瓦琪号的下落，不过恐怕要鸿运当头，才有可能会在第一站就找到她。如果接下来要各处寻找，那么这些海图就派得上用场。如果你哪里看不懂就问我，我会解释给你听。等到你把海图画好后，必须得把各处海盗港的位置和航道让拉弗依知道。他虽不识字，但是记性很好。这个事情，大家都一定要知道。"

艾希雅听了心寒，因为她知道贝笙有些话故意隐而不说：他其实是在考虑，万一他死了，要怎么样对船、对众船员最好。艾希雅一直回避不去考虑那些事情，但是贝笙可不避讳——而这也是领导统驭者必备的要素之一。接着他对琥珀讲话，这才把她从冥想中拉回现实。

"琥珀，昨晚你人到了船外，派拉冈抱着你。我听到你的说话声。"

"没错。"琥珀淡淡地应和道。

"在做什么？"

那木匠显得极为不自在，但她还是答了："做实验。"

贝笙以鼻子呼了一口气。"拉弗依跟我来这套，我一下子就打回去，而你何以认为我会任由你用那种态度跟我讲话？"他以比较缓和的口气，继续说道："船上发生的事情，只要是我认为与船长之责有关的，我都要知道。所以你还是说吧。"

琥珀低头望着她戴着手套的双手。"这些我们在离开缤城之前就讨论过了。派拉冈知道我曾帮欧菲丽雅修手，在他看来，我既能帮她修手，那就能帮他做一对新眼。"琥珀润了一下嘴唇，"但是我有我的顾虑。"

贝笙的口气很恐怖。"我也有我的顾虑，而且这是我们大家都知道的。

早在开航之前我就告诉过你，雕刻巫木的风险很大，现在不是做那种实验的时候。要是失败了，使得他大失所望，那么全船的人都有危险。"

琥珀的脸上闪过一丝愤怒。

"我知道你的想法。"贝笙对她说道，"但这事把我们所有人都牵涉在内，可不是你们两个之间说定了就可以的。"

琥珀吸了一口气。"船长，他的眼睛我连碰都没碰，而且我也没答应要帮他。"

"那你们在干什么？"

"抹平胸前的疤痕。他胸前有一个七角星星的疤痕。"

贝笙诧异地问道："那个七角星星有什么意义，他有没有说给你听？"

琥珀摇了摇头。"我不知道那个星星有什么意义。我只知道，那星星的往事使他极为郁闷，仿佛他胸前印出那七角星星是什么不得已的妥协。还有，那天碰到海蛇之后，他就烦躁不安，而且很严重；从那天开始，海蛇的事情就在他心里缠扰不去。所以他开始重新考虑过去一切的意义，可以说，现在的他就像是青春期的男孩。派拉冈已经有了成见，那就是他过去所见所想都是虚妄，所以他正在重新架构对于整个世界看法和观点。"她深吸了一口气，像是接下来要讲什么重要的事情似的，"这段期间，派拉冈想得很深。他这样做不见得坏，不过这可是很深刻的自省。对于他而言，深刻的自省意味着他必须重新思索最惨痛的记忆。所以我想找点别的事情让他宽心。"

"你应该先问我才是。况且既然没人在旁看着，你就不该到船外去。"

"有派拉冈看着啊。"琥珀指出，"而且他还好好地抱着我，让我干活。"

"不过，"这两个字虽没什么，但贝笙说时，却像是在严重告诫，"你若到船外去，一定要通报我。"他以比较温和的语气问道："你的工作进度如何？"

琥珀压抑着怒气。"进度很慢。巫木非常坚硬，再说若是一股劲地刨平，又不免留下痕迹，所以与其说我是把七角星的疤痕抹去，倒不如说我是在把那疤痕抹得看不出来。"

"我懂了。"贝笙站起来,在房里走来走去,"你看你能帮他做一对新眼吗?"

琥珀遗憾地摇了摇头。"那得重新帮他刻一张新脸才行,那里的木头根本就被挖空了。然而,就算我帮他刻了新眼,也不敢保证他一定能够通过新眼视物。巫木魔法是如何生效的,我不了解,派拉冈也不了解,所以此举风险甚大,而且很可能会把他的脸毁损得更严重。"

"我知道了。"贝笙又考虑了一会儿才继续说道:"那个七角星的疤痕你就继续做吧,不过我要求船上所有人手到船外时都要有防备措施,而你也不例外。所以你到船外时,至少也要有个人陪——我是说,除了派拉冈之外,还要再找个人陪。"贝笙沉默了一会儿,点点头。"就这样。那,你可以走了。"

就艾希雅看来,琥珀是勉强地耐着脾气,才多少尊重贝笙的权威。她遵从他的命令站起来时,虽不像拉弗依那样面露憎恶,但是动作却很僵硬,仿佛听命而起的举动冒犯了她立身处世的原则。艾希雅起身,准备跟着琥珀一起走,在她走到门口时,贝笙却叫住了她。"艾希雅,你且慢,我有句话要跟你说。"

艾希雅转身面对他,贝笙朝未关的舱门瞄了一眼,于是艾希雅轻轻地把舱门关上。贝笙深吸了一口气。"要请你帮个忙。今天的事情会使拉弗依跟琥珀过不去,所以你帮她多看着点——呃,不,也不是那个意思。拉弗依这个人固然惹不得,但是琥珀这个人也是一样,只是拉弗依现在还没看清这一层道理罢了。所以,你多注意这个情势就是了,要是看起来他们两个人要冲上了,你就向我通报一声。拉弗依难免会憎恶琥珀,但他若敢动手,我绝不放任。"

艾希雅先点点头,才答应道:"是,船长。"

"还有一件事。"贝笙犹豫了一会儿,才继续说道:"你还好吧?我是说,你的手伤好点没?"

"好多了。"艾希雅伸展指头给他看。

贝笙过了半响才说道:"我要让你知道——"他把声音放低,"我恨不得杀了阿图,到现在这个心情还是没变,这你知道吧。"

艾希雅不怀好意地笑了笑。"我也有同感,而且我差点就置他于死地了。"

她想了一下，继续说道："不过还是这样的结果比较好。我把阿图打了一顿，他心里明白，众船员也看在眼里。要是当时你插手了，那么我可能还得另寻办法证明我的能耐呢。真走到那个地步，可能就更难收拾了。"艾希雅突然意识到，贝笙重提此事为的就是要听她讲一句话："所以，你当时做得很对，特雷船长。"

这倒勾起贝笙露出真心的笑容，不过那笑容一闪而逝。"的确如此，不是吗？"他的语气颇为满足。

艾希雅紧紧地叉手抱胸，免得自己伸手去碰触他。"你下的命令，船员们都很尊重，而我也不例外。"

贝笙坐得更直了。他听到这样的称赞也没有向她道谢，因为这是不合适的。艾希雅慢慢地走出舱房。她没有回头看他一眼，就轻轻地关上舱门，以这道门将他们两人隔绝开来。

艾希雅关上舱门时，贝笙闭上了眼睛。他这样做是正确的。艾希雅的行为和他所做的行为都很正确，他们彼此心里都很明白这点。他们早就有了一致的共识，那就是他们还是严守本份比较好。比较好——但难道知道这样比较好，他就比较容易克制住自己吗？

贝笙不禁想道，说不定，这是永远也容易不起来的。

"这里面有两个人喔。"派拉冈对着他捧在手心里的琥珀吐露心声。她好轻喔，感觉上她就像是塞着大头锤的布娃娃似的。

"是啊，"琥珀应和道，"你我两个。"琥珀一边说一边谨慎地拿着锉刀在他胸前磨来磨去，感觉上好像是猫舌在舔他——不对不对，应该说这种感觉会使科尔·大运联想到猫舌舔人。科尔·大运，那个多年前就已过世的少年，生前最爱猫了，不过派拉冈从没养过猫。

派拉冈啊——如今他的名字叫做派拉冈，要是他们知道这一点就好了。于是他藏于心底的秘密又不小心说溜了出去："不是你我两个。我是说，我心里有两个我。"

"有时候，我也有这种感觉。"琥珀轻松地应和道。有时他会觉得琥珀在干活的时候，心好像飞到了别处去。

"你心里的另外一个我是谁？"派拉冈质问道。

"噢，这个嘛，是我以前的朋友。我们以前常常聊天，所以有时候我会自言自语地跟他讲话，而且我一想就知道他会怎么答。"

"我的情况不一样。我心里一直住着两个我。"

琥珀把锉刀收到工具袋里。他感觉得到她收锉刀的动作，也感觉得到她为了要寻找另一件工具而换了姿势。"我现在要用砂纸了。你准备好了吗？"

"准备好了。"

她犹如谈话从未中断似地接口道："即使你心里有两个你，我也两个都喜欢。现在不要动喔。"砂纸来回地在他胸前磨了起来，摩擦一多，他胸口就热了起来。派拉冈听到琥珀这番话，不禁露出笑容，因为她的话很真诚——虽说她自己可能没意识到这点。

"琥珀，你打从一开始就知道自己是什么样的人物吗？"派拉冈好奇地问道。

砂纸摩擦的动作停了下来。琥珀以防备的语气答道："倒没有，只是我一直在探究自己是什么样的人。"接着她以正常的声音说道："问这个问题好奇怪。"

"你这个人本来就很奇怪啊。"派拉冈咧嘴开着玩笑。

琥珀再度以砂纸慢慢地在他胸前摩擦起来。"你真是一艘怪船。"她轻声说道。

"我也不是打从一开始就知道自己是什么样的人物。"派拉冈坦承道，"不过现在我知道了，这一来事情就容易多了。"

琥珀搁下砂纸，派拉冈听到她在工具袋里翻找，工具相撞发出金石之声。"我一点都不懂你这话是什么意思，但是听到你这样说，我就为你感到高兴。"她又岔开话题了，"这是籽种榨出来的油，这油若是用在寻常的木料上，会使木头纤维膨胀，这一来小刮痕就不见了。不过在巫木上涂这种油会有什么结果，我实在不确定。我们先涂一点试试好不好？"

"好啊。"

"等一下。"琥珀往后仰，靠在派拉冈的手臂上，并以双腿顶住他的肚子。琥珀身上系着安全绳，不过派拉冈知道那是做做样子，其实琥珀是信得过他的。"艾希雅？"琥珀对着甲板上叫道，"你有没有给巫木上过油以便保养巫木？"

派拉冈感觉到艾希雅站了起来。在这之前，她一直俯趴在地，手边不晓得在画什么。此时她走到船栏边，探身出来。"当然有啦，不过我倒从没在涂了颜料的巫木上上油。"

"不过追究起来，他也不是真的上了颜料，那个颜色其实是……是本来就在的，透过木料散发出来的颜色。"

"果真如此，那为什么他脸上被凿去的地方显得灰扑扑的？"

"这我就不知道了。派拉冈，你晓得原因吗？"

"因为这本来就是这样。"派拉冈应道。真是奇怪，他想要跟她们谈谈他的内心，但她们却听不下去，这也就算了，却还要一股脑地追究跟她们不相干的事情。派拉冈再试一次说："艾希雅，我心里有两个我。"

"你就上油吧，应该是不碍事的。上油之后，巫木要不就是吸收进去，木料膨胀起来，不然就是油吃不进去，留在表面上，那我们就用布把油擦掉。"

"要是留下污渍怎么办？"

"应该不至于，你先用一点点试试看。"

"大运家族造出来的我只是我的一部分而已！"派拉冈突然冲口而出，"在大运家族造就我之前还有另外一个我，而且这两个我一样大，所以我用不着变成大运家族的人所塑造出来的人物，我可以变成大运家族塑造我之前的那个人物。"

此语一出，艾希雅与琥珀都惊讶得说不出话来。坐在派拉冈手里的琥珀一动也不动，然后她伸出戴着手套的手，捧住派拉冈的左右脸颊，使他吓了一跳。"派拉冈，"琥珀轻声说道，"世间最珍贵的事就是你可以决定自己要变成什么样的人。其实你用不着变成大运家族塑造你之前的那个人，你并不是只能这样做而已。你可以选择。我们会变成什么样的人，都是出于自己的选择。"琥珀的手拂过了他的颧骨，滑到他的胡子起始处时，还嬉闹地拉了他的胡子一把。她的行为像在提醒他，他的性格里有很大一部分是"人"这种东西。然而刚才琥珀不是也说了吗，他并不一定得循迹回到过去，他是可以选择的。

"既然如此，那么即使你们期望我变成某种人物，我也用不着顺你们的意。"派拉冈提醒她们两人。接着他的双手收拢，几乎把琥珀包起来。这琥珀，好个轻盈的玩具啊。所谓的人，其实不过是装了水的皮囊罢了。人类要是真的了解到自己有多么脆弱，也就不至于如此妄尊自大了。他伸出只一手，满不在乎地抓住她的安全绳。

"我现在想要自己静一静了。"他对琥珀说道，"有些事情我得自己好好想一想。"他将琥珀高举过头，并感觉到他手里的琥珀变得很僵硬。他脸上漾出一抹笑容，因为他突然意识到，他大可以反手把琥珀丢进水里。现在她可知道他有什么心得了吧？"选择很多，所以我要好好考虑一下。"他一边对琥珀说一边将她捧到他的头后，护着她，直到她抓紧了缆索、安全无虞之后才松手。艾希雅人在绳索边，她抓住琥珀，把她拉到甲板上。他听到艾希雅低声问道："你还好吧？"

"我很好。"琥珀柔声道，"好得很。而且据我看来，往后派拉冈一定也会很好。"

第三十九章

神龙升起

在雨野原这里,"黎明"与"天亮"是两码子事。由于这里的森林茂密,所以即使太阳升起,光也不见得透得进来,总要等到太阳升得高了,穿过层层交叠的枝叶之后,天色才会大亮。水晶板与泥沙之间有个缝隙,雷恩·库普鲁斯就借着这个缝隙眺望才刚开始从树木枝叶间透下来的微薄光线。雷恩背着巫木身前有水晶板作为遮蔽,不过他们两人仍被泥沙团团围住。雷恩半倚着巫木、半屈着身体,他们头上的弧形水晶玻璃板虽保护了他们,使他们不受上面掉落的土石碎块所伤,但是泥水还是淹过来。水晶板多少发挥了堤防的功能,稍微把泥水挡在外,所以这个避身处的泥土只及雷恩的大腿,只不过泥上还浮着一层冰冷的水。雷恩把瑟丹抱在怀里,这样他的体温多少可以让瑟丹暖和些。虽然情况如此险峻,但是那孩子在疲惫与绝望交加之下还是睡着了。

雷恩并未因为戴冠公鸡大厅见光而叫醒瑟丹。那朦胧的亮光看来是希望,其实是虚妄。光线是从头顶上的小裂缝照进来的。虽然大厅的圆顶天花板几乎都已崩塌,但是上方的泥层之间交织着层层树根,仍可支撑,所以只有一个小小的、被树根围着的隙缝透了天光进来。即使雷恩能够清走身边的烂泥和残块,他们也无法攀到那么高的地方,从那个小缝隙逃出去。

朦胧的天光逐渐明亮,雷恩望着此景,心里突然想到,虽然不免铩羽而归,但他们终究得试一试。他必须叫醒怀里的少年,两人从烂泥中挖一条出路,站到巫木上去呼救。问题是，就算他们喊破喉咙，也没人会听见。他们终究会死于此地，而且死去的速度还不太快。

虽然伊人已逝，但希望她死时没这么拖延折磨。

瑟丹的头靠在雷恩肩上动了一下，然后抬起来。这孩子换了姿势之后使他背后勾起了新的痛楚。瑟丹疑问似地嗯哼了一声，再度把头靠回雷恩的肩膀上，接着便无助地、不出声地抽搐啜泣起来。雷恩以沾着泥沙的脏手拍了拍瑟丹，无奈地劝道："唔，我们应该想办法逃出去。"

"怎么逃？"瑟丹问。

"先把这个隙缝挖大一点，把你推出去，让你站在巫木上。"雷恩耸耸肩，"接着呢，我想，就呼救吧。"

"那你呢？你陷得很深。"

雷恩试着动了动脚。这孩子说得没错。昨晚漫进戴冠公鸡大厅里的烂泥已经沉淀落实，现在他大腿以下都陷在稠粥般的烂泥中动弹不得。"你上去之后，我自能挖路出去，然后就爬到巫木上跟你会合。"这个谎话说得还真顺口。

瑟丹摇了摇头。"行不通的，你我都别想爬到巫木上。你瞧，它在融化呢。"

瑟丹放开原本攀着雷恩脖子的脏手，指着巫木给他看。

微薄的光线照到阴暗的大厅里，空气里飘着微尘，但是那些微尘的翻滚路径很怪，仿佛大厅里有上升气流，同时空气里有一股很特殊的怪味。"很像手摸过草蛇之后闻起来的味道，"瑟丹评论道："只是比那臭得多。"

"你抱紧我，我得把两手空出来。"雷恩答道。

雷恩像狗儿扒土似地奋力扒泥，这倒不是因为他们有逃生的希望，而纯粹是因为他想瞧瞧巫木到底发生了什么变化。厚重的弧形水晶板虽能透光，但是太脏，所以什么也看不清，但是他非得看个清楚不可。多年来，他考虑再三，总是犹豫不前，如今他终于趁着这最后的机会，让巫木照到了阳光，那么他怎能错过这出精彩好戏呢？一想到这里，他就忙不迭地把烂泥扒进他们藏身的凹穴，也不管此举会把自己埋得更深。他把开口挖得大了些，让两人都能从缝隙里望出去，他们目不转睛地注视。

阳光的光束照在靠近雷恩这一角的巫木上。那处的巫木冒着水泡，然后融解化开，就像退潮后留在沙滩上的海浪浮沫。这毫无道理，他们把巫木船板运到古城外的时候并不会产生这样的变化，活船可不会因为照到了阳光就融解化开。

"那是因为活船是死的，"雷恩心里有个声音说道，"但我可是活生生的。"

那过程极为缓慢。太阳越爬越高，光束也迤逦地行过巫木，而巫木照到阳光之处便开始冒泡融化。太阳升到中天、阳光也最为强烈之后，变化加快了，巫木像是煮滚的稠粥似地翻腾起来，类似爬行类的臭气也越来越浓烈。

瑟丹看了不久就觉得枯燥无聊，毕竟此时的他又饿又渴，疲累不堪，又受寒气煎熬。其实这些感受，雷恩也都有，但是不知为何，他就是不怎么把自身的舒适与否放在眼里。麦尔妲一死，他的求生本能也消磨、迟钝了起来。在他看来，瑟丹与他是必死无疑了。他原本要静静等死，什么也不想做了，但是巫木开始融化倒激起了他的兴趣。不过巨大的巫木翻腾冒泡、向内崩塌之后，靠在巫木上的沉重水晶板也朝着他们倒下来，越沉越低，而两人既躲在水晶板下，所以势必得行动，要不然就会被泥水淹没，而后没顶。

雷恩托高瑟丹，又将他翻了个身，好让他背朝下。雷恩将他从越缩越小的缝隙中推送了出去。瑟丹攀住水晶板的边缘，帮忙把自己送出去，接着翻过身，变成背朝上，再游过泥水，最后终于爬到水晶板上。现在该雷恩了。他的行动要快，因为那孩子压在水晶板上，使它更深陷到烂泥中。他像是在沙滩上扒沙做窝的海龟，挥动双臂，扒开烂泥。他感觉到脚上的靴子松脱了，同时也伸手到烂泥中，解开挂着一列工具的腰带，将头埋到泥水中，又扒又游地从弧形水晶板底下钻出来。出来之后，他又翻身朝下，一边挥臂摆腿，免得沉入泥水里，一边向着弧形水晶板游去。瑟丹努力帮忙，他抓住雷恩的手腕，使尽全身的力量拉。雷恩最后双臂一撑，终于扑在水晶板上。

一时间，他只能趴着喘气，动也动不了。此刻水晶板突然歪了一下，并开始往下沉。雷恩希望弧形水晶板会因为下面有个空气气泡而沉得慢一点。雷恩睁开眼睛，抬起头，瑟丹一言不发，但惊喜地抓住了他的手。

他们身边的巫木虽然化了，却不是化开与泥水混在一起，而是整根大巫木化为液体，然后被其本身吸收回去。此时巫木之中露出了蜷曲削瘦的龙形，周遭的巫木一化开，便朝龙流过去。阳光照出了这个百闻难得一见的奇迹：母龙的皮肤吸收了液体，身体便随之膨胀，于是从原本的黑色变为深蓝色，皮肤、骨头和凋萎的肌肉突然注入了生命。母龙虚弱地在往内崩塌的残余龙茧之间动了一下。由于她这么一扭动，雷恩才首次看到她的翅膀。此时翅膀摺叠起来，紧紧地收在背上，看来像是用木杆和湿纸做成的。母龙努力把其中一翅伸出来，不过那翅膀看来微薄脆弱，不过就是一根细小的硬骨或软骨，外头再包一层透明的皮罢了。母龙昂起头，喷了喷鼻息，突然伸展一翼。原来她的翅膀那么大。她大力一拍，击在残余的巫木和周遭的烂泥上。接着母龙为了要站起来，笨拙地从这一边滚到那一边。她像倚着拐杖似的将全身的重量倚在双翼上，然后挣扎着把自己扶正，并且踢出了许多泥水。她昂头闭眼地将长脖子朝阳光伸展过去，张开大口，仿佛可以把阳光喝下肚。她的眼睛上盖着厚重的白色眼睑，头摇一摇，继续朝阳光探过去。她又换了个姿势，长尾巴从身下抽出来。残余的巫木消失得越来越快，所以把浓稠的烂泥吸了过去。雷恩无奈地望着这一幕，看来她还来不及试飞就会淹死在烂泥里了。

母龙举起双翼，发出像是叠着的湿帆布展开的声音。她的翅膀上都是泥，以古怪的姿势拍了几下，于是一股浓重的爬行类臭味毫不留情地朝雷恩和瑟丹袭来。一时间，雷恩看到她双翼上血脉贲张、血液大量流动，然后她的双翼便漾开了色彩，犹如染料滴在水里。龙的双翼从透明变成半透明，之后变成鲜艳亮丽的蓝。母龙慢慢地、一高一低地拍动翅膀，雷恩看得出她的翅膀渐渐有了力气。她突然睁开眼睛，眼珠是银色的，闪闪发亮。她打量着自己。"蓝的，不是银色，果然跟我之前梦想的一样。蓝的。"

"你好美呀。"雷恩喃喃地说道。

她被雷恩的话吓了一跳，长脖子伸过来，目不转睛地打量着雷恩和瑟丹。瑟丹吓得躲到雷恩身边，哭喊道："她要把我们吃掉了！"

"不会的，"雷恩轻声说道，"但是你静静趴着，别动。"那少年一动也不动地靠着雷恩,雷恩伸出一臂护着他,好让他安心,眼睛则继续凝视着龙。她的长尾巴伸展开来,一甩,在烂泥表面上划出纹路。她突然仰头大叫,雷恩耳里听到她的叫声,心里也同时回响着。她的叫声透露出胜利喜悦的心情以及坚毅不屈的意志,仿佛在说这间大厅是困不住她的。

她突然倾身向后,靠着后腿与爬行动物般的长尾巴厚实的起始处,将自己撑起来。雷恩看到她伏身蹲下,于是把瑟丹搂得更紧。她半张着翅膀,突然往天花板的裂缝跃上去。可是她的头撞到大厅天花板的残骸,于是落了回来,不过落下之前,前爪曾抓到那个裂缝,只是没抓稳,一下子又滑走了。母龙这么一跃,把一大块土块连着树根一起撞了下来,接着它双翼扇动,掀起旋风,于是雷恩和瑟丹便惨遭飞起土石的重击。由于母龙胡乱踢脚,溅起烂泥,所以雷恩和瑟丹所在的小岛歪向一边,朝着母龙倒过去,眼看就要把他们两人倾倒在龙脚乱踩处的烂泥里,然而雷恩也只能用力地扣紧光滑的水晶板。

母龙作势准备再试一次。雷恩一手搂紧瑟丹,一手扣紧水晶板,免得掉到泥水里。母龙再度跳跃,这次她从头上的隙缝中探了出去,前足也抓住了隙缝的边缘,然后它那庞大的身躯便吊在那缝隙上晃荡着。它的后腿乱踢、尾巴乱扫,差一点就击中他们两人。她试图从缝隙中爬出去时,双翼撞到天花板,使她卡在那儿,爬不出去,接着一声轰隆巨响,大厅的天花板几乎都崩塌下来,母龙也随着如排山倒海般落下的土石落回地面。接着又是一阵土石崩落,甚至有一整棵大树崩下来,然后斜倚在裂缝边。母龙重重地侧跌在烂泥之中。

瑟丹挣扎着要脱离雷恩的怀抱。"我们只要冲到大树那里,就可以爬出去了!"他一边叫道一边指着大树,大树的枝干恰可作为爬到地表的出路。

"我们哪儿也去不成,现在她脚乱踢,尾巴乱甩,我们一乱动,就会被她踩到烂泥里。"

"就算我们待在这儿,她还是会照样把我们踩死啊,"瑟丹吼道,"所以我们得试试看!"

"你伏低一点!"雷恩命令道,用自己的体重把那孩子压下来。水晶板倾斜得更厉害了,被雷恩胸膛压住的瑟丹呜呜地闷声怪叫起来。

母龙再度跳跃。她以爪子将大树拉开，攀住如今已经裂成大洞的缝隙边缘。当她挂在缝隙边缘又踢又抓之际，所有的光线都被挡住了。雷恩被母龙的尾巴尖扫到，不但厚布长裤被撕裂，连大腿的皮肤也有灼热的痛感。他痛得大叫，但还是把瑟丹抱得紧紧的。母龙为了从自己的坟墓中爬出去而剧烈挣扎，于是土块、树根和屋顶的残骸如雨般纷纷落下。接着大厅里又重新有一点光，光线圈住了母龙在大洞上挣扎的身形。龙尾再度一扫，这次结结实实地打在他们两人身上。瑟丹和雷恩从水晶顶翻落到烂泥里，他们在烂泥上的那一层薄水中挣扎，并感觉到下方的烂泥有股快速的吸力，就要把他们吸进去。"伸开手脚！"雷恩对那孩子命令道，他自己也伸开手脚，希望能借此在烂泥上浮得久一点。

"等一下她掉下来，一定会把我们压死。"瑟丹哭喊道。他抓住雷恩，出于本能地想要爬到他身上。雷恩硬是推开那孩子。"伸开手脚，免得沉下去，然后开始祷告！"他吼道。

残余的大厅圆顶又开始崩下，残屑中混杂着土块、小树、蕨类和草丛也跟着落进大厅里。雷恩看到母龙用力一顶，将上身的肋骨处顶出了大洞外，不禁欣然叫道："这次她走得成了！"随即便听到母龙得意洋洋地大吼一声。雷恩内心喜悦得难以遏制，连他自己都感到意外。接着又是一阵土石崩落，然后阳光重新涌进了崩垮的大厅里，一时间，还可以从洞口见到母龙摇曳的长尾巴，但不久就不见了。雷恩听到母龙再度大吼，也感觉到她大力击翅所掀起来的巨风。他虽未亲眼见到母龙飞起，但是心中却感觉到母龙已经升空。母龙飞走后，周遭再度陷入沉寂。

雷恩脸上流下热泪，抬头望着那一小片蓝天。她也许是全世界硕果仅存的龙了，但至少她能在死前任意翱翔。

"雷恩，雷恩！"瑟丹不耐烦地叫道。雷恩转过头，朝着瑟丹的方向眨眨眼，让眼睛适应弱光。有个带着草丛的巨大土块直插在烂泥中，而那孩子已经奋力爬到那个土块上头。此时瑟丹站在土块上，指着一丛从屋顶上垂挂下来的树根。"我们把这儿堆高一点，让我抓到树根，这样我就可以爬出去求救了。"瑟丹以期待的眼神四下打量，如今烂泥上多了不少水晶板、老朽的木头和树干枝叶。

雷恩也不管泥水，就一骨碌地翻成背朝下，仰望着那丛树根。那丛树根并不扎实，但话说回来，这孩子也不重。"这话很有道理，"雷恩坦承道，"说不定我们真能活着脱身呢。"他又翻个身，变成背朝上，朝那孩子划过去。

他攀上那个带着草丛的土块，用力一撑，把自己撑上去时，瑟丹开口问道："依你看，有没有可能麦尔妲也脱身了呢？"

"是有可能。"雷恩说道。他本以为自己在扯谎，但是他说这话之后，心里突然生出一股力量，他体会到自己不但仍抱着希望，而且还相信麦尔妲说不定有可能活着脱身。龙都能起飞了，麦尔妲又有什么不可能？接着他听到远处传来龙的叫声，仿佛是在呼应他的心思。他朝上瞥了一眼，只见天空变得更加蔚蓝明亮。

"如果我母亲或是哥哥看到她的身影或是听到她的叫声，他们一定知道母龙是打哪儿来的，接着他们会派人来找我们，把我们救出去，这样我们就能脱身了。"

瑟丹直视着雷恩这个比他年纪大得多的男子。"不管他们来不来，我们总得想办法把我们自己弄出去。"瑟丹提议道，"经历了这么多事情之后，我已经不想坐等别人来救了，我宁可自救。"

雷恩咧嘴而笑，点了点头。

婷黛莉雅稍微一侧身，在宽广的雨野河河谷上空转了个大弯，尝到了充满各种生机的夏日气息。她奋力振翅——其实用不着花那么大的力气也能飞，但是婷黛莉雅就爱这样玩，顺便也想试试看自己的力气有多大。她凌空而上，飞到空气稀薄寒冷之处。从这儿望下去，大河变成织锦画上的银色线头。婷黛莉雅虽然可以从祖先的记忆中汲取各种经验，不过这是她此生第一次飞行所见，所以别有一番滋味。她慢慢地盘旋而下，同时考虑着这一天接下来要做什么。

眼前她有一件大任务，而且世界上只剩她一个可以执行：她必须找出年轻者身在何处，然后一路护送他们上溯雨野河。婷黛莉雅暗祷，希望世上还有几个年轻者存活至今，好让她这个向导能够发挥用处。要不然的话，她可真变成世上最后一条龙了。

她试着把人类从思绪中赶出去。人类又不是"古灵"。古灵熟知龙族的行事作风,又对龙族尊重有加,但人类不然。以龙族之至尊,怎可能对这些渺小的人类感到亏欠?人类这种生物瞬息即逝,一心只顾着要在短暂生命结束前进食、繁衍。人类的生命尚不及大树枝长,既然如此,那么身为龙族的她怎会对人类有所亏欠!这样说吧,谁会对一只蝴蝶或一片草叶感到亏欠?

她轻轻地拂过那两人的心灵,这是她最后一次跟他们心灵接触了。那个雌性无奈地在水面上挣扎,免得被水流漂走,简直像是掉在水洼里的甲虫似的。至于雷恩·库普鲁斯,仍在她丢下他之处,在泥水里翻搅、蠕动,像是蠕虫一般。雷恩今日挣扎求生之处就是婷黛莉雅饱受煎熬地不知困居了多少岁月的地方。

婷黛莉雅突然因为这两个短暂的生命体而感动起来。固然他们的生命稍纵即逝,但是这两人都为了救她而尽心尽力。这些可怜的小虫子啊。

救起他们两人只需片刻的工夫,尤其这之于她长远的一生而言根本不足挂齿。婷黛莉雅懒懒地在甜甜的夏日空气中转了个大弯,有力且稳定地拍动巨翼,朝那个深埋的古城废墟冲下去。

"我来了!"婷黛莉雅对他们两人高声叫道,"别怕,我来救你们了!"

后记
Epilogue

第四十章

飞翔的记忆

"我们既知道要前往何方,也知道为何要前往彼处,那为什么我们还把自己逼得这么紧,不但要游得快,还得每天赶上一大段路才能休息?"泰留尔,那细瘦的绿色吟游诗人海蛇说道。此时他无力地任由众蛇将他缠住。一大群海蛇彼此缠卷着过夜乃是传统,而且是每一条海蛇间互相牵勾。然而此时泰留尔累得只能像海带一样随水摆荡,根本没有出力,也只能信任众蛇不会放开他。丝莉芙只觉得他可怜,她以自己的身体将泰留尔多缠了一圈,并将他那虚弱的身体缠得更紧。

"我想,"丝莉芙轻声说道,"墨金会把我们逼得这么紧,是因为他唯恐我们的记忆再度丧失。我们必须赶在忘却自己的目的之前抵达我们的目的地,免得我们忘记自己该往何处而去,忘记自己为何而去。"

"我看没那么单纯。"瑟苏瑞亚凑上一句。他的声调也很疲惫,但却自有一丝欢欣畅快——毕竟知道答案为何,心总算有了安定。"季节在变了,现在时间接近夏末,而不是夏初。其实,我们这时候早该到了。"

"我们这时候早该包裹在沙泥和记忆中,然后一边变化一边让太阳的热度把记忆烤进我们的身体里啦。"柯那罗也补了一句。

"我们的壳必须坚硬强韧,才抵挡得住冬天的大雨和寒沁。要不然,我们变形的过程无法完成,整个族裔都会灭种。"大红色的希黎克提醒道。

蛇团中的其他海蛇也七嘴八舌地应和或低声地彼此讲话。"水仍温暖的时候,茧丝最容易成形。"

"壳要够硬,一定要阳光强、天气又暖和。"

"壳一定要烤得硬透,这样我们才能开始变形。"

墨金睁开他的大眼睛,缀在他身上的假眼因为愉快而闪着金光。"小家伙,好好睡觉、休息,"墨金和蔼地说道。墨金把大家都叫做"小家伙",不过有好几条海蛇比墨金的体型大得多,而且跟他体型差不多的为数甚多。"做个好梦。以我们现在所知之多,现在大家可以安心了。大家不妨彼此多谈谈,这有助于维持德拉奎司送给我们的记忆。"

众蛇彼此应和,也彼此缠卷。蛇团已经变得更大了。在德拉奎司的牺牲之后,许多兽性的海蛇露出了恢复记忆的征象。有些兽性海蛇还是不开口说话,不过他们眼里偶尔会闪过智力的光芒,而且他们的行为举止也仿佛真是蛇团的一分子,甚至还跟大家缠卷在一起休息。蛇众数目变多使大家更安心,如今墨金蛇团遇到别的海蛇时,对方不是避开就是跟在后面,然后慢慢地化为墨金蛇团的一分子。墨金曾经对他们坦承,他希望他们抵达河口、开始上溯前往结茧地之时,就连最兽性的海蛇也会多少忆起以往。

丝莉芙垂下眼皮,沉入梦境中。做梦是近来才有的又一乐趣。在梦中,她再度飞翔,并且忆起祖先的行为。在梦中,她已经变身为漂亮的龙,自由自在地在三界中出入。

"不过,别太信任这些记忆。"墨金突然补了一句。他并没有讲得很大声,所以只有丝莉芙、瑟苏瑞亚和两三条最靠近墨金的海蛇因为听到他这句话而睁开眼睛。

"这话是什么意思?"丝莉芙恐惧地问墨金。难道他们受的苦还不够多吗?如今他们已经恢复记忆了,那么还有什么能阻止他们达成目标呢?

"处处都不大对劲,"墨金轻声说道,"处处都跟昔日不同,处处都跟应有的光景不同。我们必须快速推进,这样我们才有余裕克服一路上的阻碍。未来的阻碍,一定是少不了的。"

"这话是什么意思？"瑟苏瑞亚忧郁地问道。答案为何，丝莉芙心里有数，不过她还是保持沉默，等着听听先知怎么说。

"你们四下瞧瞧，"墨金吩咐道，"看到什么？"

瑟苏瑞亚代表大家答道："看到丰境啊，也看到海床上有些倾颓的废墟。远处的那个东西是'雷梭拱门'……"

"然而在你们所有的记忆中，是午后在虚境中飞翔得累了，于是便惬意地停在雷梭拱门上休息，是不是这样？这个雷梭拱门应该是挺立在雷梭港入口处，是不是这样？既然如此，为何现在拱门崩裂倾颓，遭到丰境吞没？"

谁也没回答。大家都在等待墨金点出答案。

众蛇的沉默越拖越久，最后墨金终于轻声说道："答案为何，我也不知道。不过据我推测，我们长久以来之所以如此困惑，就是出于同样的因素——也就是，为什么事物看来非常眼熟，熟到我们几乎忆起过去的做法，却又怎么也想不起来。"

"难道错只在我们吗？"泰留尔质问道。丝莉芙本以为那绿色的吟游诗人海蛇已经睡着了。泰留尔的声音虽疲倦，却自有一股愤慨。"德拉奎司遗赠给我们的记忆让我们知道应该要找寻有记忆的海蛇，因为其记忆既清楚又确切。而且我们不但需要这种海蛇的助力，还需要向导的协助——可是，那些成年的龙本应立在河口处守卫、保护我们溯河而上，但是为何都没有？为什么我们没有见到任何前辈？"

墨金的声音因为怜悯而变得很柔和。"你还没明白吗，泰留尔？德拉奎司已经把前辈的下场告诉我们了。我们的前辈，有的丧生在烟尘与灰烬的大雨中，少数几个侥幸逃过一劫的则遭到屠杀，连他们的记忆都被人偷走。而偷走前辈记忆的就是我们不时遇见的那些银色生物。他们的味道闻起来像是'存古忆'——因为他们以前真的曾经是存古忆，只是如今只剩下他们从存古忆身上偷取来的记忆。"

一时间，众蛇都沉默不语。丝莉芙心烦意乱，但是慢慢地体会到墨金这话的深意。如今一切都没有了，如果他们还想延续族群，那么蛇团只能靠自己的力量生存下去。也就是说，他们必须自己推测出沿着哪一条河上溯可以回到结茧地。上溯时，他们必须击退沿河的猎食者，虽然没有成年飞龙亲切的协助，而且他们自己也不知道怎么做，但他们总得想办法造出自己的茧壳。一旦他们裹在茧壳里之后，就只能寄望自己运气特别好，能够熬过冬天，也别奢望会有龙群站在茧壳边守候了。丝莉芙逐一望过每一条蛇。这个蛇团虽大，但是来春时真能展翅高飞的又有几个呢？幸存者的数量会不会少到在择偶时发生困难？有多少能活着保护巢穴，直到蛋孵出为止？等到年轻的海蛇扭着身体离开沙滩、前往大海，以开始他们在海里觅食的第一个循环之时，海里已没有成年的海蛇，所以年轻海蛇们根本无从学习大海的知识。丝莉芙一想到这里，只怕族群真有灭种之虞，而且其困难大到难以克服。要是她自己存活下来，变成一条龙，虽有长之又长的寿命，却得眼看着龙群和海蛇从三界中消失，那她怎么受得了？

"那是属于我们的。"泰留尔直率地宣布道。

"我们有什么？"丝莉芙心不在焉地问道。她想着，我们有什么？我们拥有未来，我们拥有明天——但也不见得了。

"记忆啊。储存在银色生物里的记忆乃归我们所有，而且若有那些记忆，我们会变得更强。"泰留尔突然一甩尾，挣脱了蛇团。"我们应该把那些记忆要回来！"

"泰留尔，"墨金温和地从缠卷的蛇团中脱身出来，游到那条体型较小的海蛇身边，以毫无威胁的姿态停下来。"我们没空复仇。"

"不是复仇！我是说，我们应该把本来就归我们的所有记忆都取回来。况且拥有记忆比进食更有助于我们族裔久存。我们大家分享了德拉奎司的记忆，那记忆本应是由一条蛇来保存，但我们却是众蛇均沾，不过大家都因此而变得更明智，且都知道了祖先的智慧。但我们要如何才能多得些记忆？就是要找到银色生物，并且把属于我们的拿回来嘛。"

墨金瞬间包缠住泰留尔，其动作比一群鲱鱼突然改变游向还要快。墨金轻松自若地朝体型小的泰留尔滑过去。泰留尔没料到墨金会有这个突如其来的动作。他的金色假眼在泰留尔的绿身旁闪烁，大头则正对着泰留尔的小头。接着墨金张开大口,朝着那吟游诗人呼出一股毒雾,泰留尔被这么一喷就停止挣扎了,眼珠懒懒地旋转起来。

"我们没那个空闲。"墨金把软弱无力的同伴拖回蛇团中,平静地对众蛇强调道,"如果机会使然,又有银色生物现身,我可以跟你们保证一定将他拿下。但是我们不能到处寻找银色生物,以免耽搁迁徙的时机。现在大家好好休息吧,因为明天我们要继续赶路。"

明天啊。丝莉芙一边想着一边随着众蛇放松下来,再度彼此缠卷。我们还有另外一个明天呢。她眨了个眼,拂开淤泥,让自己做个飞翔在天的好梦。

她的身体已经扭曲变形了,此生永远不可能像龙乘着上升气流、扶摇直上那般轻松容易地游泳。在此之前,她长年被囚禁于小室之中,饮食皆仰人鼻息。事到如今,她这扭曲变形的身体是永远无法从头到尾伸直了。她身形原本应该细瘦流畅、肌肉强劲,现在却臃肿肥厚。

但她毕竟自由了,这点无庸置疑。

而且她临走前还把囚禁她多年的异类给杀了,这点也无庸置疑,更无须遗憾。她虽饱受异类折磨,但是异类既死,就永远无法以同样的手法折磨其他的小海蛇。她真希望自己可以一遍又一遍地杀死异类,而且每一次都将感到万分满足。不过她继续思考后便意识到,异类不但使她的身体有了残缺,也摧残了她的心灵,所以她努力将那个念头抛在脑后。

之前她看着那个"两腿兽"被救上用桨划的小艇,于是一路跟在小艇之后随行保护,直到那两腿兽被救到大船上为止。她尝到那艘大船的味道之后备感困扰。那船闻起来像是海蛇的味道,但那明明不是海蛇。更令她不解的是,那还不是普通海蛇的味道,而是"存古忆"的味道。现在她没空多想那是怎么回事,反正曾经与她短暂地心灵交流的那个少年心中可能就有解答,所以她考虑要跟着那艘船走上一段,以解开谜团。

但此时她有着远比解开那谜团更紧要的事情要做。惨遭囚禁多年之后,命运终于让她重获自由。她命中注定要当海蛇一族的向导,可是直到现在,她所在的丰境仍跟她当年从海蛇蛋里孵化出来时的那片沙滩离不了多远。她本应陪着众海蛇迁徙，与海蛇一起进食、成长，但是这些都已成空。然而即使身形小且扭曲畸形，她所拥有的知识仍是海蛇一族最珍贵的精华——海蛇一族自古流传下来的知识都藏在她的毒囊和毒液之中。而这些知识必须得赶在众海蛇开始上溯河川、开始变化之前就让他们得知。然而她一边驼着背游泳，一边想着，上溯河川的行程非常艰难，以她的体能，真能熬到最后吗？不过，不管后果如何，她总得找到别的海蛇，以便将她保存的记忆供应给他们。

她浮到丰境表面上待了一会儿，品味自由的咸风之味。银船甲板上的人一看到她便尖声惊叫起来，于是她立刻潜回丰境，心里就此打定了主意。银船的航向是朝岛屿而去，岛屿再过去便是大陆，而大陆上有个河口。从河口上溯，便可抵达孵育地——她的目的地就是孵育地，所以就目前而言，银船的路线与她一致。她若跟银船走上一段，说不定会学到什么新知识。再说，她对船上那些有思想的小型动物颇感兴趣，说不定还可借这个机会研究研究。等到她终于和众海蛇相逢之后，除了能提供祖先流传下来的记忆之外，说不定也能提供一点自己的心得。她虽然一生禁锢至今，但是至少有这么一点属于自己的东西可以供应给自己的族类。存古忆潜到更深处，并试图将扭曲变形的身体伸展开来。她再度浮到接近丰境表面时，发现她若是置身于船后这个位置，就可以毫不费力地让船行过后的水波带着走，所以她就趁势朝自己的目的地而去了。

中英译名对照表

A
alde 艾达草
Althea 艾希雅
Amber 琥珀
Amis 艾米斯
Ankle 阿踝
Arch of Rythos 雷梭拱门
Artu 阿图
Askew 歪斜村
Ashe 阿什
Athel 艾奇亚
Avery 艾弗瑞

B
Barren Islands 不毛群岛
Bendir 班迪尔
Berandol 白伦道
Bettel 贝朵
Bingtown 缤城
Blood Plague 血瘟
Boj 波吉
Brashen 贝笙
Brig 布里格
Burry 柏利

C
Caj 凯吉
Calco 卡尔科
Candletown 烛镇
Carum 卡伦
Carrissa Krev 卡蕾莎·科瑞
Cerwin 瑟云
Cindin 辛丁
Clef 克利弗
Clifto 克里夫托
Col 阿柯
Comfrey 康弗利
Conqueror's Arch 征服者之门
Contradiction 矛盾律
Corum 科伦
Cosgo 克司戈
Council of Nobles 贵族议会
Crane 克莱恩
Crosspatch 繁纹号
Crowned Rooster Room 戴冠公鸡大厅
Cursed Shores 天谴海岸

D
Davad Restart 达弗德·重生
Daw 道尔
Deccan 迪康
Dedge 戴吉
Delo 黛萝

Divvytown 分赃镇
Dorill 朵丽儿
Draquius 德拉奎司
Durden 德登
Durja 杜嘉镇

E
Elder folk 古灵人
Ephron Vestrit 艾福隆·维司奇
Esclepius 伊司克列大君
Etta 依妲
Eupille 优比尔

F
Faldin 法丁
Feff 费夫
Festrew 费司筑
Findow 芬铎
Finny 芬尼
Flame Jewels 火焰宝石
Freye 芙瑞耶
Froe 福洛

G
Gantry 甘特利
Geni 杰妮
Genver 珍芙
Grag Tenira 葛雷·坦尼拉
Grant 特许地
Grig 葛力

Grove 葛罗夫

H
Haff 海夫
Hakes 海克斯
Hope 希望号

I
Igrot the Bold 大胆伊果
Igrot the Terrible 恐怖伊果
Incense 熏香
Ingleby 英格比农庄
Inside Passage 内海路

J
Jade Islands 翡翠群岛
Jamaillia City 哲玛利亚城
Jamaillia 哲玛利亚国
Jamaillian 哲玛利亚人
Jani 贾妮
Jared Pappas 捷立德·派巴斯
Jek 洁珂
Jerod 杰洛德
Jidzin 济德铃
Jola 裘拉

K
Keffria 凯芙瑞雅
Kekki 凯姬
Kelaro 柯那罗

Kemper 坎柏
Kennit 柯尼提
Kewin 科文
Key Island 环中岛
Keyhole Island 环岛
Khuprus 库普鲁斯
Kitten Shuyev 小咪·苏耶夫
Kolp 寇普
Kordor 寇铎
Krion Trentor 克莱恩·崔铎
Kwazi 瓦济果
Kyle Haven 凯尔·海文
Kys 琴丝

L

Lack 虚境
Larfa 拉尔法
Lavoy 拉弗依
Lennel 蓝奈
liveship 活船
Lop 罗普
Lorek 罗瑞克
Ludluck 大运

M

Magnadon 神武圣君
Malta 麦尔妲
Mando 曼都
Mantle of Righteousness 正义大氅
Marietta 玛莉耶塔号

Marl 马尔
Maulkin 墨金
Meg 豆蔻
Mild 阿和
Minsley 明思利

N

Naria Tenira 娜妮亚·坦尼拉
Nole Flate 诺尔·弗莱特

O

One who remembers, she who remembers 存古忆
Opal 白石
Ophelia 欧菲丽雅号
Orpel 欧尔培
Oswell 欧斯威
Others Island 异类岛

P

Pappay 派培
Paragon 派拉冈号
Pirate Isles 海盗群岛
Plenty 丰境
Polia Beckert 波莉雅·贝克特
Polsk 波斯克
Porfro 波夫洛
Pre-judgment 前见

R

Rache 瑞喜
Rain Wild 雨野原
Rain Wild River 雨野河
Rain Wild Street 雨野街
Raven 渡鸦旗
Reaper 满载号
Refi Faddon 蕾菲·法登
Reller 雷勒
Rewo 雷沃
Reyn 雷恩
Riell Krell 莉耶·凯雷尔
Rinstin 林斯汀港
Rog 阿罗
Ronica Vestrits 罗妮卡·维司奇
Rorela 萝蕾拉
Rufo 卢佛
Rythos Harbor 雷梭港

S

Sa 莎神
Sa'Adar 莎阿达
Sa'Parte 莎巴陀
Sanger Forest 桑吉森林
Satrap 大君，哲玛利亚的君主
Saylah 赛娜
Sea Rover 浪徒号
Selden Vestrits 瑟丹·维司奇
Semoy 赛摩伊
Serilla 瑟莉拉

Sessurea 瑟苏瑞亚
Shreever 斯莉芙
Sincura 夫人
Sincure 大爷
Slaughter ships 屠宰船
Song of Simplicity 清简之歌
Sorcor 索科
Southland 南国
Springeve 春夕号
Sterb 史督勃
Sudge 苏吉
Sylic 希黎克
Syrenian 席润尼派

T

Tellur 泰留尔
Tereea 泰莉雅
The blood or gold, the debt is owed. 人还金还，欠债奉还
The Dragon 龙石
The Liberator 大解放者
The Other 异类
The tangle 蛇团
Three-ships immigrants 三船移民
Tillamon 蒂娜蒙
Tintaglia 婷黛莉雅
Tomie Tenira 汤米·坦尼拉
Trehaug 崔浩城
Tritta Redof 特丽妲·雷多夫

V

Vahor 法何

Vergihe 唯吉希

Veri 斐丽

Villia 维利亚

Vivacia 薇瓦琪号

W

Wilee 威利

Winsome 快活号

Wintrow 温德洛

Wizardwood 巫木

X

Xecres 沙克列

Y

Yadfin 亚德芬公爵

著作权合同登记：图字 09-2014-241 号

THE LIVESHIP TRADERS II :
MAD SHIP

Copyright © 1999 by Robin Hobb
This edition arranged with The Lotts Agency Ltd.
through Andrew Nurnberg Associates International Limited

图书在版编目(CIP)数据

魔法活船. 2, 疯狂之船 /(美)霍布著；麦全译
. -- 上海：上海社会科学院出版社, 2015
 ISBN 978-7-5520-0798-5

Ⅰ. ①魔… Ⅱ. ①霍… ②麦… Ⅲ. ①科学幻想小说
－美国－现代 Ⅳ. ①I712.45

中国版本图书馆CIP数据核字(2015)第047685号

出 品 人：缪宏才

总 策 划：闫青华
责任编辑：黄诗韵
特约编辑：沈丽凝 倪若水
装帧设计：周清华 黄佳菁 胡 静

魔法活船三部曲Ⅱ：疯狂之船（上下册）
[美]罗宾·霍布 著 麦全 译

上海社会科学院出版社有限公司
上海市淮海中路622弄7号 邮编：200020
上海信老印刷厂印刷
字数 794 千字 开本 890×1240 毫米 1/32 开 印张 26.875
2015年5月第1版 2015年5月第1次印刷
ISBN：978-7-5520-0798-5/I·144
定价：59.80元

版权所有，侵权必究

读者回函表

姓名：_____ 性别：____ 年龄：_____ 职业：_____ 教育程度：_____
邮寄地址：_____ 邮编：_____
E-mail：_____ 电话：_____

您所购买的书籍名称：《魔法活船三部曲Ⅱ：疯狂之船》

您是如何得知一本新书的呢（多选）：□别人介绍 □逛书店偶然看到 □网络信息
□杂志与报纸新闻 □广播节目 □电视节目 □其他：_____

您喜欢到哪里买书（多选）：□书店 □网上书店 □图书馆借阅 □超市/便利店
□朋友借阅 □找电子版 □其他_____

购买新书时您会注意以下哪些地方？
□封面设计 □书名 □出版社 □封面、封底文字 □腰封文字 □前言后记
□名家推荐 □目录

您对本书的评价：

书名：	□满意	□一般	□不满意	故事情节：	□满意	□一般	□不满意
翻译：	□满意	□一般	□不满意	封面设计：	□满意	□一般	□不满意
内页设计：	□满意	□一般	□不满意	印刷质量：	□满意	□一般	□不满意
价格：	□便宜	□正好	□贵了	整体感觉：	□满意	□一般	□不满意

您喜欢的书籍类型：
□文学 □奇幻 □情感 □商业 □历史 □军事 □旅游 □艺术 □科学 □推理
□惊悚 □传记 □生活、励志 □青春 □教育、心理 □其他_____

请列出3本您最近想买的书：_____、_____、_____
请您提出宝贵建议：_____

★谢谢您购买我们出版的书。请将读者回函表填好后，邮寄到"上海市浦东新区锦绣路2150号万源商务楼3楼（邮编200127）"，或将此表扫描、拍照后发电子邮件至wipub_sh@126.com，您将定期收到我们的新书资讯，祝您阅读愉快！

特别启事：图书翻译者征集

为进一步提高本公司引进版图书的译文质量，也为翻译爱好者搭建一个展示自己的舞台，现面向全国诚征外文书籍的翻译者。如果您对此感兴趣，也具备翻译外文书籍的能力，就请赶快联系我们吧！

您是否有过图书翻译的经验：□有（译作举例：_____）□没有
您擅长的语种：□英语 □法语 □日语 □德语 □韩语 □西班牙语 □其他_____
您希望翻译的书籍类型：□文学 □生活 □心理 □其他_____

★请将您的简历邮寄到"上海市浦东新区锦绣路2150号万源商务楼3楼（邮编200127）"，或发电子邮件至wipub_sh@126.com，简历申请特别注明您的外语水平、翻译经验。经考察适宜者，将有机会成为我们的译者。期待您的参与！

200127

请贴邮票

上海市浦东新区锦绣路2150号万源商务楼3楼

上海万墨轩图书有限公司（收）

寄信人：＿＿＿＿＿＿＿＿＿＿

请沿虚线对折后寄出，谢谢！

文学·心理·经管·社科

艺术影响生活，文化改变人生

万墨轩图书
WIPUB BOOKS

Email: wipub_sh@126.com